भाग : पांच

पतंजलि : योग-सूत्र

'योग : दि अल्फा एंड दि ओमेगा' शीर्षक से
ओशो द्वारा अंग्रेजी में दिए गए
सौ अमृत प्रवचनों में से
चतुर्थ बीस प्रवचनों का हिंदी अनुवाद।

बुलाते हैं फिर तुम्हें

पतंजलि योग-सूत्र

भाग : पांच

ओशो

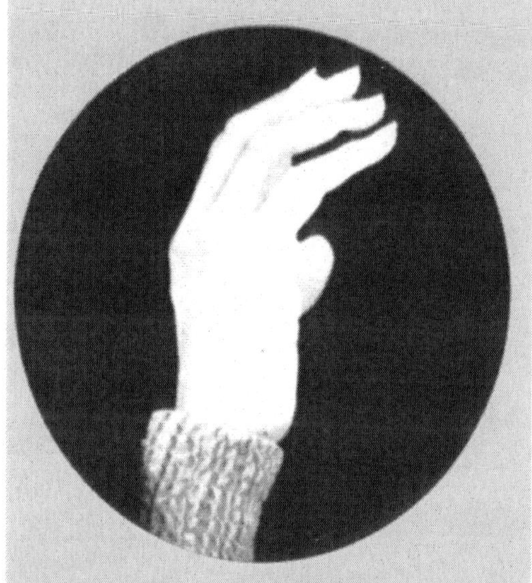

अनुवाद

ज्ञान समर्पण

प्रकाशक

फ्यूजन बुक्स

X-30, ओखला इंडस्ट्रियल एरिया, फेज-II

नई दिल्ली-110020

फोन : 011-41611861

फैक्स : 011-41611866

ई-मेल : sales@dpb.in

वेबसाइट : www.dpb.com

संस्करण : 2021

Patanjali Yog Sutra, Vol. 5

ISBN : 978-81-841-9135-6

भूमिका

प्रेम जीवन का परम रस है

धर्म असफलताओं के लिए नहीं है। यह उनके लिए है जो जीवन में सफल हुए हैं, जिन्होंने जीवन को इसके गहनतम तल तक, इसे इसकी गहराई और ऊंचाई तक, समस्त आयामों में जीया है, और जो इस अनुभव से इतना अधिक समृद्ध हो गए हैं कि वे इसका अतिक्रमण करने को तैयार हैं, ये लोग कभी जीवन-विरोधी नहीं होंगे, वे जीवन को स्वीकार करने वाले होंगे। वे कहेंगे, जीवन दिव्य है। वस्तुतः वे कहेंगे, 'परमात्मा के बारे में सब कुछ भूल जाओ, जीवन परमात्मा है।' वे प्रेम के विरोध में नहीं होंगे, क्योंकि प्रेम जीवन का परम रस है। वे कहेंगे, 'प्रेम परमात्मा के दिव्य शरीर में संचारित होते हुए रक्त की भांति है। जीवन के लिए प्रेम ठीक ऐसा ही है जैसा कि तुम्हारे शरीर के लिए रक्त। वे इसके विरोध में कैसे हो सकते हैं?'

यदि तुम प्रेम-विरोधी हो जाओ तो तुम सिकुड़ने लगोगे। वास्तविक रूप से धार्मिक व्यक्ति विस्तीर्ण होता है, फैलता चला जाता है। यह चेतना का फैलना है, सिकुड़ना नहीं।

भारत में हमने परम सत्य को ब्रह्म कहा है। 'ब्रह्म' शब्द का अर्थ है : जो विस्तीर्ण होता चला जाता है, आगे और आगे, और आगे, और इसका कोई अंत नहीं है। यह शब्द ही सुंदर है, इसमें एक गहन अर्थवत्ता है। आगे बढ़ता हुआ विस्तार--जीवन, प्रेम, चेतना का यह अनंत फैलाव, यही तो है परमात्मा।

सावधान रहो, क्योंकि जीवन-निषेधक धर्म बहुत सस्ता है; तुम्हें यह बस ऊब जाने से ही मिल सकता है। यह बहुत सस्ता है, क्योंकि यह तुमको बस असफल होने से ही, बस असृजनात्मक होने से ही, बस आलसी, निराश, उदास होने से मिल सकता है। यह वास्तव में सस्ता है। लेकिन असली धर्म, प्रमाणिक धर्म बड़ी कीमत पर मिलता है; तुम्हें जीवन में स्वयं को ही देना होगा। तुम्हें मूल्य चुकाना पड़ेगा। इसे अर्जित किया जाता है, और इसे कठिन पथ से अर्जित किया जाता है। व्यक्ति को जीवन से होकर गुजरना पड़ता है–इसकी उदासी, इसकी प्रसन्नता जानने के लिए; इसकी असफलता, इसकी सफलता जानने के लिए; धूप के दिन और बादलों का मौसम जानने के लिए; गरीबी और अमीरी जानने के लिए; प्रेम को और घृणा को जानने के लिए; जीवन की गहनतम चट्टानी, तलहटी नरक को छू पाने के लिए और ऊपर उड़ान भर कर उच्चतम शिखर स्वर्ग को स्पर्श कर पाने के लिए जीवन में से होकर जाना पड़ता है। व्यक्ति को सभी आयामों में, सभी दिशाओं में गति करना पड़ती है, कुछ भी ढंका हुआ नहीं रहना चाहिए। धर्म है अनावृत करना, यह जीवन से आवरण हटाना है।

और निःसंदेह पीड़ा इसका हिस्सा है। कभी भी केवल हर्ष की भाषा में मत सोचो, अन्यथा शीघ्र ही तुम जीवन से बाहर, इसके संपर्क से परे हो जाओगे। जीवन हर्ष और विषाद दोनों है। वास्तव में बेहतर तो यही होगा कि हम इसको हर्ष-विषाद कहें, इनके बीच और तक अच्छा नहीं लगता, क्योंकि यह बांटता है। हर्ष-विषाद, स्वर्ग-नरक, दिन-रात, सर्दी-गर्मी, प्रभु-शैतान–जीवन विपरीत ध्रुवीयताओं का परम अवसर है। इसे जीयो, साहस करो, खतरे में उतरो, जोखिम लो और तब तुम्हें धार्मिक समझ का एक नितांत भिन्न आयाम उपलब्ध हो जाएगा, जो जीवन के खट्टे और मीठे अनुभवों से आता है।

एक व्यक्ति जिसने केवल मधुर अनुभवों को जाना है और कभी भी कटु अनुभवों को नहीं जाना, अभी मनुष्य कहने योग्य नहीं है, वह अभी भी निर्धन है, धनी नहीं। वह व्यक्ति जिसने प्रेम, इसका सौंदर्य और इसका डर नहीं जाना है; वह व्यक्ति जिसने प्रेम, इसका आनंद और इसका संताप नहीं जाना है; वह व्यक्ति जिसने मिलन को और विरह को भी जाना है; एक व्यक्ति जिसने आगमन को और प्रस्थान को भी ज्ञान लिया, उसने बहुत कुछ जान लिया है। वह जो कमजोरी से जीया है, आज नहीं ता कल बीमार पड़ जाएगा और ऊब जाएगा और बोर हो जाएगा।

जीवन एक परम चुनौती है।

इसलिए यदि तुम कहते हो : 'व्यक्ति को अपने जीवन के शेष वर्षों में बस जीते रहना है।'

फिर ये शेष वर्ष जीवन के नहीं होंगे। तुम अपनी मृत्यु से पूर्व मर चुके होओगे।

– ओशो

अनुक्रम

प्रवचन - 1

पंचभूतों पर आधिपत्य

योग-सूत्र

विभूतिपाद

बहिरकल्पिता वृत्तिर्महाविदेहा ततः प्रकाशावरणक्षयः।।44।।

चेतना के आयाम को संस्पर्शित करने की शक्ति मनस शरीर के परे है, अतः अकल्पनीय है, महाविदेह कहलाती है। इस शक्ति के द्वारा प्रकाश पर छाया हुआ आवरण हट जाता है।

स्थूल स्वरूपसूक्ष्मान्वयार्थवत्त्वसंयमाद्भूतजयः।।45।।

उनके स्थूल, सतत, सूक्ष्म, सर्वव्यापी और क्रियाशील स्वरूप पर संपन्न हुआ संयम, पंचभूतों, पांच तत्वों पर आधिपत्य ले आता है।

ततोऽणिमादिप्रादुर्भावः कायसंपत्तद्धर्मानभिघातश्च।।46।।

इसके उपरांत अणिमा आदि, देह की संपूर्णता और देह को बाधित करने वाले तत्वों के निर्मूलन की उपलब्धि प्राप्त होती है।

रूपलावण्यबलवज्रसंहननत्वानि कायसंपत्।।47।।

सौंदर्य, लावण्य, शक्ति और वज्र सी कठोरता, ये सभी मिल कर संपूर्ण देह का निर्माण करते हैं।

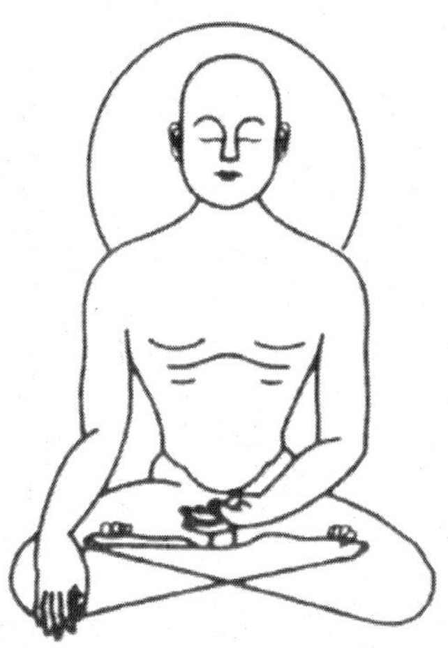

पतंजलि का योग-सूत्र कोई दार्शनिक व्यवस्था नहीं है। यह अनुभवात्मक है। यह एक उपकरण है, जिससे कुछ किया जाना है। लेकिन फिर भी इसमें एक दर्शन समाहित है। यह भी तुम्हें इस बात की बौद्धिक समझ देने के लिए कि तुम कहां जा रहे हो, क्या खोज रहे हो। यह दर्शन प्रयोग करने जैसा है, उपयोगी है, इससे उस क्षेत्र का जिसकी सीमाओं का तुम अन्वेषण करने जा रहे हो संपूर्ण चित्र खिंच जाता है; लेकिन इस दर्शन को समझना पड़ेगा।

पतंजलि के दर्शन के बारे में पहली बात, मनुष्य के व्यक्तित्व को वे पांच बीजों, पांच शरीरों में बांटते हैं। उनका कहना है कि तुम्हारे पास सिर्फ एक शरीर ही नहीं है; तुम्हारे पास पर्त दर पर्त देहें हैं; वे पांच हैं।

पहले शरीर को वे 'अन्नमय कोष', भोजन-काया, पार्थिव-देह कहते हैं। जो पृथ्वी से बनी है और लगातार भोजन द्वारा पोषित होती रहती है। भोजन पृथ्वी से मिलता है। यदि तुम भोजन करना छोड़ दो तो तुम्हारा अन्नमय कोष क्षीण होने लगेगा। अतः व्यक्ति को इस बात के प्रति बहुत सजग रहना पड़ता है कि वह क्या खा रहा है, क्योंकि उसका निर्माण इसी से हो रहा है, और यह उसे लाखों ढंग से प्रभावित करता है, क्योंकि देर-अबेर तुम्हारा भोजन मात्र खाद्य सामग्री ही नहीं रहता, यह तुम्हारा रक्त, तुम्हारी अस्थियां, तुम्हारी मांस-मज्जा बन जाता है। यह तुम्हारे अस्तित्व में प्रवाहित होकर तुम्हें प्रभावित करता है। अतः भोजन की शुद्धता एक परिशुद्ध अन्नमय कोष, एक शुद्ध भोजन-काया निर्मित करती है।

और अगर पहला शरीर शुद्ध है, हलका है, निर्भार है, तो ही दूसरे शरीर में प्रवेश करना सुगम हो जाता है। अन्यथा यह कठिन होगा, तुम बोझिल होते हो। क्या तुमने कभी इस बात पर गौर किया है कि जब भी तुमने अधिक मात्रा में और भारी भोजन किया हो, तो तुरंत ही तुम्हें एक आलस्य की अनुभूति, एक नींद सी महसूस होने लगती है। तुम्हारा मन सो जाने की मांग करने लगता है, तुरंत ही जागरूकता

खोने लगती है। जब पहला शरीर बोझिल हो तो तीक्ष्ण बोध का जागना कठिन हो जाता है। अतः सभी धर्मों में अनाहार इतना महत्वपूर्ण हो गया है। लेकिन अनाहार का विज्ञान है और इसे मूढ़तापूर्वक नहीं अपनाया जाना चाहिए।

अभी उस रात को ही एक संन्यासिनी मुझसे कह रही थीं कि वह उपवास करती रही है और उसका सारा शरीर, समग्र अस्तित्व, अस्तव्यस्त, पूर्णतः अव्यवस्थित हो गया है। अब उसका पेट ठीक ढंग से कार्य नहीं कर रहा है। और जब आमाशय ठीक से कार्य न कर पा रहा हो तो सारा शरीर कमजोर हो जाता है। जीवंतता क्षीण होने लगती है और तुम जिंदा नहीं रह पाते। तुम धीरे-धीरे असंवेदनशील और अंततः मृत हो जाते हो।

लेकिन अनाहार महत्वपूर्ण है। जब कोई अन्नमय कोष की क्रिया विधि को समझ चुका हो, तो ही इसको अत्यधिक सावधानी पूर्वक अपनाया जाना चाहिए। इसको किसी ऐसे व्यक्ति के दिशा निर्देशन में, जो अपने अन्नमय कोष के सारे आयामों में गतिमान हो चुका हो, न सिर्फ गतिमान वरन वह उसके पार भी जा चुका हो, और जो अन्नमय कोष को एक साक्षी की भांति देख सकता हो, के उचित मार्ग-निर्देशन में किया जाना चाहिए। अन्यथा अनाहार घातक हो सकता है।

इसके बाद भोजन की उचित मात्रा और उचित गुणवत्ता का अनुपालन करना होता है। फिर अनाहार की जरूरत नहीं रहती।

फिर भी अन्नमय कोष महत्वपूर्ण है, क्योंकि यह तुम्हारा पहला शरीर है। और अधिकतर लोग अपने पहले शरीर से इतने चिपके होते हैं कि कभी दूसरे की ओर गतिमान नहीं होते। लाखों लोगों को इस बात का बोध ही नहीं है कि उनके पास पहले के पीछे छिपा हुआ एक गहरा शरीर एक दूसरी देह भी है। पहली पर्त बहुत स्थूल है।

दूसरे शरीर को पतंजलि 'प्राणमय कोष', ऊर्जा-शरीर, विद्युत-काया कहते हैं। दूसरा विद्युत क्षेत्रों से बना है। इसी शरीर पर एक्युपंक्चर कार्य करता है। दूसरा शरीर पहले से अधिक सूक्ष्म है। और जो लोग पहले से दूसरे की ओर बढ़ने लगते हैं वे अत्यधिक आकर्षक, चुंबकीय, सम्मोहक और ऊर्जा-पुंज बन जाते हैं। यदि तुम उनके पास जाओगे तो स्फूर्ति और जीवंतता महसूस करोगे।

यदि तुम ऐसे व्यक्ति के पास जाते हो जो सिर्फ अपने अन्न-शरीर में जी रहा है, तो तुम रिक्तता अनुभव करोगे, वह तुम्हें सोख लेगा। अनेक बार तुम ऐसे लोगों के संपर्क में आते हो और यह महसूस करते हो कि वे तुम्हें सोखते हैं। जब वे हट जाते हैं तो तुम्हे खालीपन का, रिक्तता का अहसास होता है, जैसे कि किसी ने ऊर्जा को शोषित कर लिया हो। पहला शरीर शोषक है, और यह बहुत स्थूल भी है। यदि तुम अन्न-शरीर उन्मुख लोगों के साथ बहुत अधिक रहते हो, तो तुम सदा बोझिलता, तनाव, ऊब, नींद

और ऊर्जा विहीनता का अनुभव करोगे, सदा अपनी ऊर्जा के निचले पायदान पर रहोगे और उच्चतर विकास में लगाने के लिए तुम्हारे पास कोई ऊर्जा नहीं बचेगी।

इस प्रकार का, पहले प्रकार का, अन्नमय कोष उन्मुख व्यक्ति खाने के लिए जीता है–वह खाता है और खाता है और खाए चला जाता है। और यही उसका संपूर्ण जीवन है। एक अर्थ में वह बचकाना रहता है। संसार में आकर जो सबसे पहला काम करता है वह है हवा खींचना और दूध चूसना। बच्चे को संसार में आकर पहला कार्य भोजन-काया की सहायता का करना पड़ता है, और यदि कोई भोजन से आसक्त रहता है, तो वह बचकाना बना रहता है। उसके विकास में बाधा आती है।

यह दूसरा शरीर, प्राणमय कोष, तुम्हें नई स्वतंत्रता देता है, तुम्हें ज्यादा आकाश देता है। दूसरा शरीर पहले से बड़ा है, यह तुम्हारे भौतिक शरीर तक ही सीमित नहीं है। यह भौतिक शरीर के अंदर है और यही भौतिक शरीर के बाहर है। यह सूक्ष्म वायु की, ऊर्जा-मंडल की भांति तुम्हे घेरे हुए है। अब तो उन्होंने सोवियत रूस में यह खोजा है कि इस ऊर्जा-शरीर के चित्र लिए जा सकते हैं। वे इसे बायो-प्लाज्मा कहते हैं, लेकिन इसका सही अभिप्राय है, प्राण। इस ऊर्जा, एलान वाइटल, या जिसे ताओवादी 'ची' कहते हैं, का अब चित्र खींचा जा सकता है। अब यह करीब-करीब वैज्ञानिक बात है।

और सोवियत रूस में एक बड़ा अविष्कार किया गया है, वह यह कि इस के पूर्व तुम्हारा भौतिक शरीर किसी रोग से पीड़ित हो, ऊर्जा शरीर इससे छह माह पूर्व ही पीड़ित हो जाता है। फिर यही भौतिक शरीर को घटता है। यदि तुम्हें टी.बी. या कैंसर या कोई और बीमारी होने वाली हो तो तुम्हारे ऊर्जा शरीर में छह माह पूर्व से इसके लक्षण दिखने लगते हैं। भौतिक शरीर का कोई परीक्षण, कोई जांच कुछ नहीं दर्शाता है, लेकिन विद्युत शरीर इसे दिखाने लगता है। पहले यह प्राणमय कोष में प्रकट होता है, तभी यह अन्नमय कोष में प्रविष्ट होता है। अतः अब वे कहने लगते हैं कि बीमार पड़ने से पूर्व ही किसी व्यक्ति का इलाज करना संभव है। यदि ऐसा संभव हो गया तो मानव-जाति रोगी नहीं होगी। इसके पहले कि तुम अपनी बीमारी के बारे में जानो, किरलियान विधि द्वारा लिए गए तुम्हारे फोटो बता देंगे कि तुम्हारे भौतिक शरीर को कोई बीमारी होने वाली है। इसे प्राणमय कोष में ही रोका जा सकता है।

यही कारण है कि योग में श्वसन की शुद्धता पर इतना ज्यादा जोर दिया जाता है। क्योंकि प्राणमय कोष एक सूक्ष्म ऊर्जा से निर्मित है जो श्वास के साथ तुम्हारे शरीर के भीतर संचारित होती है। यदि तुम ठीक से श्वास लेते हो तो तुम्हारा प्राणमय कोष स्वस्थ, समग्र और जीवंत रहता है। ऐसा व्यक्ति कभी थकान अनुभव नहीं करता, वह सदा कुछ भी करने को तत्पर रहता है, ऐसा व्यक्ति सदा प्रतिसंवेदी रहता है, सदा ही वर्तमान पल की प्रतिसंवेदना हेतु, इस क्षण की चुनौती स्वीकारने के लिए तैयार रहता है। वह सदा तैयार है। तुम उसे किसी भी क्षण बिना तैयारी के नहीं पाओगे। ऐसा नहीं है कि वह भविष्य की

योजना बनाता है, नहीं, बल्कि उसके पास इतनी ऊर्जा है कि जो कुछ भी हो वह प्रतिसंवेदना हेतु तैयार है। उसके पास ऊर्जा का अतिरेक होता है। ताई-ची प्राणमय कोष पर कार्य करता है। प्राणायाम प्राणमय कोष पर कार्य करता है।

और यदि तुम जानते हो कि प्राकृतिक रूप से श्वास कैसे ली जाए, तो तुम अपने दूसरे शरीर तक विकसित हो जाओगे। और दूसरा शरीर पहले शरीर से अधिक ताकतवर है। और दूसरा शरीर पहले शरीर की तुलना में ज्यादा दिन जीवित रहता है।

जब कोई मरता है तो लगभग तीन दिन तक तुम उसका बायो-प्लाज्मा देख सकते हो कभी कभी इसे गलती से उसका भूत समझ लिया जाता है। भौतिक शरीर मर जाता है, लेकिन ऊर्जा शरीर सतत गतिशील रहता है। और जिन लोगों ने मृत्यु के बारे में गहरे प्रयोग किए हैं, वे कहते हैं कि जो व्यक्ति मर गया है उसे यह विश्वास करने में कि वह मर गया है, तीन दिन तक बहुत कठिनाई होती है, क्योंकि वही रूप, पहले से ज्यादा जीवंत, पहले से ज्यादा स्वस्थ, पहले से ज्यादा सुंदर उसके चतुर्दिक होता है। यह इस पर निर्भर है कि तुम्हारे पास कितना बड़ा बायो-प्लाज्मा है, यह तेरह दिन या और ज्यादा भी अस्तित्व में रह सकता है।

योगियों की समाधियों के आस-पास...भारत में जिन्होंने समाधि उपलब्ध कर ली है उनके शरीर को छोड़ कर हम सभी के शरीर जला देते हैं। हम एक निश्चित कारण से उनका शरीर नहीं जलाते। जब शरीर को जला दिया जाता है तो बायो-प्लाज्मा पृथ्वी से दूर जाने लगता है। तुम इसे कुछ दिन अनुभव कर सकते हो, लेकिन फिर यह ब्रह्मांड में विलीन हो जाता है। लेकिन यदि भौतिक शरीर बचा हुआ हो तो बायो-प्लाज्मा इससे जुड़ा रह सकता है। और ऐसे व्यक्ति का जो समाधि को उपलब्ध कर चुका है, जो संबुद्ध हो चुका है, यदि उसका बायो-प्लाज्मा उसकी समाधि के आस-पास रह सके, तो इससे बहुत से व्यक्ति लाभान्वित होंगे। इसी भांति कई लोगों ने अपने गुरु को देहत्याग के बाद साकार देखा है।

अरविंद आश्रम में, अरविंद के शरीर को विनष्ट नहीं किया गया, जलाया नहीं गया, समाधि में रखा गया है। कई लोगों का अनुभव है कि जैसे उन्होंने अरविंद को इसके आस-पास देखा है। या कभी-कभी उन्होंने, अरविंद जिस प्रकार चला करते थे, वैसी ही पदचाप सुनी है। और कभी-कभी वे उनके सम्मुख आ खड़े होते हैं। ये अरविंद नहीं हैं, यह बायो-प्लाज्मा है। अरविंद तो जा चुके, लेकिन बायो-प्लाज्मा, प्राणमय कोष, सदियों तक बना रह सकता है। यदि कोई व्यक्ति अपने प्राणमय कोष के साथ सच में ही लयबद्ध था, तो यह बना रह सकता है। यह अपना निजी अस्तित्व बनाए रख सकता है।

स्वाभाविक श्वसन क्रिया समझ लेनी चाहिए। छोटे बच्चों को देखो, वे स्वाभाविक ढंग से श्वास लेते हैं। यही कारण है कि वे ऊर्जा से इतने भरपूर होते हैं। मां-बाप थक जाते है, परंतु वे नहीं थकते।

एक बच्चा दूसरे बच्चे से कह रहा था, मुझमें इतनी ऊर्जा है कि मेरे जूते सात दिन में ही फट जाते हैं।

दूसरा बोला : यह तो कुछ भी नहीं, मेरे अंदर इतनी ऊर्जा है कि मेरे कपड़े तीन दिन में पहनने लायक नहीं रहते हैं।

तीसरे ने कहा : यह भी कुछ नहीं है, मैं तो ऊर्जा से इतना ओतप्रोत हूं कि एक घंटे में ही मेरे माता-पिता हताश हो जाते हैं।

अमरीका में उन्होंने एक ऐसा प्रयोग किया कि एक अत्याधिक ऊर्जावान व्यक्ति, जिसकी पहलवान जैसी देह थी और जो बहुत शक्तिशाली था, से एक छोटे से बच्चे की नकल करने को और उसका अनुसरण करने को कहा गया। जो कुछ भी बच्चा करे, पहलवान को वही करना था, बस आठ घंटे तक उसकी नकल उतारना था। चार घंटे में ही पहलवान की हालत पतली हो गई, वह थक कर गिर पड़ा, क्योंकि बच्चे ने इसका बहुत आनंद लिया और उसने, उछलना, कूदना, चीखना, चिल्लाना शुरू कर दिया। और पहलवान को तो उसकी नकल करना ही था। पहलवान शिथिल पड़ गया, वह बोला, वह मुझे मार ही डालेगा, आठ घंटे? मैं नहीं बचूंगा। अब मैं और कुछ नहीं कर सकता। वह एक महान मुक्केबाज था, लेकिन मुक्केबाजी एक अलग बात है। तुम एक बच्चे से मुकाबला नहीं कर सकते।

यह ऊर्जा कहां से आती है? यह प्राणमय कोष से आती है। बच्चा स्वाभाविक ढंग से श्वास लेता है, तो निसंदेह अधिक प्राण भीतर लेता है, ज्यादा ची उसमें जाती है, और यह उसके उदर में एकत्रित हो जाती है। उदर संचय का स्थान है, कुंड है। बच्चे का निरीक्षण करो, यही है श्वास लेने का उचित ढंग। जब एक बच्चा श्वास लेता है, उसका वक्ष पूर्णतः अप्रभावित रहता है। उसका उदर ऊपर और नीचे होता है। वह तो जैसे पेट से ही श्वास लेता है। सारे बच्चों का एक अलग सा पेट होता है; ऐसा पेट उनके श्वास लेने के ढंग और ऊर्जा के कुंड के कारण होता है।

श्वास लेने का उचित ढंग यही है। याद रखो, अपना वक्ष बहुत ज्यादा उपयोग में नहीं लाना है। कभी कभार आपातकाल में यह इस्तेमाल किया जा सकता है। तुम अपनी जान बचाने को दौड़ रहे हो, तब सीने का प्रयोग किया जा सकता है। यह आपातकालीन उपाय है। जब तुम उथली, तेज श्वास ले सकते हो और दौड़ सकते हो। लेकिन सामान्यतः तो छाती का प्रयोग नहीं किया जाना चाहिए। और एक बात याद रखनी है, छाती का उपयोग आपात स्थिति में ही किया जाना चाहिए, क्योंकि आपात स्थिति में स्वाभाविक श्वास चलना कठिन है, क्योंकि यदि तुम स्वाभाविक श्वास लेते रहे तो तुममें इतनी थिरता और शांति रहेगी कि न तुम दौड़ सकोगे, न तुम लड़ सकोगे। तुम इतने विश्रांत और अखंड होगे, बुद्ध की भांति; और आपात स्थिति में–जैसे घर में आग लगी हो। यदि तुम स्वाभाविक ढंग से श्वास लेते रहे, तो तुम कुछ भी बचा नहीं पाओगे। या जंगल में कोई चीता तुम पर छलांग लगा दे और तुम स्वाभाविक ढंग से श्वास लेते रहे,

तो तुम्हें कोई चिंता ही न होगी। तुम कहोगे, 'ठीक है, वह जो करना चाहता है करने दो।' तुम अपने को बचाने लायक भी न रहोगे।

अतः प्रकृति ने एक आपात उपाय दिया है, छाती का प्रयोग आपात विधि है। जब कोई चीता तुम पर हमला करे तो तुम्हें स्वाभाविक श्वसन क्रिया छोड़नी पड़ेगी, और तुम्हें छाती से श्वास लेनी पड़ेगी। तब तुम्हारे पास दौड़ने, संघर्ष करने या ऊर्जा के त्वरित उपयोग की अधिक क्षमता हो जाती है। और आपातकालीन परिस्थितियों में केवल दो विकल्प होते हैं, भागो या लड़ो। दोनों के लिए बड़ी सतही लेकिन सघन ऊर्जा की, ऊपरी, लेकिन हलचल भरी, तनाव पूर्ण स्थिति की जरूरत होती है।

अब अगर तुम छाती से ही श्वास लिया करते हो, तुम्हारे मन में अनेक तनाव आने लगेंगे। यदि तुम लगातार छाती से ही श्वास लेते हो तो तुम सदा भयभीत रहोगे। क्योंकि छाती से श्वास लेना सिर्फ भयकारी परिस्थितियों के लिए है। और अगर तुमने इसे आदत बना लिया है तो तुम लगातार, भयभीत, तनावग्रस्त, सदा भागने को आतुर रहोगे। कहीं शत्रु नहीं है, लेकिन तुम शत्रु के वहां होने की कल्पना कर लोगे। इसी भांति विभ्रामकता निर्मित होती है।

पश्चिम में भी कुछ लोगों ने, अलेक्जेंडर, लावेन या दूसरे जीव-ऊर्जा वाले लोगों ने, जो जीव-ऊर्जा पर कार्य कर रहे हैं, इस घटना को देखा है। यह ऊर्जा ही प्राण है। उन्होंने यह अनुभव किया कि जो लोग भयभीत है, उनकी छाती तनावग्रस्त है और वे बहुत उथली श्वास लिया करते हैं। यदि उनकी श्वास को गहरा किया जा सके, कि वह उदर को, हारा केंद्र को छूने लगे, तब उनका भय तिरोहित हो जाता है। यदि उनकी मांस-पेशियों को विश्रांत किया जा सके, जैसा कि रोल्फिग में किया जाता है...इदा रोल्फ ने शरीर की आंतरिक संरचना को परिवर्तित करने की कुछ सुंदर विधियां अविष्कृत की हैं, क्योंकि अगर तुम कई वर्षों से गलत ढंग से श्वास लेते आ रहे हो तो तुमने मांस-पेशियों का एक ढंग विकसित कर लिया है, यह ढंग तुम्हें उचित ढंग से या गहरी श्वास नहीं लेने देगा और बीच में अवरोध बन जाएगा। और यदि तुम कुछ सेकंड याद रख सको कि गहरी श्वास लोगे; फिर जब तुम अपने काम में उलझ जाओगे, तुम पुनः उथली छाती से श्वास लेना शुरू कर दोगे। मांस-पेशियों के ढंग को बदलना पड़ेगा। एक बार यह पेशी विन्यास बदल जाए, भय मिट जाता है, तनाव खो जाता है। रोल्फिग अत्यधिक सहायक होती है। लेकिन काम तो प्राणमय कोष दूसरे शरीर, बायो-प्लाज्मा बॉडी, जीवन-ऊर्जा देह, ची शरीर, या जो कुछ भी नाम तुम इसे देना चाहो, पर हो रहा होता है।

एक बच्चे को ध्यान से देखो, यही श्वास लेने का स्वाभाविक ढंग है, और उसी प्रकार से श्वास लो। जब तुम श्वास भीतर लो तब अपने पेट को ऊपर उठने देना और श्वास छोड़ते समय पेट को भीतर आने दो। इस बात को ऐसी लय में होने दो कि यह तुम्हारी ऊर्जा का एक गीत, एक नृत्य, एक लयबद्धता, एक

समस्वरता सा बन जाए। और तुम इतना विश्रांत इतना जीवंत, इतना ऊर्जस्वी अनुभव करोगे, जिसकी तुमने कभी कल्पना भी न की होगी कि इतनी जीवंतता संभव है।

अब आता है तीसरा शरीर : 'मनोमय कोष', मनस-शरीर। तीसरा दूसरे से बड़ा, दूसरे से सूक्ष्मतर, दूसरे से उच्चतर है। पशुओं के पास दूसरा शरीर तो है परंतु तीसरा शरीर नहीं है। जानवर कितने प्राणवान होते हैं। एक शेर को चलते हुए देखो। कितनी सुंदरता, कितना प्रसाद, कैसी शान है। मनुष्य को इससे सदा ईर्ष्या रही है। एक हिरन को दौड़ते हुए देखो। कैसा निर्भार सा, कितनी ऊर्जा, कैसी महत ऊर्जा की घटना है। मनुष्य को सदा इससे ईर्ष्या रही है। लेकिन मनुष्य की ऊर्जा उच्चतर की ओर बढ़ रही है।

तीसरा शरीर मनोमय कोष, मनस-शरीर है। यह विराट है, दूसरे से अधिक विस्तृत है। और यदि तुम इसका विकास नहीं करते, तो तुम मनुष्य होने की संभावना मात्र बने रहोगे, वास्तविक मनुष्य नहीं होगे। 'मैन' शब्द मन, मनोमय से आया है। अंग्रेजी शब्द 'मैन' भी संस्कृत मूल 'मन' से आता है। 'मैन' का हिंदी अर्थ मनुष्य भी उसी मूल 'मन', मनस से आया है। यह मन ही है जो तुम्हें मनुष्य बनाता है। लेकिन करीब-करीब, तुम्हारे पास यह है नहीं। इसके स्थान पर तुम्हारे पास एक संस्कारित यांत्रिकता है। तुम अनुकरण से जीते हो। ऐसे में तुम्हारे पास मन नहीं होता। जब तुम अपनी स्वयं की, सहजस्फूर्त जिंदगी जीना शुरू कर देते हो, जब अपने जीवन की समस्याओं का हल तुम खुद करते हो, जब तुम उत्तरदायी हो जाते हो, तो ही तुम मनोमय कोष में विकसित होने लगते हो। तब मनस शरीर विकसित होता है।

सामान्यतः तुम हिंदू, मुसलमान या ईसाई हो तब तुम्हारे पास उधार का मन होता है, यह तुम्हारा मन नहीं है। हो सकता है कि जीसस मनोमय कोष के महत् विस्फोट को उपलब्ध हुए हों, और फिर लोग बस उसी को दोहराए जा रहे हैं। यह पुनरुक्ति तुम्हारा विकास नहीं बनेगी। यह पुनरुक्ति एक रुकावट होगी। पुनरुक्ति मत करो बल्कि समझने की कोशिश करो। और-और जीवंत, प्रामाणिक और उत्तरदायी बनो। यदि भटकने की संभावना भी हो तो भटक जाओ। क्योंकि अगर तुम गलती करने से बहुत ज्यादा डरे हुए हो तो विकसित होने का कोई उपाय नहीं है। गलतियां अच्छी बात है। गलतियां की जानी चाहिए। वही गलती दुबारा कभी न करो। लेकिन गलती करने से कभी डरो मत। वे लोग जो गलतियां करने से बहुत डरे हुए हैं कभी विकसित नहीं होते। वे आगे बढ़ने से भयभीत हैं, अतः अपने स्थान पर जमे रहते हैं। वे जीवित नहीं हैं।

मन का विकास तभी होता है जब तुम परिस्थितियों का सामना, मुकाबला, स्वयं के भरोसे करते हो। उन्हें सुलझाने के लिए तुम अपनी ऊर्जा प्रयोग में लाते हो। सदा राय मत मांगते रहो। अपने जीवन की बागडोर अपने हाथ में थामो। जब मैं कहता हैं, अपने अनुसार जीयो तो मेरा यही अभिप्राय है। तुम मुश्किल में पड़ोगे, दूसरों का अनुगमन करना सुरक्षित है, समाज के पीछे चलना, बंधी-बंधाई लीक पर

चलना, परंपरा का, शास्त्रों का अनुकरण करना, सुविधाजनक है। यह बहुत आसान है क्योंकि हर कोई अनुकरण कर रहा है–तुम्हें तो बस झुंड का मुर्दा हिस्सा भर बनना है, तुम्हें तो भीड़ जहां जा रही है उसके साथ जाना है, इसमें तुम्हारी कोई जिम्मेवारी नहीं है। लेकिन तुम्हारा मनस-शरीर, तुम्हारा मनोमय-कोष, इससे अत्यधिक पीड़ित होगा, इसका विकास नहीं होगा। तुम्हारे पास अपना निजी मन नहीं होगा, और तुम बहुत कुछ, बहुत सुंदर और कुछ ऐसे से चूक जाओगे जो उच्चतर विकास के लिए सेतु है।

अतः सदा याद रखो, जो कुछ भी मैं तुमसे कहता हूं, तुम इसे दो ढंग से ग्रहण कर सकते हो। तुम इसे मेरी प्रमाणिकता मान कर अपना सकते हो। 'ओशो ने ऐसा कहा है, अतः सत्य ही होना चाहिए।' तब तुम पीड़ा उठाओगे, तब तुम्हारा विकास नहीं होगा। जो कुछ भी मैं कहता हूं, उसे सुनो, समझने की कोशिश करो, इसे अपने जीवन में उतारो, देखो यह कैसे कार्य करता है, और फिर अपने निजी निष्कर्षों पर पहुंचो। वे समान हो सकते हैं, वे समान नहीं हो सकते हैं। वे पूर्णतः एक से कभी नहीं हो सकते। क्योंकि तुम्हारा एक अलग व्यक्तित्व, एक अनूठा अस्तित्व है। जो कुछ भी मैं कह रहा हूं मेरा निजी है। बड़े गहरे ढंग से इसकी जड़ें मेरे भीतर उतरी हुई हैं। तुम उन्हीं निष्कर्षों तक पहुंच सकते हो, परंतु वे हूबहू एक से नहीं होंगे। अतः मेरे निष्कर्ष तुम्हारे निष्कर्ष नहीं बना दिए जाने चाहिए। तुम मुझे समझने का प्रयास करो, तुम सीखने की कोशिश करो, लेकिन तुम्हें मुझसे जानकारी एकत्रित नहीं करना चाहिए, तुम्हें मुझसे निष्कर्ष एकत्रित नहीं करना चाहिए। तब तुम्हारा मनस शरीर विकसित होगा।

लेकिन लोग त्वरित विधि अपनाते हैं। वे कहते हैं, 'यदि आपने जान लिया, बात खतम। हमें प्रयास और प्रयोग करने की जरूरत ही क्या है? हम आपमें विश्वास करेंगे।' विश्वासी का कोई मनोमय कोष नहीं होता। उसके पास एक छद्म मनोमय कोष है, जो उसके अस्तित्व से नहीं आया है वरन बाहर से जबरन आरोपित कर दिया गया है।

अब मनोमय कोष से उच्चतर, मनोमय कोष से विराट, यह है: 'विज्ञानमय कोष', यह है भाव-शरीर। यह बहुत-बहुत विस्तीर्ण है। अब इसमें कोई कारण नहीं है, यह तर्कातीत है, अत्यधिक सूक्ष्म हो गया है, यह है भाव-बोध। यह वस्तुओं के स्वभाव में सीधे देख लेना है। यह उनके बारे में सोचने का प्रयास नहीं है। आंगन में एक सरू का वृक्ष है, तुम बस उसे देखते हो, तुम इसके बारे में सोचते नहीं, भाव में 'किसी के बारे में' कुछ नहीं होता। तुम बस वहां मौजूद होते हो, ग्रहणशील होकर, और सत्य स्वयं अपनी प्रकृति तुम पर उदघाटित कर देता है। तुम प्रक्षेपित नहीं करते। तुम किसी तर्क, निष्पत्ति, या ऐसी किसी बात की तलाश में नहीं होते। तुम तो खोज भी नहीं रहे होते। तुम मात्र प्रतीक्षारत होते हो, और सत्य प्रकट हो जाता है, यह एक उदघाटन है। भाव-शरीर तुम्हें क्षितिज की सीमाओं के बहुत आगे ले जाता है, लेकिन अभी एक शरीर और है।

यह पांचवां शरीर है: 'आनंदमय कोष', आनंद-काया। यह वास्तव में पहुंच के पार है। यह शुद्ध आनंद से निर्मित है। भाव का भी अतिक्रमण हो गया है।

याद रहे, ये पांच बीज, मात्र बीज हैं, इनके पांचों के पार है तुम्हारी वास्तविकता। ये तुम्हें घेरे हुए बीजावरण मात्र हैं। पहला बहुत स्थूल है, छह फीट के शरीर में तुम लगभग पूरे ही समाए हुए हो। दूसरा उससे बड़ा है, तीसरा और भी बड़ा है, चौथा इससे भी बड़ा, और पांचवां बहुत बड़ा है। लेकिन फिर भी ये बीजावरण हैं। सभी सीमित हैं। यदि सारे बीजावरण गिरा दिए जाएं और तुम अपनी वास्तविकता में अनावृत खड़े हो, तो तुम असीम हो। यही कारण है कि योग कहता है: तुम परमात्मा हो! अहं-ब्रह्मास्मि! तुम्हीं हो वह ब्रह्म! अब तुम स्वयं ही परम सत्य हो, अब सारे अवरोध गिराए जा चुके हैं।

जरा इसे समझने की कोशिश करना। ये अवरोध तुम्हें वर्तुलों के रूप में घेरे हुए हैं। पहला अवरोध अत्याधिक कठोर है। इसके पार जाना बहुत कठिन है। लोग अपनी भौतिक देह में सीमित रहते हैं और सोचते हैं कि यह भौतिक जीवन ही सारा जीवन है। इसमें मत ठहरो। भौतिक-शरीर, ऊर्जा-शरीर के लिए एक सोपान मात्र है। ऊर्जा-शरीर भी, मनस-शरीर के लिए एक सोपान है। यह भी भाव-शरीर के लिए स्वयं में एक चरण है। वह भी आनंद-काया के लिए एक सीढ़ी है। और आनंद-काया से तुम छलांग लगाते हो, अब कोई सीढ़ियां नहीं हैं, तुम अपने अस्तित्व के अतल शून्य में, जो शाश्वत और अनंत है, छलांग लगा देते हो।

ये पांच बीज हैं। इन पांच बीजों से संबंधित, पंचभूतों, पांच महातत्वों के लिए योग के पास एक अलग देशना है। जैसे कि तुम्हारा शरीर भोजन, पृथ्वी से निर्मित है, पृथ्वी पहला तत्व है। याद रखो, इसका इस धरती से कुछ लेना-देना नहीं है। तत्व का अर्थ यह है कि जहां भी पदार्थ है। यह पृथ्वी है; यह पदार्थ पृथ्वी है, यह स्थूल पृथ्वी है। तुममें यह शरीर है; तुम्हारे बाहर सबकी देहें हैं। सितारे भी इसी मिट्टी से बने हैं। जो भी अस्तित्व रखता है मिट्टी से बना है, मृण्मय है। पहला आवरण पार्थिव है।

पांच भूतों का अर्थ है: पांच महातत्व–पृथ्वी, अग्नि, जल, वायु, आकाश।

तुम्हारा पहला शरीर अन्नमय कोष, भोजन-काया से पृथ्वी संबंधित है। अग्नि तुम्हारे दूसरे शरीर ऊर्जा-शरीर, बायो-प्लाज्मा, ची, प्राणमय कोष से संबंधित है, इसमें अग्नि का गुण होता है। तीसरा जल है, यह मनोमय कोष, मनस-शरीर से संबंधित है, इसमें जल का गुण होता है। मन का निरीक्षण करो, कैसे यह प्रवाह की भांति, सदा गतिशील, नदी की भांति, गतिमान रहता है। चौथा है वायु, लगभग अदृश्य, तुम उसे देख नहीं सकते, फिर भी यह वहां होती है, तुम इसे मात्र अनुभव कर सकते हो, यह भाव-शरीर, विज्ञानमय कोष से संबंधित है। और तब आता है आकाश, ईथर; तुम इसे अनुभव नहीं कर

सकते, यह हवा से भी अधिक सूक्ष्म हो जाता है। तुम इसका विश्वास कर सकते हो, श्रद्धा कर सकते हो कि यह वहां है। यह शुद्ध आकाश है, यह आनंद है।

लेकिन तुम शुद्ध आकाश से शुद्धतर, शुद्ध आकाश से भी सूक्ष्मतर हो। तुम्हारा यथार्थ ऐसा है कि करीब-करीब वह है ही नहीं। यही कारण है कि बुद्ध कहते हैं: अनत्ता, अनात्मा। तुम्हारा आत्म अनात्म जैसा है, तुम्हारा अस्तित्व करीब-करीब अनअस्तित्व जैसा है। अनअस्तित्व क्यों? क्योंकि यह सारे स्थूल तत्वों से काफी परे है। यह मात्र होना है। इसके बारे में कुछ कहा नहीं जा सकता है, कोई व्याख्या इसके लिए पर्याप्त नहीं है।

ये हैं पांच भूत, पांच महातत्व, जो तुम्हारे भीतर के पांच कोषों, शरीरों से संबंधित हैं।

फिर तीसरा विचार सूत्र। मैं चाहता हूं कि तुम इन सभी को समझ लो, क्योंकि जिन सूत्रों पर हम चर्चा करने जा रहे हैं उनको समझने में वे उपयोगी होंगे। अब बात आती है सात चक्रों की। चक्र का वास्तविक अर्थ अंग्रेजी शब्द 'सेंटर' से नहीं है। सेंटर शब्द इसे परिभाषित या वर्णित या ठीक से अनुवादित नहीं कर सकता। क्योंकि जब हम कहते है केंद्र तो यह कोई स्थिर चीज प्रतीत होता है। और चक्र का अर्थ है कोई गतिशील चीज। चक्र शब्द का अर्थ है: पहिया, घूमता हुआ पहिया। अतः चक्र तुम्हारे अस्तित्व में एक गतिशील केंद्र है, करीब-करीब एक भंवर, एक बुलबुला, एक चक्रवात के केंद्र की भांति। यह गतिशील है, यह अपने चारों और एक ऊर्जा क्षेत्र निर्मित करता है।

सात चक्र। पहला एक सेतु है और अंतिम भी एक सेतु है, शेष पांच, पांच महाभूतों, पांच महातत्वों और पांच बीजों से संबंधित हैं। काम एक सेतु है, तुम्हारे और स्थूलतम, प्रकृति, कुदरत के बीच। सहस्त्रार, सातवां चक्र भी एक सेतु है, तुम्हारे और अतल शून्य, परम के बीच एक पुल। ये दोनो सेतु हैं शेष पांच चक्र पांच तत्वों और पांच शरीरों से संबंधित हैं। यह है पतंजलि की व्यवस्था की रूप-रेखा। याद रहे कि यह स्वैच्छिक है। इसे एक उपाय की भांति प्रयोग किया जाना है एक सिद्धांत की भांति इस पर परिचर्चा नहीं करनी है। यह किसी धर्मशास्त्र का कोई सिद्धांत नहीं है। यह मात्र एक उपयोगी मानचित्र है। तुम किसी क्षेत्र में, किसी अनजाने, अनूठे देश में जाते हो, और तुम अपने साथ एक नक्शा लेकर जाते हो। वह नक्शा वास्तव में उस क्षेत्र को चित्रित नहीं करता, एक क्षेत्र को कोई नक्शा कैसे चित्रित कर सकता है? नक्शा कितना छोटा होता है, वह क्षेत्र कितना विशाल। नक्शे पर नगर एक बिंदु होते हैं। ये बिंदु बड़े-बड़े शहरों से कैसे संबंधित हो सकते हैं? नक्शे पर सड़कें सिर्फ एक रेखा की भांति होती हैं। सड़कें सिर्फ एक रेखा कैसे हो सकती हैं? पहाड़ों का बस एक निशान होता है, नदियों का बस एक रेखांकन होता है। और छोटी-मोटी नदियों को तो छोड़ दिया जाता है। केवल बड़ी नदियां अंकित की गई होती हैं। यह एक मानचित्र है; यह कोई सिद्धांत नहीं है।

केवल पांच शरीर नहीं हैं, बहुत से शरीर हैं, क्योंकि दो शरीरों के बीच में उनको जोड़ने के लिए एक

और चाहिए, और इसी भांति और, और। तुम एक प्याज की तरह हो पर्त दर पर्त, लेकिन ये पांच पर्याप्त हैं। हूं...ये खास देहें हैं, मुख्य शरीर। अतः इसके बारे में ज्यादा चिंता न करो। हूं..., क्योंकि बौद्ध कहते हैं कि सात शरीर हैं और जैन कहते है कि नौ शरीर हैं। कुछ भी गलत नहीं है और कुछ विरोधाभास भी नहीं है, क्योंकि यह सिर्फ नक्शों की बात है। यदि तुम विश्व का मानचित्र देख रहे हो तो बड़े शहर और बड़ी नदियां भी उसमें नहीं दिखेंगी। यदि तुम एक देश का नक्शा देख रहे हो, तो ऐसी कई चीजें दिखेंगी जो विश्व के नक्शे में नहीं थीं। और अगर तुम एक प्रांत का नक्शा देखो, तो कई और चीजें प्रकट हो जाएंगी। और यदि एक जिले का नक्शा देख रहे हो निःसंदेह और अधिक। और एक ही शहर का तब और बहुत चीजें...। और यदि बस एक मकान का तब और और...। चीजें प्रकट होती जाती है, यह इस पर निर्भर होता है।

जैन कहते हैं, नौ; बुद्ध कहते हैं, सात; पतंजलि कहते हैं, पांच। ऐसी विचारधाराएं हैं जो बस तीन की बात करती हैं। और वे सभी सही हैं, क्योंकि वे किसी तर्क पर परिचर्चा नहीं कर रहे हैं, वे तुम्हें कार्य करने के लिए कुछ उपकरण मात्र दे रहे हैं।

और मेरे देखे पांच लगभग सही संख्या है। क्योंकि पांच से अधिक, बहुत हो जाता है और पांच से कम बहुत थोड़ा। पांच करीब-करीब सही जान पड़ते हैं। पतंजलि बहुत संतुलित विचारक हैं।

अब इन चक्रों के बारे में कुछ बातें। पहला चक्र, पहला गतिशील चक्र है काम का–मूलाधार। यह तुम्हें प्रकृति के साथ जोड़ता है, यह अतीत के साथ जोड़ता है, और यही भविष्य के साथ जोड़ता है। तुम्हारा जन्म दो व्यक्तियों की काम-क्रीड़ा से हुआ था। तुम्हारे माता-पिता की काम-क्रीड़ा तुम्हारे जन्म का कारण बन गई। तुम अपने माता-पिता से और उनके माता-पिता से और उनके माता-पिता से और इसी भांति और पीछे तक काम-केंद्र द्वारा जुड़े हो। सारे अतीत से तुम काम-केंद्र द्वारा ही संबंधित हो, और यह धागा काम-केंद्र द्वारा जुड़ता चला गया है। और यदि तुम किसी बच्चे को जन्म दो तो तुम भविष्य से जुड़ जाओगे।

जीसस ने कई बार और बड़े कठोर ढंग से जोर देकर कहा है, 'यदि तुम अपनी माता से और अपने पिता से घृणा नहीं करते, तुम मेरे पास आकर मेरा अनुगमन नहीं कर सकते।' यह बात करीब-करीब कठोर, लगभग अविश्वसनीय जान पड़ती है कि जीसस जैसे व्यक्ति, भला वे इतने कठोर शब्द क्यों बोलेंगे? और वे तो करुणा के अवतार हैं और वे साक्षात प्रेम हैं। वे क्यों कहते हैं, 'यदि तुम मेरा अनुगमन करना चाहते हो, तो अपनी माता से घृणा करो, अपने पिता से घृणा करो। इसका अभिप्राय है: काम-प्रसंग से बाहर निकलो। वे जो कह रहे हैं उसका प्रतीकात्मक अर्थ है: काम-केंद्र के पार जाओ। तब तत्क्षण तुम अतीत से और संबंधित नहीं रहते, भविष्य से और संबंधित नहीं रहते।

यह काम है जो तुम्हें समय का हिस्सा बनाता है। एक बार तुम काम से पार चले जाओ, तुम शाश्वत का एक भाग बन जाते हो, समय का भाग नहीं रहते। तब अचानक केवल वर्तमान का ही अस्तित्व बचता है। तुम वर्तमान हो, लेकिन अगर तुम खुद को काम-केंद्र द्वारा देखते हो तो तुम अतीत भी हो, क्योंकि तुम्हारी आंखों में तुम्हारी माता और तुम्हारे पिता का रंग होता है, और तुम्हारे शरीर में लाखों पीढ़ियों के परमाणु और कोशिकाएं विद्यमान होंगी। तुम्हारी सारी रचना, जैव संरचना एक लंबे सातत्य का हिस्सा है। तुम एक बड़ी शृंखला की कड़ी हो।

भारत में यह कहा जाता है कि जब तक तुम एक संतान को जन्म न दो तुम अपने माता-पिता का कर्ज नहीं चुका सकते। यदि तुम चाहते हो कि अतीत का ऋण तुम से हट जाए, तो तुम्हें भविष्य निर्मित करना पड़ेगा। यदि तुम वास्तव में ऋण-मुक्त होना चाहते हो, तो अन्य कोई उपाय नहीं है। तुम्हारी मां तुम्हें प्रेम करती थी, तुम्हारे पिता तुम्हें प्रेम करते थे, अब तुम क्या कर सकते हो? वे विदा हो चुके। तुम मां बन सकती हो बच्चों की, तुम उनके पिता बन सकते हो और प्रकृति का ऋण उसी कोष में जमा कर सकते हो जहां से तुम्हारे मां-बाप आए, तुम आए, तुम्हारे बच्चे आएंगे।

काम एक महत शृंखला है। यह विश्व की, संसार की सारी शृंखला है, और यह दूसरों से जुड़ाव है। क्या तुमने इस पर ध्यान दिया है? जिस पल तुम कामुक अनुभव करते हो, तुम दूसरे के बारे में सोचने लगते हो। जब तुम कामुक अनुभव नहीं करते, तुम कभी भी दूसरे के बारे में नहीं सोचते। जो व्यक्ति काम से परे है, वह दूसरे से भी परे है। वह समाज में रह सकता है, पर वह समाज में नहीं होता। वह भीड़ में चल रहा होता है, पर वह अकेला चलता है। और ऐसा व्यक्ति जो कामुक है, वह अकेला एवरेस्ट के शिखर पर बैठा हुआ हो सकता है, लेकिन वह दूसरे कें बारे में सोचेगा। उसे ध्यान करने के लिए चंद्रमा पर भेजा जा सकता है परंतु वह दूसरे के बारे में ही ध्यान करेगा।

काम दूसरों से जुड़ने का सेतु है। जैसे ही काम तिरोहित होता है शृंखला भंग हो जाती है। पहली बार तुम एक व्यक्ति बन जाते हो। यही कारण है कि लोग भले ही काम से अत्यधिक ग्रस्त हैं, लेकिन वे इसके साथ कभी प्रसन्न नहीं होते, क्योंकि इसके दोनों तरफ धार है। यह तुम्हें दूसरों से जोड़ता है, यह तुम्हें वैयक्तिक नहीं होने देता। यह तुम्हें तुम नहीं होने देता है। यह तुम्हें ढांचों में, गुलामियों में, बंधनों में रहने को बाध्य करता है। लेकिन अगर तुम नहीं जानते कि इसका अतिक्रमण कैसे हो, तो तुम्हारी ऊर्जा को प्रयोग करने का यही एक मात्र रास्ता है। यह एक सुरक्षा वाल्व बन जाता है।

जो लोग पहले चक्र, मूलाधार पर ही जीते हैं केवल मूढ़ कारण से जीते हैं। वे ऊर्जा निर्मित किए चले जाते हैं और जब वे इससे अति बोझिल हो जाते हैं तब वे उसे फेंकते रहते हैं। वे खाते हैं, वे कार्य करते हैं, वे सोते हैं, वे ऊर्जा निर्मित करने के बहुत से कार्य करते हैं। फिर वे कहते हैं, इसका क्या करें? यह

बहुत भारी है। फिर वे इसे फेंक देते हैं। यह एक बड़ा दुष्चक्र प्रतीत होता है। जब वे इसे फेंक देते हैं तो फिर खालीपन अनुभव करते हैं। बे इसे नये ईंधन से, नये भोजन से, नये कार्य से पुनः भरते हैं और फिर जब ऊर्जा वहां होती है तो वे बहुत भरापन महसूस हो रहा है। कहते हैं, किसी भांति इससे भी छुटकारा पाना है। और काम सिर्फ एक छुटकारा बन जाता है, ऊर्जा एकत्रित करने, ऊर्जा फेंकने, ऊर्जा एकत्रित करने, ऊर्जा फेंकने का एक दुष्चक्र। यह बेतुका जान पड़ता है।

जब तक तुम्हें इस बात का पता नहीं लगता कि तुम्हारे भीतर कुछ उच्चतर केंद्र भी हैं, जो इस ऊर्जा को समाहित कर सकते हैं, सृजनात्मक रूप से प्रयुक्त कर सकते हैं, तुम इसी काम के दुष्चक्र में बंधे रहोगे। इसीलिए तो सारे धर्म किसी भी भांति काम नियंत्रण पर जोर देते हैं। यह दमनकारी हो सकता है, यह खतरनाक हो सकता है। यदि नये चक्र नहीं खुल रहे हैं और तुम ऊर्जा को बांधे चले जाते हो, उसकी निंदा करते हुए, दबाते हुए उसके साथ जबरदस्ती करते हुए, तो तुम एक ज्वालामुखी पर बैठे होते हो। किसी भी दिन विस्फोट होगा, तुम विक्षिप्त हो जाओगे। तुम पागल हो जाने वाले हो। तब बेहतर यही है कि इससे छुटकारा पा लिया जाए। लेकिन ऐसे केंद्र हैं जो इस ऊर्जा को सोख सकते हैं, और महत्तर अस्तित्व, और महानतर संभावनाएं तुम्हारे सामने उदघाटित हो सकती हैं।

याद रखो, हम पिछले कुछ दिनों से दूसरे केंद्र की, काम-केंद्र के निकट, हारा की, मृत्यु के केंद्र की चर्चा कर रहे हैं। यही कारण है कि लोग काम के पार जाने से भयभीत हैं, क्योंकि जिस क्षण ऊर्जा काम से पार जाती है, यह हारा केंद्र को छूती है और व्यक्ति भयग्रस्त हो जाता है। यही कारण है कि लोग प्रेम में गहरे उतरने से भी भयभीत हैं, क्योंकि जब तुम प्रेम में गहरे उतरोगे तो काम-केंद्र ऐसी लहरें निर्मित करेगा कि इन लहरों के द्वारा केंद्र में प्रविष्ट होने से भय उपजेगा।

अतः मेरी पास अनेक लोग आते हैं, वे पूछते हैं, हम अन्य लिंगी से इतना भयभीत क्यों हैं? पुरुषों से या स्त्रियों से, हम इतना भयाक्रांत क्यों महसूस करते हैं?

यह अन्य लिंगी का भय नहीं है। यह स्वयं कामवासना का ही भय है। क्योंकि यदि तुम काम में गहरे उतरो, तो वह केंद्र और सक्रिय हो जाता है। बड़े ऊर्जा-क्षेत्र निर्मित करता है। और वे ऊर्जा-क्षेत्र हारा-केंद्र को अध्यारोपित करना आरंभ कर देते हैं। क्या तुमने इस पर ध्यान दिया है? काम-क्रिया के चरमोत्कर्ष पर तुम्हारी नाभि के ठीक नीचे कुछ गतिशील होता है, कंपित होता है। यह कंपन हारा से काम-केंद्र के सम्मिलन का है। यही कारण है कि लोग काम से भी भयभीत हो जाते हैं। विशेषतः लोग गहन अंतरंगता, काम के चरमोत्कर्ष से भयभीत होते हैं। लेकिन दूसरे केंद्र का भेदन, इसका खुलना और इसमें प्रविष्ट होना अनिवार्य है। जब जीसस कहते हैं, जब तक कि तुम मरने को तैयार न हो, तुम्हारा पुनर्जन्म नहीं हो सकता है, तो उनका अभिप्राय यही है।

अभी दो या तीन दिन पहले ही, ईस्टर के दिन किसी ने पूछा था, 'आज ईस्टर है, ओशो, क्या आप कुछ कहेंगे?' मेरे पास कहने के लिए एक ही बात है, कि हर दिन ईस्टर है, क्योंकि जीसस के पुनर्जीवित होने का, उनकी सूली और पुनर्जीवन का, उनकी मृत्यु और उनके पुनर्जन्म का दिन ही ईस्टर है। यदि तुम हारा केंद्र में जाने को तैयार हो तो हर दिन एक ईस्टर है। पहले तुम्हें सूली लगेगी, तुम्हारा क्रास तुम्हारे भीतर हारा-केंद्र में है। तुम उसे पहले से ही अपने साथ लिए हो, तुम्हें बस इस की ओर जाना है और तुम्हें इसके माध्यम से मरना है, और तभी हो जाता है पुनर्जीवन।

एक बार तुम हारा-केंद्र में मर जाओ, मृत्यु खो जाती है। तब पहली बार तुम एक नये जगत, एक नये आयाम से परिचित होते हो। तब तुम हारा से उच्चतर केंद्र, नाभि-केंद्र को देख सकते हो। और यह नाभि-केंद्र पुनर्जीवन बन जाता है, क्योंकि नाभि-केंद्र ही सर्वाधिक ऊर्जा संरक्षक केंद्र है। यह ऊर्जा का संचायक है।

और एक बार तुमने जान लिया कि तुम काम-केंद्र से हारा में चले गए हो, अब तुम यह भी जान लेते हो कि अंतर्यात्रा की संभावना है। तुमने एक द्वार खोल लिया है। अब जब तक तुम सारे द्वार न खोल लो, तुम आराम नहीं कर सकते। अब तुम देहरी पर नहीं रुके रह सकते, तुमने महल में प्रवेश पा लिया है। तब तुम एक के बाद एक द्वार खोल सकते हो।

ठीक मध्य में है हृदय का केंद्र। हृदय-केंद्र उच्चतर और निम्नतर को विभाजित करता है। पहला है काम केंद्र, फिर हारा, फिर नाभि, और फिर आता है हृदय-केंद्र। इसके नीचे तीन केंद्र हैं, इससे उपर तीन केंद्र हैं। हृदय है एकदम बीच में।

तुमने सोलोमन की मुद्रा देखी होगी। यहूदी धर्म में विशेष कर कब्बाली विचारधारा में सोलोमन की मुद्रा सर्वाधिक महत्वपूर्ण प्रतीकों में से एक है। सोलोमन की सील हृदय-केंद्र का प्रतीक है। काम अधोगामी है, अतः काम अधोमुखी त्रिभुज की भांति है। सहस्त्रार ऊर्ध्वगामी है, अतः सहस्त्रार एक ऊर्ध्व उन्मुख त्रिभुज है। और हृदय ठीक मध्य में है, जहां काम त्रिकोण सहस्त्रार के त्रिकोण से मिलता है। दोनों त्रिभुज मिलते हैं, एक दूसरे में विलीन हो जाते हैं और यह षटकोणीय सितारा बन जाता है, यही है सोलोमन की सील। सोलोमन की सील है–हृदय।

एक बार तुमने हृदय-केंद्र खोल लिया, तो तुम उच्चतम संभावनाओं के लिए उपलब्ध हो जाते हो। हृदय से नीचे तुम मानव रहते हो, हृदय के पार तुम अति-मानव बन जाते हो।

हृदय-केंद्र के बाद है कंठ-चक्र, फिर है तीसरी आंख का केंद्र, और फिर सहस्त्रार।

हृदय है प्रेम की अनुभूति। हृदय है प्रेम से आप्लावित होना, प्रेम ही हो जाना। कंठ है अभिव्यक्ति, संवाद, बांटना इसे, दूसरों को देना। और अगर तुम दूसरों को प्रेम देते हो, तो तीसरी आंख का केंद्र सक्रिय

हो जाता है। एक बार तुम देना आरंभ कर दो, तुम ऊंचे और ऊंचे जाने लगते हो। एक व्यक्ति जो लिए चला जाता हो, वह नीचे, नीचे और नीचे चला जाता है। जो व्यक्ति दिए चला जाए, वह उच्चतर, उच्चतर और उच्चतर होता जाता है। कंजूस होना सबसे बुरी अवस्था है, जिसमें आदमी गिर सकता है। और दानी वह महत्तम संभावना है, जिसको व्यक्ति उपलब्ध हो सकता है।

पांच शरीर, पांच महाभूत, और पांच केंद्र और दो सेतु। यही है रूप-रेखा, मानचित्र। इस ढांचे के पीछे योगियों का सारा प्रयास है कि हर कहीं संयम आए, इस प्रकार व्यक्ति प्रकाश से ओतप्रोत, ज्ञानोपलब्ध हो जाए।

अब सूत्रः

'चेतना के आयाम को संस्पर्शित करने की शक्ति, मनस-शरीर के परे है, अतः अकल्पनीय है, महाविदेह कहलाती है। इस शक्ति के द्वारा प्रकाश पर छाया हुआ आवरण हट जाता है।'

जब तुम मनस-शरीर का अतिक्रमण कर लेते हो, तो पहली बार तुम्हें यह पता लगता है कि तुम मन नहीं हो वरन साक्षी हो। मन से नीचे तुम्हारा इससे तादात्म्य बना हुआ है। एक बार तुम जान लो कि विचार, मानसिक प्रतिबिंब, धारणाएं, वे सभी विषयवस्तु हैं, तुम्हारी चेतना में तैरते बादल हैं, तुम तत्क्षण उनसे अलग हो जाते हो।

'चेतना के आयाम को संस्पर्शित करने की शक्ति मनस-शरीर से परे है, अतः अकल्पनीय है, महाविदेह कहलाती है।'

तुम देहातीत हो जाते हो। महाविदेह का अर्थ हैः जो देह के पार है, जो अब किसी शरीर में सीमित नहीं रहा, जो यह जान गया कि वह स्थूल हो या सूक्ष्म, देह नहीं है, जिसने यह जान लिया कि वह असीम है, उसकी कोई सीमा नहीं है। महाविदेह का अर्थ हैः जो यह जान गया कि अब उसकी कोई सीमा न रही। सारी सीमाएं सीमित करती हैं, बांध लेती हैं, और वह उन्हें तोड़ सकता है, छोड़ सकता है और अनंत आकाश के साथ एक हो सकता है।

स्वयं को असीम की तरह जानने का यह क्षण वही क्षण है।

'इस शक्ति के द्वारा प्रकाश पर छाया आवरण हट जाता है।'

तब वह आवरण गिर जाता है जो तुम्हारे प्रकाश को छिपाए हुए था। तुम एक प्रकाश की भांति हो जो कई-कई आवरणों से ढंका है। धीरे-धीरे एक-एक आवरण हटाया जाना है। इससे और-और प्रकाश अनावृत होता जाएगा।

मनोमय-कोष, मनस-शरीर एक बार गिर जाए, तुम ध्यान बन जाते हो, तुम अ-मन हो जाते हो। यहां हमारा पूरा प्रयास मनोमय कोष से पार जाने का है, कैसे इस बात के प्रति बोधपूर्ण हुआ जाए कि मैं विचार-प्रक्रिया नहीं हूं।

'उनके स्थूल, सतत, सूक्ष्म, सर्वव्यापी और क्रियाशील स्वरूप पर संपन्न हुआ संयम, पंचभूतों, पांच तत्वों पर आधिपत्य ले आता है।'

यह पतंजलि के सर्वाधिक सारगर्भित सूत्रों में से एक है और भविष्य के विज्ञान के लिए अति महत्वपूर्ण है। एक न एक दिन विज्ञान इस सूत्र का अर्थ खोज ही लेगा। विज्ञान पहले से ही इस पथ पर अग्रसर है। यह सूत्र यह कह रहा है कि संसार के सभी तत्व, पंच महाभूत–पृथ्वी, वायु, अग्नि आदि, शून्य से जन्मते हैं और पुनः विश्रांति के लिए शून्य में समा जाते हैं। हर चीज शून्य से आती है और थक जाने पर विश्राम हेतु पुनः शून्य में समा जाती है।

अब विज्ञान, विशेषतः भौतिकविद इस बात से राजी हैं कि पदार्थ शून्य से जन्मा है। वे पदार्थ में जितना गहरे उतरे उतना ही अधिक उन्होंने खोजा कि वहां पदार्थ जैसा कुछ भी नहीं है। जितना गहरे वे गए, पदार्थ और-और अप्राप्य होता गया और अंततः उनके हाथ कुछ न लगा। कुछ न बचा, मात्र रिक्तता, एक शुद्ध अंतराल। इस शुद्ध अंतराल से हर चीज का जन्म होता है। यह अतर्क्य प्रतीत होता है, लेकिन जीवन अतार्किक है। आधुनिक संपूर्ण विज्ञान अतर्क्य प्रतीत होता है। क्योंकि यदि तुम तर्क से आबद्ध रहो तो तुम सत्य में प्रविष्ट नहीं हो सकते। और निसंदेह जब तर्क और यथार्थ में चुनाव करने की बात हो तो तुम तर्क को कैसे चुन सकते हो? तुम्हें तर्क का परित्याग करना पड़ता है

अभी पचास साल पहले जब वैज्ञानिकों को पता लगा कि क्वांटा, विद्युतकण बड़े ही अजीब ढंग से व्यवहार करता है, एक झेन मास्टर की भांति, अविश्वसनीय, बेतुका...। कभी-कभी वे तरंग की भांति दिखते हैं और कभी-कभी कणों की भांति दिखते हैं। अब इसके पहले यह स्पष्ट अवधारणा थी कि कोई चीज या तो कण हो सकती है या तरंग। वही एक चीज उसी क्षण में दोनों एक साथ नहीं नहीं हो सकती है। एक कण और एक तरंग? इसका अर्थ हुआ कि कोई चीज बिंदु और रेखा दोनों, एक ही समय में एक साथ है। असंभव। यूक्लिड राजी न होगा। अरस्तू तो बस इंकार करेगा, कि तुम पागल हो गए हो। बिंदु बिंदु होता है, और रेखा एक पंक्ति में अनेक बिंदुओं का नाम है, अतः यह कैसे संभव है कि कोई बिंदु उसी समय एक बिंदु रहते हुए रेखा भी हो। बेतुकी बात है यह। यूक्लिड तथा अरस्तू ही मान्य थे। बस पचास साल पहले ही उनका सारा ढांचा ढह गया, क्योंकि वैज्ञानिकों को पता लगा कि क्वांटम, विद्युतकण, दोनों प्रकार से एक ही समय में व्यवहार करता है।

तर्कशास्त्रियों ने विवाद खड़े कर दिए और उन्होंने कहा, 'यह संभव नहीं है।' भौतिकविदों ने कहा,

'हम क्या कर सकते है? यह संभव या असंभव का प्रश्न नहीं है, यह ऐसा है। हम कुछ नहीं कर सकते। यदि क्वांटम अरस्तु की नहीं मान रहा है, तो हम क्या कर सकते हैं? यह इस ढंग से व्यवहार कर रहा है, और यदि क्वांटम गैर-यूक्लिड ढंग से व्यवहार कर रहा है और यूक्लिड की ज्यामिती का अनुगमन नहीं कर रहा है तो हम क्या कर सकते हैं? यह इस ढंग से व्यवहार कर रहा है। और हमें सत्य तथा वास्तविकता के व्यवहार को ही स्वीकारना पड़ेगा।' मानव चेतना के इतिहास के बड़े निर्णायक क्षणों में से एक है यह बात। फिर ऐसा विश्वास सदा से था कि किसी चीज से ही कोई और चीज बन सकती है। बात बहुत सीधी और सहज है, ऐसा होना ही चाहिए। ना-कुछ में से कुछ कैसे निकल सकता है। तो पदार्थ मिट जाता है, और वैज्ञानिक इस निष्कर्ष पर पहुंचे कि सब कुछ ना-कुछ से ही जन्मा है और सब कुछ पुनः ना-कुछ में ही विलीन हो जाता है। अब वे ब्लैक होल्स (कृष्ण-विवर) की बात कर रहे हैं। ये ब्लैक होल्स विराट शून्यता के छिद्र हैं। मैं इसे विराट ना-कुछपन कह रहा हूं, क्योंकि यह ना-कुछपन मात्र कोई अनुपस्थिति नहीं है। यह ऊर्जा से आपूरित है, लेकिन यह ऊर्जा ना-कुछपन की है। वहां पाने के लिए कुछ भी नहीं है, किंतु वहां ऊर्जा है। अब वे कह रहे हैं कि अस्तित्व में कृष्ण-विवर होते हैं। वे सितारों के समांतर हैं। सितारे सकारात्मक हैं, और हर सितारे के समांतर एक ब्लैक होल है। सितारा 'है', ब्लैक होल 'नहीं है।' और हर तारा जब थक जाता है, बोझिल हो जाता है तब ब्लैक होल बन जाता है। और हर ब्लैक होल जब आराम कर चुका होता है तो तारा बन जाता है।

पदार्थ अ-पदार्थ में परिवर्तित होता रहता है। पदार्थ अ-पदार्थ बन जाता है, अ-पदार्थ पदार्थ बन जाता है। जीवन मृत्यु बन जाता है, मृत्यु जीवन बन जाती है। प्रेम घृणा बन जाता है, घृणा प्रेम बन जाती है। ध्रुवीयताएं लगातार बदलती रहती हैं।

यह सूत्र कहता है: 'उनके स्थूल, सतत, सूक्ष्म, सर्वव्यापी और क्रियाशील स्वरूप पर संपन्न हुआ संयम, पंचभूतों, पांच तत्वों पर आधिपत्य ले आता है।'

पतंजलि यह कह रहे हैं कि यदि तुम अपने साक्षीभाव के सच्चे स्वरूप को समझ गए हो, और तब तुम एकाग्र होते हो, तुम किसी पदार्थ पर संयम साधते हो, तो तुम इसे प्रकट या लुप्त कर सकते हो। तुम चीजों को मूर्तमान करने में सहायक हो सकते हो क्योंकि वे ना-कुछ से आती हैं। और तुम चीजों को अमूर्त होने में सहायक हो सकते हो।

भौतिकविदों के लिए यह अब भी जानना शेष बचा है कि यह संभव है या नहीं। यह तो घट रहा है कि पदार्थ बदलता है और अपदार्थ बन जाता है, अपदार्थ बदलता है, पदार्थ बन जाता है। इन पचास सालों में उन्हें अनेक बेतुकी बातें पता लगी हैं। यह युग सर्वाधिक क्षमतावान युग है, जिसमें इतना अधिक ज्ञान का विस्फोट हुआ है कि इस सबको एक व्यवस्था में सीमित कर पाना लगभग असंभव प्रतीत होता

है। व्यवस्था कैसे बनाई जाए? पचास साल पहले तक स्वयं में संपूर्ण सिद्धांत बनाना बहुत सरल था। अब असंभव है। वास्तविकता ने हर तरफ से अपनी उपस्थिति इस भांति दर्ज कराई है कि सारे मतवाद, सिद्धांत, प्रणालियां छिन्न-भिन्न हो गए हैं। वास्तविकता इन सभी की तुलना में कहीं ज्यादा सिद्ध हुई है।

वैज्ञानिक कहते हैं, ऐसा हो रहा है। पतंजलि का कहना है कि ऐसा किया जा सकता है। यदि ऐसा घट रहा है तो उसे घटने पर बाध्य क्यों नहीं किया जा सकता? जरा देखो। तुम पानी गर्म करते हो, सौ डिग्री पर यह भाप बन जाता है। आग की खोज किए जाने से पूर्व भी, यह सदा से होता रहा है। सूर्य की किरणें सागर और नदियों से पानी वाष्पिन कर रही थीं और बादल बन रहे थे और पानी नदियों में फिर वापस आ रहा था, पुनः भाप बन रहा था। फिर आदमी ने आग खोज ली, और उसने पानी को गर्म करना, इसको वाष्पित करना शुरू कर दिया।

जो कुछ भी घट रहा है, उसे घटित करवाने के लिए विधियां और उपाय खोजे जा सकते हैं। यदि यह पहले से ही हो रहा है, तो यह वास्तविकता के विपरीत नहीं है। अब तुम्हें सिर्फ यह ज्ञात करना है कि इसे कैसे घटाया जाए यदि पदार्थ अ-पदार्थ बन जाता है, अ-पदार्थ पदार्थ बन जाता है, यदि चीजें ध्रुवीताएं बदलती हैं, चीजें ना-कुछ में खो जाती हैं और चीजें ना-कुछ में से प्रकट हो जाती है, यदि यह सब कुछ पहले से ही हो रहा है–तो पतंजलि का कहना है कि ऐसी विधियां और उपाय खोजे जा सकते हैं जिनके द्वारा इन्हें घटित करवाया जा सके। और वे कहते हैं कि यह है उपाय, यदि तुमने पांच बीजों के परे, अपने अस्तित्व को पहचान लिया है तो तुम चीजों को मूर्तमान या चीजों को अमूर्त कर सकते हो।

वैज्ञानिक कार्यकर्ताओं के लिए अब भी यह खोजना बाकी रह गया है कि यह संभव है या नहीं। किंतु यह सत्य सदृश प्रतीत होता है। इसमें कोई तार्किक समस्या नहीं दिखती।

'इसके उपरांत अणिमा, आदि, देह की संपूर्णता, और देह को बाधित करने वाले तत्वों की शक्ति के निर्मूलन की उपलब्धि प्राप्त होती है।'

और अब आती हैं आठ सिद्धियां, योगियों की आठ शक्तियां। पहली है अणिमा, और फिर लघिमा और गरिमा आदि। योगियों की ये आठ शक्तियां हैं कि वे अपने शरीर को अदृश्य कर सकते हैं, या वे अपने शरीर को छोटा, इतना छोटा बना सकतें हैं कि यह दिखाई ही न पड़े, या वे अपने शरीर को इतना बड़ा कर सकते हैं, जितना चाहे उतना बड़ा कर लें। शरीर को छोटा, बड़ा, या पूर्ण अदृश्य बनाना, या कई स्थानों पर एक साथ प्रकट होना, यह सभी उनके नियंत्रण में होता है।

यह असंभव प्रतीत होता है, लेकिन जो कुछ भी असंभव लगता था वह देर-अबेर संभव होता जाता है। मनुष्य के लिए उड़ना असंभव था, किसी को इस पर यकीन नहीं था। राइट ब्रदर्स को सिरफिरा, सनकी समझा जाता था। जब उन्होंने अपने पहले वायुमान का अविष्कार किया, वे इसे लोगों को बताने

से इतने भयभीत थे, कि यदि उन्हें पता लग गया तो इन्हें पकड़ कर अस्पताल में भरती कर दिया जाएगा। पहली उड़ान, पूरी तरह से किसी को बताए बिना, केवल यही दोनों वहां थे, संपन्न की गई। और उन्होंने अपना पहला वायुयान एक तहखाने में छिप कर बनाया, ताकि कोई भी यह जान न पाए कि वे क्या कर रहे हैं। प्रत्येक व्यक्ति को विश्वास था कि वे पूर्णतः पागल हो चुके हैं, भला कभी कोई उड़ा है? उनकी पहली उड़ान मात्र साठ सेकेंड की थी–केवल साठ सेकेंड्स–लेकिन इसने सारे इतिहास को, सारी मानवता को, अदभुत रूप से बदल दिया। यह संभव हो गया। कभी किसी ने सोचा भी न था कि परमाणु को विभाजित किया जा सकता है। यह विखंडित हुआ, और अब मानव पुनः पहले जैसा कभी नहीं हो पाएगा।

ऐसी बहुत सी बातें घटी हैं जिन्हें सदा असंभव समझा जाता रहा था। हम चांद पर पहुंच गए। यह असंभव का प्रतीक था। दुनिया की सभी भाषाओं में 'चांद को छूने की कोशिश मत करो' जैसी अभिव्यक्तियां हैं। इसका अभिप्राय है, असंभव की अभीप्सा मत करो। अब ये कहावतें हमें बदलनी पड़ेंगी। और सच तो यह है कि एक बार हम चांद पर पहुंच गए, अब कोई भी हमारा रास्ता नहीं रोक सकता है। अब हर चीज उपलब्ध हो गई है; यह केवल समय का सवाल है।

आइंस्टीन ने कहा था कि यदि हम एक ऐसा वाहन आविष्कृत कर सकें जो प्रकाश के वेग से चलता हो तो व्यक्ति यात्रा करता रहेगा और उसकी आयु नहीं बढ़ेगी। यदि वह एक ऐसे अंतरिक्षयान में जाता है जो प्रकाश के वेग से चलता है, और उस समय वह तीस साल का हो, तो जब वह तीस साल की यात्रा के बाद लौटेगा तो वह तीस साल का ही होगा। उसके मित्र और भाई-बंधु तीस साल बड़े हो चुके होंगे। उनमें से कुछ तो मर भी चुके होंगे। लेकिन वह यात्री तीस साल का ही होगा। कैसी बेतुकी बात कह दी। आइंस्टीन का कहना है कि जब कोई प्रकाश के वेग से यात्रा करता है तो समय और इसका प्रभाव मिट जाता है। एक व्यक्ति अनंत आकाश की यात्रा पर जाकर पांच सौ वर्ष बाद वापस आ सकता है। यहां के सारे लोग मर चुके होंगे, उसे कोई नहीं पहचानेगा, और वह किसी को नहीं पहचानेगा किंतु वह उसी उम्र का होगा। तुम्हारी आयु पृथ्वी की गति के कारण बढ़ रही है। यदि वह प्रकाश के समान हो जाए; जो वास्तव में अत्यधिक है, तो तुम्हारी आयु बिलकुल भी न बढ़ेगी।

पतंजलि कहते हैं कि अगर तुमने इन सभी पांच शरीरों का अतिक्रमण कर लिया हो, इन सभी पांच तत्वों के पार जा चुके हो तो तुम ऐसी अवस्था में हो कि जिस चीज का तुम चाहो नियंत्रण कर सकते हो। मात्र एक विचार कि तुम छोटा होना चाहते हो, तुम छोटे हो जाओगे। यदि तुम बड़ा होना चाहते हो, तो बड़े हो जाओगे। यदि तुम अदृश्य होना चाहोगे तो तुम अदृश्य हो जाओगे।

यह कोई अनिवार्य नहीं कि योगियों को इसे करना ही चाहिए। ऐसा कभी सुना नहीं गया कि संबुद्धों

ने यह किया। पतंजलि ने स्वयं भी ऐसा किया हो इसकी जानकारी नहीं है। पतंजलि क्या कह रहे हैं, वे सारी संभावनाओं को उदघाटित कर रहे हैं।

वस्तुतः जो व्यक्ति अपने उच्चतम अस्तित्व को उपलब्ध कर चुका हो, वह किसलिए छोटा होने की सोचेगा? किसलिए? वह इतना मूर्ख नहीं हो सकता। किसलिए? वह क्यों हाथी जैसा होना चाहेगा? इसमें क्या सार है? और वह अदृश्य क्यों होना चाहेगा? लोगों के कुतुहल, उनके मनोरंजन में वह रस नहीं ले सकता। वह जादूगर तो नहीं है। लोग उसकी वाह वाही करें उसे इसमें कोई रस नहीं होगा। किसलिए? वास्तव में जिस क्षण कोई व्यक्ति अपने अस्तित्व की परम ऊंचाई पर पहुंचता है उसकी सारी इच्छाएं खो जाती हैं। जब आकांक्षाएं तिरोहित हो जाती हैं तभी सिद्धियां प्रकट होती हैं। दुविधा तो यही है कि शक्तियां तभी आती हैं जब तुम उन्हें प्रयोग करना नहीं चाहते वस्तुतः वे सिर्फ तब आती हैं, जब वह व्यक्ति जो सदा से उन्हें पाना चाहता था, मिट गया होता है।

अतः पतंजलि यह नहीं कह रहे हैं कि योगी लोग ऐसा करेंगे। कभी उन्होंने ऐसा किया हो ऐसी कोई जानकारी भी नहीं है। और कुछ लोग जो इन्हें करते हैं, वस्तुतः वे इन्हें कर नहीं सकते वे केवल चालबाज हैं।

अब सत्य साईबाबा जैसे लोग स्विस घड़ियों को प्रकट किए जा रहे हैं। ये सभी चालबाजियां है और किसी को भी इन चालबाजियों के झांसे में नहीं पड़ना चाहिए। जो कुछ भी सत्य साईबाबा कर रहे हैं, वह सारे संसार में हजारों जादूगरों द्वारा, बहुत सरलता से किया जा सकता है, किंतु तुम कभी जादूगरों के पास जाकर उनके पैर नहीं छूते, क्योंकि तुम जानते हो कि वे चालबाजी कर रहे हैं। लेकिन अगर ऐसा कोई व्यक्ति जो धार्मिक समझा जाता है, यही चालबाजी कर रहा हो, तो तुम सोचते हो कि यह चमत्कार है।

पतंजलि के योग-सूत्रों का यह भाग तुम्हें यह बताने के लिए है कि ये बातें संभव हैं, लेकिन वे कभी वास्तविक नहीं हो पातीं, क्योंकि जो व्यक्ति इनकी कामना रखता था, इन शक्तियों के माध्यम से अहंकार की पूर्ति करना चाहता था, अब वहां नहीं होता। चमत्कारिक शक्तियां तुमको तब उपलब्ध होती हैं जब तुम उनमें उत्सुक नहीं रहते। यह अस्तित्व की व्यवस्था है। यदि तुम कामना करोगे, तुम अक्षम रहोगे। यदि तुम कामना न करो, तो तुम अतिशय सामर्थ्यवान हो जाते हो। इसे मैं बैंकिंग का नियम कहता हूं। यदि तुम्हारे पास धन नहीं है, कोई बैंक तुम्हें धन नहीं देगा, यदि तुम्हारे पास धन है तो हरेक बैंक तुम्हें धन देने को तैयार है। तुम्हें जब जरूरत नहीं है, सब कुछ उपलब्ध है; जब तुम्हें जरूरत है, कुछ भी नहीं मिलता।

'सौंदर्य, लालित्य, शक्ति और वज्र सी कठोरता ये सभी मिल कर संपूर्ण देह का निर्माण करते हैं।'

पतंजलि इस शरीर की बात नहीं कर रहे हैं। यह शरीर सुंदर हो सकता है, परंतु परिपूर्ण सुंदर कभी नहीं हो सकता। दूसरा शरीर इससे अधिक सुंदर हो सकता, तीसरा और भी ज्यादा क्योंकि वे केंद्र के

निकट आ रहे होते हैं। सौंदर्य तो केंद्र का है। जितना दूर यह जाएगा उतना ही यह सीमित हो जाएगा। चौथा शरीर तो और भी सुंदर है। पांचवां तो करीब-करीब निन्यानबे प्रतिशत संपूर्ण है।

लेकिन वह जो तुम्हारा अस्तित्व, तुम्हारा यथार्थ है, सौंदर्य, लालित्य, शक्ति और वज्र सी कठोरता उसमें है। यह वज्र सी कठोरता है, और उसी समय कमल की मृदुलता भी है। यह सुंदर है किंतु सुकुमार नहीं–सशक्त है। यह शक्तिपूर्ण है, पर मात्र कठोर नहीं है। इसमें सारे विपरीत मिल जाते हैं...जैसे कि कमल का फूल हीरों से बना हो या कमल के फूलों से हीरा बना हो, क्योंकि वहां पुरुष और स्त्री का सम्मिलन और अतिक्रमण होता है। क्योंकि वहां सूर्य और चंद्रमा मिलते हैं और अतिक्रमण हो जाता है।

योग के लिए हठ पुराना शब्द है। 'हठ' शब्द अत्यधिक महत्वपूर्ण है। 'ह' का अर्थ है : सूर्य। 'ठ' का अर्थ है : चंद्रमा। और 'हठ' का अर्थ है : सूर्य और चंद्रमा का मिलन। सूर्य और चंद्र का मिलन योग है, यूनियो मिस्टिका है।

हठ योगियों के अनुसार मनुष्य के शरीर में ऊर्जा की तीन धाराएं होती हैं। एक को 'पिंगला' कहते हैं, यह दाईं धारा है, मस्तिष्क के बाएं हिस्से से जुड़ी है–सूर्य-नाड़ी। फिर दूसरी धारा है 'इड़ा', बाईं धारा, दाएं मस्तिष्क से जुड़ी है–चंद्र-नाड़ी। और तब एक तीसरी धारा है, मध्यधारा, सुषुम्ना, केंद्रीय, संतुलित, यह सूर्य और चंद्रमा दोनों से एक साथ मिल कर बनी है।

सामान्यतः तुम्हारी ऊर्जा या तो 'पिंगला' द्वारा गतिमान होती है या 'इड़ा' द्वारा। योगी की ऊर्जा सुषुम्ना द्वारा प्रवाहित होने लगती है। यह कुंडलिनी कहलाती है। तब ऊर्जा इन दोनों दाएं और बाएं के ठीक मध्य से प्रवाहित होती है। तुम्हारे मेरुदंड के साथ ही इन धाराओं का अस्तित्व है। एक बार उर्जा मध्यधारा से प्रवाहित होने लगे, तुम संतुलित हो जाते हो। तब व्यक्ति न स्त्री होता है न पुरुष, न कोमल न कठोर; या दोनों पुरुष-स्त्री, कोमल और कठोर। सुषुम्ना में सारी ध्रुवीयताएं विलीन हो जाती हैं और सहस्रार सुषुम्ना का शिखर है।

अगर तुम अपने अस्तित्व के निम्नतम बिंदु मूलाधार, काम-केंद्र पर रहते हो, तो तुम्हारी गति या तो 'इड़ा' से होगी या 'पिंगला' से होगी, सूर्य-नाड़ी या चंद्र-नाड़ी, और तुम विभाजित रहोगे। और तुम दूसरे की खोज करते रहोगे, तुम दूसरे की कामना करते रहोगे, तुम स्वयं में अधूरापन अनुभव करोगे, तुम्हें दूसरे पर आश्रित रहना पड़ेगा।

जब तुम्हारी अपनी ऊर्जाएं अंदर मिल जाती हैं तो काम-ऊर्जा का विस्फोट, ब्रह्मांडीय चरम ऊर्जा का विस्फोट, घटता है, जब इड़ा और पिंगला मिल कर सुषुम्ना में समा जाती हैं, तब व्यक्ति पुलक से, पुलक के सातत्य से भर उठता है। तब व्यक्ति आनंदित, निरंतर आनंदमग्न रहता है। तब इस आनंद का कोई

अंत नहीं है। फिर वह व्यक्ति कभी नीचे नहीं आता, तब वह कभी भी अधोगामी नहीं होता। व्यक्ति शिखर पर ही रहता है। ऊंचाई का यह बिंदु व्यक्ति का अंतर्तम केंद्र, उसका समग्र अस्तित्व बन जाता है।

इसे फिर से खयाल में ले लो, मैं तुमसे कहना चाहता हूं कि यह एक मानचित्र है। हम किन्हीं वास्तविक चीजों की बात नहीं कर रहे हैं। ऐसे भी मूढ़ लोग हो गए हैं, जिन्होंने मानव शरीर का विच्छेदन करके यह देखने की कोशिश भी की कि इड़ा और पिंगला और सुषुम्ना कहां हैं और वे उन्हें कहीं नहीं मिलीं। ये सिर्फ संकेत हैं, प्रतीक हैं। ऐसे भी मूढ़ हुए हैं जिन्होंने चक्रों की खोज में कि वे कहां हैं, मानव-शरीर का विच्छेदन किया है। एक चिकित्सक ने भी यह सिद्ध करने के लिए कि कौन सा चक्र, शरीर क्रिया वैज्ञानिकों के हिसाब से, बिलकुल ठीक-ठीक किस स्थान पर हैं, एक पुस्तक लिख डाली है। ये मूढ़तापूर्ण कोशिशें हैं।

योग उस ढंग से वैज्ञानिक नहीं है। प्रतीकात्मक है यह; योग एक महत प्रतीक है। यह कुछ दिखाता रहा है और जब तुम अंतस में उतरोगे, तुम इसे पाओगे, लेकिन इसे खोजने के लिए शरीर का विच्छेदन कोई उपाय नहीं है। शव-परीक्षण के द्वारा तुम्हें ये चीजें नहीं मिलेंगी। ये जीवंत घटनाएं हैं। और ये सारे सूत्र मात्र प्रतीकात्मक हैं, उनसे बंधना नहीं है और न उनसे कोई आसक्ति बांधो, न कोई अवधारणा बनाओ, तरल बने रहो। संकेत ग्रहण करो और यात्रा पर निकल पड़ो।

एक शब्द और है, ऊर्ध्वरितस। इसका अर्थ है : ऊर्जा की ऊर्ध्वगामी यात्रा। अभी तुम काम-केंद्र पर टिके हुए हो, और इस केंद्र से ऊर्जा का अधोगमन होता रहता है। ऊर्ध्वरेता का अर्थ है कि तुम्हारी ऊर्जा ऊपर की ओर जाने लगी है। यह एक नाजुक, बहुत सूक्ष्म घटना है और इसके साथ कार्य करते समय बहुत सावधान रहना पड़ता है। यदि तुम सचेत नहीं हो तो बहुत संभावना है कि तुम विकृत व्यक्ति बन जाओ। यह खतरनाक है। यह एक सांप की तरह है, तुम एक सांप से खेल रहे हो। यदि तुम्हें नहीं पता कि क्या करना है, तो खतरा है। तुम जहर के साथ खेल रहे हो।

और अनेक लोग विकृत हो चुके हैं, क्योंकि ऊर्ध्वगमन के लिए, ऊर्ध्वरेता होने के लिए उन्होंने अपनी काम-ऊर्जा को दमित करने की कोशिश की। वे ऊपर को कभी नहीं गए। वे सामान्य लोगों से भी अधिक विकृत हो गए।

मैं एक कहानी पढ़ रहा था। एबी ने अपने मित्र इस्सी से कहा, हां, मैं अपने पुत्र को लेकर डरा हुआ हूं। एक बड़ी निराशाजनक स्थिति पैदा हो गई है। तुम्हें पता है कि उसे वैसी शिक्षा दिलाने के लिए, जो हमने प्राप्त नहीं की, हमने कितना संघर्ष किया। मैंने उसे देश के सर्वश्रेष्ठ बिजनिस स्कूल में पढ़ने भेजा, और अब क्या हुआ? वह मेरी परिधानों की फैक्ट्री में दस बजे सुबह आता है, ग्यारह बजे चाय वगैरह के लिए वक्त बरबाद करता है, बारह बजे लंच के लिए उठ जाता है, दो बजे से पहले लौटता नहीं; और दो से चार माडल्स के साथ यूं ही समय गुजारता है। कितना बेकार सिद्ध हुआ वह बड़ा होकर।

इस्सी ने कहा : एबी, तुम्हारी परेशानी तो कुछ भी नहीं है, मेरी तो तुमसे हजार गुनी ज्यादा है। तुम्हें पता है कि हमने अपने पुत्र को वह शिक्षा दिलाने के लिए, जो हमें नहीं मिली, कितना संघर्ष किया है। मैंने उस देश के सर्वश्रेष्ठ बिजनिस स्कूल में पढ़ाया। और अब क्या होता है? वह सुबह दस बजे मेरी फैक्ट्री में आता है, ग्यारह बजे वह चाय के लिए समय खराब करता है, बारह बजे लंच के लिए उठ जाता है, दो बजे से पहले लौटता नहीं, और दो से चार बजे के बीच वह माडल्स के साथ समय बिताता है। कितना बेकार सिद्ध हुआ वह बड़ा होकर!

लेकिन इस्सी यह मुझसे हजार गुनी खराब स्थिति कहां हुई? यह तो वही कहानी है जैसी मैंने तुम्हें बताई है।

एबी, तुम एक बात भूल रहे हो, मेरा पुरुष परिधानों का काम है।

समझे? यदि तुम यह नहीं जानते कि काम-ऊर्जा के साथ क्या किया जाए और तुम इसके साथ यूं ही खिलवाड़ करने लगे तो या तो तुम्हारी ऊर्जा आत्मरति की या समलैंगिकता की और मुड़ जाएगी या हजारों प्रकार की विकृतियों में से कुछ भी हो सकता है। अतः बेहतर यही है कि इसे जैसी यह है वैसी ही रहने दो।

इसीलिए सदगुरु की आवश्यकता है। वह जो जानता है कि तुम कहां हो, तुम किधर जा रहे हो, और अब क्या होने वाला है, वह जो तुम्हारा भविष्य देख सकता है और वह जो देख सकता है कि ऊर्जा ठीक मार्ग पर प्रवाहित हो रही है या नहीं। अन्यथा तो यह पूरा संसार ही काम विकृतियों के झंझट में उलझा हुआ है।

दमन कभी मत करना। विकृत होने से बेहतर है कि सामान्य और स्वाभाविक बने रहो। लेकिन केवल सामान्य होना पर्याप्त नहीं है। और ज्यादा की संभावना है। रूपांतरण करो। ऊर्ध्वरिता होने का मार्ग दमन का नहीं—रूपांतरण का है। और यह केवल तब हो सकता जब तुम अपने शरीर को शुद्ध करो, मन को शुद्ध करो, तुम वह सारा कचरा फेंक दो जो तुमने शरीर और मन में एकत्रित कर रखा है। शुद्धता, प्रकाश, निर्भारता के साथ ही तुम ऊर्जा के ऊर्ध्वगमन में सहयोगी हो पाओगे।

साधारणतः यह कुंडली मारे सांप की भांति होती है; इसीलिए हम इसे कुंडलिनी, या कुंडली कहते हैं। कुंडली का अर्थ है : 'सर्पिल-वर्तुल।' जब यह अपना सिर उठाती है और ऊपर की ओर जाती है तो यह अदभुत अनुभव है। जब भी यह किसी उच्चतर केंद्र से गुजरती है, तुम्हें उच्चतर से उच्चतर अनुभव घटेंगे। प्रत्येक केंद्र पर बहुत कुछ तुम पर उदघाटित होगा, तुम एक महाग्रंथ हो जाओगे। लेकिन ऊर्जा को केंद्रों से होकर गुजरना पड़ता है, तभी वे केंद्र तुम्हारे समक्ष अपना सौंदर्य, अपनी देशना, अपना काव्य, अपना गीत, अपना नृत्य उदघाटित करते हैं। और प्रत्येक केंद्र का ऊर्जा शिखर अपने निम्नतर केंद्र से श्रेष्ठतर होता है।

काम-भोग का शिखर अनुभव निम्नतम है। हारा का शिखर अनुभव उच्चतर है। उससे भी उच्चतम है नाभि का शिखर अनुभव। हृदय का, प्रेम का, और भी उच्चतर है। तब उससे उच्चतर है कंठ, सृजनात्मकता, सहभागिता का। फिर उससे उच्चतर है तीसरी आंख, जीवन जैसा है उसे वैसा ही देखने की दृष्टि, बिना किसी प्रक्षेपण के—सत्य को निर्धूम देखने की स्पष्ट दृष्टि का अनुभव। और सातवें केंद्र सहस्रार का तो उच्चतम है।

यह एक मानचित्र है। यदि तुम चाहो, तो तुम ऊपर की ओर जा सकते हो, ऊर्ध्वरिता हो सकते हो। लेकिन कभी भी सिद्धियों, शक्तियों के लिए ऊर्ध्वरिता बनने की कोशिश मत करना; ये मूढ़ताएं हैं। तुम कौन हो यह जानने के लिए ऊर्ध्वरिता बनने का प्रयास करो। शक्ति के लिए नहीं शांति के लिए शांति को अपना लक्ष्य होने दो, शक्ति नहीं।

यह अध्याय विभूतिपाद कहलाता है। विभूति का अर्थ है: 'शक्ति।' पतंजलि ने यह अध्याय सम्मिलित इसलिए किया कि उनके शिष्य और वे लोग जो उनका अनुसरण कर रहे हैं, उन्हें सावधान किया जा सके कि रास्ते में बहुत सी शक्तियां घट सकती हैं, किंतु उनमें तुम्हें उलझना नहीं है। एक बार तुम शक्ति में उलझे, एक बार तुम शक्ति के फेर में पड़े, तुम परेशानी में पड़ जाओगे। तुम उस बिंदु से बंध जाओगे और तुम्हारी उड़ान थम जाएगी। और व्यक्ति को उड़ते ही जाना है, परम अंत तक, जब तक कि शून्यता न खुले और तुम ब्रह्मांडीय आत्मा में पुनः समाहित हो जाओ।

शांति को होने दो तुम्हारा साध्य।

प्रवचन - 2

चुनाव नरक है

प्रश्न-सार

* ओशो, आप मुझसे बहने के लिए कहते हैं, यह कैसे संभव है?

* मैं अनुत्तरदायी अनुभव करता हूं, और उलझ जाता हूं कि संन्यास क्या है?

* ओशो, समस्या क्या है?

* आप कहते हैं, वही गलती दुबारा मत करो, यह कैसे हो पाएगा?

* क्या आप किसी बात को गंभीरता से नहीं ले सकते?

* क्या मुल्ला नसरुद्दीन आश्रम में कोई समूह चलाएंगे?

* संन्यास आपका आशीष है या मेरा सत्याग्रह?

* आपके स्रोत से पीकर भी प्यास कम नहीं हुई है?

प्रश्नः ओशो, आप मुझसे बहने को कहते हैं, एक बेजान से बोझ मन के साथ, मेरा शरीर इतना भारी है कि मुझे लगता है यदि मैंने बहना चाहा तो कहीं मैं डूब न जाऊं, अतः घबड़ा कर मैंने तैरना जारी रखा है?

बहना जीवन का समग्ररूपेण नया ढंग है। तुम्हें संघर्ष करने की आदत है, तुम धारा के विपरीत तैरने के आदी हो। यदि तुम किसी के साथ संघर्ष करो तो अहं पोषित होता है। यदि तुम संघर्ष न करो तो बस अहंकार विलीन हो जाता है। अहंकार का अस्तित्व बनाए रखने के लिए संघर्ष को जारी रखना परम आवश्यक है। इस ढंग से या उस ढंग से, चाहे सांसारिक मामला हो या आध्यात्मिक मामला, लेकिन संघर्ष करते रहो। चाहे दूसरों से संघर्ष करो या स्वयं से संघर्ष, लेकिन संघर्ष जारी रखो। जिन लोगों को तुम सांसारिक कहते हो वे दूसरों से संघर्षरत हैं और जिन्हें तुम आध्यात्मिक कहते हो स्वयं के साथ संघर्ष कर रहे हैं। लेकिन बुनियादी बात वही रहती है।

सच्ची दृष्टि का जन्म सिर्फ तभी होता है जब तुम संघर्ष बंद कर देते हो। तब तुम मिटने लगते हो, क्योंकि संघर्ष के अभाव में अहंकार एक पल भी नहीं टिक सकता। इसके लिए लगातार पैडल चलाते रहना पड़ता है। यह एक साइकिल की भांति है। यदि तुम पैडल चलाना बंद कर दो तो यह गिरेगी ही, यह ज्यादा देर नहीं चल पाएगी। संभवतः पहले से निर्मित संवेग के कारण थोड़ी-बहुत चलती रहे, लेकिन अहं के लिए, इसे जिंदा रखने के लिए तुम्हारा सहयोग जरूरी है। और यह सहयोग संघर्ष, प्रतिरोध के द्वारा ही किया जाता है।

जब मैंने तुमसे बहने को कहा, तो मेरा अर्थ यह है कि तुम ब्रह्मांड के इतने छोटे सूक्ष्म अंश हो कि उसके साथ संघर्ष करने की बात ही बेतुकी है। तुम किसके साथ संघर्ष कर रहे हो? सारा संघर्ष मूलतः

परमात्मा के विरुद्ध है, क्योंकि वही है तुम्हारे चारों ओर। यदि तुम धारा के विपरीत तैरने की कोशिश कर रहे हो, तुम परमात्मा के विरोध में जाने का प्रयास कर रहे हो। यदि वह नीचे सागर की ओर प्रवाहित हो रहा हो, तो उसका अनुसरण करो।

जब तुम नदी के साथ बहना शुरू कर देते हो, तो तुम्हारे भीतर एक पूर्णतः भिन्न गुणवत्ता का उदय होगा। उस पार का कुछ अवतरित होगा। तुम वहां नहीं होगे, तुम बस एक खालीपन, एक विराट शून्यता, एक ग्राह्यता बन जाते हो। जब तुम संघर्ष करते हो, तो तुम सिकुड़ जाते हो। जब तुम संघर्ष करते हो, तो तुम छोटे हो जाते हो। जब तुम संघर्ष करते हो, तो तुम कठोर हो जाते हो। जब तुम संघर्ष नहीं करते–तुम समर्पण करते हो, तो जैसे कमल अपनी पंखुड़ियां खोल रहा हो इस भांति तुम खुल जाते हो, तब तुम ग्रहण करते हो। निर्भय होकर तुम गतिशील हो जाते हो, जीवन के साथ गतिमान, नदी के साथ प्रवाहित होने लगतें हो।

तुम्हारा प्रश्न है : 'आप मुझसे बहने को कहते हैं, लेकिन मैं भयभीत हूं; यदि मैंने बहना चाहा तो मैं डूब जाऊंगा।'

यदि तुम डूबते हो, यह शुभ है, क्योंकि सिर्फ अहंकार ही डूब सकता है, तुम नहीं। जब तुम संघर्षरत हो, वस्तुतः तुम्हारे अंतर्तम से तुम्हारा अहंकार ही संघर्ष कर रहा होता है। तुम डूबोगे। लेकिन उस डूबने से ही तुम पहली बार बहने के योग्य होओगे, तुम्हारा बहना पहली बार तभी संभव हो सकेगा। जब तुम चुनाव करते हो तो तुम अहंकार चुन लेते हो। चुनावरहित रहो, जीवन को तुम्हारे लिए चुनाव करने दो और तुम अहंकार-शून्य हो जाओगे। तुम जब भी चुनोगे नरक ही चुनोगे। चुनाव नरक है। मत चुनो। अपने हृदय में जीसस की इस प्रार्थना को–'तेरी मर्जी पूरी हो, तेरा राज्य आए' गूंजने दो। उसे ही तुम्हारे लिए करने दो।

खुद को मिटा दो, डुबा दो, अस्तित्व के उस तल से हट जाओ, और तब अचानक तुम वही मनुष्य नहीं रहते, तुम अति मानव हो। तुम्हारा सारा जीवन परमानंद से ओतप्रोत हो जाएगा।

मैं तुमसे एक कहानी कहना चाहूंगा।

एक अभागी आत्मा नरक के द्वार पर पहुंची, और शैतान ने खुद ही उसका साक्षात्कार लिया। 'तुम्हें कौन से समूह में जाना पसंद आएगा?' उस पर तिरछी निगाह डालते हुए वह बोला, समूह! क्या मतलब है आपका? नवआगंतुक ने पूछा।

तुम समझो,' शैतान बोला, हमारे पास यहां पर हर प्रकार की यंत्रणाएं हैं, और हम लोगों को इन्हें खुद के लिए पसंद करने की अनुमति देते हैं। हमारा विश्वास लोकतंत्र में है, और हम तानाशाही प्रवृत्ति के नहीं हैं। और यहां कोई आपातकाल भी नहीं चल रहा है। अपना चुनाव तुम्हें खुद ही करना है। लेकिन यह चुनाव सदा के लिए होगा, यह बात समझ लो, इसे याद रखना, अतः तुम्हें अपने लिए सावधानी पूर्वक चुनाव करना चाहिए। मैं तुम्हें सारी जगह दिखा दूंगा।

इस प्रकार शैतान उसे नरक में सब जगह ले गया। एक समूह कीचड़ में लोट लगा रहा था और कीट-पतंगे उसे लगातार खाए जा रहे थे। एक और समूह लाल-लाल तपते हुए त्रिशूलों द्वारा भेदा जा रहा था। एक और समूह यातना-यंत्र पर खींचा जा रहा था। इसी प्रकार और भी थे और नवआगंतुक इन्हें देख कर काफी निराशा महसूस कर रहा था।

फिर शैतान उसे एक ऐसे समूह में ले गया जहां सारे निवासी एक खास किस्म के, बेहद बदबूदार मल से भरे गर्त में कमर तक डूबे खड़े थे और चाय पी रहे थे।

यह कोई ज्यादा बुरा नहीं लगता, उसने सोचा, मैं यही समूह चुनूंगा, उसने शैतान से कहा।

क्या तुम पक्के तौर से कह रहे हो, शैतान ने पूछा, याद रहे, तुम फिर अपना मन नहीं बदल सकोगे, और यह हमेशा-हमेशा और हमेशा के लिए है।

नहीं, मेरा फैसला अटल है, मेरे लिए यही ठीक है, नये नरकजीवी ने कहा।

बहुत अच्छा, शैतान ने कहा, इसमें चले जाओ।

और जैसे ही वह अभागा जीव उसमें कूदा, एक सीटी बजी और आवाज सुनाई दी, बस बहुत हुआ, चलो सभी लोग सिर के बल खड़े हो जाओ, चाय का समय खत्म हो गया है।

यदि तुम चुनाव करो तो तुम नरक चुनते हो। चुनाव नरक है। इसी प्रकार से तुमने–चुनाव करके ही खुद के चारों ओर अपना नरक निर्मित कर लिया है। जब तुम चुनाव करते हो तो तुम परमात्मा को तुम्हारे लिए नहीं चुनने देते।

कृष्णमूर्ति चुनावरहितता पर जोर दिए चले जाते हैं। यह सारी कहानी का सिर्फ एक छोर है। दूसरा छोर यह है कि अगर तुम चुनावरहित हो तो परमात्मा तुम्हारे लिए चुनता है। चुनावरहित रहो, यह कहानी का आधा भाग है–मात्र एक आरंभ। जिस क्षण तुम चुनावरहित होते हो, जीवन प्रवाहित होता है। तुम वहां नहीं होते–जीवन प्रवाहित होगा। और तुम नरक के सिवाय कुछ भी नहीं हो। जैसे ही तुम स्वयं एवं परमात्मा के बीच से हट जाते हो, वही चुनाव करता है। वह सदा से ही तुम्हारे लिए चुनता रहा है। एक कहावत है जिसमें कहा गया है, 'मनुष्य प्रस्तावित करता है परंतु ईश्वर इसे समाप्त कर देता है।' वास्तविकता इससे बिलकुल विपरीत है, ईश्वर प्रस्तावित करता है और मनुष्य इसे मिटाए चला जाता है। जब तुम्हें अचुनाव के सौंदर्य और उसके साथ बहने की अनुभूति हो जाती है तो फिर तुम कभी नहीं चुनोगे। क्योंकि जब भी तुम चुनते हो तुम नरक चुनते हो, और जो कुछ भी तुम चुनते हो तुम नरक को ही चुनते हो।

इसलिए मैं चाहूंगा कि तुम डूबो, मेरे आशीष के साथ डूबो।

जब जीसस कहते हैं कि जो खुद से चिपकेंगे अपने आप को खो देंगे, और जो खो देने को राजी हैं वे पा लेंगे, तो उनका अभिप्राय ठीक यही है। जब सूफी कहते हैं, अपनी मौत से पहले मर जाओ, और तब तुम अमर हो जाओगे, तो उनका मतलब भी यही है।

अहंकार की मृत्यु समर्पण द्वारा ही घटती है। लोग आकर मुझसे पूछते हैं, 'निर-अहंकारी कैसे बनें?' लेकिन तुम निर-अहंकारी होने के लिए कुछ भी नहीं कर सकते। जो कुछ भी तुम करोगे वही तुम्हें पुनः अहंकारी बना देगा। तुम कोशिश कर सकते हो, अहंकार को अनुशासित करो, लेकिन तुम निर-अहंकारी न हो पाओगे क्योंकि जो भी तुम करते हो, अहंकार को बढ़ाता ही है। जिस क्षण तुम कर्ता बन जाते हो, चाहे किसी भी ढ़ंग से, तुम विनम्र होने का प्रयास कर सकते हो, लेकिन अगर तुम्हारी विनम्रता अभ्यास से आई है, तुम्हारे द्वारा आरोपित की गई है, तब कहीं गहराई में विनम्रता के भीतर अहंकार ताज पहने बैठा रहेगा, और यह कहता रहेगा, 'देखो मैं कितना विनम्र हूं।'

मैंने एक व्यक्ति के बारे में सुना है, जो महान मनस्विद एडलर, जिसने हीनता-ग्रंथि, इनफिरिआरिटी काम्पलेक्स शब्द ईजाद किया था, से मिलने गया। उस व्यक्ति का मनोविश्लेषण किया गया। कुछ माह बाद और बड़े परिश्रम के उपरांत एडलर ने उससे कहा : अब तुम ठीक हो गए हो। उस व्यक्ति ने कहा : हां, मैं भी महसूस करता हूं कि मैं ठीक हूं। अब मैं ऐसा व्यक्ति हूं जिसमें दुनिया की सबसे सुंदर हीनता-ग्रंथि है—सारे संसार की सर्वश्रेष्ठ हीनता-ग्रंथि।

हीनता की ग्रंथि और वह भी सबसे सुंदर और सर्वश्रेष्ठ? ऐसा संभव है; यह रोज ही घटता है। तुम हीनता की ग्रंथि के बारे में भी अहंकारी हो सकते हो। तुम्हारी हीनता की ग्रंथि के बारे में भी तुममें श्रेष्ठता की ग्रंथि हो सकती है। मनुष्य कितना विचित्र होता है।

धार्मिक व्यक्तियों के पास जाकर उनकी शक्लें देखो। वे हर प्रकार से विनम्रता दिखाते हैं, लेकिन उनसे परिचित होने के लिए तुम्हें उनके भीतर जरा गहरे उतरना पड़ेगा। गहरे में उनका अहंकार यह महसूस करते हुए : मुझसे ज्यादा विनम्र कोई और नहीं है, अति प्रसन्न रहता है। यदि तुम किसी धार्मिक व्यक्ति से कहो, मुझे एक ऐसा व्यक्ति मिल गया है जो आपसे ज्यादा विनम्र है, तो उसे चोट पहुंचेगी, वह अपमानित महसूस करेगा, उससे ज्यादा विनम्र कोई नहीं हो सकता, यह असंभव है। लेकिन अहंकार का कुल प्रयास यही तो है—मुझसे ज्यादा अच्छा मकान किसी के पास न हो, मेरी कार से ज्यादा अच्छी कार किसी पास न हो, किसी का चेहरा मुझसे अधिक सुंदर न हो, मुझसे ज्यादा जानकारी किसी के पास न हो। ऐसी तुलना में पड़ कर स्वयं को बेहतर समझना ही तो है अहंकार।

इसे बदलने के लिए तुम कुछ भी नहीं कर सकते। तुम तो बस इस बात को देख सकते हो कि तुम्हारी ओर से कुछ भी किए जाने की कोई जरूरत नहीं है। और एक बार तुम इसे गिरा दो, बल्कि यह कहना उचित रहेगा कि एक बार तुम्हारी गहरी समझ में यह गिर जाए—तुम जीवन के प्रति खुल जाते हो। तब एक खुले कक्ष में बहती शीतल समीर की भांति जीवन तुममें से प्रवाहित होने लगता है। अभी तुम एक बंद कमरे जैसे हो, सारी खिड़कियां-दरवाजे बंद हैं, न कोई प्रकाश किरण तुममें प्रविष्ट होती है, न कोई ताजी

हवा का झोंका तुममें होकर गुजरता है। तुम अपनी गुफा में हो, बंद। और निःसंदेह अगर तुम्हें दम घुटने जैसा लगे तो यह स्वाभाविक है।

लेकिन मैं जानता हूं कि खुद को डूबने देना कठिन है। इसमें समय लगता है। कुछ झलकियां चाहिए। कभी-कभी बहते जाओ, तैरो मत, महसूस करो कि नदी तुम्हें लिए जा रही है। कभी बाग में बस बैठ जाओ, चुनाव मत करो। ऐसा मत कहो कि क्या सुंदर है और क्या कुरूप। विभाजन मत करो, बस प्रत्येक वस्तु के प्रति मात्र वहां उपस्थित रहो। कभी बाजार में टहलने निकल पड़ो, न निंदा, न प्रशंसा, कुछ कहना मत। बहुत से ढंगों से सीखो कि कैसे बिना मूल्यांकन किए बस मौजूद रहा जाए। क्योंकि जिस क्षण तुम मूल्यांकन करते हो, तुमने चुनाव कर लिया। जिस क्षण तुमने कहा, यह अच्छा है, तुम कह रहे हो, 'मैं इसे पाना चाहता हूं।' जिस क्षण तुम कहते हो, यह बुरा है, तुम कह रहे हो, 'मैं इसे नहीं चाहता; मैं इसे पाना नहीं चाहता हूं।' जिस क्षण तुमने कहा, यह स्त्री खूबसूरत है, तुममें कामना उठ गई। जिस पल तुमने कहा, यह स्त्री बदसूरत है, तुम विकर्षित हो चुके होते हो। तुम पहले से ही भले और बुरे की, सुंदर और कुरूप की द्वैत की पकड़ में फंस चुके होते हो, तुम्हारे भीतर चुनाव प्रविष्ट हो चुका है।

अहंकार के ढंग बहुत सूक्ष्म हैं। व्यक्ति को बहुत सजग रहना होता है।

और एक बार–बस एक पल के लिए ही तुम जान लो कि अहंकार वहां नहीं है, तुम इसे निर्मित नहीं कर रहे हो–अचानक सारे द्वार खुल जाते हैं, और हर ओर से, सारी दिशाओं से जीवन तुम्हारी और उमड़ने लगता है। यह उमड़ना अति सुकोमल है। अगर तुम जागरूक नहीं हो, तो तुम इसे जान भी न पाओगे, महसूस भी न कर सकोगे। परमात्मा का स्पर्श बहुत सूक्ष्म होता है, इसकी अनुभूति के लिए बहुत संवेदनशील होने की जरूरत है।

अभी उस दिन मैं हब उस्टर ह्यूस की एक छोटी सी कविता पढ़ रहा था।

नहीं भेजता प्रभु अपने वचन
हो जल का जैसे तीव्र प्रवाह,
उग्र तूफान और जल प्लावन
बहा ले जाता हम को आह।

शीत में हरी शाख हो खड़ी,
झलक दिखाता हो दिनेश,
धरा पर कोमल रिमझिम झड़ी,
ऐसे वह आता है सर्वेश।

...धरा पर कोमल रिमझिम झड़ी, ऐसे वह आता है सर्वेश।

गहन समर्पण, संवेदनशीलता, जागरूकता में अचानक तुम किसी ऐसे भाव से भर उठते हो जिसे तुमने पहले कभी न जाना था। यह हमेशा से वहां था, लेकिन इसकी संचेतना होने के लिए तुम अति स्थूल थे। यह सदा से वहां था, लेकिन तुम संघर्ष में, अहंकार को पोषित करने के उपायों में इस कदर उलझे हुए थे कि तुम कभी पीछे मुड़ कर इसे महसूस न कर सके। यह वहां सदा मौजूद था पर तुम उपस्थित नहीं थे। यह हमेशा से तुम्हारी प्रतीक्षा कर रहा था, लेकिन तुम घर लौटना भूल चुके थे। अहंकार को गिरा देना ही घर लौटने का उपाय है।

इसलिए खुद को डुबा दो। यहां मैं तुम्हें इसी की सारी कला सिखा रहा हूं। यदि मैं कुछ भी सिखा रहा हूं, तो मैं तुम्हें मृत्यु सिखा रहा हूं। क्योंकि मैं जानता हूं केवल मृत्यु द्वारा ही पुनर्जीवन मिलता है।

प्रश्न : आज सुबह आप उत्तरदायी होने की आवश्यकता पर, दूसरों पर निर्भर न होने पर और एकाकी होने पर बोले। मैं समझता हूं कि इन बातों से बचने का बहाना करने के लिए मैं संन्यास ले रहा हूं—हर बार आपसे पूछते रहना अब मैं क्या करूं, जब मैं उदास और अकेला होता हूं तो आपकी उपस्थिति की पुकार, कल्पना करता हूं कि खालीपन को भरते हुए आप मेरे पास हैं। मैं अनुत्तरदायी अनुभव करता हूं और फिर से उलझ जाता हूं कि संन्यास क्या है?

अगर तुम किसी दूसरे पर निर्भर रहे तो तुम सदा उलझे रहोगे, क्योंकि तब समझ तुम्हारी नहीं होगी। और समझ उधार नहीं ली जा सकती। अतः कुछ समय के लिए तुम खुद को मूर्ख बना सकते हो। लेकिन बार-बार सच्चाई प्रकट होती रहेगी और तुम उलझन में पड़ जाओगे। इसलिए उलझन से बचने का एकमात्र उपाय है—खुद को तर्क में मत समझाओ। उलझन से बचने का एकमात्र उपाय—आत्मनिर्भर होना, सचेत होना और जागरूक होना है। जागरूकता को स्थगित मत करो।

जब कभी तुम किसी पर निर्भर होने लगते हो तुम जागरूकता से बच रहे हो। और एकदम शुरू से ही तुम्हें इसके लिए शिक्षित और संस्कारित किया गया है। मां-बाप, अधिकारी, समाज, शिक्षाविद, राजनेता सभी तुम्हें इस भांति संस्कारित करते रहते हैं कि तुम हमेशा दूसरों पर निर्भर रहो। तभी तुम्हें उनके अनुसार चलाया जा सकता है, तुम पर अधिकार जमाया जा सकता है। तभी तुम्हें दमित और शोषित किया जा सकता है, तुम्हें गुलामी की हालत में लाया जा सकता है। तुम अपनी आजादी खो देते हो।

ऐसी है तुम्हारे मन की दशा। जब तुम मेरे पास आते हो तो तुम इसी मनःस्थिति के साथ आते हो। निःसंदेह कोई और ढंग है भी नहीं। और तुरंत तुम्हारा मन तुम्हारी इसी मनःस्थिति से कार्य करने लगता है, तुम मुझ पर निर्भर होने लगते हो। लेकिन मैं तुम्हें यह सब नहीं करने दे रहा हूं। तुम्हें बार-बार धकेल कर

मैं तुम्हें बार-बार तुम पर फेंक दूंगा। क्योंकि मैं तुम्हें तुम्हारी स्वयं की समझ पर निर्भर रखना चाहता हूं, तभी यह कुछ स्थायित्वपूर्ण होगी, फिर तुम कभी उलझन में न पड़ोगे।

उलझाव आ ही जाता है...मैं तुमसे कुछ कहता हूं, तुम इसमें विश्वास करना शुरू कर देते हो, परंतु यह तुम्हारी अपनी दृष्टि, तुम्हारा स्वयं का बोध नहीं होता है। फिर कल जिंदगी में कुछ घटता है और तुम मुश्किल में पड़ते हो। मुश्किल इसलिए आती है कि तुमने यंत्रवत सीखा है, तुमने मेरी बातें याद कर ली हैं। अब तुम इस उधार की समझ के द्वारा प्रतिसंवेदित करने की कोशिश करोगे। जीवन प्रतिपल बदलता है। मेरी इस पल की समझ अगले पल ही तुम्हारे किसी काम की न रहेगी। मेरी इस समझ को स्थायी संदर्भ नहीं बनाया जा सकता। और अगर तुमने इसे शाब्दिक रूप से, बौद्धिकता से, मानसिक रूप से ही ग्रहण किया हो और तुम इसे साथ लिए फिरो, तो तुम बार-बार उलझन में पड़ोगे; क्योंकि जीवन हमेशा तुम्हारी इस तथाकथित समझ को बेकार सिद्ध करता रहेगा।

जीवन केवल असली समझ पर भरोसा करता है। असली का अर्थ है: तुम्हारी अपनी, प्रामाणिक, जिसका तुममें जन्म हुआ हो।

मैं यहां तुम्हें जानकारी देने के लिए नहीं हूं, मैं यहां तुम्हें सिद्धांत देने के लिए नहीं हूं, यही तो सदियों से किया जा रहा है और आदमी सदा से अज्ञानी बना रहा है। तुम्हें उस सत्य के प्रति सचेतन करने को हूं जो तुम्हारे पीछे तुममें छिपा है, वह है प्रकाश-स्रोत। उस स्रोत पर दस्तक दो, उस प्रकाश को अपने भीतर ज्योतिर्मय होने दो। और तभी तुम्हारे पास कुछ जीवंत होगा। तब जीवन में जो भी समस्याएं आएंगी, तुम उन्हें अपने अतीत की जानकारी से नहीं सुलझाओगे, तुम उन्हें वर्तमान में सुलझाओगे। तुम उनका सामना अपनी वर्तमान समझ से करोगे।

मैं जो कुछ भी कहता हूं वह हमेशा अतीत बन जाएगा। इस पल में मैंने कहा और उस पल में तुमने सुना, इस बीच यह अतीत में जा चुका होता है और जीवन बदलता चला जाता है, यह एक सतत प्रवाह है। यह किसी विराम को नहीं जानता, विश्राम को नहीं जानता।

इसलिए बार-बार तुम उलझन में पड़ोगे।

और मेरे साथ तो एक समस्या और भी है। यदि अगले पल में तुम वही प्रश्न पूछोगे तो भी मैं वही उत्तर दुबारा नहीं दूंगा। क्योंकि मैं प्रतिसंवेदित करता हूं। मैं उत्तर नहीं देता। मैं अपने पुराने उत्तर याद नहीं रखता–मैं प्रति संवेदना करता हूं। तुम्हारा प्रश्न वहां है, मैं यहां हूं, मैं पुनः प्रतिसंवेदना करूंगा। और अगर तुम मेरे उत्तर एकत्रित करते गए, तो तुम न केवल उलझोगे वरन तुम पागल हो जाओगे। क्योंकि उनमें तुम कोई समस्वरता या कोई सुसंगति न पाओगे। वे असंगत हैं। मैं कर भी क्या सकता हूं? जीवन ही असंगत है। यदि मुझे जीवन के प्रति सच्चा रहना है तो मुझे अपने वक्तव्यों में असंगत होना पड़ेगा। यदि मैं अपने

वक्तव्यों के प्रति सच्चा होना चाहूं, तो मैं जीवन के साथ छल करूंगा। और मैं जीवन के प्रति सच्चा होना चाहूंगा। मैं अपने अतीत का विश्वास तोड़ सकता हूं लेकिन मैं वर्तमान के साथ विश्वासघाती नहीं हो सकता। मैं अपने वक्तव्यों के विपरीत जा सकता हूं लेकिन मैं वर्तमान जीवन के इस पल के विपरीत नहीं जा सकता।

इसलिए उलझन तो होगी। किसी दिन मैं कुछ कहूंगा और किसी दिन मैं कोई और बात कह दूंगा। यदि तुम तुलना करो, अगर मेरे वक्तव्यों में संगति की खोज करो, तो तुम परेशानी में, गहरी परेशानी में पड़ोगे। ऐसा मत करो। तुम तो बस मुझे सुनो। और मेरे उत्तरों को मत याद करो, मेरी प्रतिसंवेदना को सीखो। जो मैंने कहा उसकी चिंता मत करो, उस भंगिमा को देखो जिससे मैंने कहा है। उस ढंग को देखो जिससे मैं एक प्रश्न, एक परिस्थिति को प्रतिसंवेदित करता हूं। उत्तर नहीं बल्कि मेरी जीवंत प्रतिसंवेदना ही महत्वपूर्ण है।

और अगर तुम जीवंत प्रतिसंवेदना सीख सको तो तुम उत्तरदायी हो जाते हो। रिस्पांसिबिलिटी शब्द का मेरा अर्थ शब्दकोश में दिए गए अर्थ से भिन्न है। शब्दकोश में रिस्पांसिबिलिटी का अर्थ : कर्तव्य, प्रतिबद्धता, जैसे कि तुम किसी दूसरे के प्रति जवाबदेह हो, इस प्रकार का है। यह शब्द करीब-करीब भद्दा है। मां अपने बच्चे से कहती रहती है, याद रहे, तुम्हारा उत्तरदायित्व मेरे प्रति है। 'पिता अपने पुत्र से कहे चला जाता है, तुम मेरे प्रति जवाबदेह हो, याद रखो। समाज व्यक्तियों से कहता रहता है, तुम हमारे प्रति, समाज के प्रति जवाबदेह हो, याद रहे। और तुम्हारे तथाकथित ईश्वर के अवतार भी, वे भी लोगों से कहते रहे, तुम हमारे प्रति, मेरे प्रति जिम्मेदार हो।

जब मैं रिस्पांसिबिलिटी शब्द का प्रयोग करता हूं, तो मेरा अभिप्राय है तुम्हारी जीवंतता, प्रतिसंवेदनात्मक जीवंतता। तुम इस पल में अपने अस्तित्व के अतिरिक्त किसी अन्य के प्रति उत्तरदायी नहीं हो। तुम प्रतिसंवेदना के लिए उत्तरदायी हो। खुले हृदय से, ग्रहणशील होते हुए संवेदित होने के लिए। बंद मुट्ठियों के साथ नहीं बल्कि खुले हाथों से। कुछ रोकते या छिपाते हुए नहीं, स्वयं को पूर्णतः खोलते हुए, जीवन के प्रति गहन श्रद्धा के साथ, चालाक और कुटिल होने की कोशिश न करते हुए। ऐसे में तुम जीवन के साथ प्रतिपल बहते रहते हो...क्योंकि जीवन बदलता रहता है, इसलिए तुम्हारा प्रतिसंवेदन भी बदलता रहेगा।

कई बार गर्मी होती है और तुम धूप में नहीं बैठ सकते हो, तो तुम्हें छाया की जरूरत पड़ेगी। कभी बहुत सर्दी होती है और तुम छाया में नहीं बैठ सकते हो, तुम धूप में बैठना चाहोगे, लेकिन तब कोई भी तुमसे यह नहीं कहने जा रहा है कि तुम्हारा बर्ताव बहुत असंगत है, उस दिन तुम छांव में बैठे थे, और अब तुम धूप में बैठे हो? सुसंगत बनो। चुनाव करो! यदि तुम धूप में बैठना चाहते हो, संगत बनाते हुए धूप में बैठे रहो।' तुम इस बेतुकेपन पर हंसोगे, लेकिन लोग तुमसे जीवन में यही उम्मीद लगाते हैं।

तुम्हारे चारों ओर सब कुछ बदल रहा है, स्थायी विचारों के चक्कर में मत पड़ो वरना तुम संशयग्रस्त हो जाओगे।

और दूसरे जो कहते हैं, उसे मत सुनना, अपने हृदय की सुनो।

मैंने सुना है,

जिस बात से मनुष्य-जाति पीढ़ियों से भयभीत थी वह हो गई : एक नाभिकीय प्रक्रिया अनियंत्रित हो गई और सारा भूमंडल विस्फोटित हो गया, जिससे वहां के सारे जीवधारी मारे गए।

स्वभावतः परलोक के द्वार पर भयंकर उलझन खड़ी हो गई। एक ही समय में इतनी सारी आत्माएं जो आ पहुंचीं, अतः सेंट पीटर ने कई नोटिस लगा दिए जिनके पीछे आत्माएं अपने वर्ग के अनुसार पंक्ति बद्ध होकर खड़ी रहें।

एक जगह लिखा था : मालिकों कि लिए। दूसरी जगह : वे पुरुष जो अपनी पत्नियों के नियंत्रण में हैं। 'मालिकों के लिए' वाले स्थान में केवल एक आत्मा खड़ी थी, जब कि दूसरे सूचना-पट के पीछे इतनी लंबी लाइन थी कि वह आकाश-गंगा तक पहुंच रही थी।

सेंट पीटर ने उस अकेली आत्मा से उत्सुकता वश कहा : केवल तुम ही यहां हो, ऐसा कैसे हो गया?

मुझे नहीं पता, पत्नी ने मुझे यहां खड़े होने को कहा, उत्तर मिला।

कभी तो पत्नी कहती है, कभी पति कहता है, कभी पिता, तो कभी मां, और कभी गुरु। किसी ने यहां तुमसे खड़े होने को कहा है और तुम नहीं जानते, क्यों? सुनिश्चित करो कि तुम यहां क्यों खड़े हो?

सुनो। यह थोड़ा जटिल है। यदि तुम किसी का अनुगमन भी करना चाहते हो तो अपने हृदय की सुनो, क्या तुम ऐसा ही चाहते हो। मैं ऐसा नहीं कहता कि किसी का अनुगमन मत करो, क्योंकि अगर तुम्हारा दिल कहता है कि अनुगमन करो, तब तुम क्या करोगे? लेकिन हृदय की बात सुनो, अपनी अनुभूति को पहले अनुभव करो, क्योंकि अंततः अपने हृदय के लिए तुम्हीं जिम्मेवार होगे। और सब कुछ बाद में आता है, तुम ही प्राथमिक हो। अपने संसार का केंद्र तुम ही हो।

अगर तुम मेरा अनुगमन करने का चुनाव करते हो या तुम मेरे द्वारा दीक्षित होना चुनते हो, यदि तुम मेरे प्रति समर्पण का चुनाव करते हो, पहले अपनी अनुभूति को अनुभव करो। वरना तुम बार-बार उलझन में पड़ोगे, और बार-बार तुम सोचने लगोगे, 'मैं यहां क्या कर रहा हूं। तुम सोचने लगोगे, 'मैंने संन्यास क्यों लिया? क्यों? क्योंकि कोई औरं कह रहा है इसलिए इसे मत लेना। इसे अनुभव करो। तब उलझन कभी नहीं उठेगी। तब यह उठ ही नहीं सकती, तब उलझन का कोई सवाल ही नहीं है।

उलझन एक गलत क्रियाकलाप है। यदि तुम अपने केंद्र से कार्य करते हो, तो उलझन कभी नहीं पैदा होती। यदि तुम किसी और व्यक्ति के केंद्र से कार्य करो तो लगातार उलझन पैदा ही होती रहेगी—और लोग

दूसरों की समझ, सलाहकारों, विशेषज्ञों की राय से कार्य कर रहे हैं। वे उनके द्वारा जी रहे हैं। लोगों ने अपना जीवन पूरी तरह से दूसरों के हाथों में छोड़ रखा है। इसे महसूस करो, अनुभूति के उदय की प्रतीक्षा करो। धैर्य रखो, जल्दबाजी में मत पड़ो। और अगर तुमने अनुभूति को ठीक से महसूस कर लिया है तो तुम्हारी जड़ गहरी है और यही जड़ तुम्हें बल प्रदान करेगी, और यही जड़ किसी उलझन को तुम्हारे पास ठहरने ही नहीं देगी।

प्रश्न : ओशो, समस्या क्या है?

अब तुम मेरे लिए समस्या निर्मित कर रहे हो। यह प्रश्न ऐसा ही है, जैसे कोई आए और पूछे पीलापन क्या है? या 'पीला रंग क्या है'? पीले फूल होते हैं, पुराने पीले पत्ते होते हैं, पीला सुनहरा सूर्य होता है और भी हजारों चीजें हैं जो पीली हैं, लेकिन क्या तुमने पीलापन देखा है। पीली चीजें तुमने देखी हैं, लेकिन पीलापन! उसे किसी ने नहीं देखा, कोई देख भी नहीं पाएगा।

समस्याएं ही समस्याएं हैं, लेकिन तुम कभी नहीं जान पाते कि समस्या क्या है; तब प्रश्न निरपेक्ष है। समस्या जैसा कुछ भी नहीं है। समस्याएं इसीलिए हैं क्योंकि तुम्हारे भीतर का अंतर्द्वंद समस्या है। तुम्हारे भीतर दो मन हैं, तभी समस्या उठती है। तुम नहीं जानते कहां जाऊं, इस रास्ते या उस रास्ते, तभी समस्या उठ खड़ी होती है। तुम्हारे भीतर के द्वैत का प्रश्न ही समस्या है, तुम यह करना चाहते हो, और तुम वह भी करना चाहते हो, और समस्या उपजती है। लेकिन अगर तुम एक हो तो, कोई समस्या नहीं है। तुम सहजता से चलते हो। जब कभी भी तुम इस प्रकार का निरपेक्ष प्रश्न–समस्या क्या है या पीलापन क्या है या प्रेम क्या है पूछते हो, तो बात कठिन हो जाती है।

संत अगस्तीन ने कहा है : मैं जानता हूं समय क्या है, लेकिन जब लोग मुझसे पूछते हैं, समय क्या है, मैं अचानक दिग्भ्रमित हो जाता हूं। हरेक व्यक्ति जानता है समय क्या है, लेकिन अगर कोई पूछता है, बिलकुल ठीक-ठीक बताओ यह क्या है, तुम मुश्किल में पड़ जाओगे। तुम यह दिखा सकते हो कि समय क्या है, लेकिन अपने शुद्धतम रूप में, निरपेक्षतः समय है क्या?

लेकिन मैं समझता हूं कि यह समस्या क्यों आ खड़ी हुई है। कुछ ऐसे लोग हैं जो इतने संशयग्रस्त हैं कि वे तय नहीं कर सकते कि समस्या क्या है। वे इतने संशयग्रस्त हैं, ऐसे चौराहे पर खड़े हैं कि समाधान क्या है यह तो बहुत दूर की बात है, अभी तो वे यह भी तय नहीं कर पाए हैं कि समस्या क्या है। बहुत हैं ऐसे लोग, क्योंकि तुमने अपनी भावनाओं से अपने अस्तित्वगत हृदय से संपर्क खो दिया है। इसलिए समाधान ही नहीं, बल्कि समस्या भी दूसरे के द्वारा दी जाती है। तुम मुझसे पूछ रहे हो कि मैं तुम्हें बताऊं

कि तुम्हारी समस्या क्या है। तुम मुझ पर न सिर्फ समाधान के लिए निर्भर हो, तुम मुझ पर समस्या के लिए भी निर्भर हो। लेकिन अतीत में यह इसी भांति होता चला आया है।

जब लोग मेरे पास आते हैं तो मैं तुरंत ही यह देख सकता हूं कि उनके पास अपनी समस्या है या वे इसे उधार मांग कर लाए हैं। अगर कोई ईसाई आता है तो वह ऐसी समस्या लेकर आता है जिसे कोई हिंदू कभी नहीं ला सकता। यदि कोई यहूदी आता है तो वह ऐसी समस्या लाता है जिसे कोई ईसाई कभी नहीं ला सकता। जब कोई जैन आता है तो वह बिलकुल ही अलग समस्या लेकर आता है जिसे कोई हिंदू कभी नहीं ला सकता। क्या होता है? ये समस्याएं जीवन की समस्याएं नहीं हो सकती हैं, क्योंकि जीवन की समस्याएं यहूदी, हिंदू, ईसाई या जैन नहीं हो सकती हैं, जीवन की समस्याएं केवल जीवन की समस्याएं ही हैं। ये समस्याएं सैद्धांतिक हैं, वे सिखाई गई हैं। उनको समस्याएं भी सिखाई जाती हैं—अब पूछने को क्या बचा?

मानवता का बहुत चालाक लोग शोषण करते रहे हैं। पहले वे सिखाते हैं कि क्या पूछा जाए, और फिर उनके पास उत्तर भी होता है। यदि तुम सही प्रश्न पूछो तो वे सही उत्तर दे देते हैं। और दोनों ही झूठे हैं क्योंकि प्रश्न भी उन्हीं के द्वारा सिखाया गया है और फिर वही तुमने पूछा। और वे तुम्हें केवल वे ही प्रश्न सिखाते हैं जिनका उत्तर वे दे सकते हों। इस प्रकार खेल अच्छी तरह, बिलकुल बढ़िया ढंग से चलता रहता है।

अगर तुम किसी जैन साधु के पास जाओ और तुम्हें जैनों ने न सिखाया हो कि कौन सा प्रश्न पूछना है, तुम समस्या खड़ी कर दोगे, तुम वहां घबड़ाहट फैला दोगे। क्योंकि तुम ऐसे प्रश्न पूछोगे जिनके लिए परंपरा ने—उनकी परंपरा ने—उत्तर तैयार नहीं कर रखे हैं। यदि तुम किसी जैन से पूछो, परमात्मा ने संसार क्यों बनाया, तो वह हैरान रह जाएगा, क्योंकि उसके धर्म-सिद्धांत में कोई परमात्मा है ही नहीं, उसके धर्म-सिद्धांत में कभी भी कुछ बनाया नहीं गया है, यह संसार सदा, सदा और सदा से विद्यमान है। सृष्टि रचना कभी हुई ही नहीं। अतः अगर तुम पूछ लो कि परमात्मा ने संसार क्यों बनाया, तो एक जैन के लिए तुम्हारा प्रश्न बिलकुल बेतुका है, क्योंकि न कोई परमात्मा है और न कोई सृष्टि, यह संसार सदा से है। 'सृष्टि' शब्द ही जैन-भाषावली में नहीं है, क्योंकि सृष्टि का मतलब होता है: स्रष्टा का अस्तित्व, और जब कोई सृष्टि ही नहीं हुई तो कोई स्रष्टा कैसे हो सकता है? यह संसार है, लेकिन यह कोई सृष्टि नहीं है। यह शाश्वत है, असृजित है; यह सदा से मौजूद रहा है।

कभी भी सैद्धांतिक प्रश्न मत पूछो, क्योंकि यह उधार लिया हुआ है। अस्तित्वगत प्रश्न खोज लो। पता लगाओ कि तुम्हारी कठिनाई क्या है। जान लो कि तुम्हारा जूता कहां काटता है। अपनी निजी समस्याओं को जानो।

और हो सकता है कि तुम्हारी समस्या किसी दूसरे की समस्या न हो, इसलिए दूसरा इस बात पर राजी ही न हो कि यह एक समस्या है। समस्याएं व्यक्तिगत होती हैं वे कोई जागतिक घटना नहीं हैं। मेरी

समस्या मेरी समस्या है; तुम्हारी समस्या तुम्हारी समस्या है। वे तुम्हारे अंगूठों की छाप की तरह ही अलग-अलग हैं, और उन्हें होना ही चाहिए।

जब मैं देखता हूं, लोग उधार की समस्याएं पूछ रहे हैं, उन पर तुम्हारे हस्ताक्षर नहीं हैं, और तब वे निरर्थक हो जाती हैं–पूछने योग्य भी नहीं हैं, तो उत्तर के योग्य भी नहीं होती हैं। तुम्हारी समस्याओं पर तुम्हारे हस्ताक्षर होने चाहिए। उन्हें तुम्हारे जीवन से, उसके संघर्ष, चुनौतियों, तुम्हारी प्रतिसंवेदनाओं, और उनका सामना करने की क्षमता से उठना चाहिए।

मैंने सुना है, अंततः विवाह के दलाल ने कोहेन को उस लड़की से मिलने के लिए राजी कर ही लिया। उसे सुंदर, प्रतिभाशाली, शिक्षित और ढेरों रुपये-पैसे वाली बताया गया था।

कोहेन उससे मिला, पसंद किया, और विवाह कर लिया।

एक ही दिन बाद वह उस विवाह के दलाल के पास पहुंचा और क्रोधित होकर बोला, तुमने मेरे साथ गंदा मजाक किया है, ओह, उसने खुद ही माना है कि वह पूना के आधे पुरुषों के साथ सो चुकी है।

तो क्या हुआ, आखिर पूना है ही कितना बड़ा, दलाल ने उत्तर दिया।

तुम्हारी समस्या दलाल की समस्या नहीं है। तुम्हारी समस्या तुम्हारी है, किसी और की नहीं। याद रहे अगर यह व्यक्तिगत समस्या है तो ही सुलझाई जा सकती है क्योंकि यह सच्ची है। यदि तुमने इसे परंपरा, समाज या किसी और से उधार ले लिया है तो इसका कभी उत्तर नहीं दिया जा सकेगा क्योंकि पहली बात तो यही है कि यह तुम्हारी समस्या ही नहीं थी। जैसे कि तुमने किसी से कोई बीमारी सीख ली हो।

अभी उस रात को ही मैं पढ़ रहा था कि एक प्रसिद्ध चिकित्सक के क्लीनिक में एक नोटिस, विशेषकर महिलाओं के लिए, लगा था, उसमें लिखा : कृपया अन्य महिलाओं के साथ अपनी बीमारियों और लक्षणों के बारे में बात न करें–लक्षणों का आदान-प्रदान न करें, क्योंकि यह डाक्टर को उलझा देगा। डाक्टर की प्रतीक्षा करती हुई महिलाएं बात तो करेंगी ही, और एक-दूसरे के लक्षणों से प्रभावित भी जरूर होंगी। और निश्चित रूप से यह डाक्टरों को उलझाता है, क्योंकि फिर वह नहीं जान पाता कि बात क्या है।

ऐसे भी लोग हैं जो अखबारों में दवाओं के विज्ञापन पढ़ कर बीमारियां ले लेते हैं। मैंने एक आदमी के बारे में सुना है जिसने आधी रात में अपने चिकित्सक को फोन किया। निःसंदेह आधी रात में अपनी नींद तोड़े जाने से डाक्टर क्रोधित हुआ। उसने फोन उठाया, पूछा, बात क्या है? और उस व्यक्ति ने बीमारी का वर्णन करना शुरू कर दिया। डाक्टर ने कहा : संक्षेप में बताएं, मैंने भी समाचार पत्रिकाओं में यह लेख पढ़ा-है, संक्षिप्त करें।

लोग अपनी बीमारियां पत्रिकाओं से सीख लेते हैं। जरा अपने मन को देखो। यह इतना नकलची है कि यह दूसरों की समस्याओं से प्रभावित हो सकता है, और तुम्हें इतना प्रभावग्राही बना सकता है कि तुम

उसे अपनी समस्या के रूप में सोच सकते हो। फिर इसे सुलझाने का कोई उपाय नहीं है, क्योंकि पहली बात तो यही है कि यह तुम्हारी समस्या है ही नहीं।

मेरे देखने में यही आया है: अगर कोई समस्या अस़ली है तो ही इसे सुलझाया जा सकता है। मैं समस्या को इसी भांति परिभाषित करता हूं: यह कि इसे सुलझाया जा सकता है। यदि इसे सुलझाया न जा सके तो यह समस्या नहीं है। कोई रोग, तब ही रोग है, जब कि उसका इलाज किया जा सके। सभी रोगों का उपचार हो सकता है, सैद्धांतिक रूप से संभव है ही। लेकिन अगर तुम्हें बीमारी है ही नहीं, तो तुम्हें असाध्य बीमारी है। तब कोई सहायता न कर सकेगा, तब यह सिर्फ तुम्हारे मन में ही है। कोई दवा तुम्हारी सहायता नहीं कर सकती।

इसलिए समस्या के बारे में समझने वाली पहली बात तो यह कि इसे अस्तित्वगत होना चाहिए, सैद्धांतिक, वैचारिक, दर्शन शास्त्रीय नहीं। बल्कि इसे दर्शन शास्त्रीय न होकर मनोवैज्ञानिक होना चाहिए, और इसे जीवन के संघर्ष से उपजना चाहिए।

क्योंकि तुम मृत विचारों में जकड़े हुए हो, इसी से तुम्हारी नब्बे प्रतिशत समस्याएं जन्मती हैं, और तुम उन्हीं विचारों से चिपकते हो। जब कोई ऐसी परिस्थिति सामने आती है जो तुम्हारे विचारों के अनुकूल न हो, तभी समस्या उठ खड़ी होती है--और तुम विचार बदलने के स्थान पर परिस्थिति को बदलने की कोशिश करने लगते हो। यदि तुम्हारे सामने ऐसी स्थिति आ जाए जो तुम्हारी विचार पद्धति से मेल न खाती हो, तो तुम अपनी विचार पद्धति बदलने के स्थान पर उस परिस्थिति को बदलने की जी-तोड़ कोशिश करते हो, तभी समस्या का जन्म होता है।

हमेशा अपने मन को बदलने को तैयार रहो क्योंकि जीवन को तुम्हारी मान्यताओं के अनुसार नहीं बदला जा सकता है। लेकिन हमने सीख रखा है कि जीवन को किस ढंग से देखें, कैसे उसकी व्याख्या करें, हम बंधी बंधाई लीक पर चलते रहते हैं।

मैं तुमसे एक कहानी कहना चाहता हूं--

एक छोटा सा आदमी अपने बॉस से बहुत भयभीत रहा करता था। एक दिन उसने अपने साथ के कर्मचारी को बताया कि वह बीमार है। उसका मित्र बोला, तुम अपने घर क्यों नहीं चले जाते?

ओह! मैं ऐसा नहीं कर सकता।

क्यों नहीं कर सकते? नासमझ मत बनो, उसे कभी पता नहीं चलेगा, वह तो आज यहां है भी नहीं।

अंततः वह व्यक्ति राजी हो गया और घर चला गया। जब वह वहां पहुंचा, उसने खिड़की से देखा--और उसका बॉस वहीं था, उसकी पत्नी के आलिंगन और चुंबन में व्यस्त। इसलिए वह दौड़ता हुआ वापस कार्यालय में पहुंचा! क्या खूब मित्र हो तुम भी, उसने अपने सहकर्मी से कहा, मैं तो फंसता-फंसता बचा।

सोचने का बस वही पुराना ढंग। परिस्थिति बिलकुल अलग थी। उसने अपने बॉस को पकड़ लिया होता, लेकिन वही पुराना विचार कि उसका बास हमेशा उसे ही पकड़ना चाहता है।

जीवन का निरीक्षण करो, और अपने मन से मत चिपको। तुम्हारी नब्बे प्रतिशत समस्याएं बिना किसी परेशानी के मिट जाएंगी। तुम्हारी दस प्रतिशत समस्याएं बचेंगी, वे अस्तित्व गत हैं। और उनकी वहां जरूरत भी है, क्योंकि तुम्हें उनके माध्यम से विकसित होना है। यदि वे भी मिट जाएं तो तुम विकसित नहीं होगे। संघर्ष की जरूरत है। दर्द की आवश्यकता है। पीड़ा की जरूरत है। क्योंकि इसी से तुम्हारा संकेंद्रण होगा, यह तुम्हें और जागरूक बनाएगी। और अगर तुम इसका अतिक्रमण कर सके तो तुम्हें वही आनंद उपलब्ध होगा जो किसी समस्या से पार पाने में मिलता है।

यह पर्वतारोहण जैसा है। तुम पहाड़ पर ऊपर की ओर जा रहे हो–थके हुए, पसीना-पसीना, श्वास कठिनाई से चल पा रही है, चोटी पर पहुंचना असंभव मालूम पड़ रहा है, और तभी तुम शिखर तक पहुंच गए, और तुम आकाश के नीचे लेटे हो, और तुम शिथिल हो गए हो, और तुम आराम कर रहे हो, फिर भी तुम प्रसन्न हो कि तुमने चढ़ाई करने का निर्णय लिया था। लेकिन एक कठिन चढ़ाई के बाद ही ऐसा होता है। तुम उस शिखर पर हेलिकाप्टर से भी जा सकते हो, लेकिन तब तुमने इसे अर्जित नहीं किया है। इसलिए जो व्यक्ति शिखर पर हेलिकाप्टर द्वारा पहुंचता है, और वह व्यक्ति जो अपने पैरों पर चल कर गया है, अलग शिखरों पर पहुंचते हैं। वे कभी भी एक ही शिखर पर नहीं पहुंचते। तुम्हारे साधन तुम्हारे साध्य बदल देते हैं। जो व्यक्ति हेलिकाप्टर से उतारा गया है, उसे कुछ अच्छा लगेगा, वह कहेगा, हां, यह खूबसूरत है। उसका हर्ष उस आदमी जैसा होगा जिसका पेट खाने से एकदम भरा हुआ है, और तभी एक सुस्वादु भोजन की एक प्लेट उसके सामने आ जाती है, वह कहता है, अच्छा है। वह इसे थोड़ा बहुत चख सकता है–जरा सा, लेकिन उसका पेट इतना ज्यादा भरा है कि उसे जरा भी भूख नहीं है। और उसके पास एक ऐसा व्यक्ति खड़ा है जो भूखा है।

शिखर तक पहुंचने के लिए व्यक्ति में अभीप्सा भी होनी चाहिए। और यह अभीप्सा तुम्हारे चढ़ने के साथ-साथ बढ़ती है। तुम अधिकाधिक अभीप्सा से भरते हो, तुम और-और थकते जाते हो, तुम और-और तत्पर होते जाते हो...और जब तुम शिखर पर पहुंच जाते हो तो तुम विश्राम करते हो। तुमने इसे अर्जित किया है।

जीवन में बिना अर्जित किए तुम्हें कुछ नहीं मिल सकता और जब तुम जीवन के साथ चालाकी करने की कोशिश करते हो तो तुम अनेक अवसरों को खो दोगे।

इसलिए उन समस्याओं को छोड़ दो जो तुम्हारी नहीं हैं। उन समस्याओं को छोड़ दो जिन्हें तुमने दूसरों से सीख लिया है। उन समस्याओं को छोड़ो जो तुम्हारे जड़ मताग्रहों से जन्मी हैं। तरल हो जाओ, गतिमय

हो। प्रतिपल अतीत के प्रति मरो और पुनः जन्म लो ताकि तुम पर कोई मान्यता, जीवन के प्रति कोई जड़ दृष्टिकोण हावी न रहे, और तुम सदा खुले, उपलब्ध और प्रतिसंवेदनात्मक रहो। तब सिर्फ वे समस्याएं ही रहेंगी जिनकी आवश्यकता है, जो तुम्हारे विकास का एक अवयव हैं।

जैसा कि मैं देखता हूं लोग हैं जो ढर्रे में बंधा जीवन जी रहे हैं, वह सच्चा जीवन नहीं है, बस खोखली मुद्राएं मात्र हैं। उनकी समस्याएं भी अर्थहीन, खोखली हैं। कोई आता है और पूछता है, क्या परमात्मा है? यह समस्या खोखली है। तुम्हें परमात्मा से क्या लेना-देना? तुमने तो अभी स्वयं को ही नहीं जाना। प्रारंभ से ही आगे बढ़ो, प्रारंभ से ही शुरू करो। तुमने तो अभी जानने वाले को ही नहीं जाना। तुम्हें तो यह भी नहीं पता कि तुम्हारे भीतर की यह जागरूकता क्या है। और तुम परमात्मा के बारे में पूछ रहे हो, तुम उस परम जागरूकता के बारे में पूछ रहे हो, आत्यंतिक जागरूकता के बारे में? और जो जागरूकता तुम्हें भेंट स्वरूप मिली हुई है, उसके बारे में तुमने जाना भी नहीं। जो पुष्प तुम्हारे हाथ में है उसके बारे में तुमने सीखा ही नहीं और तुम परम खिलावट के बारे में पूछ रहे हो। मूढ़तापूर्ण है यह बात।

परमात्मा के बारे में सब कुछ भूल जाओ। बिलकुल अभी तो अपने अस्तित्व में प्रवेश करो और देखो परमात्मा ने तुम्हें क्या दिया है, समग्र अस्तित्व ने तुम्हें क्या दिया है। और अगर तुम इसे जान सके तो तुम्हारे लिए और भी द्वार खुल जाएंगे। जितना तुम जानते हो उतने ही ज्यादा रहस्य अनावृत हो जाते हैं। और परमात्मा तो परम रहस्य है–जब तुमने और सब कुछ जान लिया, और अब जानने को कुछ न बचा, और तुम जीवन की सारी पीड़ाओं, संतापों और दुश्चिंताओं को झेल चुके हो, सिर्फ तब। परमात्मा अंतिम उपहार है, तुम्हें इसे अर्जित करना पड़ेगा।

ऐसे प्रश्न मत पूछो जो तुम्हारे साथ असंगत हों।

और खोखली मुद्राओं का, ढर्रे में बंधा जीवन मत जीयो। लोग चर्च चले जाते हैं, खोखला प्रयास है यह। वे वहां कभी जाना नहीं चाहते थे; फिर तुम क्यों जा रहे हो? क्योंकि हर कोई जा रहा है, क्योंकि यह एक सामाजिक औपचारिकता है, क्योंकि अगर तुम चर्च जाओगे तो लोग अच्छा समझते हैं, क्योंकि इससे तुम्हें एक प्रकार का सम्मान मिलता है। ये लोग जीसस के पास नहीं गए होते, लेकिन वे चर्च जाते हैं। चर्च सम्मानित हैं, जीसस कभी न थे। जीसस के पास जाना मुश्किल था। जीसस के पास जाना, तुम्हारी प्रतिष्ठा को दांव पर लगाना था।

तुम यहां हो, तुम्हें अपनी प्रतिष्ठा दांव पर लगानी पड़ती है, क्योंकि मेरे पास आने से तुम्हें कोई प्रतिष्ठा तो मिलने से रही। उसे खो तो सकते हो, परंतु पा नहीं सकते। यह औपचारिक नहीं हो सकता, क्योंकि महज एक औपचारिकता के लिए कोई क्यों इतना कुछ दांव पर लगाएगा? यह तो बस हृदय की बात हो सकती है।

लोग अपनी प्रार्थनाएं करते हैं, क्योंकि ऐसा किया जाना है, खोखली चेष्टा है यह। उनके हृदयों में कोई प्रेम नहीं है, उनके हृदयों में कोई अहोभाव नहीं है और वे प्रार्थना किए चले जा रहे हैं। तब ऐसी समस्याएं उठती हैं जो व्यर्थ हैं।

सिर्फ वही करो जिसके लिए तुममें भावना हो।

मैंने सुना है, लगभग अस्सी वर्ष की आयु के भूतपूर्व रेलवे कर्मचारी का घर रेलवे लाइन के निकट था, वह रिटायर हो चुका था, जो भी मालगाड़ी वहां से गुजरती वह उसके डिब्बे गिना करता था। इसकी कोई जरूरत तो नहीं थी, बस पुरानी आदत भर थी। एक रविवार को पारिवारिक पिकनिक के दौरान उसके पुत्र ने गौर किया कि वह गुजरती हुई ट्रेन की उपेक्षा कर रहा है, उसने पूछा, क्यों, आप डिब्बों को क्यों नहीं गिन रहे हैं?

बूढ़े आदमी ने जवाब दिया, मैं रविवार को काम नहीं करता।

अपने जीवन का निरीक्षण करो, उसे ज्यादा सच्चा, प्रामाणिक, वास्तविक बनाओ। अर्थहीन मुद्राओं के साथ मत चलो, वरना तुम्हारे प्रश्न भी अर्थहीन होंगे। वे समस्याओं की भांति प्रतीत होंगे, परंतु वे वास्तविक समस्या नहीं होंगे।

अब असली समस्या और नकली समस्या में अंतर क्या है? झूठी समस्या वह है जिसे हल किया जा सके, फिर भी कुछ न सुलझे। और सच्ची समस्या वह है जो भले ही हल न हो, फिर भी इसे सुलझाने के प्रयास में ही बहुत कुछ सुलझ जाए। इस प्रयास में ही तुम और सजग, और जानकार, और समझदार हो जाते हो। तुम अपने बारे में इतना कुछ जान लेते हो, जितना तुमने पहले कभी न जाना था

समस्या स्वयं का सामना करने का, अपने अंतस की तीर्थयात्रा पर निकलने का एक अवसर है। समस्या तो एक द्वार है। इसका अपने अस्तित्व में उतरने कि लिए उपयोग कर लो।

तो मेरा उत्तर है: समस्या विकास का एक अवसर है। समस्या परमात्मा की भेंट, दिव्यता से एक चुनौती है। इसका सामना करो, इसका अतिक्रमण करने के, इससे ऊपर जाने के उपाय खोजो और तुम अदभुत रूप से लाभान्वित होगे।

प्रश्न: आप कहते हैं, वही गलती दुबारा मत करो। जब तक मैं अपने मन को, मूल्यांकन, तुलना और निर्णय हेतु बीच में न लाऊं, तब तक मैं ऐसा कैसे कर सकता हूं? और तब मुझे न कहना पड़ता है।

जब मैं कहता हूं, एक गलती को दुबारा मत करो, तो मैं मूल्यांकन, निर्णय, तुलना करने को नहीं कह रहा हूं। मैं तो देखने को कह रहा हूं–जब तुम गलती कर रहे होते हो, इसे ऐसी समग्रता से देखो कि तुम्हें दिख जाए कि यह गलती है। इस देखने में ही यह गिर जाती है, तुम उसे कभी दोहरा नहीं पाओगे।

उदाहरण के लिए, अगर तुमने अपना हाथ आग में डाला और यह जल गया है। अगली बार जब तुम आग के पास होगे तो क्या तुम अरस्तू का न्यायिक तर्क प्रयोग करोगे, कि यह भी एक आग है, सारी अग्नियां जलाती हैं, इसलिए मुझे अपना हाथ इसमें नहीं डालना चाहिए। क्या तुम अतीत के अनुभव से तुलना करोगे? क्या तुम मूल्यांकन करोगे? यदि तुमने ऐसा किया तो तुम वही गलती दुबारा करने से बच नहीं पाओगे। क्योंकि, तब तुम्हारा मन कहेगा, शायद यह आग कुछ अलग किस्म की है। और कौन जाने कि आग ने अपनी जीवन-शैली बदल ली हो। हो सकता है कि अब वह वैसा ही व्यवहार न करे। हो सकता है उस समय वह क्रोध में थी और इस समय वह क्रोध में नहीं है। और कौन जानता है कि कब क्या हो?

वह मन जो मूल्यांकन करता है, निर्णय करता है, तुलना करता है, वह तो यह दिखा ही रहा है कि उसको बात समझ में नहीं आ पाई है। वरना मूल्यांकन और तुलना की जरूरत क्या है? यदि तुमने एक तथ्य को देख लिया है तो वह तथ्य ही पर्याप्त है। तुम आग से बचोगे।

अतः जब तुम अनुभवों से गुजर रहे हो तो सजग रहो, अंधे और बहरे मत बनो। मैं पीछे देखने को नहीं कह रहा हूं। मैं तो अभी इसी समय में देखने के लिए कह रहा हूं, जहां कहीं भी तुम हो वहीं, और यदि यह गलती है तो, यह स्वतः ही गिर जाएगी। एक गलती को गलती की भांति जानने से ही यह गिर जाती है। यदि यह खुद से ही नहीं गिर रही है तो इसका अभिप्राय यही है कि तुमने अभी पूरी तरह से नहीं जान पाया कि यह गलती है। कही न कहीं या किसी रूप में यह भ्रम बना रहता है कि यह गलती नहीं है।

लोग आकर मुझसे कहते हैं, हमें पता है क्रोध बुरा है, और हम यह जानते हैं कि यह जहरीला है, और हम जानते हैं कि हमारे लिए घातक है, लेकिन करें क्या? हम तो क्रोधित होते ही रहते हैं? वे क्या कह रहे हैं? वे कह रहे हैं कि उन्होंने सुना है लोग कहते हैं कि क्रोध बुरा है, उन्होंने शास्त्रों में पढ़ लिया है कि क्रोध जहरीला है लेकिन इसे उन्होंने स्वयं नहीं जाना है, अन्यथा बात समाप्त हो गई होती।

सुकरात ने कहा है: ज्ञान ही सदगुण है। श्रेष्ठ है यह कथन। वह कहता है, जानने का अर्थ है, हो जाना। एक बार तुम जान लो कि यह दीवाल है, द्वार नहीं, तो तुम बार-बार जाकर अपना सिर उससे नहीं टकराते। एक बार पता चल गया कि यह दीवाल है तब तुम द्वार की खोज करते हो। एक बार तुम्हें द्वार मिल गया तो तुम सदा ही द्वार से होकर गुजरते हो। यहां कोई बार-बार पिछले अनुभव के बारे में सोचने, तुलना करने, निश्चय करने और निष्कर्ष निकालने का प्रश्न नहीं उठता है।

मैंने सुना है, एक बहरा पादरी स्वीकारोक्तियां, कनफेशंस सुन रहा था, तभी एक आदमी कठघरे में आया, कदमों पर झुका और बोला, ओह फादर, मैंने एक जघन्य कृत्य कर डाला है। मैंने अपनी मां की हत्या कर दी।

क्या? बूढ़ा पादरी कान के पीछे हाथ रख कर बोला।

मैंने अपनी मां की हत्या कर दी है, दोषी व्यक्ति कुछ जोर से बोला

क्या बात हुई, जरा जोर से कहो, ईश्वर के उस दूत ने आज्ञा दी।

मैंने अपनी मां की हत्या कर दी है, परेशान पापी जोर से चिल्लाया।

आह! पादरी ने कहा, कितनी बार?

बहरा आदमी तो बहरा आदमी है, अंधा आदमी तो अंधा आदमी है। यदि तुम अनुभव की बात नहीं सुनते, यदि तुमने अपने अनुभव के प्रति कान बंद कर रखे हैं, तब तुम बार-बार और बार-बार उसी को पुनरुक्त करते रहोगे। वस्तुतः तुम पुनरुक्ति कर रहे हो यह कहना भी ठीक नहीं है : तुम इसी को पुनः कर रहे हो, एक नये काम की तरह–क्योंकि पिछली बार तुम चूक गए थे। यह कोई पुनरुक्ति नहीं है।

मेरी समझ ऐसी है : कि कोई गलती कभी दोहराई नहीं जाती, यदि एक बार तुमने इसे गलती की भांति समझ लिया तो काफी है। यदि तुम इसे दोहराते हो तो इसका मतलब है कि तुम इसे नये ढंग से कर रहे हो, क्योंकि अतीत अभी तक तुम्हारी चेतना में प्रविष्ट नहीं हुआ है। तुम इसे दुबारा पहली बार कर रहे हो; लेकिन यह पुनरुक्ति नहीं है। अगर तुम इसे समझ चुके हो तो इसको दोहराया नहीं जा सकता। समझ एक कीमिया है; यह तुम्हें रूपांतरित करती है।

इसलिए मैं तुम्हें बहुत चालाक, हिसाबी-किताबी, और सदा यह सोचने वाला कि क्या अच्छा है और क्या बुरा है, और क्या करना है और क्या नहीं करना है, और क्या नैतिक है, क्या अनैतिक है, यह बनने को नहीं कह रहा हूं। मैं यह सब नहीं कह रहा हूं। मैं तो सिर्फ इतना कह रहा हूं कि तुम जहां से भी गुजरो पूर्ण सजगता से गुजरो ताकि जो कुछ भी गलत है दोहराया न जाए।

जागरूकता का यही सौंदर्य है कि जो कुछ भी सही है उसका इससे संवर्धन होता है, और जो कुछ भी गलत है वह इसके द्वारा विनष्ट हो जाता है। जागरूकता शुभ के लिए जीवन ऊर्जा की भांति और अशुभ के लिए मृत्यु ऊर्जा की भांति है। जागरूकता शुभ के प्रति आशीष और अशुभ के प्रति अभिशाप के रुप में कार्य करती है। यदि तुम पाप के लिए मेरी परिभाषा पूछो तो यह मेरी परिभाषा है : जो कुछ भी परिपूर्ण जागरूकता के साथ किया जा सके पाप नहीं है; वह जो पूर्ण जागरूकता के साथ न किया जा सके पाप है। वह जिसे बिना जागरूकता के ही किया जा सके पाप है, और वह जो सिर्फ जागरूकता में ही किया जा सके पुण्य है। इसलिए पाप और पुण्य के बारे में भूल जाओ। जागरूकता और गैर-जागरूकता को याद रखो।

विकास का केंद्रीय तत्व होश और बेहोशी के मध्य में है और अधिक होशपूर्ण हो जाओ और बेहोशी को कम करो। अपनी ऊर्जा को जागरूकता से और अधिक प्रदीप्त होने के लिए अर्पित करो, बस यही तो है।

प्रश्न : प्यारे ओशो, क्या आप किसी बात को गंभीरता से नहीं ले सकते?

मैं एक चीज को बहुत गंभीरता से लेता हूं, चुटकुलों को मैं बहुत गंभीरता से लेता हूं। और इस पर तो तुमने भी जरूर ध्यान दिया होगा। जब मैं कोई चुटकुला सुनाता हूं, तो मैं कभी नहीं हंसता हूं, मैं वास्तव में इसे गंभीरता से लेता हूं। चुटकुले के सिवाय संसार में और कुछ भी गंभीर नहीं है।

प्रश्न : अगर मुल्ला नसरुद्दीन आश्रम में आ जाए, तो क्या आप उन्हें किसी समूह-चिकित्सा में सम्मिलित करेंगे? या आप उनसे उनका खुद का समूह चलाने को कहेंगे? यदि ऐसा हो तो यह समूह किस प्रकार का होगा?

मैंने पहले भी ऐसा किया है, लेकिन बात नहीं बनी। मुल्ला नसरुद्दीन तो नेताओं का नेता है, उसे किसी समूह में भागीदार की भांति नहीं रखा जा सकता। उसका अहंकार ऐसा नहीं होने देगा। मैंने उससे पूछा था, उसने कहा, ठीक है, आप मुझे नेता बना सकते हैं। मैंने उसे एक अवसर दिया, एक तीन दिवसीय ग्रुप; और सारे मूढ़ और सारे बुद्धिमान लोग भागीदारी के लिए एकत्रित हो गए। क्योंकि मुल्ला नसरुद्दीन में दोनों प्रकार के लिए आकर्षण है। जो मूर्ख हैं वे उसे मूर्ख समझते हैं, जो बुद्धिमान हैं वे उसे बुद्धिमान व्यक्ति समझते हैं। वह होशियार है या वह सीमा पर है–वह दोनों ओर खड़ा हुआ है। उसे एक मूर्ख की तरह प्रस्तुत किया जा सकता है; उसकी कभी भी हुए सर्वाधिक बुद्धिमान व्यक्ति की तरह भी व्याख्या की जा सकती है।

वह समूह के सम्मुख खड़ा हुआ और बोला, क्या आपको पता है कि मैं आपको क्या सिखाने जा रहा हूं?

निसंदेह प्रत्येक व्यक्ति ने कहा : हमें कैसे पता होगा? हम नहीं जानते।

उसने कहा : यदि आपको यह नहीं पता, इतना भी नहीं पता, तो मैं कुछ नहीं सिखाऊंगा, क्योंकि आप लोग इस योग्य नहीं हैं।

वह चला गया। अगले दिन मैंने उसे फिर से राजी किया। पुन : वह वहां गया और भागीदारों से पूछा, क्या आप जानते हैं, मैं क्या सिखाने जा रहा हूं?

अब तक उन लोगों ने भी कुछ सीख लिया था, अतः उन्होंने कहा : हां, हमें पता है।

वह बोला : तब इसकी आवश्यकता ही क्या है? यदि आपको पता ही है तो आप जानते हैं, और वह चला गया।

मैंने तीसरे दिन फिर उसे जाने के लिए राजी कर लिया। वह वहां खड़ा हुआ, उसने पूछा, क्या आपको पता है कि मैं आपको क्या सिखाने जा रहा हूं।

अब तक लोग कुछ और ज्यादा सीख चुके थे; वे बोले, हां, हममें से आधे लोग जानते हैं और आधे नहीं जानते।

उसने कहा : यह बिलकुल ठीक है, इसलिए वे लोग जो जानते हैं, उनको बता दें जो नहीं जानते। मेरे यहां मौजूद रहने की जरूरत ही क्या है?

मुल्ला नसरुद्दीन एक बहुत-बहुत पुराना सूफी उपाय है। यह व्यक्ति कभी हुआ हो या न हुआ हो, यह निश्चित नहीं है। शायद वह रहा हो, शायद वह कभी न हुआ हो। ऐसे बहुत से देश हैं जो उस पर अपना दावा करते हैं। ईरान उसे अपना कहता है; वहां ईरान में मुल्ला नसरुद्दीन की एक कब्र भी है। सोवियत रूस भी उस पर अपना दावा करता है। कुछ और देश भी हैं जो अपना दावा करते हैं। लगभग सारा मध्यपूर्व यह दावा करता है कि वह उनका है। और ऐसे बहुत से स्थान हैं जहां पर उसके दफनाए जाने की बात की जाती है।

हो सकता है कि कभी उसका अस्तित्व रहा हो, हो सकता है न रहा हो, परंतु उसका प्रभाव अदभुत है। जो कुछ भी उसने किया या जो कुछ भी उसके द्वारा किया गया कहा जाता है, वह अत्याधिक, बहुत अर्थपूर्ण है–जैसे कि इस कहानी में जब उसने पूछा, क्या आपको पता है मैं क्या सिखाने जा रहा हूं? प्रत्येक ने कह दिया : नहीं। लेकिन कोई भी मौन नहीं रहा। नहीं, कहना सरल है, नास्तिक होना बहुत आसान है। और अगर तुम्हारे पास 'नहीं' का दृष्टिकोण है तो यह कठिन है, तब तुम्हें सिखाना कठिन है। अगले दिन प्रत्येक ने कहा : हां, क्योंकि वह जो कहना चाहता था वे उसे सुनने के लिए बहुत लोभ से भरे थे। उनकी हां उनके लोभ से आई थी, और लोभ को कभी संतुष्ट नही किया जा सकता। और मुल्ला बोला : यदि आप जानते ही हैं तो बताने में क्या सार है? तीसरे दिन उन्होंने खुद को और अधिक चालाक, और होशियार सिद्ध करने की कोशिश की। उन्होंने कहा : हमने दो विकल्पों के लिए प्रयास किया, अब तीसरे की कोशिश की जाए, एकमात्र बची हुई बात रह गई थी : हममें से आधे जानते हैं और हममें से आधे नहीं जानते। अब वे मुल्ला को ठिकाने लगाने की कोशिश कर रहे थे। लेकिन तुम उसको ठिकाने नहीं लगा सकते। वह तो करीब-करीब पारे जैसा है; वह तुम्हारे हाथ से फिसल जाता है। उसने कहा : एकदम ठीक। जब आपमें से आधे लोग जानते ही हैं और आधे लोग नहीं जानते, तब जो जानते हैं वे उनको बता दें जो नहीं जानते, तो फिर मेरी यहां जरूरत ही क्या है, मेरा समय क्यों बरबाद करते हैं।

पहले वे बोले नहीं, कोई चुप न रहा फिर उन्होंने कहा हां, लेकिन कोई भी चुप न रहा; फिर उन्होंने हां और ना दोनों एक साथ बोल दिए, लेकिन कोई चुप नहीं था।

वह लौट कर मेरे पास आया और उसने कहा : इन लोगों को सिखाया नहीं जा सकता, क्योंकि जो लोग मौन हों, उन्हीं को सिखाया जा सकता है।

मौन शिष्यत्व है। अगर यहां तुम पहले से ही ज्ञानी होकर आए हो, तो तुम्हें सिखाया नहीं जा सकता। अगर तुम यहां नकार का दृष्टिकोण, नास्तिक की दृष्टि, संदेह और शक लेकर आए हो तो तुम्हें सिखाया नहीं जा सकता। या अगर तुम कहो कि मुझे थोड़ा सा मुझे पता है और थोड़ा मैं नहीं जानता, तो भी तुम्हें सिखाया नहीं जा सकता। तुम चालाक बन रहे हो। क्योंकि ये तीन दृष्टिकोण हैं–नहीं कहने वाले का, हां कहने वाले का, और उसका जो दोनों नावों पर यात्रा करने की कोशिश कर रहा है, जिसका प्रयास है कि केक खा भी लिया जाए और केक पूरा साबुत भी रहे, जो चालबाज है–तो संसार में ये जो तीन प्रकार के व्यक्ति हैं, ये सभी समझने में असमर्थ हैं।

केवल उसे जो मौन है, जो अपने मौन के द्वारा उत्तर देता है, और मुक्त हृदय है, उसी को सिखाया जा सकता है। इस कहानी का यही मतलब है।

मुल्ला नसरुद्दीन को जितना ज्यादा हो सके उतना पढ़ो, और उसे समझने का प्रयास करो। वह तुम्हारे लिए महत् आशीष बन सकता है क्योंकि वह हास-परिहास के माध्यम से सिखाता है। उसकी प्रत्येक कहानी अपने गर्भ में अदभुत अर्थ समाए हुए है, लेकिन तुम्हें इसे अनावृत करना पड़ेगा। इसीलिए मैं कहता हूं कि ऐसे लोग हैं जो उसे मूर्ख समझते हैं। वे बस एक कहानी पढ़ते हैं और वे हंसते हैं, फिर उनके लिए बात समाप्त हो गई। वे इसे बस एक चुटकुला समझते हैं। ऐसा नहीं है। कोई चुटकुला महज एक चुटकुला नहीं होता। अगर तुम बुद्धिमान हो तो तुम इसके भीतर झांकोगे, आखिर असली बात क्या है। और एक बार तुम इसके आंतरिक अर्थ की झलक भर पा लो, तुम अत्यधिक प्रसन्न हो जाओगे। तुम एक नये आयाम के प्रति सजग होने लगोगे।

अब मुल्ला नसरुद्दीन को पश्चिमी देशों में भी पढ़ा जाता है, लेकिन लोग चूक रहे हैं। वे सोचते हैं कि वे सिर्फ मजाक भर हैं। वे मजाक ही नहीं हैं। वे हास-परिहास के माध्यम से तुम्हें उस परम पावन को सिखाने का उपाय हैं। और इसे सिर्फ हास्य के माध्यम से ही सिखाया जा सकता है–केवल हास्य के माध्यम से। क्योंकि सिर्फ हास्य ही तुम्हें विश्रांत कर सकता है। और परमात्मा को गहन विश्रांति में ही जाना जा सकता है। जब तुम हंसते हो तो तुम्हारा अहंकार खो जाता है। जब हंसी यथार्थ में प्रामाणिक होती है, पेट की हंसी, जब तुम्हारा सारा शरीर इस परमानंद की ऊर्जा से स्पंदित होता है, जब हंसी तुम्हारे सारे अस्तित्व पर फैल जाती है, जब तुम बस इसी में खो जाते हो, तभी तुम परमात्मा के लिए खुलते हो। गंभीर लोग कभी परमात्मा तक नहीं पहुंचे। वे पहुंच ही नहीं सकते। परमात्मा ऐसा खतरा मोल नहीं लेगा। हूं...वे तो उसे उबा कर मार ही डालेंगे।

एक छोटे बच्चे को पहली बार चर्च में लाया गया। उसने लोगों के चेहरे देखे—लटके हुए, उदास, गंभीर। सारा माहौल कुछ ऐसा जान पड़ा जैसे कि कोई मर गया हो। घर लौट कर मां ने पूछा, तुम्हें कैसा लगा?

उसने कहा : मुझे सच कह देना चाहिए। मुझे लगा जैसे ईश्वर को वहां कुछ बुरा लग रहा हो।

मां ने कहा : तुम्हारा मतलब क्या है?

वह बोला : ऐसे लटके चेहरे देख कर तो ईश्वर को ऊब जाना चाहिए। और मम्मी क्या इसी प्रकार के लोग हरेक रविवार को आते हैं?

हां, निःसंदेह, वे ही लोग। इनमें से कुछ ऐसे हैं जो वहां चालीस-पचास सालों से आ रहे हैं।

बच्चा अत्यधिक उदास हो गया, उसने कहा : ईश्वर के बारे में सोचो, हर रविवार को वे ही उदास लोग, वे ही चेहरे, उसे तो ऊब कर मरने की हालत में पहुंच जाना चाहिए।

तुम परमात्मा तक हंसी के माध्यम से पहुंचते हो। मैं तुम्हें हंसी सिखाता हूं। तुम परमात्मा तक नाचते हुए, गाते हुए, हर्षित, प्रफुल्लित, उत्सव मनाते हुए पहुंचते हो। हंसना सीखो।

और जब तुम हंस रहे हो तो देखो तुम्हारे भीतर क्या घट रहा है। वरना तुम इसके सारे सौंदर्य से चूक जाओगे। जब तुम हंस रहे होते हो तो देखो कैसे अचानक अहंकार वहां नहीं होता। देखो किस भांति मन एक क्षण को ठहर गया होता है। एक महीन से क्षण में मन वहां नहीं होता—वहां कोई विचार नहीं होता। जब तुम गहराई से हंसते हो तो वहां कोई विचार नहीं बचता।

हंसी ध्यानमयी है...और औषधियुक्त है। भौतिक शरीर के लिए यह औषधिमय है; आध्यात्मिक शरीर के लिए ध्यानमय।

मैं चाहूंगा कि मुल्ला नसरुद्दीन किसी ग्रुप को आरंभ करे, लेकिन यह मुश्किल प्रतीत होता है। वह दुष्कर व्यक्ति है।

प्रश्न : प्यारे ओशो, आपके दिव्य संगीत ने मेरे अस्तित्व के किसी गहनतर तल को छू लिया है। जब मैं पहली बार आया था तो मैं संन्यास के लिए पूरी तरह तैयार था। मेरा संन्यास आपका आशीष था या मेरा सत्याग्रह, यह बात मुझे साफ पता नहीं है। आप कहते हैं, आओ, मेरा अनुसरण करो। लेकिन आपका अनुसरण कैसे हो, क्योंकि मैं तो आपको जानता नहीं? कभी-कभी आपकी सुवास महसूस करता हूं और कभी-कभी यह खो जाती है।

जब मैं कहता हूं, आओ मेरा अनुसरण करो, मैं अपने ज्ञान का अनुसरण करने को नहीं कह रहा हूं। जब मैं कहता हूं, आओ मेरा अनुसरण करो, मैं कह रहा हूं कि आओ और अपने ज्ञान के बिना मैं जो हूं

उसका अनुसरण करो। जब मैं कहता हूं आओ मेरा अनुसरण करों तो मैं तुम्हें अज्ञात की ओर आने को कह रहा हूं। मैं तुम्हें अज्ञेय की ओर आने का निमंत्रण दे रहा हूं। जब मैं कहता हूं आओ, मेरा अनुसरण करो तो मैं अपना अनुसरण करने को नहीं कह रहा हूं–क्योंकि मैं नहीं हूं। मैं तुम्हें एक विराट शून्यता में आमंत्रित कर रहा हूं।

एक बार तुम द्वार में प्रविष्ट हो जाओ, तुम्हें न तो मैं मिलूंगा न तुम। तुम्हें कुछ पूर्णतः भिन्न ही मिलेगा। यही है जिसे लोगों ने परमात्मा कहा है।

और मुझे पता है कि कई बार तुम मेरे अस्तित्व की सुवास की अनुभूति में समर्थ होओगे और कई बार यह खो जाएगी, क्योंकि ऐसी भाव-दशाएं होती हैं जब तुम मेरे निकट होते हो, और ऐसी भाव-दशाएं होती हैं जब तुम मुझसे दूर, बहुत दूर होते हो। जब तुम निकट होते हो तो सुवास आएगी; जब तुम दूर होओगे तो तुम इसे खो दोगे। अतः उन भाव-दशाओं की अनुभूति का प्रयास करो जब तुम मुझसे निकटता महसूस करते हो, और उन भाव-दशाओं में ज्यादा से ज्यादा रहो, उन भाव-दशाओं में और-और विश्रांत हो जाओ।

यह मेरे और तुम्हारे बीच के भौतिक अंतराल की बात नहीं है। यह आध्यात्मिक अंतराल का प्रश्न है। यदि हंसते समय तुम्हें मुझसे निकटता अनुभव हो और अचानक यह सुवास तुम्हारे नासापुटों और अस्तित्व को भर दे, तो और हंसना सीखो। अगर तुम्हें केवल यहीं पर, बस मुझे देखते हुए, जब विचारों की आपाधापी न होती हो, यह सुवास अनुभव होती हो, तो विचारों को और-और विदा करना सीखो। जो कुछ भी तुम महसूस कर रहे हो, उस सुनिश्चित भाव-दशा के प्रति और-और उपलब्ध हो जाओ, और मेरी सुवास तुम्हारी सुवास बन जाएगी। क्योंकि यह न मेरी है न तुम्हारी, यह परमात्मा की सुवास है।

प्रश्न : ओशो, पांच महीनों तक स्रोत से पीकर भी मेरी प्यास कम नहीं हुई, इसने मुझे और प्यासा कर दिया है। आपके पानी में निश्चित ही कुछ अनूठापन है।

ध्यान के समय मुझे यह सुनाई पड़ा :

मधुर-जल की एक छोटी सी झील,
छिपी है श्यामल जंगल में,
वही उद्‌गम है सागर का।

ओशो, आप मीठे और नमकीन हैं;
और इस क्षण में बहुत नमकीन।

मैं यहां जाने के कारण उदासी अनुभव कर रही हूं
मैं इस स्रोत तक पुनः वापस आना चाहती हूं,
पीती रहूं तब तक कि मैं इतना भर जाऊं
कि मैं स्रोत में गिर पडूं।

यह आनंद उर्मिला ने पूछा है।

यह सच है, ऐसा ही है। जितना अधिक तुम मुझे पियोगी, उतना ही तुम प्यासी हो जाओगी। क्योंकि मैं तुम्हें तृप्त करने वाला नहीं हूं। मैं तुम्हें और-और अतृप्त बनाता चला जाऊंगा, क्योंकि यदि तुम मुझसे तृप्त हो गईं तो तुम कभी परमात्मा तक नहीं पहुंचोगी।

मैं यहां अधिक प्यास निर्मित करने के लिए हूं। मैं यहां तुम्हें और भूखा बना देने के लिए हूं। ताकि एक दिन तुम बस प्यास, बस भूख, शुद्ध भूख ही रह जाओ। उस क्षण में तुम विस्फोटित और तिरोहित हो जाती हो और परमात्मा मिल जाता है। अगर तुम मुझसे ही तृप्त हो गईं, तो मैं तुम्हारा मित्र नहीं शत्रु बन जाऊंगा, क्योंकि तब तुम मुझसे और मेरे उत्तरों से बंध जाओगी।

मैं अधिक से अधिक एक द्वार हो सकता हूं। मुझसे होकर गुजर जाओ, मुझसे बंधो मत। यात्रा का आरंभ मेरे साथ होता है, इसका अंत मुझ पर नहीं होता।

और मैं जानता हूं कि तुम्हें उदासी अनुभव हो रही होगी। लेकिन अपनी उदासी के प्रति सजग हो जाओ और इससे तादात्म्य मत बनाओ। यह वहां है, तुम्हारे चारों ओर, लेकिन यह तुम नहीं हो। इस अवसर का भी अधिक जागरूक, अधिक साक्षी होने में उपयोग करो। और अगर तुम अपनी उदासी के साक्षी हो सको, तो उदासी मिट जाएगी। और अगर तुम अपनी उदासी के प्रति सजग हो सको तो तुम सजगता के द्वारा इसके मिटने में सहायक हो सकती हो, जहां कहीं भी तुम जाओ मैं तुम्हारे साथ आऊंगा।

हो सकता है तब स्रोत तक वापस आने की जरूरत ही न पड़े, क्योंकि अपने साक्षीभाव में तुम चाहे कहीं रहो, तुम मेरे निकट रहोगी। तुम स्रोत के निकट होओगी।

स्रोत कोई तुमसे बाहर नहीं है। और जब तुम वास्तव में मुझे सुनती हो तो यह किसी ऐसे व्यक्ति को सुनना नहीं है जो तुम्हारे बाहर हो। यह किसी ऐसे को सुनना है जो तुम्हारे भीतर है। यह तुम्हारी अपनी आंतरिक आवाज है। जब तुम मेरे प्रेम में पड़ती हो तो वस्तुतः जो हुआ है वह यह कि तुम पहली बार अपने प्रति प्रेम में पड़ी हो।

प्रवचन - 3

तत्क्षण बोध

योग-सूत्र

ग्रहणस्वरूपास्मितान्वयार्थवत्त्वसंयमादिन्द्रियजयः।।48।।

उनकी बोध की शक्ति, वास्तविक स्वरूप, अस्मिता, सर्वव्यापकता और क्रियाकलापों पर संयम साधने से ज्ञानेंद्रियों पर स्वामित्व उपलब्ध हो जाता है।

ततो मनोजवित्वं विकरणभावः प्रधानजयश्च।।49।।

इसके उपरांत देह के उपयोग के बिना ही तत्क्षण बोध और प्रधान (पौद्गलिक जगत) पर पूर्ण स्वामित्व उपलब्ध हो जाता है।

सत्त्वपुरुषान्यताख्यातिमात्रस्य सर्वभावाधिष्ठातृत्वं सर्वज्ञातृत्वं च।।50।।

सत्व और पुरुष का विभेद बोध होने के उपरांत ही अस्तित्व की समस्त दशाओं का ज्ञान और उन पर प्रभुत्व उदित होता है।

अव्याख्य की व्याख्या करने में पतंजलि की कुशलता अनुपम है। कभी भी कोई उनसे आगे निकल पाने में समर्थ नहीं हो पाया है। उन्होंने चेतना के आंतरिक संसार का जितना ठीक संभव हो सकता है, वैसा मानचित्रण कर दिया है; उन्होंने लगभग असंभव कार्य कर दिखाया है।

मैंने रामकृष्ण के बारे में एक कथा सुनी है:

एक दिन वे अपने शिष्यों से बोले, आज मैं तुम्हें सारी बात बता दूंगा, और कुछ भी रहस्य नहीं रखूंगा। उन्होंने चक्रों की स्पष्ट व्याख्या की, और हृदय तथा कंठ-चक्र तक उनसे संबंधित अनुभवों को भी व्यक्त कर दिया, और तब दोनों भौंहों के मध्य के बिंदु की ओर संकेत करते हुए कहा: परम सत्ता का प्रत्यक्ष ज्ञान होता है, और जब मन यहां आता है तो व्यक्ति को समाधि का अनुभव होता है। एक झीना सा पारदर्शी आवरण ही तब परम सत्ता और व्यक्तिगत सत्ता के मध्य में बचा रहता है। तब साधक को अनुभव होता है...। इतना कह कर, जैसे ही उन्होंने परम सत्ता के साक्षात के बारे में विस्तार से बताना शुरू किया, वे समाधि में डूब गए, और सुध-बुध खो बैठे। जब समाधि टूटी और वे वापस सामान्य अवस्था में लौटे, तो उन्होंने फिर इसका वर्णन करने का प्रयास किया और पुनः समाधि में चले गए, फिर वे अपनी सुध-बुध खो बैठे। कई कोशिशों के बाद रामकृष्ण के आंसू बह निकले, वे रोने लगे, और अपने शिष्यों से बोले कि इसके बारे में कुछ बताना असंभव है।

लेकिन रामकृष्ण ने कोशिश की, उन्होंने अनेक उपायों से, विभिन्न दिशाओं से, समझाने का प्रयास किया, और उनके पूरे जीवन भर सदा यही होता रहा। जब कभी वे तृतीय नेत्र के चक्र के पार जाते और सहस्त्रार की ओर बढ़ने लगते, वे किसी आंतरिक भाव से इस कदर वशीभूत हो जाते कि सिर्फ इसकी स्मृति मात्र से, इसे वर्णित करने की कोशिश से ही, वे डुबकी लगा जाते। घंटों वे अचेत पड़े रहते। यह

स्वाभाविक था क्योंकि सहस्त्रार का आनंद ऐसा है कि व्यक्ति करीब-करीब उसके पूर्ण नियंत्रण में हो जाता है। यह आनंद ऐसा सागर सा असीम है कि व्यक्ति पर आच्छादित होकर उसे अपने में समा लेता है। जब व्यक्ति तीसरे नेत्र का अतिक्रमण कर लेता है तो वही व्यक्ति नहीं रह जाता।

रामकृष्ण ने कोशिश की और असफल रहे, वे इसका वर्णन नहीं कर सके। बहुत से अन्य लोगों ने तो इसका प्रयास भी नहीं किया। लाओत्सु इसी के कारण अपने पूरे जीवन भर ताओ के जगत के बारे में कुछ भी कहने से इनकार करता रहा। इसके बारे में कुछ भी नहीं कहा जा सकता, और जिस क्षण तुम इसे कहने की कोशिश करते हो तुम एक आंतरिक चक्रवात में, भंवर में गोता खा जाते हो। तुम खो जाते हो, डूब जाते हो। तुमने एक ऐसे सौंदर्य और अदभुत आनंद में स्नान कर लिया होता है कि तुम एक शब्द भी नहीं बोल सकते।

लेकिन पतंजलि ने एक असंभव कार्य किया है। उन्होंने प्रत्येक चरण को, प्रत्येक एकीकरण को, प्रत्येक चक्र को, इसकी क्रिया विधि को, और इसका अतिक्रमण कैसे करें, सहस्त्रार तक ही नहीं वरन उसके भी आगे, जितना संभव था उतना ठीक बताया है। प्रत्येक चक्र पर, ऊर्जा के प्रत्येक चक्र पर, एक निश्चित एकीकरण घटता है। जरा इसको समझो।

काम-केंद्र, पहले केंद्र पर, जो सर्वाधिक आदिम और सर्वाधिक प्राकृतिक है, सभी के लिए उपलब्ध है, बाहरी और भीतरी के बीच एकीकरण घटता है। निःसंदेह यह क्षणिक है। जब एक स्त्री का पुरुष से मिलन होता है या पुरुष का स्त्री से मिलन होता है। तो यह एक क्षण को जरा से समय के लिए जहां बाहरी और भीतरी एक दूसरे से मिलते हैं और एकरूप होकर एक-दूसरे में विलीन हो जाते हैं, आता है। काम का, शिखर अनुभव का, यही सौंदर्य है कि दो ऊर्जाएं, परिपूरक ऊर्जाएं मिलती हैं और एक संपूर्णता बन जाती हैं। लेकिन यह क्षणिक होता है, क्योंकि यह मिलन, सर्वाधिक स्थूल अवयव, देह के माध्यम से होता है। देह केवल सतह का ही स्पर्श कर सकती है, लेकिन यह वास्तव में एक-दूसरे में प्रवेश नहीं कर सकती। यह बर्फ के टुकड़ों की तरह है। अगर तुम दो बर्फ के टुकड़ों को पास-पास रखो तो वे एक दूसरे को छू सकते हैं लेकिन अगर वे पिघल कर पानी बन जाएं तो वे मिल जाते हैं और एक दूसरे में विलीन हो जाते है। तभी वे आत्यांतिक केंद्र तक पहुंचते हैं। और अगर पानी वाष्पित हो जाए तब यह मिलन बहुत, बहुत गहरा हो जाता है। तब वहां न मैं, न तू; न भीतर, न बाहर, कुछ नहीं रहता।

यह पहला केंद्र, 'काम-केंद्र' तुम्हें एक निश्चित एकरूपता देता है। इसी कारण काम का इतना अधिक आकर्षण है। यह स्वाभाविक है अपने आप में यह लाभप्रद और अच्छा है, लेकिन अगर तुम यहीं रुक गए तो तुम महल के दरवाजे पर रुक गए हो। दरवाजा अच्छा है यह तुम्हें महल के भीतर ले आता

है, किंतु यह कोई ऐसा स्थान नहीं है जहां तुम्हारा वास हो सके, यह कोई सदा के लिए रुक जाने का स्थान भी नहीं है...और अन्य केंद्रों पर उच्चतर एकीकरण के उस आनंद से जो तुम्हारी प्रतीक्षा में है, तुम चूक जाओगे। और उस आनंद, हर्ष और प्रसन्नता की तुलना में काम का सौंदर्य कुछ भी नहीं है, कामवासना का सुख कुछ भी नहीं है। यह तो बस तुम्हें क्षणिक झलक भर दिखाता है।

दूसरा चक्र है: 'हारा।' हारा-केंद्र पर जीवन और मृत्यु मिल जाते हैं। अगर तुम दूसरे चक्र पर पहुंचे हो तो तुम एकीकरण के उच्चतर शिखर अनुभव पर पहुंच जाते हो। जीवन मृत्यु से मिलता है, सूर्य चंद्रमा से मिल रहा होता है। और अब मिलन भीतरी है, इसलिए यह मिलन अधिक स्थिर, अधिक स्थायी हो सकता है, क्योंकि तुम किसी अन्य पर निर्भर नहीं हो। अब तुम्हारा मिलन तुम्हारे अपने आंतरिक पुरुष या अपनी आंतरिक स्त्री से हो रहा होता है।

तीसरा चक्र है: 'नाभि।' वहां पर विधायक और नकारात्मक, धनात्मक विद्युत और ऋणात्मक विद्युत का मिलन होता है। उनका मिलन जीवन और मृत्यु के मिलन से भी उच्चतर है, क्योंकि विद्युत-ऊर्जा, प्राण, बायो-प्लाज्मा या जीव-ऊर्जा, जीवन और मृत्यु से भी गहरी है। इसका जीवन से पूर्व अस्तित्व होता है, यह मृत्यु के बाद भी अस्तित्व में रहती है। जीवन और मृत्यु का अस्तित्व जीव-ऊर्जा के कारण ही है। जीव-ऊर्जा का नाभि पर यह मिलन तुम्हें एक होने का, समग्र होने का, एकीकृत होने का उच्चतर अनुभव दे देता है।

इसके बाद है: 'हृदय।' हृदय-चक्र पर निम्नतर और उच्चतर मिलते हैं। हृदय-चक्र पर प्रकृति और पुरुष, काम और आध्यात्म, सांसारिक और असांसारिक का–या तुम इसे कह सकते हो स्वर्ग और पृथ्वी का मिलन घटता है। यह थोड़ा और उच्चतर है क्योंकि पहली बार उस पार का कुछ उदित होता है–तुम क्षितिज पर सूर्य का उदय होते देख सकते हो। अभी भी तुम्हारी जड़ें पृथ्वी में ही हैं, पर तुम्हारी शाखाएं आकाश में विस्तीर्ण हो रही हैं। तुम एक संगम बन गए हो। इसीलिए हृदय का केंद्र, जो सामान्यतः उपलब्ध, सर्वाधिक परिशुद्ध और सर्वोच्च है–प्रेम का अनुभव प्रदान करता है। प्रेम का अनुभव पृथ्वी और स्वर्ग का सम्मिलन है, इसलिए एक ढंग से यह पार्थिव है और दूसरे ढंग से स्वर्गिक है।

यदि जीसस परमात्मा को प्रेम की भांति परिभाषित करते हैं, तो यह है इसका कारण, क्योंकि मानवीय चेतना में प्रेम उच्चतम झलक मालूम पड़ता है।

आमतौर से लोग कभी भी हृदय-केंद्र के पार नहीं जाते हैं। हृदय-केंद्र पर पहुंचना भी कठिन, करीब-करीब असंभव प्रतीत होता है। लोग काम-केंद्र पर रहते हैं। अगर उन्हें योग, कराटे, अकीडो, ताई-ची का गहरा प्रशिक्षण दिया जाए तो वे दूसरे केंद्र हारा पर पहुंच जाते हैं। यदि उन्हें श्वास, प्राण की गहरी क्रिया विधि सिखाई जाए तो वे नाभि-केंद्र पर पहुंचते हैं। और अगर उन्हें सिखाया जाए कि किस

प्रकार से पृथ्वी से परे देखना है, देह के पार देखना है और कैसे इतनी गहराई से और इतनी संवेदना से देखना है कि तुम स्थूल में और अधिक सीमित न रहो, और सूक्ष्म तुम्हारे भीतर अपनी पहली किरणें भेज सके, तो ही हृदय-चक्र।

भक्ति के सारे मार्ग, भक्ति-योग, हृदय-केंद्र पर कार्य करते हैं। तंत्र काम-केंद्र से शुरू करता है। ताओ हारा-केंद्र से शुरू होता है। योग नाभि-केंद्र से शुरू होता है। भक्ति-योग, उपासना और प्रेम के मार्ग सूफी आदि, वे हृदय-केंद्र से आरंभ होते हैं।

हृदय से ऊपर है : 'कंठ-चक्र।' पुनः वहां एक दूसरा और ज्यादा श्रेष्ठ और अधिक सूक्ष्म एकीकरण घटता है। यह प्राप्त करने का और बांट देने का केंद्र है। जब बच्चा जन्म लेता है तो वह कंठ-केंद्र से ग्रहण करता है। पहले उसमें कंठ-चक्र के द्वारा जीवन प्रविष्ट होता है—वह हवा खींचता है, श्वास लेता है और फिर वह अपनी मां से दूध चूसता है। बच्चा कंठ-चक्र द्वारा कार्य करता है, लेकिन यह आधा काम है और जल्दी ही बच्चा इसके बारे में भूल जाता है। वह बस ग्रहण ही करता है। अभी तो वह दे नहीं सकता। उसका प्रेम निष्क्रिय है। और अगर तुम प्रेम मांग रहे हो, तो तुम किशोरवय रहोगे, तुम बचकाने बने रहोगे। जब तक तुम वयस्क नहीं होते कि तुम प्रेम दे सको, तुम परिपक्व नहीं हो पाए हो। प्रत्येक व्यक्ति प्रेम की चाह रखता है, प्रेम मांगता है, और देने वाला करीब-करीब कोई भी नहीं है। सारे संसार में यही तो पीड़ा है। और हरेक व्यक्ति जो मांगता है वह सोचता है कि वह दे रहा है, विश्वास करता है कि वह दे रहा है।

मैंने हजारों लोगों में झांक कर देखा है, सभी प्रेम के लिए भूखे हैं, प्रेम के लिए प्यासे हैं, लेकिन कोई किसी भी रूप में देने की कोशिश नहीं कर रहा है। और वे सभी यही विश्वास करते हैं कि वे दे रहे हैं लेकिन उन्हें मिल नहीं रहा है। जब तुम देते हो तो स्वाभाविक तौर से तुम्हें मिलता भी है। यह किसी और ढंग से कभी नहीं होता। जिस क्षण तुम देते हो, प्रेम तुम्हारी और उमड़ पड़ता है। इसका लोगों और व्यक्तियों से कुछ भी लेना देना नहीं है। इसका संबंध परमात्मा की ब्रह्मांडीय ऊर्जा से है।

कंठ-चक्र लेने और देने का मिलन है। तुम इससे लेते हो और इसी से देते हो। जीसस का कथन कि तुम्हें दुबारा बालवत होना पड़ेगा का यही अर्थ है। यदि तुम इस बात को योग की शब्दावली में अनुवाद करो तो इसका अर्थ होगा : दुबारा तुम्हें कंठ-चक्र पर आना पड़ेगा। बच्चा धीरे-धीरे इसे भूलता जाता है।

अगर तुम फ्रायड के मनोविज्ञान में देखो, तो तुम्हें इसके समतुल्य बात उसमें भी मिलेगी। फ्रायड का कहना है कि बच्चे की पहली अवस्था मौखिक है, दूसरी गुदीय है, और तीसरी जननेंद्रिक है। फ्रायड का सारा मनोविज्ञान तीसरे पर आकर समाप्त हो जाता है। निस्संदेह यह मनोविज्ञान बहुत अपर्याप्त, बहुत

निम्नतल का, बहुत आंशिक है, और मनुष्य के नितांत निचले स्तर के क्रियाकलापों से संबंधित है। मौखिक अवस्था, हां, ठीक है, बच्चा कंठ-केंद्र का उपयोग बस ग्रहण करने के लिए करता है। और जब वह ग्रहणशील हो जाता है तो उसका अस्तित्व गुदा उन्मुख हो जाता है।

क्या तुमने कभी इस बात पर ध्यान दिया है कि कुछ लोग अपनी मृत्यु पर्यंत मौखिक अवस्था को ही पकड़े रहते हैं। ये वे लोग हैं जिन्हें तुम धूम्रपान करता हुआ पाओगे; ये मौखिक अवस्था के लोग हैं। वे अभी भी यही सब किए जा रहे हैं...धुआं, सिगरेट, सिगार इन सबसे ऐसी अनुभूति होती है जैसे कि मां के दूध जैसी कोई उष्ण चीज उनके कंठ-चक्र से होकर प्रवाहित हो रही है, और वे मौखिक अवस्था में ही सीमित रहते हैं, वे कुछ दे नहीं सकते। अगर कोई व्यक्ति अधिक धूम्रपान करता है, चेन स्मोकर है, तो लगभग हमेशा ही वह प्रेम देने वाला नहीं होता। वह मांग करता है, लेकिन वह देगा नहीं।

वे लोग जो अत्यधिक धूम्रपान कर रहे हैं सदैव स्त्रियों के स्तनों में अत्यधिक रुचि रखते हैं। ऐसा होगा ही, क्योंकि सिगरेट चुचुक, निपल का विकल्प है। मैं यह नहीं कह रहा हूं कि जो लोग धूम्रपान नहीं करते हैं वे स्त्रियों के स्तनों में रुचि नहीं रखते हैं। जो धूम्रपान करते हैं वे उत्सुक हैं, जो धूम्रपान नहीं करते हैं वे भी उत्सुक हैं; वे या तो पान चूस रहे होंगे या च्यूइंगगम या कुछ और, या वे लोग बस पोर्नोग्राफी, नग्न-चित्रण में रुचि रखते होंगे, या वे लगातार स्तन से ही ग्रस्त रहते होंगे, उनके मन में, उनके स्वप्न में, उनकी कल्पना की, मन की उड़ान में स्तन है और उनके चारों ओर स्तन ही स्तन घूमते रहते हैं। वे मौखिक अवस्था के लोग हैं, उसमें अटके हुए।

जब जीसस कहते हैं कि तुम्हें दुबारा बच्चे जैसा हो जाना है, तो उनका अभिप्राय है कि तुम्हें कंठ-चक्र पर वापस लौटना पड़ेगा, लेकिन देने वाली एक नई ऊर्जा के साथ। सारे सृजनात्मक लोग देने वाले होते हैं। हो सकता है कि वे तुम्हारे लिए कोई गीत गाएं, या कोई नृत्य करें, या कोई कविता लिखें, या कोई चित्र बनाएं, या तुम्हें कहानी सुनाएं। इन सभी के लिए कंठ-चक्र को देने के एक केंद्र की भांति प्रयुक्त किया जाता है। लेने और देने का मिलन कंठ-चक्र पर घटित होता है। ग्रहण करने की और बांट देने की क्षमता बड़ी से बड़ी एकात्मकताओं में से एक है।

कुछ लोग ऐसे भी हैं जो केवल लेने में ही समर्थ हैं, वे दुखी रहेंगे, क्योंकि तुम मात्र लेकर कभी धनी नहीं बनते, तुम देकर ही समृद्ध बनते हो। वस्तुतः जिसे तुम दे सको सिर्फ वही तुम्हारा है। यदि तुम न दे सको तो यह मात्र तुम्हारा विश्वास ही है कि वह तुम्हारा है, यह तुम्हारा नहीं है, तुम इसके मालिक नहीं हो। अगर तुम अपना धन नहीं दे सकते तो तुम इसके मालिक नहीं हो, तब तो धन ही मालिक है। अगर तुम इसे दे सको, तो निश्चित रूप से तुम ही मालिक हो। यह विरोधाभास जैसा ही

दिखता है, लेकिन मैं इसे फिर से दोहरा दूं, तुम उसी के मालिक हो सकते हो जिसे तुम दे सको। जिस क्षण तुम देते हो उसी क्षण में तुम मालिक, समृद्ध हो जाते हो। देना तुम्हें समृद्धि प्रदान करता है।

कंजूस लोग संसार मे सबसे दुखी और दरिद्र लोग हैं–दरिद्रों से भी दरिद्र। वे दे ही नहीं सकते, वे अटक गए हैं। वे जमा करते चले जाते हैं। उनके द्वारा जमा किया हुआ उनके अस्तित्व पर एक बोझ बन जाता है, यह उन्हें मुक्त नहीं करता। वस्तुतः अगर तुम्हारे पास कुछ है, तो तुम और मुक्त हो जाओगे। लेकिन कंजूसों को तो देखो, उनके पास काफी है, लेकिन वे बोझ से दबे हैं, वे मुक्त नहीं हैं। उनसे तो भिखारी भी ज्यादा मुक्त हैं। उनको क्या हो गया है? उन्होंने अपने कंठ-चक्र का उपयोग सिर्फ लेने के लिया किया है। न सिर्फ उन्होंने अपने कंठ-चक्र का उपयोग देने में नहीं किया है, बल्कि वे फ्रायड द्वारा बताए गए दूसरे केंद्र, गुदा तक भी नहीं पहुंचे हैं। ये लोग सदैव जमा करने वाले, कंजूस, कब्जग्रस्त होते है; हमेशा कब्ज से पीड़ित रहते हैं। याद रखो, मैं यह नहीं कह रहा हूं कि कब्ज से पीड़ित सभी लोग कंजूस होते हैं, अन्य कारण भी हो सकते हैं, लेकिन कंजूस निश्चित तौर से कब्ज के शिकार होते हैं।

फ्रायड कहता है कि स्वर्ण और मल में कुछ समानता होती है। दोनों पीले दिखते हैं। और जो लोग कब्ज से पीड़ित हैं वे स्वर्ण के प्रति बहुत ज्यादा आकर्षित रहते हैं। अन्यथा सोने का कोई अस्तित्वगत मूल्य नहीं है। न तुम इसे खा सकते हो, न तुम इसे पी सकते हो। तुम इससे क्या कर सकते हो? अस्तित्वगत रूप से एक गिलास पानी भी अधिक मूल्यवान है। लेकिन सोना इतना मूल्यवान क्यों बन गया? लोग सोने के प्रति क्यों इतने आसक्त हैं? वे लोग मौखिक अवस्था से गुदीय अवस्था में नहीं गए हैं। वे अपने आंतरिक अस्तित्व में कोष्ठबद्धता के शिकार हैं। अब उनका सारा जीवन उनकी इस कोष्ठबद्धता को प्रतिबिंबित करेगा, वे सोने के संग्राहक बन जाएंगे। सोना प्रतीकात्मक है। पीलापन ही उन्हें ऐसे विचार प्रदान करता है।

क्या तुमने छोटे बच्चों का निरीक्षण किया है? उन्हें शौचालय जाने के लिए राजी करना करीब-करीब दुष्कर ही होता है, उनको शौचालय भेजना उनके साथ लगभग जबरदस्ती करने जैसा ही है। और फिर वे इस बात पर भी जोर देते रहते हैं, कुछ नहीं हो रहा है, क्या वापस आ सकता हूं? वे कंजूसी का पहला पाठ पढ़ रहे होते हैं–कैसे रोक कर रखा जाए। किस प्रकार से उसे भी जो व्यर्थ है, उसे भी जिसको अगर तुम अपने भीतर रोक लो, तो जो हानिकारक है किस भांति न दिया जाए, कैसे रोका जाए। उनके लिए जहर तक को छोड़ पाना, इसका त्याग करना कठिन है।

मैंने दो बौद्ध भिक्षुओं के बारे में सुना है। उनमें से एक कंजूस और जमाखोर था और वह रुपया एकत्रित करके अपने पास रखता रहता था, और दूसरा उसके इस मूर्खतापूर्ण ढंग पर हंसा करता था। जो

कुछ भी उसके सामने आए वह उसका उपयोग कर लेगा, वह इसे कभी जमा करके नहीं रखेगा। एक रात वे नदी पर पहुंचे। शाम हो गई थी, सूर्य अस्त हो रहा था, और वहां ठहरना खतरनाक था। उन्हें दूसरे किनारे पहुंचना ही था, उस पार एक नगर था, इस पार तो बस जंगल ही जंगल था।

जमा करने वाला कहने लगा, अब, तुम्हारे पास रुपये बिलकुल भी नहीं हैं, इसलिए हम नाव वाले को भुगतान नहीं कर सकते, इस बारे में तुम क्या कहते हो? तुम जमा करने के खिलाफ थे; अब अगर मेरे पास जरा भी रुपया नहीं हो तो हम दोनों मर जाएंगे, तुम समझे इस बात को? उसने कहा : धन की जरूरत पड़ती है। वह व्यक्ति जो त्यागने में विश्वास रखता था, हंसा, लेकिन उसने कुछ कहा नहीं। फिर जमा करने वाले ने किराया चुकाया और उन्होंने नदी पार कर ली, वे उस पार पहुंच गए। जमा करने वाला फिर कहने लगा, अब इस बात को याद कर लो, अगली बार मुझसे विवाद मत करना, तुम्हें समझ आई? धन सहायता करता है। धन के बिना हम दोनों मर गए होते। उस किनारे पर पूरी रात–जंगली जानवरों के बीच, जिंदगी खतरे में थी।

दूसरा भिक्षु हंसा और उसने कहा : लेकिन हम नदी पार इसलिए कर पाए कि तुमने धन खर्च किया। यह जमा करने के कारण संभव नहीं हो पाया कि हम जिंदा बच गए। अगर तुम धन को पकड़े रहने पर ही जोर देते और तुम नाव वाले को किराया न चुकाते तो हम मर गए होते। यह इसलिए हुआ कि तुम त्याग सके, कि तुम इसे छोड़ सके, तुमने इसे दिया–इसी कारण हम जिंदा बचे हैं।

विवाद अब तक जारी है। लेकिन स्मरण रहे, मैं इसके विरोध में नहीं हूं, मैं पूर्णतः इसके पक्ष में हूं। किन्तु इसको उपयोग करो। इसे रखो, इस पर मालकियत करो, लेकिन तुम्हारी मालकियत तभी प्रकट होती है जब तुम इसे देने में समर्थ होते हो। कंठ-चक्र पर यह नया संश्लेषण घटित होता है। तुम स्वीकार कर सकते हो और तुम प्रदान कर सकते हो।

ऐसे लोग हैं जो एक अति से दूसरी अति पर चले जाते हैं। पहले वे देने में असमर्थ थे, वे केवल ले ही सकते थे; फिर वे बदल जाते हैं, वे दूसरी अति पर पहुंच जाते हैं–अब वे दे सकते हैं किंतु ले नहीं सकते। यह भी असंतुलित ढंग है। वास्तविक व्यक्ति भेंटें स्वीकार करने और उन्हें देने में समर्थ होता है। भारत में तुम्हें ऐसे अनेक संन्यासी, अनेक तथाकथित महात्मा मिल जाएंगे जो धन नहीं छुएंगे। अगर तुम उन्हें कुछ दो, तो वे पीछे हट जाएंगे, जैसे कि तुमने कोई सांप या कोई जहरीली वस्तु उनके सामने ला दी है। उनका वह पीछे को हटना यही दिखाता है कि अब वे दूसरी अति पर चले गए हैं, अब वे ले पाने में असमर्थ हो चुके हैं। दुबारा उनका कंठ-चक्र आधा कार्य कर रहा है। और कोई केंद्र तब तक वास्तविक रूप से सक्रिय नहीं होता जब तक कि वह पूरी तरह कार्यरत न हो, जब तक कि चक्र पूरे ढंग से न घूमे, घूमता चला जाए और ऊर्जा क्षेत्रों का निर्माण करे।

फिर है 'तृतीय नेत्र' का चक्र। तृतीय नेत्र के चक्र पर दायां और बायां मिलता है, पिंगला और इड़ा मिलते हैं और सुषुम्ना बन जाते हैं। मस्तिष्क के दोनों गोलार्ध तृतीय नेत्र पर मिलते हैं; यह दोनों नेत्रों के ठीक मध्य में है। एक नेत्र दाएं का प्रतिनिधित्व करता है, दूसरा नेत्र बाएं का प्रतिनिधित्व करता है, और यह ठीक बीचोंबीच में है। तृतीय नेत्र पर इन बाएं और दाएं मस्तिष्कों का मिलन होता है, यह बहुत उच्च संश्लेषण है। लोग इस बिंदु तक ही व्याख्या करने में समर्थ रहे हैं। इसीलिए रामकृष्ण भी तृतीय नेत्र तक ही व्याख्या कर पाए। और जब उन्होंने अंतिम, सहस्रार पर घटने वाले परम संश्लेषण के बारे में बात करना आरंभ किया, वे बार-बार मौन में, समाधि में चले गए। यह इतना अधिक था कि वे इसमें डूब गए। यह बाढ़ की भांति था, वे इसके द्वारा सागर की ओर बहा दिए गए। वे अपने आप को चैतन्य, जाग्रत नहीं रख सके।

परम संश्लेषण 'सहस्रार' शीर्ष चक्र पर घटित होता है। इस सहस्रार के कारण ही सारे संसार में राजा, सम्राट, महाराजा और महारानियां मुकुट का प्रयोग करते हैं। यह औपचारिक हो चुका है, लेकिन मूलतः इस बात को माना गया था कि जब तक तुम्हारा सहस्रार सक्रिय न हो तुम राजा कैसे बन सकते हो, महाराजा कैसे बन सकते हो? जब तक कि तुम स्वयं पर शासन न कर सको तुम लोगों पर शासन कैसे कर सकते हो? मुकुट के प्रतीक में रहस्य छिपा है। रहस्य यह है कि वही व्यक्ति जो शीर्ष चक्र पर, अपने अस्तित्व के परम संश्लेषण तक पहुंच गया है सिर्फ वही राजा या रानी बन सकता है और कोई नहीं। केवल वही दूसरों पर शासन करने में समर्थ है, क्योंकि वह स्वयं का शासक बन चुका है, वह अपने आप का मालिक बन गया है, अब वह दूसरों के लिए सहायक हो सकता है।

वास्तव में जब तुम सहस्रार तक पहुंच जाते हो, तो एक हजार पंखुड़ियों वाला कमल खुलता है, तुम्हारे भीतर का मुकुट खिल उठता है। इसकी तुलना किसी बाहरी मुकुट से नहीं की जा सकती, लेकिन तब यह एक प्रतीक बन जाता है। और सारे संसार में ऐसा प्रतीक अस्तित्व में रहा है। इससे यही प्रदर्शित होता है कि प्रत्येक जगह पर लोग इस विधि से या उस विधि से सहस्रार पर घटने वाले इस परम संश्लेषण के प्रति जाग्रत और चैतन्य हुए हैं। यहूदी कपाल टोपी का उपयोग करते हैं; सहस्रार के ठीक ऊपर होती है। हिंदू बालों का एक गुच्छा उस जगह रहने देते हैं, वे इसे चोटी, शिखा कहते हैं। ये बाल ठीक उसी स्थान पर बढ़ाए जाते हैं जहां सहस्रार है या होना चाहिए। कुछ ऐसे ईसाई समाज हैं जो ठीक उसी स्थान को केशरहित कर लेते हैं। जब कोई सदगुरु शिष्य को आशीष देता है तो अपना हाथ वह उसके सहस्रार पर रखता है, और अगर शिष्य वास्तव में ग्रहणशील समर्पित है तो उसे अचानक काम-केंद्र से सहस्रार की ओर ऊर्जा के ऊर्ध्वगमन की अनुभूति होती है।

कभी-कभी जब मैं तुम्हारे सिर को स्पर्श करता हूं और तुम अचानक कामुक हो जाते हो, तो भयभीत

मत होना, सिकुड़ मत जाना, क्योंकि ऐसा ही होना चाहिए। ऊर्जा काम-केंद्र पर है, यह अपनी कुंडली को खोलना शुरू कर देती है। तुम डर जाते हो, तुम सिकुड़ते हो, तुम इसका दमन करते हो–क्या हो रहा है? और अपने सदगुरु के चरणों में बैठे हुए कामुक हो जाना जरा अशोभनीय, घबड़ा देने वाला लगता है। ऐसा नहीं है। इसे होने देना, इसे घटने देना, और शीघ्र ही तुम पाओगे कि इसने पहले केंद्र को और दूसरे केंद्र को पार कर लिया है। और अगर तुम समर्पित हो तो एक क्षण में ही ऊर्जा सहस्रार पर गतिमान हो गई होती है, और तुम अपने भीतर एक नई खिलावट की अनुभूति करोगे। यही कारण है शिष्य को अपना सर नीचे झुकाना होता है ताकि सदगुरु उसका सर छू सके।

विषयी और विषय का, बाह्य और अंतर का पुनः अंतिम संश्लेषण घटता है। काम-भोग में बाहरी और भीतरी मिलते तो हैं, किंतु क्षण भर के लिए ही। सहस्रार में वे सदा के लिए मिल जाते हैं।

इसी कारण मैं कहता हूं, व्यक्ति को संभोग से समाधि की ओर यात्रा करनी पड़ेगी। संभोग में निन्यानबे प्रतिशत सेक्स है और एक प्रतिशत सहस्रार। सहस्रार में निन्यानबे प्रतिशत सहस्रार है, एक प्रतिशत सेक्स। दोनों संयुक्त हैं, वे ऊर्जा की गहरी धाराओं द्वारा जुड़े हुए हैं। इसलिए अगर तुमने सेक्स का आनंद लिया है तो अपना घर वहां मत बनाओ। सेक्स सहस्रार का एक झरोखा मात्र है। सहस्रार तुम्हें हजारों गुना आशीष, आनंद देने जा रहा है। बाह्य और अंतस मिलते हैं, मैं और तू मिलते हैं, पुरुष और स्त्री मिलते हैं, यिन और यांग मिलते हैं और यह मिलन परम है। फिर कोई बिछुड़ना नहीं होता, फिर कोई अलगाव नहीं होता।

इसी को योग कहते हैं। योग का अभिप्राय है दो का मिल कर एक हो जाना। ईसाईयत में रहस्यदर्शियों ने इसे यूनियो मिस्टिका कहा है, यह योग का बिलकुल ठीक अनुवाद है। यूनियो मिस्टिका, रहस्यमय एकत्व। सहस्रार पर अल्फा और ओमेगा, आरंभ और अंत मिल जाते हैं। काम-केंद्र में है आरंभ। काम-केंद्र तुम्हारा अल्फा है, समाधि तुम्हारा ओमेगा है। और जब तक कि अल्फा और ओमेगा न मिलें, जब तक कि तुम इस परम एकता को उपलब्ध न कर लो, तुम दुखी रहोगे, क्योंकि वही तुम्हारी नियति है। तुम अतृप्त रहोगे। तुम संश्लेषण के इस उच्चतम शिखर से ही परितृप्त हो सकते हो।

अब सूत्रः

'उनकी बोध की शक्ति, वास्तविक स्वरूप, अस्मिता, सर्वव्यापकता, और क्रिया-कलापों पर संयम साधने से, ज्ञानेंद्रियों पर स्वामित्व उपलब्ध हो जाता है।'

समझने के लिए पहली बात यह है कि तुम्हारे पास संवेदी इंद्रियां हैं, किंतु तुम संवेदना खो चुके हो।

तुम्हारे संवेदी अंश लगभग संवेदना शून्य, मृत हैं। वे तुम्हारे शरीर पर बस हैं भर, लेकिन उनमें ऊर्जा प्रवाहित नहीं हो रही है, वे तुम्हारे अस्तित्व के जीवंत अंग नहीं हैं। तुम्हारे भीतर कुछ मृतप्रायः हो चुका है, यह ठंडा, अवरुद्ध हो गया है। हजारों वर्षों के दमन के कारण सारी मानव-जाति के साथ यही घट गया है। और शरीर के विरोध में चली आ रही विचार धाराओं और संस्कारबद्धताओं के हजारों वर्षों ने तुम्हें पंगु बना दिया है, तुम बस नाम के लिए जीवित हो।

अतः पहला काम यही किया जाना है: तुम्हारे संवेदी अंगों को वास्तविक रूप से जीवंत और संवेदनशील होना चाहिए, केवल तभी उन पर स्वामित्व हो सकता है। तुम देखते हो परंतु तुम गहराई से नहीं देखते। तुम वस्तुओं की सतह भर देखते हो। तुम स्पर्श करते हो लेकिन तुम्हारे स्पर्श में कोई उष्णता नहीं है। तुम्हारे स्पर्श से कुछ भी अंदर और बाहर प्रवाहित नहीं होता। तुम सुनते भी हो–पक्षी गीत गाए चले जाते हैं और तुम सुनते हो, और तुम कह सकते हो, हां, मैं सुन रहा हूं, और तुम गलत हो–तुम सुन रहे हो–लेकिन यह कभी तुम्हारे अस्तित्व के अंतर्तम केंद्र तक नहीं पहुंचता। यह तुम्हारे भीतर नृत्य करता हुआ प्रविष्ट नहीं होता, यह तुम्हारे भीतर खिलावट में, तुम्हारी पत्तों के खुलने में सहायता नहीं करता।

इन ज्ञानेंद्रियों को पुनः ऊर्जावान कर देना है। ध्यान रहे, योग शरीर के विरोध में नहीं है। योग कहता है, शरीर के पार जाओ; लेकिन यह शरीर के विरुद्ध नहीं है। योग कहता है, शरीर का उपयोग करो, इसके द्वारा उपयोग में मत आओ; लेकिन यह शरीर के विरोध में नहीं है। योग कहता है, शरीर तुम्हारा मंदिर है। तुम शरीर में हो, और शरीर इतनी सुंदर संघटना है, इतनी जटिल और इतनी सूक्ष्म, इतनी रहस्यपूर्ण और इसके माध्यम से कितने ज्यादा आयाम खुलते हैं। और ये ज्ञानेंद्रियां ही एकमात्र द्वार और झरोखे हैं जिनके द्वारा तुम परमात्मा तक पहुंचोगे–इसलिए उनको मुर्दा मत होने दो। उन्हें और जीवंत बनाओ। उन्हें तरंगित, स्पंदित और स्टेनले केलेमैन की शब्दावली में 'प्रवाहमान' होने दो। यह बिलकुल ठीक शब्द है: उन्हें एक धारा की भांति प्रवाहित होने दो, उमड़ने दो। तुम्हें यह अनुभूति हो सकती है। तुम्हारा हाथ अगर यह ऊर्जा की धारा की भांति प्रवाहित हो रहा है, तो तुम्हें स्पंदन की अनुभूति महसूस होगी, तुम्हें अहसास होगा कि हाथ के भीतर कुछ प्रवाहित हो रहा है और संपर्क बनाना चाहता है, संबंधित होना चाहता है।

जब तुम किसी स्त्री या पुरुष को प्रेम करते हो और तुम उसका हाथ अपने हाथ में लेते हो, यदि तुम्हारा हाथ प्रवाहित नहीं हो रहा है, तो ऐसा प्रेम किसी काम का नहीं है। अगर तुम्हारा हाथ ऊर्जा से स्पंदित और प्रकंपित नहीं हो रहा है और तुम्हारी स्त्री या तुम्हारे पुरुष में ऊर्जा नहीं उंड़ेल रहा है, तो बिलकुल आरंभ से ही यह प्रेम करीब-करीब मृत है। तब यह शिशु जिंदा नहीं जन्मा है। तब जल्दी या

देर में तुम समाप्त हो जाओगे–तुम समांप्त हो ही चुके हो। इसे पहचानने में थोड़ा समय खर्च होगा, क्योंकि तुम्हारा मन भी कुंठित है, अन्यथा तुमने इसमें प्रवेश ही न किया होता, क्योंकि यह पहले से ही मृत है। तुम किसलिए इसमें प्रविष्ट हो रहे हो? तुम्हें चीजों को पहचानने में समय लगता है क्योंकि तुम्हारी संवेदनशीलता, प्रतिभा, बुद्धिमत्ता इतनी ज्यादा धुंधली और संशयग्रस्त है।

केवल एक प्रवाहमान प्रेम ही आनंद का, हर्ष का, उल्लास का स्रोत बन सकता है। लेकिन उसके लिए तुम्हें प्रवाहमान ज्ञानेंद्रियों की आवश्यकता पड़ेगी।

कभी-कभी तुम्हें इसकी झलक मिल सकती है; और हरेक व्यक्ति को जब वह बच्चा होता है यह मिलती है। तितली के पीछे भागते हुए किसी बच्चे को देखो। वह प्रवाहमान है, जैसे किसी भी क्षण वह अपने शरीर से बाहर छलांग लगा सकता है। किसी बच्चे को जब वह गुलाब के फूल को देख रहा हो, देखो, उसकी आंखें, उनकी चमक, वह प्रदीप्ति जो उसकी आंखों में आ जाती है, देखो, वह प्रवाहमान है। उसकी आंखें पुष्प की पंखुड़ियों पर नृत्य सा कर रही होती हैं।

यही है होने का ढंग–नदी समान हो जाओ। और केवल तभी इन संवेदकों पर मालकियत संभव है। वस्तुतः लोगों ने बहुत गलत दृष्टिकोण अपनाया हुआ है। वे सोचते है कि अगर तुम्हें अपनी ज्ञानेंद्रियों का मालिक बनना हो तो उन्हें करीब-करीब मृत बना लो। लेकिन तब मालकियत करने में क्या सार है? तुम हत्या कर सकते हो और तुम्हीं मालिक हो। तुम लाश पर बैठ सकते हो। लेकिन तब मालिक होने में क्या सार रहा? लेकिन यह आसान लगता है, पहले उन्हें मार डालो और फिर तुम मालकियत कर सकते हो। अगर शरीर इतना शक्तिशाली, और तीव्र महसूस होता हो तो इसे कमजोर बनाओ और तुम यह महसूस करने लगोगे कि तुम मालिक हो। लेकिन तुमने शरीर को मार डाला है। ध्यान रहे, जीवित पर मालकियत की जानी चाहिए, मुर्दा चीजों पर नहीं, वे किसी काम की न होंगी।

लेकिन यह सुगम उपाय का रूप खोजा गया, इसलिए संसार के सारे धर्म इसका उपयोग कर रहे हैं। धीमे-धीमे अपने शरीर को नष्ट करते जाओ। शरीर से अपना संबंध विच्छेद कर लो। संपर्क में मत रहो, खुद को परे हटा लो। उदासीन हो जाओ। तब तुम्हारा शरीर करीब-करीब एक मुर्दा पेड़ हो जाएगा, अब इस पर नई पत्तियां नहीं उगती हैं, न ही इसमें फूल लगते हैं, न ही अब पक्षी इस पर विश्राम करने आते हैं। यह बस एक मरा हुआ ठूंठ होता है। निस्संदेह तुम इस पर मालकियत कर सकते हो, लेकिन अब इस मालकियत से तुम्हें क्या मिलने वाला है?

यही समस्या है; इसी कारण लोग समझ नहीं पाते कि पतंजलि क्या कह रहे हैं।

'उनकी बोध की शक्ति पर संयम साधने से...।'

किंतु उन्हें शक्तिशाली होना पड़ेगा। वरना तुम यह भी अनुभव न कर पाओगे कि शक्ति क्या है। ये

ज्ञानेंद्रियां शक्ति से इतनी आपूरित होनी चाहिए, उन्हें शक्ति की उस ऊंचाई पर होना चाहिए, कि तुम उन पर संयम साध सको, तुम उन पर ध्यान कर सको।

अभी तो जब तुम एक फूल को देखते हो, तो फूल वहां है, लेकिन क्या तुमने अपनी आंखों को महसूस किया है? तुम फूल को देखते हो, लेकिन क्या तुमने अपनी आंखों की शक्ति को अनुभव किया है? इसे वहां होना चाहिए क्योंकि तुम फूल को देखने के लिए अपनी आंखों का उपयोग कर रहे हो। और निस्संदेह आंखें किसी भी फूल से ज्यादा सुंदर हैं क्योंकि सभी फूलों का ज्ञान तुम्हें आंखों के माध्यम से होता है। आंखों के द्वारा ही तुम्हें फूलों के संसार की जानकारी हो पाई है, किंतु क्या तुमने कभी आंखों की शक्ति को अनुभव किया है। वे संवेदना से लगभग शून्य, मृतप्रायः हैं। वे निष्क्रिय, बस झरोखे जैसी, ग्रहणशील हो गई हैं। वे अपनी विषय वस्तु तक नहीं पहुंचती। और शक्ति का अर्थ है सक्रिय होना। शक्ति का अभिप्राय है कि तुम्हारी आंखें गतिशील होकर फूलों को करीब-करीब छू ही लें, तुम्हारे कान गतिशील होकर पक्षियों के गीतों को करीब-करीब स्पर्श ही कर लें, तुम्हारे हाथ तुम्हारे भीतर की सारी ऊर्जा के साथ जो उनमें केंद्रित हो गई हो गतिमान हो और तुम्हारे प्रिय को स्पर्श करें। या तुम घास पर लेटे हो, तुम्हारा सारा शरीर शक्ति से आपूरित, घास से संपर्क बना रहा है, घास से संवाद कर रहा है। या तुम नदी में तैर रहे हो, नदी की गुनगुनाहट सुन रहे हो और उसके साथ धीमे स्वरों में संवाद कर रहे हो–संपर्क में हो, संवाद कर रहे हो, लेकिन शक्ति की जरूरत है।

इसलिए पहली बात जो मैं चाहता हूं कि तुम करो वह यह कि जब तुम देखो, तो वास्तव में देखो, आंख ही बन जाओ, बाकी सब कुछ भूल जाओ। अपनी संपूर्ण ऊर्जा को आंखों से होकर प्रवाहित होने दो, और तब तुम्हारी आंखें एक आंतरिक फुहार से स्नान करके स्वच्छ हो जाएंगी और तुम यह देखने में समर्थ हो जाओगे कि अब वृक्ष वैसे ही न रहे, उनकी हरीतिमा अब पहले जैसी नहीं है, यह और हरी हो गई है, जैसे कि इससे धूल हट गई हो। धूल वृक्षों पर नहीं थी, यह तुम्हारी आंखों पर थी। और तब तुम पहली बार देखोगे, और तुम पहली बार सुनोगे।

जीसस अपने शिष्यों से कहे चले जाते हैं, अगर तुम्हारे पास कान हैं, सुनो। अगर तुम्हारे पास आंखें हैं, देखो। वे एकदम अंधे नहीं थे, और वे एकदम बहरे भी नहीं थे। उनका क्या अभिप्राय है? उनका अर्थ यह है कि तुम लगभग बहरे हो गए हो, लगभग अंधे हो गए हो। तुम देखते हो फिर भी तुम नहीं देखते। तुम सुनते हो फिर भी तुम नहीं सुनते। यह शक्ति नहीं है, यह ऊर्जा नहीं है, यह जीवंतता नहीं है।

'उनकी बोध की शक्ति, वास्तविक स्वरूप पर संयम साधने से...।'

तब तुम यह देख पाने में समर्थ हो जाओगे कि तुम्हारी ज्ञानेंद्रियों का वास्तविक स्वरूप क्या है। यह

दिव्य है। तुम्हारी देह अपने में दिव्य को समाए हुए है। यह परमात्मा है, जिसने तुम्हारी आंखों के माध्यम से देखा है।

मुझे मास्टर इकहार्ट का एक प्रसिद्ध कथन याद आता है। जिस दिन वह जागा, और संबोधि को प्राप्त हुआ, उसके मित्रों और शिष्यों और बंधुओं ने पूछा, आपने क्या देखा? वह हंसा। सारी ईसाइयत में वह ही एक मात्र ऐसा है जो झेन मास्टर के बहुत करीब है, करीब-करीब झेन मास्टर ही है। वह हंसा उसने कहा : मैंने उसको नहीं देखा, उसने स्वयं को मेरे माध्यम से देख लिया है। परमात्मा ने मेरे द्वारा अपने आप को देख लिया है। ये आंखें उसकी हैं। और क्या खेल है, क्या लीला है। उसने खुद को मेरे द्वारा देखा।

जब तुम ज्ञानेंद्रियों के स्वरूप की वास्तविक अनुभूति करोगे तो तुम्हें अनुभव होगा कि वे दिव्य हैं। यह परमात्मा ही है जिसने तुम्हारे हाथ के द्वारा गति की है। यह परमात्मा का हाथ है। सारे हाथ उसी के हैं। यह परमात्मा ही है। जिसने तुम्हारे द्वारा प्रेम किया है, सारे प्रेम संबंध उसी के हैं। उसके अतिरिक्त और हो भी क्या सकता है? हिंदू इसे लीला, परमात्मा का खेल कहते हैं। कोयल के रूप में जो तुम्हें बुला रहा है, वह वही है, और जो तुम्हारे द्वारा सुन रहा है वह भी वही है। यह वही और सिर्फ वही है जो हर स्थान पर व्याप्त है।

'उनकी बोध की शक्ति, वास्तविक स्वरूप, अस्मिता, सर्वव्यापकता और क्रियाकलापों पर संयम साधने से ज्ञानेंद्रियों पर स्वामित्व उपलब्ध हो जाता है।'

यह शब्द 'अस्मिता' समझ लेने जैसा है, क्योंकि हमारे पास संस्कृत में अहंकार के लिए तीन शब्द हैं और अंग्रेजी में केवल एक ही शब्द है। इससे कठिनाई उत्पन्न होती है। इस सूत्र में संस्कृत का शब्द है 'अस्मिता' अत: पहले मैं तुम्हें इसे समझता हूं।

ये तीन शब्द हैं: अहंकार, अस्मिता, आत्म। सभी का अर्थ है 'मैं'। अहंकार का अनुवाद ईगो के रूप में किया जा सकता है, यह बहुत स्थूल है, इसमें मैं पर अत्यधिक जोर है। अस्मिता के लिए अंग्रेजी में कोई शब्द नहीं है। अस्मिता का अर्थ है: हूं-पन, मैं हूं। अहंकार में जोर 'मैं' पर है, अस्मिता में जोर 'हूं' पर है। हूं-पन, अहंकार से अधिक शुद्ध है। फिर भी यह वहां है, किंतु एक बिलकुल ही अलग रूप में हूं-पन। और 'आत्म', हूं-पन भी खो गया है। अहंकार में 'मैं हूं'; अस्मिता केवल 'हूं' और आत्म में यह भी मिट चुका है। आत्म में शुद्ध अस्तित्व है, न मैं और न हूं-पन का प्रयोग है।

इस सूत्र में अस्मिता, हूं-पन का प्रयोग है। स्मरण रखो कि अहंकार मन का होता है, ज्ञानेंद्रियों में कोई अहंकार नहीं होता। उनमें एक निश्चित हूं-पन है, परंतु अहंकार नहीं होता। अहंकार मन का है। तुम्हारी आंखों के पास कोई अहंकार नहीं होता, तुम्हारे हाथों के पास कोई अहंकार नहीं है, उनके पास एक निश्चित हूं-पन है। यही कारण है कि अगर तुम्हारी त्वचा को बदलना पड़े और किसी अन्य की त्वचा

प्रत्यारोपित कर दी जाए तो तुम्हारा शरीर उसे अस्वीकार कर देगा, क्योंकि शरीर को पता है कि यह मेरी नहीं है। इसलिए तुम्हारे शरीर के ही दूसरे किसी भाग से, जैसे जांघ की त्वचा निकाल कर प्रत्यारोपण करना पड़ता है, तुम्हारी अपनी त्वचा का प्रत्यारोपण करना पड़ता है। अन्यथा शरीर उसे अस्वीकार कर देगा, तुम्हारा शरीर इसे स्वीकार नहीं करेगा–यह मेरी नहीं है। शरीर के पास कोई मैं नहीं है, लेकिन इसके पास हूं-पन है।

अगर तुम्हें रक्त की आवश्यकता हो तो हर किसी का रक्त काम न पड़ेगा। शरीर हर प्रकार के रक्त को स्वीकार नहीं करेगा, केवल एक विशेष प्रकार का रक्त ही चाहिए। उसके पास इसका अपना हूं-पन है। यही स्वीकार किया जाएगा, कोई अन्य रक्त अस्वीकृत कर दिया जाएगा। शरीर के पास अपने अस्तित्व की एक निजी अनुभूति है। बहुत अचेतन, बहुत सूक्ष्म और शुद्ध, लेकिन यह वहां होती है।

तुम्हारी आंखें तुम्हारी हैं, तुम्हारे अंगूठे की छाप की भांति। तुम्हारी हर चीज तुम्हारी है। अब शरीर विज्ञानी कहते हैं कि प्रत्येक का हृदय अलग है, अलग आकार का है। शरीर क्रिया विज्ञान की पुस्तकों में जो चित्र तुम्हें मिलेगा वह वास्तविक चित्र नहीं है, यह बस औसत है, यह कल्पना द्वारा बनाया गया है। अन्यथा प्रत्येक व्यक्ति का हृदय अलग आकार का है। यहां तक कि हर व्यक्ति का गुर्दा भी अलग आकार का है। इन सभी अंगों पर उन व्यक्तियों के हस्ताक्षर होते हैं, हर व्यक्ति इतना अनूठा है। यही है हूं-पन।

तुम यहां दुबारा फिर कभी नहीं होगे, तुम यहां पहले कभी नहीं थे, इसलिए सावधानी पूर्वक, सजग होकर और प्रसन्नता पूर्वक जीयो। अपने अस्तित्व की गरिमा के बारे में सोचो। जरा सोचो तुम कितने श्रेष्ठ और अनूठे हो। परमात्मा ने तुम्हें बहुत कुछ दिया है। कभी अनुकरण मत करो क्योंकि वह एक धोखा होगा। स्वयं जैसे बनो। इसी को अपना धर्म बन जाने दो। शेष सब कुछ राजनीति है। हिंदू मत बनो, मुसलमान मत बनो, ईसाई मत बनो। धार्मिक बनो, लेकिन केवल एक ही धर्म है, और वह है स्वयं ही, प्रामाणिक रूप से स्वयं ही, हो जाना।

'उनकी बोध की शक्ति, वास्तविक स्वरूप, अस्मिता, सर्व व्यापकता और क्रियाकलापों पर संयम साधने से ज्ञानेंद्रियों पर स्वामित्व उपलब्ध होता है।'

और अगर इन चीजों पर ध्यान लगाओ तो तुम मालिक हो जाओगे। ध्यान स्वामित्व लाता है, ध्यान के अतिरिक्त और कुछ भी नहीं है जो स्वामित्व लाता हो। अगर तुम अपनी आंख पर ध्यान करो तो पहले तुम गुलाब का फूल देखोगे, धीरे-धीरे तुम उस आंख को देखने में समर्थ हो जाओगे जो देख रही है। तब तुम आंख के स्वामी हो गए हो। एक बार तुमने देखने वाली आंख को देख लिया, तुम स्वामी हो गए। अब तुम इसकी सारी ऊर्जाओं का उपयोग कर सकते हो, और वे सर्वव्यापक हैं। तुम्हारी आंखें उतनी सीमाबद्ध

नहीं है जैसा कि उन्हें तुम समझते हो। वे ऐसी और भी बहुत सी चीजें देख सकती हैं जिन्हें तुमने नहीं देखा है। वे ऐसे कई रहस्यों को अनावृत कर सकती हैं जिनका तुम्हें सपने में भी खयाल नहीं आया होगा। लेकिन तुम अपनी आंखों के स्वामी नहीं हो, और तुमने उनका उपयोग बहुत अनजाने ढंग से बिना यह जाने कि तुम क्या कर रहे हो, किया है।

और वस्तुओं के संपर्क में बहुत अधिक रहने के कारण तुम अपनी आंखों का कर्तापन भूल चुके हो। अगर तुम किसी के साथ रहो तो ऐसा होता है कि धीरे-धीरे उसके प्रभावक्षेत्र में आ जाते हो। तुम वस्तुओं के संपर्क में इतना अधिक रहे हो कि तुम अपनी ज्ञानेंद्रियों की आंतरिक गुणवत्ता भूल चुके हो। तुम वस्तुओं को देखते हो, लेकिन अपने देखे जाने को तुम कभी नहीं देखते। तुम गीतों को सुनते हो, लेकिन तुम कभी उन सूक्ष्म तरंगो को, अपने अस्तित्व की ध्वनि को, जो तुम्हारे भीतर चली जाती हैं, कभी नहीं सुनते।

मैं तुमसे एक कहानी कहना चाहूंगा :

एक अत्यंत आवारा व्यक्ति में गजब का आत्मविश्वास था। उसने एक जगमगाते रेस्तरां में छक कर भोजन किया और मैनेजर से कहने लगा : मेरे प्रिय महोदय, मुझे आपके यहां का भोजन बहुत पसंद आया है, लेकिन दुर्भाग्य से मैं इसमें से किसी भी चीज का दाम नहीं चुका सकता, मेरे पास तो फूटी कौड़ी भी नहीं है। अब क्रोधित मत हों। जैसा कि आप देख सकते हैं कि मैं पेशेवर भिखारी हूं। मैं अतिशय प्रतिभाशाली भिखारी भी हूं। मैं बाहर जाकर केवल एक घंटे के अंदर ही उतनी धन राशि ला सकता हूं जितना मुझ पर इस खाने के लिए आपका बकाया है। लेकिन फिर भी स्वाभाविक ही है कि आप मेरे लौटने की बात का भरोसा नहीं कर सकते हैं, यह बात मैं पूरी तरह से समझता हूं। मेरा साथ देने के लिए आपका स्वागत है, लेकिन क्या आप जैसा कोई व्यक्ति जो इतने सुप्रसिद्ध रेस्तरां का मालिक है, मेरे जैसे स्तर के आदमी के साथ देखा जाना पसंद करेगा? नहीं। इसलिए श्रीमन् हमारी छोटी सी समस्या का एकदम सही समाधान मेरे पास है। मैं यहां आपकी प्रतीक्षा करूंगा और आप बाहर जाकर तब तक भीख मांग लें जब तक कि इस भोजन का मूल्य आपके पास एकत्रित न हो जाए।

अगर तुम भिखारी का साथ पकड़ोगे तो तुम भिखारी हो जाओगे। वह तुम्हें अपनी तरह का बनाने के लिए हजारों ढंग सुझा देगा।

हमने विषय वस्तुओं के साथ अपना संबंध इतने लंबे समय से बनाया हुआ है कि अपने विषयी स्वरूप को हम भूल बैठे हैं। हम बाहर की ओर इतने दिनों से केंद्रित रहे हैं, कि अपने व्यक्ति होने को भूल चुके हैं। वस्तुओं से इस दीर्घकालीन जुड़ाव ने तुम्हारी अपनी ही प्रतिभा को नष्ट कर दिया है। तुमको वापस घर लौटना पड़ेगा।

योग में जब तुम अपनी देखती हुई आंख को देखना आरंभ करते हो, तो तुम्हें सूक्ष्म ऊर्जा का संज्ञान होता है। वे इसे तन्मात्रा कहते हैं। जब तुम अपनी देखती हुई आंख को देख पाते हो तो आंखों के एकदम पीछे तुम्हें ऊर्जा की एक विराट मात्रा दिखाई पड़ती है। यह आंख की ऊर्जा, तन्मात्रा है। कान के पीछे तुम्हें ऊर्जा का विशाल संचय मिलता है, यह कान की तन्मात्रा है। अपने यौनांगों के पीछे तुम्हें बहुत सारी संचित ऊर्जा मिलती है, यह कामवासना की तन्मात्रा है। और इसी भांति और जगहों पर है। हर कहीं पर, क्योंकि तुम्हारी ज्ञानेंद्रियों के पीछे ऊर्जा का अप्रयुक्त कुंड है। एक बार तुम इसे जान लो तुम इस ऊर्जा को अपनी आंखों में प्रवाहित कर सकते हो, और तब तुम्हें वे दृश्य दिखाई पड़ेंगे जो कभी-कभी कवि देखते है, चित्रकार देखते हैं। तब तुम्हें ऐसी ध्वनियां सुनाई पड़ेंगी जिन्हें कभी-कभी कवि सुनते हैं, संगीतकार सुनते हैं। और तब उन चीजों को छिपाओगे जिन्हें कभी-कभी दुर्लभ क्षणों में सिर्फ प्रेमी ही जानते हैं, किस भांति छूना है।

तुम जीवंत, प्रवाहमान हो उठोगे।

सामान्यतः तो तुम्हें यही सिखाया जाता है कि अपनी ज्ञानेंद्रियों को दमित किस प्रकार करो, न कि उन्हें जानो। यह बहुत मूढ़तापूर्ण है, लेकिन बहुत सुविधाजनक है।

ऐसा हुआ, एक गांव में विवाह के बाद दूल्हा और दुल्हन घोड़ागाड़ी में बैठ कर अपने फार्म हाउस की और चल दिए। सड़क पर लगभग एक मील चलने के बाद घोड़ा लड़खड़ा गया—यह हुआ : एक! दूल्हा चिल्लाया।

वे चलते गए, और घोड़ा फिर लड़खड़ाया—यह हुआ : दो! दूल्हा चिल्ला कर बोला।

जैसे ही वे फार्म हाउस के निकट पहुंचे, घोड़ा फिर से लड़खड़ा गया—यह हुआ : तीन! दूल्हा चिल्लाया और सीट के पीछे से बंदूक उठा कर उसने गोली घोड़े के सिर के पार कर दी।

दुल्हन तो भौचक्की सी बैठी रही। फिर उसने बड़े निश्चित ढंग से अपने नये वर को बताया कि उसके इस कृत्य के बारे में उसने क्या सोचा? वह उस समय तक चुप बैठा रहा, जब तक कि वह शांत न हो गई फिर उसने उसकी और संकेत किया और चिल्लाया, यह हुआ : एक!

यह दंपति अगले साठ वर्षों तक सुखपूर्वक जीए।

किंतु यह प्रसन्नता वास्तविक प्रसन्नता नहीं हो सकती। बंदूक की नोक से दमन करना आसान है, लेकिन तब इन दो लोगों के बीच किस प्रकार का प्रेम घटा होगा? सदैव ही बंदूक दोनों के बीच में खड़ी रही होगी और पत्नी सदा भयभीत रही होगी कि अब किसी भी क्षण वह कहने जा रहा है—अब यह हुआ : दो! अब यह हुआ : तीन! और खत्म।

तुमने अपनी ज्ञानेंद्रियों के साथ, अपने शरीर के साथ यही किया हुआ है। तुमने इसका दमन किया

है। लेकिन तुम असहाय थे। मैं यह नहीं कहता कि इसके दमन के लिए तुम उत्तरदायी हो। तुम्हारा लालन-पालन ही इस प्रकार से हुआ है, किसी ने तुम्हारी ज्ञानेंद्रियों को स्वतंत्रता नहीं दी। इसी प्रकार से हुआ है किसी ने तुम्हारी ज्ञानेंद्रियों को स्वतंत्रता नहीं दी। प्रेम के नाम पर केवल दमन जारी रहता है। माता-पिता, लोग, समाज, वे सभी दमन किए चले जाते हैं। धीरे-धीरे वे तुम्हें एक तरकीब सिखा देते हैं, और तरकीब है–खुद को स्वीकार मत करो, इनकार करो। हर बात को एक निश्चित अनुरूपता दे दी जानी है। तुम्हारी प्रचंडता को तुम्हारी आत्मा के अंधेरे भाग में धकेल दिया जाता है और एक छोटा सा कोना, ड्राइंग रूम की भांति साफ कर दिया जाता है जहां तुम लोगों से मिल सको, उनके साथ बैठ सको और जी सको और अपने प्रचंड अस्तित्व, अपने यथार्थ अस्तित्व के बारे में सब कुछ भूल सको। तुम्हारे पिता लोग और तुम्हारी माताएं भी इसके लिए उत्तरदायी नहीं हैं क्योंकि उनका लालन पालन भी इसी भांति हुआ था।

इसलिए कोई भी उत्तरदायी नहीं है। लेकिन एक बार तुम इसे जान लो, और तुम कुछ भी न करो तो तुम उत्तरदायी हो जाते हो। मेरे निकट रहते हुए, मैं तुम्हें बहुत अधिक उत्तरदायी बनाने जा रहा हूं, क्योंकि तुम इसे जान लोगे, और तब तुमने यदि कुछ न किया तो तुम उत्तरदायित्व किसी और पर नहीं थोप सकोगे। फिर तो तुम्हीं उत्तरदायी होने जा रहे हो।

अब तुम जानते हो कि किस भांति तुमने अपनी ज्ञानेंद्रियों को नष्ट किया है और किस प्रकार से उन्हें पुनर्जीवित करना है। कुछ करो। दमनकारी मन को पूर्णतः, बंदूक को पूर्णतः, तिलांजलि दो। स्वयं को अवरोध मुक्त करो। पुनः प्रवाहमान हो जाओ। अपने अस्तित्व से दुबारा जुड़ना शुरू करो। अपनी ज्ञानेंद्रियों से फिर से संबंधित होना शुरू करो। तुम एक काटी गई टेलीफोन लाइन जैसे हो। सब कुछ पूर्णतः ठीक दिखता है, टेलीफोन मौजूद है, लेकिन लाइन कटी हुई है। इसे पुनः जोड़ लो। अगर इसे काटा जा सकता है तो इसे दुबारा जोड़ा भी जा सकता है। दूसरों ने इसे काट दिया है क्योंकि उन्हें भी ऐसे ही सिखाया गया था, लेकिन तुम इसको दुबारा जोड़ सकते हो।

मेरे सारे ध्यान प्रयोग तुम्हें प्रवाहमान ऊर्जा प्रदान करने के लिए हैं। इसीलिए मैं उन्हें सक्रिय विधियां कहता हूं। पुराने ध्यान प्रयोग कुछ न करते हुए मात्र मौन बैठना भर थे। मैं तुम्हें सक्रिय विधियां देता हूं, क्योंकि जब ऊर्जा का प्रवाह तुममें उमड़ रहा होता है तो तुम शांत बैठ सकते हो, यह काम देगा, लेकिन ठीक अभी, पहले तो तुम्हें जीवंत होना पड़ेगा।

'इसके उपरांत देह के उपयोग के बिना ही तत्क्षण बोध और प्रधान (पौद्गलिक जगत) पर पूर्ण स्वामित्व उपलब्ध हो जाता है।'

अगर तुम तन्मात्राओं, अपनी ज्ञानेंद्रियों की सूक्ष्म ऊर्जाओं को देख सकते हो तो तुम अपने बोध का, बिना इन स्थूल अवयवों के, उपयोग करने में समर्थ हो जाओगे। यदि तुम्हें पता है कि आंख के पीछे ऊर्जा

का एक संचित कुंड है तो तुम आंखों को बंद करके ऊर्जा को सीधे ही प्रयोग कर सकते हो। तब तुम अपनी आंखों को खोले बिना ही देखने में सक्षम हो जाओगे। दूरबोध, दिव्य-दृष्टि, दूरस्थ श्रवण यही तो है।

सोवियत रूस में एक स्त्री है जिस पर वैज्ञानिक ढंग से खोज-बीन की गई है, वह किसी भी वस्तु को बीस फीट की दूरी से मात्र ऊर्जा द्वारा खींच लेती है। वह अपने हाथों को, बीस फूट दूर से, हिलाती है। जैसा कि तुमने किसी सम्मोहन कर्ता को हस्त संचालन करते देखा होगा। वह केवल रेखांकन मुद्राएं बनाती है। पंद्रह मिनट के भीतर ही, चीजें उसकी और खिसकने लगती हैं। उसने उन्हें छुआ भी नहीं। यह जानने के लिए कि क्या होता है, काफी जांच-पड़ताल की गई। और उस स्त्री का इस आधे घंटे के प्रयोग से कम से कम आधा पाउंड वजन कम हो जाता है। निश्चित रूप से वह किसी रूप में ऊर्जा गंवा रही है।

यही है जिसे योग तन्मात्रा कहता है। साधारणतः जब तुम किसी चीज, किसी पत्थर, किसी चट्टान को उठाते हो तो ऊर्जा का हाथों के माध्यम से उपयोग करते हो। तुम इसे उठा कर चलते हो तुम उसी ऊर्जा को हाथों द्वारा उपयोग में लाते हो। लेकिन अगर तुमने इस ऊर्जा को सीधे ही जाना है तो तुम हाथ का प्रयोग बंद कर सकते हो। वस्तु को वह ऊर्जा सीधे ही सरका सकती है। टेलीपैथी, दूर-बोध का भी यही ढंग है– तुम लोगों के विचार सुन या पढ़ सकते हो या दूर-दूर के दृश्य देख सकते हो। एक बार तुम तन्मात्रा को, उस सूक्ष्म ऊर्जा को जान लो, तो तुम्हारी आंखों द्वारा प्रयुक्त की जा रही है, तो आंखों का उपयोग समाप्त किया जा सकता है। एक बार तुम जान लो यह ज्ञानेंद्रिय नहीं है जो कार्य कर रही है, बल्कि ऊर्जा है तो तुम ज्ञानेंद्रिय से मुक्त हो।

मैंने एक कहानी सुनी है :

एक लड़के ने, कोहेन और गोल्डबर्ग, थोक विक्रेता के यहां फोन किया।

कृपया मेरी मिस्टर कोहेन से बात कराएं।

मैं क्या कहूं श्रीमान, मिस्टर कोहेन बाहर गए हैं, स्विच बोर्ड आपरेटर लड़की ने कहा।

तब मेरी मिस्टर गोल्डबर्ग से बात कराएं।

मैं क्या कहूं श्रीमान, मिस्टर गोल्डबर्ग तो इस समय फंसे हुए हैं।

ठीक है, मैं कुछ देर बाद फोन करूंगा।

दस मिनट बाद :

कृपया, मिस्टर गोल्डबर्ग को फोन दें।

मैं क्या कहूं श्रीमान, मिस्टर गोल्डबर्ग अभी तक फंसे हुए हैं।

मैं फिर फोन करूंगा।

आधा घंटे बाद :

मिस्टर गोल्डबर्ग से बात कराएं।

मुझे सख्त अफसोस है श्रीमानजी, लेकिन मिस्टर गोल्डबर्ग अभी तक फंसे हैं।

मैं फिर फोन करूंगा।

फिर और आधा घंटा बीत गया :

मिस्टर गोल्डबर्ग।

मेरे पास आपको देने कि लिए बुरी खबर है श्रीमान, मिस्टर गोल्डबर्ग अभी तक फंसे हुए हैं।

लेकिन देखिए यह कितना विचित्र है, इस तरह आप व्यापार का संचालन कैसे कर सकेंगे? एक पार्टनर पूरी सुबह बाहर गया हुआ है।

और दूसरा घंटों कहीं फंसा हुआ है। वहां क्या हो रहा है?

अच्छी बात है श्रीमान, देखिए, जब कभी भी मिस्टर कोहेन बाहर जाते हैं वे मिस्टर गोल्डबर्ग को बांध कर जाते हैं।

तुम्हारे भीतर भी यही कुछ हो रहा है। जब कभी भी तुम अपनी आंखों के द्वारा, हाथों के माध्यम से, यौनांगों द्वारा, कानों से बाहर की और गति करते हो, जब भी बहिर्गामी होते हो, सतत रूप से एक प्रकार का प्रतिबंध और बांधा जाना निर्मित होता रहता है। धीरे-धीरे तुम एक विशेष इंद्रिय के साथ बंध जाते हो, आंखें या कान, क्योंकि यही हैं जिनसे तुम बार-बार बाहर जाते हो। फिर धीरे-धीरे तुम उस ऊर्जा को भूल जाते हो जो बाहर जा रही है।

इंद्रियों के साथ इस प्रकार से बंधन में बंधना ही सारा जगत, संसार है। स्वयं को इंद्रियों के बंधन से कैसे मुक्त करें? और एक बार तुम संवेदी अंगों के साथ बंध जाओ, तुम उनके परिप्रेक्ष्य में ही सोचने लगते हो। तुम स्वयं को भूल जाते हो।

एक और कहानी :

एक शिष्य संसार को छोड़ कर अपने गुरु का अनुसरण करने की तीव्र अभीप्सा रखता था, लेकिन उसने कहा कि उसकी पत्नी और परिवार उसे इतना अधिक प्रेम करते हैं कि वह अपना घर छोड़ने में असमर्थ है।

गुरु ने एक योजना बनाई। इस व्यक्ति को कुछ ऐसे यौगिक रहस्य सिखा दिए गए जिनसे देखने वालों को ऐसा प्रतीत हो कि वह मर गया है। अगले दिन उस व्यक्ति ने इन निर्देशों का पालन किया और उसकी पत्नी तथा परिवार के लोग उसके शरीर के चारों ओर एकत्रित होकर विलाप करने, शोक मनाने लगे।

गुरु उनके दरवाजे पर एक जादूगर का रूप बना कर आया और उस परिवार से कहने लगा, यदि वे इस व्यक्ति को इतना ही प्रेम करते हैं तो वह उसे पुनः जीवित कर सकता है। उसने बताया अगर कोई और उसके स्थान पर मर जाए, जादूगर की यह दवा पी ले, तो वह व्यक्ति जी उठेगा।

परिवार के हर सदस्य ने अपने जीवन को बचाने की आवश्यकता के उचित कारण गिना दिए, और उसकी पत्नी कहने लगी, जो कुछ भी हो, अब तो वे मर ही गए हैं, हम किसी प्रकार गुजारा कर लेंगे।

इस पर वह योगी उठ खड़ा हुआ और बोला, हे नारी, अगर तुम मेरे बिना रह सकती हो, तो मैं अपने गुरु के साथ जा सकता हूं। उसने अपने गुरु की ओर देखा और कहा : अब हमें चलना चाहिए श्रीमान, आदरणीय सदगुरु, मैं आपका अनुगामी बनूंगा।

इंद्रियों के साथ बन जाने वाला यह जुड़ाव इस तरह का है जैसे कि तुम इंद्रियां ही बन गए हो, जैसे कि तुम उनके बिना जी ही नहीं सकोगे, जैसे कि तुम्हारा सारा जीवन उनमें ही सिमटा हो। लेकिन तुम उन्हीं तक सीमित नहीं हो। तुम उनको त्याग सकते हो, और फिर भी तुम जीवित रह सकते हो, और एक उच्चतर तल पर जीते हो। कठिन है। जैसे कि तुम एक बीज को फुसलाना चाहो, मर जाओ और जल्दी ही एक सुंदर पौधे का जन्म होगा। वह कैसे विश्वास कर सकता है, क्योंकि उसे तो मरना होगा। और आज तक किसी बीज ने नहीं जाना कि उसकी मृत्यु से एक नया अंकुर फूटता है, एक नया जीवन उदित होता है। इसलिए इस पर विश्वास कैसे किया जाए? या अगर तुम एक अंडे के पास जाते हो और तुम भीतर के पक्षी को राजी करना चाहते हो कि बाहर आ जाओ, लेकिन पक्षी को कैसे विश्वास आए कि अंडे के बिना भी जीवन की कोई संभावना है? या अगर तुम मां के गर्भ में बच्चे से बात करो और उसे बताओ, बाहर आ जाओ, भयभीत मत हो। लेकिन उसे तो गर्भ के बाहर का कुछ पता भी नहीं पता। यह गर्भ ही उसका सारा जीवन रहा है; उसे तो बस इतना ही पता है। वह भयभीत है। ठीक यही परिस्थिति है, इंद्रियों से घिरे हुए, हम एक सीमित अवस्था, एक कारागृह में जीते हैं।

व्यक्ति को थोड़ा साहसी, हिम्मतवर होना पड़ेगा। ठीक अभी तुम जहां भी हो और तुम जैसे भी हो, तुम्हारे साथ कुछ भी घटित नहीं हो रहा है। अपने जोखिम उठाओ। अज्ञात में उतरो। फिर जीवन के नये ढंग को पाने का प्रयास करो।

'इसके उपरांत देह के उपयोग के बिना ही तत्क्षण बोध और प्रकृति, पौद्‌गलिक जगत पर पूर्ण स्वामित्व उपलब्ध हो जाता है।'

अब तक तुम पौद्‌गलिक जगत के वशीभूत रहे हो। एक बार तुम जान लो कि तुम्हारे पास पौद्‌गलिक जगत से पूर्णतः मुक्त, अपनी ऊर्जा है, तो तुम मालिक बन जाते हो। अब संसार तुम पर और अधिक कब्जा नहीं रख पाता, तुम इसके स्वामी हो। केवल वही जो त्याग सकते हैं असली मालिक बन जाते हैं।

'सत्व और पुरुष का विभेद बोध होने के उपरांत ही अस्तित्व की समस्त दशाओं का ज्ञान और उन पर प्रभुत्व उदित होता है।'

और सत्व और पुरुष, बुद्धिमत्ता और जागरूकता के मध्य सूक्ष्मतम विभेद को जानना होगा। स्वयं

को शरीर से अलग समझना बहुत सरल है। शरीर इतना स्थूल है कि तुम्हें इसकी प्रतीति हो सकती है, तुम यह नहीं हो सकते। तुमको इसके भीतर होना चाहिए। यह देखना अत्यंत सरल है कि तुम आंखें नहीं हो सकते। तुम्हें तो वह होना चाहिए जो आंखों के द्वारा देखता है, पीछे छिपा है; वरना आंखों के द्वारा कौन देखेगा? तुम्हारा चश्मा तो देख नहीं सकता। चश्मे के पीछे आंखों की जरूरत होती है। तुम्हारी आंखें भी चश्मे की भांति हैं। वे चश्मा ही हैं, वे देख नहीं सकतीं। देखने के लिए कहीं पीछे तुम्हारी आवश्यता है।

लेकिन सूक्ष्मतम तादात्म्य बुद्धि के साथ होता है। तुम्हारी सोचने की सामर्थ्य, तुम्हारी बुद्धि की समझ की क्षमता, यही सूक्ष्मतम चीज है। जागरूकता और बुद्धिमत्ता के बीच विभेद कर पाना बेहद कठिन है। किंतु इनमें भेद किया जा सकता है।

धीमे-धीमे, कदम दर कदम, पहले तो यह जान लो कि तुम देह नहीं हो। इस समझ को गहरे में विकसित, संघनित होने दो। फिर यह जानो कि तुम इंद्रियां नहीं हो। इस समझ को विकसित, घनीभूत होने दो। फिर यह जानो कि तुम तन्मात्राएं, ज्ञानेंद्रियों के पीछे के ऊर्जा-कुंड नहीं हो। इस बात को भी विकसित और संकेंद्रित होने दो। और तब तुम यह देख पाने में समर्थ हो जाओगे कि बुद्धि भी ऊर्जा का एक कुंड है। यह एक सहभागी कुंड है जिसमें तुम्हारी आंखें अपनी ऊर्जा उंड़ेलती हैं, कान अपनी ऊर्जा उंड़ेलते हैं, हाथ अपनी ऊर्जा उंड़ेलते हैं। सारी इंद्रियां नदियों की भांति हैं और बुद्धिमत्ता केंद्रीय स्थान है, जिसमें वे सूचनाएं लेकर आती हैं और उंड़ेल देती हैं।

जो कुछ भी तुम्हारा मन जानता है, वह इंद्रियों द्वारा दिया गया है। तुमने रंग देख लिए हैं, तुम्हारा मन इन्हें जानता है। यदि तुम वर्णांध, रंगों के प्रति अंधे हो, यदि तुम हरा रंग नहीं देख सकते, तब तुम्हारा मन हरे के बारे में कुछ भी नहीं जानता है। बर्नार्ड शॉ ने यह बात जाने बिना कि वह वर्णांध है अपना सारा जीवन जी लिया। इसको जान पाना बहुत मुश्किल है, लेकिन संयोगवश घटी एक घटना ने इसके बारे में सचेत कर दिया। एक बार उसके एक जन्म-दिवस पर किसी ने उसे एक सूट भेंट में दिया लेकिन उसके साथ टाई नहीं थी। तो वह एक ऐसी टाई खोजने बाजार में गया जो उस सूट के साथ मेल खा सके। सूट का रंग हरा था लेकिन वह पीली टाई खरीदने लगा। उसकी सचिव यह देख रही थी, वह बोली, आप क्या कर रहे हैं? यह मेल नहीं खाती। सूट हरा है और टाई पीली है। वह बोला क्या इन दोनों के बीच कोई अंतर है? वह सत्तर साल जी चुका था बिना यह जाने कि वह पीला रंग नहीं देख सकता। उसे हरा दिखता था। अब पीला उसके मन का भाग नहीं था। उसकी आंखों ने मन में ऐसी सूचना कभी नहीं पहुंचाई थीं।

आंखें सेवकों जैसी, सूचना संग्राहकों, पी. आर. ओ. की भांति हैं–सारे संसार में विचरण करती हुई, सूचनाएं एकत्रित करती हुई उन्हें मन में उंड़ेलती रहती हैं, वे मन को पोषित करती रहती हैं। मन ही केंद्रीय कुंड है।

पहले तुम्हें इस बात के प्रति सचेत होना पड़ेगा कि तुम आंख नहीं हो, न ही वह ऊर्जा हो जो आंख के पीछे छिपी है, तभी तुम यह देख पाने में समर्थ हो सकोगे कि प्रत्येक ज्ञानेंद्रिय मन में उंड़ेली जा रही हैं, तुम मन भी नहीं हो, तुम वह हो जो उसे उंड़ेला जाता देख रहा है, तुम तो सिर्फ किनारे पर खड़े हो, सारी नदियां समुद्र में उंड़ेली जा रही है, तुम द्रष्टा हो, साक्षी हो।

स्वामी राम ने कहा है: विज्ञान को परिभाषित करना दुष्कर है, लेकिन संभवतः इसका सर्वाधिक आवश्यक तत्व है उसके अध्ययन में लगना, जो प्रेक्षक से बाहर है। ध्यान की विधियां ऐसा रास्ता दिखाती हैं जो व्यक्ति को उसकी अपनी आंतरिक अवस्थाओं के परे ले जाता है। ध्यान की विधियां ऐसा रास्ता दिखाती हैं जिससे व्यक्ति अपनी आंतरिक अवस्थाओं का अतिक्रमण कर लेता है।—और ध्यान का चरम बिंदु यह जान लेना है कि जो कुछ भी तुम जान लेते हो वह तुम नहीं हो। जो कुछ भी जानी गई वस्तु के रूप में आ गया है वह तुम नहीं हो; क्योंकि तुम्हें एक वस्तु नहीं बनाया जा सकता। तुम सदा से ही आत्मनिष्ठ, ज्ञाता, ज्ञानी, जानने वाले रहे हो। और ज्ञाता को भी ज्ञात नहीं बनाया जा सकता है।

यही है पुरुष, जागरूकता। यही है आत्यंतिक समझ जो योग से उदित होती है। इस पर ध्यान करो।

प्रवचन - 4

किसी वास्तविक प्रचंड स्त्री को खोज लो

प्रश्न-सार

* मैं बूढ़ा होने से सदा भयभीत क्यों रहता हूं?

* मेरी तीन समस्याएं हैं: कामुक अनुभव करना, दूसरे की खोज और मन में बना रहना। कृपया मुझे मार्ग दिखाएं?

* जीवन-साथी का होना या न होना किस प्रकार से व्यक्ति की अंतर-उन्मुखता और आध्यात्मिक विकास को प्रभावित करता है?

* अवरोध हैं मेरे भीतर उन्हें किस भांति हटाया जाए?

प्रश्न : मैं बूढ़ा होने से सदा भयभीत क्यों रहता हूं? मुझे इससे छुटकारा पाने का मार्ग दिखाएं।

जीवन, यदि ठीक से जीया गया है, वास्तव में जीया गया है, तो कभी मृत्यु से भयभीत नहीं होता। अगर तुमने अपना जीवन जीया है, तुम मृत्यु का स्वागत करोगे। यह एक विश्राम, एक गहन निद्रा की भांति आएगी। यदि तुमने अपने जीवन के शिखर को, ऊंचाइयों को जीया है तो मृत्यु एक सुंदर विश्रांति, एक आशीष है। लेकिन अगर तुम जीए ही नहीं हो तो निःसंदेह मृत्यु भय उत्पन्न क़रती है। यदि तुम जी ही नहीं पाए हो तो निश्चित रूप से मृत्यु तुम्हारे हाथों से समय, जीवित रहने के सारे भविष्य के अवसरों को छीन लेगी। अतीत में तुम ठीक से जी नहीं पाए, और अब भविष्य भी नहीं रहेगा, भय उठ खड़ा होता है। भय, मृत्यु के कारण नहीं, बल्कि अनजीए जीवन के कारण उठता है।

और मृत्यु के इस भय के कारण, वृद्धावस्था भी भयप्रद होती है क्योंकि यह मृत्यु का पहला कदम है। अन्यथा वृद्धावस्था भी सुंदर है। यह तुम्हारे अस्तित्व की संपूर्णता, विकास की परिपक्वता है। यदि तुम क्षण-क्षण उन सभी चुनौतियों को जो जीवन तुम्हें देता है, जीते हो, और तुम उन सभी अवसरों का जिन्हें जीवन ने तुम्हारे लिए खोला है उपयोग कर लेते हो, और यदि तुम उस अज्ञात में, जिसमें जीवन तुम्हें पुकारता और निमंत्रित करता है, उतरने का साहस करते हो, तो वृद्धावस्था एक परिपक्वता है। वरना वृद्धावस्था एक रोग है।

दुर्भाग्य से अनेक लोग बस उम्र ही बढ़ाते हैं, वे उससे संबंधित परिपक्वता के बिना बूढ़े हो जाते हैं। तब वृद्धावस्था एक बोझ होती है। तुम शरीर से उमरदार हो गए हो लेकिन तुम्हारी चेतना किशोरावस्था में रहती है। तुम शरीर से तो बूढ़े हो गए लेकिन अपने आंतरिक जीवन में तुम परिपक्व नहीं हुए हो। आंतरिक

प्रकाश का अभाव है, और प्रतिदिन मौत निकट आ रही है; निःसंदेह तुम कांपोगे और तुम भयभीत होगे और तुम्हारे भीतर एक महत संताप उठने लगेगा।

जिन्होंने जीवन को ढंग से जीया है, वे वृद्धावस्था को गहन स्वागत भाव से स्वीकार करते हैं, क्योंकि वृद्धावस्था मात्र इतना बताती है कि अब वे खिलने जा रहे हैं, कि वे अब फलवान होने जा रहे हैं, कि जो भी उन्होंने उपलब्ध किया है अब वे उसे बांटने में समर्थ हो जाएंगे।

साधारणतः वृद्धावस्था कुरूप होती है, क्योंकि यह बस एक रोग है। तुम्हारी दैहिक संरचना विकसित नहीं हुई है, वरन और-और रुग्ण, कमजोर और अशक्त हो गई होती है। वरना तो वृद्धावस्था जीवन का सर्वाधिक सुंदर समय है। बचपन की सारी मूर्खता जा चुकी है, यौवन की सारी वासना और उत्ताप जा चुका है...एक शांति उदित होती है, मौन, ध्यान, समाधि।

वृद्धावस्था आत्यंतिक रूप से सुंदर है, और इसे ऐसा होना ही चाहिए, क्योंकि सारा जीवन इसी ओर बढ़ता है। इसको तो शिखर होना चाहिए। शिखर आरंभ में ही कैसे हो सकता है? शिखर मध्य में कैसे हो सकता है? किंतु अगर तुम यह सोचते हो कि तुम्हारा बचपन शिखर था, जैसा कि बहुत लोग सोचते हैं, तो निःसंदेह तुम्हारा सारा जीवन एक संताप हो जाएगा, क्योंकि अपना शिखर तो तुम पा चुके हो—अब तो सब कुछ एक पतन, अधोगमन है। अगर तुम सोचते हो कि युवावस्था शिखर है, जैसा बहुत से लोग सोचते हैं, तो निःसंदेह पैंतीस वर्ष के बाद तुम दुखी, उदास हो जाओगे, क्योंकि प्रतिदिन तुम खोओगे, खो रहे होओगे, खोते जाओगे, और पा कुछ भी नहीं रहे होओगे। ऊर्जा खो जाएगी, तुम कमजोर हो जाओगे, तुम्हारे भीतर बीमारियां घुस आएंगी और मृत्यु द्वार पर दस्तक देने लगेगी। घर खो जाएगा और अस्पताल दिखने लगेगा। तुम प्रसन्न कैसे हो सकते हो? नहीं, लेकिन पूरब में हमने कभी नहीं माना कि बचपन या जवानी शिखर हैं। शिखर तो ठीक अंत के लिए प्रतीक्षा करता है।

और यह अगर उचित ढंग से हो तो धीरे-धीरे तुम उच्चतर से उच्चतर शिखरों तक पहुंचते हो। मृत्यु वह उच्चतम शिखर, चरम उत्कर्ष है, जिसे जीवन उपलब्ध करता है।

किंतु हम जीवन को क्यों चूकते जा रहे हैं? क्यों हम केवल बूढ़े हुए चले जाते हैं, परंतु परिपक्व नहीं होते। कहीं न कहीं कुछ गड़बड़ी जरूर हो गई है, कहीं पर तुम्हें गलत मार्ग पर डाल दिया गया है, कहीं न कहीं तुम गलत रास्ते पर डाले जाने से राजी हो गए हो। इस समझौते को तोड़ना पड़ेगा; इस अनुबंध में आग लगानी पड़ेगी। इसी को मैं संन्यास कहता हूं; एक समझ कि अब तक मैं गलत ढंग से जीया हूं—मैंने समझौते किए हैं, वास्तव में जीया नहीं हूं।

जब तुम छोटे बच्चे थे तो तुमने समझौते किए, तुमने अपने अस्तित्व को ना-कुछ के लिए बेच डाला। जो भी तुम्हें मिला वह कुछ नहीं मात्र कूड़ा-कर्कट है। छोटी-छोटी बातों के लिए तुमने अपनी

आत्मा को खो दिया। तुम स्वयं के स्थान पर कुछ और होने को राजी हो गए, यहीं पर तुम अपने रास्ते से चूक गए। मां चाहती थी कि तुम कुछ बनो, पिता चाहते थे कि तुम कुछ बनो, समाज चाहता था कि तुम कुछ बनो, और तुम राजी हो गए। धीरे-धीरे तुमने स्वयं न होने का फैसला कर लिया। और तब से तुम कुछ और होने का दिखावा करते रहे हो।

तुममें परिपक्वता नहीं आ सकती, क्योंकि कोई और परिपक्व नहीं हो सकता। यह नकली है। यदि मैं एक मुखौटा लगा लूं, तो मुखौटा परिपक्व नहीं हो सकता, यह मृत है। मेरा चेहरा परिपक्व हो सकता है, लेकिन मेरा मुखौटा नहीं। और तुम्हारे मुखौटे की उम्र बढ़ती जाती है। मुखौटे के पीछे छिपे हुए तुम विकसित नहीं हो रहे हो। तुम केवल तभी विकसित हो सकते हो जब तुम स्वयं को स्वीकार कर लो कि तुम कोई अन्य नहीं, स्वयं ही होने जा रहे हो।

गुलाब की झाड़ी हाथी हो जाने के लिए राजी हो गई है; हाथी गुलाब की झाड़ी हो जाने को तैयार है। गरुड़ चिंतित है, बस मनोचिकित्सक के पास जाने ही वाला है, क्योंकि उसे कुत्ता बनने की इच्छा है; और कुत्ता अस्पताल में पड़ा है क्योंकि वह गरुड़ की भांति उड़ना चाहता है। मानव-जाति के साथ यही घट गया है। कुछ और हो जाने के लिए राजी हो जाना सबसे बड़ी आपदा है, तुम्हारा विकास कभी न हो सकेगा।

तुम कभी भी किसी और तरह विकसित नहीं हो सकते। तुम केवल तुम्हारी भांति परिपक्व हो सकते हो। 'चाहिए' को छोड़ देना पड़ेगा, और तुम्हें इस बात से ज्यादा मतलब नहीं रखना है कि लोग क्या कहते हैं? उनकी राय क्या है? वे होते कौन हैं? तुम यहां पर स्वयं होने के लिए हो। तुम यहां किसी की अपेक्षाओं को पूरा करने के लिए नहीं हो, और हर व्यक्ति इसी कोशिश में लगा हुआ है। पिता का निधन हो चुका है और तुम उस वादे को पूरा करने के प्रयास में हो जो तुमने उनसे किया था। और वे खुद अपने पिता से किया गया वादा पूरा करने की कोशिश में संलग्न रहे, और इसी भांति चलता रहा था, यह मूढ़ता बिलकुल आरंभ तक जाती है।

समझने का प्रयास करो, और साहस करो—और अपना जीवन अपने स्वयं के हाथों में ले लो। अचानक तुम्हें ऊर्जा का उद्वेलन महसूस होगा। जिस क्षण तुम निर्णय लेते हो, 'मैं अब स्वयं ही होने जा रहा हूं और कोई दूसरा नहीं। जो भी कीमत हो, लेकिन मैं स्वयं होने जा रहा हूं।'—उसी क्षण तुम एक बड़ा परिवर्तन देखोगे, तुम जीवंत अनुभव करोगे, तुम्हें अनुभव होगा कि ऊर्जा प्रवाहित हो रही है, धड़क रही है।

जब तक यह नहीं घटता तुम वृद्धावस्था से भयभीत रहोगे, क्योंकि तुम इस तथ्य को अनदेखा कैसे कर सकते कि तुम समय नष्ट कर रहे हो, और जी नहीं रहे हो और वृद्धावस्था आई जा रही है, और तब तुम जी पाने के योग्य नहीं रहोगे। इस तथ्य को देखने से तुम कैसे बच सकते हो कि मृत्यु प्रतीक्षारत है और

रोज-रोज वह निकट और निकट, निकटतर आती जा रही है, और तुम तो अभी जीए ही नहीं? तुम्हें तो गहन संताप होगा ही।

इसलिए अगर तुम मुझसे पूछते हो कि क्या करूं, तो मैं तुमसे आधारभूत बात कहूंगा। और यह सदा ही आधारभूत प्रश्न रहा है। कभी भी दूसरी बातों से परेशान मत होओ, क्योंकि उनको तुम बदल सकते हो, फिर भी कुछ बदलेगा नहीं। आधारभूत को बदल दो।

उदाहरण के लिए, क्या है दूसरी बात?

'मैं बूढ़ा होने से सदा भयभीत क्यों रहता हूं? मुझे इससे छुटकारा पाने का मार्ग दिखाएं।'

यह प्रश्न ही भय के कारण उठ रहा है। तुम 'इससे छुटकारा पाना' चाहते हो, इसे समझना नहीं चाहते हो, इसलिए निःसंदेह तुम किसी व्यक्ति या विचारधारा के चंगुल में फंसने जा रहे हो जो तुम्हारी इससे छुटकारा पाने में सहायता करे। मैं तुम्हारी इससे छुटकारा पाने में सहायता नहीं कर सकता। वस्तुतः समस्या ही वही है। मैं चाहूंगा कि तुम समझो और अपना जीवन बदलो। यहां समस्या से छुटकारा पाने का प्रश्न है ही नहीं, यह तो तुम्हारे मुखौटे से, तुम्हारे झूठे ओढ़े गए व्यक्तित्व–जिस ढंग से तुमने होने का प्रयास किया है और जो सच्चा रास्ता नहीं है–से छुटकारा पाने का प्रश्न है। तुम प्रामाणिक नहीं हो। तुम अपने स्वयं के प्रति निष्ठावान नहीं हो, तुम अपने अस्तित्व को छलते रहे हो। तो अगर तुम पूछते हो–पुरोहित हैं, दर्शनशास्त्री हैं, और जननायक हैं, यदि तुम जाओ और उनसे पूछो कि इससे छुटकारा कैसे पाऊं? वे कहेंगे, 'आत्मा कभी बूढ़ी नहीं होती। चिंता मत करो। बस याद कर लो कि तुम आत्मा हो। यह तो शरीर है, तुम शरीर नहीं हो।' उन्होंने तुम्हें सांत्वना दे दी। हो सकता है कि एक क्षण के लिए तुम अच्छा अनुभव करो, लेकिन इससे तुम्हें कोई सहायता न मिलेगी, यह तुम्हें बदलने नहीं जा रहा है। कल फिर पुरोहित के प्रभाव से बाहर होते ही तुम इसी नाव में होगे।

और कमाल की बात है कि तुम कभी भी पुरोहित की ओर नहीं देखते, वह स्वयं भयभीत है। तुम दर्शनशास्त्री की ओर कभी नहीं देखते, वह खुद डरा हुआ है।

मैंने सुना है, एक नया धर्माधिकारी अत्यधिक श्रम कर रहा था, और परीक्षणों से पता लगा कि उसके फेंफड़े बुरी तरह प्रभावित हो गए हैं। चिकित्सक ने कहा कि लंबे समय तक आराम करना नितांत आवश्यक है। धर्माधिकारी ने विरोध करते हुए कहा कि उसके लिए अपना कार्य छोड़ पाना संभव नही हो सकेगा।

ठीक है, डाक्टर बोला, आपके पास चुनाव है–स्वर्ग या स्विटजरलैंड?

धर्माधिकारी थोड़ी देर कमरे में टहलता रहा और तब उसने कहा : आप जीत गए, स्विटजरलैंड ही ठीक है।

जब जीवन और मृत्यु का प्रश्न हो तो, पुरोहित, दर्शनशास्त्री, वे लोग भी जिनके पास तुम पूछने जाते हो–वे भी जी नहीं पाए हैं। अधिक संभावना तो इस बात की है कि उन्होंने तो उतना भी नहीं जीया, जितना तुम जीए हो; वरना वे पुरोहित नहीं हो सकते थे। पुरोहित बनने के लिए उन्होंने अपने जीवन को पूर्णतः इनकार कर दिया। साधु, संन्यासी, महात्मा हो जाने के लिए उन्होंने अपने अस्तित्व को पूरी तरह नकार दिया है, और समाज जो कुछ भी उनसे चाहता है उसे उन्होंने मान लिया है। वे इससे संपूर्णतः राजी हो गए हैं। वे अपने आप से, अपनी स्वयं की जीवन ऊर्जा से राजी न हुए, और वे नकली, मूढ़तापूर्ण बातों–प्रशंसा, सम्मान से राजी हो गए।

और तुम जाते हो और पूछते हो उनसे। वे स्वयं ही कांप रहे हैं। कहीं गहरे में वे स्वयं ही भयभीत हैं। वे और उनके शिष्य, सभी एक ही नाव में सवार हैं।

मैंने सुना है, वेटिकन में पोप बहुत ज्यादा बीमार पड़ गए, और एक संदेश जारी हुआ कि सेंट पीटर्स की बॉलकनी से कार्डिनल एक विशेष उदघोषणा करेंगे।

जब वह दिन आया, तो प्रख्यात चौक निष्ठावानों से खचाखच भर गया। वयोवृद्ध कार्डिनल ने कांपती हुई आवाज में कहा : 'पवित्र आत्मा (पोप) को केवल हृदय प्रत्यारोपण द्वारा ही बचाया जा सकता है, और आज यहां एकत्रित हुए सभी भले कैथेलिकों से मैं दान के लिए निवेदन करता हूं।'

उसने हाथ में पंख थामे हुए आगे कहा : 'मैं यह पंख आपके बीच गिरा दूंगा, और जिस पर भी यह गिरता है, उस व्यक्ति को पवित्र परमात्मा के द्वारा पवित्र पिता का जीवन बचाने के लिए चुन लिया गया है।'

जब उसने वह पंख गिराया...और चारों तरफ जो भी सुना जा सकता था, वह था बीस हजार श्रद्धालु रोमन कैथेलिकों का धीमे-धीमे फूंक मारना।

प्रत्येक व्यक्ति भयभीत है। अगर पवित्र पिता जिंदा रहना चाहते हैं तो इन बेचारे कैथेलिकों को क्यों दानी बनाया जाए?

मैं तुम्हें कोई सांत्वना नहीं देने जा रहा हूं। मैं तुमसे नहीं कहने जा रहा हूं, 'आत्मा शाश्वत है। चिंता मत करो, तुम कभी नहीं मरोगे। केवल शरीर ही मरता है।' मुझे पता है कि यह सत्य है, लेकिन इस सत्य को कठिन रास्ते से अर्जित करना पड़ता है। तुम किसी और के द्वारा इसके बारे में कहे गए कथन और वक्तव्य से नहीं सीख सकते। यह कोई वक्तव्य नहीं है, यह एक अनुभव है। मैं जानता हूं कि ऐसा है, लेकिन तुम्हारे लिए यह नितांत अर्थहीन है। तुम तो यह भी नहीं जानते कि जीवन क्या है। तुम यह कैसे जान सकते हो कि शाश्वतता क्या है? तुम समय में जीने में समर्थ तो हो नहीं पाए हो, तुम शाश्वतता में जीने में समर्थ कैसे हो पाओगे?

कोई अमर्त्य के प्रति तभी जागरूक होता है जब वह मृत्यु को स्वीकार करने में समर्थ हो चुका हो। मृत्यु के द्वार के माध्यम से अमर्त्य अपने आपको प्रकट करता है। मृत्यु अमर्त्य के लिए अपने आपको तुम पर उदघाटित करने का एक उपाय है...लेकिन भय के कारण तुम अपनी आंखें बंद कर लेते हो और तुम अचेत हो जाते हो।

नहीं, मैं तुम्हें इससे छुटकारा पाने की कोई विधि, कोई सिद्धांत, नहीं देने जा रहा हूं। इसके लक्षण उत्पन्न हुए हैं। यह शुभ है कि यह बात तुम्हें संकेत देती रहती है कि तुम झूठी जिंदगी जी रहे हो। यही कारण हैं कि वहां भय है। इस संकेत को समझो और लक्षण को बदलने की चेष्टा मत करो, बल्कि मूलभूत कारण को बदलो।

एकदम आरंभ से ही हर बच्चे को गलत जानकारी, गलत सूचनाएं दी जाती हैं, उसे गलत दिशा, गलत निर्देश दे दिए जाते हैं। ऐसा जानबूझ कर नहीं किया जाता, क्योंकि माता-पिता भी उसी जाल में हैं, उन्हें भी गलत दिशा दिखाई गई थी। उदाहरण के लिए यदि कोई बच्चा अधिक ऊर्जावान है, तो परिवार असहजता महसूस करता है, क्योंकि अधिक ऊर्जा वाला बच्चा घर में एक उपद्रव है। कुछ भी सुरक्षित नहीं है, बिलकुल सुरक्षित नहीं है। वह ऊर्जावान बच्चा हर चीज तोड़-फोड़ देगा। उसे रोकना पड़ेगा। उसकी ऊर्जा को अवरोधित करना पड़ेगा, उसकी जीवंतता को कम करना होगा। उसको निंदित, दंडित करना पड़ेगा। और जब वह ढंग से व्यवहार करे सिर्फ तब पुरस्कृत करना पड़ेगा। और तुम क्या अपेक्षा रखते हो? तुम उससे लगभग एक वृद्ध व्यक्ति बन जाने की उम्मीद रखते हो–वह ऐसी किसी वस्तु को जिसे तुम मूल्यवान समझते हो कोई हानि न पहुंचाए। एक घड़ी को बचाने की खातिर तुम एक बच्चे को नष्ट करते हो। या अपनी क्राकरी बचाने के लिए तुम बच्चे को नष्ट कर डालते हो। या अपना फर्नीचर बचाने के लिए। वरना उस पर इस छोर से उस छोर तक खरोंच आ जाएगी। तुम परमात्मा की भेंट, एक नव-आगंतुक अस्तित्व, को नष्ट करते हो। तुम फर्नीचर को खरोंचे जाने से बचाने के लिए बच्चे का अस्तित्व खरोंचते रहते हो।

धीरे-धीरे बच्चा तुम्हारा अनुगमन करने को बाध्य हो जाता है, क्योंकि वह असहाय है, वह तुम पर आश्रित है, उसका जीवित रहना तुम पर निर्भर है। जीवित रहने की खातिर वह मृत होने को राजी हो जाता है। बस जीवित रहने की खातिर; क्योंकि तुम उसे दूध और भोजन देते हो, और उसकी देखभाल करते हो। यदि तुम उसके इतने अधिक विरोध में हो तो वह कहां जाएगा? धीरे-धीरे वह अपना अस्तित्व तुम्हें बेचता जाता है। जो कुछ भी तुम कहते हो, धीरे-धीरे वह मान लेता है। तुम्हारे पुरस्कार और तुम्हारे दंड ही वे उपाय हैं जिनके द्वारा तुम उसे दिग्भ्रमित करते हो।

धीरे-धीरे वह अपने अंतस की आवाज से अधिक तुम पर विश्वास करने लगता है, क्योंकि वह

जानता है कि उसके भीतर की आवाज हमेशा उसे झंझट में डालती है। उसके भीतर की आवाज सदा उसके लिए दंड दिलवाने वाली सिद्ध हुई है। इसलिए सजा और उसके भीतर की आवाज संयुक्त हो जाते हैं। और जब कभी भी वह अपनी आंतरिक आवाज नहीं सुनता और तुम्हारा अंधानुकरण करता है, उसे पुरस्कृत किया जाता है। जब कभी भी वह स्वयं होता है उसे दंडित किया जाता है; जब कभी भी वह स्वयं नहीं होता उसे पुरस्कृत किया जाता है। यह तर्क स्पष्ट है।

धीरे-धीरे तुम उसे उसकी अपनी जिंदगी से भटका देते हो। धीरे-धीरे वह भूल जाता है कि उसकी आंतरिक आवाज क्या है। अगर लंबे समय तक तुम इसे न सुनो तो फिर तुम इसे नहीं सुन सकते।

किसी भी क्षण अपनी आंखें बंद कर लो–तुम्हें अपने पिता, अपनी माता, अपने साथियों, अध्यापकों, की आवाजें सुनाई पड़ेंगी, और तुम कभी अपनी आवाज नहीं सुनोगे। अनेक लोग मेरे पास आते हैं, वे कहते हैं, आप भीतर की आवाज के बारे में कहते हैं; हम इसे कभी नहीं सुनते, वहां तो भीड़ लगी है। जब जीसस कहते हैं, अपने पिता और माता से घृणा करो, वे वास्तव में तुम्हारे माता-पिता से घृणा करने को नहीं कह रहे हैं, वे कह रहे हैं, उन पिता और उन माता से घृणा करो जो तुम्हारे भीतर अंतश्चेतना बन गए हैं। घृणा करो, क्योंकि यह एक सर्वाधिक कुरूप समझौता है–आत्मघाती अनुबंधन, जो तुमने किया है। घृणा करो, इन आवाजों को मिटा डालो, ताकि तुम्हारी आवाज मुक्त और स्वतंत्र की जा सके; जिससे कि तुम अनुभव कर सको कि तुम कौन हो और तुम क्या होना चाहते हो।

आरंभ में निःसंदेह तुम पूर्णतः खोया हुआ अनुभव करोगे। यही तो ध्यान में घटता है। अनेक लोग मेरे पास आते हैं और कहते हैं, हम तो रास्ता खोजने आए थे, इसके विपरीत ध्यान प्रयोगों से यह भी पूर्णतः खोया हुआ लग रहा है। इससे ज्ञात होता है कि दूसरों की पकड़ ढीली पड़ रही है, इसलिए तुम अपने को खोया हुआ महसूस करते हो, क्योंकि दूसरों की वे आवाजें तुम्हें निर्देश दे रही थीं, और तुमने उनमें विश्वास करना शुरू कर दिया था। तुमने उनमें इतने लंबे समय से विश्वास किया है वे तुम्हारे दिशा-निर्देशक बन चुके थे। अब, जब तुम ध्यान करते हो तो ये आवाजें मिट जाती हैं। तुम जाल से मुक्त हो गए हो। दुबारा तुम बच्चे बन जाते हो, और तुम नहीं जानते कि कहां जाना है। क्योंकि सारे मार्गदर्शक खो गए हैं। पिता की आवाज वहां नहीं है, मां की आवाज वहां नहीं है, अध्यापक वहां नहीं है, स्कूल नहीं रहा, अचानक तुम अकेले हो। व्यक्ति भय अनुभव करने लगता है, मेरे मार्ग-निर्देशक कहां चले गए? कहां हैं वे लोग जो हमेशा मुझे उचित रास्ते की ओर ले जाते थे?

वास्तव में कोई भी तुम्हें सही रास्ते पर नहीं ले जा सकता, क्योंकि सारे पथ-प्रदर्शन गलत होने वाले हैं। कोई नेता सही नेता नहीं हो सकता है, क्योंकि नेतृत्व, जैसा भी है, गलत ही है। जिसको भी तुम नेतृत्व की अनुमति देते हो, तुम्हें कुछ हानि ही पहुंचाएगा, क्योंकि वह कुछ करना, तुम पर कुछ थोपना, तुम्हें एक

ढांचा देना शुरू कर देगा, और तुम्हें तो एक संरचना विहीन जीवन, सारे ढांचों, संदर्भों, अनुबंधों से मुक्त, सारी संरचना और चरित्र से मुक्त, अतीत से मुक्त होकर इसी क्षण में जीवन को जीना है।

इसलिए सारे मार्गदर्शक दिशा भ्रम देते हैं। और जब वे खो जाते हैं, और तुमने उनमें इतने लंबे समय से विश्वास किया है कि अचानक तुम्हें खालीपन अनुभव होता है, तुम खालीपन से घिरे होते हो और सारे रास्ते विलुप्त हो जाते हैं। जाना कहां है?

व्यक्ति के जीवन में यह बड़ा क्रांतिकारी समय होता है। तुम्हें इससे साहसपूर्वक गुजरना होता है। यदि तुम निर्भय होकर इसमें रुके रहे, तो शीघ्र ही तुम अपनी आवाज को जो लंबे समय से दमित है, सुनना आरंभ कर देते हो। शीघ्र ही तुम इसकी भाषा सीखना आरंभ कर दोगे, क्योंकि तुम इसकी भाषा ही भूल चुके हो। तुम वही भाषा जानते हो जो तुम्हें सिखाई गई है। और यह भाषा, अंदर की भाषा, शाब्दिक नहीं होती। अनुभूतियों की भाषा है यह। और सभी समाज अनुभूतियों के विरोध में हैं; क्योंकि अनुभूति एक जीवंत घटना है, यह विद्रोही है। विचार मृत होता है, यह विद्रोही नहीं होता। अतः प्रत्येक समाज ने तुम्हें सिर में रहने को बाध्य किया है, तुम्हें तुम्हारे सारे शरीर से निकाल कर सिर में धकेल दिया है।

तुम केवल सिर में जीते हो। यदि तुम्हारा सिर काट दिया जाए और तभी अचानक तुम अपने बिना सिर के शरीर को देखो, तो तुम इसको पहचान नहीं सकोगे। केवल चेहरे ही पहचाने जाते हैं। तुम्हारा सारा शरीर सिकुड़ चुका है, नरमी, कांति, तरलता खो चुका है। यह एक लकड़ी के लट्ठे की भांति लगभग मृत वस्तु है। तुम इसका उपयोग करते हो, कार्यात्मक रूप में यह चलता रहता है लेकिन इसमें कोई जीवन नहीं है। तुम्हारा सारा जीवन सिर में समा गया है। वहां अटक गया है, तुम मृत्यु से भयभीत हो क्योंकि तुम्हारे रहने का एक मात्र स्थान, एक मात्र स्थान जिसमें तुम रह सकते हो, तुम्हारे सारे शरीर में होना चाहिए। तुम्हारे सारे जीवन को तुम्हारे सम्पूर्ण शरीर में विस्तारित और प्रवाहित होना चाहिए। इसे एक नदी, एक धारा बनना पड़ेगा।

एक छोटा बच्चा अपने जननांगों से खेलना आरम्भ करता है। तुरंत ही उसके माता-पिता चिंतित हो जाते हैं–'इसे बंद करो।' यह चिंता उनके स्वयं के दमनों से आती है–क्योंकि वे भी रोके गए थे। अचानक वे उद्विग्न हो उठते हैं एक दुश्चिंता उनमें उठती है, क्योंकि उन्हें कुछ बातें सिखाई गई थीं कि ऐसा करना गलत है। उन्हें कभी अपने जननांगों को नहीं छूने दिया गया। बच्चे को कैसे इसकी अनुमति हो? वे बच्चे को उसके जननांग न छूने के लिए बाध्य करते हैं, वे बच्चे को दंडित करते हैं।

बच्चा क्या कर सकता है? वह यह नहीं समझ पाता कि जननांगों में गलत क्या है? वे उसके हाथों उसकी नाक, उसके पांवों के अंगूठों की भांति ही उसका एक अंग हैं, वह अपने शरीर के हरेक स्थान को छू सकता है, किंतु जननांगों को नहीं। और यदि वह बारंबार दंडित किया जाता है तो निःसंदेह अपनी ऊर्जा

को वह जननांगों से बलात वापस भेजना आरंभ कर देता है। इसे वहां प्रवाहित नहीं होने देना चाहिए क्योंकि अगर यह उस ओर प्रवाहित होती है तो वह उनसे खेलना चाहता है। और यह सुखद है, और कुछ भी गलत नहीं है, बच्चा यह देख नहीं पाता कि इसमे गलत क्या है। वास्तव में यह शरीर का सबसे सुखदायी अंग है।

लेकिन मां-बाप भयभीत हैं, और बच्चा उनके चेहरे और उनकी आंखें देख सकता है : अचानक ही– वे सामान्य व्यक्ति थे–जिस क्षण वह अपने जनन अंगों को स्पर्श करता है वे असामान्य बन जाते हैं, लगभग पागल से। उनमें कुछ इतनी कठोरता से बदलता है कि बच्चा भी भयभीत हो जाता है–कुछ न कुछ गलती अवश्य होनी चाहिए इसमें। यह कुछ न कुछ गलत माता-पिता के मन में है, बच्चे के शरीर में नहीं है, लेकिन बच्चा कर ही क्या सकता है?

इस स्थिति को, इस घबड़ाहट भरी परिस्थिति को दर-किनार करने भर से ही, सर्वाधिक सुंदर अनुभूतियों में से एक को इतनी गहराई तक दमित किया गया है कि स्त्रियों ने चरम सुख, ऑर्गाज़्म को अनुभव ही नहीं किया है। भारत में स्त्रियां अभी भी नहीं जानतीं कि चरम सुख क्या है। उन्होंने इसके बारे में कभी सुना ही नहीं है; वास्तव में वे यही जानती हैं कि यौनानंद पुरुषों के लिए है, स्त्रियों के लिए नहीं। बेहूदी बात है यह, क्योंकि परमात्मा उग्र पुरुषवादी नहीं है, और वह पुरुषों के पक्ष और स्त्रियों के विरोध में नहीं है। उसने एक समान रूप से प्रत्येक को दिया है। लेकिन लड़कियों पर लड़कों की तुलना में अधिक रोकथाम की जाती है, क्योंकि समाज पुरुष-प्रधान है। अतः उनका कहना है, लड़के तो लड़के हैं, अगर तुम उन्हें रोक दो, तब भी वे कुछ न कुछ तो कर ही लेंगे। लेकिन लड़कियां, उन्हें तो संस्कृति, नैतिकता, शुद्धता, कौमार्य का प्रतिमान बनना पड़ता है। उन्हें अपने जननांगों को छूने की जरा भी अनुमति नहीं है। इसलिए बाद में चरम सुख उपलब्ध करना कैसे संभव है, क्योंकि ऊर्जा उस रास्ते जाती ही नहीं है?

और क्योंकि ऊर्जा उस रास्ते नहीं जाती है, हजारों समस्याएं उठ खड़ी होती हैं। स्त्रियां उन्मादी, हिस्टेरिकल हो जाती हैं। पुरुष यौन से अत्यधिक ग्रसित हो जाते हैं। स्त्रियां करीब-करीब उदास और अवसादग्रस्त हो जाती हैं, क्योंकि वे काम-अनुभव का आनंद नहीं ले सकतीं, इसके करीब-करीब विरोध में हो जाती हैं। और पुरुष यौन में बहुत अधिक रुचि रखने लगते हैं, क्योंकि सारे अनुभवों में कुछ न कुछ छूट जाता है। पुरुष यह अनुभव करता रहता है कि वह कुछ चूक रहा है, कुछ चूक रहा है, अतः और अधिक काम-अनुभव में उतरूं, इसे कई स्त्रियों के साथ करूं। यह समस्या नहीं है। तुम एक के साथ चूकते जाओगे; तुम अनेक के साथ चूकते जाओगे। समस्या तुम्हारे भीतर है : तुम्हारी ऊर्जा जननांगों के द्वारा प्रवाहित नहीं हो रही है।

और इस ढंग से, सारी ऊर्जा धीरे-धीरे सिर में धकेल दी जाती है। हमारे पास हेड क्लर्क, हेड

सुपरिनटेंडेंट, हेड मास्टर जैसे शब्द हैं, सभी हेड्स हैं। 'हैंड्स' का प्रयोग श्रमिकों के लिए होता है। 'हेड्स, प्रधान, श्रेष्ठतर लोग हैं–राज्यों के 'हेड्स।' 'हैंड्स' मात्र हाथों से काम करने वाला, महत्वहीन। भारत में ब्राह्मण 'हेड्स' हैं। और बेचारे शूद्र तो हाथ भी नहीं हैं–पांव, पैर हैं। हिंदू शास्त्रों में ऐसा कहा गया है कि परमात्मा ने ब्राह्मणों को सिर के रूप में और शूद्रों को पैर के रूप में रचा है और क्षत्रियों, योद्धाओं को, बांहों, हाथों, शक्ति तथा व्यापारियों, वैश्यों को पेट की भांति रचा है। लेकिन ब्राह्मण सिर हैं।

सारा संसार ब्राह्मण बन गया है। यही समस्या है–प्रत्येक व्यक्ति सिर में जी रहा है, और सारा शरीर संकुचित हो गया है। जरा कभी दर्पण के सामने खड़े होकर देखो कि तुम्हारे सारे शरीर को क्या हो गया है। तुम्हारा चेहरा बहुत जीवंत लगता है, जीवन की लालिमा से आलोकित, लेकिन तुम्हारा सीना?–सिकुड़ा हुआ। तुम्हारा पेट?–लगभग यंत्रवत, यांत्रिक ढंग से कार्य करता चला जाता है। तुम्हारा शरीर...

यदि लोग नग्न खड़े हों, उनके शरीरों को देख कर ही तुम जान सकते हो कि अपने जीवन में वे किस ढंग का कार्य कर रहे हैं। यदि वे श्रमजीवी हैं, उनके हाथ जीवंत, मांसल होंगे। यदि वे सिर का उपयोग करने वाले–बुद्धिजीवी, प्रोफेसर्स, उप-कुलपति और उस प्रकार के बकवासी लोग हैं–तब तुम उनके सिरों को बहुत प्रभापूर्ण, लालिमायुक्त देखोगे। यदि वे पुलिसवाले या डाक बांटने वाले हों, तो उनकी टांगें बेहद मजबूत होंगी। लेकिन तुम किसी के पूरे शरीर, सारे शरीर को एक सा विकसित नहीं देखोगे, क्योंकि कोई भी व्यक्ति एक संपूर्ण जैविक इकाई की भांति नहीं जी रहा है।

व्यक्ति को एक समग्र जैविक इकाई की भांति जीना चाहिए। संपूर्ण शरीर पर पुनः ध्यान दिया जाना है। क्योंकि पैरों के द्वारा तुम पृथ्वी के संपर्क में हो, तुम्हारा पृथ्वी से गहन संवाद होता है–यदि तुम अपनी टांगों और उनकी शक्ति से असंबद्ध हो और वे मुर्दा अंग बन कर रह गई हैं, तो अब पृथ्वी से तुम्हारा संबंध विच्छेद हो चुका है। तुम उस वृक्ष जैसे हो जिसकी जड़ें मृत या सड़ी हुई, कमजोर हो चुकी हैं; अब यह वृक्ष अधिक समय जीवित नहीं रह पाएगा और समग्रता से स्वस्थ होकर पूर्णतः जी न सकेगा। तुम्हारे पैरों को पृथ्वी में जड़ें जमाने की जरूरत है, वे ही तुम्हारी जड़ें हैं।

कभी एक छोटा सा प्रयोग करो। कहीं भी समुद्र के किनारे नदी के तट पर नग्न हो जाओ, बस धूप में नग्न–और कूदना, धीरे-धीरे दौड़ना, और अपनी ऊर्जा को अपने पैरों से, अपनी टांगों द्वारा पृथ्वी में प्रवाहित होते हुए महसूस करो। धीरे-धीरे दौड़ते रहो और टांगों के माध्यम से अपनी ऊर्जा को पृथ्वी में जाता हुआ अनुभव करो। फिर कुछ मिनट धीरे-धीरे दौड़ने के बाद बस शांत होकर पृथ्वी में जड़ें जमा कर खड़े हो जाओ, और बस पृथ्वी के साथ अपने पैरों का एक संवाद का अनुभव करो। अचानक तुम्हें पृथ्वी

के साथ अपनी जड़ों का गहन जुड़ाव का गहरा और ठोस अनुभव होगा। तुम देखोगे, पृथ्वी संवाद करती है; तुम देखोगे, तुम्हारे पैर संवाद करते हैं, पृथ्वी और तुम्हारे मध्य एक वार्तालाप हो रहा है।

यह जुड़ाव खो चुका है। लोगों की जड़ें उखड़ चुकी हैं, वे अब जुड़े हुए नहीं रहे। और तब वे जी नहीं पाते। क्योंकि जीवन सारे शरीर से संबद्ध है केवल सिर से नहीं।

पश्चिम में कुछ वैज्ञानिक प्रयोगशालाओं में वे कुछ प्रयोग कर रहे हैं जहां कि कुछ सिरों को जीवित रखा गया है। एक बंदर का सिर उसके शरीर से काट लिया गया, उसे कुछ ऐसे यांत्रिक उपकरणों से जोड़ा गया जो शरीर की भांति कार्य करते हैं। सिर सोचता रहता है, स्वप्न देखता रहता है। सिर इससे प्रभावित नहीं हुआ, जरा भी नहीं।

जो घटना घटी है, वह यही तो है। पश्चिम की कुछ प्रयोगशालाओं में ही नहीं, हरेक आदमी के साथ यही घटा है। तुम्हारा सारा शरीर एक यांत्रिक चीज बन कर रह गया है, केवल तुम्हारा सिर ही जीवित है। यही कारण है कि सिर में इतनी ज्यादा आपाधापी, इतने सारे विचार, इतना अधिक सोच-विचार है। लोग मेरे पास आते हैं और कहते हैं, इसको कैसे रोकें? किस भांति इसे रोकें यह समस्या नहीं है। समस्या है कि इसको सारी देह में किस प्रकार प्रसारित किया जाए। निःसंदेह यह बहुत अधिक भरा है क्योंकि सारी ऊर्जा वहीं है—और यह इतनी अधिक ऊर्जा वहन करने में समर्थ नहीं, इसीलिए तुम पगला जाते हो, तुम बहक जाते हो।

पागलपन हमारी संस्कृति द्वारा उत्पन्न एक रोग है; यह सांस्कृतिक बीमारी है। पृथ्वी पर कुछ ऐसी आदिम संस्कृतियां रही हैं जहां पागल आदमी हुए ही नहीं, जहां विक्षिप्तता कभी थी ही नहीं। और अब भी तुम इसे देख सकते हो, उन समाजों में जो आर्थिक रूप से बहुत समृद्ध नहीं है, शैक्षिक स्तर पर जहां सार्वभौमिक शिक्षा की आपदा अभी तक नहीं आई है, जहां लोग अब भी मात्र अपने सिरों में ही नहीं है बल्कि अन्य अंगों में भी हैं—भले ही आंशिक रूप में हों, लेकिन फिर भी कहीं ऊर्जा का कुंड होता है, पैरों में हो, पेट में ऊर्जा का कुंड हो—भले ही वे उसके संपर्क में नहीं हैं, असंबद्ध कुंड हैं, लेकिन फिर भी ऊर्जा कहीं न कहीं फैली हुई है—सब ओर फैली हुई है—भलीभांति वितरित है, तो पागलपन कभी-कभार ही घटता है। जितना अधिक कोई समाज सिर-उन्मुख हो जाता है उतना ही पागलपन।

यह इस प्रकार है कि एक सौ दस वोल्ट के तार से तुम एक हजार वोल्ट की बिजली प्रवाहित करने का जबरन प्रयास करो—तो हर चीज छिन्न-भिन्न हो जाएगी। सिर को भली प्रकार से कार्य करने कि लिए ऊर्जा की अल्प मात्रा की आवश्यकता है। सिर में अत्यधिक ऊर्जा, फिर वह निरंतर कार्यरत रहता है, इसे पता नहीं कब रुकना है, क्योंकि ऊर्जा को विसर्जित कैसे किया जाए? यह सोचता है, विचारता है, विचार

करता चला जाता है, और स्वप्न पर स्वप्न देखता रहता है दिन-रात, साल दर साल व्यतीत होते जाते हैं, सत्तर वर्ष तक। जरा सोचो तो। बस इतना ही है तुम्हारा जीवन।

निस्संदेह व्यक्ति बुढ़ापे से भयभीत हो जाता है। समय गुजर रहा है। असंदिग्ध रूप से व्यक्ति स्वभावतः मृत्यु से भयभीत हो जाता है। मृत्यु किसी भी क्षण आ सकती है। और तुम बस सिर में चक्कर काट रहे हो। किसी और स्थान पर तो तुम गए ही नहीं, जीवन का सारा परिक्षेत्र अस्पर्शित ही रह गया।

जीयो अपने सारे शरीर में गतिशील हो। इसे गहन प्रेम से स्वीकारो अपने शरीर के साथ करीब-करीब प्रेम में ही पड़ जाओ। यह एक दिव्य भेंट, वह मंदिर है जहां परमात्मा ने बसने का निर्णय लिया है। फिर वृद्धावस्था का कोई भय नहीं रहेगा; तुम परिपक्व होने लगोगे। तुम्हारे अनुभव तुम्हें परिपक्व करेंगे, फिर वृद्धावस्था एक रोग की भांति नहीं होगी, यह एक सुंदर घटना होगी। सारा जीवन इसी के लिए तैयारी है। यह रुग्णता कैसे हो सकती है? सारे जीवन तुम इसकी ओर अग्रसर हुए हो। यह शिखर है, वह अंतिम गीत और नृत्य जो तुम संपन्न करने जा रहे हो।

और कभी किसी चमत्कार की प्रतीक्षा मत करो। तुम्हीं को कुछ करना पड़ेगा। मन कहता है कि ऐसा कुछ या वैसा कुछ होगा और फिर सब कुछ ठीक हो जाएगा। यह इस प्रकार से नहीं होने जा रहा है। चमत्कार नहीं घटते।

मैं एक कहानी सुनाता हूं:

एक दुर्घटना में एबी की दोनों टांगें टूट गईं। हड्डियां जोड़ दी गईं और एबी ने जिम्मेवार बीमा कंपनी पर क्षतिपूर्ति के लिए दावा दायर कर दिया। उसका आरोप था कि वह सदा के लिए अपाहिज हो गया है और अब उसे सारी जिंदगी व्हील चेयर पर गुजारनी पड़ेगी। बीमा कंपनी ने परिस्थिति का जायजा लेने के लिए शल्य चिकित्सकों को नियुक्त किया। उन्होंने रिपोर्ट दी कि हड्डियां पूरी तरह से ठीक हो चुकी हैं, कि एबी कोहेन अब चलने में समर्थ हैं, और वे केवल बहानेबाजी कर रहे हैं। फिर भी जब यह मुकदमा अदालत में पहुंचा तो न्यायाधीश को व्हील चेयर पर बैठे इस बेचारे पर दया आ गई और उसने क्षतिपूर्ति के रूप में दस हजार पाउंड की राशि दिए जाने का आदेश कर दिया। एबी अपने लिए चैक लेने व्हील चेयर से ही मुख्यालय पहुंचा।

मिस्टर कोहेन, मैनेजर ने कहा, यह मत सोचना कि तुम बच कर निकल जाओगे। हम जानते हैं कि तुम बहानेबाजी कर रहे हो। और मैं तुम्हें बता दूं कि हम तुम्हारे लिए एक बड़ी रिपोर्ट तैयार कर रहे हैं। रात-दिन हम तुम्हारे ऊपर निगाह रखने वाले हैं। हम तुम्हारे फोटो खींचते रहेंगे और अगर हमने सबूत पेश कर दिया कि तुम चल-फिर सकते हो, तो न केवल तुम्हें क्षतिपूर्ति वापस करनी होगी बल्कि झूठी शपथ लेने का परिणाम भी भुगतना होगा।

मिस्टर मैनेजर, मैं तो सदा के लिए अपंग होकर इस व्हील चेयर में बैठ गया हूं।

बहुत अच्छा, यह रहा दस हजार पाउंड का चैक, आप इससे क्या करने का इरादा रखते हैं?

अच्छा, मिस्टर मैनेजर, मैं और मेरी पत्नी, हम दोनों हमेशा से भ्रमण करना चाहते थे। इसलिए हम नार्वे के ऊपरी भाग से यात्रा आरंभ करेंगे और स्कैन्डिनेविया (प्रभाव डालने के लिए उसने अपनी अंगुली से नीचे संकेत किया) से गुजर कर, फिर स्विटजरलैंड, इटली, ग्रीस–और मुझे तुम्हारे एजेंट और जासूस जो कि मेरा पीछा कर रहे होंगे, की जरा भी फिकर नहीं है; मैं तो अपाहिज हुआ अपनी कुर्सी पर बैठा रहूंगा–तो स्वाभाविक है कि हम इजरायल जा रहे होंगे, फिर ईरान और भारत और इसे पार करते हुए (उसने अंगुली से प्रभाव डालने के लिए संकेत किया) जापान और तब फिलीपाइंस–और मैं तो अभी भी व्हील चेयर पर होऊंगा, इसलिए मुझे तुम्हारे जासूसों की जो अपने कैमरे लेकर मेरा पीछा कर रहे हैं, कोई चिंता नहीं है, और वहां से हम आस्ट्रेलिया के आर-पार जाएंगे और फिर दक्षिण अमरीका और वहां से सीधे मैक्सिको पहुंचेंगे (उसने रास्ते को संकेत से बताया) और याद रहे, मैं अब भी अपाहिज होकर व्हील चेयर पर बैठा हूं। इसलिए तुम्हारे जासूसों का उनके कैमरों के साथ क्या उपयोग रहा?–फिर कनाडा। और वहां से हम फ्रांस को पार करते हुए लॉर्डस नामक स्थान को देखने जाएंगे, और वहां तुम देखोगे–एक चमत्कार।

लेकिन असली जीवन में चमत्कार नहीं घटते। तुम्हारे लिए कोई लॉर्डस नहीं है। अगर तुम अपंग हो तो तुम्हीं को कुछ करना पड़ेगा–क्योंकि यह तुम्हीं हो जिसने, कुछ ऐसी बात स्वीकार करके जो नितान्त मूढ़तापूर्ण है, स्वयं को अपंग कर लिया है।

फिर भी मैं जानता हूं कि तुम्हें इसे स्वीकारना पड़ा है। जीवित रहने के लिए तुम मृत रहने का निर्णय करते हो। जिंदा रह पाने के लिए तुमने अपने अस्तित्व को बेच दिया है।

किंतु अब उस मूढ़ता की बात को जारी रखने की कोई आवश्यकता नहीं है। तुम इससे बाहर हो सकते हो।

प्रश्न: अधिक समय तो मैं कामुक अनुभव करता रहता हूं, और मेरी आंखें दूसरे की खोज करती रहती हैं। और मैं मन में भी बहुत अधिक बना रहता हूं। जहां तक मैं स्वयं को समझता हूं, ये तीन ही मेरी मूलभूत समस्याए हैं। मैं इन समस्याओं की बदलियों से घिरा रहता हूं, इसलिए जैसे मुझे आपको सुनना चाहिए, उस प्रकार से नहीं सुन पाता हूं, कृपया मुझे मार्ग दिखाएं।

ये समस्याए नहीं हैं। तुमने इनको समस्याएं बना लिया है। और एक बार तुम एक सरल बात को भी समस्या की तरह देख लो, यह समस्या बन जाती है–यह है नहीं। यह तुम्हारी दृष्टि, तुम्हारा देखने का ढंग है।

'अधिक समय तो मैं कामुक अनुभव करता रहता हूं, और मेरी आंखें दूसरे की खोज करती रहती हैं।'

तो इसमें क्या समस्या है? समस्या कहां है? यह तो इस प्रकार हुआ कि कोई भूखा व्यक्ति भोजन के बारे में सोचता है और रेस्तरांओं की खोज करता रहता है। इसमें गलत क्या है? क्या तुम कहोगे कि वह समस्याग्रस्त है और उसे इससे बाहर निकलना ही है? यदि वह समस्या से बाहर आता है तो वह मर जाएगा, उसे भोजन खोजना ही है। प्रेम भोजन है, एक अति सूक्ष्म भोजन।

'अधिकतर समय तो मैं कामुक अनुभव करता हूं, और मेरी आंखें दूसरे की खोज करती रहती हैं।'

स्वाभाविक है। तुम भोजन खोज रहे हो, और तुम भूखे हो। लेकिन लोगों ने तुमको पढ़ाया है कि कामवासना समस्या है। यह समस्या नहीं है। यह शुद्ध ऊर्जा है। यह दिव्य है। इसमें समस्या जैसा तो कुछ भी नहीं है। यदि तुम ऊर्जा को स्वीकार न करो, यदि तुम इसके साथ प्रवाहित मत हो, तो तुम समस्या निर्मित कर सकते हो। और मुझे पता है, यदि तुम इसके साथ प्रवाहित हो, एक दिन तुम अतिक्रमण कर लोगे। तुम उच्चतर तल पर पहुंचोगे, तुम इस पर आरूढ़ होओगे, और तुम अधिक और अधिक ऊंचाइयों पर पहुंचोगे। यह एक सुंदर ऊर्जा है, जो तुम्हें परम आत्यंतिक तक ले जा सकती है, लेकिन अगर तुम इसमें से समस्या बना लो तो तुम इससे सदा-सदा के लिए ग्रसित रहोगे। और जितना अधिक तुम इसके साथ संघर्ष करोगे उतना ही अधिक कामवासना और काम-ऊर्जा तुम पर पलट वार करेगी। इसे पलट वार करना पड़ता है, क्योंकि यह जीवन संरक्षक ऊर्जा है।

तुम काम-ऊर्जा से निर्मित हो। अगर तुम्हारे माता-पिता ने सोचा होता कि यह समस्या है, तो तुम यहां नहीं होते। तुम इसी समस्या से आए हो, तुम्हारा अस्तित्व इसी समस्या के कारण है। क्योंकि तुम्हारे माता-पिता समस्या नहीं सुलझा सके, इसीलिए तुम यहां हो।

मेरे देखने में आया है कि जो व्यक्ति कामवासना को समस्या की तरह देखता है, कभी अपने माता-पिता के प्रति सम्मानपूर्ण नहीं हो सकता। वह कैसे सम्मान करे? जरा देखो। यह तो सीधा सा गणित है। तुम अपने पिता के प्रति सम्मानपूर्ण कैसे हो सकते हो? वे तुम्हारी मां के साथ कुछ गंदा व्यवहार कर रहे थे। वस्तुतः तुम तो उस व्यक्ति की तुरंत हत्या कर देना चाहोगे। और तुम अपनी मां का सम्मान कैसे कर सकते हो? वह भी एक कामुक व्यक्ति थी, जैसे कि कोई दूसरी स्त्री, एकदम पशुवत। तुम अपनी मां के चरण स्पर्श कैसे कर सकते हो? असंभव। जब तक तुम कामवासना को एक भेंट, एक दिव्य भेंट के रूप में न स्वीकारो, तुम अपने पिता और माता का सम्मान नहीं कर सकते।

गुरजिएफ अपने शिष्यों से कहा करता था: उसने इसे अपने घर पर लिख रखा था, कि जब तक तुम अपने पिता और माता का सम्मान नहीं करते, यहां प्रवेश मत करो। और गुरजिएफ जैसा व्यक्ति भी

लिखने के लिए इससे श्रेष्ठ और कुछ न पा सका? 'यदि तुम अपने पिता और माता का सम्मान नहीं करते हो, तो यहां प्रवेश मत करो।' लेकिन उसने एक सरल ढंग से बहुत बातें कह दी हैं। केवल वही व्यक्ति जो काम-ऊर्जा को पूरी तरह से स्वीकार करता है अपने पिता और माता का सम्मान कर सकता है। अन्यथा तो तुम दिखावा कर सकते हो, तुम सम्मान नहीं कर सकते।

और यदि तुम सोचते हो कामवासना एक समस्या है, कोई बीमारी है, जिससे तुम्हें छुटकारा पाना है, तो क्या तुम अपने बच्चों से प्रेम कर पाओगे? तुम अपने बच्चों से कैसे प्रेम कर सकते हो? वे एक समस्या से, एक रोग से, आए हैं। तुम उनसे घृणा करोगे। तुम दिखावा कर सकते हो कि तुम उन्हें प्रेम करते हो लेकिन तुम जानते हो कि वे तुम्हारी समस्या की अभिव्यक्तियां हैं। वे सदैव तुम्हें एक कामुक व्यक्ति की तरह इंगित करेंगे। वे संसार में एक प्रमाण की तरह जाएंगे कि तुम पशुवत थे, कि तुम कामवासना के पार नहीं जा पाए थे। वे एक प्रमाण होंगे, तुम्हारा स्तर से नीचे गिरे होने का स्थायी प्रमाण।

नहीं, मैं तुमसे कहना चाहूंगा कि कामवासना समस्या नहीं है। यह एक शुद्ध ऊर्जा है। और यदि तुम इससे बचते हो, तो निःसंदेह तुम सदैव खोजते रहोगे। तब यह एक मनोग्रस्तता बन जाएगी। फिर तुम पूर्णतः इससे ग्रसित हो जाओगे और यह एक विकृति बन जाएगी। तब जो कुछ भी तुम देखोगे, तुम्हें उसमें कामवासना ही दिखाई पड़ेगी, और कुछ भी नहीं। और तुम इतने ग्रस्त हो सकते हो कि तुम पागल हो सकते हो।

फ्रायड ने कहा कि पागल होने वाले सौ लोगों में से कम से कम नब्बे लोग निश्चित रूप से कामवासना–दमित काम के क़ारण पागल होते हैं। कामवासना को समझा जाना है, इसे सृजनात्मक रूप से उपयोग करना है। यह जाग्रत जीवन, अग्नि, जीवंतता है। तुम्हारा निर्माण इसी से हुआ है, प्रत्येक व्यक्ति इसी से निर्मित है।

इससे बचने के लिए ईसाई लोग यह सिद्ध करने का प्रयास करते रहे कि जीसस का अवतार 'कुंवारी' मेरी से हुआ है–इसी बात से बचने के लिए कि जीसस कैसे सामान्य काम से संबंध से अवतरित हो सकते हैं। और उन्हें पता है कि वे इस बात को प्रमाणित करने में सभी सफल नहीं हो सके हैं।

मैं एक कहानी पढ़ रहा था:

एक सुंदर युवा स्त्री एक चिकित्सक के पास आई। चिकित्सक ने उसकी जांच की और बोला: मिस आप गर्भवती हैं?

वह स्त्री बोली: नहीं, कभी नहीं, ऐसा नहीं हो सकता, यह असंभव है। मैंने तो कभी किसी पुरुष का संसर्ग किया ही नहीं, इसलिए ऐसा कैसे हो सकता है?

चिकित्सक बोला: लेकिन यह तो निश्चित तथ्य है।

उस स्त्री ने इनकार किया, वह बोली: यह असंभव है, ऐसा नहीं हो सकता। मेरा किसी पुरुष से कभी साथ हुआ ही नहीं।

तब वह चिकित्सक बोला: ठहरिए, मुझे अपना सामान बांध लेने दें। मैं आपके साथ चल रहा हूं।

वह स्त्री बोली: क्यों? किसलिए?

उसने कहा: इस बार मैं चूकूंगा नहीं। मैंने सुना है कि पूर्व से 'वर्जिन मेरी' का दर्शन करने तीन विद्वान आए थे। इस बार मैं चूकूंगा नहीं, मैं आ रहा हूं, मैं उन तीन विद्वानों को देखना चाहता हूं।

बस एक घबड़ाहट भरी परिस्थिति से बचने के लिए ही—जीसस! एक कामुक प्रेम संबंध से जन्म लें? लेकिन यह अनुयायियों की मूढ़ता ही दर्शाता है।

हमने भारत में कभी ऐसा नहीं किया। हम बुद्ध, महावीर, राम, कृष्ण सभी को काममय प्रेम संबंध से जन्मा हुआ स्वीकार करते हैं। हमने इस भाषा में कभी नहीं सोचा कि काम पाशविक है। बुद्ध का जन्म भी इसी से होता है। हमें पता है कि कमल उस कीचड़ से बहुत अलग है जिससे यह आता है, लेकिन यह कीचड़ से आता है। कीचड़ का सम्मान करना पड़ता है, वरना सारे कमल खो जाएंगे। हां, पानी गंदला है लेकिन तुम्हें इसमें जीना है, तुम्हें इसमें होकर गुजरना है, तुम्हें इससे पार जाना है, इसके ऊपर, कहीं दूर, कमल की भांति खिलना है। कोई कल्पना भी नहीं कर सकता कि कमल गंदले कीचड़ से आता है। यह परिवर्तित रूप है, यह उत्क्रांति है।

पतंजलि का पूरा प्रयास यही है: तुम्हें बताना कि काम-केंद्र से सहस्रार तक यह वही ऊर्जा है, नये रूपांतरणों से गुजरती हुई, हरेक चक्र पर एक नया दृष्टिकोण, एक नई संभावना, नये पंख, खिलती हुई और-और पंखुड़ियां। काम-केंद्र पर एक कमल है—चार पंखुड़ियों वाला कमल, लेकिन कमल है। भले ही चार पंखुड़ियों वाला हो, किंतु फिर भी कमल ही है। सहस्रार पर यह सहस्र दल कमल बन जाता है, लेकिन फिर भी है तो कमल ही—एक हजार पंखुड़ियों वाला, जैसे कि लाखों सूर्यों और चंद्रमाओं का मिलन हो रहा है। ऊर्जा का एक महत संलयन और संश्लेषण, लेकिन उसी ऊर्जा का। वही ऊर्जा आयुष्मान हो गई है, विकसित हुई है, खिल उठी है।

इसलिए मैं तुमसे जो पहली बात कहना चाहूंगा: कृपा करके कामवासना को समस्या की भांति मत देखो। यह समस्या नहीं है। अन्यथा यह समस्या बन जाएगी।

अगर कुछ मूढ़ शिक्षाओं के कारण, जो तुम्हारे ऊपर थोप दी गई हैं, और तुम उनके लिए संस्कारित हो चुके हो, तुम अपने जीवन में इससे बचना चाहते हो तो यह समस्या बन जाएगी। यह तुम्हारा पीछा करेगी। यह करीब-करीब प्रेत बन जाएगी, सदा तुम्हारे साथ रह कर तुमसे बातचीत करती रहेगी। यह एक अंदरूनी वार्ता बन जाएगी और तुम हर ओर देख रहे होगे, हर ओर, गहरे में अतृप्त आत्मा के साथ। तुम

करीब-करीब एक भिखमंगे बन जाते हो, भीख ही भीख मांगते हुए और दोषी अनुभव करते हुए, लगभग किसी अपराधी की तरह बुरा अनुभव करते हुए। केवल एक दृष्टिकोण के कारण। ऐसा प्रतीत होता है कि तुम धार्मिक लोगों से, चर्च से, मंदिर से, पुरोहित से, अत्याधिक प्रभावित रहे हो।

मैं तुमसे एक कहानी कहना चाहता हूं:

एक पुराने अनुभवी चिकित्सक ने, जिसका पुत्र अभी मेडिकल कॉलेज से स्नातक हुआ था, उसे अपने व्यवसाय के बारे में कुछ टिप्स देने का निर्णय लिया। एक दिन उसका पुत्र भी अस्पताल के राउंड पर निकले अपने चिकित्सक पिता के साथ था। जिस पहले रोगी को उन्होंने देखा, उसे उसके पिता ने धूम्रपान में कमी लाने को कहा।

आप इस निष्कर्ष पर किस प्रकार पहुंचे? पुत्र ने पूछा।

बस जरा उसके कमरे में चारों ओर निगाह तो दौड़ाओ, और देखो सिगरेट के कितने सारे टोंटे पड़े हैं, उसका उत्तर था।

दूसरे रोगी को इतनी अधिक चॉकलेट न खाने के लिए कहा गया। पुनः वह नया चिकित्सक विस्मित हुआ, कैसे जाना? वह बोला।

तुम देखते ही नहीं हो, पिता ने कहा, यदि तुमने देखा होता तो तुमने उस स्थान पर चारों ओर पड़े चॉकलेट के बहुत सारे खाली बाक्स देख लिए होते।

मैं सोचता हूं कि आपकी बात मेरी समझ में अब आ चुकी है, पुत्र ने कहा। अगले रोगी को मुझे देखने दें।

उस महिला से जो तीसरी रोगी थी, पुत्र ने चर्च, धर्म और पादरियों से परहेज करने को कहा। आश्चर्यचकित पिता ने अपने पुत्र से पूछा कि वह विचित्र निष्कर्ष पर कैसे पहुंचा, क्योंकि वार्तालाप में तो चर्च का कहीं उल्लेख तक नहीं हुआ था और उस स्थान पर चारों ओर कहीं चर्च हो भी नहीं सकते।

ठीक है पिताजी, यह इस प्रकार से हुआ, पुत्र ने कहा, आपने ध्यान दिया कि मैंने थर्मामीटर गिरा दिया था? जब मैं इसको उठाने के लिए नीचे झुका तो मुझको पलंग के नीचे धर्म-उपदेशक लेटा हुआ दिखाई पड़ा।

यही है जो मैं देखता हूं: तुम्हारे पलंग के नीचे धर्म-उपदेशक है, तुम्हारे पलंग के ऊपर एक धर्मोपदेशक है, उस स्थान पर चारों ओर मंदिर और चर्च हैं। इनको त्यागो, थोड़ा और मुक्त हो जाओ।

'अधिक समय तो मैं कामुक अनुभव करता हूं, और मेरी आंखें दूसरे की खोज करती रहती हैं। और मन में भी बहुत अधिक बना रहता हूं।'

यही होगा तुम्हारे साथ। क्योंकि यदि तुम कामवासना से लड़ोगे तो और कहां जाओगे। तब सारी

कामवासना एक मानसिक वस्तु बन जाएगी। फिर यह सिर में चली जाएगी। फिर तुम इसके बारे में सोचोगे, कल्पना करोगे, इसके स्वप्न देखोगे। और वे सपने संतुष्ट नहीं कर सकते क्योंकि खाने के बारे में कोई स्वप्न संतुष्ट नहीं कर सकता। तुम खाने के बारे में कल्पनाएं और राजाओं के महलों से प्राप्त निमंत्रण के बारे में कल्पनाएं करते रह सकते हो, लेकिन इससे कोई मदद न मिलेगी। जब तुम स्वप्न से बाहर आओगे तो पुनः तुम्हें भूख अनुभव होगी, कुछ ज्यादा ही भूख। स्वप्न के बाद तुम और अधिक असंतुष्ट अनुभव करोगे—और बार-बार यही होगा, क्योंकि तुम एक वास्तविकता, जीवन के एक सत्य, एक तथ्य, जिसे स्वीकार किया जाना है, प्रयोग किया जाना है, सृजनात्मक रुप से रूपांतरित किया जाना है, से बच रहे हो।

मुझे पता है, यह संभव है कि एक दिन तुम्हारी ऊर्जा सहस्रार में चली जाएगी, लेकिन इसको एक परिपक्व ऊर्जा के रूप में गति करने दो। एक दिन तुम्हारे जीवन से कामवासना बस खो जाएगी, फिर तुम इसके बारे में नहीं सोचोगे। तब तुम्हारे लिए यह और अधिक कल्पनाचित्र नहीं रहेगी। यह बस तिरोहित हो जाएगी। जब तुमने उसी ऊर्जा के उच्चतर चरमोत्कर्ष को उपलब्ध कर लिया है तो निम्नतर चरम सुख का कोई आकर्षण नहीं रहता। लेकिन तब तक यह मनोविलास की वस्तु बनी रहेगी।

और अगर कामवासना जननेंद्रियों में है तो यह शुभ है, क्योंकि यही वह उचित स्थान है जहां इसे होना चाहिए। यदि यह सिर में है, तो तुम उपद्रव में हो। गुरजिएफ अपने शिष्यों से कहा करता था कि यदि प्रत्येक चक्र उसी स्थान पर सक्रिय हो जहां इसे सक्रिय होना चाहिए तो व्यक्ति स्वस्थ रहता है। जब चक्र परस्पर अतिक्रमण करते हैं और उनका स्वाभाविक पथ खो जाता है और ऊर्जा ऊल-जलूल ढंग से गति करती है...अगर तुम लोगों के सिर में झरोखे बना सको तो तुम्हें वहां उनके जननांग दिखाई पड़ेंगे, क्योंकि कामवासंना वहां पहुंच गई है, और निःसंदेह यदि तुम उपद्रव में हो, तो इसमें हैरानी की कोई बात नहीं है। ऐसा होना ही है।

अपनी ऊर्जा को उसके स्वाभाविक केंद्र पर ले आओ, प्रत्येक ऊर्जा को इसके स्थान पर ले आओ। तभी यह ढंग से कार्य करती है। तब तुम अंग उपांग की समग्र क्रियाशीलता के गुंजार की ध्वनि को भी सुन सकते हो। यह एक सुव्यवस्था से क्रियारत कार की भांति है। हूं...? तुम इसे चलाते हो और तुम अपने चारों ओर इसकी गूंज की आवाज अनुभव कर सकते हो।

लेकिन जब चीजें गड़बड़ हो जाती हैं, तब निःसंदेह तुम अस्तव्यस्त उलटे-पुलटे हो जाते हो। कुछ भी वहां नहीं होता, जहां इसे होना चाहिए। हरेक चीज अपने स्वाभाविक केंद्र से खो चुकी होती है और किसी दूसरे स्थान पर अध्यारोपण करती हुई, छिपती हुई, पलायन करती हुई मिलती है। तुम एक अव्यवस्था बन जाते हो। और यही तो है पागलपन।

एक बार ऐसा हुआ :

एक पादरी मर गया और उसने स्वयं को स्वर्ग के द्वार पर खड़ा पाया। जैसे ही उसे भीतर लेने के लिए द्वार धीरे-धीरे खोला गया उसे एक अदभुत धूमधाम मालूम पड़ी, और फिर सारे सामान्य और विशिष्ट देवदूत, थलचर और नभचर स्वर्गदूत, सिंहासनारूढ़ और अधिष्ठाता, संत और धर्म के बलिदानी, ये सभी क्रमबद्ध रूप से अपने पदानुसार उसका सम्मान करने को अनुशासित ढंग से आए।

बहुत अच्छा, मैं तो गदगद हो गया, पादरी ने सेंट पीटर से पूछा, क्या स्वर्ग में आने वाले हर पादरी का आप ऐसा ही स्वागत-सत्कार करते हैं?

ओह नहीं, सेंट पीटर ने कहा, ऐसा इसलिए हुआ कि तुम यहां प्रवेश करने वाले पहले पादरी हो।

और मैं तो इस पर भी शक करता हूं। पादरी स्वर्ग में प्रवेश नहीं पा सकते क्योंकि पादरी समग्र नहीं हो सकते। तो फिर वे पवित्र कैसे हो सकते हैं? असंभव।

और तुम मुझसे पूछते हो : 'मैं इन समस्याओं की बदलियों से घिरा रहता हूं, इसलिए जैसे मुझे आपको सुनना चाहिए उस प्रकार से नहीं सुन पाता हूं। कृपया मुझे मार्ग दिखाएं।'

तुम अभी तक मार्ग-निर्देशकों से उकताए नहीं। वे ही तुम्हारी समस्या हैं। और तुम अभी तक 'चाहिए' से ऊबे नहीं हो। यही तुम्हारी पीड़ा है, सारा संताप है। सभी 'चाहिए' छोड़ दो, सारे मार्ग-निर्देशकों को हटा दो। यही एक मात्र मार्ग-निर्देशन मैं तुम्हें दे सकता हूं। पूर्णतः अकेले हो जाओ, और अपने भीतर की आवाज को सुनो। जीवन पर श्रद्धा रखो किसी और पर नहीं। और जीवन सुंदर और आंतरिक रूप से मूल्यवान है। और यदि तुम जीवन के विरोध में हर किसी को सुनते हो, तो तुम भटक जाओगे।

इसलिए मैं उसे ही सच्चा सदगुरु कहता हूं जो तुम्हें तुम्हारी भीतरी आवाज वापस देने में सहायक हो। वह तुम्हें अपनी आवाज नहीं देता है। तुम्हें तुम्हारी स्वयं की खोई हुई आवाज पुनः पा लेने में सहायता देता है। वह तुम्हें निर्देशित भी नहीं करता, वास्तव में तो वह तुमसे सारे मार्ग-निर्देशक छीन लेता है ताकि तुम स्वयं अपने मार्ग-निर्देशक बन जाओ और तुम अपने जीवन को अपने हाथों में ले सको और तुम उत्तरदायी बन सको।

बार-बार किसी से पूछना, 'मुझे क्या करना चाहिए?' यही अनुत्तरदायित्व है।

और यही कारण है कि तुम मेरे साथ सदा झंझट में महसूस करते रहते हो। तुम चाहोगे कि मैं चम्मच से निवाला तुम्हारे मुंह में रख दूं ताकि तुम्हें कुछ भी न करना पड़े। मुझे ही सब कुछ करना चाहिए। चबाना और सब कुछ और मुझे तुम्हें चम्मच से खिलाना चाहिए। यह मैं नहीं करने वाला हूं, क्योंकि यही तो दूसरों ने तुम्हारे साथ किया है और तुम्हें नष्ट कर दिया है।

मैं तुम्हें प्रेम करता हूं। मैं ऐसा नहीं कर सकता। मैं तुम्हें अत्यंत प्रेम करता हूं, मेरे लिए ऐसा कर पाना असंभव है। मैं तुम्हें उत्तरदायी, अपने जीवन का दायित्व स्वयं सम्हालने वाला बनाना चाहता हूं। तुम अपने जीवन का दायित्व कब सम्हालोगे? तुम बच्चे नहीं हो, तुम असहाय नहीं हो।

मेरी सहायता तो तुम्हें इसी प्रकार से मिलेगी, तुमको बस तुम बना कर तुमको उस दिशा की ओर गतिशील करने में सहायक होकर, जो तुम्हारी नियति है।

प्रश्न : आपने व्यक्ति के भीतर सूर्य और चंद्र के सम्मिलन और उसके पार जाने को कहा है। ऐसा प्रतीत होता है कि अपने से बाहर का जीवन-साथी होना उसके महत्व से कहीं ज्यादा उलझाव और पीड़ादायक है। जीवन-साथी होना या न होना किस प्रकार से व्यक्ति की अंतर-उन्मुखता और आध्यात्मिक विकास को बढ़ाता या घटाता है, कृपया इसे स्पष्ट करें।

प्रश्न उलझाव का नहीं है। प्रश्न अनुभव की समृद्धि का है। यह तो उलझाव भरा ही होगा। तुम अकेले उलझन में हो, जब कोई पुरुष मित्र या महिला मित्र, किसी पुरुष या स्त्री से तुम्हारा संग-साथ हो जाता है, तो निःसंदेह दो उलझे हुए व्यक्ति साथ-साथ हो जाते हैं। और यह कोई सामान्य जोड़ जैसा नहीं है, यह तो गुणा हो जाने वाला है। चीजें निश्चित रूप से उलझ जाती हैं।

लेकिन उसी जटिलता के द्वारा ही तुम्हें राह खोजनी है। यह एक चुनौती है। वह प्रत्येक स्त्री या पुरुष जिनसे तुम्हारा संपर्क होता है एक महान चुनौती है। तुम इन चुनौतियों से बच सकते हो। यही तो महात्मागण सदा से करते आ रहे हैं–संसार से पलायन, चुनौती से बच निकलना। निःसंदेह तुम अधिक स्थिरता, शांति अनुभव करोगे, तुम्हारा जीवन उलझन भरा नहीं होगा, किंतु तुम बहुत निर्धन होगे। और जब मैं कहता हूं निर्धन तो मेरा अभिप्राय है कि तुम अत्यंत अनुभवहीन अपरिपक्व होगे। क्योंकि तुम परिपक्वता कहां से पा लोगे? जीवन जो समृद्धि और अनुभव लाता है वे तुम्हें कहां से मिल जाएंगे? और कोई दूसरा रास्ता भी नहीं है–इसे खरीदा नहीं जा सकता, इसे उधार नहीं लिया जा सकता। यह कोई हिमालय में भी नहीं छिपा है कि तुम जाओ और इसे खोद कर निकाल लाओ, यह वहां नहीं है। यह जीवन में निहित है, व्यक्तियों के साथ है, यह संबंधित होने में है।

इसलिए मैं जानता हूं कि यह जटिल है, लेकिन बस जटिलताओं की खातिर यदि तुम सोचते हो कि अकेले रहना उत्तम रहेगा तो तुम्हारा अकेलापन आध्यात्मिक होने नहीं जा रहा है। यह कायर का अकेलापन होगा, बहादुर आदमी का नहीं।

मैं तुमसे एक कहानी कहना चाहूंगा :

एक व्यक्ति जिसको बहुत कम सुनाई पड़ता था, अपने चिकित्सक से मिलने गया, उसने उसका भलीभांति परीक्षण किया और बोला, सत्तर वर्ष की आयु के लिहाज से आपकी सेहत काफी अच्छी है।

क्या आप धूम्रपान करते हैं? चिकित्सक ने पूछा।

आपने क्या कहा? वृद्ध व्यक्ति ने पूछा।

मैंने पूछा, क्या आप धूम्रपान करते हैं? चिकित्सक ने जोर से कहा।

जी हां, वृद्ध व्यक्ति ने बताया।

अधिक मात्रा में? चिकित्सक ने पूछा।

कौन? वृद्ध व्यक्ति बोला।

क्या आप अधिक मात्रा में धूम्रपान करते हैं? चिकित्सक ने पूछा।

सिगरेट, सिगार और कभी-कभी पाइप, हां, मैं सारा वक्त धूम्रपान करता रहता हूं, उसने उसे बताया।

पीते हैं? चिकित्सक ने पूछा।

नौ बजे के बाद, वृद्ध व्यक्ति ने उत्तर दिया।

नहीं, नहीं, चिकित्सक ने कहा, क्या आप शराब पीते हैं?

जी हां, मैं कुछ भी पी लूंगा, वह बोला।

मेरा अनुमान है कि आप देर रात तक जागते हैं, खूब सारी पार्टियां? महिलाओं का साथ? अब तक चिकित्सक भी थोड़ा तंग आ चुका था।

निश्चित रूप से। और मैं लंबे समय तक यही कुछ करना चाहता हूं।

ठीक है, चिकित्सक ने कहा, मुझे भय है, आपको इस सब में कमी करनी पड़ेगी। क्या? वृद्ध व्यक्ति कम सुनाई पड़ने के कारण नहीं बल्कि आश्चर्य के कारण चिल्ला कर बोला!

आपको इस सब में कटौती करनी पड़ेगी, चिकित्सक ने चिल्ला कर कहा।

बस, ज्यादा बेहतर सुनने के लिए? वृद्ध व्यक्ति ने कहा, नहीं, धन्यवाद।

केवल जटिलताओं से बचने के लिए? नहीं, कभी नहीं। यह तो कायर का ढंग है। समस्याओं से कभी मत भागो। वे सहायक हैं आत्यांतिक रूप से सहायक हैं। विकास की स्थितियां हैं वे।

और यदि तुम किसी स्त्री की खोज में हो तो गौ जैसी पाने का प्रयास न करो। फिर कम जटिल हो जाएगी यह बात। एक असली स्त्री को खोजो जो तुम्हें हर तरह की झंझट में डालेगी। तभी तुम्हारे साहस की परख होगी।

एक नवयुवक ने सुकरात से पूछा, महोदय, क्या मैं विवाह करूं? और इसीलिए उसने सुकरात से

पूछा क्योंकि वह सोच रहा था कि विवाह न करना पड़े। और तब उसे यह बात पूछने के लिए बिलकुल ठीक आदमी मिल गया, क्योंकि अपनी पत्नी के कारण सुकरात ने बहुत कष्ट उठाए थे। वह सच में भयंकर थी, मगरमच्छ जैसी। वह सुकरात को पीटा करती थी, उसने उसके चेहरे पर गर्म चाय की केटली उंड़ेल दी थी और उसे जला दिया था–उसका आधा चेहरा सारे जीवन जला हुआ ही रहा। इतना सुंदर व्यक्ति, इतना सुंदर इनसान सुकरात जैसा, और उसे बहुत भयंकर स्त्री मिली थी। इसीलिए इस नवयुवक ने पूछा। सुकरात ने कहा : हां, अगर तुम मेरी बात सुनो तो विवाह कर लो। दो संभावनाएं हैं। यदि पत्नी मेरी पत्नी जैसी हो तो तुम मेरी तरह के महान दार्शनिक बन जाओगे। और यदि तुम्हें कोई सुशील पत्नी मिल गई तो निःसंदेह तुम अपने जीवन का आनंद लोगे। दोनों संभावनाएं अच्छी ही हैं।

उसने कहा : तुम मेरी तरह के एक महान दार्शनिक बन जाओगे, बस लगातार बकझक, यह ध्यान में एक बड़ी सहायता है। धीरे-धीरे व्यक्ति अनासक्त होने लगता है। उसे होना ही पड़ेगा। व्यक्ति को अनुभव होने लगता है, यह सब कुछ भ्रम है, माया है।

इसलिए जीवन में जटिलताओं से मत बचो, क्योंकि जीवन का मतलब ही है जटिलताएं। सीखो उनसे होकर गुजरो, क्योंकि विकसित होने का यही एकमात्र ढंग है।

एक आवारा व्यक्ति ने किसी का दरवाजा खटखटाया, एक लंबी-चौड़ी विशाल और कठोर चेहरे वाली स्त्री ने दरवाजा खोला।

भागो यहां से, तुम कमबख्त आवारा, वह चिल्लाई। अगर तुम गए नहीं तो मैं अपने पति को बुलाती हूं।

मैं सोचता हूं, ऐसा नहीं हो सकेगा,, वे घर में नहीं हैं, आवारागर्द ने शांतिपूर्वक उत्तर दिया।

तुमने यह कैसे जाना? स्त्री ने पूछा।

क्योंकि, आवारा व्यक्ति बोला, जब कोई आदमी तुम जैसी औरत से शादी करता है तो वह केवल खाना खाने के समय ही घर में होता है।

यह प्रश्न आलोक ने पूछा है। आलोक, किसी वास्तविक प्रचंड स्त्री को खोज लो।

प्रश्नः अब मुझको ऐसा लगता है कि जब तक कोई तैयार न हो, कुछ भी संभव नहीं है। मैं कई वर्षों से कुंजी खोज रहा था, मैंने कई बार आपसे भी पूछा, किंतु आप खामोश रहे। ओशो, एक दिन अचानक आपने मेरे हाथ में कुंजी रख दी। अब कुंजी मेरे पास है। लेकिन मैं स्वयं को ताला खोलने में असमर्थ पा रहा हूं। मेरे भीतर अवरोध हैं। कुंजी मेरे पास है, मेरे सामने ताले भी हैं, फिर भी, तब, यह क्या हो रहा है? आप उपस्थित हैं, मेरी असहाय अवस्था को देखिए। एक समय मैं सोचा करता था कि मेरे पास कुंजी

नहीं है और अशांत था, अब मेरे पास कुंजी है और मैं अधिक अशांत हूं। कृपया मेरी सहायता करें। ओशो, मैं जानता हूं कि आप सदा सहायता करते हैं, अवरोध हैं मेरे भीतर। कृपया मुझे बताएं उन्हें किस भांति हटाया जाए जिससे कि...जिससे कि...

पहली बात, जो कुंजी मैंने तुम्हें दी थी, नकली कुंजी है। क्योंकि असली कुंजी दी ही नहीं जा सकती। तुम्हें इसे अर्जित, इसे उपलब्ध करना पड़ेगा। क्योंकि तुम इस कदर मेरे पीछे पड़ गए थे, तो मैंने कहा, ठीक है, यह रखो, अब अपना सिर दीवाल से मत टकराते रहो। उस कुंजी को फेंक दो। तुम्हारे साथ कुछ भी गलत नहीं है, वह कुंजी नकली है। सारी कुंजियां नकली हैं। क्योंकि ताला तुम्हारा है। किसी और के पास से तुम्हें उसकी कुंजी कैसे मिल सकती है? तुम्हीं तो ताला हो! तुम्हें कुंजी अपने भीतर निर्मित करनी है, जिस प्रकार तुमने ताला बना लिया है।

और एक बार तुमने कुंजी बना ली, ताला विलुप्त हो जाता है; ऐसा नहीं है कि कुंजी को ही इसे खोलना पड़ता है। एक बार तुम जान लो, समस्या तिरोहित हो जाती है। ऐसा नहीं है कि समस्या का समाधान करने के लिए तुम्हें अपना ज्ञान प्रयोग करना पड़ता है। एक बार समझ आ जाए समस्या मिट जाती है। कुंजी और ताले का मिलन कभी नहीं होता। ताला वहां है ही इसलिए क्योंकि कुंजी नहीं है। जब कुंजी वहां होती है तो ताला बस खो जाता है, यह बचता ही नहीं।

और मैं कुंजी दे ही नहीं सकता। वह सारा कुछ जो उधार का है और ज्यादा झंझट पैदा करने वाला है, क्योंकि तुम तो पहले से ही जटिल हो और अब यह उधार की चीज तुम्हें और अधिक उलझनग्रस्त बना देती है।

मैंने सुना है, एक अति व्यस्त बिजनेस एक्जिक्यूटिव डाक्टर से मिलने गया, उसे बताया गया कि उस पर काम का बोझ बहुत ज्यादा है और उसे व्यायाम करना चाहिए।

एक पहिया ले लीजिए और कार में चलने के बजाय इसे चलाते हुए रोज आफिस आएं-जाएं, इससे आप नये आदमी हो जाएंगे, डाक्टर ने बताया।

तो उसने एक पहिया खरीदा और जैसा डाक्टर ने कहा था करने लगा। प्रतिदिन वह इसे चलाता हुआ जाता और कार्यावधि में उसे गैरेज में रख दिया जाता। एक शाम जब वह किसी तरह घर को चला उसे पता लगा कि पहिया खो गया है, गैरेज वाले ने कहा, किसी गलती से उसका पहिया किसी और को दे दिया गया है। लेकिन चिंता न करें श्रीमान, उसने कहा, हम बिना कोई कीमत लिए कल दूसरा ला देंगे।

एक्जिक्यूटिव बोला: कल? कल से तुम्हारा क्या मतलब है? मैं आज रात अपने घर कैसे पहुंच पाऊंगा?

यदि समझ वहां नहीं हो, तो सारी विधियां सहायक होने के स्थान पर बाधाएं बन जाती हैं।

और अगर समझ मौजूद ही नहीं और तुम मेरी आंखों से देखना शुरू कर दो तो तुम्हारी आंखें देखना बंद तो नहीं कर देंगी, वे मेरी आंखों के माध्यम से देखती रहेंगी। इससे तो बहुत उलझन होने वाली है।

एक और कहानी :

मैंने सुना है कि तुम्हारे पति ने घर की आग से पूरी की पूरी भौंहें जला डाली हैं? एक महिला ने अपनी सहेली से पूछा।

हां, उत्तर आया, लेकिन चिकित्सक ने उनका बेहतरीन इलाज किया। दरअसल उसने कुत्ते के पिछले पांव से बाल लेकर उनकी नई भौंहें प्रत्यारोपित कर दीं।'

यह तो आश्चर्यजनक है, उसकी मित्र ने कहा, अब कैसा चल रहा है?

ओह, कोई ज्यादा बुरा भी नहीं है, वह बोली, मैं तुम्हें बता दूं, अब भी उन्हें कुछ समस्या है। जब भी बिजली के खंबे के पास से गुजरते हैं तो वे भौचक्के हो जाते हैं।

प्रवचन - 5

अहंकार का अंतिम आक्रमण

योग-सूत्र

तद्वैराग्यादपि दोषबीजक्षये कैवल्यम्।।51।।

इन शक्तियों से भी अनासक्त होने से, बंधन का बीज नष्ट हो जाता है। तब आता है कैवल्य, मोक्ष।

स्थान्युपनिमन्त्रणे सङ्गस्मयाकरणं पुनरनिष्टप्रसङ्गात्।।52।।

तब विभिन्न तलों की अधिष्ठाता, अधिभौतिक सत्ताओं के द्वारा भेजे गए निमंत्रणों के प्रति आसक्ति या उन पर गर्व से बचना चाहिए, क्योंकि यह अशुभ के पुनर्जीवन की संभावना लेकर आएगा।

तद्वैराग्यादपि दोषबीजक्षये कैवल्यम्।

'इन शक्तियों से भी अनासक्त होने से, बंधन का बीज नष्ट हो जाता है। तब आता है कैवल्य, मोक्ष।'

इस संसार में ही अनासक्त होना काफी कठिन है लेकिन जब आध्यात्मिक संसार अपने द्वार खोलता है तो अनासक्त होना और भी अधिक कठिन है। दूसरी स्थिति में कठिनाई लाखों गुनी है, क्योंकि सांसारिक शक्तियां वास्तविक शक्तियां नहीं हैं। वे नपुंसक हैं और वे तुम्हें कभी संतुष्ट नहीं करतीं, वे तुम्हें कभी परितृप्त नहीं करती। वस्तुतः संसार में की गई प्रत्येक नई उपलब्धि और अधिक इच्छाएं उत्पन्न करती है। तुम्हें संतुष्ट करने के स्थान पर यह तुम्हारे मन को नये अभियानों पर भेजती है, इसलिए संसार में तुम कोई भी शक्ति उपलब्ध कर लो, तुम इसे नई इच्छाएं निर्मित करने में ही प्रयोग करते हो।

संसार में तुम चाहे जितना धन कमा लो, तुम इसका और अधिक धन पाने के लिए निवेश करते हो। फिर और धन आता है, तुम इसे और धन के लिए निवेश करते हो, और इस भांति यह चलता चला जाता है। बस साधन, साधन और साधन और साध्य कभी निकट नहीं आता। इसलिए एक मूढ़ व्यक्ति भी कभी न कभी यह जान लेता है कि वह एक दुष्चक्र में घूम रहा है और इससे बाहर आने का कोई रास्ता दृष्टिगोचर नहीं होता–सिवाय इसके कि इसे छोड़ दिया जाए। एक समझदार व्यक्ति के लिए–वह व्यक्ति जो जीवन के बारे में सोच विचार करता है, इस पर चिंतन करता है–यह बात सुस्पष्ट है।

इसलिए सांसारिक चीजों में अनासक्ति इतनी कठिन नहीं है, किंतु जब इन आंतरिक शक्तियों, मानसिक शक्तियों की बात आती है, तो वे तुम्हारे अस्तित्व के इतने निकट हैं, इतनी अधिक संतोषप्रद हैं,

कि उनसे अनासक्त रह पाना करीब-करीब असंभव सा है। लेकिन यदि तुम अनासक्त नहीं हो तो तुमने पुनः एक संसार निर्मित कर लिया और तुम परम मुक्ति से बहुत ही दूर बने रहोगे।

क्योंकि जिस पर भी तुम कब्जा करते हो, वही तुम पर अधिकार कर लेता है, अतः त्याग सम्पूर्ण, समग्र रूप से परिपूर्ण, होना चाहिए। तुम्हें प्रत्येक वह वस्तु जिस पर भी तुम्हारा स्वामित्व संभव हो, अपने निरावृत स्वभाव के अतिरिक्त, छोड़ देना पड़ेगी। जिसका त्याग न किया जा सके, केवल उसी को शेष छोड़ा जा सकता है। जिसका बलिदान किया जा सके उसका बलिदान कर देना चाहिए।

इस सूत्र में पतंजलि करीब-करीब असंभव की मांग कर रहे हैं, लेकिन समझ के माध्यम से यह भी संभव हो जाता है। आध्यात्मिक शक्तियों से संपन्न होना, बहुत संतोषप्रद और महत्ता प्रदान करने वाला होता है, यह अहंकार को इतना सूक्ष्म, इतना शुद्ध आनंद प्रदान करता है कि तुम इसमें कोई दंश अनुभव न कर पाओगे। यह तुम्हें कभी निराश नहीं करता। सांसारिक वस्तुओं में काफी कुछ निराशा होती है–वस्तुतः निराशा के अतिरिक्त और कुछ होता भी नहीं। लोग इसे देखने से किस प्रकार बच सकते हैं यह भी एक चमत्कार है। लोग किस भांति अपने आप को धोखा देते रह सकते हैं और यह विश्वास किए चले जाते हैं कि अभी भी कुछ आशा है, यह एक चमत्कार है। बाहर का संसार निराशाजनक है, यह दुर्भाग्यपूर्ण है।

तुम चाहे जितना बड़ा मकान बना लो, या राजनैतिक, आर्थिक, सामाजिक रूप से चाहे जितने भी शक्तिशाली हो जाओ, मृत्यु तुमसे सभी कुछ छीनने जा रही है–इसे समझने के लिए कोई बहुत ज्यादा बुद्धिमानी की आवश्यकता नहीं है–लेकिन आंतरिक शक्तियां, उन्हें मृत्यु भी छीन नहीं सकती। वे मृत्यु के परे हैं। और वे कभी भी तुम्हें निराश नहीं करतीं। वे तुम्हारी शक्तियां हैं, तुम्हारी साकार हुई संभावनाएं हैं। उन्हें त्याग देने की कोई आवश्यकता प्रतीत नहीं होती, उनको छोड़ने की कोई जरूरत नहीं है, लेकिन पतंजलि यह कह रहे हैं कि उनका भी त्याग करना पड़ेगा। अन्यथा तुम दृश्यों के संसार में–पुनः एक अहंकार के खेल में जीना आरंभ कर दोगे। और धर्म कोई अहंकार का खेल नहीं है।

तुम कोई अहंकार की खोज में संलग्न नहीं हो, बल्कि तुम तो समग्र को उपलब्ध करने का प्रयास कर रहे हो, और समग्र तभी संभव हो पाता है जब अहंकार के खेलों के सारे प्रकार छोड़ और त्याग दिए जाएं, जब तुम न बचो, बस परमात्मा रहे।

मैं तुम्हें एक प्रसिद्ध सूफी कहानी 'पवित्र छाया' सुनाता हूं।

एक बार की बात है, एक इतना भला फकीर था कि स्वर्ग से देवदूत यह देखने आते थे कि किस प्रकार से एक व्यक्ति इतना देवतुल्य भी हो सकता है। यह फकीर अपने दैनिक जीवन में, बिना इस बात को जाने, सदगुणों को इस प्रकार से बिखेरता था जैसे सितारे प्रकाश और फूल सुगंध फैलाते हैं। उसके

दिन को दो शब्दों में बताया जा सकता था–बांटों और क्षमा करो–फिर भी ये शब्द कभी उसके होंठों पर नहीं आए। वे उसकी सहज मुस्कान, उसकी दयालुता, सहनशीलता और सेवा से अभिव्यक्त होते थे।

देवदूतों नें परमात्मा से कहा : प्रभु, उसे चमत्कार कर पाने की भेंट दें।

परमात्मा ने उत्तर दिया, उससे पूछो वह क्या चाहता है।

उन्होंने फकीर से पूछा, क्या आप चाहेंगे कि आपके छूने भरसे ही रोगी स्वस्थ हो जाए।

नहीं, फकीर ने उत्तर दिया, बल्कि मैं तो चाहूंगा परमात्मा ही इसे करें।

क्या आप दोषी आत्माओं को परिवर्तित करना और राह भटके दिलों को सच्चे रास्ते पर लाना पसंद करेंगे?

नहीं, यह तो देवदूतों का कार्य है, यह मेरा कार्य नहीं कि किसी को परिवर्तित करूं।

क्या आप धैर्य का प्रतिरूप बन कर लोगों को अपने सदगुणों के आलोक से आकर्षित करते हुए और इस प्रकार परमात्मा का महिमा मंडन करना चाहेंगे?

नहीं, फकीर ने कहा, यदि लोग मेरी ओर आकर्षित होंगे तो वे परमात्मा से विमुख होने लगेंगे।

तब आपकी क्या अभिलाषा है? देवदूतों ने पूछा।

मैं किस बात की अभिलाषा करूं? मुस्कुराते हुए फकीर ने पूछा, यह कि परमात्मा मुझे अपना आशीष प्रदान करे, क्या इससे ही मुझको सब कुछ नहीं मिल जाएगा?

देवदूतों ने कहा : आपको चमत्कार मांगना चाहिए या किसी चमत्कार की सामर्थ्य आपको बलपूर्वक दे दी जाएगी।

बहुत अच्छा, फकीर बोला, यह कि मैं भलाई के महत् कार्य उन्हें जाने बिना कर सकूं।

अब देवदूत परेशानी में पड़ गए। उन्होंने आपस में विचार-विमर्श किया और इस योजना को सुनिश्चित कर दिया। फकीर की छाया भले ही उससे पीछे पड़े या किसी एक ओर पड़े, जिस ओर भी पड़ेगी उस को रोग-मुक्त करने की, दर्द को मिटाने की और पीड़ा को हरने की क्षमता प्रदान कर दी गई, जिससे कि वह इसे जान ही न सके।

जब भी वह फकीर रास्ते से गुजरता, उसकी छाया या तो उसके एक तरफ पड़ती या पीछे पड़ती तो उससे सूखे रास्ते हरियाली से भर जाते, इधर उधर के वृक्ष पुष्पित हो जाते, सूखे जल स्रोतों में पानी की स्वच्छ धार बहने लगती, बच्चों के मुरझाए हुए चेहरे खिल उठते, और दुखी स्त्री-पुरुष हर्षित हो उठते।

लेकिन वह फकीर तो बस अपने दैनिक जीवन में वैसे ही सदगुणों को बिखेरता रहा–जैसे कि सितारे प्रकाश और फूल सुगंध बिखेरते हैं, उसे पता ही न लगता। लोग उसकी विनम्रता का सम्मान करते हुए शांतिपूर्वक उसके पीछे चलते, वे उससे कभी उसके चमत्कारों का उल्लेख भी न करते। जल्दी ही वे उसका नाम भी भूल गए, और उन्होंने उसको 'पवित्र छाया' नाम दे दिया।

यही है अंतिम बात, व्यक्ति को पवित्र छाया, परमात्मा की छाया मात्र बन जाना पड़ेगा। केंद्र का स्थानांतरित हो जाना ही वह बड़ी से बड़ी क्रांति है, जो किसी व्यक्ति के साथ घट सकती है। अब तुम अपने केंद्र न रहे, परमात्मा तुम्हारा केंद्र बन जाता है। तुम उसकी छाया की भांति जीते हो। तुम शक्तिशाली नहीं हो, क्योंकि तुम्हारे पास शक्तिशाली होने के लिए कोई केंद्र नहीं है। तुम सदगुणी नहीं हो, तुम्हारे पास सदगुणी होने के लिए कोई केंद्र नहीं है। तुम तो धार्मिक भी नहीं हो, तुम्हारे पास धार्मिक होने के लिए कोई केंद्र नहीं है। तुम तो बस नहीं हो, एक विराट रिक्तता है, जिसमें कोई भी व्यवधान था अवरोध नहीं, जिससे कि परमात्मा तुम्हारे भीतर से बिना अवरोध के, अस्पर्शित, अनिर्वचनीय प्रवाहित हो सके—ताकि दिव्यता तुम्हारे भीतर से जैसी वह है, वैसी नहीं जैसी तुम्हारी अभिलाषा है कि उसे होना चाहिए, प्रवाहित हो सके। वह तुम्हारे केंद्र से होकर नहीं गुजरता है, कोई केंद्र है ही नहीं। केंद्र खोया हुआ है।

इस सूत्र का यही अर्थ है कि अंतिम रूप से तुम्हें अपने केंद्र का भी बलिदान करना पड़ेगा जिससे कि तुम पुनः अहंकार की भांति न सोच सको तुम 'मैं' न बोल सको, अपने आपको पूर्णतः विनष्ट करना है, अपने आपको पूर्णतः मिटा डालना है। तुम्हारा कुछ भी नहीं है बल्कि इसके विपरीत तुम ही परमात्मा के हो। तुम पवित्र छाया बन जाते हो।

इसकी कल्पना भी कठिन है क्योंकि अनुपयोगी कूड़े-कबाड़ तक से अनासक्त हो पाना भी कठिन बात है। तुम इस आशा में इकट्ठा करते चले जाते हो कि जो कुछ तुम एकत्रित करते हो तुम्हें परितृप्त कर सकता है। तुम ज्ञान, धन, शक्ति, प्रतिष्ठा एकत्रित किए चले जाते हो। तुम तो बस संचय करते जाते हो। तुम्हारा सारा जीवन भरने में लगता है। और निःसंदेह अगर तुम एक मुर्दा बोझ बन जाते हो तो इसमें कोई हैरानी की बात नहीं है। यही तो तुम कर रहे हो—धूल एकत्रित कर रहे हो और सोचते हो जैसे कि यह सोना है।

यदि अहंकार की आंख से देखा जाए दो कौड़ी की चीज भी बहुत मूल्यवान मालूम होती है। अहंकार सबसे बड़ा धोखेबाज, सबसे बड़ा छलिया है। यह तुमसे झूठ बोलता चला जाता है, और यह भ्रम, स्वप्न, प्रक्षेपण निर्मित करता रहता है। इसका निरीक्षण करो। यह बहुत सूक्ष्म है। इसके ढंग बहुत सूक्ष्म हैं, और यह बेहद चालाक है। यदि एक दिशा में तुम इसे रोकते हो तब यह दूसरी दिशा में चला जाता है। यदि तुम एक रास्ता रोको, तो यह दूसरा रास्ता खोज लेता है, और यह कार्य इतनी चालाकी भरे ढंग से करता है कि तुम सोच भी नहीं सकते कि यह दूसरा रास्ता भी अहंकार का ही है।

मैंने एक बूढ़ी औरत के बारे में सुना है, जिसने सीढ़ियों से नीचे गिर कर अपनी टांग तोड़ ली थी :

चिकित्सक ने उसकी टांग पर प्लास्टर चढ़ा दिया और उसे चेतावनी दी कि वह सीढ़ियों से चढ़ना उतरना बंद कर दे। हड्डी जुड़ने में छह महीने लगे और तब चिकित्सक ने घोषणा की कि अब प्लास्टर हटाया जा सकता है।

क्या अब मैं सीढ़ियों पर चढ़ सकती हूं? बूढ़ी स्त्री ने पूछा।

जी हां, चिकित्सक ने कहा।

अरे वाह, मुझे खुशी हुई, वह खिलाखिला कर बोली, मैं ड्रेन पाइप से चढ़ उतर कर परेशान हो चुकी हूं।

अगर तुम अहंकार का जीने से आना रोक दो तो यह ड्रेन पाइप से आ जाता है, लेकिन यह आता है।

अपने तथाकथित धार्मिक लोगों को देखो। उन्होंने सब कुछ त्याग दिया है–लेकिन उन्होंने त्याग को नहीं छोड़ा। उन्होंने सब कुछ त्याग दिया है; अब वे अपने त्याग से चिपक रहे हैं। उनका त्याग ही उनकी संपदा, उनका ड्रेन पाइप बन गया है। अब भी वे उसी अहंकार पर आरूढ़ हो रहे हैं, लेकिन एक ज्यादा चालाक और सूक्ष्म ढंग से, इतना सूक्ष्म कि न सिर्फ दूसरे धोखा खा रहे हैं बल्कि वे स्वयं भी धोखे में हैं।

देखो, तुम एक सांसारिक व्यक्ति हो; फिर एक दिन तुम्हें निराशा अनुभव होती है। हर किसी को एक दिन ऐसा ही लगता है, इसमें कोई विशेष बात है भी नहीं। फिर तुम धार्मिक होने लगते हो और तुम इसके बारे में बहुत अहंकारी महसूस करने लगते हो–तुम धार्मिक हो रहे हो। तुम दूसरों को पापियों, सांसारिक व्यक्तियों की तरह देखते हो। तुम धार्मिक हो, तुम तो संन्यासी हो गए हो, तुमने त्याग कर दिया है।

जरा देखो तो, शत्रु दूसरे दरवाजे से भीतर आ चुका है। संसार का त्याग नहीं किया जाना है; अहंकार का त्याग किया जाना है। इसलिए व्यक्ति को ऐसा न होने देने के लिए बहुत ही ज्यादा सावधान रहना पड़ता है।

याद रखना अहंकार का दमन नहीं किया जा सकता। इसे तो बस समझ की उष्मा के माध्यम से, समझ की अग्नि के द्वारा वाष्पित किया जा सकता है। यदि तुम इसका दमन करो, तो यह आसान है। तुम विनम्र बन सकते हो, तुम सरल बन सकते हो लेकिन यह तुम्हारी सरलता के पीछे छिप जाएगा।

एक महिला ने अपने चिकित्सक से कहा कि उसे निश्चित तौर से पता है कि उसे कोई भयानक बीमारी हो गई है। चिकित्सक ने उसे मूर्खतापूर्ण बात करने से रोकते हुए कहा : उसे वह बीमारी है या नहीं यह जानना उसके लिए संभव नहीं हो सकता, क्योंकि 'इस बीमारी में', वह बोला, कहीं कोई बेचैनी नहीं होती है।

अतः उस महिला के पास इसे जानने का कोई उपाय नहीं है।

लेकिन डाक्टर साहब, वह चिकित्सक से कहने लगी, बिलकुल यही तो मुझे अनुभव होता है–कहीं कोई बेचैनी ही नहीं है। बीमारी है।

तुम अपने आपको धोखा देते रह सकते हो, और तुम उसके लिए तर्क खोज सकते हो और ऊपरी सतह पर वे बहुत तर्कपूर्ण दिखते हैं–ऊपर से वे करीब-करीब प्रमाण ही लगते हैं–लेकिन उनके भीतर झांको तो।

और याद रखना कि यह किसी और का काम नहीं है। इसको देखना तुम्हारा ही काम है। भले ही सारा संसार इसे देख ले, लेकिन यदि तुमने इसको नहीं देखा तो यह व्यर्थ है।

अब आधुनिक मनोविज्ञान धीरे-धीरे व्यक्तिगत चिकित्सा से सामूहिक चिकित्सा की ओर अग्रसर हो रही है, और उसका एकमात्र कारण यही है कि मनोचिकित्सक के लिए रोगी को, एक-एक आदमी को, इस बारे में समझा पाना कि वह अपने साथ क्या कर रहा है, बेहद कठिन है। रोगी के बारे में उसकी मनोग्रंथियों के बारे में, उसके तार्किक निष्कर्षों, दमनों के बारे में, उसके आत्मभ्रमों और मूढ़ताओं के बारे में, एक-एक आदमी को समझा पाना कठिन है। लेकिन एक समूह में यह आसान हो जाता है, क्योंकि सारा समूह इस मूर्खता को, इसके स्पष्ट रूप को, देख सकता है कि वह किसी बात से आसक्त है और अनावश्यक रूप से परेशान हुआ जा रहा है। सारा समूह इसे देख सकता है, और सारे समूह की समझ, उस आदमी की समझ की तुलना में जो तुम्हारे ऊपर कार्य करती, अधिक गहरे, अधिक व्यापक ढंग से कार्य कर सकती है। यही कारण है कि सामूहिक मनोचिकित्सा बढ़ती जा रही है और व्यक्तिगत मनोचिकित्सा मिटती जा रही है।

सामूहिक मनोचिकित्सा से व्यापक स्तर पर लाभ होता है। बीस लोग एक समूह में कार्य कर रहे हैं तो उन्नीस लोग इस बात के प्रति सचेत हो जाते है कि तुम कुछ ऐसा कर रहे हो जो तुम करना तो नहीं चाहते थे लेकिन जिससे तुम अभी भी चिपके हुए हो।

एक संन्यासी मेरे पास आया, बहुत भला व्यक्ति है, लेकिन वह खुशी से फूला नहीं समा रहा था। क्योंकि मैंने उसे सुंदर सा नाम दिया था। मैं तो प्रत्येक को सुंदर-सुंदर नाम देता हूं। उसने इसी को अहंकार का उपाय बना लिया। वह बोला : ओशो, आप तो अदभुत हैं। आपने मुझे इतना सुंदर नाम दिया है–यह तो बिलकुल ठीक-ठीक मुझे ही परिभाषित करता है। तुम्हारे नाम तुम्हारा प्रतिनिधित्व नहीं करते हैं। ये मेरी आशाएं हैं, वास्तविकताएं नहीं। ये मेरे सपने हैं, यथार्थ नहीं हैं। मैंने उस संन्यासी को पुकारा : सत्यानंद–वह आनंद जो सत्य से, साक्षात से आता है। हूं...यह परम है। लेकिन उसने कहा : ओशो, सत्यानंद! आपने ठीक से, बिलकुल ठीक से मुझे समझ लिया है। मैं आपकी समझ से बहुत प्रभावित हूं।

अब मैं सचेत हुआ कि यह तो बहुत ही गलत हो गया है। यह एक गलतफहमी बन गया है। मुझे उसको यह नाम नहीं देना चाहिए था। मैं उसे उसकी खुशफहमी से वापस लाना चाहता था। इसीलिए जब कुछ मिनटों के बाद उसने कहना आरंभ किया, 'मैं क्रोध, लोभ यह और वह नहीं चाहता, ये जानवरों जैसी बाते हैं। मैं बोला : 'कायर मत बनो।' अचानक वह क्रोधित हो गया। कायर! आप मुझे कायर कहते हैं? लगा जैसे मुझे पीटने को तत्पर हो रहा हो। वह चिल्लाया–सत्यानंद के बारे में पूरी तरह भूल चुका था–और उसने अपना बचाव शुरू कर दिया। आपने मुझे कायर क्यों कहा? मैं कायर तो नहीं। और मैंने

उससे कहा : अगर तुम कायर नहीं हो तो तुम बचाव क्यों कर रहे हो? तब तुम सरलता से कह सकते हो आप गलत हैं, या इसकी भी जरूरत नहीं है। तुम कायर नहीं हो तो तुम इसके बारे में फिकर क्यों कर रहे हो? तुम गुस्से से लाल-पीले क्यों हो गए? तुम पूरी आवाज में क्यों चिल्ला रहे हो? तुम इस कदर पागल क्यों हो गए? मैंने अवश्य ही तुम्हारी दुखती रग पर हाथ रख दिया है।

उस समय वहां मौजूद प्रत्येक व्यक्ति इस बात के प्रति सचेत हो गया कि वह व्यक्ति किसी बात को छुपा रहा है, और बहुत उग्रतापूर्वक उसका बचाव कर रहा है, किंतु केवल वही इसको नहीं देख सका।

यदि तुम एक समूह में लंबे समय तक कार्य करो तो धीरे से तुम्हे सचेत होना ही पड़ेगा कि सारा समूह देख रहा है कि तुम कुछ मूर्खतापूर्ण मूढ़ता का कृत्य कर रहे हो। जो तुम्हारे इच्छाओं के विपरीत है–तुम्हारी अपनी परितृप्ति के विरोध में, तुम्हारे अपने विकास के प्रतिकूल है। तुम एक बीमारी से चिपक रहे हो और तुम कहतें रहते हो–मैं इससे छुटकारा पाना चाहता हूं।

तुम्हारे अतिरिक्त प्रत्येक व्यक्ति जानता है कि तुम गलत कर रहे हो। प्रत्येक व्यक्ति जानता है कि तुम अहंकारी हो–सिवाय तुम्हारे। केवल तुम ही सोचते हो कि तुम एक विनम्र व्यक्ति, एक सरल व्यक्ति हो। हर व्यक्ति तुम्हारी जटिलता को जानता है। हर व्यक्ति तुम्हारे दोहरे मापदंड को जानता है। तुम्हारे अतिरिक्त प्रत्येक, तुम्हारे पागलपन को जानता है। तुम इसका बचाव करते रहते हो। और विनम्रता, व्यवहारिकता और औपचारिकता के कारण समाज में कोई तुम्हें बताएगा भी नहीं। इसलिए समूह सहायक है–क्योंकि यह विनम्र नहीं होने वाला है। यह सत्यपूर्ण होने जा रहा है। और जब बहुत सारे लोग कहते हैं कि यह रही तुम्हारी समस्या, और इसे बिलकुल ठीक से बता दें, और इसे इंगित करें, और तुम्हारे घाव पर अपनी अंगुलियां रख दें और यह दुखने लगे...। तुम्हे सचेत कर पाना, व्यक्ति से व्यक्ति के सम्पर्क द्वारा बहुत कठिन है क्योंकि तुम सोच सकते हो कि यह व्यक्ति गलत हो सकता है, लेकिन बीस लोग? बीस लोगों के गलत होने की संभावना कम है, और तुम्हें वापस अपने पर लौट कर इस बात को देखना पड़ता है।

यही कारण है कि बुद्ध ने एक बड़े संघ का, भिक्षुओं के बड़े वर्ग का, दस हजार भिक्षु–निर्माण किया। समूह मनोचिकित्सा का यह पहला प्रयोग था। यह एक महत् प्रयोग था।

यही तो मैं कर रहा हूं। सोलह हजार संन्यासी–मनोचिकित्सा का एक महानतम प्रयोग। एक समुदाय, एक कम्यून, जिसमें तुम्हें बोधपूर्ण होना ही पड़ेगा वरना तुम इस कम्यून के हिस्से नहीं होगे, यहां हर कोई तुम्हारी गलती को देख रहा है, समझ रहा है और तुम्हें इसे दिखा रहा है। क्योंकि संन्यासी औपचारिक या विनम्र होने के लिए नहीं बने हैं। वह बकवास जरा भी नहीं। यहां पर संन्यासी स्वयं को रूपांतरित करने के लिए और दूसरों के रूपांतरण के लिए परिस्थिति निर्मित करने के लिए है।

देखो, जब भी कोई तुम्हारे बारे में कोई दोष इंगित करे तो क्रोधित मत हो जाओ। इससे तुम्हें कोई मदद नहीं मिलने वाली है। पागल मत बनो। इससे तुम्हारी कोई सहायता नहीं होगी। इस बात को देखने की कोशिश करो। दूसरा सही भी हो सकता है, और दूसरे के सही होने की संभावना अधिक है क्योंकि वह तुमसे इतना अलग है, वह तुमसे काफी दूर है। वह तुम्हारे साथ संयुक्त नहीं है। सदैव लोगों की बात सुनो कि वे तुम्हारे बारे में क्या कह रहे हैं। निन्यानबे प्रतिशत तो वे सही होंगे, उनके गलत होने की संभावना मात्र एक प्रतिशत है। वरना वे गलत नहीं है। वे गलत कैसे हो सकते हैं क्योंकि उनके पास तुम्हारे बारे में अनासक्त दृष्टिकोण है।

यही कारण है कि तुम्हारे घावों को दर्शाने के लिए सदगुरु की आवश्यकता होती है। और यह केवल तभी संभव है जब तुम्हारे भीतर गहरा सम्मान और श्रद्धा हो। यदि तुम क्रोधित हो जाओ और तुम संघर्ष करना आरंभ कर दो, तो तुम्हारे भीतर कोई सम्मान और श्रद्धा नहीं है। यदि यहां पर तुम अपनी रुग्णता और बीमारियों का बचाव करने के लिए हो, तो यह तुम्हारे लिए नहीं है—यहां मत ठहरो। यहां पर अपना समय नष्ट करने में क्या सार है?

यदि मैं कहता हूं कि तुम कायर हो और तुम इस बात को देख नहीं सकते बल्कि तुम संघर्ष करो और मेरे सामने यह सिद्ध करो कि तुम कायर नहीं हो, तब सीधी बात यह है कि यहां पर रुकने में कोई सार नहीं। मेरे साथ संबंध समाप्त हो गया है। अब तुम्हारे लिए मैं सहायक नहीं हो सकता हूं। जब मैं तुमसे कोई बात कहता हूं तो तुम्हें उस तथ्य में देखना पड़ेगा। मैं तुम्हें क्यों कायर कहूंगा? तुम्हारे साथ मेरा कोई लेन-देन नहीं है और तुम्हारे कायरपन में भी मेरा कुछ नहीं जा रहा है। मैं बस करुणावश कहता हूं, क्योंकि मैं देखता हूं कि बीमारी वहां है। और जब तक तुम इसे न जानो, जब तक इसका निदान न हो, तुम इससे छुटकारा कैसे पा सकते हो?

यदि चिकित्सक तुम्हारी नब्ज पर हाथ रखता है और कहता है कि तुम्हें बुखार है और तुम उस डाक्टर पर छलांग लगा दो और लड़ना आरंभ करो। आप क्या कह रहे हैं? मुझे भला कैसे बुखार हो सकता है? नहीं, आप गलत है, मैं पूर्णतः स्वस्थ हूं। तो पहली बात यह है कि तुम चिकित्सक के पास गए ही क्यों थे? स्वास्थ्य का प्रमाणपत्र लाने भर को?

तुम यहां हो, इसे याद रखो, तुम यहां अपनी बीमारियों के लिए पहचाने जाने के लिए और उनके न होने का प्रमाणपत्र पाने के लिए नहीं हो। तुम यहां निदान, परीक्षण, रोग उन्मूलन के लिए आए हो, ताकि तुम्हारा यथार्थ स्वरूप उदित हो सके, खिल सके। लेकिन यदि तुम बचाव कर रहे हो—तो बचाव करना तुम्हारे हाथ में है। यह मेरा कार्य नही, इसका बचाव करो। लेकिन तब तुम पीड़ित होओगे। फिर मेरे पास मत आना और मत कहना कि मैं पीड़ा में हूं, मैं तनावग्रस्त हूं।

संसार से भीतर की ओर गतिमान हो पाना बहुत कठिन है, क्योंकि अंदर तो तुमने रुग्णताएं और बीमारियां छुपा रखी हैं। वे तुम्हें बाहर जाने को बाध्य करती हैं। यह ध्यान हटाने का एक उपाय है। यही कारण है कि इतने अधिक सदगुरु तुम्हें सिखाते रहे हैं कि भीतर जाओ, स्वयं को जानो। लेकिन तुम वहां कभी नहीं जाते। तुम इसके बारे में बात करते हो, तुम इसके बारे में पढ़ते हो, तुम इस विचार की सराहना करते हो, लेकिन तुम भीतर कभी नहीं जाते। क्योंकि भीतर तुम्हारे पास केवल अंधकार और घाव और बीमारियां हैं। तुम उन चीजों को छिपाए हुए थे जो अच्छी नहीं हैं, तुम्हारे लिए स्वास्थ्य प्रदायक नहीं हैं। लेकिन तुम इसके विपरीत उन्हें नष्ट करने के स्थान पर उनकी सुरक्षा करते रहे हो। जब तुम द्वार खोलते हो...और तुम्हें इतनी दुर्गंध, इतनी धूल, इतनी कुरूपता अनुभव होती है जैसे कि नरक खुल गया है। तुम तुरंत ही द्वार बंद कर देते हो और तुम सोचना आरंभ कर देते हो कि आखिर बात क्या है?

बुद्ध, कृष्ण, जीसस वे सभी सिखाते रहे हैं कि भीतर जाओ और तुम परम आनंद, शाश्वत आनंद को उपलब्ध होगे, लेकिन तुम द्वार खोलते हो और तुम दुखस्वप्न में पहुंच जाते हो। यह दुखस्वप्न तुम्हारे दमनों से निर्मित हुआ है। सतह पर तुम सरल हो, गहरे में तुम बहुत जटिल हो। ऊपर से तो तुम्हारा चेहरा एक बहुत ही भोले व्यक्ति का है, गहराई में तुम बहुत कुरूप हो।

इस दमनात्मकता के कारण तुम भीतर नहीं देख सकते, और तुम्हें खुद को लगातार दूसरी ओर मोड़ते रहना पड़ता है–रेडियो सुनना, टी.वी. देखना, अखबार पढ़ना, दोस्तों से मिलने जाना। जब तक कि तुम सो न जाओ तब तक बस समय बरबाद करते रहना। जिस क्षण तुम सोकर उठते हो, फिर से तुम दौड़ना आरंभ कर देते हो। तुम किससे भाग रहे हो? तुम अपने आप से भाग रहे हो।

अपने अस्तित्व में झांकने के लिए स्वयं को अवकाश दो, तब अचानक तुम देखोगे कि वस्तुओं के साथ कोई आसक्ति नहीं है। यह हो कैसे सकता है? यह असंगत है।

मैंने एक बहुत सुंदर कहानी, एक सूफी कहानी सुनी है–स्वर्णिम-द्वार।

दो लोगों ने प्रार्थना की और उनके रास्ते अलग हो गए। एक ने संपत्ति और शक्ति एकत्रित की, लोगों का कहना था कि वह प्रसिद्ध तो था, लेकिन उसके मन में शांति नहीं थी। दूसरे ने लोगों के दिलों को, उनके अपने छिपे हुए भयों के अंधकार में दीयों की भांति जगमगाते हुए देखा। उसे भी समृद्धि और शक्ति मिली और उसकी संपदा, उसकी शक्ति, प्रेम थी। जब सरलता से दयालुतापूर्वक, कोमलता से वह अपने सहयात्रियों को अपने प्रेम की सारी संपदा और क्षमता के साथ स्पर्श करता था तो अंतस का प्रकाश सुस्पष्ट हो जाता और साहस और शांति से दमकने लगता।

एक दिन दोनों ही लोग उस 'स्वर्णिम-द्वार' के सम्मुख खड़े थे, जिससे होकर प्रत्येक व्यक्ति को उस पार के विराट जीवन हेतु गुजरना पड़ता था। देवदूत ने प्रत्येक आत्मा से पूछा : तुम अपने साथ क्या लेकर आए हो? तुम्हारे पास देने के लिए क्या है?...

परमात्मा सदैव पूछता है : तुम अपने साथ क्या लेकर आए हो? तुम्हारे पास देने के लिए क्या है? परमात्मा तुम्हें दिए चला जाता है, लेकिन अंततः अंतिम दिन, इसके पूर्व कि तुम उसके भवन में प्रविष्ट हो वह पूछता है, अब तुम मेरे लिए क्या लेकर आए हो? मेरे लिए तुम्हारी क्या भेंट है?

...उस व्यक्ति ने जो प्रसिद्ध था, अपनी उपलब्धियों को दुबारा गिना। क्योंकि न जाने कितने लोगों को वह जानता था, जाने कितने स्थानों पर वह गया था, जाने कितने काम उसने किए थे–और न जाने कितनी वस्तुएं उसने एकत्रित कर रखी थीं।

लेकिन देवदूत ने उत्तर दिया : यह सब स्वीकार्य नहीं है, ये कार्य जो तुमने किए हैं तुमने अपने लिए किए हैं, मुझे इनमें कोई प्रेम नहीं दिखाई पड़ता।...

यदि अहंकार है, तो प्रेम नहीं हो सकता। इसे याद रखो। बाद में मैं इस पर चर्चा करूंगा, क्योंकि यह सर्वाधिक महत्वपूर्ण चीजों में से ही एक है; यदि अहंकार है, तो प्रेम नहीं हो सकता है।

...और वह प्रसिद्ध व्यक्ति स्वर्णिम-द्वार के बाहर डूब गया और रोया...

पहली बार वह अपनी सारी कोशिशों की व्यर्थता को देख पाया। यह एक सपने जैसी थी जो बीत गया और उसके हाथ खाली रह गए। यदि तुम वस्तुओं से बहुत ज्यादा भरे हुए हो तो किसी न किसी दिन तुम्हें दिखेगा कि तुम्हारे हाथ खाली हैं। यह स्वप्न ही था जिसे तुम अपने हाथों में उठाए हुए थे; वे सदा से खाली थे। तुम तो बस स्वप्न ही देख रहे थे कि उनमें कुछ है। क्योंकि तुम खालीपन से भयभीत थे, तुमने किसी वस्तु की कल्पना कर ली थी, तुमने विश्वास किया था। तुमने कभी गहराई से नहीं देखा कि वास्तव में वहां कुछ है भी या नहीं।

...और वह प्रसिद्ध व्यक्ति स्वर्णिम-द्वार के बाहर डूब गया और रोया। वह दयालु हो पाने के लिए समय ही नहीं निकाल पाया था...

प्रेम कर सकने के लिए अति व्यस्त रहा था, अपने आप में बेहद उलझा रहा था, व्यर्थ की चीजों की उसे बहुत चिंता रही थी, और सार की चीजों पर विचार नहीं कर सका था।

...तब देवदूत ने दूसरे की आत्मा से पूछा : और तुम क्या लेकर आए हो? तुम्हारे पास देने के लिए क्या है?

और उसने उत्तर देते हुए कहा : कोई मेरा नाम नहीं जानता। लोग मुझे घुमक्कड़, स्वप्नदर्शी कहा करते थे। मेरे दिल में थोड़ा सा प्रकाश था, और बस वही मेरे पास था, मैंने उसे लोगों की आत्माओं के साथ बांटा है...

पागलों के इस संसार में असली लोग स्वप्नदर्शी जैसे लगते हैं। संतों को सदैव घुमक्कड़, स्वप्नदर्शी, कवि, कल्पना-लोक जीवी, कहीं और रमने वाले, जलज भक्षी, नाभि दृष्टा के रूप में जाना गया है।

असली लोगों को इसी प्रकार के नाम दिए जाते हैं, क्योंकि यह संसार कागजी लोगों का है। वे असली नहीं हैं। कागजी लोग जब भी वे किसी असली आदमी के संपर्क में आते हैं, उसे स्वप्नदर्शी, कवि कहते हैं। उसकी निंदा करने का उनका यह उपाय है, और अपने आप को बचाने की भी यही तरकीब है।

...और उसने उत्तर देते हुए कहा : मेरा नाम कोई नहीं जानता, लोग मुझे घुमक्कड़, स्वप्नदर्शी कहा करते थे। मेरे हृदय में थोड़ी सी रोशनी थी–और कुछ भी नही, बस दिल में थोड़ी सी रोशनी–और जो मेरे पास थी उसे मैंने लोगों की आत्माओं के साथ बांटा।

फिर देवदूत ने कहा : हे भाग्यवान! तुम्हारे पास सबसे अच्छी भेंट है। यही है प्रेम। सदा और सदैव और-और बांटने के लिए पर्याप्त और उपलब्ध रहता है। 'प्रविष्ट हो जाओ...'

प्रेम का यही सौंदर्य है; जितना अधिक तुम देते हो उतना ही अधिक यह तुम्हारे पास होता है। इसे अपने जीवन की कसौटी बन जाने दो। उसका संचय मत करो जो देने से खोता हो, केवल उसी का संचय करो जो देने से संचित होता है। केवल उसी को एकत्र करो जो बांटने से बढ़ता और विकसित होता है। वही मूल्यवान है जिसे तुम बांट सको और इसके बांटने मात्र से ही यह बढ़ता है और तुम्हारे पास पहले से भी ज्यादा हो जाता है।

'सदा और सदैव और-और बांटने के लिए पर्याप्त और उपलब्ध रहता है। प्रविष्ट हो जाओ।'

तब घुमक्कड़ ने कहा : लेकिन पहले मुझे अपने भाई के साथ प्रेम बांट लेने दो, ताकि हम दोनों द्वार से जा सकें।

देवदूत खामोश रहा; उसी क्षण उस सरल घुमक्कड़ के चारों ओर तेज प्रकाश का दीप्तिमान आवरण प्रकट हुआ, जिसने उसे और उसके मित्र दोनों को आच्छादित कर लिया।

स्वर्णिम-द्वार पूरी तरह खुल गया और वे दोनों साथ साथ उसके अंदर चले गए।

उसने अंतिम क्षण में भी बांटा। यही वास्तविक समृद्धि है। कोई कंजूस कभी धनवान नहीं होता। यदि तुम सांसारिक वस्तुओं से आसक्त हो तो तुम धनवान नहीं हो। समृद्धि हृदय से उपजती है। समृद्धि है हृदय का गुण–प्रेम से आलोकित होना।

भारत के गहनतम कवियों में से एक रवींद्रनाथ टैगोर ने एक कविता लिखी है। 'मेरे हृदय का प्रिय' संक्षेप में वह कविता इस प्रकार है।

एक बार बंगाल के एक छोटे से गांव में पड़ोस की एक तपस्विनी महिला मुझसे मिलने आई...

और यह केवल एक कविता नहीं है; यह एक सत्य घटना पर आधारित है।

...उसका नाम था, सर्वखिपी, जो उसे गांव वालों ने दिया था। इसका अर्थ है, 'वह स्त्री जो सभी बातों के बारे में पागल है...'

सर्वखिपी, जो सारी बातों के बारे में पागल है। न सिर्फ एक बात में वह पागल है बल्कि सभी मामलों में वह पागल है–पूरी तरह पागल।

...उसने अपनी सितारों सी आंखें मेरे चेहरे पर टिका दीं और मुझ से पूछने लगी, 'तुम वृक्षों की छांव में मुझसे मिलने कब आ रहे हो।' निश्चित रूप से उसने मेरी हालत दयनीय कर दी, जो उसके अनुसार दीवालों के पीछे कैद था, सभी के विशाल मिलन स्थल से जहां उसका निवास था, से दूर, निर्वासित।

ठीक उसी क्षण मेरा माली अपनी टोकरी लेकर आ गया, और जब उस महिला ने समझा, मेरी मेज पर रखे फूलदान में रखे फूल ताजे आए फूलों को लगाने के लिए फेंके जाने वाले हैं, वह दुखी दिखी और मुझसे बोली, तुम सदैव पढ़ने और लिखने में व्यस्त रहते हो, तुम देखते नहीं हो, फिर उसने फेंके हुए फूलों को अपनी हथेलियों मे उठाया, उन्हें चूमा और उन्हें अपने मस्तक पर लगाया, और सम्मानपूर्वक अपने से बुदबदाई, 'मेरे हृदय के प्रिय।'

मैंने अनुभव किया कि इस स्त्री ने प्रत्येक वस्तु के हृदय में व्याप्त असीम व्यक्तित्व का प्रत्यक्ष दर्शन करके पूरब की आत्मा का वास्तव में प्रतिनिधित्व किया।

प्रेम पूरब की आत्मा है। प्रेम मनुष्य की आत्मा है। प्रेम परमात्मा की आत्मा है। यहां पर प्रेम ही एक मात्र समृद्धि है, एकमात्र प्रसन्नता हैं।

अतः यदि तुम वस्तुओं से अत्यधिक आसक्त हो, तो तुम प्रेमी नहीं हो सकते। केवल अनासक्त मन ही स्वयं को उस आकाश की ओर उठा सकता है जिसे हम प्रेम कहते हैं। इसके बारे में काफी गलतफहमियां हैं।

वे लोग जो संसार त्यागते और वैरागी बनते हैं लगभग उसी के साथ प्रेम-विहीन भी हो जाते हैं, तो कुछ न कुछ गड़बड़ है। क्योंकि प्रेम से ही इसका निर्णय होता है, यही इसका परीक्षण, इसकी कसौटी है। यदि संसार के प्रति तुम्हारा वैराग्य तुम्हें प्रेम-विहीन बना रहा है, तो इसका अर्थ है कि कुछ खटास उत्पन्न हुई है। तुम्हारा वैराग्य सत्य, प्रमाणिक, सच्चा नहीं है, यह झूठा है। क्योंकि तुम प्रेम से भयभीत हो। तो यह प्रदर्शित करता है कि तुम संबंधित होने से डरते हो, इसलिए तुम उन सभी परिस्थितियों से बचाव कर रहे हो जिनमें प्रेम पुष्पित हो सकता है–क्योंकि गहरे में तुम घबड़ा गए हो कि यदि प्रेम पुष्पित हो गया तो तुम पुनः आसक्त हो जाओगे।

यही कारण है कि तुम्हारे तथाकथित महात्मा प्रेम से इतना अधिक डरे हुए हैं। वे एक स्थान पर तीन दिन से अधिक नहीं ठहरेंगे। इतना भय किसलिए? क्योंकि यदि तुम एक स्थान पर और अधिक दिन रुके रहे, तो तुम लोगों के प्रति प्रेम अनुभव करने लगोगे। कोई प्रतिदिन तुम्हारे पांव दबाने आएगा और तुम उसके लिए प्रेम अनुभव करने लगोगे। कोई स्त्री प्रतिदिन तुम्हारे लिए भोजन लेकर आएगी और तुम

उसके प्रति प्रेम अनुभव करने लगोगे। एक खास किस्म का लगाव, और पुनः आसक्त हो जाने का भय उठ खड़ा होगा, अतः इससे पूर्व कि तुम आसक्त हो जाओ वहां से चले जाओ।

ये तथाकथित वैरागी लोग मात्र भयभीत लोग हैं। वे एक गहरे आतंक में जीते हैं। जीवन के वास्तविक तल को वे कभी स्पर्श नहीं कर सकते हैं, क्योंकि यह सदैव प्रेम द्वारा संस्पर्शित होता है।

स्मरण रहे, यदि तुम्हारा वस्तुओं से वैराग्य सच्चा है, समझ से आया है, जागरूकता से विकसित हुआ है, तो तुम और अधिक प्रेमपूर्ण हो जाओगे। क्योंकि वही ऊर्जा जो राग में संलग्न थी मुक्त हो जाएगी। यह जाएगी कहां? तुम्हारे पास तुम्हारे उपयोग हेतु अधिक मात्रा में ऊर्जा रहेगी। आसक्ति प्रेम नहीं है; यह अहंकार का–कब्जा करने का, अधिकार करने का, उपयोग करने का ढंग है। यह हिंसा है; यह प्रेम नहीं है। जब यह ऊर्जा मुक्त हो जाती है, अचानक तुम्हारे पास प्रेम करने के लिए ऊर्जा का अतिरेक उपलब्ध हो जाता है। जो सच में ही अनासक्त है वह प्रेम से आपूरित होगा, और उसके पास बांटने के लिए सदा ही और-और रहेगा, और उसे प्रेम के नये स्रोत मिलते चले जाएंगे। उसका स्रोत असीम है।

'इन शक्तियों से भी अनासक्त होने से,...'

और परम अनासक्ति तभी आती है जब तुम्हें कुछ चमत्कार, सिद्धियां, शक्तियां उपलब्ध हो चुकी हों–जब तुम कुछ कर सको–कुछ ऐसा जो चमत्कारी हो, कुछ ऐसा जो अविश्वसनीय हो। यदि तुम उनसे आसक्त हो गए, तो कभी न कभी तुम पुनः संसार में वापस आ जाओगे। सावधान हो जाओ। अहंकार का, तुम पर यह अंतिम आक्रमण है; इसके चंगुल में मत फंसना। तुम पर अहंकार अपना अंतिम जाल फेंक रहा है।

'इन शक्तियों से भी अनासक्त होने से, बंधन का बीज नष्ट हो जाता है।...'

बंधन का बीज है–आसक्ति! और मुक्ति का बीज है प्रेम। और वे किस कदर एक से दिखाई पड़ते हैं। वे नितांत विपरीत हैं, आसक्ति है प्रेम-विहीनता और प्रेम सदा अनासक्त है। अंतर कहां है?

तुम किसी स्त्री या पुरुष से प्रेम करते हो और तुम आसक्ति अनुभव करते हो। तुम्हें आसक्ति क्यों अनुभव होती है? आसक्ति का बस यही अर्थ है–तुम चाहोगे कि यह स्त्री कल भी तुम्हारे साथ हो। कल और उसके बाद आने वाले अगले दिन भी तुम इस स्त्री को अपने कब्जे में रखना चाहोगे। यह बस यही प्रदर्शित करता है कि तुम आज प्रेम कर पाने समर्थ नहीं हो सके, अन्यथा कल की आवश्यकता ही न होती। कल की चिंता कौन करता है? कल के बारे में कौन जानता है? कल कभी नहीं आता। यह उसी मन में आता है जो आज जी नहीं रहा है। तुमने आज इस स्त्री को प्रेम नहीं किया इसलिए तुम कल के आने की प्रतीक्षा कर रहे हो ताकि तुम प्रेम कर सको। तुम्हारा प्रेम अपूर्ण, अधूरा है। उस अधूरे प्रेम के लिए

आसक्ति उपजती है। तब यह स्वाभाविक है, तर्क युक्त है। तुम कुछ चित्रित कर रहे हो, और चित्र अधूरा है, तुम चाहोगे कि चित्र पूरा करने के लिए कल भी कैनवास तुम्हारे पास रहे।

जीवन में एक बहुत गहरा नियम है; यह हर बात को पूर्ण करना चाहता है। कली फूल बनना चाहती है; बीज अंकुर बनना चाहता है।

हर चीज पूर्णता की ओर जा रही है, इसलिए जो कुछ भी तुम अपूर्ण छोड़ देते हो वह मन में अभिलाषा बन जाता है और कहता है : 'इस स्त्री पर कब्जा कर लो। तुमने अभी प्रेम किया ही कहां है; अभी तुम उसके अस्तित्व के इस छोर से उस छोर तक गए ही नहीं, अभी भी उसमें बहुत कुछ अनजाना बचा हुआ है, अभी भी उसमे काफी संभावनाएं हैं जो साकार होना शेष हैं–अस्तित्व के कई गीत हैं, और नर्तन करने को कई नृत्य हैं।'–आसक्ति उठ खड़ी होती है। कल की जरूरत है, कल के बाद परसों की जरूरत है, भविष्य की आवश्यकता है। और यदि तुम वर्तमान में जीने के लिए जरा भी समर्थ नहीं हो, तो भविष्य के जीवन की भी आवश्यकता है, और लोग एक-दूसरे से वादे किए चले जाते हैं, 'हम अगले जन्म में भी पति-पत्नी बने रहेंगे।' यह तो बस सही प्रदर्शित करता है कि लोग जीने में नितांत असमर्थ हो गए हैं। वरना आज का दिन स्वयं में पर्याप्त है।

इस क्षण में यदि तुम अपना प्रेम पूर्ण कर लो, यदि तुमने अपने समग्र हृदय से प्रेम किया है–पूरी तरह समर्पित होकर, इसमें डूब कर, यदि तुमने कुछ भी पीछे बचा कर नहीं रखा है–तब कल का विचार कभी नहीं उठता है, कल का विचार उठना असंभव हो जाता है। यह सदैव तभी आता है जब कि कुछ अतृप्त रह गया हो, तभी तुम भविष्य की अभिलाषा रखते हो। यदि तुमने अपनी स्त्री को आज प्रेम कर लिया है और मृत्यु आ जाती है तो तुम इसे स्वीकार कर लोगे। या अगर स्त्री किसी और के प्रेम में पड़ जाती है, तो तुम अलविदा कहोगे–उदास लेकिन दुखी नहीं। और उदासी में एक सौंदर्य है, और दुख कुरूप है। उदास, आसक्ति के कारण नहीं, उदास इसलिए कि तुम्हारा प्रेम अब भी तुम्हारे भीतर उमड़ रहा है लेकिन जो व्यक्ति इसको समझ सकता, दूर जा रहा है। उदास किंतु परितृप्त। वहां कोई शिकायत नहीं है, कोई ईर्ष्या नहीं।

किंतु यदि तुमने पूरी तरह प्रेम किया हो तो ऐसा कभी नहीं होता, कि स्त्री जा सके, या पुरुष जा सके। यदि तुमने समग्रता से प्रेम किया है तो यह असंभव है, क्योंकि पूर्ण प्रेम इतनी गहनता से तृप्त करता है कि कोई किसी और के बारे में सोच भी नहीं सकता। दूसरे का स्वप्न देखना भी असंभव है। स्वप्न इस व्यक्ति के साथ मिली अतृप्ति के कारण ही जन्मता है। तुम अन्य स्त्रियों के बारे में सोचते हो क्योंकि तुम्हारा अपनी स्त्री के साथ तृप्तिदायी संबंध नहीं रहा है। तुम अन्य पुरुषों के बारे में विचार करती हो क्योंकि मन स्वयं को उंड़ेल देना चाहता था और यह इस संबंध में सम्भव नहीं हो पाया। इसलिए मन सारी जगह में

दौड़ता-फिरता रहता है। कोई स्त्री या पुरुष जो सड़क से होकर गुजर रहा हो, तुम्हें उसके प्रति प्रेम अनुभव होने लगता है।

और अगर तुम्हारा प्रेम इतना अधिक हताश हो चुका हो कि तुम यह कल्पना भी न कर सको कि किसी व्यक्ति से अब प्रेम कर पाना संभव है तो तुम कुत्तों और बिल्लियों से प्रेम करना आरंभ कर देते हो। यह थोड़ा कम जटिल प्रतीत होता है—आलोक को यह बात नोट कर लेनी चाहिए। यह थोड़ा कम जटिल प्रतीत होता है।

एक कुत्ते को प्रेम करना सरल है...एक बिल्ली को प्रेम करना कुछ अधिक कठिन है। इसी कारण से पुरुष स्त्रियों को बिल्लियां कहते हैं। बिल्ली के बारे में कुत्ते से कम पूर्वानुमान किया जा सकता है, वह कुत्ते से अधिक चतुर है—उसके पास अपना मन होता है। तुम कुत्ते को लात मार सकते हो और वह फिर वापस आ जाएगा; तुम बिल्ली को लात मारो, वह पुनः कभी नहीं आएगी। समाप्त। सदैव तलाक के लिए तैयार।

लोग पशुओं के प्रेम में पड़ जाते हैं। कैसा दुर्भाग्य है। मैं नहीं कह रहा हूं कि पशुओं को प्रेम मत करो; मैं कह रहा हूं कि उन्हें मनुष्य का विकल्प मत बनाओ। तुम्हें मनुष्यों से इतना गहरा प्रेम करना चाहिए कि तुम्हारा प्रेम अतिशय होने लगे और यह पशुओं तक भी पहुंच जाए। फिर यह पूरी तरह भिन्न होगा। तब यह वृक्षों तक भी पहुंच जाता है। तब यह पूर्णतः भिन्न होता है। तब यह चट्टानों तक भी पहुंच जाता है; क्योंकि तुम प्रेमातिरेक में रहते हो। प्रेम का एक असीम स्रोत, किसी में भी तुम्हारा प्रेम समा नहीं पाता। यह अतिशय होता है, उद्वेलित होता है, उमड़ता चला जाता है। फिर यह पशुओं तक पहुँच जाता है, तो इसमें बिल्कुल ही भिन्न गुणवत्ता होती है।

लेकिन मनुष्यों के साथ द्वार बंद हो, तो तुम्हें प्रेम के लिए किसी को खोजना पड़ता है, वरना तुम बहुत अधिक हताशा अनुभव करोगे, संबंध की आवश्यकता होती है, तब तुम कुत्तों, बिल्लियों से नाता जोड़ते हो।

कभी-कभी यह भी असंतोषपूर्ण सिद्ध होता है, क्योंकि कुत्तों का व्यक्तित्व है, बिल्लियों का भी व्यक्तित्व होता है—उनकी भी अपनी निजी विचारधारा, अपने निजी विचार होते हैं, वे अपनी चीजें करना चाहते हैं। कोई कुत्ता तुम्हारी इच्छाएं पूरी करने के लिए नहीं होता है। जब तुम कुत्ते को टहलाने ले जा रहे हो तो तुम सोच सकते हो कि तुमने कुत्ते को बस में कर लिया है, कि तुम उस कुत्ते के मालिक हो, क्योंकि तुमने कुत्ते से कभी नहीं पूछा कि वह क्या सोचता है। वह सोचता है कि वह तुम्हारा मालिक है, और उसने इस मनुष्य को काबू में कर रखा है। मैंने कुत्तों को एक दूसरे से बात करते हुए सुना है।

जब पशुओं से भी प्रेम करना कठिन हो जाता है तब लोग वस्तुओं—मकान, कार, मोटर साइकिल से प्रेम करना आरंभ कर देते हैं। और वे इन चीजों के बारे में बेहद रोमांटिक भी.हो जाते हैं।

मैंने एक व्यक्ति को देखा है, वह मेरे घर के ठीक सामने ही रहता था। उसे अपने स्कूटर से इतना प्रेम था कि मैंने उसे लगभग रोमांटिक ढंग से ही स्कूटर साफ करते हुए, जैसे कि वह अपनी स्त्री को साफ कर रहा हो, देखा है। इधर से, उधर से देखना और इतनी प्रसन्नता अनुभव करना। और वह कभी उसका उपयोग भी न करता, क्योंकि वह गंदा हो जाएगा। वह अपनी पुरानी मोटर साइकिल पर ही सवारी करता। मैंने कई बार उससे कहा : तुम यह क्या कर रहे हो? तुम्हारे पास कितना सुंदर स्कूटर है। वह कहता, यह है, लेकिन वर्षा आने की संभावना है, आप देखते हैं, बादल छाए हुए हैं, या इस समय तेज गर्मी है, स्कूटर की चमक फीकी पड़ सकती है। नहीं, मैंने उसे कभी इसका उपयोग करते नहीं देखा। वह तो बस इसे साफ करता, इसकी देखभाल करता। स्कूटर ही उसका प्रिय था।

यह मानवीय चेतना का अधोगमन है। तुम जितना आसक्त होते हो उतना ही तुम निम्नस्तरीय हो जाते हो; जितनी कम आसक्ति उतना अधिक तुम उठते हो, उड़ते हो।

और वहां पर वह पल आता है जिसके बारे में पतंजलि तुमसे बात कर रहे हैं, जब तुम आध्यात्मिक शक्तियों से संपन्न हो जाते हो। याद रहे, उनसे आसक्त मत हो जाना, क्योंकि वे वास्तव में सुंदर हैं, बहुत तृप्तिदायी हैं। तुम उन्हें बस में रखना पसंद करोगे। योग में बहुत से लोग योग के कारण नहीं, कैवल्य, मोक्ष के कारण नहीं, बल्कि विभूतियों, सिद्धियों के कारण रुचि रखते हैं। वे योग का अध्ययन करते हैं, वे गुरुओं के पास जाते हैं–वे चमत्कार करना चाहते हैं।

'इन शक्तियों से भी अनासक्त होने से, बंधन का बीज नष्ट हो जाता है।...'

पुनः बंधन में बंध जाने की यह अंतिम संभावना है। यदि तुम इसके पार जा सको तो बीज दग्ध हो जाता है।

'...तब आता है कैवल्य, मोक्ष।' तभी मिलता है मोक्ष।

तब तुम पूरी तरह मुक्त हो–स्वतंत्रता, परिपूर्ण स्वतंत्रता–किसी चीज से भी आसक्त नहीं और प्रेम से ओतप्रोत, समग्र अस्तित्व पर अपना प्रेम बरसाते हुए...सारे अस्तित्व के लिए वरदान और अपने लिए आशीष।

लेकिन व्यक्ति को हर कदम पर सचेत रहना पड़ता है। मन चालाक है। और तुम सोचते रह सकते हो, हां, जब चमत्कार आएंगे तो मैं उनसे आसक्त होने नहीं जा रहा हूं। दुबारा सोचो, तुम अपने भीतर कहीं एक इच्छा को सक्रिय पाओगे। उन्हें आने दो, फिर हम देखेंगे, पहले उनको आने तो दो। किसे फिकर पड़ी है कैवल्य, मोक्ष की? वे तो लक्ष्य मालूम नहीं पड़ते। बस मुक्त, स्वतंत्र होने के लिए? इसमें भी कोई बात है?

लोग मेरे पास आते हैं और वे कहते हैं, इस ध्यान से हमें छुटकारा कैसे मिलेगा? मैं कहता हूं, और

अधिक ध्यान करो। वे कहते है, किंतु बात है क्या? शांति? शांति तो सही है, लेकिन हमें इससे कौन सी असली शक्ति मिलने जा रही है?

शांति लक्ष्य जैसी मालूम नहीं पड़ती। शक्ति–कुछ ऐसा जिससे तुम कुछ कर सको, कुछ ऐसा जिसके द्वारा तुम कुछ साबित कर सको।

मैंने एक कहानी सुनी है, एक बहुत अच्छी कहानी।

मुझे बताओ तो तुम कैथेलिक लोग कैथेड्रल्स बनाने के लिए इतना धन कहां से पा जाते हो? एक रबाई ने अपने मित्र से पूछा।

अच्छा, एबी, देखो हम कैथेलिकों के पास एक व्यवस्था है जिसको कनफेशन, पश्चात्ताप कहा जाता है। जब कभी कोई व्यक्ति कुछ गलत करता है, वह चर्च आता है, अपना पाप स्वीकार करता है, दान-पात्र में कुछ डालता है, और उसे क्षमा कर दिया जाता है, और इस उपाय से हम धन की बड़ी राशि एकत्रित कर लेते हैं।

वास्तव में, क्या आश्चर्यजनक व्यवस्था है। हम शायद अपने सिनागॉग में इसे उपयोग कर सकें। लेकिन पहले आज की रात मुझे अपने साथ आने दो ताकि तुम किस प्रकार कार्य करते हो मैं उदाहरण सहित समझ लूं।

ठीक है एबी, एक पादरी के रूप में मेरे लिए इसकी सख्त मनाही है कि तुमको मैं अपने साथ रखूं, लेकिन यह देखते हुए कि पिछले कई सालों से तुम मेरे इतने अच्छे मित्र रहे हो, मैं तुम्हें बस, इस बार की अनुमति दूंगा।

उसी शाम वे पश्चात्ताप कक्ष में बैठ गए, पादरी सामने बैठा था, और एबी, अत्याधिक उत्सुकतापूर्वक, पीछे। उसी समय पर्दे के पीछे से एक पुरुष की आवाज सुनाई दी :

फादर, मैंने जघन्य पाप किया है।

तुमने क्या किया है, मेरे बेटे?

पिछली रात मैंने दो औरतों के साथ सहवास किया है।

ठीक है, तब तुम दान-पात्र में दो पाउंड रख दो, तुम्हारे पाप क्षमा कर दिए जाएंगे।

एबी बेहद रोमांचित हो गया। अब दूसरे व्यक्ति की आवाज सुनाई पड़ी :

फादर, मैंने घनघोर पाप किया है,

तुमने क्या किया है, मेरे बेटे?

पिछली रात मैंने तीन औरतों के साथ समागम किया है

ठीक है, तब तीन पाउंड दान-पात्र में डाल दो, और तुम्हारे पाप क्षमा कर दिए जाएंगे, मेरे बेटे।

एबी अब अपने आपको और ज्यादा नहीं रोक पाया :

धन कमाने का क्या तरीक़ा है; कितनी आश्चर्यजनक व्यवस्था है। मेरा एक काम कर दो। अगला मामला मुझे सौंप दो, ताकि मैं जरा थोड़ा अभ्यास कर लूं।

ठीक है, एबी, कायदे की बात तो यह है कि इसकी अनुमति नहीं है, लेकिन यह देखते हुए कि तुम वर्षों से मेरे दोस्त रहे हो, मैं तुम्हें केवल इस मामले की अनुमति देता हूं।

अतः उन्होंने स्थान बदल लिए और एबी सामने प्रतीक्षा में बैठ गया। इस बार एक महिला की आवाज सुनाई दी :

फादर मैंने भीषण पाप किया है।

अब, अब यह क्या है जो तुमने कर डाला?

पिछली रात मैंने चार पुरुषों के साथ संसर्ग किया है।

अब पांच पाउंड दान पात्र में डालो और मैं तुम्हें एक और पुरुष के संसर्ग की इजाजत देता हूं।

देखो! मन अत्यंत लोभी है, अहंकार और कुछ नहीं बल्कि लोभ है।

पतंजलि ने यह अध्याय लिखा, अनेक लोगों का अनुभव है कि अगर वे इसे न लिखते तो उत्तम रहता। लेकिन उनके पास बहुत वैज्ञानिक मन है। वे संभव हो सकने वाली सारी बात का नक्शा खींचना चाहते थे, और उन्होंने यह अध्याय बस लोगों को सचेत करने के लिए लिखा कि ऐसी चीजें घटती हैं। जहां तक मेरा संबंध है, मैं सोचता हूं कि उन्होंने इसे सम्मिलित करके बिलकुल उचित कार्य किया है, क्योंकि अनभिज्ञता में तुम पर लोभ के हावी होने की अधिक संभावना है। यदि तुम्हें पता है और तुम सारे मामले को समझते हो और तुम जानते हो कि अहंकार का अंतिम आक्रमण कहां होने वाला है, तो तुम अधिक सावधानीपूर्वक तैयारी कर सकते हो, और जब यह होता है तो तुम असावधान होकर नहीं फंस सकोगे।

मैं पूर्णतः प्रसन्न हूं कि उन्होंने 'विभूतिपाद' सिद्धियों और शक्तियों के बारे में यह अध्याय लिखा है, क्योंकि भले ही तुम उनकी खोज में न हो वे अपने आप से घट सकती हैं। जितना तुम अंदर की ओर विकास करते हो बहुत सी चीजें अपने आप से घटने लगती हैं। ऐसा नहीं है कि तुम उनको खोज रहे हो या उनकी तलाश में हो—वे तो परिणाम हैं। प्रत्येक चक्र की अपनी शक्तियां होती हैं। जब तुम उनसे होकर गुजरते हो, वे तुम्हारे लिए उपलब्ध हो जाती हैं। व्यक्ति जहां जा रहा है, वहां से जान कर गुजरना और सतर्क रहना शुभ है।

'तब विभिन्न तलों की अधिष्ठाता, अधिभौतिक सत्ताओं के द्वारा भेजे गए निमंत्रणों के प्रति आसक्ति या उन पर गर्व से बचना चाहिए, क्योंकि यह अशुभ के पुनर्जीवन की संभावना लेकर आएगा।'

जब ये शक्तियां घटने लगती हैं तुम्हें उच्चतर सत्ताओं से, अधिभौतिक सत्ताओं से निमंत्रण मिलने लगते हैं। तुमने थियोसोफिस्टों के बारे में अवश्य सुना होगा या तुमने अवश्य पढ़ा होगा। उनका सारा कार्य इन्हीं अधिभौतिक सत्ताओं से संबंध है। वे उन्हें 'दि मास्टर्स' कहा करते थे। ऐसी अधिभौतिक सत्ताएं हैं जो मनुष्यों से संवाद करती रहती हैं। और जब कभी तुम ऊपर उठते हो तुम उनके लिए उपलब्ध हो जाते हो, तुम उनके साथ और लयबद्ध हो जाते हो। तुम्हें अनेक निमंत्रण, अनेक संदेश मिलते हैं।

यही है जिसको मुसलमान पैगाम, संदेश कहते हैं; और वे मौहम्मद को पैगंबर, संदेश प्राप्त करने वाला व्यक्ति कहते हैं। वे उनको अवतार नहीं कहते, वे उन्हें ईश्वर का अवतरण नहीं कहते। वे उन्हें बुद्ध, वह व्यक्ति जो ज्ञानोपलब्ध हो गया है नहीं कहते; वे उन्हें जिन, वह जिसने जीत लिया है नहीं कहते; वे उन्हें मसीहा, क्राइस्ट भी नहीं कहते। नहीं। उनके पास इसके लिए अति परिशुद्ध, वैज्ञानिक शब्दावली है; वे उन्हें संदेशवाहक, पैगंबर कहते हैं। इसका अभिप्राय बस यही है कि वे ऊंचे उठ गए हैं और अब वे कार्यरत नहीं रहे, कुछ और सत्ताएं, उच्चतर सत्ताएं उन पर अधिकार कर चुकी हैं। वे एक माध्यम बन गए हैं।

और यही है भी। मोहम्मद अनपढ़ थे; यह सोच पाना या कल्पना कर पाना करीब-करीब असंभव ही है कि उन्होंने कुरान जैसे सुंदर काव्य का सृजन कर लिया होगा। यह अतुलनीय रूप से सुंदर है। यह महानतम गीतों में से एक है; और यदि तुम किसी को इसका गायन करते सुन सको तो तुम तुरंत ही इससे प्रभावित हो जाओगे। भले ही तुम इसका अर्थ न समझो, इसमें अतिशय शक्ति है। इसकी ध्वनि में ही तुम्हें प्रकंपित करने की अत्याधिक शक्ति है।

मोहम्मद अनपढ़ थे, जानते ही नहीं थे कि कैसे पढ़ा जाता है, कैसे लिखा जाता है, साहित्य और शब्दों के संसार के बारे में वे कुछ भी नहीं जानते थे। अचानक ही एक पर्वत पर ध्यान करते समय वे उपलब्ध हो गए, और उन्हें सुनाई पड़ा–'पढ़ो।' यह शब्द 'पढ़ो।' लेकिन उन्होंने कहा : मैं कैसे पढ़ सकता हूं? 'कुरान' शब्द का अभिप्राय है–'पढ़ो।' मैं कैसे 'पढ़' सकता हूं? मैं तो जानता भी नहीं, मोहम्मद ने कहा, और वे बहुत अधिक घबड़ा गए। किसने कहा यह? उनको कहीं कोई दिखाई भी न पड़ा। दुबारा आवाज आई–'पढ़ो।' यह उनके अपने हृदय से आ रही थी; वे एक माध्यम बन गए थे। और निःसंदेह वे अपने अतीत के बारे में सोच रहे थे, और यह आवाज उनके भविष्य के बारे में कुछ कह रही थी। यह आवाज कह रही थी, मैं पढ़ सकता हूं, चिंता मत करो। बस पढ़ो–मैं तुम्हारे माध्यम से पढ़ रहा होऊंगा। तुम गाओ–मैं तुम्हारे माध्यम से गा रहा होऊंगा। तुम कहो, मैं तुम्हारे माध्यम से कह रहा होऊंगा। बस जरा अपने आप को रास्ते से हटा लो।

यह इतना विचित्र, इतना अप्रत्याशित था कि उन्हें तेज बुखार हो गया; वे इतना अधिक परेशान जो

थे। वे घर आए, बीमार पड़ गए। उनकी पत्नी ने पूछा, क्या हो गया है? सुबह तो आप बिलकुल भले-चंगे थे, और इतना तेज बुखार? वे बोले, मैं तुम्हें एक बात कहता हूं: या तो मैं पागल हो गया हूं या उस पार से कुछ घटित हुआ है। मुझे विश्वास ही नहीं होता कि मैं किसी काम के योग्य भी हूं, लेकिन मैंने एक आवाज सुनी है जो कहती है, पढ़ो! गाओ! और मैं नहीं जानता कि क्या गाऊं—और यही नहीं, मैंने गाना शुरू भी कर दिया। मैंने खुद को वे बातें कहते हुए सुना जिनके बारे में मैंने कभी सोचा भी नहीं था, और वे परिपूर्ण काव्य की भांति, लय, ताल और सब कुछ के साथ बाहर आ रही थीं। मैं तो इस पर विश्वास ही नहीं कर सकता। या तो मैं पागल हो गया हूं या मुझ पर किसी ने कब्जा कर लिया है। अब मैं तुम्हारा वही पति नहीं रहा जो सुबह घर से गया था, दौड़ो और किसी वैद्य को बुला कर लाओ, मुझे उपचार की आवश्यकता है। मैं लगातार पागल होता जा रहा हूं। और मुझे अब भी यही आवाज सुनाई पड़ रही है—गाओ! और सुंदर कविताएं मेरे भीतर उतर रही हैं और मेरे हृदय को भरती जा रही हैं।

पत्नी उनकी पहली शिष्या थी। उसने उनके चरणस्पर्श किए। वह उनके चारों ओर प्रभामंडल देख सकी। यह ज्वर नहीं था; यह उनके आभामंडल का प्रथम प्रस्फुटन था। वे ज्वरग्रस्त महसूस कर रहे थे, क्योंकि यह इतना उत्तप्त, इतना नया था, और वे परेशान हो गए थे, क्योंकि वे तैयार नहीं थे, उन्हें ऐसी कोई आशा नहीं थी, उन्होंने इसके लिए कोई योजना नहीं बनाई थी।

यदि उन्हें पतंजलि के बारे में पता होता तो ऐसा नहीं हुआ होता। पतंजलि ने हर बात लिख दी है; उन्होंने सारी यात्रा, अंतर्यात्रा का नक्शा बना दिया है। तो वे इस सूत्र को समझ गए होते। इस सूत्र की आवश्यकता थी।

'तब विभिन्न तलों की अधिष्ठाता, अधिभौतिक सत्ताओं के द्वारा भेजे गए निमंत्रणों के प्रति आसक्ति या उन पर गर्व से बचना चाहिए, क्योंकि यह अशुभ के पुनर्जीवन की संभावना लेकर आएगा।'

लेकिन पतंजलि कहते हैं, स्मरण रखो, जब तुम उच्चतर तलों के वाहक बन जाओ, गर्व करना मत आरंभ करो, अपने आप को चुने हुए कुछ में या चयनित अनुभव करना मत आरंभ करो। ऐसा मत अनुभव करने लगो कि तुम्हें छांटा गया, चुना गया, चयनित किया गया है और तुम विशिष्ट हो। अन्यथा यही तुम्हारे पतन का कारण बन जाएगा।

एक सूफी कहानी है :

एक मुर्शिद के मुर्शिद का मुर्शिद, जब कि अभी वह युवा ही था, लोगों के एक समूह में बोल रहा था। इस समूह में एक बड़ी आंखों वाला दरवेश साधारण भूरे वस्त्र पहने बैठा हुआ था। यह दरवेश लगातार वक्ता की ओर देखता रहा। उसने ऐसी जानने वाली दृष्टि से उसे देखा कि वक्ता घबड़ा गया और वहां से हट गया। वक्तव्य समाप्त होने पर यह दरवेश उसके पास गया और उससे बोला कि वह उसे

दीक्षा देने के लिए भेजा गया है। ऐसा नहीं हो सकता, मेरे पिता पहले से ही मेरी दीक्षा के लिए व्यवस्था कर चुके हैं।

मैंने तुम्हें बताया कि मुझे भेजा गया है, दरवेश ने कहा।

कोई बात नहीं, मुझे अपने पिता की इच्छा को पूरा करना चाहिए, युवक के द्वारा इस प्रकार से जोर देने पर दरवेश वापस लौट गया।

उस रात उस व्यक्ति ने स्वप्न देखा कि उसके पिता उसे दरवेश द्वारा दीक्षित हो जाने के लिए कह रहे हैं। प्रातःकाल में वह दरवेश उसके कमरे में यह कहते हुए आया कि उसे दीक्षा देने उसको भेजा गया है।

क्या तुम एक दिन पहले की बात भी याद नहीं रख सकते? जाओ, मेरे पिता मेरी दीक्षा के लिए व्यवस्था कर रहे हैं।

दरवेश ने उसको देखा, वह अपनी आंखों में मुस्कुराया और बोला, क्या तुम अपना सपना भूल चुके हो?

इस पर वह व्यक्ति नतमस्तक हो गया और दरवेश द्वारा दीक्षित हो गया। इसके बाद कई दिनों तक यह व्यक्ति जीवन और पवित्र ग्रंथों के बारे में, हर प्रकार के प्रश्न इस दरवेश से पूछता रहा, जिनको उसने कंधे उचका कर अनुत्तरित छोड़ दिया। एक रात वह युवक अपने कमरे में बैठा सोच रहा था कि निश्चित रूप से वह इस शिक्षक के साथ कहीं नहीं पहुंचेगा जो उसके प्रश्नों के मामले में अज्ञानी प्रतीत होता है।

इसी विचार के समय दरवेश वहां प्रविष्ट हुआ और उसने फुसफुसा कर गहरे विश्वास के साथ कहा: 'तुम्हारे प्रश्नों का उत्तर मैं हूं।'

अब ये कहानियां बस कहानियों जैसी लगती हैं—पौराणिक, काल्पनिक, रूपक जैसी, या अधिक से अधिक प्रतीकात्मक। ऐसा नहीं है। वे वास्तविक हैं। यदि तुम तैयार हो, तुरंत ही उच्चतर तलों से संदेशों पर संदेश तुम पर आना आरंभ हो जाते हैं। वे लंबे समय से प्रतीक्षारत थे कि कोई व्यक्ति ग्रहणशील केंद्र बन जाए। जब ऐसा घटे, तो उनको इनकार मत करना। जब ऐसा हो, तो खुले और उपलब्ध रहना। पहली बात, अपने हृदय को, श्रद्धा को, खोल देना। और दूसरी बात, गर्व अनुभव मत करना। यदि तुम ये दो काम कर सके, परमात्मा तुम्हारे माध्यम से कार्य करना आरंभ कर देता है। तुम एक बांसुरी, एक पोला बांस बन जाते हो, वह तुम्हारे माध्यम से गाना आरंभ कर देता है।

लेकिन एक बार गर्व आ गया, गीत बंद हो जाता है। एक बार तुमने श्रेष्ठ समझना आरंभ किया नहीं कि गीत कमजोर पड़ने लगता है। यह अनेक लोगों के साथ हो चुका है। वे श्रेष्ठतर संसार, उच्चतर संसार, अधिभौतिक विश्व के संपर्क में आए और तभी उन्होंने गर्व अनुभव करना आरंभ कर दिया; तुरंत ही या कुछ समय के अंतराल में यह संपर्क पुनः खो गया, वे सामान्य हो गए।

किंतु तब वे बहुत बड़े धोखेबाज बन गए, क्योंकि वे यह स्वीकार नहीं कर सकते हैं कि अब संपर्क खो चुका है। मैंने ऐसे कई लोग देखे हैं जिनके पास वास्तव में चमत्कारी शक्तियां थीं, लेकिन तब वे अभिमानी हो गए। तभी शक्ति खो गई और फिर वे सामान्य जादूगर बन गए, क्योंकि वे यह विचार स्वीकार नहीं कर सकते कि अब वे ऐसा नहीं कर सकते हैं। वे यह किया करते थे, ऐसा एक बार हो चुका है।

यही तो हुआ है सत्य साईंबाबा के साथ। वे संपर्क में आए थे। पहला काम जो उन्होंने किया था वह उनसे नहीं हुआ था, लेकिन अब सब कुछ वे ही कर रहे हैं। पहली बात तो बस घट गई थी, लेकिन फिर उन्हें चमत्कारों का नशा, विशिष्टता का अभिमान हो गया। अब जो कुछ भी वे कर रहे हैं वह मात्र धोखाधड़ी है, अब उन्हें अपनी प्रतिष्ठा कायम रखनी है। अब वे एक आम जादूगर से भी निम्नस्तरीय हैं, क्योंकि कम से कम एक आम जादूगर यह मानता तो है कि वह तरकीबें कर रहा है।

किंतु यह तर्कयुक्त प्रतीत होता है। एक बार तुम कुछ कर सकते थे, और अब तुम उसे न कर सको, तब किया क्या जाए? इसके विकल्प में तुम कुछ और करते हो। तुम कुछ सीखना और कुछ करना आरंभ कर देते हो, किसी भी प्रकार से अपना वह स्तर यथावत रखना है, जो तुमने अपने चतुर्दिक निर्मित कर लिया है, अपनी छवि जो तुमने अपने चारों ओर बना रखी है।

जब कभी तुम्हारे साथ कुछ घटित हो—और यह अनेक के साथ होने वाला है, क्योंकि मैंने बहुत सी विधियां तुम्हारे लिए उपलब्ध करवा दी हैं; यदि तुम उनमें गहरे उतरते हो, तो अनेक चीजें तुम्हारे लिए उपलब्ध होने जा रही हैं—पहली बात यह कि उपलब्ध रहो; दूसरी बात यह इस पर गर्व मत करो। इसे एक तथ्य की भांति ग्रहण कर लो, इसका प्रदर्शन कभी मत करो।

और यदि यह तुम पर बलपूर्वक आए, तो शक्तियों से कहो कि तुम्हें एक छाया मात्र बना दे कि तुम्हें किसी प्रकार से पता ही न लगे कि तुम्हारे माध्यम से क्या घट रहा है। क्योंकि अगर तुम जान गए, तो पूरी संभावना है कि तुम्हारा पतन हो जाए, तुम अहंकार का संचय आरंभ कर दो—मैं यह कर सकता हूं, मैं वह कर सकता हूं—और तुम निम्नतर की ओर फिसलने लगो।

प्रवचन - 6

केवल परमात्मा जानता है

प्रश्न-सार

* उपद्रव की स्थितियों के मध्य गहरे और गहरे जाना कैसे संभव हो सकता है?

* जब मैं आपसे निकटता अनुभव करती हूं, उन क्षणों में मैं हंसना चाहती हूं। ऐसा क्यों होता है?

* इन रोगों का उपचार कैसे हो: कृपणता, बकवास करते रहना, अभिनेता व्यक्तित्व और अभिमान। क्या इनसे निबटने के लिए ध्यान प्रर्याप्त है?

* यह व्यक्ति जो प्रत्येक सुबह श्वेत वस्त्रों में उस कुर्सी पर बैठता है, कौन है?

प्रश्न : शरीर और-और संवेदनशील होता जा रहा है, यह और तेज गति से स्पंदित होता प्रतीत होता है। जितना अधिक चेतना और बोध पर कार्य होता है सचेतन बोध कम होता जाता है। पूर्व की ध्यान की अवस्थाओं या स्थितियों से ध्यान की न तुलना हो पा रही है, न पहचान बन रही है। शोर और सांसारिक ऊहापोह के मध्य में ग्रहणशील, निष्क्रिय ध्यान के लिए कम समय और अवकाश और शांत परिस्थितियां मिल पा रही हैं, फिर भी कुछ घट रहा है। तार्किक समझ के क्षीण होने की पृष्ठभूमि में भी आपके प्रति अगाध श्रद्धा है। यदि आप चाहें तो कृपया समझाएं वास्तव में क्या घटित हो रहा है? और स्पष्टतः उपद्रव की स्थितियों के मध्य गहरे और गहरे जाना कैसे संभव हो सकता है?

पहली बात, और सर्वाधिक आधारभूत बातों में से एक बात सदैव याद रखनी है कि व्यक्ति का पुनर्जन्म अराजकता में ही होता है। और कोई अन्य उपाय है भी नहीं। यदि तुम दुबारा जन्म पाना चाहते हो, तुम्हें परिपूर्ण अव्यवस्था से होकर गुजरना पड़ेगा। क्योंकि तुम्हारे पुराने व्यक्तित्व को छिन्न-भिन्न करना पड़ेगा। तुम टूट कर बिखर जाओगे। तुमने अपने बारे में जो कुछ भी विश्वास किया था वह धीरे-धीरे खोने लगेगा। वह सब जिससे तुमने अपना तादात्म्य किया हुआ था, मंद, धुंधला हो जाएगा। वह ढांचा जो समाज ने तुम्हें दिया हुआ है, वह चरित्र जो समाज ने तुम्हारे ऊपर थोप दिया था, खंड-खंड होकर गिर पड़ेगा। पुनः तुम बिना चरित्र के खड़े हो जाओगे जैसे कि तुम अपने जन्म के समय पहले दिन थे।

सब कुछ अस्त-व्यस्त हो जाएगा, और उस अराजकता में से, उस शून्यता में से तुम्हारा पुनर्जन्म होगा।

इसीलिए मैं बार-बार कहता हूं कि धर्म बड़ी हिम्मत की बात है। यह मृत्यु है, एक विराट मौत, लगभग आत्महत्या, स्वैच्छिक रूप से तुम मर जाते हो। और तुम नहीं जानते कि क्या होने जा रहा है,

क्योंकि तुम यह जान भी कैसे पाओगे कि क्या होने जा रहा है? तुम तो मृत हो, इसलिए श्रद्धा की आवश्यकता होती है।

इसीलिए साथ में, सतत रूप से, अराजकता के साथ ही साथ मेरे प्रति एक श्रद्धा विकसित हो रही है, फिर भयभीत होने की कोई आवश्यकता न रही। श्रद्धा सम्हाल ही लेगी। यदि साथ में श्रद्धा इसके साथ ही साथ न विकसित हो रही होती, तब खतरा हो सकता है, तब व्यक्ति विक्षिप्त हो सकता है। अतः वे लोग जिनमें श्रद्धा नहीं है, उनको वास्तव में ध्यान में नहीं उतरना चाहिए। यदि वे ध्यान में उतरेंगे, वे मरने लगेंगे, और उनको खड़े हो पाने के लिए कोई भूमि, कोई सहारा देने वाला माहौल नहीं मिलेगा।

अनेक लोग मेरे पास आते हैं और मुझसे पूछते हैं, 'यदि हम संन्यास न लें तो क्या आप हमारी सहायता नहीं करेंगे?' मैं तुम्हारी सहायता हेतु तैयार रहूंगा, किंतु तुम इसे लेने के लिए तैयार नहीं होओगे। क्योंकि यह केवल मेरे देने का प्रश्न नहीं है, यह तुम्हारे लेने का भी प्रश्न है। मैं उंड़ेल रहा होऊंगा, लेकिन यदि श्रद्धा नहीं है तो तुम इसको ग्रहण नहीं कर पाओगे। और जब कोई श्रद्धा नहीं तो इसको तुम पर उंड़ेलने का कोई औचित्य भी नहीं है। तुम जितना ग्रहणशील होगे उतनी मात्रा को ही ग्रहण करोगे। संन्यास तुम्हारी गहरी श्रद्धा का प्रतीक भर है, इसे दर्शाता है कि अब तुम मेरे साथ जा रहे हो—जब सारा तर्क कहे मत जाओ, तब भी, जब तुम्हारा मन प्रतिरोध करे और कहे, यह तो खतरनाक है, तुम असुरक्षा के संसार में जा रहे हो, तब भी। जब तुम्हारा मन तुम्हें, तुम्हारे चरित्र और तुम्हारे रंग-ढंग को बचाने का प्रयास करें, तब भी, यदि तुम मेरे साथ जाने को तैयार हो, तो तुम्हारे भीतर श्रद्धा है।

श्रद्धा कोई भावनामात्र नहीं है; यह भावुक होना नहीं है। यदि तुम सोचते हो कि यह केवल भावुक लोगों के लिए है, तो तुम गलत हो। गहरी भावुकता में तुम कह सकते हो, मुझको श्रद्धा है, लेकिन यह कोई बहुत सहायक नहीं होने जा रहा है, क्योंकि जब सभी कुछ खो रहा होगा, तब जो पहली चीज खोएगी वह तुम्हारी श्रद्धा है। यह बहुत कमजोर, नपुंसक है। श्रद्धा को इतना गहरा और ठोस होना चाहिए कि यह भावुकता जैसी न हो, यह कोई भावदशा नहीं है, यह तुम्हारे भीतर का कुछ ऐसा स्थायी भाव है, कि चाहे जो कुछ भी हो, कम से कम तुम श्रद्धा नहीं खोओगे।

यही कारण है कि मैं तुमसे छोटी चीजें करने के लिए कहता हूं। वे अर्थपूर्ण नहीं दिखाई पड़ती हैं। मैं गैरिक वस्त्र पर जोर देता हूं। कभी-कभी तुम सोचते होगे क्यों? इसमें क्या बात है? क्या मैं गैरिक वस्त्रों के बिना ध्यान नहीं कर सकता? तुम ध्यान कर सकते हो; यह बात जरा भी नहीं है। मैं तुमसे कुछ ऐसा करवा रहा हूं जो तर्कयुक्त नहीं है। गैरिक वस्त्रों के लिए कोई कारण नहीं है, इसका कोई वैज्ञानिक कारण नहीं है। कोई व्यक्ति किसी भी रंग के कपड़े पहन कर ध्यान कर सकता है और ज्ञान को उपलब्ध हो सकता है। मैं तुमको कुछ तर्कहीन बातें परीक्षण की भांति दे रहा हूं कि तुम मेरे साथ चलने को तैयार हो। मैं तुमको मूर्ख बना देने के लिए तुम्हारे गले में माला डाल देता हूं, जिससे तुम संसार में मूर्ख की भांति

जाओ। लोग तुम्हारे ऊपर हंसेंगे, वे सोचेंगे कि तुम पागल हो गए हो। यही तो मैं चाहता हूं, क्योंकि यदि तुम मेरे साथ तब भी चल सके, जब कि मैं तुम्हें लगभग पागल बनाए दे रहा हूं, तो ही मुझे पता लगता है कि जब वास्तविक संकट आएगा तुम श्रद्धावान रहोगे।

तुम्हारे चारों ओर ये संकट कृत्रिम रूप से खड़े किए गए हैं। वे बिना किसी कारण के आत्यंतिक रूप से महत्वपूर्ण हैं। उनकी महत्ता तर्क से गहरी है। सभी सदगुरुओं ने यह किया है।

जब इब्राहीम, एक सूफी सदगुरु अपने सदगुरु के पास दीक्षा के लिए आया, इब्राहीम एक सुल्तान था, और सदगुरु ने उसको देखा और उसने कहा: अपने वस्त्र त्याग दो, मेरा जूता ले लो और नंगे होकर बाजार में जाओ और मेरे जूते को अपने सर पर मारो। उसके पुराने शिष्यगण, वे लोग जो चारों ओर बैठे हुए थे, उन्होंने कहा: यह बहुत कठोरता है, ऐसा क्यों? आपने हमसे कभी ऐसा नहीं कहा? आपने हमसे कभी नहीं कहा–नग्न हो जाओ और बाजार जाओ और अपने सिर पर आपके जूते को मारो, आप सुल्तान इब्राहीम के प्रति इतने कठोर क्यों हैं?

सदगुरु ने कहा: क्योंकि उसका अहंकार तुम्हारे अहंकार से बड़ा है। वह एक सुल्तान है, और मुझे उसे गिराना है, वरना आगे का कार्य संभव न हो सकेगा।

लेकिन इब्राहीम ने कोई सवाल न पूछा, उसने बस वस्त्रों का त्याग कर दिया। यह उसके लिए अत्याधिक कठिन रहा होगा–उसी राजधानी में जहां वह सदैव सुल्तान की तरह रहा था, उसको हमेशा से करीब-करीब अतिमानव की भांति समझा गया था, गलियों से गुजरना, जिसमें वह कभी गया भी न था, और उस पर भी नग्न होकर, अपने सर पर जूता मारते हुए। लेकिन वह गया, शहर में घूमा। उसकी हंसी उड़ाई गई, बच्चों ने उसके ऊपर पत्थर फेंकना शुरू कर दिए–एक भीड़, एक बड़ी भीड़ उसका उपहास और हंसी उड़ाने लगी, जैसे कि वह पागल हो गया हो। लेकिन वह नगर में चारों ओर घूमा और वापस लौट आया।

सदगुरु ने कहा: तुम्हें स्वीकार किया जाता है, अब सब कुछ सम्भव है, तुम खुल गए हो।

तो इसका क्या कारण है? यदि तुम समझो, तो तुम समझ जाओगे कि वह उसके अहंकार को तोड़ने का एक उपाय है। जब अहंकार चला जाता है, श्रद्धा आ जाती है।

संन्यास तो बस एक उपाय है, एक ढंग है, यह देखने का, क्या तुम मेरे साथ आ सकते हो? मैंने तुम्हारे लिए इसे करीब-करीब नामुमकिन बना दिया है–मेरे चारों ओर उड़ने वाली अफवाहें। मैं उन्हें सहारा देता रहता हूं। और मैं तुमसे भी कहूंगा कि जितनी अफवाहें निर्मित कर सकते हो तुम भी करो। सत्य की चिंता मत करो, अफवाहें उड़ाओ। जो लोग इन अफवाहों के बावजूद मुझसे संपर्क करने में समर्थ हो पाएंगे, वे ही उचित, साहसी, हिम्मतवर लोग होंगे। उनके लिए बहुत कुछ संभव है।

इसलिए पहली बात यहां पर उपद्रव बहुत जान कर निर्मित किया गया है। इसलिए ऐसा मत सोचो कि यह किसी प्रकार की समस्या है। नहीं यह एक उपाय है।

और हर किसी के पास जाकर उपद्रव के बारे में मत पूछो, वरना वह सोचेगा कि तुम पागल हो रहे हो। मनोचिकित्सक के पास जाकर मत पूछो क्योंकि सारी मनोचिकित्सा, मनोविश्लेषण लोगों की एक बहुत ही गलत ढंग से सहायता करने के प्रयास में संलग्न हैं। वे तुम्हें एक समायोजित व्यक्ति बनाने की कोशिश करते हैं। यहां मेरा पूरा प्रयास तुम्हारे सभी समायोजन तोड़ने के लिए है। जिसे मैं सृजनात्मक उपद्रव कहता हूं इसे वे कुसमायोजन कहेंगे। और वे चाहते हैं कि हर कोई सामान्य हो जाए, बिना कभी यह सोचे हुए कि कौन सामान्य है।

समाज, बहुमत, भीड़ सामान्य है। कहां है कसौटी? किसे सामान्य के रूप में सोचा जाना चाहिए? कोई मापदंड नहीं है। भारत में किसी बात को सामान्य समझा जाएगा; उसी बात को चीन में सामान्य नहीं माना जाएगा। कोई बात जिसे स्वीडन में सामान्य समझा जाता है; उसी को भारत में सामान्य नहीं समझा जाएगा। प्रत्येक समाज का विश्वास है कि अधिकतर लोग सामान्य हैं। ऐसा नहीं है। और किसी व्यक्ति को भीड़ के साथ समायोजित होने के लिए बाध्य करना कोई रचनात्मकता नहीं है, यह बहुत प्राणहीन करने वाला कृत्य है।

समायोजन उन लोगों के लिए अच्छा हो सकता है जो समाज को प्रभावित कर रहे हैं, लेकिन यह तुम्हारे लिए अच्छा नहीं है। प्रत्येक समाज पुरोहितों, शिक्षकों, मनोचिकित्सकों का उपयोग बगावती लोगों को वापस लाने के लिए, उन्हें तथाकथित सामान्यपन और समायोजन में वापस धकेलने के लिए करता है। वे सभी स्थापित समाज की, यथास्थिति की सेवा करते हैं। वे सभी उस वर्ग की सेवा करते हैं जो प्रभावशाली है।

अब वे सोवियत रूस में यही कर रहे हैं। यदि कोई व्यक्ति साम्यवादी नहीं है तो कुसमायोजित है। वे उसको मानसिक चिकित्सालय में रखते हैं, वे उसको अस्पताल में भरती करा देते हैं। वे उसकी चिकित्सा करते हैं। अब सोवियत रूस में साम्यवादी न होना एक प्रकार की बीमारी है। कैसी मूर्खता है? उनके पास शक्ति है। वे तुम्हें बिजली के झटके देंगे, वे तुम्हारा मस्तिष्क निर्मल, ब्रेन-वॉश करेंगे; वे तुम्हें शामक औषधियां देंगे ताकि तुम मंदमति हो जाओ। और जब तुम अपनी आभा, अपनी मौलिकता खो चुके होओगे, जब तुम अपनी निजता खो चुके होओगे और तुम व्यक्तित्व विहीन हो गए होओगे, वे तुमसे कहते हैं, 'अब तुम सामान्य हो।'

याद रखो, मैं यहां तुम्हें सामान्य बनाने या समायोजित करने के लिए नहीं हूं। मैं यहां तुमको अविभाजित व्यक्ति बनाने के लिए हूं। और तुम भी अपनी नियति के अतिरिक्त अन्य किसी मानदंड को पूरा करने के लिए नहीं हो। मैं तुम्हें सीधे ही देख रहा हूं। मैं यह नहीं कह रहा हूं कि तुमको 'इसकी' भांति हो जाना है; क्योंकि इसी प्रकार तो तुम्हें विनष्ट किया गया है, इसी प्रकार तुम्हारे तथाकथित चरित्र का निर्माण किया गया

है। यही चरित्र एक रोग है, यह बीमारी है, इसी प्रकार से तुम बंध गए हो, पीड़ित हो। मुझको इसे विनष्ट, छिन्नभिन्न करना पड़ेगा, ताकि तुम मुक्त हो सको, ताकि पुनः तुम ऊंची उड़ान भरना आरंभ कर सको, पुनः तुम अपने स्वयं के अस्तित्व के रूप में सोचना आरंभ कर दो, पुनः तुम एक व्यक्ति बन सको।

समाज ने इसे इतना अधिक प्रदूषित कर दिया है, तुम्हें इतना अधिक भ्रष्ट कर दिया है, कि जब भी ऊहापोह की अवस्था आती है तुम भयभीत हो जाते हो–हो क्या रहा है? क्या मैं दीवाना हुआ जा रहा हूं।

एक बहुत प्रसिद्ध कहानी मैंने सुनी है, जब महारानी मेरी अमरीका यात्रा पर गईं और उनको सर्वाधिक प्रसिद्ध मनस्विद से मिलने को कहा गया।

परिचारिका ने सम्मानपूर्वक महारानी मेरी को भीतर आमंत्रित किया और मनस्विद से बोली : मैं रूमानिया की महारानी से आपकी भेंट करवाना चाहूंगी।

मनस्विद ने महारानी की ओर देखा और पूछा : कितने समय से वे सोचा करती हैं कि वे महारानी हो गई हैं?

क्योंकि मनस्विद सदैव उन्हीं लोगों की चिकित्सा कर रहा है जिनमें से कोई सोचता है कि वह सिकंदर है, कोई सोचता है कि वह चंगीज खान है, कोई सोचता है कि वह हिटलर है, कोई सोचती है कि वह क्लियोपेत्रा है। अतः निःसंदेह वह सोच ही न पाया कि महारानी मेरी रोमानिया की सम्राज्ञी स्वयं आई हैं। उसने सोचा, और कोई स्त्री पागल हो गई है, कितने समय से वे सोचा करती है कि वे महारानी हो गई हैं?

मैंने एक और कहानी सुनी है :

एक मनोचिकित्सक के पास एक रोगी को उसके मित्र लेकर आए, उन्होंने चिकित्सक को बताया कि वह व्यक्ति विभ्रमों से पीड़ित है कि बहुत शानदार किस्मत उसकी प्रतीक्षा में है। वह दो पत्रों की अपेक्षा कर रहा था जो उसे सुमात्रा में रबड़ की पौध और दक्षिण अफ्रीका में कुछ खानों के नामों के बारे में विस्तार से जानकारी देंगे।

यह एक पेचीदा मामला था, और मैंने इस पर कठोर परिश्रम किया है, मनोचिकित्सक ने अपने कुछ साथियों को बताया, और जैसे ही मैंने उस व्यक्ति को ठीक कर दिया, दोनों पत्र आ गए।

सचेत रहो। वे दो पत्र वास्तव में आ सकते हैं।

और भयभीत मत हो। भय उठता है, क्योंकि जैसे ही तुम अकेले चलना आरंभ करते हो भय उठ खड़ा होता है। व्यक्ति को असुरक्षा अनुभव होती है। शक उठ खड़ा होता है कि क्या मैं सही हूं? क्योंकि सारी भीड़ तो एक दिशा में जा रही है, तुमने अकेले चलना आरंभ कर दिया है। भीड़ के साथ संदेह कभी नहीं उठता, क्योंकि तुम सोचते हो : लाखों लोग इस दिशा में जा रहे हैं, इसमें कुछ तो बात होना चाहिए, कुछ है अवश्य। भीड़ का मन तुम पर हावी हो जाता है। इतने अधिक लोग गलत नहीं हो सकते, उन्हें सही होना चाहिए।

मैंने एक मनोवैज्ञानिक के बारे में सुना है जो पिकनिक पर गया था। वे ठीक स्थान खोजने के प्रयास में थे; तभी समूह के एक सदस्य ने उनको आने के लिए कहा। यह एक सुंदर स्थान है, वह बोला, सही स्थान। विशाल वृक्ष, छाया, साथ में प्रवाहित होती नदी, और पूर्णतः शांत।

मनोवैज्ञानिक ने कहा : हां, दस लाख चीटियां गलत नहीं हो सकतीं।

दस लाख चीटियां गलत नहीं हो सकतीं। जहां भी पिकनिक स्पॉट हो चीटियां एक साथ एकत्रित हो जाती हैं–मक्खियां और चीटियां। यही है हमारे भीतर का गणित, कि इतने सारे लोग, कि वे गलत नहीं हो सकते हैं। अकेले में व्यक्ति का सर चकराता है। भीड़ के साथ, इस ओर, उस ओर, सामने, पीठ पीछे, चारों तरफ लोग, व्यक्ति को बिलकुल ठीक लगता है। इतने सारे लोग जा रहे हैं; वे ठीक दिशा में ही जा रहे होंगे। और प्रत्येक व्यक्ति यही सोच रहा है।

कोई नहीं जानता कि वे कहां जा रहे हैं। वे जा रहे हैं क्योंकि सारी भीड़ जा रही है। और यदि तुम प्रत्येक व्यक्ति से निजी तौर पर पूछो, क्या तुम ठीक दिशा में जा रहे हो? वह कहेगा, मुझे नहीं पता, क्योंकि सारा संसार जा रहा है, इसीलिए मैं जा रहा हूं।

यहां पर मेरा सारा प्रयास तुम्हें सामूहिक मन से बाहर लाने के लिए, तुम्हें एक अविभाजित व्यक्तित्व बनाने में सहायता देने के लिए है। आरंभ में तुमको ऊहापोह का सामना करना पड़ेगा। और गहरी श्रद्धा की आवश्यकता होगी, आत्यंतिक श्रद्धा की आवश्यकता पड़ेगी। अन्यथा तुम सामूहिक मन से बाहर तो आ सकते हो, लेकिन हो सकता है कि तुम व्यक्तिगत मन में न आ सको, तब तुम पागल हो जाओगे। यही तो खतरा है। श्रद्धा के बिना ध्यान में जाना खतरनाक है। मैं तुम्हें इसमें जाने के लिए नहीं कहूंगा, मैं तुमसे कहूंगा कि सामान्य रहना बेहतर है, चाहे सामान्य रहने का कुछ भी अर्थ हो। समाज के साथ समायोजित होकर रहो। लेकिन अगर वास्तव में तुम एक महत्, महानतम अभियान पर जाने के लिए तैयार हो तो श्रद्धा करो। और तब ऊहापोह के लिए प्रतीक्षा करो।

तुम जितना अधिक सजग हो जाते हो, तो निःसंदेह तुम इसके प्रति कम बोधपूर्ण होते हो। क्योंकि कोई जरूरत नहीं है। सजग होना पर्याप्त है। सजग होने का बोध एक तनाव बन जाएगा। आरंभ में ऐसा ही है। तुम कार चलाना सीखना शुरू करते हो, निःसंदेह तुम ज्यादा परेशान होते हो, तुम्हें बहुत सी चीजों का खयाल रखना होता है–पहिया, गियर, क्लच, एक्सीलेरेटर, ब्रेक, सड़क, और यदि तुम्हारी पत्नी पिछली सीट पर बैठी हो...व्यक्ति को अत्याधिक होशपूर्ण होना पड़ता है, क्योंकि बहुत सारी चीजों को एक साथ सम्हालना पड़ता है। आरंभ में यह करीब-करीब असंभव ही प्रतीत होता है। फिर क्रमशः हर समस्या मिट जाती है, तुम आराम से कार चलाते रहते हो, तुम किसी मित्र से बात कर सकते हो, तुम रेडियो सुन सकते हो, तुम कोई गाना गा सकते हो या तुम ध्यान कर सकते हो। और फिर भी वहां कोई समस्या नहीं होती,

अब ड्राइविंग एक सहज स्फूर्त घटना बन चुकी है। तुम इसको जानते हो, अतः अब इसके प्रति आत्म-चेतन होने की कोई आवश्यकता नहीं है।

जब तुम ध्यान करते हो तो ठीक यही घटता है। आरंभ में तुम्हें चेतना के प्रति बोधपूर्ण होना पड़ता है। इससे एक तनाव, एक थकान आती है। धीरे-धीरे, जैसे-जैसे होश प्रगाढ़ होता है तब इसके प्रति सजग रहने की कोई आवश्यकता नहीं रहती है, यह अपने से ही श्वसन क्रिया की भांति होता रहता है, तुमको इसके प्रति सजग रहने की कोई आवश्यकता नहीं, यह स्वतः होता है। वास्तव में तो ध्यान के बाद की अवस्थाओं में यदि तुम अपनी जागरूकता को लेकर बहुत अधिक चिंतित होते हो, तो यह एक अवरोध होगा, जैसे कि यदि तुम अपनी श्वास प्रक्रिया के प्रति सजग हो जाओ तो तुम तुरंत ही इसकी प्राकृतिक लयबद्धता को भंग कर दोगे। यह स्वाभाविक रूप से ज़ारी रहती है, तुम्हें बीच में पड़ने की कोई आवश्यकता नहीं है।

और बोध को इतना स्वाभाविक हो जाना चाहिए...केवल तब ही यह संभव है; तुम सो रहे हो तब भी, बोध का प्रकाश सतत है, प्रदीप्त है, ज्योति जलती रहती है–जब तुम गहन निद्रा में हो तब भी।

और प्रश्न के बारे में अंतिम बात, तार्किक समझ के क्षीण होने की पृष्ठभूमि में भी आपके प्रति श्रद्धा अगाध है। तार्किक समझ तो समझ जरा भी नहीं है। यह नाम का भ्रम है। तर्क के माध्यम से व्यक्ति कभी कुछ नहीं समझता। व्यक्ति को जो अनुभव होते हैं बस वह उन्हीं को समझता है। तर्क एक झूठ है। यह तुम्हें भ्रामक अनुभूति देता है कि हां, तुम समझ चुके हो।

केवल अनुभवों के माध्यम से ही व्यक्ति समझता है, केवल अस्तित्वगत अनुभूति के माध्यम से ही समझ संभव है।

उदाहरण के लिए, यदि मैं प्रेम के बारे में बात करता हूं, तुम इसको तार्किक रूप से समझ लेते हो, क्योंकि तुम भाषा जानते हो, तुम्हें शब्द-विज्ञान की जानकारी है, तुम्हें शब्दों का अर्थ पता है, तुम वाक्यों की संरचना से परिचित हो, और तुम्हें इसके लिए प्रशिक्षित किया गया है, इसलिए तुम समझ जाते हो कि मैं क्या कह रहा हूं; लेकिन तुम्हारी समझ प्रेम के बारे में होगी, यह प्रेम की बिलकुल ठीक समझ नहीं होगी। यह प्रेम के बारे में होगी, यह प्रत्यक्ष समझ नहीं होगी। और प्रेम के बारे में तुम चाहे कितने ही तथ्य और सूचनाएं एकत्रित करते चले जाओ, तुम इस संकलन के माध्यम से कभी प्रेम को जानने में समर्थ नहीं हो सकोगे। तुम्हें प्रेम में उतरना पड़ेगा, तुम्हें इसका स्वाद लेना पड़ेगा, इसमें विलीन होना पड़ेगा, साहस करना होगा, केवल तब तुम प्रेम को समझ पाओगे।

तार्किक समझ तो बस एक बहुत उथली समझ है। और अधिक अस्तित्वगत बनो। यदि तुम प्रेम के बारे में जानना चाहते हो, तो पुस्तकालय में जाने और दूसरों ने प्रेम के बारे में क्या कहा हुआ है उनका मत

जानने के स्थान पर प्रेम में उतर जाना उत्तम है। यदि तुम ध्यान करना चाहते हो, पुस्तकों से ध्यान के बारे में सब कुछ सीखने के बजाय सीधे ही ध्यान में जाओ, इसका अनुभव लो, इसका आनंद लो, इसमें प्रवेश करो, इसको अपने चारों ओर घटने दो, इसे अपने भीतर घटने दो, तभी तुम जान लोगे।

तुम बिना नृत्य किए ही कैसे जान सकते हो कि नृत्य क्या है? इसे पुस्तकों के द्वारा जानना असंभव है। यहां तक कि किसी नर्तक को नृत्य करते हुए देख कर जानना भी काफी कठिन है, तब भी यह जानना नहीं है, क्योंकि तुम इसका बाह्य रूप देखते हो, बस शरीर की हलचल। तुम नहीं जान सकते कि नर्तक के भीतर क्या घट रहा है? उसमें कैसी लयबद्धता उत्पन्न हो रही है? कैसी चैतन्यता, कैसा बोध, कैसा मणिभीकरण, कैसा संकेंद्रण उसमें निर्मित हो रहा है? तुम इसे देख नहीं सकते, तुम इसका अनुमान नहीं लगा सकते। बाहर से यह उपलब्ध नहीं है, और तुम नर्तक के भीतरी संसार में प्रवेश नहीं कर सकते। वहां पहुंचने का एकमात्र उपाय है–नर्तक बन जाना है।

जो कुछ भी सुंदर, गहन और श्रेष्ठ है उसे जीना ही पड़ता है।

श्रद्धा जीवन की श्रेष्ठतम बातों में से एक है। प्रेम से भी श्रेष्ठ; क्योंकि प्रेम घृणा को जानता है। श्रद्धा को इसके बारे में कुछ भी नहीं पता। प्रेम अभी भी द्वैत में है, घृणा का भाग छिपा रहता है, यह अभी छूट नहीं पाया है। तुम एक क्षण में ही अपने प्रिय से घृणा कर सकते हो। कुछ भी इसका कारण बन सकता है और घृणा वाला भाग ऊपर आ जाता है और प्रेम वाला भाग नीचे चला जाता है। प्रेम में यह केवल आधा भाग ही है जिसे तुम प्रेम कहते हो, बस सतह के ठीक नीचे घृणा सदैव प्रतीक्षारत रहती है कि छलांग लगा कर तुम पर कब्जा जमा सके। और यह तुम्हारे ऊपर हावी हो जाती है। प्रेमी लड़ते रहते हैं, सतत संघर्ष। किसी व्यक्ति ने प्रेम के बारे में एक पुस्तक लिखी है, उसका शीर्षक सुंदर है : दि इंटीमेट एनिमी, अंतरंग शत्रु। प्रेमी शत्रु भी है।

किंतु श्रद्धा प्रेम से श्रेष्ठतर है, यह अद्वैत है। इसे घृणा का जरा भी पता नहीं है। यह किसी ध्रुवीयता, किसी विपरीत को नहीं जानती है। यह बस एक ही है। यह शुद्धतम प्रेम है–घृणा से परिशुद्ध किया गया प्रेम, प्रेम जिसने घृणा के भाग को पूर्णतः त्याग दिया है, प्रेम जो खट्टे अनुभव, कटु अनुभव में नहीं बदल सकता, प्रेम जो लगभग अपार्थिव, दूसरे संसार का हो चुका है।

अतः केवल वे ही, जो प्रेम करते हैं, श्रद्धा कर सकते हैं। यदि तुम प्रेम और श्रद्धा से बचना चाहते हो, तो तुम्हारी श्रद्धा बहुत निम्न स्तर की होगी, क्योंकि यह अपने साथ घृणा वाला भाग सदैव लिए हुए होगी। तुम्हें पहले अपनी ऊर्जा को प्रेम में से गुजारना होगा, ताकि तुम प्रेम और घृणा के द्वैत के प्रति बोधपूर्ण हो सको। तब वह हताशा होगी जो घृणा वाले भाग से आती है, फिर अनुभव के माध्यम से एक समझ का जन्म होगा और तब तुम घृणा वाले भाग को त्याग सकते हो। तभी शुद्ध प्रेम, परम सार, शेष रहता है। पुष्प भी वहां नही होता, बस सुगंध मात्र होती है, तब तुम श्रद्धा में ऊर्ध्वगमन करते हो।

निःसंदेह इसका तार्किक समझ से कुछ भी लेना देना नहीं है। वास्तव में तो तार्किक समझ जिस मात्रा में खोती है उतनी ही श्रद्धा उत्पन्न होगी। एक अर्थ में श्रद्धा अंधी और एक अर्थ में श्रद्धा दृष्टि की एक मात्र सुस्पष्टता है। यदि तुम तर्क से सोचो तो श्रद्धा अंधी दिखेगी। बुद्धिवादी सदैव श्रद्धा को अंधा कहेंगे। यदि तुम श्रद्धा को अनुभव के माध्यम से देखो तो तुम हंसोगे, तुम कहोगे, मुझे पहली बार अपनी आंखें उपलब्ध हुई हैं। तो वहां श्रद्धा ही एकमात्र सुस्पष्टता है। दृष्टि, क्रोध और घृणा के किसी बादल के बिना अत्यंत पारदर्शी, नितांत निर्मल हो जाती है।

प्रश्न : दो-तीन माह पूर्व प्रवचन के दौरान मैं खूब रोया करती थी। जब आप भले ही कोई हंसी की बात न कह रहे हों, तब भी। जब मैं आपसे निकटता अनुभव करती हूं उन क्षणों में मैं हंसना, हंसना और हंसना चाहती हूं। ऐसा क्यों है?

लेकिन क्यों? किसलिए? हंसो। इसे एक प्रश्न और समस्या क्यों बनाती हो?

यह कृष्ण राधा ने पूछा है। पहले वह पूछा करती थी : 'मैं क्यों रो रही हूं?' अब किसी प्रकार से, किसी चमत्कार से वह रो नहीं रही है, बल्कि हंस रही है; लेकिन समस्या बनी हुई है।

हम समस्याओं से क्यों चिपकते हैं? भले ही तुम प्रसन्नता अनुभव करो, अचानक मन कहता है, क्यों? जैसे कि प्रसन्नता भी कोई बीमारी है। व्याख्या की आवश्यकता पड़ती है, तार्किक व्याख्या की आवश्यकता होती है; वरन प्रसन्नता भी मूल्यवान न होगी।

यह सतत जारी रहता है। मैं देखता हूं, लोग मेरे पास आते हैं, वे परेशान हैं, वे पूछते हैं, क्यों? मैं समझ सकता हूं, जब तुम पीड़ा अनुभव कर रहे हो तो यह पूछना स्वाभाविक है, मैं समझ सकता हूं कि व्यक्ति पूछता है, क्यों? लेकिन मैं जानता हूं कि उनका 'क्यों' उनके संताप से गहरा है। शीघ्र ही वे प्रसन्नता भी अनुभव करने लगते हैं, और पुनः वे वहां हैं–बहुत परेशान, क्योंकि वे प्रसन्न हैं। अब 'क्यों' पीड़ा है।

मैं तुमसे एक कहानी कहता हूं :

एक मनोचिकित्सक के कार्यालय में एक व्यक्ति आता है और कहता है, डाक्टर साहब, मैं तो पागल हुआ जा रहा हूं, मैं सोचता रहता हूं कि मैं जेब्रा हूं। हर बार जब मैं दर्पण में खुद को देखता हूं अपने पूरे शरीर को काली धारियों से भरा हुआ पाता हूं।

मनोचिकित्सक ने उसको शांत करने का प्रयास किया–शांत हो जाएं, शांत हो जाएं–चिकित्सक कहता है, अब बस शांत हो जाएं, घर जाएं और ये गोलियां खा लें, रात्रि में अच्छी नींद सोएं, और मैं आश्वस्त हूं कि काली धारियां पूरी तरह से मिट जाएंगी।

तो वह बेचारा घर चला जाता है और दो दिन बाद लौटता है। वह कहता है, डाक्टर साहब, मुझको बहुत फायदा हुआ है। क्या आपके पास सफेद धारियों के लिए भी कोई गोली है?

लेकिन समस्या जारी रहती है।

एक बार ऐसा हुआ, कोई व्यक्ति एक पागल नवयुवक को मेरे पास लेकर आया। उस नवयुवक के मन में एक भ्रामक विचार था कि सोते समय उसकी नाक या मुंह से होकर एक मक्खी उसके शरीर में प्रविष्ट हो गई है और यह उसके भीतर भिनभिनाती रहती है। इसलिए निःसंदेह वह बहुत परेशानी में था। वह इधर को मुड़ता, उधर को मुड़ता और अपने अंदर घूमते दरवेशों के कारण ढंग से बैठ भी न पाता, वह सो भी नहीं सकता, एक सतत उपद्रव। इस आदमी के साथ क्या किया जाए? इसलिए मैंने उनसे कहा : तुम बिस्तर पर लेट जाओ, दस मिनट आराम करो, और जो किया जा सकता है हम करेंगे।

मैंने उसे एक चादर ओढ़ा दी जिससे वह देख न सके कि क्या हो रहा है, और कुछ मक्खियां पकड़ने को सारे घर में इधर-उधर दौड़ता फिरा। यह मुश्किल था, क्योंकि मैंने पहले कभी मक्खी पकड़ी नहीं थी। लेकिन लोगों को पकड़ने के अनुभव से सहायता मिली। किसी भी तरह से मैं तीन मक्खियां पकड़ सका। उन्हें मैंने एक बोतल में बंद किया, उस आदमी के पास लाया, उसके ऊपर कुछ ऊटपटांग तरह से हस्त संचालन किए, तब उसे आंखें खोलने को कहा, और उसे मैंने वह बोतल दिखाई।

उसने उस बोतल को देखा। वह बोला, जी हां, आपने कुछ मक्खियां पकड़ ली हैं, लेकिन ये छोटी वाली हैं, बड़ी वाली अभी भी भीतर हैं—और वे बहुत बड़ी हैं। अब मामला कठिन हो गया। इतनी बड़ी मक्खियां कहां से लाई जातीं? उसने कहा : मैं आपका बहुत-बहुत आभारी हूं, कम से कम आपने छोटी मक्खियों से छुटकारा दिला दिया है, लेकिन बड़ी मक्खियां वास्तव में बहुत बड़ी हैं।

लोग उलझे रहते हैं। यदि तुम एक ओर से उनकी सहायता करो, वे उसी समस्या को दूसरी ओर से ले आएंगे—जैसे कि निश्चित तौर से उसकी गहरी जरूरत हो। इसको समझने का प्रयास करो। समस्या के बिना जीना बेहद कठिन है, मानवीय स्तर पर करीब-करीब असंभव। क्यों? क्योंकि समस्या तुम्हें घबड़ा देती है। समस्या से तुम्हें कार्य मिल जाता है। समस्या से तुम्हें किसी व्यस्तता के बिना व्यस्तता मिल जाती है। समस्या तुम्हें उलझाए रखती है। यदि कोई समस्या न हो तो तुम अपने अस्तित्व की परिधि से चिपके नहीं रह सकते। तुम केंद्र द्वारा आकर्षित कर लिए जाओगे।

और तुम्हारे अस्तित्व का केंद्र रिक्त है। बिलकुल पहिए के धुरे की भांति होता है यह। रिक्त धुरे पर पूरा पहिया घूमता है। तुम्हारा अंतर्तम केंद्र रिक्त, कुछ नहीं, ना-कुछपन, शून्य, खाली, खाई की भांति है। तुम उस खालीपन से भयभीत हो, इसलिए तुम पहिए की परिधि से चिपके रहते हो, अथवा यदि तुम थोड़े साहसी हो तो अधिक से अधिक तुम तीलियों से चिपके रहते हो; लेकिन तुम धुरे की ओर कभी नहीं बढ़ते। व्यक्ति भयभीत, कंपित अनुभव करने लगता है।

समस्याएं तुम्हारी सहायता करती हैं। सुलझाने के लिए कोई समस्या हो तो तुम भीतर कैसे जा सकते हो? लोग मेरे पास आते हैं और वे कहते हैं, हम भीतर जाना चाहते हैं, लेकिन कुछ समस्याएं हैं। वे सोचते हैं, क्योंकि समस्याएं हैं इसीलिए वे भीतर नहीं जा रहे हैं। असली बात बिलकुल दूसरी है; क्योंकि वे भीतर जाना नहीं चाहते, वे समस्याएं निर्मित करते हैं।

इस समझ को अपने भीतर जितना संभव हो सके उतनी गहराई तक उतर जाने दो; तुम्हारी सभी समस्याएं बनावटी हैं।

मैं तुम्हारी समस्याओं का, बस शिष्टाचारवश उत्तर दिए चला जाता हूं। वे सभी बनावटी, बुनियादी रूप से अर्थहीन हैं। लेकिन वे तुमको स्वयं की उपेक्षा करने में सहायता देती हैं, वे तुम्हें भटकाती हैं। ऐसा प्रतीत होता है कि कोई भीतर कैसे जा सकता है? पहले तो इतनी सारी समस्याएं पड़ी हैं सुलझाने के लिए। लेकिन एक समस्या सुलझती है कि तुरंत दूसरी उठ खड़ी होती है। और यदि तुम निरीक्षण करो, देखो, तो तुम्हें पता लगेगा कि दूसरी समस्या में भी वही गुणधर्म है जो पहली में था। इसको सुलझाने का प्रयास करो; तीसरी आ जाती है, विकल्प तुरंत तैयार है।

मैं तुमसे एक कहानी कहता हूं :

मनोचिकित्सक : तुम किशोरवय बच्चे एक उपद्रव हो। तुम्हारी भीतर उत्तरदायित्व की कोई भावना ही नहीं है। भौतिक पदार्थों के बारे में भूल जाओ और विज्ञान, गणित और उन जैसे विषयों के बारे में सोचो। तुम्हारी गणित कैसी है?

रोगी : कोई बहुत अच्छी तो नहीं है।

मैं तुम्हारी तथ्यात्मक सूचना के लिए एक परीक्षण करूंगा। अब मुझे कोई नंबर बताओ।

रायल 3447, यही वह स्टोर है जिसमें मेरी प्रेमिका कार्य करती है।

मुझे कोई फोन नंबर नहीं चाहिए, बस कोई साधारण सा नंबर बता दो।

ठीक है, सैंतीस।

यह ठीक है, अब कृपया दूसरा नंबर बताओ।

बाईस।

और फिर।

सैंतीस।

अच्छा, ठीक है, देखो यदि तुम चाहो तो तुम्हारा मन दूसरी दिशाओं में भी कार्य कर सकता है।

बिलकुल ठीक, 37, 22, 37, क्या फिगर है?

पुनः गर्लफ्रेंड पर वापसी, यदि फोन नंबर से नहीं तो आंकड़ों से यही चलता चला जाता है, अनंत तक।

सारतत्व को देखो। पहली बात तो यही है कि तुम समस्याएं क्यों निर्मित करना चाहते हो? क्या वे वास्तव में समस्याएं हैं? क्या तुमने अपने आपसे सर्वाधिक मूलभूत प्रश्न पूछा है: क्या वास्तव में समस्याएं हैं, या तुम उन्हें निर्मित कर रहे हो, और तुम उन्हें निर्मित करने के आदी हो गए हो, और तुम उनके साथ रहते हो और यदि समस्याएं न हो तो अकेलापन अनुभव होता है? तुम संतापग्रस्त भी रहना पसंद करोगे, लेकिन तुम रिक्त होना नहीं चाहोगे। लोग अपनी पीड़ाओं तक से चिपकते हैं किंतु रिक्त होने को राजी नहीं हैं।

मैं रोज इसे देखता हूं। एक दंपति आते हैं। दोनों वर्षों से झगड़ रहे हैं, वे कहते हैं कि पंद्रह वर्षों से वे लड़ा करते हैं। पंद्रह वर्षों से विवाहित हैं और लगातार लड़ रहे हैं और एक-दूसरे के लिए नरक निर्मित कर रहे हैं। तब तुम अलग क्यों नहीं हो जाते? तुम पीड़ा से क्यों चिपक रहे हो? या तो बदल जाओ या अलग हो जाओ। अपना सारा जीवन बर्बाद करने में क्या सार है? लेकिन मैं देख सकता हूं कि क्या घट रहा है। वे अकेले होने के लिए तैयार नहीं हैं। कम से कम पीड़ा से उनको साथ तो मिलता है। और वे नहीं जानते कि अब यदि वे अलग हो जाते हैं वे अपने जीवन को किस भांति संचालित करने जा रहे हैं। वे लगातार चलने वाले संघर्ष, क्रोध, बकवास, लड़ाई और हिंसा के एक निश्चित ढांचे में समायोजित हो चुके हैं। उन्होंने इसकी तरकीब सीख ली है। अब वे नहीं जानते कि किसी और के साथ, एक अलग परिस्थिति में, भिन्न व्यक्तित्व के साथ, कैसे रहा जाए। किसी और के साथ कैसे रहा जाए? वे और कुछ जानते भी नहीं उन्होंने संताप की एक विशिष्ट भाषा सीख ली है। अब वे इसमें क्षमता और कौशल अनुभव करते हैं। किसी नये व्यक्ति के साथ होने का अर्थ है दुबारा अ ब स से आरंभ करना। पंद्रह साल एक निश्चित कार्य व्यापार में संलग्न रहने के बाद व्यक्ति कहीं और जाने में भयग्रस्त अनुभव करता है।

मैंने एक बड़े फिल्म स्टार के बारे में सुना है, जो एक मनोचिकित्सक के पास गया और बोला, मुझमें संगीत की कोई प्रतिभा नहीं है, अभिनय की कोई योग्यता नहीं है। मैं कोई खूबसूरत, सजीला व्यक्ति नहीं हूं। मेरा चेहरा कुरूप है, मेरा व्यक्तित्व बहुत दुर्बल है। मुझे क्या करना चाहिए? और वह एक प्रसिद्ध फिल्म अभिनेता है।

इस पर वह मनोचिकित्सक बोला: लेकिन आप अभिनय छोड़ क्यों नहीं देते? यदि आपको लगता है कि आप में कोई प्रतिभा नहीं है, कोई मेधा नहीं है, और यह वह कार्य नहीं है जिसे आपको करना है, तो आप इस कार्य से हट क्यों नहीं जाते?

उसने कहा: क्या? इसमें बीस साल काम करने के बाद, और अब जब कि मैं करीब-करीब एक प्रसिद्ध सितारा बन चुका हूं?

तुम्हारी पीड़ाओं में भी तुम्हारा निवेश है। देखो। जब एक समस्या हटे बस देखो, वास्तविक

समस्या तुरंत ही किसी और पर स्थानांतरित हो जाएगी। यह ऐसा ही है जैसे कोई सर्प अपनी केंचुली उतारता रहता है, लेकिन सांप वही रहता है। यह 'क्यों?' ही सर्प है। जब तुम रोया करती थी तब भी यही चिंतित था। अब रोना बंद हो चुका है, तुम हंस रही हो। सांप अपनी पुरानी केंचुली से बाहर आ गया है। अब समस्या है, क्यों?

क्या तुम बिना किसी 'क्यों' के जीवन को नहीं सोच सकतीं? तुम जीवन को समस्या क्यों बना लेती हो?

एक व्यक्ति किसी यहूदी से बात कर रहा था, और वह व्यक्ति प्रश्नों के उत्तर को अन्य प्रश्नों द्वारा देने की यहूदी आदत से बहुत नाराजगी अनुभव कर रहा था। नाराज होकर अंत में उस व्यक्ति ने कहा : तुम यहूदी लोग प्रश्नों का उत्तर प्रश्नों द्वारा ही क्यों दिया करते हो?

यहूदी ने उत्तर दिया : हम ऐसा क्यों न करें?

लोग एक वर्तुल में घूमते चले जाते हैं। हम ऐसा क्यों न करें, फिर एक प्रश्न पूछ लिया गया।

जरा इस के भीतर देखो। यदि तुम हंस रही हो, सुंदर है यह बात। वास्तव में यदि तुम मुझसे पूछो तो रोना भी सुंदर बात थी, इसमें कुछ भी गलत नहीं था। यदि तुम मुझसे वास्तव में पूछती हो, तब मैं कहूंगा, जो कुछ भी है, स्वीकारो। यथार्थ को स्वीकार करो, और तब रोना भी सुंदर है, और 'क्यों?' की पूछताछ में उलझने की कोई आवश्यकता नहीं है। क्योंकि यह पूछताछ तुम्हें तथ्यात्मकता से भटका देती है। तब रोना महत्वपूर्ण नहीं है–तुम क्यों रो रही हो। कारण की तलाश करते हुए, तब वास्तविक खो जाता है और तुम कारण का पीछा करती रहती हो, यह कहां है? तुम्हें कारण कहां मिल सकता है? तुम कारण कैसे पा सकती हो? तुम्हें संसार की प्राथमिक उत्पत्ति तक जाना पड़ेगा, वहां कभी कोई आरंभ नहीं हुआ था।

जरा सोचो। 'क्यों?' का उत्तर देने के लिए आत्यंतिक रूप से तुम्हें संसार के बिलकुल आरंभ तक जाना पड़ेगा। और कोई आरंभ कभी था ही नहीं। संसार हमेशा से, सदा और सदा रहा है।

जीने के लिए किसी प्रश्न की आवश्यकता नहीं है। और उत्तरों की प्रतीक्षा मत करो, प्रश्नों को गिराना आरंभ कर दो। जीयो, और तथ्य के साथ जीयो। रोना-चिल्लाना हो, रोओ। इसका आनंद लो। यह एक सुंदर घटना है, विश्रांतिदायक, निर्मल करने वाली, शुद्ध करने वाली। हंसना सुंदर है, हंसो। हंसी को अपने ऊपर मालकियत कर लेने दो। ऐसे हंसो कि तुम्हारा सारा शरीर इससे आंदोलित और इसके साथ कंपित हो। यह शुद्ध करने वाला होगा, यह जीवंतता देने वाला होगा, यह तुम्हें पुनः ताजगी से भर देगा।

लेकिन तथ्य के साथ रहो। कारणों में मत जाओ। अस्तित्वगत के साथ रहो इसकी चिंता मत लो कि यह इस भांति क्यों है, क्योंकि इसका उत्तर नहीं दिया जा सकता है। बुद्ध ने अपने शिष्यों से कई बार कहा, प्रश्न मत पूछो, कम से कम पराभौतिक प्रश्न तो पूछो ही मत, क्योंकि वे मूढ़ताएं हैं। यथार्थ के साथ रहो।

जीवन आत्यंतिक रूप इतना सुंदर है, इसे अभी क्यों नहीं जी रही हो? रोना, यह जीवन की एक मुद्रा है, हंसना भी जीवन की एक मुद्रा है। कभी कभी तुम दुखी होती हो। यह जीवन की एक मुद्रा, एक भाव-दशा है। सुंदर है। कभी कभी तुम आनंदित हो और हर्ष से प्रफुल्लित हो रही हो, और नृत्य कर रही हो। यह भी अच्छा और सुंदर है। जो कुछ भी घटता है, इसे स्वीकार करो, इसका स्वागत करो, और इसके साथ रहो; और तुम देखोगी कि धीरे धीरे तुमने प्रश्न पूछने की और जीवन से समस्याएं निर्मित करने की आदत त्याग दी है।

और जब तुम समस्याएं निर्मित नहीं करती, जीवन अपने सारे रहस्य खोल देता है। यह उस व्यक्ति के सम्मुख कभी नहीं खुलता जो प्रश्न पूछता चला जाता है। जीवन अपने को अनावृत करने को तैयार है यदि तुम इसे समस्या न बनाओ। यदि तुम समस्या बनाती हो तो तुम्हारा यह निर्माण ही तुम्हारी आंखें बंद कर देता है। तुम जीवन के प्रति आक्रामक हो जाती हो।

वैज्ञानिक प्रयास और धार्मिक प्रयास के बीच यही भेद है। वैज्ञानिक एक आक्रामक व्यक्ति है, जो सदा जीवन से सत्य छीनने का प्रयास करता है, जीवन को सत्य प्रदान करने के लिए बाध्य करता है– करीब-करीब बंदूक की नोक पर, हिंसक ढंग से। धार्मिक व्यक्ति जीवन के समक्ष बंदूक के साथ खड़ा होकर प्रश्न नहीं पूछा करता। धार्मिक व्यक्ति जीवन के साथ बस विश्रांत हो जाता है, बहता है इसके साथ, और जीवन धार्मिक व्यक्ति के लिए इतने अधिक रहस्य उदघाटित कर देता है, जो वह वैज्ञानिक के सामने कभी न करता। वैज्ञानिक तो सदा मेज से नीचे गिरने वाले जूठन के टुकड़ों को एकत्रित करता रहता है। वैज्ञानिक को कभी अतिथि की भांति निमंत्रण नहीं मिलने वाला है। जो जीवन को प्रेम करते हैं, इसका स्वागत करते हैं, इसे किसी प्रश्न के साथ नहीं बल्कि श्रद्धापूर्वक, हर्ष के साथ स्वीकार करते हैं, वे ही अतिथि बन जाते हैं।

प्रश्न : इन रोगों का बिलकुल सही उपचार कैसे हो?

पहला : कृपणता।

दूसरा : बकवास करना, पूर्णत्व की चिंता करते रहना।

तीसरा : अभिनेता व्यक्तित्व, अर्थात सदैव ऐसा व्यवहार करना जैसे कि यह कोई नाटक हो।

चौथा : अभिमान, इसमें उसके बारे में अभिमान सम्मिलित है जिसे मैंने बाद में अपनी शांतिमयता के रूप में सोचना आरंभ कर दिया है।

क्या इनसे निबटने के लिए ध्यान पर्याप्त है, या किसी अतिरिक्त चीज की आवश्यकता पड़ती है, जैसे कि होशपूर्वक उनमें अति तक संलग्न हो जाना, या उन्हें नजरअंदाज करने का प्रयास, या शायद सचेतन रूप से उनकी उपेक्षा करना?

कृपणता तुम्हारे भीतर करीब-करीब एक अंतःनिर्मित गुण बन चुकी है। समाज का पूरा ढांचा इसे निर्मित करता है। यह चाहता है कि तुम लोगों से चीजें छीन लो और दो मत। यह तुम्हें महत्वाकांक्षी बनाता है, और महत्वाकांक्षी व्यक्ति कृपण हो जाता है। महत्वाकांक्षा कोई भी हो, सांसारिक, असांसारिक–लेकिन महत्वाकांक्षी व्यक्ति कृपण हो जाता है। क्योंकि वह सदैव भविष्य की तैयारी कर रहा है, वह जीना और बांटना सहन नहीं कर सकता। वह कभी भी अभी और यहीं नहीं होता। यदि उसके पास धन है, तो यह धन भविष्य के लिए है, अभी के लिए नहीं है। और भविष्य में तुम किस भांति बांट सकते हो? बांटना तो केवल वर्तमान में ही संभव है। उसके पास अपने बुढ़ापे के लिए धन है। या लोग हैं जिनके पास उनका चरित्र और सद्गुण, उनके भविष्य के जीवन के लिए, स्वर्ग के लिए हैं। वे इसी समय कैसे बांट सकते हैं? वे संचय कर रहे हैं, भविष्य में कभी घटने वाली किसी बड़ी घटना की तैयारी में संलग्न हैं। इस समय वे निर्धन हैं।

सभी महत्वाकांक्षी लोग निर्धन हैं, और उनकी निर्धनता के कारण वे कृपण हो गए हैं। वे सभी कुछ पकड़ते चले जाते हैं। व्यर्थ की चीजें वे जोड़ते रहते हैं।

एक व्यक्ति के साथ मैं रहा करता था। मैं यह देख कर हैरान था कि उनका पूरा घर एक कबाड़खाना था। उस घर में तो रहना भी कठिन था; वहां कोई स्थान बचा ही न था। और वे जो भी मिले लगातार एकत्रित किए चले जाते थे। एक दिन मैं टहलने गया था, उनको मैंने सड़क के किनारे पड़ा हुआ साइकिल का एक हैंडिल उठाते हुए देखा, बस एक हैंडिल। उन्होंने चारों तरफ देखा, और उन्हें दिखा कि उन्हें कोई भी नहीं देख रहा है, वे हैंडिल उठा कर अपने घर ले आए, जब मैं वापस लौटा, मैं उनके घर चला गया और कहा, 'वह हैंडिल कहां है?'

वे थोड़ा सा घबड़ाए, उन्होंने कहा : क्या आपने इसे देखा था?

मैं वहां था।

लेकिन वे कहने लगे, यह एक अच्छी चीज है। और कौन जानता है? धीरे-धीरे मैं पूरी साइकिल एकत्रित कर सकूं। और इसमें गलत भी क्या है? और मैंने इसको चुराया नहीं है, कोई इसको फेंक गया था।

इस भांति वे चीजें एकत्रित करते चले गए–व्यर्थ की वस्तुएं–लेकिन वे सदैव भविष्य के बारे में सोचते रहते हैं। किसी दिन ये चीजें उपयोगी हो जाएंगी; किसी दिन उनकी जरूरत पड़ सकती है। कौन जाने?

तुम अपने घर में ऐसा नहीं कर रहे होओगे, लेकिन तुम सभी अपने हृदय में यही करते हो। यदि तुम अपने हृदय में, अपने मन में उतर कर देखो, तुम्हें यह कबाड़खाने जैसा लगेगा। तुमने कभी इसे साफ नहीं किया है। तुम इसमें कचरा भरते जाते हो, और फिर तुम भारी हो जाते हो, और तब तुम बोझिलता अनुभव करते हो, और तब तुम उपद्रव में फंसा हुआ अनुभव करते हो। और फिर आंतरिक कुरूपता का जन्म होता है।

लेकिन संताप के आधार को समझने का प्रयास करो। यह भविष्य में कहीं और रहने के विचार में निहित है। यदि तुम्हें अभी और यहीं रहना हो तो तुम कभी कृपणतापूर्वक नहीं जी सकते, क्योंकि तुम बांट सकते हो। कोई भी चीज किसलिए एकत्रित की जाए? संचय किस लिए? ऐसी कोई अनिवार्यता नहीं है, कल हो ही, यह नहीं भी हो सकता है। बांटा क्यों न जाए? आनंदित क्यों न हुआ जाए? इसी क्षण जीवन तुम्हारे भीतर खिल रहा है। इसका आनंद लो, इसे बांटो। क्योंकि इसको बांटने से यह सघन हो जाता है। बांटने से, यह और अधिक जीवंत हो जाता है। बांटने से इसकी वृद्धि होती है और विकास होता है।

अतः सारी बात यह समझ लेना है कि भविष्य नहीं है। भविष्य को महत्वाकांक्षी मन द्वारा निर्मित किया जाता है। भविष्य समय का हिस्सा नहीं है। यह महत्वाकांक्षा का भाग है। क्योंकि महत्वाकांक्षा को गति करने के लिए स्थान की आवश्यकता होती है। तुम महत्वाकांक्षा को अभी तृप्त नहीं कर सकते। तुम जीवन को अभी और यहीं परितृप्त कर सकते हो, लेकिन महत्वाकांक्षा को नहीं। महत्वाकांक्षा जीवन के विपरीत है, जीवन विरोधी है।

जरा स्वयं को और दूसरों को देखो। लोग तैयारी कर रहे हैं, किसी दिन वे जीना आरंभ करेंगे। वह दिन कभी नहीं आता। वे करते जाते हैं तैयारी और वे मर जाते हैं। यह कभी नहीं आएगा क्योंकि यदि तुम तैयारियों में बहुत अधिक संलग्न रहे तो, वह एक लगाव बन जाएगा। तुम बस तैयार होगे, तैयारी करोगे और तैयारी करते चले जाओगे। यह इसी भांति है कि कोई व्यक्ति भविष्य के किसी उपयोग के लिए भोज्य पदार्थों का संचय करता चला जाए, और भूखा रहता रहे, भुखमरी का शिकार हो जाए, और मरने लगे। यही तो है जो लाखों व्यक्तियों के साथ घट रहा है। वे बहुत अधिक सामान से घिरे हुए, जिसका उपयोग किया जा सकता था, मर जाते हैं। वे सुंदरतापूर्वक जी सकते थे।

तुम्हारी महत्वाकांक्षा के अतिरिक्त और कोई तुम्हारा रास्ता नहीं रोक रहा है।

अतः कृपणता महत्वाकांक्षा का भाग है।

यह प्रश्न बोधिधर्म ने पूछा है। वह बहुत महत्वाकांक्षी है। सांसारिक अर्थों में नहीं—उसे बड़ा मकान नहीं चाहिए, उसे बड़ी कार की जरूरत नहीं है, उसे बड़े बैंक एकाउंट की आवश्यकता नहीं है। नहीं, उस ढंग से वह सरल है, बहुत सरल, लगभग महात्मा। उसके पास ज्यादा कुछ नहीं है और उसे इसकी चिंता भी नहीं है। लेकिन वह संबुद्ध होना चाहता है। यही है उसकी समस्या। और उसको संबुद्ध हो जाने की बहुत जल्दी है।

सारी मूढ़ताओं को गिरा दो। अभी और यहीं जीयो। भविष्य में किसी संबोधि की कोई आवश्यकता नहीं है। यदि तुम अभी यहीं जीयो, तुम संबुद्ध हो। जिस दिन तुम यह जान लोगे कि जीवन को इसी समय, अभी यहीं जीया जाना चाहिए, तुम संबुद्ध हो। जब व्यक्ति कभी अतीत के बारे में नहीं सोचता और न ही भविष्य की सोचता है। यह पल पर्याप्त है, अपने आप में काफी है। सारा संताप खो जाता है।

संताप है क्योंकि तुम जीने में समर्थ नहीं हो। इसलिए तुम लक्ष्य निर्मित करते हो–संबोधि एक लक्ष्य है, इससे तुम्हें एक अनुभूति मिलती है कि तुम महत्वपूर्ण हो, कि तुम कुछ कर रहे हो, तुम्हारा जीवन अर्थपूर्ण है, तुम कोई अर्थहीन जीवन नहीं जी रहे हो, तुम एक महान आध्यात्मिक खोजी हो। सभी अहंकार की यात्राएं हैं।

संबोधि कोई लक्ष्य नहीं है। यह परिणाम है। तुम इसे खोज नहीं सकते। तुम इससे कोई लक्ष्य नहीं बना सकते। यह इच्छा की वस्तु नहीं बन सकता है। जब तुम इच्छा रहित होकर अभी यहीं जीना आरंभ कर देते हो, अचानक यह वहां होती है। परिणाम है यह। यह ऊर्जस्वी जीवन, एक जीवंत व्यक्तित्व का–इतना जीवंत और इतना सघन, इतना प्रज्वलित, कि इसी क्षण में वह समय में इतना गहरा उतर जाता है कि वह शाश्वत को स्पर्श कर लेता है, का परिणाम है।

समय में दो गतियां है। पहली, एक पल से दूसरे पल की ओर–क्षैतिज–अ से ब को, ब से स को, स से द को। इसी भांति तुम जीया करते हो; इसी प्रकार से इच्छा चलती है–क्षैतिज। एक वास्तविक रूप से जीवंत व्यक्ति, संवेदनशील, जागरूक व्यक्ति अ से ब की ओर नहीं जाता, वह अ में गहरे उतरता है, अ में और गहरे उतरता है, और गहरे और गहरे और गहरे, उसकी गति ऊर्ध्वाधर होती है।

जीसस के क्रास का यही अर्थ है। क्रास ऊर्ध्वाधर और क्षैतिज दोनों है। क्रास के क्षैतिज भाग पर जीसस के हाथ फैले हैं। उनका पूरा शरीर ऊर्ध्वाधर भाग पर है। हाथ कर्म के प्रतीक हैं; कर्म क्षैतिज दिशा में गति करते हैं। अस्तित्व ऊर्ध्वाधर दिशा में गतिमान होता है।

अतः कर्म में बहुत अधिक डूबे मत रहो; अस्तित्व में और-और डूबो। और यही है ध्यान का सब कुछ। बिना कुछ किए होना सीखना है यह। कैसे हुआ जाए बिना कुछ किए। बस होना। और तुम इसी क्षण में गहरे और गहरे और गहरे उतरना आरंभ कर देते हो। और समय में यही ऊर्ध्वाधर गति शाश्वतता है।

तुम्हारे भीतर दोनों मिलते हैं–समय और शाश्वतता। अब इसका निर्णय तुम्हीं को करना है। यदि तुम महत्वाकांक्षा में जाते हो, तुम्हारी गति समय में होगी; और समय में मृत्यु का अस्तित्व है। यदि तुम इच्छा में गति करो तो तुम समय में जाओगे और समय में मृत्यु का अस्तित्व है। मृत्यु, अहंकार, इच्छा, महत्वाकांक्षा वे सभी क्षैतिज रेखा के अवयव हैं।

यदि तुम इसी क्षण में खोदना आरंभ करो और ऊर्ध्वाधर गति करो, तुम निर अहंकार हो जाते हो, तुम इच्छा विहीन हो जाते हो, तुम महत्वाकांक्षा शून्य हो जाते हो। लेकिन अचानक तुम जीवन से प्रज्ज्वलित हो उठते हो, तुम जीवन की घनीभूत ऊर्जा हो। परमात्मा ने तुमको अधिकृत कर लिया है।

ऊर्ध्वाधर गति करो, और सारे संताप खो जाते हैं।

बकवास करना, पूर्णत्व की चिंता करते रहना, यह भी तुम्हारे ऊपर थोपा गया है। तुम्हें पूर्ण होना

सिखाया गया है। वास्तविक बात समग्र होना है, पूर्ण नहीं; कोई भी पूर्ण नहीं हो सकता, क्योंकि पूर्णता एक स्थिर बात है। जीवन है गति। जीवन में कुछ भी पूर्ण नहीं हो सकता क्योंकि अधिक पूर्णता, और अधिक पूर्णता संभव है। यह विकसित होता जाता है, कोई अंत नहीं है इसका। एक सतत विकास है यह, सातत्य है। यह सदा विकासमान है, सदैव क्रांति घटती है इसमें। यह कभी उस बिंदु पर नहीं आता जहां तुम कह सको, 'अब यह पूर्ण है।'

पूर्णता एक छद्म विचार है, लेकिन अहंकार इसे चाहता है। अहंकार पूर्ण होना चाहता है, अतः यह तुमसे बकवास करता रहता है–पूर्ण हो जाओ। तब यह तनाव, पागलपन और विक्षिप्तताएं निर्मित करता है और अहंकार बनाए चला जाता है; अहंकार के खेल। अभी उसी दिन मैं एक परिभाषा पढ़ रहा था। इस परिभाषा में बताया गया है, न्यूरोटिक वह व्यक्ति है जो हवाई किले बनाता है, और साइकोटिक व्यक्ति वह है जो उन किलों में रहता है, और मनोचिकित्सक वह है जो किराया जमा करता है। यदि तुम न्यूरोटिक या साइकोटिक बनना चाहते हो तो पूर्ण होने का प्रयास करो।

और अभी तक पृथ्वी पर जितने भी धर्म हैं–संगठित धर्म, चर्च–लोगों को पूर्ण होना सिखाते रहे हैं। जीसस ने उसे नहीं सिखाया, ईसाईयत ने सिखाया है। बुद्ध ने उसे नहीं सिखाया, लेकिन बौद्ध धर्म ने सिखाया है। सभी संगठित धर्म लोगों को पूर्ण होना सिखाते रहे हैं। बुद्ध, जीसस, लाओत्सु, उन्होंने कुछ बिलकुल भिन्न बात कही है; उन्होंने कहा, समग्र हो जाओ। 'समग्र' में और 'पूर्ण होने' में क्या अंतर है? पूर्ण होना क्षैतिज रेखा है, पूर्णता भविष्य में कहीं है। समग्र होने को इसी क्षण में किया जा सकता है, इसी क्षण, यहां, अभी; इसे किसी समय की आवश्यकता नहीं है। समग्र हो जाना, प्रमाणिक हो जाना, तुम हो जाना–जो कुछ भी तुम हो, जैसे भी तुम हो, वही हो जाना है।

सामान्यतः तुम एक बहुत ही सीमित जीवन जीते हो। तुम अपनी ऊर्जा को पूरा खेल नहीं खेलने देते। विखंडित है जीवन। तुम किसी से प्रेम करना चाहते हो, लेकिन तुम पूरी तरह प्रेम नहीं करते। अब मैं यह नहीं कह रहा हूं कि अपने प्रेम को पूर्ण प्रेम बना दो। यह संभव नहीं है, क्योंकि पूर्ण प्रेम का अभिप्राय होगा कि अब और विकास संभव ही न रहा। यह मृत्यु हो जाता है। मैं कहता हूं अपने प्रेम को पूरा, समग्र बनाओ। प्रेम समग्रतापूर्वक करो। जो कुछ भी तुम्हारे भीतर है, इसे पकड़ कर मत रखो। इसे पूरी तरह दो, पूर्णता में दो। दूसरे में पूरी तरह प्रवाहित हो जाओ, रोको मत। यही एक मात्र चीज है जो तुम्हें समग्र बना देगी।

यदि तुम तैर रहे हो, पूरी तरह तैरो। यदि तुम चल रहे हो, पूरी तरह चलो। चलने में बस चलना ही बन जाओ, और कुछ भी नहीं। यदि तुम खा रहे हो, तो पूरी तरह खाओ।

किसी व्यक्ति ने एक बड़े झेन मास्टर चो चाऊ से पूछा: अपनी संबोधि के पूर्व आप क्या किया करते थे?

उसने कहा : मैं लकड़ियां काटा करता था और कुएं से पानी लाया करता था।

उस व्यक्ति ने पूछा : अब, जब कि आप संबुद्ध हो चुके हैं, आप क्या किया करते हैं?

उसने कहा : वही, मैं लकड़ियां काटता हूं और कुएं से पानी लाता हूं।

वह व्यक्ति थोड़ा चकराया, उसने कहा : लेकिन तब अंतर क्या है?

चो चाऊ ने कहा : अंतर बहुत है। पहले मैं साथ ही साथ बहुत सी चीजें और भी करता रहता था। लकड़ी काटते समय मैं अनेक चीजों के बारे में सोचता। कुएं से पानी लाते समय मैं अनेक चीजों के बारे में सोचता, लेकिन अब मैं बस पानी लाता हूं, मैं बस लकड़ी काटता हूं। यहां तक कि काटने वाला भी खो चुका है। बस काटना, बस काटना; वहां कोई नहीं है।

यह तुम्हें समग्रता की अनुभूति देगा। समग्रता को अपना सतत अवधान बनाओ। इसे स्मरण रखो। पूर्णता का विचार त्याग दो। यह तुम्हें तुम्हारे माता-पिता, अध्यापकों, विद्यालयों, विश्वविद्यालयों, चर्चों...द्वारा दिया गया है...लेकिन उन सभी ने तुम्हें विक्षिप्त बना दिया है। सारा संसार विक्षिप्तता से पीड़ित हो रहा है।

एक मां अपने छोटे से बच्चे को एक मनोचिकित्सक के पास ले गई, और उसने पूछा, डाक्टर, क्या दस वर्ष का कोई बच्चा एलिजाबेथ टेलर जैसी फिल्म स्टार से विवाह कर सकता है?

डाक्टर ने कहा : निःसंदेह नहीं, मैडम, यह नितांत असंभव है।

मां ने अपने छोटे से बच्चे की ओर देखा और बोली : देखो, मैंने तुमसे क्या कहा था? अब बाहर जाओ और तलाक ले लो।

न केवल बच्चा विक्षिप्त है, मां भी है—और मां उससे अधिक ही है। विक्षिप्त लोग विक्षिप्त बच्चों को जन्म देते हैं।

अनेक बार लोग मुझसे पूछते हैं—अनुराग ने बहुत बार पूछा है—मैंने कभी उत्तर नहीं दिया—आप अपने संन्यासियों को बच्चे पैदा करने की अनुमति क्यों नहीं देते? आप डाक्टर फड़नीस को इतना अधिक कष्ट क्यों देते हैं? पहले मैं चाहूंगा कि तुम विक्षिप्तता से मुक्त हो जाओ; वरना तुम विक्षिप्त बच्चों को जन्म दोगे। यह संसार विक्षिप्तता से भरा हुआ है। कम से कम इसे बढ़ाओ मत। मेरा जनसंख्या से कोई लेना देना नहीं है; यह राजनेताओं की चिंता है। मेरी चिंता है विक्षिप्तता। तुम विक्षिप्त हो, अपनी इसी विक्षिप्तता से तुम बच्चों को जन्म देते हो।

वे तुम्हारे लिए भी एक उपद्रव हैं। क्योंकि तुम अपने आपसे इतना ऊबे हुए हो कि तुम्हें कुछ उपद्रव चाहिए। बच्चे सुंदर उपद्रव हैं। वे और ज्यादा परेशानियां उत्पन्न करते हैं। तुम्हारी परेशानियां पुरानी हो चुकी हैं, तुम उनसे ऊब चुके हो। तुम भी नई परेशानियां चाहोगे। पति पत्नी से ऊब गया है, पत्नी पति से

ऊबी हुई है। वे चाहेंगे कि कोई उनके मध्य आकर खड़ा हो; एक शिशु। अनेक शादियां बच्चों के कारण बची हुई हैं। वरना वे बिखर गई होती। एक बार बच्चे हो जाएं, मां बच्चों के प्रति जिम्मेवारी के बारे में सोचने लगती है, पिता बच्चों के प्रति कर्तव्य के बारे में विचारना आरंभ कर देता है। अब एक सेतु है।

और माता और पिता दोनों अपनी स्वयं की समस्याओं, चिंताओं और पागलपन से बोझिल हैं। इन बच्चों को वे क्या देने जा रहे हैं? क्या है देने के लिए उनके पास? वे प्रेम के बारे में बात करते हैं, किन्तु वे हिंसक हैं। उनका प्रेम पहले से ही विषाक्त है, वे नहीं जानते प्रेम क्या है, और फिर प्रेम के नाम पर वे उत्पीड़न करते हैं। प्रेम के नाम पर वे बच्चों में जीवन को नष्ट करने का प्रयास करते हैं। वे उनका जीवन सांचे में ढाल देते हैं। प्रेम के नाम पर वे मालकियत करते हैं, वे अधिकार जमाते हैं। और निःसंदेह बच्चे बहुत असहाय हैं, इसलिए जो तुम करना चाहते हो करो। उनको पीटो, उन्हें उस प्रकार से या उस प्रकार से ढाल दो, अपनी अतृप्त इच्छाओं और महत्वाकांक्षाओं को ढोने के लिए उन्हें बाध्य करो, ताकि जब तुम मर जाओ तो वे तुम्हारी महत्वाकांक्षाएं लादे होंगे और वे उसी मूढ़ता को करने के प्रयास में रहेंगे जिसे तुम करने की कोशिश कर रहे हो।

मैं चाहूंगा कि तुम बच्चों को जन्म दो, लेकिन पिता बनना, मां बनना इतना सरल नहीं है।

एक बार तुम समग्र हो, फिर मां बन जाओ, पिता बन जाओ, तब तुम ऐसे बच्चे को जन्म दोगे जो स्वतंत्रता होगा, जो स्वास्थ्य और समग्रता होगा, जो अनुग्रह से भरा होगा, और वह संसार के लिए एक भेंट होगा। और वह संसार को जैसा यह है उससे कुछ बेहतर बनाएगा। अन्यथा नहीं, वरना तुम ही पर्याप्त हो!

'आप मुझको उस व्यक्ति के साथ एक ही कमरे में क्यों रखते हैं?' क्रोधित रोगी ने पागलखाने के डाक्टर से पूछा।

अस्पताल में भीड़ अधिक हो गई है, डाक्टर ने समझाया। क्या वह कोई परेशानी पैदा कर रहा है?

परेशानी, अरे वह तो पागल है! वह कमरे में चारों ओर यह कहते हुए देखता रहता है, 'न शेर हैं, न चीते हैं, न हाथी हैं', और सारे समय कमरा उन से भरा रहता है!

पागल लोग सोचते हैं कि दूसरे पागल हैं। पागल लोग कभी नहीं सोचते हैं कि वे पागल हैं। एक बार कोई पागल यह पहचान ले कि वह पागल है, तो वह सामान्य होने के रास्ते पर चल पड़ता है।

अपने पागलपन को देखने का प्रयास करो, इसे पहचानो। इससे तुम्हें सामान्य होने में सहायता मिलेगी।

बकवास करना, पूर्णत्व की चिंता करते रहना। समग्र होने का प्रयास करो। अन्यथा यह पूर्णत्व तुम्हें पगला देगा। समग्र हो जाओ। जो कुछ तुम करना चाहते हो करो, लेकिन इसे समग्रतापूर्वक करो। इसमें

विलीन हो, इसमें पिघल जाओ, और तुम्हें धीरे धीरे अपने अस्तित्व में खिलावट मिलने लगेगी। फिर, तब वहां तुम्हारे भीतर पूर्णता का कोई खयाल न बचेगा।

लेकिन तुम अपूर्ण, विभाजित, खंड-खंड हो। इसीलिए लगातार यह विचार उठता रहता है, कैसे पूर्ण हुआ जाए? समग्र हो जाओ, और यह विचार अपने आप से ही गिर जाएगा।

'अभिमान' और 'अभिनेता व्यक्तित्व'। निःसंदेह वे लोग जो पूर्ण होने के लिए प्रयास रत हैं, अभिनेता व्यक्तित्व ही बन जाएंगे। उनके पास मुखौटे होंगे, वे स्वयं को मुखौटों के पीछे छिपा लेंगे। वे दूसरों को अपनी सच्चाई नहीं देखने देंगे। वे सदैव कुछ का कुछ दिखाने का प्रयास करेंगे, वे पाखंडी बन जाएंगे। वे सदा अभिनय करने की, कुछ दिखाने की कोशिश करेंगे। उन्हें पता है कि वे कौन हैं, और वे सिद्ध करने का प्रयास करेंगे कि वे कोई और हैं।

और कठिनाई यह है कि भले ही वे दूसरों को समझाने में सफल न हो पायें लेकिन स्वयं को समझा पाने में वे सदैव सफल हो जाते हैं। इसी प्रकार से विक्षिप्तता का आरंभ होता है।

चाहे जो भी मूल्य हो, बस स्वयं हो जाओ। चाहे जो भी मूल्य हो, स्वयं हो जाओ। निष्ठावान बनो। आरंभ में बहुत भय होगा, क्योंकि तुम सोचते हो कि तुम एक महान व्यक्ति हो, और अचानक तुम स्वयं को एक सामान्य व्यक्ति के रूप में प्रकट कर देते हो। भय होगा, अहंकार आहत अनुभव करेगा, लेकिन इसे आहत अनुभव करने दो। वस्तुतः इसे भूखा रहने और मर जाने दो। इसको मर जाने में सहायता दो। सामान्य हो जाओ, सरल हो जाओ और तुम अधिक समग्र हो जाओगे और तनाव विलीन हो जाएंगे और लगातार अभिनय करने की कोई जरूरत न रहेगी। लगातार अभिनय करते रहना, प्रदर्शन के झरोखे में सतत खड़े रहना, बस देखते रहना कि लोग क्या सोच रहे हैं, और तुम्हें यह सिद्ध करने के लिए कि तुम विशिष्ट हो, क्या करना पड़ेगा—यह कितना बड़ा तनाव है। लेकिन जरा दूसरों के बारे में भी सोच लो, वे भी यही काम कर रहे हैं।

सारा संसार बहुत अधिक चिंता में है, क्योंकि प्रत्येक व्यक्ति कुछ ऐसा सिद्ध करने की कोशिश कर रहा है जो वह नहीं है, और दूसरे भी वही कर रहे हैं। और कोई यह देखना नहीं चाहता कि तुम महान हो। वे जानते हैं कि तुम महान नहीं हो, क्योंकि वे तुम्हारी महानता में कैसे विश्वास कर सकते हैं? वे स्वयं ही महान हैं। तुम भी जानते हो कि तुम्हारे अतिरिक्त कोई और महान नहीं है। भले ही तुम ऐसा न कहो, लेकिन गहरे में हर व्यक्ति यही विश्वास करता रहता है।

मैंने सुना है कि अरब देशों में एक मजाक प्रचलित है कि जब भी परमात्मा किसी नये मनुष्य की रचना करता है उसके साथ वह एक चाल खेलता है। वह उसके कान में फुसफुसाता है, मैंने अब तक जितने व्यक्ति बनाए हैं तुम उनमें सर्वश्रेष्ठ हो—महानतम। किंतु वह ऐसा प्रत्येक व्यक्ति के साथ करता रहा है, इसलिए प्रत्येक व्यक्ति अपनी स्वयं की महानता को लेकर आश्वस्त है।

पृथ्वी पर चलने का प्रयास करो। यथार्थ वादी बनो। और यदि तुम सामान्य हो, तो तुम अचानक अनेक द्वारों को खुलता हुआ देखोगे, जो तुम्हारी तनावग्रस्त अवस्था के कारण बंद थे। विश्रांत हो जाओ।

और निःसंदेह अभिमान बार बार अनेक रूपों में आ जाता है, अतः निरीक्षण करो। और सदा याद रखो कि यह सूक्ष्म ढंगों से आएगा, इसलिए अपने निरीक्षण को और शुद्ध, सही, सजग बनाओ।

हां, ध्यान से काम चल जाएगा। और किसी बात की आवश्यकता नहीं है। बस जरा सा ध्यान और करो, जिससे कि तुम चीजों को स्पष्टता से देख सको।

प्रश्न : ओशो, धीरे-धीरे मुझे अनुभव होता है कि आप मैं हैं। किंतु फिर यह व्यक्ति जो श्वेत वस्त्रों में प्रत्येक सुबह उस कुर्सी पर बैठता है, कौन है?

जी.ओ.के., अब मुझे इस गुप्त संकेत जी.ओ.के. का अर्थ समझाने दो। यही मेरा उत्तर है।

लंदन हास्पिटल के चिकित्सकों ने एक नवागत डाक्टर को सारा अस्पताल दिखाया। उसने फाइलिंग की व्यवस्था को देखा और उनके द्वारा अपनाई गई संकेताक्षर व्यवस्था के अच्छे विचार से प्रभावित हुआ–डिफ्थीरिया के लिए डी, मीजिल्स के लिए एम, टयूबर क्यूलोसिस के लिए टी बी, और इसी प्रकार से और सब। सभी बीमारियां पूरी तरह से नियंत्रण में थी सिवाय एक के जिसका संकेताक्षर था–जी.ओ.के.।

मैंने देखा है कि आपके यहां एक सत्यानाशी महामारी है, जी.ओ.के.। उसने कहा : लेकिन यह जी.ओ.के. है क्या बला?

ओह! उनमें से एक ने कहा : जब हम निदान नहीं कर पाते हैं हम लिख देते हैं : जी.ओ.के., गॉड ओनली नोज, केवल परमात्मा जानता है।

मैं नहीं जानता कि यहां इस कुर्सी पर बैठा हुआ और तुमसे बात करता हुआ यह व्यक्ति कौन है। केवल परमात्मा जानता है। जी.ओ.के.।

प्रवचन - 7

उच्चतम ज्ञान; संपूर्ण अभी

योग-सूत्र

क्षणतत्क्रमयोः संयमाद्विवेकजं ज्ञानम्।।53।

वर्तमान क्षण पर संयम साधने से क्षण विलीन हो जाता है, और आने वाला क्षण परम तत्व के बोध से जन्मे ज्ञान को लेकर आता है।

जातिलक्षणदेशैरन्यतानवच्छेदात् तुल्ययोस्ततः प्रतिपत्तिः।।54।

इससे वर्ग, चरित्र या स्थान से न पहचाने जा सकने वाली समान वस्तुओं मे विभेद की योग्यता आती है।

तारकं सर्वविषयं सर्वथाविषयक्रमं चेति विवेकजं ज्ञानम्।।55।

यथार्थ के बोध से उत्पन्न उच्चतम ज्ञान, सारी वस्तुओं और प्रक्रियाओं के भूत, भविष्य और वर्तमान से संबंधित समस्त विषयों की तत्क्षण पहचान के परे है, और यह वैश्विक प्रक्रिया का अतिक्रमण कर लेता है।

समय क्या है ? अब पतंजलि समयातीत प्रश्न, सनातन प्रश्न पूछते हैं; और वे इस पर "विभूतिपाद" के ठीक समापन पर आते हैं, क्योंकि समय को जानना महानतम चमत्कार है। यह जान लेना कि समय क्या है, जीवन क्या है को जान लेना है। यह जानना कि समय क्या है, यह जान लेना है कि सत्य क्या है। इसके पूर्व कि हम सूत्रों में प्रवेश करें, अनेक बातें समझना पड़ेंगी; वे इन सूत्रों का परिचय बनेंगी।

सामान्यतः जिसे हम समय कहते हैं वह वास्तविक समय नहीं है। वह क्रमागत (क्रोनोलॉजिकल) समय है। अतः स्मरण रखो कि समय का विभाजन और वर्गीकरण तीन ढंगों से किया जा सकता है। एक है : 'क्रमागत' दूसरा है : 'मनोवैज्ञानिक' और तीसरा है : 'वास्तविक।' क्रमागत समय वह है जिसे घड़ी बताती है। यह उपयोगी है, यह वास्तविक नहीं है। यह समाज द्वारा स्वीकार कर लिया गया एक भरोसा भर है। हम एक दिन को चौबीस घंटों में बांटने पर सहमत हैं। पृथ्वी अपनी धुरी पर एक वर्तुल पूरा करने में चौबीस घंटे लगाती है यह नितांत स्वैच्छिक है, हमने इसको चौबीस घंटों में विभाजित करने का निर्णय लिया हुआ है। फिर हमने प्रत्येक घंटे को साठ मिनटों में बांटने का निर्णय किया। इसी रूप में विभाजित करने की कोई आत्यंतिक आवश्यकता नहीं है। कोई और सभ्यता किसी और ढंग से बांट सकती है। हम एक घंटे को सौ मिनटों में बांट सकते हैं और कोई हमें रोकने नहीं जा रहा है। फिर प्रत्येक मिनट को हमने साठ सेकेंड में बांट रखा है। यह भी स्वैच्छिक है, मात्र उपयोगिता हेतु। यह घड़ी वाला समय है। इसकी आवश्यकता है, वरना समाज बिखर जाएगा।

सामान्य मानक जैसी कोई बात आवश्यक है–धन, चलने वाली मुद्रा की भांति। एक सौ रुपये का नोट या एक दस डालर का बिल, या और कुछ–यह एक सामान्य विश्वास है जिसे समाज उपयोग करने

के लिए सहमत हो गया है। लेकिन इसका अस्तित्व से कुछ भी लेना-देना नहीं है। यदि पृथ्वी से मनुष्य विलुप्त हो जाता है तो पाउंड स्टर्लिंग, डालर, रुपये सभी तुरंत मिट जाएंगे। मनुष्य के बिना पृथ्वी तुरंत ही बिना धन की हो जाएगी। चट्टानें होंगी, फूल अब भी खिलेंगे, वसंत आएगा और पक्षी गीत गाएंगे, और पतझड़ में पुरानी पत्तियां गिर जाएंगी, लेकिन वहां धन जरा भी न होगा। भले ही सड़कों पर धन के ढेर लगे हों, लेकिन यह धन जरा भी न होगा, क्योंकि इसको धन कहने के लिए एक आदमी की आवश्यकता होगी, इसे धन की भांति सम्मान देने के लिए एक मनुष्य चाहिए।

सरकार वचन दिए चली जाती है, प्रत्येक नोट पर एक वचन लिखा होता है, यदि तुम इस नोट को बैंक में प्रस्तुत करो, तो वित्तीय गवर्नर दस रुपये के बराबर मूल्य का सोना देने का वचन देता है। यह मात्र एक वचन है। जब वचन लेने के लिए ही कोई न हो, तो मुद्रा खो जाती है।

जब मनुष्य पृथ्वी पर न हो, घड़ियां समय बताना जारी रख सकती हैं, लेकिन यह समय जरा भी न होगा। किसी को उनकी चिंता न होगी, कोई उनकी ओर देखेगा भी नहीं। यदि मनुष्य वहां न हो तो घड़ी वाला समय तुरंत रुक जाएगा, यह मनुष्य निर्मित है, एक सामाजिक उप-उत्पत्ति है।

कोई समाज जितना ऊपर जाता है—और जब मैं कहता हूं ऊपर जाता है, तो मेरा आशय है कि यह जितना जटिल हो जाता है उतना ही वह और अधिक क्रमागत समय से ग्रस्त हो जाता है। आदिम मानव के पास घड़ी का कोई उपयोग नहीं है। यदि तुम उसको एक घड़ी उपहार में दो, तो वह बस आश्चर्यचकित हो जाएगा, यह किसलिए? वह इसका क्या करेगा? एक सभ्य मनुष्य घड़ी के बिना जी ही नहीं सकता। सभ्य समाज में घड़ी के बिना जी पाना करीब-करीब असंभव है क्योंकि पूरा समाज घड़ी के अनुसार जी रहा है, कभी कभी तो असंगत स्थितियों में भी।

मैं तुम्हें एक कहानी सुनाता हूं :

जैसे ही डाक्टर साहब सोने को तैयार हुए दरवाजे को जोर से खटखटाने की आवाज आई। वे उठ खड़े हुए और दरवाजे पर खड़े व्यक्ति से पूछा : क्या बात है?

मुझे एक कुत्ते ने काट लिया है, वह व्यक्ति बोला।

अच्छा, क्या तुम नहीं जानते कि मेरा रोगियों को देखने का समय बारह से तीन के बीच है?

जी हां, कराहते हुए रोगी ने कहा : लेकिन कुत्ता यह नहीं जानता और उसने मुझे चार बज कर बीस मिनट पर काट लिया। अब मुझे क्या करना चाहिए?

कुत्ते घड़ियों में भरोसा नहीं करते, और मामले असंगत अंत तक जा सकते हैं।

एक बार तुम घड़ी के अनुसार सोच लो तो तुम भूल जाते हो कि यह मात्र उपयोगी है। यह वास्तविक समय नहीं है।

एक और डाक्टर की कहानी :

अस्पताल के स्वागत विभाग में लगे सूचना-पट पर लिखा था; आपातकालीन दुर्घटनाओं का पंजीकरण। एक घायल और गंदला व्यक्ति लड़खड़ाता हुआ अंदर आया। उसकी पट्टियां खून से लथपथ हो गई थीं, दोनों पैर कांप रहे थे, वह खून का रिसाव रोकने के लिए अपनी बांह कस कर पकड़े हुए था। वह घिसटता हुआ डेस्क तक पहुंचा और कराहते हुए कहा : डाक्टर, डाक्टर।

रिसेप्शनिस्ट ने पूछा : महोदय, क्या आपने पहले से ही मिलने का समय ले रखा है?

यह इस आश्रम में भी हो सकता है, यह शीला के डेस्क पर घट सकता है।

एक बार क्रमागत समय को बहुत गंभीरता से ले लिया जाए तो व्यक्ति बाकी सब कुछ भूल जाता है। सारा पश्चिम समय से बहुत अधिक ग्रस्त है। प्रत्येक कार्य को ठीक समय से किया जाना है।

मेरे एक मित्र, अपने एक अंग्रेज मित्र के साथ, इंगलैंड की यात्रा पर थे, और वे मुझसे कहने लगे कि इंगलैंड में सब कुछ इतना औपचारिक हो गया है कि आप–चाय का समय, संध्या भोजन का समय, दोपहर के भोजन का समय जैसे शब्द सुनते हैं, उनका अभिप्राय क्या है? समय से भोजन के समय का निर्धारण कैसे किया जा सकता है जब तक कि तुम्हें भूख महसूस न हो रही हो? जब तुम कहते हो : भोजन का समय, तो इसका अर्थ है : भूख का समय–अब भूखे हो जाओ! और यदि तुम भूखे न हुए, तो तुम्हारे साथ कुछ गड़बड़ है। चाय के समय का अर्थ है, अब चाय के लिए तैयार हो। यदि तुम्हारे भीतर इसकी चाहत नहीं है तो तुम्हारे साथ कुछ गड़बड़ है; तुम्हें चाय पीना पड़ेगी। धीरे-धीरे लोग अपनी भूख, अपनी असली प्यास को भूल गए हैं। सब कुछ समय पर खाना-पीना है। घड़ी निर्णय करती है। घड़ी शासक बन चुकी है, वह शासन करती है। यह बहुत अवास्तविक संसार है–घड़ी द्वारा शासित।

अब शिक्षाशास्त्री हैं, मनोवैज्ञानिक हैं, जो माताओं को बताए चले जाते हैं कि वे अपने शिशु को निश्चित समयों पर हर तीन घंटे बाद दूध दिया करें। बच्चा रो रहा है, बच्चा भूखा है; उसकी मां घड़ी की ओर देखती है। अभी समय नहीं हुआ है। बच्चा भूखा है, यह कोई चिंता करने की बात नहीं है। घड़ी को देखा जाना चाहिए। क्योंकि जब बच्चा भूखा है, तो बच्चे का विश्वास नहीं किया जाता है, वरन डाक्टर का। अब यह कोई डाक्टर का काम नहीं है कि वह हस्तक्षेप करे। लेकिन एक बार तुम अवास्तविक से ग्रस्त हो जाओ, अनेक अवास्तविक चीजें तुम्हारे जीवन में आ जाती हैं।

मैंने सुना है, एक आयरिश व्यक्ति पैट सीढ़ी से गिर गया और जमीन पर बेहोश पड़ा था। उसके चारों ओर भीड़ एकत्रित हो गई और एक डाक्टर को बुलाया गया, डाक्टर ने तुरंत कह दिया कि यह बेचारा मर गया है। पैट ने अपनी आंखें खोलीं और इस आरोप का तत्परता से विरोध किया। 'शऽऽ!

पैट,' बगल में खड़े एक व्यक्ति ने उसे टोका, 'कुछ भी बोलो मत, निश्चित रूप से डाक्टर तुमसे बेहतर जानता है।'

यदि तुम जीवित हो और डाक्टर कहे कि तुम मर चुके हो, तो तुमको मुर्दा व्यक्ति की भांति व्यवहार करना पड़ेगा—क्योंकि निःसंदेह विशेषज्ञ जानता है और वह सबसे बढ़िया जानता है।

क्रमागत समय के साथ विशेषज्ञों का संसार अस्तित्व में आया, क्योंकि तुमने वास्तविकता में लगी अपनी जड़ों को विस्मृत कर दिया है। प्रत्येक बात के लिए तुम्हें किसी और से पूछना पड़ता है। लोग मेरे पास आते हैं और वे कहते हैं, 'ओशो, कृपया हमें बताइए कि हमें कैसा लग रहा है?' तुम्हें कैसा लग रहा है, तुम्हें पता होना चाहिए। लेकिन मैं समझता हूं। वास्तविकता के साथ स्पर्श, संपर्क, संबद्धता खो चुकी है। यहां तक कि तुम्हें कैसा लग रहा है, तुम्हें उसे जानने के लिए भी किसी के पास पूछने जाना पड़ता है, जिसे पता है तुम्हें किसी और पर भरोसा करना पड़ता है। यह दुर्भाग्य है, लेकिन यह धीमे चरणों में घटा है और मानव-जाति इसके प्रति जागरूक नहीं रही है।

क्रमागत समय अब प्रयोग नहीं किया जा रहा है। अब यह कोई साधन भर न रहा, यह करीब-करीब साध्य हो गया है। याद रखो, यह नकली समय है। इसका वास्तविकता से जरा भी लेना-देना नहीं है।

इससे गहराई में, बस इसके नीचे ही, एक और समय है, यह भी यथार्थ नहीं है, लेकिन क्रमागत समय से अधिक वास्तविक है; वह है मनोवैज्ञानिक समय। तुम्हारे भीतर एक घड़ी है, जैविक घड़ी। पुरुषों से अधिक स्त्रियां इसके प्रति संवेदी होती हैं। बहुत लंबे समय तक वे भी संवेदी नहीं रह पाएंगी क्योंकि वे हर भांति से पुरुषों की नकल करने की कोशिश में लगी हुई हैं। अभी भी उनका शरीर भीतरी घड़ी के अनुरूप कार्य करता है। प्रत्येक अट्ठाइस दिन बाद उन्हें मासिक धर्म होता है। शरीर भीतरी घड़ी की तरह, जैविक घड़ी के रूप में कार्य करता है।

यदि तुम निरीक्षण करो, तो तुम देखोगे कि प्रतिदिन एक निश्चित समय पर भूख लगती है। यदि तुम ठीक-ठाक और स्वस्थ हो, तब आवश्यकताएं एक निश्चित क्रमबद्धता ग्रहण कर लेती हैं, और वही क्रम पुनरुक्त होता रहता है। यह केवल तभी भंग होता है, जब तुम स्वस्थ न हो, अन्यथा शरीर सुचारु रूप से, एक सरल ढंग से संचालित होता रहता है। और यदि तुम्हें उस प्रारूप की जानकारी है, तो तुम उस व्यक्ति की तुलना में अधिक जीवंत होओगे जो घड़ी के अनुसार जीता है। तुम सत्य के अधिक निकट हो।

क्रमागत समय निश्चित होता है, इसे निश्चित होना ही पड़ेगा, क्योंकि यह सामाजिक अनिवार्यता है; लेकिन मनोवैज्ञानिक समय तरल है, यह उतना ठोस नहीं है, क्योंकि प्रत्येक व्यक्ति का अपना निजी मानसिक ढंग, अपना निजी मन होता है। क्या तुमने कभी देखा है? जब तुम प्रसन्न होते हो, तो समय तेज चलता है। तुम्हारी घड़ी तेज नहीं चलेगी, घड़ी को तुमसे कुछ भी लेना-देना नहीं है। यह अपने हिसाब से

चलती है–साठ सेकेंड में वह एक मिनट चलती है, साठ मिनट में वह एक घंटा चलती है। वह चलती रहेगी, भले ही तुम प्रसन्न हो या अप्रसन्न हो, इससे कोई अंतर नहीं पड़ता। यदि तुम अप्रसन्न हो तुम्हारा मन एक अलग समय में होगा, यदि तुम प्रसन्न हो तो तुम्हारा मन एक अलग समय में होगा। यदि अचानक तुम्हारा प्रियपात्र आता है, अप्रत्याशित रूप से द्वार पर दस्तक देता है, तो समय करीब-करीब रुक जाता है। घंटो बीत जाएंगे–तुम भले ही कुछ न कर रहे हो, बस हाथ पकड़े हुए हो, बैठे हुए हो, और चंद्रमा को देख रहे हो–घंटों बीत जाएंगे, और ऐसा प्रतीत होगा कि कुछ मिनट ही बीते हों। जब तुम प्रसन्न होते हो समय बहुत, बहुत ही तेज चलता है। जब तुम अप्रसन्न होते हो, किसी का निधन हो गया है, कोई ऐसा जिसको तुमने चाहा था उसकी मृत्यु घटित हो गई है–तब समय, बहुत, बहुत, बहुत ही धीरे-धीरे गुजरता है।

अभी उस रात्रि को ही मीरा आई। कुछ माह पूर्व उसके पति की मृत्यु हो गई। वह उसकी मृत्यु के बाद मुझसे मिलने आई थी, और मैंने उससे कहा था, चिंता मत करो, घाव ठीक हो जाएगा। इसमें थोड़ा वक्त लगेगा, करीब-करीब तीन माह लगेंगे। लेकिन वे तीन महीने एक औसत समय है क्योंकि यह उस व्यक्ति पर निर्भर करता है। अब वह पिछली रात दुबारा आई और उसने कहा : 'अब पांच महीने बीत चुके हैं और पीड़ा अभी भी है। निःसंदेह कम है, किंतु यह अभी भी है, यह गई नहीं है, और आपने कहा था कि तीन महीनों में पीड़ा विदा हो जाएगी।' मैं जानता हूं। कभी कभी इसमें एक वर्ष लगता है, कभी यह छह माह लेती है, कभी इसके विदा होने में तीन माह भी नहीं लगते, तीन दिन ही पर्याप्त होते हैं। यह क्रमागत नहीं है, यह मनोवैज्ञानिक है। यह तुम्हारे ऊपर निर्भर है, संबंधों पर निर्भर है कि तुम और तुम्हारे पति के मध्य किस प्रकार का संबंध रहा था।

और मैं जानता हूं कि संबंध अच्छा नहीं था। इसीलिए धाव अच्छा तो होगा लेकिन इसमें लंबा समय लगेगा। यह विरोधाभासी प्रतीत होता है, किंतु ऐसा ही होता है। यदि तुमने किसी व्यक्ति को प्रेम किया था और उसकी मृत्यु हो जाती है, तुम्हें उदासी अनुभव होगी, लेकिन तुम शीघ्र ही सामान्य हो जाओगे। कोई घाव नहीं होगा। तुमने उस व्यक्ति को प्रेम किया था, उसमें जरा भी अपूर्णता नहीं थी। लेकिन मीरा और उसके पति के बीच संबंध अच्छे नहीं थे, वर्षों से वे करीब-करीब अलग ही थे। वह प्रेम करना चाहती थी पर प्रेम कर नहीं पाई। वह उसके साथ रहना चाहती थी पर ऐसा हो न सका। अब पति विदा हो चुका है, और उसके साथ रह पाने की मीरा की सारी आशाएं भी उसी के साथ मिट गई हैं। उसके अरमान थे, उसकी इच्छा थी, वह चाहती थी, किंतु यह नहीं हो सका। अब वह व्यक्ति विदा हो गया, अब कोई संभावना नहीं है। अब उस पर अकेलेपन का ठप्पा लग गया है, अब उस व्यक्ति को प्रेम करने का कोई उपाय नहीं है। उसके जीवित रहते, वह प्रेम न कर पाई, उनके मध्य समस्याएं थीं; अब वह व्यक्ति विदा हो गया, इसलिए कोई संभावना न बची। अब यह घाव बहुत

धीरे-धीरे, बहुत धीरे-धीरे भरेगा। और जब यह भर जाएगा तो भी सदा उसके चारों ओर एक खास किस्म की उदासी छाई रहेगी।

किसी भी अपूर्ण चीज को गिरा देना कठिन है। चीजें पूरी पक जाती हैं और तब अपने से ही गिर जाती हैं। जब कोई पक जाता है, यह गिर पड़ता है। निःसंदेह वृक्ष को कुछ क्षण महसूस होता है कि कुछ खो गया है, फिर यह भूल जाता है। समाप्त हो गई बात, क्योंकि पके हुए फलों को गिर जाना पड़ता है। प्रत्येक व्यक्ति को मरना पड़ेगा। जब वह व्यक्ति जीवित था—तुमने प्रेम किया, और तुमने आत्यंतिक रूप से और समग्रता से प्रेम किया, तुम तो करीब-करीब परितृप्त हो; तुम और अधिक की मांग नहीं कर सकतीं। जैसा कि यह था यह पहले से ही बहुत अधिक था। तुम आभारी हो कि परमात्मा ने तुम्हें इतना अधिक समय दिया। वह उस व्यक्ति को थोड़ा पहले भी वापस बुला सकता था, लेकिन उसने तुमको पर्याप्त समय दिया और तुमने प्रेम किया। प्रेम में एक पल भी शाश्वतता बन जाता है। तुम इतना अधिक प्रसन्न हो कि समय रुक जाता है। एक छोटा सा जीवन बहुत, बहुत अनंत हो जाता है। लेकिन यह इस प्रकार से नहीं हो सका है, इसलिए मैं मीरा की पीड़ा को समझ सकता हूं।

लेकिन उसे इस बात का सामना करना पड़ेगा और इसे समझना पड़ेगा। यह केवल पति की मृत्यु का ही प्रश्न नहीं है। यह कोई इतनी बड़ी समस्या नहीं है। पतियों की मृत्यु होती है, पत्नियों की मृत्यु होती है, यह कोई बड़ी समस्या नहीं है, स्वाभाविक है यह। समस्या यह है कि प्रेम नहीं घट सका। यह एक स्वप्न, एक इच्छा बना रहा और अब यह अतृप्त रहेगा। तुम्हें वह व्यक्ति पुनः नहीं मिल सकता, अतः यह अध्याय पूरा नहीं किया जा सकता। यह अपूर्णता एक घाव की भांति कार्य करेगी। इसीलिए इसने अधिक लंबा समय ले लिया है। यह थोड़ा और अधिक समय लेगी।

मनोवैज्ञानिक समय तुम्हारा आंतरिक समय है, और हम सदैव ही क्रमागत समय, ग्रीनविच समय में जीया करते हैं—यह वैयक्तिक नहीं है। मनोवैज्ञानिक समय व्यक्तिगत है और यह प्रत्येक का अपना निजी होता है। यदि तुम प्रसन्न हो, तुम्हारा समय का बोध धीमा हो जाता है। यदि तुम अप्रसन्न हो, समय की लंबाई बढ़ जाती है। यदि तुम ध्यान में गहरे उतरो समय रुक जाता है। वस्तुतः पूरब में हम मन की अवस्थाओं को समय से मापते रहे हैं। यदि समय पूर्णतः रुक जाता है तो यह आनंद की अवस्था है। यदि समय बहुत अधिक धीमा हो जाए तो यह संताप की अवस्था है।

ईसाइयत में कहा गया है कि नरक शाश्वत है। बर्ट्रेंड रसल ने एक पुस्तक लिखी है : वॉय आई एम नॉट ए क्रिश्चियन? मैं ईसाई क्यों नहीं हूं? इसमें वह बहुत से तर्क देता है कि वह ईसाई क्यों नहीं है। उसके तर्कों में से एक यह है कि 'मैं भरोसा नहीं कर सकता कि नरक शाश्वत हो सकता है, क्योंकि जो भी पाप हों, वे सीमित हैं। तुम असीमित पाप नहीं कर सकते हो। इसलिए सीमित पापों के लिए,

असीमित दंड–यह अन्यायपूर्ण है।' यह तर्क सीधा है। कोई भी बर्ट्रेंड रसल के विरोध में तर्क नहीं दे सकता; वह एक साधारण तथ्य कह रहा है। वह स्वयं कहता है, 'यदि मुझे उन सभी पापों का दंड दे दिया जाए जो मैंने अपने पूरे जीवन में किए हैं, तो भी यह चार वर्ष के कारावास से अधिक नहीं होगा। और यदि वे पाप भी सम्मिलित कर लिए जायें जो मैंने नहीं किए हैं बल्कि केवल सोचे हैं तो अधिक से अधिक आठ वर्ष, और थोड़ा सा बढ़ाएं तो दस वर्ष। लेकिन अनंत, शाश्वत नरक?' तब परमात्मा बहुत प्रतिशोधपूर्ण प्रतीत होता है, दिव्य नहीं मालूम पड़ता, ईश्वर जैसा नहीं लगता बहुत भयानक, शैतानी ताकत की तरह दिखाई पड़ता है।

क्योंकि तुमने एक स्त्री से प्रेम कर लिया जो तुम्हारी पत्नी नहीं थी, अब तुम दंडित होगे–अनंत काल तक। यह बहुत अधिक है। तुमने कोई इतना बड़ा पाप नहीं कर दिया है। प्रेम में पड़ना मानवीय है, और जब कोई प्रेम में पड़ जाता है तो यह तय करना कठिन है कि ऐसी स्त्री से प्रेम किया जाए या नहीं, जो किसी और की पत्नी है। हूं...प्रेम करीब-करीब अंधा होता है। यह तुम पर हावी हो जाता है।

हां, बर्ट्रेंड रसल ठीक प्रतीत होता है, उसके तर्क उचित ही प्रतीत होते हैं, किंतु मैं कहता हूं कि तर्क उचित नहीं है। वह असली बात से चूक गया है। और किसी ईसाई धर्मशास्त्री ने अभी तक उसको इस बिंदु पर उत्तर नहीं दिया है। वे उत्तर नहीं दे सकते क्योंकि वे भी भूल चुके हैं। वे सिद्धांतों की बातें करते रहते हैं, लेकिन वे वास्तविकताओं को विस्मृत कर चुके हैं। जब जीसस कहते हैं कि नरक शाश्वत है तो उनका अभिप्राय मनोवैज्ञानिक समय से है, न कि क्रमागत समय से। हां, यदि उनका अभिप्राय क्रमागत समय होता तो किसी व्यक्ति को शाश्वत नरक में डाल देना नितांत असंगत है। उनका अभिप्राय है मनोवैज्ञानिक समय। उनका अभिप्राय यह है कि नरक में एक क्षण भी अनंत काल जैसा प्रतीत होगा। यह बहुत अधिक धीमा हो जाएगा क्योंकि तुम इस प्रकार से संताप और दर्द में होगे कि एक क्षण भी अनंतकाल जैसा प्रतीत होगा। तुम्हें अनुभव होगा कि यह किसी भी समय समाप्त नहीं होगा, यह मिटने वाला नहीं है। तुम्हें लगेगा कि इसका सातत्य जारी है, चल रहा है, चलता जा रहा है।

यह समय के बारे में कुछ नहीं कहता; यह तुम्हारी उस अनुभूति के बारे में कुछ बताता है जब तुम गहरी पीड़ा और कष्ट में होते हो। और निःसंदेह नरक दर्द की चरम अवस्था है। और जीसस बिलकुल सही हैं, बर्ट्रेंड रसल गलत है, लेकिन बर्ट्रेंड रसल इसे गलत समझा क्योंकि जीसस ने ठीक मनोवैज्ञानिक समय नहीं कहा था। वे कहते हैं, अनंतकाल, क्योंकि उन दिनों यही भाषा समझी जाती थी। ऐसी विशिष्टता से बोलने की कोई आवश्यकता न थी।

मनोवैज्ञानिक समय व्यक्तिगत होता है। तुम्हारे पास अपना है, तुम्हारी पत्नी के पास उसका है, तुम्हारे पुत्र के पास उसका है, और सभी भिन्न हैं। संसार में संघर्षों का यह भी एक कारण है। तुम हार्न बजा

रहे हो और पत्नी खिड़की से कहती है, मैं आ रही हूं, और वह दर्पण के सम्मुख खड़ी रहती है और तुम हार्न पर हार्न बजाए जा रहे हो कि समय हुआ जा रहा है और हमारी ट्रेन छूट जाएगी, और वह क्रोधित हो उठती है, और तुम क्रोध में आ जाते हो। हो क्या रहा है? प्रत्येक पति चिढ़ा हुआ है कि वह तो ड्राइवर की सीट पर बैठा हुआ है और हार्न बजाए जा रहा है और पत्नी अभी तक तैयार हो रही है, तैयार ही हो रही है। अभी भी वह साड़ी का चुनाव कर रही है। अब रेलगाड़ियां इस बात की चिंता नहीं लेतीं कि तुमने कौन सी साड़ी पहनी हुई है, वे समय पर चली जाती हैं। पति बहुत अधिक हैरान है, क्या चल रहा है। दो विभिन्न मनोवैज्ञानिक समय विवाद में हैं।

पुरुष क्रमागत समय पर पहुंच गया है; स्त्री अभी भी मनोवैज्ञानिक समय में जीती है। जहां तक मैं देखता हूं, स्त्रियां कलाई घड़ी का उपयोग करती हैं, लेकिन आभूषण की भांति। मैं नहीं देखता कि वे वास्तव में उनका उपयोग करती हों, विशेषतः भारत में तो नहीं। मैं ऐसी कई महिलाओं के संपर्क में आया हूं, जो यह भी नहीं जानती कि समय कैसे देखा जाए, और उनके पास घड़ियां हैं, सुंदर सोने की घड़ियां– वे उन पर धन खर्च सकती हैं।

बच्चा एक बिलकुल ही भिन्न संसार में जीता है। बच्चे के पास अपना स्वयं का मनोवैज्ञानिक समय है, पूरी तरह से बिना जल्दबाजी का, करीब-करीब स्वप्न में। वह तुम्हें नहीं समझ सकता, तुम उसको नहीं समझ सकते। तुम बहुत दूर हो, जोड़ने का कोई उपाय भी नहीं है। जब एक वृद्ध व्यक्ति किसी बच्चे से बात कर रहा होता है, तो वह जैसे दूसरे ग्रह से बोल रहा होता है, यह बात बच्चे तक कभी नहीं पहुंचती। बच्चा देख नहीं पाता कि इतनी अधिक जल्दबाजी क्यों, किसलिए?

मनोवैज्ञानिक समय नितांत वैयक्तिक है। इसीलिए क्रमागत समय महत्वपूर्ण हो गया है, वरना कहां मिला जाए, कैसे कार्य किया जाए, किस भांति कुशल हुआ जाए? यदि प्रत्येक व्यक्ति अपनी अनुभूति के अनुसार कार्यालय में आता है तो कार्यालय चला पाना असंभव है। यदि प्रत्येक व्यक्ति उसके अपने समय पर स्टेशन आता है तो रेलगाड़ी कभी न जाएगी। सभी को सुविधा देने वाला कुछ निश्चित करना पड़ता है।

क्रमागत समय इतिहास है, और मनोवैज्ञानिक समय पुराण है। इतिहास और पुराण के मध्य यही अंतर है। पश्चिम में इतिहास लिखा गया और पूरब में पुराण। यदि तुम पूछो कृष्ण का जन्म कब हुआ, बिलकुल सही-सही दिनांक, कहीं से कोई उत्तर नहीं आएगा। और इतिहासकारों के लिए यह सिद्ध करना आसान है कि यदि तुम यह नहीं सिद्ध कर सकते ऐतिहासिक रूप से कि किस तारीख को, कितने बजे, किस स्थान पर, कृष्ण का जन्म हुआ था–यदि तुम वह स्थान और समय जहां कृष्ण जन्म की घटना घटी थी न दिखा सको–तो यह संदेहास्पद है कि कृष्ण का जन्म कभी हुआ भी था या नहीं।

पूरब ने कभी यह चिंता नहीं की। पूरब इसकी सारी असंगतता पर हंसता है। कृष्ण के जन्म से ऐतिहासिक समय का क्या लेना-देना है? हमारे पास कोई अभिलेख नहीं है। या हमारे पास अनेक अभिलेख हैं जो विरोधाभासी हैं, एक-दूसरे का खंडन कर रहे हैं।

लेकिन देखो, मेरा जन्म ग्यारह दिसंबर को हुआ था। यदि यह सिद्ध कर दिया जाए कि ग्यारह दिसंबर को मैं नहीं जन्मा था, क्या यह इस बात का पर्याप्त प्रमाण होगा कि मैं कभी पैदा ही नहीं हुआ था? पूरब में कोई अपना जन्म-दिन भी याद नहीं रखता। अभी उसी दिन विवेक अपने पिता के जन्म-दिन के बारे में चिंतित थी। शायद यह सत्ताइस हो, या कोई अन्य दिन, और वह चिंतित थी, यदि वह लिखती है और उनसे पूछती है तो उसके माता-पिता अपमान अनुभव करेंगे। और मैंने उसको बताया कि मुझे अपनी मां का जन्म-दिन, अपने पिता का जन्म-दिन नहीं पता है, और मैं तो यह भी नहीं जानता कि उन्हें स्वयं पता है भी या नहीं। किंतु इससे यह कदापि सिद्ध नहीं हो सकता कि वे कभी थे ही नहीं या उनका जन्म ही नहीं हुआ।

पूरब ने पुराण लिखे हैं। पुराण पूर्णतः भिन्न हैं, ये मनोवैज्ञानिक समय के अनुरूप हैं।

क्रमागत समय रेखीय रूप में, एक सरल रेखा में चलता है। इसीलिए पश्चिम में कहा जाता है कि सूर्य के नीचे नया कुछ भी नहीं है–लेकिन इतिहास कभी अपने आप को दोहराता नहीं है। समय एक रेखा में चलता है अतः इतिहास एक पंक्ति में स्वयं को किस भांति दोहरा सकता है। हर घटना अनूठी प्रतीत होती है। पूरब में हम कहते हैं कि इतिहास एक चक्र है। यह सीधी रेखा में नहीं चलता, इसकी गति वर्तुलाकार है। और पूरब में हम कहते हैं सूर्य के नीचे नया कुछ भी नहीं है और इतिहास स्वयं को लगातार दोहराता रहता है। यह सभी पुनरुक्ति है, अतः क्यों चिंता करना कि कृष्ण कब जन्मे?

पूरब में हम कहते हैं कि हर युग में कृष्ण बार-बार जन्म लेते हैं, यह एक चक्र है। सृजन और विनाश के मध्य के हर युग में कृष्ण बार-बार जन्म लेते है। उनका रूप भिन्न हो सकता है, उनका नाम अलग हो सकता है, लेकिन वे बार बार जन्म लेते हैं, इसलिए चिंता क्यों करनी? बस इसका वर्णन कर दो कि वे कौन हैं और गैर-जरूरी विवरणों की बहुत अधिक चिंता मत लो, इसलिए कृष्ण का यह रूप हो सकता है कि किसी विशिष्ट कृष्ण का न हो। यह सभी कृष्णावतारों का समन्वित रूप भी हो सकता है। यह इसी प्रकार का है।

यदि तुम पूछो, 'क्या बुद्ध की मूर्ति उनका सही प्रतिरूप है?' यह नहीं है। फिर भी यह सत्य है कि बुद्ध को इसी भांति का होना चाहिए। यह प्रश्न नहीं है कि यह बुद्ध–गौतम सिद्धार्थ, शुद्धोदन के पुत्र, जो एक निश्चित तारीख को कपिलवस्तु में जन्में थे, क्या इस मूर्ति की भांति थे। नहीं यह बात ही नहीं है।

लेकिन इस मूर्ति में सभी बुद्ध सदैव समाहित हैं। उनका प्रतिनिधित्व है। यह मूर्ति बस बुद्धत्व की है, किसी विशेष बुद्ध की नहीं है। इसमें सारे बुद्ध समा गए हैं।

अब पश्चिम के लिए यह कठिन है। तुम बुद्ध और महावीर की मूर्तियों के बीच अंतर नहीं कर सकते हो, बस एक छोटा सा चिह्न उनके पैरों के नीचे होता है, वरना उनमें तुम कोई भेद नहीं कर सकते हो। जैनों के चौबीस तीर्थंकर, चौबीस महान सदगुरु हैं, लेकिन तुम कोई अंतर नहीं कर सकते हो। किसी जैन मंदिर में जाओ और बस देखो, वे सभी एक सी दिखती हैं। ऐसा हो ही नहीं सकता कि चौबीस व्यक्ति एक से हों। असंभव। दो व्यक्ति कभी एक से नहीं हो सकते, लेकिन वे मूर्तियां बाहर का प्रतिनिधित्व नहीं करती हैं। वे अंतर अनुभूति का प्रतिनिधित्व करती हैं। हां, दो व्यक्ति एक हो नहीं सकते लेकिन दो अनुभूतियां एक सी हो सकती हैं।

जब तुम प्रेम में पड़ते हो और कोई दूसरा भी प्रेम में पड़ता है तो प्रेम एक सा ही होता है। जब तुम ध्यान करते हो, तथा कोई और भी ध्यान करता है तो ध्यान एक जैसा ही है। जब तुम संबुद्ध होते हो और कोई दूसरा भी संबुद्ध होता है तो संबोधि एक ही है। ये जैन तीर्थंकरों की चौबीस मूर्तियां चौबीस व्यक्तियों की नहीं हैं बल्कि उस एक अवस्था की है जो उनमें प्रतिबिंबित हुई। वे सभी प्रतिनिधि हैं।

अगर तुम जैन तीर्थंकर को देखो, तो तुम्हें बहुत लंबे कान दिखाई पड़ेंगे जो करीब-करीब उनके कंधों को छूते हैं। अब जैन कहते हैं कि सारे तीर्थंकरो के कान लंबे थे। और ऐसे मूढ़ हैं जो सोचते हैं कि महावीर के कान वास्तव में इतने अधिक लंबे थे।

मुझे एक जैनी, आचार्य तुलसी ने अपने एक सम्मेलन में निमंत्रित किया था, उनके कान बहुत लंबे हैं, इसलिए उनका एक शिष्य मेरे पास आया और बोला, 'आचार्य तुलसी जी महाराज को देखिए, उनके कान कितने लंबे हैं। यह महान सदगुरु होने का प्रतीक है। जल्दी ही अपने किसी अगले जन्म में वे तीर्थंकर होने वाले हैं।' संयोगवश या किसी इत्तेफाक से एक गधा उधर से गुजरा, अतः मैंने उस शिष्य से कहा : 'आचार्य गधे जी महाराज को देखिए। वे पहले से ही तीर्थंकर हैं।' वह शिष्य उस बात से इतना क्रोधित हो गया, वह मेरे पास कभी नहीं आया।

लंबे कान मात्र इस बात का प्रतीक हैं कि ये लोग सुनने में समर्थ हैं, बस यही बात है। वे ध्वनि को, ध्वनि-विहीन ध्वनि को, एक हाथ की ताली की ध्वनि को सुनने में समर्थ थे। वे सत्य को सुनने में समर्थ थे। ये प्रतिमाएं मात्र प्रतीकात्मक हैं, ऐसा नहीं है कि वे किसी वास्तविक व्यक्ति का प्रतिनिधित्व करती हैं। ऐसी गलत ढंग की व्याख्या मूढ़तापूर्ण है। पुराण-कथा प्रतीकात्मक हैं।ऐसा कहा जाता है कि राम का जन्म अयोध्या में हुआ था। अब भीतर की शांति की एक अवस्था का नाम अयोध्या है, इसका अयोध्या नाम के नगर से कुछ भी लेना-देना नहीं है। नगर का नाम अंतस की अयोध्या जैसी दशा एक बहुत

शांतिपूर्ण, मौन, आनंदित अवस्था के प्रतिनिधि के रूप में रखा गया है। निःसंदेह उस अवस्था से राम को जन्म लेना ही होगा।

जीसस का कुंआरी माता से जन्म का यही अर्थ है। ऐसा नहीं है कि वास्तव में उनका जन्म कुंआरी मेरी से हुआ हो, नहीं, बल्कि अस्तित्व की शुद्धता कुंआरेपन, भोलेपन और अविकृत पवित्रता से ही उनका जन्म हुआ था। यही उनका असली गर्भ था।

ये प्रतीकात्मक बातें हैं, ये पुराण कथाएं हैं। वे ऐतिहासिक नहीं हैं।

इतिहासकार अनावश्यक विवरण, बकवास एकत्रित करते रहते हैं। तुम जरा इतिहास की किसी पुस्तक में देखो। तुम आश्चर्यचकित हो जाओगे। इतने सारे लोग इतना मूर्खतापूर्ण कार्य क्यों कर रहे हैं? तिथियां, तिथियां और तिथियां और नाम, नाम और नाम और वे चलते चले जाते हैं। और हजारों लोग अपना सारा जीवन बरबाद कर देते है और वे इसे शोध कहते हैं। और फिर पत्रकार हैं, संपादक, समाचार पत्र के कार्यकर्ता हैं, वे सभी क्रमागत समय में जीते हैं। वे बस संसार की अनावश्यक बातों को समाचार लिखने के लिए खोजते रहते हैं।

सत्य कभी समाचार नहीं बनता, क्योंकि यह सदैव वहां है। यह घटित नहीं होता, यह पहले से ही घट चुका है। असत्य समाचार है।

किसी ने जार्ज बर्नार्ड शॉ से पूछा : समाचार क्या है? उसने कहा : जब कोई कुत्ता किसी आदमी को काट ले, तो यह समाचार नहीं है; लेकिन जब कोई मनुष्य किसी कुत्ते को काट ले, तो यह समाचार है, क्योंकि समाचार को कुछ नया होना चाहिए। मनुष्य को कुत्ते द्वारा काटा जाना कोई समाचार नहीं, क्योंकि इसमें नया कुछ भी नहीं है। ऐसा तो सदा से होता रहा है, और यह हमेशा ऐसे ही होगा। लेकिन जब कोई मनुष्य कुत्ते को काट लेता है तो निश्चित रूप से यह समाचार है।

तुम्हें पत्रकारों से अधिक सतही और ओछे व्यक्ति कहीं न मिलेंगे। वे लोग व्यर्थ की चीजें खोज लेने में कुशल होते हैं। पत्रकार निकम्मे राजनेता होते हैं। राजनेता समाचार निर्मित करते हैं, पत्रकार समाचार एकत्रित करते हैं। पत्रकार राजनेताओं की छाया की भांति है। इसीलिए समाचार पत्र पूरी तरह राजनेताओं से भरे होते हैं, इस छोर से उस छोर तक, आदि से अंत तक, बस राजनीति, राजनीति, राजनीति। पत्रकार वह व्यक्ति है जो समाचार बनाने में असफल हो गया है, अब वह इन्हें एकत्रित करता है। उसका राजनेता से ठीक वही संबंध है जो आलोचक का कवि से होता है; जो कवि बनने में असफल रहता है, वही आलोचक बन जाता है।

मैंने एक प्रसिद्ध अभिनेता के बारे में सुना है। एक फिल्म में उसे एक घोड़े की आवश्यकता पड़ी, और एक घोड़े का मालिक अपना घोड़ा लेकर आया। यह एक सामान्य घोड़ा था, लेकिन घोड़े के मालिक

ने उसकी बहुत अधिक प्रशंसा करना आरंभ कर दी, और वह बोला, यह कोई आम घोड़ा नहीं है। इसकी कद काठी को मत देखिए, उसकी आत्मा को देखिए। यह एक बहुत श्रेष्ठ घोड़ा है। और इसने इतनी अधिक फिल्मों में काम किया है कि उसको आप करीब-करीब एक अभिनेता ही कह सकते हैं।

ठीक उसी समय घोड़े ने जोर से हवा छोड़ी, तेज आवाज हुई।

वह अभिनेता बोला : मैं देख सकता हूं, यह सिर्फ अभिनेता ही नहीं है, यह एक समीक्षक भी है।

पत्रकार, समीक्षक, इतिहासकार, राजनेता, वे सभी ऐतिहासिक समय, जीवन की बाहरी परिधि से संबद्ध हैं, और सबसे व्यर्थ और अनुपयोगी प्रयास जो संसार में चलता रहता है–इतना महत्वपूर्ण हो गया है। हमने इसको इतना महत्वपूर्ण इसीलिए बना दिया है क्योंकि हम भूल गए हैं कि घड़ी ही जीवन नहीं है।

मनोवैज्ञानिक समय स्वप्न का समय है। पुराण, काव्य, प्रेम, कला, चित्रकारी, नृत्य, संगीत, भाव, ये सभी मनोवैज्ञानिक समय से जुड़े हैं। तुम्हें मनोवैज्ञानिक समय की ओर उन्मुख होना पड़ेगा। क्रमागत समय बहिर्मुखी मन के लिए है। मनोवैज्ञानिक समय अंतर्मुखी, वह जिसने अंतरात्मा की ओर जाना आरंभ कर दिया है, के लिए है।

मनोवैज्ञानिक समय में खतरे भी हैं। इसीलिए वे लोग जो क्रमागत समय से आसक्त हैं, मनोवैज्ञानिक समय के विरोध में हैं। इसमें खतरे हैं। एक खतरा यही है कि तुम इसके जाल में फंस सकते हो। तब तुम करीब-करीब पागल हो जाओगे, क्योंकि तुम समाज के, संसार के लोगों के संपर्क से हट जाते हो।

मैं तुम्हें एक कहानी सुनाता हूं :

एक भला दिखने वाला आदमी अपने एक पुराने मित्र से गपशप में इतना व्यस्त हो गया कि उसे समय का होश नहीं रहा। अचानक उसने अपनी घड़ी पर निगाह डाली और बोला : अरे मित्र, तीन बज रहे हैं और मैंने अपने मनोचिकित्सक से तीन बजे का समय लिया हुआ है, और वहां तक पहुंचने में कम से कम पंद्रह मिनट तो लगेंगे ही।

उसके मित्र ने कहा : अब परेशान होने की जरूरत नहीं है, तुम कुछ ही मिनट देर से पहुंचोगे।

तुम उसे जानते नहीं, यदि मैं ठीक समय से वहां नहीं पहुंचा तो वह मेरे बिना ही शुरू हो जाएगा।

स्वप्न को यथार्थ मान लेने का खतरा है। अपनी कल्पनाओं में बहुत अधिक विश्वास कर लेने का खतरा है। तुम अपनी आंतरिक कल्पना, अपने स्वप्न-संसार से इतना अधिक ग्रस्त हो सकते हो कि तुम एक वहम में जी सकते हो, लेकिन इन खतरों के साथ भी इसे समझना और इससे होकर गुजरना आवश्यक है। लेकिन याद रखो, यह एक सेतु है, जिससे होकर गुजर जाना है। जब तुमने इसको पार कर लिया, तो तुम वास्तविक समय के सम्मुख आ जाओगे।

क्रमागत समय शरीर से संबद्ध है, मनोवैज्ञानिक समय मन से जुड़ा है, वास्तविक समय तुम्हारे

अस्तित्व से। क्रमागत समय बहिर्मुखी मन है, मनोवैज्ञानिक समय अंतर्मुखी मन है, और वास्तविक समय मनातीत है।

किंतु व्यक्ति को मनोवैज्ञानिक समय से गुजरना पड़ता है। उस क्षेत्र के पार पूर्ण होश से जाना पड़ता है। तुम्हें वहां अपना ठिकाना नहीं बनाना चाहिए। यदि तुम वहां अपना आवास बना लो तो तुम विक्षिप्त हो जाते हो। यही उन बहुत सारे लोगों के साथ हो गया है जो पागलखानों में हैं। वे क्रमागत समय को भूल चुके हैं, वे वास्तविक समय में नहीं पहुंचे, और उन्होंने पुल पर, मनोवैज्ञानिक समय में रहना आरंभ कर दिया है। इसी कारण उनकी सच्चाई व्यक्तिगत और निजी बन गई है। एक पागल व्यक्ति अपने निजी संसार में रहता है, और वह व्यक्ति जिसको तुम सामान्य कहते, सार्वजनिक संसार में रहता है। सार्वजनिक संसार लोगों के साथ है, निजी संसार तुम में सीमित है, लेकिन वास्तविक संसार न तो निजी है और न ही सार्वजनिक, यह सार्वभौम है, यह दोनों के पार है। और व्यक्ति को दोनों के परे जाना पड़ता है।

एक आदमी सड़क के आवारागर्द के रूप मे जाना जाता था। वह एक दुर्घटना के बाद अस्पताल में पड़ा हुआ था।

डाक्टर ने नर्स से पूछा: सुबह इसका क्या हाल रहा?

वह बोली: ओह! वह अपना दायां हाथ बाहर किए रहता है।

आह! डाक्टर ने कहा: वह मोड़ पर मुड़ रहा है।

सड़कों पर भटकने वाला, मोटर साइकिल जिसकी लत बन चुकी हो, अपनी नींद में भी तेज रफ्तार बनाए रहता है। जो कुछ भी तुम अपने सपनों में करते हो वह तुम्हारी इच्छा, तुम्हारे लक्ष्य, तुम क्या पाना चाहते हो, को प्रतिबिंबित करता है।

आदिम समाज मनोवैज्ञानिक समय में जीया करते हैं। पूरब मनोवैज्ञानिक समय में जीता रहा है, पश्चिम क्रमागत समय में जीया करता है। यदि तुम पर्वतों के पीछे और जंगलों में काफी भीतर रहने वाले छिपे हुए समाजों में जाकर देखो, तो तुम पाओगे कि वे पूरी तरह मनोवैज्ञानिक समय में जीते हैं। कुछ ऐसे भी आदिम समाज हैं जहां स्वप्न वास्तविकता से अधिक महत्वपूर्ण हैं, और सुबह नाश्ते से पहले बच्चों को पहला काम यही करना पड़ता है कि वे अपने बड़ों को अपने स्वप्न सुनाया करते हैं। पहली बात है, मनोविश्लेषण। नाश्ते से पहले ही बड़ों के सामने स्वप्न का वर्णन कर दिया जाना है। और वे एक साथ एकत्रित होते हैं और वे स्वप्न का विश्लेषण करते हैं। और फिर वे बच्चे को कुछ करने के लिए कहते हैं, क्योंकि स्वप्न प्रतीकात्मक है और यह प्रदर्शित करता है कि कुछ किए जाने की जरूरत है।

उदाहरण के लिए एक बच्चे ने स्वप्न में देखा कि वह एक मित्र से लड़ रहा है, और सुबह वह इस बात को अपने बड़ों को बताता है। वे इसकी व्याख्या करेंगे, और वे इस बच्चे को उपहारों और मिठाइयों

और खिलौनों के साथ उसके घर, उसी बच्चे के पास भेजेंगे जिससे वह स्वप्न में लड़ रहा था और उसे वे उपहार दिए जाएं और उसको वह स्वप्न बताया जाए, क्योंकि उसने एक अपराध किया है।

पश्चिम में तुम इसकी कल्पना भी नहीं कर सकते। तुमने किया क्या है? तुमने कुछ नहीं किया, तुमने केवल स्वप्न देखा, लेकिन उस विशेष आदिवासी समुदाय का कहना है कि तुमने स्वप्न देखा क्योंकि तुम इस प्रकार की कोई बात करना चाहते थे, वरना क्यों ऐसा स्वप्न आया? एक छिपी हुई दमित इच्छा रही होगी यह। जहां तक मन का संबंध है, तुमने ऐसा कर लिया है। जाओ और उस बच्चे को बता दो ताकि तुम्हारे चारों ओर कोई सूक्ष्म क्रोध न बना रहे। उससे पूरी बात कह दो और उससे क्षमा मांग लो और इन उपहारों को उसे भेंट में दे दो।

स्वप्न की लड़ाई के लिए असली उपहार...किंतु उस समुदाय में एक चमत्कार घट गया है। धीरे-धीरे जब बालक बड़ा होता है वह स्वप्न देखना छोड़ देता है। स्वप्न खो जाते हैं। उस आदिम समाज के अनुसार वयस्क व्यक्ति वही है जिसे स्वप्न नहीं आते। सुंदर मालूम पड़ती है यह बात। निःसंदेह मनोविश्लेषक उस समाज की प्रशंसा नहीं करेंगे, क्योंकि उनका सारा धंधा चौपट हो जाएगा।

एक युवती अपने चिकित्सक से मिलने गई और चिकित्सक ने उससे पूछा कि पिछली रात तुमने स्वप्न में क्या देखा? उस युवती ने बताया कि उसे कल पूरी रात कोई स्वप्न ही नहीं आया। इस पर वह मनोचिकित्सक बहुत क्रोधित हुआ और बोला : देखो, यदि तुम अपना गृहकार्य नहीं करोगी तो मैं तुम्हारी मदद कैसे कर पाऊंगा?

स्वप्न देखना एक गृहकार्य है और मनोविश्लेषक तुम्हारे स्वप्नों पर जीता है। वह उनका विश्लेषण किए चला जाता है। किंतु यह कुछ असंगत बात है। तुम अपने स्वप्नों का विश्लेषण स्वयं नहीं कर सकते, कोई और इसे कैसे कर सकता है? क्योंकि मनोवैज्ञानिक समय निजी है, इसलिए तुम्हारे स्वप्नों को तुमसे बेहतर और कोई समझ ही नहीं सकता है। सपने तुम्हारे हैं, कोई दूसरा उनको किस प्रकार समझ सकता है? उसकी व्याख्याएं झूठ होने वाली हैं। उसकी व्याख्याएं उसके द्वारा की जाएंगी। जब कोई फ्रायड तुम्हारे स्वप्न का विश्लेषण करता है, तो उसकी व्याख्या भिन्न होगी। जब जुंग उसी स्वप्न का विश्लेषण करता है, तो उसकी व्याख्या अलग होगी। जब एडलर उसी स्वप्न का विश्लेषण करता है, तो उसकी व्याख्या और किस्म की होती है। अतः इसके बारे में क्या सोचा जाना चाहिए? तुमने एक स्वप्न देखा है और तीन महान मनोविश्लेषकों ने तीन अलग ढंगों से इसको समझाया।

फ्रायड हर बात को कामवासना की ओर मोड़ देता है। चाहे तुम जो स्वप्न देखो, कोई अंतर नहीं पड़ता। वह उसे कामवासना से संबद्ध करने का उपाय खोज लेगा। ऐसा प्रतीत होता है कि वह कामवासना से ग्रसित था। वह एक महान अग्रदूत था, उसने एक बड़ा द्वार खोल दिया, लेकिन वह भयग्रस्त था, और

वह कामवासना से डरा हुआ था, और वह दूसरी कई चीजों से भी आतंकित था। वह इतना भयग्रस्त था कि उसको सड़क पार करने में भय लगता था, यह उसके बड़े भयों में से एक था। अब तुम यह नहीं सोच सकते बुद्ध सड़क पार करने से भयभीत हों। यह आदमी स्वयं ही रुग्ण है। वह लोगों के साथ बातचीत करने से इतना घबड़ाता था, तभी तो उसने मनोविश्लेषण निर्मित किया। मनोविश्लेषण में मनोविश्लेषक एक पर्दे के पीछे बैठता है और रोगी एक कोच पर लेटता है और बोलता रहता है और मनोविश्लेषक केवल सुनता है–कोई संवाद नहीं। वह संवाद से भयभीत था। व्यक्तिगत मुलाकातों में, आमने-सामने की बातचीत में वह सदा असहज रहता था। अब उसका सारा मन उसकी व्याख्या में समा गया है। यह स्वाभाविक है, इसे ऐसे ही होना चाहिए।

जुंग हर बात को, प्रत्येक चीज को धर्म पर ले आता है। स्वप्न में तुम चाहे कुछ भी देखो, वह इसकी व्याख्या इस भांति करेगा कि यह धार्मिक स्वप्न बन जाएगा। वही स्वप्न फ्रायड के साथ कामुक हो जाता है, जुंग के साथ यह धार्मिक हो जाता है। एडलर के साथ यह राजनीति बन जाता है। हर बात महत्वाकांक्षा है। और प्रत्येक व्यक्ति हीनता की ग्रंथि से पीड़ित है। और प्रत्येक व्यक्ति और शक्ति प्राप्त करने के लिए–शक्ति की आकांक्षा हेतु प्रयासरत हैं। और अब तो सारे संसार में हजारों मनोविश्लेषक हैं जो विभिन्न विचारधाराओं के हैं। जितनी विविध विचारधाराएं ईसाइयत में हैं उतनी ही हैं। बहुत से वाद हैं, और हर मनोविश्लेषक अपना स्वयं का वाद आरंभ कर देता है। और किसी को रोगी की फिकर नहीं कि यह उसका स्वप्न है।

मनोविश्लेषकों की समस्याएं उनके विश्लेषणों और व्याख्याओं में समा जाती हैं। सहायता करने का यह कोई ढंग नहीं है। वस्तुतः यह तो चीजों को और अधिक जटिल बना देने वाला है। एक बेहतर समाज तुम्हें सिखाएगा कि अपने स्वप्न का किस भांति विश्लेषण किया जाए, अपने स्वयं के स्वप्नों का मनोविश्लेषण कैसे किया जाए। क्योंकि तुमसे अधिक तुम्हारे स्वप्न के बारे में कोई नहीं जानता, क्योंकि तुम्हारे अतिरिक्त तुमसे और निकट अन्य कोई हो ही नहीं सकता।

एक सुंदर युवा महिला मनोचिकित्सक से मिलने गई। वह कुछ सेकंड उस महिला का मुख देखता रहा और बोला : कृपया यहां मेरे पास आओ। तब अचानक उसको अपनी बांहों में लेकर मनोचिकित्सक ने उसका चुंबन लिया, फिर उसको अपने से अलग करके वह कहने लगा, मेरी समस्या का तो समाधान हो गया है, अब बताओ तुम्हारी क्या समस्या है?

उनकी अपनी समस्याएं हैं। उनकी अपनी मनोग्रस्तताएं हैं, मनःस्थितियां हैं।

पूरब में मनोविश्लेषण जैसा कभी कुछ नहीं रहा है। ऐसा नहीं है कि हमें मनोवैज्ञानिक संसार के बारे में कुछ पता नहीं है। हमें संसार के किसी भी समाज की तुलना में इसका अधिक गहराई से

बोध रहा है, लेकिन हमने सहायता के लिए एक नितांत भिन्न प्रकार का व्यक्ति निर्मित किया है, हम उस व्यक्ति को गुरु कहते हैं। गुरु और मनोविश्लेषक में क्या अंतर है? अंतर यह है कि मनोविश्लेषक के पास अभी भी समस्याएं हैं अनसुलझी, लेकिन गुरु के पास कोई समस्या नहीं है। जब तुम्हारे पास कोई समस्या न हो तभी तुम्हारी दृष्टि सुस्पष्ट होती है, तभी तुम स्वयं को दूसरे की स्थिति में रख सकते हो। जब तुम्हारे पास कोई समस्याएं, कोई मनोग्रस्तताएं, कोई जटिलताएं, कुछ भी नहीं होता, तुम मन से पूर्णतः निर्मल होते हो, मन तिरोहित हो चुका है, तुम अ-मन को उपलब्ध हो चुके हो, तभी, तभी तुम देख सकते हो। तब तुम निजी ढंग से व्याख्या नहीं करोगे। तुम्हारी व्याख्या सार्वभौमिक होगी, वह अस्तित्वगत होगी।

और तीसरा है: वास्तविक, अस्तित्वगत समय। वास्तविक समय समय जरा भी नहीं है, क्योंकि वास्तविक समय शाश्वतता है। मैं तुम्हें इसे समझाता हूं।

क्रमागत समय स्वैच्छिक होता है। पश्चिम में जेनो ने इसे बहुत पहले ही सिद्ध कर दिया है। पूरब में नागार्जुन ने इस बात को इतनी गहराई से सिद्ध किया है कि उसे कोई कभी खंडित नहीं कर पाया। वस्तुतः जेनो और नागार्जुन दोनों व्यक्तियों को कोई तर्क में हरा नहीं सका है। उन्हें कोई पराजित नहीं कर सकता, उनके तर्क अत्याधिक गहरे और परम हैं। जेनो और नागार्जुन कहते हैं कि समय की, क्रमागत समय की संपूर्ण अवधारणा असंगत है। उन दोनों व्यक्तियों के बारे में और उनके द्वारा किए गए क्रमागत समय के विश्लेषण के बारे में मैं तुम्हें कुछ बातें और बताता हूं।

उन्होंने समय के विश्लेषण की चरम ऊंचाइयां छू ली हैं। अभी तक कोई भी उनसे आगे निकलने में या उनके तर्कों में सुधार करने में सफल नहीं हो पाया है। उन्होंने पूछा: 'समय क्या है?' तुमने बताया: 'यह एक प्रक्रिया है। एक क्षण अतीत में चला जाता है, मिट जाता है, एक और क्षण भविष्य से वर्तमान में आता है, समय के एक अंतराल के लिए वहां ठहरता है, फिर पुनः अतीत में चला जाता है, तिरोहित हो जाता है,' यह है समय की प्रक्रिया। तुम्हारे पास एक समय में केवल एक क्षण होता है, दो क्षण कभी एक साथ नहीं होते। अतीत, भविष्य और बस उनके ठीक बीच में अंतराल में वर्तमान।

अब नागार्जुन और जेनो प्रश्न उठाते हैं, वह क्षण कहां से आता है? क्या भविष्य पहले से ही अस्तित्व में है? यदि अस्तित्व में नहीं है तो वह क्षण अन अस्तित्व से किस भांति आ सकता है? अब वे उलझन खड़ी कर देते हैं। वे कहते हैं, वर्तमान का क्षण अतीत में कहां चला जाता है? क्या यह अभी भी अतीत में संचित है? यदि तुम कहो हां, यह अभी भी अतीत में उपस्थित है, तो यह अभी अतीत नहीं हुआ है। यदि तुम कहो कि यह भविष्य में था, और बस अभी यह हमारे समक्ष उदघाटित हुआ है, यह भविष्य में सदा से था, तब नागार्जुन और जेनो कहते हैं तब तुम इसे भविष्य नहीं कह सकते, यह सदा से वर्तमान

था। यदि भविष्य है, तो यह भविष्य नहीं है क्योंकि भविष्य का अर्थ है जो अभी नहीं है। यदि अतीत है, तो यह अतीत नहीं है, क्योंकि अतीत का अर्थ है जो अस्तित्व से बाहर हो गया है।

इसलिए जो भी विकल्प तुम चुनते हो...यदि तुम कहो कि भविष्य नहीं है और अचानक शून्य में से वर्तमान का क्षण प्रकट हो जाता है, वे दोनों हंसते हैं। वे कहते हैं, 'तुम मूर्खतापूर्ण बात कह रहे हो। अनअस्तित्व से अस्तित्व किस प्रकार आ सकता है? और किस भांति अस्तित्ववान पुनः अनअस्तित्व में चला जाता है? वे कहते हैं, 'यदि दोनों ओर अनअस्तित्व है तो ठीक बीच में अस्तित्व कैसे हो सकता है? इसे भी अनअस्तित्व होना चाहिए। तुम भ्रम में थे।'

फिर वे कहते हैं, तुम समय को एक प्रक्रिया कहते हो? तुम्हारा कथन है कि एक क्षण दूसरे से जुड़ा हुआ है? नागार्जुन और जेनो तुमसे पूछते हैं, दो क्षण हैं, वे किस प्रकार से संबंधित हैं? क्या उन दोनों के मध्य कोई तीसरा क्षण भी है जो उनको जोड़ता है। फिर वे एक कठिनाई पैदा कर देते हैं, क्योंकि संबंध बनाने के लिए एक सेतु की जरूरत होती है। दो चीजों को जोड़ने के लिए, अतीत को वर्तमान से जोड़ने के लिए, और वर्तमान को भविष्य से जोड़ने के लिए सेतुओं की आवश्यकता पड़ती है। तो इन सेतुओं का अस्तित्व कहां है? वे सेतु क्या हैं? वे समय से ही निर्मित हो सकते हैं। इसलिए एक क्षण और दूसरे क्षण के मध्य में उन दोनों को जोड़ने के लिए एक क्षण और है। इसलिए दो के स्थान पर वहां तीन हैं, लेकिन फिर उनको भी जोड़ना पड़ेगा। एक अनंत शृंखला बन जाती है।

मेरी दो अंगुलियों की ओर देखो। इन दो को जोड़े जाने की आवश्यकता है; वे तीन अंगुलियां बन जाती हैं। अब एक के स्थान पर दो स्थान, दो अंतराल हो गए। उन्हें जोड़ा जाना है; वे पांच हो गए हैं। अब जोड़े जाने के लिए और अधिक रिक्त स्थान हो जाते हैं और इसी प्रकार यह चलता रहता है।

नागार्जुन और जेनों के अनुसार क्रमागत समय एक उपयोगिता है। यह सारभूत नहीं है। वास्तविक समय कोई प्रक्रिया नहीं है, क्योंकि नागार्जुन का कहना है यदि समय स्वयं में प्रक्रिया हो तो इसे एक और समय की जरूरत होगी। उदाहरण के लिए तुम चलते हो। तुम्हें समय की आवश्यकता होती है। तुमको अपने घर से, इस च्वांगत्सु सभागार में, मेरे पास आना है। तुमको यहां तक आने में पंद्रह मिनट लगे। यदि समय न हो तुम यहां कैसे आ सकोगे, क्योंकि चलने के लिए समय की जरूरत है, चलना एक प्रक्रिया है, तुम्हें समय चाहिए। सभी प्रक्रियाओं को समय की जरूरत पड़ती है। अब नागार्जुन कहते हैं, 'यदि तुम कहते हो समय स्वयं में एक प्रक्रिया है तो इसको एक महा समय, एक अतिरिक्त समय की आवश्यकता होगी। और वह भी एक प्रक्रिया है, तो उसे भी एक अन्य समय, महा, महा समय...,' पुनः अनंत शृंखला खड़ी हो जाती है। फिर तुम इसका समाधान नहीं खोज सकते।

नहीं, समय, वास्तविक समय प्रक्रिया नहीं है, यह समकालिकता है। भविष्य, भूत, वर्तमान तीन

भिन्न चीजें नहीं हैं, अतः उनको जोड़ने की कोई आवश्यकता नहीं है। यह शाश्वत अभी है, यह निरंतरता है। ऐसा नहीं है कि तुम्हारी बगल से समय गुजर रहा है। यह कहां जाएगा? इसे होकर गुजरने के लिए किसी और माध्यम की आवश्यकता पड़ेगी, और यह कहां जाएगा, और यह कहां से आएगा? यह वहां है; बल्कि यह यहां है। समय है। यह कोई प्रक्रिया नहीं है।

क्योंकि हम पूर्ण समय को देख नहीं सकते–हमारी आंखें संकुचित हैं, सीमित हैं। हम एक छोटी सी खिड़की से देख रहे हैं, इसीलिए ऐसा प्रतीत होता है कि तुम एक बार में एक ही क्षण को देख सकते हो। यह तुम्हारी सीमा है, समय का विभाजन नहीं है। क्योंकि तुम संपूर्ण समय को जैसा कि यह है नहीं देख सकते, क्योंकि अभी तक तुम समग्र नहीं हो, इसीलिए तुम समय का विभाजन भूत, वर्तमान, भविष्य में करते हो।

अब सूत्र :

'वर्तमान क्षण पर संयम साधने से क्षण विलीन हो जाता है, और आने वाला क्षण परम तत्व के बोध से जन्मे ज्ञान को लेकर आता है।'

यदि तुम समय की प्रक्रिया पर, उस क्षण पर जो है, उस क्षण पर जो चला गया, उस क्षण पर जो आने वाला है, अपनी समाधि चेतना को ले आओ, यदि तुम अपनी समाधि ले आओ, अचानक परम तत्व का ज्ञान हो जाता है। क्योंकि जिस क्षण तुम समाधि के साथ देखते हो–वर्तमान, भविष्य और भूत का विभेद खो जाता है, वे विलय हो जाते हैं। उनमें विभाजन झूठा है। अचानक तुम शाश्वत के प्रति बोधपूर्ण हो जाते हो। तब समय समकालिकता है। कुछ भी जा नहीं रहा है, कुछ भी भीतर नहीं आ रहा है, सब कुछ है, मात्र है।

यह 'है-पन' परमात्मा के रूप में जाना जाता है; यही 'है-पन' ईश्वर की अवधारणा है।

'वर्तमान क्षण पर संयम साधने से क्षण विलीन हो जाता है, और आने वाला क्षण परम तत्व के बोध से जन्मे ज्ञान को लेकर आता है।'

यदि तुम समय को सतोरी, समाधि की आंखों से देख सको, समय तिरोहित हो जाता है।

लेकिन यह अंतिम चमत्कार है, इसके उपरांत सिर्फ कैवल्य, मुक्ति है। जब समय खो जाता है, सब कुछ खो जाता है–क्योंकि इच्छा, महत्वाकांक्षा, प्रेरणा का सारा संसार वहां है, क्योंकि हमारे पास समय की गलत अवधारणा है। समय निर्मित किया गया है; समय एक प्रक्रिया की भांति–भूत, वर्तमान, भविष्य के रूप में–इच्छाओं द्वारा निर्मित किया गया है। पूरब के संतों की श्रेष्ठतम अंतर्दृष्टियों में से एक

बात यही है कि प्रक्रिया के रूप में समय वास्तव में इच्छा का प्रक्षेपण है। क्योंकि तुम किसी चीज की इच्छा रखते हो, तुम भविष्य निर्मित करते हो। और क्योंकि तुम आसक्त होते हो, तुम अतीत निर्मित करते हो। क्योंकि तुम उसे नहीं छोड़ सकते जो अब तुम्हारे सामने नहीं रहा, और तुम इससे चिपके रहना चाहते हो, तुम स्मृति निर्मित करते हो। और क्योंकि वह जो अभी नहीं आया तुम इसकी अपने निजी ढंग से अपेक्षा करते हो, तुम भविष्य निर्मित करते हो। भविष्य और अतीत मन की अवस्थाएं हैं, समय के भाग नहीं हैं। समय शाश्वत है। यह बंटा हुआ नहीं है। यह एक है, समग्र है।

क्षण तत्क्रमयोः संयमाद्विवेकजं ज्ञानम्।

जिसने यह जान लिया कि क्षण और समय की प्रक्रिया क्या है, वह परम के प्रति बोधपूर्ण हो जाता है; समय के बोध से व्यक्ति को परम का बोध प्राप्त हो जाता है। क्यों? क्योंकि परम की सत्ता वास्तविक समय की भांति है।

तुम क्रमागत समय में जीते हो, तो तुम समाचार पत्र के संसार में जीते हो–तब तुम राजनेताओं, पागल, महात्वाकांक्षी लोगों के संसार में जीते हो। या अगर तुम मनोवैज्ञानिक समय में जीते हो, तो तुम पागल, सनकी, या कल्पना, स्वप्न, काव्य के संसार में जीते हो।

एक नया डाक्टर पागलखाने में चारों तरफ देख रहा था। उसे एक रोगी मिला, उस डाक्टर ने रोगी से पूछा, आप कौन हैं?

वह व्यक्ति तन कर खड़ा हो गया और बोला, मैं श्रीमान, नेपोलियन हूं।

डाक्टर ने पूछाः वास्तव में? आपसे यह किसने कहा?

उस रोगी ने कहाः ईश्वर ने बताया, और कौन बता सकता है?

पड़ोस के बिस्तर पर पड़े हुए एक छोटे से आदमी ने ऊपर की ओर देखा और बोला, मैंने नहीं कहा।

पागलखानों में जाओ; यह जाने लायक स्थान है। बस लोगों को देखो। वे एक कल्पना के संसार में जी रहे हैं। ते सामूहिक संसार से पूरी तरह बाहर चले गए हैं और वे सार्वभौमिक संसार में नहीं जा पाए हैं, वे मध्य में लटके हैं, वे सीमा रेखा पर हैं।

मनोचिकित्सक यह देख कर बहुत हैरान हुआ कि उसकी रोगी युवा महिला उसके कार्यालय के बाहर खड़ी है और बेहद परेशान दीख रही है। उसे अभी उसकी चिकित्सा करते हुए आधा घंटा ही हुआ था। उसने पूछाः क्या मामला है? वह बोलीः ओह, मुझे पता नहीं है कि मैं आ रही हूं या जा रही हूं। मनोचिकित्सक ने कहाः बिलकुल ठीक यही बात है, इसीलिए तुम मुझसे मिलने आई हो।

ओह! वह बोलीः तब आप कौन हैं?

मैं तुम्हारा मूर्ख चिकित्सक हूं, झल्ला कर वह बोला।

सीमा रेखा का एक संसार निर्मित हो जाता है। यदि तुम क्रमागत संसार से संपर्क खो देते हो और तुम्हारा संपर्क सार्वभौम, परम से नहीं जुड़ पाता, तो अचानक तुम नहीं जान पाते कि तुम आ रहे हो या जा रहे हो। सब कुछ संदेहास्पद हो जाता है, हर बात संशय उत्पन्न करती है, तुम स्वयं पर भरोसा नहीं कर सकते, तुम्हें अपनी आंखों पर भरोसा नहीं आता, तुम किसी पर भरोसा नहीं कर पाते। तुम बंद हो जाते हो, सीमित हो जाते हो। तुम झरोखा विहीन अस्तित्व, एक मोनैड, एक इकाई बन जाते हो। यही तो नरक है। तुम स्वयं से बाहर नहीं आ सकते, तुम पंगु हो गए हो।

स्मरण रखना, ध्यानी पागल के संसार से होशपूर्वक गुजरता है–होशपूर्वक। और होशपूर्वक गुजरना शुभ है, क्योंकि यदि तुम होशपूर्वक नहीं गुजरोगे तो इस बात की पूरी संभावना है कि तुम अचेतन में इसके शिकार हो जाओ। इसमें जबरदस्ती धकेले जाने की तुलना में इससे जाग्रत, होशपूर्वक होकर गुजरना श्रेयस्कर है। यदि जीवन तुम्हें इसमें धकेल दे तो तुम इससे बाहर निकलने में समर्थ न हो सकोगे। यह बहुत ही दुष्कर है।

और मनोचिकित्सक तुम्हारी केवल क्रमागत संसार में वापस लौटने में सहायता कर सकता है। सदगुरु और मनोचिकित्सक में यही अंतर है। मनोचिकित्सक उस व्यक्ति को जो 'मनोवैज्ञानिक' में खो गया है वापस क्रमागत में–आघात चिकित्सा से, बिजली के झटकों से, इंसुलिन के झटकों से–क्योंकि तुम अत्याधिक आघातग्रस्त हो–वापस ले आता है। अचानक तुम्हारा स्वप्न तोड़ दिया जाता है। तुम थोड़े से चौकन्ने हो जाते हो, तुम क्रमागत संसार में वापस लौट आते हो।

सदगुरु, यदि तुम मनोवैज्ञानिक समय में खो चुके हो, तो तुम्हें और पीछे ले जाकर तुम्हें सार्वभौम में ले जाता है। अब तुम कभी क्रमागत समय के संसार का हिस्सा नहीं बन पाओगे, बल्कि तुम सार्वभौम के हिस्से हो जाओगे।

'इससे वर्ग, चरित्र या स्थान से न पहचाने जा सकने वाली समान वस्तुओं में विभेद की योग्यता आती है।'

एक बार तुम परम को जान लो तो तुम्हारे भीतर एक बिलकुल भिन्न प्रकार के ज्ञान का उदय होता है। अभी तो तुम वस्तुओं को केवल बाहर से जानते हो–कोई आता है तुम कपड़ों को देखते हो और तुम सोचते हो, हां, वह एक स्त्री है या एक पुरुष है। एक वृक्ष को तुम देखते हो और तुम इसको पहचान लेते हो–यह चीड़ का वृक्ष है, क्योंकि तुम इसके बारे में जानते हो। एक व्यक्ति को तुम देखते हो और उसके स्टेथस्कोप के कारण तुम यह जान लेते हो कि वह चिकित्सक है। लेकिन चीजों के ये बाह्य संकेत हैं। वह चिकित्सक नहीं हो सकता है, वह कोई छद्म वेशधारी भी हो सकता है। और चीड़ का वृक्ष चीड़ का वृक्ष नहीं हो सकता है, वह चीड़ के वृक्ष जैसा दिखाई पड़ सकता है। और

वह स्त्री स्त्री नहीं हो सकती है, हो सकता है कि वह अभिनय कर रही हो; वह पुरुष भी हो सकती है, वह 'शी' के स्थान पर 'ही' भी हो सकती है। तुम इसके बारे में पूर्णतः निश्चित नहीं हो सकते, क्योंकि तुम उसे केवल बाहर से ही जानते हो।

जब समय खो जाता है और शाश्वत तुम्हें चारों ओर से घेर लेता है, जब समय एक प्रक्रिया नहीं रह जाता बल्कि ऊर्जा का एक कुंड, सनातन, अभी हो जाता है, तब तुम वस्तुओं के भीतर प्रवेश करने और बाहर की परिभाषाओं के बिना ज्ञान में समर्थ हो जाते हो।

यही है जो सदगुरु और शिष्य के मध्य घटित होता है। उसे वास्तव में तुमसे पूछने की आवश्यकता नहीं है। वह तुम्हारे परम अस्तित्व से झांक सकता है। तुम्हारे भीतर वह खड़ा हो सकता है–न सिर्फ तुम्हारी आपाद मस्तक देह में, बल्कि तुम्हारे अस्तित्व के भीतर। वह तुम्हारे अंतर्तम शून्य में पूरी तरह समा जाता है। वह तुम बन सकता है और वहां से देख सकता है।

'यथार्थ के बोध से उत्पन्न उच्चतम ज्ञान, सारी वस्तुओं और प्रक्रियाओं के भूत, भविष्य और वर्तमान से संबंधित समस्त विषयों की तत्क्षण पहचान के परे है, और यह वैश्विक प्रक्रिया का अतिक्रमण कर लेता है।'

और प्रक्रिया के संसार का अतिक्रमण कर लेता है, और सभी प्रक्रियाओं के संसार का अतिक्रमण कर लेता है।

तारकं सर्व विषयं सर्वथाविषयमक्रमं चेति विवेकजं ज्ञानम्।

आंखों के माध्यम से हम वास्तविकता का केवल एक भाग ही देख सकते हैं। उस भाग के कारण जीवन एक प्रक्रिया जैसा प्रतीत होता है। उदाहरण के लिए, तुम सड़क के किनारे लगे हुए एक वृक्ष के नीचे बैठे हो और सड़क सुनसान है और तभी अचानक एक व्यक्ति बाईं तरफ से सड़क पर प्रकट होता है, वह दाईं दिशा में चला जाता है; कुछ दूरी चलने के बाद पुनः वह निगाह से ओझल हो जाता है। एक व्यक्ति है जो वृक्ष के ऊपर चढ़ा बैठा है; इससे पहले कि वह व्यक्ति तुम्हारे सम्मुख आए, वह उस व्यक्ति को जो वृक्ष पर बैठा है, दिखाई पड़ गया। जब वह व्यक्ति तुम्हारी आंखों से ओझल हो गया है तो उस व्यक्ति के लिए जो वृक्ष पर बैठा हुआ है वह ओझल नहीं हुआ है; किंतु कुछ समय के बाद वह व्यक्ति उसके लिए भी ओझल हो जाएगा। लेकिन कोई हेलीकाप्टर में हो; अब उसकी दृष्टि और दूर जाती है; उस व्यक्ति का चलना जारी रहता है-इससे पहले जब तुम्हें पता लगा कि वह सड़क पर था और उसके बहुत बाद तक जब वह तुम्हारी दृष्टि से ओझल हो गया था।

क्या घटित हो रहा है? वस्तुओं के साथ बिलकुल ठीक यही मामला है। जितना ऊपर तुम उठते हो, जितना तुम सहस्त्रार के निकट पहुंचते हो–तुम जीवन के वृक्ष पर चढ़ रहे हो। सहस्त्रार देख पाने के लिए

उच्चतम बिंदु है। उससे ऊंची कोई और ऊंचाई नहीं है। सहस्त्रार से तुम चीजों को देखते हो, हर चीज सतत गतिमान है और गतिशील रहती है। न कोई रुकता है, न कुछ मिटता है।

कठिन है यह बात; यह उतनी ही कठिन है जैसे कोई भौतिकविद चरम इलेक्ट्रान, क्वांटा के बारे में समझाए, कि यह तरंग और कण, दोनों एक साथ, बिंदु और रेखा दोनों हैं।

तुम एक वायुयान में बैठ कर गंगा के ऊपर से उड़ान भर रहे हो, और गंगा बह रही है, यदि मैं तुमसे पूछूं, क्या गंगा एक प्रक्रिया है? क्या गंगा प्रवाहित हो रही है या यह कि गंगा है? तुम क्या कहोगे? तुम कहोगे, दोनों। तुम कहोगे, गंगा है, क्योंकि तुम इसको एक छोर से दूसरे तक एक साथ ही देख सकते हो। तुम गंगा को हिमालय में देख सकते हो, तुम गंगा को मैदानों में देख सकते हो, तुम गंगा को सागर में गिरता हुआ देख सकते हो–एक ही साथ–अतीत, वर्तमान, भविष्य खो गए हैं। एक निश्चित ऊंचाई से देखने पर तुम्हारे लिए पूरी गंगा उपलब्ध है। यह है और फिर भी तुम जानते हो कि यह प्रवाहित हो रही है। यह दोनों है–होना और हो जाना; यह दोनों है, तरंग और कण, बिंदु और रेखा है, और फिर भी एक प्रक्रिया है।

यह विरोधाभासी है, यह विरोधाभासी प्रतीत होता है, क्योंकि हमें नहीं पता कि ऊंचाई से चीजें कैसी दिखाई पड़ती हैं।

सूत्र कहता है: 'यथार्थ के बोध से उत्पन्न उच्चतम ज्ञान अतिक्रमण कर लेता है...'

यह सभी द्वैतों का, और प्रक्रिया की ध्रुवीयताओं का, स्थैतिक और गतिशील, तरंग और कण, जीवन और मृत्यु का, अतीत और भविष्य का–सभी द्वैतों का, सभी ध्रुवीयताओं का अतिक्रमण कर लेता है। यह परे है। 'तारकं सर्वविषयं'–यह ज्ञान की सभी वस्तुओं का अतिक्रमण कर लेता है।

'...सभी विषयों की तत्क्षण पहचान को समाहित किए हुए है...' और इस चेतना के लिए 'सर्वज्ञ' शब्द प्रयोग किया जाता है। यह समझने में बहुत कठिन है, इस बात को समझ पाना करीब-करीब असंभव है। इसका अभिप्राय है परम समझ वाला व्यक्ति, यदि वह तुम्हारी ओर देखता है, वह तुमको एक साथ ही–जब तुम मां के गर्भ में थे और तुम्हारा जन्म हो रहा था; इसके साथ ही साथ तुम बड़े हो रहे थे और तुम बच्चे थे, और तुम युवक बन गए और तुमने एक स्त्री के साथ विवाह किया था, और फिर तुम उसके प्रेम में पड़ गए थे; फिर तुम्हारे यहां बच्चों का जन्म हुआ, और तुम बूढ़े हो गए, और तुम मर गए, और लोग तुम्हारी शवयात्रा में जा रहे हैं–सभी कुछ एक साथ देख लेता है। सभी कुछ एक साथ दिखाई दे जाता है।

समझने में दुरूह है यह बात लेकिन ऐसा कैसे हो सकता है? एक बच्चे का जन्म हो रहा है। इसी क्षण अभी उसकी मृत्यु कैसे हो सकती है? वह या तो बच्चा है, या युवक है या वृद्ध है; या तो गर्भ में है या

ताबूत में है, या तो पालने में है या कब्र में है। क्योंकि यह हमारा विभाजन है, क्योंकि हम सच्चाई को नहीं देख सकते।

सोवियत रूस में एक वैज्ञानिक ने कलियों का इतनी संवेदनशील फिल्म पर चित्र उतारा है, ऐसा प्रयास पहले कभी किसी ने नहीं किया था, और चित्र फूल का आया है। चित्र कली का उतारा गया है लेकिन चित्र में फूल आ गया है। अभी भी यह कली है। क्या हुआ है? क्योंकि साथ ही साथ कली फूल भी है। तुम इसे नहीं देख सकते, क्योंकि तुम केवल खंडों में देखते हो, पहले तुम इसे कली की भांति देखते हो, फिर कुछ पंखुड़ियां खुलती हैं, फिर कुछ और खुलती हैं, फिर कुछ और खुलती हैं, फिर पूरा फूल खिल जाता है। लेकिन एक बहुत संवेदनशील कैमरे से किरलियान फोटोग्राफी ने सत्य में गहरी अंतर्दृष्टि प्रदान कर दी है। तुम एक कली का चित्र उतार सकते हो और फूल का चित्र आ जाता है। क्योंकि जब कली वहां है, कहीं गहरे में कली के चारों ओर, ऊर्जा के रूप में फूल पहले ही खिल चुका है। उसकी दृश्य पंखुड़ियां इसका अनुगमन करेंगी, लेकिन ऊर्जा क्षेत्र पहले ही खिल चुका है। यह वहां है। और बाद में जब असली फूल खिला; वे यह देख कर हैरान रह गए कि पहले लिया गया चित्र आत्यंतिक रूप से ठीक वही था। बाद में वे इसकी असली फूल से तुलना कर सके जो ठीक पूर्व में उतारे गए चित्र का प्रतिरूप था।

कभी किसी दिन ऐसा संभव हो सकेगा कि हम एक बीज का चित्र उतारें और एक ही चित्र न आए बल्कि अनेक चित्र आ जाएं बीज का, अंकुर का, कलिंयों का, फूलों का, वृक्ष का, और वृक्ष के गिर जाने का, और उस वृक्ष के मिट जाने का।

'तारकं...सर्वथाविषयक्रमं...'–सामान्यतः हम प्रत्येक चीज को क्रमिक प्रक्रिया में, क्रम में, क्रमबद्ध प्रक्रिया में देखते हैं–एक बच्चा युवा होता है, युवक वृद्ध हो जाता है–धीरे-धीरे, जैसे कि पर्दे पर कोई फिल्म धीरे-धीरे दिखाई जा रही हो। इसी भांति हम इसे देखा करते हैं। लेकिन परम ज्ञान पूर्ण और निरपेक्ष है। एक ही क्षण में सब कुछ उदघाटित हो जाता है।

आमतौर से हम अंधेरी रात में एक छोटी टार्च लेकर घूमते हैं। जब यह टार्च हमें एक वृक्ष दिखाती है, तो दूसरे वृक्ष अंधकार में छिपे होते हैं। जब यह टार्च दूसरे वृक्षों की ओर मुड़ती है, तो पहले वाला वृक्ष अंधकार में चला जाता है। तुम रास्ते का केवल एक भाग ही देख पाते हो। लेकिन परम ज्ञान बिजली चमकने की तरह है : अचानक तुम एक दृष्टि में ही सारा जंगल देख लेते हो।

ये सभी बस प्रतीक हैं।...हूं...इन प्रतीकों को बहुत अधिक न फैलाओ, न खींचो। क्या घटता है, बस वे इसका सूक्ष्म संकेत देने के लिए हैं। सच्चाई तो यह है कि इसे कहा ही नहीं जा सकता।

तो क्रमागत समय है–राजनीति, इतिहास, अर्थशास्त्र, धन, वस्तुएं, बुद्धि, बाजार, वाल स्ट्रीट।

मनोवैज्ञानिक समय है–स्वप्न, पुराण, काव्य, प्रेम, कला, भाव, चित्रकारी, नृत्य, नाटक। वास्तविक समय है–अस्तित्व, विज्ञान और धर्म।

विज्ञान अस्तित्व में विषयगत दिशा से प्रवेश करने का प्रयास कर रहा है और धर्म उसी सच्चाई में विषयीगत दिशा से प्रवेश का प्रयास है, और योग दोनों का संश्लेषण है।

'साइंस' शब्द सुंदर है, इसका अर्थ है : देखने की क्षमता। इसका बिलकुल ठीक अर्थ वही है जो भारतीय शब्द 'दर्शन' का अर्थ है। दर्शन शब्द को फिलासफी की भांति अनुवादित नहीं किया जाना चाहिए; इसे और ठीक ढंग से साइंस, देखने की क्षमता के रूप में अनुवादित करना चाहिए।

विज्ञान परम में वस्तु के माध्यम से प्रविष्ट होने का प्रयास कर रहा है बाहर की ओर से। धर्म उसी परम में विषयी के माध्यम से प्रविष्ट होने का प्रयास कर रहा है। और योग उच्चतम संश्लेषण है, योग दोनों है–धर्म और विज्ञान दोनों साथ-साथ।

योग विज्ञान से परे है और धर्म के पार है। योग न हिंदू है, न मुसलमान, न ईसाई–यह धर्मों के परे है। और निःसंदेह यह विज्ञान से भी आगे है, क्योंकि यह मनुष्य का विज्ञान है–यह स्वयं वैज्ञानिक का विज्ञान है। यह परम को स्पर्श करता है। यही कारण है, मैं इसे अल्फा और ओमेगा, आदि और अंत, यूनियो मिस्टिका, रहस्यमय मिलन, परम संश्लेषण कहता हूं।

प्रवचन - 8

समलैंगिकता के बारे में सब कुछ

प्रश्न-सार

* यदि मृत्यु ही आनी है, तो जीने में क्या सार है?

* प्यारे ओशो, क्या आप वास्तव में बस एक मनुष्य हैं, जो संबुद्ध हो गया?

* दिव्यता के भीतर कैसे प्रवेश हो?

* क्या लोगों को अपनी समलैंगिक प्रवृत्तियों का दमन करना चाहिए?

प्रश्न : जीवन के आने वाले दिन, यदि कोई हों तो, कितने अज्ञात और अनिश्चित हैं? इन दिनों मेरे भीतर एक गहरी अनुभूति उठ रही है कि व्यक्ति को जीवन के शेष वर्षों में बस जीते रहना है। कैसे? क्यों? किसलिए? कुछ भी स्पष्ट नहीं है। किंतु यह अनुभूति गहराती जाती है। इसलिए मैं क्या खा रहा हूं, मैं क्या कर रहा हूं, चारों ओर क्या घट रहा है, किसी से मुझ पर कोई अंतर नहीं पड़ता है।

अपनी आरंभिक बाल्यावस्था से ही, जब कभी भी मैं किसी शव को देखता था, सदा ही यह विचार मेरे मन में कौंध जाता कि यदि मृत्यु ही आनी है तो जीने में क्या सार है?

अपने बचपन के उन दिनों से एक प्रकार की अरुचि ने मेरे जीवन के सारे ढंग-ढांचे को घेर रखा है, और संभवतः यही वह कारण हो सकता है कि क्यों धर्म में मेरी रुचि जगी और मैं आप तक पहुंच सका।

क्या ऐसी अनुभूतियां मेरे लिए हानिकारक होने जा रही हैं?

निश्चित रूप से। वे हानिकारक होने जा रही हैं क्योंकि तुमने धर्म की सारी बात को गलत समझा हुआ है। पहली बात : जीवन अनिश्चित है; इसीलिए यह सुंदर है। यदि यह पूर्व निर्धारित होता तो कौन इसे जीना चाहेगा? यदि हरेक बात पहले से ही तय कर दी गई हो और जिस दिन तुम्हारा जन्म हो रेलवे की समयसारणी की तरह यह तुम्हारे हाथ में थमा दी जाए जिससे कि तुम जान लो और राय-मशविरा कर सको कि कब और कहां क्या होने जा रहा है; ऐसा जीवन जीना कौन चाहेगा? इसमें कोई काव्य नहीं होगा। इसमें कोई खतरे नहीं होंगे। इसमें जरा भी जोखिम नहीं होगा। इसमें विकसित होने का कोई अवसर नहीं होगा। यह पूर्णतः निरर्थक होगा। फिर तुम मात्र एक रोबोट होओगे, एक यांत्रिक वस्तु।

यांत्रिकता के जीवन की भविष्यवाणी की जा सकती है किंतु मनुष्य की नहीं, क्योंकि मनुष्य कोई यंत्र

नहीं है। उसका जीवन न तो वृक्ष जैसा है, न ही पक्षी जैसा। तुम जितने अधिक जीवंत होते हो उतना ही अधिक भविष्य के बारे में कम कहा जा सकता है। पक्षी के जीवन की तुलना में वृक्ष के जीवन के बारे में अधिक भविष्यवाणी की जा सकती है। मनुष्य के जीवन की तुलना में पक्षी के जीवन के बारे में कम भविष्यवाणी की जा सकती है। और बुद्ध के जीवन के बारे में तुम्हारे जीवन की तुलना में जरा सी भी भविष्यवाणी नहीं की जा सकती है।

भविष्यवाणी से मुक्त होने का अर्थ है : स्वतंत्रता। भविष्यवाणी से बंधने का अभिप्राय है : नियतिवाद। यदि तुम्हारे बारे में भविष्यवाणी की जा सके तो तुम आत्मा नहीं हो, तब तुम नहीं हो। भविष्यवाणी से बंधे होने का अभिप्राय है कि तुम मात्र एक जैविक यांत्रिकता हो।

लेकिन ऐसे अनेक लोग हैं जिनकी सोच है कि जीवन जीने योग्य नहीं है, क्योंकि इसकी भविष्यवाणी नहीं की जा सकती। ये वे ही लोग हैं जो ज्योतिषियों के पास जाते हैं। ये वे ही लोग हैं जिनको भाग्य बताने वाले मिलते रहते हैं। ये लोग मूर्ख हैं; ज्योतिषी और भाग्य बताने वाले, वे तुम्हारी मूर्खता पर जीते हैं।

पहली बात तो यह है कि यह विचार कि आने वाला कल निश्चित है और जाना जा सकता है, इसकी सारी जीवंतता नष्ट कर देगा। तब तुम्हारा हाल ऐसा होगा जैसे कि तुम एक फिल्म को दूसरी बार देख रहे हो। तुम सब कुछ जानते हो–अब क्या होने जा रहा है, अब क्या होने वाला है। तुम एक ही फिल्म को दूसरी बार, तीसरी बार और चौथी बार देख कर ऊब क्यों जाते हो? यदि तुमको एक ही फिल्म को बार-बार देखने के लिए बाध्य कर दिया जाए, तो तुम पागल हो जाओगे। पहली बार में तुम उत्सुक, जीवंत होते हो। तुम आश्चर्य करते हो कि क्या होने जा रहा है। तुम्हें नहीं पता कि क्या होने वाला है, इसीलिए तुम्हारी रुचि इसमें है, रुचि की लौ प्रज्वलित रहती है।

जीवन एक रहस्य है; इसकी भविष्यवाणी नहीं की जा सकती है। लेकिन ऐसे अनेक लोग हैं जिनको भविष्य जाना हुआ जीवन प्रिय लगता है क्योंकि फिर कोई भय नहीं होगा। हर बात निश्चित होगी, किसी चीज के बारे में कोई संदेह नहीं रहेगा।

किंतु क्या वहां विकसित होने का कोई अवसर भी होगा? क्या बिना खतरा उठाए कभी किसी का विकास हो सका है? खतरे के बिना क्या कोई कभी अपनी चेतना को प्रखर कर पाया है? भटक जाने की संभावना के बिना उचित रास्ते पर चलते रहने में क्या कोई सार है? शैतान के विकल्प के बिना क्या परमात्मा को उपलब्ध करने की कोई संभावना है?

विकल्प की आवश्यकता है, विपरीत को तुम्हें आकर्षित और भ्रमित करना चाहिए। चुनाव का जन्म ही तब होता है। तुमको और अधिक संवेदनशील और जीवंत और जागरूक होना पड़ता है। लेकिन यदि सब कुछ पूर्व निश्चित हो और हर बात पहले से ही जानी जा सकती हो, तब जागरूक होने में क्या सार

रहा? तुम जागरूक हो या नहीं इसका कोई अंतर नहीं पड़ेगा। जब कि अभी यहां इससे बहुत अधिक अंतर हो जाता है।

मैं तुमसे कहना चाहता हूं कि तुम जितना अधिक होशपूर्ण होते जाते हो उतना ही तुम्हारे बारे में भविष्यवाणी कम होती जाती है, क्योंकि तुम पदार्थ, जिसके बारे में पहले से ही बताया जा सकता है, से ऊपर और ऊपर तथा दूर और दूर होते जाते हो। हम जानते हैं कि यदि तुम पानी को उष्णता के एक निश्चित तापमान तक गर्म करो तो पानी भाप बन जाता है। यह पहले से बताया जा सकता है। किंतु मनुष्य के साथ यही बात नहीं है। तुम अपमान का कोई माप तय नहीं कर सकते जहां मनुष्य क्रोधित हो जाता है। हर व्यक्ति कितना अनूठा है। एक बुद्ध कभी भी क्रोधित नहीं हो सकते, भले ही तुम किसी सीमा तक अपमान करो।

और यह बात तुम्हें पता है, कभी-कभी तुम जरा से उकसाने पर क्रोधित हो सकते हो, या कभी किसी के उकसाए बिना ही गुस्से से खौलने लगते हो बिना किसी उष्णता के, और कभी बहुत अधिक उकसाए जाने पर भी तुम उत्तेजित नहीं हो पाते हो। यह इस पर निर्भर करता है कि उस क्षण में तुम कितना अच्छापन अनुभव कर रहे थे, उस क्षण तुम कितना बोधपूर्ण अनुभव कर रहे थे।

भिखारी प्रातःकाल भीख मांगने आते हैं, संध्या को नहीं आते क्योंकि वे मनोविज्ञान की एक सरल बात समझ चुके हैं कि प्रातःकाल लोगों में बांटने की भाव-दशा अधिक होती है–वे अधिक जीवंत, होशपूर्ण, विश्रांत होते हैं। संध्या तक वे थके और शक्तिहीन और संसार से ऊब चुके होते हैं, उनसे कुछ पाने की आशा रखना असंभव है। जब लोगों को अपने में अच्छी अनुभूति हो रही हो तभी वे बांटते हैं। यह उनकी आंतरिक अनुभूति पर निर्भर है।

स्मरण रखो कि जीवन सुंदर है क्योंकि तुम और-और जीवंत होने में समर्थ हो। कल की चिंता करने की जरूरत नहीं है। आज जीयो। और आने वाले कल को अपना आज मत नष्ट करने दो। और आज इतना मुक्त होकर चलो कि आने वाला कल तुम्हारे लिए और स्वतंत्रता लेकर आए।

कभी भविष्य कथन की बात मत पूछो। खुले रहो। जो कुछ घटता है इसे घटित होने दो, इससे होकर निकल जाओ। यह परमात्मा की भेंट है। इसमें कोई गहरा अर्थ अवश्य होना चाहिए।

'जीवन के आने वाले दिन, यदि कोई हों तो, कितने अज्ञात और अनिश्चित हैं? इन दिनों मेरे भीतर एक गहरी अनुभूति उठ रही है कि व्यक्ति को जीवन के शेष वर्षों में बस जीते रहना है।...'

'बस जीना है?' फिर तो तुम्हारा जीवन एक ऊब बन जाएगा। और तुम इसका अर्थ यह निकाल सकते हो कि यह धार्मिक जीवन है। यह नहीं है। ऊबा हुआ व्यक्ति धार्मिक व्यक्ति नहीं है। आनंदित व्यक्ति ही धार्मिक व्यक्ति है।

लेकिन मैं जानता हूं बहुत से ऊबे हुए लोग धार्मिक होने का दिखावा करते हैं। अनेक लोग जो जीवन में नपुंसक, असृजनात्मक थे, किसी प्रकार की प्रसन्नता के लिए पात्र नहीं थे–जीवन के विरोध में हो गए हैं, जीवन-निषेधक हो गए हैं, और उन्होंने जीवन को निंदित करने, कि जीवन व्यर्थ है, कि इसमें कोई सार नहीं है, कि यह मात्र एक दुर्घटना है, कि यह एक उपद्रव है, इससे बाहर आ जाओ, इसे नष्ट कर दो की एक लंबी परंपरा निर्मित कर दी है। इन लोगों को तुम महात्मा कहते हो, इन्हें तुमने महान संत कहा है। ये बस विक्षिप्त हैं। इनको चिकित्सकीय देखभाल की जरूरत है। इन्हें अस्पताल में भर्ती करने की आवश्यकता हैं। तुम्हारे निन्यानबे प्रतिशत तथाकथित संत विकृत हैं, लेकिन वे अपनी विकृति को इस भांति छिपा रहे हैं कि तुम असली बात नहीं देख सकते।

ईसप की एक कथा है :

एक लोमड़ी अंगूर पाने के लिए कूदने का प्रयास कर रही थी। वे पके हुए और ललचाने वाले थे और उनकी सुगंध लोमड़ी को करीब-करीब पागल किए दे रही थी, लेकिन अंगूरों का गुच्छा उसकी पहुंच से बहुत दूर था। लोमड़ी उछली, और उछली, पहुंच न सकी, असफल रही, फिर उसने चारों ओर देखा–कहीं किसी ने उसकी असफलता को देख तो नहीं लिया है?

एक नन्हा खरगोश एक झाड़ी के नीचे छिपा हुआ था, और उसने कहा : क्या हुआ मौसी? आप अंगूरों तक पहुंच नहीं सकीं?

वह बोली : नहीं, बेटा यह बात नहीं है, अंगूर अभी तक पक नहीं पाए हैं, वे खट्टे हैं।

यही तो है जो तुमने अब तक धर्म के नाम पर जाना है–अंगूर खट्टे हैं–क्योंकि उन लोगों को वे मिल नहीं पाते, वे उन तक पहुंच नहीं सकते। ये लोग असफल हैं।

धर्म का असफलता से कुछ भी लेना-देना नहीं है। यह परितृप्ति, फलित होना, पुष्पित होना, परम ऊंचाई, शिखर है। अब्राहम मैसलो जब कहता है कि धर्म का संबंध 'शिखर अनुभवों' से है, तो वह सही है।

लेकिन जरा चर्चों में, आश्रमों में, मंदिरों में बैठे अपने धार्मिक लोगों की सूरतें देखो, उदास ऊबे हुए लंबे चेहरे बस मृत्यु की प्रतीक्षा कर रहे हैं कि वह कब आकर उनको ले जाए। जीवन-निषेधक, जीवन-विरोधी, मतांधतापूर्वक जीवन के विरोध में, और जहां कहीं भी उन्हें जीवन दिखाई देता है वे उसे मार देने और नष्ट करने के लिए आतुर हो जाते हैं। वे तुम्हें चर्च में हंसने की अनुमति नहीं देंगे, वे तुम्हें चर्च में नृत्य न करने देंगे, क्योंकि जीवन का कोई भी लक्षण दिखाई दिया और वे परेशानी में पड़ जाते हैं, क्योंकि जीवन का कोई भी लक्षण दिखाई दिया और वे जान जाते हैं कि हम इससे चूक गए, हम इस तक नहीं पहुंच पाए।

धर्म असफलताओं के लिए नहीं है। यह उनके लिए है जो जीवन में सफल हुए हैं, जिन्होंने जीवन को इसके गहनतम तल तक, इसे इसकी गहराई और ऊंचाई तक, समस्त आयामों में जीया है, और जो इस अनुभव से इतना अधिक समृद्ध हो गए हैं कि वे इसका अतिक्रमण करने को तैयार हैं, ये लोग कभी जीवन-विरोधी नहीं होंगे, वे जीवन को स्वीकार करने वाले होंगे। वे कहेंगे, जीवन दिव्य है। वस्तुतः वे कहेंगे, 'परमात्मा के बारे में सब कुछ भूल जाओ, जीवन परमात्मा है।' वे प्रेम के विरोध में नहीं होंगे, क्योंकि प्रेम जीवन का परम रस है। वे कहेंगे, 'प्रेम परमात्मा के दिव्य शरीर में संचारित होते हुए रक्त की भांति है। जीवन के लिए प्रेम ठीक ऐसा ही है जैसा कि तुम्हारे शरीर के लिए रक्त। वे इसके विरोध में कैसे हो सकते हैं?'

यदि तुम प्रेम-विरोधी हो जाओ तो तुम सिकुड़ने लगोगे। वास्तविक रूप से धार्मिक व्यक्ति विस्तीर्ण होता है, फैलता चला जाता है। यह चेतना का फैलना है, सिकुड़ना नहीं।

भारत में हमने परम सत्य को ब्रह्म कहा है। 'ब्रह्म' शब्द का अर्थ है : जो विस्तीर्ण होता चला जाता है, आगे और आगे, और आगे, और इसका कोई अंत नहीं है। यह शब्द ही सुंदर है, इसमें एक गहन अर्थवत्ता है। आगे बढ़ता हुआ विस्तार–जीवन, प्रेम, चेतना का यह अनंत फैलाव, यही तो है परमात्मा।

सावधान रहो, क्योंकि जीवन-निषेधक धर्म बहुत सस्ता है; तुम्हें यह बस ऊब जाने से ही मिल सकता है। यह बहुत सस्ता है, क्योंकि यह तुमको बस असफल होने से ही, बस असृजनात्मक होने से ही, बस आलसी, निराश, उदास होने से मिल सकता है। यह वास्तव में सस्ता है। लेकिन असली धर्म, प्रमाणिक धर्म बड़ी कीमत पर मिलता है; तुम्हें जीवन में स्वयं को ही देना होगा। तुम्हें मूल्य चुकाना पड़ेगा। इसे अर्जित किया जाता है, और इसे कठिन पथ से अर्जित किया जाता है। व्यक्ति को जीवन से होकर गुजरना पड़ता है–इसकी उदासी, इसकी प्रसन्नता जानने के लिए; इसकी असफलता, इसकी सफलता जानने के लिए; धूप के दिन और बादलों का मौसम जानने के लिए; गरीबी और अमीरी जानने के लिए; प्रेम को और घृणा को जानने के लिए; जीवन की गहनतम चट्टानी तलहटी नरक को छू पाने के लिए और ऊपर उड़ान भर कर उच्चतम शिखर स्वर्ग को स्पर्श कर पाने के लिए जीवन में से होकर जाना पड़ता है। व्यक्ति को सभी आयामों में, सभी दिशाओं में गति करनी पड़ती है, कुछ भी ढंका हुआ नहीं रहना चाहिए। धर्म है अनावृत करना, यह जीवन से आवरण हटाना है।

और निःसंदेह पीड़ा इसका हिस्सा है। कभी भी केवल हर्ष की भाषा में मत सोचो, अन्यथा शीघ्र ही तुम जीवन से बाहर, इसके संपर्क से परे हो जाओगे। जीवन हर्ष और विषाद दोनों है। वास्तव में बेहतर तो यही होगा कि हम इसको हर्ष-विषाद कहें, इनके बीच और तक अच्छा नहीं लगता, क्योंकि यह बांटता है। हर्ष-विषाद, स्वर्ग-नरक, दिन-रात, सर्दी-गर्मी, प्रभु-शैतान–जीवन विपरीत ध्रुवीयताओं का परम

अवसर है। इसे जीयो, साहस करो, खतरे में उतरो, जोखिम लो और तब तुम्हें धार्मिक समझ का एक नितांत भिन्न आयाम उपलब्ध हो जाएगा, जो जीवन के खट्टे और मीठे अनुभवों से आता है।

एक व्यक्ति जिसने केवल मधुर अनुभवों को जाना है और कभी भी कटु अनुभवों को नहीं जाना, अभी मनुष्य कहने योग्य नहीं है, वह अभी भी निर्धन है, धनी नहीं। वह व्यक्ति जिसने प्रेम, इसका सौंदर्य और इसका डर नहीं जाना है; वह व्यक्ति जिसने प्रेम, इसका आनंद और इसका संताप नहीं जाना है; वह व्यक्ति जिसने मिलन को और विरह को भी जाना है; एक व्यक्ति जिसने आगमन को और प्रस्थान को भी जान लिया, उसने बहुत कुछ जान लिया है। वह जो कमजोरी से जीया है, आज नहीं ता कल बीमार पड़ जाएगा और ऊब जाएगा और बोर हो जाएगा।

जीवन एक परम चुनौती है।

इसलिए यदि तुम कहते हो : 'व्यक्ति को अपने जीवन के शेष वर्षों में बस जीते रहना है।'

फिर ये शेष वर्ष जीवन के नहीं होंगे। तुम अपनी मृत्यु से पूर्व मर चुके होओगे।

मैंने सुना है, एक सुंदर स्त्री स्वर्ग के स्वर्णिम द्वार पर पहुंची। सेंट पीटर भी उसको देख कर कांप उठे। वह स्त्री वास्तव में सुंदर थी, सेंट पीटर भी उसकी आंखों में आंख डाल कर न देख सके। उन्होंने उसकी फाइलें देखना आरंभ कर दीं और उन्होंने कहा : तुम कहां रही हो? तुम क्या करती रही हो? क्या तुम पृथ्वी पर कोई पाप किया था?

उस स्त्री ने कहा : नहीं, कभी नहीं।

सेंट पीटर को विश्वास नहीं हुआ। क्या तुम्हारा विवाह हुआ था?

उसने कहा : नहीं, मैं सेक्स में कभी उत्सुक नहीं रही।

क्या तुम कभी किसी पुरुष के साथ रही हो?

वह बोली : नहीं, मैं कुंआरी हूं।

और इसी प्रकार प्रश्नोत्तर होते रहे। सेंट पीटर ने सारे अभिलेख देख लिए, वे सभी कोरे थे। उसने कोई पाप नहीं किया था, लेकिन यदि तुमने कोई पाप न किया हो तो तुम कुछ पवित्र कार्य कैसे कर सकोगे? वे चिंतित हो गए।

उस स्त्री ने पूछा : क्या बात है? मैं एक पवित्र स्त्री हूं।

सेंट पीटर ने कहा : तुम एक गलत खयाल में जीती रही हो। संत हो पाने के लिए व्यक्ति को पापी बनना पड़ता है। तुम्हारा अभिलेख नितांत कोरा है। अब मेरे पास पूछने के लिए केवल एक ही प्रश्न है : तीस सालों में तुम कहां रही हो?

वह बोली : क्या मतलब है आपका?

सेंट पीटर ने कहा : तुम पिछले तीस वर्षों से मरी हुई हो–तुम्हें तो यहां पहले ही आ जाना चाहिए था! जी नहीं पाई हो तुम।

तुम्हारे तथाकथित संतों को भी इसी बात का सामना करना पड़ेगा। वे जीए ही नहीं। और इसे मैं अधार्मिक कहता हूं। इस अवसर को जो परमात्मा ने तुम्हें दिया है, नकारना अधार्मिकता है। इसे उसकी समग्रता में न जीना अधार्मिकता है। यदि परमात्मा ने तुम्हें इस भांति बनाया है कि तुम्हारे भीतर पाप उठता है, तो बहुत अधिक चिंता मत लो। इसमें कोई अर्थ होना ही चाहिए; इसे तुम्हारे विकास का एक भाग होना चाहिए।

बाइबिल की कहानी सुंदर है। ईश्वर ने अदम से कहा, 'ज्ञान के वृक्ष का फल मत खाना।' उसने अदम के साथ एक चाल खेली। यह निश्चित रूप से उसको उकसाने की एक तरकीब थी। उकसाने का तुम इससे बेहतर उपाय नहीं खोज सकते। ईश्वर का बगीचा बहुत विस्तीर्ण था। यदि अदम पर यह बात छोड़ दी गई होती तो वह उस वृक्ष को अब तक न खोज पाया होता। जरा सोचो। ईश्वर का बगीचा इतना विस्तृत है कि अदम, यदि उसको उसकी अपनी अक्ल के सहारे छोड़ दिया गया होता तो उस वृक्ष को अभी तक न खोज पाया होता। ईश्वर को तो यह बात पता ही थी। ईसाई इसे इस प्रकार से नहीं समझाते हैं, लेकिन मुझे पता है कि ईश्वर ने एक चाल खेली थी। उसने अदम को मूर्ख बनाया। अचानक उसने कहा, 'याद रहे, इस वृक्ष का फल कभी मत खाना।' यह वृक्ष अदम के मन में एक सतत अटकन बन गया। अब अदम ढंग से सोने में समर्थ न हो पाएगा, रात में वह उस वृक्ष के स्वप्न देखेगा। और जब ईश्वर ने ऐसा कहा है तो इसमें कोई बात अवश्य होना चाहिए। और ईश्वर स्वयं इस वृक्ष से फल खाता है! यह असंभव है। यह उस पिता के समान है जो धूम्रपान करता है और बच्चे से कहे चला जाता है धूम्रपान कभी मत करना, यह बहुत बुरा है, और तुम ऐसा करोगे तो कष्ट उठाओगे।'

निःसंदेह अदम को इसे खाना पड़ा, लेकिन दोषी ईश्वर है। उसे दोषी होना पड़ेगा, क्योंकि वही सारे मामले का आधार है। इसलिए यदि पाप होता है तो उसे अपराधी होना पड़ेगा, यदि पुण्य होता है तो उसी को इसका कारण होना पड़ेगा। सभी कुछ उसका है। परम गहराई में तुम सदैव वहां उसी को पाओगे। और तभी से वह हंस रहा होगा।

अदम समझ नहीं सका, थोड़ी मनोवैज्ञानिक समझ की जरूरत थी। यह कोई धार्मिक प्रश्न नहीं है, यह एक मनोवैज्ञानिक प्रश्न है। और ईश्वर भी शांति से बैठ कर कोई प्रतीक्षा नहीं कर रहा था, क्योंकि हो सकता है अदम बहुत अधिक आज्ञाकारी हो और शायद न खाए; इसीलिए सांप...उसको एक वैकल्पिक व्यवस्था करनी पड़ी। ईश्वर ने यह अवश्य अनुभव कर लिया होगा कि अदम अत्याधिक विनम्र, आज्ञाकारी अच्छा लड़का प्रतीत होता है, तो उसे एक लड़की ईव और एक सांप को बीच से लाना पड़ा।

सांप ईव को उकसाता है और ईव अदम को उकसाती है। अब यह मामला सरल हो गया। अदम ईव पर उत्तरदायित्व डाल सकता है, ईव सांप पर जिम्मेवारी थोप सकती है। और निःसंदेह सांप बोल नहीं सकते–वे बाइबिल नहीं लिख सकते और वे ईश्वर पर उत्तरदायित्व नहीं डाल सकते। लेकिन उत्तरदायित्व उस ईश्वर का ही है।

एक ही अधर्म है और वह है जीवन को, प्रेम को इनकार करना। और केवल एक ही धर्म है और वह है इसे इसकी समग्रता में स्वीकार करना और निर्भय होकर इसमें संलग्न हो जाना। इसलिए यह दृष्टिकोण हानिकारक है।

'कैसे? क्यों? किसलिए–कुछ भी स्पष्ट नहीं है।'

लेकिन इसको स्पष्ट क्यों होना चाहिए? पहली बात तो यह है कि तुम यह क्यों चाहते हो कि इसे स्पष्ट होना है। और यदि यह नितांत स्पष्ट हो जाए, तो सारी बात खो जाएगी, सारा खेल खत्म हो जाएगा। यदि हरेक बात अत्याधिक स्पष्ट हो, तो फिर कोई विकल्प नहीं होता। तब तुम भटक नहीं सकते। फिर तुम हमेशा ठीक काम करोगे यदि सब कुछ पूर्णतः स्पष्ट हो। फिर तुम ठोकर नहीं खा सकते, फिर तुम अंधकार में नहीं जा सकते, और परमात्मा से अधिक दूर नहीं जा सकते हो।

लेकिन वह चाहता है कि तुम अधिक दूर जाओ, क्योंकि केवल तभी जब तुम बहुत, बहुत दूर चले गए हो तभी घर वापस लौटने की प्यास जगती है।

वास्तव में आधुनिक मनोविज्ञान बिलकुल ठीक यही कह रहा है कि प्रत्येक बच्चे को मां से दूर जाना पड़ता है। पहले बच्चा गर्भ में है, फिर एक दिन उसे गर्भ से बाहर आना पड़ता है। वह मां से बहुत दूर जाने का आरंभ है। अब वह और अधिक मां का भाग नहीं रहा। फिर गर्भनाल काट दी जाती है, वह स्वतंत्रतापूर्वक कार्य करना आरंभ कर देता है। लेकिन फिर भी वह मां से, स्तन से चिपकेगा, क्योंकि अब भी वही उसका पूर्ण अस्तित्व है–गर्भ से बाहर आने के बाद भी। लेकिन फिर भी वह मां से चिपकता रहेगा, वह मातृत्व के परिवेश में रहेगा। लेकिन फिर उसे भी विदा होना पड़ेगा। बच्चा बड़ा हो रहा है। एक दिन दूध रुक जाता है, स्तन वापस ले लिया जाता है, और मां बच्चे को और अधिक आत्मनिर्भर होने के लिए बाध्य करती है। अब उसे अपना स्वयं का भोजन चुनना है और उसे अपना स्वयं का भोजन चबाना है। फिर और भी–उसे विद्यालय या छात्रावास में जाना पड़ता है। फिर और दूर, वह और दूर चला जाता है। फिर एक दिन वह किसी स्त्री के प्रेम में पड़ जाता है; यह अंतिम कदम है।

इसीलिए माताएं अपनी पुत्र-वधुओं को कभी माफ नहीं कर सकती हैं। असंभव। क्योंकि सहारे का आखिरी तिनका भी–उन्होंने उनके पुत्र को पूर्णतः मां से छीन लिया गया है। अब पुत्र संपूर्ण रूप से स्वतंत्र

हो गया है। उसका अपना स्वयं का परिवार है, उसने अपनी स्वयं की दुनिया बसा ली है। अब वह मां से और अधिक आसक्त नहीं रहा है।

ठीक-ठीक यही घटना चेतना के संसार में घट रही है। मनुष्य को मां से दूर जाना पड़ता है। और स्मरण रखना कि परमात्मा माता अधिक है पिता के बजाय। मनुष्य का जन्म परमात्मा के गर्भ से हुआ है, तब वही देखभाल करता है।

जरा देखो, वह वृक्षों की अधिक देखभाल, पशुओं की अधिक देखभाल, पक्षियों की अधिक देखभाल करता है–यही तो है गर्भ। ये लोग अभी भी गर्भ के भीतर हैं। मनुष्य के बारे में वह इतना सावधान नहीं है; मनुष्य को स्वतंत्र होना पड़ेगा। क्या तुमने नहीं देखा है कि मनुष्य का जन्म संसार के सबसे असहाय जीव की भांति होता है? क्योंकि परमात्मा अपनी सहायता वापस ले रहा है, स्वयं को हटा ले रहा है। वृक्ष उसके गर्भ में हैं, पक्षी उसके गर्भ में हैं, पशु उसके गर्भ में हैं। वे मनुष्य के पूर्वज हैं।

पुनर्जन्म का, विकास का सारा सिद्धांत यही है। पूरब में हम कहते है कि प्रत्येक व्यक्ति इन सभी स्थितियों से होकर गुजर चुका है। कभी तुम शेर थे, कभी तुम कुत्ते थे, कभी तुम एक वृक्ष थे, और एक बार तो तुम चट्टान भी थे। फिर तुम मनुष्य हो गए। मनुष्य का अभिप्राय है कि तुम गर्भ से बाहर आ गए। ईडन का बगीचा परमात्मा का गर्भ है।

अदम को निष्कासित किया गया। हूं...निष्कासन शब्द अच्छा नहीं है। यदि हमने पूरब में बाइबिल की कहानी लिखी होती, तो हमने कहा होता : ईश्वर ने मनुष्य को अपने से अधिक दूर विकसित होने के लिए भेजा। क्योंकि यदि तुम लगातार अपनी मां के चारों ओर घूमते रहो, तो विकसित होना कठिन है। यदि तुम लगातार मां के दूध पर ही जीते रहो, तो विकसित होना असंभव हो जाएगा। तुम बचकाने रहोगे।

और तुमको किसी स्त्री के प्रेम में पड़ना पड़ता है, वह भी इतना अधिक कि यदि वह स्त्री कहती है कि अपनी मां की हत्या कर दो, तुम अपनी मां की हत्या करने के बारे में सोचना शुरू कर दोगे। इसी प्रकार से ईव ने अदम को फुसलाया, 'इस फल को खा लो।' इस कहानी की क्या अर्थवत्ता है? अर्थवत्ता यह है कि अदम ने ईश्वर के आदेश के विरूद्ध ईव की राय को चुना। सरल है यह बात। उसने कहा, ठीक है, उस बूढ़े आदमी को छोड़ दो। चिंता मत लो। उसने मूर्ख ईव की राय को चुन लिया।

और निःसंदेह स्त्रियां बहुत तर्कयुक्त नहीं होती हैं, वे भावुकताओं में जीती हैं। उसे राय दी गई एक सांप द्वारा। हूं...जरा इसकी असंगतता को तो देखो–बस एक भावुकता। लेकिन जब कोई पत्नी जोर देती है तो पति को बात मानना ही पड़ती है।

अदम को संसार में आगे भेजा गया, निकाला नहीं गया। ईश्वर किसी को कैसे निकाल सकता है? यह असंभव है, उसकी करुणा ऐसा न होने देगी। और तुम्हारे विकास का यह एक हिस्सा है कि तुमको

दूर जाना चाहिए और गलतियां करनी चाहिए, क्योंकि केवल तभी धीरे-धीरे तुम बोधपूर्ण, जागरूक हो जाओगे। और तुम्हारी स्वयं की जागरूकता से गलतियां विदा होने लगेंगी, तुम घर वापस आ जाओगे। और तुम ईश्वर को सदैव तुम्हारे स्वागत हेतु तैयार पाओगे।

ईश्वर तुम्हारा स्रोत है, और यह उस सबका स्रोत है जो तुम्हारे साथ घटता है।

मत पूछो, 'कैसे? क्यों? किसलिए?–कुछ भी स्पष्ट नहीं है।' हां, इसे उसी ढंग का होना पड़ता है। यदि सब कुछ स्पष्ट हो तो विकसित होने की आवश्यकता ही नहीं है। क्योंकि कुछ भी स्पष्ट नहीं है, तुमको जागरूकता में विकसित होना है जिससे कि चीजें स्पष्ट हो जाएं।

मुल्ला नसरुद्दीन अस्पताल मे था। उसको आंख की कुछ तकलीफ थी। एक सप्ताह के बाद डाक्टर ने उससे पूछा : नसरुद्दीन क्या दवाइयों से तुम्हें कुछ फायदा हो रहा है?

उसने कहा : निश्चित तौर से, अब मैं और स्पष्टता से और साफ ढंग से देख सकता हूं। उदाहरण के लिए परिचारिकाएं अब रोज-रोज सामान्य आम रूप-रंग की होती जा रही हैं।

जब तुम स्पष्टता से देख सकते हो तो निःसंदेह परिचारिकाएं और-और आम रंग-रूप की हो जाती हैं। जब तुम्हें साफ न दिखाई देता हो तो हर स्त्री सुंदर होती है।

यदि सब कुछ स्पष्ट हो, तो तुम्हारी आंखें साफ करने की कोई जरूरत ही न रह जाएगी। सारी बात यही है, सारा खेल यही है कि चीजें स्पष्ट नहीं हैं। इसलिए तुमको अपने मन में अधिक स्पष्टता लानी पड़ती है जिससे कि तुम अपने लिए रास्ते का चुनाव कर सको। चीजें एक अराजकता में है। तुमको अपने भीतर जागरूकता लानी पड़ती है ताकि तुम अराजकता में अपना रास्ता चुन सको और उचित ढंग से चल सको। अराजकता वहां समझ-बूझ कर है, इसे वहां होना ही है। शैतान के कारण अराजकता नहीं है वहां, यह परमात्मा के कारण है।

यह जिग सा पजल, उलझन भरी पहेली, की भांति है। हूं...यदि सब कुछ स्पष्ट है तो पहेली का मतलब ही क्या है? एक छोटे बच्चे को तुम जब जिग सा पजल देते हो, तो तुम सारे टुकड़ों को मिला देते हो, तुम बच्चे को दिग्भ्रमित कर देते हो और फिर तुम बच्चे से कहते हो, अब तुम इसे ठीक से लगाओ। इसे सुव्यवस्थित करने में वह वास्तव में अधिक जागरूक, संलग्न, एकाग्रचित्त, ध्यानपूर्ण हो जाता है। यदि तुम उसे हल की हुई पहेली दे दो, तो उसे इस पहेली को देने में क्या अर्थ है?

यह संसार एक उलझन भरी पहेली है और परमात्मा इसे गड्ड-मड्ड कर हमें दिग्भ्रमित करता रहता है।

यही तो मैं यहां तुम्हारे साथ कर रहा हूं। किसी प्रकार से तुम अपनी जिग सा पजल को ठीक से जमाने का प्रयास करते हो, मैं पुनः कुछ करता हूं और गड्ड-मड्ड कर देता हूं और तुम्हें दिग्भ्रमित कर देता हूं। क्योंकि जितना तुम्हें पहेली पर कार्य करना पड़ेगा तुम उतना ही अधिक बोधपूर्ण हो जाओगे। तुम्हें अच्छा

लगेगा कि मैं तुमको एक निश्चित प्रश्नोत्तरी दे दूं, जैसा कि ईसाई लोग अपने अनुयायियों को देते हैं। कुछ लोग मेरे पास आ जाते हैं, मूर्ख लोग हैं वे, वे कहते हैं, आपकी पुस्तकों से जान पाना कि आप क्या चाहते हैं बहुत कठिन है, ओशो। माओत्से तुंग की 'लाल किताब' की भांति एक छोटी हाथ में आ सकने वाली जिसे जेब में रखा जा सके, ऐसी एक छोटी पुस्तक बना दीजिए, और यह पुस्तक बिलकुल ठीक-ठीक संक्षिप्त में यह बता दें कि आप क्या चाहते हैं।

मैं तुमको कोई 'लाल किताब' नहीं देने जा रहा हूं, क्योंकि फिर बात ही क्या बची। तुमने इसे पसंद कर लिया, मामला खत्म, किसी जागरूकता की जरूरत ही नहीं है। तुमने बस लाल किताब में देखा और सब कुछ स्पष्ट हो गया। सभी लाल किताबें जला देने के योग्य हैं। कोई भी चीज जो तुम्हारे जीवन की पहेली को सुलझा देती है, तुम्हारी शत्रु है, क्योंकि पहेली सुलझते ही तुम अचेतनता में छलांग लगा दोगे। पहेली को और जटिल बनाया जाना है। इसीलिए यदि लाओत्सु से काम न चल सके तो मैं पतंजलि को ले आता हूं। यदि पतंजलि से न हो पाए तो मैं बुद्ध को ले आता हूं। यदि वे असफल हों तो जीसस, महावीर। और फिर मैं लोगों को खोज लाता हूं: तिलोपा, नरोपा। किसी ने उनके बारे में अधिक चिंता नहीं की। और मैं तुमको उलझाता चला जाऊंगा।

यदि इस दिग्भ्रम में तुम स्पष्ट हो गए, तुम्हारे चारों ओर की चीजें नहीं...स्पष्टता आंतरिक होना चाहिए। स्पष्टताएं दो प्रकार की होती हैं। एक है तुम्हारे चारों ओर की चीजों की व्यवस्था में–आंतरिक सज्जाकार द्वारा फर्नीचर व्यवस्थित कर दिया गया–हर चीज अपने स्थान पर है–लेकिन फिर भी तुम स्पष्ट नहीं हो। चीजें व्यवस्थित हैं और उन्होंने तुमसे इनको स्पष्ट करने का अवसर ले लिया है। फिर एक दूसरी स्पष्टता है–चीजें जैसी वे हैं वैसी ही रहती हैं, लेकिन तुम बोध की प्रगाढ़ता उपलब्ध कर लेते हो। और-और सजग हो जाते हो तुम। तुम चीजों को गहराई से देखते हो, तुम और-और स्पष्टता से देखना आरंभ कर देते हो। चीजें वही हैं लेकिन तुम भिन्न हो। परिवर्तन तुम पर घटा है, संसार में नहीं।

और एक धार्मिक व्यक्ति तथा साम्यवादी, समाजवादी, राजनैतिक व्यक्ति के मध्य यही भेद है। वे सभी संसार को छांट रहे हैं–मार्क्स, माओ, स्टैलिन। वे सभी संसार को, पहेली को जमाने का प्रयास कर रहे हैं, इसलिए तुम्हें चिंता करने की आवश्यकता नहीं है। वे तुम्हारे लिए भोजन चबा रहे हैं, और वे तुम्हें छोटे बच्चे बनाने का प्रयास कर रहे हैं ताकि तुम राज्य के आश्रय पर जीवित रह सको–और सरकार द्वारा हर चीज स्पष्ट कर दी गई है, हर चीज का राष्ट्रीयकरण कर दिया गया है, और हर चीज को उसके उचित स्थान पर रख दिया गया है, जिससे कि तुम अपने सिर पर बिना कोई चिंता लिए बस घूमो-फिरो।

मैं बाहर के संसार में इस प्रकार के व्यवस्थाकरण के पक्ष में नहीं हूं, बाह्य संसार को एक सुंदर अव्यवस्था बना रहना चाहिए जिससे कि तुम्हें अंतस की जागरूकता के लिए संघर्ष करना पड़े। मुझे

आशा है कि तुम इस बात को समझ सकते हो। यदि एक अंधेरी रात में तुम अकेले चल रहे हो, तुम अधिक चौकन्ने होकर, अधिक सावधानी से चलते हो। यदि तुम दिन के पूर्ण प्रकाश में एक राजमार्ग पर चल रहे हो, तो निःसंदेह किसी जागरूकता और बोध की जरूरत नहीं पड़ती है।

क्या कभी तुम किसी भुतहा मकान में रात में अकेले रुके हो? तुम सो ही न पाओगे। आंगन में पेड़ से सूखा पत्ता गिरने की हलकी सी आवाज, बस और तुम उछल पड़ोगे। कोई बिल्ली चूहे पर झपटती है और तुम कूद पड़ोगे। जरा सा हवा का झोंका और तुम हाथ में टार्च लेकर खड़े हो जाते हो।

मैंने एक आदमी के बारे में सुना है, जिसने एक चुनौती स्वीकार की और भुतहा घर में रुक गया। उसी समय जब वह विश्राम करने जा रहा था बिस्तर पर बैठे हुए उसने वेटर से जो उसके लिए दूध लेकर आया था, पूछा : मुझे एक बात बताओ, क्या पिछले कुछ सालों में यहां कुछ अप्रत्याशित घटा है? उस वेटर ने कहा : पिछले बीस साल से तो नहीं।

उस व्यक्ति ने राहत महसूस की–बीस साल पहले कुछ हुआ होगा। फिर वेटर जाने लगा। उसने कहा : ठहरो! जरा मुझे बताओ, बीस साल पहले क्या हुआ था?

वेटर ने कहा : बीस साल पहले एक बहुत अप्रत्याशित घटना घटी। एक व्यक्ति इसी पलंग पर सोया था, जिस पर आप बैठे हैं, और अगली सुबह वह नाश्ता करने नीचे उतरा। दुबारा कभी ऐसा नहीं हुआ, और इससे पहले भी कभी नहीं हुआ था। हम लोग तो उसका इंतजार भी नहीं कर रहे थे, लेकिन वह सीढ़ियों से उतरता हुआ नीचे आया।

अब क्या तुम इस व्यक्ति के चौकन्ने न रहने के बारे में सोच सकते हो? क्या तुम सोच सकते हो कि इस आदमी को नींद आई होगी? नींद की गोलियों से भी काम न चलेगा। यदि तुम उसको मारफिया का इंजेक्शन दे दो तो वह भी कार्य न करेगा। उसकी जागृति एक बहुत घनीभूत चीज बन जाएगी।

बुद्ध अपने शिष्यों को सारी रात मरघट में रुकने के लिए भेजा करते थे–बस और जागरूक होने के लिए। क्योंकि जब तुम मरघट में अकेले हो, तुम सो नहीं सकते। वास्तव में जागरूक होने के लिए कोई प्रयास करने की जरूरत ही नहीं है। जागरूकता आसान हो जाती है। यह वास्तव में सुंदर है, तुम्हें भी कभी-कभी ऐसी कोशिश करना चाहिए।

स्पष्टता को तुम्हारे पास तुम्हारी चेतना की आंतरिक गुणवत्ता में आना पड़ेगा, 'कैसे? क्यों? किसलिए?–कुछ भी स्पष्ट नहीं है।' यह आत्यंतिक सुंदर बात है, इसको इसी भांति होना चाहिए।

और मैं तुमसे एक बात और कहना चाहता हूं, जीवन स्वयं के लिए है। इसका कोई बाह्य मूल्य नहीं है, आंतरिक है यह। जीवन का उद्देश्य कभी मत पूछो, क्योंकि तुमने गलत प्रश्न पूछा है, तुम असंगत प्रश्न पूछते हो। जीवन परम है, उससे परे कुछ भी नहीं है। जीवन स्वयं के लिए जीता है।

गुलाब एक गुलाब है, एक गुलाब ही है–जीवन और अधिक जीवन के लिए जीता है, और अधिक जीवन फिर और अधिक जीवन के लिए जीता है। लेकिन उसमें कोई बाह्य मूल्य नहीं है, तुम 'क्यों' का उत्तर नहीं दे सकते।

और तुम इस बात को समझ सकते हो : यदि तुम 'क्यों' का उत्तर दे सके, फिर दुबारा प्रश्न खड़ा हो जाएगा। यदि तुम कहो, जीवन का अस्तित्व परमात्मा के लिए है, तो परमात्मा का अस्तित्व किसलिए है? उसके होने का क्या उद्देश्य है? और जब इस पूछताछ को कहीं जाकर रुकना ही है, तो पहले इसको शुरू ही क्यों किया जाए? तुम कहते हो, 'परमात्मा ने जीवन का सृजन किया? फिर परमात्मा का सृजन किसने किया?' नहीं, मैं ऐसा नहीं कहता। मैं कहता हूं, परमात्मा जीवन है। उसने जीवन का सृजन नहीं किया है, वही जीवन है।

इसलिए यदि तुम नास्तिक हो तो मेरे साथ कोई समस्या नहीं है। हूं...तुम 'परमात्मा' शब्द को छोड़ सकते हो। यह केवल भाषागत प्रश्न है। यदि तुम्हें 'परमात्मा' शब्द पसंद हो, अच्छी बात है। यदि तुम्हें पसंद नहीं है, बहुत अच्छी बात है। 'जीवन' से काम चल जाएगा। क्योंकि मैं शब्दों के बारे में चिंता नहीं करता। मैं शब्दों के बारे में तर्क नहीं करता। परम सत्य को तुम किस नाम से पुकारते हो, किसे चिंता है? जीवन, परमात्मा, अल्लाह, राम, कृष्ण–या तुम्हारी कल्पना को जो आकृष्ट करे–जिहोवा, ताओ, ये सभी शब्द हैं, किसी ऐसे सूक्ष्म की ओर संकेत कर रहे हैं कि उसकी अभिव्यक्ति असंभव है।

लेकिन यदि तुम मुझसे पूछो, 'जीवन' अत्याधिक सुंदर प्रतीत होता है यह। 'ईश्वर' के साथ ही तुम्हें किसी प्रकार के चर्च की बू आती है, और दुर्गंध है यह, यह अच्छी नहीं है। 'जीवन' के साथ तत्क्षण, पुष्प, वृक्ष, पक्षी...। क्या तुमने अपने मन के प्रतिसंवेदन, प्रतिक्रिया का निरीक्षण किया है? मैं कहता हूं, 'ईश्वर' सुनते ही तुम्हारे मन में कैथेड्रल्स, मनुष्य निर्मित चीजें–पादरी, पोप उभर आते हैं। निःसंदेह बड़ा नाटकीय है यह, लेकिन थोड़ा सा असंगत भी है–उनके लंबे सजावटी चोगे, मुकुट और पाखंड। मैं कहता हूं, 'जीवन' कोई कैथेड्रल, कोई मंदिर तुम्हारी चेतना में नहीं उभरता है। प्रवाहित होती नदियां, खिलते हुए फूल, गाते हुए पक्षी, चमकता हुआ सूर्य, हंसते और दौड़ते हुए बच्चे, प्रेम करते हुए लोग, यह आकाश, यह पृथ्वी। 'जीवन' वास्तव में और सुंदर, कम भ्रष्ट है। यह पादरियों के हाथों में नहीं पड़ा है, वे इसके सौंदर्य को नष्ट और भ्रष्ट करने में समर्थ नहीं हो सके हैं। वे अभी इसको आकार देने के लिए काट-छांट नहीं कर सके हैं, यह अभी भी कृत्रिम न हो सका है। जीवन प्राकृतिक रहा है।

लेकिन मैं तुमसे कहता हूं कि यही तो परमात्मा है : परम प्राकृतिक।

कभी मत पूछो जीवन क्यों है, क्योंकि उत्तर कौन देने जा रहा है? जीवन के अतिरिक्त कुछ और है भी नहीं।

और यह मत सोचो कि जब कोई उद्देश्य होगा तो ही तुम्हें जीना होगा, अन्यथा तुम कैसे जी सकोगे? मुझे नहीं दीखती है यह बात। फूल खिलते हैं, वे किसी 'क्यों' को नहीं जानते हैं, और वे सुंदरतापूर्वक खिलते हैं। और मैं कल्पना नहीं कर सकता कि यदि उनको सिखाया जाए कि तुम्हारे खिलने का एक उद्देश्य है, तो वे किस प्रकार और अच्छे ढंग से खिलेंगे, मुझे ऐसा नहीं दीखता। वे बस उसी ढंग से खिलते हैं। वे अपनी ओर से महत्तम प्रयास कर रहे हैं। क्या तुम सोचते हो कि यदि कोयल को बता दिया जाए कि गाने का क्या उद्देश्य है, तो वह बेहतर ढंग से गा रही होगी।

मैं सदा से सोचता हूं कि जानवर आदमी पर अवश्य हंस रहे होंगे। मनुष्य के बारे में पशुओं के मध्य कई चुटकुले अवश्य प्रचलित होंगे। मनुष्य को पृथ्वी पर बहुत भद्दी, असंगत घटना होना चाहिए।

एक फूल खिलता है, तो उसे खिलने के लिए किसी उद्देश्य की जरूरत नहीं पड़ती। लेकिन तुम्हें उद्देश्य चाहिए। तुम किसी को प्रेम कर सकते हो, लेकिन क्या उद्देश्य है? प्रेम को किसी उद्देश्य की आवश्यकता है? तो तुम सारी बात से चूक जाओगे। ऐसे भी लोग हैं जो प्रेम भी उद्देश्यपूर्वक करते हैं।

जीवन अर्थशास्त्र नहीं है। यह आंतरिक रूप से मूल्यवान है। और एक बार तुम यह समझ लो, एक महत् उत्क्रांति तुम्हें घट जाती है। फिर तुम बस श्वास लेते हो, और श्वास लेना बहुत सुंदर, बहुत शांतिदायक, बहुत आशीषमयी हो जाता है। तब हर क्षण स्वयं में अर्थ बन जाता है। अर्थ कहीं बाहर नहीं है। फिर तुम इस क्षण को उसी के लिए जीते हो। तुम गाते हो, क्योंकि तुम्हें गाने से प्रेम है। तुम नृत्य करते हो, क्योंकि नृत्य करना अति सुंदर है। तुम प्रेम करते हो, क्योंकि प्रेम जैसा और कुछ भी नहीं है। यदि तुम उद्देश्य पूछो तब तुम्हारा मन वेश्या का है। वेश्या प्रेम कर सकती है, लेकिन इसमें एक उद्देश्य निहित है। जो सदैव पूछते रहते हैं कि जीवन का क्या उद्देश्य है? उन लोगों के पास वेश्या का मन है। जीवन को जैसा यह है वे स्वीकार नहीं कर सकते हैं। इसको अर्थपूर्ण बनाने के लिए उन्हें कुछ और चाहिए।

जरा समझने का प्रयास करो, प्रत्येक क्षण अपने आप में पर्याप्त है, और प्रत्येक कृत्य अपने आप में परिपूर्ण है; और जो कुछ भी तुम करते हो करना स्वयं में एक गरिमा है। कुछ और नहीं चाहिए।

और तब अचानक तुम मुक्त हो जाते हो। क्योंकि एक व्यक्ति जो उद्देश्य उन्मुख है कभी मुक्त नहीं हो सकता। उद्देश्य सदा भविष्य में होता है। आज तुम किसी ऐसी चीज के लिए जीते हो जो कल होने जा रही है, कौन जाने, तुम ही मर जाओ। फिर तुम एक अतृप्त जीवन जीयोगे, और कल पुनः तुम किसी भविष्य के कल के लिए जीयोगे, क्योंकि प्रत्येक कल आज बन कर आता है और तुमने गलत ढंग से आज को कल के लिए बलिदान करना सीख रखा है।

यदि तुम उद्देश्य के प्रश्न से आसक्त हो चुके हो, तुम पूछते चले जाओगे। चाहे जो कुछ भी हो तुम पूछोगे: 'इसका क्या उद्देश्य है?' लोग मेरे पास आकर पूछते हैं, आप हमें ध्यान करने को कहते हैं,

लेकिन क्या उद्देश्य है इसका? ध्यान करने के लिए किस उद्देश्य की आवश्यकता पड़ती है? ध्यान इतना शांत है, आनंद से इतना ओतप्रोत है, किसी और उद्देश्य की आवश्यकता नहीं है। यह किसी और बात के लिए साधन नहीं है। यह स्वयं में साध्य है।

"इसलिए मैं क्या खा रहा हूं, मैं क्या कर रहा हूं, चारों ओर क्या घट रहा है, किसी से मुझ पर कोई अंतर नहीं पड़ता।" तुम असंवेदनशील और मूढ़ होते जा रहे हो। यह मत समझो कि यह धर्म है। यह बस धीमा आत्मघात है। तुम अपने अस्तित्व को विषाक्त कर रहे हो। और अधिक होशपूर्ण हो जाओ, और अधिक जागरूक हो जाओ, और अधिक संवेदनशील हो जाओ। क्योंकि यदि तुम संवेदनशील नहीं हो, जीवन तुम्हारे पास से होकर गुजरता चला जाएगा और तुम इसको जी न पाओगे, तुम अस्पर्शित रहोगे। जीवन तुम्हारे ऊपर बरसता चला जाएगा और तुम बंद रहोगे, तुम इसके प्रति खुले नहीं होगे। परमात्मा तुमको देता चला जाएगा, लेकिन तुम नहीं लोगे। अधिक संवेदनशील, अधिक प्रत्युत्तरपूर्ण बनो। वीणा के तार जैसे होओ। हूं...कोई बस इसे छूता भर है, और प्रतिसंवेदना होती है। तार जीवित है। ढीले मत रहो, अन्यथा वहां प्रतिसंवेदना नहीं होगाी। निःसंदेह बहुत तन मत जाओ नहीं तो तुम टूट जाओगे।

धर्म की पूरी कला यही है : कैसे संतुलित हुआ जाए? कैसे असंयत न हुआ जाए? वीणा के तारों को सम्यक तनाव में, परिपूर्ण साम्यता में, पूर्ण संतुलन में–न इस ओर, न ही उस ओर, बस ठीक मध्य में, ठीक-ठीक बीच में रहना चाहिए। तुम इसे छुओ–अभी तुम इसे छू भी न पाए हो–और यह प्रत्युत्तर देता है।

लोग कहते हैं कि यदि एक वीणा के स्वरों को एक गुरु सही रूप से उचित ढंग से बिठा दे और तुम इसको कमरे के एक कोने में रखो, अब तुम एक दूसरी वीणा बजाओ, तो कोने में रखी यह वीणा उस वीणा के संगीत का प्रत्युत्तर देना आरंभ कर देती है। यह प्रत्युत्तर देती है, क्योंकि झंकार, कंपन, स्पंदन इस तक पहुंचते हैं। जब एक वीणा से अत्यधिक सुंदर कंपन उत्सर्जित होने लगते हैं, इनका प्रसार होता है, ये सारे कमरे को भर देते हैं, और दूसरी वीणा पूर्णतः तैयार, न अधिक ढीली, न अधिक कसी, बस मध्य में, वहां प्रतीक्षारत है, तत्क्षण वे सूक्ष्म कंपन इससे टकराते हैं, बिना किसी इंसानी हाथ के स्पर्श के यह प्रत्युत्तर देना आरंभ कर देती है, यह जीवंत हो उठती है। जीने का यही ढंग है।

ध्यान तुमको बस संतुलित, मध्य में, विश्रांत, शांत, आनंदित करने के लिए है, ताकि जब जीवन तुम्हारे पास आता है...और यह हर क्षण आ रहा है। इसकी लाखों भेंटें हैं, तुम उनसे चूकते जाते हो, क्योंकि तुम तैयार नहीं हो। तुम उस बहरे आदमी के समान हो जो बैठा हो और कोई वीणा बजा रहा है। तुम इससे चूकते रहते हो।

मैंने एक महान संगीतकार के बारे में सुना है, जिसने एक अन्य महान संगीतज्ञ तानसेन के बारे में सुना कि जब तानसेन अपनी वीणा बजाता है, तो उसे सुनने पशु भी एकत्रित हो जाते हैं। वह इसकी सत्यता को

जानना चाहता था। वह जंगल में चला गया और उसने अपनी वीणा बजाना आरंभ कर दिया, धीरे-धीरे पशुओं ने आना आरंभ कर दिया। बहुत भीड़ एकत्रित हो गई–हाथी, जेब्रा, चीता, तेंदुआ, लोमड़ियां, भेड़िए–हर प्रकार के पशु छोटे और बड़े, और वे ठगे से रह गए, सम्मोहित हो गए। और तभी अचानक एक घड़ियाल आया, और संगीतकार पर झपटा और उसको एक ही बार में समूचा निगल गया। सारे पशु बहुत क्रोधित हो उठे, उन्होंने कहा : 'यह क्या बेवकूफी है ?।' घड़ियाल ने अपने हाथ कानों पर रखे और बोला : 'क्या ? तुम क्या कह रहे हो ?'

घड़ियाल बहरा था। बहरे मत बनो, अंधे मत बनो। जीवंत प्रत्युत्तर देने वाले बनो।

परमात्मा हर पल तुम्हारे द्वार पर दस्तक दे रहा है। यदि तुम असंवेदनशील हो गए, तो तुम्हें यह दस्तक नहीं सुनाई पड़ेगी। जीसस कहते हैं : खटखटाओ और तुम्हारे लिए द्वार खोल दिया जाएगा। मैं तुमसे कहता हूं कि तुम्हें द्वार पर दस्तक देने की भी आवश्यकता नहीं है, परमात्मा द्वार पर दस्तक दे रहा है। सुनो, वास्तव में तो परमात्मा तुमको हर ओर से खोज रहा है। यह खोज एक पक्षीय नहीं है कि केवल तुम ही खोज रहे हो, वह भी तुम्हें खोज रहा है। लेकिन तुमको उपलब्ध होना पड़ेगा।

और उपलब्ध होने का यह कोई ढंग नहीं है।

'अपनी आरंभिक बाल्यावस्था से ही, जब कभी भी मैं किसी शव को देखता था, सदा ही यह विचार मेरे मन में कौंध जाता कि यदि मृत्यु ही आनी है तो जीने में क्या सार है ?'

इसीलिए तो जीने में सार है, क्योंकि मृत्यु को आना ही है। यदि कोई मृत्यु न होती और तुम यहां सदा, सदा और सदा के लिए रहने वाले होते, जरा सोचो तो क्या होगा। तुम ऊब कर मर जाओगे। तुम मृत्यु के लिए प्रार्थना करना आरंभ कर दोगे।

सिकंदर महान के बारे में एक सुंदर कहानी है। जब वह भारत आया, वह अनेक कारणों से भारत आया था–भारत विजय के लिए, भारत के बुद्धिमान व्यक्तियों से मिलने के लिए और उस कुएं की खोज करने जिसके बारे में उसने सुन रखा था कि यदि तुम इसका पानी पी लो तो तुम अमर हो जाते हो। मुझे नहीं पता कि यह कहानी कहां तक सच है, मैं इसकी गवाही तो नहीं दे सकता, लेकिन यह सुंदर है। और सत्य होने के लिए कहानी को सुंदर होना चाहिए। सौंदर्य के अतिरिक्त कोई और सत्य नहीं है। वह यात्रा करता रहा और उसने अनेक बुद्धिमान व्यक्तियों से पूछा, और अंततः उसको वह कुआं मिल ही गया। लेकिन वह इस बात से बड़ा हैरान था कि जिन लोगों ने उसे कुएं का रास्ता बताया उनकी इसमें अधिक रुचि नहीं थी। यह एक अविश्वसनीय बात थी। और वह अंतिम व्यक्ति जिसने उसको ठीक-ठीक कुएं तक पहुंचाया, उसको वहां रुक कर सिकंदर की प्रतीक्षा करने में भी रुचि नहीं थी।

सिकंदर ने पूछा : क्या तुम शाश्वत जीवन में उत्सुक नहीं हो ? क्या तुम अमर होना नहीं चाहते ?

वह व्यक्ति हंसा, वह बोला : मैंने जीवन के बारे में काफी कुछ सीखा है। यह इच्छा बचकाने मनों की उपज है। लेकिन आप इसे पूरा करें।

एक सीढ़ियों वाला रास्ता कुएं की ओर जाता था। वह भीतर गया। वह बस पानी पीने ही जा रहा था कि वहां पर बैठा एक कौआ बोला : ठहरो! एक मिनट सुनो तो। यह मूढ़ता मत करो। मैं इसे कर चुका हूं। अब मैं संताप में हूं, क्योंकि मैं मर नहीं सकता। मैं कई हजार वर्ष जी चुका हूं। अब मेरे हृदय में केवल एक ही प्रार्थना है : ईश्वर मरने में मेरी सहायता करो। और अब मैं बुद्धिमान व्यक्तियों को खोजता-फिरता हूं, 'क्या कोई ऐसा कुआं है जो इस मूढ़ता के प्रतिकूल कार्य कर सके? मैं एक मूर्ख कौआ हूं, इसलिए मैंने यह हरकत कर डाली। कृपा करें, आप दुबारा सोचें, फिर आप कभी मर नहीं सकेंगे।

ऐसा कहा जाता है कि सिकंदर ने इस पर विचार किया और तुरंत ही उस कुएं से भाग खड़ा हुआ, क्योंकि इस बात की पूरी संभावना थी कि वह प्रलोभन में फंस जाता। उसने पानी नहीं पीया।

जरा सोचो यदि मृत्यु न हो, जीवन से बहुत कुछ खो जाएगा। विपरीत ध्रुवीयता के बिना सब कुछ फीका, निराश हो जाता है। यह तो ऐसा ही है जैसे कि केवल दिन ही हो और विश्राम करने के लिए कोई रात ही न हो—और बस दिन, और बस दिन ही दिन...और झुलसाने वाली गर्मी, और छिपने का कोई स्थान नहीं, अंधेरे में खो जाने की कोई जगह नहीं, कोई ऐसा स्थान नहीं जहां आराम से सोकर स्वयं को भुलाया जा सके। कठिन होगा यह, यह बहुत दुष्कर और बे-मतलब का होगा। विश्राम की आवश्यकता होती है। मृत्यु विश्राम है।

इसलिए यदि तुमने शवों को मरघट या श्मशान घाट ले जाते हुए देखा है, तो तुमने कुछ खास नहीं देखा। और यदि तुमने सोचा कि अब जीवन अर्थहीन है, तब तुम असली बात से चूक गए। किसी शव को देख कर याद करो कि मृत्यु आ रही है। इस अवसर का जितनी सघनता से संभव हो सके जीवंत होने में उपयोग कर लो, फिर वहां विश्राम है। इस विश्राम को अर्जित करो।

और यह उन बातों में से एक है जो मैं तुम्हें बताना चाहूंगा, यदि तुम अच्छी तरह न जी पाए तो तुम अच्छी तरह मर न पाओगे। तुम्हारी मृत्यु भी बस फीकी होगी। इसमें कोई उत्ताप न होगा, इसमें कोई सौंदर्य न होगा। यदि तुम प्रगाढ़ता से जीते हो, तो तुम प्रगाढ़ता से मरते हो। यदि तुम प्रसन्नतापूर्वक जीते हो, तो तुम प्रसन्नतापूर्वक मरते हो। तुम्हारे जीवन का स्वाद तुम्हारी मृत्यु द्वारा शिखर पर पहुंचा दिया जाता है। मृत्यु एक उत्कर्ष है, उत्थान है। यदि तुम एक सुंदर गीत गा रहे थे, तो मृत्यु उसका आरोह, उच्चतम शिखर है।

मृत्यु जीवन के विरोध में नहीं है। मृत्यु पृष्ठभूमि है। यह जीवन को और समृद्ध बनाती है। यह जीवन को और जीवंत बनाती है। यह जीवन को चुनौती देती है।

'अपने बचपन के उन दिनों से, एक प्रकार की अरुचि ने मेरे जीवन के सारे ढंग-ढांचे को घेर रखा है, और संभवतः यही वह कारण हो सकता है कि क्यों धर्म में मेरी रुचि जागी और मैं आप तक पहुंच सका।'

हो सकता है। यह कारण हो सकता है कि तुम क्यों मुझ तक पहुंच सके। लेकिन अब यही कारण होगा कि तुम मुझे समझ पाने में समर्थ न हो पाओगे। यह तुम्हें मेरे द्वार तक ले आया है, किंतु यह तुम्हें मेरे हृदय तक नहीं ला पाएगा।

कृपा करो, अब उसे छोड़ दो, क्योंकि यहां मैं जीवन सिखा रहा हूं। निःसंदेह मैं मृत्यु भी सिखा रहा हूं, लेकिन मेरी मृत्यु एक सुंदर सत्य है और तुम्हारा जीवन एक कुरूप तथ्य है। मैं तुमको एक जादुई कीमिया सिखा रहा हूं: मृत्यु को भी किस भांति एक सुंदर अनुभव में रूपांतरित कर लिया जाए। निःसंदेह जब मृत्यु भी सुंदर हो गई है तो जीवन और अधिक सुंदर हो ही जाएगा। सामान्य धातुओं को स्वर्ण में किस भांति बदला जा सके, यही तो मैं यहां सिखा रहा हूं।

हो सकता है कि अपने इन विचारों के कारण तुम यहां आ गए हो, लेकिन अब उन्हें त्याग दो, अन्यथा वे तुम्हारे और मेरे मध्य में अवरोध हो जाएगे।

प्रश्नः प्यारे ओशो, क्या आप वास्तव में बस एक मनुष्य हैं, जो संबुद्ध हो गया?

मामला बस जरा उलटा है; एक ईश्वर जो खो गया था और जिसने स्वयं को पुनः पा लिया, एक परमात्मा जिसने विश्राम किया और गहरी नींद सोया और मनुष्य होने का स्वप्न देखा और अब जागा हुआ है। और यही तुम्हारे बारे में भी सच है। तुम मात्र मनुष्य नहीं हो, तुम सभी परमात्मा हो, तुम केवल स्वप्न देख रहे हो कि तुम मनुष्य हो। यह कोई ऐसा नहीं है कि मनुष्य को परमात्मा हो जाना है, यह तो परमात्मा को ही जरा सा जागना है, तभी मनुष्य होने का स्वप्न खो जाता है।

पूर्वीय ढंग और पश्चिमी ढंग में यही अंतर है। पश्चिम उच्चतम को निम्नतम से समझाने का प्रयास करता है। यदि तुम्हें समाधि लग जाए–उदाहरण के लिए रामकृष्ण समाधिस्थ हो जाते है, असीम में खो जाते हैं–फ्रायड से पूछो, वह कहेगा कि यह दमित कामवासना की एक अभिव्यक्ति है। समाधि को कामवासना द्वारा समझाया जाना है। मुझसे कामवासना के बारे में पूछो, और मैं कहूंगा कि यह समाधि की पहली झलक है।

उच्चतम को निम्नतम तक नहीं गिराया जाना है। निम्नतम को ऊपर उठा कर उच्चतम तक ले जाना है।

मार्क्स से पूछो और वह कहेगा कि चेतना और कुछ नहीं बल्कि पदार्थ का उपउत्पादन है। मुझसे पूछो, मैं कहूंगा पदार्थ और कुछ नहीं बल्कि चेतना का आभास है।

पूरब में हमने कीचड़ को, उस गंदी कीचड़ को कमल द्वारा समझाने का प्रयास किया है। पश्चिम में तुमने कमल को उस गंदी कीचड़ के द्वारा समझाने का प्रयास किया जिससे वह आता है। और इससे महत् अंतर पड़ जाता है। जब तुम कमल को उस गंदी कीचड़ के द्वारा समझाने का प्रयास करते हो जिससे यह आया है, तो कमल खो जाता है, तुम्हारे हाथ में केवल गंदी कीचड़ ही बचती है। सारा सौंदर्य, सारी महत्ता, सारा सत्य खो जाता है, तुम्हारे हाथ में मात्र गंदगी ही रह जाती है। प्रत्येक बात को निम्नतम तक गिराया जा सकता है, क्योंकि उच्चतम और निम्नतम परस्पर संयुक्त हैं। सीढ़ी का ऊपर वाला पायदान सबसे नीचे वाले पायदान से जुड़ा हुआ है। इसलिए इसमें कुछ भी गलत नहीं प्रतीत होता है, लेकिन यहां बहुत कुछ अंतर पड़ जाता है, जिसे समझ लेना महत्वपूर्ण है।

यदि तुम गंदी कीचड़ को कमल द्वारा परिभाषित करते हो और तुम कहते हो, जब इस गंदी कीचड़ से कमल का उद्भव हो सकता है, तो यह गंदी कीचड़ भी वास्तव में गंदी नहीं है, वरना इसमें से कमल का जन्म कैसे हो सकता है? कमल इसके भीतर छिपा हुआ है। हम भले ही इसमें कमल को न देख सकें–यह हमारे देख पाने की सीमा है–यदि तुम कमल के द्वारा गंदी कींचड़ की व्याख्या करोगे, तो गंदी कीचड़ खो जाती है : तुम्हारे हाथ कमल के फूलों से भर जाते हैं।

अब चुनाव तुम्हारे हाथ में है। पूरब तुम्हें अचानक समृद्ध, श्रेष्ठ, दिव्य बना देता है। पश्चिम तुम्हें अचानक बहुत साधारण, पार्थिव बना देता है; यह तुम्हें घटा कर वस्तुएं बना देता है और मनुष्यों में जो भी शानदार है वह शक, संदेह के घेरे में आ जाता है।

स्मरण रखो, तुम परमात्मा से परमात्मा तक का विकास हो। इनके मध्य में यह संसार है। यही कारण है कि हम इसे स्वप्न कहते हैं। माया, स्वप्न : परमात्मा स्वप्न देखता है कि वह खो गया है। इसका मजा लो, कुछ भी गलत नहीं है इसमें। आज नहीं तो कल तुम जाग जाओगे और तुम हंसोगे; यह एक स्वप्न था।

यदि तुम मनोविश्लेषकों से परमात्मा के बारे में पूछो, वे कहेंगे, यह तुम्हारी कल्पना की कोई बात है। तुम शंकर से पूछो, तुम पूरब के संतों से पूछो, और वे कहेंगे कि तुम परमात्मा की कल्पना हो। आत्यंतिक सुंदर है। तुम परमात्मा की कल्पना में कुछ हो, परमात्मा तुम्हारी कल्पना कर रहा है, तुम्हारा स्वप्न देख रहा है। फ्रायड से पूछो, वह कहेगा, परमात्मा? तुम स्वप्न देख रहे हो, तुम किसी चीज की कल्पना कर रहे हो।

दोनों सत्य हैं। और चुनाव तुम्हारे हाथ में है। यदि तुम सदा के लिए निराशा, संताप, पीड़ा में रहना

चाहते हो–तो पाश्चात्य ढंग को चुन लो। यदि तुम बिना किसी शर्त के खिलना और प्रमुदित होना चाहते हो–तो पूर्वीय ढंग चुनो।

प्रश्न : ओशो, आप बेहतरीन कातिल हैं। आपके साथ एक साल गुजरा है, और धीमे-धीमे आपका जहर मेरे मन में काम कर रहा है। जब कभी भी कुरूप और गंदा दिखने का बहाना करता हूं, सभी कुछ तकलीफ देह हो जाता है। लेकिन अब इस बेहद ऊहापोह में दिव्यता के अंदर आने के लिए एक छोटा सा दरवाजा कैसे पाऊं?

इसकी चिंता दिव्यता को करने दो। तुम चिंता क्यों करते हो? तुम तो बस स्वयं हो जाओ। वह अपना रास्ता खोज लेगी।

और तुम सही हो, मैं कातिल हूं, लगभग एक हत्यारा।

एक अस्पताल में कोई व्यक्ति मर रहा था, और उसने डाक्टर से कहा : 'डाक्टर साहब मुझे बहुत अधिक चिंता लगी रहती है, ऐसा लगता जैसे कि मैं मर रहा हूं।'

डाक्टर ने कहा : चिंता मत करो, इसको मुझ पर छोड़ दो।

यही तो मैं तुमसे कहता हूं, चिंता मत करो, इसको मुझ पर छोड़ दो। मैं तुमको मार दूंगा। क्योंकि तुम्हें नई स्वतंत्रता, जीवन को एक नई शैली देने का यही एक मात्र उपाय है। मैं तुम्हें सूली देता हूं ताकि तुम्हारा पुनर्जन्म हो सके।

प्रश्न : आप सेक्स के बारे में बहुत सी बातें करते रहे हैं, जो अच्छी बात है, क्योंकि एक लंबे समय से इसको अंधेरे में रखा गया था। जो भी हो मैंने व्यक्तिगत रूप से आपको कभी समलैंगिकता के बारे में बोलते हुए नहीं सुना है; केवल बहुत ही संक्षेप में और वस्तुतः आप इसको निम्नतम पर रखते हैं। कृपया क्या आप इसके बारे में बात करेंगे, क्योंकि 'यह विकृत कृत्य', जैसा कि आप इसे कहते हैं, चाहे जो भी इसका कारण हो, समलैंगिकता संसार में थी और है। क्या चंद्र पक्ष का सूर्य पक्ष से संगम नहीं हो सकता, फिर शरीर चाहे जो हो? क्या तंत्र केवल विषमलिंगी लोगों के लिए ही है? क्या लोगों को अपनी समलैंगिक प्रवृत्तियों का दमन करना चाहिए?

पहली बात, प्रश्नकर्ता ने अपने प्रश्न पर हस्ताक्षर नहीं किए हैं, इससे स्पष्ट होता है कि वह भी इसके बारे में अपराध-बोध से ग्रस्त है। वह नहीं चाहता कि उसका नाम जाना जाए। प्रश्न के साथ हस्ताक्षर न करके उसने समलैंगिकता को पहले ही निंदित कर दिया है।

मैं किसी बात के विरोध में नहीं हूं, लेकिन मैं अनेक बातों के पक्ष में हूं। मैं पुनः कहता हूं, मैं किसी बात के विरोध में नहीं हूं, लेकिन मैं अनेक बातों के पक्ष में हूं। मैं कीचड़ के विरोध में नहीं हूं, लेकिन मैं कमल के पक्ष में हूं। सेक्स का रूपांतरण किया जाना चाहिए। यदि इसका रूपांतरण न हो, तो तुम अपने अस्तित्व की निम्नतम पायदान पर बने रहोगे। अतः समझने के लिए पहली बात है, मैं सेक्स के बारे में बात करता हूं जिससे कि तुम इसको समझ सको और इसका अतिक्रमण कर सको।

समलैंगिकता तो विषमलैंगिकता से भी निम्नतल पर है। इसमें गलत कुछ भी नहीं है, तुम्हारी सीढ़ी में अभी एक निचली पायदान और है। उसका भी अतिक्रमण किया जाना है। इसलिए पहली बात, सेक्स का अतिक्रमण किया जाना है। याद करने के लिए दूसरी बात, समलैंगिकता और नीचे की पायदान है।

प्रत्येक बच्चा आत्मलिंगी जन्म लेता है, हर बच्चा आत्मरति दशा में है। यह एक अवस्था है, बच्चे को उससे पार जाना है। हर बच्चा अपने यौन-अंगों से खेलना पसंद करता है। और यह सुखदायक है, इसमें गलत कुछ भी नहीं है, लेकिन यह बचकाना है। यह सेक्स की पहली सीख है, एक पूर्व तैयारी, तैयार हो जाना, तैयारी है। लेकिन यदि तुम पैंतीस, चालीस, साठ वर्ष के हो गए हो और भी आत्मरति दशा में हो, तो कुछ गड़बड़ है।

जब मैं कहता हूं, कुछ गड़बड़ है, तो मेरा अभिप्राय मात्र यही है कि तुम विकसित होने में समर्थ नहीं हो सके हो, तुम्हारी मानसिक आयु कम रह गई है।

आत्मरति की अवस्था के बाद, जिसे मैं आत्मलिंगी कहता हूं, बालक समलिंगी हो जाता है। दस वर्ष की आयु के आस-पास बालक समलिंगी हो जाता है। वह उन शरीरों में अधिक उत्सुक हो उठता है जो उसके शरीर जैसे हैं। यह एक स्वाभाविक विकास है। पहले वह अपने स्वयं के शरीर में उत्सुक था, अब वह शरीरों में रुचि रखता है जो उसके समान है–लड़का लड़कों में रुचि लेता है, एक लड़की लड़कियों में रुचि लेती है। यह एक स्वाभाविक अवस्था है। लेकिन लड़का स्वयं से दूर जा रहा है, अपनी काम-ऊर्जा को, कामेच्छा को, अन्य लड़कों की ओर गतिशील कर रहा है। और यह प्राकृतिक लगता है। क्योंकि अन्य लड़के उसे अन्य लड़कियों की तुलना में अपने समान लगते हैं। लेकिन उसने एक कदम उठा लिया है; वह समलिंगी हो गया है। ठीक है, कुछ भी गलत नहीं है इसमें, लेकिन यदि साठ वर्ष की आयु में अब भी तुम समलैंगिक हो, तो तुम मंदबुद्धि हो, तुममें लड़कपन है। इसीलिए समलैंगिक लोगों में लड़कपन वाला ढंग कायम रहता है और वे खुश दीखते हैं। यह निश्चित है कि वे विषमलिंगियों से अधिक खुश दिखाई पड़ते हैं। उनके चेहरों में भी लड़कपन की छाप रहती है। अपनी समलैंगिकता को छिपाना बहुत कठिन है: तुम्हारा चेहरा, तुम्हारी आंखें, सब कुछ इसे प्रदर्शित करता है। तुम लड़कपन में रुके रहते हो। इससे होकर गुजर जाना शुभ है, लेकिन इससे आसक्त होना गलत है।

फिर तीसरी अवस्था आती है, विषमलैंगिकता। लड़का लड़की में रुचि रखने लगता है, लड़की लड़के में रुचि रखने लगती है। जहां तक सेक्स जा सकता है यह उच्चतम अवस्था है, लेकिन इसकी भी एक सीमा है। यदि तुम बयालीस वर्ष के बाद भी सेक्स में रुचि रखते हो तो किसी बात से चूक रहे हो तुम। फिर तुमने इसको ढंग से नहीं जीया है, वरना जिस समय तुम बयालीस वर्ष के हो...। चौदह वर्ष की आयु में तुम वास्तव में काम संबंध में, बच्चे को जन्माने में, माता या पिता बन पाने में सक्षम हो जाते हो। तुम्हें तैयार करने में चौदह वर्ष लगते हैं। दूसरे चौदह वर्ष बाद अट्ठाइस वर्ष के आस-पास तुम अपनी कामुकता के शिखर पर होते हो। अगले चौदह वर्ष बाद, बयालीस वर्ष की आयु में तुम वापस लौटने लगते हो। वर्तुल पूरा हो गया है। जुंग ने कहा है, 'चालीस वर्ष की आयु के बाद जो भी मेरे पास आता है, उसकी समस्या धार्मिक है।' यदि बयालीस वर्ष की आयु के बाद भी तुम कामवासना को लेकर परेशान हो और समस्या ग्रस्त हो, तो तुम्हारे जीवन में कही चूक हो गई है।

इसके चौदह वर्ष बाद, छप्पन वर्ष की आयु में व्यक्ति काम से बस मुक्त हो जाता है। और चौदह वर्ष, छप्पन से सत्तर तक पुनः दूसरा बचपन। मृत्यु से पूर्व तुमको उसी बिंदु पर पहुंचना पड़ता है, जैसे कि तुम जन्म के समय थे, वर्तुल पूरा हो गया, बच्चे हो गए तुम। जीसस जब कहते हैं : 'जब तक कि तुम बच्चे जैसे न हो जाओ, तुम मेरे परमात्मा के राज्य में प्रवेश न कर सकोगे।' तो उनका यही अभिप्राय है।

यह करीब-करीब सत्तर वर्ष का वर्तुल है। यदि तुम अस्सी वर्ष या सौ वर्ष जीते हो तो इसमें अंतर पड़ जाएगा, फिर तुम उस हिसाब से बांट सकते हो।

मैं किसी बात के विरुद्ध नहीं हूं, लेकिन मैं तुम्हारी किसी स्थान से चिपक जाने में सहायता भी नहीं करूंगा। चलते रहो, चलते रहो, किसी स्थान से आसक्त मत हो जाओ। अवसर का उपयोग कर लो, लेकिन रुको मत।

कुछ कहानियां :

एक परेशान दीख रहे व्यक्ति ने लड़खड़ाते हुए एक मनोचिकित्सक के कक्ष में प्रवेश किया और बोला : डाक्टर साहब आपको मेरी सहायता करनी होगी। प्रत्येक रात्रि मुझे स्वप्न आता है कि एक वीरान टापू पर मैं एक दर्जन सुनहरे, एक दर्जन काले और एक दर्जन लाल बालों वाली सुंदरियों, जिनमें प्रत्येक एक से बढ़ कर एक सुंदर हैं, के साथ रह रहा हूं।

तुम तो संसार के सर्वाधिक भाग्यशाली व्यक्ति हो, डाक्टर ने कहा, अब मेरी मदद तुम्हें किसलिए चाहिए?

मेरी समस्या, रोगी ने कहा, यह है कि स्वप्न में मैं पुरुष होता हूं।

इसे समझ गए तुम? वरना मैं एक चुटकुला और सुनाता हूं।

सेना के दो अवकाश प्राप्त कर्नल अपने क्लब में बैठे हुए बातें कर रहे थे।

क्या तुमने बूढ़े कार्सटेयर्स के बारे में कुछ सुना है? पहले ने पूछा।

नहीं तो, क्या हुआ उसे? दूसरे ने पूछा।

उसको भारत में एक महाराजा के सैन्य सलाहकार के रूप में नौकरी मिल गई। एक दिन वह जंगल में भाग गया और वहीं का निवासी हो गया। अब वह एक वृक्ष पर बंदर के साथ रहता है।

अरे भगवान! दूसरा कर्नल आश्चर्य से बोला; यह बंदर है या बंदरिया?

निःसंदेह बंदरिया ही है। बूढ़े कार्सटेयर्स के शौक विचित्र हैं।

समलैंगिकता मंदमति अवस्था है, लेकिन पश्चिम में यह और-और अधिक प्रभावी होती जा रही है। इसके कारण हैं, मैं तुम्हें उनमें से कुछ बताना चाहूंगा।

अपनी जंगली दशा में कोई पशु कभी समलैंगिक नहीं होता, लेकिन चिड़ियाघर में वे समलैंगिक हो जाते हैं। अपनी जंगली दशाओं में पशु कभी भी समलिंगी नहीं होते, लेकिन चिड़ियाघरों में जहां वे स्वतंत्र नहीं हैं, और उनके पास आवश्यक स्थान नहीं है, और वहां बहुत अधिक भीड़ में जीते हुए वे समलिंगी बन जाते हैं। यह संसार बहुत भीड़ भरा हुआ जा रहा है, यह चिड़ियाघर जैसा अधिक लगता है, सारे नैसर्गिक विकास खो रहे हैं और लोग अत्याधिक तनावग्रस्त होते जा रहे हैं। समलैंगिकता के बढ़ते जाने का एक कारण यह है।

दूसरी बात, पश्चिम में सेक्स को प्रतिबद्धता की तुलना में मजे के रूप में अधिक सोचा जाता है। व्यक्ति अस्थायी संबंध रखना चाहता है। किसी स्त्री के साथ संबद्ध हो जाना मुसीबत में फंस जाना है। एक स्त्री के साथ जीते रहने का अभिप्राय है गहरी संलग्नता–बच्चे, परिवार, नौकरी, मकान, कार और हजारों चीजें साथ में चली आती है। एक बार स्त्री आ जाए, सारा संसार उसके पीछे चला आता है। पाश्चात्य मन संलग्न होने से और-और भयभीत होता जा रहा है, लोग असंलग्न रहना पसंद करते हैं। समलैंगिक संबंधों में असंलग्न रह पाना विषमलिंगी संबंधों की तुलना में अधिक सरल है। कोई बच्चे नहीं, और तुरंत ही प्रतिबद्धता लगभग नहीं के बराबर हो जाती है।

तीसरा कारण : पश्चिम में नारी मुक्ति आंदोलन, कि पुरुषों ने अब तक स्त्रियों का दमन किया है, के कारण स्त्रियां समलैंगिक, लेसबियन होती जा रही हैं। और पुरुष ने सताया है, यह अब तक की बड़ी से बड़ी दासता रही है। स्त्रियों के समान कोई वर्ग जुल्म का इस कदर शिकार नहीं हुआ है। अब उसकी प्रतिक्रिया, बगावत हो रही है। पश्चिमी महिलाओं के संगठन हैं जो लेसबियनवाद, समलैंगिकता को प्रोत्साहित करते हैं–पुरुषों के साथ के सारे संबंधों से बाहर निकल आना है। शत्रु को प्रेम करना भूल जाओ। पुरुष शत्रु हैं; पुरुष से हर प्रकार के संबंधों से हट जाना है। स्त्री को प्रेम करना बेहतर है, स्त्री स्त्री से प्रेम करती है।

स्त्रियां और-और आक्रामक होती जा रही हैं। पुरुष उनसे संबंध रखने से और-और भयभीत होता जा रहा है।

ये परिस्थितियां समलैंगिकता को उत्पन्न कर रही हैं, लेकिन यह एक विकृति है। यदि तुम इसमें हो, मैं तुम्हारी निंदा नहीं करता, मैं केवल यह कहता हूं कि अपनी अनुभूतियों में गहरे उतरो, और अधिक ध्यान करो, और धीरे-धीरे तुम देखोगे कि तुम्हारी समलैंगिकता विषमलैंगिकता में परिवर्तित हो रही है। यदि तुम आत्मरति अवस्था में हो, तो मैं चाहूंगा कि तुम समलिंगी हो जाओ, बेहतर है यह। यदि तुम समलैंगिक हो, तो मैं चाहूंगा कि तुम विषमलिंगी हो जाओ, यह बेहतर है। यदि तुम पहले से ही विषमलिंगी हो, तो मैं चाहूंगा कि तुम ब्रह्मचारी हो जाओ, यह बेहतर है। लेकिन आगे बढ़ते रहो।

मैं किसी बात की निंदा नहीं करता हूं।

प्रश्नकर्ता कहता है : '...समलैंगिकता संसार में थी और है।'

ठीक है यह बात। ट्यूबरक्लोसिस भी थी और अब भी है, कैंसर भी, लेकिन यह तो इसके लिए कोई तर्क न हुआ। वास्तविक रूप से बेहतर संसार और-और विषमलिंगी हो जाएगा। क्यों? क्योंकि स्त्री और पुरुष या यिन और यांग जब मिलते हैं वर्तुल पूर्ण हो जाता है, जैसे कि ऋणात्मक विद्युत और धनात्मक विद्युत मिलती है और वर्तुल पूर्ण हो जाता है। जब पुरुष पुरुष से मिलता है, यह ऋणात्मक विद्युत का ऋणात्मक विद्युत से मिलना है या धनात्मक विद्युत का धनात्मक विद्युत से मिलना है, इससे आंतरिक ऊर्जा का वर्तुल निर्मित नहीं होगा। यह तुमको अधूरा छोड़ देगा। यह कभी तृप्तिदायी नहीं होगा। समझ लो, यह सुविधापूर्ण हो सकता है। यह सुविधापूर्ण हो सकता है किंतु यह कभी तृप्तिदायी नहीं हो सकता है। और सुविधा नहीं, तृप्ति लक्ष्य है।

याद रखो कि यदि अपने अंतस में तुमको एक दिन कामवासना के पार जाने की चाह है, कि ब्रह्मचर्य को उदित होना है, कि शुद्धतम कामरहितता उपजनी है, तो स्वाभाविक ढंग से चलना श्रेष्ठ है। मेरी समझ यही है कि विषमलिंगी के लिए समलिंगी की तुलना में कामवासना के पार जाना सरलतर है। क्योंकि एक पायदान कम है, तो समलिंगी के लिए यहां अधिक श्रम और अनावश्यक प्रयास की आवश्यकता होगी।

लेकिन फिर भी मैं किसी बात के विरोध में नहीं हूं। यदि तुम्हें अच्छा लगता है तो इसका निर्णय तुम्हीं को करना पड़ता है। मैं इसे कोई पाप नहीं कहता, और मैं यह भी नहीं कह रहा हूं कि यदि तुम समलैंगिक हो तो तुमको नरक में फेंक दिया जाएगा। मूढ़तापूर्ण है यह सब। यदि तुम समलिंगी हो तो तुम किसी बात से–वह जब यिन-यांग का मिलन होता है, वह अनुभव जब धनात्मक से ऋणात्मक मिलता है, रात-दिन

मिलते हैं, से चूक जाओगे। तुम किसी बात को खो दोगे। ऐसा नहीं है कि तुमको नरक में फेंक दिया जाएगा, लेकिन तुम अपने जीवन से कुछ ऐसा खो दोगे जो स्वर्ग का है।

लेकिन फिर भी निर्णय तुमको ही करना पड़ेगा। मैं तुम्हें कोई धर्माज्ञा नहीं दे रहा हूं।

असली बात तो यह है कि धार्मिक आज्ञाओं ने वह परिस्थिति निर्मित की है, जिसमें पहली बार समलैंगिकता का जन्म हुआ था। यह जानकर तुमको आश्चर्य होगा कि संसार में समलैंगिकता का कारण धर्म रहे हैं, क्योंकि उन्होंने जोर दिया कि पुरुष साधुओं को एक मोनेस्ट्री में रहना पड़ेगा, स्त्री साध्वियों को एक दूसरी मोनेस्ट्री में रहना होगा और वे परस्पर मिल नहीं सकते। बौद्धों, जैनों, ईसाइयों, सभी ने हजारों पुरुषों को एक झुंड में और हजारों स्त्रियों को एक दूसरे झुंड में रहने के लिए बाध्य कर दिया था, और उन दोनों के बीच के सारे सेतु तोड़ दिए थे। वे समलैंगिकता के लिए पहली उपजाऊ भूमि थे। उन्हीं ने यह परिस्थिति निर्मित की थी, क्योंकि काम एक ऐसी गहरी इच्छा है कि यदि तुम इसके प्राकृतिक निकास द्वार को रोक दो तो यह विकृत हो जाता है। किसी भी प्रकार से अपने को अभिव्यक्त करने का ढंग और उपाय खोज लेता है।

सेना में लोग आसानी से समलैंगिक हो जाते हैं। लड़कों के छात्रावासों में और लड़कियों के छात्रावासों में लोग सरलता से समलिंगी बन जाते हैं। यदि संसार से समलैंगिकता को मिटाना हो तो पुरुष और स्त्री के बीच के सभी अवरोध समाप्त करने होंगे। छात्रावासों को दोनों, लड़कों और लड़कियों के लिए एक साथ होना चाहिए। और सेना को केवल पुरुषों की नहीं होना चाहिए, इसमें स्त्रियों को भी भर्ती करना चाहिए। और क्लब केवल लड़कों के नहीं होना चाहिए। यह खतरनाक है। और मोनेस्ट्रियों को उभयलिंगी होना चाहिए, वरना समलैंगिकता प्राकृतिक है।

लेकिन यह विकृति है, एक रोग है। जब मैं कहता हूं रोग तो मैं इसकी निंदा नहीं कर रहा हूं, मैं इसे करुणावश रोग कह रहा हूं। जब कोई ट्यूबरक्लोसिस से पीड़ित हो, तो हम उसकी निंदा नहीं करते। हम उसकी इससे मुक्त हो पाने में सहायता करते हैं। इसलिए जब लोग मेरे पास आते हैं और स्वीकारते हैं कि वे समलैंगिक हैं, तो मैं कहता हूं, चिंता मत करो, मैं यहां हूं न, मैं तुमको इससे बाहर ले आऊंगा।

यदि तुम सजग नहीं हो, यदि तुम इसका रूपांतरण नहीं कर रहे हो, तो कामवासना जीवन के परम अंत तक महत्वपूर्ण रहती है। और कामयुक्त रहते हुए मर जाना एक कुरूप मृत्यु है। व्यक्ति को उस बिंदु तक आ चुकना चाहिए जहां कामवासना बहुत पीछे छूट चुकी हो।

थल एवं जल सैन्य क्लब के तीन बहुत पुराने सदस्य ब्रांडी और सिगार की चुस्कियों के बीच घबड़ा देने वाले क्षणों के बारे में चर्चा कर रहे थे।

पहले दो ने अपने जीवन की घटनाओं को दूर अतीत की स्मृतियों में जाकर शर्माते हुए बयान किया और जब तीसरे सज्जन की बारी आई तो उसने बताया कि वह किस प्रकार नौकरानी के शयनकक्ष में की-होल से झांकता हुआ रंगे हाथ पकड़ा गया। अरे हां, उनमें से एक ने मुस्कुरा कर कहा : निश्चित रूप से अपने बचपन के दिनों हम कितने शरारती थे।

बचपन के दिन! नहीं भाई, तीसरे बुजुर्ग ने कहा, यह तो कल रात की बात है।

किंतु कुरूप है यह। वृद्ध व्यक्ति को पुनः छोटे बच्चे के जैसा हो जाना चाहिए। क्योंकि जब कामवासना खोती है, सारी इच्छाएं तिरोहित हो जाती हैं। जब काम मिट जाता है, दूसरों में रुचि समाप्त हो जाती है। समाज से, संसार से, पदार्थ से संपर्क ही कामवासना है। जब कामवासना मिट जाती है, अचानक तुम श्वेत मेघ की भांति पवन विहार करने लगते हो। तुम जड़ों से छूट चुके हो, अब तुम्हारी जड़ें इस संसार में नहीं रहीं।

और जब तुम्हारी ऊर्जा नीचे की ओर निम्नाभिमुख, अधोमुखी नहीं है, तभी यह ऊर्ध्वगामी होने लगती है और सहस्त्रार पर पहुंच जाती है, जहां कि परम कमल ऊर्जा की प्रतीक्षा कर रहा है कि वह आए और खिलने में इसकी सहायता करे।

प्रवचन - 9

कैवल्य: परम एकांत

योग-सूत्र

सत्त्वपुरुषयोः शुद्धिसाम्ये कैवल्यम्।।56।।

जब पुरुष और सत्व के मध्य शुद्धता में साम्य होता है, तभी कैवल्य उपलब्ध हो जाता है।

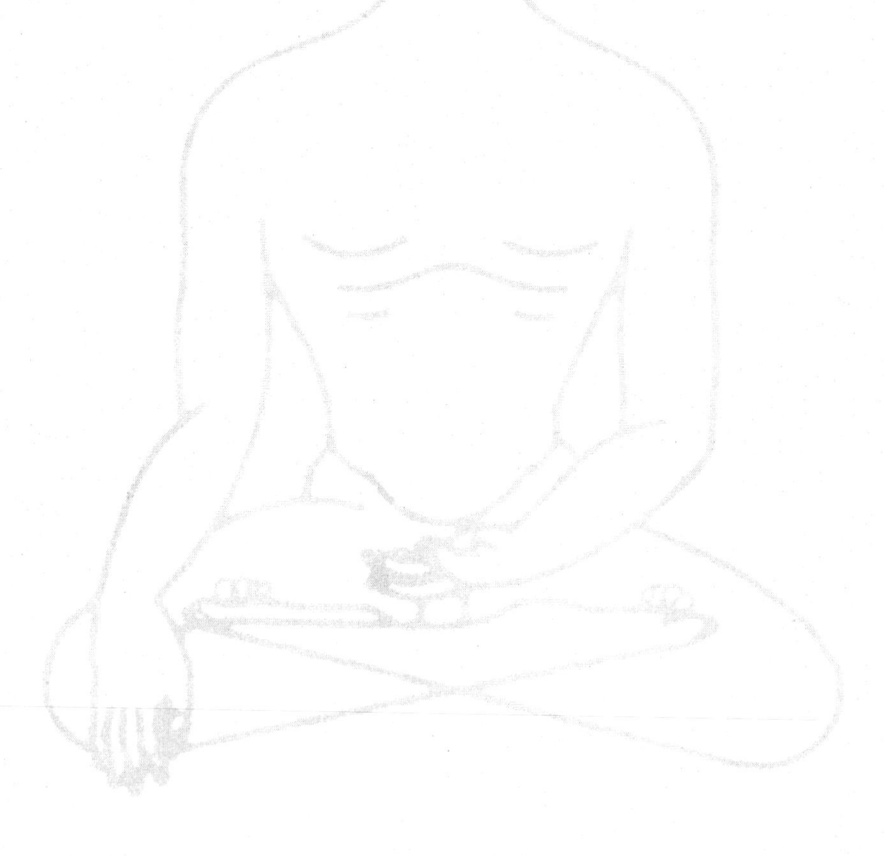

छान्दोग्य उपनिषद में एक सुंदर कथा है। आओ हम इसी से आरंभ करें।

सत्यकाम ने अपनी मां जाबाला से पूछा : मां, मैं परम ज्ञान के विद्यार्थी के रूप में जीवन जीना चाहता हूं। मेरा पारिवारिक नाम क्या है? मेरे पिता कौन हैं?

मेरे बच्चे, मां ने उत्तर दिया, मुझे ज्ञात नहीं; अपनी युवावस्था में जब मैं सेविका का कार्य करती थी तो मैंने अनेक पुरुषों का संसर्ग करते हुए अपने गर्भ में तुम्हें धारण किया था, मैं नहीं जानती कि तुम्हारा पिता कौन है--मैं जाबाला हूं और तुम सत्यकाम हो, इसलिए तुम स्वयं को सत्यकाम जाबाल कहो।

तब वह बालक उस समय के महान ऋषि गौतम के पास गया और उनसे स्वयं को शिष्य की भांति स्वीकार किए जाने के लिए कहा। वत्स, तुम किस परिवार से हो? ऋषि ने पूछा।

सत्यकाम ने उत्तर दिया : मैंने अपनी मां से पूछा था कि मेरा गोत्र, पारिवारिक नाम क्या है? और उन्होंने उत्तर दिया : मुझे ज्ञात नहीं; अपनी युवावस्था में जब मैं सेविका का कार्य करती थी तो मैंने अनेक पुरुषों का संसर्ग करते हुए अपने गर्भ में तुम्हें धारण किया था, मैं नहीं जानती कि तुम्हारा पिता कौन है--मैं जाबाला हूं और तुम सत्यकाम हो, इसलिए तुम स्वयं को सत्यकाम जाबाल कहो, श्रीमन् अतः मैं सत्यकाम जाबाल हूं।

ऋषि ने उससे कहा : एक सच्चे ब्राह्मण, सत्य के सच्चे खोजी के सिवा यह कोई नहीं कह सकता। वत्स, तुम सत्य से विचलित नहीं हुए हो। मैं तुम्हें उस परम ज्ञान की शिक्षा दूंगा।

साधक का पहला गुण प्रमाणिक होना, सत्य से विचलित न होना, किसी प्रकार से भी धोखा न देना है। क्योंकि यदि तुम दूसरों को धोखा देते हो, तो अंततोगत्वा अपनी धोखेबाजियों से तुम ही धोखा खाते हो। यदि तुम एक ही झूठ को अनेक बार बोलो तो यह तुमको करीब-करीब सच जैसा ही प्रतीत होने लगता

है। जब दूसरे तुम्हारे झूठों में विश्वास करने लगते हैं, तो तुम भी उनमें विश्वास करना आरंभ कर देते हो। विश्वास छूत की बीमारी है।

इसी प्रकार से हम उस उपद्रव में आ गए हैं, जिसमें हम अभी हैं।

पहला असत्य जिसको हमने सत्य की भांति स्वीकार कर लिया है वह है, मैं शरीर हूं। हर व्यक्ति इसमें विश्वास रखता है। तुम ऐसे समाज में जन्में हो, जिसको विश्वास है कि हम शरीर हैं। प्रत्येक शरीर की भांति प्रतिक्रिया करता है, कोई भी आत्मा की भांति प्रत्युत्तर नहीं देता।

और प्रतिक्रिया तथा प्रत्युत्तर के बीच का भेद याद रखो। प्रतिक्रिया यांत्रिक है, प्रत्युत्तर सजग, बोधपूर्ण, चेतन है। जब तुम एक बटन दबाते हो और पंखा घूमना आरंभ कर देता है तो यह प्रतिक्रिया है। जब तुम बटन दबाते हो, तो पंखा सोचना शुरू नहीं करता कि क्या मैं घूमूं या न घूमूं। जब तुम प्रकाश खोलते हो, विद्युत प्रत्युत्तर नहीं देती, यह प्रतिक्रिया करती है। यह यांत्रिक है। बिजली के सक्रिय हो जाने में और तुम्हारे द्वारा बटन दबाए जाने में कोई अंतराल नहीं होता। वहां विचार का, जागरुकता का, चेतना का, जरा सा अंतराल भी नहीं होता।

यदि तुम अपने जीवन में प्रतिक्रिया करते चले जाओ–किसी ने तुम्हारा अपमान किया है और तुम क्रोधित हो उठे, किसी ने कुछ कह दिया है और तुम उदास हो गए, किसी ने कुछ बात कह दी है, तुम अति प्रसन्न हो गए हो–यदि यह प्रतिक्रिया है, बटन दबा कर सक्रिय हो जाने की प्रतिक्रिया, तो धीरे-धीरे तुम विश्वास करना आरंभ कर दोगे कि तुम शरीर हो।

यह शरीर एक यांत्रिकता है। यह तुम नहीं हो। तुम इसमें रहते हो, यह तुम्हारा आवास है, लेकिन तुम यह नहीं हो। तुम पूर्णतः भिन्न हो।

यह वह पहला झूठ है जो जीवन को पंगु बना देता है। फिर एक दूसरा असत्य है कि मैं मन हूं। और यह पहले से अधिक गहरा है, स्पष्ट है, क्योंकि मन शरीर की तुलना में तुम्हारे अधिक निकट है। तुम विचार सोचते रहते हो, स्वप्न देखते रहते हो और वे तुम्हारे इतना निकट आ जाते हैं, कि तुम्हारे अस्तित्व को करीब-करीब छूने लगते हैं, तुमको चारों ओर से घेरे हुए, तुम उनमें भी विश्वास करने लगते हो। तब तुम मन हो जाते हो। मन भी प्रतिक्रिया करता है।

जिस क्षण तुम प्रत्युत्तर देना आरंभ करते हो तुम आत्मा हो जाते हो। प्रत्युत्तर का अभिप्राय है कि अब तुम यांत्रिक ढंग से प्रतिक्रिया नहीं कर रहे हो। तुम मनन करते हो, तुम ध्यान करते हो, तुम अपनी चेतना को निर्णय करने के लिए अंतराल देते हो। निर्णायक तत्व तुम हो। कोई तुम्हारा अपमान करता है, प्रतिक्रिया में निर्णायक तत्व वह है। तुम बस प्रतिक्रिया करते हो, वह तुम्हारी क्रिया को प्रभावित करता है। प्रत्युत्तर में तुम निर्णायक तत्व हो; किसी ने तुम्हारा अपमान किया है–यह बात प्राथमिक नहीं है, यह बात

दूसरे स्थान पर है। तुम इस पर विचार करते हो। तुम निर्णय करते हो यह करना है या वह करना है। तुम इससे उद्वेलित नहीं हुए हो। तुम अस्पर्शित रहते हो, तुम अलग रहते हो, तुम दृष्टा बने रहते हो।

इन दोनों असत्यों को खंडित करना पड़ेगा। ये आधारभूत असत्य हैं, मैं उन लाखों असत्यों को नहीं गिन रहा हूं, जो आधारभूत नहीं है। तुम स्वयं का नाम के साथ तादात्म्य किए चले जाते हो। नाम महज एक उपयोगिता एक लेबल है। तुम नाम के साथ नहीं आते हो और तुम नाम के साथ जाते भी नहीं हो। नाम तो बस समाज के द्वारा उपयोग में लाया जाता है, किसी समाज में नाम के बिना रह पाना कठिन होगा। वरना तो तुम नाम विहीन हो। फिर तुम सोचते हो कि तुम किसी धर्म, किसी निश्चित जाति से जुड़े हुए हो। तुम सोचते हो कि तुम एक व्यक्ति से संबंधित हो जो तुम्हारा पिता है, एक स्त्री जो तुम्हारी माता है। हां तुम उनके माध्यम से आए हो, लेकिन तुम उनसे संबंधित नहीं हो। वे रास्ता रहे हैं, तुमने उनसे यात्रा की है, किंतु तुम भिन्न हो।

खलील जिब्रान की श्रेष्ठ कृति 'दि प्रॉफेट' में एक स्त्री मसीहा अलमुस्तफा से पूछती है, हमें हमारे बच्चों के बारे में कुछ बताइए, और अलमुस्तफा कहता है, वे तुम्हारे द्वारा आते है, लेकिन तुम्हारे नहीं हैं, उनको प्रेम करो, किंतु अपने विचार उन पर आरोपित मत करो। उन्हें प्रेम करो, क्योंकि प्रेम स्वतंत्रता देता है, लेकिन उन पर मालकियत मत करो।

तुम्हारा अंतर्तम केंद्र किसी से संबद्ध नहीं है, इस पर किसी की मालकियत नहीं है। यह कोई वस्तु नहीं है, इस पर मालकियत नहीं की जा सकती। तुम्हारी देह पर मालकियत की जा सकती है, तुम्हारे मन पर भी मालकियत की जा सकती है।

जब तुम मुसलमान हो जाते हो, तो तुम्हारे मन पर लोगों की मालकियत हो जाती है, जो स्वय को मुसलमान कहते हैं। जब तुम हिंदू हो जाते हो, तुम्हारा मन उन लोगों द्वारा अधिकृत कर लिया जाता है, जो स्वयं को हिंदू कहते हैं। जब तुम साम्यवादी हो जाते हो, तुम पर दास कैपिटल, का कब्जा हो जाता है। जब तुम ईसाई बन जाते हो तुम पर बाइबिल का स्वामित्व होता है। जब तुम स्वयं को देह के रूप में सोचते हो, तो तुम स्वयं काले या गोरे की भांति सोच लेते हो।

तुम्हारा अंतर्तम केंद्र न ईसाई है, न हिंदू, तुम्हारा अंतर्तम केंद्र न तो गोरा है, न काला, तुम्हारा अंतर्तम केंद्र न तो साम्यवादी है और न ही गैर-साम्यवादी। तुम्हारा अंतर्तम केंद्र शरीर और मन से नितांत अलग रहता है। यह शरीर से परे है और मन से उच्चतर है। मन इसे छू नहीं सकता, शरीर इस तक पहुंच नहीं सकता।

महर्षि गौतम ने सत्यकाम जाबाल को क्यों स्वीकार कर लिया? वह सच्चा था। वह धोखा दे सकता था, उसका भटक जाना आसान था। इस संसार में लोगों से कहते फिरना, मैं नहीं जानता, मेरा पिता कौन

है, अत्यंत अपमान जनक है। और मां भी सच्ची थी। बच्चे को धोखा दे देना आसान है, क्योंकि बच्चे के पास यह खोजने का कोई साधन नहीं है कि तुम उसे धोखा दे रही हो या नहीं। जब कोई बच्चा अपनी मां से पूछता है, संसार को किसने बनाया? तो मां के लिए यह कह देना बहुत सरल है, ईश्वर ने संसार को बनाया–बिना इस बात को जरा भी जाने कि वह क्या कह रही है।

यही इस बात का मूलभूत कारण है कि बच्चे जब बड़े हो जाते हैं तो वे अपने मां-बाप के करीब-करीब विरोधी क्यों हो जाते हैं; वे उनको कभी क्षमा नहीं कर सकते, क्योंकि मां-बाप ने बहुत अधिक झूठ बोला है। उन्होंने बच्चों की नजर में अपनी सारी इज्जत खो दी है। माता-पिता कहे चले जाते हैं, क्यों? हमने तुमको प्रेम किया। हमने तुमको बड़ा किया। हम जो सर्वश्रेष्ठ कर सकते थे, वह हमने किया। बच्चे हमारा सम्मान क्यों नहीं करते? तुमने अपने असत्यों के कारण अवसर खो दिया है। एक बार बच्चा खोज लेता है कि माता और पिता असत्य बोल रहे हैं, सारा सम्मान खो जाता है। एक छोटे असहाय बच्चे से धोखा? उन बातों को कहना जिनके बारे में तुम्हें कुछ भी पता नहीं?

वह जाबाला एक दुर्लभ मां थी। उसने कहा, मुझे ज्ञात नहीं, तुम्हारा पिता कौन है? उसने स्वीकार किया कि जब वह युवा थी तो वह अनेक पुरुषों के साथ रही थी, उसने अनेक पुरुषों को प्रेम किया था, इसलिए वह नहीं जानती है कि पिता कौन है। एक सच्ची मां। और बच्चा भी बहादुर था। उसने यही अपने गुरु से कहा, उसने ठीक-ठीक वे ही शब्द दोहरा दिए जो मां ने कहे थे।

यह सत्य गौतम को जंच गया। और उन्होंने कहा, तुम एक सच्चे ब्राह्मण हो। यह ब्राह्मण होने की परिभाषा है, एक सच्चा व्यक्ति ही ब्राह्मण है। ब्राह्मण को किसी जाति से कुछ भी लेना देना नहीं है। यह शब्द ही ब्रह्म से आता है, इसका अर्थ है परमात्मा का खोजी, एक सच्चा प्रमाणिक खोजी।

स्मरण रखो जितना अधिक तुम असत्यों में संलग्न होते जाते हो, आरंभ में वे चाहे कितने लाभकारी प्रतीत होते हों, अंत में तुम पाओगे कि उन्होंने तुम्हारे समग्र अस्तित्व को विषाक्त कर दिया है।

प्रमाणिक बनो। यदि तुम प्रमाणिक हो तो कभी न कभी तुम खोज हो लोगे कि तुम देह नहीं हो। क्योंकि प्रमाणिकता एक असत्य में विश्वास नहीं करती रह सकती है। स्पष्टता का उदय होता है, आंखे और ग्रहणशील हो जाती हैं और तुम देख सकते हो कि तुम शरीर में निश्चित रूप से हो लेकिन तुम शरीर नहीं हो। जब हाथ टूट जाता है तो तुम नहीं टूटते। जब तुम्हारे पांव में अस्थिभंग होता है तो तुम खंडित नहीं होते। जब सर में दर्द होता है, तो तुम सरदर्द को जानते हो, तुम स्वयं तो सरदर्द नहीं हो। जब तुम्हें भूख अनुभव होती है, तुम जानते हो कि भूख लगी है, लेकिन तुम भूखे नहीं हो। धीरे-धीरे मूलभूत असत्य विनष्ट हो जाता है। तब तुम और गहराई में जा सकते हो और अपने विचारों, स्वप्नों को अपनी चेतना में तैरता हुआ देख सकते हो। तभी तुम विभेद कर सकते हो,

अंतर कर सकते हो–जिसे पतंजलि विवेक कहते हैं–तभी तुम विभेद कर सकते हो कि क्या बादल है और क्या आकाश।

विचार रिक्त स्थान में घूमते बादलों की भांति हैं। वह रिक्त स्थान ही वास्तविक आकाश है, बादल नहीं - वे आते हैं और चले जाते हैं। विचार नहीं बल्कि वह रिक्त स्थान, जिस में वे विचार प्रकट और विलीन होते हैं।

अब मैं तुम्हें तुम्हारे अस्तित्व की एक परम आधारभूत यौगिक संरचना के बारे में बताता हूं।

जैसे कि भौतिकविद सोचते हैं कि यह सब और कुछ नहीं बल्कि इलेक्ट्रानों, विद्युत-ऊर्जा से निर्मित है, योग की सोच है कि यह सब और कुछ नहीं वरन ध्वनि-अणुओं से निर्मित है। अस्तित्व का मूल तत्व, योग के लिए, ध्वनि है, क्योंकि जीवन और कुछ नहीं बल्कि एक तरंग है। जीवन और कुछ नहीं बल्कि ध्वनि की एक अभिव्यक्ति है। ध्वनि से हमारा आगमन होता है और पुनः हम ध्वनि में विलीन हो जाते हैं। मौन, आकाश, शून्यता, अनस्तित्व, तुम्हारा अंतर्तम केंद्र, चक्र की धुरी है। जब तक कि तुम उस मौन, उस आकाश तक न आ जाओ, जहां तुम्हारे शुद्ध अस्तित्व के अतिरिक्त और कुछ नहीं बचता, मुक्ति उपलब्ध नहीं होती। यह योग का संरचना तंत्र है।

वे तुम्हारे अस्तित्व को चार पर्तों में बांटते हैं। मैं जो तुमसे बोल रहा हूं, यह अंतिम पर्त है। योग इसको वैखरी कहता है, इस शब्द का अर्थ हैः फलित, पुष्पित हो जाना। लेकिन इसके पूर्व कि मैं तुमसे बोलूं, इसके पूर्व कि मैं किसी बात का उच्चारण करूं, यह मेरे लिए एक अनुभूति का आकार, एक अनुभव का रूप ग्रहण कर लेती है, यह तीसरी पर्त है। योग इसे मध्यमा, बीच की कहता है। लेकिन इसके पूर्व कि भीतर कुछ अनुभव हो यह बीज-रूप गतिशील होता है। सामान्यतः तुम इसका अनुभव नहीं कर सकते हो जब तक कि तुम बहुत ध्यानपूर्ण न हो, जब तक कि तुम पूरी तरह से इतने शांत न हो चुके हो कि ऐसे बीज में जो अंकुरित भी न हुआ हो, में होने वाले प्रकंपन को भी अनुभव कर सको, जो बहुत सूक्ष्म है। योग इसे पश्यंती कहता है, पश्यंती का अर्थ हैः पीछे लौट कर देखना, स्रोत की ओर देखना। और इसके परे तुम्हारा आधारभूत अस्तित्व है जिससे सब कुछ निकलता है, यह 'परा' कहलाता है। परा का अर्थ हैः जो सबसे परे है।

अब इन चार पर्तों को समझने का प्रयास करो। परा सभी रूपों से परे कुछ है। पश्यंती बीज के समान है। मध्यमा वृक्ष जैसी है। वैखरी फलित हो जाने, पुष्पित हो जाने जैसी है।

मैं पुनः छान्दोग्य उपनिषद से एक कथा तुम्हें सुनाता हूंः

उस वटवृक्ष से मेरे लिए एक फल तोड़ कर तो लाना, महर्षि उद्दालक ने अपने पुत्र से कहा।

यह लीजिए पिताश्री, श्वेतकेतु ने कहा।

इसे तोड़ो।

यह टूट गया, ऋषिवर।

इसके तुम्हें भीतर क्या दिखाई दे रहा है?

इसके बीज, असंख्य हैं ये तो।

उनमें से एक को तोड़ो।

यह टूट गया, ऋषिवर।

तुम्हें क्या दिखाई दे रहा है?

कुछ नहीं, ऋषिवर, बिलकुल कुछ भी नहीं।

पिता ने कहा : वत्स, वह सूक्ष्म सार जिसको तुम वहां नहीं देख पा रहे हो, उसी सार-तत्व से यह वटवृक्ष अस्तित्व में आता है। विश्वास करो वत्स कि यह सार-तत्व है, जिसमें सारी चीजों का अस्तित्व है। यही सत्य है। यही स्व है। और श्वेतकेतु वही तुम हो–तत्वमसि श्वेतकेतु!

वटवृक्ष एक बड़ा वृक्ष है। पिता ने एक फल लाने को कहा, श्वेतकेतु उसे लेकर आया। फल वैखरी है–वह चीज पुष्पित हो चुकी है, फल लग गए। फल सर्वाधिक परिधिगत घटना है, मूर्तमान होने की पराकाष्ठा। पिता कहता है, इसे तोड़ो। श्वेतकेतु उसे तोड़ता है–लाखों बीज हैं उसके भीतर। पिता कहते हैं, एक बीज चुन लो, इसे भी तोड़ो। वह उस बीज को भी तोड़ता है। अब हाथ में कुछ न रहा। अब बीज के भीतर कुछ भी नहीं है। उद्दालक ने कहा : इस शून्यता से बीज आता है, इस बीज से वृक्ष का जन्म होता है, वृक्ष में फल लगते हैं। लेकिन आधार है–शून्यता, मौन, आकाश, अमूर्त, निराकार, पार, वह जो सबसे परे है।

वैखरी की अवस्था में तुम बहुत अधिक संशयग्रस्त होते हो, क्योंकि तुम अपने अस्तित्व से सर्वाधिक दूर हो। यदि तुम अपने अस्तित्व में थोड़ा गहरे उतरो, जब तुम 'मध्यमा' के तीसरे बिंदु के निकट आते हो तब तुम अपने अस्तित्व के और समीप आ जाते हो। यही कारण है कि इसे मध्यम, सेतु कहा जाता है। इसी प्रकार से एक ध्यानी अपने अस्तित्व में प्रवेश करता है। इसी प्रकार से मंत्र का प्रयोग किया जाता है...

जब तुम किसी मंत्र का प्रयोग करते हो और तुम उसे लयपूर्वक दोहराते हो–ओम ओम ओम...पहले इसे जोर से दोहराना है : वैखरी। फिर तुमको अपने ओंठ बंद करना पड़ते हैं और अंदर इसे दोहराना होता है–ओम ओम ओम...कोई ध्वनि बाहर नहीं आती : मध्यमा। फिर तुम्हें भीतर दोहराना भी छोड़ देना पड़ता है दोहराना स्वतः होता है; इसके साथ तुम इस भांति लयबद्ध हो जाते हो कि जब तुम इसे दोहराना छोड़ देते हो और यह अपने आप से ही जारी रहता है–ओम ओम ओम...अब इसको दोहराने के स्थान पर तुम

श्रोता बन जाते हो, तुम सुन सकते हो, निरीक्षण कर सकते हो और देख सकते हो: यह पश्यंती बन गया है। पश्यंती का अर्थ है: पीछे लौट कर स्रोत को देखना। अब तुम्हारी आंखें स्रोत की ओर घूम गई हैं तब धीरे-धीरे यह ओम भी निराकार में विलीन हो जाता है: अचानक वहां शून्यता होती है और कुछ भी नहीं होता। तुम ओम ओम ओम...नहीं सुनते; तुम कुछ भी नहीं सुनते। न तो वहां सुनने के लिए कुछ होता है, न ही सुनने वाला होता है। सभी कुछ तिरोहित हो चुका है।

'तत्वमसि श्वेतकेतु!' उद्दालक ने अपने पुत्र से कहा, तुम वही हो। वही शून्यता, जहां मंत्रोच्चारक और मंत्रोच्चार दोनों विलीन हो चुका है।

अब यदि तुम वस्तुओं से अत्याधिक आसक्त हो, तो तुम वैखरी की दशा में रहोगे। यदि तुम अपने शरीर से अत्याधिक आसक्त हो, तो तुम मध्यमा की दशा में रहोगे। यदि तुम अपने मन से अत्याधिक आसक्त हो, तुम पश्यंती की अवस्था में रहोगे। और यदि तुम जरा भी आसक्त नहीं हो, तो अचानक तुम परा में, जो परे है, जो सबके पार है, उसमें विलीन हो जाते हो। यही मुक्ति है।

मुक्त होने का अभिप्राय है: घर वापस लौट आना। हम दूर निकल गए हैं, हूं...जरा देखो। शून्यता से बीज आता है, फिर बीज से अंकुर, और फिर एक विशाल वृक्ष, फिर फल और फूल। चीजें कितनी दूर तक जाती हैं। लेकिन फल पुनः पृथ्वी पर वापस गिर पड़ता है; वर्तुल पूरा हुआ। मौन आरंभ है, मौन ही अंत है। शुद्ध आकाश से हमारा आगमन होता है और शुद्ध आकाश में हम चले जाते हैं। यदि वर्तुल पूरा न हो तो तुम्हारा अस्तित्व किसी विशेष बात से ग्रसित रहेगा, जहां पर तुम लगभग जड़ हो जाओगे। और तुम गतिशील न हो पाओगे, और तुम गत्यात्मकता, ऊर्जा, जीवन को खो चुके होते हो।

योग तुमको इतना जीवंत कर देना चाहता है कि तुम जीवन का सारा वर्तुल पूर्ण कर सको, और तुम पुनः ठीक प्रारंभ पर आ सको। अंत और कुछं नहीं वरन ठीक प्रारंभ है। लक्ष्य और कुछ नहीं वरन स्रोत है। ऐसा नहीं है कि हम कोई पहली बार परमात्मा को उपलब्ध करने जा रहे हैं। पहली बात तो यह कि वह हमारे पास था। हमने उसे खोया है। हम उसे पुनः प्राप्त, उपलब्ध कर रहे होंगे। परमात्मा कभी कोई खोज नहीं होता, यह सदैव पुनर्खोज है। हम उस शांति, मौन और आनंद के गर्भ में रहे थे, लेकिन हम बहुत दूर निकल गए थे।

बहुत दूर निकल जाना भी विकास का ही एक अंग था, क्योंकि यदि तुम अपने घर से कभी बाहर नहीं निकले हो, तुम कभी न जान पाओगे कि घर क्या है। यदि तुम घर से कभी बहुत दूर नहीं गए, तो तुम अपने घर का सौंदर्य, शांति, सुविधा और विश्राम कभी न जान पाओगे। अपने स्वयं के घर आने के लिए व्यक्ति को अनेक द्वारों पर दस्तक देनी पड़ती है। अपने आप पर वापस लौटने के लिए व्यक्ति को अनेक चीजों से ठोकर खानी पड़ती है। उचित पथ पर आ पाने के लिए व्यक्ति को भटकना पड़ता है।

विकास के लिए यह आवश्यक, परम आवश्यक है, किंतु किसी एक स्थान से आसक्त नहीं होना है। लोग आसक्त हैं। कुछ लोग अपने शरीर से, अपनी शारीरिक आदतों से आसक्त हैं। कुछ लोग अपने मन, विचारधाराओं, विचारों, स्वप्नों के ढंग-ढांचों से आसक्त हैं।

कठोपनिषद कहता है : 'विषयों से परे ज्ञानेंद्रियां हैं। ज्ञानेंद्रियों से परे मन है। मन के पार बुद्धि है। बुद्धि के पार आत्मा है। आत्मा के पार अरूप है। अरूप से परे ब्रह्म है। और ब्रह्म के पार कुछ भी नहीं है।' यही अंत है, शुद्ध चैतन्य।

और इस शुद्ध चैतन्य को अनेक पथों से उपलब्ध किया जा सकता है। असली बात पथ नहीं है। असली बात है साधक की प्रमाणिकता। मेरा जोर इसी पर है।

तुम किसी भी पथ से यात्रा कर सकते हो। यदि तुम निष्ठावान और प्रमाणिक हो तो तुम लक्ष्य पर पहुंचोगे। कुछ पथ कठिन हो सकते हैं, कुछ पथ सरलतर हो सकते हैं, किन्हीं के दोनों ओर हरियाली हो सकती है, कुछ मरुस्थलों से होकर निकल सकते हैं, किन्हीं के चारों ओर सुंदर दृश्यावलियां हो सकती हैं, कुछ ऐसे हो सकते हैं जिनके चारों ओर कोई दृश्यावली न हो, यह दूसरी बात है; लेकिन यदि तुम निष्ठावान और ईमानदार और प्रमाणिक और सच्चे हो तब प्रत्येक पथ लक्ष्य तक ले जाता है। श्रीमद्‌भगवतगीता में कृष्ण ने कहा है : लोग चाहे जिस रास्ते पर यात्रा करें वह मेरा पथ है। इससे अंतर नहीं पड़ता कि वे किस रास्ते पर कहां चल रहे हैं, वह मुझ तक लाता है।

तो इसे सरलतापूर्वक एक बात में संक्षिप्त किया जा सकता है कि प्रमाणिकता ही पथ है। इससे अंतर नहीं पड़ता कि तुम कौन से पथ पर चलते हो; यदि तुम प्रमाणिक हो तो प्रत्येक पथ उसी तक ले जाता है। और इससे विपरीत बात भी सत्य है, इससे कोई अंतर नहीं पड़ता कि तुम किस पथ पर चलते हो, यदि तुम प्रमाणिक नहीं हो तो तुम कहीं नहीं पहुंचोगे। तुम्हारी प्रमाणिकता ही तुम्हें घर वापस लाती है और कोई नहीं। सारे पथ दूसरे स्थान पर हैं। आधारभूत बात है : प्रमाणिक होना, सच्चा होना।

एक सूफी कहानी है :

किसी व्यक्ति ने सुना कि यदि वह सूर्योदय के समय मरुस्थल में एक निश्चित स्थान पर दूर स्थित पर्वत की ओर मुंह करके खड़ा हो जाए तो उसकी छाया से किसी गढ़े हुए बड़े खजाने का पता लग जाएगा। उस व्यक्ति ने दिन की पहली किरण फूटने से पूर्व ही अपना स्थान छोड़ दिया और वहां पहुंच कर सूर्योदय के समय निर्धारित स्थान पर खड़ा हो गया। रेत की सतह पर उसकी लंबी और पतली छाया पड़ रही थी। कितना किस्मत वाला हूं मैं, उसने सोचा और स्वयं को विशाल खजाने के मालिक की भांति अपनी कल्पना में देखा। उसने खजाने के लिए खुदाई आरंभ कर दी। वह अपने कार्य में इतना रम गया कि उसको ध्यान ही न रहा कि सूर्य आकाश में ऊपर उठ रहा है और उसकी छाया छोटी होती जा रही है, और

तभी उसने इस बात को देखा। अब यह अपने पुराने आकार से लगभग आधी हो गई थी। उसे चिंता हुई और वह पुनः नये स्थान पर खोदने लगा। कुछ घंटों बाद, दोपहर में वह व्यक्ति पुनः वहीं खड़ा हुआ। अब उसकी कोई छाया नहीं थी। वह बहुत चिंतातुर हो गया। उसने रोना और चिल्लाना शुरू कर दिया–उसका सारा श्रम व्यर्थ गया था। अब कहां है वह स्थान?

तभी एक सूफी सदगुरु वहां से निकला, जो उस पर हंसने लगा और बोला, छाया अब बिलकुल ठीक खजाने की ओर संकेत कर रही है। वह तुम्हारे भीतर है।

सारे रास्ते उस तक पहुंचा सकते हैं क्योंकि एक अर्थ में वह मिला ही हुआ है। वह तुम्हारे भीतर है। तुम कुछ नया नहीं खोज रहे हो। तुम कुछ ऐसा खोज रहे हो जिसे तुम भुला चुके हो, और तुम वास्तव में इसे कैसे भूल सकते हो? यही कारण है हम आनंद की खोज किए चले जाते हैं क्योंकि हम इसे भुला नहीं सकते। यह हमारे भीतर प्रतिध्वनित होता रहता है। आनंद की खोज, हर्ष की खोज, सुख की खोज और कुछ नहीं बल्कि परमात्मा की खोज है। तुमने संभवतः 'परमात्मा' शब्द प्रयोग न किया हो, इससे कोई अंतर नहीं पड़ता, लेकिन आनंद की सारी खोज परमात्मा की खोज है–किसी ऐसी बात की खोज है जिसे तुम जानते थे कि तुम्हारा था और तुमने उसे खो दिया।

इसीलिए सारे संतों ने कहा है : 'स्मरण करो।' बुद्ध इसे 'सम्यक स्मृति,' ठीक से याद रखना, कहते हैं। नानक इसे 'नाम-स्मरण,' नाम को याद रखना, पते को याद करना, कहते हैं। क्या तुमने नहीं देखा है कि अनेक बार ऐसा होता है–तुम्हें कोई बात पता है, तुम कहते हो, 'यह ठीक मेरी जीभ की नोक पर रखी है, लेकिन फिर भी याद नहीं आ रही है।' परमात्मा तुम्हारी जीभ की नोक पर है।

एक छोटे से स्कूल में रसायन विज्ञान के अध्यापक ने ब्लैक बोर्ड पर एक रासायनिक यौगिक का सूत्र लिख दिया और उसने एक छोटे से बच्चे को खड़े होकर बताने को कहा कि यह सूत्र किस यौगिक का प्रतिनिधित्व करता है? बच्चे ने देखा और वह बोला : सर, यह तो बस मेरी जीभ की नोक पर रखा है, लेकिन मुझे याद नहीं आ रहा है।

शिक्षक ने कहा : इसे थूक दो! इसे फौरन थूक दो! यह पोटेशियम साइनाइड, तीव्रतम विष है।

परमात्मा भी जीभ की नोक पर है। और मैं तुमसे कहूंगा, इसे गटक लो! इसको गटक जाओ! इसे बाहर मत थूको! यह परमात्मा है! उसे तुम्हारे रक्त में घुल-मिल जाने दो। उसे अपने अंतर्तम की तरंगों का अवयव बन जाने दो। उसको अपने अस्तित्व के भीतर का गीत, नृत्य बन जाने दो।

शरीर के साथ यह तादात्म्य एक आदत है और कुछ नहीं। जब बच्चा पैदा होता है तो उसे पता नहीं होता कि वह कौन है और मां-बाप को कुछ पहचान निर्मित करना पड़ती है, अन्यथा वह इस संसार में खो जाएगा। उन्हें उसको बताना पड़ता है कि वह कौन है। वे भी नहीं जानते हैं। उन्हें एक झूठा लेबल निर्मित

करना पड़ता है। उसको वे एक नाम दे देते है, वे उसे एक दर्पण दे देते हैं और वे उससे कहते हैं, देखो, यह है तुम्हारा चेहरा। देखो, यह है तुम्हारा नाम है। देखो, यह है तुम्हारा घर है। देखो, यह है तुम्हारी जाति, तुम्हारा धर्म, तुम्हारा देश। ये पहचानें उसे अनुभव करने में सहायक होती हैं कि वह–बिना जाने कि वह कौन है, कौन है। ये आदतें हैं।

फिर धीरे-धीरे उसका मन विकसित होना आरंभ होता है। यदि वह हिंदू घर में जन्मा है, तो वह गीता पढ़ता है, गीता की बात सुनता है। यदि उसका जन्म ईसाई घर में हुआ है, तो उसे चर्च लाया जाता है। एक नई पहचान आरंभ हो जाती है, यह अंतर्तम पहचान है–वह ईसाई, हिंदू, मुसलमान बन जाता है। उसका जन्म भारत में हुआ था, वह भारतीय बन जाता है। चीन में वह चीनी बन जाता है। और वह स्वयं को उस देश की परंपराओं से संबद्ध करना आरंभ कर देता है। एक चीनी व्यक्ति स्वयं को चीनी परंपरा और इतिहास, चीन के अतीत से पहचानता है। फिर व्यक्ति घर जैसा अनुभव करता है–उसकी जड़ें सारी परंपरा में होती हैं। यदि व्यक्ति भारतीय है, उसकी जड़ें भारतीय परंपरा में होती हैं, व्यक्ति बेघर नहीं होता। उस व्यक्ति ने परंपरा में, देश में, इतिहास में, महानायकों–राम, कृष्ण में अपना ठिकाना बना लिया है–वह अब घरेलूपन अनुभव करता है। व्यक्ति ने अपना स्थान खोज लिया है, लेकिन यह कोई वास्तविक स्थान नहीं है। यह पहचान मात्र एक उपयोगिता है।

और फिर यह आदत इतनी मजबूत हो जाती है कि यदि किसी दिन तुम्हें पता लगे कि जो तुम स्वयं को समझ रहे थे–भारतीय, हिंदू, मुसलमान, ईसाई, चीनी, कितना मूढ़तापूर्ण है यह सब, वह तुम नहीं हो–लेकिन फिर भी पुरानी आदत छूटेगी नहीं।

बर्ट्रेंड रसल ने लिखा है कि उसे पता है कि अब वह ईसाई नहीं रहा, लेकिन किसी वजह से वह बार-बार इसे भूलता रहता है। वह सारे संस्कार...। तुम परंपरा के विरोध में जा सकते हो, लेकिन फिर भी तुम इससे चिपकोगे। वे लोग भी जो क्रांतिकारी हो गए, अपनी परंपरा से, भले ही वह नकारात्मक ढंग हो, आसक्त रहते हैं। यदि कोई हिंदू हिंदू धर्म के विरोध में चला जाता है, फिर भी वह कृष्ण के विरोध में बात करेगा, फिर भी वह राम के विरोध में बात करेगा। यदि कोई मुसलमान अपनी परंपरा के विरोध में जाता है, फिर भी वह कुरान की आलोचना करेगा; निःसंदेह अब वह आलोचना कर रहा है, मोहम्मद की आलोचना कर रहा है, किंतु वह परंपरा से चिपका रहता है।

यथार्थतः विद्रोही वह है जो परंपरा को इतनी गहराई से, इतना आत्यंतिक रूप से त्याग देता है कि वह इसके विरुद्ध भी नहीं होता। वह न पक्ष में होता है, न विपक्ष में, तब व्यक्ति मुक्त है। यदि तुम विरोध में हो, तो तुम अभी भी मुक्त नहीं हो। यदि तुम किसी बात के विरोध में हो, तो तुम पाओगे कि तुम उसी चीज से बंध गए हो, एक गांठ लग गई है।

और आदतें अचेतन में चली जाती हैं। मैं एक बहुत बड़े विद्वान, बहुत प्रसिद्ध, बहुत शिक्षित और वास्तव में महान बुद्धिजीवी को जानता हूं। वे एक लंबे समय, कोई चालीस सालों से जे. कृष्णमूर्ति के अनुयायी थे। और जब कभी वे मुझे मिलने आएंगे, वे बार-बार कहेंगे, ध्यान व्यर्थ बात है। आप लोगों को क्या सिखा रहे हैं? कृष्णमूर्ति कहते हैं–ध्यान व्यर्थ बात है, सारे मंत्र बस पुनरुक्तियां हैं; और सभी ध्यान-प्रयोग, सभी विधियां मन को संस्कारित करती हैं। और मैं ध्यान नहीं करता।

मैंने उन पर सत्य की चोट करने के लिए उचित समय की प्रतीक्षा की। फिर वे बीमार पड़े, उन्हें दिल का दौरा पड़ा। उनको देखने के लिए मैं भागा हुआ गया और वे दोहरा रहे थे: राम राम राम...मैं इस पर विश्वास न कर सका। मैंने उनका सिर हिलाया और कहा: यह आप क्या कर रहे है? राम राम राम...आप तो कृष्णमूर्ति के अनुयायी हैं। क्या आप भूल गए?

वे बोले, उस बारे में सब कुछ भूल जाएं। मैं मर रहा हूं। और कौन जाने? हो सकता है कि कृष्णमूर्ति गलत हों। और बस राम राम राम दोहराने में कोई हर्जा भी नहीं है, और इससे बहुत सांत्वना मिल रही है।

इस आदमी को क्या हुआ? चालीस साल तक कृष्णमूर्ति को सुना, लेकिन उसका हिंदू मन वहीं रहा। अंतिम क्षण में मन प्रतिक्रिया आरंभ कर देगा। नहीं, वे विद्रोही नहीं हैं। वे सोच रहे थे कि वे विद्रोही हैं। वे हर बात से संघर्ष कर रहे थे, वे उस सभी के विरोध में थे जो हिंदू कहते हैं, और अंतिम क्षण में उनकी विचारधारा की हवाई इमारत ढह जाती है।

जीवन आमतौर पर एक आदत, एक यांत्रिक आदत है और कुछ नहीं। जब तक कि तुम जागरूक न हो, जब तक कि तुम वास्तविक रूप से बोधपूर्ण न हो जाओ, इससे बाहर आ पाना दुष्कर होगा।

मैंने एक जुआरी के बारे में सुना है:

एक पुराना जुआरी मर गया और उसका भूत कई सप्ताहों तक इधर-उधर उदास होकर घूमता रहा। यद्यपि वह स्वर्ग में प्रवेश का अधिकारी था, लेकिन उसने पाया कि वह इस स्थान से ऊब चुका है–न जुआ, न कोई जुआरी, तो स्वर्ग या बहिश्त में जाने का क्या उपयोग?

आखिरकार उसने सेंट पीटर से पूछ ही लिया कि क्या वह बाहर जाकर अन्य स्थानों को एक बार देख सकता है?

मुझे भय है कि यह असंभव है, सेंट पीटर ने कहा, यदि तुम नीचे वहां चले गए तो तुमको पुनः प्रवेश की अनुमति नहीं मिलेगी।

लेकिन मैं तो बस चारों ओर एक निगाह डालना चाहता हूं, जुआरी के भूत ने कहा।

अब सेंट पीटर उसे एक विशिष्ट पास जारी करने के लिए सहमत हो गए जिससे उसे चौबीस घंटे बाहर रहने की अनुमति मिल रही थी।

बाहर निकल कर जुआरी ने नरक का एक चक्कर लगाया, और वह आया तो जो पहली चीज उसन देखी, वह थी उसके पुराने परिचितों का समूह पोकर खेल रहा था। लेकिन उन्होंने उसे अपने खेल में शामिल करने से इनकार कर दिया, क्योंकि उसके पास धन नहीं था।

मैं इस मामले को जल्दी ठीक कर दूंगा, उसने कहा और वह बरामदे से नीचे उतर कर चला गया। दस मिनट बाद ही वह दस डालर के नोटों की गड्डियां दिखाता हुआ लौट आया।

इतने सारे रुपये तुम्हें कहां से मिल गए? उनमें से एक ने पूछा।

मैंने अपना पास बेच दिया है, जुआरी ने उत्तर दिया।

आदतें बहुत कुछ कर सकती हैं, तुम स्वर्ग को भी इनकार कर सकते हो। आदत के प्रभाव में तुम करीब-करीब अचेतन और असहाय होते हो। यही कारण है कि योग का जोर तुम्हारी ग्रंथियों के प्रति अधिक जागरूकता लाने पर है। जितना अधिक तुम याद रख सकते हो याद रखो कि तुम शरीर नहीं हो।

और एक बात और याद रखो, आदत को तोड़ना कठिन है, लेकिन यदि तुम इसके स्थान पर दूसरी आदत बना लो तो यह उतना कठिन नहीं है। और यह ऐसे ही हुआ करता है, लोग आदतों को बदलते चले जाते हैं। यदि तुम उनसे कहो, तुम शरीर नहीं हो, वे सोचना शुरू कर देंगे कि वे मन हैं। फिर कुछ नहीं बदलता है, बस आदत का नाम बदल जाता है।

यही मैं देखता हूं। यदि मैं किसी को कहूं, धूम्रपान छोड़ दो, वह पान खाना आरंभ कर देता है। यदि मैं उसे पान खाना छोड़ने को कहूं, वह च्यूइंगगम चबाना शुरू कर देता है। और यदि तुम उसे इससे भी रोक दो, वह बहुत अधिक बोलना आरंभ कर देता है, यह भी वही बात है। आरंभ में वह बस धूम्रपान कर रहा था, कम से कम वह स्वयं को ही नुकसान पहुंचा रहा था किसी और को नहीं। अब वह धूम्रपान नहीं कर सकता, इसलिए वह बहुत अधिक बोलता है; अब वह दूसरों की शांति और मौन को भी नष्ट कर रहा है। धूम्रपान करने वाला एक प्रकार से अच्छा है, वह अपने तक सीमित रहता है। स्त्रियां बहुत अधिक बातचीत किया करती हैं, एक बार वे धूम्रपान आरंभ कर दें, उनकी बातचीत कम हो जाती है।

वस्तुतः तुमने भी ध्यान दिया होगा, जब कभी तुमको घबड़ाहट अनुभव होती है, तुम धूम्रपान आरंभ कर देते हो। यह धूम्रपान तो बस घबड़ाहट से बचने के लिए है। और यही तब भी होता है जब तुम बातचीत शुरू करते हो। तुमको घबड़ाहट अनुभव हो रही है, तुम स्वयं को किसी बात के द्वारा वहां से हटा देना चाहते हो।

मैंने एक सुंदर कहानी सुनी है :

एक अठारह वर्षीय नवयुवक के क्रिया-कलापों से उसके माता-पिता बेहद चिंतित रहा करते थे। क्योंकि वह अपने सजीले वस्त्र पहनने के लिए अपने कमरे में घंटों व्यतीत कर देता था, उसे अपने जूते

पॉलिश करने और अपने बाल संवारने में बहुत सारा समय लगता था, फिर वह सीधे रसोई घर में जाता और अपने बाएं कान पर गाजर का पौधा चिपका कर नृत्य करने के लिए डिस्को में चला जाता था। स्वाभाविक था कि उसके माता-पिता यह सब देख कर चिंतित हुए और उन्होंने उसको मनोचिकित्सक के पास जाने के लिए राजी कर लिया। वह मनोचिकित्सक के कार्यालय में दूल्हे की भांति सजा-धजा, अपने बाएं कान पर अजवाइन का पौधा लगा कर प्रविष्ट हुआ। चिकित्सक ने कोमलता से बातें करते हुए उसे बताया कि उसके माता-पिता उसके बारे में चिंतित हैं, और फिर उसने पूछा, आप अपने बाएं कान में अजवाइन का पौधा क्यों लगा रखा है? क्या इसका कोई खास कारण है?

लड़का थोड़ा आश्चर्यचकित दिखा और बोला, निःसंदेह कारण है। मम्मी के पास आज गाजरें नहीं थीं।

अब यदि गाजर छोड़ दी जाए, तो अजवाइन...लेकिन लोग आदतें बदलते रहते हैं।

कभी-कभी ऐसा भी होता है कि तुम गंदी आदत को अच्छी आदत में बदल सकते हो, और हर व्यक्ति प्रसन्न होगा, और प्रत्येक संतुष्ट हो जाएगा। लेकिन योग संतुष्ट नहीं होगा। तुम धूम्रपान छोड़ सकते हो और तुम मंत्र का जाप आरंभ कर सकते हो। अब यदि तुम एक दिन अपना मंत्र न दोहराओ तो तुमको वैसी ही बैचेनी होगी जैसी कि तुमको तब होती थी जब तुम धूम्रपान किया करते थे, और यदि तुम एक दिन धूम्रपान न कर पाए–दिनचर्या का पालन करने की वही अभिलाषा, जो कुछ तुम किया करते थे, यांत्रिक रूप से वही करने की इच्छा। तुम गंदी आदत को अच्छी आदत में बदल सकते हो, लेकिन आदत फिर भी आदत रहती है। समाज की निगाहों में यह अच्छा दिख सकता है, लेकिन तुम्हारे आंतरिक विकास के लिए इसका कोई अर्थ नहीं है।

सारी आदतें छोड़ देनी पड़ेंगी। मैं यह नहीं कह रहा हूं कि तुम अस्तव्यस्त हो जाओ, मैं यह नहीं कह रहा हूं कि जीवन को पूरी तरह उत्तप्त होकर ऊलजलूल ढंग से टेढ़ा-मेढ़ा होकर जीया जाए; नहीं, बल्कि अपने जीवन का निर्णय अपने होश से होने दो।

यह संभव है कि तुम सुबह जल्दी ही पांच बजे, एक आदत की तरह सोकर उठ सकते हो, और यह भी संभव है कि आदत की भांति नहीं बल्कि होश के माध्यम से सुबह जल्दी ही पांच बजे सोकर उठा जाए। और दोनों इतने भिन्न हैं, उनकी गुणवत्ता पूर्णतः अलग है। जब कोई व्यक्ति बस एक आदत की भांति पांच बजे सोकर उठता है तो वह बस उतना ही यांत्रिक है जितना कि वह व्यक्ति जो आदतवश नौ बजे सोकर उठता है। दोनों एक ही नाव में सवार हैं। और जो व्यक्ति पांच बजे सोकर उठा है वह भी उतना ही मूढ़ है जितना कि वह व्यक्ति जो नौ बजे सोकर उठता है, क्योंकि मूढ़ता इससे जरा भी संबंधित नहीं है कि तुम कब सोकर उठते हो। मूढ़ता का सवाल तब उठता है कि तुम आदत से जीते हो या बोध से।

यदि तुम होशपूर्वक जीते हो तो तुम सजग रहोगे। भले ही सुबह के नौ बजे हों, लेकिन यदि तुम बोधपूर्वक सोकर उठे हो तो तुम संवेदनशील होओगे, तुम चीजों को स्पष्टता से देखोगे, और हर चीज सुंदर होगी। एक लंबे आराम के बाद, सारी ज्ञानेंद्रियों के विश्राम कर चुकने के बाद वे पुनः जीवंत और अधिक जीवंत हो जाएंगी। धूल लुप्त हो चुकी है, सब कुछ स्पष्ट है। अपनी परा-अवस्था की गहराई में विश्राम करके, तुम अपनी नींद में सारे विचारों को, शरीर को भुला कर, सबसे परे, तुम अपने घर की यात्रा कर चुके हो। वहां से तुम पुनः युवा, ताजे होकर वापस आते हो। लेकिन यदि यह केवल एक आदत है तो यह किसी अन्य आदत की भांति व्यर्थ है।

धर्म कोई आदत का सवाल नहीं है। यदि तुम चर्च या मंदिर में मात्र एक आदत, एक औपचारिकतावश, एक दिनचर्या का पालन करते हुए, जो तुम्हें करना ही है, तुमको इसके लिए प्रशिक्षित किया गया है, चले जाते हो, तो यह व्यर्थ है। यदि तुम मंदिर में सजग होकर जाते हो, तो मंदिर की घंटियां तुम्हारे लिए एक अलग अर्थ, एक भिन्न महत्व रखेंगी। वे मंदिर की घंटियां तुम्हारे हृदय में कुछ झंकृत कर देंगी। तब चर्च की शांति तुम्हें एक नितांत नवीन ढंग से घेर लेगी।

अतः स्मरण रखें, यह कोई आदत का प्रश्न नहीं है। धर्म कोई अभ्यास का प्रश्न नहीं है। तुम्हें समझना ही होगा, और इसी भांति पतंजलि तुम्हें धीरे-धीरे और-और समझ देते हुए, तुम्हें पथ के बारे में और-और बताते हुए यहां तक ले आए हैं।

जितना अधिक तुम स्पष्ट हो जाते हो उतना ही अधिक तुम हर कहीं, हर पत्ती, हर फूल पर लिखा हुआ संदेश पढ़ सकते हो। यह संदेश परमात्मा का है। उसके हस्ताक्षर सभी जगह हैं। तुम्हें भगवतगीता में जाने की कोई जरूरत नहीं है, तुमको बाइबिल और कुरान में जाने की कोई आवश्यकता नहीं रही। कुरान और भगवतगीता और बाइबिल सारे अस्तित्व पर लिखे हुए हैं। तुमको केवल गहराई से देखने वाली आंखों की आवश्यकता है।

मैंने सुना है, लंदन की एक विवाहित नवयुवती को विश्वास था कि वह गर्भवती थी और वह इसकी पुष्टि हेतु चिकित्सक के पास गई। डाक्टर ने शीघ्रता से उसकी जांच की और आश्वस्त किया कि उसका अनुमान सही है। फिर उसको आश्चर्यचकित करते हुए उस डाक्टर ने रबर-स्टैंप लेकर उसके उदर पर लगा दी और कहा, बस सब हो गया।

उस महिला ने अपने पति को यह विचित्र घटना सुनाई, तो पति ने पूछा, इसमें क्या लिखा है?

ठीक है, इसे पढ़ लो, उसने उत्तर दिया।

पति ने देखा कि लिखावट पढ़े जाने के लिए बहुत छोटी थी, लेकिन आवर्धक लेंस से सब कुछ साफ दिखने लगा। उसमें लिखा था, जब आप इसे आवर्धक लेंस के बिना पढ़ सकें तो अपनी पत्नी को अस्पताल ले आएं।

अभी तो तुमको–बुद्ध के, जीसस के, कृष्ण के, पतंजलि के आवर्धक लेंस की आवश्यकता पड़ती है। और फिर भी तुम पढ़ नहीं सकते क्योंकि तुम्हारी आंखें लगभग अंधी हैं। एक बार तुम्हारी आंखें साफ हो जाएं, तो उसका संदेश हर कहीं है। और यह संदेश इतना स्पष्ट है कि तुम तो बस हैरान रह जाओगे कि इतने दिनों से तुम इससे चूकते कैसे रहे, तुम इसे देख कैसे न पाए। यह हर तरफ था, चारों ओर था, प्रत्येक दिशा और आयाम से वह तुम्हारे द्वार पर दस्तक दे रहा था।

किंतु यदि शरीर में जीते हो तो तुम इसको नहीं सुनोगे। यदि तुम मन में जीते हो, तो तुम इसे थोड़ा बहुत सुनोगे, लेकिन फिर इसके बारे में सिद्धांत गढ़ लोगे और तुम चूक जाओगे। यदि तुम मन से और गहराई, पश्यंती में, जहां ध्यान तुम्हें ले जाते हैं, उतरो तो तुम संदेश को पढ़ने में समर्थ हो जाओगे और तुम सिद्धांतीकरण का शिकार नहीं बनोगे, तुम दार्शनिक विवेचना नहीं करोगे। और एक बार तुम इसके बारे में दार्शनिक विवेचना न करो, एक बार तुम परमात्मा के बारे में विचार न करो बल्कि तुम उसको देखो, और चारों ओर, इधर उधर भटकने के स्थान पर सीधे ही उसमें प्रविष्ट हो जाओ, तो तुम पश्यंती का अतिक्रमण कर लेते हो, बीज प्रस्फुटित हो जाता है। तुम परा, उस पार की खाई, शून्यता में गिर जाते हो।

वर्तुल पूरा हो गया; मौन से मौन तक, आकाश से आकाश तक, परमात्मा से परमात्मा तक। आरंभ परमात्मा है और अंत भी परमात्मा है। आदि और अंत–वह दोनों है।

अब सूत्र :

सत्वपुरुषयोः शुद्धि साम्ये कैवल्यम्।

'जब पुरुष और सत्व के मध्य शुद्धता में साम्य होता है, तभी कैवल्य उपलब्ध होता है।'

योग अस्तित्व को दो में बांटता है। अमूर्त एक है, लेकिन मूर्त दो है, क्योंकि मूर्तमान होने की प्रक्रिया में ही चीजें दो हो जाती हैं। उदाहरण के लिए, तुम एक गुलाब की झाड़ी को, सुंदर पुष्पों को देखते हो। तुम बस देखते हो, तुम कुछ कहते नहीं हो। तुम बस गुलाब को देखते हो, अपने भीतर एक शब्द भी नहीं बोलते। यह अनुभव एक है। अब यदि तुम किसी से कहना चाहो, ये फूल सुंदर हैं, जिस क्षण तुम कहते हो, ये फूल सुंदर हैं, तुमने कुरूपता के बारे में भी कुछ कह दिया है। वे फूल कुरूप नहीं हैं। सौंदर्य के साथ कुरूपता प्रविष्ट हो जाती है। यदि कोई पूछता है, सौंदर्य क्या है? तुम्हें इसकी व्याख्या करने के लिए कुरूपता का उपयोग करना पड़ेगा।

यदि तुम किसी स्त्री को देखो और कोई शब्द तुम्हारे भीतर न उठे, तो यह अनुभव एक अद्वैत है। जिस क्षण तुम कहते हो, मैं तुमसे प्रेम करता हूं, तुम घृणा को भीतर ले आए हो। क्योंकि प्रेम को घृणा के

बिना नहीं समझाया जा सकता। दिन को रात के बिना नहीं समझाया जा सकता और जीवन को मृत्यु के बिना नहीं समझाया जा सकता। समझाने के लिए विपरीत को भीतर लाना पड़ता है।

वैखरी की दशा में सब कुछ सुस्पष्ट, द्वैत है, रात्रि दिवस से भिन्न है, मृत्यु जीवन से अलग है, सौंदर्य कुरूपता से भिन्न है, प्रकाश अंधकार से अलग है–हर चीज अरस्तू के ढंग से विभाजित है, उनके मध्य कोई सेतु नहीं है। थोड़ा गहरे उतरो। मध्यमा की अवस्था में विभाजन आरंभ हो जाता है। किंतु इतना स्पष्ट नहीं होता, दिन और रात, संध्या या प्रातः की भांति मिलते हैं, विलय हो जाते हैं। थोड़ा और गहरे उतरो। पश्यंती की दशा में, वे बीज-रूप में हैं, अभी द्वैत का उदय नहीं हुआ है, तुम कह नहीं सकते कि क्या चीज क्या है; हर चीज में भेद नहीं किया जा सकता। थोड़ा और गहरे उतरो। परा की अवस्था मेंद्धदृश्य या अदृश्य–कोई विभाजन नहीं है।

अभिव्यक्ति की दशा में योग वास्तविकता को दो में बांटता है : पुरुष और प्रकृति। प्रकृति का अर्थ है : पदार्थ। पुरुष का अभिप्राय है : चैतन्य। अब जब तुम शरीर–मन के साथ, प्रकृति के साथ, कुदरत के साथ, पदार्थ के साथ, तादात्म्य कर लेते हो, तो दोनों प्रदूषित हो जाते हैं। प्रदूषण सदैव द्विपक्षीय होता है।

उदाहरण के लिए, यदि तुम पानी और दूध को मिला दो, तो तुम कहते हो, अब दूध शुद्ध नहीं रहा, लेकिन तुमने कुछ नहीं देखा, पानी भी अब शुद्ध नहीं रहा। क्योंकि पानी, मुफ्त में मिल जाता है अतः कोई चिंता नहीं लेता; यह तो एक बात है; लेकिन जब तुम पानी और दूध मिलाते हो, दोनों अशुद्ध हो जाते हैं। यह बात कुछ खास है, क्योंकि दोनों शुद्ध थे--पानी पानी था, दूध दूध था–दोनों शुद्ध थे। यह एक चमत्कार है। दो शुद्धताएं मिलती हैं और दोनों अशुद्ध हो जाती हैं।

अशुद्धता में कुछ भी निंदा योग्य नहीं है। इसका अर्थ बस यह है कि विजातीय पदार्थ प्रविष्ट हो गया है। यह केवल इतना कहता है कि कुछ ऐसा जिसका अंतर्तम स्वभाव भिन्न है प्रविष्ट हो गया, वह यही बात है।

यह सूत्र बहुत सुंदर है। 'विभूतिपाद' इस सूत्र पर समाप्त हो जाता है, यह सूत्र इसकी पराकाष्ठा है। यह सूत्र कहता है : जब तुम देह के साथ तादात्म्य कर लेते हो, तो तुम अशुद्ध हो, देह अशुद्ध है। जब तुम मन के साथ तादात्म्य कर लेते हो, तो तुम अशुद्ध हो, मन अशुद्ध है। जब तुमने तादात्म्य नहीं किया हुआ हो, दोनों शुद्ध हो जाते हैं।

अब यह विरोधाभास जैसा प्रतीत होगा। एक सिद्ध या एक बुद्ध वह है जिसने पा लिया है उसका मन शुद्धता में कार्य करता है। उसकी मेधा शुद्धता में कार्य करती है, उसकी सारी प्रतिभाएं शुद्ध हो जाती हैं। और उसकी चेतना शुद्धता में कार्य करती है। दोनों अलग हैं–दूध दूध है, पानी पानी है। दोनों पुनः शुद्ध हो गए हैं।

यह सूत्र कहता है : 'जब पुरुष और सत्व के मध्य शुद्धता में साम्य होता है, तभी कैवल्य उपलब्ध हो जाता है।'

सत्व, प्रकृति, कुदरत, पदार्थ की पराकाष्ठा है। सत्व का अभिप्राय है बुद्धिमत्ता और पुरुष का अर्थ है बोध। यह तुम्हारे भीतर लगी हुई सूक्ष्मतम गांठ है, क्योंकि वे काफी समान हैं। बुद्धिमत्ता और बोध इतने समान हैं कि अनेक बार तुम सोचना आरंभ कर सकते हो कि बुद्धिमान व्यक्ति बोधपूर्ण व्यक्ति होता है। ऐसा नहीं है।

आइंस्टीन बुद्धिमान हैं, आत्यंतिक रूप से बुद्धिमान हैं, लेकिन वे बुद्ध नहीं हैं, वे बोधपूर्ण नहीं हैं। वे सामान्य व्यक्ति से भी कम बोधपूर्ण हो सकते हैं—क्योंकि वे अपनी बुद्धि में बहुत अधिक संलग्न हैं।

ऐसा हुआ कि आइंस्टीन बस से कहीं जा रहे थे, परिचालक, कंडक्टर ने आकर टिकट के लिए उनसे रुपये मांगे। उन्होंने उसको रुपये दे दिए। परिचालक ने आइंस्टीन को छुट्टे पैसे वापस किए। आइंस्टीन ने उनको गिना और गिनने में गलती कर बैठे—जब कि वे संसार के महानतम गणितज्ञ थे—और उन्होंने कहा : तुमने मुझको पूरे पैसे वापस नहीं किए हैं, मुझे कुछ सिक्के और दो।

कंडक्टर ने पैसे दुबारा गिने, वह बोला : क्या आपको अंक-ज्ञान नहीं है?

उस पता नहीं था कि ये सज्जन अल्बर्ट आइंस्टीन हैं। गणित के क्षेत्र में ऐसी महान प्रतिभा कभी नहीं हुई।

और परिचालक ने कहा : क्या आपको अंक-ज्ञान नहीं है?

अंकों के बारे में इन सज्जन से अधिक कभी किसी ने नहीं जाना, लेकिन क्या हो गया?

जो लोग प्रतिभाशाली होते हैं, लगभग हमेशा ही वे भुलक्कड़ होते हैं। वे अपनी बुद्धिमत्ता से इतने अधिक आसक्त और संचालित होते हैं कि बाहर के संसार की अनेक बातों में वे भुलक्कड़ हो जाते हैं।

मैंने एक महान मनोविश्लेषक, एक बेहद बुद्धिमान व्यक्ति के बारे में सुना है। वह अपने प्रयोगों में इतना अधिक खो गया कि दो या तीन दिन तक वह अपने घर ही नहीं गया। उसकी पत्नी चिंतित हुई। तीसरे दिन वह और अधिक प्रतीक्षा न कर सकी तो उसने फोन किया और वह बोली, तुम क्या कर रहे हो? वापस लौटो, मैं तुम्हारी प्रतीक्षा कर रही हूं। और रात्रि-भोज तैयार है।

वह बोला, ठीक है, मैं आ जाऊंगा। पता क्या है?

वह पूरी तरह से भूला हुआ था—अपनी पत्नी, और घर और पता भी।

बुद्धिमत्ता अनिवार्यतः जागरूकता नहीं है। जागरूकता अनिवार्य रूप से बुद्धिमत्ता है। एक व्यक्ति जो जागरूक है, बुद्धिमान होता है; लेकिन एक व्यक्ति जो बुद्धिमान है, उसका जागरूक होना आवश्यक नहीं

है; इसकी कोई अनिवार्यता नहीं है। लेकिन दोनों बहुत पास हैं। बुद्धिमत्ता शरीर-मन का भाग है और जागरूकता परम का, पार का, पुरुष का अवयव है।

आकाश पृथ्वी से मिलता है। वह बिंदु, वह क्षितिज जहां आकाश पृथ्वी से मिलता है, वही बिंदु है, वहां से तादात्म्य को पूर्णतः भंग करना है—वहां से जहां बुद्धिमत्ता और जागरूकता मिलते हैं। दोनों बहुत समान हैं। बुद्धिमत्ता शुद्धीकृत पदार्थ है, इतना परिशुद्ध कि तुम इसमें जा सकते हो और कोई सोच सकता है कि 'मैं जागरूक हो चुका हूं।' इसी कारण से बहुत से दर्शनशास्त्री अपना जीवन व्यर्थ गंवा देते हैं, वे सोचते हैं कि बुद्धिमत्ता ही उनकी जागरूकता है। धर्म जागरूकता की खोज है, दर्शनशास्त्र बुद्धिमत्ता की खोज है।

'जब पुरुष और सत्व के मध्य शुद्धता में साम्य होता है, तभी कैवल्य उपलब्ध हो जाता है।'

लेकिन कैवल्य कैसे उपलब्ध हो? पहले तुम्हें सत्व, बुद्धिमत्ता की शुद्धि उपलब्ध करनी पड़ेगी। अतः और गहरे उतरो। वैखरी है मूर्तमान बुद्धिमत्ता, मध्यमा है संसार के लिए नहीं बल्कि केवल तुम्हारे लिए मूर्तमान बुद्धिमत्ता, पश्यंती है बीज-रूप में बुद्धिमत्ता, और परा है जागरूकता। धीरे-धीरे स्वयं को विरक्त करो, विवेकपूर्वक देह को एक यंत्र, एक माध्यम, एक ठिकाने के रूप में देखना आरंभ करो, और तुम इसको जितना अधिक संभव हो सके उतना स्मरण करो। धीरे-धीरे यह स्मरण स्थायी हो जाता है। फिर मन पर कार्य आरंभ कर दो। स्मरण रखो कि तुम मन नहीं हो। यह स्मरण तुम्हें भिन्न होने में सहायता करेगा।

एक बार तुम शरीर-मन से अलग हो जाओ, तुम्हारा सत्व शुद्ध हो जाएगा। और तुम्हारा पुरुष सदैव शुद्ध था, बस पदार्थ के साथ तादात्म्य के कारण ही यह अशुद्ध प्रतीत हो रहा था। एक बार दोनों दर्पण शुद्ध हो जाएं, कुछ भी प्रतिबिंबित नहीं होता। दोनों दर्पण आमने-सामने हैं, कुछ भी प्रतिबिंबित नहीं हो रहा है, वे रिक्त रहते हैं।

परम शून्यता की यह दशा मुक्ति है। मुक्ति संसार से नहीं है। यह तादात्म्य से मुक्ति है, तादात्म्य मत करो, किसी बात के साथ तादात्म्य मत करो। सदैव स्मरण रखो कि तुम साक्षी हो, साक्षी के बिंदु को मत खोओ, फिर एक दिन आंतरिक बोध हजारों सूर्यों के साथ उगने की भांति उदित हो जाता है।

यही है जिसको पतंजलि कैवल्य, मुक्ति कहते हैं।

इस शब्द कैवल्य को समझना पड़ेगा।

भारत में विभिन्न रहस्यदर्शियों द्वारा परम अवस्था के लिए भिन्न शब्दों का प्रयोग किया गया है। महावीर इसे मोक्ष कहते हैं। मोक्ष का ठीक से अनुवाद 'परममुक्ति' की भांति किया जा सकता है, कोई बंधन नहीं है, सारे बंधन गिर चुके हैं। बुद्ध ने 'निर्वाण' शब्द प्रयुक्त किया है, निर्वाण का अभिप्राय है:

'अहंकार का मिट जाना।' जैसे कि तुम प्रकाश बुझा दो और बस लौ विलीन हो जाए, बस इसी प्रकार से अहंकार का प्रकाश खो जाता है, तुम्हारा वजूद मिट जाता है। बूंद समुद्र में विलीन हो गई है या सागर बूंद में समा गया है। यह विलय हो जाना, तिरोहित हो जाना है।

पतंजलि 'कैवल्य' का प्रयोग करते हैं, इस शब्द का अभिप्राय है : 'परम एकांत।' यह न तो मोक्ष है और न निर्वाण। इसका अर्थ है : परम एकांत; तुम इस अवस्था में आ चुके हो जहां तुम्हारे लिए कोई और नहीं होता। किसी अन्य का अस्तित्व नहीं है, केवल तुम, सिर्फ तुम, बस तुम। वस्तुतः अपने आपको 'मैं' पुकारना संभव नहीं है, क्योंकि 'मैं' का प्रयोग 'तू' के संदर्भ में होता है और 'तू' मिट चुका है। तुम मोक्ष, मुक्ति में हो इसे और अधिक कहते रहना संभव नहीं है, क्योंकि जब सारे बंधन खो गए हैं तो मुक्ति का क्या अर्थ रह गया? यदि कारागृह संभव है तो मुक्ति भी संभव है। तुम मुक्त हो क्योंकि बस पड़ोस में ही कारागृह का अस्तित्व है। तुम कारागृह के भीतर नहीं हो, अन्य लोग हैं जो कारागृह के भीतर हैं, लेकिन सिद्धांततः संभवतः किसी भी दिन तुमको भी कारागृह में डाला जा सकता है। यही कारण है कि तुम मुक्त हो, लेकिन यदि कारागृह पूरी तरह से, अत्यंतिक रूप से, मिट चुका हो, तो स्वयं को मुक्त कहने का क्या अर्थ रहा।

कैवल्यम्, मात्र एकांत। लेकिन याद रखो, इस एकांत का तुम्हारे अकेलेपन से कुछ भी लेना-देना नहीं है। अकेलेपन में दूसरे का अस्तित्व, उसका अनुभव होता है, उसकी अनुपस्थिति का अनुभव किया जाता है। यही कारण है कि अकेलापन एक उदास घटना है। तुम अकेले हो, इसका अर्थ है : तुम दूसरे की आवश्यकता अनुभव कर रहे हो। एकांत, जब दूसरे की आवश्यकता तिरोहित हो चुकी है। तुम अपने आप में पर्याप्त हो, अपने आप में परम हो, कोई आवश्यकता नहीं, कोई अभिलाषा नहीं, कहीं जाना नहीं। इसीलिए पतंजलि कहते हैं : तुम घर आ गए हो। उनकी परिभाषा में यही मुक्ति है, उनके लिए यही निर्वाण या मोक्ष है।

तुम पर भी झलकियां आ सकती हैं। यदि तुम शांत बैठ जाओ और स्वयं को अलग कर लो...। पहले स्वयं को वस्तुओं से अलग कर लो। अपनी आंखें बंद कर लो, संसार को भूल जाओ, यदि उसका अस्तित्व है भी तो उसे स्वप्न की भांति लो। फिर अपने विचारों को देखो और स्मरण रखो कि तुम विचार नहीं हो, वे तैरते हुए बादल हैं। अपने आप को उनसे अलग कर लो : वे खो चुके हैं। फिर एक विचार उठता है : कि तुम अलग हो। यह पश्यंती है। उसे भी गिरा दो, क्योंकि वरना तुम वहीं अटक जाओगे। उसे भी गिरा दो; इस विचार के भी बस साक्षी हो रहो। अचानक तुम्हारी शून्यता का विस्फोट हो जाएगा। यह मात्र एक क्षणांश के लिए हो सकता है–लेकिन तुम्हारे पास ताओ का, योग और तंत्र का स्वाद होगा, तुम्हारे पास सत्य का स्वाद होगा। और एक बार यह तुम्हें मिल जाए तो इस तक पहुंचना सरलतर और

सरलतर हो जाता है। इसे होने दो, इसके प्रति खुले रहो, इसके लिए उपलब्ध रहो। प्रतिदिन यह और-और सरलतर हो जाता है। जितना अधिक तुम इस पथ पर यात्रा करते हो उतना ही पथ अधिक सुस्पष्ट हो जाता है।

एक दिन तुम भीतर जाते हो और कभी बाहर नहीं लौटते...कैवल्यम्। यही है जिसको पतंजलि परम मुक्ति कहते हैं। पूरब में यही लक्ष्य है।

पूरब के लक्ष्य पाश्चात्य लक्ष्यों से कहीं अधिक ऊपर पहुंचते हैं। पश्चिम में स्वर्ग अंतिम बात प्रतीत होती है; पूरब में ऐसा नहीं है। ईसाई, मुसलमान, यहूदी उनके लिए स्वर्ग अंतिम बात है; इसके परे कुछ भी नहीं है। लेकिन पूरब में हमने और कार्य किया है, हमने सत्य में और गहरी खुदाई की है। हमने उसे परम अंत तक खोदा है, जब तक अचानक खुदाई शून्यता के सम्मुख न पहुंच जाए और अब खोदने के लिए कुछ न रहे।

स्वर्ग एक अभिलाषा है, प्रसन्न रहने की इच्छा है; नरक एक भय है, अप्रसन्न रहने का भय। नरक है संचित संताप, स्वर्ग है हर्ष का संचय। लेकिन वे मुक्ति नहीं हैं। मुक्ति तब है जब तुम न पीड़ा में हो और न हर्ष में। स्वतंत्रता तभी है जब द्वैत गिरा दिया गया हो। स्वाधीनता तभी है जब न तो नरक हो और न स्वर्ग : कैवल्यम्। तब व्यक्ति अपनी परम शुद्धता को उपलब्ध कर लेता है।

पूरब में यही लक्ष्य रहा है, और मैं सोचता हूं कि इसी को सारी मानवता का लक्ष्य होना चाहिए।

प्रवचन - 10

अब तुम वाटरलू पुल से छलांग लगा सकते हो

प्रश्न-सार

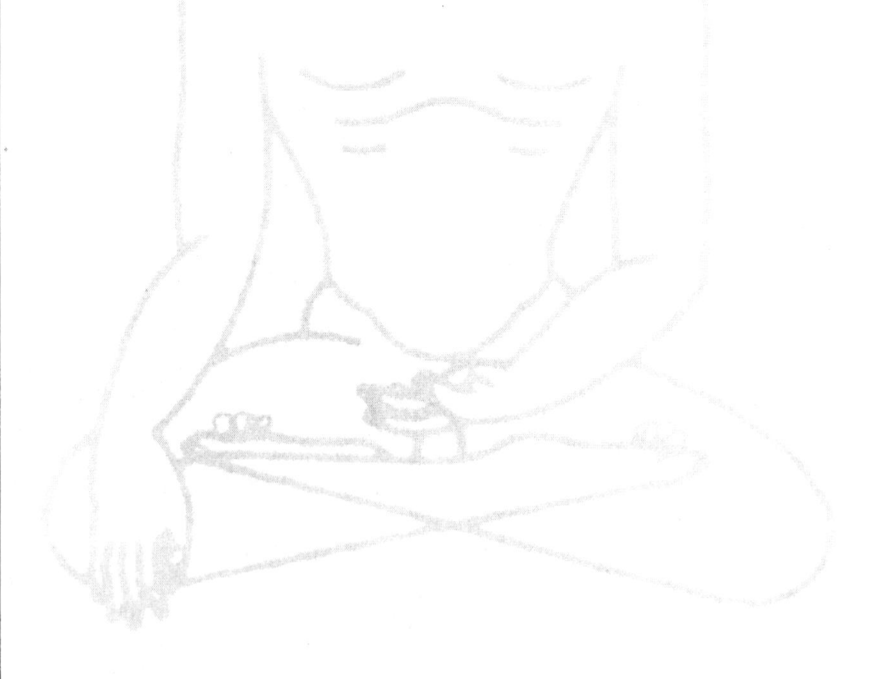

* काम की समस्या उठ खड़ी हुई है, क्या किया जाए?

* निष्क्रियता पूर्वक सजग कैसे हुआ जाए?

* मेरा सामान रेलगाड़ी ले जाती है, मैं रह जाता हूं। इस स्वप्न का अर्थ क्या है?

* जिस समय आप मुझसे कुछ कहते हैं मैं आपकी बात नहीं मानता। इससे छुटकारा कैसे हो?

प्रश्न : मैं किसी अन्य गुरु के निर्देशन में साधना कर रहा था। उस समय मेरे लिए 'काम' की समस्या नहीं थी। लेकिन मेरे मन में तनाव रहा करते थे। आपकी छत्रछाया में आकर तनाव खो चुके हैं, किंतु 'काम' की एक नई समस्या उठ खड़ी हुई है। 'काम' के कारण एक नया तनाव आरंभ हो रहा है, इस अवस्था में क्या किया जाए? कृपया मेरा मार्ग निर्देशन करें।

एक बार तुम किसी बात को समस्या की भांति ले लो तो इसे हल करना असंभव हो जाता है। ऐसे तो किसी समस्या का समाधान नहीं हो सकता है। यदि तुम किसी समस्या में–बिना इसे समस्या की भांति स्वीकार किए–गहराई तक देखो, तो समाधान स्वतः ही सतह पर आ जाता है। इसलिए सीखने के लिए पहली बात है कि चीजों को समस्या की भांति देखने की पुरानी आदत त्याग दो। उनको तुम समस्या बना देते हो।

उदाहरण के लिए, काम। यह समस्या जरा भी नहीं है। यदि यह समस्या है तो तुम किसी भी चीज को समस्या में बदल सकते हो। तुम श्वास लेने को समस्या में बदल सकते हो, एक बार तुम श्वास लेने को समस्या की भांति देख लो, तो तुम सोचना आरंभ कर दोगे कि इससे छुटकारा कैसे पाया जाए। तुम श्वास लेने से भयभीत हो जाओगे। काम समस्या नहीं है। काम एक सरल, शुद्ध ऊर्जा है। किंतु किसी गुरु के साथ रहते हुए तुम संस्कारित हो गए हो, क्योंकि गुरुओं में से करीब-करीब निन्यानबे प्रतिशत काम को समस्या की भांति लेते हैं। वास्तव में वे गुरु ही नहीं हैं। उन्होंने अपने स्वयं के जीवन में कुछ भी हल नहीं किया हुआ है। वे उतनी ही परेशानी में हैं जितनी परेशानी में तुम हो। उनमें उतनी ही विक्षिप्तता है जितनी तुम्हारे भीतर है।

अंतर्दृष्टि वाले व्यक्ति की कोई समस्याएं नहीं होतीं, और अंतर्दृष्टि रखने वाला व्यक्ति कभी किसी अन्य व्यक्ति की समस्याग्रस्त रहने में सहायता नहीं करता है।

यदि तुम्हारे पास समस्या निर्मित करने की यांत्रिक व्यवस्था है, तो मैं तुम्हारी समस्या का समाधान नहीं कर सकता, लेकिन मैं तुमको इसके आर-पार, इसके पार देख पाने की, अधिक पारदर्शितापूर्वक, अधिक स्पष्टता और समझ के साथ देख लेने के लिए अपनी अंतर्दृष्टि दे सकता हूं।

इसलिए विचार करने योग्य पहली बात यह है कि तुम काम को समस्या क्यों कहते हो? इसमें समस्याकारक क्या है? यदि काम समस्या है, तो भोजन समस्या क्यों नहीं है? यदि काम समस्या है, तो श्वसन समस्या क्यों नहीं है? यदि काम समस्या है, तो क्यों किसी भी बात को समस्या में नहीं बदला जा सकता? तुम्हें तो बस उस ढंग से देखने की आवश्यकता है और यह समस्या बन जाता है।

भिन्न-भिन्न संस्कृतियों में, विभिन्न समाजों में भिन्न-भिन्न बातों को समस्यामूलक समझा जाता है। यदि तुम फ्रायड के प्रभाव वाले समाज में पले-बढ़े हो, तो काम तो तनिक भी समस्या नहीं होता। तब तो कामुक न होना समस्या बन जाएगा। यह अनेक पाश्चात्यों की समस्या बन चुका है।

कोई पैंसठ वर्ष की स्त्री मेरे पास आई और उसने कहा: 'ओशो, मेरी कामेच्छा मिट रही है। मेरी सहायता कीजिए।' क्योंकि यदि तुम फ्रायड से बहुत अधिक प्रभावित रहे हो तो काम करीब-करीब जीवन के समतुल्य है। यदि कामेच्छा मिट रही है, इसका अर्थ हुआ कि तुम मर रहे हो, तब मृत्यु अति निकट है। इसलिए परम अंत तक, मृत्युशय्या पर भी तुमको कामुक व्यक्ति बने रहना पड़ता है, तुम्हें स्वयं को जबरदस्ती कामुक व्यक्ति बनाए रखना पड़ता है।

यह विशेष रूप से भारतीयों के लिए बिलकुल नई समस्या है, जो इसको समस्या की भांति सोच नहीं सकते। यदि ऐसा उनके साथ हो जाए तो वे मंदिर जाएंगे और ईश्वर को धन्यवाद देंगे। यदि वे युवा हों तो भी यदि काम खो जाता है, वे अत्याधिक प्रसन्न, आत्यंतिक रूप से प्रसन्न हो जाएंगे। परमात्मा बहुत सहायक रहा है, समस्या का समाधान हो गया है। किंतु ऐसा भी हो सकता है कि समस्या का समाधान नहीं हुआ है, वे बस नपुंसक हो रहे हों।

यह समस्या एक निश्चित दृष्टिकोण के कारण उपजती है। समस्या स्वयं में कोई समस्या नहीं है, यह तुम्हारे दृष्टिकोण पर निर्भर करती है। यदि तुम पाश्चात्य हो तो एल्कोहल से निर्मित पेय पीना कोई समस्या नहीं है। किसी भी शीतल पेय कोकाकोला या फैंटा की भांति साधारण बात है यह। यदि तुम जर्मन हो तो बीयर, बस पानी है। इसमें कोई समस्या नहीं है। लेकिन यदि तुम भारतीय हो तो समस्या उठ खड़ी होती है। कोकाकोला तक समस्या है। गांधीजी तुम्हें कोकाकोला पीने की अनुमति नहीं देंगे। उन्होंने अपने आश्रम में चाय पर रोक लगा रखी थी। चाय! यह उनके लिए समस्या बन गई, क्योंकि इसमें कुछ मात्रा

में कैफीन होती है। बौद्धों के लिए चाय कभी समस्या नहीं थी। जापान में, चीन में यह करीब-करीब एक धार्मिक अनुष्ठान की भांति है।

एक बौद्ध भिक्षु अपना दैनिक जीवन चाय से आरंभ करता है। उषाकाल में, इसके पूर्व कि वह ध्यान करने जाए, वह चाय पीता है। ध्यान कर लेने के उपरांत वह चाय पीता है, और वह इसे बहुत धार्मिक ढंग से, बहुत गरिमापूर्वक और अहोभाव पूर्वक पीता है। इसे कभी एक समस्या के रूप में नहीं सोचा गया; वस्तुतः बौद्धों ने ही इसकी खोज की थी। ऐतिहासिक रूप से यह बोधिधर्म से संबंधित है।

बोधिधर्म को चाय का अन्वेषक समझा जाता है। वह पर्वत उपत्यका में रहा करता था। उस पर्वत का नाम टा था, और क्योंकि चाय वहां पहली बार खोजी गई थी, यही कारण है कि टा, टी, चा, चाय–वे सभी 'टा' से जन्में हुए शब्द हैं। और बोधिधर्म ने इसे क्यों खोजा, और उसने इसे कैसे खोजा?

वह परम जागरूकता की एक अवस्था उपलब्ध करने का प्रयास कर रहा था। यह कठिन है। तुम भोजन के बिना कई दिन जीवित रह सकते हो, लेकिन नींद के बिना? और वह जरा सी नींद को भी नहीं आने दे रहा था। एक समय, सात आठ दिन बाद, अचानक उसे अनुभव हुआ कि नींद आ रही है। उसने अपनी आंख की पलकें उखाड़ दीं और उनको फेंक दिया, जिससे कि अब जरा भी समस्या न रहे। ऐसा कहा जाता है कि वे पलकें भूमि पर गिरीं, वे चाय के रूप में अंकुरित हो गईं। यही कारण है कि चाय जागरूकता में सहायक होती है; यदि तुम रात्रि में बहुत अधिक चाय पी लो तो तुम सोने में समर्थ नहीं हो पाओगे। और क्योंकि सारा बौद्ध मन यही है कि कैसे वह बिंदु उपलब्ध हो जहां नींद बाधा न डाले और तुम पूर्णतः जागरूक रह सको, निःसंदेह चाय करीब-करीब एक पवित्र वस्तु, पवित्रों में पवित्रतम हो गई है।

जापान में आश्रमों में छोटे से घर, टी हाउस, चाय-घर हुआ करते हैं। जब वे किसी चाय-घर में जाते हैं, तो वे इस भांति जाते हैं जैसे कोई चर्च या मंदिर में जा रहा हो। वे स्नान करते हैं, वे नये स्वच्छ वस्त्र धारण करते हैं, वे अपने जूते बाहर छोड़ देते हैं, वे मौन में, आशीष में चलते हैं; वे बैठ जाते हैं।...और यह एक लंबा अनुष्ठान है। यह कोई ऐसा नहीं है कि तुम गए और चाय ली और पी और तुम चले आए, इतनी जल्दबाजी नहीं। देवताओं के साथ शुभ व्यवहार होना चाहिए, और चाय देवता है, जागृति की देवता, इसलिए वे मौन में बैठेंगे, और केटली अपना गीत गाती रहेगी, पहले वे इस गीत को सुनेंगे। अभी वे तैयारी कर रहे हैं। वे गाती हुई केटली पर ध्यान लगाएंगे।

फिर उनको कप और प्लेट दिए जाएंगे। वे कपों और प्लेटों को छुएंगे, उनको देखेंगे, क्योंकि वे कला की कृतियां हैं। और कोई बाजार से खरीदे हुए कप उपयोग करना नहीं पसंद करता है। प्रत्येक आश्रम अपने स्वयं के कप और प्लेट बनाते हैं। धनी लोग अपने स्वयं के लिए बनाते हैं। गरीब लोग यदि अपने

स्वयं के लिए कप और प्लेट बनाने के व्यय को वहन न कर सकें तो वे बाजार से खरीद लाते हैं, उनको तोड़ देते हैं, उनको पुनः जोड़ते हैं, तब वे पूर्णतः अनूठे बन जाते हैं।

तब चाय उंड़ेली जाती है। और प्रत्येक, गहन, ग्राह्य, ध्यानपूर्ण भाव-दशा में होता है, उनकी श्वास धीमी और गहरी चल रही होती है, और तब चाय पी जाती है, जैसे कि कुछ दिव्य तुम पर बरस रहा हो।

अब महात्मा गांधी इसके बारे में सोच भी नहीं सकते। उनके आश्रम में चाय की अनुमति नहीं थी, काली सूची, निषिद्ध वस्तुओं में थी चाय। यह तुम्हारे दृष्टिकोण पर निर्भर करता है।

मैं तुमसे जो कहना चाहता हूं वह यह है कि यह तुम्हारे ऊपर निर्भर करता है कि तुम कितनी समस्याएं निर्मित करना चाहते हो। जितनी संभव हो सके उतनी समस्याएं गिरा दो। जितनी कम समस्याएं तुम्हारे पास हों उतना ही उत्तम है, क्योंकि तब, यदि तुम उन कुछ को नहीं छोड़ सकते हो, यदि वे वास्तव में तुम्हारे दृष्टिकोण के कारण नहीं हैं बल्कि जीवन की असली समस्याएं हैं, तो उनका समाधान किया जा सकता है।

मैंने सुना है, एक व्यक्ति मनोचिकित्सक के पास गया, उस बेचारे की आंखों के नीचे काले घेरे बने हुए थे, वह बहुत थका हुआ लग रहा था। मैं हर रात स्वप्न देखता हूं, डाक्टर साहब, उसने अपने चिकित्सक से कहा। पिछली रात का सपना भयावह था, मैं एक बड़े वायुयान में हूं, मेरा पैराशूट तैयार है, हम चालीस हजार फीट की ऊंचाई पर उड़ रहे हैं, जहां से छलांग लगा कर मैं नई ऊंचाई से कूदने का का रिकार्ड स्थापित करने वाला हूं। हम लोग चालीस हजार फीट की ऊंचाई पर हैं–मैंने दरवाजा खोला, मैंने एक कदम आगे बढ़ाया, मैंने पैराशूट की रस्सी खींची–आप सोच सकते हैं कि क्या हुआ होगा?

डाक्टर ने कहा : मुझे ऐसा कोई खयाल नहीं आता।

उस व्यक्ति ने कहा : मेरा पाजामा खुल कर गिर पड़ा।

अब यह समस्या है? जब तुम पृथ्वी से चालीस हजार फीट की ऊंचाई पर हो, तो क्या यह समस्या है? सारा जीवन दांव पर लगा हुआ है? और वह भी स्वप्न में। और वह थकान अनुभव कर रहा है।

मैंने सुना है, एक पार्क की बेंच पर दो भिखारी बैठे हुए बातचीत कर रहे थे। मैं बस वहां से गुजर रहा था। एक भिखारी ने कहा : मैंने सपना देखा कि मुझे अच्छी नौकरी मिल गई है।

दूसरा बोला : हां, तुम थके हुए दिखाई दे रहे हो।

मूढ़ता त्यागो। काम समस्या नहीं है। काम तुम्हारी जीवन-ऊर्जा है। इसे स्वीकारो। यदि तुम स्वीकार करो तो ही इसका रूपांतरण किया जा सकता है। यदि तुम इसको इनकार करते हो, तुम उपद्रव में रहोगे। यदि तुम इससे संघर्ष करो, तो तुम किसके साथ संघर्ष कर रहे हो? जरा सोचो, स्वयं के साथ आधे-आधे, विभाजित। अपने आप से लड़ रहे हो तुम, निःसंदेह तुम और-और पंगु होते चले जाओगे। स्वयं से कभी संघर्ष मत करो।

साधना कोई संघर्ष नहीं है, यह कोई द्वंद्व नहीं। साधना एक गहरी समझ, एक रूपांतरण, एक जागरूकता है, जिसमें तुम्हारा प्रेम करना, स्वयं को स्वीकार करना और समझ के माध्यम से ऊंचे और ऊंचे होते जाने का आरंभ है। अपने अस्तित्व से किसी को भी निकालना नहीं है। हर चीज वैसी ही है जैसा उसे होना चाहिए। इसको उच्चतर लयबद्धता के लिए उपयोग करना पड़ता है, बस यही है सारी बात। वीणा को फेंकना नहीं है। यदि तुम इसे बजाना नहीं जानते तो बजाना सीख लो। वीणा में कुछ भी गलत नहीं है। यदि तुम बजा नहीं सकते, और फिर भी तुम वीणा बजाओ तो निःसंदेह तुम विक्षिप्त शोर ही पैदा करोगे। पड़ोसी जाएंगे और पुलिस थाने में तुम्हारी रिपोर्ट कर देंगे। तुम्हारी पत्नी फौरन तुम्हें तलाक दे देगी। तुम्हारे बच्चे मायूस हो जाएंगे। और तुम स्वयं एक उपद्रव में रहोगे, क्योंकि यदि तुम नहीं जानते कि वीणा कैसे बजाई जाए, कोई वाद्ययंत्र कैसे बजाया जाए, हूं? तो तुम स्वयं में ही और-और बिना सुर-ताल के होते जाओगे।

लेकिन स्मरण रखो कि वीणा में कुछ भी गलत नहीं है। तुम्हें पता नहीं कि इसे किस भांति बजाया जाए।

काम-ऊर्जा एक प्रचंड ऊर्जा है। तुम नहीं जानते कि इससे किस भांति संगीत उत्पन्न किया जाए। और सदियों से तुमको इसके विरोध में पढ़ाया गया है। जरा देखो तो तुम्हारे धार्मिक व्यक्तियों ने संसार के साथ क्या कर डाला है। वे काम के विरुद्ध सिखाते रहे हैं, और उनकी शिक्षाओं के कारण काम और-और महत्वपूर्ण होता चला जाता है। सारा संसार करीब-करीब विक्षिप्त ढंग से कामुक है। कुछ इसमें इस प्रकार से संलग्न हैं, जैसे कि जीवन में कुछ और है ही नहीं, और कुछ इससे इस भांति भाग रहे हैं जैसे कि इसके अतिरिक्त जीवन में कुछ नहीं रहा। कुछ तो बस भाग रहे हैं और कुछ बस संघर्ष कर रहे हैं। दोनों ही अपना जीवन नष्ट कर रहे हैं।

यह एक महत् ऊर्जा, परमात्मा की भेंट है। इसमें अनेक खजाने छिपे हुए हैं। इसे सीखना पड़ता है, पुस्तक को खोलना पड़ता है, व्यक्ति को इसके भीतर जाना पड़ता है, इसको गहराई से अध्ययन करके, गहराई से समझना पड़ता है। अनंत जीवन की कुंजी छिपी है इसमें।

अब तुम मेरे पास आ गए हो, मैं समझ पर जोर दिए चला जाता हूं। एक खास किस्म की बौद्धिक समझ तुम्हारे भीतर पैदा हो जाती है। किंतु पुरानी संस्कारिता भी जारी रहती है। कोई ऐसा नहीं है कि तुम्हें केवल इसी जन्म में संस्कारित किया गया हो, सदियों से, अनेक जन्मों से तुम्हें संस्कारित कर दिया गया है। यह संस्कारिता करीब-करीब तुम्हारा दूसरा स्वभाव बन चुकी है। यह शब्द 'काम' और तुम्हारे भीतर कुछ बेचैन होने लगता है। यह शब्द ही तुम्हारे भीतर एक प्रतिक्रिया निर्मित कर देता है। बिना किसी वासना के इसके बारे में बात करना भी कठिन है। वस्तुगत रूप से इसके बारे में बात करना कठिन है।

वैज्ञानिक रूप से इसके बारे में बात करना कठिन है। इस ढंग से या उस ढंग से तुम इसमें वासनापूर्वक संलग्न हो जाते हो।

सारे विचारों, पूर्वाग्रहों को छोड़ दो। जरा इसकी तथ्यात्मकता की ओर देखो। तुम्हारा जन्म काम-ऊर्जा से हुआ है। जब तुम्हारा जन्म हुआ तो तुम्हारे माता-पिता कोई प्रार्थना नहीं कर रहे थे। वे संभोग कर रहे थे। और वे किसी गिरजा घर या मंदिर में नहीं थे। तुम इस बारे में कभी नहीं सोचते; लोग ऐसी बातों को सोचने से बचते हैं। तुम्हारे लिए इसकी कल्पना करना कठिन होगा कि तुम्हारे माता और पिता संभोग कर रहे थे। असंभव! ये तो दूसरे लोग–गंदे लोग हैं–जो संभोग करते हैं। तुम्हारे पिता और माता? कभी नहीं।

इसीलिए सारे संसार में अनेक कहानियां प्रचलन में रही हैं। एक बच्चे का जन्म होता है और दूसरे बच्चे पूछते हैं, यह बच्चा कहां से आया है? तुमको उन्हें बनावटी उत्तर देना पड़ते हैं–क्रौंच पक्षी, या झाड़ी, या देवताओं ने उसे रसोई की चिमनी से गिरा दिया है।

मैंने सुना है कि मां गर्भवती हो गई और दादी को छोटे बच्चे के बारे में चिंता पकड़ गई कि आज नहीं तो कल वह पूछेगा। इसलिए वह उसे तैयार करना चाहती थी। वह उस बच्चे को एक ओर ले गई और उससे कहा, क्या तुम जानते हो कि तुम्हारी मां को भगवान की ओर से पुनः एक महान भेंट मिलने वाली है। यह एक पोटली में आएगी और रात में रसोई की चिमनी के छेद से, जब सभी लोग सो रहे होंगे, इसे गिरा दिया जाएगा।

बच्चे ने कहा : यह ठीक है, लेकिन मैं आपसे एक बात कहना चाहता हूं। भगवान को वह पोटली ज्यादा शोरगुल से मत फेंकने दीजिएगा क्योंकि मेरी मां गर्भवती है। रात में वह बहुत अधिक व्याकुल हो सकती है। इस काम को कम से कम शोर में होना चाहिए।

काम से बचाव के लिए कहानियों का अविष्कार कर लिया गया है। बच्चों से बात करना कि बच्चा कैसे जन्म लेता है, कठिन है, और यह बनावटीपन का आरंभ, पाखंड की शुरुआत है। अभी या फिर कभी बच्चा इसकी खोज कर लेगा और वह भी यह खोज लेगा कि माता और पिता झूठ बोल रहे थे। किसलिए? वे इतने जीवंत तथ्य को क्यों छिपा रहे थे? और यदि वे इतने जीवंत तथ्य के बारे में झूठे हैं तो और बातों के बारे में क्या? एक बार छोटे बच्चे के मन में संदेह उठ जाए कि उसके साथ छल किया गया है, वह श्रद्धा करने की क्षमता खो देता है।

और फिर तुम उससे कहे चले जाते हो कि परम पिता परमात्मा में–जिसने हम सभी को रचा है, जो वहां स्वर्ग में है–श्रद्धा रखो, और वह असली पिता में जो इसी घर में रहता है, और जो धोखेबाज है, में ही भरोसा नहीं कर सकता। वह पिता में, परमात्मा रूपी पिता में कैसे भरोसा कर सकता है? असंभव।

नहीं, यहां मुझको सुनते हुए तुम्हें जीवन की, जैसा यह है, समझ पर आना पड़ेगा। मैं इसके बारे में कोई सिद्धांत नहीं गढ़ रहा हूं। मेरी किसी परिकल्पना के व्यवसाय में कोई रुचि नहीं है। मैं तो तुमको तथ्य दे रहा हूं। और वे सरल हैं, क्योंकि तुम उनको सुन सकते हो।

तुम अपने जीवन में जो कुछ भी कर रहे हो...यदि तुम एक बड़े कवि हो, यह काम-ऊर्जा है जो काव्य में रूपांतरित हो गई है, और कुछ नहीं, क्योंकि तुम्हारे लिए एक मात्र यही ऊर्जा उपलब्ध है। यदि तुम एक बड़े चित्रकार हो, तो यह काम-ऊर्जा है जो रंगों में कैनवास पर चित्रित हो रही है। यदि तुम एक बड़े मूर्तिकार हो, तो यह काम-ऊर्जा ही है जो पत्थर और संगमरमर से सुंदर कलाकृतियां निर्मित कर रही है। यदि तुम गायक हो, तो यह काम-ऊर्जा गीत बन रही है। एक नर्तक, यह काम-ऊर्जा का नृत्य है। जो कुछ भी तुम हो, तो यह इस प्रकार से, उस प्रकार से काम-ऊर्जा का रूपांतरण, मार्गान्तरीकरण है–तुम्हारी प्रार्थना भी, तुम्हारा ध्यान भी।

काम प्रारंभ है, समाधि समापन है। लेकिन ऊर्जा वही है। समाधि है काम अपने उच्चतम शिखर पर, और काम है समाधि अपने निम्नतम तल पर। एक बार तुम इसे समझ लो फिर तुम जान लेते हो कि व्यक्ति को किस भांति उच्चतर आयाम में विकसित होना है।

किसी को भी इनकार नहीं करना है, प्रत्येक का उपयोग किया जाना है। सीढ़ी का प्रत्येक पायदान, यहां तक कि सबसे निचला भी, उपयोग किया जाना है, क्योंकि इसके बिना सीढ़ी का अस्तित्व ही न रहेगा। पूरी सीढ़ी इसी पर आधारित है। यदि तुम अपने जीवन से कुछ भी काट देते हो, तुम कभी पूर्ण नहीं होओगे–और तुम कभी पवित्र नहीं होओगे। वह भाग जिसका इनकार कर दिया गया है, हमेशा पुनः स्वीकृति के लिए उपस्थित रहेगा और यह भाग तुम्हारे विरुद्ध विद्रोह करता चला जाएगा और तुम्हारे विरोध में संघर्ष करता रहेगा।

मैंने सुना है, इंगलिश औद्योगिक नगर में भेजे गए रूसी व्यापार प्रतिनिधि मंडल का कामरेड कोहेन एक सदस्य था। एक शाम रूसी लोग स्थानीय कामगारों के क्लब में मेहमान थे। इस क्लब के सदस्यों में से एक था, जो छब, जो निष्ठावान युवा समाजवादी था, वह कामरेड कोहेन को चतुराई से अपने साथ एक कोने में ले गया।

कामरेड कोहेन, युवा छब ने कहा, मैं समझता हूं कि आप एक भले यहूदी हैं, मैं समझता हूं कि आप एक समझदार व्यक्ति हैं, मैं समझता हूं कि आपमें उल्लेखनीय राजनैतिक चतुराई है। अब क्योंकि आपमें ये सभी श्रेष्ठ गुण हैं, तो अरब-इजरायली संघर्ष पर सोवियत दृष्टिकोण के बारे में आपकी राय जानना, और लोकतांत्रिक इजरायलियों के विरोध में मिश्री फासिस्टों को रूसी क्यों समर्थन दे रहे हैं, यह जानना मेरे लिए बेहद रुचिपूर्ण होगा।

कामरेंड कोहेन ने कोई उत्तर न दिया। जरा सा कंधे उचका दिए।

लेकिन कामरेड कोहेन मान भी जाइए, जो छब ने अपनी बात पर बल देते हुए कहा, आखिरकार आप यहूदी हैं। आपके देश के, आपकी पार्टी के अधिकृत दृष्टिकोण के बावजूद आपके पास अपनी राय होनी चाहिए कि न्याय कहां है–कौन सा कारण उचित है।

लेकिन कामरेड कोहेन ने कुछ न कहा, एक शब्द भी नहीं।

जो छब और निकट झुका। करीब-करीब खुशामदी लहजे में वह बोला, लेकिन निश्चित रूप से कामरेड कोहेन आपकी कोई न कोई राय अवश्य होगी।

कामरेड कोहेन अपनी कुर्सी में जरा सा कसमसाए और इस युवक को स्थिर दृष्टि से देखा और उन्होंने अपना मौन तोड़ा, कामरेड छब, वे बोले, मेरी एक राय है, वे रुक कर बोले, लेकिन मैं इससे सहमत नहीं हूं।

अब अधिकतर लोगों की ऐसी ही हालत है। तुम्हें पता है कि तथ्य क्या है, लेकिन तुम इससे सहमत नहीं हो, क्योंकि तुम्हें इससे राजी न होने के लिए तैयार कर दिया गया है। सत्य जैसा है वैसा तुम उसको जानते हो, लेकिन तुम्हें उसके बारे में पूर्वाग्रहग्रस्त होने के लिए संस्कारित कर दिया गया है।

जरा सारे पूर्वाग्रहों को एक ओर रख दो। बस जीवन को देखो भर। जीवन को तुम्हारे ऊपर इस भांति अभिव्यक्त होने दो जैसे कि तुम कभी संस्कारित नहीं किए गए थे, जैसे कि तुम किसी अन्य ग्रह से पृथ्वी पर बस अभी आए हो। और तुम बस देखो बिना किसी विचारधारा की पृष्ठभूमि के–हिंदू, ईसाई, मुसलमान के बिना। अतीत के बिना, वर्तमान पर दृष्टि डालो। अतीत को वर्तमान में अवरोध मत उत्पन्न करने दो। वह जो है उसे स्वयं को तुम्हारे ऊपर अभिव्यक्त करने दो।

तब समस्या कहां है? काम समस्या क्यों है? इससे अधिक प्यारा और कुछ भी नहीं है। तुम पुष्पों की प्रशंसा किए चले जाते हो लेकिन तुमने कभी सोचा नहीं कि वे वृक्ष के कामुक प्रयास हैं। उनमें काम-बीजाणु, काम-कोष्ठ हैं। वह वृक्ष का तितलियों और मक्खियों को धोखा देने का–ताकि वे उसके पराग कणों को मादा पुष्प तक ले जाएं–उपाय है। उनकी प्रशंसा करते हो तुम, बिना यह जाने कि तुम काम-ऊर्जा की प्रशंसा कर रहे हो। कितने सुंदर हैं सारे फूल, लेकिन ये सभी काम-ऊर्जा की अभिव्यक्तियां हैं। तुम पक्षियों के गीतों की प्रशंसा करते हो, किंतु क्या तुम जानते हो? वे और कुछ नहीं बस रिझाने की तरकीबें हैं। नर पक्षी मादा पक्षी को पुकारता चला जाता है, हर उपाय से, ध्वनि से, गीत से उसे मोहित करने का प्रयास करता है। तुमने किसी मोर को नाचते हुए अवश्य देखा होगा। इसके जैसा और कुछ भी नहीं है–लेकिन यह विपरीत लिंगी को रिझाने की जादुई तरकीब के अतिरिक्त और कुछ भी नहीं है। यदि तुम चारों ओर देखो तो तुम हैरान हो जाओगे। जो कुछ भी सुंदर है, कामुक है।

तुम्हारे सभी साधु-महात्मा पुष्पों की प्रशंसा किए चले जाते हैं। वे तो बस मनुष्य के काम की खिलावट के विरोध में हैं। उन्होंने ठीक से नहीं देखा होगा कि वे क्या कर रहे हैं। तुम पुष्पों को, बहुत सारे पुष्पों को लेकर मंदिर जाते हो और अपने देवता के चरणों में तुम अपने पुष्पों को अर्पित कर देते हो, बिना जाने कि तुम क्या कर रहे हो। यह एक कामुक उपहार है।

वह सभी कुछ, जो सुंदर है–पुष्प, गायन, नृत्य–कामुक है। जहां कहीं भी तुमको सौंदर्य का कोई अनुभव हुआ हो, यह कामुक है। सारा सौंदर्य कामुक है। इसे ऐसा होना ही पड़ता है।

लेकिन बस मनुष्यों में द्वैत निर्मित कर दिया गया है। द्वैत को गिरा दो। मैं तुम्हारी समस्या हल करने नहीं जा रहा हूं। मैं तो बस इतना कह रहा हूं कि तुम्हारी समस्या मूर्खतापूर्ण, बेवकूफी है। और यह मत सोचो कि तुम मेरे पास एक बड़ी आध्यात्मिक समस्या लेकर आ रहे हो। तुम तो बस एक मूर्खतापूर्ण चीज ला रहे हो जिसका आध्यात्मिकता से जरा भी लेना-देना नहीं है। उसे गिरा दो।

मैं यह नहीं कह रहा हूं कि अपने काम से संतुष्ट बने रहो। मैं कह रहा हूं कि इसको स्वीकार करो। इसमें श्रेष्ठतर संभावनाएं छिपी हुई हैं। लेकिन स्वीकृति से ही पहला द्वार खुलता है; तब दूसरा द्वार उपलब्ध हो जाता है। यह काम-ऊर्जा है जो ऊर्जा के अन्य चक्रों में गतिशील होती है, ऊंची और ऊंची और ऊंची चली जाती है।

यदि तुम कहीं अटक गए हो, काम समस्या बन जाता है, लेकिन फिर भी काम समस्या नहीं है बल्कि अटके रहना समस्या है। यह बात तुम पर स्पष्ट हो जानी चाहिए। काम कभी समस्या नहीं है, बल्कि तुम्हारा कहीं अटक जाना समस्या है। यह बिलकुल दूसरी बात है। इसलिए कहीं अटको मत, जम मत जाओ। तरल बने रहो और गतिशील रहो।

बौद्धिक रूप से तुम इसे समझ जाते हो, लेकिन तुम्हारा अतीत बाधा देता है। अब तुमको एक महत् चुनाव, एक बड़ा निर्णय करना पड़ेगा : अतीत की सुननी है या अपने वर्तमान–ताजी समझ की सुननी है। तुम किसके साथ रहने जा रहे हो। अपने मृत और बोझिल अतीत के साथ या अपनी ताजी समझ के साथ जो कि अभी-अभी तुम्हें घटित हुई है।

एक बार दो मित्र थे, उनमें से एक को दूसरे के साथ प्रयोगात्मक मजाक करने का बेहद शौक था। एक संध्या, यह जान कर कि उसका मित्र चर्च के प्रांगण के छोटे रास्ते से होकर गुजरने वाला है, वह अंधेरे कब्रिस्तान की एक कब्र के पत्थर के पीछे छिप कर बैठ गया। कुछ समय बाद ही उसने अपने मित्र की आहट सुनी, जैसे ही वह निकट आया, मजाकिया मित्र ने खून जमा देने वाली चीत्कार मारी। पहला व्यक्ति घबड़ा कर अपने रास्ते पर थम गया और कहने लगा, क्या यह तुम हो जॉन? वह बोला।

वहां से कोई उत्तर न आया। मुझे पता है कि यह तुम हो जॉन, उस मित्र ने कहा, मैं जानता हूं कि यह तुम हो जॉन, लेकिन कुछ भी हो मैं तो भागने वाला हूं।

यदि तुम जानते हो, तो चाहे कुछ भी हो तुम भाग क्यों रहे हो? ताजी समझ के साथ जीयो। इस क्षण के साथ जीयो। अतीत के द्वारा पथभ्रष्ट मत होओ। सदैव ताजे और नये और उसके साथ रहो जिसका तुम्हारी चेतना के क्षितिज पर अभी-अभी उदय हो रहा है, तभी तुम विकसित होओगे। यदि तुम सदैव पुराने, बीते हुए के साथ रहोगे तो तुम बीते हुए हो जाओगे, तुम कभी विकसित नहीं होओगे।

विकास वर्तमान में है, विकास ताजे, युवा का है, विकास नये का है। इसलिए प्रतिदिन उस धूल को झाड़ दो जो सामान्यतः तुम्हारी चेतना के दर्पण पर जम जाती है। अपने दर्पण को स्वच्छ रखो ताकि जो कुछ भी तुम्हारे सम्मुख आए पूरी तरह प्रतिबिंबित हो जाए। और प्रतिबिंबित करते हुए जीयो, उस ताजे परावर्तन के साथ जीयो।

'मैं किसी अन्य गुरु के निर्देशन में साधना कर रहा था। उस समय मेरे लिए काम की समस्या नहीं थी।'

तुम्हें इसकी समस्या नहीं होगी यदि तुमको सिखाया जाए कि इसका दमन किस भांति किया जाए। इसका इतनी गहराई तक दमन किया जा सकता है कि तुम ऐसा अनुभव करने लगो जैसे कि यह वहां नहीं है।

'लेकिन मेरे मन में तनाव रहा करते थे।'

तनाव आ जाएंगे क्योंकि तनावों के बिना कोई दमन नहीं हो सकता है। वास्तव में तुम्हारे मन की तनावग्रस्त अवस्था सूक्ष्म दमनों के प्रतिबिंबों के अतिरिक्त और कुछ भी नहीं हैं। यदि तुम्हारे भीतर कोई भी दमन नहीं है तो ही तुम विश्रांत हो सकते हो। जिस व्यक्ति में कोई भी दमन न हो वह विश्रांत होता है। वह व्यक्ति जिसके भीतर दमन है विश्रांत नहीं हो सकता है, क्योंकि विश्रांति उसके दमनों के विरोध में चली जाएगी। इस प्रक्रिया को समझने का प्रयास करो।

जब तुम किसी बात का दमन करते हो, तुमको सतत रूप से चौकन्ने रहना पड़ता है, तुम लगातार दमन करते रहते हो। दमन कोई ऐसा कृत्य नहीं है कि तुमने इसे एक बार कर लिया और काम खत्म। इसे तुम्हारे जीवन के हर पल करना पड़ता है। यदि तुम ऐसा न करो तो वे चीजें जिनका तुमने दमन किया था सतह पर आ जाएंगी। तुमको लगातार उनकी छाती पर सवार होकर उनको वहीं पकड़ कर रखना पड़ता है। यदि तुम उनको एक क्षण के लिए भी छोड़ दो तो शत्रु फिर उठ खड़ा होगा और फिर वही संघर्ष और फिर वही द्वंद्व होगा।

इसीलिए तुम्हारे साधु-महात्मा कोई अवकाश नहीं ले सकते। असंभव। तुम अवकाश कैसे ले

सकते हो, क्योंकि अवकाश हर मामले को गड़बड़ कर देगा। तुम्हारे संतों को लगातार चौकसी पर रहना पड़ता है। यही तनाव है। सतत सतर्कता। कोई स्त्री आ रही है : अपनी ऊर्जा को लगातार संकुचित करते रहो; इसे वहां रोक कर रखो। स्त्री को निकल जाने दो। लेकिन वे लगातार वहां से होकर गुजर रही हैं। या यदि वे नहीं गुजर रही हैं, तो यह कुछ और है, और अन्य कोई है। सारा जीवन कामुक है।

यदि तुम किसी प्रकार से स्त्रियों से बच जाओ और हिमालय भाग जाओ, वहां पक्षी एक-दूसरे से प्रेमालाप कर रहे होंगे। क्या करोगे तुम? पशु आएंगे और तुम्हें बाधा देंगे। सारा जीवन कामुक है; तुम कहीं भाग नहीं सकते। सारा महासागर काम-ऊर्जा का है।

और इसमें गलत कुछ भी नहीं है; यह सुंदर ढंग से ऐसा है।

परमात्मा इस विश्व में काम की भांति निरूपित हुआ है। यदि तुम प्राचीन शास्त्रों में विशेषतः हिंदू शास्त्रों में खोजो–तो तुम्हें यही मिलेगा। परमात्मा ने संसार क्यों रचा? हिंदू शास्त्रों का कहना है, क्योंकि उसमें अभिलाषा उत्पन्न हो गई–उसमें काम उपजा–उसने संसार की रचना की। सारी सृष्टि काम-ऊर्जा, इच्छा–काम से जन्मी है। लेकिन हिंदू एक अर्थ में बहुत हिम्मतवर रहे हैं। वे कहते हैं, परमात्मा ने संसार रचा, फिर उसने वृक्षों, पशुओं को बनाना आरंभ किया। उसने इतने अधिक वृक्षों को कैसे बनाया? उसने इतने सारे पशुओं को कैसे बनाया? उसकी योजना, कार्य प्रणाली क्या थी? इतने जटिल संसार पर कार्य करना उसने किस भांति शुरू किया? हिंदू कहते हैं, यह बहुत सरल है। सर्वप्रथम उसने गाय को बनाया...हिंदू गाय को प्रेम करते हैं, इसलिए निःसंदेह परमात्मा को पहले गाय की रचना ही करनी पड़ी। और गाय बहुत दिव्य, बहुत शांत, बहुत सुंदर दिख रही थी। उसने गाय को रचा, और तब वह उस गाय के प्रेम में पड़ गया। कोई दूसरा धर्म इतना साहसी नहीं है–पिता पुत्री के प्रेम में पड़ रहा है। गाय उसकी पुत्री है, उसने इसे बनाया है। अब वह प्रेम में पड़ गया है; तो क्या किया जाए? वह स्वयं ही काफी उलझन में था। इसलिए वह बैल बन गया, क्योंकि गाय से प्रेम करने का केवल यही उपाय है, वरना तुम कैसे प्रेम करोगे। इससे बचने के लिए–जैसे कि स्त्रियां सदा भागती रहती हैं...

स्त्रैण ऊर्जा भागती है। यही तो खेल है। ऐसा नहीं है वास्तव में कोई स्त्री भाग जाना चाहती है; वह भागने का खेल खेलती है। हूं...? यदि कोई पुरुष स्त्री से प्रेम-प्रस्ताव करे और वह तुरंत उसके साथ बिस्तर में जाने को तैयार हो जाए, तो पुरुष जरा चिंता करना आरंभ कर देगा। इस स्त्री के साथ क्या गड़बड़ है? क्योंकि खेल तो खेला ही नहीं गया। प्रेम का सौंदर्य प्रेम में इतना अधिक नहीं है जितना कि प्रेम करने से पूर्व खेले जाने वाले खेल, प्राक्-क्रीड़ा में है। तुम अनेक प्रयास करते हो–कोर्टशिप, साथ-साथ रहना, घूमना-फिरना, लेकिन कोर्टशिप तभी संभव है जब स्त्री राजी हो। जरा सा गौर करना। जब तुम किसी स्त्री से बात कर रहे हो, यदि तुम उसमें उत्सुक हो, वह पीछे की ओर हट रही होगी, और तुम

आगे बढ़ रहे होओगे। लेकिन सदैव वहां एक दीवाल हुआ करती है, यदि स्त्री दीवाल से विपरीत दिशा में जाती है तो वह पकड़ में आ जाएगी। वह हमेशा दीवाल की ओर बढ़ती है–यह भी चाही हुई बात है। यह सभी कुछ चाहा गया है, यही सारा खेल है, और सुंदर है यह खेल।

इस तरह गाय ने बैल से बचने के लिए भागना आरंभ कर दिया। वह मादा चीता बन गई। तो परमात्मा को चीता बनना पड़ गया। वह शेरनी बन गई–बस भागने के लिए। परमात्मा को शेर बनना पड़ा। और इसी प्रकार से सारा संसार निर्मित हो गया; स्त्री का भागना, पुरुष का पीछे दौड़ना। एक सुंदर कहानी, और बहुत सत्य।

इसी प्रकार से सारा संसार सृजित हुआ है: एक ऊर्जा भागती हुई, दूसरी उसके पीछे दौड़ती हुई। लुकाछिपी का खेल–और स्त्री छिपती है, और छिप जाती है और छिपती रहती है–और इसका सौंदर्य–और परमात्मा उसे बार-बार खोज लेता है–नये रूपों में, नये पुष्पों में, नये पक्षियों में, नये पशुओं में। और खेल चलता चला जाता है...यह लीला अनंत है। हिंदू कहते हैं कि परमात्मा की लीला का कोई अंत नहीं है।

किंतु सारा खेल कामुक है। यह खेल जैसा है, कामुक है क्योंकि यह कार्य नहीं है। तुम खेल को इसी के लिए खेलते हो। यही कारण है कि हिंदुओं की परमात्मा की अवधारणा, ईसाइयों और मुसलमानों और यहूदियों की परमात्मा की अवधारणाओं से कहीं श्रेष्ठ है। यहूदी ईश्वर किसी श्रमिक, करीब-करीब कामगार, एक शूद्र जैसा दिखाई पड़ता है। हिंदू ईश्वर कार्य की चिंता नहीं करता है, वह किसी श्रमिक संघ से संबंधित नहीं है। वह खिलाड़ी है, अभिनेता है। सारा संसार उसका खेल है। वह इससे आनंदित होता है, और इसका कोई अंत नहीं है। अपने आप में यही साध्य है, यह कोई साधन नहीं है।

कार्य और खेल में यही अंतर है; कार्य सदैव लक्ष्य उन्मुख होता है। अपने आप में यह व्यर्थ है, इसीलिए तुम इसे न करना चाहोगे। तुम आफिस जाते हो, फैक्ट्री में, दुकान में जाते हो और सारा दिन तुम कार्य करते हो, क्योंकि जो कुछ तुम चाहते हो–कार, अच्छा मकान, एक सुंदर स्त्री–सिर्फ तभी संभव है यदि तुम धन कमाओ। तुम फैक्ट्री में इसलिए कार्य नहीं कर रहे हो क्योंकि तुम इससे प्रेम करते हो, तुम आफिस में इसलिए नहीं हो कि तुम इसे प्रेम करते हो। तुम्हें कुछ दूसरी वस्तुओं की चाह है, लेकिन वे कार्य के बिना उपलब्ध नहीं है, इसलिए तुम्हें किसी भी प्रकार से उनको पाने के लिए शर्त पूरी करनी पड़ती है। इसलिए तुम कार्य करते हो। लेकिन तुम्हारा लक्ष्य कहीं और है।

खेल पूरी तरह अलग है। तुम खेल रहे हो; इसका कोई लक्ष्य नहीं है। यह स्वयं में ही लक्ष्य है। तुम सक्रियता का आनंद उसमें ही ले रहे हो।

मैंने सुना है, लार्ड कार्नफोर्थ, लार्ड येले और लार्ड डोनिंग्टन एक रविवार को लान में बैठ कर तीसरे पहर की चाय पी रहे थे। उनकी बातचीत का विषय काम-संबंध की ओर मुड़ गया। लार्ड कार्नफोर्थ ने

कहा कि यह नब्बे प्रतिशत सुख है और दस प्रतिशत कार्य; लार्ड येले ने कहा कि यह पचास प्रतिशत कार्य है और पचास प्रतिशत सुख; लार्स डोनिंग्टन, जो उनमें सबसे अधिक उम्र के थे, ने कहा कि यह दस प्रतिशत सुख और नब्बे प्रतिशत कार्य है।

अपने विवाद का समापन करने के लिए उन्होंने फूलों की क्यारी में काम कर रहे बूढ़े माली को बुलाया। जब उन्होंने यह प्रश्न उसके सामने रखा, तो उसने कहा, क्यों, निःसंदेह इस काम में सौ प्रतिशत सुख है, यदि इसमें जरा भी कार्य करना पड़ता, तो हुजूर, अपने लिए आप लोग यह काम भी हम नौकरों से ही करा लिया करते।

खेल सौ प्रतिशत सुख है। परमात्मा के लिए हिंदू अवधारणा लीला करने वाले की है, और यह सारी सृष्टि लीला से रची गई है। और इस लीला में संलग्न ऊर्जा काम है।

वहां अटक मत जाओ, क्योंकि और श्रेष्ठ खेल हैं; खेले जाने के लिए सूक्ष्मतर खेल हैं। पहले तुम बाहर की स्त्री से खेलते हो, यह निम्नतम संभावना है। फिर तुम भीतर की स्त्री से खेलना आरंभ करते हो। यही है जिसको योग सूर्य और चंद्र, पिंगला और इड़ा का मिलन कहता है। यदि तुम पुरुष हो तब भीतर की स्त्री के साथ या यदि तुम स्त्री हो भीतर के पुरुष के साथ तुम्हारा खेल आरंभ हो जाता है।

और दोनों हैं तुम्हारे भीतर, कोई पुरुष केवल पुरुष नहीं है, उसके भीतर स्त्री है; कोई स्त्री केवल स्त्री नहीं है, उसके भीतर पुरुष है। ऐसा होना ही है, क्योंकि तुम्हारा जन्म दोनों के संगम से हुआ है। तुम्हारा पिता तुमको कुछ देता है, तुम्हारी मां भी तुमको कुछ देती है। चाहे तुम पुरुष हो या स्त्री, इससे जरा भी अंतर नहीं पड़ता। तुम दो ऊर्जाओं–स्त्री, पुरुष का सम्मिलन हो। दोनों तुममें आधा-आधा योगदान देते हैं।

तो एक पुरुष और एक स्त्री में क्या अंतर है? अंतर इस प्रकार का है : जैसे कि दो सिक्के हों, दोनों बिलकुल एक समान हों, लेकिन एक सिक्के का शीर्ष भाग ऊपर है, दूसरे सिक्के का पृष्ठभाग ऊपर है। दोनों बिलकुल एक से है। अंतर तो केवल प्रभाव का है। यह अंतर गुणवत्ता का नहीं है, यह अंतर ऊर्जा का नहीं है, यह अंतर केवल प्रभाव का है। एक पुरुष सचेतन रूप से पुरुष है, अचेतन रूप से स्त्री है; एक स्त्री सचेतन रूप से स्त्री है, अचेतन रूप से पुरुष है।

एक बार तुम जान लो कि किस भांति से बाहर की स्त्री के साथ खेला जाए। और इसी कारण से मेरा जोर इसी बात पर है कि पहले तुमको बाहर का खेल सीखना पड़ता है, तभी तुम भीतर के सूक्ष्म स्त्री या पुरुष के साथ खेल खेलना आरंभ कर सकते हो। पहले तुम्हें बाहर की स्त्री या पुरुष को राजी करना पड़ता है, और वहीं यह खेल खेलना पड़ता है, क्योंकि यह बहुत स्थूल है और सरलता से सीखा जा सकता है। यह किसी अन्य महत् खेल की तैयारी मात्र है। फिर तुम भीतर जाते हो। फिर तुम उस दूसरे की खोज आरंभ करते हो जो तुम्हारे अस्तित्व में कहीं छिपा है, तुम इसे पा जाते हो, और तभी तुम्हारे भीतर एक गहरा चरम सुख, आर्गाज्म घटता है।

यह चरम सुख उच्चतर से उच्चतर और विराटतर और विराटतर होता जाता है और सहस्त्रार पर, शीर्ष पर, तुम्हारे अस्तित्व के अंतिम केंद्र पर परम आर्गाज्म घटित होता है, जहां परम ईश्वर का परम प्रकृति से मिलन होता है, जहां दो परम मिलते हैं, संबंधित होते हैं और एक-दूसरे में विलीन हो जाते हैं, जहां चेतना पदार्थ से मिलती है, पुरुष प्रकृति से मिलता है, जहां दृश्य अदृश्य से मिलता है और परम समाधि घट जाती है।

यह एक खेल है। तुम्हें इसे जितनी सुंदरता से संभव हो पाए खेलते रहना पड़ता है। और तुमको इसकी कला सीखनी पड़ती है।

इसलिए यदि तुम दमन करते हो, तुम्हें लगातार दमन करना पड़ता है। यदि तुम दमन करते हो तो तुम्हें लगातार चौकीदारी करनी पड़ती है, और तुम विश्रांत नहीं हो सकते। विश्रांति केवल तभी संभव है जब तुम्हारे भीतर कोई शत्रु न हो, केवल तभी तुम विश्रांत हो सकते हो। अन्यथा तुम कैसे विश्रांत हो सकते हो, विश्रांति मन की एक अवस्था है जहां कोई दमन, इसका कोई चिह्न तक न हो।

एक छोटा बच्चा विश्रांत हो जाता है। जितनी तुम्हारी आयु बढ़ती है उतना ही शांत हो पाना तुम्हारे लिए कठिन हो जाता है। एक छोटा बच्चा काफी गहराई तक शांत हो जाता है। जरा देखो, डाइनिंग टेबल पर भोजन करने के दौरान भी छोटा बच्चा सो सकता है। वह अपने खिलौनों से खेलते-खेलते भी सो सकता है। वह कहीं पर भी सो सकता है। और बड़ी आयु के लोगों के लिए सोना, विश्रांत होना, प्रेम करना, विलीन हो जाना और-और कठिन होता जाता है। इतने अधिक दमन भरे पड़े हैं भीतर। और तुम सदैव इतना बोझ ढोते रहते हो, तुम अत्याधिक भार से दबे हुए हो।

और यह भार बहुत जटिल भी है; यह सरल नहीं है। यदि तुम काम का दमन करते हो–इसको समझने का प्रयास करो–तुम्हें साथ ही साथ बहुत सी अन्य चीजों का भी दमन करना पड़ेगा, क्योंकि हर चीज परस्पर संबंधित है। अंदर से यह बहुत जटिल मामला है। यदि तुम काम का दमन करो तो तुमको अपनी श्वास का भी दमन करना पड़ेगा। तुम गहराई से भलीभांति श्वास नहीं ले सकते हो, क्योंकि गहरी श्वास काम के आंतरिक केंद्र की मालिश करती रहती है। यदि तुम वास्तव में ढंग से श्वास लो तो तुम कामुक अनुभव करोगे। तुमको श्वसन प्रक्रिया का दमन करना पड़ेगा, तुम गहराई से श्वास नहीं ले सकते, यदि तुम काम का दमन करते हो, तो तुम्हें अपने भोजन में से कई चीजों का दमन करना पड़ेगा, क्योंकि ऐसे कई भोज्य पदार्थ हैं जो तुम्हें अन्य की तुलना में अधिक काम-ऊर्जा प्रदान करते हैं। फिर तुमको अपना भोजन बदलना पड़ जाएगा। यदि तुम काम का दमन करते हो तो तुम ठीक से सो नहीं सकते, क्योंकि यदि तुम ढंग से सो जाओ और तुम पूरी तरह विश्रांत हो जाओ तो तुम्हें कामुक स्वप्न आएंगे, निद्रा में तुम्हारा स्खलन हो सकता है, इसका भय वहां रहेगा। तुम भलीभांति सो पाने में समर्थ न हो पाओगे। अब तुम्हारा सारा जीवन एक जटिलता, एक ग्रंथि, एक घबड़ाहट बन जाएगा।

तुम काम का दमन कर सकते हो, लेकिन फिर तुम्हें बेहद, बहुत तनावग्रस्त, करीब-करीब पागलों जैसा तनावग्रस्त रहना पड़ेगा। यही है जिसे होना चाहिए :

'लेकिन मेरे मन में तनाव रहा करते थे। आपकी छत्रछाया में आकर तनाव खो चुके हैं...'

बहुत शुभ हुआ यह। निःसंदेह जब तनाव विसर्जित होते हैं, तो उन तनावों के द्वारा तुमने जिस काम को दबा कर रखा हुआ था, उभर आएगा, पुनः उठ खड़ा होगा।

'...किंतु काम की एक नई समस्या उठ खड़ी हुई है।'

इसे समस्या मत कहो। इसे बस ऐसे कहो अब काम-ऊर्जा पुनः प्रवाहित हो रही है। अब तुम्हारी काम-ऊर्जा कोई ठोस वस्तु न रही, यह तरल और प्रवाहमान हो गई है। अब तुम्हारा काम पुनः जीवंत हो गया है, यह पंगु और मृत नहीं रहा। तुम पुनः युवा हो गए हो।

मेरा सारा प्रयास है तुम्हें उन शिक्षकों से जिनके साथ तुम रहे हो, उन शास्त्रों से जिनको तुम पढ़ते रहे हो, और उन सारी मूढ़ताओं से जिनमें तुम रहा करते थे, कैसे मुक्त किया जाए–तुम्हें निर्भार कैसे करूं। मेरा नब्बे प्रतिशत कार्य इसी कारण है कि तुमने कुछ गलत सीख रखा है अब तुमको इसे अनसीखा करना पड़ेगा। अब पुनः यदि तुम इसे समस्या कहते हो, तो यह तुम नहीं हो। तुम्हारे तथाकथित शिक्षक की आवाज तुम्हारे माध्यम से कार्य कर रही है; वह तुम्हारे हृदय के सिंहासन पर बैठा है और कह रहा है, देखो। यह समस्या पुनः उठ रही है। इसको रोक दो। दमन करो इसका। तुम्हें इस आवाज के प्रति उदासीन होना पड़ेगा।

यदि तुम मेरे साथ रहना चाहते हो, तुम्हें जीवंत होना पड़ेगा–इतना जीवंत कि इससे बाहर कुछ भी न हो, सब कुछ इसमें समाहित हो जाए। यही कार्य का आरंभ है।

यदि तुम विश्रांत हो सकते हो, तुम परमात्मा तक पहुंच सकते हो। परमात्मा तक पहुंचना कोई प्रयास नहीं है। यह है प्रयास रहित विश्रांति, लेट गो।

प्रश्न : निष्क्रियतापूर्वक सजग कैसे हुआ जाए?
न बहिर्मुखी और न अंतर्मुखी, कैसे हुआ जाए?
होना और फिर भी न होना कैसे हो?
कृपया शब्दों से नहीं वरन शून्य द्वारा उत्तर दें।

तब तो तुम्हें भी शून्य के माध्यम से पूछना पड़ेगा। यदि तुम्हें मेरा मौन उत्तर चाहिए, तो तुमको मौन द्वारा ही पूछना पड़ेगा। यदि तुम मौन द्वारा नहीं पूछ सकते, तब भी मैं मौन द्वारा उत्तर दे सकता हूं, किंतु

उस उत्तर को तुम समझ न पाओगे। पहले तुम्हें मौन की भाषा सीखनी पड़ेगी। इसलिए यदि तुम मुझसे मौन में कुछ पाना चाहते हो, तो स्वयं की तैयारी करो—और मौन में प्रश्न पूछो। इसे लिखने की कोई आवश्यकता नहीं है। क्योंकि मैं तुम्हें उतना ही दे सकता हूं जितना ग्रहण करने की पात्रता तुममें है।

और ऐसे दीवानगी भरे प्रश्न मत पूछो, क्योंकि मैं और दीवानगी से उत्तर दे सकता हूं।

मैं तुम्हें एक कहानी सुनाता हूं:

एक मां ने सोचा कि उसकी बेटी की असामान्य प्रवृत्तियों की संभावना के लिए जांच की जानी चाहिए, इसलिए वह उसे एक मनोचिकित्सक के पास लेकर गई। अन्य प्रश्नों के साथ मनोचिकित्सक ने पूछा: तुम लड़का हो या लड़की?

लड़की ने उत्तर दिया: लड़का।

इस अप्रत्याशित उत्तर से हैरान होकर मनोचिकित्सक ने पूछा: जब तुम बड़ी हो जाओगी तो तुम क्या बनोगी—स्त्री या पुरुष?

पुरुष। उसने उत्तर दिया।

बाद में जब वे घर लौट रहे थे, तो मां ने पूछा: उनके द्वारा पूछे गए प्रश्नों के तुमने इतने अजीब से उत्तर क्यों दिए?

छोटी लड़की गर्वपूर्वक खड़ी हो गई और उसने कहा: यदि वे मुझसे दीवानगी भरे सवाल पूछने जा रहे, तो मैं भी उन्हें दीवानगी भरे उत्तर दूंगी—वे मुझे मूर्ख नहीं बना सकते।

इस बात को याद रखो। यदि तुम पूर्ण मौन में उत्तर प्राप्त करना चाहते हो, तो सीखो मौन कैसे हुआ जाए। फिर तुम्हें पूछने की जरूरत न रहेगी, तुम्हें अपने भीतर प्रश्न बनाने की जरूरत भी न पड़ेगी, तुम्हें मेरे पास आने की आवश्यकता भी नहीं है, क्योंकि तब शारीरिक निकटता की जरूरत नहीं रहेगी। तुम जहां कहीं भी हो तुम मेरा उत्तर पाने के योग्य होओगे। और वह उत्तर मेरा या किसी और का नहीं होगा, यह तुम्हारे अपने हृदय का उत्तर होगा।

मुझे तुम्हें उत्तर देने पड़ते हैं क्योंकि तुम्हें नहीं पता कि प्रश्न कैसे पूछा जाए। मुझे तुम्हें उत्तर देने पड़ते हैं क्योंकि तुम अपने स्वयं के अस्तित्व से उत्तर पाने में अभी समर्थ नहीं हो पाए हो। एक बार तुम मौन सीख लो, तो तुम आत्यंतिक रूप से समर्थ हो जाओगे। बस मौन हो जाओ और सारे प्रश्न खो जाते हैं। ऐसा नहीं है कि तुम्हें कोई उत्तर मिल जाता है, बस प्रश्न खो जाते है, तुम्हारे पास पूछने के लिए कोई प्रश्न नहीं बचता।

बुद्ध अपने शिष्यों से कहा करते थे, एक वर्ष के लिए बस चुप हो जाओ, मौन हो रहो। एक वर्ष बाद जो कुछ भी तुम पूछना चाहो पूछ सकते हो। लेकिन एक वर्ष बाद वे नहीं पूछेंगे क्योंकि प्रश्न खो जाते हैं।

तुम जितना अधिक मौन हो जाते हो, उतने ही कम प्रश्न उठते हैं, क्योंकि प्रश्न शोरगुल से भरे मन का भाग हैं। प्रश्न तुम्हारे जीवन से, तुम्हारे अस्तित्व से और तुम्हारे होने से नहीं आ रहे हैं। वे एक विक्षिप्त मन से आ रहे हैं। जब विक्षिप्तता कुछ कम हो जाती है, शोरगुल जरा थम जाता है और मन का यातायात खो जाता है, तो उस यातायात और शोरगुल के साथ प्रश्न भी खो जाते हैं। अचानक वहां मौन हो जाता है।

मौन ही उत्तर है।

प्रश्न : ओशो, मैं बहुत से स्वप्न देखा करता हूं, किंतु शायद ही कभी आप मेरे सपनों में आते हैं। अक्सर नेहरू, जयप्रकाश और दिनकर ही दिखाई देते हैं। और वही शैतान रेलगाड़ी जो हर बार मेरा सामान लेकर चली जाती है लेकिन मुझे स्टेशन पर खड़ा छोड़ जाती है।

स्वप्न में आप एक बार मुझे अपनी जीप से एक ऊबड़-खाबड़ नदी तट पर ले गए थे।

और कल रात मैंने आपको अनेक भली स्त्रियों से एक साथ विवाह करते हुए देखा, और आपने मुझसे कहा कि आप उन सभी के साथ सरलता और सहजतापूर्वक निभा लेंगे।

ओशो, कृपया आप कुछ कहेंगे कि स्वप्न देखने वाले के लिए इस सबका क्या अभिप्राय है?

यह प्रश्न स्वामी आनंद मैत्रेय ने पूछा है। यह सुंदर प्रश्न है। और एक अच्छा तथा अर्थपूर्ण प्रश्न है यह। यह उनके बारे में बहुत कुछ प्रदर्शित करता है।

पहली बात, अतीत में ये राजनीतिज्ञ रहे हैं, और उन्हें बहुत उम्मीदें थीं। वे पंडित जवाहरलाल नेहरू, जयप्रकाश नारायण और रामधारी सिंह दिनकर के सहयोगी रहे हैं। कई वर्षों तक वे संसद के सदस्य भी रहे हैं। किसी प्रकार वे मेरे प्रति आकृष्ट हो गए, और एक महान राजनेता, एक बड़ी राजनैतिक ताकत बन पाने के उनके सारे स्वप्न खो गए। लेकिन अतीत अब भी चिपका है।

ये सपने जिनमें नेहरू, जयप्रकाश और दिनकर आते हैं, बहुत प्रतीकात्मक हैं। वे प्रदर्शित करते हैं कि उनके अचेतन में कहीं भीतर अभी भी राजनैतिक महत्वाकांक्षा विद्यमान है। वे अभी तक इससे पूरी तरह से छुटकारा पाने में समर्थ नहीं हो पाए हैं। वे निष्ठापूर्वक मेरे साथ हैं, वे प्रमाणिकता से मेरे साथ हैं, लेकिन अतीत अब भी चिपका है। वे इससे छुटकारा पाना चाहते हैं, यही कारण है कि अतीत दिन में नहीं आता है। रात में जब वे गहरी नींद में और असहाय होते हैं तब वह आ जाता है। तब मन पुरानी चालबाजियां बार-बार खेलना आरंभ कर देता है।

मैं उनके सपनों में अधिक नहीं आता, क्योंकि मैं तो यहां हूं ही। मैं यथार्थ में यहां हूं, इसलिए मेरे बारे

में स्वप्न निर्मित करने में क्या सार है। याद रखो, स्वप्न सदैव उन्हीं चीजों के बारे में आते हैं जो उपस्थित नहीं हैं; या तो वे अतीत में थीं या भविष्य में तुम उन्हें चाहोगे। जो कुछ भी वर्तमान में तुम्हारी वास्तविकता का हिस्सा है, कभी तुम्हारे स्वप्नों में नहीं आएगा। तुम्हारी खुद की पत्नी कभी भी तुम्हारे स्वप्नों में नहीं आएगी, पड़ोसियों की पत्नियां, वे आ जाएंगी। तुम्हारा अपना पति कभी तुम्हारे स्वप्नों में न आएगा, कोई सार ही नहीं है उसके आने में, लेकिन दूसरे लोग आ जाएंगे।

स्वप्न वास्तविकता का स्थानापन्न है। यह परिपूरक है। यदि तुमने ढंग से भोजन किया है, अपने भोजन का आनंद लिया है, इसको प्रेम किया है, और तुम संतुष्ट हो, तो तुम रात्रि को स्वप्न में पुनः भोजन करते हुए स्वयं को न देखोगे और न ही ऐसा सोचोगे, ऐसा स्वप्न नहीं आएगा। एक दिन उपवास करो, और फिर तुम्हें स्वादिष्ट भोजन, सुस्वाद भोजन के स्वप्न आएंगे–तुम्हें राजघराने द्वारा राजमहल में निमंत्रित किया गया है, तुम खाते हो, खा रहे हो और खाए जा रहे हो।

स्वप्न तो बस इसी को इंगित करता है कि तुम्हारे जीवन में क्या खोया हुआ है, जो पहले से ही वहां है वह कभी स्वप्न का भाग नहीं होता। यही कारण है कि संबुद्ध व्यक्ति को स्वप्न नहीं आते, क्योंकि वह किसी भी बात से नहीं चूक रहा है। जो कुछ भी उसने चाहा घट गया है और अब कुछ रहा भी नहीं। उसके वर्तमान को प्रभावित करने के लिए उसके पास न अतीत है और न भविष्य। उसका वर्तमान परिपूर्ण है। जो कुछ भी वह कर रहा है वह पूरी तरह उसका आनंद ले रहा है। वह इतना तृप्त है कि किसी भी प्रकार के परिपूरक स्वप्न की आवश्यकता ही न रही।

तुम्हारे स्वप्न तुम्हारे असंतोष है, तुम्हारे स्वप्न तुम्हारी अतृप्तियां है, तुम्हारे स्वप्न तुम्हारी अधूरी इच्छाएं हैं।

मैत्रेय राजनीतिज्ञ रहे हैं, और उनका मन अभी भी इस राजनीति को साथ रखे हुए है। और इसीलिए 'वही शैतान रेलगाड़ी जो हर बार मेरा सामान लेकर चली जाती है लेकिन मुझे छोड़ जाती है' यह भी उनके स्वप्नों में अनेक बार आता है; यह बहुत से लोगों के स्वप्नों का हिस्सा है। एक रेलगाड़ी, किसी भांति तुम उस तक पहुंचे, दौड़ते-भागते, किसी प्रकार से तुम प्लेटफार्म तक पहुंच पाए हो और रेलगाड़ी छूट गई। और उनकी परेशानी तो और भी अधिक है, उनका सामान भी रेलगाड़ी में रखा हुआ है और वे प्लेटफार्म पर बिना किसी सामान के अकेले खड़े छोड़ दिए गए हैं। यही तो हुआ है उनके साथ। नेहरू रेलगाड़ी में बैठ कर चले गए, दिनकर रेलगाड़ी में बैठ कर चले गए, जयप्रकाश नारायण रेलगाड़ी में बैठ कर चले गए, और वे उनका सामान भी ले गए और वे प्लेटफार्म पर खड़े रह गए हैं खाली हाथ। वे महत्वाकांक्षाएं, राजनैतिक महत्वाकांक्षाएं, अभी भी उनके अचेतन में विद्यमान हैं।

इसीलिए उनके स्वप्न में नहीं आ रहा हूं मैं। मैं तो यहां हूं ही। मैं कोई महत्वाकांक्षा नहीं हूं। जब मैं

जा चुका होऊंगा तो मैं उनके स्वप्नों में आ सकता हूं—अब उनकी एक और रेलगाड़ी छूट चुकी होगी। एक रेलगाड़ी उनकी छूट गई है, और उन्होंने उसे आत्यंतिक रूप से छोड़ दिया है। अब वापस लौटने का कोई उपाय रहा नहीं, क्योंकि एक खास किस्म की समझ उनमें जाग चुकी है। वे अब वापस नहीं जा सकते, वे पुनः राजनीतिज्ञ नहीं हो सकते। वापसी नहीं हो रही है, किंतु अतीत चिपका रह सकता है, और जितना अधिक यह चिपकता है उनकी दूसरी रेलगाड़ी भी छूट सकती है।

और निःसंदेह, 'आप एक बार मुझे अपनी जीप से एक ऊबड़-खाबड़ नदी तट पर ले गए थे।' जीप है, और चारों तरफ एक ऊबड़-खाबड़ नदी तट है—यह बहुत ऊबड़-खाबड़ है। मेरे साथ रहना सदैव खतरे में, असुरक्षा में जीना है। मैं तुम्हें कोई सुरक्षा नहीं देता, वास्तव में मैं तुमसे तुम्हारी सारी सुरक्षाएं छीन लेता हूं। मैं करीब-करीब खाली कर देता हूं—पकड़ने के लिए कुछ भी नहीं, चिपकने के लिए कुछ भी नहीं। मैं तुम्हें अकेला छोड़ देता हूं। भय उठ खड़ा होता है।

अब मैत्रेय पूरी तरह अकेले छूट गए हैं—न धन, न शक्ति, न प्रतिष्ठा, न कोई राजनैतिक स्तर। सब कुछ जा चुका है, वे मात्र एक भिक्खु हैं। मैंने उनको एक भिक्षुक बना दिया है। और वे ऊपर उठ रहे थे। वे ऊपर और ऊपर उठ रहे थे। अब तक तो वे किसी तरह मुख्यमंत्री बन चुके होते या वे केंद्रीय मंत्रिमंडल में सम्मिलित हो चुके होते। बहुत आश्वस्त थे वे। वे सभी स्वप्न तिरोहित हो चुके हैं। अब वे सपने बनते रहते हैं और उनका पीछा करते रहते हैं, भूत हैं वे स्वप्न।

उनको इस तथ्य को पहचानना होगा कि वापस जाना संभव न रहा। वे वापस न लौट सकने वाले बिंदु पर पहुंच चुके हैं। इसलिए अब उस बोझ को ढोना अनावश्यक है। आदतवश मन इसको ढोए चला जाता है। इसे छोड़ दें। इसको पहचान लें, इसमें गहराई से देख लें। इससे धोखा न खाएं।

मैंने सुना है, मुल्ला नसरुद्दीन की पत्नी अपने पति की बहुत अधिक पीने की आदत से बेहद चिंतित थी, और एक रात उसने मुल्ला को डराने की ठानी। उसने खुद को सफेद कपड़े में लपेटा और यह जानते हुए कि उसके पति की शराब घर से आते समय कब्रिस्तान से होते हुए छोटे रास्ते से आने की आदत है, वह कब्रिस्तान में जाकर बैठ गई। थोड़ी ही देर में मुल्ला लड़खड़ाता हुआ आया, वह एक कब्र के सिरहाने से कूद कर अचानक उसके सामने आ खड़ी हुई।

हूंऽऽऽ, वह चीखी, मैं शैतान हूं।

मुल्ला नसरुद्दीन ने अपना हाथ बाहर निकाला और उसका कंधा थपथपा कर वह बोलाः तुम्हारी बहन से मेरा विवाह हो चुका है।

पहचान लो! इन नेहरू, दिनकर और जे.पी. के भूतों को पहचान लो, तुम्हारे अतीत का उनकी बहन राजनीति से विवाह हो चुका है। इन भूतों के द्वारा मत छले जाओ। उन्होंने एक दाग छोड़ दिया है, इसे धोकर साफ करना पड़ेगा।

और मैं जानता हूं कि बहुत कठिन है। जब तुम बस सफलता के कगार पर हो और अचानक तुम मुड़ गए और तुमने अपना रास्ता बदल लिया, तब बड़ी मुश्किल बात है यह। जब वे मुझसे मिले थे तो वे संसद सदस्य थे, लेकिन इस मुलाकात ने उनका जीवन बदल दिया। धीरे-धीरे वे राजनीति से हटने लगे, मुझमें अधिक रुचि लेने लगे और अपनी राजनैतिक गतिविधियों में रुचि कम करने लगे। और वे बस सफलता के मुकाम पर खड़े थे। यदि वे सफल हो गए होते, और उन्होंने सफलता की पीड़ाओं को सह लिया होता, और सफलता की असफलता को भी झेला होता, तो उनके लिए पुराने भूतों को छोड़ पाना अपेक्षाकृत आसान रहा होता, बस सफल होने के मुकाम पर खड़े थे वे। बस उसी दरवाजे पर जब वे महल में घुस रहे थे उनकी भेंट मुझसे हो गई। अब वह दरवाजा और उस महल का स्वप्न और वहां रहने का स्वप्न जारी है।

यदि वे उस महल में कुछ समय रह लिए होते और यह जान गए होते कि इसमें कुछ नहीं रखा है, तो यह सरल रहा होता, तो यह बहुत आसान बात हो गई होती। इसीलिए तो मेरा कहना है कि यदि तुम किसी कार्यक्षेत्र में हो तो उसे छोड़ने के बजाय उसमें सफल हो जाना बेहतर है। यदि तुम धनवान होना चाहते हो, तो धनवान हो जाओ। इस मामले को निबटा ही डालो, एक बार धन तुम्हारे पास हो तभी तुम यह जान सकोगे कि यह कुछ नहीं है, यह निराशा लाता है। लेकिन यदि तुमने सफलता से पूर्व ही इसे छोड़ दिया हो, समस्या हो जाएगी। अनेक बार यह विचार बार-बार उठेगा, हो सकता है कि उसमें कुछ रहा हो। वरना सारा संसार क्यों धन, राजनीति और शक्ति में उत्सुक है? वहां कुछ न कुछ तो है। हो सकता है कि मैंने ही गलती से ट्रेन छोड़ दी हो। मुझे लगे रहना चाहिए था; मुझे सारे मामले को देख कर उसका अनुभव कर लेना चाहिए था।

यदि तुम किसी इच्छा को पूरा करने में सफल हो चुके हो, तो वह इच्छा स्वयं ही तुम्हें इच्छाविहीन बना देती है। वह सफलता स्वतः ही इच्छा को मार डालती है। तब कम जागरूकता के साथ ही व्यक्ति त्याग कर सकता है। लेकिन अगर तुम बस पहुंचने ही जा रहे हो, बस लक्ष्य छूने भर की दूरी पर हो और सभी कुछ संभव हुआ जा रहा हो और तुम पीछे घूम कर दूर चले जाओ, इसके लिए अधिक सघन होश की जरूरत पड़ेगी। इसलिए मैत्रेय को और सघन होश की जरूरत होगी।

लेकिन यह भी घटित होना था, क्योंकि एक बार तुम किसी के प्रभाव क्षेत्र में आ जाओ जो तुम्हें संसार से बाहर ले आए, एक बार तुम्हारा संपर्क हो जाए—और तुम अनजाने में ही संस्पर्शित हो गए...

मैं एक अन्य राजनेता के घर मेहमान था और उन्होंने मैत्रेय को भी निमंत्रित किया हुआ था। अब क्योंकि एक बुजुर्ग राजनेता, एक वरिष्ठ राजनेता ने उन्हें निमंत्रित किया था तो उन्हें यह जानने के लिए आना ही पड़ता कि मामला क्या है। किंतु बार-बार तुम किसी ऐसे प्रभाव क्षेत्र के संपर्क में आ जाओ जो

तुमको महत्वाकांक्षा के संसार से बाहर ले जा सकता हो—और यदि तुम जरा संवेदनशील हो और समझपूर्ण हो—और वे हैं—वे बात को तुरंत समझ गए। वे वयोवृद्ध राजनेता जिनके घर मैं ठहरा हुआ था, मेरे साथ कई वर्षों तक रहे, परंतु मुझको कभी नहीं समझे। वे अब विदा ले चुके हैं, स्वर्गीय हो गए हैं, लेकिन वे राजनेता की भांति मरे, और वे संसद सदस्य रहते हुए मरे। वे सारे संसार के सर्वाधिक समय रहने वाले संसद सदस्यों में से एक थे। वे पचास वर्ष तक संसद सदस्य रहे। लेकिन वे मुझे कभी नहीं समझ सके। वे मुझको बहुत चाहते थे, करीब-करीब मेरे प्रेम में पड़ गए थे, लेकिन समझ संभव न हो सकी। वे बहुत मंदमति, मूढ़ थे।

उनके माध्यम से मैत्रेय मेरे पास आए, लेकिन वे बहुत संवेदनशील व्यक्ति हैं। और मेरा उनसे कहना है कि न केवल अपने राजनैतिक जीवन में वे सफलता के पात्र थे वरन परम के लिए भी वे बेहद उपयुक्त पात्र हैं। तुमने एक ट्रेन छोड़ दी है, दूसरी को मत छोड़ना। यदि इस बार तुम चूक गए, तो न सिर्फ तुम्हारा सामान, बल्कि तुम्हारे वस्त्र भी जाने वाले हैं। तुम नग्न खड़े रह जाओगे।

एक बार एक बड़ा राजनेता मर गया और उसके भूत ने शवयात्रा में, अपनी खुद की शवयात्रा के साथ, चलने का फैसला किया। अपने अंतिम संस्कार के समय उसकी भेंट एक अन्य राजनेता के भूत से हुई जिससे वह वर्षों से परिचित था।

कहिए भई नेताजी, दूसरे भूत ने कहा, मैं तो कहता हूं—बड़ी भीड़ है, क्या बात है आपकी?

हां, पहले भूत ने कहा, यदि मुझे मालूम होता कि मैं इतनी बड़ी भीड़ जमा कर सकता हूं तो मैं कभी का मर चुका होता।

राजनेता की इच्छा बेहद बचकानी इच्छा होती है, दूसरों की आंखों में श्रेष्ठ और महान दीखना। सरल है इसे उपलब्ध करना, क्योंकि भीड़ तो बस पागल है। तुमको बस इतना मालूम होना चाहिए कि उनके पागलपन को कैसे इस्तेमाल किया जाए। तुमको तो सिर्फ यह मालूम होना चाहिए कि उसकी प्रशंसा को कैसे उकसाया जाए। तुमको बस जरा सा चालाक होना पड़ता है। बस यही सब कुछ है, किसी और चीज की जरूरत ही नहीं है। भीड़ें तो मूढ़ हैं।

लेकिन वास्तव में महान बन पाना पूर्णतः अलग बात है। वास्तविक रूप से श्रेष्ठ बनने के लिए व्यक्ति को भीतर जाना पड़ता है। व्यक्ति को सजग, इच्छा शून्य, अनासक्त, संकेंद्रित होना पड़ता है; व्यक्ति को परा, अतिक्रमण के पार के बिंदु पर पहुंचना पड़ता है। इसका दूसरों से कुछ भी लेना-देना नहीं है। दूसरे भी करीब-करीब उतने ही विक्षिप्त हैं जितने कि तुम हो। उनको तुम इस्तेमाल कर सकते हो, तुम अपने लिए उनकी तालियों को और उनकी प्रशंसा को उकसा सकते हो, लेकिन इसमें क्या सार है?

जरा इस ढंग से सोच कर तो देखो, थोड़ा अंक-गणित तो लगाओ। यदि एक मूर्ख तुम्हारी प्रशंसा में

अपने हाथों से ताली बजाता है, क्या इससे तुम महिमावान हो जाओगे? तुम नहीं होओगे। लेकिन एक मूर्ख, एक हजार मूर्ख या दस लाख मूर्खों की ताली में क्या अंतर है?

यदि कोई समझदार व्यक्ति तुम्हारी ओर प्रेम और आशीष से भर कर देखता है, तो यह पर्याप्त है।

एक चिड़ियाघर से दो शेर एक ही दिन भाग गए। आजाद घूमते रहने के तीन सप्ताह बाद उनकी एक-दूसरे से मुलाकात हुई। उनमें से एक शेर दुबला और कमजोर था, जब कि दूसरा तगड़ा-मोटा और निःसंदेह खाया-पीया दीख रहा था।

मैं चिड़ियाघर में वापस लौटने की सोच रहा हूं, कमजोर वाले शेर ने कहा, पिछले पंद्रह दिनों से तो मैंने कुछ भी नहीं खाया है।

बेहतर यह रहेगा कि तुम मेरे साथ चलो, मोटे शेर ने कहा, मैं संसद भवन में एक सज्जन के घर में रहता हूं। मैं सप्ताह के हर दिन एक नेता को खा लेता हूं और मजा यह है कि कोई उनका गम भी नहीं मनाता।

तुम्हारे तथाकथित महत्वपूर्ण लोग, कौन उनका अफसोस करता है? वे सोचते हैं कि उनके बिना सारा संसार मिट जाने वाला है। मिटता कुछ भी नहीं है, सब कुछ जैसे चलता था वैसे ही चलता रहता है।

इसकी चिंता मत लो कि तुमसे महत्वाकांक्षा की रेलगाड़ी छूट गई है। यह पकड़ने योग्य थी भी नहीं। यदि तुमने इसे पकड़ लिया होता तो तुमने बहुत निराशा अनुभव की होती और तुमने पश्चात्ताप किया होता। लेकिन मन इसी भांति कार्य करता है। यदि तुम सफल हो जाते हो तुम पश्चात्ताप करते हो, यदि तुम असफल हो जाते हो तो भी तुम पश्चात्ताप करते हो। देख लो। मन ऐसे या वैसे परेशानी ही पैदा करता है। जो कुछ भी घटित हो मन इससे परेशानी पैदा कर लेता है। वह रेलगाड़ी इतनी मूल्यवान नहीं है। इसको इस ढंग से मत देखो, सिर्फ तुम्हारा सामान ट्रेन में चला गया है और तुम छूट गए हो। प्रसन्न हो जाओ कि केवल तुम्हारा सामान ही चला गया और तुम बच गए।

एक दिन मैं बगीचे में टहल रहा था और मैंने एक भिखारी को देखा, जिसके एक ही पैर में जूता था। तो मैंने उससे पूछा : गरीब आदमी, क्या तुम्हारा एक जूता खो गया है?

वह बोला : नहीं, मुझे एक जूता मिल गया है।

विधायक दृष्टिकोण रखो।

एक शर्त पूरी करने के लिए एक व्यक्ति रात भर एक भुतहा घर में रुकने को राजी हो गया। यह सुनिश्चित करने के लिए कि वह रात में घर छोड़ कर न भाग सके, सामने व पिछवाड़े के दरवाजों में ताले लगा दिए गए और खिड़कियां बंद कर दी गईं। अगली सुबह जब उस घर को खोला गया तो वहां उस

आदमी का नामोनिशान तक नहीं था, लेकिन छत में एक बड़ा छेद था, और यह स्पष्ट था कि रात में वह इस छेद से निकल भागा था। दो दिन बाद वह गांव में वापस लौट आया।

पिछले अड़तालीस घंटों में तुम कहां गायब हो गए थे? उसके मित्रों ने पूछा।

वापस लौट रहा था, उसने कहा: मैं वापस आ रहा था।

भय में वह इतनी तेजी से भागा होगा कि उसे वापस इसी गांव तक लौटने में अड़तालीस घंटे लग गए।

यह शुभ हुआ मैत्रेय कि तुम्हारी ट्रेन छूट गई; वरना वापस लौटने में अड़तालीस जन्म लग जाते।

उनके प्रश्न का दूसरा भाग है: 'और कल रात मैंने आपको अनेक भली स्त्रियों से एक साथ विवाह करते हुए देखा, और आपने मुझसे कहा कि आप उन सभी के साथ सरलता और सहजतापूर्वक निभा लेंगे।'

क्या तुम देख नहीं पा रहे हो कि सभी के साथ सहजता और सरलता पूर्वक निभा रहा हूं? प्रत्येक शिष्य स्त्री होता है–स्त्री हो या पुरुष–इससे कोई भेद नहीं पड़ता, क्योंकि शिष्य को स्त्रैण होना पड़ता है, केवल तभी वह सीख सकता है। कोई दूसरा उपाय है भी नहीं, क्योंकि शिष्य को एक गर्भ की भांति ग्रहणशील होना पड़ता है। उसे मुझको पूरी तरह ग्रहण करना पड़ेगा...उसे निष्क्रिय ग्राहक होना पड़ता है।

भारत में हमारे पास एक पौराणिक कहानी है कि कृष्ण के पास सोलह हजार पत्नियां या सखियां थीं। उनको 'पत्नियां' कहना उचित नहीं है क्योंकि वे वास्तव में क्रांतिकारी थे। वे पति या पत्नी होने में विश्वास नहीं करते थे। उन्होंने सखा या सखी–गोपियां, सखियां बनाने का सारा विचार निर्मित किया था। सोलह हजार सखियां? सम्हालने के लिए थोड़ा अधिक मालूम होता है, लेकिन यह कहानी प्रतीकात्मक है, यह बस कहती है, सोलह हजार शिष्य। वे पुरुष भी हो सकते हैं, वे स्त्री भी हो सकते हैं–यह बात नहीं है–लेकिन एक शिष्य स्त्रैण होता है। शिष्य गोपी है, सखी है, वरना वह शिष्य नहीं है।

मेरे पास भी सोलह हजार संन्यासी हैं, संख्या ठीक वहीं पहुंच गई है, और भले भी हैं सभी। और तुम देख सकते हो कि मैं ठीक से सम्हाल भी रहा हूं। वास्तव में ऐसा नहीं है कि मैं इन्हें ढंग से सम्हाल रहा हूं। यह तो प्रेम है जो भलीभांति सम्हालता है। प्रेम सदा ही सुंदरता से, सहजता और सरलता से सम्हाल लेता है। प्रेम किसी तनाव को नहीं जानता।

तुमसे तो एक स्त्री भी ढंग से नहीं सम्हल पाती, क्योंकि अभी भी तुमको प्रेम का कोई पता नहीं। तुमसे एक प्रेम संबंध भी सम्हल नहीं पाता, क्योंकि प्रेम नहीं है। केवल संबंध है वहां, और प्रेम खोया हुआ है, तो निःसंदेह यह बहुत सी परेशानियां पैदा करता है।

मेरी ओर से प्रेम है, और कोई संबंध नहीं है। प्रेम सम्हाल लेता है।

प्रश्न : ओशो, आपके साथ कई व्यक्तिगत साक्षात्कारों में आप मुझसे कई बातें कहा करते थे। उस समय मैं सोचा करता था कि ये बातें आपके द्वारा मेरे मानसिक प्रोत्साहन के लिए कही जा रही हैं, लेकिन जैसे-जैसे समय व्यतीत होता गया आपके सारे कथन मेरे अनुभवों में सौ प्रतिशत सही सिद्ध हुए हैं। उन अनुभवों के बावजूद अब जब आप मुझसे कुछ कहते हैं तो उस समय मैं उस बात का भरोसा नहीं करता हूं। मैं अनुभव करता हूं कि पुनः आपका कथन सौ प्रतिशत सही होगा, फिर भी जिस समय आप मुझसे कहते हैं मैं आपकी बात नहीं मानता हूं। इस असहाय अवस्था से छुटकारा कैसे हो?

मैं तुमसे एक कहानी कहता हूं, यही है मेरा उत्तर।

एक आदमी घुड़दौड़ में अपनी सारी बचत गंवा बैठा, और उसका दिल ऐसा टूटा कि वह वाटरलू पुल पर चढ़ गया और नीचे कूदने को तत्पर हुआ। अचानक उसके कान में एक भूतिया आवाज फुसफुसाई, कूदो मत। कल दुबारा घुड़दौड़ के मैदान में जाओ और मैं तुम्हें बताऊंगा कि किस घोड़े पर दांव लगाना है। वह आदमी घर चला गया और अगले दिन उसने कुछ रुपयों का इंतजाम किया और वह घुड़-दौड़ के मैदान में चला गया। जब वह खिड़की पर लाइन में लगा था, तो भूतिया आवाज ने कहा, जो कुछ भी तुम्हारे पास है उसे पहली रेस में ब्लू पीटर पर लगा दो। उसने यही किया और ब्लू पीटर जीत गया। जब वह दूसरी रेस की प्रतीक्षा कर रहा था, तो उस आवाज ने कहा, दांव लगाने के लिए लिबरटी बैले ठीक है। यही हुआ लिबरटी बैले जीत गया और उस आदमी के पास धन आ गया। यही चलता रहा, और जब घुड़दौड़ सिमट रही थी वह आदमी दस लाख रुपये जीत चुका था। जब वह अंतिम दांव के लिए लाइन में खड़ा हुआ तो उस आवाज ने फुसफुसा कर कहा, अंतिम रेस में बिलकुल भी दांव मत लगाओ।

फिर भी उस आदमी ने खुद को किस्मत वाला मानते हुए अंतिम रेस में अपने मन पसंद घोड़े पर सारा धन दांव पर लगा दिया। वह हार गया।

'अरे नहीं', जैसे ही परिणाम की घोषणा की गई वह चिल्लाया, 'अब मैं क्या करूं?'

'अब तुम वाटरलू के पुल से छलांग लगा सकते हो', आवाज ने कहा।

यही मेरा उत्तर है। अब फैसला तुम्हारे हाथ में है।

प्रवचन - 11

कृत्रिम मन का परित्याग

अब प्रारंभ होता है पतंजलि योग-सूत्र का अंतिम अध्याय: 'कैवल्यपाद।'

योग-सूत्र

जन्मौषधिमन्त्रतपः समाधिजाः सिद्धयः।।1।।

सिद्धियां जन्म के समय प्रकट होती हैं, इन्हें औषधियों से, मंत्रों के जाप से, तपश्चर्याओं से या समाधि से भी अर्जित किया जा सकता है।

जात्यन्तर परिणामः प्रकृत्यापूरात्।।2।।

एक वर्ग, प्रजाति, या वर्ण से अन्य में रूपांतरण, प्राकृतिक प्रवृत्तियों या क्षमताओं के अतिरेक से होता है।

निमित्तम प्रयोजकं प्रकृतीनां वरणभेदस्तु ततः क्षेत्रिकवत्।।3।।

आकस्मिक कारक प्राकृतिक प्रवृत्तियों को सक्रिय होने के लिए प्रेरित नहीं करता, यह तो बस अवरोधों को हटा देता है–जैसे खेत सींचता हुआ किसान; वह बाधाओं को हटा देता है और तब पानी स्वतः ही मुक्त होकर प्रवाहित होने लगता है।

निर्माणचित्तान्यस्मितामात्रात्।।4।।

कृत्रिमता से निर्मित मन केवल अस्मिता से ही अग्रसर होते हैं।

प्रवृत्तिभेदे प्रयोजकं चित्तमेकमनेकेषाम्।।5।।

यद्यपि अनेक कृत्रिम मनों की गतिविधियां भिन्न-भिन्न होती है, फिर भी एक मूल मन उन सभी का नियंत्रण करता है।

मनुष्य लगभग विक्षिप्त है—विक्षिप्त इसलिए कि वह कुछ ऐसा खोज रहा है जो उसके पास पहले से ही है; विक्षिप्त है क्योंकि उसे नहीं पता कि वह कौन है, विक्षिप्त है क्योंकि वह आशा करता है, अभिलाषा रखता है और अंत में निराशा अनुभव करता है। निराश तो होना ही है, क्योंकि खोज कर तुम स्वयं को नहीं पा सकते; तुम पहले से ही वहां हो। खोज को बंद करना पड़ेगा, तलाश छोड़नी पड़ेगी; यही वह सबसे बड़ी समस्या है, जिसका सामना करना है, जिससे संघर्ष करना है।

समस्या यह है कि तुम्हारे पास कुछ है और तुम उसी को खोज रहे हो। अब वह तुम्हें कैसे मिल सकता है? तुम खोजने में अति व्यस्त हो और तुम उस चीज को नहीं देख पाते जो पहले से ही तुम्हारे पास है। जब तक कि सारी खोज बंद नहीं हो जाती, उसको तुम देख न पाओगे। खोज तुम्हारे मन को कहीं भविष्य में केंद्रित कर देती है, और वह वस्तु जिसको तुम खोज रहे हो पहले से ही यहीं, अभी, इसी क्षण है। वह जिसको तुम खोज रहे हो स्वयं खोजी के भीतर छिपा हुआ है, खोजने वाला ही खोजा जाने वाला है। इसीलिए इतनी अधिक विक्षिप्तता, इतना ज्यादा पागलपन है।

एक बार तुम्हारा मन कहीं केंद्रित हो जाए, तुम्हारा कुछ उद्देश्य बन जाता है। तत्क्षण तुम्हारा अवधान अब मुक्त नहीं रह पाता। उद्देश्य अवधान को पंगु बना देता है। यदि तुम उद्देश्य पूर्वक कुछ तलाश कर रहे हो, तुम्हारी चेतना सिकुड़ जाती है। यह अन्य सभी वस्तुओं से हट जाएगी, यह केवल तुम्हारी अभिलाषा, तुम्हारी आशा, तुम्हारे स्वप्न पर सिमट जाएगी। और जो तुम हो उसके साक्षात के लिए तुम्हें किसी उद्देश्य की आवश्यकता नहीं है, तुम्हें अवधान की आवश्यकता है, बस शुद्ध अवधान; कहीं जाने का कोई उद्देश्य नहीं, विकेंद्रित चेतना कहीं और की नहीं—अभी और यहीं की चेतना। मूलभूत समस्या यही है : कुत्ता अपनी पूंछ का पीछा कर रहा है, वह निराश हो जाता है, वह करीब-करीब पागल हो जाता है, क्योंकि हर

बार वह आगे बढ़ता है और उसके हाथ कुछ भी नहीं लगता–केवल असफलता, विफलता और पराजय मिलती है।

अभी उस दिन एक संन्यासी ने मुझसे कहा कि अब वह निराशा अनुभव कर रहा है। यह सुन कर मैं बहुत खुश हुआ। क्योंकि जब तुम निराशा अनुभव करते हो तो तुम्हारे भीतर कुछ खुल जाता है। जब तुम निराशा अनुभव करते हो, यदि वास्तव में निराश हो तो भविष्य खो जाता है। भविष्य केवल अपेक्षा, अभिलाषा और उद्देश्य के सहयोग से बना रह सकता है। भविष्य उद्देश्य के अतिरिक्त और कुछ भी नहीं है। मैं बेहद खुश हुआ कि चलो एक व्यक्ति तो निराश हुआ।

इस सदी के सर्वाधिक प्रतिभाशाली व्यक्तियों में से एक फ्रिटज पर्ल्स ने कहा है कि थेरेपिस्ट का कुल काम कुशलतापूर्वक निराशा उत्पन्न करने के अतिरिक्त और कुछ भी नहीं है।

क्या है उसका अभिप्राय? उसका अभिप्राय है कि जब तक तुम अपनी अभिलाषाओं, आशाओं, अपेक्षाओं से वास्तव में निराश नहीं हो जाते, तुमको तुम्हारे अस्तित्व में वापस नहीं फेंका जा सकता। वास्तविक निराशा एक महत् आशीष है। अचानक तुम होते हो और वहां अन्य कुछ भी नहीं होता। उस संन्यासी ने कहा, मुझको निराशा अनुभव हो रही है। ऐसा लगता है कि कुछ भी नहीं घट रहा है। मैं हर प्रकार के ध्यान, हर प्रकार की सामूहिक मनोचिकित्सा में भागीदारी करता रहा हूं, और हो कुछ भी नहीं रहा है। सभी ध्यान विधियों का और सभी सामूहिक मनोचिकित्साओं का कुल मतलब यही है कि तुम्हें बोध हो जाए कि कुछ भी घट नहीं सकता। सब कुछ पहले ही घट चुका है। गहन निराशा में तुम्हारी ऊर्जा उद्गम पर वापस लौट जाती है। तुम अपने आप में गिर जाते हो।

तुम नई आशा निर्मित करने का प्रयास करोगे। इस कारण से लोग अपने थेरेपिस्ट, अपनी थेरेपियां, अपने शिक्षकों, अपने गुरुओं, धर्मों को बदलते चले जाते हैं। वे बदलते चले जाते हैं, क्योंकि वे कहते हैं, अब यहां मुझे निराशा अनुभव हो रही है, अब किसी अन्य स्थान पर मैं पुनः आशा के नये बीज बोऊंगा। तब तुम लगातार चूकते जाओगे। यदि तुम समझ लो समस्या यह है कि तुम्हें तुम्हारे ऊपर कैसे फेंका जाए, तुम्हें तुम्हारी आशाओं में कैसे हताश किया जाए, निःसंदेह इसे बड़ी कुशलता से करना पड़ता है।

यही तो कर रहा हूं मैं यहां। यदि तुम्हारे भीतर कोई आशाएं न हों, तो पहले मैं उनको निर्मित करता हूं। मैं तुम्हें उम्मीद बंधा देता हूं। मैं कहता हूं, 'हां, शीघ्र ही कुछ घटित होने को है'–क्योंकि मुझे पता है कि इच्छा तो है लेकिन वह पूर्णतः स्पष्ट नहीं है। यह वहां बीज-रूप में छिपी हुई है, इसे अंकुरित होना पड़ेगा, इसे पुष्पित होना पड़ेगा। और जब इच्छा पुष्पित होती है तो वे फूल हताशा के होते हैं।

फिर अचानक तुम सारी मूढ़ता, सारे चक्कर को छोड़ देते हो। और एक बार तुम प्रमाणिक रूप से हताश हो जाओ–और जब मैं कहता हूं प्रमाणिक रूप से हताश, वास्तविक रूप से निराश, तो मेरा

अभिप्राय यह है कि अब तुम पुनः कोई आशा नहीं करते, तुम तो बस इस हताशा को स्वीकार कर लेते हो और घर वापस लौट आते हो—तुम हंसने लगोगे। और यह सदा से तुम्हारे भीतर था लेकिन तुम खोज में बहुत अधिक उलझे हुए थे।

'दि किंग ऑफ हार्टस' नाम की एक बहुत सुंदर फिल्म है। यह प्रथम विश्वयुद्ध की पृष्ठभूमि पर बनी है, एक फ्रांसीसी नगर पर कब्जा जमाने के लिए जर्मन और अंग्रेज युद्धरत हैं। जर्मन सैनिक नगर में एक टाइम बम लगा देते हैं और नगर छोड़ कर चले जाते हैं, और जैसे ही फ्रांसीसियों को बम के बारे में जानकारी होती है, वे भी नगर छोड़ देते हैं।

पागलखाने से सारे पागल बाहर निकल आते हैं और खाली पड़े नगर पर कब्जा कर लेते हैं, उनका समय बहुत अच्छा बीतने लगता है—क्योंकि वहां कोई बचा ही नहीं है, केवल पागलखाने के पागल ही रह गए हैं। उनके पहरेदार तक भाग चुके हैं, इसलिए अब वे आजाद हैं। वे नगर में आ जाते हैं और वहां सब कुछ खाली पड़ा है—दुकानें खाली हैं, सारे कार्यालय खाली हैं। इसलिए वे नगर पर अधिकार कर लेते हैं, वे खाली हो गए नगर पर कब्जा जमा लेते हैं और वे अपना समय अदभुत ढंग से बिताते हैं। वे सभी लोग भिन्न-भिन्न तरह के वस्त्र धारण कर लेते हैं और पूर्णतः आनंदित हैं। उनका पागलपन बस खो जाता है, और अब वे पागल नहीं रहते। सदा से वे जो कुछ भी बनना चाहते थे और न बन सके, अब वे लोग बिना किसी प्रयास के वही सब बन जाते हैं। कोई व्यक्ति जनरल बन जाता है, कोई व्यक्ति ड्यूक बन जाता है और कोई महिला मैडम बन जाती है और दूसरे कुछ लोग डाक्टर, बिशप या जो कुछ भी वे बनना चाहते हैं बन जाते हैं। वहां पर हर बात की स्वतंत्रता है। वे भिन्न-भिन्न तरह के कपड़े पहन लेते हैं, और अपने आप में पूरी तरह आनंदित होते हैं। प्रत्येक व्यक्ति नगर में कोई न कोई भूमिका ले लेता है : जनरल, ड्यूक, लेडी, मैडम, बिशप आदि। एक आदमी नाई बन जाता है और वह ग्राहकों से कुछ लेने के बजाय भुगतान करता है; क्योंकि उसे नाई होने में आनंद आ रहा है, और इस प्रकार उसके पास और अधिक ग्राहक आने लगते हैं।

वे सभी इन भूमिकाओं में जी रहे हैं, इसी क्षण में जीकर इसका पूर्णतः आत्यंतिक रूप से आनंद लेते हुए।

उस बम को निष्प्रभावी करने के लिए एक ब्रिटिश सैनिक को उस नगर में भेजा जाता है। वह निराश हो जाता है क्योंकि बम जहां रखा है वह स्थान उसे नहीं मिलता। वह दीवानों की तरह चीखना और चिल्लाना आरंभ कर देता है : 'हम सभी लोग मरने जा रहे हैं।' इसलिए प्रत्येक व्यक्ति—जनरल, ड्यूक, बिशप, सारे पागल लोग, हर कोई उसका क्रियाकलाप देखने के लिए आराम कुर्सियां लाकर उसके चारों ओर बैठ गए। उन्होंने उसकी बातें सुन कर खुशी जाहिर की और तालियां बजाईं। निःसंदेह उनकी हरकतों से वह सैनिक और ज्यादा पगला गया।

अगले दिन जर्मन और ब्रिटिश दोनों सेनाएं शहर में वापस मार्च करती हैं और वे सारे पागल लोग इसे उनकी परेड की तरह देखते हैं। फिर वे सिपाही एक-दूसरे को देखते हैं, एक-दूसरे पर गोली चलाते हैं और मार डालते हैं। बॉलकनी में खड़ा हुआ ड्यूक घृणापूर्वक नीचे पड़े हुए मृतकों को देखता है और कहता है : 'अब वे अभिनय की अति कर रहे हैं।' एक युवती उदासी से नीचे की ओर देखती है और आश्चर्यचकित होकर कहती है : 'मजेदार लोग।' बिशप कहता है : 'ये लोग निश्चित रूप से पागल हो गए हैं।'

तुम सोचते हो कि केवल पागल ही पागल है...जरा अपने आप को देखो कि तुम क्या कर रहे हो? तुम सोचते हो कि जब कोई पागल व्यक्ति दावा करता है कि वह प्रधानमंत्री या राष्ट्रपति है तो वह पागल है। तो तुम्हारे राष्ट्रपति और प्रधानमंत्री लोग क्या कर रहे हैं? वास्तव में वे और ज्यादा पागल हैं। पागल व्यक्ति बस कल्पना का आनंद लेता है, वह इसको वास्तविक बनाने की चिंता नहीं करता, लेकिन वे राष्ट्राध्यक्ष, वे राष्ट्रपति, और वे सेनापति लोग अपनी कल्पनाओं से संतुष्ट नहीं रहे हैं, उन्होंने इसे वास्तविक बनाने के प्रयास किए हैं। निःसंदेह यदि कोई पागल आदमी सिकंदर है या चंगीज खान है, तो वह कभी किसी की हत्या नहीं करता; वह तो बस होता है। वह यह सिद्ध करने नहीं निकल पड़ता कि वह वास्तव में सिकंदर या चंगीज खान है। वह खतरनाक नहीं है, वह मासूम है। लेकिन जब ये तथाकथित समझदार व्यक्ति सिकंदर या चंगीज खान, तैमूरलंग होने की बात सोचने लगते हैं। तो वे मात्र इस भाव से ही संतुष्ट नहीं होते, वे इसको मूर्तमान करने का प्रयास करते हैं। तुम्हारे एडोल्फ हिटलर जैसे लोग अधिक पागल हैं, तुम्हारे माओत्से तुंग जैसे लोग किसी भी पागलखाने में बंद किसी भी पागल की तुलना में कहीं ज्यादा पागल हैं।

समस्या यह है कि संपूर्ण मानव-जाति किसी विशेष सम्मोहन में जी रही है।

यह ऐसा है कि तुम सभी को सम्मोहित कर दिया गया है और तुम नहीं जानते कि इससे बाहर कैसे निकला जाए। हमारी सभी जीवन-शैलियां पागलपन की हैं, विक्षिप्तता की हैं। जितनी वे प्रसन्नता निर्मित करती हैं उससे कहीं अधिक वे पीड़ा को जन्म देती हैं। जितनी परितृप्ति उनसे निर्मित होती है उससे कहीं अधिक वे निराशा पैदा कर देती हैं। तुम्हारे जीने का पूरा ढंग तुम्हें नरक के और-और अधिक निकट और निकट, पास और पास लिए जा रहा है। स्वर्ग तो मात्र एक इच्छा है, नरक लगभग एक वास्तविकता है। तुम नरक में रहते हो और तुम स्वर्ग के सपने देखा करते हो। वास्तव में स्वर्ग एक प्रकार की शामक औषधि है; यह तुम्हें आशा देता है–लेकिन सभी आशाएं निराशा बन जाने वाली हैं। स्वर्ग की आशा तो बस निराशा का नरक निर्मित कर देती है। इसे याद रखो, केवल तभी तुम पतंजलि के अंतिम अध्याय 'कैवल्यपाद' को समझ पाओगे।

मुक्ति की कला क्या है? मुक्ति की कला और कुछ नहीं बल्कि सम्मोहन से बाहर आने की कला है; मन की इस सम्मोहित अवस्था का परित्याग कैसे किया जाए; संस्कारों से मुक्त कैसे हुआ जाए;

वास्तविकता की ओर बिना किसी ऐसी धारणा के जो वास्तविकता और तुम्हारे मध्य अवरोध बन सकती है, कैसे देखा जाए; आंखों में कोई इच्छा लिए बिना कैसे बस देखा जाए, किसी प्रेरणा के बिना कैसे बस हुआ जाए। यही तो है जिसके बारे में योग है। तभी अचानक जो तुम्हारे भीतर है और जो तुम्हारे भीतर सदैव आरंभ से ही विद्यमान है, प्रकट हो जाता है।

पहला सूत्रः
जन्मौषधिमन्त्रतपः समाधिजाः सिद्धयः।
'सिद्धियां जन्म के समय प्रकट होती हैं;...'

यह बहुत ही अर्थगर्भित सूत्र है, और मुझे अभी तक इस सूत्र की सही व्याख्या नहीं दिखाई पड़ी है। यह इतना सारगर्भित है कि जब तक तुम इसके अंतर्तम में न प्रविष्ट हो जाओ, तुम इसे समझ पाने में समर्थ न हो पाओगे।

'सिद्धियां जन्म के समय प्रकट होती हैं; इन्हें औषधियों से, मंत्रों के जाप से, तपश्चर्याओं से या समाधि से भी अर्जित किया जा सकता है।'

जो कुछ भी तुम हो उसे तुम्हारे जन्म के समय बिना किसी प्रयास के प्रकट कर दिया जाता है। प्रत्येक बच्चा जिस समय उसका जन्म हो रहा होता है, सत्य को जानता है; क्योंकि अभी तक वह सम्मोहित नहीं हुआ है। उसकी कोई इच्छाएं नहीं हैं, वह अभी भी निर्दोष है, परिशुद्ध है, उसे किसी इरादे ने भ्रष्ट नहीं किया है। उसका अवधान शुद्ध, विकेंद्रित है। बच्चा स्वाभाविक रूप से ध्यानमय है। एक तरह से वह समाधि में है, वह परमात्मा के गर्भ से बाहर आ रहा है। उसकी जीवन-सरिता अभी भी अपने स्रोत से ही आत्यंतिक रूप से ताजी है। वह सत्य को जानता है, लेकिन उसे नहीं पता कि वह जानता है। उसे बिना यह जाने कि उसे पता है इसका ज्ञान है। यह जानकारी बिलकुल सरल है। वह यह कैसे जाने कि वह जानता है?–क्योंकि यहां कभी भी अज्ञान का कोई क्षण नहीं होता है। यह अनुभव करने के लिए कि तुमको कुछ पता है, तुम्हारे पास न जानने का भी कुछ अनुभव होना चाहिए। अज्ञान के बिना तुम ज्ञान का अनुभव नहीं कर सकते। अंधकार के बिना तुम सितारे नहीं देख सकते। दिन में तुम सितारे नहीं देख पाते हो क्योंकि चारों ओर प्रकाश होता है। रात्रि में तुम सितारे देख लेते हो क्योंकि सब ओर अंधकार है, विरोधाभास की आवश्यकता होती है। बच्चे का जन्म संपूर्ण प्रकाश में होता है, वह यह अनुभव नहीं कर सकता कि यह प्रकाश है। इसे अनुभव करने के लिए उसको अंधकार के अनुभव से होकर गुजरना

पड़ेगा। तभी वह तुलना करने और देखने में समर्थ हो सकेगा और जान लेगा कि वह जानता है। अभी तक उसका ज्ञान सजग नहीं है। वह अबोध है। वह बस एक तथ्य की भांति वहां होता है। और वह अपने ज्ञान से पृथक नहीं है। वह स्वयं अपना ज्ञान है। उसके पास कोई मन नहीं है, उसके पास सरल अस्तित्व है।

जो पतंजलि कह रहे हैं वह यह है : जिसको तुम खोज रहे हो उसे तुम पहले से ही जानते हो। बिना यह जाने कि तुम इसे पहले ही जान चुके हो। वरना इसको खोजने का कोई उपाय नहीं होता। क्योंकि हम केवल उसी चीज को खोज सकते हैं जिसे हम किसी भी ढंग से पहले से जानते हों–भले ही बहुत धुंधले, अस्पष्ट रूप से जानते हों। शायद बोध इतना स्पष्ट नहीं था, यह कुहासे के मेघों से आच्छादित था, किंतु तुम किसी ऐसी चीज को कैसे खोज सकते हो जिसे तुमने पहले कभी जाना ही न हो? तुम परमात्मा को कैसे खोज सकते हो? तुम आनंद को कैसे खोज सकते हो? तुम सत्य को कैसे खोज सकते हो? तुम आत्म को, परम आत्म को कैसे खोज सकते हो? तुमने इसका कुछ न कुछ स्वाद अवश्य लिया होगा, और वह स्वाद, उस स्वाद की स्मृति अभी भी तुम्हारे अस्तित्व के स्मृति कोष में संचित है। किसी बात से तुम चूक रहे हो, इसी कारण तलाश, खोज उत्पन्न होती है।

समाधि का पहला अनुभव, असीम शक्ति, सिद्धि, अंतःशक्ति, परमात्मा होने का पहला अनुभव जन्म के समय प्रकट होता है। परंतु उस समय तुम इसको ज्ञान में नहीं ढाल सकते। उसके लिए तुमको आत्मा की अंधेरी रात से होकर गुजरना पड़ेगा, तुम्हें भटकना होगा। इसके लिए तुमको पाप करना पड़ेगा। 'पाप' शब्द बहुत अच्छा है। इसका मतलब है : रास्ते से भटक जाना, ठीक रास्ते से चूक जाना, या लक्ष्य से चूकना, मंजिल से भटक जाना। आदम को अदन के बगीचे से बाहर निकलना पड़ा था। यह एक अनिवार्यता है। जब तक कि तुम परमात्मा को खो न दो, उसे जानने में तुम समर्थ न हो सकोगे। जब तक कि तुम उस बिंदु पर न पहुंच जाओ जहां तुम नहीं जानते कि परमात्मा है या नहीं, जब तक कि तुम उस बिंदु तक न पहुंच जाओ जहां तुम संताप, दुख और पीड़ा से ग्रस्त हो जाओ, तुम कभी न पाओगे कि आनंद क्या है। संताप समाधि का द्वार है।

पतंजलि का पहला सूत्र बस यह कह रहा है कि योगी को जो कुछ भी उपलब्ध होता है उसमें नया कुछ भी नहीं है। यह किसी खोई हुई चीज की पुनः प्राप्ति है। वह एक स्मरण है। यही कारण है भारत में जब कोई समाधि को उपलब्ध हो जाता है तो हम इसे दूसरा जन्म कहते हैं, उसका पुनर्जन्म होता है। उसको हम द्विज, दुबारा जन्मा, कहते हैं। एक जन्म अचेतन में हुआ था, पहला जन्म, दूसरा जन्म सचेतन होता है। व्यक्ति ने पीड़ा भोगी है, वह भटका है और वापस घर लौट आया है। जब आदम वापस लौटता है तो वह जीसस हो चुका होता है। हर जीसस को घर से बहुत दूर जाना पड़ता है, तब वह आदम है। जब आदम वापसी की यात्रा आरंभ करता है, वह जीसस है। आदम पहला आदमी और जीसस अंतिम व्यक्ति हैं। आदम आरंभ है, आदि है (अल्फा) और जीसस समापन हैं, अंत हैं (ओमेगा) और वर्तुल पूर्ण हो जाता है।

'सिद्धियां जन्म पर प्रकट होती हैं;...'

तब 'संसार' उत्पन्न होता है; जिसे हिंदुओं ने माया कहा है। इसे भ्रम, जादू के रूप में अनुवादित किया जाता रहा है, लेकिन इसे अनुवादित करने का सर्वोत्तम उपाय है–इसे सम्मोहन कहा जाए। तब सम्मोहन उत्पन्न होता है। चारों ओर हजारों तरह के सम्मोहन हैं, यहां पर उसे सिखाया जा रहा है कि वह हिंदू है–अब यह सम्मोहन है; उसको सिखाया जा रहा है कि वह ईसाई है–अब यह एक सम्मोहन है। अब उसका मन संस्कारित और संकुचित कर दिया जा रहा है। वह मुसलमान है–यह एक सम्मोहन है। फिर उसको सिखाया जाता है कि वह स्त्री या पुरुष है–यह एक सम्मोहन है।

तुम्हारा नब्बे प्रतिशत पुरुषत्व या स्त्रीत्व मात्र एक सम्मोहन है, इसका तुम्हारी जैविक संरचना से कुछ भी लेना-देना नहीं है। स्त्री और पुरुष के मध्य जैवशास्त्रीय भेद बहुत साधारण है, लेकिन मनोवैज्ञानिक अंतर बहुत जटिल और उलझा हुआ है। तुम्हें छोटे बालकों को बालक होने और छोटी बालिकाओं को बालिका होने के लिए शिक्षित करना पड़ता है, और तुम उन्हें विभाजित कर देते हो। तुम उनके मन में एक उद्देश्य पैदा कर देते हो। बालिकाओं को सुंदर स्त्रियां बन जाना है और बालकों को बहुत ताकतवर पुरुष बनना है। बालिकाओं को तो बस गृहस्थिनें, गृहिणियां, माताएं बन कर घर में ही सिमट जाना है और बालको को संसार में महान अभियान–धन, शक्ति, प्रतिष्ठा, महत्वाकांक्षा के पथ पर अग्रसर हो जाना है। उनके भीतर तुम भिन्न उद्देश्य उत्पन्न कर देते हो।

विभिन्न समाजों में अलग-अलग संस्कार दे दिए जाते हैं। ऐसे भी समाज हैं जो मातृसत्तात्मक हैं, स्त्री का वहां वर्चस्व है। तब तुम वहां एक अविश्वसनीय सच्चाई देखोगे : जब भी कहीं एक ऐसा समाज होता है जिसमें स्त्री का प्रभुत्व है, वहां पुरुष कमजोर हो जाता है और स्त्री शक्तिशाली हो जाती है। वह बाहर के सभी काम सम्हाल लेती है और पुरुष बस घर की देखभाल करता है।

लेकिन क्योंकि हम एक पुरुष प्रधान समाज में रहते हैं; पुरुष ताकतवर हो गया है और स्त्री कमजोर और नाजुक हो गई है। लेकिन यह एक सम्मोहन है, यह प्राकृतिक नहीं है। ऐसा होना प्राकृतिक नहीं है। तुम एक निश्चित दिशा दे देते हो और फिर हजारों तरह के सम्मोहन प्रचलित हो जाते हैं।

भारत में यदि कोई व्यक्ति गरीब अछूत के परिवार में जन्म लेता है तो वह शूद्र है, अपनी सारी जिंदगी उसे एक शूद्र की भांति जीने के लिए मजबूर कर दिया जाता है। वह अपना व्यवसाय तक नहीं बदल सकता। वह ब्राह्मण नहीं बन सकता। वह सिमटा हुआ है, एक बहुत संकरा छिद्र, एक सुरंग जैसा छिद्र उसको दिया जाता है। उसको इसमें से होकर गुजरना पड़ता है; उसके लिए कोई विकल्प उपलब्ध नहीं है। और वह उसी शैली में सोचेगा, वह जीवन के एक निश्चित ढांचे में जीएगा और उसके मन का प्रत्येक संस्कार अपने आप संचालित होता रहता है। यह अपने आपको और कुशलतापूर्वक निर्मित करता रहता

है। फिर तुम्हें परमात्मा के बारे में धारणाएं दे दी जाती हैं। सोवियत रूस में तुम्हें धारणा दी जाती है कि कोई परमात्मा नहीं है।

स्टैलिन की पुत्री स्वेतलाना ने अपने संस्मरणों में लिखा है कि बहुत शुरू से ही, निःसंदेह क्योंकि वह स्टैलिन की पुत्री थी, तो उसको बहुत दृढ़तापूर्वक नास्तिक होना सिखाया गया। लेकिन धीरे-धीरे उसे अनुभव होने लगा, 'क्यों? यदि कोई परमात्मा नहीं है तो उसके विरोध में इतना प्रचार क्यों है? क्या है इसका अर्थ? इसमें तो कोई अर्थ नहीं दिखाई पड़ता, यदि परमात्मा है ही नहीं तो बात खत्म। चिंतित क्यों होना? परमात्मा विरोधी प्रचार, साहित्य, यह और वह, इसे सिद्ध करने की कोशिश ही क्यों? यह सारा प्रयास यही प्रदर्शित करता है कि शायद वहां कुछ हो, कुछ हो सकता है वहां।' उसे संदेह हो गया। और जब स्टैलिन का देहांत हुआ तो उसने बग़ावत कर दी। वह एक धार्मिक व्यक्ति बन गई। लेकिन उसका मन संकीर्ण हो चुका था। वह एक दुर्लभ व्यक्ति रही होगी, क्योंकि सोवियत रूस में आस्तिक होना उतना ही कठिन है जितना कि भारत में नास्तिक होना।

इन बातों को सिखाया नहीं जाता, ये बातें मां के रक्त के साथ, मां के दूध के साथ, मां की श्वास के साथ ही सीख ली जाती हैं। तुम्हारे चारों ओर का वातावरण तुम्हें एक सूक्ष्म संस्कारिता के साथ घेरे रहता है। ये बातें सिखाई नहीं जातीं। कोई भी तुम्हें ये बातें विशेषतौर से नहीं सिखा रहा है; तुम उन्हें सीख लेते हो। हिंदू बच्चा जब यहां जन्म लेने के उपरांत आंखें खोलता है और अपने कान खोलता है, तो जो पहली बात वह सुनता है, वह या तो मंत्र होता है या भगवतगीता से कोई बात। यद्यपि वह समझता कुछ भी नहीं है, किंतु पहला प्रभाव संस्कृत का होता है, उस पर पहली छाप किसी धार्मिक ग्रंथ की होती है। फिर वह बड़ा होने लगता है; वह अपनी मां को प्रार्थना करता हुआ देखता है, देवताओं की मूर्तियों, फूलों और धूपबत्ती को देखता है, वह घुटनों के बल घिसटता हुआ वहां पहुंच जाता है, वह उधर निगाह डालता है और देखता है कि क्या हो रहा है। वह देख सकता है कि मां भावविभोर होकर रो रही है, आंसू निकल रहे हैं, और वह बहुत आह्लादित और बहुत प्रसन्न दिखाई पड़ रही है। कुछ अत्यंत महत घट रहा है; वह यह नहीं जान सकता कि यह क्या है, लेकिन कुछ हो रहा है। वह इसे ग्रहण कर रहा है। फिर मंदिर, फिर पुजारी, फिर वे विचित्र से तड़क-भड़क वाले लबादे, और पूरा वातावरण, वह इस माहौल को पीने लगता है। यह उसके अस्तित्व का एक भाग बन जाता है। या तो मां के दूध से या राज्य की शिक्षाओं से, लेकिन जब वह अनजान था तभी उसने ये बातें ग्रहण कर ली थीं। तुम ईसाई बन जाते हो, जब तक तुम सजग हो पाते हो तुम पहले से ही एक ईसाई, एक हिंदू, एक मुसलमान, एक जैन, एक बौद्ध, बन चुके होते हो, और तुमको इन धार्मिक संस्कारों से मुक्त करना बहुत कठिन है।

पतंजलि का पूरा प्रयास यही है कि तुम्हें कैसे संस्कारों से मुक्त किया जाए, किस भांति तुम्हारी मदद की जाए कि तुम स्वयं को संस्कारों से स्वतंत्र कर सको। जो कुछ भी तुमको दिया गया है उस सभी का

परित्याग करना पड़ेगा, ताकि पुनः तुम बादलों से पार मुक्त आकाश में आ सको, ताकि तुम पुनः इस छोटे सुरंग नुमा हिंदू, मुसलमान, साम्यवादी, यह और वह, होने से बाहर निकल सको–कैसे वह आयाम रहित, खुला आकाश तुम्हें उपलब्ध हो सके। कोई भी धर्म, विशेषतः कोई भी संगठित धर्म इसके पक्ष में नहीं है। वे अपनी सुरंगों को सजाते हैं। वे अपनी बातों को लोगों पर थोपते हैं जैसे कि परमात्मा तक पहुंचने के लिए उनका रास्ता ही एक मात्र रास्ता है।

मैंने सुना है, एक व्यक्ति जो प्रोटेस्टेंट था मर गया और स्वर्ग पहुंचा। उसने सेंट पीटर से कहा, इसके पूर्व कि मैं कहीं बस जाऊं मैं स्वर्ग का भ्रमण करना चाहता हूं, मैं पूरा स्वर्ग देखना चाहता हूं। सेंट पीटर ने कहा, तुम्हारी जिज्ञासा समझ में आती है, परंतु एक बात तुमको याद रखनी पड़ेगी : मैं तुमको चारों तरफ ले जाऊंगा लेकिन बात मत करना, बिलकुल शांत रहना। और चलना ऐसे कि कोई आवाज न होने पाए। वह प्रोटेस्टेंट थोड़ा सा घबड़ाया, इतना सब कुछ किसलिए? लेकिन वे चल पड़े। जब कभी भी वह कुछ कहना चाहता, सेंट पीटर अपने होंठों पर अंगुली रख लेते और फुसफुसा कर कहते, शऽऽऽ शांत रहो। जब भ्रमण पूरा हो गया तो उसने पूछा, आखिर मामला क्या है? इतनी शांति किसलिए? पीटर ने उत्तर दिया, यहां पर प्रत्येक विश्वास में जीया करता है। उदाहरण के लिए कैथेलिक विश्वास करते हैं कि केवल वे ही स्वर्ग में हैं; प्रोटेस्टेंट विश्वास करते हैं कि केवल वे ही स्वर्ग में हैं; हिंदुओं का विश्वास है कि केवल वे ही स्वर्ग में हैं; मुसलमान विश्वास करते हैं कि केवल वे ही स्वर्ग में हैं। इसलिए यदि वे जान जाएं कि कोई और भी यहां पर है तो वे बहुत नाराज हो जाते हैं। उनके लिए इस बात पर भरोसा कर पाना नामुमकिन है।

पृथ्वी पर लोग सुरंगों में रहते हैं और स्वर्ग में भी।

कोई भी संगठित धर्म पूर्णतः खुले हुए मन के पक्ष में नहीं है। यही कारण है कि कोई भी संगठित धर्म धर्म जरा भी नहीं है, वह राजनीति है।

अभी उस दिन मुझे अमिदा से एक पत्र प्राप्त हुआ। वह एरिका समूह में हुआ करती थी। अब वह यहां आ गई थी, इसलिए एरिकन लोग अत्याधिक क्षुब्ध हैं। उसने संन्यास ले लिया, इसलिए उन्होंने उसके निष्कासन का एक पत्र लिखा है। वह निष्कासित कर दी गई है। यह बात बेवकूफी जैसी लगती है, यह राजनीति मालूम होती है। अब उसको उनकी सभाओं में प्रवेश करने या उनमें भागीदारी करने की इजाजत नहीं दी जा सकती है। अपनी शब्दावली में उन लोगों ने कह दिया, हमारी ओर से अब तुम्हें पानी में डाल दिया गया है। उसकी निंदा की गई। हर ओर यही चलता रहता है। साइंटोलाजी भी लोगों के साथ यही करती है। एक बार तुम साइंटोलाजी में आ गए और तुम इसको छोड़ दो, तो बस जैसे अमिदा को पानी में डाल दिया गया है, वे तुम्हें एक सूचना भेजते हैं कि अब तुम एक शत्रु हो। दुश्मन!

लेकिन ऐसा है, संदा से। ऐसा कैसे हुआ है। हमेशा स्मरण रखो, जहां कहीं भी तुम्हारा मन संकीर्ण किया जा रहा हो वहां से भाग जाओ, यह राजनीति है। यह अहंकार का खेल है।

धर्म तुम्हें विस्तीर्ण करता है।

धर्म तुम्हें इतना अधिक विस्तीर्ण कर देता है कि तुम्हारे चारों ओर का सारा मकान धीरे-धीरे खो जाता है। तुम बस आकाश के नीचे पूर्णतः आवरण विहीन अस्तित्व के साथ संवाद में होते हो। अस्तित्व के और तुम्हारे मध्य कुछ भी नहीं रहता। यह परिस्थिति जन्म के समय सहजता से, स्वाभाविक रूप से तत्क्षण अर्जित कर ली जाती है। सिद्धियां जन्म के समय प्रकट होती हैं—जन्म के समय सभी कुछ प्रकट होता है। प्रश्न केवल उस पर पुनः दावा करने का है। प्रश्न है उसे पुनः स्मरण करने का। यह कोई अन्वेषण नहीं है, यह एक पुनः अन्वेषण होने जा रहा है।

अनेक लोग मेरे पास आते हैं और वे पूछते हैं, यदि समाधि घट जाए, यदि संबोधि घट जाती है, तो हम उसे पहचान कैसे पाएंगे कि यह वही है? और मैं उनसे कहता हूं, तुम चिंता मत लो; तुम इसको पहचान लोगे क्योंकि तुम जानते हो कि यह क्या है। तुमने इसको विस्मृत कर दिया है। एक बार यह पुनः घट जाए, अचानक तुम्हारी चेतना में, स्मृति उभरेगी, सतह पर आ जाएगी और तुम इसे पहचान लोगे।

और इसे चार ढंगों से अर्जित किया जा सकता है। पहला है: औषधियों के द्वारा। हिंदू लोग हजारों वर्षों से औषधियों का निर्माण करते रहे हैं। पश्चिम में इसकी सनक नई है, भारत में यह बहुत प्राचीन काल से है।

पतंजलि कहते हैं:

'इन्हें औषधियों से, मंत्रों के जाप से, तपश्चर्याओं से या समाधि से भी अर्जित किया जा सकता है।'

वे केवल समाधि के पक्ष में हैं, लेकिन वे एक बहुत ही वैज्ञानिक व्यक्ति हैं। उन्होंने कुछ भी बाहर नहीं छोड़ा है।

हां, इसको औषधियों से प्राप्त किया जा सकता है, लेकिन यह उसकी निम्नतम झलक है। रसायनों के माध्यम से तुम्हें एक खास तरह की झलक मिल सकती है, किंतु यह करीब-करीब एक हिंसा, परमात्मा के साथ लगभग बलात्कार है—क्योंकि तुम झलक में विकसित नहीं हो रहे हो बल्कि तुम उस झलक को अपने ऊपर थोप देते रहे हो। तुम एल एस डी या मारिजुआना या कुछ और ले सकते हो, तुम अपने दैहिक रसायन तंत्र के साथ जबदरस्ती कुछ कर रहे हो। यदि दैहिक रसायन तंत्र के साथ बहुत अधिक जबरदस्ती की जाए, तो बस कुछ पलों के लिए यह मन के प्रतिबंध से मुक्त हो जाता है। तुम्हारे जीवन की सुरंग जैसी जीवनशैली से यह छूट जाता है। तुम्हें एक विशेष प्रकार की झलक मिलती है, लेकिन यह झलक एक बहुत बड़ी कीमत चुका कर मिलती है। अब तुम उस औषधि से आसक्त हो जाओगे। जब कभी भी तुम्हें

झलक की आवश्यकता होगी तुम उसी औषधि की ओर जाने के लिए बाध्य हो जाओगे, और जितनी बार तुम उस औषधि का सेवन करोगे, हर बार तुम्हें इसकी और अधिक मात्रा की जरूरत पड़ेगी। और तुम्हारा जरा सा भी विकास नहीं हो रहा होगा, कोई भी परिपक्वता तुममें नहीं आ रही होगी। केवल औषधि की मात्रा बढ़ेगी और तुम वही के वही रहोगे। यह दिव्यता की झलक पाने के लिए बहुत महंगा सौदा है। इसका मूल्य इतना नहीं है। यह अपने आप को विनष्ट करना हुआ। यह आत्मघाती है, लेकिन पतंजलि इसे एक संभावना के रूप में रखते हैं। बहुत लोगों ने इसकी कोशिश की है, और बहुत से लोग इसके द्वारा करीब-करीब पागल हो गए हैं। अस्तित्व के साथ किसी भी प्रकार की हिंसा खतरनाक है। व्यक्ति को स्वाभाविक रूप से विकसित होना चाहिए। अधिक से अधिक यह स्वप्न जैसा हो सकता है लेकिन यह वास्तविकता नहीं हो सकता। एक व्यक्ति जो लंबे समय से एल एस डी ले रहा है वैसा ही आदमी रहता है। वह उन नये अंतरालों के बारे में बात कर सकता है-जो उसने प्राप्त किए हैं और वह स्वप्निल अनुभवों के बारे में बात करेगा, लेकिन तुम देख सकते हो कि वह आदमी वैसा का वैसा ही है। वह बदला नहीं है। उसे कोई गरिमा उपलब्ध नहीं हो गई है। इससे भिन्न भी हो सकता है; जो गरिमा पहले से ही उसके पास थी वह भी खो सकती है। वह और अधिक प्रसन्न और आनंदित नहीं हो गया है। हां, औषधि के प्रभाव में वह हंस सकता है किंतु वह हंसी भी रुग्ण है, यह स्वाभाविक रूप से नहीं उठ रही है, यह सहजता से नहीं खिल रही है। और औषधि का प्रभाव मिटते ही वह मंदमति हो जाएगा, उसके मन में सुखाभास की स्मृतियां होंगी। और वह बार-बार खोजेगा, बार-बार वह उसी झलक की खोज और अन्वेषण करेगा। अब वह औषधि के अनुभव से सम्मोहित हो जाएगा। यह निम्नतम संभावना है।

दूसरा उससे बेहतर है : वह है मंत्र। यदि तुम एक खास मंत्र को लंबे समय तक दोहराते रहो, तो यह तुम्हारे अस्तित्व में सूक्ष्म रासायनिक परिवर्तन निर्मित कर देता है। यह औषधियों से बेहतर है, लेकिन फिर भी यह भी एक प्रकार की औषधि ही है। यदि तुम लगातार ओम, ओम, ओम दोहराते रहो, तो वह पुनरुक्ति तुम्हारे भीतर ध्वनि-तरंगें निर्मित करती है। यह ऐसा ही है कि तुम झील में पत्थर फेंकते चले जाओ और तरंगें उठती रहें, उठती चली जाएं और अनेक आकृतियां बनाते हुए फैलती चली जाएं। ठीक यही घटता है जब तुम किसी मंत्र का एक शब्द के सतत उच्चारण का प्रयोग करते हो। इसे ओम, राम, अवे मारिया या अल्लाह से कुछ लेना-देना नहीं है, इसका उनसे कोई सरोकार नहीं है। तुम कुछ भी, जैसे ब्लाह, ब्लाह, ब्लाह, कह सकते हो, वह भी चलेगा। लेकिन तुमको वही-वही ध्वनि उसी सुर में, उसी लय में दोहराना पड़ेगी। यह बार-बार उसी केंद्र पर संघात करती चली जाती है और इससे तरंगें, कंपन और स्पंदन निर्मित होते हैं। वे तुम्हारे अस्तित्व के भीतर प्रविष्ट हो जाते हैं और प्रसारित हो जाते हैं। वे ऊर्जा के वर्तुल निर्मित करते हैं। यह औषधियों से श्रेष्ठ है, लेकिन फिर भी इसकी गुणवत्ता वही है।

इसीलिए कृष्णमूर्ति कहे चले जाते हैं कि मंत्र एक औषधि है। यह औषधि है, और वे कोई नई बात नहीं कह रहे हैं; पतंजलि भी यही कहते हैं। यह औषधि की तुलना में बेहतर है, तुम्हें किसी इंजेक्शन की आवश्यकता नहीं रहती, तुम किसी बाह्य साधन पर निर्भर नहीं रहते। तुम किसी औषधि-विक्रेता पर निर्भर नहीं रहते, क्योंकि हो सकता है कि वह तुम्हें ठीक चीज न दे रहा हो। वह तुम्हें कुछ नकली चीज पकड़ा सकता है। तुम्हें किसी पर निर्भर होने की जरूरत नहीं रहती। यह औषधियों की तुलना में अधिक स्वावलंबी है। तुम अपने भीतर अपना मंत्र दोहरा सकते हो, और समाज से यह और अधिक तालमेलपूर्ण है। यदि तुम ओम, ओम, ओम दोहराओ तो समाज कोई आपत्ति नहीं करेगा, किंतु यदि तुम एल एस डी ले रहे हो तो समाज आपत्ति करेगा। मंत्र-जाप बेहतर है, अधिक सम्मानजनक है, लेकिन फिर भी यह औषधि है। यह ध्वनि ही है जिसके द्वारा तुम्हारे शरीर का रसायन तंत्र बदल जाता है।

अब ध्वनि, संगीत, जाप के ऊपर अनेक प्रयोग चल रहे हैं। यह निश्चित रूप से रसायनों को बदल देता है। यदि किसी पौधे को एक खास किस्म के संगीत के माहौल में–निश्चित रूप से शास्त्रीय या भारतीय, आधुनिक पाश्चात्य संगीत नहीं–रखा जाए तो यह तेजी से बढ़ता है। अन्यथा विकास अवरुद्ध हो जाएगा या पौधा पगला जाएगा। सूक्ष्म कंपनों के साथ, श्रेष्ठ ताल और लयबद्धता के साथ पौधा तेजी से बढ़ता है। उसकी वृद्धि करीब-करीब दो गुना हो जाती है, और उस पर लगने वाले पुष्प और बड़े और रंगीन हो जाते हैं, वे अधिक समय तक टिकते हैं और उनसे अधिक सुगंध आती है। अब ये वैज्ञानिक सत्य हैं। यदि ध्वनियों से एक पौधा इतना अधिक प्रभावित होता है तो मनुष्यों पर और अधिक प्रभाव होगा। और यदि तुम एक भीतरी ध्वनि, एक अनवरत कंपन उत्पन्न कर सको, तो यह तुम्हारे शरीर क्रिया विज्ञान, तुम्हारे दैहिक रसायन तंत्र–तुम्हारे मन, तुम्हारे शरीर को बदल डालेगा–लेकिन फिर भी यह बाहरी सहायता है। अभी भी यह एक प्रयास है; तुम कुछ कर रहे हो। और कुछ करते हुए तुम एक अवस्था निर्मित कर रहे हो जिसे बनाए रखना है। यह स्वाभाविक रूप से सहज नहीं है। यदि तुम कुछ दिन इसे बनाए न रख सको तो यह विलीन हो जाएगी। अतः यह भी विकास नहीं है।

एक बार एक सूफी मेरे पास आया। तीस सालों से वह एक सूफी मंत्र का अभ्यास कर रहा था, और उसने इसे बहुत निष्ठापूर्वक किया था। वह कंपनों से भरा हुआ था–बहुत जीवंत, बहुत प्रसन्न, सारे दिन करीब-करीब आनंदमग्न, जैसे कि समाधि में हो...मदहोश। उसके शिष्य उसको मेरे पास लेकर आए थे। वह मेरे पास तीन दिन रुका। मैंने उससे कहा : एक काम करो; तीस साल से तुम एक जप कर रहे हो, तीन दिन के लिए इसे बंद कर दो। उसने पूछा : क्यों? मैंने कहा : केवल यह जानने के लिए कि अभी तुम्हारे साथ यह घटा है या नहीं। यदि तुम जप करते रहे तो तुम कभी न जान पाओगे। इस सतत जप करने से हो सकता है कि यह मदहोशी तुमने ही निर्मित कर ली हो। तीन दिन के लिए तुम इसको रोक दो और बस देखो। वह थोड़ा सा घबड़ाया, लेकिन उसकी समझ में बात आ गई।

क्योंकि जब तक कोई चीज इतनी स्वाभाविक न हो जाए कि तुम्हें उसे करने की आवश्यकता ही न पड़े, तब तक वह तुम्हें उपलब्ध नहीं हुई है।

बस तीन दिन के भीतर ही सब कुछ तिरोहित हो गया; बस तीन दिन के भीतर। कोई तीस साल का प्रयास और तीसरे दिन वह आदमी रोने लगा और वह बोला, आपने यह क्या किया? आपने मेरी पूरी साधना नष्ट कर डाली। मैंने कहा : मैंने कुछ भी नष्ट नहीं किया; तुम दुबारा से शुरू कर सकते हो। लेकिन अब एक बात याद रखो, यदि तुम तीस जन्म भी जप करते रहे तो भी तुम्हें वह न मिलेगा। यह मार्ग नहीं है। तीस साल के सतत प्रयास के बाद भी तुम तीन दिन के अवकाश पर नहीं जा सकते, यह तो बंधन प्रतीत होता है, और यह अभी तक सहज नहीं हो सका है। अब भी यह तुम्हारा भाग नहीं बन सका है, तुम्हारा विकास नहीं हुआ है। इन तीन दिनों ने तुम्हारे समक्ष उदघाटित कर दिया है कि तीस सालों से सारा प्रयास गलत दिशा में जा रहा था। अब यह तुम पर निर्भर है। यदि तुम जप जारी रखना चाहते हो, जारी रखो, लेकिन याद रखो, अब यह मत भूलना कि किसी भी दिन यह खो सकता है; यह एक स्वप्न है जिसको तुमने सतत जप के द्वारा पकड़ रखा है। यह एक निश्चित तरंग है, जिसे तुम पकड़े हुए हो, किंतु यह वहां से उठ नहीं रही है। यह कृत्रिम रूप से निर्मित और पोषित है; अभी यह तुम्हारा स्वभाव नहीं बन पाई है।

तीसरा उपाय है : तपश्चर्याओं द्वारा अपने जीवन के ढंग को परिवर्तित करके—भोजन, निद्रा, कामवासना की सुविधा, सहूलियत की चाहत न करके, वह सभी कुछ जो मन स्वभावतः चाहता है और इसका ठीक विपरीत करना। यह मंत्रों से फिर भी कुछ ऊपर है। यदि मन कहे, सो जाओ तो तपश्चर्या वाला व्यक्ति कहेगा, नहीं, मैं सोने नहीं जा रहा हूं, मैं तुम्हारा दास बनने नहीं जा रहा हूं—जब मैं सोना चाहूंगा तभी मैं सोऊंगा, अन्यथा नहीं। मन कहता है, तुम को भूख लगी है, अब जाओ और व्यवस्था बनाओ। तपश्चर्याओं वाला व्यक्ति कहता है, नहीं। तपश्चर्याओं वाला व्यक्ति अपने मन को लगातार नहीं कहता है। तपश्चर्या यही है, मन को न कहना। निःसंदेह यदि तुम अपने मन को लगातार नहीं कहते जाओ तो तुम पर मन के बंधन ढीले हो जाते हैं। तब मन तुम पर और अधिक समय हावी नहीं रह पाता, तब तुम थोड़ा सा मुक्त हो जाते हो। लेकिन इस नहीं को लगातार कहते रहना पड़ता है। यदि तुम एक दिन के लिए भी मन की सुन लो, पुनः मन की पूरी शक्ति तुम पर हावी होने और तुम पर अधिकार जमाने के लिए वापस आ जाएगी। इसलिए बस एक क्षण का भटकाव और सब कुछ खो जाता है।

तपश्चर्याओं वाला व्यक्ति बेहतर कर रहा है; वह मंत्र-जाप वाले की तुलना में कुछ अधिक स्थायी कर रहा है—क्योंकि जब तुम जप करते हो तुम्हारी जीवनशैली अपरिवर्तित रहती है। बस तुम भीतर अच्छापन अनुभव करते हो; एक विशेष प्रकार की सुखानुभूति। इसीलिए तो महेश योगी के भावातीत ध्यान का पश्चिम में इतना अधिक आकर्षण है, क्योंकि वे तुमसे तुम्हारी जीवनशैली बदलने के लिए नहीं

कहते हैं। उनका कहना है, तुम जहां भी हो, जैसे भी हो, यह ठीक है। वे तुमसे कोई अनुशासित जीवनशैली भी नहीं चाहते हैं; बस मंत्र को दोहराओ, बीस मिनट सुबह और बीस मिनट शाम और इससे काम बन जाएगा। निःसंदेह इससे तुम्हें बेहतर निद्रा, बेहतर भूख मिल जाएगी। तुम और अधिक शांत और मौन रहोगे। उन परिस्थितियों में जब क्रोध सरलता से आ जाता था, अब यह उतना आसान न रहेगा। लेकिन तुम्हें मंत्र-जाप प्रतिदिन जारी रखना पड़ेगा। यह ध्वनि तरंगों के माध्यम से तुम्हें एक खास तरह का अंतर-स्नान दे देगा। लेकिन यह विकास में तुम्हारी सहायता नहीं कर सकेगा। तपश्चर्याएं अधिक सहायक होती हैं, क्योंकि तुम्हारा जीवन परिवर्तित होने लगता है।

यदि तुम एक विशेष कार्य न करने का निश्चय करो, तो मन आग्रह करेगा कि तुम इसे कर लो। यदि तुम मन को इनकार करते चले जाओ तो तुम्हारे जीवन की सारी व्यवस्था बदल जाती है। लेकिन यह भी जबरदस्ती थोपी हुई है। वे लोग जो तपश्चर्याओं में बहुत अधिक संलग्न हैं वे अपनी गरिमा खो देते हैं, वे थोड़ा कुरूप हो जाते हैं। सतत संघर्ष और युद्ध और लगातार दमन और इनकार करते रहना उनके अस्तित्वों में बहुत गहरी दरार निर्मित कर देता है। जप करने वाले व्यक्ति या उस आदमी की तुलना में जो औषधियों से आसक्त है उन्हें अधिक स्थायी झलकें मिल जाती हैं। उन्हें टिमोथी लिएरी या महेश योगी से अधिक स्थायी परिणाम मिलेंगे, लेकिन फिर भी यह एक सहज खिलावट नहीं है। अभी भी यह झेन, वास्तविक योग, तंत्र नहीं है।

'...या समाधि।'

अब आता है चौथा, जिसे पतंजलि तुम्हें समझाने का प्रयास कर रहे हैं। संयम के माध्यम से, समाधि के माध्यम से, सभी कुछ प्राप्त किया जाना है। अब तक वे जो कुछ भी समझा रहे थे वह था तुम्हारी सजगता को संयम, समाधि की ओर लेकर आना। औषधियों वाला व्यक्ति रसायनशास्त्र के माध्यम से कार्य करता है, तपश्चर्याओं वाला व्यक्ति शरीर क्रिया विज्ञान के माध्यम से कार्य करता है, जाप वाला व्यक्ति अपने अस्तित्व की ध्वनि-संरचना के माध्यम से कार्य करता है, किंतु वे सभी आंशिक हैं। उसकी पूर्णता को उन्होंने अभी तक नहीं छुआ है। और वे सभी एक प्रकार का असंतुलन निर्मित कर लेते हैं। एक भाग बहुत विराट हो जाएगा और दूसरे भाग पीछे रह जाएंगे, और वह कुरूप हो जाएगा।

समाधि समग्र का विकास है।

और विकास को स्वाभाविक, सहज होना चाहिए, जबरदस्ती नहीं। विकास को सजगता के माध्यम से होना चाहिए न कि रसायन शास्त्र के माध्यम से, न कि भौतिक विज्ञान के माध्यम से, न कि ध्वनि के

माध्यम से। विकास को सजगता के, साक्षित्व के माध्यम से घटित होना चाहिए, यही है समाधि। समाधि तुम्हें उसी बिंदु पर ले आएगी जिस पर तुम्हारा जन्म हुआ था। तत्क्षण यह तुम पर तुम्हारी सत्ता को, जो तुम हो उसको, तुम पर प्रकट कर देगी।

अब समाधि के बारे में कुछ बातें समझ लेनी पड़ेंगी।

पहली: वह उपलब्धि हेतु कोई लक्ष्य नहीं है, वह पूर्ति हेतु कोई आकांक्षा भी नहीं है। यह कोई अपेक्षा नहीं है, यह कोई आशा नहीं है, यह किसी भविष्य में नहीं है, यह अभी और यहीं है। इसीलिए समाधि के लिए एकमात्र शर्त है इच्छा विहीन होना–समाधि की भी इच्छा न होना।

यदि तुम समाधि की इच्छा कर रहे हो तो तुम स्वयं समाधि को लगातार नष्ट करते जा रहे हो। इच्छा की प्रकृति को समझना पड़ेगा, और इसी समझ में यह अपने आपसे ही स्वतः गिर जाती है। इसीलिए मैं कहता हूं कि जब तुम्हारी आशाएं विफल हो जाती हैं तो तुम एक सुंदर परिस्थिति में हो, इसका उपयोग करो। यही वह पल है जब तुम समाधि में अधिक सरलता से प्रविष्ट हो सकते हो। धन्य हैं वे जो निराश हैं; इस वाक्य को जीसस की अन्य सुंदर उक्तियों में शामिल हो जाने दो।

वे कहते हैं, धन्य हैं वे जो विनम्र हैं, क्योंकि पृथ्वी के उत्तराधिकारी वे ही होंगे। मैं तुमसे कहता हूं, धन्य हैं जो निराश हैं, क्योंकि समग्र के उत्तराधिकारी वे ही होंगे।

इसे देखने का प्रयास करो कि आशा तुम्हें कैसे नष्ट कर रही है। आशा के साथ ही भय उत्पन्न होता है। भय उसी सिक्के का दूसरा पहलू है। जब कभी तुम आशा करते हो, साथ ही तुम भयभीत भी हो जाते हो। तुम भयभीत हो जाते हो कि तुम अपनी आशा को पूरा कर भी पाओगे या नहीं। आशा कभी अकेली नहीं आती; इसकी संगत भय के साथ है। फिर भय और आशा के बीच तुम्हारा विस्तार हो जाता है। आशा भविष्य में है और भय भी भविष्य में है; और तुम आशा और भय के मध्य झूलना आरंभ कर देते हो। कभी तुमको लगता है, हां, यह आशा पूरी होने वाली है, और कभी-कभी तुम्हें लगता है, नहीं, यह तो असंभव बात लगती है। और भय उठ खड़ा होता है। भय और आशा के मध्य तुम अपना अस्तित्व खो देते हो।

मैं तुम्हें एक प्रसिद्ध भारतीय कथा सुनाता हूं:

एक मूर्ख को आटा और नमक खरीदने भेजा गया। वह अपनी खरीद का सामान रखने के लिए एक बर्तन लेकर गया। उसे बताया गया था कि दोनों चीजों को मिलाना मत बल्कि उनको अलग-अलग रखना। जब दुकानदार ने बर्तन को आटे से भर दिया, तो उस मूर्ख ने अलग-अलग रखने के आदेशों को ध्यान में रखते हुए बर्तन को पलट दिया और दुकानदार से नमक को बर्तन के पृष्ठभाग में रखने को कहा। इस प्रकार आटा गिर गया, लेकिन नमक उसके पास था। उसे लेकर वह अपने मालिक के पास पहुंचा, मालिक ने पूछा, किंतु आटा कहां है? तो मूर्ख ने आटा खोजने के लिए बर्तन पुनः पलट दिया, तो नमक भी गिर पड़ा।

आशा और भय के मध्य तुम्हारा सारा अस्तित्व खो गया है।

इसी प्रकार से तुम इतने विखंडित, विभाजित और असंगठित हो गए हो। जरा इसके मूल तथ्य को देखो; यदि तुम्हारे पास कोई आशा नहीं है, तो तुम किसी भी प्रकार का भय निर्मित नहीं कर रहे होओगे– क्योंकि बिना आशा के भय आ ही नहीं सकता। आशा तुम्हारे भीतर भय का सोपान है। आशा भय के प्रवेश के लिए द्वार निर्मित करती है। यदि तुम्हारे पास कोई आशा नहीं है, तो भय की कोई बात न रही। और जब न आशा हो और न भय, तो तुम अपने आप से दूर नहीं जा सकते। जो तुम हो तुम बस वही हो। तुम अभी-यहीं हो। यही क्षण अत्यधिक जीवंत बन जाता है।

दूसरा सूत्र :

जात्यन्तर परिणामः प्रकृत्यापूरात।

'एक वर्ग, प्रजाति या वर्ण से अन्य में रूपांतरण, प्राकृतिक प्रवृत्तियों या क्षमताओं के अतिरेक से होता है।'

बहुत महत्वपूर्ण...

यदि तुम तपश्चर्याओं वाले व्यक्ति हो तो तुम कभी भी अतिरेक में नहीं होओगे। तुम अपनी ऊर्जाओं का दमन कर चुके होओगे। कामवासना से भयभीत, क्रोध से भयभीत, प्रेम से भयभीत, इससे और उससे भयभीत, तुम अपनी सारी ऊर्जाओं का दमन कर चुके होओगे, तुम अतिरेक में नहीं होओगे। और पतंजलि कहते हैं कि केवल अतिरेक के माध्यम से ही रूपांतरण होता है। यह जीवन के परम आधारभूत नियमों में से एक है।

क्या तुमने गौर किया है कि जब तुम ऊर्जा में कमी अनुभव करते हो, अचानक प्रेम खो जाता है? जब तुम ऊर्जा में कमी अनुभव करते हो, सृजनात्मकता खो जाती है? तुम चित्र नहीं बना सकते, तुम कोई गीत नहीं लिख सकते। यदि तुम लिखते हो तो तुम्हारी कविता चल नहीं पाएगी, नाचना तो बहुत दूर की बात है। यह तो चल भी न सकेगी, यह तो बस अधिक से अधिक लंगड़ा कर चल सकती है। यह कविता जैसी होगी भी नहीं। यदि तुम उस समय चित्र बनाओ, जब तुम अल्प ऊर्जावान हो तो तुम्हारा चित्र रुग्ण होगा। वह स्वस्थ नहीं होगा। यह स्वस्थ हो नहीं सकता, क्योंकि इस चित्र को तुमने बनाया है और तुम ऊर्जा में अल्पता अनुभव कर रहे हो। वास्तव में इस चित्र के रूप में तुम ही कैनवास पर चित्रित हो। यह उदास, दुखी, मरणासन्न होगा।

मैंने एक बड़े चित्रकार के बारे में सुना है। उसने अपने एक मित्र को, जो एक चिकित्सक था उसे आकर अपनी एक कलाकृति देखने का अनुरोध किया था। उस चिकित्सक ने चित्र का अवलोकन किया,

इस ओर से देखा और उस ओर से देखा। वह मित्र, वह चित्रकार बहुत प्रसन्न हो गया कि वह कितने गौर से देख कर उसके चित्र का मूल्यांकन कर रहा है। और अंत में उस चित्रकार ने पूछ ही लिया, क्योंकि उसने देखा कि उसका चिकित्सक मित्र उलझन में पड़ा है–न सिर्फ उलझन में है बल्कि चिंतित है। उस चित्रकार मित्र ने पूछा, बात क्या है? इस चित्र के बारे में तुम क्या सोचते हो? उस चिकित्सक ने कहा: परिशेषिका शोथ (अपेंडिसाइटिस)। उस चित्रकार ने किसी व्यक्ति का चित्र बनाया था और चिकित्सक बहुत ध्यान से इस चित्र को हर ओर से देख रहा था, क्योंकि चेहरा इतना पीला था और सारा शरीर इतनी पीड़ा में दिख रहा था कि उसे लगा इसे अवश्य ही अपेंडिसाइटिस का रोग होना चाहिए। बाद में यह पता लगा कि चित्रकार को अपेंडिसाइटिस थी, वह इससे पीड़ित था।

तुम अपने आप को ही अपने काव्य में, अपनी चित्रकारी में, अपनी मूर्तिकला में विस्तीर्ण करते हो। जो कुछ भी तुम करते हो यह तुम ही हो, इसे ऐसा ही होना चाहिए।

वृक्षों में पुष्प केवल तभी लगते हैं जब वे ऊर्जा के अतिरेक में होते हैं, जब अत्यधिक होती है ऊर्जा। वे फूल खिलाने में समर्थ हो पाते हैं। जब किसी वृक्ष के पास अधिक ऊर्जा नहीं होती है तो उसमें फूल नहीं लगते, क्योंकि उसके पास तो पत्तियों तक के लिए पर्याप्त ऊर्जा नहीं है। उसके पास तो जड़ों तक के लिए पर्याप्त ऊर्जा नहीं है–यह फूल खिलाने की व्यवस्था कैसे कर सकता है? फूल तो करीब-करीब एक विलासिता होंगे। जब तुम भूखे होते हो तो तुम घर के लिए चित्रों को खरीदने के बारे में नहीं सोचते। जब तुम्हारे पास वस्त्र नहीं होते हैं तो तुम वस्त्रों के बारे में सोचते हो, तुम एक सुंदर उपवन के बारे में नहीं सोचते। ये विलासिताएं हैं। जब ऊर्जा अतिरेक में होती है केवल तभी उत्सव होता है, रूपांतरण घटता है। जब तुम ऊर्जा से ओतप्रोत हो रहे हो तभी तुम गीत गाना चाहते हो, तुम नृत्य करना चाहते हो, तुम बांटना चाहते हो।

'एक वर्ग, प्रजाति, या वर्ण से अन्य में रूपांतरण, प्राकृतिक प्रवृत्तियों या क्षमताओं के अतिरेक से होता है।'

सामान्यतः मनुष्य जैसा वह है, इतना अवरुद्ध है, और इतनी अधिक समस्याएं दमित हैं कि ऊर्जा कभी उस बिंदु तक नहीं आ पाती जिससे यह उद्वेलित हो सके और इसे बस दूसरों के साथ बांटा जा सके। और तुम्हारा सहस्त्रार, जो तुम्हारा खिल जाना है, तुम्हारे सिर के शीर्ष में स्थित कमल, तब तक नहीं खिलेगा जब तक कि ऊर्जा उद्वेलित न हो, जब तक कि यह इतनी अधिक अतिरेक में न हो कि यह ऊंची और ऊंची उठती जाए। उसका तल ऊपर और ऊपर उठता चला जाता है, यह दूसरे केंद्र पर पहुंचता है, फिर तीसरा केंद्र, चौथा केंद्र और जो केंद्र भी इस उद्वेलित ऊर्जा के द्वारा स्पर्शित होता है खुल जाता है, खिल जाता है। सातवां चक्र मानवता का पुष्प है: सहस्त्रार। सहस्त्र-दल-कमल, एक हजार पंखुड़ियों वाला कमल, जो केवल तब खिलेगा जब तुम ऊर्जा के अतिरेक में हो।

न तो कभी दमन करो और न ही अपने अस्तित्व में अवरोध उत्पन्न करो। कभी अधिक ठोस मत हो जाओ। जमो मत। प्रवाहित होओ। अपनी ऊर्जा को सदैव प्रवाहमान रहने दो। योग के उपायों, योगासनों का यही पूरा उद्देश्य है कि तुम्हारे अवरोध छिन्न-भिन्न हो जाएं। यौगिक आसन और कुछ नहीं बल्कि उन अवरोधों को जो तुमने अपने शरीर में बना रखे हैं तोड़ने की एक प्रणाली है।

अब पश्चिम में ठीक ऐसा ही घटित हुआ है। यह है रोल्फिग, इदा रोल्फ द्वारा स्थापित। क्योंकि पश्चिम में मन अधिक तकनीकी है, लोग अपनी चीजें स्वयं करना नहीं चाहते। वे इन्हें किसी और के द्वारा कराना चाहते है; इसीलिए रोल्फिग। कार्य रोल्फिग करने वाला करेगा। वह तुम्हारी गहरी मालिश करेगा, और वह तुम्हारे अवरोधों को पिघलाने का प्रयास करेगा। जो पेशीतंत्र कठोर हो चुका है वह शिथिल हो जाएगा।

योग के साथ भी यही किया जा सकता है, और अधिक आसानी से किया जा सकता है, क्योंकि तुम स्वयं अपने मालिक हो। अपने आंतरिक अस्तित्व को तुम अधिक उचित ढंग से, बिलकुल ठीक अनुभव कर सकते हो। तुम अनुभव कर सकते हो कि तुम्हारे अवरोध कहां-कहां हैं। यदि तुम प्रतिदिन अपनी आंख बंद करो और मौन होकर बैठो तो तुम यह जान सकते हो कि कहां पर तुम्हारा शरीर असहज अनुभव कर रहा है, कहां पर तुम्हारा शरीर तनाव अनुभव कर रहा है। फिर शरीर के उस विशेष भाग को शिथिल करने के लिए योगासन हैं। वे आसन पेशी तंत्र के उस भाग को जो कठोर हो चुका है, शिथिल करने में अवरोध को विसर्जित करने में सहायक होंगे और ऊर्जा को प्रवाहित होने देंगे। किंतु एक बात निश्चित है कि दमित व्यक्ति कभी पुष्पित नहीं होता है।

दमित व्यक्ति निंदित और प्रतिबंधित ऊर्जा के साथ रहता है। और यदि तुम अपनी ऊर्जा को ठीक दिशाओं में गति के लिए निर्देशित नहीं करोगे तो तुम्हारी ऊर्जा तुम्हारे लिए आत्मघाती और विध्वंसक हो सकती है। उदाहरण के लिए, यदि तुम्हारी ऊर्जा प्रेम की ओर नहीं जा रही है, तो वह क्रोध बन जाएगी। यह खट्टी, कड़वी हो जाएगी। जब कभी भी तुम किसी क्रोधित व्यक्ति को देखो, तो याद रहे, किसी भी प्रकार से उसकी ऊर्जा प्रेम से वंचित रह गई है। किसी तरह से वह भटक गया है, इसलिए वह क्रोधित है। वह तुम पर क्रोधित नहीं है, वह तो बस क्रोधित है। तुम भी एक बहाना हो सकते हो। वह क्रोध है। ऊर्जा अवरुद्ध हो गई है और जिंदगी करीब-करीब अर्थहीन अनुभव हो रही है, इसमें कोई सार्थकता न रही, वह रोष में है।

डीलन थॉमस की एक बहुत प्रसिद्ध कविता है। उसके पिता का देहांत हो गया और उसी रात उसने यह कविता लिखी। इस कविता में ये पंक्तियां आती हैं–

क्रोध
प्रकाश के अवसान,
के विरुद्ध,

क्रोध;
उस शुभ रात्रि में
जाएं मत
कोमलता से,
बिना विरोध!

वह अपने पिता से कह रहा है: 'मृत्यु से संघर्ष करें, इसके विरुद्ध क्रोध करें समर्पण न करें, बस ऐसे ही मत छोड़ें। उसे कड़ी चुनौती दें, भले ही आप उससे पराजित हो जाएं, लेकिन बिना संघर्ष किए न जाएं।'

यदि प्रेम परितृप्त नहीं है तो व्यक्ति क्रोधित हो जाता है। यदि जीवन परितृप्त नहीं है तो व्यक्ति मृत्यु पर क्रोधित हो जाता है। ऐसा व्यक्ति जिसका जीवन परितृप्त है वह मृत्यु पर क्रोधित नहीं होगा, वह उसका स्वागत करेगा। और वह ऐसा नहीं कहेगा कि यह अंधेरी रात है; वह कहेगा, कितनी सुंदर, कितनी विश्रामदायी। अंधकार विश्रामदायक है। यह करीब-करीब मां के गर्भ की भांति उष्ण है। व्यक्ति पुनः परमात्मा के वृहत्तर गर्भ में जा रहा है। क्रोध किसलिए? वे जो खिल चुके हैं, समर्पण कर देते हैं। वे जो हताश हैं, समर्पण नहीं कर सकते। अपनी हताशाओं में से वे और अधिक आशाएं निर्मित करते हैं और प्रत्येक आशा और अधिक हताशाएं उत्पन्न करती है—और यह दुष्चक्र चलता चला जाता है, अनंत तक।

यदि तुम हताश नहीं होना चाहते हो तो आशा छोड़ दो—तब कोई हताशा नहीं रहेगी। और यदि तुम वास्तव में विकसित होना चाहते हो तो दमन कभी न करो। ऊर्जा का आनंद लो। जीवन ऊर्जा की एक घटना है। ऊर्जा का आनंद लो—नाचो, गाओ, तैरो, दौड़ो, ऊर्जा को अपने ऊपर सभी ओर बहने दो, ऊर्जा को अपने ऊपर सभी तरफ फैल जाने दो। इसे प्रवाह बन जाने दो। एक बार तुम प्रवाह में आ जाओ तो खिलना बहुत सरल हो जाता है।

'आकस्मिक कारक प्राकृतिक प्रवृत्तियों को सक्रिय होने के लिए प्रेरित नहीं करता, यह तो बस अवरोधों को हटा देता है—जैसे खेत सींचता हुआ किसान; वह बाधाओं को हटा देता है और तब पानी स्वतः ही मुक्त होकर प्रवाहित होने लगता है।'

पतंजलि कह रहे हैं कि वास्तव में यदि तुम्हारे भीतर अवरोध न हों तो हर चीज को स्वाभाविक रूप से प्राप्त किया जा सकता है। यह कुछ निर्मित करने का प्रश्न नहीं है, प्रश्न तो केवल बाधा को हटाने का है। यह तो बस ऐसा ही है कि झरना वहां हो और एक चट्टान उसका रास्ता रोक रही हो। उसके पीछे इसकी जलधार बह रही है लेकिन यह चट्टान को नहीं हटा सकती। यह झरना, यह जल निर्मित नहीं करना पड़ता है, यह पहले से ही वहां है; तुम्हें तो बस चट्टान हटा देनी है और यह आगे की ओर फूट पड़ता है, यह

फव्वारे की भांति है, तुम तो बस चट्टान हटा दो और यह ऊपर की ओर फूट पड़ता है, यह खिल जाता है। बच्चे के पास यह स्वभावतः होता है, तुम्हें इसे समझ के द्वारा अर्जित करना पड़ता है। और तुम्हें उन सभी अवरोधों को छोड़ना पड़ेगा जो समाज ने तुम्हारे ऊपर थोप रखे हैं।

समाज कामवासना के विरोध में है, उसने काम-केंद्र के ठीक पास में एक अवरोध निर्मित कर दिया है। जब कभी कामवासना उठती है तुम बेचैनी अनुभव करते हो, तुम्हें अपराध बोध होता है, तुम भयभीत अनुभव करते हो। तुम सिकुड़ जाते हो, तुम प्रवाहित नहीं होते, तुम बहते नहीं हो। समाज क्रोध के विरोध में है; उसने वहां एक अवरोध निर्मित कर दिया है। इसलिए क्रोध आता है, लेकिन तुम इसमें पूरी तरह नहीं जा पाते हो। तुम्हें इन सभी अवरोधों को छोड़ना पड़ेगा।

इसी कारण से मैं ध्यान की सक्रिय विधियों पर जोर देता हूं। वे तुम्हारे अवरोधों को पिघला देंगी। यदि तुम क्रोधित हो, तो चीखो, चिल्लाओ। किसी व्यक्ति पर चीखने और चिल्लाने की आवश्यकता नहीं है, बस एक तकिया ही काम कर जाएगा। तकिए को पीटो, इस पर कूद पड़ो, तकिए को मार डालो। किसी व्यक्ति को मारने की कोई जरूरत नहीं है। बस यह खयाल कि तुम तकिए को मार रहे हो, पर्याप्त है। बस क्रोध में, गुस्से में हो जाना ही काफी है, अवरोध टूट गया है। यदि तुम किसी की हत्या करना चाहो या तुम किसी के ऊपर क्रोधित होना चाहो, तो तुम इसमें कभी पूरी तरह न हो सकोगे–क्योंकि दूसरे को चोट पहुंचेगी, वह घायल होगा, और तुम एक मनुष्य हो, तुम्हारे पास प्रेम और करुणा भी हैं। इसलिए व्यक्ति अभिव्यक्ति रोक लेता है।

तकिए को पीटो। एक बढ़िया चाकू लो और तकिए को मार डालो। जब तकिया मर जाए, तो उसके शरीर को दफना दो और यह मामला निबटा दो। अचानक तुम अनुभव करोगे कि तुम्हारे भीतर कुछ टूट गया है। एक चट्टान हटा दी गई है। चीखो, कूदो, दौड़ो। यदि कामवासना उठती है तो इसकी उठने में सहायता करो। समाज ने तुमको जो कुछ भी सिखाया है उस सभी को भूल जाओ। अपने भीतर उठ रही कामुकता की परम अनुभूति का आनंद लो। सहयोग करो इसके साथ। न तो सिकुड़ो और न ही इसका प्रतिरोध करो, इसके साथ सहयोग करो। शीघ्र ही तुम पाओगे कि कामुकता रूपांतरित हो रही है। जब तालाब भर जाता है, तो इसका पानी किनारे पार करके बाहर की ओर फैल जाता है। उद्वेलित होती कामुकता संवेदना बन जाती है। वे लोग जो अपनी कामवासना का दमन करते हैं संवेदनाशून्य, जड़ हो जाते हैं। उनके पास जीवन नहीं होता। वे काष्ठवत निर्जीव हो जाते हैं।

'आकस्मिक कारक प्राकृतिक प्रवृत्तियों को सक्रिय होने के लिए प्रेरित नहीं करना, यह तो बस अवरोधों को हटा देता है।'

योग का सारा प्रयास ही अवरोधों को हटा देने का है; निषेध है इसका ढंग। वास्तव में कुछ नहीं

किया जाना है क्योंकि सब कुछ है तुम्हारे पास; बस यह प्रवाहित नहीं हो रहा है। राह में कुछ चट्टानें रख दी गई हैं। तुमको राह से भटका दिया गया है। ऐसे ही है यह, जैसे खेत सींचता हुआ किसान। क्या तुमने कभी किसान को खेत सींचते हुए देखा है? पानी एक नाली में बह रहा होता है, वह जरा सी मिट्टी हटा देता है और पानी दूसरे रास्ते पर जाने लगता है। जब उस भाग की सिंचाई हो जाती है तो वह निकास पर थोड़ी सी मिट्टी वापस रख देता है, पानी उस रास्ते पर बहना बंद कर देता है। फिर वह नाली को कहीं और से खोल देता है, पानी वहां से बहना आरंभ कर देता है। पानी वहां है; उसे प्रवाहित होने के लिए पथ की आवश्यकता है। ऊर्जा तुम्हारे पास है, तुम ऊर्जावान हो, इसे केवल प्रवाहित होने के मार्ग की आवश्यकता है ताकि यह सहस्त्रार, उच्चतम शिखर, तुम्हारे अस्तित्व की पराकाष्ठा, तक पहुंच जाए।

'कृत्रिमता से निर्मित मन केवल अस्मिता से ही अग्रसर होते हैं।'

और हम सभी के पास कृत्रिम मन हैं। इसी को मैं सम्मोहन कहता हूं जो समाज ने तुम पर किया हुआ है।

यहां आश्रम में हमारे यहां एक मनोचिकित्सा समूह है, और मैं इसके विषय में सोचता रहा हूं। इसे सम्मोहन चिकित्सा, हिप्नोथेरेपी कहा जाता है। लेकिन मैं इसे वि-मोहन चिकित्सा, डी-हिप्नोथैरैपी कहना पसंद करूंगा–क्योंकि आधारभूत प्रयास तुम्हें वि-मोहित करने का या अ-सम्मोहित करने का, तुमको प्रतिबंधों से मुक्त करने का है।

सभी मन कृत्रिमता से निर्मित मन हैं: 'निर्माणचित्तान्यस्मितामात्रात्।' 'कृत्रिमता से निर्मित मन केवल अस्मिता से ही अग्रसर होते हैं।' मैं हिंदू हूं, मैं मुसलमान हूं, मैं अश्वेत हूं, मैं गोरा हूं, मैं यह हूं, वह हूं–वे सभी कृत्रिम मन हैं। मौलिक चेहरा, मौलिक मन, जिसे मनुष्य ने निर्मित नहीं किया है, उसका ही साक्षात करना है, और उसे ही जानना है।

मैने सुना है, एक छोटे अश्वेत बच्चे ने दुर्घटनावश सफेद रंग का डिब्बा अपने ऊपर उंड़ेल लिया। जब वह घर लौटा तो उसके पिता ने उसकी जम कर पिटाई की और उसे सीधे बिस्तर में जाने के लिए कहा। कमरे से सुबकते हुए बाहर जाते समय उसने कहा, 'मैं केवल बीस मिनट के लिए ही श्वेत हुआ हूं, और मैं तुम अश्वेतों से अभी से नफरत करने लगा हूं!'

एक बीस मिनट पुराने बच्चे ने भी कृत्रिम मन का संचय आरंभ कर दिया है। एक बीस मिनट उम्र का बच्चा भी किसी और की तुलना में अपनी मां की ओर अधिक प्रेम से देखता है, क्योंकि उसने एक तरकीब सीख ली है। मन की संस्कारिता आरंभ हो गई; वह भोजन देने वाली है, और जीवित रह पाना भोजन पर निर्भर है। इसलिए मां चाहे कितनी भी कुरूप हो, मां हमेशा सुंदर दिखाई पड़ती है। यह जीवित बच पाने का मामला है और बच्चे ने कूटनीति सीखना आरंभ कर दी है। वह पिता को देख कर उतना अधिक नहीं

मुस्कुराएगा। वह नहीं जानता कि यह व्यक्ति कौन है। बाद में वह जान जाएगा। धीरे-धीरे वह देखेगा कि यह व्यक्ति महत्वपूर्ण है। निःसंदेह वह घर में इतना अधिक दिखाई नहीं पड़ता लेकिन है महत्वपूर्ण। मुश्किल से रविवारों को ही वह वहां होता है, लेकिन मां तक उस पर निर्भर है, मां भी उसको देख कर मुस्कुराती है। तब बच्चा भी पिता को देख कर मुस्कुराता है। वह कृत्रिम मन सीख रहा है। वह संबंधों को निर्मित कर रहा है, अपने जीवित रहने की व्यवस्था बनाता है, एक परिस्थिति निर्मित कर रहा है–कूटनीति, राजनीति का प्रयोग करते हुए, लेकिन यह कृत्रिम मन है, जो आरंभ में जीवित रह पाने में सहायता करता है, लेकिन अंत में बड़ी से बड़ी समस्या बन जाता है।

जब तुम जीवित बच गए और तुमने कृत्रिम मन का उपयोग कर लिया होता है तो वह तुम्हारे आस-पास तुम्हारे गले में लटके पत्थर की भांति लटक जाता है। यह अहंकार बन जाता है। इसे सीखना पड़ता है, इसके बारे में कुछ भी नहीं किया जा सकता। प्रत्येक बच्चे को कृत्रिम मन में जाना ही पड़ेगा। लेकिन जब तुम सावधान और सजग हो जाते हो और जब तुम जीवन के बारे में सोचना और उस पर ध्यान लगाना आरंभ कर देते हो तो यह समय आ जाता है कि धीरे-धीरे इसे छोड़ दिया जाए। और अहंकार को छोड़ दो, क्योंकि अहंकार कृत्रिम मन ही है और कुछ नहीं। कृत्रिम मन का केंद्र अहंकार है। और प्रत्येक कृत्रिम मन केवल तभी जारी रह सकता है जब तुम अपनें अहंकार में वृद्धि करते चले जाओ।

हिंदू कहेंगे कि उनके पास दुनिया का श्रेष्ठतम धर्म है, कि संसार में वे सर्वाधिक धार्मिक लोग हैं। वास्तव में यदि सच में ही धार्मिक होते तो वे ऐसी मूर्खता की बात नहीं कहते, क्योंकि एक धार्मिक मन सरल एवं विनम्र होता है। यह अहंकार है। फिर प्रत्येक देश का अपना अहंकार है। रूसी, चीनी, अमरीकन, जर्मन, अंग्रेज–प्रत्येक के पास उसका निजी अहंकार है और प्रत्येक देश यह अनुभव करता रहता है कि हम श्रेष्ठ हैं, विशिष्ट हैं। प्रत्येक देश अपने अहंकार को बढ़ाने के उपाय और साधन खोज लेता है, और यही कार्य प्रत्येक जाति, प्रत्येक समूह और प्रत्येक स्त्री तथा पुरुष द्वारा किया जाता है।

मैंने सुना है, एक हाथी ने नीचे देखा और उसको अपने पैरों के पास एक छोटा सा एक बहुत छोटा चूहा दिखाई पड़ा। मेरे प्यारे, हाथी ने कहा, तुम बहुत छोटे से हो। हां, चूहे ने सहमति दर्शाते हुए कहा, अभी कुछ दिन पहले तक मेरी तबियत खराब चल रही थी। एक चूहे तक का अपना अहंकार होता है ?–उसकी तबियत खराब चल रही थी, इसीलिए वह इतना छोटा है।

कृत्रिम मन अहंकार के माध्यम से जीवित रहता है, इसलिए यदि तुम अहंकार छोड़ना आरंभ कर दो तो कृत्रिम मन छिन्न-भिन्न होने लगेगा। या यदि तुम अपने कृत्रिम मन का परित्याग कर दो, तो अहंकार विखंडित होने लगेगा। और यदि तुम वास्तव में इस चट्टान से छुटकारा पाना चाहते हो, तो दोनों उपायों को एक साथ आरंभ कर दो।

स्मरण रखो कि भौतिक मन अहं-शून्य होता है। यह मैं को नहीं जानता क्योंकि मैं एक संकुचन है। मौलिक मन आकाश की भांति असीम है।

और जहां तक अहंकार का संबंध है, एक समस्या लगातार उठती रहती है। आरंभ में तुम स्वयं के बारे में दूसरों को मूर्ख बनाने का प्रयास करते हो लेकिन धीरे-धीरे तुम स्वयं ही मूर्ख बन जाते हो। जब तुम दूसरों को विश्वास दिलाना आरंभ करते हो कि तुम कोई विशिष्ट व्यक्ति हो, तो तुम स्वयं ही अपने बारे में विश्वास करने लगते हो।

पागलखाने में एक कठोर नियम था : पालतू जानवर नहीं। वार्डर ने बेचारे हैरी को रोवर नाम के कुत्ते से बातचीत करते हुए सुना, तो वह उसकी गद्देदार कोठरी में घुस पड़ा। वहां वह डोरी के एक टुकड़े से बंधी हुई टूथपेस्ट हाथ में लिए बैठा था। क्या है यह? वार्डर ने पूछा। हैरी ने आश्चर्यचकित होकर उसे देखा, निश्चित रूप से कोई मूर्ख भी देख सकता है कि यह डोरी के एक टुकड़े में बंधी बस एक टूथपेस्ट की ट्यूब है, उसने कहा। संतुष्ट होकर वार्डर लौट गया। जैसे ही उसने अपने पीछे दरवाजा बंद किया, हैरी ने राहत की एक श्वास ली और कहा, रोवर, मेरे अच्छे बच्चे। उस समय हमने उसे निश्चित रूप से मूर्ख बना दिया।

जितना अधिक तुम दूसरों को मूर्ख बनाने में, यह सिद्ध करने में कि तुम कोई विशेष व्यक्ति हो, असाधारण हो, विशिष्ट हो, यह हो, वह हो–पागलपन के सभी विचार, जितना तुम इन्हें दूसरों के लिए सिद्ध करने में सफल होते हो, उतना ही अधिक तुम अपने आपको मूर्ख बनाने में सफल हो जाते हो। इसकी सारी मूढ़ता को देख लो।

कोई भी असाधारण नहीं है या प्रत्येक असाधारण है। कोई भी विशेष नहीं है या प्रत्येक व्यक्ति विशेष है। किंतु इसे किसी भी प्रकार से सिद्ध करने का कोई मतलब नहीं है–इसकी जरा भी आवश्यकता नहीं है।

कृत्रिमता से निर्मित मन केवल अस्मिता से ही अग्रसर होते हैं; इसलिए यदि तुम मौलिक मन पर आना चाहते हो–जो कि योग, तंत्र, झेन, सभी का पूरा प्रयास है–तो तुम्हें कृत्रिम मन का परित्याग करना पड़ेगा; वह मन जिसको समाज के द्वारा निर्मित किया गया है और तुम्हें दे दिया गया है, वह मन जिसे बाहर से बनाया गया है और तुम्हारे ऊपर थोप दिया गया है। धीरे-धीरे इसका परित्याग कर दो। जितना अधिक तुम इसको देखते हो, उतना ही अधिक तुम इसको छोड़ पाने में समर्थ हो जाते हो। जब भी तुम कृत्रिम मन से आसक्ति अनुभव करने लगो, जब कभी भी तुम कहो, 'मैं एक हिंदू हूं, और मैं एक भारतीय हूं; या मैं एक अंग्रेज हूं, मैं ब्रिटिश हूं'; या यह और वह, बस स्वयं को रंगे हाथ पकड़ लो। अंदर गहरे में अपने चेहरे पर थप्पड़ लगाओ और कहो, 'क्या बेवकूफी है!' धीरे-धीरे समाज के द्वारा परिभाषित मत होओ। तब तुम उस अव्याख्य, अपने असली, प्रमाणिक अस्तित्व को पा लोगे।

'यद्यपि अनेक कृत्रिम मनों की गतिविधियां भिन्न-भिन्न होती हैं, फिर भी एक मूल मन उन सभी का नियंत्रण करता है।'

इसलिए तुम्हारा कृत्रिम मन चाहे जैसा भी हो, वस्तुतः, वास्तव में, इसके पीछे छिपा मौलिक मन इन सभी का नियंत्रण करता है। नियंता को पाओ, यह खोजने का प्रयास करो कि समाज के द्वारा विकृत किए जाने से, प्रदूषित किए जाने से पूर्व, समाज के तुम्हारे भीतर प्रविष्ट होने से, तुम्हारे बारे में योजना बनाने से पूर्व, और समाज के द्वारा तुम्हारा प्रचंड रूप नष्ट करने से पूर्व मूलतः तुम कौन हो। झेन में वे इसको कहते हैं : अपने उस मौलिक चेहरे की खोज जो तुम्हारे पास तब था जब तुम्हारा जन्म नहीं हुआ था और जो तुम्हारे पास तब होगा जब तुम पुनः मरोगे; वह मौलिक चेहरा समाज के द्वारा अस्पर्शित। यही तुम्हारा स्वभाव, तुम्हारी आत्मा, तुम्हारा अस्तित्व है।

मौलिक चेहरे को उपलब्ध करके तुम्हारा पुनर्जन्म हो जाएगा, तुम एक द्विज, दुबारा जन्मे हुए हो जाओगे। तुम वास्तव में एक ब्राह्मण; वह जो जानता है, हो जाओगे। फिर पुनः प्रत्येक वस्तु तुम पर उसी भांति उद्घाटित हो जाएगी जिस भांति यह जन्म के समय उद्घाटित हुई थी, क्योंकि तुम पुनः जन्मे हुए होओगे। किंतु इस बार एक विराट अंतर होने जा रहा है, तुम सजग होओगे। पहली बार तुम चूक गए थे; इस बार तुम नहीं चूकोगे। पहली बार यह प्राकृतिक रूप से घटित हुआ था, इस बार यह तुम्हारे बोध, तुम्हारी सजगता से घटित होगा। तुम इसके प्रति चेतन होओगे। तुम स्वयं को दुबारा पुनर्जन्म लेता हुआ, जन्म लेता हुआ, अतीत से उभरता हुआ संशय और उलझन के बादलों से–विचारों, पूर्वाग्रहों, अहंकारों, मनों, संस्कारिताओं, सभी से उदित होते हुए, कुंआरे, शुद्ध रूप में देखोगे, तब तुम पुनः उस शक्ति को, उस अस्तित्व को, जो तुम हो, देखोगे।

तो पहले यह जन्म पर घटित होता है, दुबारा वह समाधि में घटता है। मध्य में–तीन उपायों, औषधियों, मंत्र-जाप, तपश्चर्याओं के माध्यम से इसकी व्यवस्था की जा सकती है–लेकिन ये तीनों विधियां धोखेबाजी के, छल के उपाय हैं। और तुम परमात्मा के साथ छल नहीं कर सकते, तुम स्वयं के साथ छल कर सकते हो, इसको याद रखो।

प्रवचन - 12

एकांत अंतिम उपलब्धि है

प्रश्न-सार

* क्या शिष्य अपने सदगुरु से कुछ चुराता है?

* क्या व्यक्ति जीवन का आनंद अकेले नहीं ले सकता है?

* जीवन क्या है? काम-भोग में संलग्न होना, धन कमाना, सांसारिक इच्छाओं की पूर्ति करना, व्यक्ति को दूसरों पर निर्भर होना, और क्या यह सब खोजी की खोज को बहुत लंबा नहीं बना देगा?

* क्या कोई शिष्य हुए बिना आपकी आत्मा से अंतरंग हो सकता है?

पहला प्रश्नः क्या शिष्य अपने सदगुरु से कुछ चुराता है?

सभी कुछ! क्योंकि सत्य को सिखाया नहीं जा सकता, इसे सीखना पड़ता है। सदगुरु तुम्हें केवल प्रलोभित करता है, तुम्हें इसके लिए और-और प्यासा बना सकता है, लेकिन सत्य तुम्हें दे नहीं सकता–यह कोई वस्तु नहीं है। वह इसे सरलता से तुम्हारे नाम हस्तांतरित नहीं कर सकता–यह कोई विरासत नहीं है। तुम्हें इसको चुराना पड़ेगा। तुम्हें आत्मा की अंधेरी रात में कठिन परिश्रम करना पड़ेगा। इसे किस प्रकार से चुराया जाए इसके उपाय तुम्हें खोजने पड़ेंगे। सदगुरु केवल तुम्हें प्रलोभित करता है, वह बस तुम्हें उकसाता है। वह दिखाता है कि वहां कुछ है, एक खजाना–और अब तुमको कठोर परिश्रम करना पड़ेगा। वास्तव में तो वह हर प्रकार के अवरोध निर्मित करेगा ताकि तुम खजाने तक बहुत आसानी से न पहुंच सको। क्योंकि यदि तुम खजाने तक बहुत सरलता से पहुंच गए, तो तुम विकसित नहीं हुए; तुम उस खजाने को पुनः खो दोगे। यह बच्चे के हाथ में खजाना देने जैसा है। कुंजी खो जाएगी, खजाना खो जाएगा।

इसलिए न केवल तुमको चुराना पड़ता है, बल्कि सदगुरु को इस ढंग से कार्य करना पड़ता है कि तुम केवल तब ही चुरा पाने में समर्थ हो जब तुम तैयार हो चुके हो। उसे अनेक बाधाएं निर्मित करनी पड़ती हैं। वह खजाने को छिपाता चला जाता है। वह तुमको तभी अनुमति देगा जब तुम तैयार हो। बस तुम्हारा लोभ या तुम्हारी अभिलाषा पर्याप्त नहीं है, बल्कि तुम्हारी तैयारी, तुम्हारी तत्परता चाहिए, तुम्हें इसको अर्जित करना पड़ेगा। और यह चोरी करने जैसा है, क्योंकि प्रयास अंधकार में करना पड़ेगा, और प्रयास बहुत शांतिपूर्ण ढंग से करना होगा। और वहां रास्ते पर हजारों बाधाएं हैं, दूर भाग जाने के लिए प्रलोभन हैं,

भटक जाने के लिए आकर्षण हैं। सदगुरु की सहायता तो वास्तव में तुम्हें और निपुण बनाने के लिए है, तुम्हें यह दक्षता देने के लिए है कि कैसे पता लगे कि खजाना यहां है या नहीं।

सदगुरु के साथ रहते हुए, उसकी आबोहवा से घिरे हुए, धीरे-धीरे तुममें एक विशेष सजगता का उदय होने लगता है। तुम्हारी आंखें स्वच्छ हो जाती हैं और तुम देख सकते हो कि खजाना कहां है। और तब तुम इसके लिए कठोर परिश्रम करते हो। सदगुरु तुम्हें सुदूर हिमालय के–हिमाच्छादित, धूप में चमकते हुए शिखरों की झलक दे देता है, किंतु यह दूर है और तुम्हें यात्रा करनी पड़ेगी। यह कठिन होने जा रही है, यह श्रमसाध्य होने जा रही है। इस बात की पूरी संभावना है कि तुम खो सकते हो। इस बात की पूरी संभावना है कि तुम लक्ष्य से चूक जाओ, तुम भटक सकते हो। जितना अधिक तुम शिखर के नजदीक आते हो, चूकने की संभावना और-और अधिक, विराट से विराटतर होती जाती है–क्योंकि जितना तुम शिखर के निकट आते हो उतना ही तुम उसको कम देख पाते हो। तुमको केवल अपनी सजगता से चलना पड़ता है। दूर से तुम शिखर को देख सकते थे, दिशा चूकना कठिन था। लेकिन जब तुम पर्वतों में पहुंच गए हो और तुम ऊपर जा रहे हो तो तुम शिखर को नहीं देख सकते हो। तुमको तो बस अंधकार में टटोलना है, इसलिए यह चोरी करने जैसा ही अधिक है। सदगुरु तुमको इसे सरलता से नहीं देने जा रहा है। इसकी बहुत सरलता से अनुमति दी जा सकती है–द्वार को ठीक अभी खोला जा सकता है–किंतु तुम वहां किसी खजाने को अभी देख पाने समर्थ नहीं हो, क्योंकि अभी तक तुम्हारी आंखें प्रशिक्षित नहीं हुई हैं। और यदि मात्र श्रद्धावश तुम यह विश्वास कर लो कि यह बहुत बेशकीमती है, तो बार-बार तुम्हारी श्रद्धा खो जाएगी। जब तक कि तुम अनुभव न करो और न जानो कि यह मूल्यवान है, यह अधिक समय तक रखा नहीं रह पाएगा, तुम इसको कहीं भी फेंक दोगे।

मैंने एक निर्धन व्यक्ति, एक भिखारी के बारे में सुना था, जो सड़क पर अपने गधे के साथ आ रहा था। गधे की गर्दन में एक सुंदर हीरा लटक रहा था, भिखारी ने इसे कहीं पाया था और सोचा कि यह सुंदर दीखता है, तो उसने अपने गधे के लिए एक छोटा सा गहना, एक कंठहार बना दिया था। एक जौहरी ने उसे देखा। वह उस निर्धन व्यक्ति के पास गया और पूछा, इस पत्थर के लिए तुम क्या कीमत लोगे? निर्धन व्यक्ति बोला : आठ आने लूंगा। वह जौहरी ललचा गया। उसने कहा : आठ आने?–इस जरा से पत्थर के लिए? मैं तुमको चार आने दे सकता हूं। लेकिन उस निर्धन व्यक्ति ने कहा : बस चार आने के लिए इसे गधे से क्यों अलग करूं? फिर मैं नहीं बेच रहा हूं। जौहरी ने मन में कहा, यह भिखारी बेचेगा अवश्य, इसलिए वह थोड़ी दूर चला गया। वह उसे राजी करने के लिए आता, किंतु इसी बीच एक अन्य जौहरी ने इसे देख लिया। वह एक हजार रुपये देने को राजी था, इसलिए निर्धन व्यक्ति ने तुरंत बेच दिया, क्योंकि पिछला वाला तो आठ आने तक देने को राजी नहीं

था। और यह दूसरा जौहरी तो करीब-करीब पागल मालूम पड़ा; उसने एक हजार रुपये का प्रस्ताव रख दिया। पहला जौहरी वापस आया, लेकिन हीरा तो जा चुका था। उसने उस निर्धन व्यक्ति से कहा: तुम मूर्ख हो! तुमने उसे केवल एक हजार रुपये की खातिर बेच डाला; यह लगभग दस लाख रुपये कीमत का था! वह भिखारी हंसने लगा, मैं मूर्ख हो सकता हूं, मैं मूर्ख हूं, लेकिन अपने बारे में क्या खयाल है आपका? मैं नहीं जानता था कि यह हीरा था, लेकिन आप तो जानते थे, और आपने उसे आठ आने तक में नहीं खरीदा।

तुम्हें हीरा मिल सकता है; यह तुमसे छीन लिया जाएगा। तुम इसको लंबे समय तक रख न सकोगे। जब तक कि तुम स्वयं न समझ लो कि यह कितना मूल्यवान है, इसे चुरा लिया जाएगा। इसलिए तुमको विकसित होना पड़ेगा।

सदगुरु का कार्य बहुत विरोधाभासी है। विरोधाभास यह है कि वह तुम्हें उकसाता है, वह तुम्हें निमंत्रित करता है, और खजाने को छिपाए चला जाता है। उसे साथ ही साथ दोनों कार्य करने पड़ते हैं; उसे तुमको प्रलोभित करना है, राजी करना है, और फिर भी वह तुम्हें आसानी से उस तक पहुंचने भी न देगा। इन दो विरोधाभासी प्रयासों के मध्य: उकसाना, सतत उकसाते रहना...

मैं प्रतिदिन बोले चला जाता हूं: यह और कुछ नहीं, प्रलोभन है, निमंत्रण है। किंतु मैं इसे अंत तक छिपाऊंगा जब तक तुम इसको चुरा पाने में समर्थ नहीं हो जाते। मैं इसे देने नहीं जा रहा हूं, इसको दिया नहीं जा सकता। इसे तुम केवल चुरा सकते हो। लेकिन तुम धीरे-धीरे उस्ताद चोर बन जाओगे। प्रलोभन तुम्हें उस्ताद चोर बना देगा। तुम करोगे क्या? मैं तुमको प्रलोभित करूंगा, और तुम्हें दिया कुछ भी नहीं जाएगा। तुम क्या करोगे? तुम यह सोचना आरंभ कर दोगे कि इसको कैसे चुराया जाए।

ठीक समय से पहले कुछ भी घटित नहीं होता; कम से कम सत्य तो अपने उचित समय के पूर्व कभी नहीं घटता। और यदि मैं इसको तुम्हें देने का प्रयास करूं, तो पहली बात यह कि तुम तक कभी न पहुंचेगा। यदि यह पहुंच भी जाता है तो तुम दुबारा इसको खो दोगे। और...यदि मैं इसको तुम्हें दे दूं तो मेरी ओर से यह कोई करुणा का कृत्य न होगा। मेरी करुणा को कठोर होना पड़ेगा। मेरी करुणा को इतना कठोर होना पड़ेगा कि तुम इसके लिए चीख-पुकार मचाते रहते हो, और मैं इसको छिपाता रहता हूं। एक ओर मैं तुम्हें प्रलोभित करता हूं, दूसरी ओर मैं इसे छिपाता हूं। एक बार प्रलोभित हो जाओ, तुम धीरे-धीरे और-और दीवानगी से भर उठोगे। तुम उपाय खोजोगे, तुमको उपाय खोजने पड़ेंगे। क्योंकि केवल खोज, अन्वेषण, रास्तों की तलाश, अविष्कार, नये रास्तों की खोज, नये रास्तों के बारे में पूछताछ, पुराने ढांचों से बाहर निकल कर नये ढंग-ढांचे, नये अनुशासन को पाकर, उनके माध्यम से ही तुम विकसित होओगे, तुम समृद्ध होओगे। वास्तव में जिस क्षण तुम विकसित हो जाते हो तत्क्षण सत्य तुम्हारे भीतर दीखता है।

व्यक्ति को बस उसको पहचानना भर है, लेकिन यह पहचान कठिन रास्ते से आती है। तुमको हर वह वस्तु जो तुम्हारे पास है दांव पर लगा देनी पड़ती है; चोरी का यही अभिप्राय है। यह कोई व्यवसाय नहीं है; यह कोई मोल-भाव नहीं है। यह चोरी करने जैसा है।

चोर के बारे में सोचो, वह उस चीज के लिए जो अज्ञात है, जिसको वह नहीं जानता कि वास्तव में यह वहां है भी या नहीं, सब कुछ दांव पर लगाता है। वह अपनी संपत्ति दांव पर लगाता है, वह अपना परिवार दांव पर लगाता है, वह अपना खुद का जीवन दांव पर लगा देता है। यदि वह चूकता है और कुछ गलत हो जाता है, तो वह सदा के लिए कारागृह में भेजा जा सकता है। वह एक जुआरी है, बेहद हिम्मतवर। वह कोई व्यवसायी नहीं है। वह उस वस्तु के लिए जो वहां हो सकती है और नहीं भी हो सकती है, सभी कुछ दांव पर लगा देता है। व्यवसायी के पास एक ध्येय वाक्य होता है; वह कहता है, कभी अपने हाथ की आधी रोटी को भविष्य की कल्पना की पूरी रोटी की खातिर खो मत देना। कभी भी उसके लिए जो तुम्हारे पास नहीं है, इसको खो मत देना जो तुम्हारे पास है। यह व्यवसायी का ध्येय वाक्य, व्यवसायी का मन है।

चोर पूर्णतः दूसरे ध्येय वाक्य का अनुसरण करता है; वह कहता है, उस वस्तु की खातिर जो तुम्हारे पास नहीं है, उस सभी कुछ को जो तुम्हारे पास है, दांव पर लगा दो। अपने स्वप्न के लिए वह अपना यथार्थ दांव पर लगाता है। यह बस एक 'शायद' है। वह अपनी सारी सुरक्षाओं को, किसी ऐसी वस्तु के लिए जो अत्यंत असुरक्षित है, खतरे में डालता है। यही है जहां साहस की आवश्यकता है।

इसलिए व्यवसायी बनने की अपेक्षा चोर बनो, जुआरी बनो। क्योंकि अज्ञात को केवल तभी पाया जा सकता है जब तुम ज्ञात को त्यागने को राजी हो। जब ज्ञात विलीन हो जाता है, अज्ञात तुम्हारे अस्तित्व में प्रविष्ट हो जाता है। जब सारी सुरक्षा खो जाती है, केवल तभी तुम अज्ञात को अपने भीतर प्रवेश करने का रास्ता देते हो।

दूसरा प्रश्न : क्या व्यक्ति जीवन का आनंद अकेले नहीं ले सकता है? क्योंकि मैं उतना बोधपूर्ण नहीं हूं कि बिना गीले हुए पानी में उतर जाना या बिना जले हुए आग में से गुजर जाना मेरे लिए संभव हो सके। क्या व्यक्ति अकेले जीवन का आनंद नहीं ले सकता है?

कम से कम प्रश्नकर्ता तो आनंदित नहीं हो सकता है, क्योंकि वह व्यक्ति जो आनंद ले सकता है कभी प्रश्न न पूछेगा।

यह प्रश्न ही दर्शाता है कि तुम्हारे लिए अकेले आनंद ले पाना असंभव होगा। तुम्हारा एकांत

बदतर हो जाएगा और अकेलापन बन जाएगा। तुम्हारा एकांत कोई परिपूर्णता नहीं होगा; तुम्हारा एकांत अकेलापन होगा–रिक्त।

हां, भय के कारण तुम इसमें रुके रह सकते हो। पानी से भीग जाने के भय के कारण, आग में घिर जाने के भय के कारण; भय के कारण तुम रुक सकते हो। अनेक लोग रुक गए हैं। आश्रमों में जाओ; पुराने आश्रमों में जाकर देखो, अनेक लोग भय के कारण रुके हुए हैं।

संबंध एक अग्नि है; यह दग्ध करता है। यह दुष्कर है। किसी के साथ रह पाना करीब-करीब असंभव है। यह एक सतत संघर्ष है। अनेक लोग भाग गए हैं, लेकिन कायर हैं वे। वे वयस्क नहीं हैं, उनका प्रयास बचकाना है। हां, वे अधिक सुविधापूर्ण जीवन जीएंगे, यह सच है। जब वहां कोई दूसरा नहीं है, तो निःसंदेह सब कुछ सरलता से चलता है। तुम अकेले रहते हो–किसके साथ क्रोधित होना है? किसके साथ ईर्ष्यालु होना है? किसके साथ संघर्ष करना है? लेकिन तुम्हारा जीवन सारा स्वाद खो देगा। तुम स्वादहीन हो जाओगे, जीवन का कोई रस तुममें न होगा।

अनेक लोग जीवन से भाग जाते हैं क्योंकि जीवन अतिशय है और वे स्वयं को इससे निबटने में सक्षम नहीं पाते हैं। मैं यह सुझाव नहीं दूंगा; मैं कोई पलायनवादी नहीं हूं। मैं तुमसे तुम्हारे जीवन-पथ में संघर्षरत रहने को कहूंगा, क्योंकि अधिक सजग और होशपूर्ण रहने का यही एक मात्र रास्ता है। इतना संतुलित हो जाना है कि कोई भी तुम्हें असंतुलित न कर पाए, इस कदर शांत हो जाना है कि दूसरे की उपस्थिति कभी तुम्हें विचलित न कर सके। दूसरा तुम्हारा अपमान कर सकता है किंतु तुम उत्तेजित नहीं होते। दूसरा ऐसी परिस्थिति पैदा कर सकता है जिसमें सामान्यतः तुम पागल हो गए होते, लेकिन अब तुम पागल नहीं होते। तुम परिस्थिति को उच्चतर चेतना के लिए सीढ़ी के रूप में प्रयोग कर लेते हो।

जीवन को एक परिस्थिति, अधिक चेतन, अधिक संतुलित, अधिक केंद्रित और अपनी जड़ों से गहराई में जुड़ने के अवसर के रूप में प्रयुक्त किया जाना चाहिए। यदि तुम भाग जाते हो, तो यह ऐसे हुआ जैसे कोई बीज मिट्टी से भाग जाए और ऐसी गुफा में जा छिपे जहां जरा भी मिट्टी न हो केवल पत्थर हों। बीज सुरक्षित हो जाएगा। मिट्टी में बीज को मरना पड़ेगा, मिटना पड़ेगा। जब बीज मिटता है तभी पौधा अंकुरित होता है। फिर खतरे आरंभ हो जाते हैं। बीज के लिए कोई खतरा नहीं था: उसे किसी पशु ने नहीं खाया होता, और किसी बच्चे ने उसे नहीं तोड़ा होता। अब एक सुंदर हरा अंकुर और सारा संसार उसके विरोध में प्रतीत होता है: हवाएं आती हैं और वे इसे जड़ से उखाड़ने का प्रयास करती हैं, बादल आते हैं, और तूफान आते हैं, और एक छोटा सा बीज अकेले ही सारे संसार के विरुद्ध संघर्ष कर रहा है। वहां बच्चे हैं, वहां जानवर हैं, और वहां माली हैं, और सामना करने के

लिए लाखों समस्याएं हैं। बीज सुविधापूर्वक रह रहा था, वहां कोई समस्या नहीं थी: न हवा, न मिट्टी, न जानवर–कुछ भी समस्या नहीं थी। यह अपने आप में पूरी तरह से बंद था; बीज संरक्षित था, सुरक्षित था।

इसलिए तुम हिमालय की किसी गुफा में जा सकते हो : तुम एक बीज रह जाओगे। तुम अंकुरित नहीं होगे। वे हवाएं तुम्हारे विरोध में नहीं हैं, वे तुमको एक अवसर देती हैं, वे तुम्हें एक चुनौती देती हैं, वे तुम्हें गहराई से जड़ें जमा लेने का एक अवसर देती हैं। वे तुम्हें अपनी जमीन पर दृढ़तापूर्वक खड़े होने को और कड़ी टक्कर देने को कहती हैं। यह तुमको सबल बनाता है।

तुम देखते हो, यहां एक यूकेलिप्टस का एक वृक्ष है। बस उसे बचाने भर को मुक्ता ने जब यह वृक्ष छोटा था तो इसके बराबर में एक बांस लगा दिया था। अब यह इतना लंबा हो गया है, लेकिन अब यह अपने आप खड़ा नहीं हो सकता। बांस अभी भी वहां पर है, और अब यह असंभव प्रतीत होता है, एक बार तुम बांसों को हटा लो पूरा वृक्ष गिर पड़ेगा। सुरक्षा खतरनाक सिद्ध हो जाएगी। अब यह वृक्ष सुरक्षा का आदी हो चुका है। इसकी शक्ति में विकास नहीं हुआ है, यह बचकाना रह गया है।

चुनौतियां विकास के अवसर हैं और जीवन में प्रेम से बड़ी कोई चुनौती नहीं है। यदि तुम किसी को प्रेम करो, तो तुम अत्याधिक अनिश्चितता में हो जाते हो। प्रेम, जिस तरह तुम्हारे कवि कहा करते हैं पूरा गुलाबों की सुगंध से भरा हुआ नहीं है; वे सभी मूर्ख हैं। उन्होंने प्रेम के बारे में स्वप्न देखे होंगे, लेकिन उन्होंने कभी इसे जाना नहीं। यह कोई फूलों की सेज नहीं है। इसमें जितनी तुम कल्पना कर सकते हो उससे अधिक कांटे हैं। गुलाब तो दुर्लभ हैं, यहां और वहां हैं, लेकिन कांटे लाखों हैं। लेकिन जब लाखों कांटों के बीच से एक गुलाब खिलता है तो इसका अपना सौंदर्य होता है। जीवन में प्रेम सबसे बड़ा खतरा है। इसीलिए मैं जोर देता हूं कि यदि तुम वास्तव में विकसित होना चाहते हो तो इस सबसे बड़े खतरे प्रेम को स्वीकार करो और इसमें उतर जाओ।

लोगों ने इससे बचने के अनेक उपाय खोजने के प्रयास किए हैं। कुछ ने संसार छोड़ दिया है। तुम संसार से इतने भयभीत क्यों हो? संसार का भय वास्तव में प्रेम का भय है, क्योंकि जब दूसरे वहां हैं तो संभावना यह है कि तुम किसी के प्रेम में पड़ सकते हो। चारों ओर इतनी अधिक सुंदर आत्माएं, इतने अधिक आकर्षण हैं; तुम कहीं भी फंस सकते हो। खतरा है...भागो! कुछ लोग आश्रमों में भाग गए हैं, कुछ लोग अन्य उपायों से भागे हैं। कुछ लोग विवाहों से भागे हैं। यह भी एक पलायन है। आश्रम एक पलायन है और विवाह भी एक पलायन है–प्रेम से बचने के लिए।

व्यक्ति कभी नहीं जानता कि प्रेम संबंध का परिणाम क्या होने वाला है। यह सदैव डगमगाता रहता

है। यह कभी सुविधाजनक नहीं है, यह कभी आरामदायक नहीं है। यह तुम्हारे लिए आनंद के क्षण ला सकता है, लेकिन यह नरक भी लाता है। यह पीड़ापूर्ण विकास है, लेकिन सारा विकास पीड़ापूर्ण होता है। व्यक्ति का विकास पीड़ा के बिना कभी नहीं होता। पीड़ा उसका भाग है, एक आवश्यक भाग है। यदि तुम पीड़ा से बचते हो तो तुम विकास से भी बच जाते हो।

बहुत से लोग कहीं न कहीं रुक जाते हैं। कुछ लोग महत्वाकांक्षा में रुक गए हैं, राजनीतिज्ञ बन गए हैं। उन्हें प्रेम की कोई चिंता नहीं है। वे कहते हैं कि उनको संसार में महान कार्य करने हैं। वे शक्ति के बारे में चिंतित हैं, वे शक्ति का प्रयोग पलायन के लिए करते हैं। कुछ अपने आश्रमों में दफन हो गए हैं; कुछ अपने परिवारों में, विवाह, बच्चे, यह और वह में दफन हो चुके हैं, लेकिन मैं कठिनता से ही किसी ऐसे व्यक्ति के संपर्क में आता हूं जिसने प्रेम की चुनौती का, वहां जो बड़े से बड़ा तूफान है उसका सामना किया हो। लेकिन जिसने इसका सामना कर लिया है वही विकसित होता है। एक दिन वह इससे बाहर आता है, शुद्ध, निर्मल, परिपक्व।

अब तुम पूछते हो: 'क्या व्यक्ति जीवन का आनंद अकेले नहीं ले सकता?'

तुम अकेले प्रसन्न हो सकते हो, लेकिन तुम आनंद नहीं ले सकते। एक ढंग से तुम प्रसन्न हो सकते हो, क्योंकि वहां कोई व्यवधान, कोई उपद्रव, कोई संघर्ष नहीं होगा। तुम्हारी प्रसन्नता शांति की भांति अधिक होगी, आनंद की भांति कम। इसमें कोई समाधि की छाया न होगी। आनंद पर समाधि का बहुत प्रभाव होता है, आनंद बहुत कुछ नृत्य की भांति होता है। प्रसन्नता ऐसी है जैसे कि तुम अपने स्नानगृह में गाना गाते हो–स्नानागार गायन–यह बहुत कुनकुना होता है; तुम इसे अकेले कर सकते हो। तुम इसे सदैव अपने स्नानगृह में करते हो क्योंकि तुम अकेले हो। लेकिन दूसरे लोगों के साथ गायन और नृत्य पूरी तरह उनसे आविष्ट हो जाना, यह आनंद है। आनंद एक बांटने वाली अनुभूति है, प्रसन्नता न बांट सकने वाला अनुभव है।

वे लोग जो कंजूस हैं सदैव प्रसन्नता की तलाश करते हैं, आनंद की नहीं; क्योंकि आनंद को बांटने की आवश्यकता है। तुम अकेले आनंदित नहीं हो सकते। एक विशेष वातावरण की आवश्यकता पड़ती है, एक विशिष्ट जलवायु की आवश्यकता पड़ती है, लोगों की, व्यक्तियों की, चेतना की एक विशिष्ट उमंग की आवश्यकता पड़ती है। अकेले, बहुत हुआ तो तुम प्रसन्न ही हो सकते हो।

और स्मरण रखो, प्रसन्नता कोई बहुत खुश होने वाली बात नहीं है।

आनंद वास्तव में उर्ध्वगमन है आनंद है चरम उत्कर्ष, शिखरों की भांति; प्रसन्नता समतल मैदान है: व्यक्ति सुविधापूर्वक बिना कहीं गिर पड़ने के किसी भय के बिना चलता-फिरता रहता है–न चारों ओर कोई घाटी है, न कोई खतरा है। तुम अपनी आंखें बंद करके चल सकते हो। तुम्हें रास्ता पता है,

उन रास्तों पर तुम चलते रहे हो, यह रास्ता और वह रास्ता सब पता है। तुम पूरी तरह अचेतन होकर चल-फिर सकते हो।

आनंद को चेतना की आवश्यकता होती है। क्या तुम कभी पहाड़ों पर गए हो? तुम चल रहे हो और बस बगल में ही एक विशाल घाटी फैली हुई है। तुम सजग हो जाते हो। पर्वतारोहण के सौंदर्यों में यह भी एक बात है। वास्तव में यह आनंद पर्वत में नहीं है, आनंद है खतरे में, सतत खतरे में चलना। वहां सदैव मृत्यु चारों ओर है, घाटी तुमको किसी भी क्षण निगल लेने की प्रतीक्षा कर रही है। एक बार तुम्हारे पांव उखड़े, तुम सदा के लिए चले गए। उस खतरे के कारण व्यक्ति बहुत तीक्ष्णता से सजग तलवार जैसा हो जाता है। उस सजगता से आनंद मिलता है।

जब तुम लोगों के साथ संबंधों में रहा करते हो तो तुम सदैव खतरे में हो। जीवन प्रखर हो जाता है। फिर तुम्हारे पास एक जीवनशैली होती है, तब तुम्हारी ऊर्जा बस जंक नहीं खाती, यह प्रवाहमान होती है। उन लोगों की ओर देखो जो गुफाओं या आश्रमों में बहुत लंबे समय से रह रहे हैं, तुम देखोगे कि उनके चेहरों पर खास किस्म की जंक लग चुकी है। वे जीवंत नहीं दिखाई पड़ेंगे। वे मूढ़ होने की सीमा तक मंदमति होंगे। यही कारण है कि साधुओं ने संसार में कभी किसी सुंदर चीज का निर्माण नहीं किया है। उनके द्वारा कुछ भी निर्मित नहीं हुआ है। वे अपशिष्ट हैं, वे उर्वर भूमि नहीं हैं। वे नपुंसक सिद्ध हुए हैं।

सारे पलायन तुम्हें और कायर, नपुंसक बना देते हैं। और जितना तुम भागते हो उतना और तुम भागना चाहते हो। सारा पलायन आत्मघाती है।

फिर मेरा क्या अभिप्राय है? क्या मैं तुमसे यह कह रहा हूं कि कभी अकेले मत रहो? नहीं, जरा भी नहीं। बल्कि मैं कह रहा हूं कि कभी अकेलेपन में मत रहो।

एकांत उस समृद्धि से आता है जिसे तुमने संबंधों के, अनेक संबंधों, अनेक आयामों, अनेक गुणवत्ताओं के माध्यम से सीखा है : मां के साथ रह कर, पिता के साथ रह कर, मित्र के साथ रह कर, भाई, बहन के साथ रह कर, पत्नी के साथ, प्रेमिका, प्रेमी के साथ रह कर, मित्रों के, शत्रुओं के साथ रह कर सीखा है। 'साथ रह कर' ही संसार है। और व्यक्ति को जितना संभव हो सके उतने अधिक संबंधों में रह कर देखना पड़ता है, तभी तुम विस्तीर्ण होते हो। प्रत्येक संबंध तुम्हारी आंतरिक समृद्धि में कुछ योगदान करता है। जितना अधिक तुम लोगों के मध्य उनसे संबंधित होकर फैल जाते हो, उतना ही अधिक तुम्हारा विस्तार हो जाता है। तुम्हारे पास एक और बड़ी आत्मा होती है, और तुम्हारे पास एक और समृद्ध आत्मा होती है। वरना तुम दरिद्र हो जाते हो।

अब मनस्विद उन बच्चों पर कठोर श्रम कर रहे हैं, जिनको अपना पहला और आधारभूत संबंध

नहीं मिला है–बच्चे और मां का संबंध। वे सिकुड़ जाते हैं। ये बच्चे कभी सामान्य न होंगे। किसी कारण से विस्तीर्ण होने की पहली लालसा नहीं घट पाई है। मां और बच्चे के बीच का संबंध संसार में पहला प्रवेश है।

तुम संसार में अपनी मां के प्रेम के साथ प्रविष्ट होते हो। तुम्हारा संसार में प्रवेश होता है क्योंकि तुम अपनी मां से संबंधित होते हो, और तुम सीखते हो कि किस भांति संबंधित हुआ जाए। वह उष्णता जो मां और बच्चे के बीच प्रवाहित होती है ऊर्जा का पहला आदान-प्रदान है। यह चरम रूप से कामुक है, क्योंकि सारी ऊर्जा कामुक है। बच्चा मुस्कुरा रहा है, मां मुस्कुरा रही है, प्रचंड मात्रा में ऊर्जा का आदान-प्रदान हो रहा है। मां बच्चे को दुलार कर रही है, बच्चे का आलिंगन कर रही है, बच्चे का चुंबन ले रही है, एक विराट ऊर्जा बच्चे को दी जा रही है, और बच्चा प्रतिसंवेदन के लिए तैयार हो रहा है। शीघ्र ही वह दिन आ जाएगा जब बच्चा मां का आलिंगन करेगा और उसका चुंबन लेगा। वह अब बड़ा है, न केवल लेने के लिए तैयार, बल्कि देने के लिए भी तत्पर है। यह उसकी पहली सीख है। फिर वह भाइयों और बहनों और पिता और चाचाओं के साथ उठेगा-बैठेगा, और यह वर्तुल और-और बड़ा और बड़ा होता जाएगा–विद्यालय में, और महाविद्यालय में, और विश्वविद्यालय में और फिर ब्रह्मांड में–व्यक्ति आगे बढ़ता जाता है।

जितना अधिक तुम संबंधित हो उतना ही अधिक से अधिक तुम हो। अस्तित्व की खोज संबंधित होने के माध्यम से होती है। प्रत्येक संबंध एक दर्पण है। यह तुम्हारे अस्तित्व का एक भाग तुम्हें दिखाता है। यह तुम्हारे बारे में कुछ प्रदर्शित करता है। तुम्हारे बारे में यह कुछ प्रतिबिंबित करता है। जब तुम इतने अधिक विकसित हो जाओ और अनंत तक विस्तीर्ण हो जाओ तब अंतिम संबंध परमात्मा से होता है।

यह अंतिम संबंध है।

यदि तुम संबंधों से भागते हो, जैसा कि ये तथाकथित धार्मिक लोग करते हैं...वे कुछ बहुत असंगत कार्य कर रहे हैं। वे परमात्मा से संबंधित होने में समर्थ नहीं हो पाएंगे, क्योंकि उन्होंने सीखा ही नहीं कि संबंधित किस प्रकार हुआ जाए। उन्होंने नहीं सीखा कि संबंधों में कैसे उतरा जाए। और याद रखो, परमात्मा से संबंधित होना महानतम, सर्वाधिक खतरनाक संबंध है।

अभी उसी दिन मैं एक ईसाई, एक बहुत सुंदर व्यक्ति, जो रूस की जेलों में कई साल रहा है, के संस्मरण पढ़ रहा था। तीन साल वह लगातार एक भूमिगत कोठरी में, जमीन से तीस फीट नीचे रहा। लगातार तीन वर्ष तक उसने जरा भी धूप, कोई फूल, कोई तितली, चंद्रमा तक नहीं देखा। उसने संतरी के अतिरिक्त किसी आदमी का चेहरा भी नहीं देखा। तीन साल का यह समय पगला देने वाला था। न पढ़ने के लिए कोई पुस्तक, न करने के लिए कुछ कार्य। उसे तो यह भी नहीं पता था कि इस समय दिन है या

रात, बाहर संसार में सूर्योदय हुआ भी या नहीं। वहां कोई समाचार पत्र भी नहीं था, संसार में क्या हो रहा था इसकी कोई भी खबर नहीं, कुछ भी नहीं। वह पूरी तरह असंबद्ध था। उसने एक काम करना आरंभ कर दिया—आत्यंतिक रूप से सुंदर था यह कार्य, उसने परमात्मा से बात करना आरंभ कर दी। करने को क्या था? और करता भी क्या? तीन वर्ष तक उसने परमात्मा से बातें कीं और धीरे-धीरे वह उपदेश देने लगा। परमात्मा उसका एक मात्र श्रोता था। वह खड़ा हो जाता और वह उपदेश करता। लेकिन वे उपदेश वास्तव में सुंदर थे।

अब कारागृह से बाहर निकल कर उसने उन उपदेशों को एकत्रित किया और उसने उन्हें वैसा ही रखा है जैसा उसने उन्हें परमात्मा से बोला था। वह कहता है, 'अपमानित अनुभव न करें।' क्योंकि अनेक बार वह परमात्मा से क्रोधित हो जाता है। व्यक्ति को क्रोधित होना पड़ेगा। क्या मूर्खता है : तीन साल के लिए! वह शास्त्रों से उद्धरण देता है और परमात्मा से कहता है, उसे देखो जो तुमने कहा हुआ है। बाइबिल में तुम कहते हो कि मनुष्य को कभी अकेला नहीं रहना चाहिए। मेरे बारे में क्या? क्या तुम अपने धर्मशास्त्र के बारे में, और अपना वह संदेश जो जीसस के माध्यम से दिया था, उसके बारे में सब कुछ भूल चुके हो? कहां हो तुम? क्या तुमने अपने नियम बदल लिए हैं? एक व्यक्ति को कभी अकेला नहीं होना चाहिए? तो तुमने मुझको तीन साल तक क्यों अकेला रहने के लिए बाध्य किया? और वह कहता है, याद रहे, फैसले वाले दिन मैं अकेला ही गुनाहगार न होऊंगा, तुम भी वहां गुनाहगार बन कर खड़े रहोगे। न केवल तुम मेरे पापों के बारे में बताओगे, मैं भी तुम्हारे पापों के बारे में बताऊंगा। याद रहे! इसे भूलना मत! यह मामला एक तरफा नहीं होने जा रहा है।

वास्तव में ये संवाद, ये परमात्मा के साथ वार्तालाप सुंदर हैं। उन्हीं वार्तालापों के कारण वह सामान्य रहा। वह कारागृह से पूर्णतः स्वस्थ बाहर आया, उससे भी अधिक सामान्य जैसे मानसिक स्वास्थ्य के साथ वह भीतर गया था—अधिक स्वस्थ। ऐसा सुंदर संबंध...और परमात्मा पूरी तरह मौन था। यह क्षुब्ध करता है। तुम बात किए चले जाते हो; वह कुछ नहीं कहता, हां, नहीं—कुछ भी नहीं।

जरा सोचो, तुम बोलते चले जाओ और तुम्हारी पत्नी चुपचाप रहे। वह रसोई में काम करती रहे। तुम पगलाए जा रहे हो और तुम चीख रहे हो और चिल्ला रहे हो और वह खामोशी से अपना काम किए चली जा रही है। कैसा महसूस होगा तुमको? परमात्मा के संबंध में ऐसा ही घटित होता है। व्यक्ति को इसे जीवन में सीखना पड़ता है, तभी तुम परमात्मा से संबंधित हो सकते हो। परमात्मा से संबंधित होना समग्र से संबंधित होना है। निःसंदेह वह समग्र मौन है, और उससे संबंधित होने के लिए बहुत कुशलता की आवश्यकता है—केवल तभी संबंध हो पाता है। जब तुम परमात्मा से संबंधित हो चुके हो और तुम उस में विलीन हो गए हो, तभी एकांत घटता है।

एकांत अंतिम उपलब्धि है।

यही है जिसको पतंजलि कैवल्य कहते हैं: आत्यंतिक एकांत। यह कोई आरंभ में नहीं है, यह अंत में है। यही कारण है कि हम अंतिम अध्याय पढ़ रहे हैं–यह अध्याय एकांत के बारे में है, कैवल्यपाद। योगी का अनेक जन्मों से सारा प्रयास यही है कि किस भांति एकांत तक पहुंचा जाए। यह इतना सस्ता नहीं है। जितना तुम सोचते हो कि तुमने बस घर छोड़ दिया और तुम किसी गुफा में चले गए और तुमको एकांत उपलब्ध हो गया। फिर तो पतंजलि के योग-सूत्र की कोई जरूरत न रही। बस एक ही सूत्र काम कर जाएगा: रेलवे स्टेशन जाओ एक टिकट खरीद लो और हिमालय चले जाओ, बस हो गया। तुम्हें कौन रोक रहा है? तुम्हें रोका कैसे जा सकता है?

लेकिन उस प्रकार से जीवन बहुत सस्ता हो जाएगा, किसी कीमत का न रहेगा। व्यक्ति को इसे सीखना पड़ता है। तुम्हारे सभी संबंधों का खिल जाना एकांत है। तुमने अपने सभी संबंधों की सुगंधों को, अच्छी या बुरी, सुंदर या कुरूप, को एकत्रित कर लिया है, तुम सुगंध एकत्रित करते चले जाते हो। फिर तुम्हारे भीतर एक ज्वाला उठती है। उस एकांत को लक्ष्य होना चाहिए। जिसको अभी तुम एकांत कह रहे हो वह एकांत नहीं है; यह तो बस अकेलापन होने जा रहा है। अकेले में होना, एकांत में होना नहीं है। अकेले होना, कुरूप, रुग्ण, उदास है। एकांत में होना अपने में परम सौंदर्य लिए हुए है; यह एक उपलब्धि है।

'...क्योंकि मैं उतना बोधपूर्ण नहीं हूं कि बिना गीले हुए पानी में उतर जाना या बिना जले हुए आग में से गुजर जाना मेरे लिए संभव हो सके।'

फिर तुम किस प्रकार से बोधपूर्ण होने जा रहे हो? संबंधों में और-और आगे बढ़ो। भाग कर तुम कभी बोधपूर्ण न हो पाओगे। तुमको बोधपूर्ण बनने के लिए इन सभी की आवश्यकता है। यदि तुम संसार में रहते हुए बोधपूर्ण न हो सके तो संसार से बाहर रह कर तुम बोधपूर्ण नहीं हो सकते। अन्यथा तुमको संसार दिया ही किसलिए गया है; तुम संसार में क्यों हो–बोध सीखने के लिए।

जब तुम्हारे रास्ते में बहुत सारे लोग इधर-उधर भाग-दौड़ कर रहे हों, अनेक ऊर्जाएं तुम्हारे चारों ओर आवागमन कर रही हों, और हल करने के लिए यह एक पहेली हो, तो इससे बोध का उदय होगा। हां, एक दिन तुम पानी में चलने में समर्थ हो जाओगे और पानी तुम्हारे पांवों को स्पर्श नहीं करेगा; लेकिन इससे पूर्व कि ऐसा घटित हो तुमको जीवन की अनेक नदियों और सागरों में चलना पड़ेगा। हां, एक दिन तुम आग में चलने में समर्थ हो जाओगे और अग्नि तुमको नहीं जलाएगी; लेकिन इसको अनेक अग्नियों और अनेक दहन अनुभवों से होकर सीखना पड़ेगा, केवल अनुभव से ही व्यक्ति मुक्त होता है। सत्य मुक्त करता है; अनुभव तुमको सत्य देते हैं। बिना अनुभवों के जीवन

के लिए कभी निर्णय मत करो। सदैव और अनुभवों के लिए निर्णय लो। भले ही कितना कठिन और दुष्कर हो, लेकिन सदा अनुभव का जीवन चुनो। एक दिन तुम पार चले जाओगे, लेकिन व्यक्ति इसे जान कर ही अतिक्रमण करता है।

तीसरा प्रश्न : अभी उस दिन आपने मेरे प्रश्न के उत्तर में जीवन को पूरी तरह से जीने और उसका आनंद लेने को कहा। लेकिन फिर जीवन क्या है? काम-भोग में संलग्न होना, धन कमाना, सांसारिक इच्छाओं की पूर्ति करना, और यही सब कुछ? यदि ऐसा है, तो व्यक्ति को दूसरों पर और उन सांसारिक वस्तुओं पर, जिनको निश्चित रूप से आगे जाकर बंधन बन जाना है, निर्भर होना पड़ेगा। और क्या यह खोजी की खोज को बहुत लंबा भी नहीं बना देगा?

हां, जीवन यही सब कुछ है जिसकी तुम कल्पना और अभिलाषा कर सकते हो। काम-भोग सम्मिलित है, धन सम्मिलित है, मनुष्य का मन जिसकी अभिलाषा कर सकता है, वह प्रत्येक वस्तु इसमें सम्मिलित है। लेकिन तुम एक अटकाव वाला जीवन जीते हो। प्रश्न को लिखे जाने में भी तुम्हारी निंदाएं पूरी तरह स्पष्ट रूप से साफ दिखाई दे रही हैं।

तुम कहते हो : 'अभी उस दिन आपने मेरे प्रश्न के उत्तर में जीवन को पूरी तरह से जीने और उसका आनंद लेने को कहा। लेकिन फिर जीवन क्या है? काम-भोग में संलग्न होना, धन कमाना, सांसारिक इच्छाओं की पूर्ति करना, और यही सब कुछ?' निंदा स्पष्ट है। ऐसा प्रतीत होता है कि प्रश्न पूछने से पूर्व ही उत्तर का तुम्हें पता है। तुम्हारी सीख नितांत स्पष्ट है–काम-भोग को काट दो, प्रेम को काट दो, धन को काट दो, लोगों को काट दो। फिर वहां किस प्रकार का जीवन बचेगा?

इसे समझना पड़ेगा। जीवन शब्द का अपने में, यदि तुम हर बात को काटते चले जाओ तो कोई अर्थ नहीं है। और प्रत्येक बात की निंदा की जा सकती है। भोजन का आनंद लेना ही जीवन है; कोई भी इसकी निंदा कर सकता है; क्या मूर्खता है! बस भोजन को चबाना और इसे भीतर निगल लेना! क्या यही जीवन हो सकता है? फिर श्वास लेना, बस वायु भीतर लेना, इसको बाहर फेंक देना, इसे भीतर लेना, इसे बाहर फेंक देना–कितनी ऊब! और किसलिए? फिर प्रातः शीघ्र ही उठ जाना और संध्या को सोने चले जाना, और कार्यालय जाना और दुकान जाना, और हजारों प्रकार की पीड़ाएं। क्या यही जीवन है? फिर किसी स्त्री के साथ सहवास करना? बस दो गंदे शरीर! किसी स्त्री का चुंबन लेना और कुछ नहीं बल्कि लार और लाखों जीवाणुओं का आदान-प्रदान। जीवाणुओं के बारे में सोचो : यह तो स्वास्थ्यदायी भी नहीं है, निश्चित रूप से यह अधार्मिक है। यह स्वास्थ्य के लिए नुकसान पहुंचाने वाला भी है।

तो जीवन क्या है? प्रत्येक बात को समग्र के संदर्भ में लो और यह अर्थहीन, असंगत दिखाई पड़ती है। इसी कारण धार्मिक लोग जीवन को युगों से निंदित करते आ रहे हैं। उनको तुम कोई भी चीज दे दो और वे इसको निंदित करने में समर्थ हो जाएंगे। वे कहेंगे, शरीर है क्या? बस खाल का एक थैला भर है, जिसमें लाखों गंदी चीजें भरी हुई हैं। जरा थैला खोलो और देख लो। और तुम पाओगे कि वे सही हैं। लेकिन क्या तुमने दूसरा प्रश्न पूछा है? ये लोग किसी ऐसी वस्तु की आशा लगा रहे थे जो उनको वहां नहीं मिली। खाल के इस थैले के भीतर क्या तुम सोने की उम्मीद लगा रहे थे, या खाल के थैले में हीरे? क्या तब चीजें बेहतर हो जातीं? दूसरा प्रश्न पूछो, तुम क्या उम्मीद लगा रहे थे? जो शरीर तुम्हारे पास है तुम इससे बेहतर और अधिक सुंदर शरीर को नहीं पा सकते, और तुम भीतर गंदगी देखते रहते हो। तुम उस सुंदर कार्य को नहीं देखते जो यह करता रहता है।

सारा शरीर कितनी गहन कुशलता से, कितनी शांति से, सत्तर, अस्सी या सौ साल तक कार्यरत रहता है। शरीर में कार्यरत ऊर्जा के स्पंदन को, ऊर्जा की धड़कन को देखो। लेकिन ऐसे लोग हैं जो हमेशा कुछ न कुछ गलत खोज सकते हैं। भले ही यह कुछ हो, वे कुछ न कुछ गलत खोज सकते हैं। तुम उनको एक गुलाब दिखाओ और वे उसे पौधे से तोड़ लेंगे और कहेंगे, यह क्या है? यह कुछ ही घंटों में मुर्दा हो जाएगा। हां, यह विदा हो जाएगा, ऐसे सारा सौंदर्य खो जाता है। उन्हें तुम एक सुंदर इंद्रधनुष दिखाओ, और वे कहेंगे, यह भ्रम है। तुम वहां जाओ तुम्हें कुछ न मिलेगा। यह बस प्रतीत होता है कि है। ये महान निंदक जीवन को विषाक्त करने वाले हैं। उन्होंने हर चीज को विषाक्त कर दिया है, और तुमने उनकी बातों को बहुत अधिक सुन रखा है। अब तुम यह पाते हो कि जीवन का आनंद ले पाना तुम्हारे लिए करीब-करीब असंभव हो चुका है। लेकिन तुम यह कभी नहीं सोचते कि जीवन का आनंद ले पाने की इस अक्षमता को तुम्हारे तथाकथित धार्मिक शिक्षकों ने निर्मित किया है। उन्होंने तुम्हारे अस्तित्व को विषाक्त कर दिया है। उस समय भी जब तुम किसी स्त्री का चुंबन ले रहे होते हो तुम्हारे भीतर वे तुम्हें बताए चले जाते हैं, यह क्या कर रहे हो तुम? यह मूर्खता है। इसमें कुछ नहीं रखा है। जब तुम भोजन कर रहे होते हो, वे कहे चले जाते है, तुम क्या कर रहे हो? इसमें कुछ नहीं रखा है। उन निंदकों ने एक बड़ा काम कर डाला है।

और यह मूलभूत समस्याओं में से एक है। प्रशंसा करना कठिन है, और निंदा करना सरल है। प्रशंसा करना बहुत कठिन है क्योंकि तुम्हें विधायक रूप से कुछ सिद्ध करना पड़ेगा। केवल तभी तुम प्रशंसा कर सकते हो। एक श्रेष्ठ जर्मन कवि हेनरिक हेन अपने संस्मरणों में लिखता है : एक बार मैं एक बड़े दर्शनशास्त्री हीगल के साथ खड़ा हुआ था, और यह एक सुंदर शीतल रात्रि थी–अंधेरी, शांत, और सारा आकाश सितारों के सौंदर्य से जगमगा रहा था। निःसंदेह कवि ने इसकी प्रशंसा करनी आरंभ कर दी,

और उसने कहा, कितना सौंदर्य, कैसा आत्यंतिक सौंदर्य। और उसने आगे कहा, मैं सदैव सोचता था कि यदि व्यक्ति केवल भूमि को देखता है और कभी आकाश को नहीं देखता तो वह नास्तिक हो सकता है। लेकिन एक व्यक्ति जो आकाश की ओर देखता हो वह नास्तिक कैसे हो सकता है? असंभव है यह। लेकिन धीरे-धीरे वह थोड़ा असहज हो गया क्योंकि हीगल पूरी तरह से चुपचाप था, उसने एक शब्द भी नहीं बोला था। उसने हीगल से पूछा, महोदय, आप क्या सोचते हैं? और हीगल ने कहा, मैं कोई सौंदर्य या कोई बात नहीं देख पाता हूं। आप इन सितारों की बात कर रहे हैं? वे और कुछ नहीं बल्कि आसमान का कोढ़ हैं। कोढ़... !

निंदा कितनी सरल है। यही कारण है कि निंदा करने वाले इतने सुस्पष्ट होते हैं। लोगों ने जीवन के पक्ष में बात नहीं की है, क्योंकि जीवन के बारे में कुछ भी विधायक कहना कठिन है–शब्दों के लिए यह बहुत कठिन है। निंदक अपनी बात कहने में बहुत कुशल रहे हैं : वे निंदा करते रहे हैं और इनकार करते रहे हैं, किंतु उन्होंने तुम्हारे भीतर एक निश्चित मन निर्मित कर दिया है जो भीतर कार्यरत रहता है और तुम्हारे जीवन को विषाक्त करता रहता है।

अब तुम मुझसे पूछते हो : 'जीवन क्या है? काम-भोग में संलग्न होना? धन कमाना? सांसारिक इच्छाओं की पूर्ति करना, और यही सब कुछ?'

और सांसारिक इच्छाओं में गलत क्या है? वास्तव मे सभी इच्छाएं सांसारिक हैं। क्या तुमने किसी ऐसी इच्छा को जाना है जो सांसारिक न हो? परमात्मा को तुम किसलिए चाहते हो? और तुम पाओगे कि तुम्हारी इच्छा में सारा संसार छिपा हुआ है। तुम स्वर्ग की इच्छा क्यों करते हो? और तुम पाओगे कि वहां सारा संसार छिपा हुआ है। वे जो जानते हैं कहते हैं कि इच्छा में ही संसार है। वे 'सांसारिक इच्छाएं' नहीं कहते। बुद्ध ने कभी नहीं कहा था, सांसारिक इच्छा। वे कहते हैं, इच्छा ही संसार है, इच्छा जैसी वह है। समाधि के लिए इच्छा, संबोधि के लिए इच्छा भी सांसारिक है। इच्छा करना संसार में होना है, इच्छा न करना संसार से बाहर होना है।

इसलिए सांसारिक इच्छा की निंदा मत करो; इसको समझने का प्रयास करो, क्योंकि सभी इच्छाएं सांसारिक हैं। यही है भय कि यदि तुम सांसारिक इच्छाओं की निंदा करते हो तो तुम अपने लिए नई इच्छाएं निर्मित करना आरंभ कर देते हो, जिनको तुम अ-सांसारिक या दूसरे संसार की कहते हो। तुम कहोगे मैं कोई साधारण मनुष्य नहीं हूं। मैं धन के पीछे नहीं हूं। यह आखिर है क्या? तुम मरते हो–तुम धन को अपने साथ नहीं ले जा सकते। मैं किसी शाश्वत संपदा की खोज, अन्वेषण कर रहा हूं। इसलिए तुम अ-सांसारिक हो, या अधिक सांसारिक हो? वे लोग जो इस संसार की संपत्ति से संतुष्ट हो जाते हैं–जो क्षणिक है, और मृत्यु इसको छीन लेगी–वे सांसारिक हैं। और तुम किसी ऐसी

संपदा की खोज कर रहे हो जो स्थायी है, जो सदा और सदा के लिए है, और तुम असांसारिक हो? तुम अधिक चालाक और चतुर प्रतीत होते हो।

लोग सामान्य मानवों से काम संबंध बना रहे हैं–वे सांसारिक हैं। और तुम क्या चाह रहे हो? और कुरान में देखो, बाइबिल में देखो, हिंदुओं के धर्मशास्त्रों में देखो : स्वर्ग में तुम किसकी इच्छा कर रहे हो? सुंदर अप्सराएं स्वर्ण से बनी हुईं, उनकी आयु कभी नहीं बढ़ती है, वे सदा युवा रहती हैं। वे सदा सोलह वर्ष की रहती हैं–न कभी पंद्रह, न कभी सत्रह–कितने आश्चर्य की बात है। जब शास्त्र लिखे गए थे, तब भी उनकी आयु सोलह वर्ष थी। अब शास्त्र बहुत प्राचीन हो चुके हैं, लेकिन ये अप्सराएं अभी भी सोलह वर्ष की आयु पर रुकी हुई हैं। तुम क्या चाह रहे हो?

मुसलमान देशों में समलैंगिकता प्रभावी रही है, इसलिए उनके स्वर्ग में इसकी भी व्यवस्था है। तुम्हारे पास न केवल सुंदर लड़कियां होंगी बल्कि तुम्हारे लिए सुंदर लड़के भी उपलब्ध रहेंगे। और इस संसार में अल्कोहल निंदित है, वहां मुसलमानों के स्वर्ग में शराब के चश्मे बहते हैं। शराब की नदियां! तुम्हें शराबखानों में जाने की जरूरत ही नहीं है, तुम तो बस उनमें तैर सकते हो, उनमें डुबकी लगा सकते हो। और तुम इन लोगों को असांसारिक कहते हो? वास्तव में वे और कोई नहीं बल्कि सांसारिक लोग हैं जो इस संसार से इतने निराश हो गए हैं कि अब वे कल्पना में जीते हैं। उनके पास कल्पना का एक संसार है, वे इसको स्वर्ग, जन्नत या कुछ और कहते हैं।

सभी इच्छाएं सांसारिक हैं, और जब मैं यह कहता हूं तो मैं उनकी निंदा नहीं कर रहा हूं, मैं केवल एक तथ्य बोल रहा हूं, इच्छा करना सांसारिक होना है। इसमें कुछ भी गलत नहीं है। परमात्मा ने यह समझने के लिए कि इच्छा क्या है, तुम्हें एक अवसर दिया है। इच्छा को समझने में, इसकी मात्र समझ से ही इच्छा तिरोहित हो जाती है। क्योंकि इच्छा भविष्य में है, इच्छा कहीं और है, और तुम अभी और यहीं हो। तुम अभी और यहीं होना चाहते हो और सत्य अभी और यहीं है, अस्तित्व अभी और यहीं घटित हो रहा है, सभी कुछ अभी और यहीं पर एकाकार हो रहा है, और अपनी इच्छा के साथ तुम कहीं और हो, इसलिए तुम चूकते चले जाते हो। तुम सदैव अतृप्त रहते हो क्योंकि वह जो तुमको तृप्त कर सकता है यहीं बरस रहा है और तुम कहीं और हो।

अभी एकमात्र सत्य है और यहीं एकमात्र अस्तित्व है। इच्छा तुम्हें दूर ले जाती है।

इच्छा को समझने का प्रयास करो, किस भांति यह तुम्हें धोखा देती रहती है, किस प्रकार यह तुम्हें और-और अभियानों पर ले जाती है, और तुम चूकते चले जाते हो। इसलिए जब कभी तुम्हें स्मरण आ जाए, वापस आ जाओ, घर लौट आओ।

इच्छा से संघर्ष करने की कोई आवश्यकता नहीं है, क्योंकि यदि तुम इच्छा के साथ संघर्ष करोगे तो

तुम एक और इच्छा निर्मित कर लोगे। केवल एक इच्छा ही दूसरी इच्छा के साथ संघर्ष कर सकती है। समझ इच्छा के साथ संघर्ष नहीं है। समझ के प्रकाश में इच्छा तिरोहित हो जाती है; जैसे कि जब तुम दीया जलाते हो तो अंधकार मिट जाता है।

इसलिए इन्हें सांसारिक इच्छाएं मत कहो; निंदक मत बनो। समझने का प्रयास करो।

यदि ऐसा है तो व्यक्ति को दूसरों पर निर्भर होना पड़ेगा, और उन सांसारिक वस्तुओं पर जिनको निश्चित रूप से आगे जाकर बंधन बन जाना है। लेकिन दूसरों पर निर्भर होने में गलत क्या है? अहंकार किसी पर निर्भर होना नहीं चाहता। अहंकार स्वतंत्र होना चाहता है। लेकिन तुम निर्भर हो। तुम अस्तित्व से भिन्न नहीं हो, तुम उसका भाग हो। प्रत्येक चीज आपस में जुड़ी है। हमारा अस्तित्व एक साथ है, एक सहजीविता में है। अस्तित्व एक सहजीवन है तो तुम स्वतंत्र कैसे हो सकते हो? क्या तब तुम श्वास न लोगे? क्या तब तुम भोजन नहीं करोगे? यदि तुम भोजन करोगे तो तुमको वृक्षों पर, पौधों पर निर्भर होना पड़ेगा। वे तुम्हें भोजन की आपूर्ति कर रहे हैं। क्या तुम पानी नहीं पियोगे? फिर तो तुम्हें नदियों पर निर्भर होना पड़ेगा। और क्या तुमको सूर्य की आवश्यकता नहीं पड़ेगी? तब तो तुम मर जाओगे। तुम स्वतंत्र कैसे हो सकते हो? 'आत्मनिर्भर' एक गलत शब्द है, उतना ही गलत है जितना गलत यह शब्द निर्भर है। आत्मनिर्भरता और पर निर्भरता दोनों गलत हैं। असली बात है, 'परस्पर निर्भरता।' हम सभी साथ-साथ हैं, परस्पर निर्भर हैं। राजा तक अपने दास पर उतना ही निर्भर है जितना कि दास राजा पर निर्भर है। यह एक परस्पर निर्भरता है।

ऐसा खलीफा हारुन रशीद के जीवन में हुआ। वह अपने दरबारी विदूषक बोल्लुल के साथ बैठा हुआ था और उसने कहा, बोल्लुल, मैं संसार में सर्वाधिक आत्मनिर्भर व्यक्ति हूं। मैं अनंत शक्ति संपन्न सुल्तान हूं, और मैं जो कुछ भी चाहूं कर सकता हूं। सारा संसार मेरी आज्ञा मानता है। क्या तुम किसी को खोज सकते हो जो मेरे आदेश के अधीन न हो।

बोल्लुल खामोश रहा, फिर वह बोला, हुजूर यह एक मक्खी मुझे बहुत परेशान कर रही है। क्या आप उसे आज्ञा दे सकते हैं कि वह मुझे तंग न करे?

हारुन रशीद ने कहा : तुम मूर्ख हो। मैं किसी मक्खी को कैसे आदेश दे सकता हूं? और वह मेरी बात नहीं सुनेगी।

बोल्लुल ने कहा : हुजूर क्या आप भूल गए, अभी आप क्या कह रहे थे कि सारा संसार आपके आदेशों का पालन करता है? और यह मक्खी भी जो ठीक आपके सामने मेरे सिर पर बैठी है। मैं इसको भगा देने की कोशिश कर रहा हूं, और यह बार-बार आकर मेरी नाक पर बैठ रही है; और मैंने देखा है कि

यह आपकी नाक पर भी बैठ चुकी है, हुजूर! और आप इस जरा सी मक्खी को आज्ञा नहीं दे सकते? और सारा संसार आपके आदेश का पालन करता है? कृपया आप दुबारा सोचें।

यह संसार एक परस्पर निर्भरता है।

हारुन रशीद और मक्खियां सभी परस्पर निर्भर हैं, और बोल्लुल हारुन रशीद से अधिक समझदार है। वस्तुतः क्योंकि वह बहुत बुद्धिमान है, इसीलिए उसे मूर्ख समझा जाता है। या शायद ऐसा उसकी बुद्धिमानी के कारण है कि वह स्वयं को मूर्ख कहता हो, क्योंकि मूर्खो के इस संसार में तुमको यह घोषित नहीं करना चाहिए कि तुम एक बुद्धिमान व्यक्ति हो। वरना वे तुमको मार डालेंगे। यह बोल्लुल सुकरात और जीसस से अधिक समझदार प्रतीत होता है। उन्होंने एक गलती की, उन्होंने घोषणा कर दी कि वे समझदार हैं। इसी बात ने संकट उत्पन्न कर दिया। सारे मूर्ख एक साथ एकत्रित हो गए और उन्होंने कहा, हम तुम्हें सहन नहीं कर सकते। तुम किसी बोल्लुल को सूली नहीं चढ़ा सकते। हो सकता है कि वह जीसस और सुकरात से अधिक समझदार हो। वह कहता है, मैं बेवकूफ हूं, हुजूर, लेकिन उसकी अंतर्दृष्टि को देखो।

एक बार हारुन रशीद ने एक कविता लिखी। अब प्रत्येक व्यक्ति ने इसकी प्रशंसा की, प्रत्येक व्यक्ति को इसकी प्रशंसा करनी पड़ी। यह बस एक मूर्खता थी। और जब उसने दरबार में बोल्लुल से पूछा, उसने कहा, यह निरी मूर्खता है, हुजूर, मुझ जैसा मूर्ख भी इस जैसी कविता नहीं लिखेगा। निःसंदेह हारुन रशीद बहुत क्रोधित हो गया। बोल्लुल को कारागार में डाल दिया गया, और उसे पीटा गया और उसे भूखा रहने को बाध्य किया गया। सात दिन बाद फिर उसको दरबार में लाया गया। हारुन रशीद ने एक और कविता लिखी थी, और यह कविता पहली से कहीं अधिक परिष्कृत थी। और सारे दरबार ने कहा, वाह, वाह, पुनः बोल्लुल से पूछा गया। उसने कविता को देखा, उसने सुना और तुरंत उठ कर खड़ा हो गया और जाने लगा। सुल्तान ने पूछा, तुम कहां जा रहे हो? वह बोला, कारागार। मैं फिर वहीं जा रहा हूं। मैं आपको मुझे कारागृह भेजने की तकलीफ नहीं दूंगा। इसकी जरूरत ही क्या है? वह वास्तव में बुद्धिमान व्यक्ति था।

यही विडंबना है कि अनेक बार बुद्धिमान व्यक्ति को खुद को मूर्ख की भांति प्रकट करना पड़ता है। याद रखो, स्वतंत्र होने का प्रयास बहुत मूर्खतापूर्ण है। और यह संभव नहीं है; असंभव है यह। तब तुम और-और हताश हो जाओगे, क्योंकि हमेशा तुम पाओगे कि तुम पुनः निर्भर हो, पुनः आश्रित हो। जहां कहीं तुम जाओगे तुम निर्भर रहोगे, क्योंकि तुम अस्तित्व के जाल से बाहर नहीं निकल सकते। हम एक जाल की गांठों की तरह हैं–हमसे होकर ऊर्जाएं बहती रहती हैं। जब बहुत सारी ऊर्जाएं एक बिंदु से होकर गुजरती हैं वह बिंदु विशिष्टता बन जाता है, यही है सारी बात। कागज पर रेखा खींचो, फिर इसके

आर-पार एक और रेखा खींचो; जहां ये दोनों रेखाएं एक-दूसरे को काटती हैं, विशिष्टता बन जाती हैं। जहां जीवन और मृत्यु एक-दूसरे को काटते हैं, वहीं तुम हो, मात्र एक उभयनिष्ट बिंदु।

इसको समझ लेना ही सब कुछ है। फिर न तुम पर निर्भर हो, न तुम आत्मनिर्भर हो, दोनों असंगतियां हैं। फिर तुम बस परस्पर निर्भर होते हो, और तुम स्वीकार कर लेते हो।

'यदि ऐसा है तो व्यक्ति को दूसरों पर निर्भर होना पड़ेगा, और उन सांसारिक वस्तुओं पर, जिनको निश्चित रूप से आगे चल कर बंधन बन जाना है।'

किसने कहा तुमसे कि उनको निश्चित रूप से आगे चल कर बंधन बन जाना है? या तो तुम जानते हो या नहीं जानते। यदि तुम्हें पता है तो मुझसे पूछने में कोई सार नहीं; तुम उस बंधन में नहीं पड़ोगे। यदि तुम नहीं जानते और तुमने इस बात को बस दूसरों से सुन रखा है, तो यह मदद देने वाला नहीं है। तुम संकट में पड़ोगे।

तुम सदा आधे हृदय से जीते रहोगे क्योंकि यह तुम्हारी समझ नहीं है, और केवल तुम्हारी समझ तुम्हें मुक्त कर सकती है।

मैं तुमको कुछ कहानियां सुनाता हूं:

एक व्यक्ति और उसकी पत्नी ने समझौता किया कि उनमें से जो भी पहले मरेगा वह वापस आएगा और दूसरे को बताएगा कि उस दुनिया में कैसा लगता है। 'फिर भी एक बात है', पति ने कहा, 'यदि तुम पहले मर जाओ, तो मुझे तुमसे एक वादा चाहिए कि तुम दिन के समय ही वापस आओगी।' वह भयभीत था इस समझौते में, आधे मन से सम्मिलित था।

यदि तुमने दूसरों पर विश्वास किया है—क्योंकि दूसरे कहते हैं कि यदि तुम इस संसार में उठोगे-बैठोगे तो तुम बंधन में पड़ोगे—फिर तो जहां कहीं भी तुम जाओ तुम बंधन में होओगे, क्योंकि यह तुम्हारी समझ नहीं है। समझ तुम्हें मुक्त करती है। और याद रखो, बंधन आगे चल कर नहीं घटित होता है, यह तुरंत बंध जाता है।

जिस पल तुम इच्छा करते हो, ठीक उसी पल बंधन बंध जाता है। यह इच्छा से जन्मता है, और तुममें जैसे ही इच्छा उठी तुम कारागृह में बंद हो जाते हो। यदि तुम्हारे पास अंतर्दृष्टि है तो तुम तुरंत देख लेते हो कि हरेक इच्छा अपने साथ कारागृह लेकर आती है, और यह आगे चल कर नहीं होता। आगे चल कर... यह 'आगे चल कर' का विचार उठता है क्योंकि दूसरे ऐसा कहते हैं। यह तुम्हारा स्वयं का अनुभव नहीं है; इसके अतिरिक्त और कुछ भी मूल्यवान नहीं है।

ऐसा एक कोर्ट में घटित हुआ, मैंने देखा है, जज ने कठघरे में खड़े अभियुक्त से कहा कि तुमने धन चुराने के साथ-साथ बेशकीमती गहनों का सैट भी उठा लिया है। जी हां, योर आनर, अभियुक्त ने प्रसन्नतापूर्वक कहा। मेरी मां ने मुझे बचपन से ही सिखाया था कि केवल धन ही प्रसन्नता नहीं लाता है।

दूसरों की शिक्षाएं मददगार नहीं होने जा रही हैं। अपने अनुसार तुम उनका सारा अर्थ बदल लोगे। ऐसा अचेतनता में घटेगा, चेतन रूप से नहीं। तुम धम्मपद पढ़ते हो, तुम बुद्ध के वचन नहीं पढ़ते, तुम अपनी व्याख्याएं पढ़ते हो। तुम पतंजलि के योग-सूत्र पढ़ते हो, तुम पतंजलि को नहीं पढ़ते, तुम पतंजलि के माध्यम से अपने आप को पढ़ते हो। इसलिए यदि तुम अज्ञानी हो तो तुम पतंजलि में कुछ ऐसा खोज लोगे जो तुम्हारे अज्ञान की सहायता करता हो। यदि तुम लोभी हो तो तुम पतंजलि में कुछ ऐसा खोज लोगे जो तुम्हारे लोभ में सहायक हो। यदि तुम लोभी हो, तो तुम कैवल्य के प्रति, मोक्ष के प्रति, निर्वाण के प्रति लोभ से भर सकते हो। यदि तुम अहंकारी हो तो तुम कुछ ऐसा खोज लोगे जो तुम्हारे अहंकार की सहायता करता हो। तुम एक बड़े स्वतंत्र व्यक्ति बनना आरंभ कर दोगे। तुम निर्भर कैसे हो सकते हो?...ऐसा महान व्यक्ति। तुम किसी और पर निर्भर कैसे हो सकते हो?–तुम्हें आत्मनिर्भर होना पड़ेगा। चाहे तुम कुछ भी पढ़ लो, चाहे कुछ भी सुन लो, जब तक तुम अपने स्वयं के जीवन को समझना आरंभ नहीं करते उसमें तुम सदैव अपने आप को पाओगे।

'और क्या यह खोजी की खोज को बहुत लंबा भी नहीं बना देगा?'

यही लोभ है। भयभीत क्यों हो? परिणाम की इतनी चिंता में क्यों हो? मैं बार-बार सतत रूप से अभी और यहीं होने के लिए कह रहा हूं, कल की मत सोचो। और तुम न केवल कल की सोच रहे हो बल्कि तुम भविष्य के जन्मों की भी चिंता ले रहे हो।

और क्या यह खोजी की खोज को बहुत लंबा, अत्यधिक लंबा नहीं बना देगा? इससे भयभीत क्यों हो? अनंतकाल उपलब्ध है। समय की कोई कमी नहीं है। तुम बहुत धीरे, अत्यधिक मंद गति से चल सकते हो; कोई जल्दी नहीं है। यह शीघ्रता लोभ के कारण है। इसलिए जब कभी लोग अधिक लोभी हो जाते हैं, वे बहुत जल्दबाजी में रहते हैं, और अधिक रफ्तार पाने के और-और उपाय खोजते रहते हैं। वे सतत दौड़ते रहते हैं क्योंकि वे सोचते हैं कि जीवन बीता जा रहा है। ये लोभी लोग कहते हैं, समय धन है। समय धन है? धन बहुत सीमित है, समय असीम है। समय धन नहीं है, समय शाश्वतता है। यह सदैव वहां है और वहां रहेगा और तुम सदा से यहां हो और सदैव यहां रहोगे।

इसलिए लोभ को त्याग दो और परिणाम की चिंता मत लो। कभी-कभी यह घटित हो जाता है, अपने अधैर्य के कारण तुम अनेक चीजों से चूकते हो। यदि तुम मुझको लोभपूर्वक, लोभी मन से

सुन रहे हो तो तुम मुझको नहीं सुन रहे होओगे। अपने भीतर तुम लगातार बोल रहे होओगे, हां, यह अच्छा है; इसका मैं प्रयास करूंगा। यह मैं कर लूंगा। ऐसा लगता है कि इसके द्वारा मुझको बहुत शीघ्र लक्ष्य मिल जाएगा। तुम मुझसे चूक गए हो कि मैं क्या कह रहा था, और जो मैं कह रहा था, उसी में लक्ष्य छिपा था।

एक चिकित्सक यहां आया करते थे; अब उनका स्थानांतरण हो चुका है, वे लगातार नोट्स बनाया करते थे। मैंने उनसे पूछा, आप यह क्या करते रहते हैं? वे बोले, बाद में घर जाकर आराम से मैं उनको पढ़ता हूं। किंतु मैंने उनसे कहा, आप मुझको चूकते जा रहे हैं। आप एक बात सुनते हैं, आप उसको लिखते हैं, इसी समय में मैंने कुछ ऐसा कह दिया जिससे आप चूक गए। फिर आपने कुछ लिखा पुनः आप चूक गए। और जो कुछ भी आपने संकलित किया वे अंश हैं, और आप इनको एक साथ जोड़ नहीं पाएंगे। उनके मध्य के अंतराल को, आप अपने स्वयं के लोभ से, अपनी स्वयं की समझ से, अपने स्वयं के पूर्वाग्रहों से भर देंगे और वह पूरी बात विनष्ट हो जाएगी।

लक्ष्य यहीं है।

तुमको बस मौन, धैर्यवान, सजग होना पड़ता है। जीवन को परिपूर्णता में जीयो। लक्ष्य स्वयं जीवन में ही छिपा है। यह परमात्मा है जो तुम्हारे पास लाखों ढंगों से आता है। जब कोई स्त्री तुमको देख कर मुस्कुराती है तब याद रखो, यह परमात्मा है जो एक स्त्री के रूप में मुस्कुरा रहा है। जब कोई पुष्प अपनी पंखुड़ियां खोलता है, देखो, निरीक्षण करो–परमात्मा ने अपना हृदय एक पुष्प के रूप में खोल दिया है। जब कोई पक्षी गीत गाना आरंभ करे, उसको सुनो–परमात्मा तुम्हारे लिए गीत गाने के लिए आया है। यह सारा जीवन दिव्य है, पवित्र है। तुम सदैव पवित्र भूमि पर हो। जहां कहीं भी तुम देखते हो, यह परमात्मा है। जिसको तुम देखते हो, जो कुछ भी तुम करते हो, यह परमात्मा के लिए करते हो। तुम जो कुछ भी हो तुम परमात्मा के लिए भेंट हो। मेरा अभिप्राय यही है, जीवन को जीयो, जीवन का आनंद लो, क्योंकि यही परमात्मा है। और वह तुम्हारे पास आता है और तुम उसका आनंद नहीं ले रहे हो। वह तुम्हारे पास आता है और तुम उसका स्वागत नहीं कर रहे हो। वह आता है और उसको तुम उदास, अकेले, अरुचि से भरे हुए और मंदमति के रूप में मिलते हो।

नाचो, क्योंकि हर क्षण वह अनंत ढंगों से, लाखों रास्तों से, हर दिशा से आ रहा है। जब मैं कहता हूं जीवन को परिपूर्णता में जीयो, तो मेरा अभिप्राय है, जीवन को इस भांति जीयो जैसे कि यह परमात्मा है। और इसमें प्रत्येक बात समाहित है। जब मैं कहता हूं जीवन, तो सभी कुछ समाया हुआ है इसके भीतर। काम सम्मिलित है, प्रेम सम्मिलित है, क्रोध सम्मिलित है, सब कुछ समा गया है। कायर मत बनो। बहादुर बनो और जीवन को इसकी परिपूर्णता में, इसकी पूरी सघनता में स्वीकार कर लो।

अंतिम प्रश्न : क्या कोई आपका शिष्य हुए बिना आपकी आत्मा से अंतरंग हो सकता है?

यह ऐसा है जैसे कि तुम पूछो, 'क्या कोई आपके साथ अंतरंग हुए बिना आपके साथ अंतरंग हो सकता है?' शिष्य होना क्या है? शिष्य मात्र एक अभिरुचि, अंतरंग होने की तैयारी मात्र है। शिष्य मात्र एक स्वीकार भाव, स्वीकार करने की, स्वागत करने की तैयारी, है। शिष्य एक मुद्रा है : यदि आप मुझको देते हैं तो मैं उसे अस्वीकार नहीं करूंगा। किंतु तुम शब्दों को लेकर भ्रमित हो। तुमने प्रेम, अंतरंगता में सारी अंतर्दृष्टि खो दी है। यदि तुम शिष्य नहीं हो तो तुम अपनी ओर से अंतरंग नहीं होओगे। मेरी ओर से मैं सभी के प्रति अंतरंग हूं, भले ही वे मेरे शिष्य हैं या नहीं। मैं बिना किसी शर्त के अंतरंग हूं।

किंतु यदि तुम शिष्य नहीं हो तो अपनी ओर से तुम बंद हो, इसलिए अकेली मेरी अंतरंगता कार्य नहीं करेगी। यह तुम्हारे साथ जुड़ नहीं सकेगी। तुम एक बाहरी व्यक्ति बने रहोगे। किसी भी तरह से तुम बचाव की अवस्था में रहोगे। निःसंदेह जिसे तुम चाहोगे उसी को तुम चुन लोगे, और जिसको तुम नापसंद करते हो उसे इनकार कर दोगे। शिष्य वह है जो कहता है, ओशो, मैं आपको पूर्णतः स्वीकार करता हूं, अब आपके साथ मैं कोई चुनाव नहीं करूंगा–बस पूरी हो गई बात। अब मैं अपना मन छोड़ता हूं, आप मेरे मन हो जाइए। मैं आपको सुनूंगा और अपने मन को नहीं सुनूंगा। यदि कोई मत विभिन्नता होती है तो मैं आपके साथ रहूंगा, अपने मन के साथ नहीं–यही है सारी बात। यदि कोई निर्णय लिया जाना है तो मेरे अपने मन की तुलना में आप मेरे अधिक निकट रहेंगे–यही है सब कुछ।

जो व्यक्ति शिष्य नहीं है वह सीमा रेखा पर खड़ा रहता है और वह कहता है, जो कुछ मुझको पसंद है या जिस बात से मैं सहमति अनुभव करता हूं, मैं चुनाव कर लूंगा; और जो कुछ मैं पसंद नहीं करता और जिससे मैं संतुष्ट नहीं हूं उसे मैं नहीं चुनूंगा। जो कुछ भी तुम्हें पसंद है, तुम्हारे मन को और-और शक्तिशाली बना देगा; जो कुछ तुम्हें नापसंद है इससे तुम्हारे मन का कोई रूपांतरण नहीं होगा। तुम और ज्ञानी हो जाओगे। तुम मुझसे अनेक बातें सीख लोगे, किंतु मुझको तुम नहीं सीखोगे। इसलिए यह तुम पर निर्भर है।

मेरे लिए तुम्हें शिष्य बना लेना कोई प्रश्न नहीं है, यह तुम पर निर्भर है। जब अधिक उपलब्ध है तुम कम के लिए निर्णय करते हो–जैसा है, ठीक है।

मैं तुमसे एक कहानी कहता हूं।

एक चिकित्सक के पास नगर के विभिन्न छोरों से आने वाले दो रोगी आया करते थे, दोनों पुराने

अनिद्रा के रोगी थे। उन्हें नींद लाने में सहायता के लिए उसने उनको नींद की गोलियां दीं। एक को हरी गोलियां मिलीं, दूसरे को लाल वाली। एक दिन दोनों अपनी अनिद्रा की समस्या पर चर्चा कर रहे थे और बातचीत के समाप्त होने पर एक व्यक्ति को इतना अधिक क्रोध आया कि वह भाग कर चिकित्सक के पास गया और बोला, ऐसा कैसे होता है कि जब मैं अपनी नींद वाली गोलियां लेता हूं तो मैं सो जाता हूं और स्वप्न देखता हूं कि मैं बंदरगाह का मजदूर हूं और लिवर-पूल पर स्टीमर से निरर्थक सामान उतार रहा हूं, तेल और गंदगी से लथपथ हूं; जब कि मिस्टर ब्राउन अपनी गोलियां खाते हैं और स्वप्न देखते हैं कि वे बरामूडा के समुद्र तट पर अर्धनग्न सुंदर युवतियों से घिरे हुए लेटे हुए हैं, वे सभी उनको सहला रही हैं, चूम रही हैं, उनका समय शानदार ढंग से कट रहा है?

चिकित्सक ने अपने कंधे झटके और कहा, समझने का प्रयास कीजिए, आप स्वास्थ्य बीमा योजना के सदस्य हैं और श्री ब्राउन एक निजी रोगी हैं।

इसलिए मैं तुमसे इतना ही कह सकता हूं : समझने का प्रयास करो!

प्रवचन - 13

मौलिक मन पर लौटना

योग-सूत्र

तत्र ध्यानजमनाशयम्।।6।।

केवल ध्यान से जन्मा मौलिक मन ही इच्छाओं से मुक्त होता है।

कर्माशुल्काकृष्णं योगिनस्त्रिविधमितरेषाम्।।7।।

योगी के कर्म न शुद्ध होते हैं, न अशुद्ध, लेकिन अन्य सभी कर्म त्रि-आयामी होते हैं—शुद्ध, अशुद्ध और मिश्रित।

ततस्तद्विपाकानुगुणानामेवाभिव्यक्तिर्वासनानाम्।।8।।

जब उनकी पूर्णता के लिए परिस्थियां सहायक होती हैं तो इन त्रि-आयामी कर्मों से इच्छाएं उठती हैं।

जातिदेशकालव्यवहितानामप्यानन्तर्यं स्मृतिसंस्कारयोरेकरूपत्वात्।।9।।

क्योंकि स्मृति और संस्कार समान रूप में ठहरते हैं, इसलिए कारण और प्रभाव का नियम जारी रहता है, भले ही वर्ण, स्थान और समय में उनमें अंतर हो।

तासामनादित्वं चाशिषो नित्यत्वात्।।10।।

और इस प्रक्रिया का कोई प्रारंभ नहीं है, जैसे कि जीने की इच्छा शाश्वत होती है।

तत्र ध्यानजमनाशयम्।

'केवल ध्यान से जन्मा मौलिक मन ही इच्छाओं से मुक्त होता है।'

यह सर्वाधिक महत्वपूर्ण सूत्रों में से एक है।

पहली बात, मौलिक मन क्या है? क्योंकि प्रत्येक प्रकार के योग का चरम लक्ष्य मौलिक मन ही है। पूर्व लगातार मौलिक मन का रास्ता खोजता रहा है। मौलिक मन वह मन है जो तुम्हारे पास तुम्हारे जन्म से पूर्व था, न केवल इस जीवन में, बल्कि उससे भी पहले जब तुम इच्छाओं के संसार में प्रविष्ट हुए थे, बल्कि उससे भी पहले जब तुम विचारों, इच्छाओं, मूल प्रवृत्तियों, शरीर, मन में सीमित हो गए थे; वह मौलिक अंतराल, किसी भी वस्तु द्वारा अप्रदूषित, वह मौलिक आकाश, बादलों से शून्य–वही है मौलिक मन।

उस मौलिक मन पर मनों की अनेक पर्तें होती हैं। मनुष्य की अवस्था प्याज के समान है, इसे तुम छीलते चले जाते हो। तुम एक पर्त छील देते हो, दूसरी पर्त वहां होती है, तुम उस पर्त को छील देते हो, एक और पर्त दिखाई पड़ती है। तुम्हारे पास एक मन नहीं है, तुम्हारे पास अनेक मनों की पर्त दर पर्त हैं। क्योंकि प्रत्येक जीवन में तुमने एक निश्चित मन निर्मित किया है, फिर दूसरे जीवन में एक और मन, और इसी भांति अनेक मन बन चुके हैं। और इन मनों के पीछे, इन पर्तों दर पर्तों के पीछे मौलिक मन पूरी तरह खो चुका है। किंतु यदि तुम प्याज को छीलते चले जाओ तब एक क्षण आता है जब तुम्हारे हाथों में केवल खालीपन बच रहता है। प्याज खो चुका होता है।

जब सारे मन खो जाते है तभी मौलिक मन का उदय होता है। वस्तुतः इसे मन कहना उचित नहीं है, लेकिन इसको अभिव्यक्त करने का कोई और उपाय नहीं है। यह अ-मन है। मौलिक मन अ-मन

है। जब वे सभी मन जो तुम्हारे पास हैं विलीन हो जाते हैं, तिरोहित हो जाते हैं, तब मौलिक मन अपनी प्राथमिक शुद्धता, अपने कुंवारेपन के साथ प्रकट होता है। यह मौलिक मन तुम्हारे पास पहले से ही है। शायद तुम इसे भूल चुके हो। तुम अपने मनों की संस्कारिताओं में खो सकते हो, लेकिन गहरे में इन सभी पर्तों के परे तुम अभी भी अपने मौलिक मन में जीया करते हो और किन्हीं दुर्लभ क्षणों में तुम इसमें डुबकी लगा लेते हो। गहरी नींद में जब स्वप्न भी मिट चुके हैं, स्वप्न रहित निद्रा में तुम मौलिक मन में डुबकी लगा लेते हो। यही कारण है कि प्रातःकाल तुम इतनी ताजगी अनुभव करते हो। किंतु यदि पूरी रात भर स्वप्नों का सातत्य चलता रहा हो, तो तुम्हें थकान अनुभव होती है। तुम उससे भी अधिक थकान अनुभव करते हो जितनी तुम्हें सोने से पहले थी। तुम अपने अंतस की गंगा में, अपनी शुद्ध चेतना की धारा में डुबकी नहीं लगा पाए हो। तुम इसमें जा नहीं सके हो, तुम इसमें स्नान नहीं कर पाए हो। तब प्रातःकाल में तुम स्वयं को थका हुआ, चिंतित, संशयग्रस्त, खंडित पाते हो। तुम्हारे पास वह लयबद्धता नहीं होती जो गहन निद्रा से आती है। लेकिन यह लयबद्धता गहन निद्रा से नहीं आ रही है, गहन निद्रा तो मौलिक मन के लिए मात्र एक रास्ता है। इसीलिए तो पतंजलि कहते हैं कि समाधि और गहन निद्रा (सुषुप्ति) एक समान हैं, उनमें मात्र एक अंतर है: समाधि में तुम ठीक उसी मौलिक मन में चले जाते हो जिसमें तुम गहन निद्रा में जाते हो, किंतु तुम पूर्णतः जाग्रत होकर जाते हो, गहन निद्रा में तुम बेहोशी में वहां जाते हो, बिना यह जाने कि तुम कहां जा रहे हो, बिना यह जाने कि तुम किस रास्ते से जा रहे हो। मौलिक मन से तुम्हारा यही संपर्क बचा हुआ है।

चिकित्सक भलीभांति जानते हैं कि जब भी कोई रोग से पीड़ित होता है और यदि वह सो नहीं पा रहा है तो उसे रोग मुक्त करने का कोई उपाय नहीं है। निद्रा रोगनाशक है। वास्तव में रोगी के लिए पहली बात यही है: उसे गहरी निद्रा, गहन विश्राम में जाने में किस भांति सहायता की जाए। यह विश्राम रोगी को ठीक कर देता है, क्योंकि रोगी पुनः मौलिक मन से जुड़ जाता है, और मौलिक मन स्वास्थ्यदायी स्त्रोत है। यह तुम्हारी जीवन-ऊर्जा, प्रेम का स्त्रोत है। जो कुछ भी तुम्हारे पास है वह तुम्हारे मौलिक मन के महासागर जैसे संसार से आ रहा है।

निःसंदेह जब इसे अनेक पर्तों से होकर गुजरना पड़ता है तो यह प्रदूषित, विषाक्त हो जाता है। तुम्हारा भीतरी पर्यावरण अब मौलिक नहीं रहा, यह भरा हुआ है, अनेक मुर्दा चीजों से भरा हुआ है। तुम्हारे मन और कुछ नहीं वरन तुम्हारे मुर्दा अनुभव हैं।

कोई व्यक्ति जो मौलिक मन में सजग, बोधपूर्ण होकर जाना चाहता है उसको सीखना पड़ेगा कि अनसीखा कैसे हुआ जाए, अनुभव को अनसीखा कैसे करें, अतीत के प्रति कैसे लगातार मरते रहा

जाए, अतीत से कैसे न चिपका जाए। एक क्षण तुम जी लिए हो यह क्षण मिट गया, इसके साथ मामला समाप्त करो। इसके साथ कोई सातत्य मत होने दो, इससे असंबद्ध हो जाओ। अब यह तुमसे संबद्ध नहीं रहा। यह समाप्त हो गया और सदा के लिए मिट गया। इस पर पूर्णविराम लगा दो, और तुम इसमें से इस भांति बाहर निकल आओ जैसे कि सांप अपनी पुरानी केंचुली से बाहर निकल आता है और पलट कर देखता भी नहीं। बस एक क्षण पूर्व यही केंचुली उसके शरीर का एक भाग थी, अब वह उसका भाग न रही। अतीत से सतत बाहर आते रहो ताकि तुम वर्तमान में रह सको। यदि तुम वर्तमान में रह सको तो तुम अपने मौलिक मन से बाहर नहीं जा सकते हो। मौलिक मन न अतीत जानता है और न भविष्य।

जिसको तुम मन कहते हो वह कुछ और नहीं बल्कि अतीत और भविष्य है, अतीत और भविष्य–अतीत और भविष्य के मध्य एक झूला–और तुम्हारा मन कभी अभी और यहीं नहीं रुकता। ध्यान का अभिप्राय यही है, अतीत से बाहर निकल आना, भविष्य को निर्मित न करना और उस सत्य के साथ बने रहना जो अभी और यहीं उपलब्ध है। इसके साथ रहो और अचानक तुम देखोगे कि तुम्हारे और वास्तविकता के बीच, तुम्हारे और उसके मध्य, जो है, कोई मन नहीं है, क्योंकि वर्तमान में मन रह नहीं सकता। तुम इसके बारे में विचार नहीं कर सकते, क्योंकि जिस क्षण तुम किसी के बारे में विचार करते हो, तो यह पहले से ही अतीत हो गया है, या यह अभी भी वर्तमान नहीं है। विचार करने के लिए समय चाहिए। इसलिए यह सूत्र है कि केवल ध्यान के माध्यम से ही व्यक्ति मौलिक मन पर आता है।

ध्यान कोई विचार करना नहीं है, यह विचार का त्याग है।

मैंने सुना है, एक वृद्ध किसान से जब यह पूछा गया कि सारा दिन वह क्या किया करता है, तो उसने कहा, अच्छा, कभी-कभी मैं बैठता हूं और सोचता हूं, और बाकी समय मैं मात्र बैठता हूं।

यह 'मात्र बैठना' ही ध्यान का ठीक-ठीक अर्थ है। जापान में वे ध्यान को झाझेन कहते हैं। झाझेन का अर्थ है: मात्र बैठना और कुछ न करना, बस होना और कुछ न करना; मन की निलंबित सक्रियता। और बादल छंट जाते हैं और तुम अंतरिक्ष को, आकाश को देख सकते हो। एक बार तुम जान लो कि अंतर-आकाश में कैसे जाया जाए, तो यह सदा के लिए उपलब्ध हो जाता है। तुम कार्य करते रह सकते हो और जब कभी भी तुम चाहो तुम भीतर एक डुबकी लगा सकते हो। और यह इतना सरल हो जाता है जैसे कि तुम मकान के भीतर जाते हो और मकान से बाहर निकल आते हो। एक बार तुमने जान लिया कि द्वार कहां है, तब कोई समस्या नहीं रहती। तुम इसके बारे में सोचते भी नहीं। जब बाहर तेज गर्मी अनुभव हो रही हो, तुम मकान के भीतर शीतलता और आश्रय में चले जाते हो।

जब अधिक सर्दी लगने लगी हो और तुम ठंड के कारण जमने लगे हो, तुम मकान से बाहर गर्म धूप में निकल आते हो। बाहर और भीतर के मध्य तुम एक तरलता बन जाते हो।

अंदर के रास्ते को मन अवरुद्ध कर रहा है। जब कभी भी तुम अपने भीतर जाते हो, बार-बार तुमको मन की कोई पर्त मिल जाती है। किसी विचार के अंश, कोई इच्छा, कोई योजना, कोई स्वप्न, भविष्य का कुछ या अतीत का कुछ। और याद रहे, भविष्य और कुछ नहीं बल्कि अतीत का प्रक्षेपण है। भविष्य है अतीत का थोड़ा परिष्कृत ढंग से, कुछ बेहतर रूप में पुनः चाहत। अतीत में तुम्हारे पास प्रसन्नता थी और अप्रसन्नता थी, खुशी थी, दुख था, कांटे थे, फूल थे। तुम्हारा भविष्य और कुछ नहीं है केवल फूल हैं, कांटे हटा दिए गए हैं, दुख छोड़ दिए गए हैं–बस खुशियां और खुशियां, और खुशियां। तुम अपने अतीत की छंटनी करते रहते हो, और जो कुछ भी तुम्हें अच्छा और सुंदर अनुभव हुआ था उसको तुम भविष्य में प्रक्षेपित कर देते हो।

एक बार तुम जान लो कि अतीत से किस भांति बाहर आया जाए, तो भविष्य स्वतः ही तिरोहित हो जाता है। जब भीतर कोई अतीत नहीं होता तो कोई भविष्य नहीं हो सकता है। अतीत भविष्य को उत्पन्न करता है। अतीत भविष्य की जननी, भविष्य का गर्भ है। जब न कोई अतीत है और न भविष्य, तब जो है वही है। फिर जो है है। तभी अचानक तुम शाश्वतता में होते हो।

यही है जो मौलिक मन है, विचार के किसी स्पंदन के बिना, दृष्टि में कोई बादल नहीं, तुम्हारे चारों ओर कोई धूल नहीं–बस शुद्ध आकाश।

तत्र ध्यानजमनाशयम्।

'केवल ध्यान से जन्मा मौलिक मन ही इच्छाओं से मुक्त होता है।'

क्योंकि मौलिक मन अतीत से मुक्त है, अनुभवों से मुक्त है। जब तुम अनुभवों से मुक्त हो तो तुम इच्छा कैसे कर सकते हो? इच्छा अतीत के बिना अस्तित्व में नहीं रह सकती। जरा सोचो, यदि तुम्हारा कोई अतीत न हो, तुम इच्छा कैसे कर सकते हो? तुम क्या इच्छा करोगे? कुछ चाहने के लिए अनुभव, संचित अनुभव की आवश्यकता होती है। यदि तुम इच्छा न कर सको तो तुम एक शून्य में होओगे, आत्यंतिक सुंदर खालीपन।

केवल मौलिक मन ही इच्छाओं से मुक्त होता है, इसलिए इच्छाओं के साथ संघर्ष मत करो। यह संघर्ष तुम्हें कहीं नहीं ले जाएगा, क्योंकि इच्छाओं से संघर्ष करने के लिए तुम्हें प्रतिइच्छाएं निर्मित करनी पड़ेंगी। और वे भी उतनी ही इच्छाएं हैं जैसी कि दूसरी इच्छाएं। इच्छाओं से संघर्ष मत करो, तथ्य को देखो। इच्छाओं से संघर्ष करने के माध्यम से मौलिक मन नहीं पाया जा सकता। तुम्हें एक श्रेष्ठ मन मिल सकता है, लेकिन मौलिक मन नहीं मिल सकता। हो सकता है कि तुम्हारे पास एक पापी का मन हो, और

यदि तुम इसके साथ संघर्ष करो तो तुमको साधु का मन मिल सकता है, लेकिन एक साधु उलटे खड़े हुए असाधु के अतिरिक्त और कुछ नहीं है।

पापी और महात्मा भिन्न व्यक्तित्व नहीं हैं, वे एक ही सिक्के के दो पहलू हैं। तुम सिक्के को एक ओर से दूसरी ओर पलट सकते हो। एक पापी किसी भी क्षण साधु बन सकता है और साधु किसी भी क्षण पापी बन सकता है। और पापी सदैव साधु होने के स्वप्न देखा करता है और साधु सदैव पाप की कीचड़ में पुनः वापस गिरने से भयभीत रहता है। वे अलग नहीं हैं, उनका अस्तित्व साथ-साथ है। वास्तव में यदि संसार से सभी पापी मिट जाएं तो साधुओं के हो पाने की भी कोई संभावना न रहेगी। वे पापियों के बिना अस्तित्व में नहीं रह सकते।

मैने सुना है, एक पादरी अपने गिरजाघर की ओर जा रहा था, रास्ते में सड़क के किनारे उसने एक आदमी को देखा जो बुरी तरह घायल था, करीब-करीब मृतप्रायः था। खून बह रहा था। वह दौड़ा गया, लेकिन जैसे ही वह उसके पास पहुंचा और उस व्यक्ति का चेहरा देखा, वह वापस लौट पड़ा। उसका चेहरा वह अच्छी तरह पहचानता था। वह आदमी और कोई नहीं स्वयं शैतान था। अपने चर्च में उसने शैतान की तस्वीर लगा रखी थी, लेकिन शैतान ने कहा, मुझ पर करुणा करो। और तुम करुणा के बारे में बोलते हो, और तुम प्रेम के बारे में बोला करते हो, और क्या तुम भूल गए? अपने चर्च में अनेक बार तुम उपदेश दिया करते हो, अपने शत्रु को प्रेम करो, मैं तुम्हारा शत्रु हूं, मुझको प्रेम करो।

वह पादरी भी उसकी तर्कयुक्त बात को नकार न सका। हां, शैतान के अतिरिक्त इतना बड़ा शत्रु और कौन होगा? पहली बार उसने इस बात को समझा, लेकिन फिर भी वह स्वयं को मरते हुए शैतान की सहायता हेतु तैयार नहीं कर पाया। उसने कहा, तुम ठीक कहते हो, लेकिन मैं जानता हूं कि शैतान शास्त्रों के उद्धरण दे सकता है। तुम मुझको मूर्ख नहीं बना सकते। यह अच्छा है कि तुम मर रहे हो। यह बहुत अच्छा है, यदि तुम मर जाओ तो संसार बेहतर हो जाएगा। शैतान हंसा, एक बहुत शैतानी हंसी हंसा और उसने कहा, तुम नहीं जानते, यदि मैं मरता हूं तो तुम कहीं के न रहोगे। तुमको भी मेरे साथ मरना पड़ेगा। और इस समय मैं शास्त्रों का हवाला नहीं दे रहा हूं, मैं व्यवसाय की बात कर रहा हूं। मेरे बिना तुम्हारा क्या होगा, और तुम्हारा चर्च और तुम्हारा ईश्वर? अचानक वह पुजारी सारी बात समझ गया। उसने शैतान को अपने कंधों पर उठाया और वह उसे लेकर अस्पताल चला गया। उसको जाना पड़ा, क्योंकि शैतान के बिना ईश्वर का भी अस्तित्व नहीं हो सकता।

पापी के बिना महात्मा बच नहीं सकता। वे एक-दूसरे से पोषित होते हैं, वे एक-दूसरे की रक्षा करते हैं, वे एक-दूसरे का बचाव करते हैं। वे दो विभिन्न लोग नहीं हैं, वे एक ही घटना के दो ध्रुव हैं।

मौलिक मन मन नहीं है। यह न तो पापी का मन है और न साधु का मन है। मौलिक मन में कोई मन नहीं है। इसकी न कोई परिभाषा है, न कोई सीमा। यह इतना शुद्ध है कि तुम इसे शुद्ध भी नहीं कह सकते, क्योंकि किसी वस्तु को शुद्ध कहने के लिए तुमको अशुद्धता की अवधारणा को बीच में लाना पड़ेगा। वह धारणा तक इसे प्रदूषित कर देगी। इतना शुद्ध है यह, इतना आत्यंतिक रूप से शुद्ध है यह कि यह कहने में कि यह शुद्ध है कोई सार न रहा।

'केवल ध्यान से जन्मा मौलिक मन ही इच्छाओं से मुक्त होता है।'

अब 'तत्र ध्यानजम' 'ध्यान से जन्मा हुआ' यह शाब्दिक अनुवाद है, लेकिन इसमें कुछ खो रहा है। संस्कृत बहुत काव्यात्मक भाषा है। यह मात्र एक भाषा नहीं है, यह मात्र एक व्याकरण नहीं है, यह उससे भी अधिक एक काव्य है, एक बहुत घनीभूत काव्य। यदि इसका ठीक से अनुवाद किया जाए, यदि भाव का अनुवाद किया जाए, केवल शब्द नहीं, तो मैं इसका अनुवाद करूंगा : 'जिसका ध्यान से पुनर्जन्म होता है।' बस केवल जन्म नहीं, क्योंकि मौलिक मन का जन्म नहीं होता, यह पहले से ही विद्यमान है, बस पुनर्जन्म, यह पहले से वहां है, बस प्रत्यभिज्ञा होती है, यह पहले से ही वहां है, बस पुनः अन्वेषण होता है। परमात्मा सदैव एक पुनः अन्वेषण है। तुम्हारा स्वयं का अस्तित्व पहले से वहां है। इस पर कोई बहुत अधिक ताकत नहीं लगानी है, यह पहले से ही वहां है, तुम्हें इसको पुनः उपलब्ध करना है। नया कुछ भी नहीं जन्मा है, क्योंकि मौलिक मन नया नहीं है, यह पुराना नहीं है, यह शाश्वत है, सदा और सदैव और सदा के लिए।

'अनाशयम्' का अभिप्राय है : बिना किसी प्रेरणा के, बिना किसी सहारे के, बिना किसी कारण के, बिना किसी वजह के।

तत्र ध्यानजमनाशयम्।

मौलिक मन बिना किसी प्रेरणा के रहता है। यह बिना किसी कारण के रहता है। यह बिना किसी सहारे के रहता है। अनाशयम् का शाब्दिक अर्थ होता है : किसी सहारे के बिना। यह बिना किसी आधार के, भूमि के बिना रहता है। इसका अस्तित्व अपने आप में है, इसको बाहर से कोई सहायता नहीं मिलती। ऐसा होना ही है, क्योंकि परम कोई सहायता ले ही नहीं सकता, क्योंकि परम का अभिप्राय है संपूर्ण, इसके बाहर कुछ भी नहीं है। तुम सोच सकते हो कि तुम पृथ्वी पर बैठे हो, और पृथ्वी सौरमंडल के चुंबकीय बलों से सहारा पा रही है, और सौरमंडल के ग्रह किसी महासूर्य के गुरुत्वीय बल से सहारा पा रहे हैं। लेकिन संपूर्ण को कोई सहारा नहीं मिल सकता है, क्योंकि वह सहायता आएगी कहां से? संपूर्ण के पास इसके लिए कोई आधार नहीं होता।

तुम बाजार जाते हो, निःसंदेह तुम्हारा कोई उद्देश्य होता है, तुम धन अर्जित करने जाते हो। तुम घर

आते हो, तुम्हारे पास एक निश्चित उद्देश्य है, विश्राम करना। तुम भोजन करते हो, क्योंकि तुम भूखे हो; इसके लिए एक कारण है। तुम मेरे पास आए हो, इसका एक उद्देश्य है। तुम किसी चीज की तलाश में हो। यह चीज अस्पष्ट, स्पष्ट, ज्ञात, अज्ञात, कुछ भी हो सकती है, लेकिन उद्देश्य वहां है। लेकिन संपूर्ण का उद्देश्य क्या हो सकता है? यह उद्देश्य विहीन है, यह इच्छारहित है, क्योंकि प्रेरणा बाहर से कुछ लेकर आएगी। यही कारण है, हिंदू इसे लीला, एक खेल कहते है। खेल भीतर से आता है, तुम बस टहलने जा रहे हो, वहां कोई उद्देश्य नहीं है, स्वास्थ्य तक नहीं। स्वास्थ्य की सनक वाला व्यक्ति कभी टहलने नहीं जाता, वह जा ही नहीं सकता, क्योंकि वह टहलने का मजा नहीं ले सकता। वह हिसाब-किताब लगाता है, कितने मील? वह गणना कर रहा है, कितनी गहरी श्वासें? वह हिसाब जोड़ रहा है, कितना पसीना? वह गणित लगा रहा है। वह सुबह के टहलने को किए जाने वाले कार्य की भांति, एक अभ्यास की भांति ले रहा है। यह मात्र एक खेल नहीं रह गया है।

अंग्रेजी शब्द इल्युजन का प्रयोग करीब-करीब हमेशा ही पूर्वीय शब्द माया के अनुवाद के रूप में किया जाता है। सामान्यतः इल्युजन का अर्थ होता है : अवास्तविक, यथार्थ में जिसका अस्तित्व नहीं है। किंतु यह इसका सही अर्थ नहीं है। यह लैटिन मूल ल्यूडेरे से आता है, जिसका अर्थ है : खेलना। इल्युजन का अर्थ बस खेल है, और माया का यही वास्तविक अर्थ है। माया का अर्थ भ्रम नहीं है, इसका अर्थ है खेलपूर्ण। परमात्मा स्वयं के साथ खेल रहा है। निःसंदेह वह अपने स्वयं के अतिरिक्त और कुछ था भी नहीं, इसलिए वह अपने स्वयं के साथ लुकाछिपी का खेल खेल रहा था, वह अपना एक हाथ छिपा देता है और दूसरे हाथ से इसको खोजने का प्रयास करता है, जब कि वह भलीभांति जानता है कि यह कहां है।

मौलिक मन निरुद्देश्य है, इसके होने का कोई कारण नहीं है। अन्य मन जो मौलिक नहीं हैं, बल्कि आरोपित कर दिए गए हैं, निःसंदेह वे उद्देश्यपूर्ण हैं, और उद्देश्य के कारण ही हम उनको परिपोषित करते हैं। यदि तुम एक चिकित्सक बनना चाहते हो तो तुमको एक खास प्रकार का मन विकसित करना पड़ेगा, तुम्हें चिकित्सक बन कर रहना है। यदि तुमको एक इंजीनियर बनना है तो तुमको एक दूसरे प्रकार का मन विकसित करना पड़ेगा। यदि तुम कवि बनना चाहते हो तो तुम गणितज्ञ का मन विकसित नहीं कर सकते, तब तुमको कवि का मन विकसित करना पड़ेगा। इसलिए जो कुछ भी तुम्हारा उद्देश्य हो उसी के अनुरूप तुम एक निश्चित मन निर्मित करते हो।

मैंने सुना है, एक महिला अपने पुत्र के साथ बस में बैठी हुई थी। उसने मात्र एक टिकट खरीदा। कंडक्टर ने बच्चे को संबोधित किया, छोटे बच्चे तुम्हारी आयु कितनी है?

मैं चार वर्ष का हूं, लड़के ने उत्तर दिया।

और तुम पांच वर्ष के कब होओगे? कंडक्टर ने पूछा।

बच्चे ने अपनी मां की ओर एक नजर डाली, जो बच्चे की इस बातचीत को मुस्कुरा कर अपनी सहमति दे रही थी, और बोला, जब मैं इस बस से नीचे उतर जाऊंगा।

उस बच्चे को कुछ कहना सिखाया गया है, लेकिन फिर भी वह असली उद्देश्य को नहीं जानता है। उसको टिकट के रुपये बचाने के लिए चार वर्ष कहना सिखाया गया है, लेकिन इसके पीछे उद्देश्य क्या है वह यह नहीं जानता, इसलिए वह इस बात को तोते की तरह दोहरा देता है।

प्रत्येक बच्चा बड़े लोगों की तुलना में मौलिक मन के साथ अधिक लयबद्धता में होता है। बच्चों को खेलते हुए, इधर-उधर दौड़ते हुए देखो, तुम्हें उनका कोई विशिष्ट उद्देश्य नहीं मिलेगा। वे आनंदित हो रहे हैं, और यदि तुम उनसे पूछते हो किसलिए? तो वे अपने कंधे उचका देंगे। उनके लिए बड़े लोगों से संवाद कर पाना लगभग असंभव है। बच्चों को यह करीब-करीब नामुमकिन सा महसूस होता है; कोई सेतु नहीं है; क्योंकि बड़े लोग एक बहुत मूर्खतापूर्ण प्रश्न पूछते हैं: किसलिए? बड़े लोग एक खास किस्म के अर्थशास्त्रीय मन के साथ जीते हैं। तुम कुछ कमाने के लिए कुछ करते हो। बच्चे इन सतत उद्देश्यपूर्ण कृत्यों से अभी परिचित नहीं हैं। वे इच्छा की भाषा को नहीं जानते, वे खेलपूर्ण होने की भाषा को जानते हैं। जब जीसस कहते हैं, तुम परमात्मा के राज्य में तब तक प्रवेश नहीं कर सकते जब तक कि तुम छोटे बच्चों जैसे नहीं हो जाते, तो यही है उनका अभिप्राय, वे कह रहे हैं कि जब तक कि तुम पुनः बच्चे नहीं बन जाते, जब तक कि तुम उद्देश्य नहीं छोड़ते और खेलपूर्ण नहीं हो जाते...। याद रखो, कार्य कभी किसी को परमात्मा तक नहीं ले गया है। और वे लोग जो परमात्मा की ओर जाने वाले अपने रास्ते पर कार्य कर रहे हैं, बाजार में ही गोल-गोल घेरे में घूमते रहेंगे, वे कभी परमात्मा तक नहीं पहुचेंगे। वह खेलपूर्ण है और तुमको भी खेलपूर्ण होना पड़ेगा। तब अचानक संवाद घटित होगा, अचानक एक संपर्क, एक सेतु बन जाएगा।

खेलपूर्ण ढंग से ध्यान करो, गंभीरतापूर्वक ध्यान मत करो। जब तुम ध्यान-कक्ष में जाते हो तो अपने गंभीर चेहरे वहीं छोड़ दो जहां तुम अपने जूते छोड़ देते हो। ध्यान को एक मजा होने दो। मजा एक बहुत धार्मिक शब्द है; गंभीरता बहुत अधार्मिक शब्द है। यदि तुम मौलिक मन को उपलब्ध करना चाहते हो, तो तुमको एक बहुत ही गैर-गंभीर किंतु निष्ठापूर्ण जीवन जीना पड़ेगा, तुमको अपने कार्य को खेल में रूपांतरित करना पड़ेगा; तुम्हें अपने सभी कर्तव्यों को प्रेम में रूपांतरित करना पड़ेगा। कर्तव्य एक कुरूप शब्द है, निःसंदेह यह एक चार अक्षर वाला शब्द है।

कर्तव्य से बच कर रहो। कार्य में और प्रेम अर्पित करो। अपने कार्य को एक नई ऊर्जा में, जिसका तुम आनंद ले सको, और-और परिवर्तित करो, और अपने जीवन को और अधिक मजे, और अधिक हंसी,

और कम इच्छा, और कम उद्देश्य वाला हो जाने दो। जितना अधिक तुम उद्देश्यपूर्ण हो उतना ही अधिक तुम एक निश्चित प्रकार के मन से बंध जाओगे। तुमको बंधना ही पड़ेगा, क्योंकि उस उद्देश्य को एक विशिष्ट प्रकार का मन ही पूरा कर सकता है। और यदि तुम सारे मनों का परित्याग करना चाहते हो–और सभी मनों का परित्याग किया जाना है–केवल तब तुम अपने अंतर्तम स्वभाव, तुम्हारी सहजता को उपलब्ध कर सकते हो। यह पूर्णतः भिन्न है, इच्छा से बिलकुल अलग भाषा है इसकी।

मैं तुम्हें एक कहानी सुनाता हूं।

अदालत में मुल्ला नसरुद्दीन के विरुद्ध एक मुकदमा चल रहा था। निचली अदालत के समक्ष प्रस्तुत किए गए सबूतों की, जो इस मुकदमे के बारे में थे, प्राथमिक जानकारी सुनने के उपरांत न्यायाधीश ने निर्देशित किया कि शेष बचा हुआ मुकदमा इन कैमरा (अभियुक्त के बयान की फिल्म बना कर) सुना जाएगा। मुल्ला नसरुद्दीन ने, जो अभियुक्त था, इस आधार पर इसका विरोध किया कि उसे इस शब्द 'इन कैमरा' का अर्थ ज्ञात नहीं है, लेकिन न्यायाधीश ने यह कह कर कि मैं जानता हूं कि इसका क्या अर्थ है, बचाव पक्ष का वकील जानता है कि इसका क्या अर्थ है, गवाही पक्ष जानता है कि इसका क्या अर्थ है, न्यायसभा को पता है कि इसका क्या अर्थ है; अब न्यायालय का समय नष्ट न करो, उसका आक्षेप नकार दिया।

इसके उपरांत बचाव पक्ष के वकील ने अभियुक्त मुल्ला नसरुद्दीन से कहा कि वह अपने शब्दों में न्यायालय को बता दे कि जिस रात की बात चल रही है उस रात क्या हुआ था। ठीक है, मुल्ला नसरुद्दीन ने कहा, मैं इस लड़की के साथ गांव की सड़क से घर जा रहा था और हमने एक रास्ता कम करने के लिए एक खेत के बीच से होकर निकलने का फैसला किया। खेत से होकर आधा रास्ता तय करने के बाद वह थकी हुई मालूम पड़ी तो हम आराम करने के लिए बैठ गए। गर्मी की यह एक सुंदर रात थी और मैंने स्वयं को थोड़ा रोमांटिक अनुभव किया, तो मैंने उसका चुंबन ले लिया और उसने मेरा चुंबन लिया, फिर मैंने उसका चुंबन लिया और उसने मेरा चुंबन लिया, और दस मिनट के बाद, हाई टिड ली हीटी।

न्यायाधीश ने पूछा, हाई टिड ली हीटी? क्या अर्थ हुआ इसका?

ठीक है, मुल्ला नसरुद्दीन ने उत्तर दिया, बचाव पक्ष के वकील को पता है इसका क्या अर्थ है, अभियोजन पक्ष का वकील जानता है कि इसका क्या अर्थ है, और न्यायसभा जानती है कि इसका क्या अर्थ है–और यदि आप भी अपने कैमरा के साथ वहां होते तब आपको भी पता लग जाता कि इसका अर्थ क्या होता है!

इच्छा की अपनी स्वयं की भाषा है, उद्देश्य की अपनी स्वयं की भाषा है, और सभी भाषाएं इच्छा की

और उद्देश्य की हैं–विभिन्न इच्छाओं की। मैं तुमसे यह कहना चाहता हूं, ईसाइयत एक निश्चित चाह के लिए भाषा है, यह कोई धर्म नहीं है। हिंदू धर्म किसी और चाहत के लिए भाषा है, किंतु यह धर्म नहीं है; और अन्य सभी धर्मों के साथ भी ऐसा ही है।

मौलिक मन की कोई भाषा नहीं है। तुम इस तक हिंदू, ईसाई, जैन, मुसलमान, बौद्ध होकर नहीं पहुंच सकते। वे सभी इच्छाएं हैं। उनके माध्यम से तुम कुछ उपलब्ध करना चाहते हो। वे तुम्हारे लोभ का प्रक्षेपण हैं।

मौलिक मन तभी जाना जाता है जब तुम सारी चाहतें, सारी भाषाएं, सारे मनों को गिरा देते हो। और अचानक तुम नहीं जानते कि तुम कौन हो। धार्मिक व्यक्ति वह है जिसने सोच-विचार के किसी भी ढांचे के साथ अपने सारे तादात्म्य को छोड़ दिया है, और जो वहां बस अकेला, आवरणहीन होकर खड़ा हो गया है, वह बिना वस्त्रों के, भाषा और मनों के खोल के बिना अस्तित्व से घिरा हुआ है–एक प्याज की भांति जिसको पूरी तरह से छील दिया गया है, हाथों में केवल खालीपन आ गया है।

तत्र ध्यानजमनाशयम्।

'केवल ध्यान से जन्मा मौलिक मन ही इच्छाओं से मुक्त होता है।'

तो मौलिक मन कैसे उपलब्ध हो? अब धर्म की सर्वाधिक महत्वपूर्ण समस्याओं में से एक को समझना है, मौलिक मन इच्छाओं से मुक्त है और इसको उपलब्ध करने का उपाय है इच्छा-मुक्त हो जाना। तब विचारशील बुद्धि के लिए एक समस्या उठ खड़ी होती है, कौन सी बात प्राथमिक है? क्या हमें इच्छाओं का त्याग करना पड़ेगा? और तब क्या हम मौलिक मन को उपलब्ध कर सकते हैं? लेकिन तब यह समस्या उठती है कि यदि इच्छाएं तभी गिरती हैं जब मौलिक मन उपलब्ध हो जाता है, तो हम इसकी उपलब्धि से पूर्व ही इच्छाओं का त्याग कैसे कर सकते हैं? या यदि मौलिक मन को उपलब्ध किया ही जाना है तो इच्छाएं स्वतः ही अपने आप से इसके परिणाम स्वरूप गिर जाती हैं। तब तो हमें मौलिक मन उसी समय उपलब्ध कर लेना चाहिए जब इच्छाएं अभी भी अस्तित्व में हों, और मौलिक मन इच्छाओं को छोड़े बिना उपलब्ध नहीं हो सकता, इस प्रकार से एक विरोधाभास उठ खड़ा होता है। लेकिन विरोधाभास इसीलिए है क्योंकि तुम्हारी बुद्धि विभाजित करती है। वास्तव में मौलिक मन और इच्छा-शून्य हो जाना दो बातें नहीं हैं, यह बस एक ही घटना है, जिसकी दो ढंगों से चर्चा की जाती है। यह बस एक ऊर्जा है–इसको इच्छारहितता कहो या इसको मौलिक मन कहो–ये दो चीजें नहीं हैं। यह एक साथ ही घटित होता है, मैं जानता हूं।

जब तक कि मौलिक मन उपलब्ध न हो तुम पूर्णतः इच्छा-शून्य नहीं हो सकते, लेकिन तुम निन्यानबे दशमलव नौ प्रतिशत इच्छा शून्य हो सकते हो, और यही है उपाय। तुम अपनी इच्छाओं को समझना

आरंभ कर देते हो। समझ के माध्यम से उनमें से कई बस विलीन हो जाती हैं, क्योंकि वे मात्र मूर्खता हैं। वे तुम्हें और-और हताशा के अतिरिक्त कहीं और नहीं ले गई थीं। उन्होंने केवल नरक के लिए द्वार खोले थे और कुछ नहीं किया था—अधिक चिंता, अधिक पीड़ा, अधिक संताप, और परेशानी। बस उनको देख लो; वे खो जाएंगी। पहले वे इच्छाएं जो तुमको हताशा में ले गई थीं, मिट जाएंगी, और तब तुम्हें अधिक सूक्ष्मग्राही परिप्रेक्ष्य मिल जाएगा। फिर तुम उन इच्छाओं को देखोगे जिन पर तुम अब तक विचार कर रहे थे, वे इच्छाएं जो तुमको सुख में ले गई थीं, जो तुमको सुख में नहीं भी ले गईं—क्योंकि जो कुछ भी सुखद प्रतीत होता है अंततः अंत में खट्टा और कड़वा बन जाता है।

इसलिए सुख इच्छा की एक तरकीब मालूम पड़ती है: तुमको दुख में डाल देने की एक तरकीब। पहले पीड़ादायक गिर जाएंगी, और फिर तुम यह देख पाने में समर्थ हो जाओगे कि सुख भ्रामक, नकली, एक स्वप्न है, समझ के माध्यम से निन्यानबे दशमलव नौ प्रतिशत इच्छाएं विलीन हो जाएंगी, और फिर चरम घटता है। यह उसी क्षण घट जाता है: सौ प्रतिशत इच्छाएं विलीन होती हैं और मौलिक मन एक क्षण में ही प्रकट हो जाता है, ऐसा कारण और प्रभाव से नहीं घटता, बल्कि तत्क्षण, साथ-साथ घट जाता है।

इसके लिए कार्ल गुस्ताव जुंग का शब्द प्रयोग करना बेहतर रहेगा—समक्रमिकता। वे कारण और प्रभाव की भांति संबंधित नहीं हैं। वे एक साथ एक ही क्षण में प्रकट होते हैं, और ऐसा भी इस ढंग से इसलिए कहना पड़ता है क्योंकि मुझको भाषा का उपयोग करना पड़ता है। अन्यथा वे एक ही हैं, एक सिक्के के दो पहलू हैं। यदि तुम समझ के, ध्यान के माध्यम से देखो तो तुम इसे मौलिक मन कहोगे। यदि तुम अपनी इच्छाओं, वासनाओं के माध्यम से देखो तो तुम इसे इच्छा शून्यता कहोगे। जब तुम इसको इच्छा शून्यता कहते हो, तो यह बस यही प्रदर्शित करता है कि तुम इसकी तुलना इच्छा से करते रहे हो; जब तुम इसको मौलिक मन कहते हो, तो यह बस यही प्रदर्शित करता है कि तुम इसकी तुलना यांत्रिक मनों से करते रहे हो; लेकिन तुम, एक और उसी चीज की, बात कर रहे हो।

चाहे तुम कहीं भी हो, तुम यांत्रिक मन में हो। तुम जो कुछ भी हो, तुम यांत्रिक मन में हो, बंदी हो। अपने लिए अफसोस मत करो। यह स्वाभाविक है। प्रत्येक बच्चे को कुछ न कुछ सीखना ही पड़ता है, इसी से मन निर्मित होता है। और प्रत्येक बच्चे को इस संसार में जीवित रहने के उपाय सीखने पड़ते हैं, इससे मन निर्मित होता है। अपने माता-पिता या अपने समाज के प्रति क्रोधित अनुभव मत करो, इससे कोई सहायता नहीं मिलने वाली है। प्रेम में उन्होंने तुम्हारी सहायता की है, यह स्वाभाविक था।

तुमको जीवित रहने के लिए एक मन की आवश्यकता होती है, और प्रत्येक समाज हर बच्चे पर मन थोपने का प्रयास करता है, क्योंकि सभी बच्चे जन्म के समय जंगली होते हैं। उनको पालतू बनाना पड़ता

है, उनको एक सांचा देना पड़ता है। वे बिना सांचे के आते हैं। उनको इस संसार में, जहां बहुत सा संघर्ष जारी रहता है, जहां जिंदा बने रहना एक सतत समस्या है, जीवित बच पाना और जीना कठिन होगा। उनको स्वयं की रक्षा करने के कुछ खास उपायों में निपुण होना पड़ेगा। उन्हें संसार की शत्रुतापूर्ण शक्तियों के विरुद्ध कवच, आवरण, खोल धारण करना पड़ेगा। उनको दूसरों की भांति व्यवहार करना सिखाना पड़ता है, उनको नकलची होना सिखाना पड़ता है। नकल के माध्यम से यांत्रिक मन निर्मित होता है। नकल को त्याग कर मौलिक मन निर्मित होता है।

मैंने सुना है, तीन भूत ताश खेल रहे थे, तभी चौथे भूत ने द्वार खोला और भीतर प्रवेश किया। खुले दरवाजे से बाहर से आए हवा के झोंके ने उनके पत्ते उड़ा कर फर्श पर बिखेर दिए। नया भूत, बच्चा भूत था—बहुत छोटा, भूतों के संसार में बहुत नया। उनमें से एक भूत ने निगाह उठाई और कहा, क्या तुम अन्य सभी की भांति आने के लिए की-होल का प्रयोग नहीं कर सकते थे?

अब भूतों को भी प्रशिक्षित करना पड़ता है: द्वार खोलने की कोई आवश्यकता नहीं है; चाबी के छेद से भीतर आओ जैसा कि प्रत्येक कर रहा है ।

इसी भांति माता-पिता तुमको सिखाते चले जाते हैं—नकल करो, और वे लोग जो बड़े नकलची हैं, प्रशंसा पाते हैं। वह बच्चा जो नकल नहीं करता, दंडित होता है। विद्रोही बच्चा दंड पाता है, आज्ञाकारी बच्चा प्रशंसा पाता है। आज्ञाकारिता को एक महान जीवन-मूल्य समझा गया है और विद्रोह को एक बड़ी गलती। सारा समाज तुमको आज्ञाकारी बनाना चाहता है, तुम्हारे ऊपर समाज पुरस्कारों द्वारा, दंडों द्वारा, भय, प्रशंसा, अहंकार को उकसा कर आज्ञाकारिता को थोप देता है। तुम्हें दूसरों की नकल करने को बाध्य करने के हजारों उपाय हैं, क्योंकि तुमको ढांचा देने का, तुमको सिकोड़ने का, तुमको काबू में लाकर अनुशासित करने का यही एक मात्र उपाय है। लेकिन निःसंदेह इसकी कीमत बहुत अधिक है। ऐसा होता ही है, यह हो चुका है, और कोई दूसरा उपाय था भी नहीं। इससे कोई भी बचाव नहीं कर पाया है, और मुझे नहीं दीखता कि कभी भी इससे पूरी तरह बचने की कोई संभावना हो सकेगी। कम या अधिक यह वहां रहेगा।

लोग मुझसे पूछते हैं, कि यदि मुझको बच्चों को शिक्षित करना हो तो मैं उनको क्या सिखाना चाहूंगा? लेकिन तुम उनको चाहे जो कुछ भी सिखाओ, तुम उनको एक मन दे दोगे। तुम उन्हें विद्रोह सिखा सकते हो, लेकिन यह भी उनको एक मन दे देगा। वे विद्रोही व्यक्तियों की नकल करना आरंभ कर देंगे। फिर से वे ढांचे में बंध जाएंगे।

कृष्णमूर्ति ने सारे संसार में ऐसे कई विद्यालय बच्चों को सिखाने के लिए, ताकि वे नकलची न बन जाएं, आरंभ किए हैं, लेकिन वे फिर भी नकलची बन जाते हैं। वे कृष्णमूर्ति की नकल करना आरंभ कर

देते हैं। समस्या बहुत सूक्ष्म है। जब तुम बच्चों को नकल न करना सिखाते हो, वे तुम्हारी नकल करना आरंभ कर देते हैं; वे कहते हैं, नकल मत करो! तुम उनको सिखाते हो कि नकल करना गलत है, और निःसंदेह तुम भी वे ही साधन प्रयोग करते हो। यदि वे नकल करते हैं तो उनकी निंदा की जाती है, प्रत्येक उनको नीची दृष्टि से देखता है। यदि वे विद्रोही हो जाते हैं तो उनकी प्रशंसा की जाती है। यह पुरस्कार और दंड की, भ्रम और लोभ की वही रणनीति है। वे नकली विद्रोही बन जाते हैं, लेकिन कोई विद्रोही नकलची कैसे हो सकता है?

मन से बचा पाने का कोई उपाय नहीं है, किंतु इससे बाहर आने का उपाय है। इसको समाज में जन्म लेने पर, माता-पिता से जन्म लेने पर जन्मी एक आवश्यक बुराई के रूप में स्वीकार करना पड़ता है। यह सहन किए जाने के लिए एक आवश्यक बुराई है। निःसंदेह इसको जितना संभव हो सके उतना शिथिल बना लो, बस इतना ही करो। इसको जितना हो सके उतना तरल बना लो, बस यही पर्याप्त है। अच्छा समाज वह समाज है जो तुमको एक मन देता है, और फिर भी तुमको सजग बनाए रखता है कि एक दिन इस मन को छोड़ना पड़ता है–यह कोई परम जीवन-मूल्य नहीं है, इससे होकर गुजरना पड़ता है, लेकिन इसके परे भी जाना है। इसका अतिक्रमण करना पड़ता है। मन को देना तो पड़ता है लेकिन मन के साथ तादात्म्य बना लेने की कोई आवश्यकता नहीं है। यदि यह तादात्म्य शिथिल रहे तो जब लोग परिपक्व हो जाएंगे तो वे इससे अधिक सरलता से, कम पीड़ा, कम संताप, कम प्रयास से बाहर आने में समर्थ होंगे।

चाहे तुम धनी हो या निर्धन, चाहे तुम गोरे हो या काले, चाहे तुम शिक्षित हो या अशिक्षित, इससे जरा भी अंतर नहीं पड़ता, हम एक ही नाव में सवार हैं; कृत्रिम मन की नाव में। और यही समस्या है। इसलिए तुम निर्धन से धनी हो सकते हो या तुम अपनी संपदा का त्याग कर सकते हो, और भिखारी, बौद्ध भिक्खु, कोई साधु बन सकते हो, लेकिन यह तुमको बदल नहीं देगा। अभी भी तुम उसी नाव में बैठे हुए हो। तुम बस भूमिकाएं बदल रहे होगे, तुम व्यक्तित्वों को बदल रहे होगे, लेकिन तुम्हारा सार-तत्व पहले की तरह सिमटा हुआ रहेगा।

मैंने सुना है, एक करोड़पति ने एक आवारा बूढ़े को अपने बाग में चहलकदमी करते हुए देखा, तो वह उस पर चिल्लाया, यहां से इसी समय बाहर निकल जाओ। उस आवारा ने कहा: महोदय, देखिए, आपमें और मुझमें केवल इतना अंतर है कि आप अपने दूसरे करोड़ की तैयारी में हैं और मैं अभी पहले करोड़ को पूरा करने के लिए कार्य कर रहा हूं–कोई बहुत अधिक अंतर नहीं है।

निर्धन व्यक्ति, धनी व्यक्ति, शिक्षित, अशिक्षित, सुसंस्कृत, संस्कार-विहीन, सभ्य, आदिम, पाश्चात्य, पूर्वी, ईसाई, हिंदू, इससे जरा भी अंतर नहीं पड़ता है। मात्रा में अंतर हो सकता है, किंतु गुणवत्ता में नहीं होता। हम सभी मन में हैं, और सारा धर्म इससे पार जाने का एक प्रयास है।

कर्माशुल्काकृष्णं योगिनस्त्रिविधमितरेषाम्।

'योगी के कर्म न शुद्ध होते हैं, न अशुद्ध, लेकिन अन्य सभी कर्म त्रि-आयामी होते हैं–शुद्ध, अशुद्ध और मिश्रित।'

यह कुछ ऐसी बात है जिसको पश्चिम में समझा जाना बहुत ही कठिन है, क्योंकि पश्चिम में केवल दो श्रेणियां अस्तित्व में हैं: शुद्ध और अशुद्ध, महात्मा और पापी, दिव्यता और शैतानियत, स्वर्ग और नरक, गोरा और काला। सारा पश्चिम अरस्तू के तर्क का अनुगमन करता है, और यह अभी भी किसी ऐसी बात को नहीं जान पाया जो दोनों के पार हो, उनमें से कुछ भी न हो फिर भी उनका अतिक्रमण करती हो। इस भांति के सूत्र किसी पश्चिमी मन द्वारा समझे जाने के लिए काफी दुरूह हैं, क्योंकि मन का एक निश्चित ढांचा होता है। यह ढांचा कहता है, यह कैसे संभव हो सकता है? कोई व्यक्ति या तो अच्छा है या बुरा है! ऐसा व्यक्ति कैसे संभव है, ऐसा मन कैसे संभव है जो कुछ न हो? तुम या तो अच्छे हो या बुरे। यह द्वैतवाद, द्विमुखी पद्धति, पश्चिमी मन में बहुत स्पष्ट है। यह विश्लेषणात्मक है।

यह सूत्र कहता है: 'योगी के कर्म न शुद्ध होते हैं, न अशुद्ध।' क्योंकि वे मौलिक मन से आते हैं।

अब यहां बहुत सी बातें समझ लेनी हैं।

तुम किसी को मरता हुआ देखते हो और तभी अचानक अरस्तूवादी मन में एक समस्या उठ खड़ी होती है: यदि परमात्मा भला है, तो मृत्यु क्यों? यदि परमात्मा भला है, तो निर्धनता क्यों? यदि परमात्मा भला है, तो कैंसर क्यों? यदि परमात्मा भला है, तो सभी कुछ अच्छा होना चाहिए। वरना संदेह उपजता है। तब परमात्मा हो ही नहीं सकता। या यदि वह है तो वह भला नहीं हो सकता। और उस परमात्मा को तुम कैसे परमात्मा कह सकते हो जो भला तक नहीं है? इसलिए सारा ईसाई धर्मशास्त्र शताब्दियों से इस समस्या पर कार्य करता रहा है कि इसकी व्याख्या किस प्रकार से की जाए? लेकिन यह असंभव है। क्योंकि अरस्तूवादी मन के साथ यह संभव नहीं है। तुम इसकी उपेक्षा कर सकते हो, लेकिन तुम इस समस्या को पूरी तरह से मिटा नहीं सकते, क्योंकि यह प्रश्न मन की संरचना के कारण ही उठता है।

पूरब में हम यह कहते हैं कि परमात्मा न तो भला है, न बुरा है, इसलिए जो कुछ घट रहा है घट रहा है। इसमें कोई नैतिक मूल्य नहीं है। इसे तुम अच्छा या बुरा नहीं कह सकते। इसको तुम अच्छे या बुरे की भांति पुकारते हो क्योंकि तुम्हारे पास एक निश्चित मन है। यह तुम्हारे मन का संदर्भ है कि कोई चीज अच्छी बन जाती है और कोई चीज बुरी बन जाती है।

अब देखो, एडोल्फ हिटलर का जन्म हुआ; यदि मां ने एडोल्फ हिटलर को मार डाला होता, तो यह अच्छा होता या बुरा? अब हम देख सकते हैं कि यदि मां ने एडोल्फ हिटलर को मार दिया होता तो

यह संसार के लिए बहुत अच्छा हुआ होता। लाखों लोग मारे गए इसके स्थान पर यह बेहतर रहा होता कि एक व्यक्ति मारा जाता। लेकिन यदि मां ने एडोल्फ हिटलर को मार दिया होता तो उसको कठोरता से दंडित किया गया होता। उसको उम्र कैद की सजा दी गई होती या फिर उसको सरकार द्वारा, न्यायालय द्वारा, पुलिस द्वारा गोली मार दी गई होती। और किसी ने नहीं कहा होता कि सरकार गलत थी, क्योंकि बच्चे की हत्या पाप है। लेकिन क्या तुम परिणाम देखते हो? फिर एडोल्फ हिटलर ने लाखों लोगों की हत्या की। वह सारे संसार को करीब-करीब मौत के कगार पर ले आया था। पहले कभी कोई भी इतनी बड़ी आपदा सिद्ध नहीं हुआ था। उसके सामने सारे चंगीज खान और तैमूरलंग फीके पड़ जाते हैं। वह अभी तक का सबसे बड़ा हत्यारा था। लेकिन क्या कहा जाए? उसने अच्छा किया या बुरा इसका निर्णय करना अभी भी कठिन है, क्योंकि जीवन कभी पूर्ण नहीं होता, और जब तक यह पूर्ण न हो तुम मूल्यांकन किस भांति कर सकते हो? हो सकता है कि उसने जो कुछ भी किया वह अच्छा हो। हो सकता है कि उसने गलत लोगों को मार कर उनसे पृथ्वी को साफ कर दिया हो–कौन जाने? और कौन निर्णय कर सकता है? हो सकता है कि उसके बिना संसार उससे भी अधिक बुरा हो जाता, जितना यह इस समय है।

जिस किसी बात को भी हम अच्छा कहते हैं वह किसी विशेष प्रकार के सीमित मन के अनुसार अच्छी होती है। जिस किसी बात को हम बुरा कहते हैं वह भी किसी विशेष प्रकार के सीमित मन के अनुसार बुरी होती है।

ताओवादियों की एक कहानी है। एक व्यक्ति के पास एक बहुत ही सुंदर घोड़ा था, यह इतना बेशकीमती था कि सम्राट तक उसके प्रति शत्रुता और ईर्ष्या का भाव रखता था। अनेक बार उसके पास घोड़े के लिए अनेक प्रस्ताव आए, और वह जितने भी धन की अपेक्षा करता या चाहता लोग उतना देने को तैयार थे। लेकिन वह बूढ़ा व्यक्ति हंसता, वह कहता था, मैं घोड़े को प्रेम करता हूं और तुम अपने प्रेम को कैसे बेच सकते हो? इसलिए तुम्हारे प्रस्ताव के लिए धन्यवाद, लेकिन इसे मैं बेच नहीं सकता।

फिर एक दिन रात्रि में घोड़ा चुरा लिया गया या कुछ और हो गया। अगले दिन सुबह घोड़ा अस्तबल में नही था। सारा नगर एकत्रित हो गया और उन्होंने कहा, अब देखो, इस मूर्ख बूढ़े को! घोड़ा चला गया। और तुम उसे बेच कर काफी धनवान हो सकते थे। इस नगर में ऐसी मुसीबत कभी नहीं आई। और तुम निर्धन हो और वृद्ध हो। तुम्हें इसे बेच डालना चाहिए था, तुमने गलत किया।

वह बूढ़ा व्यक्ति हंसा, उसने कहा, मूल्यांकन करने के चक्कर में मत पड़ो, और अच्छा या बुरा होने के बारे में कुछ मत कहो, और आपदा या आशीष के बारे में बात मत करो। मैं केवल एक बात जानता हूं कि पिछली रात घोड़ा अस्तबल में था और इस सुबह वह वहां नहीं है, बस यही है पूरी बात। लेकिन मैं

इसके बारे में और कुछ नहीं कहूंगा। तथ्य के साथ रहो कि घोड़ा अस्तबल में नहीं है, बस बात समाप्त। इस घटना में किसी प्रकार का मन बीच में क्यों लाते हो कि यह अच्छा है या बुरा, कि ऐसा नहीं होना चाहिए, कि यह एक आपदा है, इसके बारे में सब कुछ भूल जाओ।

लोग स्तंभित रह गए। उन्होंने अपमान अनुभव किया कि वे अपनी सहानुभूति दिखाने आए थे और यह मूर्ख दर्शनशास्त्र की बातें कर रहा है। इसलिए यह अच्छा रहा, इस आदमी को सजा मिलनी चाहिए थी, और देवता लोग सदैव ठीक करते हैं।

लेकिन पंद्रह दिन बाद घोड़ा वापस लौट आया। इसको चुराया नहीं गया था, यह जंगल में भाग गया था। और इसके साथ बारह और घोड़े आ गए थे–जंगली घोड़े, बहुत सुंदर, बहुत बलशाली। सारा नगर एकत्रित हो गया। उन्होंने कहा, यह बूढ़ा आदमी अवश्य कुछ जानता है, वह ठीक कह रहा था; यह कोई आपदा नहीं थी, हम गलत थे। और वे बोले, हमें खेद है। हम पूरी परिस्थिति को समझ नहीं सके, लेकिन यह एक बड़ा आशीष है। न केवल तुम्हारा घोड़ा वापस आ गया, लेकिन बारह और घोड़े! और हमने इतने सुंदर और बलशाली घोड़े कभी नहीं देखे। तुम बहुत सा धन एकत्रित कर लोगे।

उस वृद्ध व्यक्ति ने पुनः कहा, इसकी चिंता मत लो कि यह आशीष है या आपदा। कौन जाने? भविष्य अज्ञात है, और हमें तब तक कुछ नहीं कहना चाहिए जब तक कि हमें भविष्य ज्ञात न हो। तुम फिर वही गलती कर रहे हो। बस इतना कहो, घोड़ा वापस आ गया है, और बारह अन्य घोड़ों के साथ वापस आया है, बस बात खत्म। उन्होंने कहा, अब हमको मूर्ख बनाने का प्रयास मत करो। हम जानते हैं कि तुमने इन घोड़ों के रूप में बहुत सारा धन एकत्रित कर लिया है।

लेकिन एक सप्ताह बाद उस बूढ़े व्यक्ति का एकमात्र पुत्र जो एक घोड़े को सिखा रहा था, जंगली घोड़े को साधने का प्रयास कर रहा था, वह घोड़े से गिर पड़ा। उसको बहुत चोटें आईं, अनेक हड्डियां टूट गईं। उस बूढ़े आदमी का वह एक मात्र सहारा था। और लोगों ने कहा, यह बूढ़ा आदमी जानता है, वास्तव में उसे पता है...अब यह एक बड़ी आपदा है। घोड़े का ऐसे आना एक दुर्भाग्य हो गया। उसकी वृद्धावस्था का एकमात्र सहारा, उसका पुत्र, अब करीब-करीब मरने जैसी हालत में है। वह बूढ़े व्यक्ति को सहारा दिया करता था; अब उस बूढ़े व्यक्ति को युवक की सेवा करनी पड़ेगी, क्योंकि वह तो अपनी पूरी जिंदगी अब बिस्तर पर काटेगा। और उस युवक का तो बस अभी विवाह होने जा रहा था। अब तो विवाह भी असंभव हो जाएगा।

और वे पुनः एकत्रित हो गए, और फिर से वे बोले, और उस बूढ़े व्यक्ति ने कहा, तुमको कैसे बताया जाए? तुम लोग बार-बार वही काम किए चले जाते हो। केवल इतना कहो कि मेरे युवा पुत्र की अनेक हड्डियां टूट गई हैं, बस बात समाप्त। भविष्य में क्यों जाते हो? तुम इतनी तेजी से भविष्यकाल में क्यों

पहुंच जाते हो? और तुम लोगों ने देखा है कि इन दिनों बार-बार तुमने जो विचार प्रकट किए थे, वे गलत थे, लेकिन फिर भी बार-बार तुम वर्तमान से हट जाते हो और मूल्यांकन करना आरंभ कर देते हो।

और ऐसा हुआ कि कुछ दिन बाद उस देश का पड़ोसी देश से युद्ध छिड़ गया और नगर के सारे युवकों को बलपूर्वक सेना में भर्ती कर लिया गया। केवल इस बूढ़े आदमी का पुत्र बच गया क्योंकि उसकी हड्डियां टूटी हुई थीं। वे लोग फिर एकत्रित हो गए, लेकिन इससे पूर्व कि वे एकत्रित होते बूढ़े आदमी ने कहा, खामोश रहो! तुम लोग कब समझोगे? जीवन जटिल है।

सार-रूप में पूर्वीय दृष्टिकोण यही है।

योगी मौलिक मन में रहता है, तथाता में जीता है। जो कुछ भी घटता है, घट जाता है; वह कभी इसका मूल्यांकन नहीं करता है। और वह अपने से कुछ भी नहीं करता है, वह समग्र के लिए बस एक वाहन बन जाता है। समग्र उससे होकर प्रवाहित हो जाता है। वह एक पोला बांस, एक बांसुरी जैसा बन जाता है। योगी वही करता है जो उसके पास परमात्मा से, समग्र से आता है। इसीलिए भगवद्गीता में कृष्ण अर्जुन से कहते हैं, चिंता मत करो और इस बारे में मत सोचो कि जो तुम करने जा रहे हो वह हिंसा होगी, और तुम अनेक लोगों को मार दोगे। यदि परमात्मा की इच्छा यही होगी तो इसे होने दो। यदि वह मारना चाहता है, तो वह मार देगा, भले ही वह तुम्हारे माध्यम से मारे या किसी अन्य के माध्यम से मारे। कृष्ण कहते हैं, वास्तव में वह पहले से ही मार चुका है। तुम मात्र एक उपकरण हो, इसलिए अपने कृत्यों से बहुत अधिक तादात्म्य मत करो। साक्षी बने रहो।

'योगी के कर्म न शुद्ध होते हैं, न अशुद्ध; न नैतिक होते हैं और न अनैतिक, लेकिन अन्य सभी त्रि-आयामी होते हैं–शुद्ध, अशुद्ध, और मिश्रित।'

जो कुछ भी सामान्य लोग कर रहे हैं–सामान्य से मेरा अभिप्राय है, वे लोग जिनको अभी अपने अस्तित्व का अंतर्तम केंद्र उपलब्ध नहीं हुआ है; वे लोग जो अपने मन के साथ जी रहे हैं, सामान्य हैं, जो लोग अपने आदर्शों और विचारों और विचारधाराओं और शास्त्रों के साथ जी रहे हैं, जो कुछ भी वे कर रहे हैं–या तो उनके कृत्य शुद्ध हैं, या उनके कृत्य अशुद्ध हैं, या उनके कृत्य मिश्रित हैं; लेकिन उनके कृत्य सहज नहीं हैं, मौलिक नहीं हैं। वे प्रतिकर्म करते हैं, वे कर्म नहीं करते। उनका प्रत्युत्तर एक प्रतिकर्म होता है। यह कोई ऊर्जा का अतिशय प्रवाह नहीं है। वे ठीक अभी इस क्षण में नहीं जी रहे हैं।

किसी ने झेन मास्टर लिन ची से पूछा, यदि कोई आए और आपके ऊपर आक्रमण कर दे, तो आप क्या करेंगे? उसने अपने कंधे झटक दिए और कहा : उसको आने दो और मैं देखूंगा। मैं पहले से तैयारी नहीं रख सकता। मैं नहीं जानता। मैं हंस सकता हूं या मैं रो सकता हूं, या मैं उस व्यक्ति के ऊपर कूद कर उसकी हत्या कर सकता हूं। या हो सकता है कि मैं उस आदमी की जरा सी भी चिंता न लूं। किंतु मुझको

पता नहीं। उस व्यक्ति को आने दो। वह क्षण स्वतः निर्णय कर लेगा, मैं नहीं। समग्र निर्णय लेगा, मैं नहीं। मैं कैसे कह सकता हूं कि मैं क्या करूंगा?

एक संबुद्ध व्यक्ति मन के माध्यम से नहीं जीता है। उसके चारों ओर कोई ढांचा नहीं होता। एक विराट शून्यता है वह। कोई नहीं जानता उस क्षण में परमात्मा उसके माध्यम से किस प्रकार से कार्य करेगा। वह परमात्मा के कार्य में रुकावट नहीं डालेगा, बस उतनी सी बात है, क्योंकि वहां रुकावट डालने के लिए कोई है ही नहीं। मन रुकावट डालता है, अब वह मन नहीं रहा। वह कुछ ऐसा करने का प्रयास नहीं करेगा जिसको वह अच्छा समझता है, और वह किसी ऐसे कृत्य से बचने का भी प्रयास नहीं करेगा जिसे वह समझता है कि यह कार्य बुरा है। वह कुछ भी करने का प्रयास नहीं करेगा। वह केवल परमात्मा के हाथों में होगा और जो कुछ भी घटित होना ही है उस घटना को घटने देगा। बाद में वह व्याख्या भी नहीं करेगा कि जो कुछ भी हुआ था वह अच्छा है या बुरा। नहीं, एक समाधिस्थ व्यक्ति कभी पीछे नहीं देखता, कभी मूल्यांकन नहीं करता, कभी भविष्य में नहीं देखता, कभी योजना नहीं बनाता। जो कुछ भी उस क्षण द्वारा हो और वह क्षण को निर्णय करने देता है। उस क्षण में सभी कुछ एक साथ सहभागी हो जाता है। सारा अस्तित्व इसमें भाग लेता है, इसलिए कोई नहीं जानता कि क्या होगा?

लिन ची ने कहा : यदि मुझ पर कोई आक्रमण करता है, कोई नहीं जानता कि मैं क्या करूंगा। यह निर्भर करेगा कि आक्रमण कौन कर रहा है। वे गौतमबुद्ध हो सकते हैं, और यदि वे मुझ पर आक्रमण करते हैं तो मैं हंसूंगा। मैं उनके चरणस्पर्श कर सकता हूं कि मुझ पर बेचारे लिन ची पर आक्रमण करना उनकी कैसी करुणा है। किंतु यह उस क्षण पर निर्भर होगा, इतनी अधिक बातों पर निर्भर होगा कि इसके बारे में कुछ कहा नहीं जा सकता है।

बस बीसवीं शताब्दी के आरंभ में ही सन उन्नीस सौ में एक महान वैज्ञानिक, मैक्स प्लैंक ने अभी तक खोजी गई महान खोजों में से एक खोज की है। उनको यह अनुभव हुआ और उन्होंने यह खोजा कि यह अस्तित्व सतत प्रवाह जैसा नहीं है, इसमें कोई सातत्य नहीं है। यह कोई ऐसा नहीं है जैसे कि तुम एक बर्तन से दूसरे बर्तन में तेल लौट दो। तो तेल के प्रवाह में एक सातत्य होता है; यह एक सतत धारा के रूप में गिरता है। मैक्स प्लैंक ने कहा, अस्तित्व ऐसा है जैसे कि तुम एक डिब्बे से मटर के दाने दूसरे डिब्बे में डाल रहे हो—अनवरत प्रवाह नहीं है—मटर का प्रत्येक दाना अलग-अलग ढंग से अलग-अलग स्थान पर गिर रहा है। उसने कहा, सारा जीवन विच्छिन्न है। इन विच्छिन्न अवयवों को वह क्वांटा, तन्मात्रा कहता है। यही उसका तन्मात्रा सिद्धांत, क्वांटम थ्योरी है। क्वांटा का अर्थ है : प्रत्येक वस्तु दूसरी हर वस्तु से भिन्न है, और उसके सातत्य में नहीं है, और दो वस्तुओं के मध्य एक अंतराल है। अब यह अंतराल प्रत्येक चीज को सम्हाले हुए है, क्योंकि दो वस्तुएं परस्पर जुड़ी हुई नहीं हैं, दो परमाणु एक-दूसरे से जुड़े

हुए नहीं हैं। वह अंतराल, वह रिक्तता दोनों को सम्हाले हुए है। वे प्रत्यक्षतः जुड़े हुए नहीं हैं, वे अंतराल के द्वारा जुड़े हुए हैं। अभी तक किसी ने मन के बारे में ऐसे ही समानांतर सिद्धांत पर ध्यान नहीं दिया है, लेकिन मन के बारे में ठीक यही बात है।

दो विचार एक-दूसरे से जुड़े हुए नहीं हैं, और विचार विच्छिन्न होते हैं। एक विचार, अन्य विचार, अन्य विचार और इन विचारों के मध्य में अंतराल हैं, बहुत छोटे अंतराल–वह तुम्हारा अंतर-आकाश है। यही है जिसे मौलिक मन कहा जाता है। एक बादल गुजरता है, दूसरा बादल गुजरता है, दोनों के मध्य आकाश है। एक विचार गुजरता है, दूसरा विचार गुजरता है, दोनों के मध्य मौलिक मन है। यदि तुम सोचते हो कि तुम्हारे विचार सातत्य में हैं, तो तुम स्वयं को मन के रूप में सोचते हो।

वास्तव में मन जैसी कोई चीज नहीं है, केवल विचार है, विच्छिन्न विचार, तुम्हारे भीतर घूमते हुए, इतनी तेज भागते हुए कि तुम अंतरालों को देख नहीं पाते। इन विचारों को तुम्हारे अंतर-आकाश ने धारण किया हुआ है। परमाणुओं को बाह्यआकाश सम्हालता है, विचारों को अंतर-आकाश द्वारा सम्हाला जाता है। यदि तुम पदार्थ का हिसाब लगाते हो तो तुम पदार्थवादी हो जाते हो; यदि तुम अपने विचारों का हिसाब लगाते हो तो तुम मनवादी हो जाते हो। लेकिन मन और पदार्थ दोनों भ्रम हैं। वे प्रक्रियाएं हैं, विच्छिन्न हैं। और मैं तुमसे कहना चाहता हूं कि योग का परम संश्लेषण यही है कि अंतर-आकाश और बाह्य-आकाश दो नहीं हैं। तुम्हारा मौलिक मन और परमात्मा का मौलिक मन दो नहीं हैं। तुम्हारा कृत्रिम मन परमात्मा के मन से भिन्न है, लेकिन तुम्हारा मौलिक जरा भी भिन्न नहीं है। यह वही है।

'जब उनकी पूर्णता के लिए परिस्थितियां सहायक होती हैं, तो इन त्रि-आयामी कर्मों से इच्छाएं उठती हैं।'

यदि तुम शुद्धकर्म, कोई शुभकार्य, कोई साधु जैसा कृत्य करते हो तो इच्छा का जन्म होगा, निःसंदेह और शुभ करने की इच्छा। यदि तुम कोई अशुद्ध कर्म करते हो, तो और अशुद्ध कर्म करने की इच्छा जाग्रत होगी, क्योंकि जो कुछ भी तुम करते हो, वह तुम्हारे भीतर इसको दोहराने की एक खास आदत निर्मित करता है। लोग दोहराए चले जाते हैं। जो कुछ भी तुम कर चुके हो, तुम इसको करने में कुशल हो जाते हो। यदि तुम कोई मिश्रित कृत्य करते हो, तो निःसंदेह एक मिश्रित इच्छा उपजेगी जिसमें शुभ और अशुभ दोनों मिले हुए होंगे। लेकिन ये सभी कृत्रिम मन हैं। एक महात्मा का मन तक, अब भी कृत्रिम मन है।

मैने सुना है, एबी कोहेन, एक बड़ा व्यवसायी, जो यहूदी था, एक हत्या के मामले में राज्य न्यायालय में दोषी पाया गया। उसकी सजा वाले दिन की सुबह कारागार अधीक्षक उससे मिलने आया। मिस्टर कोहेन, उसने कहा, तुम्हें फांसी पर लटकाने में देश को सौ पाउंड खर्च करना पड़ेंगे। बुरा व्यवसाय रहेगा यह, एबी ने कहा, मुझको केवल पिचानवे पाउंड दे दो और मैं खुद को गोली मार लूंगा।

एक व्यवसायी व्यवसायी रहता है। वह व्यापार के बारे में, धन के बारे में सोचता रहता है। वह इसके बारे में कुशल हो गया है। जरा देखो, जो कुछ तुम करते रहे हो—तुम्हारे भीतर, बेहोशी में, अवचेतन में इसे दोहराने की प्रवृत्ति होती है। तुम वे ही चीजें बार-बार दोहराए चले जाते हो, और निःसंदेह जितना अधिक तुम दोहराते हो उतना ही अधिक तुम आदत की पकड़ में आ जाते हो। एक समय ऐसा आता है कि तुम आदत को छोड़ना भी चाहो तो आदत इतनी गहराई तक जड़ें जमा चुकी होती है कि तुम इसे छोड़ना चाहते हो, लेकिन यह तुम्हें छोड़ना नहीं चाहती।

मैंने सुना है, ऐसा हुआ, एक मास्टर साहब गरीबी के कारण शीत ऋतु में भी सूती कपड़े पहने हुए थे। एक तूफान में पहाड़ों से एक भालू बह कर नदी में आ गया। उसका सिर पानी में छिपा हुआ था। उसकी पीठ देख कर बच्चे चिल्लाए, मास्टर साहब, देखिए पानी में एक फर का कोट गिर पड़ा है, और आपको सर्दी लगा करती है। जाकर उसे ले आइए। मास्टर साहब ने अपनी जरूरत की मजबूरी के वश में फर का कोट लाने के लिए नदी में छलांग लगा दी। भालू ने तुरंत उन पर आक्रमण किया और उनको पकड़ लिया। मास्टर साहब, किनारे पर खड़े बच्चे चिल्लाए, या तो कोट को लेकर लौटें या उसे बह जाने दें—और वापस लौट आएं। मैं फर का कोट बह जाने देने को राजी हूं, मास्टर साहब चिल्लाए, लेकिन फर का कोट मुझे वापस नहीं लौटने दे रहा है।

आदतों के साथ यही समस्या है : पहले तुम उनको विकसित करते हो, फिर धीरे-धीरे वे करीब-करीब तुम्हारा दूसरा स्वभाव बन जाती हैं। फिर तुम उनको छोड़ना चाहते हो, लेकिन उनको छोड़ देना इतना सरल नहीं है। क्या किया जाए?

तुमको और सजग हो जाना पड़ेगा।

आदतों को छोड़ा नहीं जा सकता। उनको छोड़ने के केवल दो उपाय हैं : एक है आदत को किसी वैकल्पिक आदत से बदल लिया जाए—लेकिन यह बस एक समस्या को दूसरी समस्या से बदल लेना है, इससे कोई बहुत अधिक मदद नहीं मिलने वाली है; दूसरा उपाय है और सजग हो जाना। जब कभी तुम किसी आदत को दोहराते हो, सजग हो जाओ। भले ही तुमको इसे दोहराना पड़े, दोहराओ इसे, लेकिन एक साक्षीभाव से, सजगता से, बोधपूर्वक दोहराओ। वह जागरूकता तुमको आदत से अलग कर देगी, और वह ऊर्जा जिसे तुम अनजाने में आदत को देते रहते थे अब और नहीं दी जाएगी। धीरे-धीरे आदत सिकुड़ जाएगी, इसके माध्यम से जलधार का प्रवाह हो रहा था, रास्ता बंद हो गया है, अतः धीरे-धीरे यह लुप्त हो जाएगी।

कभी किसी आदत को दूसरी आदत से मत बदलो, क्योंकि सभी आदतें बुरी हैं। अच्छी आदतें तक बुरी हैं, क्योंकि वे आदते हैं। अशुद्ध आदतों को शुद्ध आदतों में बदलने का प्रयास मत करो। समाज के

लिए यह अच्छा है कि तुम बुरी आदतों को अच्छी आदतों से बदल लो। रोज शराबखाने जाने के स्थान पर यदि तुम प्रतिदिन चर्च या मंदिर जाते हो तो समाज के लिए यह अच्छा है। किंतु जहां तक तुम्हारा प्रश्न है, इससे कोई बहुत सहायता नहीं मिलने वाली है। तुमको आदतों के पार जाना पड़ेगा। तभी यह सहायक होगा।

समाज चाहता है कि तुम नैतिक हो जाओ, क्योंकि अनैतिक होकर तुम कठिनाइयां पैदा करते हो– समाज मिट जाता है। एक बार तुम नैतिक हो जाओ–समाज का काम समाप्त। अब समाज का यह काम नहीं रहा कि वह तुम्हारी चिंता करे। यदि तुम अनैतिक हो तो समाज का तुमसे मतलब समाप्त नहीं होता, तुम्हारे बारे में कुछ किया जाना शेष है। एक बार तुम नैतिक हो गए, समाज का काम समाप्त। समाज तुम्हें फूलमाला पहनाता है और तुम्हारा सम्मान करता है और कहता है, आप एक बहुत अच्छे आदमी हैं। समाप्त हो गई समाज की तुम्हारे प्रति चिंता, समाज को अब तुमसे कोई परेशानी न रही, लेकिन स्वयं तुम्हें अभी बहुत दूर जाना है, यात्रा अभी पूरी नहीं हुई है। बुरी आदत समाज के विरुद्ध है, और आदत जैसी कि वह है तुम्हारे मूल स्वभाव के विरुद्ध है।

एक पिस्सू बंद होने से ठीक पहले एक शराबखाने में दौड़ता हुआ पहुंचा, पांच डबल स्कॉच का आर्डर किया, उन्हें वह गटागट पी गया, गली की ओर भागा, हवा में ऊपर की ओर उछला और मुंह के बल जमीन पर आ गिरा। किसी तरह से वह उठ कर खड़ा हुआ और इधर-उधर देख कर बड़बड़ाया, हद हो गई, किसी ने यहां से मेरा कुत्ता भगा दिया।

अनेक जन्मों से तुम पी रहे हो और अचेतनता के कारण पिए जा रहे हो। प्रत्येक व्यक्ति नशेबाज है, और निःसंदेह तुम बार-बार गिरते चले जाते हो।

यही गहन समस्या है, सजग कैसे हुआ जाए, कैसे अचेतन न रहा जाए, आरंभ कहां से करें? किसी गहरी जड़ों वाली आदत से संघर्ष करने की कोशिश मत करो। तुम हार जाओगे। फर का कोट तुमको इतनी आसानी से नहीं छोड़ेगा। बहुत सामान्य बातों से आरंभ करो।

उदाहरण के लिए, तुम टहलने जाते हो; बस सजग हो जाओ कि तुम टहल रहे हो। यह एक सामान्य बात है। इसमें कुछ भी नहीं जा रहा है। तुम वृक्षों को देख रहे हो; बस वृक्षों को देखो और सजग हो जाओ। धुंधली आंखों से मत देखो। सारे विचारों को छोड़ दो। बस कुछ क्षणों के लिए ही, जरा वृक्षों को देखो– और बस देखो। सितारों को देखो। तैरते हुए, बस उस आंतरिक अनुभूति के प्रति सजग हो जाओ, जो तुम्हारे शरीर के भीतर तब होती है जब तुम तैर रहे होते हो, अंतस की अनुभूति। इसे अनुभव करो। तुम धूपस्नान ले रहे हो, अनुभव करो तुमको भीतर कैसा लगने लगा है: उष्णता, विश्राम, ठहराव। जब सोने जा रहे हो, जरा देखो तुमको भीतर कैसी अनुभूति हो रही है। भीतर-बाहर, चादर की ठंडक के प्रति, कमरे

में व्याप्त अंधकार के प्रति, बाहर के मौन के प्रति, या बाहर के शोरगुल के प्रति सजग होने का प्रयास करो। अचानक एक कुत्ता भौंकता है—सामान्य बातें; पहले अपनी चेतना को उन पर लाओ। और फिर धीरे-धीरे आगे बढ़ो।

फिर अपनी अच्छी आदतों के प्रति सजग होने का प्रयास करो, क्योंकि अच्छी आदतों की जड़ें उतनी गहरी नहीं होतीं जितनी बुरी आदतों की। अच्छी आदतों को तुम्हारे कठोर परिश्रम की आवश्यकता होती है, इसलिए बहुत कम लोग अच्छी आदतें डालने का प्रयास करते हैं। और वे लोग जो अच्छी आदतें डालने का प्रयास करते हैं बहुत कम अच्छी आदतें डालने की कोशिश करते हैं, बस उनकी ओट में अनेक बुरी आदतें जारी रहती हैं।

पहले सामान्य बातों के प्रति, फिर अच्छी आदतों के प्रति और फिर धीरे-धीरे बुरी आदतों के प्रति सजग होते जाओ। और अंततः स्मरण रखो कि प्रत्येक आदत के प्रति सजग होना है। एक बार तुम अपनी आदतों के पूरे ढांचे के प्रति सजग हो जाओ, यह आदतों का ढांचा ही तुम्हारा मन है; तब किसी भी दिन अवधान का विषयांतरण घटित हो जाएगा। अचानक तुम अ-मन में होओगे। जब तुम अपनी सभी आदतों के प्रति सजग हो चुके होते हो तुम उनको अचेतनता से नहीं करते, और तुम बेहोशी में उनके साथ सहयोग नहीं करते, तब किसी दिन जब संतृप्तता का बिंदु आता है—सौ डिग्री पर—अचानक एक विषयांतरण घट जाएगा। तुम स्वयं को शून्यता में पाओगे जो न शुद्ध है और न अशुद्ध।

'जब उनकी पूर्णता के लिए परिस्थितियां सहायक होती हैं, तो इन त्रि-आयामी कर्मों से इच्छाएं उठती हैं।'

जो कुछ भी तुम करते हो वह तुम्हारे भीतर बीज की भांति पड़ा रहता है। और जब कभी कोई विशेष परिस्थिति पैदा हो जाती है जो तुम्हारे लिए सहायक हो सकती हो, तो यह बीज अंकुरित हो जाता है। कभी-कभी हम इन बीजों को अनेक जन्मों तक साथ लिए फिरते हैं। उचित परिस्थिति, उचित मौसम नहीं आ पाता है, किंतु जब कभी भी यह माहौल बन जाता है, इससे बहुत जटिल समस्याएं उत्पन्न हो जाती हैं। अचानक सड़क चलते हुए एक आदमी से तुम्हारा सामना होता है और तुमको उसके प्रति बहुत ही विकर्षण अनुभव होता है, और तुम उस आदमी को पहले कभी जानते भी नहीं थे। तुमने उसके बारे में कभी सोचा भी न था, न कभी उसके बारे में सुना था; एक नितांत अनजान व्यक्ति और अचानक तुम प्रतिकर्षण अनुभव करते हो, या तुम आकर्षित अनुभव करते हो। अचानक तुमको लगता है कि उससे तुम पहले कभी मिल चुके हो। अचानक तुम इस अनजान व्यक्ति के लिए अपने भीतर प्रेम-ऊर्जा की एक बड़ी लहर उठती हुई अनुभव करते हो, जैसे कि तुम सदैव उसके निकट, उसके अंतरंग रहे हो। अतीत के किसी अन्य जन्म से कोई बीज भीतर पड़ा हुआ था—एक विशेष परिस्थिति—और बीज ने अंकुरित होना

आरंभ कर दिया। अचानक तुम बिना किसी कारण के संतापग्रस्त हो गए। और तुम सोचते हो, मैं क्यों संतापग्रस्त हूं? क्यों? इस दृश्य संसार में कोई कारण भी नहीं दिखाई पड़ता है। इस संताप के लिए तुम कोई बीज लिए हुए हो सकते हो; बस उसका सही समय आ गया है।

जूलिया शर्म से सिर झुकाए अपने पिता के पास आई, पापा, वह बोली, आप उस अमीर मिस्टर वोल्फ को जानते हैं? उसने मेरे साथ धोखा किया है, और मुझे बच्चा होने वाला है।

ओह भगवान! पिता ने कहा, वह है कहां? मैं उसको मार डालूंगा। उसका पता दो। मैं उसका खून कर दूंगा। उतावला होकर वह उस अमीर आदमी के घर पहुंचा, उसने तेज आवाज में उसे पुकारा और पूछा कि उसका क्या करने का इरादा है। लेकिन अमीर मिस्टर वोल्फ तो बिलकुल शांत रहा, उत्तेजित मत हो, उसने कहा, मैं कहीं भागा नहीं जा रहा हूं। और मैं तुम्हारी बेटी के साथ उचित बर्ताव करना चाहता हूं। यदि उसके पुत्र उत्पन्न होता है तो उसे पचास हजार डालर मिलेंगे और यदि उसके पुत्री हुई तो पैंतीस हजार डालर। क्या यह ठीक है?

पिता रुक गया, उसके चेहरे से क्रोध के भाव मिट गए। और यदि गर्भपात हो गया, उसने आक्षेप करते हुए कहा, तो क्या आप उसको एक मौका और देंगे?

अचानक परिस्थितियां बदल गईं। अब लोभ का बीज अंकुरित हो गया है। वह हत्या करने आया था, लेकिन बस धन का उल्लेख हुआ और वह हत्या के बारे में सब कुछ भूल गया; वह पूछ रहा है, क्या आप उसको एक मौका और देंगे?

निरीक्षण करो...लगातार अपना निरीक्षण करते रहो, परिस्थितियां बदलती हैं और तुम तुरंत बदल जाते हो। तुम्हारे भीतर कुछ अंकुरित होने लगता है, कुछ बंद होने लगता है।

मौलिक मन वाला व्यक्ति वही रहता है। जो कुछ भी घटता है वह इसका निरीक्षण करता है, लेकिन उसके भीतर अतीत से कोई इच्छा के बीज शेष नहीं बचे हैं। वह अपने अतीत के माध्यम से कृत्य नहीं करता, वह बस प्रतिसंवेदना करता है, उसका प्रतिसंवेदन शून्यंता से आता है। कभी-कभी तुम भी उसी प्रकार से कृत्य करते हो, लेकिन बहुत कम। और जब कभी तुम इस प्रकार से कृत्य करते हो, तुमको अत्यधिक पूर्णता और परितृप्ति और संतुष्टि अनुभव होती है। यह कभी-कभी घटित होता है।

कोई मर रहा है, नदी में डूब रहा है और तुम बस बिना किसी विचार के नदी में छलांग लगा देते हो। तुम यह नहीं सोचते कि उस व्यक्ति को बचाना है या नहीं, वह हिंदू है या मुसलमान,-या कोई पापी है या पुण्यात्मा, तुम्हें चिंता क्यों करनी चाहिए? नहीं, तुम जरा भी नहीं सोचते। अचानक यह घटित हो जाता है। अचानक तुम्हारा कृत्रिम मन पीछे धकेल दिया जाता है और तुम्हारा मौलिक मन कार्य करता है। और जब तुम उस व्यक्ति को बाहर निकाल लाते हो तो तुमको अत्यधिक परितृप्ति अनुभव होती है, जैसी कि

तुम्हें पहले कभी नहीं हुई थी। तुम्हारे भीतर एक लयबद्धता उदित होती है। तुम बहुत संतुष्टि अनुभव करते हो। जब कभी तुम्हारी शून्यता से कुछ भी घटित होता है तुम आनंदित अनुभव करते हो।

आनंद तुम्हारी शून्यता का कृत्य है।

'क्योंकि स्मृति और संस्कार समान रूप में ठहरते हैं, इसलिए कारण और प्रभाव का नियम जारी रहता है, भले ही वर्ण, स्थान और समय में उनमें अंतर हो।'

और यह चलता चला जाता है...तुम्हारा जीवन बदलता है: तुम इस शरीर में मर जाते हो, तुम एक और गर्भ में प्रवेश करते हो, लेकिन अंतर्तम रूप तुम्हारे साथ संलग्न रहता है। तुमने जो कुछ भी किया है, चाहा है, अनुभव किया है, संचित किया है, वही फर का कोट तुम्हारे साथ चिपक जाता है, तुम इसे अपने साथ ले जाते हो। मृत्यु, सामान्य मृत्यु, केवल शरीर की मृत्यु होती है, मन नहीं मरता। वास्तविक मृत्यु, परम मृत्यु, जिसको हम समाधि कहते हैं, न केवल शरीर की मृत्यु है बल्कि यह मन की भी मृत्यु है। फिर अब कोई और जन्म नहीं होता, क्योंकि वापस लौटने के लिए कोई बीज न बचा, पूरी होने के लिए कोई इच्छा न रही, कुछ शेष नहीं रहा, व्यक्ति बस एक सुगंध की भांति खो जाता है...

'और इस प्रक्रिया का कोई प्रारंभ नहीं है, जैसे कि जीने की इच्छा शाश्वत होती है।'

दर्शनशास्त्री पूछे चले जाते हैं, संसार कब आरंभ हुआ? योग एक अत्यधिक अनूठी बात कहता है: संसार का आरंभ कभी नहीं हुआ था। इच्छा का कोई आरंभ नहीं है, क्योंकि जीने की इच्छा शाश्वत है। यह सदैव से वहां थी। योग संसार के किसी सृजन में विश्वास नहीं रखता है। ऐसा नहीं है कि किसी दिन, किसी क्षण में ईश्वर ने संसार का सृजन किया। नहीं, इच्छा सदा से वहां थी। इच्छा के लिए कोई आरंभ नहीं है, लेकिन इसका अंत है, इसको समझ लिया जाना चाहिए। यह बात बहुत बेतुकी है, किंतु यदि तुमने इसको समझ लिया तो तुम ठीक अर्थ को अनुभव करने में समर्थ हो जाओगे।

इच्छा का कोई आरंभ नहीं है, किंतु इसका अंत होता है। इच्छा-शून्यता का आरंभ है, लेकिन इसका कोई अंत नहीं है, और वर्तुल पूरा हो जाता है। इच्छा का कोई आरंभ नहीं है लेकिन अंत है। यदि तुम सजग हो जाओ तो अंत आता है और तब इच्छा-शून्यता आरंभ होती है। इच्छा-शून्यता का आरंभ है किंतु फिर इसका कोई अंत नहीं है। संसार का कोई आरंभ नहीं है, हम पूर्व में कहते रहे हैं, यह सदा से और सदैव चल रहा है; लेकिन इसका अंत है। बुद्ध के लिए, यह मिट जाता है। फिर यह वहां नहीं बचता। ठीक एक स्वप्न की भांति यह तिरोहित हो जाता है। लेकिन संसार के जो परे है–निर्वाण, कैवल्य, मोक्ष–इसका एक आरंभ है लेकिन कोई अंत नहीं है। इसलिए हम यह कभी नहीं पूछते कि संसार कब आरंभ हुआ। हमने इसकी चिंता ही नहीं ली है क्योंकि इसका कभी आरंभ नहीं हुआ था।

हमने कृष्ण, बुद्ध, महावीर की जन्मतिथियों पर कभी अधिक ध्यान नहीं दिया, किंतु हमने उस दिन पर बहुत ध्यान दिया जब उन्हें समाधि घटित हुई—क्योंकि यह किसी ऐसी बात का वास्तविक आरंभ है जिसका कभी अंत नहीं होगा। बुद्ध का संबोधि-दिवस बहुत महत्वपूर्ण है, उसको हमने स्मरण रखा है, और उसकी हमने बार-बार अनेक बार पूजा की है। कोई नहीं जानता कि उनका जन्म कब हुआ था, किसी ने इसकी चिंता ही नहीं ली। वास्तव में पौराणिक कथा यह है कि उनका जन्म उसी दिन हुआ था जिस दिन उनकी मृत्यु हुई थी, और उसी दिन उन्हें बोध भी प्राप्त हुआ था। मेरी अनुभूति यह है कि हमने उनके जन्म का दिन और उनकी मृत्यु का दिन भुला दिया है; हम केवल उनके संबोधि-दिवस को याद रखते हैं। लेकिन केवल वही महत्वपूर्ण है कि उनका जन्म-दिवस उनका मृत्यु-दिवस भी है क्योंकि यही जीवन की एकमात्र महत्वपूर्ण घटना है जो घटित होती है—अंतहीन का आरंभ।

इच्छा का कोई आरंभ नहीं है, यह सदा से यहां है, किंतु इसका अंत हो सकता है। इच्छा-शून्यता का आरंभ हो सकता है और अंत कभी नहीं होगा। और इच्छा तथा इच्छा-शून्यता के मध्य वर्तुल पूरा हो जाता है। यह वही ऊर्जा है जो इच्छा बन गई थी, इच्छा-शून्यता बन जाती है। यह वही ऊर्जा है। और निःसंदेह इच्छा-शून्यता का अंत कभी नहीं होता है। वह व्यक्ति जिसने इसको उपलब्ध कर लिया है, वह मुक्त हो गया है, वह कभी वापस नहीं लौटता; क्योंकि विकास कभी पीछे नहीं जा सकता। पीछे जाने का कोई रास्ता नहीं होता है। जब तक कि परम उपलब्ध न हो, हम ऊंचे और ऊंचे जाते हैं। किंतु वहां से वापस गिर पड़ने का कोई बिंदु नहीं है।

'और इस प्रक्रिया का कोई प्रारंभ नहीं है; जैसे कि जीने की इच्छा शाश्वत होती है।'

अपनी इच्छा के प्रति सजग होने का प्रयास करो, क्योंकि अब तक का तुम्हारा जीवन यही है। इसकी पकड़ में मत आओ। इसे समझने का प्रयास करो। और लड़ने का प्रयास भी मत करो, क्योंकि इससे तुम दूसरे ढंग से बार-बार इसी में फंस जाओगे। बस इसको समझने का प्रयास करो; कैसे यह तुमको पकड़ लेती है, कैसे यह तुम्हारे भीतर प्रविष्ट हो जाती है और तुमको नितांत अचेतन बना देती है।

मैंने सुना है, एबी, मेरे पास तुम्हारे लिए एक आश्चर्यजनक सौदा है। मैं दो सौ डालर में एक हाथी ला सकता हूं।

लेकिन इज्जी, मूर्ख मत बनो। हाथी को लेकर मुझको क्या करना है?

तुमको हाथी को लेकर क्या करना है? तुम खुद मूर्ख मत बनो। सौदे के बारे में सोचो। बस दो सौ डालर में हाथी तुम्हें कहां मिल सकता है, बताओ मुझे?

लेकिन मेरे पास दो कमरों का फ्लैट है। हाथी को मैं कहां रख सकता हूं?

आखिर मामला क्या है तुम्हारे साथ? क्या तुमको एक अच्छा सौदा समझ में नहीं आ रहा है?

वास्तव में मामला यह है कि तुम्हारे लिए मेरे पास एक बेहतर खबर है। यदि तुम चाहो तो तुम्हारे लिए मैं तीन सौ डालर में दो हाथी ला सकता हूं।

वाह, अब तुम ठीक बात कर रहे हो।

अब एक व्यक्ति, जिसके पास केवल दो कमरों का फ्लैट है, इस बात को पूरी तरह भूल गया है।

इच्छा का निरीक्षण करो, यह तुम्हें मूर्ख बनाती रहती है, यह तुम्हें रास्ते से भटकाती चली जाती है। यह तुमको भ्रमों में, स्वप्नों में ले जाती रहती है।

निरीक्षण करो।

इसके पूर्व कि तुम कोई कदम उठाओ, निरीक्षण करो, सजग रहो। और धीरे-धीरे तुम देखोगे कि इच्छा खो जाती है, और वह ऊर्जा जो इच्छा में फंसी हुई थी, मुक्त हो जाती है। लाखों हैं इच्छाएं, और जब उन सभी इच्छाओं से ऊर्जा मुक्त हो जाती है तो तुम ऊर्जा की एक विराट उत्ताल तरंग बन जाते हो। तुम ऊपर की ओर और ऊंचे उठने लगते हो, स्वभावतः भीतर ऊर्जा का कुंड भरता चला जाता है। ऊर्जा का स्तर ऊंचा और ऊंचा होता चला जाता है और एक दिन तुम्हारी ऊर्जा सहस्रार से प्रकीर्णित होने लगती है। तुम एक कमल, एक सहस्त्र पंखुड़ियों वाला कमल बन जाते हो।

प्रवचन - 14

सभी कुछ परस्पर निर्भर है

प्रश्न-सार

* आप कहते हैं, 'पूरब में हम' कृपया इसका अभिप्राय समझाएं?

* आप संसार में उपदेश देने क्यों नहीं जाते?

* कपटी घड़ियाल की चेतना के बारे में कुछ कहिए?

* परस्पर निर्भरता और पूर्ण स्वार्थ में क्या संबंध है?

* समर्पण के लिए किस भांति कार्य करूं?

* क्या परम ज्ञान को उपलब्ध व्यक्ति भी बच्चों को जन्म देते हैं?

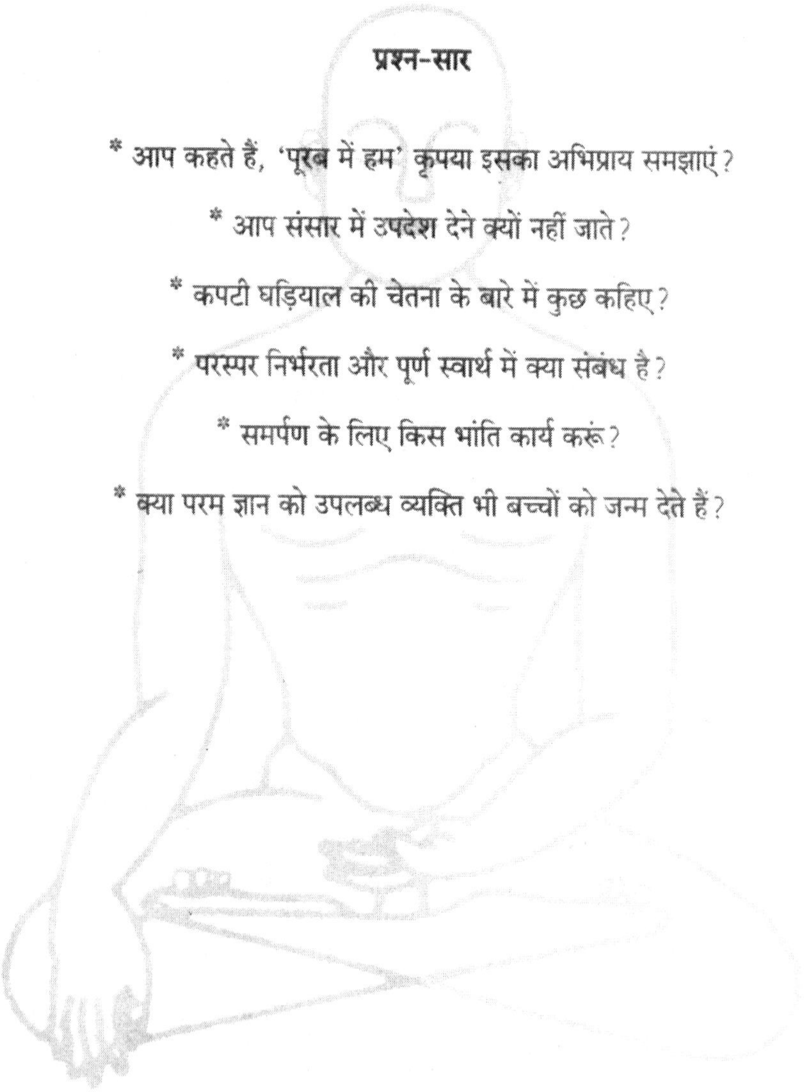

पहला प्रश्न : जब आप बुद्धिमत्ता, अंतर्दृष्टियों और संबोधि के बारे में बात करते हैं तो बहुधा 'पूरब में हम' कहते हैं। कृपया इस वाक्यांश का अभिप्राय समझाइए।

पूरब का पूरब से कोई संबंध नहीं है। पूरब तो बस अंतराकाश, चेतना के भीतरी संसार का प्रतीक है। पूरब धर्म का प्रतीक है, पश्चिम विज्ञान का प्रतीक है। इसलिए पूरब में भी यदि कोई व्यक्ति वैज्ञानिक दृष्टिकोण उपलब्ध कर लेता है, तो वह पश्चिमी हो जाता है। हो सकता है कि वह पूरब में ही रहे, हो सकता है उसका जन्म पूरब में ही हुआ हो–इससे कोई अंतर नहीं पड़ता है। या जब कभी कोई धार्मिक चेतना को उपलब्ध करता है–हो सकता है कि उसका जन्म पश्चिम में हुआ हो, इससे कोई अंतर नहीं पड़ता है–वह पूरब का भाग होने लगता है। जीसस, फ्रांसिस, इकहार्ट, बोहेमे, विटगिंस्टीन, यहां तक कि हेनरी थोरो, इमरसन, स्वीडनबर्ग–वे सभी पूर्वीय हैं। सदा स्मरण रखो, पूरब प्रतीकात्मक है। मेरा भूगोल से कोई लेना-देना नहीं है। इसलिए जब कभी मैं कहता हूं, 'पूरब में हम' तो मेरा अभिप्राय होता है, वे सभी लोग जिन्होंने भीतर के सत्य को जान लिया है। और जब कभी मैं कहता हूं, 'पश्चिम में तुम' तो मेरा अभिप्राय बस यही होता है–वैज्ञानिक मन, तकनीकी मन, अरस्तूवादी मन; तार्किक, गणितीय, वैज्ञानिक, जो भाव-उन्मुख नहीं है; विषय उन्मुख है लेकिन विषयी उन्मुख नहीं है।

एक बार तुम इसको समझ लो, तब कोई समस्या न रहेगी। सभी महान धर्मों का जन्म पूरब में हुआ है। पश्चिम ने अभी तक कोई महान धर्म पैदा नहीं किया है। ईसाईयत, यहूदी धर्म, इस्लाम, हिंदू धर्म, जैन धर्म, बौद्ध धर्म, ताओ धर्म, ये सभी पूरब में जन्में हैं। यह एक स्त्रैण मन के जैसा कुछ है, और इसको ऐसा ही होना पड़ता है, क्योंकि प्रत्येक स्तर पर यिन और यांग का, पुरुष ऊर्जा और स्त्री ऊर्जा का सम्मिलन

होता है। वर्तुल को विभाजित होना पड़ता है। पूरब स्त्रैण भाग की भांति कार्य करता है और पश्चिम पुरुष भाग की भांति कार्य करता है।

पुरुष मन आक्रामक होता है; विज्ञान आक्रामक है। स्त्रैण मन ग्रहणशील होता है; धर्म ग्रहणशील है। विज्ञान भरपूर प्रयास करता है। यह प्रकृति को उसके रहस्य खोलने के लिए बाध्य करता है। धर्म मात्र प्रतीक्षा करता है, प्रार्थना करता है और प्रतीक्षा करता है, उकसाता है किंतु बाध्य नहीं करता, पुकारता है, चिल्लाता है, रोता है, फुसलाता है, प्रकृति को करीब-करीब बहला कर इसको रहस्य और गोपनीयताएं प्रकट करने के लिए राजी कर लेता है, लेकिन यह प्रयास स्त्रैण है। इसलिए ध्यान। जब प्रयास, पुरुष का, आक्रामक होता है तो प्रयोगशाला की भांति होता है प्रकृति को सताने के लिए, प्रकृति को अपने रहस्य अनावृत करने के लिए, कुंजी सौंप देने के लिए, भांति-भांति के उपकरण। पुरुष का मन एक आक्रमण है। पुरुष का मन एक बलात्कारी मन है, और विज्ञान एक बलात्कार है। धर्म प्रेम करने वाले का मन है; यह प्रतीक्षा कर सकता है यह अनंतकाल तक प्रतीक्षा कर सकता है।

इसलिए जब कभी मैं कहता हूं, 'पूरब में हम' तो मेरा अभिप्राय है सभी धार्मिक लोग, चाहे उनका जन्म कहीं हुआ हो, चाहे उनका पालन-पोषण कहीं भी हुआ हो। वे सारे संसार में फैले हुए हैं। पूरब सारे संसार में फैला हुआ है, जैसे पश्चिम सारे संसार में फैला हुआ है। जब कभी कोई भारतीय अपनी वैज्ञानिक खोजों के लिए नोबल पुरस्कार पाता है, तो उसके पास पश्चिमी मन है। वह पूरब का भाग नहीं रहा है, अब वह पूर्वीय परंपरा का हिस्सा नहीं रहा। उसने अपना घर बदल लिया है, उसने अपना पता बदल लिया है। वह अब अरस्तू के पीछे खड़े लोगों की पंक्ति में सम्मिलित हो गया है।

पूरब तुम्हारे भीतर है, हम इसको पूरब कहते हैं, क्योंकि पूरब और कुछ नहीं बल्कि उदित होता हुआ सूर्य–सजगता, चेतना, बोध है।

इसलिए जब कभी मैं कहता हूं, 'पूरब में हम' तो कभी दिग्भ्रमित मत हो। मेरा अभिप्राय उन सभी देशों से नहीं है जो पूरब में हैं, जरा भी नहीं। मेरा अभिप्राय है वह चेतना जो पूर्वीय है। जब मैं भारत शब्द का प्रयोग करता हूं तो मेरा अभिप्राय भारत नहीं होता है। मेरे लिए यह एक बड़ी चीज है, यह दूसरे देशों की भांति मानचित्र में छपा केवल भौगोलिक भूखंड भर नहीं है। यह मात्र उस विराट ऊर्जा का प्रतीक है, जिसको भारतवर्ष ने अंतस के अनुसंधान में लगाया है। इसलिए तुम्हारा जन्म चाहे कहीं हुआ हो यदि तुम परमात्मा की ओर आने लगते हो तो तुम भारतीय बन जाते हो। अचानक भारत के लिए तुम्हारी तीर्थयात्रा आरंभ हो जाती है। तुम भारत आ सकते हो या तुम भारत नहीं आ सकते हो यह बात अर्थपूर्ण नहीं है। लेकिन तुमने अपनी तीर्थयात्रा आरंभ कर दी है। और जिस दिन तुम समाधि उपलब्ध कर लेते हो अचानक तुम गौतम बुद्ध, जिन महावीर उपनिषद के दृष्टाओं, वेदों के ऋषियों, कृष्ण और पतंजलि का भाग हो जाते हो। अचानक तुम तकनीकविद मन, तार्किक मन का हिस्सा नहीं रहते हो, तुम तर्कातीत हो गए हो।

दूसरा प्रश्नः जीसस, क्राइस्ट, बुद्ध, महावीर, लाओत्सु, इन सभी संबुद्ध लोगों के बारे में ज्ञात है कि वे सारे संसार में उपदेश देने गए थे। आप ऐसा नहीं कर रहे हैं, इसका क्या कारण है?

मैं भी वही कर रहा हूं, किंतु थोड़े विपरीत ढंग से। मैं सारे संसार को अपने चारों ओर आने दे रहा हूं। यह मेरा ढंग है। बुद्ध ने अपना कार्य किया, मैं अपना कार्य कर रहा हूं।

तीसरा प्रश्नः इसे मा प्रेम माधुरी ने पूछा है: मैं स्वयं को बहुधा उन घड़ियालों में से एक पाती हूं जिनका आप उल्लेख करते हैं, और निश्चित ही स्वामी बोधि महान दार्शनिक होने का प्रत्येक लक्षण प्रदर्शित करता है। यह सुंदर है, लेकिन कपटी घड़ियाल की चेतना के बारे में क्या आप कुछ कहेंगे?

स्त्री ने लंबे समय से पीड़ा झेली है क्योंकि स्त्रैण मन ने लंबे समय तक दुख उठाया है। स्त्री का लंबे समय तक दमन हुआ है क्योंकि स्त्रैण चित्त को दीर्घकाल से दमित किया गया है। दमन, शोषण, उत्पीड़न की शताब्दियों पर शताब्दियां व्यतीत हो गई हैं, स्त्री के प्रति बहुत हिंसा की गई है। स्वभावतः वह चालाक हो गई है। स्वभावतः वह पुरुषों को सताने के सूक्ष्म उपायों का अविष्कार करने में अति चतुर हो गई है। यह स्वाभाविक है। दुर्बल का यही ढंग है। छिद्रान्वेषण, दोष खोजना, बकवास करना–कमजोर का यही उपाय है। जब तक कि तुम इसे न समझ लो, तुम इसको छोड़ नहीं पाओगी।

स्त्रियां क्यों लगातार पुरुषों की कमियां खोजती रहती हैं, क्यों उनको सताने के लिए लगातार उपाय और विधियां तलाशती रहती हैं? यह उनके अवचेतन में है। यह शताब्दियों का दमन है जिसने उनके अस्तित्व को विषाक्त कर दिया है, और निःसंदेह वे सीधा आक्रमण नहीं कर सकतीं। अनेक कारणों से यह संभव नहीं है। एक, वे पुरुष से अधिक कोमल हैं। वे कराटे, अकीदो, जूडो सीख सकती हैं, लेकिन इससे कोई विशेष अंतर नहीं पड़ेगा। वे कोमल हैं, यही उनका सौंदर्य है। यदि वे बहुत अधिक कराटे और जूडो और जु-जित्सु और अकीदो सीख लेती हैं और वे बहुत बलिष्ठ और शक्तिशाली हो जाती हैं, तो वे कुछ खो देंगी, और उनको मिलेगा कुछ नहीं। वे अपनी स्त्रैणता खो देंगी, वे अपनी फूल जैसी कोमलता, नजाकत खो देंगी। यह प्रयास मूल्यवान नहीं है।

स्त्री कोमल है। उसे वैसा ही होना है। उसमें पुरुष से अधिक गहरी लयबद्धता है। वह पुरुष से अधिक संगीतमय, अधिक लयपूर्ण, अधिक गोलाई लिए हुए है। एक बात, अपनी कोमलता के कारण वह उतनी आक्रामक नहीं हो सकती है। एक और बात, पुरुष उसको एक निश्चित ढंग से प्रशिक्षित करता रहा है; पुरुष उसको एक निश्चित ढंग का मन देता रहा है, जो उसको उसके बंधनों से बाहर निकलने की अनुमति नहीं देता। यह इतने लंबे समय से चलता रहा है कि यह उसकी गहराइयों तक पहुंच गया है।

उसने इसे स्वीकार कर लिया है। किंतु स्वतंत्रता एक ऐसी चीज है कि चाहे कुछ भी होता हो तुम स्वातंत्र्य उन्मुख रहती हो। स्वतंत्र होने की इच्छा तुम कभी नहीं खोतीं, क्योंकि यह धार्मिक होने की इच्छा है, यह दिव्य होने की इच्छा है। चाहे कुछ भी हो जाए स्वतंत्रता लक्ष्य बनी रहती है।

इसलिए जब विद्रोह करने का कोई उपाय न हो, और सारा समाज पुरुष के नियंत्रण का है, तब क्या किया जाए? इससे संघर्ष कैसे करें? अपने थोड़े से सम्मान की रक्षा कैसे की जाए? इसलिए स्त्री चालाक और कूटनीतिज्ञ हो गई है। वह ऐसे काम करना आरंभ कर देती है जो प्रत्यक्ष रूप से नहीं बल्कि अप्रत्यक्ष आक्रमण है। वह पुरुष से सूक्ष्म ढंगों से संघर्ष करती है। इसने उसे करीब-करीब एक घड़ियाल जैसा बना दिया है। वह बदला लेने के लिए अपने अवसर की सतत प्रतीक्षा करती रहती है। वह किसी विशिष्ट बात के लिए, जिसके विरोध में वह संघर्षरत है, सजग नहीं भी हो सकती है, लेकिन वह बस एक स्त्री है और वह पूरी स्त्री-जाति का प्रतिनिधित्व करती है। गौरवहीनता और अपमान की शताब्दियों पर शताब्दियां वहां उसके अवचेतन में हैं। संभवतः तुम्हारे पुरुष-साथी ने तुम्हारे साथ कुछ भी गलत न किया हो, लेकिन वह सभी पुरुषों का प्रतिनिधित्व करता है। इसको तुम भूल नहीं सकतीं। तुम पुरुष से, इसी पुरुष से प्रेम करती हो, लेकिन तुम उस संगठन को प्रेम नहीं कर सकतीं जिसे पुरुषों ने बनाया है। तुम इस पुरुष से प्रेम कर सकती हो, किंतु पुरुष को जैसा वह है तुम क्षमा नहीं कर सकती हो। और जब कभी तुम इस पुरुष को देखती हो, तुम्हें वहां पुरुष-मन मिलता है, और तुम प्रतिशोध लेना शुरू कर देती हो।

यह बहुत अवचेतन है। इससे स्त्रियों में एक विशेष प्रकार की विक्षिप्तता उत्पन्न हो जाती है। पुरुषों की तुलना में स्त्रियां अधिक संख्या में विक्षिप्त हैं। यह स्वाभाविक है, क्योंकि वे एक पुरुष निर्मित समाज में जो पुरुषों के लिए तैयार किया गया है रहती हैं, और उनको इसके अनुरूप होना पड़ता है। यह पुरुषों द्वारा पुरुषों के लिए निर्मित किया गया है, और उन्हें इसमें रहना पड़ता है, उनको इसके अनुरूप होना पड़ता है। उनको अपने बहुत से भाग काटने पड़ते हैं, अपने हाथ-पैर, जीवित हाथ-पैर—बस पुरुषों द्वारा उनको दी गई यांत्रिक भूमिका के अनुरूप होने के लिए उन्हें पंगु होना पड़ता है। वे संघर्ष करती हैं, वे प्रतिरोध करती हैं, और इस सतत संघर्ष से एक विशेष प्रकार की विक्षिप्तता का जन्म होता है। इसी को बिचिंग, कुतियापन कहा जाता है।

मैंने सुना है, एक भद्र वृद्ध महिला पालतू जानवरों की दुकान में गई। दुकान के प्रवेश द्वार के पास ही एक बहुत सुंदर कुत्ता था, और उसने दुकान के मालिक से कहा, आपने वह अच्छा सा, प्यारा सा कुत्ता वहां बिठा रखा है? दुकानदार बोला, जी हां, महोदया, वह एक बहुत सुंदर कुतिया (बिच) है। है न सुंदर?

वह महिला क्रोधित हो उठी, उसने कहा : क्या! अपने शब्दों पर गौर करें, ऐसे शब्दों का उपयोग मत करें! नगर का संभ्रांत क्षेत्र है यह। थोड़ा और सुसंस्कृत बनिए!

दुकान का मालिक भी जरा हैरान हुआ और घबड़ाया, वह बोला, मुझको खेद है, किंतु क्या आपने पहले कभी यह शब्द प्रयोग होने नहीं सुना है?

उस महिला ने कहा: मैने इसे प्रयोग किए जाते सुना है, लेकिन किसी प्यारे, प्यारे कुत्ते के लिए कभी नहीं।

इसको सदैव स्त्रियों के लिए प्रयोग किया गया है।

अभी उस दिन ही मैं 'बिचिंग' नाम की एक पुस्तक पढ़ रहा था, निःसंदेह इसे एक स्त्री ने ही लिखा है।

कुछ ऐसा है जो बहुत, बहुत ही गलत हो गया है। यह एक स्त्री का प्रश्न नहीं है, यह स्त्रीपन का प्रश्न है। लेकिन बकझक और कुतियापन और लगातार झगड़ते रहने से इसका समाधान नहीं हो सकता है। यह इसका हल नहीं है। समझ की आवश्यकता है।

प्रश्न निश्चित रूप से सही है। माधुरी घड़ियाल जैसी है, और बोधि के साथ वह बकवास और झगड़ा खूब कर रही है। निःसंदेह बोधि इसके द्वारा विकसित हो रहा है। उसमें बहुत सारा परिवर्तन हो गया है। इसका सारा श्रेय माधुरी को जाता है। जब तुम्हें एक लगातार झगड़ने और बक-बक करने वाली स्त्री के साथ रहना पड़ता है तो यह निश्चित है कि या तो तुम पलायन कर जाते हो या तुम दार्शनिक बन जाते हो। केवल दो रास्ते ही उपलब्ध हैं: या तो तुम भाग जाओ या तुम यह सोचना आरंभ कर दो कि यह बस माया, स्वप्न, भ्रम है: यह माधुरी और कुछ नहीं बल्कि एक स्वप्न है...। तुम अनासक्त हो जाते हो। यह भी भागने का ही एक उपाय है। तुम शारीरिक रूप से वहां रहते हो लेकिन आत्मिक रूप से तुम बहुत दूर चले जाते हो। तुम एक दूरी निर्मित कर लेते हो। तुम उन आवाजों को सुनते हो जिन्हें माधुरी निकाल रही होती है, लेकिन ये किसी अन्य ग्रह की आवाजों की तरह प्रतीत होती हैं। उसे अपना काम करने दो; धीरे-धीरे तुम अनासक्त हो जाते हो, धीरे-धीरे तुम उपेक्षा करने लगते हो। बोधि के लिए यह शुभ रहा है।

अब माधुरी पूछ रही है: 'बोधि के लिए यह सुंदर है लेकिन कपटी घड़ियाल की चेतना के बारे में क्या?'

वही करो जो बोधि कर रहा है। वह क्या कर रहा है? वह और अधिक दर्शक बन रहा है। जो तुम कह रही हो और कर रही हो उससे वह अपमानित नहीं हो रहा है। यदि तुम उसको चोट भी पहुंचा रही हो, तो वह इसको देखेगा, जैसे कि कुछ स्वाभाविक घटित हो रहा हो: वृक्ष से पुरानी पत्तियां गिर रही हैं–करना क्या है? एक कुत्ता भौंक रहा है–करना क्या है? रात है और अंधेरा है–करना क्या है? व्यक्ति स्वीकार कर लेता है, और इस स्वीकृति में जो कुछ भी घट रहा है व्यक्ति उसको देखता है। वही करो। जैसे कि बोधि तुमको देख रहा है, तुम भी अपने आप को देखो। क्योंकि वह घड़ियाल तुम्हारे अंतस का सत्व नहीं है। नहीं, यह किसी का आंतरिक सत्व नहीं है। यह घड़ियाल उन्हीं घावों से जन्मा है जिन्हें तुम मन में लिए

हुए हो, और उन घावों का बोधि से कोई लेना-देना नहीं है। वे घाव किसी और ने दिए होंगे, या शायद किसी व्यक्ति ने नहीं बल्कि समाज ने ही दिए हों।

जब भी तुम विक्षिप्त ढंग से, विक्षिप्त शैली में व्यवहार करने लगो, स्वयं को देखो। इस व्यवहार को देखो।

जैसे कि बोधि तुमको देख रहा है, तुम भी अपने आपको देखो।

और इस देखने से एक दूरी उत्पन्न हो जाएगी, और तुम अपने मन को अनावश्यक परेशानी निर्मित करते हुए देखने में समर्थ हो जाओगी, तुमको एक सजगता प्राप्त होगी। चीजों को सतत देखते रहने से व्यक्ति मन से बाहर आ जाता है, क्योंकि देखने वाला मन के पार है।

यदि तुम ऐसा नहीं करती हो, तो संभावना यही है कि बोधि और और दार्शनिक और समझदार होता जाएगा और तुम और अधिक छिद्रान्वेषी हो जाओगी, क्योंकि तुम सोचोगी कि वह उदासीन हुआ जा रहा है, तुम सोचोगी कि वह दूर जा रहा है, और तुम उसको और कठोरता से चोट मारना आरंभ कर दोगी, तुम और अधिक कलह करना आरंभ कर दोगी। यह देख कर कि वह कहीं और जा रहा है, तुमको छोड़ रहा है, तुम और अधिक प्रतिशोध लेने लगोगी। इससे पहले कि यह घटित हो, सजग हो जाओ।

मैंने सुना है, एक व्यक्ति ने अपनी पत्नी के अंतिम संस्कार के खर्चों को किस्तों में चुकाने की व्यवस्था की, किंतु कुछ महीने बाद उसे कुछ वित्तीय परेशानियां आ गईं और वह भुगतान जारी नहीं रख पाया। अंततोगत्वा व्यवस्थापक ने उसको फोन किया और कहा, देखो, या तो मुझे तुमसे तुरंत कुछ धन मिल जाए या तुम्हारी पत्नी फिर लौट कर आ रही है।

ऐसी परिस्थिति मत उत्पन्न करो कि जो व्यक्ति तुम्हें प्रेम करता है तुम्हारी मृत्यु के बारे में सोचना आरंभ कर दे, वह जिसने चाहा होता कि तुम अमर हो जाओ, आशा बांधना आरंभ कर दे कि तुम मर जाओ, तो बेहतर यही है कि तुम मर जाओ।

मुल्ला नसरुद्दीन फिल्मों के पीछे दीवाना था। प्रत्येक रात वह इस सिनेमा घर में होता या उसमें। एक दिन उसकी पत्नी बोली, मैं सोचती हूं, यदि एक रात के लिए भी तुम घर में रुक गए, तो मैं मर जाऊंगी। मुल्ला ने पत्नी की ओर देखा और वह बोला, मुझे रिश्वत देने की कोशिश मत करो।

ऐसी परिस्थिति मत निर्मित करो।

क्लब के सबसे पुराने और अधिक सम्मानित सदस्य की पत्नी का अभी कुछ दिन पहले ही निधन हो गया था। उसके साथी सदस्य शोक-सभा में अपनी श्रद्धांजलि व्यक्त कर रहे थे, और एक व्यक्ति ने कहा, अपनी पत्नी को खो देना कितना कठिन है।

एक और सदस्य स्वर में कड़वाहट घोलते हुए फुसफुसाया, कठिन? ऐसा हो पाना करीब-करीब असंभव है।

ऐसा कोई कहता नहीं, किंतु यही है वह स्थिति जिसको लोग निर्मित कर लेते हैं–एक बहुत कुरूप स्थिति। और मैं जानता हूं कि तुम अनजाने में इसे निर्मित कर रही हो, और मैं जानता हूं कि तुम इसे ठीक इसके उलटे की आशा में निर्मित कर रही हो। कभी-कभी ऐसा हो जाता है कि स्त्री बस पुरुष की शीतलता को तोड़ने के लिए उस पर प्रहार करना आरंभ कर देती है, बस अवरोध हटाने के लिए। वह चाहती है वह कम से कम थोड़ा सा तो उत्तप्त हो, कम से कम क्रोधित ही हो जाओ, किंतु उत्तप्त तो हो। वापस मुझ पर चोट करो, लेकिन कुछ करो तो! इस प्रकार अलग होकर मत खड़े रहो। लेकिन तुम ऐसी स्थिति जितनी अधिक बार निर्मित करोगी उतना ही अधिक पुरुष को अपने आप को बचाना पड़ेगा और बहुत दूर जाना पड़ेगा। धीरे-धीरे उसको अंतरिक्ष यात्रा सीखनी पड़ेगी, सूक्ष्म शरीर की यात्रा, जिससे शरीर यहीं रहे और वह बहुत दूर चला जाए।

ये दुष्चक्र हैं। तुम चाहती हो कि वह तुम्हारे निकट आए और संबंधों में उष्णता हो, वह तुम्हारा आलिंगन करे, किंतु तुम ऐसी परिस्थिति निर्मित कर देती हो जिसमें ऐसा होना और-और असंभव होता जाता है। जरा देखो, तुम क्या कर रही हो। और इस व्यक्ति ने विशेषतः तुम्हारे साथ कुछ नहीं किया है। उसने तुम्हें कोई हानि नहीं पहुंचाई है। मुझे पता है कि ऐसी परिस्थितियां होती हैं जब दो व्यक्ति सहमत नहीं होते हैं, किंतु यह असहमति विकास का एक भाग है। तुम ऐसा कोई व्यक्ति नहीं पा सकतीं जो तुम्हारे साथ पूरी तरह राजी होने जा रहा हो। विशेषतौर से स्त्रियां और पुरुष सहमत नहीं होते, क्योंकि उनके पास अलग तरह के मन होते हैं, चीजों के बारे में उनके दृष्टिकोण भिन्न होते हैं। वे भिन्न केंद्रों के माध्यम से कार्य करते हैं। इसलिए यह नितांत स्वाभाविक है कि वे आसानी से सहमत नहीं होते, लेकिन इसमें कुछ गलत नहीं है। और जब तुम किसी व्यक्ति को स्वीकार लेती हो और तुम किसी को प्रेम करती हो, तब तुम उसकी असहमतियों को भी प्रेम करती हो। तुम लड़ाई-झगड़ा आरंभ नहीं कर देती हो, तुम चालाकियां करना नहीं शुरू करती हो, तुम दूसरे का दृष्टिकोण समझने का प्रयास करती हो। और यदि तुम सहमत न भी हो सको, तो तुम असहमत होने के लिए सहमत हो सकती हो। किंतु फिर भी एक गहरी सहमति बनी रहती है कि ठीक है हम असहमत होने के लिए सहमत हैं। इस मामले में हम सहमत नहीं होने जा रहे हैं, ठीक है लेकिन संघर्ष की कोई आवश्यकता नहीं है। संघर्ष तुम्हें और निकट नहीं लाने जा रहा है, यह और दूरी उत्पन्न कर देगा। और बहुत सा, तुम्हारा करीब पचानवे प्रतिशत झगड़ा नितांत आधारहीन होता है, अधिकतर यह गलतफहमी से उत्पन्न होता है। और हम अपनी स्वयं की खोपड़ियों में इस कदर उलझे हुए हैं कि हम दूसरे व्यक्ति को, उसके मन में क्या है, इसको प्रदर्शित करने का अवसर ही नहीं देते।

इस मामले में भी स्त्रियां बहुत अधिक भयभीत हैं। फिर यह पुरुष मन और स्त्रैण मन की समस्या है। पुरुष अधिक तर्कनिष्ठ है। इतना तो स्त्रियों ने सीख ही लिया है कि यदि तुम तर्क से बात करोगी तो पुरुष

विजयी हो जाएगा। इसलिए वे तर्क नहीं करतीं, वे झगड़ा करती हैं। वे क्रोधित हो जाती हैं और जो वे तर्क से नहीं कर सकतीं उसे वे अपने क्रोध के द्वारा कर लेती हैं। वे तर्क के विकल्प में क्रोध से काम लेती हैं, और निःसंदेह पुरुष यह सोच कर कि इतनी छोटी सी बात के लिए इतनी झंझट क्यों पैदा करना? राजी हो जाता है। लेकिन यह कोई सहमति नहीं है, और यह दोनों के बीच एक अवरोध की भांति कार्य करेगा।

उसके तर्क को सुनो। ऐसी संभावनाएं हैं कि वह ठीक भी हो सकता है, क्योंकि आधे संसार, बाहरी संसार, वस्तुगत संसार तक तर्क से ही पहुंचा जा सकता है। इसलिए जब कभी भी बाहरी संसार का प्रश्न हो, तो अधिक संभावना यही है कि पुरुष सही हो सकता है। लेकिन जब कभी भी यह आंतरिक संसार का मामला हो, तो इस बात की अधिक संभावना है कि स्त्री सही हो सकती है क्योंकि वहां तर्क की आवश्यकता नहीं है। इसलिए यदि तुम कार खरीदने जा रही हो तो पुरुष की सुनो, और यदि तुम किसी चर्च, धर्म के पंथ को चुनने जा रहे हो तो स्त्री की सुनो। लेकिन यह करीब-करीब असंभव है। यदि तुम्हारी पत्नी है तो तुम अपने लिए कार नहीं चुन सकते, लगभग असंभव है यह बात। वही इसे चुनेगी। न सिर्फ यह बल्कि वह पिछली सीट पर बैठ जाएगी और इसे चलाएगी भी।

पुरुष और स्त्री को एक निश्चित समझ और सहमति पर आना पड़ेगा कि जहां तक वस्तुओं और पदार्थों का संसार है पुरुष उचित और सही के लिए अधिक ठीक है। वह तर्क के माध्यम से कार्य करता है, वह अधिक वैज्ञानिक है, वह अधिक पाश्चात्य है। जब कोई स्त्री भावना से कार्य करती है तो वह अधिक पूर्वीय, अधिक धार्मिक है। इस बात की अधिक संभावना है कि उसका भावपक्ष उसको ठीक रास्ते पर लेकर जाएगा। इसलिए यदि तुम चर्च जा रहे हो तो अपनी स्त्री का अनुगमन करो। उसके पास उन चीजों के लिए अधिक सही अनुभूति है जो भीतर के संसार की हैं। और यदि तुम किसी व्यक्ति को प्रेम करती हो तो धीरे-धीरे तुम उसकी समझ तक पहुंच जाती हो, और दो प्रेमियों के मध्य एक मौन सहमति बन जाती है: कौन किस मामले में ठीक होने वाला है।

और प्रेम सदैव समझ से परिपूर्ण होता है।

बाह्य अंतरिक्ष से आए हुए दो परग्रहीय प्राणी एक सड़क से गुजर रहे थे, कि उन्होंने एक यातायात संकेत को देखा। 'मुझे लगता है कि वह तुमको चाहती है', पहले प्राणी ने कहा। 'एक तो तुम्हें आंख मार रही है।' तभी संकेत बदल कर जाओ से रुको हो गया। 'ठीक महिलाओं की भांति', दूसरा प्राणी बड़बड़ाया, 'अपने मन को एक क्षण से अगले क्षण तक स्थिर नहीं रख सकतीं।'

एक स्त्री के लिए अपने मन को एक राय पर कायम रख पाना बहुत मुश्किल है, क्योंकि उसके मन में अधिक तरलता है, वह एक प्रक्रिया जैसा अधिक है, उसमें ठोसपन बहुत कम है। यही उसका सौंदर्य और प्रसाद है। वह नदी जैसी अधिक है, परिवर्तित होती चली जाती है। पुरुष अधिक ठोस, अधिक वर्गाकार, अधिक निश्चित, निर्णय लेने में सक्षम है। इसलिए माधुरी जहां फैसले लेने हों, बोधि की सुनो।

और जब निर्णयों की जरूरत न हो बल्कि यूं ही उद्देशयविहीन चहलकदमी करना हो, तब तुम बोधि को अपनी बात बता कर उसकी सहायता कर सकती हो, और वह सुनेगा।

स्त्रैण मन अनेक रहस्यों को उदघाटित कर सकता है; ऐसे ही पुरुष का मन कई रहस्यों को उदघाटित कर सकता है; लेकिन जैसे कि धर्म और विज्ञान में संघर्ष है ऐसे ही स्त्री और पुरुष के मध्य संघर्ष है। ऐसी आशा लगाई जा सकती है कि किसी दिन स्त्री और पुरुष एक-दूसरे के साथ संघर्ष करने के बजाय एक-दूसरे के पूरक बन जाएंगे, लेकिन यह वही दिन होगा जब विज्ञान और धर्म भी एक-दूसरे के पूरक बन जाएंगे। विज्ञान समझपूर्वक सुनेगा कि धर्म क्या कह रहा है और धर्म समझपूर्वक सुनेगा कि विज्ञान क्या कह रहा है। और वहां कोई अनाधिकार हस्तक्षेप नहीं होगा, क्योंकि दोनों के क्षेत्र आत्यंतिक रूप से भिन्न हैं। विज्ञान बाहर की ओर जाता है, धर्म भीतर की ओर जाता है।

स्त्रियां अधिक ध्यानपूर्ण हैं, पुरुष अधिक मननशील हैं। वे बेहतर ढंग से विचार कर सकते हैं। अच्छी बात है; जब सोच-विचार की आवश्यकता हो, पुरुष की सुनो। स्त्रियां बेहतर ढंग से अनुभूति कर सकती हैं। जहां अनुभूति की आवश्यकता हो, स्त्री की सुनो। और अनुभूति तथा विचार दोनों मिल कर जीवन को संपूर्ण बनाते हैं। इसलिए यदि तुम वास्तव में प्रेम में हो तो तुम यिन-यांग प्रतीक बन जाओगी। क्या तुमने चीन का यिन-यांग प्रतीक देखा है? दो मछलियां परस्पर मिल रही हैं और करीब-करीब एक-दूसरे में विलीन हुई जा रही हैं, वे एक गहरी गतिशीलता में हैं और ऊर्जा का वर्तुल पूर्ण कर रही हैं। स्त्री और पुरुष, मादा और नर, रात और दिन, विश्राम और श्रम, विचार और अनुभूति ये सभी एक-दूसरे के प्रतिद्वंद्वी नहीं है, वे पूरक हैं। और यदि तुम किसी स्त्री के या पुरुष के साथ प्रेम में हो तो तुम दोनों के अपने अस्तित्वों में आत्यंतिक रूप से वृद्धि होती है। तुम पूर्ण हो जाते हो।

यही कारण है कि मैं कहता हूं कि परमात्मा की हिंदुओं की अवधारणा ईसाई, यहूदी, इस्लामी या जैन अवधारणाओं की तुलना में अधिक परिपूर्ण है; किंतु दोनों अवधारणाएं ही हैं। महावीर अकेले खड़े हैं; उनके चारों और कोई स्त्री नहीं दीखती। यह बस एक पुरुष का मन है, अकेला; पूरक वहां नहीं है। वर्तुल में केवल एक ही मछली है, दूसरी मछली वहां नहीं है। यह आधा वर्तुल है। और आधा वर्तुल तो वर्तुल है ही नहीं क्योंकि किसी वर्तुल को आधा कहना करीब-करीब बेतुकी बात है। वर्तुल को पूरा होना चाहिए, केवल तब ही यह वर्तुल है। वरना यह वर्तुल जरा भी नहीं है।

ईसाई परमात्मा अकेला है; उसके पास किसी स्त्री की अवधारणा नहीं है। कुछ चूक रहा है। इसीलिए ईसाई या यहूदी ईश्वर इतना अधिक पुरुष-सम, प्रतिशोधपूर्ण, क्रोधित, छोटे-छोटे पापों के लिए विध्वंस करने को तत्पर, लोगों को हमेशा के लिए नरक में डाल देने को आतुर है। उसमें कोई करुणा नहीं है, बहुत कठोर, चट्टान जैसा है वह। परमात्मा की हिंदू अवधारणा वास्तविकता के अधिक निकट है; यह एक वर्तुल है। राम को तुम सीता के साथ देखोगी, शिव को तुम देवी के साथ देखोगी, विष्णु को तुम लक्ष्मी

के साथ देखोगी; पूरक सदैव वहां होता है। दूसरे देवताओं की तुलना में जो करीब-करीब अमानवीय हैं, हिंदू देवता अधिक मानवीय हैं। हिंदू देवता लगभग ऐसे ही हैं जैसे कि वे तुम्हारे बीच से बिलकुल तुममें से ही आए हों, ठीक तुम्हारी तरह अधिक शुद्ध, अधिक पूर्ण, लेकिन तुमसे जुड़े हुए। वे असंबधित नहीं हैं, वे तुम्हारे जीवन के अनुभवों से जुड़े हुए हैं।

प्रेम को अपनी प्रार्थना भी बन जाने दो। निरीक्षण करो, अपने भीतर के घड़ियाल का निरीक्षण करो और इसको त्याग दो, क्योंकि यह घड़ियाल तुमको गहन प्रेम में खिलने नहीं देगा। यह तुम्हें विनष्ट कर डालेगा और विध्वंस कभी किसी को परितृप्त नहीं करता। विध्वंस हताश करता है। परितृप्ति केवल गहरी सृजनात्मकता से फलित होती है।

एक विनम्र छोटा आदमी अपनी पत्नी के अंतिम संस्कार से लौट कर बस अपने घर आ रहा था। जैसे ही वह अपने घर के सामने वाले दरवाजे पर पहुंचा घर की छत से चिमनी टूट कर नीचे आई और उसकी पीठ पर धड़ाम से गिर पड़ी। ऊपर देखता हुआ वह बड़बड़ाया, आह...वह वापस लौट आई। जो तुमको प्रेम करता है, उसकी अपने मन में ऐसी छवि मत निर्मित करो।

और पुरुष को विकसित होने के लिए स्त्री से बहुत कुछ चाहिए—उसका प्रेम, उसकी करुणा, उसकी उष्णता। पुरुष और स्त्री के बारे में पूर्वीय समझ यह है कि स्त्री मूलतः एक मां है। एक छोटी सी बच्ची भी अनिवार्यतः एक मां है, एक विकसित होती हुई मां। मातृत्व कोई ऐसी बात नहीं है जो आकस्मिक घटना की भांति घटती हो, यह स्त्री में होने वाला विकास है। पितृत्व बस एक सामाजिक औपचारिकता है; यह अनिवार्य नहीं है। वस्तुतः स्वाभाविक नहीं है यह। इसका अस्तित्व केवल मानव समाज में है, इसे मनुष्य ने निर्मित किया है। यह एक संस्था है। मातृत्व कोई संस्था नहीं है, पितृत्व है। पुरुष में पिता बनने के लिए कोई आंतरिक अनिवार्यता की अनुभूति नहीं होती।

जब कोई पुरुष किसी स्त्री के प्रेम में पड़ता है तो वह प्रेमिका खोज रहा है, जब कोई स्त्री किसी पुरुष के प्रेम में पड़ती है तो वह किसी ऐसे को खोज रही है जो उसको मां बना देगा। वह किसी ऐसे को खोज रही है जो उसके बच्चों का पिता बनना चाहेगा। यही कारण है कि जब कोई स्त्री किसी पुरुष को पाने का प्रयास करती है तो उसकी कसौटी अलग ढंग की होती है। शक्तिशाली, क्योंकि उसे सुरक्षा की आवश्यकता होगी और उसके बच्चों को सुरक्षा की आवश्यकता पड़ेगी। धनवान, क्योंकि उसको सुरक्षा की आवश्यकता होगी और बच्चों को सुरक्षा की आवश्यकता होगी। जब कोई पुरुष किसी स्त्री की खोज करता है तो उसको केवल पत्नी की चाहत होती है। उसे केवल एक सुंदर स्त्री की अभिलाषा होती है जिसके साथ वह आनंदित हो सके और रह सके। उसको पिता होने की कोई बहुत फिकर नहीं रहती। यदि वह पिता बन जाता है तो यह आकस्मिक घटना है। यदि वह इसे भी पसंद करने लगता है तो ऐसा भी अकस्मात होता है क्योंकि वह उस स्त्री को प्रेम करता है, और बच्चों का आगमन उसी के माध्यम से हुआ है। वह बच्चों

को स्त्री के माध्यम से प्रेम करता है, और स्त्री पुरुष को बच्चों के माध्यम से प्रेम करती है। निःसंदेह ऐसा ही होना चाहिए; वर्तुल पूरा हो जाता है। एक स्त्री बुनियादी रूप से एक मां है, मां होने की खोज में है।

इसलिए पूर्वीय अवधारणा यह है कि स्त्री मां होने की खोज में है और पुरुष कहीं गहरे में अपनी खोई हुई मां की खोज में है। उसने मां के गर्भ को, मां की उष्णता को, मां के प्रेम को खो दिया है। वह पुनः उस स्त्री को खोज रहा है जो उसकी मां बन सके।

पुरुष आधारभूत रूप से एक बच्चा है। एक सत्तर वर्ष या नब्बे वर्ष की आयु का बूढ़ा पुरुष भी एक बच्चा है। और एक बहुत छोटी बच्ची भी मूलतः एक मां है। इसी भांति वर्तुल पूर्ण हो जाता है।

पूरब में, उपनिषदों के दिनों में, ऋषिगण नव-दंपति को एक नितांत असंगत विचार के साथ आशीष दिया करते थे। पश्चिम की दृष्टि को अतर्क्य दिखेगा यह। वे कहा करते थे, परमात्मा तुम्हें दस बच्चे प्रदान करे और अंत में तुम्हें अपने पति की मां बनने का चरम सौभाग्य भी प्राप्त हो। इस प्रकार कुल ग्यारह बच्चे; दस बच्चे पति के द्वारा और अंततः पति भी तुम्हारे लिए एक बच्चा बन जाए–ग्यारह संताने हों तुम्हारी। एक स्त्री तभी परितृप्त होती है जब उसका पति भी उसके लिए बच्चा बन जाता है।

पुरुष अपनी मां की खोज करता रहता है। जब कोई पुरुष किसी स्त्री के प्रेम में पड़ता है तो वह पुनः अपनी मां के प्रेम में पड़ता है। किसी भी भांति यह स्त्री उसे उसकी मां का प्रतिभास देती है। उसके चलने का ढंग, उसका चेहरा, उसकी आंखों का रंग या उसके बालों का रंग, या उसकी आवाज, कुछ ऐसी बात जो उसको पुनः उसकी मां का खयाल दे देती है। उसके शरीर की उष्णता, उसकी कुशलता की चिंता, जो वह उसके बारे में प्रदर्शित करती है, यही उसकी खोई हुई मां की तलाश है। यह गर्भ की खोज है।

मनोविश्लेषकों का कहना है कि स्त्री के शरीर में प्रवेश की पुरुष की जो अभिलाषा है वह और कुछ नहीं वरन पुनः गर्भ में पहुंच जाने की कामना है। यह अर्थपूर्ण है। पुरुष के द्वारा स्त्री की देह के भीतर प्रविष्ट हो जाने का कुल प्रयास और कुछ नहीं बल्कि गर्भ तक पहुंचने का प्रयास है। एक बार तुम समझ लो कि तुम्हारी ऊर्जा और तुम्हारे पुरुष साथी की ऊर्जा के मध्य क्या घटित हो रहा है, वास्तव में क्या चल रहा है, इसका निरीक्षण करो। धीरे-धीरे ऊर्जा एक वर्तुल में घूमना आरंभ कर देगी।

और एक-दूसरे की सहायता करो। हम एक-दूसरे की सहायता करने के लिए ही, एक-दूसरे को प्रसन्न और आनंदित बनाने को, और अंत में स्त्री और पुरुष के सम्मिलन के माध्यम से परमात्मा को घटित होने का अवसर दिए जाने के लिए ही साथ-साथ हैं। प्रेम परिपूर्ण ही तभी होता है जब यह समाधि बन जाए। यदि अभी तक यह समाधि नहीं है और कलह और संघर्ष और छिद्रान्वेषण जारी रहता है, और लड़ाई-झगड़ा और क्रोध, और यह और वह, तब तुम्हारा प्रेम कभी लयबद्ध समग्रता नहीं बनेगा। तुम्हें परमात्मा कभी नहीं मिलेगा, उसको केवल प्रेम में ही पाया जा सकता है।

चौथा प्रश्न : परस्पर निर्भरता एक उत्तम अवधारणा है, किंतु जब आप हम सभी को पूर्ण स्वार्थी होने के लिए प्रोत्साहित करते हैं तब यह किस भांति संभव है?

पहली बात, परस्पर निर्भरता उत्तम नहीं है, और यह कोई अवधारणा भी नहीं है।

यह उत्तम तो जरा भी नहीं है। स्वनिर्भरता उत्तम अनुभव होती है, परनिर्भरता बहुत, बहुत कड़वी मालूम देती है; परस्पर निर्भरता न तो उत्तम है और न कड़वी। यह बहुत संतुलन बनाने वाली चीज है; न इस ओर और न उस ओर। यह किसी ओर नहीं झुकती, यह एक प्रशांति है। और यह कोई अवधारणा नहीं है, यह एक वास्तविकता है। इसी भांति है यह। जीवन को जरा देखो तो, और तुम्हें कभी कोई ऐसी वस्तु न मिलेगी जो परस्पर निर्भर नहीं है। प्रत्येक वह वस्तु जो अस्तित्व में है परस्पर निर्भरता के सागर में ही उसका अस्तित्व है। यह कोई अवधारणा नहीं है, यह कोई सिद्धांत नहीं है। तुम बस सारे सिद्धांतों, सारे पूर्वाग्रहों को छोड़ दो और जीवन को देखो।

एक छोटे से वृक्ष को, एक गुलाब की झाड़ी को देखो और तुम देखोगे कि उस में सारा अस्तित्व समाहित हो गया है। पृथ्वी द्वारा यह सारे अस्तित्व से संबंधित है। पृथ्वी के बिना यह वहां न होती। यह वायु में श्वास लेती रहती है, यह वायुमंडल से संबंधित है। सूर्य से इसे ऊर्जा मिलती रहती है। गुलाब का गुलाबपन सूर्य के कारण है, और ये बहुत स्पष्ट दीखने वाली बाते हैं। वे लोग जो इस मामले में गहरी छान-बीन करने के लिए कठिन परिश्रम कर रहे हैं, उनका कहना है कि कुछ अदृश्य प्रभाव भी पड़ते हैं। उनका कहना है कि केवल यही बात नहीं है कि सूर्य गुलाब को ऊर्जा दे रहा है, क्योंकि जीवन में कुछ भी एकतरफा नहीं हो सकता। वरना यह बहुत अन्यायपूर्ण जीवन होगा। गुलाब लेता जा रहा है और कुछ दे नहीं रहा है। नहीं, ऐसा होना ही चाहिए कि गुलाब भी सूर्य को कुछ दे रहा हो। गुलाब के बिना सूर्य भी किसी बात से चूक जाएगा। इसकी खोज अभी भी विज्ञान द्वारा की जानी शेष है, लेकिन गुह्य विज्ञान वादियों ने सदैव अनुभव किया है कि जीवन एक आदान-प्रदान है। यह एकपक्षीय नहीं हो सकता है, अन्यथा सारा संतुलन खो जाएगा। गुलाब अवश्य ही कुछ दे रहा होगा, शायद एक विशेष आह्लाद। निश्चित रूप से यह वायु को सुगंध देता है, और तय बात है कि यह कुछ सृजनात्मकता, पृथ्वी के लिए सृजनात्मक होने का एक अवसर अवश्य प्रदान करता है। इसके माध्यम से पृथ्वी अवश्य ही प्रसन्नता का अनुभव कर रही होगी कि उसने एक गुलाब का सृजन किया है। यह अवश्य ही परिपूर्णता अनुभव कर रही होगी। पृथ्वी को एक गहरी परितृप्ति और संतुष्टि की अनुभूति अवश्य हो रही होगी।

प्रत्येक वस्तु संयुक्त है। यहां पर कुछ भी पृथक नहीं है। इसलिए जब मैं कहता हूं, परस्पर निर्भरता, तो मेरा यह अभिप्राय नहीं है कि यह एक अवधारणा है, एक सिद्धांत है, नहीं।

स्व निर्भरता एक अवधारणा है, क्योंकि यह आत्यंतिक रूप से झूठ है। कभी किसी ने कोई स्व निर्भर चीज नहीं देखी। परम निर्भरता भी झूठ है, क्योंकि किसी ने कभी परम निर्भर चीज नहीं देखी है।

एक बच्चे का जन्म होता है, तुम सोचते हो कि वह पूर्णतः असहाय और मां पर निर्भर है? क्या तुमको दिखाई नहीं पड़ता कि मां को भी उससे बहुत कुछ मिल रहा है? वास्तव में जिस दिन बच्चे का जन्म होता है, तभी मां का भी एक मां के रूप में जन्म होता है। इसके पूर्व वह एक साधारण स्त्री थी। अब बच्चे के जन्म के साथ ही उसके साथ कुछ आत्यंतिक रूप से नया घटित हो गया है। उसने मातृत्व उपलब्ध कर लिया है। केवल ऐसा नहीं है कि बच्चा मां पर निर्भर है, मां भी बच्चे पर निर्भर है। जब कोई स्त्री मां बनती है तो तुमको उसमें घटित होती हुई एक विशेष प्रकार की आभा, उसमें घटित होती हुई एक विशेष प्रकार की लयबद्धता, दिखाई पड़ेगी। यदि मां की मृत्यु हो जाती है, तो निःसंदेह बच्चा जीवित नहीं रह सकेगा। किंतु यदि बच्चे की मृत्यु हो जाए, तो क्या तुम सोचते हो कि मां बचने में समर्थ हो पाएगी? नहीं, मां मर जाएगी। पुनः स्त्री शेष बच रहेगी, मातृत्व बच्चे के साथ खो जाएगा। और यह स्त्री उससे कुछ कमतर होगी जैसी वह बच्चे के जन्म से पूर्व थी। वह सदैव किसी बात से चूकती रहेगी, बच्चे के साथ उसके अस्तित्व का एक भाग खो गया है। वह खोया हुआ भाग लगातार एक घाव की भांति पीड़ा देता रहेगा।

प्रत्येक चीज परस्पर निर्भर है।

वृक्ष पृथ्वी से पोषित होता रहता है, वह तुम्हें फल दिए चला जाता है, तुम फल खाते रहते हो। फिर तुम्हारा देहावसान हो जाता है और पृथ्वी तुम्हें अवशोषित कर लेती है, और पुनः वृक्ष पृथ्वी से आहार लेता है। और फल? तुम्हारे बच्चों के बच्चे वृक्ष के माध्यम से तुमको खा रहे होंगे। प्रत्येक चीज एक चक्र में घूम रही है। जिस समय तुम एक सेब खा रहे हो तो कौन जानता है? तुम्हारे दादा, तुम्हारी दादी या तुम्हारे पर-परदादा उसी सेब में हों; भलीभांति चबा लो, अच्छी तरह पचा लो, वरना वयोवृद्ध परदादा को अच्छा नहीं लगेगा। उन्हें पुनः अपने अस्तित्व का हिस्सा बन जाने दो। वे सेब के माध्यम से तुमको खोज रहे हैं। वे पुनः वापस लौट आए हैं।

प्रत्येक चीज परस्पर निर्भर है। इसलिए उत्तम नहीं है यह, यह कड़वा भी नहीं है; यह एक साधारण तथ्य है। तुम इसका मूल्यांकन नहीं कर सकते, क्योंकि उत्तम और कड़वापन हमारे मूल्यांकन हैं, व्याख्याएं हैं। और यह कोई अवधारणा नहीं है, यह एक वास्तविकता है।

'किंतु जब आप हम सभी को पूर्ण स्वार्थी होने के लिए प्रोत्साहन करते हैं तब यह किस भांति संभव है?'

हां, यह केवल तभी संभव है यदि तुम पूर्ण स्वार्थी हो। यदि तुम पूर्ण स्वार्थी हो तो ही तुम यह देख पाओगे कि यदि तुम वास्तव में प्रसन्न होना चाहते हो तो तुमको दूसरों को प्रसन्न करना पड़ेगा, क्योंकि जीवन एक परस्पर निर्भरता है। जब मैं कहता हूं, स्वार्थी बनो, तो मैं कह रहा हूं, जरा अपनी प्रसन्नता के

बारे में सोचो। किंतु उस प्रसन्नता में बहुत कुछ सम्मिलित है। यदि तुम स्वस्थ होना चाहते हो, तो तुमको स्वस्थ लोगों के साथ रहना पड़ता है। यदि तुम स्वच्छतापूर्वक रहना चाहते हो, तो तुमको साफ-सुथरे पड़ोस में रहना पड़ता है। तुम एक द्वीप की भांति नहीं रह सकते। यदि तुम प्रसन्न होना चाहते हो, तो तुमको अपनी प्रसन्नता चारों और बांटनी पड़ेगी। ऐसा संभव ही नहीं है कि चारों और पीड़ा का सागर हो और तुम एक द्वीप की भांति प्रसन्न रहो, असंभव। तुम केवल एक प्रसन्न संसार में ही प्रसन्न रह सकते हो, तुम केवल प्रसन्नतापूर्ण संबंधों में प्रसन्न रह सकते हो; तुम सुंदर लोगों के मध्य में रह कर ही सुंदर हो सकते हो। इसलिए यदि तुम वास्तव में सुंदर होने में रुचि रखते हो तो अपने चारों ओर सौंदर्य निर्मित करो।

वह व्यक्ति जो वास्तव में स्वार्थी है, परोपकारी बन जाता है। वास्तविक रूप से स्वार्थी होना स्व के पार जाना है। वास्तविक स्वार्थी होना बुद्ध, जीसस बन जाना है। ये लोग नितांत स्वार्थी लोग हैं, क्योंकि वे केवल आनंद के बारे में सोचते हैं। किंतु अपने आनंद के बारे में सोचते हुए उनको दूसरों के आनंद के बारे में भी सोचना पड़ता है। मैं नितांत स्वार्थी हूं। मैंने कभी अपने स्वयं के स्व के अतिरिक्त किसी के बारे में कुछ नहीं सोचा। लेकिन इसी सोच में पिछले दरवाजे से प्रत्येक बात आ जाती है।

मेरी रुचि तुम्हारी प्रसन्नता में, तुम्हारे आनंद में है। मैं आनंदित लोगों का एक समुदाय निर्मित करने में उत्सुक हूं। मैं सुंदर लोगों का एक उपवन निर्मित करने को उत्सुक हूं, क्योंकि यदि तुम प्रसन्न और आनंदित और सुंदर हो तो मैं आत्यंतिक रूप से आनंदित और प्रसन्न हो जाऊंगा।

आनंद बांटने से बढ़ता है। यदि तुम अपना आनंद न बांटो तो यह मर जाएगा, यदि तुम अपनी समाधि को नहीं बांटते तो शीघ्र ही तुम पाओगे कि तुम्हारे हाथ रिक्त हैं। इसलिए जब मैं कहता हूं, पूरी तरह स्वार्थी हो जाओ, तो मेरा अभिप्राय है, यदि तुम समझने का प्रयास करते हो कि तुम्हारा स्व क्या है, तुम्हारा स्वार्थ क्या है, तो तुम देखोगे कि इसमें प्रत्येक व्यक्ति सम्मिलित है, संलग्न है। और तुम्हारी संलग्नता महत् से महत्तर, विशाल से विशालतर हो जाती है। एक क्षण आता है जब तुम इसको एक तथ्य की भांति देख सकते हो कि समग्र इसमें संलग्न है।

बुद्ध के बारे में एक सुंदर कहानी है।

वे मोक्ष के द्वार पर पहुंच गए। द्वार खोल दिया गया, किंतु उन्होंने भीतर प्रवेश नहीं किया। द्वारपाल ने कहा : सारी तैयारियां हो गई हैं, और हम लाखों वर्षों से प्रतीक्षा कर रहे थे। अब आप आ गए हैं। यह बहुत दुर्लभ घटना है कि कोई व्यक्ति बुद्ध हो जाता है। पधारिए। आप वहां क्यों खड़े हैं? और आप इतने उदास क्यों दिखाई पड़ रहे हैं? बुद्ध ने कहा : मैं कैसे भीतर आ सकता हूं? क्योंकि लाखों लोग अभी भी रास्ते पर संघर्षरत हैं। लाखों लोग हैं जो अभी भी पीड़ा में हैं। मैं केवल तब प्रवेश करूंगा जब अन्य सभी लोग प्रविष्ट हो चुके होंगे। मैं यहीं खड़ा रहूंगा और प्रतीक्षा करूंगा।

अब इस कहानी में अनेक अर्थ हैं। एक अर्थ यह है कि जब तक कि समग्र ब्रह्मांड ज्ञान को

उपलब्ध नहीं हो जाता कोई कैसे ज्ञानोपलब्ध हो सकता है? क्योंकि हम एक-दूसरे के हिस्से हैं, एक-दूसरे के साथ संयुक्त हैं, एक-दूसरे के भाग हैं। तुम मुझमें हो, मैं तुममें हूं, इसलिए मैं अपने आप को अलग कैसे कर सकता हूं? यह असंभव है। यह कहानी आत्यंतिक रूप से अर्थपूर्ण और सच्ची है। समग्र को ज्ञानोपलब्ध होना पड़ेगा।

निःसंदेह, व्यक्ति एक विशेष समझ पा सकता है, लेकिन इस समझ से उदघाटित होगा कि दूसरे भी सम्मिलित हैं, और चेतना एक ही है। स्वार्थी होना समग्र में पूरी तरह से विलीन हो जाना है, क्योंकि केवल मूर्ख लोग ही स्वयं को बचाने की चेष्टा करते रहते हैं। और स्वयं को बचाने की चेष्टा में वे स्वयं को विनष्ट करते हैं। जीसस कहते है: स्वयं को बचाओ और तुम खो जाओगे। स्वयं को खो द्रो। स्वयं को बचाओ और तुम खो जाओगे! वे तुमको स्वार्थी होने की सर्वश्रेष्ठ विधियों में से एक प्रदान कर रहे हैं: स्वयं को खो दो और तुमको मिलता है। स्वयं को खोकर तुम्हें मिलता है। चारों ओर प्रसन्नता को फैला कर तुम प्रसन्न हो जाते हो; चारों ओर शांति फैला कर तुम शांतिपूर्ण हो जाते हो।

'किंतु जब आप हम सभी को पूर्ण स्वार्थी होने के लिए प्रोत्साहित करते हैं, तब यह किस भांति संभव है।'

यह केवल तब ही संभव है जब तुम पूर्ण स्वार्थी हो। तब तुम सदा मतलब की बात देख लोगे। यदि तुम एक परिवार में रहते हो, यदि तुम पत्नी या पति हो, तो तुम यह देख पाओगे कि यह तुम्हारे पक्ष में है कि पति या पत्नी प्रसन्न हो। बस यह स्वार्थ ही है कि पति प्रसन्न, गीत गाता हुआ और आह्लादित रहे, क्योंकि यदि वह उदास, अवसादग्रस्त, क्रोधित हो जाता है, तब तुम भी लंबे समय तक प्रसन्न नहीं रह सकोगी। वह तुमको प्रभावित करेगा। सभी कुछ संक्रामक होता है। यदि तुम प्रसन्न होना चाहते हो, तो तुम यही पसंद करोगे कि तुम्हारे बच्चे भी प्रसन्न और नृत्य मग्न रहें, क्योंकि यही एकमात्र उपाय है जिससे तुम्हारी ऊर्जा नृत्यमग्न होगी। यदि वे सभी उदास हैं, बीमार हैं, और अपने कोने में आभाहीन हुए बैठे हैं, तो तुम्हारी ऊर्जा तुरंत निम्नतर हो जाएगी। जरा निरीक्षण करो! जब तुम ऐसे लोगों के साथ उठते-बैठते हो जो प्रसन्न हैं तो अचानक तुम्हारी उदासी खो जाती है, विलीन हो जाती है! जब तुम ऐसे लोगों के साथ उठते-बैठते हो जो उदास हैं, तो अचानक तुम्हारी ऊर्जा मंद हो जाती है।

फिर यह गणित आसान है। यदि तुम प्रसन्न होना चाहते हो, लोगों को प्रसन्न करो। यदि तुम वास्तव में ज्ञानोपलब्ध होना चाहते हो, तो लोगों की ज्ञानोपलब्ध होने में सहायता करो। यदि तुम ध्यानपूर्ण होना चाहते हो, तो एक ध्यानमय संसार का सृजन करो। यही कारण है कि बुद्ध ने संन्यासियों का विराट संघ, एक महासागर जैसा वातावरण, जहां लोग आकर स्वयं को डुबा सकें, निर्मित किया।

अभी उस रात्रि को एक संन्यासी मेरे पास आया और वह बोला, मैं संन्यास के साथ बहुत असहज अनुभव कर रहा हूं, क्योंकि मुझको लगता है कि मैं बस किसी झुंड का एक भाग बन गया हूं। अब यह बहुत

अहंपूर्ण दृष्टिकोण है। बस भीड़ का एक भाग? हर व्यक्ति अलग होना चाहता है, हर व्यक्ति स्व-निर्भर, स्वयं वही, एक शिखर की भांति अकेला, असंबंधित होना चाहता है। यही तो है अहंकार की दौड़। मैं तुम्हें गैरिक वस्त्र देता हूं, तुम्हारे नाम परिवर्तित कर देता हूं, और धीरे-धीरे तुम एक सागर में खो जाते हो जहां तुम्हारा अलग से कोई अस्तित्व नहीं रहता। तुम स्वयं को दूसरों के साथ विलीन करना आरंभ कर देते हो। निःसंदेह अहंकार आहत, असहज, असुविधापूर्ण अनुभव करेगा। लेकिन तुम्हारा रोग अहंकार है; इसे छोड़ देना पड़ेगा। और व्यक्ति को अन-अस्तित्व में होने का, इतना सामान्य, इतना घुला-मिला होने का, आनंद लेने में समर्थ होना चाहिए कि आने वाला कोई भी व्यक्ति यह न जान पाए कि तुम दूसरों से अलग हो, भिन्न हो। किंतु अहंकार के पास बस एक ही विचार होता है: किस भांति भिन्न और अलग हुआ जाए।

मैंने उस संन्यासी से कहा नहीं। मैं उससे कहना तो चाहता था, परंतु मैंने सोचा कि शायद यह बात उसे बुरी लगे। ऐसा अहंकारी जो सोचता है कि बस गैरिक में होना बहुत असहज लगता है, वह किसी झुंड का हिस्सा हो गया है। मैं उससे कहना चाहता था कि बेहतर यही रहेगा कि तुम अपनी आधी मूंछ, आधी दाढ़ी और सिर के आधे बाल साफ करा लो, जिससे तुम जहां कहीं भी जाओ तुम अलग रहोगे। और अपने मस्तक पर गोदने गुदवा लो, और ऐसे कार्य करो जो कोई नहीं कर रहा है। तुम सदैव अच्छा और बहुत सुविधापूर्ण अनुभव करोगे। अहंकार वही कर रहा है।

मैंने एक व्यक्ति के बारे में सुना है जो बहुत प्रसिद्ध होना चाहता था, जो समाचार पत्रों में अपनी तस्वीरें देखना चाहता था। उसने अपने सिर के आधे भाग के बालों, आधी मूंछें, आधी दाढ़ी साफ कर डाली, और वह नगर में पैदल घूमने लगा। तीन दिन के भीतर वह नगर का सबसे प्रसिद्ध व्यक्ति हो गया। सभी समाचार पत्रों ने उसकी तस्वीरें प्रकाशित कर दीं, और उसके चारों ओर बच्चे शोर मचाते और चिल्लाते हुए दौड़ने लगे, और उसने इस सबका बहुत मजा लिया। तुम भी उसी ढंग से वही कर सकते हो।

अहंकार भिन्न होना चाहता है; और इसीलिए अहंकार झूठा है, क्योंकि भिन्नता झूठी है। साथ-साथ होना सच्चाई है। प्रत्येक विभाजन झूठा और भ्रम है, और मिल-जुल कर रहना सदैव सच्चा और वास्तविक है।

पांचवां प्रश्न: प्रवचन के दौरान आप 'प्रसन्नता प्राप्त करना' वाक्यांश का प्रयोग करते हैं, और मेरा मन बीच में कूद पड़ता है और कहता है, और अधिक कार्य करो, और कठोर श्रम करो। किंतु मैं समर्पण के लिए किस भांति कार्य कर सकती हूं? यह दीवानापन लगता है।

यह प्रश्न अमिदा ने पूछा है।

उसके पास एक बहुत बड़ा कार्य-उन्मुख मन है। कार्य मूल्यवान है, खेल मूल्यहीन है; और जो

कुछ भी उपलब्ध किया जाना है उसे कार्य के माध्यम से ही उपलब्ध करना पड़ता है। उसके मन में यह स्थायी आदत बन चुकी है। किंतु प्रत्येक व्यक्ति को यही सिखाया गया है। सारा संसार कार्य के इसी नीतिशास्त्र के अनुसार जीया करता है। खेल को तो अधिक से अधिक बस सह लिया जाता है। कार्य की प्रशंसा की जाती है।

इसलिए यहां भी जब मैं समर्पण के बारे में बात कर रहा हूं, जब मैं ग्रहणशील और स्त्रैण होने की बात कर रहा हूं, तुम्हारा कार्य-उन्मुख मन बार-बार उठ खड़ा होता। जब कभी इसे थोड़ी सी भी सहायता मिलती है यह तुरंत उठ खड़ा होता है और कहता है, हां। इस शब्द 'उपलब्धि' ने तुम्हारे भीतर विचारों की शृंखला आरंभ कर दी : उपलब्धि ?–कार्य, कठोर श्रम करना पड़ेगा। बस एक शब्द ने विचारों की शृंखला को उद्दीप्त कर दिया, जैसे कि मन बस निरीक्षण कर रहा था और किसी ऐसी बात की प्रतीक्षा में था जिस पर कूदने से इस को सातत्य मिल सके।

इसी प्रकार से तुम मुझको सुनते हो। मुझे शब्दों का उपयोग करना पड़ता है, शब्द जो तुम्हारे अर्थों से भरे हुए हैं, वे शब्द जिनको तुमने विभिन्न ढंगों से समझ रखा है, वे शब्द जिनके तुम्हारे साथ विभिन्न साहचर्य हैं, संबंध हैं, जिनके तुम्हारे लिए अर्थ भिन्न हैं। मुझको भाषा का उपयोग करना पड़ता है, और भाषा बहुत खतरनाक चीज है। बस उपलब्धि शब्द को सुन कर ही पूरा कार्य-उन्मुख मन सक्रिय हो जाता है। तब तुम मुझे नहीं सुनते, वह नहीं सुनते जो मैं कह रहा हूं। मैं कह रहा हूं कि उपलब्धि केवल तभी संभव है जब तुम उपलब्धि का प्रयास नहीं करते हो। उपलब्धि केवल तभी संभव है जब उपलब्ध करने का सारा प्रयास त्याग दिया जाता है, क्योंकि जिसको तुम उपलब्ध करने का प्रयास कर रहे हो वह पहले से ही वहां है। इसे उपलब्ध नहीं किया जा सकता। इसको उपलब्ध करने का प्रयास ही तुम और तुम्हारी वास्तविकता के मध्य अवरोध निर्मित करना जारी रखेगा। किंतु मन निरीक्षण करता रहता है और अपने लिए कोई भी सहारा पाने के लिए सदैव तत्पर रहता है।

मैं तुम्हें एक कहानी सुनाता हूं।

एक छोटे से गांव में एक पुलिसवाला पिछले बीस वर्षों से कार्यरत था और स्थानीय निवासियों में वह कोई खास लोकप्रिय नहीं था। स्थानीय गांव का प्रिय निवासी बनने के स्थान पर, जैसे कि वहां का कसाई या वहां का डाकिया था, वह स्वयं को किसी फिल्मी नगर प्रमुख की भांति समझता था और बहुत छोटे से मामले को भी ऐसे निबटाता था जैसे कि यह स्काटलैंड यार्ड की कोई गुत्थी हो। उसका अपनी नौकरी के प्रति लगाव का परिणाम यह था कि गांव के प्रत्येक निवासी को कोई न कोई अभियोग पत्र मिलना सिपाही की शेखी और गर्व का विषय था। एक समय ऐसा आया जब उसे पता लगा कि उसके गांव के साथ जिसे वह अपनी जागीर समझा करता था, छह गांवों की चौकसी के लिए वैकल्पिक व्यवस्था कर

दी गई है, एक पुलिस कार वहां आ रही है। उसे अचानक स्मरण हो आया कि उसने अभी तक स्थानीय पादरी के खिलाफ कोई मुकदमा दर्ज नहीं किया है। और उसका घमंड उसे इस बात की अनुमति नहीं देता था कि इस पादरी को न्यायपीठ के सम्मुख लाए बिना वह अपनी नौकरी से अवकाश ग्रहण कर ले। उसका परिश्रम व्यर्थ जा रहा था। लेकिन जैसे ही उसने पादरी को साइकिल से गांव में भ्रमण करते हुए देखा, तो उसने एक जबरदस्त योजना बनाई। गांव की एक मात्र पहाड़ी की तलहटी में खड़े हुए उसने साइकिल चला रहे पादरी को ऊपर से आते हुए देखा। जब पादरी उससे मात्र एक गज दूर रह गया तभी सिपाही अचानक उसके सामने आ खड़ा हुआ, वह सोच रहा था, यह मेरे पैर पर साइकिल अवश्य चढ़ा देगा। मुझे चोट लग जाएगी और मैं साइकिल के ब्रेक ठीक न होने का आरोप उस पर लगा दूंगा। पादरी ने सामने खड़ी समस्या को भांप कर ब्रेक लगा दिए और पुलिस वाले के बूटों से ठीक आठ इंच पहले उसकी साइकिल रुक गई। पुलिसवाले ने हिचकिचाते हुए अपनी पराजय स्वीकार कर ली और कहा, मैंने सोचा था कि तुम्हें इस बार फंसा ही लूंगा, पादरी।

पादरी ने कहा : जी हां, किंतु परमात्मा मेरे साथ था।

अब पकड़े गए तुम पुलिसवाले ने कहा, एक साइकिल पर दो सवारी।

इसी तरह मन चलता चला जाता है–सतत निरीक्षण। कोई भी बहाना, तर्कयुक्त, तर्क रहित, कोई बहाना, कोई भी असंगति और मन अचानक कूद पड़ता है और पुराने ढांचे को जारी रखने का प्रयास करता है। मैं तुमसे बहुत सी बातें कह रहा हूं और निःसंदेह मुझको भाषा का प्रयोग करना पड़ता है। सजग हो जाओ, इस चालाक मन के प्रति सजग हो जाओ जो ठीक तुम्हारे पीछे छिपा हुआ है, और बस किसी ऐसी बात की प्रतीक्षा कर रहा है जो इसके और सबल होने का बहाना बन सके।

कार्य अच्छा है, किंतु कार्य कार्य की भांति कुरूप है, अच्छा नहीं है। कार्य अच्छा है यदि यह भी एक खेल हो। कार्य अच्छा है यदि इसमें कोई आंतरिक मूल्य निहित हो। तुम चित्रकारी करते हो क्योंकि तुमको चित्रांकन से प्रेम है, क्योंकि तुम चित्रकला से आनंदित होते हो। निःसंदेह यदि यह चित्र बिक जाता है और तुमको कुछ धन प्राप्त हो जाता है तो वह गौण बात है, वह महत्वपूर्ण नहीं है, वह मुख्य बात नहीं है। यदि तुमको धन मिल जाता है, अच्छी बात है, यदि तुमको धन नहीं मिलता, तो तुम्हारा कुछ खो भी नहीं रहा है, क्योंकि चित्रकारी करते समय तुम कितने आह्लादित हो जाते हो। तुम करीब-करीब पुरस्कृत हो जाते हो। तुम अपने प्रयास से कहीं अधिक पुरस्कृत हो जाते हो। यदि चित्र बिक सके तो एक और पुरस्कार, तुम पर परमात्मा अधिक दयालु हो रहा है। लेकिन जहां तक तुम्हारे पुरस्कार का प्रश्न है, तुमको यह पहले ही मिल चुका है। जब तुम अपना चित्र बनाते हो, जब तुम अपना गीत लिखते हो, जब तुम बगीचे में कार्य करते हो और धूप में पसीना बहाते हो, तुमको तुम्हारा पुरस्कार मिल चुका है।

खेल की भांति कार्य करो, आनंद की भांति कार्य करो, पूजा की भांति कार्य करो, तभी यह सुंदर हो जाता है, इसमें आह्लाद होता है। एक आर्थिक गतिविधि की भांति कार्य करना कुरूप है। तब तुम बाजार का एक हिस्सा बन जाते हो। तब तुम केवल इसी बारे में सोचते हो कि ऐसा करके तुमको क्या मिलने जा रहा है। तब तुम कभी-अभी और यहीं नहीं होते। तब तुम सदैव परिणाम में होते हो, और परिणाम भविष्य में होता है। कभी परिणाम उन्मुख मत रहो, मनुष्य के मन का संताप यही है, वर्तमान उन्मुख रहो। और कार्य के माध्यम से तुमको अपना अंतर्तम अस्तित्व नहीं मिलने जा रहा है। तुमको यह वर्तमान में होकर सजग होकर मिलने जा रहा है। इसलिए अपने कार्य का भी एक परिस्थिति की भांति उपयोग करो।

लेकिन क्या होता है? तुम मुझे सुनते हो, तुम अपने मन के भीतर जो मैं कह रहा हूं उसे संजो कर रखते जाते हो। तुम मुझे वास्तव में नहीं सुनते। तुम संकेत संकलित करते रहते हो। तुम समझ का संग्रह नहीं करते, तुम संकेतों का संकलन करते हो, और यही वह बात है जो समस्याएं उत्पन्न करती है।

मैं तुम्हें एक कहानी और सुनाता हूं।

पुराने समय में चिकित्सक लोग रोगी देखने जाते समय अपने सहायक को भी साथ ले जाया करते थे। उस आयरिश रोगी का चेहरा लाल था और उसका बुखार बहुत तेज था। डाक्टर ने उस रोगी की पीठ थपथपाई, उठ खड़े होओ, और थोड़ी गोभी के साथ कॉर्न्ड बीफ खा लो, उसने रोगी से कहा। अगले दिन वह आयरिश व्यक्ति पूर्ण स्वस्थ होकर वापस काम करने लगा। सहायक ने नोट कर लिया : लाल चेहरा, तेज बुखार, कॉर्न्ड बीफ और गोभी।

इसके थोड़े से समय के बाद ही उस डाक्टर की अनुपस्थिति में एक जर्मन रोगी को देखने के लिए इस नवयुवक सहायक को बुलाया गया, इस रोगी का चेहरा लाल था और उसे तेज बुखार था। सहायक ने उसे कॉर्न्ड बीफ और गोभी खाने की सलाह दी। ठीक अगले दिन ही सहायक को बताया गया कि जर्मन रोगी का निधन हो गया है। उसने अपनी नोट बुक में तब यह बात लिखी : कॉर्न्ड बीफ और गोभी आयरिश व्यक्ति के लिए अच्छे हैं, जर्मनों को मार डालते हैं।

यही है जो तुम मेरे साथ कर रहे हो—संकेतों का संकलन। जरा समझने का प्रयास करो कि मैं क्या कह रहा हूं। संकेतों का संकलन मत करो। बस मुझको देखो, मैं यहां क्या कर रहा हूं। मेरे और तुम्हारे मध्य यहां ठीक इसी क्षण में क्या आदान-प्रदान हो रहा है; अभी इसी क्षण में तुम्हारे और मेरे मध्य ऊर्जा का कैसा विनिमय चल रहा है; इसका निरीक्षण करो, इसको अनुभव करो और इसे अपने अस्तित्व में घुल-मिल जाने दो। नोट्स मत बनाओ, वरना तुम सदैव परेशानी में रहोगे।

अंतिम प्रश्न : ...और यह बहुत गंभीर प्रश्न है, कृपा करके इसे मजाक की तरह मत लेना। चितानंद ने पूछा है : यहां पर केवल आप ही एक मात्र व्यक्ति हैं जो विक्षिप्त नहीं हैं। आपने बच्चों को जन्म क्यों नहीं दिया? क्या परम ज्ञान को उपलब्ध व्यक्ति भी कभी-कभार बच्चों को जन्म देते हैं?

मैंने इसके बारे में कभी सोचा नहीं।

भले ही तुम मेरे उत्तरों से कुछ न सीखो, किंतु मैं तुम्हारे उत्तरों से कुछ न कुछ सीखता रहता हूं; बहुत अच्छा खयाल है यह। मैं इसको स्मरण रखूंगा। लेकिन एक व्यवहारिक समस्या है : एक ऐसी स्त्री पाना जो अ-विक्षिप्त हो, बहुत कठिन है।

पहली बात, एक ऐसा व्यक्ति पाना ही कठिन है जो विक्षिप्त न हो और फिर एक स्त्री? करीब-करीब असंभव है। कठिनाई बहुगुणित हो जाती है।

मैं तुम्हें एक कहानी सुनाता हूं।

एक बहुत धनवान महाजनी का व्यवसायी स्टॉक एक्सचेंज में एक सफल उद्यमी के रूप में प्रतिष्ठित था, लेकिन गोल्फ के मैदान में बहुत फिसड्डी था। वह अपनी खराब मनोदशा के लिए अपनी कैडी को कोसा करता था। और एक सुबह एक खराब खेल के बाद वह चिल्लाया, तुम्हें तो संसार की सबसे बुरी कैडी होना चाहिए। ओह नहीं, महोदय, कैडी ने उत्तर दिया, यह केवल संयोग हो सकता है।

एक सबसे खराब गोल्फ का खिलाड़ी और संसार की सबसे बुरी कैडी? यह एक दुर्लभ संयोग है।

एक ऐसी स्त्री को खोज पाना बहुत दुर्लभ संयोग होगा। ऐसा पहले कभी हुआ नहीं। और मैं नहीं सोचता कि ऐसा भी हो सकता है। ऐसा कभी पता नहीं लगा कि किसी परम ज्ञान को उपलब्ध व्यक्ति ने बच्चों को जन्म दिया हो। हां, तुमने सुन रखा होगा कि बुद्ध के एक पुत्र था, किंतु ऐसा तब हुआ था जब वे परम ज्ञान को उपलब्ध नहीं हुए थे।

महावीर के एक पुत्री थी, किंतु वह भी उनके परम ज्ञान को उपलब्ध होने से पूर्व की थी। गुरजिएफ के कई स्त्रियों से अनेक बच्चे थे, किंतु यह भी उसके परम ज्ञान को उपलब्ध होने से पूर्व घटित हुआ था। और तुम्हें भलीभांति ज्ञात होना चाहिए कि वे बच्चे, यहां तक कि बुद्ध का पुत्र राहुल भी, स्वयं को बुद्ध का पुत्र सिद्ध न कर सका। महावीर की पुत्री ने किसी भी प्रकार से सिद्ध नहीं किया कि वह महावीर की पुत्री है, वह सामान्य सिद्ध हुई। वह इतनी सामान्य थी कि जैनों का एक संप्रदाय यह विश्वास करता है कि यह एक पौराणिक आख्यान है : महावीर का कभी विवाह नहीं हुआ और उनके घर में कभी कोई संतान नहीं हुई। वह पुत्री इतनी सामान्य थी जैसे कि वह है ही नहीं। क्या तुमने कभी किसी परम ज्ञान को उपलब्ध व्यक्ति के पुत्र या पुत्री को परम ज्ञान को उपलब्ध होते सुना है? यह संयोग एक बहुत दुर्लभ संयोग है।

और इसमें एक और बात भी जुड़ी हुई है। पहली, एक अविक्षिप्त व्यक्ति एक अविक्षिप्त स्त्री को पा ले, फिर वे दोनों मिल कर जन्म लेने के लिए एक अविक्षिप्त आत्मा की खोज करें। यह समस्या बहुत

जटिल है, क्योंकि तुम स्त्री की खोज इसलिए करते हो क्योंकि तुम विक्षिप्त हो। क्योंकि अभी तक तुम अपने भीतर की स्त्री से नहीं मिले हो, इसलिए तुम स्त्री की खोज करते हो। स्त्री एक पुरुष की खोज करती है, क्योंकि वह अभी तक अपने भीतर के पुरुष से नहीं मिली है। क्योंकि तुम अपने भीतर एक परिपूर्ण समग्र नहीं हो इसलिए तुम बाहर खोजने जाते हो।

पहली बात, जिस क्षण तुम अपने भीतर समग्र हो जाते हो–होली, पवित्र व्यक्ति होने का यही अर्थ है। वह व्यक्ति जो समग्र हो गया है–फिर तुम बाहर नहीं खोजते। कोई आवश्यकता न रही। तुम भागते भी नहीं यदि कोई स्त्री तुम्हारे सामने आ जाती है, तो तुम दूर नहीं भागते और तुम पुलिस को खबर नहीं करते कि एक स्त्री सामने आ रही है। यह भी अच्छा है। यदि कोई स्त्री सामने आ जाती है, बिलकुल ठीक हैं। यदि वह दूर चली जाती है, यह भी एकदम सही है।

और तुम बच्चों को जन्म देते हो; यह भी विक्षिप्तता का कृत्य है, क्योंकि तुमको सदैव उलझाव चाहिए, उलझने के लिए कुछ तो चाहिए। तुम्हारा मूलभूत उलझाव भविष्य के साथ है, और बच्चे तुम्हारे लिए भविष्य को उपलब्ध करवा देते हैं। उनके माध्यम से तुम्हारी महत्वाकांक्षाएं गतिशील होने में समर्थ हो जाएंगी। जब तुम इस संसार से विदा हो चुके होंगे तब तुम्हारे बच्चे यहां होंगे। तुम प्रधानमंत्री होने का प्रयास कर रहे थे और तुम बन न सके तो तुम्हारे बच्चे बन जाएंगे। उनको तुम तैयार करोगे और सातत्य चलता रहेगा।

जब कोई मरता है, और अपने पीछे कोई संतान नहीं छोड़ता, तो उसे लगता है कि सब कुछ समाप्त हो गया है, परम अंत आ गया है। किंतु जब तुम अपने पीछे बच्चे छोड़ जाते हो, तो तुम्हें उनके माध्यम से एक प्रकार की अमरत्व की अनुभूति होती है : यह ठीक है; मैं मर रहा हूं, चिंता करने की कोई बात नहीं है। लेकिन मेरा एक भाग मेरे बच्चे के माध्यम से जीता रहेगा। लोग बच्चों में बहुत अधिक उत्सुक हैं क्योंकि वे मृत्यु से बहुत अधिक भयभीत हैं। बच्चे तुम्हें अमरत्व का एक झूठा आभास, एक प्रकार का सातत्य दे देते हैं। एक अविक्षिप्त व्यक्ति कभी बच्चों में उत्सुक नहीं होता, उसे किसी प्रकार के सातत्य में उत्सुकता नहीं होती। उसने शाश्वत को पा लिया है, और वह मृत्यु के बारे में चिंतित नहीं है।

एक अविक्षिप्त स्त्री को पाना क्यों इतना असंभव है, इस बारे में कुछ कहानियां...मैं कुछ नहीं कहूंगा, मैं तो बस कुछ किस्से पढ़ दूंगा।

श्रीमान कोहेन कुछ धन खर्च करना चाहते थे, और उन्होंने एक आंतरिक सज्जाकार से अपने मकान की पुनर्सज्जा के लिए कहा। सज्जाकार श्री जोंस ने पूछा, श्रीमान कोहेन, आपका कार्य करके मुझे प्रसन्नता होगी। क्या आप अपनी पसंद की कोई रूप-रेखा बता सकते हैं? क्या आपको आधुनिक सज्जा पसंद है?

नहीं।

स्वीडन की शैली?

नहीं।

इटली की प्रांतीय शैली?

नहीं।

मूर शैली? स्पैनिश शैली?

नहीं।

ठीक है, श्रीमान कोहेन, आपको मुझे अपनी पसंद की शैली का थोड़ा सा संकेत तो देना ही पड़ेगा, अन्यथा मैं तो अपना कार्य आरंभ तक नहीं कर पाऊंगा। आपके मन में असल में है क्या?

श्रीमान सज्जाकार, जो मैं चाहता हूं वह यह है कि जब मेरे मित्र यहां आएं तो इसकी सज्जा पर एक नजर डालें और कुढ़ कर मर जाएं।

दूसरी : एक युवा जोड़ा होटल के एक कमरे में बेहद रोमांटिक मूड में आलिंगनबद्ध था कि सामने वाले दरवाजे के ताले में चाबी घुमाने की आवाज आई। युवती अचानक चौंक कर आलिंगन से निकली और आगामी खतरे को भांप कर घबड़ाहट की मुद्रा में उसकी आंखें फैल गईं। हाय राम, वह चिल्लाई, यह मेरे पति हैं। जल्दी करो, खिड़की से बाहर कूद पड़ो।

युवक भी उतना ही घबड़ा कर खिड़की की ओर लपका, फिर गंभीरता से बोला, मैं कूद नहीं सकता! हम तेरहवीं मंजिल पर हैं!

भगवान के लिए, युवती क्रोध से चिल्ला कर बोली, क्या यह बहस करने का वक्त है?

तीसरी : पत्नी एक नया हैट पहने हुए वापस लौटी। तुमको यह हैट कहां मिल गया? उसके पति ने पूछा, क्लीयरेंस सेल में।

इसमें जरा भी हैरानी की बात नहीं है कि वे इसे क्यों बेच डालना चाहते थे, उसने कहा, इसे लगा कर तुम बेवकूफ जैसी दिखाई पड़ती हो।

मुझे पता है।

फिर तुमने इसको क्यों खरीद लिया? उसने जिज्ञासा की।

बताऊंगी मैं तुम्हें, वह बोली, जब मैंने इसको लगाया और स्वयं को दर्पण में देखा तो सेल्समैन से विवाद करने के लिए मैं स्वयं को ही काफी बेवकूफ लगी। इसलिए हैट लेकर मैं खामोशी से चली आई।

चौथी : मुल्ला नसरुद्दीन मुझको बता रहा था कि विवाह उस प्रकार के पुरुष की खोज की प्रक्रिया है जिस प्रकार का पुरुष तुम्हारी पत्नी ने पसंद किया होता। इसी सुबह मेरी पत्नी ने मुझसे कहा, यदि तुमने मुझसे वास्तव में प्रेम किया होता तो तुमने किसी और से विवाह कर लिया होता। मैंने उसको भरोसा दिलाया कि उसके साथ विवाह करके मैं बहुत प्रसन्न हूं, और मैंने कहा, यदि मुझको अपने स्थान पर रिचार्ड बर्टन को लाना हो तो भी मैं ऐसा न करूं। उसने कहा : मैं जानती हूं कि तुम ऐसा नहीं करोगे, मुझे खुश रखने के लिए तुम कभी कुछ नहीं करते हो।

प्रवचन - 15

यही है यह

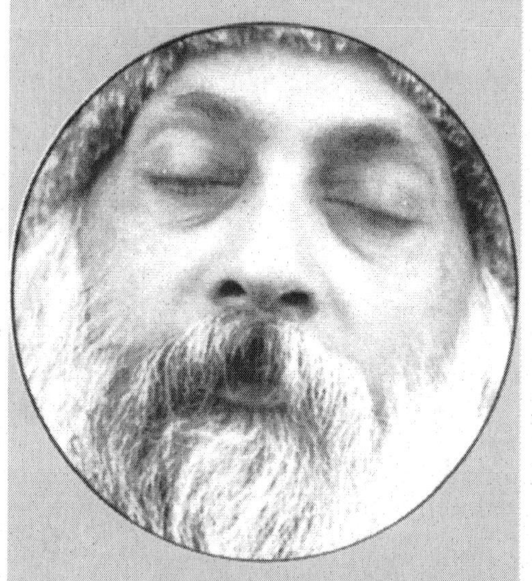

योग-सूत्र

हेतुफलाश्रयालम्बनैः संगृहीतत्वादेषामभावे तदभावः।।11।।

प्रभाव के कारण पर अवलंबित होने से, कारणों के मिटते ही प्रभाव तिरोहित हो जाते हैं।

अतीतानागतं स्वरूपतोऽस्त्यध्वभेदाद्धर्माणाम्।।12।।

अतीत और भविष्य का अस्तित्व वर्तमान में है, किंतु वर्तमान में उनकी अनुभूति नहीं हो पाती है, क्योंकि वे विभिन्न तलों पर होते हैं।

ते व्यक्तसूक्ष्मा गुणात्मानः।।13।।

वे व्यक्त हों या अव्यक्त, अतीत, वर्तमान और भविष्य सत, रज और तम गुणों की प्रकृति हैं।

परिणामैकत्वाद्वस्तुतत्त्वम्।।14।।

किसी वस्तु का सारतत्व, इन्हीं तीन गुणों के अनुपातों के अनूठेपन में निहित होता है।

वस्तुसाम्ये चित्रभेदात्तयोर्विभिक्तः पन्थाः।।15।।

भिन्न-भिन्न मनों के द्वारा एक ही वस्तु विभिन्न ढंगों से देखी जाती है।

न चैकचित्ततन्त्रं वस्तु तदप्रमाणकं तदाकिं स्यात्।।16।।

वस्तु एक मन पर निर्भर नहीं है।

तदुपरागापेक्षित्वाच्चित्तस्य वस्तु ज्ञाताज्ञातम्।।17।।

वस्तु का ज्ञान या अज्ञान इस पर निर्भर होता है कि मन उसके रंग में रंगा है या नहीं।

पहला सूत्रः

'प्रभाव के कारण पर अवलंबित होने से, कारणों के मिटते ही प्रभाव तिरोहित हो जाते हैं।'

अविद्या, अपने स्वयं के अस्तित्व का अज्ञान, इस संसार का आधारभूत कारण है। एक बार अविद्या, अपने स्वयं के अस्तित्व का अज्ञान मिट जाए, यह संसार भी विलीन हो जाता है–वस्तुओं का संसार नहीं, बल्कि इच्छाओं का संसार, वह संसार नहीं जो तुम्हारे बाहर है, बल्कि वह संसार जिसे तुम भीतर से सतत आरोपित करते रहे हो। जिस क्षण तुम्हारे भीतर से अज्ञान मिटता है उसी क्षण तुम्हारे स्वप्नों, भ्रमों, प्रक्षेपणों का संसार तिरोहित हो जाता है।

इसे समझ लेना चाहिए, बस ज्ञान का अभाव अज्ञान नहीं है, इसलिए तुम ज्ञान का संकलन करते रह सकते हो, किंतु इस ढंग से अज्ञान नहीं मिटेगा। तुम बहुत ज्ञानवान हो सकते हो, किंतु फिर भी तुम अज्ञानी बने रहोगे। वास्तव में जानकारी अज्ञान के लिए सुरक्षा का कार्य करती है। अज्ञान को जानकारी से नष्ट नहीं किया जा सकता। बल्कि इसके विपरीत इस अज्ञान की इस जानकारी से रक्षा होती है। जानकारी एकत्रित करने की, जानकारी संचित करने की इच्छा अपने स्वयं के अज्ञान को छिपाने के सिवाय और कुछ भी नहीं है। जितना अधिक तुम जानते हो उतना ही अधिक तुम सोचते हो कि तुम अब अज्ञानी नहीं रहे।

तिब्बत में एक कहावत है : 'जो अज्ञानी हैं वे सौभाग्यशाली हैं, क्योंकि वे यह सोच कर प्रसन्न हैं कि वे सब कुछ जानते हैं।'

प्रत्येक बात को जान लेने के प्रयास से कोई सहायता नहीं मिलने जा रही है, यह सारे मामले से चूक जाना है। अपने स्व को जान लेने का प्रयास पर्याप्त है। यदि तुम अपने स्वयं के अस्तित्व को जान सको तो तुमने सभी कुछ जान लिया है, क्योंकि अब तुम समग्र के साथ भागीदारी करते हो, तुम्हारा स्वभाव समग्र का स्वभाव है।

तुम पानी की एक बूंद के समान हो। यदि तुम पानी की एक बूंद को जान लो तो तुमने अतीत, वर्तमान और भविष्य के सभी महासागरों को जान लिया है। पानी की एक बूंद में ही सागर का पूरा स्वभाव उपस्थित है।

वह व्यक्ति जो जानकारी के पीछे पड़ जाता है, लगातार स्वयं को भूलता रहता है और सूचनाओं का संचय करता चला जाता है। संभवतः वह बहुत अधिक जानता है, लेकिन फिर भी वह अज्ञानी बना रहेगा। इसलिए अज्ञान जानकारी का विरोधी नहीं है, अज्ञान को जानकारी से नहीं मिटाया जा सकता है। तब अज्ञान को मिटाने का क्या उपाय है? योग कहता है: सजगता, न कि जानकारी, जानना नहीं, स्वयं को बाहर केंद्रित नहीं करना बल्कि ज्ञान के अंतःस्रोत पर केंद्रित कर देना।

जब बच्चा मां के गर्भ में होता है तो वह पूर्ण सुप्तावस्था में होता है। मां के गर्भ में आरंभ के महीने गहन निद्रा, जिसे योग सुषुप्ति, स्वप्न विहीन निद्रा कहता है, के होते हैं। फिर लगभग छठे माह के अंत या सातवें माह के आरंभ में बच्चा थोड़े बहुत स्वप्न देखना शुरू कर देता है। निद्रा में बाधा पड़ने लगती है, यह पूर्ण नहीं रह पाती। बाहर कुछ होता है—जरा सा शोर और बच्चे की निद्रा बाधित हो जाती है। बाहर उत्पन्न कंपन उस तक पहुंच जाते हैं और उसकी गहन निद्रा में विक्षेप उत्पन्न हो जाता है और वह स्वप्न देखना आरंभ कर देता है। स्वप्न की पहली तरंगिकाएं उठती हैं। स्वप्न विहीन निद्रा चेतना की पहली अवस्था है।

दूसरी अवस्था है: निद्रा और स्वप्न। दूसरी अवस्था में निद्रा बनी रहती है लेकिन एक नया आयाम सक्रिय हो जाता है: स्वप्न देखने का आयाम। फिर बच्चे का जन्म हो जाता है तो एक तीसरे आयाम का उदय होता है, जिसे हम सामान्यतः जागृति की अवस्था कहते हैं। यह वास्तव में जागृति की अवस्था नहीं है बल्कि एक नया आयाम सक्रिय हो जाता है और वह आयाम है विचार का। बच्चा सोचना आरंभ कर देता है।

पहली अवस्था स्वप्न रहित निद्रा की थी; दूसरी अवस्था थी निद्रा और स्वप्न; तीसरी अवस्था है निद्रा, और स्वप्न, और विचार, किंतु निद्रा अब भी रहती है। निद्रा पूरी तरह टूट नहीं गई है। तुम अपने सोचने के समय भी निद्रा में बने रहते हो। तुम्हारा सोचना और कुछ नहीं बल्कि स्वप्न देखने का एक और ढंग है, निद्रा बाधित नहीं होती है। ये सामान्य अवस्थाएं हैं। कभी कोई बिरला व्यक्ति ही तीसरी, सोचने की अवस्था से ऊपर उठ पाता है। और योग का लक्ष्य यही है—शुद्ध जागरूकता की अवस्था, जो इतनी शुद्ध है जितनी कि पहली अवस्था पर पहुंचना। पहली अवस्था शुद्ध निद्रा की है और अंतिम अवस्था शुद्ध जागरूकता, शुद्ध जागृति की है। एक बार तुम्हारी जागरूकता उतनी शुद्ध हो जाए जितनी कि तुम्हारी गहन निद्रा है, तुम बुद्ध बन जाते हो, तुमने पा लिया है, तुम घर लौट आए हो।

पतंजलि कहते हैं: समाधि जागरूकता की परम अवस्था, बस सुषुप्ति की भांति है; किंतु एक अंतर है। यह उतनी ही शांत और विश्रांत है जैसी कि निद्रा, उतनी ही मौन, निद्रा की भांति बाधाहीन, उतनी ही समग्र और आनंददायी जैसी कि निद्रा होती है, लेकिन एक अंतर के साथ, यह पूरी तरह सजग है। ये विकास के सोपान हैं। सामान्यतः हम तीसरी अवस्था पर रहते हैं। गहराई में निंद्रा जारी रहती है; इसके ऊपर स्वप्नों की परत है, उसके ऊपर विचार प्रक्रिया की एक अन्य परत है, किंतु निद्रा भंग नहीं हुई है। और तुम इसको देख सकते हो; यह कोई सिद्धांत नहीं है। इसकी वास्तविकता को तुम देख सकते हो।

किसी भी क्षण अपनी आंखें बंद कर लो, पहले तुम विचारों को देखोगे अपने चारों ओर, विचारों की एक परत, तरंगित होते हुए विचार–एक आ रहा है, एक जा रहा है–एक भीड़, एक यातायात। कुछ क्षणों के लिए मौन रहो और अचानक तुम देखोगे कि अब वहां विचार-प्रक्रिया न रही बल्कि स्वप्न देखना आरंभ हो गया है। तुम स्वप्न देख रहे हो कि तुम देश के राष्ट्रपति हो गए हो या तुम्हें सड़क पर सोने की एक ईंट मिल गई है, या तुम्हें कोई सुंदर स्त्री या पुरुष मिल गया है, और अचानक तुम कल्पनाओं का प्रक्षेपण आरंभ कर देते हो; स्वप्न सक्रिय हो जाते हैं। यदि तुम लंबे समय तक स्वप्न देखना जारी रखो, तो एक क्षण ऐसा आएगा जब तुम सो जाओगे–सोचना, स्वप्न देखना, सो जाना और निद्रा, पुनः स्वप्न देखना और सोचना–इसी भांति तुम्हारा सारा जीवन-चक्र घूमता है। वास्तविक जागरूकता अभी जानी नहीं गई है, और यही वह जागरूकता है जिसके लिए पतंजलि कहते हैं कि यह अज्ञान को नष्ट कर देगी–जानकारी नहीं, बल्कि जागरूकता अज्ञान को नष्ट कर देगी। हम बस स्वयं को और अन्य लोगों को मूर्ख बनाने के लिए जानकारी एकत्रित करते हैं।

मैंने सुना है, एक छोटे से विद्यालय में ऐसा हुआ कि कक्षा में आकर विद्यालय निरीक्षक ने पूछा, जेरिको की दीवाल किसने गिराई? और विद्यार्थियों में से एक लड़के ने जिसका नाम बिली ग्रीन था, तुरंत उत्तर दिया, श्रीमान, मैंने यह नहीं किया है। निरीक्षक अनभिज्ञता के इस प्रदर्शन पर हैरान रह गया और अपने निरीक्षण के समापन पर उसने सारा मामला प्रधानाध्यापक को बताया। क्या आप जानते हैं, उसने कहा, मैंने कक्षा में जाकर पूछा, जेरिको की दीवाल किसने गिराई, और एक छात्र बिली ग्रीन ने कहा कि यह उसने नहीं किया है। प्रधानाध्यापक ने कहा: बिली ग्रीन? ओह, अच्छा...मुझे यह कहना पड़ रहा है कि मैंने उस लड़के को सदैव ईमानदार और भरोसे लायक पाया है, और यदि वह कहता है कि उसने ऐसा नहीं किया है, तो उसने ऐसा नहीं किया है।

निरीक्षक कोई और टिप्पणी किए बिना विद्यालय से चला गया, किंतु बिना कोई समय गंवाए उसने घटनाओं का पूरा क्रम लिखित रूप में शिक्षा मंत्रालय को भेज दिया। कुछ समय बाद उसे यह उत्तर प्राप्त

हुआ, महोदय, जेरिको की दीवाल के संदर्भ में प्राप्त आपके पत्र के बारे में हमें सूचित करना है कि यह लोकनिर्माण मंत्रालय का मामला है, इसलिए उनके ध्यानाकर्षण हेतु आपका पत्र उनके पास भेज दिया गया है।

किंतु कोई भी इस साधारण तथ्य को नहीं पहचानना चाहता है कि वे नहीं जानते। प्रत्येक व्यक्ति प्रयास करता है, चाहे प्रश्न जो भी हो, प्रत्येक व्यक्ति उत्तर देने का प्रयास करता है। यदि तुम प्रयास करो तो अनेक बार तुम स्वयं को ऐसा करते हुए रंगे हाथ पकड़ लोगे। कोई व्यक्ति कुछ पूछता है, कोई व्यक्ति कुछ ऐसी बात करता है जिसके बारे में तुम नहीं जानते, किंतु तुम टिप्पणी करना, राय देना या कुछ ऐसी बात या ऐसा कुछ कहना आरंभ कर देते हो जिससे तुमको अज्ञानी न समझा जाए, कोई यह न सोचे कि तुम अज्ञानी हो। किंतु जागरूकता का प्रथम आरंभ इस प्रत्यभिज्ञा से होता है कि तुम अज्ञानी हो। अज्ञान को नष्ट तो किया जा सकता है लेकिन इसको पहचाने बिना नहीं।

जब जॉर्ज गुरजिएफ का महान शिष्य पी.डी. आस्पेंस्की पहली बार अपने सदगुरु से मिला, तो वह पहले से ही बहुत प्रसिद्ध, संसार का सुपरिचित व्यक्ति था। गुरजिएफ प्रसिद्ध नहीं था, आस्पेंस्की पहले से ही बहुत विख्यात था। वह इस बीसवीं सदी की सर्वश्रेष्ठ पुस्तकों में से एक 'टर्शियम आर्गानम' को लिख चुका था। यह वास्तव में एक साहसिक प्रयास है। वास्तव में इस सदी में किसी अन्य व्यक्ति ने ऐसा साहसपूर्ण अवलोकन करने का प्रयास नहीं किया। हिम्मत के साथ आस्पेंस्की ने अपनी पुस्तक को ज्ञान की तीसरी शाखा के रूप में वर्णित किया : टर्शियम आर्गानम, ज्ञान का तीसरा सिद्धांत। पहला अरस्तू द्वारा लिखा गया आर्गानम; दूसरा बेकन द्वारा लिखा गया नोवम आर्गानम। और उसने कहा, मैं ज्ञान का तीसरा सिद्धांत लिखता हूं। उसने कहा, पहला और दूसरा तीसरे के सामने कुछ भी नहीं हैं। तीसरे का अस्तित्व पहले के पूर्व था। यह वास्तव में एक साहसिक प्रयास था, और केवल अहंकारपूर्ण प्रयास नहीं था यह, उसका दावा करीब-करीब सच था।

जब आस्पेंस्की गुरजिएफ के पास गया, गुरजिएफ ने उसकी ओर देखा। उसने उस पांडित्य से भरे व्यक्ति को देखा जो बहुत कुछ जानता था जो यह भी जानता था कि दूसरे भी जानते हैं कि वह बहुत कुछ जानता है–सूक्ष्म अहंकार। गुरजिएफ ने उसको एक कागज दिया, कागज का एक कोरा पृष्ठ और उससे कहा कि वह बगल के कमरे में चला जाए और जो कुछ भी वह जानता है उसे एक ओर लिख दे और कागज के दूसरी ओर वह सब लिख दे जो उसे नहीं पता है। क्योंकि कार्य केवल तभी आरंभ किया जा सकता है जब आस्पेंस्की को स्पष्ट रूप से पता हो कि वह क्या जानता है और क्या नहीं जानता है। गुरजिएफ ने कहा : याद रखो, जो कुछ भी तुम लिख लाओगे कि तुम्हें पता है, उसको मैं स्वीकार कर लूंगा, और हम इसके बारे में दुबारा कभी बात नहीं करेंगे। यह मामला समाप्त

हो गया, तुम इसे जानते ही हो। जो कुछ भी तुम लिख दोगे कि तुम नहीं जानते, उस पर हम कार्य करेंगे। और गुरजिएफ ने जो पहली बात कही वह थी यह जान लेना कि तुमको क्या पता है और तुमको क्या पता नहीं है।

आस्पेंस्की कमरे में चला गया। उसने सोचना आरंभ किया कि वह क्या जानता है, और उसके जीवन में पहली बार ऐसा हुआ कि कागज पर वह एक बात भी नहीं लिख सका। उसने प्रयास किया–परमात्मा, स्व, संसार, मन, जागरूकता, इन सबके बारे में वह क्या जानता है? पहली बार यह प्रश्न प्रमाणिकता पूर्वक पूछा गया था। परमात्मा के बारे में उसे अनेक बातें पता थीं, और वह आत्मा के बारे में बहुत सी बातें जानता था; और जागरूकता के बारे में उसे कई बातें पता थीं, किंतु वास्तव में ईश्वर के बारे में वह एक चीज भी नहीं जानता था। ये सभी सूचनाएं थीं, यह उसका अनुभव नहीं था। और जब तक किसी चीज का अनुभव तुम्हें न हुआ हो तुम कैसे कह सकते हो कि तुम इसे जानते हो?

तुम प्रेम के बारे में जान सकते हो, लेकिन वास्तव में यह प्रेम का ज्ञान नहीं है। तुम्हें प्रेम से होकर गुजरना पड़ेगा, तुम्हें प्रेम की अग्नि से होकर गुजरना पड़ेगा। तुम्हें जलना पड़ेगा, तुम्हें चुनौती पर खरा उतरना पड़ेगा, और जब तुम प्रेम से बाहर निकल कर आओगे तो तुम पूर्णतः भिन्न होओगे, उस व्यक्ति से पूर्णतः भिन्न होओगे जो भीतर ग़या था। प्रेम रूपांतरण करता है। सूचना तुम्हारा रूपांतरण कभी नहीं करती। सूचना एक लत बनती चली जाती है, जो कुछ भी तुम हो यह उसी में कुछ और जोड़ती चली जाती है। यह तुम्हारे लिए खजाने की तरह हो जाती है, किंतु तुम जैसे थे वैसे ही रहते हो। अनुभव तुमको रूपांतरित कर देता है। वास्तविक ज्ञान कोई संचय नहीं है, यह रूपांतरण है, एक उत्क्रांति–पुराना मर जाता है और नये का जन्म होता है। कठिन है यह...

आस्पेंस्की ने जितना संभव हो सकता था उतना भरपूर प्रयास किया कि कम से कम कुछ बातें तो खोज ले जिन्हें वह जानता है, क्योंकि कुछ भी न लिखना उसके अहंकार के नितांत विपरीत हुआ जा रहा था। वह यह भी न लिख सका कि मैं अपने आपको जानता हूं। यदि तुमने आधारभूत इकाई, अपने आप को भी नहीं जाना, तो और क्या तुम जानते हो? यह सर्दी की एक रात थी और उसको पसीना छूटने लगा। अभी बस एक क्षण पूर्व ही वह सर्दी से कांप रहा था। उसका सारा अस्तित्व दांव पर लगा हुआ था। उसे चक्कर आने लगे, जैसे कि वह चक्कर खाकर गिरने वाला हो या उसे दौरा पड़ने वाला हो। घंटों बीत गए, तब गुरजिएफ ने द्वार खटखटाया और कहा: 'क्या तुमने कुछ किया है?' और गुरजिएफ देख पाया कि यह आदमी बदल गया है। बस कोरे कागज का एक पन्ना हाथ में लिए वहां बैठा हुआ है। यह बैठना एक श्रेष्ठ ध्यान झाझेन बन गया था। उसने रिक्त, कोरा कागज

गुरजिएफ को दे दिया और कहा : मैं कुछ नहीं जानता हूं। मैं नितांत अज्ञानी हूं। मुझे अपने शिष्य के रूप में स्वीकार करें। गुरजिएफ ने कहा : फिर तो तुम मेरा शिष्य हो पाने के लिए तैयार हो...यह जान लेना कि व्यक्ति अज्ञानी है बुद्धिमत्ता की ओर पहला कदम है।

'प्रभाव के कारण पर अवलंबित होने से, कारणों के मिटते ही प्रभाव तिरोहित हो जाते हैं।'

पतंजलि कहते हैं कि तुम अनैतिक हो, किंतु यह एक प्रभाव है। तुम लोभी हो, किंतु यह एक प्रभाव है। तुमको क्रोध की अनुभूति होती है, यह एक प्रभाव है। कारण को खोज लो। प्रभावों से संघर्ष मत करते रहो क्योंकि इससे कोई सहायता नहीं मिलने वाली है। तुम अपने लोभ से संघर्ष कर सकते हो और यह कहीं और से पुनः प्रकट हो जाएगा। तुम अपने क्रोध से संघर्ष कर सकते हो, यह दमित हो जाएगा और कहीं और से फूट पड़ेगा। प्रभावों से संघर्ष करके प्रभावों को विनष्ट नहीं किया जा सकता है। यही कारण है कि योग नैतिकता की कोई व्यवस्था नहीं है, यह जागरूकता की विधि है। असली कारण की खोज करनी पड़ती है। यदि तुम किसी वृक्ष की पत्तियां काटते और छांटते चले जाओ तो इससे वृक्ष पर कोई प्रभाव नहीं पड़ने जा रहा है। नयी पत्तियां निकल आएंगी। तुमको वास्तविक कारण, जड़ को खोज निकालना पड़ेगा। यदि तुम वृक्ष को नष्ट करना चाहते हो तो तुमको जड़ों को नष्ट करना पड़ेगा। जड़ों के नष्ट होने के साथ वृक्ष मिट जाएगा। किंतु तुम शाखाओं को काटते रह सकते हो, इससे वृक्ष नष्ट नहीं होगा। वास्तव में होगा तो यह कि जहां पर तुम एक शाखा काटते हो वहां पर तीन शाखाएं निकल आती हैं। एक वृक्ष की पत्तियों को छांट दो और यह अधिक सघन और अधिक मोटा हो जाएगा। जड़ों को काट दो और वृक्ष मिट जाता है।

योग कहता है : नैतिकता प्रभावों से संघर्ष करती चली जाती है।

तुम लोभी हो; तुम निर्लोभी होने का प्रयास करते हो, लेकिन क्या होता है? तुम निर्लोभी केवल तभी हो सकते हो जब तुम्हारे लोभ को निर्लोभ की ओर मोड़ दिया जाए। यदि कोई कहता है कि यदि तुम निर्लोभी हो जाओ तो तुम स्वर्ग चले जाओगे, और यदि तुम लोभी बने रहे तो तुम नरक में जाओगे, अब वह क्या कर रहा है? वह तुम्हारे लोभ के लिए एक नया विषय दे रहा है। वह कह रहा है, निर्लोभी हो जाओ और तुम स्वर्ग उपलब्ध कर लोगे और वहां पर तुम सदा और सदैव के लिए खुश रहोगे। अब लोभी व्यक्ति यह सोचने लगेगा कि निर्लोभ का अभ्यास कैसे किया जाए जिससे वह स्वर्ग पहुंच सके।

तुम भयभीत हो; भय वहां है। भय से कैसे मुक्त हुआ जाए? तुमको और अधिक भयभीत बनाया जा सकता है, और भय के बारे में तुम्हारे भीतर इतना भय निर्मित किया जा सकता है कि तुम इसको दमित करना आरंभ कर दो। यह तुमको निर्भय बनाने नहीं जा रहा है, तुम बस और अधिक भयभीत हो जाओगे। एक नया भय उठ खड़ा होगा, भय का भय।

तुम क्रोधित होते हो। तुम्हारे लिए क्रोधित होना सरल है, और मन की इस वृत्ति का प्रतिरोध करना भी बहुत कठिन है। अब कुछ किया जा सकता है। तुम क्रोधित क्यों होते हो? जब कभी तुम्हारा अहंकार आहत होता है तुम क्रोधित हो जाते हो। अब तुमको यह सिखाया जा सकता है कि वह व्यक्ति जो नियंत्रण में रहता है, समाज में सम्मान पाता है। वह व्यक्ति जो अपना क्रोध इतनी आसानी से प्रदर्शित नहीं करता उसे महान व्यक्ति समझा जाता है। तब तुम्हारा अहंकार बढ़ाया जा रहा है; अधिक अनुशासित और नियंत्रित हो जाओ, और इतनी जल्दी क्रोधित होने के लिए व्याकुल मत हो जाओ। तुम्हारा अहंकार नष्ट नहीं होता, बल्कि यह और ताकतवर हो जाता है। रोग अपना रूप, नाम बदल सकता है लेकिन रोग रहेगा। इसे स्मरण रखो, योग नैतिकता की कोई व्यवस्था नहीं है क्योंकि यह प्रभावों की चिंता जरा भी नहीं लेता है। यही कारण है कि दस आज्ञाओं जैसी कोई बात यहां योग-सूत्र में नहीं है।

लोग मूलभूत कारण को जाने बिना एक-दूसरे को सिखाए चले जाते हैं, और जब तक मूलभूत कारण को न जान लिया जाए कुछ भी नहीं किया जा सकता है, मनुष्य का व्यक्तित्व वही रहता है, यहां-वहां शायद थोड़ी सी लीपा-पोती, यहां-वहां थोड़ी सी बदलाहट।

मैंने सुना है, एक पोलिश व्यक्ति आंखों की जांच करवाने के लिए नेत्र चिकित्सालय में गया। जांच के लिए चिकित्सक ने उसे सामने दिख रहे चार्ट की पंक्तियों को एक-एक करके पढ़ने को कहा। उसने नीचे वाली पंक्ति को देखाः सी एस वी ई एन सी जे डब्लू, वह थोड़ा सा हिचकिचाया। डाक्टर ने उससे कहाः तुम चिंतित क्यों लग रहे हो। यदि तुम इनको नहीं पढ़ पा रहे हो तो अपनी ओर से भरपूर प्रयास तो करो। पोलिश व्यक्ति ने कहाः इसे पढ़ लूं? मैं इस आदमी को व्यक्तिगत रूप से जानता हूं।

यह स्वीकार करना अत्यंत कठिन है कि तुम नहीं जानते, कि तुमको नहीं पता कि तुम इतने अहंकारी क्यों हो। तुम नहीं जानते कि तुम इतनी आसानी से क्रोधित क्यों हो जाते हो। तुम नहीं जानते कि वहां तुम्हारे भीतर लोभ क्यों है। तुम नहीं जानते कि वहां वासना क्यों है, वहां भय क्यों है। कारण को जाने बिना तुम प्रभावों से संघर्ष करना आरंभ कर देते हो। तुम मान लेते हो कि तुम जानते हो। अनेक लोग मेरे पास आते हैं और वे कहते हैं, किसी भी तरह हम क्रोध से छुटकारा पाना चाहते हैं। मैं उनसे पूछता हूं, क्या तुमको कारण पता है? वे अपने कंधे उचका देते हैं। वे कहते हैं, बस क्रोध है, और मैं बहुत आसानी से क्रोधित हो जाता हूं और यह मुझको विचलित कर देता है, मेरे संबधों को खराब कर देता है, मुझको और तनावग्रस्त कर देता है, चिंता, पश्चात्ताप और अपराध-बोध निर्मित कर देता है। किंतु ये सभी प्रभाव हैं।

पहली बात, क्रोध उठता ही क्यों है? कोई पूछता नहीं। और इसका सौंदर्य यही है, यदि तुम कारण के बारे में पूछो, तुम्हें यह जान कर आश्चर्य होगा कि कारण एक ही है। प्रभाव तो लाखों हो सकते हैं परंतु कारण एक है, जड़ एक है। क्रोध, लोभ, अहंकार, वासना, भय, घृणा, ईर्ष्या, शत्रुता, हिंसा, चाहे जो भी प्रभाव हो, कारण एक ही है। और कारण है कि तुम पर्याप्त जागरूक नहीं हो। तुम क्रोध को काबू कर सकते हो, किंतु इससे तुम्हें सहायता नहीं मिलेगी। यह तुम्हारे भीतर के रोग को बस नियंत्रण में करना है, उसे पकड़ कर रखना है। यह तुमको स्वस्थ नहीं कर देगा। बल्कि यह तुम्हें और अस्वस्थ बना सकता है। इसे तुम देख सकते हो–एक व्यक्ति जो सरलता से क्रोधित हो जाता है वह कभी बहुत खतरनाक नहीं होता। उसके बारे में तुम निश्चित हो सकते हो कि वह कभी हत्या नहीं करेगा। वह कभी इतना क्रोध एकत्रित नहीं कर लेगा जिससे वह हत्यारा बन जाए। प्रत्येक दिन वह रेचन कर देता है। किसी भी उद्दीपन से, सरलतापूर्वक वह क्रोधित हो जाता है। इसका अर्थ है बहुत देर तक उसकी भाप उसके भीतर एकत्रित नहीं रह पाती। उसका पात्र रिसता रहता है। जब कभी भी बहुत अधिक भाप हो जाती है वह उसको निकल जाने देता है। वह व्यक्ति जो बहुत अधिक नियंत्रित है, एक खतरनाक व्यक्ति है। वह अपने भीतर भाप रोकता चला जाता है, उसकी ऊर्जाएं बंध जाती हैं, रुक जाती हैं। आज नहीं तो कल उसकी ऊर्जाएं उसके नियंत्रण से अधिक बलशाली सिद्ध हो जाएंगी। तब उसका विस्फोट हो जाएगा, फिर कुछ ऐसा करेगा जो वास्तव में संगीन अपराध होगा। वह व्यक्ति जो सरलता से क्रोधित हो जाता है, सरलता से शांत भी हो जाता है।

मैंने सुना है, 'मुझे अफसोस है श्रीमान', क्लर्क ने कहा, 'लेकिन मैं त्यागपत्र देना चाहता हूं।' 'लेकिन क्यों?' बॉस ने हैरानी से पूछा।

'ठीक है, श्रीमान, आपको सच बता ही देता हूं, आपके जल्दी से क्रोधित होने वाले स्वभाव के कारण मैं यहां रुक नहीं सकता हूं।'

'अरे अब मान भी जाओ भाई', बॉस ने समझाया, 'मैं जानता हूं कि कभी-कभी मैं थोड़ा सा बदमिजाज हो जाता हूं, लेकिन यह तो तुमको मानना ही पड़ेगा कि मेरा दिमाग बहुत जल्दी ठंडा हो जाता है।'

'यह सच है श्रीमान, लेकिन यह भी सच है कि जैसे ही यह ठंडा होता है वैसे ही तुरंत गर्म होने लगता है।'

लेकिन इस प्रकार का व्यक्ति कभी हत्यारा नहीं हो सकता। वह कभी उतनी भाप एकत्रित नहीं करता। वे लोग जो जल्दी से भावुक हो जाते हैं भले लोग होते हैं। वे बहुत नियंत्रित नहीं हो सकते हैं, वे चीख सकते हैं और रो सकते हैं और हंस सकते हैं, किंतु वे भले लोग हैं। उनके साथ रहना

किसी धार्मिक व्यक्ति, नैतिक, शुद्धतावादी, बहुत सम्हालने वाले नियंत्रित व्यक्ति से कहीं अधिक बेहतर है। वह व्यक्ति खतरनाक होता है।

अभी कुछ दिन पहले ही तीर्थ के एनकाउंटर-ग्रुप, समूह-चिकित्सा में एक युवक भागीदारी कर रहा था। उसने कई वर्ष अकीदो का प्रशिक्षण प्राप्त किया था। अब अकीदो, जूडो, कराटे और जुजुत्सु की सभी विधियां नियंत्रण की शिक्षाएं हैं। तुम्हें अपने आपको इस कदर नियंत्रण में रखना पड़ता है कि तुम लगभग एक मूर्ति जैसे हो जाते हो, इतने नियंत्रित कि तुम्हें कोई उत्तेजित नहीं कर सकता। अब इस युवक ने एनकाउंटर-ग्रुप में भाग लिया।

अब एनकाउंटर-ग्रुप का विधि-विज्ञान पूर्णतः भिन्न है। जो कुछ भी तुम्हारे भीतर है उसे बाहर निकालना है। कभी इसको संचित मत करो। अभिव्यक्त करो, निकल जाने दो, रेचन कर दो। एनकाउंटर और अकीदो, दो पूर्णतः परम विरोधी बातें हैं। अकीदो कहता है: नियंत्रण करो, क्योंकि अकीदो का प्रशिक्षण योद्धा बनाने के लिए प्रशिक्षण है। सभी जापानी प्रशिक्षण तुमको महान योद्धा बनाने के लिए हैं, और निश्चित रूप से उन्होंने ऐसी विधियां विकसित कर ली हैं जो आत्यंतिक रूप से खतरनाक हैं। लेकिन उनको ऐसा होना ही था, क्योंकि जापानी बहुत छोटे लोग हैं। उनकी लंबाई बहुत कम होती है, और उन्हें ऐसे लोगों से संघर्ष करना पड़ा जो उनसे डीलडौल में कहीं अधिक बड़े थे। उन्हें ऐसे उपाय निर्मित करने पड़े जिनके द्वारा वे स्वयं को स्वयं से अधिक बड़े लोगों, शक्तिशाली लोगों से अधिक बलशाली सिद्ध कर सकें, और उन्होंने वास्तव में ऐसे उपाय खोज लिए। तुम्हारे भीतर की प्रत्येक ऊर्जा को नियंत्रण में कर लेना एक उपाय है। ऐसा करने से ऊर्जा संगृहीत हो जाती है। इसलिए जापानी और चीनी लोग बहुत नियंत्रण और अनुशासन में जीते रहे हैं। वे खतरनाक हैं। एक बार वे तुम्हारे ऊपर आक्रमण कर दें, फिर वे तुमको जिंदा नहीं छोड़ेंगे। सामान्यतः वे तुम पर आक्रमण नहीं करेगे, किंतु एक बार वे तुम पर आक्रमण कर दें, तो तुम यह निश्चित मान सकते हो कि वे तुमको मार डालेंगे।

तो यह व्यक्ति जो अकीदो में गहनता से संलग्न रहा था, अब एनकाउंटर-ग्रुप में था, और तीर्थ भीतर छिपी हुई चीजों को बाहर लाने के लिए उससे आग्रह कर रहा था, और वह ऐसा नहीं करेगा। उसका सारा प्रशिक्षण उसे यह नहीं करने दे रहा था, बाद में उस युवक ने मुझसे कहा, मेरा सारा प्रशिक्षण नियंत्रित बने रहने का है। अब उस समूह की सहभागी एक युवती ने उसको पीटना आरंभ कर दिया। वह अपने क्रोध को बाहर निकाल रही थी, और वह युवक मूर्तिवत खड़ा रहा, क्योंकि उसका प्रशिक्षण कोई कृत्य भी नहीं करने का है। वह बुद्ध की भांति बना रहा, वास्तव में बुद्ध नहीं, क्योंकि बुद्ध जागरूक होता है, नियँत्रित नहीं। बाहर से तो वे दोनों एक जैसे दिखाई पड़ सकते हैं। वह व्यक्ति जो नियंत्रित है और वह व्यक्ति जो

सजग है, एक जैसे दीख सकते हैं, किंतु भीतर गहराई में वे पूर्णतः भिन्न होते हैं। उनकी ऊर्जा गुणवत्ता के स्तर पर पूर्णतः भिन्न होती हैं।

वह अपने भीतर और और क्रोधित होता रहा, और साथ ही साथ और नियंत्रित भी होता चला गया, क्योंकि उसका सारा प्रशिक्षण दांव पर लगा था। फिर उसने उस लड़की के ऊपर एक तकिया फेंक दिया, और अकीदो में प्रशिक्षण लेने वाले व्यक्ति के द्वारा फेंका गया तकिया भी खतरनाक हो सकता है। वह तुमको ऐसे कोमल बिंदु पर, इतनी ताकत से आघात पहुंचा सकता है कि तकिए की चोट से मृत्यु तक हो सकती है। अकीदो का पूरा प्रशिक्षण यही है, सीखने में व्यक्ति को बरसों लग जाते हैं, एक छोटा सा आघात, किंतु अत्यंत कोमल स्थानों पर।

जापानियों ने इसको जान लिया है कि कहां पर बहुत आहिस्ते से आघात किया जाए, और व्यक्ति के प्राण निकल जाएं। बस केवल एक अंगुली से वे शत्रु को पराजित कर सकते हैं। उन्होंने आघात करने के लिए नाजुक स्थानों की खोज कर ली है, और साथ ही साथ यह खोज भी की है कि कैसे आघात किया जाए और कब आघात किया जाए।

किंतु फिर वह स्वयं ही भयभीत हो गया, भयग्रस्त हुआ कि उसके द्वारा इस प्रकार तकिए के प्रहार से उस युवती की हत्या भी हो सकती थी। वह इतना भयाक्रांत हो गया कि वह इस समूह-चिकित्सा को छोड़ कर भाग गया और वह मेरे पास आया और उसने शिकायत की। वह बोला, आश्रम में इस प्रकार की समूह-चिकित्साओं की अनुमति नहीं होनी चाहिए। अन्यथा किसी दिन कोई किसी की हत्या कर सकता है। वह ठीक कह रहा है, क्योंकि वहां उसके भीतर हत्यारा छिपा है। उसका भय उचित है, यह उसके स्वयं के बारे में सही है। वह एक हत्यारा हो सकता है। वास्तव में इस प्रकार के प्रशिक्षण तुम्हें मानव-हंता, योद्धा बनाने के लिए प्रशिक्षण हैं।

याद रखो, यदि तुम क्रोध, लोभ और इस प्रकार के मनोभावों पर नियंत्रण करोगे तो वे तुम्हारे अस्तित्व के तलघर में एकत्रित होते चले जाएंगे और तुम एक ज्वालामुखी पर बैठे होगे। योग का दमन से कुछ भी लेना-देना नहीं है। योग का विश्वास जागरूकता में है।

'प्रभाव के कारण पर अवलंबित होने से, कारणों के मिटते ही प्रभाव तिरोहित हो जाते हैं।'

कारण को खोज लो, और कारण एक ही है। और चीजें सरल हो जाती हैं, क्योंकि तुमको अनेक प्रभावों से संघर्ष नहीं करना है। तुम तो बस एक जड़, मुख्य जड़ को काट देते हो, और एक हजार एक शाखाओं वाला वृक्ष बस खो जाता है, विदा हो जाता है। और जागरूक हो जाओ।

निद्रा से स्वप्नावस्था उठ खड़ी होती है, स्वप्न तैरना आरंभ कर देते हैं। क्या तुमने देखा है, कभी-कभी स्वप्न में भी तुम यह स्वप्न देखते हो कि तुम जागे हुए हो? बिलकुल ठीक यही घट रहा

है: विचार करते समय तुम सोचते हो कि तुम जागे हुए हो–लेकिन तुम जागे हुए नहीं हो। वास्तविक जागृति केवल तभी घटित होती है जब सारे विचार खो चुके हैं–तुम्हारे भीतर कोई बादल नहीं है, एक विचार भी नहीं तैर रहा है, मात्र शुद्ध तुम। यह मात्र एक शुद्धता है, प्रत्यक्षीकरण की स्पष्टता, मात्र दृष्टि जिसमें तुम्हारी दृष्टि में कुछ भी नहीं है, सारा आकाश रिक्त। यदि तुम किसी चीज को देखो, तो तुम्हारे भीतर कोई शब्द नहीं उमड़ता। तुम एक गुलाब का फूल देखते हो: तुम्हारे भीतर इतना विचार तक नहीं उठता कि यह एक खूबसूरत पुष्प है। तुम बस देखते हो गुलाब वहां, तुम यहां, और तुम दोनों के मध्य कोई शब्दीकरण नहीं। उस मौन में पहली बार तुम जानते हो कि जागरूक होना क्या है, जागृति की अवस्था क्या है, और यह जड़ को काट देता है। अब अनेक उपायों से इसका प्रयास करो।

एक उपाय है, जब तुम क्रोधित हो जाओ तब सजग होने का प्रयास करो। अचानक तुम देखोगे कि या तो तुम क्रोधित हो सकते हो या तुम सजग हो सकते हो; तुम दोनों एक साथ नहीं हो सकते हो। जब कामवासना उठती है, सजग होने का प्रयास करो। अचानक तुम देखोगे कि या तो तुम सजग हो सकते हो या तुम कामुक हो सकते हो, तुम एक साथ दोनों नहीं हो सकते हो। यह तुमको इस तथ्य को देखने में मदद करेगा कि सजगता प्रति-विष है, नियंत्रण नहीं। यदि तुम और और सजग होते चले जाओ तो ऊर्जा एक नितांत भिन्न आयाम में गतिशील होना आरंभ कर देती है। वही ऊर्जा जो क्रोध में, लोभ में, कामवासना में जा रही थी मुक्त हो जाती है, तुम्हारे भीतर प्रकाश के एक स्तंभ की भांति गतिमान होने लगती है। और यह जागरूकता मानव विकास की उच्चतम अवस्था है। जब व्यक्ति सजग होता है तो वह परमात्मा बन जाता है। जब तक तुम उसे उपलब्ध न कर लो, तुम्हारा जीवन एक व्यर्थता रहता है। हम ऐसे जीते हैं जैसे कि हम नशे में हों।

मैं तुमसे एक कहानी कहता हूं:

पुराने मैक्सिको में एक हंगामेदार रात के बाद अत्यधिक शराब पीकर होने वाले तेज सिरदर्द से पीड़ित पर्यटक जब सोकर उठा तो उसके मन में पिछली रात की कुछ धुंधली सी याद बच रही थी। उसने देखा कि उसके बिस्तर पर एक भद्दी, कुरूप, झुर्रीदार और दंतविहीन बूढ़ी महिला सो रही है। उस पर घृणा भरी दृष्टि डाल कर उबकाई रोकता हुआ वह स्नानागार की ओर दौड़ा, जहां वह बाहर निकलती हुई सुंदर युवा मैक्सिकन लड़की से टकराया। क्यों, क्या पिछली रात को मैं नशे में था? उसने युवती से पूछा। मेरा विचार है कि तुम्हें नशे में होना चाहिए, उत्तर आया, वरना तुमने मेरी मां से शादी न कर ली होती।

अब तक तुमने जो कुछ भी किया है, एक दिन अचानक तुम देखोगे कि सब कुछ गलत हो चुका है।

तुम्हारा जीवन अब तक जिससे भी प्रेरित होता रहा हो, चाहे जिसके साथ भी तुम्हारा विवाह हुआ हो, अब तक तुम्हारी जो भी इच्छा रही हो, एक दिन तुम जागरूक हो जाओगे और देखोगे कि यह सभी कुछ उस तरह था जैसे कि तुम नशे में थे।

जॉन स्मिथ एक मशहूर शराबी था। एक शाम को पीकर, वह शहर के कब्रिस्तान के मध्य से निकलने वाले छोटे रास्ते द्वारा रात में, घर लौट रहा था कि एक पत्थर से टकरा कर वह औंधे मुंह जमीन पर गिर पड़ा। अगली सुबह तक उसे होश नहीं आया, और जब सुबह उसकी आंख खुली तो पहली चीज जो उसने देखी वह था कब्र का पत्थर। जॉन स्मिथ तो एक आम प्रचलित नाम है, और जिस कब्र पर वह लेटा हुआ था वह उसी के नाम वाले एक अन्य व्यक्ति की थी। जैसे ही उसकी निगाह में ये शब्द आए, जॉन स्मिथ की पवित्र स्मृति में, उसने बड़बड़ा कर अपने आप से कहा, अच्छा, ठीक, तो यह मेरी कब्र है, लेकिन मुझे अपने अंतिम संस्कार के बारे में एक जरा सी बात तक याद नहीं आ रही है।

जब कोई व्यक्ति ध्यान करना आरंभ करता है, तो वह अनेक जन्मों के लंबे नशे से बाहर आ रहा होता है। पहली बार, व्यक्ति विश्वास तक नहीं कर पाता कि अब तक वह किस भांति जीता रहा है। यह एक दुख स्वप्न जैसा प्रतीत होता है–भयावह। इसीलिए लोग सजग होने का प्रयास भी नहीं करते, क्योंकि जागरूकता की पहली झलक उनके उस जीवन को छिन्न-भिन्न, विनष्ट करने जा रही है–जिसे वे अभी तक किसी अर्थ से भरा हुआ सोचते थे। उनका सारा जीवन अर्थहीन, महत्वहीन होने जा रहा है। सजगता का भय यही है कि यह तुम्हारे सारे जीवन को गलत सिद्ध कर सकती है। यही कारण है कि बेहद हिम्मतवर लोग ही ध्यान करने का, सजग होने का प्रयास करते हैं। वरना लोग बस उन्हीं इच्छाओं और उन्हीं स्वप्नों और उन्हीं विचारों के दुष्चक्र में घूमते चले जाते हैं, और वे बार-बार लौट कर जीवन में आते हैं और पुनः मर जाते हैं–पालने से कब्र तक...

जरा थोड़ा सा सोचना आरंभ करो, जो तुम अब तक करते रहे हो–कुछ अचेतन इच्छाओं को दोहराते रहना, कुछ ऐसा दोहराते जाना जो तुम्हें कभी आनंद नहीं देता, जो तुमको सदैव हताश करता है, उसके बारे में थोड़ा मनन करो। फिर भी तुम ऐसे जीते हो जैसे कि तुम्हें सम्मोहित कर दिया गया हो। वास्तव में योग यही कहता है कि हम एक गहरे सम्मोहन में जीते हैं। हमको किसी और ने सम्मोहित नहीं किया है, हम अपने स्वयं के मनों के द्वारा सम्मोहित कर लिए गए हैं, किंतु हम एक सम्मोहन में जीते हैं।

मैंने सुना है, एक शराबी लड़खड़ाता हुआ जैसे ही अपने घर पहुंचा, उसने अपनी ऐसी दशा को अपनी पत्नी से छिपाने के लिए अपना दिमाग दौड़ाया। अंततः उसे एक बढ़िया विचार सूझ गया,

वह जाएगा और एक पुस्तक उठा लेगा। 'आखिरकार' उसने सोचा 'कभी किसी पियक्कड़ को किसी ने पुस्तक पढ़ते सुना है?' अपनी योजना को मूर्तमान करते हुए वह अपने घर में चला गया, सीधा शयनकक्ष में पहुंचा और वहां जाकर बैठ गया। एक मिनट बाद उसकी पत्नी सीढ़ियों से धम-धम करती नीचे उतर कर आई और द्वार से ही उसे घूरने लगी। जो तुम इस समय कर रहे हो उस बारे में तुम्हारा क्या खयाल है? उसने पूछा। शराबी ने उत्तर दिया, बस पढ़ रहा हूं, प्रिये। तुम नशेबाज मूर्ख, तुम फिर से पीकर अंधे हो गए, उसकी पत्नी क्रोध से चिल्लाई। अब सूटकेस बंद करो और पलंग पर आकर लेटो।

जो कुछ भी तुम अपनी अचेतन अवस्था में कर रहे हो, चाहे वह जो कुछ भी हो, मैं बिना किसी शर्त के यह कह सकता हूं कि यह मूर्खतापूर्ण होने जा रहा है। कभी-कभी तुम्हें भी ऐसा ही लगता है, किंतु तुम बार-बार विषय को छोड़ देते हो। तुम लंबे समय तक इसको स्मरण नहीं रखते, क्योंकि इससे भी खतरा हो सकता है।

तुम एक स्त्री को प्रेम करते हो, यदि तुम सजग हो जाओ तो प्रेम खो भी सकता है, क्योंकि तुम्हारा प्रेम मात्र एक सम्मोहन भी हो सकता है–जैसा कि यह सामान्यतः होता है। तुम महत्वाकांक्षी हो, तुम राष्ट्रपति या प्रधानमंत्री हो पाने के लिए राजधानी पहुंचने का प्रयास कर रहे हो, अब तुम सजग होने से भयभीत हो जाओगे, क्योंकि यदि तुम सजग हो गए तो सारी बात मूढ़तापूर्ण दिखाई पड़ेगी, और तुमने इसके लिए अपना सारा जीवन दांव पर लगा दिया है।

अभी उसी दिन मैंने सीनेटर (अमरीकी सांसद) हम्फ्री की रोती हुई तस्वीर अखबार में देखी, क्योंकि वे अपने सारे जीवन अमरीका का राष्ट्रपति बनने का प्रयास करते रहे थे, और यह उनका अंतिम अवसर था, और अब कोई संभावना दिखाई भी नहीं पड़ती। इसलिए अपने प्रशंसकों के सामने खड़े होकर उन्होंने रोना आरंभ कर दिया। उनकी आंखों में आंसू आ गए और उन्होंने कहा, अब मैं वृद्ध हो गया हूं और यह मेरा आखिरी मौका मालूम पड़ता है; अब मैं पुनः राष्ट्रपति पद के लिए कभी खड़ा नहीं हो पाऊंगा। एक छोटे बच्चे की भांति रोते हुए...तुम्हारे राजनेता बस छोटे बच्चे हैं, जो एक-दूसरे के साथ खेलते और लड़ते रहते हैं।

यदि तुम सजग हो जाओ तो अपने प्रयासों की सारी मूढ़ता तुम्हें अचानक दिखाई पड़ सकती है। तुम ठहर सकते हो–और तुम्हारे भीतर कहीं गहरे में यह अनुभव सदा होता रहता है। तुम धन के पीछे दौड़ रहे हो...

एक बार ऐसा हुआ, एक बहुत धनवान व्यक्ति मुझे सुनने आया करता था। अचानक उसने आना बंद कर दिया। कई माह बाद उससे सुबह टहलते समय मेरी अचानक भेंट हो गई। मैंने उससे पूछा, कहां रह

गए थे आप? आप अचानक गायब हो गए? उसने कहा, ऐसा अचानक नहीं हुआ, लेकिन धीरे-धीरे मैं भयभीत हो गया। मैं आपको सुनने आऊंगा, लेकिन अभी वह समय नहीं है। मैं युवा हूं, और आपको सुनते हुए मैं धीरे-धीरे और-और कम महत्वाकांक्षी होने लगा, अभी यह खतरनाक होगा। पहले मुझे अपनी महत्वाकांक्षाओं को पूरा करना है। अपने बाद के वर्षों में जब मैं वृद्ध हो चुका होऊंगा, तब मैं ध्यान करुंगा, लेकिन अभी मेरे लिंए यह ध्यान करने का समय नहीं है। पहले मैं आपके पास कौतुहलवश आ गया था, लेकिन धीरे-धीरे मैं इसमें फंसने लगा। मैंने स्वयं को रोका। रुकना कठिन था, लेकिन मैं भी दृढ़ इच्छा शक्ति वाला व्यक्ति हूं।

तुम सजग नहीं हो सकते क्योंकि तुमने अपनी मूर्खता में, अपने अज्ञान में, अपनी मूर्च्छा में बहुत योगदान दिया हुआ है। इस निद्रा में, इस सुप्तावस्था में तुमने अपना जीवन और अनेक चीजें अर्पित कर रखी हैं। अब सजगता की पहली किरण आई और तुम अनुभव करोगे कि तुम्हारा सारा जीवन एक व्यर्थता रहा है। फिर भी तुम साहसी नहीं हो। इसीलिए लोग प्रभावों को बदलते चले जाते हैं, क्योंकि फिर वहां कोई खतरा नहीं है। और वे जड़ को कभी स्पर्श नहीं करते।

एक बार ऐसा हुआ, मैं मुल्ला नसरुद्दीन के साथ यात्रा कर रहा था। अचानक उसे पता लगा कि उसका टिकट खो गया है। उसने अपनी सारी जेबों में–कोट की, शर्ट की, पेंट की, सभी में देखा–लेकिन मैं उसको देख रहा था, वह अपनी एक जेब में नहीं देख रहा था। इसलिए मैंने उससे कहा : तुम प्रत्येक जेब में देख रहे हो–सूटकेस में, बैग में और सारे सामान में, लेकिन तुम इस जेब में क्यों नहीं देखते? उसने कहा : मैं डरा हुआ हूं, यदि टिकट वहां नहीं हुआ तो मैं मर जाऊंगा। मैं इसको इसीलिए छोड़ रहा हूं ताकि आशा बंधी रहे कि यदि टिकट कहीं और नहीं है तो कम से कम यह जेब तो बची हुई है, हो सकता है कि टिकट वहां हो? यदि मैं इसमें देख लूं और यह वहां न हुआ तो मैं मुर्दा होकर गिर जाऊंगा।

तुम जानते हो कि देखना कहां है लेकिन फिर भी तुम भयभीत हो। तब तुम इसे अन्य स्थानों पर, बस उलझे रहने के लिए, देखते रहते हो। तुम धन में, शक्ति में, प्रतिष्ठा में, इसमें और उसमें देखते चले जाते हो, किंतु कभी भीतर, कभी अपने आंतरिक अस्तित्व में नहीं देखते हो। तुम भयभीत हो, ऐसा लगता है कि यदि तुम वहां देखो और कुछ न मिला तो तुम मुर्दा होकर गिर पड़ोगे। लेकिन वे लोग जिन्होंने वहां देखा है सदैव पाया है। एक भी अपवाद अभी तक नहीं हुआ है कि वह जो भीतर गया है उसको खजाना नहीं मिला हो। यह सर्वाधिक सार्वभौम तथ्यों में से एक है। वैज्ञानिक तथ्य तक इतने सार्वभौमिक नहीं होते; यह तथ्य बिना अपवाद का है। जब कहीं, और जहां कहीं किसी देश में, किसी शताब्दी में किसी स्त्री या किसी पुरुष ने अपने भीतर झांक कर देखा है, उनको खजाना मिल गया है। किंतु व्यक्ति को भीतर देखना

पड़ता है, और इसके लिए बहुत साहस की आवश्यकता है। तुमने अपने से बाहर अपना संसार व्यवस्थित कर लिया है। तुम्हारा प्रेम, तुम्हारी शक्ति, तुम्हारा धन, तुम्हारा यश, तुम्हारा नाम, सभी कुछ तुमसे बाहर हैं। वह व्यक्ति जो भीतर जाना चाहता है उसको इन चीजों को छोड़ना पड़ेगा, अपनी आंखों को बंद करना पड़ेगा, और व्यक्ति अंत तक इन सभी से चिपकता है।

जीवन तुम्हें हताश करता चला जाता है, यह एक आशीष है। जीवन तुमको बार-बार हताश करता चला जाता है; जीवन कह रहा है, भीतर जाओ। सभी हताशाएं बस संकेत हैं कि तुम गलत दिशा में देख रहे हो। परितृप्ति केवल ठीक दिशा से ही संभव है। जीवन तुम्हें हताश करता है क्योंकि जीवन एक परम आशीष है। यदि तुम बाहर से संतुष्ट हो गए तो तुम सदा के लिए भटक जाओगे; फिर तुम कभी भीतर नहीं देखोगे। किंतु इन सभी हताशाओं के बावजूद तुम आशा लगाए चले जाते हो।

मैंने एक व्यक्ति के बारे में सुना है, तुमने अपनी पिछली नौकरी क्यों छोड़ दी? मेरे बॉस ने कहा कि मैं नौकरी से निकाल दिया गया हूं, लेकिन मैंने इस बात पर कोई ध्यान नहीं दिया। वे तो ऐसा सदा कहते रहते थे। इसलिए अगले दिन मैं आफिस चला गया और देखा कि मेरा सारा सामान आफिस से हटा दिया गया। फिर मैं अगले दिन गया, तो मेरी नाम पट्टिका दरवाजे से हट चुकी थी, और अगले दिन मैंने अपनी कुर्सी पर किसी और को बैठे देखा। यह बहुत अधिक है! मैनें अपने आप से कहा, इसलिए मैंने त्यागपत्र दे दिया।

किंतु तुम्हारे लिए यह भी बहुत अधिक नहीं है। प्रत्येक दिन तुमको इनकार किया जाता है, प्रत्येक दिन तुमको निकाला जाता है, हर दिन; हर पल तुम हताश होते हो। जो भी व्यवस्थाएं तुम बनाते हो हर क्षण नष्ट कर दी जाती हैं, तुम्हारा उद्देश्य चाहे जो भी हो, रद्द हो जाता है। तुम्हारी सभी आशाएं बस निराशाएं सिद्ध होती हैं, तुम्हारे सभी स्वप्न मिट्टी हो जाते हैं और मुंह में बहुत कड़वा स्वाद छोड़ जाते हैं। तुमको लगातार मितली अनुभव होती है, किंतु फिर भी तुम चिपकते चले जाते हो, शायद किसी दिन, कहीं से हो सकता कि तुम्हारे स्वप्न पूरे हो जाएं। तुम अपने प्रक्षेपणों के काल्पनिक संसार में इसी भांति झूलते रहते हो। जब तक कि तुम सजग न हो जाओ और अपनी आशाओं की निराशाओं को न देखो, जब तक तुम सभी आशाओं को न छोड़ दो, तुम भीतर नहीं मुड़ोगे, और तुम कारण को नष्ट कर पाने में सक्षम नहीं हो पाओगे।

'अतीत और भविष्य का अस्तित्व वर्तमान में है, किंतु वर्तमान में उनकी अनुभूति नहीं हो पाती है, क्योंकि वे विभिन्न तलों पर होते हैं।'

योग का विश्वास शाश्वतता में है, समय में नहीं। योग कहता है: सभी सदा हैं—अतीत अब भी है वर्तमान में छिपा है और भविष्य भी यहीं है वर्तमान में छिपा हुआ, क्योंकि अतीत बस मिट नहीं सकता

और भविष्य ना-कुछपन से बस प्रकट नहीं हो सकता। भूत, वर्तमान, भविष्य, तीनों अभी और यहीं हैं। हमारे लिए वे विभाजित हैं, क्योंकि हम समग्रता को नहीं देख सकते हैं। यथार्थ को देखने के लिए हमारी ज्ञानेंद्रियों, हमारी आंखों की क्षमताएं बहुत सीमित हैं। हम विभाजित करते हैं।

यदि हमारी चेतना शुद्ध है और इसमें कोई भी बादल नहीं है, तब हम शाश्वतता को जैसी यह है वैसी ही देख लेंगे। वहां कोई अतीत नहीं होगा और वहां कोई भविष्य नहीं होगा। वहां केवल यही क्षण होगा, शाश्वत रूप से यही क्षण।

एक महान झेन सदगुरु बोकोजू मर रहा था, और उसके शिष्य एकत्रित हो गए। मुख्य शिष्य ने पूछा, प्यारे सदगुरु आप हमें छोड़ कर जा रहे हैं, जब आप विदा हो चुकेंगे तो लोग हमसे पूछेंगे कि आपका संदेश क्या था। यद्यपि आप हमें सदैव और हमेशा सिखाते रहे हैं, आपने अनेक बातें सिखाई हैं और हम अज्ञानी लोग हैं, हम लोगों के लिए आपके संदेश को संक्षिप्त कर पाना कठिन होगा, इसलिए कृपया, इसके पूर्व कि आप विदा हों, अपनी देशना का परम सार बस एक वाक्य में कह दें। बोकोजू ने अपनी आंखें खोलीं और जोर से कहा : 'यही है यह!' अपनी आंखें बंद कीं और मर गया। अब उसके बाद शताब्दियों से लोग यही पूछते रहे हैं कि उसका अभिप्राय क्या था, यही है यह? उसने सभी कुछ कह दिया था।

यही...है...यह...

उसने सारा संदेश दे दिया था, यही क्षण ही सब कुछ है। यही क्षण सारा अतीत, सारा वर्तमान, सारा भविष्य, इसी क्षण में समाहित है। किंतु तुम इसको इसकी संपूर्णता में नहीं देख सकते, क्योंकि तुम्हारा मन, विचारों, स्वप्नों, निद्रा से, इतना धूमिल, इतना मेघाच्छादित है, इतने अधिक सम्मोहन, इच्छाएं, उद्देश्य हैं कि तुम नहीं देख पाते। तुम संपूर्ण नहीं हो, तुम्हारी दृष्टि संपूर्ण नहीं है। एक बार दृष्टि संपूर्ण हो जाए, पतंजलि कहते हैं, 'तो अतीत और भविष्य का अस्तित्व वर्तमान में है, किंतु वर्तमान में उनकी अनुभूति नहीं हो पाती है, क्योंकि वे विभिन्न तलों पर होते हैं।' अतीत एक भिन्न तल पर चला गया है। यह तुम्हारा अवचेतन बन गया है और तुम अपने अवचेतन में नहीं जा सकते, इसलिए तुम अपने अतीत को नहीं जान सकते। भविष्य का अस्तित्व एक अलग तल पर है, इसका अस्तित्व तुम्हारे पराचेतन में है। किंतु क्योंकि तुम अपने पराचेतन में नहीं जा सकते हो इसलिए तुम अपना भविष्य नहीं जान सकते। तुम अपनी छोटी सी, बहुत आंशिक चेतना में बंद हो। तुम एक हिमशैल के अग्रभाग की भांति हो, गहराई में बहुत कुछ छिपा है, तुम्हारे ठीक नीचे, और तुम्हारे ठीक ऊपर बहुत कुछ छिपा है। ठीक नीचे और ऊपर और सारी वास्तविकता तुम्हारे चारों ओर है, लेकिन तुम एक बहुत छोटी सी चेतना से आसक्त हो। इस चेतना को विराटतर और विशालतर बनाओ।

ध्यान यही सब कुछ तो है–तुम्हारी चेतना को किस भांति विराटतर बनाया जाए, तुम्हारी चेतना को किस प्रकार असीम बनाया जाए। तुम उतनी ही वास्तविकता को जान पाने में समर्थ हो पाओगे, उसी अनुपात में तुम वास्तविकता को जान लोगे जैसी चेतना तुम्हारे पास है। यदि तुम्हारे पास अनंत चेतना है, तो तुम असीम को जान लोगे। यदि तुम्हारे पास क्षणिक चेतना है, तो तुम क्षण को जानोगे। प्रत्येक बात तुम्हारी चेतना पर निर्भर है।

'वे व्यक्त हों या अव्यक्त, अतीत, वर्तमान और भविष्य सत, रज और तम गुणों की प्रकृति हैं।'

पहले भी हम तीन गुणों–सत्व अर्थात स्थायित्व, रजस अर्थात सक्रियता, और तमस अर्थात जड़त्व की चर्चा कर चुके हैं। अब पतंजलि अतीत, वर्तमान और भविष्य को इन तीन गुणों से जोड़ रहे हैं। पतंजलि के लिए जीवन और अस्तित्व की हरेक बात किसी भी प्रकार से इन तीन गुणों से, इन तीन गुणधर्मों से संयुक्त है। पतंजलि की त्रिमूर्ति यही है, प्रत्येक चीज में तीन चीजें निहित हैं। स्थायित्व; अतीत एक स्थायित्व है। यही कारण है कि तुम अपने अतीत को बदल नहीं सकते, यह करीब-करीब स्थायी बन चुका है। अब तुम इसको परिवर्तित नहीं कर सकते। इसको बदलने का कोई उपाय नहीं है। यह स्थायी हो चुका है। वर्तमान सक्रियता है, रजस। वर्तमान एक सतत प्रक्रिया, गतिशीलता है। वर्तमान सक्रियता है और भविष्य जड़ है। अभी भी यह बीज में है, गहरी निद्रा में। बीज में वृक्ष सोया हुआ है, जड़त्व में है।

भविष्य एक संभावना है, अतीत एक वास्तविकता है, और वर्तमान वास्तविकता की संभावना की ओर गतिशीलता है। अतीत वह है जो हो चुका है, भविष्य वह है जो होने जा रहा है, और वर्तमान दोनों के मध्य यात्रा-पथ है। वर्तमान भविष्य के अतीत बन जाने का, बीज के वृक्ष बन जाने का रास्ता है।

'किसी वस्तु का सार-तत्व, इन्हीं तीन गुणों के अनुपातों के अनूठेपन में निहित होता है।'

अब भौतिकविदों का कहना है कि इलेक्ट्रॉन, न्यूट्रॉन और प्रोटॉन मूल तत्व हैं, और प्रत्येक वस्तु इन्हीं से बनी है। प्रत्येक वस्तु इन्हीं तीन धनात्मक, उदासीन और ऋणात्मक कणों से बनी है। सत्व, रजस और तमस का ठीक यही अभिप्राय है: धनात्मक, उदासीन और ऋणात्मक और प्रत्येक वस्तु इन्हीं तीन से बनी है। बस अनुपातों में भेद है, अन्यथा ये ही वे मूलभूत तत्व हैं जिन से मिल कर सारा संसार बना है।

'भिन्न-भिन्न मनों के द्वारा एक ही वस्तु विभिन्न ढंगों से देखी जाती है'...किंतु भिन्न प्रकार का मन एक ही वस्तु को भिन्न ढंग से देखता है।

उदाहरण के लिए बगीचे में एक लकड़हारा आता है–वह पुष्पों को नहीं देखेगा, वह हरियाली की ओर नहीं देखेगा, वह लकड़ी की ओर–और इस लकड़ी से क्या बन सकता है, इसकी संभावना

की ओर–कौन सा वृक्ष सुंदर मेज बन सकता है, कौन सा वृक्ष द्वार बन सकता है–बस यही देख रहा होगा। उसके लिए वृक्षों का अस्तित्व फर्नीचर बनाने की सामग्री के रूप में है। संभावित फर्नीचर, यही है जिसे वह देखेगा। और यदि कोई चित्रकार वहां आता है, तो वह फर्नीचर के बारे में जरा भी नहीं सोचेगा। एक क्षण के लिए भी फर्नीचर उसकी चेतना में नहीं आएगा। वह चित्र के बारे में, इन रंगों को कैनवास पर लाने के बारे में, विचार करेगा। यदि कोई कवि आता है, तो वह चित्रकारी के बारे में नहीं सोचेगा, वह कुछ और सोचेगा। एक दर्शनशास्त्री आता है, तो और वह किसी अन्य के बारे में सोचेगा। यह मन पर निर्भर करता है। वस्तु सदैव मन के माध्यम से देखी जाती है: मन इसे रंग प्रदान करता है।

मैं तुमसे कुछ कहानियां कहता हूं:

एक आवारा आदमी किसी भद्र पुरुष से मिलने गया। मैं तुमसे एक प्रश्न पूछना चाहता हूं, उस व्यक्ति ने पूछा। क्या तुम शराब पीते हो? इसके पहले कि मैं उत्तर दूं, आवारा ने कहा, मैं जानना चाहता हूं कि यह पूछताछ है या निमंत्रण।

यह निर्भर करता है...उत्तर प्रश्न पर निर्भर करेगा। वह आवारा आदमी आश्वस्त होना चाह रहा है कि यह निमंत्रण है या पूछताछ। उसकी हां और न इस पर निर्भर करेगी कि यह प्रश्न क्या है। जब तुम किसी खास वस्तु को देखते हो तो तुम उसको वैसा नहीं देखते जैसी कि वह है।

इमैनुअल कांट ने लिखा है कि किसी वस्तु को जैसी कि वह है उस रूप में नहीं जाना जा सकता, और एक प्रकार से वह सही है। वह ठीक कहता है, क्योंकि जब कभी भी तुम किसी वस्तु को जानते हो, तुम्हारा मन, तुम्हारा पूर्वाग्रह, तुम्हारा लोभ, तुम्हारी अवधारणा, तुम्हारी संस्कृति ये सभी उस वस्तु को देख रहे हैं। किंतु इमैनुअल कांट आत्यंतिक रूप से सत्य नहीं है क्योंकि वस्तु को मन के बिना भी देखने का एक उपाय है। लेकिन उसको ध्यान के बारे में जरा भी पता नहीं था।

पाश्चात्य दर्शनशास्त्र और भारतीय दर्शन के मध्य यह अंतर है। पाश्चात्य दर्शनशास्त्र मन के द्वारा विचार किए चला जाता है और पूर्व का कुल प्रयास यही है कि मन को किस भांति गिरा दिया जाए और तब वस्तुओं को देखा जाए, क्योंकि तब वस्तुएं अपने स्वयं के आलोक में, अपने आंतरिक गुणों के साथ प्रकट हो जाती हैं। तब तुम उन पर कुछ भी आरोपित नहीं करते हो।

वह पूरे नगर का सर्वाधिक आलसी व्यक्ति था। दुर्भाग्यवश उसके साथ एक बुरी दुर्घटना हो गई, वह अपने घर में ही सोफे से नीचे गिर पड़ा। एक चिकित्सक ने उसकी जांच की और कहा, मुझे भय है कि मेरे पास आपके लिए एक बुरी खबर है, महोदय। अब आप पुनः कभी अपने हाथों से कोई काम नहीं कर पाएंगे। धन्यवाद, डाक्टर साहब, उस आलसी ने कहा, अब बताएं कि बुरी खबर क्या है?

एक आलसी व्यक्ति के लिए यह कोई बुरी खबर नहीं है कि अब वह जीवन भर कोई काम नहीं कर सकेगा। उसके लिए यह अच्छी खबर है, यह तुम्हारी व्याख्या पर निर्भर करता है। और सदैव स्मरण रखो कि सारी व्याख्या भ्रामक है, क्योंकि यह वास्तविकता का मिथ्याकरण कर देती है।

मनोचिकित्सक के कोच पर लेटा हुआ व्यक्ति मानसिक तनाव की अवस्था में था। मुझे यह भयानक दुख स्वप्न बार-बार आता रहता है, उसने मनोचिकित्सक से कहा। इस स्वप्न में मैं अपनी सास को एक नरभक्षी घड़ियाल को पट्टे से बांधे हुए अपना पीछा करते हुए देखता हूं। यह वास्तव में भयावह है। मुझे उसकी पीली आंखें, सूखी सिन्नेदार खाल, पीले सड़ते हुए और उस्तरे से तेज दांत दिखाई पड़ते हैं, और उसकी गंदी, भारी श्वास की बू आती है।

यह किस कदर गंदा लगता है, मनोचिकित्सक ने सहानुभूतिपूर्वक कहा।

यह तो कुछ भी नहीं है डाक्टर साहब, उस आदमी ने अपनी बात जारी रखते हुए कहा, जब तक मैं उस नरभक्षी के बारे में आपको पूरी बात न बता दूं जरा रुकिए फिर अपनी राय दीजिएगा।

तुम्हारा मन लगातार कुछ न कुछ आरोपित करता चला जाता है। वास्तविकता एक पर्दे की भांति कार्य करती है और तुम चलचित्र प्रक्षेपक की भांति कार्य करते रहते हो। वह व्यक्ति जो सीख रहा है कि सजग किस प्रकार से हुआ जाए, सीख लेगा कि अपने प्रक्षेपणों को किस भांति गिरा दिया जाए और तथ्यों को उसी प्रकार से देखा जाए जैसे कि वे हैं। अपने मन को बीच में मत लाओ, अन्यथा तुम कभी भी सच्चाई को जान पाने में समर्थ नहीं हो पाओगे। तुम अपनी व्याख्याओं के घेरे में बंद रहोगे।

'भिन्न-भिन्न मनों के द्वारा एक ही वस्तु विभिन्न ढंगों से देखी जाती है।'

'वस्तु एक मन पर ही निर्भर-नहीं है।'

लेकिन फिर भी पतंजलि वे ही बातें नहीं कह रहे हैं जो बिशप बर्कले ने कही हैं। बर्कले का कहना है कि वस्तुओं का ज्ञान पूरी तरह से मन पर निर्भर है। उसका कहना है कि जब आप कमरे से बाहर चले जाते हैं तो कमरे के भीतर की प्रत्येक वस्तु तिरोहित हो जाती है। यदि उनको देखने वाला कोई न हो तो वस्तुओं का अस्तित्व कैसे संभव है? और एक प्रकार से उसकी बात काट पाना कठिन है, क्योंकि वह कहता है, ज़ब आप कमरे में पुनः वापस लौटते हैं तो वस्तुएं प्रकट हो जाती हैं, जब आप बाहर निकल जाते हैं वे लुप्त हो जाती हैं; क्योंकि उनको अर्थ प्रदान करने के लिए एक मन की आवश्यकता होती है। बर्कले कह रहा है कि वस्तुएं और कुछ नहीं वरन व्याख्याएं हैं। इसलिए जब तुम बाहर जाते हो तो निःसंदेह तुम्हारी व्याख्याएं तुम्हारे साथ चली जाती हैं और कमरे में कुछ भी शेष नहीं रहता। यह सिद्ध करना बहुत कठिन है कि वह गलत है, क्योंकि यदि तुम सिद्ध करने के लिए

कमरे में लौट कर आते हो तो तुम वापस लौट आए हो, इसलिए वस्तुएं प्रकट हो गई हैं। लेकिन लोगों ने प्रयास किए हैं। एक व्यक्ति ने कुछ ऐसी वस्तुएं खोजने का प्रयास किया है जिनको मानने के लिए बिशप बर्कले को भी बाध्य होना पड़ेगा।

तुम एक रेलगाड़ी में बैठे हुए हो और रेलगाड़ी चल रही है और तुम इसके पहियों को नहीं देख रहे हो, लेकिन फिर भी वे हैं, क्योंकि रेलगाड़ी चल रही है। पहियों को कोई भी नहीं देख रहा है, किंतु तुम उनके होने से इनकार नहीं कर सकते, वरना तुम एक स्टेशन से दूसरे तक नहीं पहुंचोगे। और सारे यात्री रेलगाड़ी के भीतर हैं लेकिन पहियों को कोई भी नहीं देख रहा है, किंतु पहिए हैं। निःसंदेह वह भी वस्तुओं के बारे चिंतित था क्योंकि यदि सभी वस्तुएं खो जाएं तब वे पुनः वापस किस प्रकार से आएंगी? अंततः उसने यह तय किया कि उनका अस्तित्व ईश्वर के मन में है, इसलिए भले ही तुम वहां नहीं हो फिर भी ईश्वर तुम्हारे फर्नीचर को देख रहा है। यही कारण है कि वह बना रहता है; अन्यथा तो यह खो जाएगा।

एक ढंग से बर्कले का दर्शनशास्त्र बहुत तर्कयुक्त है। उसका भरोसा मन में है और वह पदार्थ में विश्वास नहीं करता है। वह कहता है कि पदार्थ का अस्तित्व उसी प्रकार से है जैसा कि तुम्हारे स्वप्नों में होता है। तुम अपने स्वप्न में एक महल देखते हो, वहां यह उतना ही असली होता है जैसी कि कोई भी अन्य वस्तु जो तुमने देख रखी है। फिर सुबह होने पर जब तुम अपनी आंखें खोलते हो तो यह चला जाता है। किंतु जब तुम पुनः स्वप्न देखते हो तो पुनः यह वहां होता है। वह एक पूर्ण मायावादी, भ्रम में पूरा विश्वास करने वाला है, कि यह संसार भ्रम है।

लेकिन पतंजलि बहुत वैज्ञानिक ढंग के व्यक्ति हैं। वे कहते हैं कि किसी वस्तु का अस्तित्व में होना तुम्हारी व्याख्या नहीं है, यद्यपि तुम उस वस्तु के बारे में जो कुछ भी सोचते हो वह तुम्हारी व्याख्या है। वस्तु का अपने आप में ही अस्तित्व है। जब बगीचे में कोई भी नहीं आता है–बढ़ई, लकड़हारा, चित्रकार, कवि, दर्शनशास्त्री; कोई भी बगीचे में नहीं आता है–फिर भी पुष्प खिलते हैं, किंतु बिना किसी व्याख्या के। कोई कहता नहीं कि वे सुंदर हैं–इसलिए वे सुंदर नहीं हैं, वे कुरूप नहीं हैं। कोई नहीं कहता कि वे लाल हैं या सफेद–इसलिए लाल या सफेद नहीं हैं, किंतु फिर भी वे हैं।

वस्तुओं का अस्तित्व उन्हीं में है, किंतु हम वस्तुओं को यर्थाथतः केवल तभी जान सकते हैं जब हमने अपने मनों को गिरा दिया हो। अन्यथा हमारे मन छल करते चले जाते हैं। हम उन वस्तुओं को देखते रहते हैं जिन्हें हम चाहते हैं। हम केवल वही देखते हैं जो हम देखना चाहते हैं। यह यहां प्रतिदिन हुआ करता है। मैं तुमसे बोलता हूं, तुम वही सुनते हो जो तुम सुनना चाहते हो। तुम उसे चुन लेते हो जो तुम्हारी सहायता करता है। इससे तुम्हारा अपना मन सबल हो जाता है। यदि मैं कुछ ऐसा कहता हूं जो तुम्हारे विरुद्ध जाता

है, तो इस बात की पूरी संभावना है कि तुम उसको नहीं सुनोगे। या यदि तुम इसको सुन भी लो तो तुम इसकी इस ढंग से व्याख्या कर लोगे कि यह तुम्हारे मन में कोई बेचैनी उत्पन्न न करे, कि यह आत्मसात हो जाए, कि तुम इसको अपने मन का एक हिस्सा बना लो, जो कुछ भी तुम सुनते हो उसे तुम्हारी व्याख्या बन जाना पड़ता है, क्योंकि तुम मन के माध्यम से सुनते हो।

पतंजलि कहते हैं: सम्यक श्रवण का अभिप्राय है मन के बिना सुना जाना; सम्यक दर्शन का अभिप्राय है मन के बिना देखा जाना–बस तुम सजग हो।

'वस्तु का ज्ञान या अज्ञान इस पर निर्भर होता है कि मन उसके रंग में रंगा है या नहीं।'

अब एक और बात, जब तुम किसी वस्तु को देखते हो तो तुम्हारा मन उस वस्तु को रंग देता है और वह वस्तु तुम्हारे मन को रंग देती है। इसी प्रकार से वस्तुएं ज्ञात या अज्ञात होती हैं। जब तुम एक फूल पर दृष्टिपात करते हो, तो तुम कहते हो, सुंदर। तुमने फूल पर कुछ आरोपित कर दिया है। फूल भी अपने आप को तुम्हारे मन में प्रक्षेपित कर रहा है, उसका रंग उसका रूप। तुम्हारा मन फूल के रंग और रूप के साथ लय में आ जाता है; तुम्हारा मन फूल के द्वारा रंग दिया जाता है। किसी वस्तु को जानने का यही एक मात्र उपाय है। यदि तुम फूल के द्वारा नहीं रंगे गए होते तो फूल वहां होता लेकिन तुमने उसको नहीं जाना होता।

क्या कभी तुमने गौर किया है?–तुम बाजार में हो और कोई कहता है, तुम्हारे घर में आग लग गई है। तुम दौड़ना आरंभ कर देते हो, तुम्हारे पास से होकर अनेक लोग गुजरते हैं। कोई व्यक्ति कहता है, अरे, आप कहां दौड़े जा रहे हैं? किंतु तुम नहीं सुनते। किसी और दिन, किसी और समय पर तुमने सुन लिया होता, किंतु इस समय तुम्हारे घर में आग लगी हुई है, तुम्हारा मन पूरी तरह से तुम्हारे घर की ओर लगा हुआ है, इस वक्त तुम्हारा अवधान यहां नहीं है। तुम यहां घटने वाली घटनाओं से अभिरंजित नहीं हो रहे हो। तुम एक सुंदर फूल के निकट से होकर गुजरते हो लेकिन इस समय तुम नहीं कहोगे सुंदर, तुम तो यह पहचान भी न सकोगे कि वहां कोई फूल भी है–असंभव।

मैंने एक व्यक्ति, एक बहुत बड़े दर्शनशास्त्री के बारे में सुना है, उनका नाम ईश्वर चंद्र विद्यासागर था। उनकी सेवाओं, उनकी विद्वत्ता, उनके ज्ञान के लिए भारत का गर्वनर जनरल उनको एक पुरस्कार देने जा रहा था। वे कलकत्ता में रहने वाले एक निर्धन बंगाली थे, और उनके वस्त्र ऐसे नहीं थे कि वे उन वस्त्रों को पहन कर उस समय जाएं जब वह पुरस्कार उनको दिया जा रहा हो। इसलिए उनके मित्र उनके पास आए और उन्होंने कहा, आप चिंता न करें, हम लोगों ने आपके लिए सुंदर वस्त्रों की व्यवस्था कर दी है। लेकिन वे विद्यासागर बोले, मैंने कभी इन वस्त्रों से अधिक कीमती वस्त्र नहीं पहने। बस एक पुरस्कार लेने के लिए क्या मैं अपने जीवन का सारा ढंग बदल लूं? किंतु मित्रों ने उनको समझा लिया और वे तैयार

हो गए। उसी शाम जब वे बाजार से घर लौट रहे थे, बस एक मुस्लिम सज्जन के पीछे चलते हुए आ रहे थे, जो बहुत शानदार ढंग से चल रहे थे–बहुत धीरे, प्रसादपूर्ण ढंग से–एक बहुत सुंदर व्यक्ति थे वे, और तभी एक नौकर उन मुस्लिम सज्जन के पास भागता हुआ आया और बोला, हुजूर, आपके घर में आग लग गई है, लेकिन उन मुस्लिम सज्जन ने उसी प्रकार चलना जारी रखा। नौकर ने कहा : आपने मेरी बात सुन ली या नहीं? आपके घर में आग लग गई है, हर चीज जल रही है! उन मुस्लिम सज्जन ने कहा : मैंने तुम्हारी बात सुन ली है, लेकिन बस, क्योंकि घर में आग लग गई है इसलिए मैं अपने चलने का ढंग नहीं बदल सकता। और यदि मैं दौड़ पड़ूं तो भी मकान को मैं नहीं बचा सकता, इसलिए चाल बदलने से भी क्या हो जाएगा?

ईश्वरचंद्र ने नौकर और मालिक के मध्य होने वाला यह वार्तालाप सुन लिया। उनको अपनी आंखों पर भरोसा न हुआ, वे अपने कानों पर विश्वास न कर सके कि ये सज्जन क्या कह रहे हैं? और फिर उनको स्मरण हो आया, मैं तो बस अपने वस्त्र बदलने ही वाला था, मात्र एक पुरस्कार प्राप्त करने की खातिर, मैं तो उधार मांगे हुए वस्त्र पहन कर जाने वाला था? उन्होने यह विचार त्याग दिया। अगले दिन वे अपने उन्हीं सामान्य वस्त्रों में पहुंच गए। गर्वनर जनरल ने पूछा, मित्रों ने पूछा, तब उन्होंने यह कहानी सुना दी।

अब इन मुसलमान सज्जन में एक विशेष सजगता है, एक ऐसी विशिष्ट सजगता जिसको किसी चीज के द्वारा धुंधला नहीं किया जा सकता, एक खास किस्म की जागृति जिसको आसानी से विचलित नहीं किया जा सकता। सामान्यतः प्रत्येक वस्तु तुम्हारे मन को रंग देती है और तुम प्रत्येक वस्तु को रंग देते हो। जब यह रंगा जाना रुक जाता है, यह उभयपक्षीय रंगना रुक जाता है, तभी वस्तुएं अपने सच्चे अस्तित्व में प्रकट होना आरंभ कर देती हैं। तब तुम वास्तविकता को उसी प्रकार से देख लेते हो जैसी कि वह है। तब तुम जान जाते हो : यही है यह। तब तुम उसको जान लेते हो जो है।

ये सूत्र मात्र संकेत देते हैं कि जब तक अ-मन की अवस्था उपलब्ध नहीं कर ली जाती अज्ञान को विनष्ट नहीं किया जा सकता है : जागरूकता अज्ञान के विरोध में है, जानकारी अज्ञान के विरोध में नहीं है। इसलिए तोते मत बन जाओ, मात्र याददाश्त पर ही भरोसा मत रखो। सूचनाओं से मन को मत भरो, देखने का प्रयास करो। वस्तुओं को जैसी वे हैं वैसी ही देखने का प्रयास करो। वेदों, उपनिषदों, कुरान, बाइबिल से सहायता नहीं मिल सकती। तुम महान ज्ञानवान, विद्वान बन सकते हो, किंतु कहीं गहरे में तुम बस मूर्ख ही बने रहोगे। और जब अज्ञान की सजावट जानकारी से हो जाती है तो व्यक्ति इससे आसक्त हो जाता है। व्यक्ति इसको नष्ट करना नहीं चाहता। वास्तव में अहंकार को अत्यधिक प्रसन्नता अनुभव होती है।

तुम्हें चुनाव करना पड़ेगा। यदि तुम अहंकार को चुनते हो, तो तुम अज्ञानी बने रहोगे। यदि तुम सजगता चाहते हो, तो तुम्हें अहंकार की उन चालबाजियों के प्रति जागरूक होना पड़ेगा जो वह तुम्हारे साथ खेलता है।

इसी सुबह, मनन करो कि तुम क्या जानते हो और तुम क्या नहीं जानते, और सरलता से संतुष्ट मत हो जाओ। तुम क्या जानते हो और क्या नहीं जानते, इसमें जितना हो सके उतनी गहराई तक उतर जाओ। यदि तुम यह निर्णय कर सको कि यह तुम जानते हो और यह नहीं जानते हो, तो तुमने एक बड़ा कदम उठा लिया है। और यह कदम, यह सर्वाधिक महत्वपूर्ण कदम है जो एक व्यक्ति कभी भी उठा सकता है, क्योंकि तभी तीर्थयात्रा, सत्यता की ओर की तीर्थयात्रा का आरंभ होता है। यदि तुम यह विश्वास करते चले जाओ कि तुम अनेक बातों को जानते हो और तुम उन्हें नहीं जानते, तब तुम स्वयं को धोखा दे रहे हो, तुम अपनी जानकारी से सम्मोहित रहोगे। तुम अपना सारा जीवन नशे में बरबाद कर दोगे। सामान्यतः लोग बस ऐसे जीते हैं जैसे कि वे गहरी निद्रा में हों, अपनी निद्रा में चल रहे हों, अपनी निद्रा में सारे कार्य कर रहे हों, सोमनैमबुलिस्ट, निद्राचारी हों।

गुरजिएफ आस्पेंस्की और अपने तीस शिष्यों को एक बहुत दूरस्थ स्थान पर ले गया। और उसने अपने तीसों शिष्यों से तीन माह तक पूर्णतः मौन रहने को कहा, उसने उनसे इतना मौन हो जाने को कहा कि वे नेत्रों या मुख-मुद्राओं द्वारा भी संवाद न करें। और तीस लोगों को एक छोटे से बंगले में इस भांति रहना था जैसे कि वहां तीस लोग नहीं थे, बल्कि प्रत्येक व्यक्ति अकेला ही रह रहा था। कुछ दिनों बाद कुछ लोग छोड़ कर भाग गए, क्योंकि यह नियम बहुत अधिक कठोर था, असंभव था इस भांति रह पाना। और गुरजिएफ अत्यधिक कठोरता से काम लिया करता था। यदि वह किसी को किसी अन्य व्यक्ति की ओर मुस्कुराते हुए देख लेता तो उसे तुरंत निकाल देता, क्योंकि उसने संवाद कर लिया था, मौन तोड़ दिया गया था। उसने कहा था : इस मकान में इस भांति रहो जैसे कि तुम अकेले हो। यहां पर उनतीस अन्य व्यक्ति हैं, किंतु तुम्हारा उनसे कोई सरोकार नहीं है–जैसे कि वे नहीं हैं। जब तीन माह का समय पूरा हुआ, तो मात्र तीन व्यक्ति बचे; सत्ताइस लोग छोड़ कर जा चुके थे। आस्पेंस्की उन तीन व्यक्तियों में से एक था। वे तीन लोग इतने मौन हो गए कि गुरजिएफ उनको बंगले से बाहर नगर में ले गया, उनको बाजार में घुमाया, और आस्पेंस्की अपनी डायरी में लिखता है, पहली बार मैं देख सका कि सारी मानव-जाति निद्रा में चल रही है। लोग अपनी निद्रा में बातचीत कर रहे हैं। दुकानदार सामान बेच रहे हैं, ग्राहक सामान खरीद रहे हैं, बड़ी भीड़ें इधर-उधर जा रही हैं, और उस क्षण में मैं देख सका कि प्रत्येक व्यक्ति गहरी निद्रा में है, कोई भी सजग नहीं है। उसने कहा, उस विक्षिप्त स्थान में हमें इतना असहज लगा कि हमने गुरजिएफ से हम लोगों को बंगले में वापस ले चलने के लिए कहा। किंतु वह बोला, वह बंगला तुमको

मनुष्यता की असलियत दिखाने के लिए मात्र एक प्रयोग था, तुम भी इसी प्रकार से जीते रहे हो। क्योंकि अब तुम मौन हो और तुम देख सकते हो कि लोग बस बेहोश, अचेतन हैं, वास्तव में जी नहीं रहे हैं, बस बिना जाने क्यों, बिना जाने किसलिए, चलते चले जा रहे हैं।

स्वयं का निरीक्षण करो, इस पर ध्यान करो, और देखो क्या तुम निद्रा में जी रहे हो? यदि तुम निद्रा में जी रहे हो, तो इससे बाहर निकलो।

ध्यान और कुछ नहीं बल्कि उस जरा सी चेतना को जो तुम्हारे पास है, एक साथ एकत्रित करने का प्रयास है, इसे एक साथ एकत्रित कर लेना, इसको संकेंद्रित करना, इसको और-और बढ़ाने, और अचेतनता को घटाने के लिए हर प्रकार के उपाय करने का प्रयास है। धीरे-धीरे चेतना ऊंची और ऊंची होती जाती है, कम से कम स्वप्न चलते हैं, तुमको कम से कम विचार आते हैं, और मौन के अधिक और अधिक अंतराल आते हैं। इन अंतरालों के माध्यम से दिव्यता के झरोखे खुल जाएंगे। एक दिन जब तुम वास्तव में समर्थ हो चुके होते हो और तुम यह कह सको कि मैं कुछ मिनट तक बिना किसी विचार या स्वप्न द्वारा मुझको विचलित किए बिना रह सकता हूं, तो पहली बार तुम जानोगे। उद्देश्य पूरा हो गया है।

गहन निद्रा से तुम गहन जागरूकता में आ चुके हो। जब गहन निद्रा और गहन जागरूकता का मिलन होता है, तो वर्तुल पूरा हो जाता है।

यही है समाधि। पतंजलि इसको कैवल्य, शुद्ध चेतना, एकांत कहते हैं; इतनी शुद्ध, इतनी एकाकी कि और किसी का अस्तित्व रहता ही नहीं। सिर्फ इस एकाकीपन में ही व्यक्ति आनंदित हो जाता है। केवल इस एकांत में ही व्यक्ति जान लेता है कि सत्य क्या है। सत्य तुम्हारा होना है। यह वहीं है लेकिन तुम सोए हुए हो।

जागो।

प्रवचन - 16

बिना तुम्हारे किसी निजी चुनाव के

प्रश्न-सार

* मैं आपके और रूडोल्फ स्टीनर के उपायों के बीच बंट गया हूं?

* प्रकृति के सान्निध्य में ठीक लगता है, लोगों के साथ नहीं, यह विभाजन क्यों?

* स्त्री के रूप में मेरे लिए संबोधि क्या है?

* क्या हम वास्तव में अपने जीवन में घटित होने वाली चीजों को चुनते हैं?

पहला प्रश्न : ओशो, मेरा लालन-पालन रूडोल्फ स्टीनर की शिक्षाओं के बीच हुआ है, किंतु अभी तक मैं उसके प्रति अपने मन के अवरोधों को नहीं तोड़ पाया हूं। यद्यपि मेरा विश्वास है कि पश्चिम को जो रास्ता उसने दिखाया, 'उचित ढंग से विचार करना सीखना अपने आपको माया से मुक्त करने की संभावना है।' उसका कहना है कि ऐसा करके और ध्यान करके हम अपने अहंकारों को खोने और अपने मैं को पाने में समर्थ हो जाते हैं। उसके लिए केंद्रीय व्यक्तित्व क्राइस्ट हैं, जिनको वह जीसस से पूर्णतः भिन्न व्यक्तित्व के रूप में अलग कर देता है। आपके उपाय मुझको अलग प्रतीत होते हैं। क्या आप कृपा करके मुझको सलाह दे सकते हैं? एक प्रकार से मैं तो आपके और उस उपाय के बीच जो स्टीनर दिखाता है, बंट गया हूं।

रूडोल्फ स्टीनर एक महान मनीषी था, लेकिन तुम ध्यान रखो, मैं कहता हूं, एक महान मनीषी, और मन को, जैसा यह है, धर्म से कुछ भी लेना-देना नहीं है। आत्यंतिक रूप से प्रतिभाशाली था वह। वास्तव में रूडोल्फ स्टीनर से तुलना किए जाने के लिए और कोई मनीषी मिल पाना अत्यंत दुर्लभ बात है। वह अनेक दिशाओं और आयामों में इतना प्रतिभावान था कि यह करीब-करीब अतिमानवीय प्रतीत होता है, महान तार्किक, विचारक, महान दर्शनशास्त्री, महान वास्तुविद, महान शिक्षाशास्त्री, और न जाने क्या-क्या। और जिस विषय को भी उसने छू दिया उस विषय में वह बहुत अनूठे विचार ले आया। जिस किसी ओर भी उसने दृष्टिपात किया, उसने विचारों के नये प्रारूप निर्मित कर दिए। वह एक महान व्यक्ति, श्रेष्ठ मन था, लेकिन मन अक्षम हो या सक्षम, चाहे वह जैसा भी हो उसका धर्म से जरा भी लेना-देना नहीं है।

धर्म का उदय अ-मन से होता है। धर्म कोई प्रतिभा नहीं है, यह तुम्हारा स्वभाव है। यदि तुम एक महान चित्रकार बनना चाहते हो, तब तुमको प्रतिभाशाली होना पड़ेगा; यदि तुम एक महान कवि बनना चाहते हो, तब तुमको प्रतिभावान होना पड़ेगा; यदि तुम एक वैज्ञानिक बनना चाहते हो तो निःसंदेह तुमको प्रतिभाशाली होना पड़ेगा, किंतु यदि तुम धार्मिक होना चाहते हो, तो किसी विशेष प्रतिभा की आवश्यकता नहीं है। कोई भी व्यक्ति, चाहे छोटा हो या बड़ा, जो भी मन को गिरा देने की अभीप्सा रखता है, दिव्यता के आयाम में प्रविष्ट हो जाता है। और निःसंदेह महान प्रतिभाशाली मन के लोगों के लिए अपने मनों को गिरा देना बहुत कठिन है, क्योंकि उन्होंने मन में अपना बहुत कुछ लगा रखा है। एक सामान्य व्यक्ति के लिए जिसके पास कोई प्रतिभा नहीं है अपने मन को गिरा देना बहुत सरल है। फिर भी यह कितना कठिन प्रतीत होता है। उसके पास खोने के लिए कुछ भी नहीं है, फिर भी वह मन से चिपके चला जाता है। जब तुम्हारे पास एक प्रतिभाशाली मन हो, जब तुम मेधावी हो, तब निःसंदेह यह कठिनाई बहुगुणित हो जाती है। तब तुम्हारा सारा अहंकार तुम्हारे मन में ही निवेशित हो गया है। तुम उसे गिरा नहीं सकते।

रूडोल्फ स्टीनर ने थियोसॉफी के विरोध में एन्थ्रोपोसॉफी नाम से एक नये आंदोलन की आधारशिला रखी। आरंभ में वह थियोसॉफिस्ट था, फिर आंदोलन में सम्मिलित अन्य अहंकारों से उसके अहंकार ने संघर्ष करना आरंभ कर दिया। वह उसका शीर्षस्थ अधिकारी, संसार भर के थियोसॉफिस्ट आंदोलन का सर्वोच्च, वैश्विक अध्यक्ष बनना चाहता था। यह संभव न था, वहां बहुत से अन्य अहंकार भी थे। और सबसे बड़ी समस्या जे. कृष्णमूर्ति–जो अहंकार तो जरा भी नहीं थे–की ओर से आ रही थी। और निःसंदेह थियोसॉफिस्ट लोग कृष्णमूर्ति की ओर उन्मुख होने के बारे में और-और सोच रहे थे। धीरे-धीरे वे मसीहा बनते जा रहे थे। इसी बात ने रूडोल्फ स्टीनर के मन में चिंता उत्पन्न कर दी। उसने आंदोलन से नाता तोड़ लिया। थियोसॉफी आंदोलन की पूरी जर्मन शाखा उसके साथ ही अलग हो गई। वास्तव में वह अत्यंत प्रभावशाली वक्ता, एक प्रभावशाली लेखक था, उसने लोगों को अपनी बात मानने के लिए राजी कर लिया। उसने थियोसॉफी को बहुत बुरी तरह से नष्ट कर दिया, उसने इसे विभाजित कर दिया। और इसके बाद से थियोसॉफी आंदोलन कभी संपूर्ण और समग्र नहीं हो सका।

रूडोल्फ स्टीनर के पास पश्चिमी मन के लिए एक आकर्षण है, और यही खतरा है–क्योंकि पश्चिमी मन मूलतः तर्क उन्मुख है, तर्क रखना, विचार करना, व्यवस्थित अध्ययन करना। वह इसी के बारे में बात करता है, और वह कहता है, 'पश्चिमी मन के लिए यही ढंग है।' नहीं, पूर्वीय हो या पाश्चात्य, मन तो मन है, और अ-मन है इसे गिराने का उपाय। यदि तुम पूर्वीय हो, तो तुमको पूर्वीय मन को गिराना पड़ेगा।

यदि तुम पाश्चात्य हो, तो तुम्हें पश्चिमी मन को गिराना पड़ेगा। ध्यान में गति करने के लिए मन को जैसा वह है उसी रूप में गिरा देना पड़ता है। यदि तुम ईसाई हो, तो तुम्हें ईसाई मन गिराना पड़ेगा। यदि तुम हिंदू हो, तो तुम को हिंदू मन को गिराना पड़ेगा। ध्यान को ईसाई, हिंदू, पूर्वीय, पाश्चात्य, भारतीय या जर्मन, इन सभी से कोई सरोकार नहीं है।

मन क्या है? समाज के द्वारा तुम्हें दी गई संस्कारिता का नाम मन है। यह उस मौलिक मन के ऊपर अध्यारोपण है, जिसको हम अ-मन कहते हैं। बस जरा भी संशयग्रस्त मत होओ, पूरा मन, चाहे यह जैसा भी है, को गिरा देना पड़ता है। दिव्यता के तुम्हारे भीतर प्रवेश करने के लिए रास्ता पूरी तरह खाली होना चाहिए। विचार करना ध्यान नहीं है। यहां तक कि सम्यक विचार भी ध्यान नहीं है। उचित हो या अनुचित विचार करने को गिरा देना पड़ता है। जब तुम्हारे भीतर कोई विचार न हो, विचार-प्रक्रिया की कोई धुंध तुम्हारे भीतर न हो, तब अहंकार मिट जाता है। और स्मरण रखो, जब अहंकार मिट जाता है, तो मैं भी नहीं मिलता। प्रश्नकर्त्ता ने कहा, कि रूडोल्फ स्टीनर कहता है, 'जब अहंकार मिट जाता है तो 'मैं' मिलता है।' नहीं, जब अहंकार खो जाता है तो मैं नहीं मिलता। कुछ भी नहीं मिलता। हां, बिलकुल ठीक; कुछ नहीं...मिलता है।

अभी उस रात्रि को मैं महान झेन मास्टर तो-सान की एक कथा सुना रहा था। वह रिक्त हो गया, वह संबुद्ध हो गया–वह अनस्तित्व, जिसको बौद्ध अनत्ता, अ-मन कहते हैं, वही हो गया। यह खबर देवताओं तक पहुंच गई कि कोई व्यक्ति पुनः संबुद्ध हो गया है। और, निःसंदेह जब कोई व्यक्ति संबुद्ध हो जाता है, तो देवतागण उसका चेहरा, चेहरे का सौंदर्य, मौलिकता का सौंदर्य, उसका कुंवारापन देखना चाहते हैं। देवतागण नीचे उतर कर उस आश्रम में आए जिसमें तो-सान रहता था। उन्होंने यहां देखा और वहां देखा, और उन लोगों ने कोशिश की, और वे उसके भीतर एक ओर से प्रविष्ट होते और दूसरी ओर से बाहर निकल जाते, और तो-सान के भीतर उनको कोई न मिलता। बहुत हताश हो गए थे वे सभी। वे चेहरा, मौलिक चेहरा देखना चाहते थे, और वहां भीतर कोई नहीं था। उन्होंने अनेक उपाय करकेदेखे। और फिर एक बहुत चालाक, चतुर देवता ने कहा, एक काम करो–वह आश्रम के चौके में दौड़ कर गया, वह एक मुट्ठी चावल और गेहूं लेकर आया। तो-सान अपनी सुबह की सैर करके वापस लौट रहा था, और उस देवता ने ये अनाज उसके रास्ते में बिखेर दिए।

झेन आश्रम में प्रत्येक वस्तु का आत्यंतिक सम्मान किया जाता है, चावल और गेहूं, पत्थर तक, प्रत्येक वस्तु का सम्मान किया जाता है। व्यक्ति को सतत सावधान और जागरूक रहना पड़ता है। झेन आश्रम में तुम अनाज का एक दाना भी यहां-वहां पड़ा हुआ नहीं देख सकते हो, तुमको सम्मानपूर्ण होना पड़ता है। और याद रहे, इस सम्मान का गांधी के अर्थशास्त्र से कोई संबंध नहीं है। यहां

कोई अर्थशास्त्र का प्रश्न नहीं है, क्योंकि गांधीवादी अर्थशास्त्र तर्कयुक्त कंजूसी के सिवाय और कुछ भी नहीं। क्योंकि इस झेन दृष्टिकोण का कंजूसी से कुछ भी लेना-देना नहीं है। यह प्रत्येक वस्तु के प्रति सम्मान, आत्यंतिक सम्मान है। अनाज को इस भांति फेंक देना, असम्मानजनक था यह। यह वही मूल विचार था जिसे उपनिषद में ऋषियों ने कहा था, 'अन्नम् ब्रह्म'–भोजन परमात्मा है–क्योंकि भोजन तुमको जीवन देता है, भोजन तुम्हारी ऊर्जा है। परमात्मा तुम्हारे शरीर में भोजन के माध्यम से आता है, तुम्हारा रक्त, तुम्हारी अस्थियां बन जाता है। इसलिए परमात्मा को परमात्मा की तरह समझना चाहिए। जब इन देवताओं ने उस रास्ते पर गेहूं और चावल के दाने बिखेर दिए, जहां से तो-सान आने वाला था, तो यह देख कर वह विश्वास न कर सका, 'यह किसने किया है? कौन इतना लापरवाह हो गया है?' उसने मन में एक विचार उठा, और कथा यह है कि तभी एक क्षण के लिए देवतागण उसका चेहरा देख सके, क्योंकि उस एक क्षण के लिए एक बहुत सूक्ष्म ढंग से 'मैं' उठ खड़ा हुआ था, 'यह किसने किया है? कुछ गलत हो गया है।'

और जब कभी तुम यह निर्णय लेते हो–क्या उचित है और क्या अनुचित, उस समय तुम वहां उपस्थित होते हो। उचित और अनुचित के मध्य अहंकार का अस्तित्व होता है। एक विचार और दूसरे विचार के मध्य अहंकार का अस्तित्व होता है। प्रत्येक विचार अपना स्वयं का अहं लेकर आता है। एक पल के लिए तो-सान की चेतना में एक बादल उठ गया–'यह किसने किया है?'– एक तनाव। प्रत्येक विचार एक तनाव है। यहां तक कि बहुत सामान्य, बहुत मासूम दीखने वाले विचार भी तनाव हैं।

तुम देखते हो–उपवन सुंदर है, सूर्योदय हो रहा है और पक्षी चहचहा रहे हैं, और एक विचार उठता है, 'कितना सुंदर!' यह भी, यह भी एक तनाव है। इसीलिए यदि तुम्हारे साथ कोई चल रहा है, तो तुरंत तुम उससे कहोगे, 'देखो कितनी खूबसूरत सुबह है!' तुम क्या कर रहे हो? तुम बस उस तनाव को निकाल रहे हो जो उस विचार के माध्यम से आ गया है। सुंदर सुबह...एक विचार आ गया, इसने तुम्हारे चारों ओर एक तनाव निर्मित कर दिया है। अब तुम्हारा अस्तित्व तनावरहित नहीं रहा। इस तनाव को निकालना पड़ेगा, इसलिए तुमने दूसरे व्यक्ति से कह दिया। अर्थहीन है यह कहना, क्योंकि वह भी वहीं खड़ा है जहां तुम खड़े हो। वह भी पक्षियों के गीतों को सुन रहा है, वह भी सूर्य को उदित होते हुए देख रहा है, वह भी पुष्पों को देख रहा है, इसलिए इस प्रकार की बात कहने में कि 'यह सुंदर है' क्या सार है? क्या वह अंधा है? किंतु वह बात नहीं है। तुम उस तक कोई संदेश पहुंचा नहीं रहे हो। संदेश उसके लिए भी उतना ही स्पष्ट है जितना कि तुम्हारे लिए। वास्तव में तुम अपने आपको उस तनाव से मुक्त कर रहे हो इस बात को कह कर। वह विचार वातावरण में विसर्जित हो गया, तुम एक बोझ से निर्भार हो गए।

तो-सान के मन में एक विचार उठा, एक बादल संघनित हो गया, और उस बादल के माध्यम से देवतागण उसका चेहरा देख पाने में समर्थ हो सके, बस एक झलक। पुनः वह बादल मिट गया, पुनः वहां कोई तो-सान न रहा।

स्मरण रखो, ध्यान बस यही कुछ है : तुमको इस परिपूर्णता से विनष्ट कर देना कि यदि देवतागण भी आएं तो वे तुमको खोज न सकें, उनको तुम मिल न सको। तुमने स्वयं भी देखा होगा कि जब ऐसी परिस्थितियां उत्पन्न होती हैं कि देवता भी तुमको नहीं पा सकते, तब भीतर मिलने के लिए कोई नहीं होता। वह 'कुछ होने की मनो-दशा' तनाव का एक ढंग है। इसीलिए वे लोग जो सोचते हैं कि वे कुछ हैं अधिक तनावग्रस्त रहते हैं। वे लोग जो सोचते हैं कि वे ना-कुछ हैं, कम तनावग्रस्त रहते हैं। वे लोग जो पूरी तरह से भूल चुके हैं कि वे हैं, तनाव-शून्य हैं। इसलिए स्मरण रखो, जब अहंकार खो जाता है, तब मैं नहीं मिलता। जब अहंकार खो जाता है, तो मिलता कुछ भी नहीं है। वह ना-कुछपन, वह कुछ न होने की शुद्धता तुम्हारा अस्तित्व, तुम्हारा अंतर्तम केंद्र, तुम्हारा परम स्वभाव, तुम्हारा बुद्ध-स्वभाव, तुम्हारी जागरूकता है–ऐसे विराट आकाश की भांति जिसमें कोई भी बादल नहीं तैर रहा है।

अब प्रश्न को दुबारा सुनो।

'मेरा लालन-पालन रूडोल्फ स्टीनर की शिक्षाओं के बीच हुआ है।'

हां, वे शिक्षाएं हैं। और मैं यहां जो कर रहा हूं वह तुम्हें कुछ शिक्षा देना नहीं है, बल्कि इसके विपरीत मैं तुमसे सारी शिक्षाएं छीने ले रहा हूं। मैं कोई शिक्षक नहीं हूं। मैं तुम पर कोई जानकारी आरोपित नहीं कर रहा हूं। मेरा सारा प्रयास तो उसे नष्ट करने का है जिसे तुम सोचते हो कि तुम जानते हो। मेरा सारा प्रयास तुमसे सारी जानकारी छीन लेने का है। मैं यहां तुम्हारी अनसीखा होने में सहायता करने के लिए हूं।

'मेरा लालन-पालन रूडोल्फ स्टीनर की शिक्षाओं के बीच हुआ है, किंतु अभी तक मैं उसके प्रति अपने मन के अवरोधों को तोड़ नहीं पाया हूं।'

कोई भी उस व्यक्ति के प्रति अपने अवरोधों को तोड़ पाने में समर्थ नहीं हो पाता जो स्वयं ही अहंकार उन्मुख हो। ऐसे व्यक्ति के प्रति अपने मन के अवरोधों को तोड़ पाना कठिन है जो मिट चुका है। फिर भी अपने अवरोध तोड़ पाना कितना कठिन है, क्योंकि तुम्हारा अहंकार प्रतिरोध करता है। किंतु जब तुम किसी ऐसे शिक्षक के आस-पास हो जिसकी स्वयं की अहंकार-यात्रा अभी तक चल रही है, अभी तक जो, जो अभी तक कुछ होने के प्रयास में संलग्न है, जो अभी भी तनावग्रस्त है, तो तुम्हारा अहंकार गिर पाना असंभव है।

'यद्यपि मेरा विश्वास है कि पश्चिम को जो रास्ता उसने दिखाया, उचित ढंग से विचार करना सीखना अपने आपको माया से मुक्त करने की संभावना है।'

नहीं, पूरब के लिए या पश्चिम के लिए उपाय यही है: किस भांति विचार करने को अनसीखा किया जाए; किस भांति विचार न किया जाए–बस हुआ जाए। और पूरब के बजाय पश्चिम को इसकी अधिक आवश्यकता है, क्योंकि अरस्तू के बाद की दो सहस्त्राब्दियों से पश्चिम में तुम्हारी सीख सोचने, सोचने और सोचने की ही रही है। सोचना ही लक्ष्य रहा है। पश्चिम में विचारक मन लक्ष्य रहा है; किस प्रकार से अपनी विचार-प्रक्रिया में और अधिक ठीक और वैज्ञानिक हुआ जाए। विज्ञान का पूरा का पूरा संसार इसी प्रयास से उठ कर खड़ा हुआ है, क्योंकि जब तुम एक वैज्ञानिक के रूप में कार्य कर रहे हो तो तुमको सोचना पड़ता है। वस्तुगत संसार में तुमको कार्य करना पड़ता है और तुमको विचार करने के और उचित, ठीक और प्रमाणिक उपायों की खोज करनी पड़ती है। और इसने अत्यधिक लाभांवित किया है। विज्ञान एक बड़ी सफलता बन चुका है। इसलिए निःसंदेह लोग सोचते हैं कि जब तुम भीतर जाते हो तब वही विधि-विज्ञान सहायक होगा। रूडोल्फ स्टीनर की भ्रांति यही है।

वह सोचता है कि जिस प्रकार से हम पदार्थ के भीतर प्रवेश करने में सफल हो चुके हैं, वही उपाय भीतर प्रवेश जाने में सहायता करेगा। यह उपाय सहायता नहीं कर सकता, क्योंकि भीतर जाने के लिए व्यक्ति को विपरीत दिशा, ठीक उलटी दिशा में जाना पड़ता है। यदि विचार करना पदार्थ को जानने में सहायता करता है, तो निर्विचार रहना तुम्हारी स्वयं को जानने में सहायता करेगा। यदि तर्क पदार्थ को जानने में सहायता करता है, तो झेन कोऑन जैसा कुछ, कुछ असंगत, अतर्क्य तुमको अंदर जाने में सहायता करेगा; भीतर जाने के लिए, विश्वास, श्रद्धा, प्रेम तो कम पड़ सकते हैं, किंतु तर्क कभी काम न आएगा। संसार को बेहतर ढंग से जानने में जिस किसी साधन से तुमको सहायता मिली है, वह भीतर की ओर जाने में अवरोध होने जा रहा है। और यही बाहर के संसार के बारे में भी सत्य है; जो कुछ भी तुमको अपने आपको जानने में सहायता करता है, वह पदार्थ को जान लेने में अनिवार्यतः तुम्हारी सहायता नहीं करेगा। यही कारण है कि पूरब विज्ञान को विकसित नहीं कर सका।

विज्ञान की पहली झलकियां पूरब में ही आई थीं, परंतु पूरब इसे विकसित नहीं कर सका। उस दिशा में पूरब गया ही नहीं। प्रारंभिक मूलभूत जानकारी पूरब में विकसित हुई थी।

उदाहरण के लिए, गणितीय प्रतीक, एक से दस तक के अंक भारत में विकसित हुए। उन्होंने गणित को संभव बनाया। यह एक महान खोज थी, किंतु यह वहीं रुक गई। आरंभ तो हो गया,

लेकिन पूरब उस दिशा में बहुत दूर नहीं जा सका। उसके कारण विश्व की सभी भाषाओं में अंक गणितीय संख्याओं के नाम का मूल संस्कृत से आया है।

उदाहरण के लिए, संस्कृत में दो, द्व है, यह ट्वा बन गया, और तब टू। तीन संस्कृत में त्रि है, यह थ्री बन गया। छह संस्कृत का षष्ठ है, यह सिक्स बन गया। सात संस्कृत में सप्त है, यह सेवेन बन गया। आठ संस्कृत का अष्ठ है, यह एट बन गया। नौ संस्कृत का नव है, यह नाइन बन गया। मूलभूत खोज भारतीय है, किंतु फिर यह वहीं ठहर गई।

चीन में उन्होंने पहली बार, करीब-करीब पांच हजार वर्ष पूरब ही बारूद का विकास कर लिया था, लेकिन उन्होंने इससे कभी कोई बम नहीं बनाए। उन्होंने केवल आतिशबाजियां बनाईं। उन्होंने इसका आनंद उठाया, उन्होंने इसको प्रेम किया, वे इसके साथ खेले, लेकिन उनके लिए यह एक खिलौना ही था। उन्होंने इसके द्वारा कभी किसी की हत्या नहीं की। वे इसके साथ बहुत दूर तक नहीं गए।

पूरब ने अनेक आधारभूत वस्तुएं खोज लीं, लेकिन वह इनके भीतर गहरा नहीं उतरा। यह वस्तुओं के भीतर गहराई तक जा भी नहीं सकता, क्योंकि पूरब का सारा प्रयास भीतर जाने का है। विज्ञान पाश्चात्य प्रयास है, धर्म पूर्वीय प्रयास है। पश्चिम में धर्म तक वैज्ञानिक होने का प्रयास करता है, यही तो है जो रूडोल्फ स्टीनर कर रहा था; धार्मिक ढंग को और-और वैज्ञानिक बनाने का प्रयास, क्योंकि पश्चिम में विज्ञान ही मूल्यवान है। यदि तुम सिद्ध कर सको कि धर्म भी वैज्ञानिक है, तब धर्म भी एक दूसरे रास्ते से, अप्रत्यक्ष रूप से मूल्यवान हो जाता है। इसलिए पश्चिम में प्रत्येक धार्मिक व्यक्ति यह सिद्ध करने का प्रयास करता रहता है कि विज्ञान ही एकमात्र विज्ञान नहीं है, धर्म भी एक विज्ञान है। पूरब में हमने इसकी जरा भी चिंता नहीं ली है। बल्कि यहां तो दूसरे ढंग का प्रयास किया गया है, यदि कोई वैज्ञानिक खोज हुई तो जिन लोगों ने इसे खोजा उनको यह सिद्ध करना पड़ा कि इसका कोई धार्मिक महत्व है। अन्यथा यह अर्थहीन था।

'उसका कहना है कि ऐसा करके और ध्यान करके हम अपने अहंकार को खोने और अपने 'मैं' को पाने में समर्थ हो जाते हैं।'

रूडोल्फ स्टीनर को नहीं ज्ञात है कि ध्यान क्या है, और जिसको वह ध्यान कहता है वह एकाग्रता है। वह पूर्णतः संशयग्रस्त है: वह एकाग्रता को ध्यान कहता है। एकाग्रता ध्यान नहीं है। एकाग्रता तो वैज्ञानिक विचारणा के लिए एक अत्यधिक उपयोगी माध्यम है। यह मन को एकाग्र करना, मन को संकुचित करना, मन को किसी विशेष वस्तु पर केंद्रित करना है। किंतु मन रहता है, और संकेंद्रित हो जाता है, और समग्र हो जाता है।

ध्यान किसी पर एकाग्रता करना नहीं है। वास्तव में यह विश्रांत हो जाना है, संकुचित होना नहीं है।

एकाग्रता में एक लक्ष्य होता है। ध्यान में कोई भी लक्ष्य नहीं होता जिस पर हमें ध्यान लगाना है। तुम बस एक लक्ष्य-मुक्त चैतन्य में, चेतना के विस्तार में खो जाते हो। एकाग्रता में किसी एक पर ही सारा अवधान रहता है और दूसरी सभी वस्तुओं से सरोकार नहीं रहता। यह केवल एक वस्तु को अपने अवधान में सम्मिलित करती है, यह प्रत्येक अन्य वस्तु को बहिष्कृत कर देती है।

उदाहरण के लिए, यदि तुम मुझे सुन रहे हो, तो तुम मुझको दो उपायों से सुन सकते हो : तुम एकाग्रता के द्वारा सुन सकते हो; तब तुम तनाव में होओगे, और तुम जो मैं कह रहा हूं उस पर केंद्रित रहोगे। फिर पक्षी गा रहे होंगे, किंतु तुम उनको नहीं सुनोगे। तुम सोचोगे कि यह एक व्यवधान है।

एकाग्रता के लिए किए जाने वाले तुम्हारे प्रयास से ही व्यवधान का जन्म होता है। व्यवधान एकाग्रता का सह-उत्पाद है। तुम मुझको ध्यानपूर्ण ढंग से भी सुन सकते हो; तब तुम मात्र खुले हुए हो–उपलब्ध–तुम मुझे सुनते हो और तुम पक्षियों को भी सुनते हो, और वृक्षों से होकर हवा बहती है, और एक ध्वनि निर्मित करती है; उसे भी तुम सुनते हो–तब यहां पर पूरी तरह से उपस्थित हो। फिर जो कुछ भी यहां पर घटित हो रहा है उसके लिए तुम बिना अपने किसी निजी मन के हस्तक्षेप के, बिना तुम्हारे किसी निजी चुनाव के तुम उपलब्ध रहते हो। तुम यह नहीं कहते कि मैं केवल इसी को सुनूंगा और मैं उसको नहीं सुनूंगा। नहीं, तुम सारे अस्तित्व को सुनते हो। फिर पक्षी और मैं और हवा तीन भिन्न वस्तुएं नहीं हैं। वे अलग-अलग नहीं हैं। वे उसी क्षण में साथ-साथ, एक संग घटित हो रहे हैं। निःसंदेह तब तुम्हारी समझ आत्यंतिक रूप से समृद्ध हो जाएगी, क्योंकि पक्षी भी अपने ढंग से उसी बात को कह रहे हैं, हवा भी उसी संदेश को अपने ढंग से संवाहित कर रही है, और मैं भी उसी बात को भाषा के रूप में कह रहा हूं, जिससे कि तुम इसको और अधिक समझ सको। अन्यथा संदेश तो वही है। माध्यम भिन्न होते हैं किंतु संदेश एक ही है, क्योंकि परमात्मा ही संदेश है।

जब कोई कोयल दीवानगी से भर उठती है, तो यह परमात्मा ही दीवाना हो रहा है। इनकार मत करो, उसको अस्वीकार मत करो, ऐसा करके तुम परमात्मा को बाहर कर रहे होगे। किसी वस्तु को निष्कासित मत करो, सभी को समाहित कर लो।

चेतना का संकुचित हो जाना एकाग्रता है, ध्यान है चेतना का विस्तीर्ण हो जाना; सभी द्वार खुले हैं, सारी खिड़कियां खुली हैं, और तुम कोई चुनाव नहीं कर रहे हो। निःसंदेह जब तुम चुनाव नहीं करते तब तुम्हें कोई व्यवधान भी नहीं पड़ता। ध्यान का सौंदर्य यही है : ध्यान करने वाले के लिए कुछ भी व्यवधान नहीं बन सकता। और इसी को कसौटी बन जाने दो। यदि तुम्हें व्यवधान होता है तो जान लो कि तुम एकाग्रता का अभ्यास कर रहे हो, ध्यान नहीं। कोई कुत्ता भौंकना आरंभ कर देता है–ध्यान करने वाले को बाधा नहीं पड़ती। वह इसे भी स्वीकार कर लेता है, वह इसका भी मजा लेता है। तब वह कहता

है, देखो...तो परमात्मा कुत्ते के माध्यम से भौंक रहा है। बिलकुल ठीक। मेरे ध्यान करते समय भौंकने के लिए आपका धन्यवाद। इस तरह आप अनेक उपायों से मेरा ध्यान रखते हैं, लेकिन कोई तनाव नहीं उठता। वह यह नहीं कहता, यह कुत्ता मेरा विरोधी है। वह मेरी एकाग्रता भंग करने का प्रयास कर रहा है। मैं इतना धार्मिक, गंभीर व्यक्ति हूं, और यह बेवकूफ कुत्ता...यह यहां कर क्या रहा है? फिर शत्रुता उठ खड़ी होती है, क्रोध जाग जाता है। और तुम सोचते हो कि यह ध्यान है? नहीं, किसी कीमत का भी नहीं है यह, यदि तुम एक कुत्ते पर, बेचारे कुत्ते पर क्रोधित हो उठते हो, जो कि केवल अपना स्वयं का काम कर रहा है। वह तुम्हारी एकाग्रता या तुम्हारे ध्यान या किसी भी चीज को नष्ट नहीं कर रहा है। वह तुम्हारे धर्म के बारे में, तुम्हारे बारे में, जरा भी चिंतित नहीं है। हो सकता है कि उसे पता भी न हो कि तुम क्या मूर्खता कर रहे हो। ¯ह तो बस अपने जीवन का अपने ढंग से मजा ले रहा है। नहीं, वह तुम्हारा शत्रु नहीं है।

जरा निरीक्षण करना...घर में यदि एक व्यक्ति धार्मिक हो जाता है, तो सारा घर मुसीबत में पड़ जाता है, क्योंकि वह व्यक्ति लगातार विचलित होने की सीमा रेखा पर रहता है। वह प्रार्थना कर रहा है; कोई जरा भी आवाज न करे। वह ध्यान कर रहा है; बच्चों को खामोश रहना चाहिए, कोई भी खेलेगा नहीं। तुम अस्तित्व पर अनावश्यक शर्तें थोप रहे हो। और तब यदि तुम विचलित हो जाते हो और तुमको व्यवधान अनुभव होता है, तो केवल तुम ही उत्तरदायी हो। केवल तुम पर ही आरोप लगाया जाना चाहिए, किसी और पर नहीं।

जिसे रूडोल्फ स्टीनर ध्यान कहता है वह एकाग्रता के अतिरिक्त और कुछ भी नहीं है। और एकाग्रता के द्वारा तुम अहंकार खो सकते हो और तुमको 'मैं' मिल जाएगा और यह 'मैं' एक बहुत सूक्ष्म अहंकार के सिवाय और कुछ भी नहीं होगा। तुम एक पवित्र अहंकारी बन जाओगे, तुम्हारा अहंकार धर्म की भाषा से अलंकृत हो जाएगा, किंतु यह वहीं होगा।

'उसके लिए केंद्रीय व्यक्तित्व क्राइस्ट हैं, जिनको वह जीसस से पूर्णतः भिन्न व्यक्तित्व के रूप में अलग कर देता है।'

अब ध्यान करने वाले के लिए केंद्रीय व्यक्तित्व कोई हो ही नहीं सकता, उसकी कोई आवश्यकता नहीं है। किंतु जो एकाग्रता करता है उसे एकाग्र होने के लिए किसी की आवश्यकता पड़ती है। रूडोल्फ स्टीनर कहता है कि क्राइस्ट केंद्रीय व्यक्तित्व हैं। बुद्ध क्यों नहीं हैं? पतंजलि क्यों नहीं है? महावीर क्यों नहीं हैं? क्राइस्ट क्यों? बौद्धों के लिए बुद्ध केंद्रीय व्यक्तित्व हैं, क्राइस्ट नहीं। उन सभी को एकाग्रता साधने के लिए, कोई ऐसी वस्तु जिस पर वे अपने मन को केंद्रित कर सकें, कुछ चाहिए। धार्मिक व्यक्ति के लिए कोई केंद्रीय व्यक्तित्व नहीं होता। यदि तुम्हारा स्वयं का केंद्रीय अहंकार खो

चुका है या खो रहा है, तो तुम्हें इसको सहारा देने के बाहर किसी अन्य अहंकार की जरा भी आवश्यकता नहीं है। वह क्राइस्ट या वह बुद्ध, पुनः कहीं और का एक अहंकार है। तुम एक मैं-तू की ध्रुवीयता निर्मित कर रहे हो। तुम कहते हो, क्राइस्ट, आप मेरे मालिक हैं, किंतु यह कहेगा कौन? यह कहने के लिए एक 'मैं' की आवश्यकता है। देखो, झेन बौद्धों की सुनो। वे कहते हैं, यदि रास्ते में तुम्हारा बुद्ध से मिलना हो जाए, तो तुरंत उनको मार डालो। यदि रास्ते में तुम्हारा बुद्ध से मिलना हो जाए तो, तुरंत उनको मार डालो, अन्यथा वे तुमको मार डालेंगे। उनको एक मौका भी मत दो, अन्यथा वे तुम पर हावी हो जाएंगे, और वे केंद्रीय व्यक्तित्व बन जाएंगे। उनके चारों ओर पुनः तुम्हारा मन उठ खड़ा होगा। तुम एक बौद्ध का मन बन जाओगे। तुम एक ईसाई का मन हो जाओगे। एक विशेष प्रकार के मन के लिए एक विशेष केंद्रीय व्यक्तित्व की आवश्यकता पड़ती है।

और वह निःसंदेह जीसस की तुलना में क्राइस्ट के पक्ष में अधिक है। इसको भी समझ लेना पड़ेगा। पवित्र अहंकार ऐसे ही तो उठ खड़ा होता है। जीसस ठीक हम लोगों की भांति हैं : एक इनसान जिसके पास शरीर है, सामान्य जीवन है, नितांत मानवीय हैं जीसस। एक बहुत बड़े अहंकारी के लिए अब इससे काम नहीं चलेगा। उसको एक अत्यधिक परिशोधित व्यक्तित्व की आवश्यकता है। क्राइस्ट, परिशोधित जीसस के सिवाय कुछ और नहीं हैं। यह बस ऐसा ही है कि तुम दूध का दही जमा लो, फिर इससे मक्खन निकाल लो, और फिर उस मक्खन से घी निकाल लो। वह घी दूध का शुद्धतम अवयव, सर्वाधिक आवश्यक तत्व है। अब तुम घी से और कुछ नहीं बना सकते। घी अंतिम परिशोधन है। सफेद पेट्रोल की तरह : मिट्टी के तेल से पेट्रोल; पेट्रोल से सफेद पेट्रोल। अब और नहीं, परिशोधन का अंत हो गया। क्राइस्ट तो बस परिशोधित जीसस हैं। रूडोल्फ स्टीनर के लिए जीसस को स्वीकार कर पाना कठिन है, और सभी अहंकारियों के लिए यह कठिन है। वे कई उपायों से अस्वीकृत करने का प्रयास करते हैं।

उदाहरण के लिए, ईसाई कहते हैं, उनका जन्म एक कुंवारी मां से हुआ। मूलभूत समस्या यह है कि ईसाई लोग यह स्वीकार नहीं कर सकते कि जीसस का जन्म हम सामान्य इनसानों की भांति हुआ था। फिर वे भी सामान्य दिखाई पड़ेंगे। उनको विशिष्ट होना पड़ेगा, और हमें विशेष गुरु का शिष्य होना चाहिए। बुद्ध की भांति नहीं, जिनका जन्म आम मानवीय प्रेम संबंध से, सामान्य मानवीय काम-संभोग से हुआ है, नहीं—जीसस विशिष्ट हैं। विशिष्ट लोगों को विशिष्ट पैगंबर की जरूरत होती है, जो कुंआरी मां से जन्मा हो! और वे ईश्वर के एकमात्र पुत्र हैं, एकमात्र, क्योंकि यदि और पुत्र हों तो वे विशिष्ट नहीं रह पाएंगे। वे एक मात्र मसीहा हैं, एकमात्र जिनको ईश्वर ने इस कार्य हेतु स्वयं सत्तारूढ़ किया है। सभी दूसरे, अधिक से अधिक संदेशवाहक हो सकते हैं, लेकिन उस तल और उस स्तर के नहीं हो सकते जो

क्राइस्ट का है। ईसाइयों ने इस बात को अपने ढंग से कह दिया है, किंतु मैं चाहूंगा कि क्राइस्ट से अधिक तुम जीसस को समझो—क्योंकि जीसस को समझना और अधिक आनंददायी रहेगा, उनको समझना और अधिक शांतिदायी रहेगा, और इस पथ पर अत्यधिक सहायक होगा। क्योंकि तुम जीसस होने की स्थिति में हो, क्राइस्ट होना बस एक स्वप्न है।

पहले तुमको जीसस होने से गुजरना पड़ेगा, और केवल तब किसी दिन तुम्हारे भीतर क्राइस्ट जाग जाएगा। क्राइस्ट तो अस्तित्व की मात्र एक अवस्था है, जैसे कि बुद्ध अस्तित्व की मात्र एक अवस्था हैं। गौतम बुद्ध बन गए, जीसस क्राइस्ट बन गए। तुम भी क्राइस्ट बन सकते हो, लेकिन ठीक इस समय क्राइस्ट बहुत दूर है। तुम उसके बारे में विचार कर सकते हो, और इसके बारे में दर्शनशास्त्रों और धर्म-विज्ञानों का निर्माण कर सकते हो, लेकिन इससे कोई सहायता नहीं मिलने जा रही है। ठीक अभी जीसस को समझ लेना बेहतर है, क्योंकि यही वह अवस्था है जहां तुम हो। यही वह बिंदु है जहां से यात्रा को आरंभ किया जाना है। जीसस से प्रेम करो, क्योंकि जीसस को प्रेम करने के माध्यम से तुम अपनी इनसानियत को प्रेम करोगे। जीसस को, और विरोधाभास को समझने का प्रयास करो, और उस विरोधाभास के माध्यम से तुम स्वयं को कम दोषी अनुभव करने में समर्थ हो सकोगे। जीसस के प्रति अपनी समझ के माध्यम से तुम स्वयं को और अधिक प्रेम कर पाओगे।

अब ईसाई लोग जीसस के जीवन के विरोधाभास को, क्राइस्ट की अवधारणा के द्वारा किसी भांति छिपाने का प्रयास करते रहते हैं। उदाहरण के लिए ऐसे क्षण भी हैं जब जीसस क्रोध में हैं, अब यह एक समस्या है, क्या किया जाए? इस तथ्य को छिपाना बेहद कठिन है, क्योंकि अनेक बार वे क्रोधित होते हैं, यह उनकी शिक्षाओं के विरोध में जाता है। वे लगातार प्रेम के बारे में बात करते रहते हैं, और स्वयं ही क्रोधित हैं। और वे अपने शत्रुओं को क्षमा करने की बात करते हैं—न केवल यह, बल्कि अपने शत्रुओं को प्रेम करने की बात करते हैं—लेकिन वे स्वयं अपने क्रोध में कोड़े बरसाते हैं। जेरुसलम के मंदिर में उन्होंने कोड़ा उठा लिया और सूदखोरों को पीटना आरंभ कर दिया, और अकेले ही उनको मंदिर के बाहर धकेल दिया। वह तो अवश्य ही वास्तविक रोष में, आक्रोश में, लगभग विक्षिप्त अवस्था में होंगे। अब यह घटना...इसको किस भांति समझाया जाए? इसकी व्याख्या करने के लिए ईसाइयों ने जो उपाय खोजा है—और रूडोल्फ स्टीनर ने अपनी विचारधारा का आधार इसी बात पर रखा है—वह है क्राइस्ट को निर्मित करना, जिसको पूरी तरह समझाया जा सकता है। जीसस के बारे में सब कुछ भूल जाओ, क्राइस्ट की एक शुद्ध अवधारणा प्रस्तुत करो। उस क्षण के लिए तुम कह सकते हो, 'जब वे क्रोध में थे, उस समय वे जीसस थे।' और जब क्रास पर, सूली चढ़ाए जाते समय उन्होंने कहा, 'हे प्रभु, मेरे पिता, इन लोगों को क्षमा कर दे, क्योंकि वे नहीं जानते कि वे क्या कर रहे

हैं।' उस समय वे क्राइस्ट थे। अब इस विरोधाभास की व्याख्या की जा सकती है। जब वे किसी स्त्री के साथ जा रहे हैं, तब वे जीसस हैं; जब उन्होंने मेरी मेग्दलीन से कहा कि वह उनको न छुए, तब वे जीसस थे। इन दो अवधारणाओं ने घटनाओं को समझाने में सहायता की–किंतु ऐसा करके तुम जीसस का सौंदर्य नष्ट कर देते हो, क्योंकि उनका सारा सौंदर्य इसी विरोधाभास में है।

उन्हें संबंधित करने की कोई आवश्यकता नहीं है, क्योंकि जीसस के अस्तित्व की गहराई में वे अंतर-संबंधित हैं। वास्तव में वे इसीलिए क्रोधित हो पाए, क्योंकि उन्होंने अत्यधिक प्रेम किया था। उन्होंने इतने आत्यंतिक रूप से प्रेम किया था, इसलिए वे क्रोधित हो पाए। उनका क्रोध घृणा का भाग नहीं था, यह उनके प्रेम का एक अंग था। क्या कभी तुमने प्रेम से जन्मे क्रोध को नहीं देखा है? तब समस्या कहां है? तुम अपने बच्चे को प्रेम करते हो; कभी तुम बच्चे को थप्पड़ मार देते हो, तुम बच्चे को पीट देते हो, कभी तो तुम करीब-करीब क्रोध के पागलपन में हो जाते हो, लेकिन यह सब प्रेम के कारण होता है। ऐसा इसलिए नहीं होता क्योंकि तुम घृणा करते हो। वे इतना अधिक प्रेम करते थे–जीसस के बारे में मेरी समझ यही है–कि वे इतना प्रेम करते थे कि वे क्रोध में सभी कुछ भूल गए और वे क्रोधित हो उठे। उनका प्रेम बहुत अधिक था। वे मात्र एक मुर्दा संत नहीं थे, वे एक जीवित व्यक्ति थे, और उनका प्रेम मात्र दर्शनशास्त्र नहीं था, यह एक वास्तविकता था। जब प्रेम वास्तविकता होता है तो कभी-कभी प्रेम क्रोध भी बन जाता है।

वे उतने ही मनुष्य थे जितने कि तुम हो। हां, वे वहीं समाप्त नहीं हो गए। वे एक मनुष्य से कुछ और अधिक भी थे, लेकिन प्राथमिक और आधारभूत रूप से वे मनुष्य, मनुष्य से अधिक थे। ईसाई लोग यह सिद्ध करने का प्रयास करते रहे हैं कि वे अति मानव थे और उनकी मानवता मात्र एक आकस्मिक घटना थी, एक अनिवार्य बुराई थी, क्योंकि उनको शरीर धारण करना पड़ा था। यही कारण था कि वे क्रोधित हुए थे। अन्यथा वे तो मात्र एक शुद्धता थे। लेकिन मेरे अनुसार ऐसी शुद्धता मुर्दा होगी।

यदि शुद्धता वास्तविक और प्रमाणिक है, तो यह अशुद्धता से भय नहीं खाती है। यदि प्रेम सच्चा हो तो यह क्रोध से भयभीत नहीं होता; यदि प्रेम असली हो, इसे लड़ने-झगड़ने से जरा भी भय नहीं होता। इससे यह प्रदर्शित होता है कि लड़ाई-झगड़ा भी इसे नष्ट नहीं कर सकता, यह जीवित रहेगा। ऐसे भी संत हुए हैं जिन्होने मानवता को प्रेम करने की बातें की हैं, लेकिन वे एक मनुष्य तक को प्रेम न कर सके। मानवता को प्रेम करना बहुत सरल है। इस बात को सदैव स्मरण रखो, यदि तुम प्रेम नहीं कर सकते हो तो तुम मानवता को प्रेम करने लगते हो। यह बहुत सरल है, क्योंकि मानवता से तुम्हारी कभी भेंट तक नहीं होती, और मानवता तुम्हारे लिए कोई झंझट भी नहीं खड़ी करने वाली है। केवल

एक ही मनुष्य बहुत सी, और भी बहुत सी झंझटें खड़ी कर देगा। और तुम्हें बहुत ही अच्छा लग सकता है कि तुम मानवता को प्रेम करते हो। तुम किसी व्यक्ति को कैसे प्रेम कर सकते है? तुम तो मानवता को प्रेम करते हो। तुम तो विराट हो, तुम्हारा प्रेम महान है। लेकिन मैं तुमसे कहूंगा: किसी मनुष्य से प्रेम करो; मानवता को प्रेम करने के लिए यही आधारभूत तैयारी है। यह कठिन होने वाला है, और यह एक बड़ी झंझट, एक लगातार चलने वाली झंझट और चुनौती होने जा रहा है। यदि तुम इसके पार जा सको, और तुम कठिनाइयों के कारण प्रेम को नष्ट न करो, और तुम अपने प्रेम को सशक्त बनाते चले जाओ, जिससे कि यह सभी–संभव, असंभव कठिनाइयों का सामना कर सके– तभी तुम समग्र हो पाओगे। क्राइस्ट ने मनुष्य को प्रेम किया था, और बहुत अधिक प्रेम किया था, और उनका प्रेम इतना विराट था कि यह मनुष्यों का अतिक्रमण कर गया और समूची मानवता के प्रति प्रेम बन गया। फिर इस प्रेम ने मानवता का भी अतिक्रमण कर लिया, यह अस्तित्व के प्रति प्रेम बन गया। यह प्रभु के प्रति प्रेम है।

'आपके उपाय मुझको अलग प्रतीत होते हैं।'

मेरे उपाय न केवल अलग हैं, बल्कि नितांत विपरीत हैं। पहली बात तो यह है कि यह उपाय तो जरा भी नहीं है। यह कोई पथ नहीं है; या यदि तुमको पथ शब्द से लगाव है तो इसे पथ-विहीन-पथ, द्वार-विहीन-द्वार कह सकते हो। किंतु यह पथ नहीं है, क्योंकि किसी पथ या रास्ते की आवश्यकता तभी पड़ती है जब तुम्हारी वास्तविकता तुमसे बहुत अधिक दूर हो। तब इससे रास्ते के माध्यम से जुड़ना पड़ता है। लेकिन मेरा पूरा जोर इसी बात पर है कि तुम्हारी वास्तविकता तुम्हें ठीक अभी, यहीं उपलब्ध है। यह तो बस तुम्हारे भीतर है। इस तक पहुंचने के लिए पथ की आवश्यकता नहीं है। वास्तव में यदि तुम सारे रास्तों को छोड़ दो, तब अचानक तुम स्वयं को लक्ष्य पर खड़ा हुआ पाओगे। तुम जितने अधिक रास्तों पर चलते हो, उतना ही तुम स्वयं से दूर हो जाते हो। रास्ते भटकाते हैं, दिग्भ्रमित करते हैं, क्योंकि तुम पहले से ही वह हो जिसको तुम खोज रहे हो। इसलिए रास्तों की आवश्यकता नहीं है, किंतु तुम्हारा प्रशिक्षण इसी भांति सोचने के लिए हुआ है, तब मैं कहूंगा कि मेरा उपाय नितांत विपरीत है। स्टीनर कहता है, उचित ढंग से विचार करना, और मैं कहता हूं, उचित हो या अनुचित, विचार करते रहना ही गलत है। विचार करना गलत है; निर्विचार होना सही है।

'क्या आप कृपा करके मुझको सलाह दे सकते हैं? एक प्रकार से मैं तो आपके और उस उपाय के बीच जो स्टीनर दिखाता है, बंट गया हूं।'

नहीं, तुमको कुछ दिनों के लिए तनाव की अवस्था में रहना पड़ेगा। मैं कोई सलाह नहीं दूंगा और कोई सहायता भी नहीं करूंगा। क्योंकि यदि मैं सलाह देता हूं और मैं तुम्हारी सहायता करता हूं तो तुम मेरी

ओर आ सकते हो और मेरी ओर झुक सकते हो; लेकिन यह अपरिपक्वता हो सकती है। इसके पहले कि तुम मेरे पास आ सको तुमको स्टीनर से जम कर संघर्ष करना पड़ेगा, और वह स्टीनर निश्चित रूप से तुमको कड़ी टक्कर देगा। तुमको वह इतनी आसानी से छोड़ने वाला नहीं है। और मैं तुम्हारी कोई सहायता नहीं करने वाला हूं, ताकि तुम अपने आप से आ सको। केवल तभी तुम मेरे पास तक आते हो, जब तुम अपने आप से आते हो। जब कोई फल पक जाता है तो यह स्वतः ही गिर पड़ता है। नहीं, मैं इस फल पर जरा सी कंकड़ी तक नहीं मारूंगा, क्योंकि हो सकता है कि फल न पका हो और कंकड़ी इसे नीचे गिरा दे...और इस तरह अधपके फल का नीचे गिर जाना यह एक आपदा बन जाएगा। तुम अपने मन की बंटी हुई अवस्था में बने रहोगे।

तुमको निर्णय लेना पड़ेगा, क्योंकि कोई भी लंबे समय तक मन की बंटी हुई अवस्था में नहीं रह सकता। एक बिंदु ऐसा आता है जब व्यक्ति को निर्णय लेना पड़ता है। और यदि मैं तुम्हारी सहायता करता हूं तो यह रूडोल्फ स्टीनर के प्रति न्याय नहीं होगा। उसका देहावसान हो चुका है, वह मेरे साथ संघर्ष नहीं कर सकता। उसकी तुलना में मेरे लिए तुमको अपनी ओर खींचना अधिक सरल है। इसलिए उसके प्रति भी न्याय करने के लिए यही बेहतर है कि मैं इसे तुम पर छोड़ दूं। तुम तो बस उससे संघर्ष करते रहो। या तुम मुझको छोड़ दोगे...वह भी एक उपलब्धि होगी, क्योंकि फिर तुम रूडोल्फ स्टीनर का और समग्रता से अनुगमन कर पाओगे।

लेकिन मैं नहीं सोचता कि यह अभी संभव है...मेरे संक्रमण का विष तुम्हारे भीतर प्रविष्ट हो चुका है। अब यह बस कुछ समय की बात रह गई है।

दूसरा प्रश्न : जब मैं पौधों, नदियों, पर्वतों, पशुओं, पक्षियों और आकाश के सान्निध्य में होता हूं, तो मुझको ठीक लगता है। किंतु जब मैं लोगों के मध्य आ जाता हूं, तो मुझको ऐसा लगता है, जैसे कि मैं किसी पागलखाने में आ गया हूं। यह विभाजन क्यों है?

जब तुम वृक्षों के, आकाश के, नदी के, चट्टानों के, फूलों के साथ होते हो और तुमको ठीक लगता है, तो तुमसे इसका जरा भी लेना-देना नहीं है। इसका संबंध वृक्षों से, नदियों से और चट्टानों से है। यह ठीकपन उनके मौन से आता है। जब तुम मनुष्यों के निकट आते हो, तब तुम्हें पागलपन लगने लगता है, जैसे कि तुम पागलखाने में आ गए हो। क्योंकि लोग तो दर्पण हैं, वे तुमको प्रतिबिंबित करते हैं। तब तो तुमको ही पागल होना चाहिए, इसीलिए जब तुम लोगों के साथ होते हो उस समय तुमको लगता है जैसे कि तुम किसी पागलखाने में हो। मुझको ऐसा अनुभव कभी नहीं हुआ। यहां तक कि तुम जैसे पागल लोगों के साथ भी मुझे ऐसा अनुभव कभी नहीं हुआ।

यह उन मूलभूत समस्याओं में से एक है जिसका सामना धर्म का प्रत्येक खोजी करता है।

जब तुम अकेले होते हो तो सभी कुछ ठीक-ठाक लगता है, क्योंकि वहां पर शांति भंग करने के लिए कोई नहीं होता। कोई तुम्हें विचलित होने का अवसर प्रदान नहीं करता। सभी कुछ शांत है, इसलिए तुम भी एक विशेष शांति अनुभव करते हो, लेकिन यह मौन प्राकृतिक है। इसमें आध्यात्मिकता जरा भी नहीं है। यह प्रकृति का मौन है। यदि तुम हिमालय पर, हिमालय के शिखरों की शीतलता और उनके सन्नाटे में चले जाओ, तो तुमको शांति अनुभव होगी। लेकिन इसका श्रेय हिमालय को जाता है, तुमको नहीं। जब तुम वापस लौटोगे तो तुम उसी व्यक्ति की भांति लौट कर आओगे जो गया था। तुम अपने भीतर हिमालय को नहीं ला पाओगे। इसीलिए अनेक लोग वहां गए, और यह सोच कर गए कि अब यदि वे संसार में वापस चले जाते हैं तो जो कुछ उन्होंने अर्जित किया है उसको वे खो देंगे, वे सदा के लिए वहीं रह गए। उनको कुछ भी उपलब्ध नहीं हुआ है। क्योंकि एक बार तुम इसे अर्जित कर लो, तो यह खो नहीं सकती; और संसार इसी की परीक्षा है। इसलिए जब कोई मनुष्य नहीं होता, और तब तुमको अच्छा लगता है, यह बस इतनी सी बात प्रदर्शित करता है कि लोगों के बीच तुम्हारा भीतरी पागलपन सक्रिय हो जाता है। इसलिए पलायनवादी मत बनो, और समाज को, लोगों को, भीड़ को दोषी मत ठहराओ। ऐसा मत कहो कि यह पागलखाना है। बल्कि यह सोचना आरंभ करो कि अवश्य ही तुम विक्षिप्तता की मनोवृत्तियां अपने भीतर लिए घूम रहे हो, जो जब तुम लोगों से संबंधित होते हो तो प्रकट हो जाती हैं।

एक सड़क पर दो मनोवैज्ञानिक मिल गए। एक ने कहा : 'हैलो।' दूसरे ने कहा : 'मैं हैरान हूं कि इस बात से उसका क्या आशय है?'

बस एक जरा सी बात कि कोई हैलो कर रहा है और समस्या उठ खड़ी होती है... 'मैं हैरान हूं कि इस बात से उसका क्या आशय है?'

रोगी ने डाक्टर को बताया कि उसको अपनी आंखों के सामने धब्बे दिखाई पड़ते रहते हैं। डाक्टर ने उसे चितकबरी त्वचा वाली महिलाओं के साथ घूमना-फिरना बंद करने के लिए कहा। जब वह बाहर जाने लगा तो डाक्टर ने उसे जीभ बाहर निकाले हुए जाने को कहा। ऐसा किसलिए? रोगी ने पूछा। क्योंकि मैं अपनी बाहर बैठी हुई नर्स से घृणा करता हूं, डाक्टर ने कहा।

रोगी और डाक्टर दोनों एक ही नाव में सवार हैं।

निःसंदेह जब तुम लोगों के बीच आते हो जब तुम अपने जैसे लोगों के बीच आते हो, तो अचानक तुम्हारे भीतर कुछ प्रतिसंवेदित होने लगता है। वे विक्षिप्त हैं, तुम भी विक्षिप्त हो–जिस क्षण तुम उनके निकट आते हो ऊर्जा का एक सूक्ष्म संवाद घटित होने लगता है। तुम्हारी विक्षिप्तता उनकी विक्षिप्तता को

बाहर ले आती है, उनकी विक्षिप्तता तुम्हारी विक्षिप्तता को बाहर लाती है। यदि तुम अकेले रहते हो, तब तुम प्रसन्न रहते हो।

मुल्ला नसरुद्दीन मुझसे कह रहा था, मैं और मेरी पत्नी पच्चीस वर्षों तक बहुत प्रसन्नतापूर्वक जीए। मैंने पूछा, फिर क्या हो गया? उसने कहा : फिर हमारी मुलाकात हो गई, तब से जरा भी प्रसन्नता नहीं है। यहां तक कि दो प्रसन्न व्यक्ति मिलते हैं और तुरंत अप्रसन्नता शुरू हो जाती है। तुम अपने भीतर अप्रसन्नता के सूक्ष्म बीज लिए घूम रहे हो। ठीक मौका मिला और वे अंकुरित हो जाते हैं। और निःसंदेह मनुष्य में उसकी सभी संभावनाओं को साकार करने के लिए मानवीय वातावरण की आवश्यकता होती है। तुम्हारे वातावरण का निर्माण वृक्षों से नहीं होता। तुम एक वृक्ष के पास पहुंच सकते हो और वहां चुप होकर बैठ सकते हो, या तुम कुछ भी चाहो कर सकते हो, किंतु तुम वृक्ष से असंबंधित रहोगे। तुम्हारे और वृक्ष के मध्य कोई संवाद, कोई भाषा नहीं होती। वृक्ष अपने स्वयं के अस्तित्व में जीए चला जाता है और तुम अपने स्वयं के अस्तित्व में जीए चले जाते हो। दोनों के मध्य कोई सेतु नहीं है। नदी एक नदी है, तुम्हारे और नदी के मध्य कोई सेतु नहीं है। जब तुम किसी मनुष्य के निकट आते हो अचानक तुम पाते हो कि सेतु बन गया है, और वह सेतु तुरंत ही इस ओर से उस ओर, उस ओर से इस ओर मनोभावनाओं का स्थानांतरण आरंभ कर देता है।

लेकिन आधारभूत रूप से इसका कारण तुम ही हो, इसलिए समाज पर आरोपित मत करो, लोगों पर दोषारोपण मत करो। वे तो बस तुम्हें अनावृत करते हैं। और यदि तुम जरा भी समझपूर्ण हो तो तुम उन्हें तुम्हारे प्रति एक महान कार्य के लिए धन्यवाद दोगे। वे तुम्हें अनावृत करते हैं, वे दिखा देते हैं कि तुम कौन हो, तुम कहां हो, तुम क्या हो। यदि तुम विक्षिप्त हो, तो तुम्हारी विक्षिप्तता प्रदर्शित करते हैं। यदि तुम बुद्ध हो, तो वे तुम्हारे बुद्धत्व को प्रदर्शित करते हैं। अकेले तुम्हारे पास कोई संदर्भ नहीं होता। अकेले तुम्हारे पास कोई पृष्ठभूमि नहीं होती। अकेले में तुम नहीं जान सकते कि तुम कौन हो।

मैं तुमको एक सुंदर कहानी, एक दुखांत कहानी सुनाता हूं।

यह कोई असाधारण परिस्थिति नहीं थी। एक बड़ी और लाभ कमाती हुई फर्म के बॉस ने एक सुंदर युवती को नौकरी पर रखा। बॉस चालीस वर्ष से कुछ अधिक आयु का अविवाहित व्यक्ति था। उसके पास एक बड़ी कार, एक शानदार फ्लैट था, और उसे संग-साथ के लिए महिलाओं की कोई कमी न थी। लेकिन उसको अपना जोड़ा इस सुंदर सचिव में दिखा। उस युवती ने बॉस के लंच या डिनर के सभी प्रस्ताव विनम्रतापूर्वक अस्वीकार कर दिए, और बॉस के मंहगे उपहार और वेतनवृद्धि के प्रलोभन भी उसी गरिमा और शालीनता से अस्वीकृत कर दिए। उस युवती की नौकरी के आरंभिक

सप्ताहों में बॉस ने अपने मन में राय बनाई कि वह संबंध बनाने के प्रति अनिच्छा का बस अभिनय कर रही है। इन कुछ महीनों में बॉस ने अपना साबुन, अपना टूथपेस्ट, अपना आफ्टर शेव सभी कुछ बदल डाला, किंतु कोई लाभ नहीं हुआ। अंततः उसने अपने आप को यह मानने के लिए राजी कर लिया कि वह सुंदर है और अत्यधिक कार्यकुशल है, लेकिन उसके साथ किसी भी प्रकार के व्यक्तिगत संबंध बन पाने की जरा भी संभावना नहीं है। फिर उस दिन वह यह देख कर बहुत हैरान हुआ कि सुबह जब वह अपने कार्यालय पहुंचा, तो उसने अपनी सचिव को अपनी मेज पर फूल सजाते हुए देखा, और इससे भी अधिक आश्चर्य तो तब हुआ जब सचिव ने उसको गंभीरतापूर्वक देखा और बोली, जन्म-दिन मुबारक हो, सर। उसने धीमे स्वर में सचिव को धन्यवाद दिया और शेष सारे दिन पूरी तरह से चकित-भ्रमित रहा। जैसे ही घड़ी की सुइयां पांच पर पहुंची, सचिव कार्यालय में आई और उसने स्वीकार किया कि बॉस का जन्म-दिन उसने स्टाफ फाइलों से पता लगाया था। मैं आशा करती हूं कि आप बुरा नही मानेंगे, उसने बात पूरी की। बॉस ने उत्तर दिया कि उसने इस बात का जरा भी बुरा नहीं माना है, तो सचिव ने राहत की श्वास ली। तब ऐसा है सर, उसने बात को जारी रखते हुए कहा, यदि आप आज रात लगभग नौ बजे मेरे घर पधार सकें तो मुझे बेहद खुशी होगी। आपके लिए मेरे पास एक छोटा सा आश्चर्य है, जो मैं सोचती हूं कि आपको बहुत अच्छा लगेगा। बॉस ने अपने आप को इस बात के लिए मानसिक रूप से बधाई दी कि अंततः युवती ने मान ही लिया कि वह उसकी ओर आकर्षित है, और बॉस ने पूरे दिनं सामान्य दिखने का प्रयास किया।

रात को ठीक नौ बजे हाथ में शैम्पेन की बोतल लिए हुए बॉस सचिव के फ्लैट पर पहुंचा। वह उस समय बहुत प्यारी दीख रही थी। और जब उसने स्कॉच का एक बड़ा पैग बना कर बॉस को दिया तो बॉस ने सोचा, कहीं युवती उसके जोरों से धड़कते हुए दिल की आवाज न सुन ले, युवती ने उससे कहा कि वह आराम से बैठे। यदि आपको अधिक गर्मी लग रही है तो अपने कपड़े ढीले कर लें, वह बोली, मैं तैयार होने के लिए जरा शयनकक्ष में जा रही हूं। जब मैं वहां से आपको बुलाऊं तो कृपया आप आ जाएं। यह तो कमाल ही हो गया। वहे भी मेरे लिए उतनी ही उत्सुक है जितना कि मैं उसके लिए था, बॉस ने अपनी उपलब्धि पर प्रसन्न होते हुए सोचा। अब आप अंदर आ सकते हैं, अंततः युवती की पुकार आई, लेकिन सावधानी से आइएगा जिससे कि आप गिर न पड़ें। यहां की सारी रोशनियां बुझी हुई हैं। हमारे हीरो बॉस ने इसे एक इशारा समझा। जल्दी से अपने सारे वस्त्र उतार कर वह अंधेरे कमरे में प्रविष्ट हो गया, और अपने पीछे का द्वार जिससे वह भीतर आया था, बंद कर दिया। जैसे ही उसने ऐसा किया कि कमरा रोशनी से जगमगा उठा और उसने देखा कि उसके कार्यालय का सारा स्टॉफ कमरे के मध्य में खड़ा है और गा रहा है: 'आपको जन्म-दिन मुबारक हो...।'

लोग केवल उसी बात को प्रकट करते हैं जिसे तुम अपने भीतर छिपाए हुए हो। यदि तुमको अनुभव होता है कि तुम पागलखाने में हो, तो निस्संदेह तुम पागल हो। पुरुषों के साथ और अधिक रहने का प्रयास करो, महिलाओं के साथ और अधिक रहने का प्रयास करो, लोगों के साथ और अधिक रहने का प्रयास करो। और अधिक संबंधों का प्रयास करो। यदि तुम मनुष्यों के साथ प्रसन्न नहीं रह सकते तो तुम्हारे लिए किसी वृक्ष या किसी नदी के साथ प्रसन्न रह पाना संभव नहीं है—असंभव है यह। यदि तुम एक मनुष्य को नहीं समझ सकते जो कि तुम्हारे इतना निकट है, तुमसे इतना मिलता-जुलता है, तो तुम यह आशा कैसे लगा सकते हो कि तुम किसी वृक्ष, किसी नदी, किसी पर्वत को समझने में समर्थ हो पाओगे जो इतने दूर हैं? एक पर्वत और तुम्हारे बीच में लाखों वर्ष की दूरी है। कभी लाखों जन्म पहले तुम पर्वत रहे होंगे, लेकिन अब तुम वह भाषा पूरी तरह भूल चुके हो और पर्वत तुम्हारी भाषा नहीं समझ सकता। पर्वत को अभी मनुष्य होना है, उसे दीर्घ काल के विकास की आवश्यकता है। तुम्हारे और पर्वत के मध्य एक विशाल खाई है। यदि तुम अपने आप को मनुष्यों से, जो इतने पास, इतने समीप हैं, नहीं जोड़ सके, तो तुम्हारे लिए अपने आप को किसी और से जोड़ पाना असंभव है।

पहले अपने आपको मनुष्यों से जोड़ो। धीरे-धीरे तुम मनुष्यों को जितना अधिक समझ पाने में समर्थ हो जाओगे उतना ही अधिक तुम भीतरी संवाद, लय और सुसंगति के योग्य होते चले जाओगे। फिर तुम क्रमशः आगे बढ़ जाते हो। फिर पशुओं की ओर बढ़ो, यह दूसरा कदम है। फिर पक्षियों की ओर जाओ, फिर वृक्षों की ओर बढ़ो, फिर चट्टानों की ओर जाओ, और केवल तब तुम शुद्ध अस्तित्व की ओर जा सकते हो, क्योंकि स्रोत वही है। और हम उस स्रोत से इतने अधिक समय से दूर हैं कि हम पूरी तरह से भूल गए हैं कि कभी हम इससे संबंधित रहे थे या यह हमसे संबंधित था।

तीसरा प्रश्नः प्यारे ओशो, मैं आपको, आपके शब्दों के पीछे, एक स्त्री के रूप में अपने प्रति आपकी प्रेमपूर्ण करुणा को, सुनती हूं, यह कभी-कभी मुझे आंदोलित कर देता है। और मैं यह भी अनुभव करती हूं कि संबोधि के आनंद को अनुभव करने के लिए मेरा स्त्रीपन मुख्य बाधा है, क्योंकि सभी संबुद्ध व्यक्ति जिनकी आप बात करते हैं, पुरुष हैं, और शायद यह इसलिए है क्योंकि आपके निजी अनुभव भी एक पुरुष के रूप में है। एक स्त्री के रूप में मेरे लिए संबोधि क्या है, कृपा इसके बारे में आप कुछ कहना चाहेंगे।

पहली बात, समझ पाने के लिए स्त्री होना कभी अवरोध नहीं होता है। वस्तुतः मुझको समझ पाने का इससे बेहतर अवसर तुमको नहीं मिल सकता। पुरुष के लिए समझ पाना कठिन है क्योंकि पुरुष के पास

आक्रामक मन है। पुरुष आसानी से वैज्ञानिक बन जाता है, लेकिन उसके लिए एक धार्मिक व्यक्ति बन पाना बहुत कठिन है, क्योंकि धर्म को ग्रहणशीलता की, चेतना की एक निष्क्रिय अवस्था की आवश्यकता होती है, जिसमें तुम आक्रमण न करो, आमंत्रित करो। समझने के लिए, शिष्य होने के लिए स्त्रैण मन बिलकुल उचित मन है। पुरुष मन को भी स्त्रैण मन बनना पड़ता है। इसलिए इसे एक अवरोध की भांति मत समझो, यह रुकावट नहीं है।

दूसरी बात, यह वास्तव में एक बड़ी समस्या है, क्योंकि हम इसको नहीं समझते। समस्याएं केवल इसीलिए हैं क्योंकि हम उन्हें समझते नहीं हैं। बार-बार यह मुझसे पूछा जाता है कि मैं सदैव उन पुरुषों के बारे में क्यों बोलता हूं जो संबुद्ध हुए, लेकिन संबुद्ध स्त्रियों के बारे में क्यों नहीं बोलता हूं। अनेक स्त्रियां ज्ञानोपलब्ध हुई हैं, जितने पुरुष उतनी स्त्रियां। प्रकृति एक विशेष संतुलन बना कर रखती है। देखो...संसार में स्त्रियों और पुरुषों की संख्या करीब-करीब एक सी रहती है। ऐसा होना तो नहीं चाहिए, लेकिन प्रकृति संतुलन बना कर रखती है। हो सकता है कि एक व्यक्ति के घर में केवल लड़कों का ही, दस लड़कों का जन्म हो; किसी और के घर में शायद केवल एक ही लड़के का जन्म हो, किसी और के घर में केवल एक लड़की का जन्म हो–लेकिन पूरे संसार में प्रकृति सदैव संतुलन बना कर रखती है। यहां पर उतने ही पुरुष हैं जितनी कि स्त्रियां हैं। न केवल यही, बल्कि स्त्री पुरुष की तुलना में अधिक शक्तिशाली होती है–अपनी प्रतिरोधक क्षमता, स्थायित्त्व, समायोजन की क्षमता में, लोचपूर्ण होने में, वह अधिक बलशाली है–सौ लड़कियों पर एक सौ पंद्रह लड़कों का जन्म होता है। लेकिन जिस समय तक वे लड़कियां विवाह योग्य होती हैं वे पंद्रह लड़के विदा हो चुके होते हैं। लड़कियों की तुलना में अधिक लड़कों की मृत्यु होती है। प्रकृति यह व्यवस्था भी करती है। सौ लड़कियां और एक सौ पंद्रह लड़कों का जन्म होता है, फिर विवाह योग्य अवस्था आते-आते पंद्रह लड़के काल के गाल में समा जाते हैं। संतुलन को पूरी तरह बना कर रखा जाता है। न केवल यही, बल्कि जब युद्ध के समय में अधिक पुरुष मरते हैं तब भी संतुलन बना दिया जाता है।

प्रथम विश्वयुद्ध ने मनोवैज्ञानिकों, जीववैज्ञानिकों के सम्मुख एक समस्या खड़ी कर दी। उनको विश्वास नहीं हो सका कि क्या हो गया है। युद्ध में अधिक पुरुष मरते हैं, लेकिन युद्ध के तुंरत बाद अधिक लड़कों का जन्म होता है और लड़कियों का जन्म कम होता है। पुनः संतुलन बना दिया जाता है। प्रथम विश्वयुद्ध में यही हुआ। इसका कारण उस समय जरा भी समझ में नहीं आया। यह बस एक रहस्य था। द्वितीय विश्वयुद्ध में पुनः यही हुआ। युद्ध के बाद जन्म लेने वाले लड़कों की संख्या बढ़ गई। मरे हुए पुरुषों के स्थानापन्न के रूप में अधिक लड़कों का जन्म हुआ और कम लड़कियां जन्मीं, क्योंकि वहां पहले से ही अधिक महिलाएं जीवित थीं। जब युद्ध समाप्त हो गया तो पुनः संतुलन उपलब्ध कर लिया गया, और

लड़कों और लड़कियों की संख्या पुनः पुराने ढांचे पर वापस लौट आई–सौ लड़कियां और एक सौ पंद्रह लड़के–क्योंकि पंद्रह लड़के मर जाएंगे।

लड़के लड़कियों की तुलना में कम ताकतवर होते है। स्त्रियों की तुलना में पुरुष पांच वर्ष कम जीवित रहते हैं। यही कारण है कि संसार में तुम्हें वृद्धों की तुलना में वृद्धाएं, विधुरों की तुलना में विधवाएं सदैव अधिक मिलेंगी। यदि स्त्री के लिए औसत आयु अस्सी वर्ष हो, तो पुरुष के लिए यह औसत पचहत्तर वर्ष है। यह पांच वर्ष अधिक है। लेकिन क्यों, स्त्रियां पांच वर्ष अधिक क्यों जीवित रहती हैं? यह भी कहीं न कहीं एक महत आंतरिक संतुलन प्रतीत होता है। स्त्री पुरुष की तुलना में स्वीकार करने में अधिक समर्थ होती है। यदि पुरुष की मृत्यु पहले हो जाती है, तो स्त्री रोएगी, चिल्लाएगी, दुखी होगी, किंतु इस तथ्य को स्वीकार करने में समर्थ रहेगी। वह पुनः संतुलन प्राप्त कर लेगी। किंतु यदि स्त्री मर जाती है, तो पुरुष पुनः संतुलन नहीं पा सकता। संतुलन पा लेने का जो एकमात्र उपाय उसे पता है वह है पुनः विवाह कर लेना, पुनः एक अन्य स्त्री को पा लेना, वह अकेला नहीं जी सकता। स्त्री की तुलना में वह अधिक असहाय है।

सामान्यतः सारे संसार में विवाह योग्य आयु अप्राकृतिक है। हर कहीं पुरुष ने एक व्यवस्था थोप दी जो अप्राकृतिक, प्रकृति के विपरीत है। यदि लड़की की आयु बीस वर्ष है तो हम सोचते हैं कि जो लड़का उसके साथ विवाह करने जा रहा है उसकी आयु पच्चीस या छब्बीस वर्ष होनी चाहिए। इसे तो बिलकुल विपरीत हो जाना चाहिए, क्योंकि बाद में लड़कियां पांच वर्ष अधिक जीने वाली हैं। इसलिए यदि विवाह के लिए लड़कों की आयु बीस वर्ष हो तो लड़कियों की आयु सीमा पच्चीस वर्ष होनी चाहिए। प्रत्येक पुरुष को उस स्त्री से विवाह करना चाहिए जो आयु में उससे कम से कम पांच वर्ष बड़ी हो। तब संतुलन ठीक होगा। तब उनकी मृत्यु एक-दूसरे से लगभग छह माह के अंतराल पर होगी, और तब संसार में पीड़ाएं और कम हो जाएंगी।

लेकिन ऐसा हो क्यों नहीं पाया है?–क्योंकि विवाह कोई प्राकृतिक बात नहीं है। अन्यथा प्रकृति ने उसे इसी ढंग से व्यवस्थित कर लिया होता। यह पुरुष निर्मित संस्था है। और पुरुष, यदि वह किसी ऐसी स्त्री के साथ विवाह करने जाए जो आयु में बड़ी है, अधिक अनुभवी है, उसकी तुलना में अधिक जानकारी रखती है, तो उसे जरा कमजोरी अनुभव होती है। वह अपना पुरुष श्रेष्ठता का अहंकार, कि वह प्रत्येक प्रकार से श्रेष्ठ है, कायम रखना चाहता है। कोई पुरुष ऐसी स्त्री से विवाह नहीं करना चाहता जो उससे लंबाई में ज्यादा हो। मूर्खतापूर्ण है यह सब। क्या अर्थ है इसमें? उस स्त्री से विवाह क्यों नहीं करते जो तुमसे लंबी है? लेकिन पुरुष का अहंकार स्वयं से अधिक लंबी स्त्री के साथ घूमने-फिरने में आहत अनुभव करता है। हो सकता है यही कारण है कि इसीलिए स्त्रियां इतनी लंबी

नहीं होतीं–क्योंकि स्त्री के शरीर ने इस बात को सीख लिया है। उन्होंने उपाय सीख लिया है, क्योंकि उनको जरा सा छोटा ही बना रहना है, वरना उनको अपने लिए कभी कोई पुरुष नहीं मिल पाएगा। यही योग्यतम की उत्तरजीविता है। उनका समायोजन तभी हो पाएगा जब वे अधिक लंबी न हों। कोई बहुत लंबी स्त्री...जरा एक सात फीट लंबी स्त्री के बारे में सोचो; उसे पति नहीं मिल पाएगा। वह बिना पति के ही मर जाएगी। और वह बच्चों को जन्म भी नहीं देगी, वह खो जाएगी। एक स्त्री जो पांच फीट लंबी है, उसे पुरुष सरलता से मिल जाएगा। बची रहेगी वह; उसका पति होगा, उसके बच्चे होंगे। निस्संदेह अधिक लंबी स्त्रियां धीरे-धीरे मिट जाएंगी, क्योंकि उनमें उत्तरजीविता की योग्यता नहीं होगी। यही कारण है कि धीरे-धीरे संसार से कुरूप स्त्रियां खो जाएंगी, क्योंकि वे बची नहीं रह सकतीं। संसार उनकी सहायता करता है जो बच सकते हैं, और जो बच नहीं सकते वे मिट जाते हैं। पुरुष और लंबा, और शक्तिशाली हो गया, क्योंकि वह हर ढंग से स्वयं को स्त्रियों से कुछ ऊंचा बनाए रखना चाहता है। वह सदैव हर चीज के शिखर पर रहना चाहता है।

पश्चिम तक में, लोगों ने पूरब आकर वात्स्यायन के काम-सूत्रों की जानकारी से पहले, कभी सुना तक नहीं था कि स्त्री पुरुष के ऊपर होकर संभोग कर सकती है। पश्चिम इसको जानता ही नहीं था। और तुमको यह जान कर हैरानी हो सकती है कि स्त्री के ऊपर से पुरुष द्वारा संभोग करते समय की मुद्रा को पूरब में मिशनरी आसन कहा जाता है, क्योंकि पूरब ने इसे पहली बार ईसाई मिशनरियों के द्वारा जाना। यह मिशनरी आसन है। पुरुष को हर तरह से शीर्ष पर होना चाहिए, संभोग करते समय भी। उसकी लंबाई अधिक होनी चाहिए, शिक्षा अधिक होना चाहिए। यदि तुम किसी ऐसी स्त्री से विवाह करने जा रहे हो जो पीएच.डी. है, तो यदि तुम पीएच.डी. नहीं हो तो तुमको थोड़ी सी बेचैनी अनुभव होगी। तुम्हें कम से कम डी.लिट. तो होना चाहिए, केवल तभी तुम पीएच.डी. स्त्री से विवाह कर सकते हो। अन्यथा प्राकृतिक रूप से तो स्त्री को पुरुष से पांच वर्ष बड़ा होना चाहिए। और यह बिलकुल उचित व्यवस्था प्रतीत होती है, क्योंकि स्त्री को अधिक अनुभवी होना चाहिए। वह मां बनने जा रही है, न केवल अपने बच्चों की मां बल्कि अपने पति की भी मां बनने जा रही है। और पुरुष बचकाना बना रहता है। चाहे उसकी आयु जो भी हो, वह पुनः बच्चा बनने को लालायित रहता है। वह सदैव थोड़ा सा किशोरवय बना रहता है।

अब संबोधि के साथ भी यही हो गया है–प्रकृति ठीक संतुलन बना कर रखती है। लेकिन यह सच है कि हमने बहुत सी संबुद्ध स्त्रियों के बारे में नहीं सुना है–क्योंकि समाज पुरुषों का है। वे स्त्रियों के बारे में कोई खास अभिलेख नहीं रखते हैं। वे गौतम बुद्ध के बारे में बहुत कुछ अभिलेखित करते हैं, लेकिन वे सहजो के बारे में अधिक अभिलेखन नहीं करते। वे मोहम्मद के बारे में बहुत कुछ

अभिलेखित करते हैं, किंतु वे राबिया के बारे में कोई बहुत अधिक अभिलेखन नहीं करते। वे इस ढंग से अभिलेखन करते हैं कि पुरुष बहुत प्रभावशाली प्रतीत होते हैं। भारत में ऐसा हुआ है: एक जैन तीर्थंकर, एक जैन सदगुरु, एक संबुद्ध व्यक्ति पुरुष नहीं था, वह स्त्री थी। उसका नाम मल्ली बाई था, लेकिन जैन धर्म के अनुयायियों के एक बड़े समुदाय ने उसका नाम परिवर्तित कर दिया। वे उसको मल्ली बाई नहीं, मल्ली नाथ कहते हैं। 'बाई' यह प्रदर्शित करता है कि वह स्त्री थी; 'नाथ' यह प्रदर्शित करता है कि वह पुरुष था।

जैनों के दो पंथ हैं: श्वेतांबर और दिगंबर। दिगंबरों का कहना है कि वह स्त्री नहीं थी, मल्लीनाथ। उन्होंने उसका नाम तक बदल डाला। यह बात पुरुष अहंकार के प्रतिकूल प्रतीत होती है कि एक स्त्री तीर्थंकर, एक महान सदगुरु, संबुद्ध, धर्म की संस्थापक, दिव्यता की ओर जाने वाले पथ की प्रणेता बन जाए? नहीं, संभव नहीं है यह। उन्होंने नाम ही बदल डाला है।

इतिहास का अभिलेखन पुरुषों द्वारा किया गया है, और स्त्रियों को घटनाओं के अभिलेखन में जरा भी रस नहीं है। वे उनको जीने और अनुभव करने में अधिक उत्सुक हैं: एक बात तो यही है। दूसरी बात यह है कि स्त्री के लिए शिष्य बन जाना सरल है, शिष्य बन पाना स्त्री के लिए अत्यधिक सरल है, क्योंकि वह ग्रहणशील है। पुरुष के लिए शिष्य बन पाना कठिन है क्योंकि उसे समर्पण करना पड़ता है, और यही उसकी परेशानी है। वह संघर्ष कर सकता है लेकिन वह समर्पण नहीं कर सकता। इसलिए जब शिष्यत्व की बात आती है तो इसके लिए स्त्रियां बिलकुल उचित पात्र हैं। लेकिन जब तुमको सदगुरु बनना हो तो बिलकुल विपरीत घटता है।

एक पुरुष आसानी से सदगुरु बन सकता है। स्त्री के लिए सदगुरु हो जाना बहुत कठिन लगता है। क्योंकि सदगुरु हो पाने के लिए तुमको वास्तव में आक्रामक होना पड़ता है। तुमको बाहर निकल कर दूसरों की मानसिक संरचनाएं नष्ट करनी पड़ती हैं। तुम्हें करीब-करीब हिंसक हो जाना पड़ता है, तुमको अपने शिष्यों को मारना पड़ता है। तुमको उनके मन को साफ करना पड़ता है। इसलिए स्त्री को सदगुरु होना कठिन लगता है, पुरुष को शिष्य हो पाना कठिन लगता है। लेकिन पुनः वहां एक संतुलन है, स्त्रियों को शिष्य बन जाना सरलतर लगता है, और शिष्य बन कर वे संबुद्ध हो जाती हैं, लेकिन वे सदगुरु कभी नहीं बनतीं। पुरुष के लिए शिष्य बन पाना कठिन है, लेकिन एक बार वह शिष्य बन जाए, संबुद्ध हो जाए, तो उसके लिए सदगुरु बन जाना बहुत सरल है, यह उसके लिए बहुत आसान है, सरलतर है। यही कारण है कि तुमने कभी स्त्री सदगुरु के बारे में नहीं सुना है...लेकिन उसकी चिंता में मत पड़ो।

तुम्हारे स्वयं के अनुभव एक स्त्री की भांति हैं। स्मरण रखो, परम के अनुभव को स्त्री या पुरुष से

कुछ भी लेना-देना नहीं है। परम का अनुभव इस द्वैत के परे है। इसलिए जब तुम्हें संबोधि घटित होती है, उस क्षण में तुम न पुरुष होते हो और न स्त्री। उस पल में तुम सारे द्वैत का अतिक्रमण कर जाते हो। तुम एक पूर्ण वर्तुल बन चुके हो, किसी विभाजन का अस्तित्व नहीं रहा है। इसलिए जब मैं तुमसे बात कर रहा हूं, तो मैं एक पुरुष की भांति, संबोधि के बारे में, नहीं बोल रहा हूं। कोई भी संबोधि के बारे में एक पुरुष की भांति नहीं बोल सकता, क्योंकि संबोधि न पुरुष है और न स्त्री। भारत में परम सत्ता न तो स्त्री है, न पुरुष, वह उभयलिंगी है।

तुम कठिनाई में पड़ जाओगी : पश्चिम मन में ईश्वर पुरुष है। महिला मुक्ति आंदोलन की स्त्रियों के अतिरिक्त, जिन्होंने ईश्वर को 'शी' कहना आरंभ कर दिया है, तुम ईश्वर के लिए 'ही' का प्रयोग करते हो। वरना ईश्वर के लिए कोई भी 'शी' का प्रयोग नहीं करता; तुम 'ही' प्रयोग करते हो। और मैं भी सोचता हूं कि 'शी' बेहतर रहेगा। 'शी' में 'ही' सम्मिलित है–'एस' के बाद वहां 'ही' है–लेकिन 'ही' में 'एस' शामिल नहीं है। यह बेहतर है, यह ईश्वर को थोड़ा बड़ा कर देता है। 'ही' से 'शी' बड़ा है; इसमें कुछ भी गलत नहीं है।

लेकिन पश्चिम के मन में ईश्वर 'ही' है। पश्चिम की भाषाओं में केवल दो ही लिंग होते हैं : स्त्रीलिंग और पुरुषलिंग। भारतीय भाषाओं में, विशेषतौर से संस्कृत में हमारे पास तीन लिंग होते हैं : स्त्रीलिंग, पुरुषलिंग और उभयलिंग। ईश्वर उभयलिंगी है। वह न ही पुरुष है और न ही स्त्री, वह दोनों ही नहीं है। वह यह है, तत, वह है–व्यक्तित्व खो चुका है। वह अवैयक्तिक है, मात्र ऊर्जा है। इसलिए इसके बारे में जरा भी चिंता मत करो।

'एक स्त्री के रूप में मेरे लिए संबोधि क्या है, कृपया इसके बारे में आप कुछ कहना चाहेंगे।

स्वयं को एक स्त्री के रूप में सोचना बंद कर दो, वरना तुम स्त्रैण मन से चिपक जाओगी। पुरुष या स्त्री, सभी मनों का त्याग करना पड़ेगा। गहन ध्यान में तुम स्त्री या पुरुष दोनों में से कुछ भी नहीं होते। गहरे प्रेम में भी तुम स्त्री या पुरुष कुछ नहीं होते। क्या तुमने कभी इसे देखा है?

यदि तुमने किसी स्त्री या पुरुष के साथ प्रेममय संभोग किया है, और तुम्हारा प्रेम वास्तव में परिपूर्ण और चरम था तो तुम भूल जाते हो कि तुम कौन हो, पुरुष या स्त्री? यह मन को हतप्रभ करने वाला अनुभव है। तुम बस जानते ही नहीं कि तुम कौन हो। काम-भोग की गहराई में, उत्कर्ष के किसी क्षण में एकात्मता घटित हो जाती है। तंत्र का पूरा प्रयास यही है : काम-भोग को एकात्मता की अनुभूति में रूपांतरित कर देना–क्योंकि तुम्हारे लिए यह एकात्म होने का पहला अनुभव होगा, और संबोधि एकात्म होने का अंतिम अनुभव है। गहरे संभोग में तुम मिट जाते हो–पुरुष स्त्री की भांति हो जाता है, स्त्री पुरुष की भांति हो जाती है, और अनेक बार वे अपनी भूमिकाएं बदल लेते हैं। और फिर एक पल

आता है जब तुम दोनों एक परिपूर्ण लयबद्धता में हो जाते हो, तब ऊर्जा का एक वर्तुल उठ जाता है, वह दोनों नहीं होता। उसको अपना पहला अनुभव बन जाने दो। संबोधि का आधारभूत अनुभव, पहली झलक प्रेम है। फिर एक दिन जब तुम और समग्र गहन प्रेमालिंगन में मिलते हो, यही समाधि, एक्सटैसी है। तब तुम स्त्री या पुरुष नहीं रह जाते। इसलिए बिलकुल आरंभ से ही विभाजन को गिराना आरंभ कर दो।

पश्चिम की चेतना में यह विभाजन बहुत, बहुत ही मजबूत बन चुका है, क्योंकि पुरुष ने स्त्री का इतना अधिक दमन किया है कि स्त्री को प्रतिरोध करना पड़ता है। और वह प्रतिरोध तभी कर सकती है जब वह अपने स्त्री होने के प्रति और-और चेतन होती चली जाए। पश्चिम से तुम जब मेरे पास आते हो तो तुम्हारे लिए यह समझना कठिन हो जाता है, किंतु तुमको इस बात को समझना पड़ेगा और स्त्री-पुरुष के विभाजन को छोड़ना पड़ेगा। बस मनुष्य बन कर रहो। और यहां मेरा पूरा प्रयास तुम्हें तुम्हारा मौलिक अस्तित्व बना देना है, जो स्त्री या पुरुष कुछ भी नहीं है।

अंतिम प्रश्न : मुझे ऐसा प्रतीत होता है जैसे कि आपके पास आने में मेरा कोई चुनाव नहीं था। क्या कभी हम वास्तव में उन चीजों को चुन लेते हैं जो हमारे जीवन में घटित होती हैं?

सामान्यतः नहीं। आमतौर से तुम रोबोट, एक यांत्रिक वस्तु की भांति आकस्मिक ढंग से चलते-फिरते हो। जब तक कि तुम पूर्णतः जाग्रत न हो जाओ तुम चुनाव नहीं कर सकते। और यहां एक विरोधाभास आता है : तुम जागरूक तभी हो सकते हो जब तुम चुनाव-शून्य हो जाओ; और तुम जागरूक हो जाओ, तो तुम चुनाव करने में समर्थ हो जाते हो। तुम चुनाव कर सकते हो–क्योंकि जब तुम जागरूक हो तभी तुम निर्णय कर सकते हो कि क्या करना है और क्या नहीं करना है। आमतौर पर तुम करीब-करीब नशे की अवस्था में रहते हो–एक निद्रागामी, जो कि तुम हो।

मैं तुमको कुछ कहानियां सुनाता हूं।

एक पादरी अपने मित्र से निराशापूर्वक कह रहा था कि उसकी साइकिल चोरी हो गई है।

मित्र ने कहा : ठीक है, तुम आगामी रविवार को अपने उपदेश के लिए 'दस आज्ञाओं' को विषय के रूप में क्यों नहीं चुनते? उनको श्रद्धालुओं के सम्मुख पढ़ कर सुना देना। जब तुम उस आज्ञा को पढ़ो जो कहती है : तुमको चोरी नहीं करना चाहिए, तब रुक जाना और धर्मसभा पर एक दृष्टि डालना, और यदि वह चोर वहां उपस्थित होगा तो शायद उसके चेहरे के भावों से वह पहचान में आ जाएगा।

अगले सप्ताह उसी मित्र ने पादरी को गांव में साइकिल पर भ्रमण करते हुए देखा और उसको रोक लिया, मैं देख रहा हूं कि तुम्हारी साइकिल वापस मिल गई है। क्या मेरी राय से काम बन गया?

ठीक है, पूरी तरह से तो नहीं, पादरी ने कहा, मैंने दस आज्ञाओं पर बोलना आरंभ कर दिया था लेकिन जब मैंने पढ़ाः तुमको वेश्यागमन नहीं करना चाहिए, तब मुझे याद आ गया कि मैं अपनी साइकिल कहां छोड़ आया था।

एक दूसरी कहानीः

एक प्रतिष्ठित व्यवसायी चिकित्सक के पास गया, डाक्टर साहब, उसने कहाः मुझको आपसे अपने पुत्र के बारे में बात करनी है। मुझे विश्वास है कि उसको खसरा हो गया है।

आजकल इस बीमारी का प्रकोप बहुत अधिक है, डाक्टर ने कहाः लगता है कोई भी परिवार इससे बच नहीं पा रहा है।

लेकिन डाक्टर साहब, उसने कहना जारी रखा, मेरा लड़का कहता है कि उसे यह बीमारी नौकरानी का चुंबन लेने से लगी है। और आपको सच्ची बात बता दूं, मुझको भय है कि मुझको इसी बीमारी का खतरा है। और बुरी बात तो यह है कि प्रत्येक रात्रि को मैं अपनी पत्नी का चुंबन लिया करता हूं, इसलिए उसे भी बीमारी हो जाने का खतरा है।

ओह मेरे भगवान! डाक्टर ने कहाः मुझे क्षमा करें महोदय, मुझे तुंरत जाना है और अपने गले की जांच करवानी है।

समझ गए?

प्रत्येक व्यक्ति अचेतनता के एक वर्तुल में घूम रहा है, और लोग अपनी बीमारियों, रोगों, अपनी बेहोशियों का लेन-देन कर रहे हैं, एक-दूसरे के साथ केवल अपनी अचेतनता बांट रहे हैं।

आमतौर से तुम इस भांति जीते हो जैसे कि तुम सोए हुए हो। जब तुम सोए हुए हो तब तुम निर्णय नहीं ले सकते। कैसे निर्णय लोगे तुम?

बुद्ध के पास एक व्यक्ति आया और उसने कहा, 'मैं मानवता की सेवा करना चाहता हूं।' अवश्य ही वह बहुत लोकोपकारी व्यक्ति रहा होगा। बुद्ध ने उसकी ओर देखा, और कहा जाता है कि बुद्ध की आंखों से आंसू छलक पड़े। यह विचित्र बात थी। बुद्ध रो रहे हैं।–किसलिए? उस व्यक्ति को बहुत बेचैनी अनुभव हुई। उसने कहाः आप किसलिए रो रहे हैं? क्या मैंने कुछ गलत कह दिया है? बुद्ध ने कहाः नहीं, कुछ गलत नहीं कहा। लेकिन तुम मानवता की सेवा किस प्रकार कर सकते हो?–अभी तो तुम हो ही नहीं। मुझको दिखाई पड़ रहा है कि तुम गहन निद्रा में हो; मैं तुम्हारे खर्राटे भी सुन सकता हूं। यही कारण है कि मैं रो रहा हूं। और तुम मानवता की सेवा करना चाहते हो? पहली बात है, जागरूक, सजग हो जाना। पहली बात है, होना।

एक बॉस अपनी सुंदर किंतु बहरी सचिव से बहुत परेशान था, एक सुबह तो वह अपना आपा खो बैठा। तुम फिर से देर से आई हो। वह गरज कर बोला, तुम उस अलार्म घड़ी का प्रयोग क्यों नहीं करती जो मैंने तुमको खरीद कर दी थी?

लेकिन मैं सदैव उसका प्रयोग करती हूं। उसने विनम्रतापूर्वक कहा, हर रात्रि अलार्म लगा कर सोया करती हूं।

ठीक है, बॉस ने कहा, जब अलार्म बजता है तो तुम जागती क्यों नही?

लेकिन वह सदैव उसी समय बोलता है जब मैं सो रही होती हूं।

जो हो रहा है वह यही तो है। तुम सो रहे हो, और जब तुम सो रहे हो तो अलार्म घड़ी भी कुछ कर नहीं सकती है। क्या तुमने कभी यह बात नहीं देखी है कि यदि तुम सो रहे और अलार्म घड़ी बजने लगे तो तुम कोई स्वप्न देखने लगते हो: ऐसा स्वप्न कि तुम एक मंदिर में हो और मंदिर की घंटियां बज रही हैं? इस तथ्य से बचाव करने के लिए कि अलार्म घड़ी बज रही है, तुम इसके चारों ओर एक स्वप्न निर्मित कर लेते हो। और तब निःसंदेह तुम सोना जारी रखते हो, अब वहां कोई अलार्म घड़ी नहीं है। यही तो है जो तुम्हारे साथ लगातार घट रहा है। तुम मुझको सुनते रहते हो, लेकिन मैं जानता हूं कि तुम इसके चारों ओर एक स्वप्न निर्मित कर लोगे। यदि तुम मुझे सुनते हो तो तुम्हें जागना पड़ता है, लेकिन समस्या यह है कि क्या तुम मुझको सुनोगे? या क्या जो मैं कहता हूं तुम उसके चारों ओर कोई स्वप्न निर्मित कर लोगे?

और तुम स्वप्न निर्मित करते हो। तुम समाधि के बारे में भी स्वप्न निर्मित कर सकते हो। तुम समाधि के बारे में स्वप्न देखना आरंभ कर सकते हो; तुम मुझसे चूक गए हो। और लोग चूकते चले जाते हैं। संदेश की व्याख्या तुम्हें करनी पड़ती है, यही समस्या है।

मैंने सुना है, एक बड़ी कंपनी के मालिक ने एक सूचना-पट खरीदा, जिस पर लिखा था: 'इसे अभी कर लो।' और उसने इस सूचना-पट को कार्यालय में इस आशा में लटका दिया कि इससे उसके कर्मचारियों को काम त्वरित ढंग से निपटाने में प्रेरणा मिलेगी। कुछ दिन बाद उसके एक मित्र ने पूछा कि क्या उस सूचना-पट को कोई प्रभाव पड़ा? उस ढंग से तो नहीं जिस ढंग से मैंने सोच रखा था, बॉस ने स्वीकार किया। कैशियर दस हजार डालर लेकर भाग गया–'इसे अभी कर लो'–मुख्य अभिलेख अधीक्षक मेरी निर्जी सचिव को लेकर भाग गया–'इसे अभी कर लो'–तीनों लिपिकों ने वेतन वृद्धि की मांग कर दी है; टाइप करने वाली ने अपना पुराना टाइपराइटर खिड़की से बाहर फेंक दिया है–'इसे अभी कर लो'–और चपरासी ने लगता है कि...मेरी कॉफी में...आह...जहर मिला दिया...आह!

तुम अपनी निद्रा की अवस्था के माध्यम से सुनते हो, तुम अपने स्वयं के ढंग से इसकी व्याख्या कर लोगे। इसलिए यदि तुम वास्तव में मुझे सुनना चाहते हो, तो व्याख्या मत करो।

अभी उस रात को ही, एक नये आए हुए युवक ने संन्यास लिया, मैंने उससे कहा, कुछ दिन के लिए यहां रहो। उसने कहा : लेकिन मैं तो दो या तीन दिन में जा रहा हूं। मैंने कहा : लेकिन यह ठीक नहीं है। बहुत कुछ किया जाना शेष है, और तुम तो बस अभी आए हो। अभी तो तुम्हारा मुझसे संपर्क भी नहीं हो पाया है। इसलिए कम से कम आगामी ध्यान शिविर तक तो रुको और कुछ दिन और ठहरो। वह बोला, मैं इसके बारे में विचार करूंगा। तब मैंने उससे कहा : फिर तो विचार करने की कोई आवश्यकता नहीं है, तुम चले जाओ। क्योंकि तुम जो कुछ भी सोचोगे वह गलत ही होने वाला है। और संन्यास की पूरी बात यही है कि तुम मेरी बात को, इसके बारे में सोचे-विचारे बिना सुनना आरंभ कर दो। सारी बात यही है कि मैं तुमसे जो कुछ भी कहूं, वह तुम्हारे लिए तुम्हारे स्वयं के मन से अधिक महत्वपूर्ण बन जाए। संन्यास का सारा अभिप्राय यही है। अब यदि, जो मैं कहता हूं और तुम्हारे मन के बीच कोई संघर्ष हो तो तुम अपने मन को छोड़ दोगे और तुम मुझको सुन लोगे। यही तो खतरा है। यदि तुम लगातार यह निश्चित करने के लिए कि जो मैं कह रहा हूं उसे किया जाना है या नहीं, अपने मन का उपयोग किए चले जाते हो, तो तुम जैसे तुम थे वैसे ही बने रहते हो। तुम बाहर नहीं निकलते। तुम अपना हाथ मेरे निकट नहीं लाते, ताकि मैं उसे थाम सकूं।

आमतौर से सभी कुछ तुम्हारे साथ घट रहा है, तुमने कुछ भी नहीं किया है।

'मुझे ऐसा अनुभव होता है जैसे कि आपके पास आने में मेरा कोई चुनाव नहीं था।'

बिलकुल सच है यह बात। तुम किसी तरह से भटकते हुए आ गए हो। कोई मित्र मेरे पास आ रहा था और उसने तुमसे साथ चलने के लिए कह दिया, या तुम बस किसी पुस्तकों की दुकान में गए थे और वहां तुमको मेरी कोई पुस्तक मिल गई।

एक संन्यासी आया और मैंने उससे पूछा, तुम मुझसे मिलने किस प्रकार से आए? पहली बार मुझमें तुम्हारी रुचि कैसे जाग्रत हुई? उसने कहा : मैं गोआ में समुद्र-तट पर बैठा हुआ था, और बस रेत में मुझे संन्यास पत्रिका पड़ी हुई दिखाई दी, कोई व्यक्ति उसे वहां छोड़ गया था। अब करने को कुछ था भी नहीं, सो मैंने उसे पढ़ना शुरू कर दिया। इस प्रकार से मैं यहां पर आ गया। आकस्मिक ढंग से...

तुम मेरे पास आकस्मिक ढंग से आ गए हो, लेकिन अब मेरे साथ सजगतापूर्वक रहने का, मेरे साथ पूरे होश से रहने का यह एक अवसर है। यह शुभ है कि तुम आकस्मिक रूप से मेरे पास आ गए हो, लेकिन यहां पर आकस्मिक ढंग से मत रहो। अब इस आकस्मिकपन को छोड़ दो। अब अपनी जागरूकता का स्वामी बनना आरंभ करो। अन्यथा फिर कोई और पुनः तुम्हें आकस्मिक ढंग से कहीं और ले जाएगा।

पुनः तुम भटकते हुए मुझसे दूर हो जाओगे—क्योंकि जो यूं ही भटकता हुआ आ गया है उस पर भरोसा नहीं किया जा सकता है। वह पुनः भटक जाएगा, कुछ और घटित हो जाएगा। कोई नेपाल जा रहा है, और यह खयाल तुमको आएगा—क्यों न नेपाल चला जाए? और तुम नेपाल चले जाते हो। और वहां तुम्हें कोई गर्लफ्रेंड मिल जाती है, जो कि संन्यास के विरोध में है, अब क्या किया जाए? तुमको अपना संन्यास छोड़ना पड़ता है।

अब जब कि तुम यहां हो, तो इस अवसर का उपयोग कर लो, लोग अवसरों का नितांत अचेतन ढंग से भी उपयोग कर लेते हैं। इसका चेतन ढंग से उपयोग कर लो।

मजिस्ट्रेट ने पूछा : किस बात ने तुमको पत्नी को चोट पहुंचाने के लिए उकसाया था?

पति ने कहा : योर ऑनर, उसकी पीठ मेरी ओर थी, फ्राइंगपैन हलका था, पिछला दरवाजा खुला हुआ था, और मैं हलके नशे में था, इसलिए मैंने सोचा कि मैं एक कोशिश करूंगा।

लोग अपने अवसरों का अचेतन ढंग से प्रयोग कर लेते हैं। इस अवसर का चेतन ढंग से उपयोग कर लो, क्योंकि यह अवसर ऐसा है कि इसका प्रयोग केवल चैतन्यतापूर्वक ही किया जा सकता है।

प्रवचन - 17

साक्षी स्वप्रकाशित है

योग-सूत्र

सदा ज्ञाताश्चित्तवृत्तयस्तत्प्रभोः पुरुषस्यापरिणामित्वात्।।18।।

मन की वृत्तियों का ज्ञान सदैव इसके प्रभु, पुरुष, को शुद्ध चेतना के सातत्य के कारण होता है।

न तत्स्वाभासं दृश्यत्वात्।।19।।

मन स्व प्रकाशित नहीं है, क्योंकि स्वयं इसका प्रत्यक्षीकरण हो जाता है।

एकसमये चोभयानवधारणम्।।20।।

मन के लिए अपने आप को और किसी अन्य वस्तु को उसी समय में जानना असंभव है।

चित्तान्तरदृश्ये बुद्धिबुद्धेरतिप्रसङ्गः स्मृतिसंकरश्च।।21।।

यदि यह मान लिया जाए कि दूसरा मन पहले मन को प्रकाशित करता है, तो बोध के बोध की कल्पना करनी पड़ेगी, और इससे स्मृतियों का संशय उत्पन्न होगा।

चितेरप्रतिसंक्रमायास्तदाकारापत्तौ स्वबुद्धिसंवेदनम्।।22।।

आत्म-बोध से अपनी स्वयं की प्रकृति का ज्ञान मिल जाता है, और जब चेतना इस रूप में आ जाती है तो यह एक स्थान से दूसरे स्थान को नहीं जाती।

द्रष्टृदृश्योपरक्तं चित्तं सर्वार्थम्।।23।।

जब मन ज्ञाता और ज्ञेय के रंग में रंग जाता है, तब यह सर्वज्ञ हो जाता है।

तदसंख्येयवासनाभिश्चित्रमपि परार्थं संहत्यकारित्वात्।।24।।

यद्यपि मन असंख्य वासनाओं के रंग में रंगता है, फिर भी मन लगातार उनकी पूर्ति हेतु कार्य करता है, इसके लिए यह सहयोग से कार्य करता है।

पहला सूत्र:

'मन की वृत्तियों का ज्ञान सदैव इसके प्रभु, पुरुष, को शुद्ध चेतना के सातत्य के कारण होता है।'

पतंजलि मनुष्य के अस्तित्व की सारी जटिलता को खयाल में रखते हैं, इसको समझ लेना चाहिए। न कभी उनसे पहले और न कभी उनके बाद ऐसा व्यापक निर्देश-तंत्र विकसित किया गया। मनुष्य कोई सरल अस्तित्व नहीं है। मनुष्य एक अत्यंत जटिल संरचना है। एक चट्टान सरल है, क्योंकि चट्टान के पास केवल एक परत है–देह की परत। यही है जिसको पतंजलि अन्नमय कोष: सर्वाधिक स्थूल, मात्र एक परत, कहते हैं। तुम चट्टान के भीतर जा सकते हो, तुम्हें चट्टान की परतें मिलेंगी, लेकिन और कुछ नहीं मिलेगा। एक वृक्ष को देखो और तुम देह के अतिरिक्त कुछ और भी पाओगे। वृक्ष मात्र एक शरीर ही नहीं है। सूक्ष्म जगत का भी कुछ इसके साथ घटित हुआ है। यह उतना मुर्दा नहीं है जितनी कि चट्टान है; यह अधिक जीवित है–इसके भीतर एक सूक्ष्म शरीर अस्तित्व में आ चुका है। यदि तुम वृक्ष के साथ एक चट्टान जैसा व्यवहार करते हो, तो तुम इसके साथ दुर्व्यवहार करते हो। तब तुमने उस सूक्ष्म विकास को खयाल में नहीं रखा है जो चट्टान से वृक्ष के अंतराल में हो चुका है। वृक्ष उच्च विकसित है। यह अधिक जटिल है। फिर किसी पशु को खयाल में लो–और अधिक जटिल। सूक्ष्म शरीर की एक और परत विकसित हो चुकी है।

मनुष्य के पांच शरीर, पांच बीज होते हैं, इसलिए यदि तुम मनुष्य और उसके मन को वास्तव में समझना चाहते हो–और यदि तुम सारी जटिलता को नहीं समझते तो इसके पार जाने का कोई उपाय नहीं है–तब हमको बहुत धैर्यवान और सावधान होना पड़ेगा। यदि तुम एक कदम भी चूक गए तो तुम अपने अस्तित्व के अंतर्तम तल तक पहुंचने में समर्थ नहीं हो पाओगे। वह शरीर जिसे तुम दर्पण

में देख सकते हो तुम्हारे अस्तित्व का बाह्यतम खोल है। अनेक लोगों ने गलती से इसी को सब कुछ समझ लिया है।

मनोविज्ञान में 'व्यवहारवाद' नाम का आंदोलन है, जो सोचता है कि मनुष्य एक शरीर के अतिरिक्त और कुछ भी नहीं है। ऐसे लोगों से सदैव सचेत रहो जो 'इसके अतिरिक्त और कुछ नहीं' की बात करते हैं। मनुष्य सदा से किसी 'इसके अतिरिक्त और कुछ नहीं' से अधिक रहा है। व्यवहारवादी लोग: पावलफ, बी.एफ. स्किनर और उनके साथी सोचते हैं कि मनुष्य केवल एक शरीर है–ऐसा नहीं है कि तुम्हारे पास शरीर है, ऐसा नहीं है कि तुम शरीर में हो, बल्कि केवल यही कि तुम शरीर हो। तब मनुष्य को उसकी निम्नतम पायदान तक नीचे गिरा दिया जाता है। और निःसंदेह वे इसको सिद्ध कर सकते हैं। वे इस बात को सिद्ध कर सकते हैं क्योंकि मनुष्य का अधिकतम स्थूल भाग वैज्ञानिक प्रयोग के लिए सरलता से उपलब्ध है। मनुष्य के अस्तित्व की सूक्ष्म परतें वैज्ञानिक अनुसंधान के लिए इतनी सरलता से उपलब्ध नहीं हैं। या दूसरे शब्दों में कहा जाए कि वैज्ञानिक उपकरण अब तक इतने सूक्ष्मग्राही नहीं हो पाए हैं। ये उपकरण मनुष्य की सूक्ष्म परतों को स्पर्श नहीं कर सकते हैं।

फ्रायड, एडलर मनुष्य के भीतर थोड़ा गहरे उतरते हैं। फिर मनुष्य मात्र एक शरीर ही नहीं रहता। वे दूसरे शरीर को थोड़ा बहुत स्पर्श करते हैं, जिसको पतंजलि प्राणमय कोष, जीवंत शरीर, ऊर्जा शरीर कहते हैं। लेकिन फ्रायड और एडलर ने इसका एक बहुत छोटा हिस्सा छुआ है–एक भाग का स्पर्श फ्रायड ने किया है और दूसरे भाग का एडलर ने।

फ्रायड मनुष्य को मात्र कामुकता के तल पर गिरा देता है। यह भी मनुष्य में है, लेकिन यही पूरी कथा नहीं है। एडलर मनुष्य को केवल महत्वाकांक्षा, शक्ति की अभीप्सा के तल तक नीचे ले आता है। मनुष्य में वह भी है। मनुष्य बहुत विराट है, बहुत जटिल है। मनुष्य वाद्ययंत्रों का एक समूह है, इसमें अनेक वाद्ययंत्र सम्मिलित हैं।

लेकिन सदा से ऐसा हुआ है। यह एक विपदा है, लेकिन ऐसा सदा ही हुआ है : जब किसी को कुछ मिल जाता है तो वह अपनी इस खोज से एक पूरा दर्शनशास्त्र बनाने का प्रयास करता है। इसके प्रति एक गहरा प्रलोभन होता है। फ्रायड को संयोगवश कामवासना मिल गई, और वह भी पूरी की पूरी कामवासना नहीं। उसको केवल दमित कामवासना मिली। उसका सामना दमित लोगों से हुआ। ईसाई धर्म द्वारा सिखाए गए दमन ने मनुष्य में अनेक अवरोध निर्मित कर दिए, जहां पर ऊर्जा अपने भीतर वर्तुल बना कर अटक गई, अवरुद्ध हो गई, अब वह प्रवाहमान न रही। उसे मनुष्य की ऊर्जा की धारा में ये चट्टान जैसे अवरोध मिले, और उसने सोचा–और अहंकार सदैव इसी ढंग से सोचता है–कि उसने परम सत्य को पा

लिया है। एडलर को, जो कि दूसरे ढंग से कार्य कर रहा था, ऊर्जा का दूसरा अवरोध: शक्ति की अभीप्सा, मिल गया। फिर उसने इससे एक पूरा दर्शनशास्त्र निर्मित कर दिया।

मनुष्य को खंडों में समझा गया है। इस संपूर्ण अस्तित्व में योग एक मात्र दर्शनशास्त्र है जो मनुष्य की संपूर्णता को खयाल में रखता है। जुंग थोड़ा सा और आगे, और गहराई में गया। मनुष्य के तीसरे शरीर--मनोमय कोष का एक अंश उसे मिल गया, और उसने इसके आधार पर एक पूरे दर्शनशास्त्र का निर्माण कर दिया। समस्त भौतिक शरीर की व्यापक व्याख्या कर पाना अभी तक संभव नहीं हो पाया है, क्योंकि यह शरीर अपने आप में अत्यंत जटिल है: लाखों कोशिकाएं एक गहन लयबद्धता में एक आश्चर्यजनक ढंग से कार्य कर रही हैं। जब अपनी मां के गर्भ में तुम्हारा सृजन हुआ था, तो तुम मात्र एक छोटी सी कोशिका थे। उस एक कोशिका में से दूसरी कोशिका जन्मी। कोशिका विकसित होती है और दो में विभाजित हो जाती है, और फिर ये दो कोशिकाएं विकसित होती हैं और चार में बंट जाती हैं। एक विभाजन के द्वारा--और यह विभाजन बढ़ता चला जाता है--तुम्हारे पास लाखों कोशिकाएं हैं। और ये सारी कोशिकाएं एक गहरे सहयोग में कार्य करती हैं, जैसे कि किसी ने उनको सम्हाल रखा हो। यह कोई अव्यवस्था नहीं है, तुम एक सुव्यवस्था हो।

और फिर कुछ कोशिकाएं तुम्हारी आंखें बन जाती हैं, कुछ कोशिकाएं तुम्हारे कान बन जाती हैं, कुछ कोशिकाएं तुम्हारे जनन अंग बन जाती हैं, कुछ कोशिकाएं तुम्हारी त्वचा बन जाती हैं, कुछ कोशिकाएं तुम्हारी अस्थियां, कुछ कोशिकाएं तुम्हारा मस्तिष्क, कुछ कोशिकाएं तुम्हारे नाखून और तुम्हारे बाल, और वे सभी उसी एक कोशिका से आ रही हैं। वे सभी एक सी हैं। उनमें कोई गुणात्मक भेद नहीं है, किंतु वे कितनी भिन्नतापूर्वक कार्य करती हैं। आंखें देख सकती हैं, कान देख नहीं सकते, कान सुन सकते हैं, किंतु सूंघ नहीं सकते। इसलिए वे कोशिकाएं न केवल लयबद्धता से कार्य करती हैं बल्कि वे विशेषज्ञ हो जाती हैं। वे एक निश्चित विशेषज्ञता उपलब्ध कर लेती हैं। कुछ कोशिकाएं आंखें बन जाती हैं। क्या घटित हो गया है? किस प्रकार का प्रशिक्षण चल रहा है? एक विशेष प्रकार की कोशिकाएं ही क्यों आंखें बन जाती हैं, और दूसरे विशेष प्रकार की कोशिकाएं ही क्यों कान बन जाती हैं, और फिर कुछ अन्य विशेष प्रकार की कोशिकाएं तुम्हारी नाक बन जाती हैं, और वे सभी एक सी हैं? भीतर अवश्य एक महत प्रशिक्षण होना चाहिए--कोई अज्ञात शक्ति उनको एक विशेष उद्देश्य के लिए प्रशिक्षित कर रही है।

और स्मरण रखना, जब वे कोशिकाएं देखने के लिए तैयार हो रही होती हैं तो उन्होंने कुछ भी देखा नहीं होता है। जब बच्चा गर्भ में होता है उस समय वह पूरी तरह से अंधा बना रहता है। उसने जरा भी प्रकाश नहीं देखा होता है, उसकी आंखें बंद हैं। एक चमत्कार है यह: देखने का कोई प्रशिक्षण नहीं हुआ है और आंखें देखने के लिए तैयार हैं; देखने की कोई संभावना नहीं है और आंखें देखने के लिए तैयार हैं।

बच्चा अपने फेफड़ों से श्वास नहीं लेता है, उसने तो जाना भी नहीं कि श्वास लेना क्या है, लेकिन फेफड़े श्वसन क्रिया के लिए तैयार हैं। इससे पहले कि बच्चा संसार में प्रवेश हेतु जाए और श्वास ले, वे तैयार हैं। इससे पहले कि बच्चा संसार में प्रवेश हेतु जाए और देखे, आंखें तैयार हैं। सभी कुछ तैयार है। जब बच्चे का जन्म होता है तो वह परम जटिलता, विशेषज्ञता और सूक्ष्मता वाला पूर्ण मनुष्य होता है। और उसका कोई प्रशिक्षण, कोई पूर्व तैयारी नहीं हुई है। बच्चे ने कभी एक श्वास तक नहीं ली होती है, लेकिन मां के गर्भ से बाहर आते ही वह चीखता है और अपनी पहली श्वास लेता है। इसके पूर्व कि कोई प्रशिक्षण दिया जाए उसकी दैहिक व्यवस्था तैयार है। कोई परम शक्ति है, कोई शक्ति है जो भविष्य की सारी संभावनाओं का लेखा-जोखा रखती है, कोई शक्ति है जो बच्चे को जीवन और भविष्य की सभी संभावनाओं का सामना करने में समर्थ होने के लिए तैयार कर रही है, जो भीतर गहरे में कार्यरत है।

इस शरीर तक को अभी तक नहीं समझा गया है। हमारी सारी समझ आंशिक है। अभी तक मनुष्य का विज्ञान अस्तित्व में नहीं आ पाया है। इस संदर्भ में पतंजलि का योग कभी भी किए गए प्रयासों में मनुष्य के निकटतम है। वे शरीर को पांच परतों में, या पांच शरीरों में विभाजित करते हैं। तुम्हारे पास एक ही शरीर नहीं है; तुम्हारे पास पांच शरीर हैं; और इन पांच शरीरों के पीछे तुम्हारा अस्तित्व है। यही मनोविज्ञान में घटित हुआ है, और यही चिकित्साशास्त्र में हो गया है। एलोपैथी केवल भौतिक शरीर में, स्थूल शरीर में भरोसा करती है। यह व्यवहारवाद की भांति है। एलोपैथी स्थूलतम औषधि है। यही कारण है कि यह वैज्ञानिक हो गई है, क्योंकि वैज्ञानिक उपकरण अभी तक स्थूल को ही पकड़ पाने में समर्थ हैं। और गहराई में जाओ।

चीनी औषधि-विज्ञान एक्युपंक्चर एक और परत में प्रवेश करता है। यह प्राण शरीर, प्राणमय कोष पर कार्य करता है। यदि भौतिक शरीर में कुछ गलत हो जाता है तो एक्युपंक्चर भौतिक शरीर को जरा भी नहीं छूता। यह प्राण शरीर पर कार्य करने का प्रयास करता है। यह जैव ऊर्जा, बायो-प्लाज्मा पर कार्य करने का प्रयास करता है। उस तल पर वहां यह किसी चीज को समायोजित कर देता है, और भौतिक शरीर तुरंत ही भली प्रकार से कार्य करना आरंभ कर देता है। यदि प्राण शरीर में कुछ गड़बड़ हो जाती है तो एलोपैथी इसी शरीर भौतिक शरीर पर कार्य करती है। निःसंदेह एलोपैथी के लिए यह चढ़ाई चढ़ने जैसा है। एक्युपंक्चर के लिए यह चढ़ाई से नीचे आने जैसा काम है। एक्युपंक्चर के लिए यह अधिक सरल है क्योंकि प्राण शरीर भौतिक शरीर से थोड़ा ऊंचे तल पर है। यदि प्राण शरीर को संतुलित कर दिया जाए, तो भौतिक शरीर तो बस उसका अनुसरण करता है, क्योंकि ब्लू-प्रिंट तो प्राण शरीर में ही होता है। भौतिक शरीर तो प्राण शरीर का कार्यकारी उपकरण मात्र है।

अब एक्युपंक्चर को धीरे-धीरे प्रतिष्ठा प्राप्त हो रही है, क्योंकि सोवियत रूस में एक बहुत संवेदनशील

फोटोग्राफी, किरलियान फोटोग्राफी ने मनुष्य के शरीर में प्राण-ऊर्जा के सात सौ बिंदु खोज निकाले हैं, जिनकी घोषणा पिछले पांच हजार वर्षों से एक्युपंक्चर-विद सदा से करते आ रहे थे। शरीर में वे प्राण-ऊर्जा के बिंदु कहां हैं उनको जान पाने के कोई उपकरण उनके पास नहीं थे। लेकिन सदियों से, धीरे-धीरे प्रयास और भूल के द्वारा उन्होंने सात सौ बिंदु खोज निकाले थे। अब किरलियान ने भी वही सात सौ बिंदु वैज्ञानिक उपकरणों द्वारा खोज निकाले। और किरलियान फोटोग्राफी ने एक बात सिद्ध कर दी कि प्राण शरीर को भौतिक शरीर के द्वारा बदलने का प्रयास असंगत है। यह नौकर को बदल कर मालिक को बदलने का प्रयास करना है करीब-करीब असंभव है यह, क्योंकि मालिक नौकर की जरा भी नहीं सुनेगा। यदि तुम नौकर को बदलना चाहते हो मालिक को बदल दो। तुरंत नौकर भी बदल जाता है। प्रत्येक सैनिक को बदलने के स्थान पर बेहतर यही रहेगा कि सेनापति को बदल दो। शरीर के पास लाखों सिपाही, कोशिकाएं हैं जो बस किसी आदेश के अनुरूप, किसी अनुशासन के अनुसार कार्य करने में संलग्न हैं। अनुशास्ता को बदल लो और शरीर का सारा प्रारूप बदल जाता है।

होम्योपैथी और अधिक गहराई में जाती है। यह मनोमय कोष, मनस शरीर पर कार्य करती है। होम्योपैथी के संस्थापक हैनिमैन ने सर्वकालिक महानतम खोजों में से एक खोज की और वह थी : औषधि की मात्रा जितनी सूक्ष्मतर होती जाती है उतनी ही वह और गहराई में पहुंच जाती है। उन्होंने होम्योपैथी की औषधि को बनाने की इस विधि को 'शक्तिकरण' कहा। वे औषधि की मात्रा कम करते चले जाते हैं। वह इस ढंग से कार्य करेगा : वह औषधि की एक निश्चित मात्रा लेगा और इसे दस गुना मिल्क शुगर या पानी के साथ मिश्रित करेगा। एक भाग औषधि और दस भाग पानी, वह इनको मिला देगा। फिर पुनः वह इस नये मिश्रण का एक भाग लेगा और पुनः वह इसको नौ गुने पानी या मिल्क शुगर के साथ मिला देगा। इसी ढंग से वह आगे बढ़ेगा; पुनः वह नये घोल से एक भाग लेगा और उसे नौ गुने पानी में मिला देगा। वह ऐसा करेगा और औषधि की शक्ति बढ़ेगी। धीरे-धीरे औषधि परमाणु के तल पर पहुंच जाएगी। यह इतनी सूक्ष्म हो जाएगी कि तुम विश्वास ही नहीं कर सकते कि यह कार्य कर सकती है; यह करीब-करीब मिट चुकी होती है। यही है जो होम्योपैथिक औषधियों पर लिखा होता है : शक्ति, दस शक्ति, बीस शक्ति, एक सौ शक्ति, एक हजार शक्ति। जितनी बड़ी शक्ति होगी औषधि की मात्रा उतनी ही कम होगी। दस लाख शक्ति का अर्थ है : मूल औषधि का दस लाखवां भाग ही शेष बचा है, लगभग ना-कुछ अंश है उसमें। वह करीब-करीब मिट चुकी है, लेकिन तब यह मनोमय की सर्वाधिक गहरी परत में प्रविष्ट हो जाती है। यह तुम्हारे मनस शरीर में प्रविष्ट हो जाती है। यह एक्युपंक्चर से अधिक गहराई में जाती है। यह करीब-करीब ऐसा ही है जैसे कि तुम परमाणु के तल पर या परमाणु से भी सूक्ष्म स्तर पर पहुंच गए हो। तब यह तुम्हारे शरीर को स्पर्श नहीं करती है, तब यह तुम्हारे प्राण शरीर को स्पर्श नहीं करती, यह तो बस

भीतर प्रविष्ट हो जाती है। यह इतनी सूक्ष्म है और इतनी छोटी कि इसके रास्ते में कोई अवरोध नहीं आता। यह तो बस मनोमय कोष, मनस शरीर में प्रविष्ट हो जाती है और वहां से यह कार्य करना आरंभ कर देती है। अब तुमको प्राणमय कोष से भी बड़ा अधिष्ठाता मिल गया है।

भारतीय चिकित्सा पद्धति आयुर्वेद इन तीनों का संश्लेषण है। औषधियों में यह सर्वाधिक संश्लेषणात्मक है।

सम्मोहन चिकित्सा और अधिक गहराई में जाती है। यह विज्ञानमय कोष, चौथे शरीर, चेतना के शरीर को स्पर्श करती है। यह औषधियों का प्रयोग नहीं करती है। यह किसी भी वस्तु का प्रयोग नहीं करती। यह तो केवल सुझावों का उपयोग करती है, बस इतना ही। यह तुम्हारे मन में बस सुझाव रख देती है–चाहे इसको जीवधारियों का चुंबकत्व कहो, या मेस्मैरिज्म, संम्मोहन या जो कुछ भी तुम इसे कहना चाहो–लेकिन यह विचार की शक्ति है, पदार्थ की शक्ति नहीं है। होम्योपैथी भी पदार्थ की अत्यधिक सूक्ष्म मात्रा की शक्ति है। सम्मोहन चिकित्सा पूरी तरह से पदार्थ से छुटकारा पा लेती है, क्योंकि भले ही कितना सूक्ष्म हो, यह है तो पदार्थ ही। दस हजार शक्ति है लेकिन फिर भी यह पदार्थ की ही शक्ति है। यह बस विचार ऊर्जा, विज्ञानमय कोष : चेतना के शरीर पर छलांग लगा देती है। यदि तुम्हारी चेतना बस एक विशेष विचार को स्वीकार कर ले तो यह सक्रिय हो जाता है।

सम्मोहन चिकित्सा, हिप्नोथेरेपी का भविष्य उज्जवल है। यह भविष्य की औषधि बनने जा रही है, क्योंकि बस तुम्हारे विचारों के प्रारूप को बदल देने से ही तुम्हारे मन को परिवर्तित किया जा सकता है, तुम्हारे मन के माध्यम से तुम्हारे प्राण शरीर और प्राण शरीर के माध्यम से तुम्हारे स्थूल शरीर को बदला जा सकता है। तब औषधि के रूप में विष की चिंता क्यों की जाए, स्थूल औषधियों की फिकर में क्या पड़ना? क्यों न इस कार्य को विचार शक्ति से कर लिया जाए? क्या तुमने कभी किसी सम्मोहन-विद को किसी माध्यम पर कार्य करते हुए देखा है? यदि तुमने नहीं देखा है, तो यह देखने लायक घटना है। यह तुमको एक विशेष अंतर्दृष्टि देगा।

शायद तुमने सुना हो या शायद तुमने देखा भी हो–भारत में यह होता है; तुमने आग पर चलने वालों को अवश्य देखा होगा। यह और कुछ नहीं वरन हिप्नोथेरैपी है। यह विचार कि वे किसी विशिष्ट देवता या किसी विशिष्ट देवी से आविष्ट हो गए हैं और अब उनको कोई आग नहीं जला सकती, बस यह विचार ही पर्याप्त है। यह विचार उनके शरीरों के सामान्य क्रियाकलापों का नियंत्रण और रूपांतरण कर देता है।

वे तैयारी किए हुए होते हैं : चौबीस घंटे पहले से वे उपवास करते हैं। जब तुम उपवास कर रहे हो तो तुम्हारा पूरा शरीर शुद्ध है और इसके भीतर मल नहीं रहा, तब तुम्हारे और स्थूल शरीर के मध्य का सेतु

गिर जाता है। चौबीस घंटे तक वे किसी मंदिर में या मस्जिद में स्तुति गाते हुए, नाचते हुए परमात्मा से लय मिलाते हुए रहते हैं। फिर वह क्षण आता है जब वे आग पर चलते हैं। वे नृत्य करते हुए आविष्ट की भाव-दशा में आते हैं। वे पूरी श्रद्धा से आते हैं कि उनको आग जला नहीं सकती, बस यही है; और कुछ भी नहीं है इसमें। प्रश्न यही है कि श्रद्धा किस भांति निर्मित की जाए। फिर वे आग पर नृत्य कर लेते हैं और आग नहीं जलाती।

ऐसा अनेक बार हो गया है कि कोई व्यक्ति जो बस एक दर्शक था वह तक आविष्ट हो गया। बीस लोग आग पर चल रहे हैं और जले नहीं, और कोई व्यक्ति अचानक इतना आश्वस्त हो गया है: 'यदि ये लोग आग पर चल रहे हैं तो मैं क्यों नहीं चल सकता?' और वह भीतर कूद पड़ा और आग ने उसको नहीं जलाया। उसी क्षण में अचानक एक श्रद्धा जाग उठी। कभी-कभी ऐसा हो गया कि जो लोग तैयारी करके आए थे, जल गए। कभी-कभी कोई बिना तैयारी किया हुआ दर्शक आग पर चल गया और नहीं जला। क्या हो गया?–जिन लोगों ने तैयारी की थी उनमें कहीं कोई संदेह अवश्य रहा होगा। वे यह अवश्य सोच रहे होंगे कि ऐसा होने जा रहा है या नहीं। उनकी चेतना में, विज्ञानमय कोष में एक सूक्ष्म संदेह अवश्य रहा होगा। यह संपूर्ण श्रद्धा नहीं थी। इसलिए वे आए थे, लेकिन संदेह के साथ। उस संदेह के कारण शरीर उच्चतर आत्मा से संदेश ग्रहण नहीं कर सका। दोनों के मध्य में संदेह आ खड़ा हुआ और शरीर ने सामान्य ढंग से कार्य करना जारी रखा; वह जल गया। यही कारण है कि सभी धर्म श्रद्धा पर बल दिया करते हैं। सम्मोहन चिकित्सा है श्रद्धा। श्रद्धा के बिना तुम अपने अस्तित्व के सूक्ष्म भागों में प्रविष्ट नहीं हो सकते, क्योंकि एक जरा सा संदेह और तुमको वापस स्थूल पर फेंक दिया जाता है। विज्ञान संदेह के साथ कार्य करता है। संदेह विज्ञान की विधि है, क्योंकि विज्ञान स्थूल के साथ कार्य करता है। तुम संदेह करते हो या नहीं, एक एलौपैथ चिकित्सक को चिंता नहीं होती। वह तुमसे अपनी औषधि में भरोसा करने के लिए नहीं कहता, वह तो बस तुमको दवा दे देता है। लेकिन एक होम्योपैथ चिकित्सक पूछेगा, क्या तुमको भरोसा है, क्योंकि किसी होम्योपैथ के लिए तुम्हारे विश्वास के बिना तुम पर कार्य कर पाना अधिक कठिन होगा। और एक सम्मोहन-विद पूर्ण समर्पण के लिए कहेगा। वरना कुछ नहीं किया जा सकता है।

धर्म है समर्पण। धर्म है सम्मोहन चिकित्सा। लेकिन अभी एक और शरीर है, वह है आनंदमय कोष: आनंद का शरीर। सम्मोहन चिकित्सा चौथे शरीर तक जाती है। ध्यान पांचवें शरीर तक जाता है। 'मेडिटेशन' यह शब्द ही सुंदर है क्योंकि इसका मूल वही है जो मेडिसिन का है। दोनों एक ही मूल से आते हैं। मेडिसिन और मेडिटेशन एक ही शब्द की व्युत्पत्तियां है: वह जो स्वस्थ करता है, वह जो तुमको स्वस्थ और समग्र बनाता है, मेडिसिन (औषधि) है और गहनतम तल पर यही मेडिटेशन (ध्यान) है।

ध्यान तुमको सुझाव तक नहीं देता, क्योंकि सुझाव बाहर से दिए जाते हैं। किसी और को तुम्हें सुझाव देना पड़ता है। सुझावों का अभिप्राय है कि तुम किसी और पर निर्भर हो। वे तुमको पूरी तरह से चैतन्य नहीं बना सकते क्योंकि दूसरे की आवश्यकता पड़ेगी, और तुम्हारे अस्तित्व पर उसकी एक छाया पड़ जाएगी। ध्यान तुमको पूरी तरह से चैतन्य बना देता है–किसी छाया के बिना–बिना अंधकार के परिपूर्ण प्रकाश। अब सुझाव भी एक स्थूल चीज समझा जाता है। कोई सुझाव देता है–इसका अर्थ है कि कोई चीज बाहर से आती है, और जो कुछ भी बाहर से आता है, विश्लेषण की परम सूक्ष्मता में वह भौतिक है। केवल पदार्थ ही नहीं बल्कि वह सभी जो बाहर से आता है भौतिक है। एक विचार तक पदार्थ का सूक्ष्म रूप है। सम्मोहन चिकित्सा भी भौतिकवादी है।

ध्यान सारी संभावनाएं, सभी सहारे गिरा देता है। यही कारण है कि ध्यान को समझ पाना संसार का सर्वाधिक कठिन कार्य है, क्योंकि बचता कुछ भी नहीं है–बस एक शुद्ध समझ, एक साक्षीभाव। पहला सूत्र यही कह रहा है।

'मन की वृत्तियों का ज्ञान सदैव इसके प्रभु...'

तुम्हारे भीतर प्रभु कौन है? उस प्रभु को खोजना पड़ता है।

'मन की वृत्तियों का ज्ञान सदैव इसके प्रभु, पुरुष, को शुद्ध चेतना के सातत्य के कारण होता है।'

तुम्हारे भीतर दो बातें घट रही हैं। पहली है विचारों, भावनाओं, इच्छाओं का झंझावात–तुम्हारे चारों ओर विराट भंवर है, सतत परिवर्तनशील, अपने आप को लगातार परिवर्तित करता हुआ, लगातार गतिशील। यह एक प्रक्रिया है। इस प्रक्रिया के पीछे तुम्हारी साक्षी आत्मा है–शाश्वत, स्थायी, जरा भी न बदली हुई। यह कभी नहीं बदली है। यह शाश्वत आकाश जैसी है: मेघ आते हैं और चले जाते हैं, एकत्रित होते हैं, बिखर जाते हैं...आकाश अस्पर्शित, अप्रभावित बिना किसी छाप के मौजूद रहता है। यह शुद्ध और कुंवारा बना रहता है। तुम्हारे भीतर शाश्वत, प्रभु यही है।

मन बदलता रहता है। अभी एक क्षण पूर्व तुम्हारे पास एक मन था, एक क्षण बाद तुम्हारे पास दूसरा मन होता है। अभी कुछ मिनट पहले तुम क्रोधित थे, और अब तुम हंस रहे हो। अभी कुछ मिनट पहले तुम प्रसन्न थे, अब तुम उदास हो। मनोवृत्तियां, परिवर्तन, लगातार ऊपर और नीचे तरंगित होते रहते हैं, जैसे कि यो-यो का खेल चलता रहता है। लेकिन तुम्हारे भीतर कुछ शाश्वत है: वह जो इस खेल को, तमाशे को देखता रहता है। वही साक्षी, प्रभु है। यदि तुम साक्षी होना आरंभ कर देते हो, तो तुम धीरे-धीरे प्रभु से निकटतर और निकटतर हो जाओगे।

वस्तुओं का साक्षी होना आरंभ करो। तुम एक वृक्ष को देखते हो, तुम वृक्ष को देखते हो लेकिन तुम इसके प्रति सजग नहीं हो कि तुम इसको देख रहे हो; तब तुम साक्षी नहीं हो। तुम एक वृक्ष को देखते हो,

और उसी समय तुम देखते हो कि तुम देख रहे हो; तब तुम साक्षी हो। चेतना को दो नोकों वाला तीर बनना पड़ता है: एक तीर वृक्ष की ओर जा रहा है, दूसरा तुम्हारे कर्त्तापन की ओर जा रहा है।

कठिन है यह, क्योंकि जब तुम अपने प्रति सजग हो जाते हो तो तुम वृक्ष को भूल जाते हो और जब तुम वृक्ष के प्रति सजग होते हो तो तुम स्वयं को भूल जाते हो। लेकिन धीरे-धीरे व्यक्ति संतुलन बनाना सीख लेता है, ठीक वैसे ही जैसे तनी हुई रस्सी पर चलने वाला व्यक्ति संतुलन सीख लेता है। आरंभ में यह कठिन, खतरनाक, संकटपूर्ण होता है, किंतु धीरे-धीरे व्यक्ति संतुलन बनाना सीख लेता है। बस प्रयास करते चले जाओ। जब कभी तुमको साक्षी होने का अवसर मिले इसको गंवाओ मत, क्योंकि साक्षीभाव से अधिक मूल्यवान और कुछ भी नहीं है। किसी कृत्य को करते हुए, चलते हुए या भोजन करते हुए या स्नान करते हुए साक्षी भी हो जाओ। फव्वारे से अपने ऊपर पानी गिरने दो, किंतु तुम भीतर सजग बने रहो और देखो कि क्या घटित हो रहा है–पानी का ठंडापन और सारे शरीर में सनसनाहट की अनुभूति, तुमको घेरता हुआ एक विशेष प्रकार का मौन, तुम्हारे भीतर एक अच्छेपन की भावना का उदय होना–लेकिन साक्षी बने रहना जारी रखो। तुमको प्रसन्नता अनुभव हो रही है; बस प्रसन्न अनुभव करना पर्याप्त नहीं है–साक्षी हो जाओ। बस देखते रहो–मैं प्रसन्नता अनुभव कर रहा हूं...मैं उदासी अनुभव कर रहा हूं...मैं भूखां अनुभव कर रहा हूं–देखते चले जाओ। धीरे-धीरे तुम देख लोगे कि प्रसन्नता तुमसे अलग है, अप्रसन्नता भी तुमसे अलग है। वह सभी कुछ जिसके तुम साक्षी हो सकते हो, तुमसे भिन्न है। तुम साक्षी के साक्षी नहीं हो सकते; वही प्रभु है। तुम प्रभु से परे नहीं जा सकते, तुम ही प्रभु हो। अस्तित्व का परम केंद्र तुम ही हो।

'मन स्व प्रकाशित नहीं है, क्योंकि स्वयं इसका प्रत्यक्षीकरण हो जाता है।'

स्वयं मन को देखा जा सकता है। यह विषय बन सकता है। इसका प्रत्यक्षीकरण किया जा सकता है, इसलिए यह प्रत्यक्षीकरण करने वाला नहीं है। सामान्यतः हम सोचते हैं कि यह मन ही है जो फूल को देख रहा है। नहीं, तुम मन के पार जा सकते हो और तुम मन को देख सकते हो, ठीक उसी प्रकार से जैसे कि मन फूल को देख रहा है। तुम जितनी गहराई में उतरते हो उतना ही अधिक तुमको यह पता लगेगा कि देखने वाला स्वयं ही दिखाई पड़ने लगता है। यही कारण है कि कृष्णमूर्ति बार-बार कहे चले जाते हैं; 'देखने वाला ही देखा जाता है। प्रत्यक्षीकरण करने वाले का प्रत्यक्षीकरण किया जाता है।' जब तुम गहराई में उतरते हो तो पहले तुम वृक्षों को और गुलाब को और सितारों को देखते हो और तुम सोचते हो कि मन साक्षी हो रहा है। फिर अपनी आंखें बंद कर लो, अब मन में इनकी छवियों को देखो: गुलाबों की, सितारों की, वृक्षों की। अब ज्ञाता कौन है? ज्ञाता जरा गहराई में चला गया है। मन स्वयं ही एक विषय बन चुका है।

ये पांचों कोष, ये पांचों बीज, वे पांच स्थान हैं जहां ज्ञाता बार-बार ज्ञेय बन जाता है। जब तुम स्थूल शरीर, भोजन निर्मित शरीर, अन्नमय कोष से प्राण शरीर की ओर जाते हो, तो तुरंत ही प्राण शरीर से तुम देख लेते हो कि स्थूल शरीर को एक विषय की भांति देखा जा सकता है। यह प्राण शरीर के बाहर है, ठीक उसी तरह जैसे कि मकान तुम्हारे बाहर है, जब तुम प्राण शरीर में खड़े होते तो तुम्हारा अपना शरीर ठीक तुम्हारे चारों ओर की दीवार की भांति होता है। पुनः तुम प्राण शरीर से मनोमय कोष, मनस शरीर में जाते हो तो ठीक यही घटित होता है। अब प्राण शरीर भी तुमसे बाहर है, तुम्हारे चारों ओर एक बाड़ की तरह; और इसी तरह यह सिलसिला चलता चला जाता है। यह उस परम बिंदु तक जाता है जहां केवल साक्षी बचता है। तब तुम स्वयं को इस भांति नहीं देखते, 'मैं आनंदित हूं,' तुम स्वयं को आनंद के साक्षी की भांति देखते हो।

अंतिम शरीर आनंद शरीर है। इसका विभेद कर पाना अत्यधिक कठिन है, क्योंकि यह प्रभु के बेहद निकट है। यह प्रभु को करीब-करीब ऐसे घेरे हुए है जैसे कि वातावरण ने तुमको घेरा हुआ है। लेकिन इसको जानना पड़ता है। इस अंतिम पड़ाव पर भी जब तुम आह्लाद से ओत-प्रोत हो, फिर भी तुमको चरम प्रयास, विभेद का अंतिम प्रयास, और यह देखने का प्रयास कि आनंद तुमसे भिन्न है, करना पड़ता है।

यही है मुक्ति, कैवल्य। फिर तुम अकेले बच जाते हो, बस साक्षीमात्र, और प्रत्येक वस्तु–शरीर, मन, ऊर्जा को विषयों में परिवर्तित किया जा चुका है। यहां तक कि आनंद, यहां तक कि समाधि, यहां तक कि ध्यान भी वहां शेष नहीं बचता। जब ध्यान पूर्ण हो जाता है तो अब वह ध्यान नहीं रहता। जब ध्यान करने वाले ने वास्तव में लक्ष्य पा लिया हो तो वह ध्यान नहीं करता। वह ध्यान नहीं कर सकता, क्योंकि अब यह भी–चलने की, भोजन करने की भांति एक कृत्य है। वह प्रत्येक चीज से भिन्न हो चुका है। ध्यान और समाधि के मध्य यही अंतर है। ध्यान पांचवें शरीर, आनंद शरीर का है। अभी भी यह एक चिकित्सा, एक औषधि है। अभी भी तुम थोड़े से रुग्ण हो, रुग्ण हो क्योंकि तुम अपने आप का तादात्म्य किसी ऐसी बात के साथ कर रहे हो जो तुम नहीं हो। तादात्म्य ही सारी बीमारी है, और परम स्वाथ्य अ-तादात्म्य के माध्यम से उपलब्ध होता है। समाधि तभी है जब ध्यान तक पीछे छूट चुका हो।

मैं एडवर्ड डी बोनो द्वारा लिखी गई एक पुस्तक पढ़ रहा था। उसने चीन में घटी एक बहुत प्राचीन घटना के बारे में लिखा है।

प्राचीनकाल में चीन में एक पगोडा में, एक चीनी मंदिर में आग लग गई। खोजियों को पगोडा की राख में से उठती हुई विचित्र और भूख बढ़ाने वाली गंध ने, एक अभागे सुअर की ओर आकर्षित किया, जो ज्वाला में फंस गया था और अग्नि में भुन गया था। इसके बाद से चीन में भुना हुआ सुअर एक सुरुचिपूर्ण भोजन बन गया। आकस्मिक रूप से यह खोज लिया गया, क्योंकि पगोडा में आग लग गई थी

और एक सुअर उसमें जल कर भुन गया था। लेकिन फिर लोगों ने सोचा कि हो न हो इसका पगोडा से कोई संबंध है, वरना सुअर इतना स्वादिष्ट किस प्रकार हो सकता है? इसलिए चीन में सदियों से यह जारी रहा कि जब भी उनको भुना हुआ सुअर खाना हो, तो पहले वे एक पगोडा बनाते थे, फिर उसके भीतर एक सुअर को बंद करके उसमें आग लगा देते थे। बहुत महंगा था यह, किंतु यह उनको बहुत वैज्ञानिक प्रतीत होता था। अनेक शताब्दियों के बाद यह उनको पता लगा कि यह मूर्खतापूर्ण था। सुअर को पगोडा जलाए बिना भी भूना जा सकता है। इसके लिए पगोडा अनिवार्य नहीं है।

लेकिन मनुष्य का मन इसी भांति कार्य करता है, क्योंकि सबसे पहले तुम अपने शरीर के प्रति सजग हुए थे और हर बात इससे संबंधित हो जाती है। जब तुमको एक खास किस्म के अच्छेपन, अपने चारों ओर एक आनंद की अनुभूति होती है, तो निःसंदेह तुमको यह लगता है कि इस शरीर के कारण हो रहा है, क्योंकि, 'मैं स्वस्थ अनुभव कर रहा हूं, न कोई रुग्णता, न कोई बीमारी। इसीलिए यह वहां है।' तब तुम शरीर को युवा, स्वस्थ रखने का प्रयास करते हो। इसमें कुछ भी गलत नहीं है, लेकिन यह अच्छापन तुम्हारे भीतर कहीं गहराई से आता है। हां, एक स्वस्थ शरीर की आवश्यकता होती है, वरना वे गहरे जलस्रोत सक्रिय नहीं हो पाएंगे। तुम्हारे अंतर्तम केंद्र से अच्छेपन की अनुभूति को बाहर लाने के लिए स्वस्थ शरीर एक वाहन का कार्य करता है, लेकिन यह स्थूल शरीर स्वयं मूल कारण नहीं है।

मैं तुमको कुछ कहानियां सुनाता हूं कि मन किस प्रकार से बहुत तर्कयुक्त प्रतीत होता है, लेकिन कहीं गहराई में बहुत असंगत परिणाम हुआ करते हैं।

एक बार एक प्रोफेसर ने सौ पिस्सुओं को जब उनको वह उचित आदेश दे तब उछलने के लिए प्रशिक्षित किया। जब एक बार उन्होंने संतोषजनक ढंग से यह कार्य कर लिया तो उसने एक कैंची ली और उनके पैर काट दिए। जैसे ही उसको यह पता लगा कि उसके द्वारा कूदने के लिए दिए जाने वाले आदेश का पालन एक भी पिस्सू नहीं कर रहा है, तो उसने अपनी शोध की घोषणा विज्ञान जगत में इस प्रकार से की कि सज्जनों मेरे पास इस बात के अकाट्य प्रमाण हैं कि पिस्सू के कान उनकी टांगों में होते हैं।

मानव विचार के पूरे इतिहास में ऐसा अनेक बार हुआ है : टांगें काट दीं, अब वे नहीं कूदते, वे आदेश को नहीं सुनते हैं। तो निस्संदेह, स्वभावतः पिस्सुओं के कान उनकी टांगो में हैं।

तर्क नितांत तर्कविहीन निष्कर्षों पर पहुंच सकता है। तर्क नितांत तर्कहीन निष्कर्षों का निष्पादन कर सकता है। शरीर सर्वाधिक स्थूल, सरलतापूर्वक समझ लेने योग्य भाग है, तुम इसको पकड़ सकते हो, तुम इसे प्रशिक्षित कर सकते हो, इसको भोजन और पोषण देकर तुम इसे अधिक स्वस्थ बना सकते हो। तुम इसे भूखा रख कर इसे मार सकते हो। यह पकड़ में आ जाता है। शरीर से परे ज्ञानातीत का संसार आरंभ होता है।

वैज्ञानिक ज्ञानातीत संसार में जाने से जरा भयभीत हैं, क्योंकि वहां पर उनकी कसौटी सही प्रकार से काम नहीं करती है। तब प्रत्येक बात धुंधली से और धुंधली होती चली जाती है। निःसंदेह वे वहीं ठहरते हैं जहां पर प्रकाश है।

राबिया-अल-अदाबिया के बारे में एक प्रसिद्ध कथा है। एक संध्या वह गली में किसी वस्तु को खोज रही थी। किसी ने पूछा, तुम क्या खोज रही हो? उसने कहा : मेरी सुई खो गई है। इसलिए उन लोगों ने, दयालु लोगों ने उसकी मदद करना आरंभ कर दी। वृद्ध स्त्री, निर्धन स्त्री, बेचारी से उसकी सुई खो गई; प्रत्येक व्यक्ति ने मदद करने का प्रयास किया। लेकिन फिर किसी को खयाल आया कि सुई तो बहुत ही छोटी वस्तु है, ठीक-ठीक कहां पर गिरी है यह? गली तो बहुत बड़ी है। यदि हम इस प्रकार से खोजते रहे तो सदियां लग जाएंगी। इसलिए उन्होंने पूछा, सुई ठीक किस स्थान पर गिरी थी, जिससे हम केवल उसी स्थान पर उसे खोज सकें? राबिया ने कहा : यह मत पूछो, क्योंकि सुई तो भीतर मेरे घर में गिरी थी। वे सभी उठ खड़े हुए और बोले, क्या तुम पागल हो गई हो! यदि सुई घर के भीतर गिरी है तो उसको वहीं पर खोजो! राबिया ने कहा : लेकिन वहां रोशनी नहीं है! यहां गली में अभी तक रोशनी है। सूर्य अभी तक अस्त नहीं हुआ है। समय मत गंवाओ। मदद करो, क्योंकि शीघ्र ही सूर्य अस्त हो जाएगा और गली में अंधकार हो जाएगा।

एक ढंग से यह अतर्क्य प्रतीत होता है; दूसरे ढंग से यह बहुत तर्कपूर्ण लगता है। यही तो विज्ञान कर रहा है। यह भौतिक शरीर तुम्हारा एक मात्र प्रकाशित भाग प्रतीत होता है, शेष सब कुछ तो अंधकार में है। जितनी गहराई में तुम जाते हो, उतना ही अधिक अंधकार। तुम जितनी गहराई में उतरते हो, उतना ही दिशा-बोध खोने लगता है। तुम गहराई में जाते हो, वह सभी कुछ जो स्पष्ट दिखाई दिया था, अब नहीं दिखाई पड़ता। प्रत्येक वस्तु एक चरम संशय में प्रतीत होती है। इसलिए बेहतर है कि प्रकाशित भाग पर रुको, वहीं बने रहो। स्थूल शरीर के साथ कुछ किया जा सकता है, क्योंकि शरीर को समायोजित किया जा सकता है।

लेकिन इस ढंग से कुछ अत्यधिक मूल्यवान है जिसे खोया जा रहा है, धीरे-धीरे मानव-जाति शरीर पर बहुत केंद्रित हो चुकी है। और यह शरीर बस तुम्हारा बाह्य आवरण है।

एक कारागृह में ऐसा हुआ, जो नाम के व्यक्ति को डकैती में शामिल होने पर बीस वर्ष के कारावास का दंड मिला। कारावास की अवधि आरंभ होने के कुछ समय बाद ही उसे अपने बालों में एक पिस्सू मिला, कुछ करने के लिए था भी नहीं, तो जो ने उसको प्रशिक्षित करना आरंभ कर दिया। सबसे पहले जो ने उस पिस्सू को आदेश दिए जाने पर उछलना सिखाया, फिर क्रमशः उस पिस्सू की होशियारियां और-और जटिल होती गईं। प्रत्येक सप्ताह के प्रत्येक दिन लगातार अभ्यास और धैर्यपूर्वक

प्रशिक्षण जारी रखा, इसलिए जब उसके जेल से छूटने का समय आया, तब तक उसने उस पिस्सू को उन कारनामों को भी करना सिखा दिया था जो नितांत अविश्सवनीय थे। जैसे ही जो कारागृह के द्वार से बाहर आया वह विश्व के विशालतम सर्कस में दौड़ कर पहुंच गया। शीघ्रतापूर्वक मैनेजर के तंबू में पहुंच कर जो ने पिस्सू को अपनी ऊपर वाली जेब से निकाला और उसे मेज पर रख दिया, जरा इसको देखिए, जो ने मैनेजर से कहा। हां, मैनेजर ने कहा। और वैसे ही उसने बड़ा भारी ऐशट्रे पिस्सू पर दे मारा। उपद्रव हैं ये कीड़े, हैं न?

उसने पिस्सू को मार डाला, और अब बेचारे जो के पास यह सिद्ध करने का कोई उपाय ही न रहा कि उसने पिस्सू को करीब-करीब आश्चर्यजनक कार्य, अविश्वसनीय कार्य करने में प्रशिक्षित कर दिया था। अब इसको सिद्ध करने का कोई उपाय न रहा।

यही वह स्थूल सोच है जो मनुष्य-जाति के प्रति हो गई है, इसने भीतर के रहस्य को मार डाला है। इसने लोगों को भौतिक शरीर के प्रति इतना आसक्त बना दिया है कि वे अपने भीतरी संसार को भूल चुके हैं। अब तो इसकी सत्ता को सिद्ध करना असंभव हो गया है। बुद्ध, कृष्ण और जीसस जैसे लोग पागल दिखाई पड़ते हैं। अंग्रेजी भाषा तथा अन्य पश्चिमी भाषाओं मे ऐसी पुस्तकें हैं जो सिद्ध करती हैं कि जीसस विक्षिप्त हैं। निःसंदेह यदि तुमने भीतरी संसार का कुछ नहीं जाना है तो वे विक्षिप्त दिखाई पड़ते हैं। यदि तुम भीतरी संसार के बारे में कुछ नहीं जानते हो तो वे विक्षिप्त हैं। तब वे पागल आदमी जैसे प्रतीत होते हैं, क्योंकि कभी-कभी वे परमात्मा से बातें करते हैं, और वे घोषणा करते हैं कि उनको उत्तर भी मिलते हैं। और तुम भीतर के संसार से सारा संपर्क खो चुके हो, इसलिए एक पागल आदमी और उनके बीच में क्या अंतर है? पागल आदमी भी आवाजें सुनता है। तुम इसे देख सकते हो; पागलखाने में चले जाओ और तुम देख सकते हो कि पागल लोग अकेले बैठे हैं और इतनी तन्मयता से बातें कर रहे हैं जैसे कि कोई वहां उपस्थित हो। भेद क्या है? जब गेथसेमाने के बाग में जीसस ने प्रार्थना की, आकाश की ओर अपने हाथ उठाए और परमात्मा से बातें करना आरंभ कर दी, तब क्या भेद है? ऐसा प्रतीत होता है कि वहां कोई नहीं है, जीसस भी उतने ही पागल हैं जितना कोई और पागल। जब सूली पर उन्होंने रोना और परमात्मा से बातें करना शुरू कर दिया, तो क्या अंतर है? क्योंकि वहां कई हजार लोग इकट्ठे हो गए थे; उनको वहां कोई भी नहीं दिखाई पड़ा। और जीसस ने कहा, पिता इन लोगों को क्षमा कर दो, क्योंकि वे नहीं जानते कि वे क्या कर रहे हैं। वे पागल हैं। वे किसके साथ बातें कर रहे हैं? वे अपने होशोहवास में नहीं हैं। धीरे-धीरे यदि तुम्हारा अंतर्तम संसार अपूर्ण है और तुम इसके साथ संपर्क खो चुके हो, तो तुम जीसस, कृष्ण, बुद्ध या पतंजलि में विश्वास नहीं कर सकते हो। वे किसके बारे में बात कर रहे हैं। और तुम, जो बहुत चतुर लोग हो, अपने स्वप्नों के बारे में बहुत वैज्ञानिक ढंग से बात किए चले जाते हो।

अनेक पागल लोग बहुत, बहुत तर्कयुक्त होते हैं। यदि तुम पागल लोगों की बातें सुनो तो तुम हैरान हो जाओगे। वे बहुत तर्कनिष्ठ, बहुत तर्कपूर्ण होते हैं; और एक सीमा तक तो तुम उनसे करीब-करीब राजी भी हो जाओगे।

मैंने एक व्यक्ति के बारे में सुना है, जो अपने किसी ऐसे संबंधी से मिलने गया था जो पागलखाने में था। उसी कोठरी में एक दूसरा रोगी भी था, और यह दूसरा व्यक्ति इतना भला आदमी, इतना आह्लादित दिख रहा था और वह इतनी गरिमा के साथ बैठा हुआ समाचार पत्र पढ़ रहा था कि इस मुलाकाती ने उससे पूछा, आप तो जरा भी पागल नहीं लगते। उसने इस आदमी से बातचीत की और वह पूरी तरह से तर्कयुक्त, नितांत सामान्य था। मुलाकात करने आया व्यक्ति तो हैरान था। तुमको यहां पर क्यों रख दिया गया है? उसने बताया, मुझको अपने रिश्तदारों की वजह से यहां रखा गया है, वे मुझे यहां भेज देना चाहते थे क्योंकि वे उस सारी संपत्ति पर कब्जा जमाना चाहते थे जो मेरे पास है, और इसका यही एकमात्र उपाय था : या तो मुझको मार डालो या मुझको पागलखाने में डाल दो। और मैं भी राजी हो गया। यह बेहतर है। कम से कम मैं जीवित तो हूं। वरना उन्होंने तो मुझे मार ही डाला होता। मेरे पास बहुत अधिक धन है।

और सब कुछ इतना सामान्य और तर्कपूर्ण था कि इस व्यक्ति ने कहा, तुम चिंता मत करो। मैं गवर्नर को जानता हूं, और मैं उनके पास जाऊंगा और पूरी बात बता दूंगा। उस पागल आदमी ने कहा : कृपा करें, यदि आप कुछ कर सकते हैं तो कीजिए। जब वह व्यक्ति बस बाहर निकल ही रहा था, अचानक इस पागल आदमी ने उछल कर उसके सर पर जोर से प्रहार किया। उस व्यक्ति ने पूछा, अरे, तुम यह क्या कर रहे हो? इस पागल ने कहा : बस आपको याद दिलाने के लिए...गवर्नर के पास जाना मत भूलिएगा। अब आप नहीं भूलेंगे।

कहीं न कहीं सभी कुछ तर्कयुक्त था, लेकिन पागल आदमी और रहस्यदर्शी के बीच अंतर कैसे किया जाए? क्योंकि रहस्यदर्शी में भी एक निश्चित सीमा तक सभी कुछ तर्कपूर्ण प्रतीत होता है। फिर अचानक वह किसी ऐसी चीज के बारे में बात करने लगता है जिसका तुम्हें कभी अनुभव नहीं हुआ था। तब तुम डर जाते हो, और स्वयं को भय से बचाने के लिए तुम अपने भय को तर्क द्वारा समझाने का प्रयास करते हो।

'मन के लिए अपने आप को और किसी अन्य वस्तु को उसी समय में जानना असंभव है।'

ये सूत्र साक्षीभाव के बारे में हैं। पतंजलि क्रमबद्ध रूप से यह कह रहे हैं कि मन के लिए दो कार्य एक साथ कर पाना असंभव है; ज्ञेय हो जाए और ज्ञाता भी बन जाए। या तो वह जान सकता है या उसके बारे में जाना जा सकता है। इसलिए जब तुम अपने मन के साक्षी हो सकते हो तो यह बात आत्यंतिक रूप से

सिद्ध कर देती है कि मन ज्ञाता नहीं है। तुम ज्ञाता हो। तुम शरीर नहीं हो; तुम मन भी नहीं हो। सारा जोर इस बात पर है : जो तुम नहीं हो उससे अंतर करने में तुम्हारी सहायता किस भांति की जाए।

'यदि यह मान लिया जाए कि दूसरा मन पहले मन को प्रकाशित करता है, तो बोध के बोध की कल्पना करनी पड़ेगी, और इससे स्मृतियों का संशय उत्पन्न होगा।'

लेकिन ऐसे भी दर्शनशास्त्री हुए हैं जिनका कहना है कि साक्षी को मानने की कोई आवश्यकता नहीं है; हम एक और मन को मान सकते है : पहले मन को दूसरे मन के द्वारा जान लिया जाता है। यही वह बात है जिससे मनोवैज्ञानिक भी सहमत होंगे, क्योंकि किसी नितांत अज्ञात वस्तु को क्यों महत्व देना? मन का स्वयं मन के द्वारा, एक सूक्ष्म मन द्वारा निरीक्षण किया जाता है। लेकिन पतंजलि इस दृष्टिकोण का एक बहुत तर्कपूर्ण खंडन प्रस्तुत करते है। वे कहते हैं, यदि तुम यह मान लो कि पहले मन का ज्ञान दूसरे मन द्वारा होता है, तो दूसरे मन का ज्ञान किसको होता है? फिर तीसरा मन; फिर तीसरे मन का ज्ञान किसको होता है? फिर इससे संशय निर्मित होगा। यह पीछे लौटते जाने की एक अंतहीन प्रक्रिया होगी। फिर तुम बढ़ते चले जाओ अनंत तक और पुनः यदि तुम कहते हो, एक हजारवां मन, लेकिन फिर भी समस्या वही बनी रहती है। फिर तुमको पुनः एक हजारवें मन के पीछे एक हजार एकवें मन की कल्पना करनी पड़ेगी–और यह आगे और आगे चलता चला जाएगा।

नहीं, व्यक्ति को किसी ऐसी बात को समझना पड़ता है जो नितांत भीतर है जिससे परे कुछ भी नहीं है। वरना स्मृतियों का संशय होगा, वरना उलझन होगी। शरीर, मन और साक्षी : साक्षी परम है। लेकिन साक्षी का ज्ञान किसको होता है? साक्षी को कौन जानता है? और तब हम योग की सर्वाधिक महत्वपूर्ण परिकल्पनाओं में से एक पर आ जाते हैं।

'आत्म-बोध से अपनी स्वयं की प्रकृति का ज्ञान मिल जाता है, और जब चेतना इस रूप में आ जाती है तो यह एक स्थान से दूसरे स्थान को नहीं जाती।'

योग का मानना है कि साक्षी एक स्व प्रकाशमान घटना है। यह बस प्रकाश की भांति है। तुम्हारे कमरे में एक छोटी सी मोमबत्ती है, यह मोमबत्ती पूरे कमरे को–फर्नीचर को, दीवारों को, दीवार पर लगी पेंटिंग को, प्रकाशित कर देती है। मोमबत्ती को कौन प्रकाशित करता है? तुमको इस मोमबत्ती की खोज करने के लिए एक अन्य मोमबत्ती की आवश्यकता नहीं होती; यह मोमबत्ती स्वयं प्रकाशित हो रही है। यह दूसरी वस्तुओं को प्रकाशित करती है और साथ ही साथ यह अपने आप को भी प्रकाशित करती है। स्वबुद्धिसंवेदनम–अंतर्तम चेतना स्व प्रकाशित है। यह प्रकाश की प्रकृति है। सूर्य सौरमंडल की प्रत्येक वस्तु को प्रकाशित करता है–और साथ ही साथ यह अपने आप को भी प्रकाशित करता है। साक्षी उस प्रत्येक बात का साक्षी है जो इन पांच बीजों और इस संसार में उसके चारों ओर चल रही है, ठीक उसी

समय यह अपने आप को भी प्रकाशित करता है। यह पूर्णतः तर्कयुक्त लगता है। कहीं न कहीं हमें सागर में उतरते चले जाएं तो चट्टानी तलहटी पर आना पड़ता है। वरना हम और-और आगे बढ़ते चले जाएंगे– और इससे सहायता नहीं मिलेगी, और समस्या वैसी ही बनी रहती है।

'आत्म-बोध से अपनी स्वयं की प्रकृति का ज्ञान मिल जाता है, और जब चेतना इस रूप में आ जाती है तो यह एक स्थान से दूसरे स्थान को नहीं जाती।'

जब तुम्हारी आंतरिक चेतना अ-गति के क्षण में आ चुकी है, जब यह गहनता से केंद्रित हो चुकी है और दृढ़ता से स्थापित हो चुकी है, जब यह कंपित नहीं हो रही है, जब यह सजगता की अनवरत अग्निशिखा बन चुकी है, तब यह अपने आप को प्रकाशित करती है।

'जब मन ज्ञाता और ज्ञेय के रंग में रंग जाता है तब यह सर्वज्ञ हो जाता है।'

मन तुम्हारे और संसार के ठीक मध्य में है। तुम्हारे और संसार के मध्य में, साक्षी और साक्षित्व के विषय के मध्य में, मन सेतु है। मन एक सेतु है। और मन यदि वस्तुओं के रंग में रंग जाता है, और साक्षी के द्वारा भी रंग जाता है, तब यह सर्वज्ञ हो जाता है। यह ज्ञान का प्रचंड उपकरण बन जाता है। लेकिन दो प्रकार से रंगे जाने की आवश्यकता है। एक, इसको उन वस्तुओं के द्वारा रंगा जाना चाहिए जिनको यह देखता है और दूसरा इसको साक्षी द्वारा रंग दिया जाना चाहिए। साक्षी को अपनी ऊर्जा मन की ओर प्रवाहित कर देना चाहिए, केवल तभी मन वस्तुओं को जान सकता है।

उदाहरण के लिए, एक वैज्ञानिक कार्यरत है, उसने एक व्यक्ति के शरीर का विच्छेदन किया हुआ है और वह बहुत बारीकी से, उतनी सूक्ष्मता से जितनी उपकरणों द्वारा संभव है, निरीक्षण कर रहा है। वह आत्मा को खोज रहा है, और उसे कोई आत्मा नहीं मिलती, बस पदार्थ ही पदार्थ मिलता है। अधिक से अधिक उसे कुछ ऐसा मिल सकता है जो भौतिक विज्ञान के संसार से संबद्ध हो या रसायन विज्ञान के संसार से जुड़ा हो, लेकिन ऐसा कुछ नहीं मिलता है जो चेतना के संसार से संबंधित हो। और वह प्रयोगशाला से बाहर आता है और वह कहता है, 'वहां कोई चेतना नहीं है।' अब वह एक बात से चूक गया है। मृत शरीर में कौन देख रहा था, अपने आप को वह पूरी तरह से भूल चुका था। वैज्ञानिक विषय को देख रहा है, लेकिन वह अपने स्वयं के अस्तित्व को पूरी तरह से भूल गया है। वैज्ञानिक चेतना को बाहर खोजने का प्रयास कर रहा है, लेकिन वह उसको पूरी तरह से भूल चुका है जो प्रयासरत है, वही चेतना है। खोजने वाला ही खोजा जाने वाला है, वह विषयवस्तु पर अत्यधिक केंद्रित हो चुका है और विषयी, कर्त्ता भुला दिया गया है।

विज्ञान वस्तु पर अत्यधिक केंद्रित है, और तथाकथित धर्म विषयी पर अत्यधिक केंद्रित हैं। लेकिन योग का कहना है : एकपक्षीय होने की कोई आवश्यकता नहीं है। स्मरण रखो कि संसार वहां है और यह

भी स्मरण रखो कि तुम हो। विषय और विषयी दोनों की अपनी स्मृति को पूर्ण और समग्र होने दो। जब तुम्हारा मन तुम्हारी चेतना से प्रेरित होता है और वस्तुगत संसार से ओत-प्रोत होता है तब वहां पर सर्वज्ञता घटित हो जाती है।

और पतंजलि कहते हैं: 'जब मन ज्ञाता और ज्ञेय के रंग में रंग जाता है, तब यह सर्वज्ञ हो जाता है।'

यह उस सभी कुछ को जान सकता है जिसे जाना जा सकता है। जिसे जाना जा सकता है उस सभी को यह जान सकता है। फिर मन से कुछ भी छिप नहीं पाता। एक धार्मिक मन जिसे हम अंतर्मुखी मन कह सकते हैं--क्रमशः केवल अपने विषयी रूप को जान लेता है और यह कहना शुरू कर देता है कि संसार माया है, भ्रम है, एक स्वप्न है, जो उसी पदार्थ से बना है जिससे स्वप्न बनते हैं। एक वैज्ञानिक जो वस्तुओं पर बहुत अधिक केंद्रित है वस्तुगत जगत में विश्वास करना आरंभ कर देता है और कहता है कि केवल पदार्थ का ही अस्तित्व है; चेतना केवल एक काव्य मात्र है, स्वप्नदर्शियों की बातचीत है, अच्छी है, मनोहारी है, किंतु यह वास्तविकता नहीं है। वैज्ञानिक का कहना है कि चेतना एक भ्रांति है। बहिर्मुखी कहता है कि चेतना भ्रम है; अंतर्मुखी कहता है कि संसार भ्रम है।

लेकिन योग सर्वोच्च विज्ञान है। पतंजलि कहते है: 'दोनों यथार्थ हैं।' वास्तविकता के दो आयाम होते हैं: बाह्य पक्ष और भीतरी पक्ष। और स्मरण रखो, भीतरी पक्ष कैसे हो सकता है, बाह्य पक्ष के बिना इसका होना किस भांति संभव है? क्या तुम कल्पना कर सकते हो कि केवल भीतरी पक्ष का अस्तित्व है और बाह्य पक्ष भ्रम है? यदि बाह्य पक्ष भ्रम है तो भीतरी पक्ष स्वतः ही भ्रम हो जाएगा। यदि तुम्हारे मकान का भीतरी भाग वास्तविक है और बाहरी भाग अवास्तविक, तो तुम उनके मध्य अंतर किस प्रकार से करोगे? कहां पर वास्तविकता समाप्त होती है और भ्रम आरंभ हो जाता है? और एक ऐसा बाह्य पक्ष जो भ्रामक हो उसका भीतरी पक्ष यथार्थ कैसे हो सकता है? एक अवास्तविक शरीर में एक अवास्तविक मन होगा, एक अवास्तविक मन के पास एक अवास्तविक चेतना होगी। असली चेतना के लिए एक असली मन चाहिए, एक असली मन के लिए वास्तविक शरीर चाहिए, वास्तविक शरीर के लिए यथार्थ संसार चाहिए।

योग किसी चीज से इनकार नहीं करता। योग नितांत यथार्थवादी है, अनुभवात्मक है। यह विज्ञान से अधिक वैज्ञानिक है, और धर्मों से अधिक धार्मिक है, क्योंकि यह अंतस और बाह्य का एक महत्तर संश्लेषण निर्मित करता है।

'यद्यपि मन असंख्य वासनाओं के रंग में रंगता है, फिर भी मन लगातार उनकी पूर्ति हेतु कार्य करता है, इसके लिए यह सहयोग से कार्य करता है।'

मन लगातार कार्य करता चला जाता है, किंतु यह अपने लिए कार्य नहीं कर रहा है। इसके पास

प्रबंधकीय पद है, मालिक पीछे छिपा हुआ है। यह मालिक के साथ सहयोग करता है। अब इसको गहराई से समझ लेना पड़ेगा।

यदि मन मालिक के साथ सहयोग करता है तो तुम स्वस्थ एवं पूर्ण हो। यदि मन भटक जाता है, मालिक के विरोध में हो जाता है, तो तुम रुग्ण और अस्वस्थ हो। यदि नौकर मालिक का छाया की भांति अनुसरण करता है, तो सभी कुछ ठीक है। यदि मालिक कहता है, बाईं ओर जाओ और नौकर दाईं ओर चला जाता है, तो कुछ गड़बड़ हो गई है। यदि तुम चाहो कि तुम्हारा शरीर दौड़े और शरीर कहता है, मैं नहीं दौड़ सकता, तब तुम पंगु हो। यदि तुम कुछ करना चाहते हो और शरीर और मन कहते हैं, नहीं, या वे कुछ ऐसा किए चले जाते हैं जिसको तुम नहीं करना चाहते, तब तुम एक बड़े संशय में घिर जाते हो। इसी प्रकार से सारी मनुष्य-जाति जी रही है।

योग ने इसे एक लक्ष्य बना रखा है कि तुम्हारे मन को तुम्हारे प्रभु, अंतर्तम आत्मा के अनुसार कार्य करना चाहिए। तुम्हारे शरीर को तुम्हारे मन के अनुरूप कार्य करना चाहिए, और तुमको अपने चारों ओर एक ऐसा संसार निर्मित करना है जो सहयोग में हो। जब प्रत्येक वस्तु सहयोग में हो–निम्नतर सदैव उच्चतर के सहयोग में है, उच्चतर सदा उच्चतम के सहयोग में है, और उच्चतम आत्यंतिक परम सत्ता के सहयोग में है–तब तुम्हारा जीवन एक लयबद्धता है। तब तुम एक योगी हो। फिर तुम एक हो जाते हो, किंतु इस अर्थ में नहीं कि केवल एक का ही अस्तित्व रहता है, अब तुम एक स्वर के अर्थ में एक हो गए हो। तुम एक आर्केस्ट्रा के अर्थ में : वाद्ययंत्र अनेक हैं, लेकिन संगीत एक ही है, तुम एक हो गए हो–अनेक शरीर, लाखों विषय-वासनाएं, महत्वाकांक्षाएं, भाव-दशाएं, शिखर और घाटियां, असफलताएं और सफलताएं, एक विराट विविधता, लेकिन सभी कुछ एक स्वर में, लयबद्धता में हैं। तुम एक वाद्य-समूह बन गए हो। प्रत्येक अन्य सभी के साथ सहयोग कर रहा है, और अंततः सभी तुम्हारे अस्तित्व के परम केंद्र के साथ सहयोग कर रहे हैं।

यही कारण है कि भारत में हमने संन्यासियों को 'स्वामी' कहा है। स्वामी का अर्थ है : प्रभु, जिसका स्वयं पर प्रभुत्व है। तुम स्वामी केवल तब बनते हो जब तुमने इस लयबद्धता को उपलब्ध कर लिया है जिसकी बात पतंजलि कर रहे हैं। चाहे वह जो कुछ भी हो पतंजलि किसी चीज के भी विरोध में नहीं हैं; वे लयबद्धता के पक्ष में हैं। वे नकार के विरोध में हैं। वे किसी चीज के विरोध में नहीं हैं, वे शरीर के विरोध में नहीं हैं, वे देह विरोधी व्यक्ति नहीं हैं; वे संसार के विरोधी नहीं हैं, जीवन-निषेधक नहीं हैं वे, वे सभी कुछ आत्मसात कर लेते हैं। और इस भांति आत्मसात करके वे उच्चतर संश्लेषण का सृजन करते हैं। और परम संश्लेषण तब होता है जब हर चीज सहयोग में हो, जहां एक भी स्वर लयविहीन न हो।

मैंने एक कथा सुनी है, एक बबून का पांच वर्षीय बच्चा जन्म से अभी तक एक शब्द भी नहीं बोला

था। उसके माता-पिता को विश्वास हो चुका था कि उनका बच्चा गूंगा है, जब तक कि एक रात उसने केला नहीं खाया। अचानक उसने उपनी मां की ओर निगाह उठाई और स्पष्ट रूप से कहा, 'मुझे सड़ा केला खिला दिया, कैसी घटिया बात थी यह। माता बबून अतिहर्षित हो गई और उसने अपने बच्चे से पूछा कि इसके पहले वह कभी क्यों नहीं बोला। ठीक है, छोटे बबून ने कहा, अब तक भोजन ठीक जो था।

यदि तुम लयबद्धता में हो तो तुम संसार के बारे में शिकायत नहीं करोगे, तुम किसी चीज के बारे में शिकायत नहीं करोगे। शिकायत कर्ता मन तो बस यह दिखा रहा है कि भीतर चीजें लयबद्धता में नहीं हैं। जब सभी कुछ लयबद्धता में हो तो कोई शिकायत नहीं होती है। अब तुम अपने तथाकथित संतों के पास चले जाओ, प्रत्येक व्यक्ति शिकायत कर रहा है–संसार की शिकायत, अभिलाषाओं की शिकायत, शरीर की शिकायत, इसकी और उसकी शिकायत। प्रत्येक व्यक्ति शिकायतों में जीता है, कुछ गड़बड़ है। संपूर्ण व्यक्ति वह है जिसके पास कोई शिकायतें नहीं हैं। वह व्यक्ति परमात्म-पुरुष है जिसने प्रत्येक चीज को स्वीकार कर लिया है, आत्मसात कर लिया है और ब्रह्मांड बन गया है, अब उसके भीतर कुछ भी उपद्रव नहीं रह गया है।

एक और कहानी। जिस ढंग से उसने अपने बोलने वाले तोते को प्रशिक्षित किया था, उस पर इस वृद्ध महिला को गर्व था, और वह इसे पादरी को दिखा रही थी : यदि आप इसका बायां पैर खींचते हैं तो यह परमेश्वर की स्तुति बोलता है और यदि आप इसका दायां पैर खींचते हैं तो यह भजन दोहराता है, उसने समझाया।

यदि दोनों पैर एक साथ खींच लो तो क्या होगा? पादरी ने पूछा।

मैं पीठ के बल लुढ़क जाऊंगा, मूर्ख बुड्ढे! मुंहतोड़ जवाब देते हुए तोते ने कहा।

और मनुष्य के साथ भी यही हो गया है। यदि तुम एक टांग खींचो तो ठीक है; यदि तुम दूसरी टांग खींचो तो यह भी सही है; लेकिन यदि तुम दोनों पैर खींच लो तो प्रत्येक चीज को नीचे लुढ़क ही जाना है, यही तो मनुष्य के साथ हो गया है। उसके पूरे अस्तित्व को नीचे खींच लिया गया है। धर्म उसके शरीर को नीचे खींचने का प्रयास करते रहे हैं। उसके शरीर के प्रति वे बहुत अधिक भयभीत, बहुत अपराध-बोध से भरे हुए हैं। वे लगातार शरीर को विनष्ट करने का और उसको विषाक्त करने का प्रयास करते रहे हैं। वे तुमको प्रेतों की भांति शरीरविहीन देखना चाहेंगे। उनका खयाल यही है कि शरीर अपने अंतर्तम से ही गलत है, कि शरीर पाप-काया है। इसलिए तुमको आत्माओं की भांति होना चाहिए, शरीर के बिना, देहविहीन।

अब भौतिकवादी, साम्यवादी, मार्क्सवादी, वैज्ञानिक दूसरे ढंग से प्रयास कर रहे हैं। वे दूसरी टांग

को खींचने का प्रयास कर रहे हैं। वे कहते हैं कि चेतना जैसी कोई चीज नहीं होती; आत्मा नहीं है। यह भौतिक और रासायनिक वस्तुओं का संयोजन मात्र है, जो तुम हो। तुमको शरीर ही होना चाहिए और कुछ भी नहीं। अब दोनों ने एक साथ दोनों टांगें खीच ली हैं, और पूरा का पूरा मनुष्य ही एक पीड़ित जीव, एक रोग, एक दुविधा बन चुका है।

पतंजलि कहते हैं : 'हर वस्तु को स्वीकार करो, इसका प्रयोग करो, इसके बारे में सृजनात्मक बनो, निषेध मत करो।' इनकार उनका ढंग नहीं है, बल्कि स्वीकार है उनका उपाय। यही कारण है कि पतंजलि ने शरीर पर, भोजन पर, योगासनों पर, प्राणायाम पर, इतना अधिक कार्य किया है। ये सभी प्रयास लयबद्धता निर्मित करने के लिए हैं; शरीर के लिए सम्यक आहार, शरीर के लिए सम्यक आसन, प्राण शरीर के लिए लयबद्ध श्वसन क्रिया। अधिक प्राण, अधिक जीवंतता को आत्मसात करना पड़ेगा। ऐसे ढंग और उपाय खोजने पड़ते हैं जिससे तुम कभी सतत ऊर्जा विहीनता से पीड़ित न रहो, बल्कि ऊर्जा के अतिरेक में रहो।

मन के साथ भी प्रत्याहार, मन एक सेतु है; तुम सेतु से बाहर की ओर जा सकते हो, तुम उसी पुल पर चल सकते हो और भीतर जा सकते हो। जब तुम बाहर की ओर जाते हो तो वस्तुएं, इच्छाएं, तुमको प्रभावित करती हैं। जब तुम भीतर की ओर जाते हो तो इच्छाविहीनता, जागरूकता, साक्षीभाव तुम्हारे ऊपर प्रभाव डालते हैं, लेकिन सेतु वही है। इसका प्रयोग करना पड़ता है, इसको तोड़ कर फेंक नहीं देना है, इसको विनष्ट नहीं कर देना है, क्योंकि यह वही सेतु है जिससे तुम संसार में आए हो और जिससे होकर ही तुमको पुनः आंतरिक स्वभाव में लौटना पड़ता है, और इसी प्रकार इसे किया जा सकता है।

पतंजलि प्रत्येक वस्तु का उपयोग किए चले जाते हैं। उनका धर्म भय का नहीं बल्कि समझ का धर्म है। उनका धर्म परमात्मा के लिए, और संसार के विरोध में नही है। उनका धर्म संसार के माध्यम से परमात्मा के लिए है, क्योंकि परमात्मा और संसार दो नहीं है। संसार परमात्मा का सृजन है। यह संसार उसकी सृजनात्मकता है, उसकी अभिव्यक्ति है, यह संसार उसका काव्य है। यदि तुम काव्य के विरोध में हो तो, तुम कवि के समर्थन में किस भांति हो सकते हो? काव्य की निंदा करने में तुमने कवि की निंदा कर ही दी है। निस्संदेह, काव्य ही लक्ष्य नहीं है, तुमको कवि की खोज भी करनी पड़ेगी। लेकिन कवि तक पहुंचने के रास्ते में तुम काव्य का आनंद भी उठा सकते हो, इसमें कुछ भी गलत नहीं है।

एक मेथोडिस्ट धर्म प्रचारक वायुयान से अमरीका जा रहा था, जब एअर होस्टेस ने पूछा कि क्या वह बार से कोई पेय लेना चाहेगा, तो उसने पूछा, हम कितनी ऊंचाई पर उड़ रहे हैं? जब यह बताया गया कि तीस हजार फीट, तो उसने उत्तर दिया, नहीं, मुझे कुछ नहीं चाहिए...मुख्यालय के इतने पास नहीं पियूंगा।

भय, धार्मिक लोग लगातार भय से ग्रसित हैं। लेकिन भय तुम्हें ईश्वर की कृपा नहीं दे सकता,

तुमको गरिमा नहीं दे सकता। भय पंगु बना देता है, अपंग कर देता है, विकृत कर डालता है। भय के कारण धर्म करीब-करीब एक रोग बन चुका है। यह तुमको असामान्य बना देता है, यह तुम्हें स्वस्थ नहीं करता, यह तुमको जीने से और-और भयभीत कर देता है, नरक है, और तुम जो कुछ भी करते हो ऐसा लगता है कि तुम कुछ गलत कर रहे हो। तुम प्रेम करते हो और यह गलत है, तुम आनंद लेते हो और यह गलत है। प्रसन्नता को अपराध-बोध से जोड़ दिया गया है। केवल गलत लोग ही प्रसन्न मालूम पड़ते हैं। भले लोग सदा गंभीर रहते हैं और कभी प्रसन्न नहीं होते। यदि तुम स्वर्ग जाना चाहते हो तो तुमको गंभीर और अप्रसन्न और उदास और संतापग्रस्त होना पड़ता है। तुमको तपस्वी होना पड़ता है। यदि तुम नरक जाना चाहते हो, तो प्रसन्न हो जाओ और नृत्य करो और आनंद लो। किंतु स्मरण रखना, उमर खय्याम ने कहीं पर कहा है, 'मुझे सदैव एक बात के बारे में चिंता रहती है: यदि ये सारे अप्रसन्न लोग स्वर्ग जा रहे हैं तो वहां पर वे करेंगे क्या? वे नृत्य नहीं कर सकते, वे गीत नहीं गा सकते, वे पी नहीं सकते, वे आनंद नहीं उठा सकते, वे प्रेम नहीं कर सकते। सारा मौका इन मूढ़ लोगों पर गंवा दिया जाएगा। वे लोग जो आनंद उठा सकते हैं नरक में भेज दिए जाते हैं। वास्तव में उनको स्वर्ग में होना चाहिए।' यह अधिक तर्कपूर्ण प्रतीत होता है। उमर खय्याम का कहना है, 'यदि तुम वास्तव में स्वर्ग जाना चाहते हो तो यहीं पर स्वर्ग सा जीवन जीयो ताकि तुम तैयार रहो।'

पतंजलि चाहेंगे कि तुम जीवन से आलोकित रहो, अज्ञात से स्पंदित रहो। वे किसी चीज के विरोध में नहीं हैं। यदि तुम प्रेम में हो, तो वे कहते हैं, अपने प्रेम को थोड़ा और गहराओ। तुम्हारे लिए अधिक बड़े खजाने प्रतीक्षा कर रहे हैं। ये खजाने अच्छे हैं, ये वृक्ष, ये पुष्प अच्छे हैं। फिर पुरुष, स्त्री, वे सुंदर और अच्छे हैं, क्योंकि किसी भी तरह से, भले ही कितनी दूर हो फिर भी परमात्मा उनके माध्यम से तुम तक आज्ज है। हो सकता है वहां अनेक पर्दे हों। जब तुम किसी स्त्री या पुरुष से मिलते हो तो अनेक पर्दे और परतें हों, लेकिन फिर भी जो प्रकाश है वह परमात्मा का है। शायद यह अनेक अवरोधों से होकर गुजरा हो, यह विकृत हो सकता है, लेकिन फिर भी यह प्रकाश परमात्मा का है।

पतंजलि कहते हैं: 'इस संसार के विरोध में मत होओ। बल्कि संसार के माध्यम से खोज करो। एक उपाय खोज लो ताकि तुम प्रकाश के मूलस्रोत, शुद्ध, अस्पर्शित प्रकाश को उपलब्ध कर सको।'

ऐसे लोग हैं जो केवल भोजन के लिए जीते हैं, और ऐसे लोग हैं जो भोजन के विरोध में चले जाते हैं–दोनों ही गलत हैं। जीसस कहते हैं: मनुष्य केवल रोटी के सहारे नहीं जी सकता, सच है, पूरी तरह से सच है–लेकिन क्या मनुष्य रोटी के बिना जी सकता है? इसको याद रखना चाहिए। मनुष्य केवल रोटी से जीवित नहीं रह सकता, ठीक; लेकिन मनुष्य रोटी के बिना भी नहीं जी सकता।

मैं एक छोटी सी कहानी पढ़ रहा था।

पालतू पक्षियों की दुकान से एक महिला ने इस आश्वासन पर एक तोता खरीदा कि वह बात करेगा। दो सप्ताह बाद वह शिकायत करने के लिए दुकान पर आई। उसके खेलने के लिए एक छोटी सी घंटी खरीद लीजिए, दुकानदार ने सलाह दी। इससे उसको बोलने में अक्सर सहायता मिलती है। उस महिला ने घंटी खरीद ली और चली गई। एक सप्ताह बाद वह यह कहने के लिए आई कि पक्षी ने अभी तक एक भी शब्द नहीं बोला है। दुकानदार ने राय दी कि वह एक दर्पण खरीद ले, जो कि पक्षियों को बोलने के लिए उकसाने का अचूक उपाय है। उसने दर्पण ले लिया और चली गई। केवल तीन दिन बाद ही वह वापस लौट आई। इस बार दुकानदार ने उसे एक छोटी सी प्लास्टिक की चिड़िया बेच दी, जिसके बारे में उसने बताया कि यह तोते को कुछ बातचीत करने के लिए अवसर देगी। एक सप्ताह और बीत गया और महिला यह बताने के लिए आई कि तोता अब मर गया है।

क्या वह बिना बोले ही मर गया? दुकानदार ने पूछा।

अरे नहीं, उस महिला ने उत्तर दिया। उसने मरने के ठीक पहले एक बात कही थी।

क्या कहा था?

खाना! भगवान के लिए मुझको खाना दे दो!

व्यक्ति को बहुत, बहुत ही सजग होना पड़ता है, वरना व्यक्ति बहुत सरलता से विपरीत ध्रुवीयता पर जा सकता है। मन अतिवादी है। मैंने यह निरीक्षण किया है: वे लोग जो केवल भोजन के लिए जीते रहे हैं, जब वे अपनी जीवनशैली से ऊब जाते हैं तो उपवास आरंभ कर देते हैं। तुरंत ही वे दूसरी अति पर चले जाते हैं। मैं कभी भी किसी ऐसे उपवास करने वाले के, जो उपवास को लेकर दीवाना हो, संपर्क में नहीं आया हूं, जो इसके पहले भोजन के प्रति अति आसक्त न रहा हो। वे वही लोग हैं। वे लोग जो काम-भोग में बहुत अधिक संलग्न हैं ब्रह्मचारी होना आरंभ कर देते हैं। वे लोग जो अति कंजूस हैं प्रत्येक पदार्थ का त्याग करना आरंभ कर देते हैं। इसी भांति मन एक अति से दूसरी अति में चला जाता है।

पतंजलि तुम्हारे जीवन को संतुलित करना, उसमें एक साम्य लाना चाहेंगे। मध्य में कहीं उस स्थान पर जहां पर तुम भोजन के प्रति दीवाने नहीं हो, और तुम भोजन के विरोध में भी दीवाने नहीं हो, जहां पर न तो तुम स्त्रियों या पुरुषों के पीछे दीवाने हो और तुम उनके विरोध में भी दीवाने नहीं हो, तुम बस संतुलित हो, प्रशांत हो।

एक मनस्विद का कहना है कि हम अपने व्यवहार में कुछ विचित्र हैं। हम सभी अपने व्यवहार में थोड़े विचित्र हैं। इस बात को कहने का दूसरा ढंग यह है कि मैं मौलिक हूं, तुम सनकी हो, वह मूर्ख है। जब तुम वही कार्य करते हो तो तुम सोचते हो कि तुम मौलिक हो, जब तुम्हारा मित्र वही कार्य कर रहा होता है तो तुम सोचते हो कि वह सनकी है, और तुम्हारा शत्रु जब वही कार्य कर रहा है तो तुम सोचते हो

कि वह मूर्ख है। याद रखो, सोचने का यही अहंकारपूर्ण ढंग विकास के सारे अवसरों को नष्ट कर देगा। अपने बारे में बहुत वस्तुनिष्ट हो जाओ। प्रत्येक व्यक्ति में पागलपन की प्रवृति है, क्योंकि लाखों वर्षों से मानव-जाति विक्षिप्त रही है। प्रत्येक व्यक्ति में स्नायु रोगी की प्रवृति है, क्योंकि हमारी सभ्यता अभी तक उस बिंदु पर नहीं आई है जहां पर यह मनुष्य को संपूर्ण क्रियाकलाप की अनुमति दे सके। यह दमनात्मक रही है। इसलिए निरीक्षण करो : यदि तुम विक्षिप्त हो तो तुम बहुत अधिक खा लोगे। तुम दूसरी अति पर जा सकते हो—तुम भोजन करना पूरी तरह से बंद कर सकते हो—लेकिन तुम्हारा पागलपन वैसा ही रहता है। अब पागलपन भोजन के विरोध में है। और ऐसा मत सोचो कि तुम एक महान आध्यात्मिक, बहुत मौलिक कार्य रहे हो।

एक बार वीणा मेरे पास एक लड़के को लेकर आई। वस्तुतः उसका मुझसे संबंध ही तब बना। वह किसी और लड़के को लेकर आई थी जो करीब-करीब पागल था। वह मुझसे यह पूछने आया था, 'क्या मनुष्य केवल पानी पर जी सकता है?' वह केवल पानी पर जीवित रहना चाहता था। और वह बेहद दुबला और पीला और लगभग मृतप्राय था। जब मैंने कहा, मूर्ख मत बनो, तो वह प्रसन्न नहीं हुआ। उसने कहा, बस मुझको किसी का पता बता दें, कुछ लोग जो मेरी सहायता कर सकें, क्योंकि मैं केवल पानी पर जीना चाहता हूं। प्रत्येक वस्तु अशुद्ध है—केवल पानी ही शुद्ध है।

विक्षिप्त हैं ये लोग। सारे भारत में वे तुमको मिल जाएंगे : आश्रमों में, मठों में। सौ में पिचानबे लोगों को तुम विक्षिप्त पाओगे। और उनको तुम पागल कह नहीं सकते क्योंकि वे लोग योग, आसन, उपवास, प्रार्थना, यह और वह कर रहे हैं। लेकिन उनके पागलपन को तुरंत देखा जा सकता है। किसे पागलपन कह रहा हूं मैं? कोई भी अतिवाद पागलपन है। संतुलित होना ही स्वस्थ होना है, असंतुलित होना विक्षिप्तता है। जब कभी भी तुमको स्वयं के भीतर या किसी और में कहीं असंतुलन दिखाई पड़े, सचेत हो जाओ। वरना तुम परम लयबद्धता से चूक जाओगे। एकांगी, असंतुलित होकर तुम उस आर्केस्ट्रा का सृजन नहीं कर सकते, जिसकी झलक तुमको देने का प्रयास पंतजलि कर रहे हैं।

'मन की वृत्तियों का ज्ञान सदैव इसके प्रभु, पुरुष, को शुद्ध चेतना के सातत्य के कारण होता है।'

सदा ज्ञाताश्चित्तवृत्तयस्तत्प्रभोः पुरुषस्यापरिणामित्वात्।

तत्प्रभोः, उस प्रभु की खोज करनी है। वह तुम्हारे भीतर छिपा है; तुम्हें उसकी खोज करनी पड़ेगी। तुम जैसे भी हो, वह उपस्थित है। जो कुछ भी तुम करते हो, उसे करने वाला वही है। जो कुछ भी तुम देखते हो, उसका द्रष्टा वही है। यहां तक कि तुम जो कुछ भी चाह करते हो, यह वही है जिसने चाहा है। प्याज की भांति, परत दर परत, तुमको अपने आप को छीलना पड़ेगा। किंतु अपने आप को क्रोधपूर्वक नहीं बल्कि प्रेमपूर्वक छीलो। स्वयं को बहुत सावधानी पूर्वक, सजगता से छीलो,

क्योंकि जिसे तुम छील रहे हो वही परमात्मा है। बहुत प्रार्थनापूर्वक छीलो। आत्म-पीड़क मत बन जाओ। अपने आपके लिए पीड़ा निर्मित मत करो। पीड़ा में आनंद मत लो। यदि तुमने पीड़ा में आनंद लेना आरंभ कर दिया और तुम स्व-पीड़क बन गए, तो तुम आत्मघाती यात्रा पर जा रहे हो। तुम अपने आप को नष्ट कर लोगे। व्यक्ति को बहुत, बहुत ही चौकन्ना, सावधान और सृजनात्मक रहना पड़ता है। तुम एक पवित्र भूमि पर चल रहे हो।

जब मूसा पर्वत शिखर पर पहुंच गए जहां उनकी भेंट परमात्मा से हुई, तो उन्होंने क्या देखा? उन्होंने एक झाड़ी, एक ज्योति, एक अग्नि को देखा और उन्होंने एक आवाज सुनी : अपने जूते उतार दो, क्योंकि जिस पर तुम चल रहे हो यह पवित्र भूमि है। लेकिन तुम जहां भी चल रहे हो तुम पवित्र भूमि पर ही चल रहे हो। जब तुम अपने शरीर का स्पर्श करते हो तब तुम किसी पवित्र वस्तु का स्पर्श कर रहे हो। जब तुम कुछ खा रहे हो तुम कुछ पवित्र ही खा रहे हो, अन्नम् ब्रह्मः, भोजन परमात्मा है। जब तुम किसी को प्रेम करते हो, तुम दिव्यता को प्रेम कर रहे हो, क्योंकि वही लाखों रूपों में चारों ओर है। यह वही है जो अभिव्यक्त हो रहा है।

इसे सदैव अपने मन में रखना, जिससे कोई विक्षिप्तता तुम पर हावी न हो सके। संतुलित और प्रशांत बने रहो, बस मध्य के मार्ग पर चलते रहो और तुम कभी भटकोगे नहीं, तुम कभी असंतुलित, एकांगी नहीं होओगे।

योग संतुलन है। योग को संतुलन बनना पड़ता है, क्योंकि यह परम एकता का, जो कुछ है उस सभी की, चरम लयबद्धता का मार्ग बनने जा रहा है।

प्रवचन - 18

श्रद्धा : किसी के प्रति नहीं होती

प्रश्न-सार

* आपके प्रति श्रद्धा रखने और स्वयं में श्रद्धा रखने में क्या विरोधाभास है?

* बुद्ध को क्या प्रेरित करता है?

* बच्चे पैदा करने का उचित समय कौन सा है?

* केवल सेक्स, प्रेम और रोमांस के बारे में सोचना क्या गलत है?

पहला प्रश्न : आपके प्रवचनों में एक प्रवचन में कही गई एक बात ने मुझे गहराई तक आंदोलित कर दिया है। यह बात है, 'अपने आप में श्रद्धा करने और आपमें श्रद्धा रखने में विरोधाभास' मेरे भीतर एक भाग है जो कहता है : यदि मैं अपने स्वयं के स्व में श्रद्धा करता हूं और अपने स्वयं के स्व का अनुसरण करता हूं, तो मैंने आपके समक्ष समर्पण कर दिया है और आपको हां कह दिया है, लेकिन मैं यह निश्चित नहीं कर पा रहा हूं कि क्या यह बस कोई तर्क द्वारा समझाने का प्रयास है जिसे मैंने अपने स्वयं के लिए निर्मित कर लिया है?

मन बहुत चालाक है, और इस बात को सदैव स्मरण रखा जाना चाहिए। यही तो है जो मैं तुमसे कहता रहा हूं कि यदि तुम अपने आप पर भरोसा करो तो तुम मुझ पर श्रद्धा करोगे। या दूसरी ओर से कहा जाए, यदि तुम मुझ पर श्रद्धा करते हो तो स्वभावतः तुम स्वयं पर श्रद्धा करोगे। इस बात में कोई विरोधाभास नहीं है। मन के कारण विरोधाभास उठ खड़ा होता है। यदि तुम अपने आप में श्रद्धा करते हो तो तुम सभी पर श्रद्धा करते हो, क्योंकि तुम जीवन पर श्रद्धा करते हो। तुम उन पर भी श्रद्धा करते हो जो तुम्हारे साथ धोखा करेंगे, किंतु यह महत्वपूर्ण नहीं है। यह उनकी समस्या है; यह तुम्हारी समस्या नहीं है। वे तुमको धोखा देते हैं या वे तुमको धोखा नहीं देते, इसका तुम्हारी श्रद्धा से कुछ भी लेना-देना नहीं है। यदि तुम कहते हो, मेरी श्रद्धा केवल इसी शर्त पर रहती है कि कोई मेरे साथ धोखा करने का प्रयास न करे, तब तुम्हारी श्रद्धा नहीं बनी रह सकती, क्योंकि धोखे की प्रत्येक संभावना तुम्हारे भीतर एक हिचकिचाहट को उत्पन्न करेगी–कौन जाने यह व्यक्ति मेरे साथ धोखा करने जा रहा हो? तुम भविष्य को कैसे देख सकते हो? धोखा भविष्य में होगा, यदि यह घटित होता है, या ऐसा नहीं होता है, यह भी भविष्य के गर्भ में है–और श्रद्धा को अभी और यहीं होना है।

और कभी-कभी कोई बहुत भला आदमी भी तुम्हारे साथ धोखा कर सकता है। किसी भी पल एक साधु भी पापी बन सकता है। और कभी-कभी एक बहुत बुरा व्यक्ति बहुत श्रद्धेय बन सकता है। पापी भी आखिरकार साधु बन जाते हैं। लेकिन यह बात भविष्य में है। और तुम अगर अपनी श्रद्धा के लिए शर्त रखते हो तो तुम श्रद्धा नहीं कर सकते। श्रद्धा बेशर्त होती है। यह बस इतना कहना है, मेरे पास वह गुण है जो श्रद्धा करता है। अब यह असंगत है कि मेरी श्रद्धा के साथ क्या होता है–इसको सम्मान मिलता है या नहीं, इसे धोखा मिलता है या नहीं। यह बात तो जरा भी नहीं है। श्रद्धा को श्रद्धा के पात्र से कुछ भी लेना-देना नहीं है, इसका संबंध तो तुम्हारी भीतरी गुणवत्ता से है–क्या तुम श्रद्धा कर सकते हो? यदि तुम श्रद्धा कर सकते हो, तो निःसंदेह पहली श्रद्धा तुम पर घटित होगी, तुम अपने आप पर श्रद्धा करते हो। पहली बात तुम्हारे अस्तित्व के अंतर्तम केंद्र पर घटित होनी चाहिए। यदि तुम स्वयं पर श्रद्धा नहीं करते हो तो सभी कुछ बहुत दूर है। फिर तो मैं तुमसे बहुत दूर हूं। तुम मुझ पर श्रद्धा कैसे कर सकते हो? तुमने अपने आप पर श्रद्धा नहीं की है जो इतना निकट है। और तुम मेरे ऊपर श्रद्धा कैसे कर सकते हो यदि तुम अपने आप पर श्रद्धा नहीं करते? यदि तुम अपने आप पर श्रद्धा नहीं करते, तो चाहे तुम जो कुछ भी करो, एक गहरी अश्रद्धा, एक अंतरधारा की भांति जारी रहेगी। यदि तुम अपने आप पर श्रद्धा करते हो, तो तुम पूरे जीवन पर श्रद्धा करते हो–केवल मुझमें नहीं, क्योंकि केवल मैं ही क्यों? श्रद्धा सभी को समाहित करती है। श्रद्धा का अर्थ है : जीवन में वह सभी कुछ जो तुम्हारे चारों ओर है, वह सभी कुछ जिससे तुम आए हो, वह सभी कुछ जिसमें एक दिन तुम विलीन हो जाओगे, इस सभी में श्रद्धा रखना।

श्रद्धा का अर्थ बस यही है कि तुमने संदेह के पागलपन को समझ लिया है, कि तुम संदेह की पीड़ा को समझ चुके हो, कि तुम उस नरक को समझ गए हो जो संदेह निर्मित करता है। तुमने संदेह को जान लिया है और इसको जान कर तुमने इसे त्याग दिया है। जब संदेह मिट जाता है तब श्रद्धा का उदय होता है। यह तुम्हारे भीतर के रूपांतरण की, तुम्हारी अभिरुचि, तुम्हारी शैली की कुछ चीज है। श्रद्धा किसी विरोधाभास को नहीं जानती।

प्रश्नकर्ता पूछता है : 'यह है अपने आप में श्रद्धा करने और आपमें श्रद्धा रखने में विरोधाभास।'

यदि यही विरोधाभास है तो अपने आप पर श्रद्धा करो, यदि तुम स्वयं पर श्रद्धा कर सकते हो तो और किसी की आवश्यकता नहीं है। तब तुम अपनी श्रद्धा में गहराई से जड़ें जमाए हुए हो, और जब कोई वृक्ष पृथ्वी में गहराई से जड़ें जमाए हुए होता है तो यह अज्ञात आकाश में अपनी शाखाएं फैलाता चला जाता है। जब इसने अपनी जड़ें भूमि में जमा ली हैं, तो यह आकाश पर श्रद्धा कर सकता है। जब वृक्ष ने भूमि में जड़ें नहीं जमाई हैं तो यह आकाश पर श्रद्धा नहीं कर सकता है, तब यह सदैव भयभीत रहता है, तूफान से भयभीत, वर्षा से भयभीत, धूप से डरा हुआ, हवा से भयभीत, हर बात से भयभीत। यह भय जड़ों

से आ रहा है। वृक्ष को पता है कि उसकी जड़ें पूर्णतः नहीं जमी हैं। कोई जरा सी दुर्घटना और वह विदा हो जाएगा। वह विदा हो ही चुका है। ऐसा जड़-विहीन, केंद्र-रहित जीवन जरा भी जीवन नहीं है। यह मात्र एक धीमा आत्मघात है। इसलिए यदि तुम अपने आप पर भरोसा करते हो तो मेरे बारे में सभी कुछ भूल जाओ। प्रश्न उठाने तक की आवश्यकता नहीं है। लेकिन तुम जानते हो और मैं जानता हूं कि तुम्हारी स्वयं पर श्रद्धा नहीं है।

मन एक बहुत चालाकी का उणय निर्मित कर रहा है। मन कह रहा है, किसी पर श्रद्धा मत करो, अपने आप पर श्रद्धा करो, और तुम अपने आप पर श्रद्धा कर नहीं सकते। इसीलिए तुम यहां हो। वरना तुम यहां क्यों होते? जिस व्यक्ति को स्वयं पर श्रद्धा हो उसको कहीं जाने की जरूरत नहीं है, किसी सदगुरु के पास जाने की आवश्यकता नहीं है, सीखने के लिए कहीं जाने की आवश्यकता नहीं है। जीवन तुम तक लाखों ढंगों से आ रहा है : कहीं और जाने की कोई आवश्यकता नहीं है।

तुम जहां कही भी हो सत्य घटित हो जाएगा, लेकिन तुम अपने आप पर श्रद्धा नहीं करते हो। और जब मैं कहता हूं, मुझ पर श्रद्धा करो, तो यह तुमको श्रद्धा करने में सहायता देने का एक उपाय मात्र है। तुम स्वयं पर श्रद्धा नहीं कर सकते हो?–ठीक है; मुझ पर श्रद्धा कर लो। संभवतः मुझ पर श्रद्धा करना तुमको श्रद्धा का स्वाद दे देगा तब तुम अपने ऊपर श्रद्धा कर सकते हो।

सदगुरु और कुछ नहीं वरन तुम्हारे स्वयं पर आने का एक लंबा मार्ग हैं, क्योंकि तुम निकटतम रास्ते से नहीं आ सकते हो। अतः तुमको थोड़ा लंबा रास्ता अपनाना पड़ेगा। लेकिन सदगुरु के द्वारा तुम अपने आप पर आते हो। यदि तुम मुझ पर अटक जाते हो तब मैं तुम्हारा शत्रु हूं, तब मैं तुम्हारे लिए सहायता नहीं बना हूं। तब मैं तुम्हें प्रेम नहीं करता, तब मुझमें तुम्हारे प्रति कोई करुणा नहीं है। यदि मुझमें जरा भी करुणा है, तब धीरे-धीरे मैं तुमको तुम्हारी ओर वापस मोड़ दूंगा। इसीलिए मैं कहे चला जाता हूं, यदि मार्ग पर तुम्हारा बुद्ध से मिलन होता है, तो उनको मार डालो। यदि तुम मुझसे आसक्ति आरंभ कर देते हो, तो मुझको तुरंत छोड़ दो। मुझे मार दो, मेरे बारे में सभी कुछ भूल जाओ। लेकिन तुम्हारा मन कहेगा, जब आसक्त हो जाने का इतना भय है, तो बेहतर यही है कि यात्रा को कभी आरंभ ही न किया जाए। तब तुम आत्म-अश्रद्धा में बने रहते हो। मैं तो बस तुमको श्रद्धा का स्वाद लेने का एक अवसर प्रदान कर रहा हूं।

जब मैं कह रहा हूं कि सदगुरु से आसक्त मत हो, तो मुझको सुनते समय तुम्हारे अहंकार को बहुत अच्छा अनुभव होने लगता है। यह कहता है, बिलकुल सच है। मुझे क्यों किसी पर श्रद्धा करना चाहिए? मुझको किसी के प्रति समर्पण क्यों करना चाहिए? सही है, यही उचित बात है! यही तो है जो जे कृष्णमूर्ति के शिष्यों के साथ घटित हो गया है। चालीस, पचास वर्षों से वे सिखा रहे हैं और ऐसे अनेक लोग हैं जिन्होंने अपने पूरे जीवन भर उनको सुना है और कुछ भी नहीं घटा है–क्योंकि वे जोर दिए चले जाते हैं कि

न कोई सदगुरु है, न कोई शिष्य है। वे तुमको तुम्हारे ऊपर फेंकते चले जाते हैं इससे पहले ही कि तुम श्रद्धा का स्वाद ले पाओ, वे तुमको तुम्हारे ऊपर फेंकते चले जाते हैं। इसके पहले कि तुम आसक्त होना आरंभ करो वे सचेत हैं, बहुत सचेत हैं। वे तुमको उनके निकट नहीं पहुंचने देंगे। यह एक अति है। तुम्हारे अहंकार को बहुत अच्छा अनुभव होता है कि तुम्हारा कोई गुरु नहीं है, कि तुम्हें किसी के प्रति समर्पण नहीं करना पड़ता है। तुम और समर्पण करते हुए? यह अच्छा नहीं दिखाई पड़ता, यह तो अपमान जैसा दिखाई पड़ता है। तुम्हें बहुत अच्छा लगता है। कृष्णमूर्ति के पास सभी प्रकार के अहंकारी एक साथ उनके चारों ओर एकत्रित हो गए हैं। यदि तुम सर्वाधिक सुसंस्कृत अहंकारियों को खोजना चाहते हो तो तुमको वे कृष्णमूर्ति के चारों ओर मिल जाएंगे। वे बहुत सुसंस्कृत, परिष्कृत, बहुत बुद्धिजीवी, बहुत चालाक और चतुर, तार्किक, बुद्धिवादी हैं, किंतु उनको कुछ भी नहीं हुआ है। उनमें से अनेक मेरे पास आते हैं और वे कहते हैं, हमें पता है, हम समझते हैं, लेकिन हमारी समझ बौद्धिक बनी हुई है। कुछ भी नहीं हुआ है। हमारा कोई रूपांतरण नहीं हुआ है, इसलिए क्या सार है इस भांति सुनने में? कृष्णमूर्ति कहते हैं, उनसे बंधो मत, लेकिन तुम अपने आप से बंध रहे हो। यदि इस बंधने में कोई चुनाव करना हो तो कृष्णमूर्ति से आसक्त हो जाना अपने आप से बंधने से बेहतर है। कम से कम तुम किसी श्रेष्ठ व्यक्ति से आसक्त हो रहे हो।

फिर एक अन्य अति भी है। ऐसे गुरु हैं जिनका जोर इस बात पर है कि तुमको उनसे बंधे रहना चाहिए। समर्पण साध्य प्रतीत होता है, साधन नहीं। वे कहते हैं, पूरी तरह से मेरे साथ बने रहो। कभी अपने घर वापस मत लौटना। यह भी खतरनाक प्रतीत होता है, क्योंकि तब तुम सदैव रास्ते पर होते हो और मंजिल पर कभी नहीं पहुंचते—क्योंकि मंजिल तो तुम ही हो। मैं एक पथ बन सकता हूं, कृष्णमूर्ति तुम्हें उनको पथ बनाने की अनुमति नहीं देंगे। फिर दूसरे लोग हैं जो तुमको लक्ष्य नहीं बनने देंगे। वे कहते हैं, चलते रहो, चलते चले जाओ, चरैवेति-चरैवेति। तुम सदा तीर्थयात्रा करते रहते हो, और तुम पहुंचते कभी नहीं—क्योंकि तुम्हें अपने अंतर्तम अस्तित्व पर ही तो पहुंचना पड़ता है। तुम्हारा आगमन बिंदु मैं नहीं हो सकता। मैं किस भांति तुम्हारा आगमन बिंदु हो सकता हूं? आज नहीं तो कल तुमको मुझे अपना प्रस्थान-बिंदु बनाना पड़ता है।

मैं न तो कृष्णमूर्ति से राजी हूं, न ही दूसरे अतिवादियों से। मैं कहता हूं: 'मेरा एक पथ की भांति प्रयोग कर लो, लेकिन स्मरण रखो, 'एक पथ की भांति।' और यदि मैं लक्ष्य बनने लगूं, तो तुरंत ही मुझे मार डालो—तुरंत मुझे त्याग दो—क्योंकि अब औषधि रोग की भांति हुई जा रही है। औषधि को प्रयोग किया जाना और भूल जाना चाहिए। तुम्हें अपने साथ लगातार चिकित्सक का परामर्श और दवा की बोतलें लिए-लिए नहीं फिरना है। यह एक साधन, उपकरण था; अब तुम स्वस्थ हो, छोड़ दो

इसे, इसके बारे में सभी कुछ भूल जाओ। इसके प्रति आभारी रहो, इसके प्रति अहोभाव से भरो, लेकिन इसको लिए-लिए नहीं फिरना है।

बुद्ध ने कहा कि पांच मूर्खों ने नदी पार की, फिर उन सभी ने सोचना शुरू कर दिया–मूर्ख तो सदा दार्शनिक होते हैं, और इसका उलटा भी सत्य है–वे सोचने लगे, क्या किया जाए? इस नाव ने हमारी कितनी अधिक सहायता की है, वरना हम तो दूसरे किनारे पर मर ही गए होते। उधर जंगल था, और रात्रि होने वाली थी, और वहां जंगली जानवर और डाकू थे, और कुछ भी बुरा हो सकता था। इस नाव ने हमें बचाया है। हमको सदैव और सदा के लिए इस नाव का, इस नाव के प्रति आभारी होना चाहिए। तब एक मूर्ख ने सुझाव दिया, हां, यह बात ठीक है। अब हमको इस नाव को अपने सिरों पर लेकर चलना चाहिए, क्योंकि इस नाव की तो पूजा की जानी चाहिए। तब उन्होंने अपने नगर की ओर जाते समय नाव को सिर पर रख कर चलना आरंभ कर दिया। अनेक लोगों ने पूछा, तुम लोग क्या कर रहे हो? हमने नाव में बैठे हुए लोगों को देखा है; लेकिन हमने कभी नाव को आदमियों के ऊपर सवारी करते हुए नहीं देखा। क्या हो गया है? उन्होंने कहा : तुम नहीं जानते, इस नाव ने हमारी जिंदगियों को बचाया है। अब हम यह बात भूल नहीं सकते, और अपने पूरे जीवन भर हम इस नाव को अपने सिरों पर लाद कर घूमने वाले हैं। अब इस नाव ने इनको पूरी तरह से मार डाला है। यही बेहतर रहा होता कि वे नदी के दूसरे किनारे पर ही छूट गए होते। यही बेहतर रहा होता कि इस नाव को सदा के लिए, सदैव ढोने के बजाय उनको जंगली जानवरों ने मार डाला होता। यह एक अंतहीन पीड़ा थी। नदी के दूसरे किनारे पर पल भर में ही घटनाएं घट गई होतीं। मामला निबट गया होता। अब वर्षों तक वे लोग इस बोझ, इस भार, इस ऊब को ढोते रहेंगे। और जितना अधिक वे इसको लेकर फिरेंगे उतना ही वे इस बोझ के आदी हो जाएंगे। उस बोझ के बिना उनको अच्छा नहीं लगेगा, उनको असहजता लगेगी। और अब वे कुछ और कर भी नहीं पाएंगे, क्योंकि कुछ और किया भी कैसे जा सकता है? नाव को सिर पर उठाए हुए रहना इतनी सतत व्यस्तता हो जाएगी कि कुछ भी करने में वे करीब-करीब असमर्थ हो जाएंगे।

यही तो अनेक धार्मिक लोगों के साथ हो गया है; वे कुछ भी कर सकने में असमर्थ हो चुके हैं, वे बस अपनी नाव को ढो रहे हैं। जाओ और जैनियों के आश्रमों, कैथेलिक मोनेस्ट्रियों, बौद्धों के आश्रमों में देखो–ये लोग क्या कर रहे हैं? वे बस धर्म कर रहे हैं; सारा जीवन छूट चुका है। वे बस प्रार्थना कर रहे हैं या बस ध्यान कर रहे हैं। क्या कर रहे हैं वे? जीवन उनके द्वारा समृद्ध नहीं किया जा रहा है। सृजनात्मक नहीं हैं वे। वे एक अभिशाप हैं, वरदान नहीं हैं वे। उनके कारण जीवन और अधिक सुंदर नहीं हो जाता है। वे किसी भी भांति सहायता नहीं कर रहे हैं। लेकिन वे बहुत गंभीर लोग हैं, और वे लगातार उलझे हुए हैं, चौबीसों घंटे वे उलझे हुए हैं। वे अपने सिर पर एक नाव ढो रहे हैं। उनके कर्मकांड उनकी नाव हैं।

स्मरण रखो, मेरे पास आओ, मुझ पर श्रद्धा करो। बस सीख लो कि श्रद्धा क्या है। मेरे उद्यान में आओ और वृक्षों के मध्य से प्रवाहित होती हुई हवा की आवाज सुनो, लेकिन बस घर लौट कर अपना एक उद्यान निर्मित करने के लिए। इन पुष्पों के, इन गीत गाते पक्षियों के निकट आओ, उनका एक गहरा अनुभव प्राप्त करो, फिर वापस लौट जाओ। तब अपना स्वयं का संसार निर्मित करो। बस मेरे झरोखे से एक झलक पा लो। मुझको अपने सम्मुख बिजली की एक कौंध की भांति चमक जाने दो ताकि तुम जीवन का सभी कुछ देख लो–लेकिन यह बस एक झलक ही होने जा रहा है।

मुझसे आसक्त हो जाने की आवश्यकता नहीं है, क्योंकि तब तुम अपना स्वयं का घर कब बनाओगे, और तुम अपना स्वयं का उद्यान कब बनाओगे, और कब तुम्हारे स्वयं के फूल खिलेंगे, और कब तुम्हारे स्वयं के हृदय के पक्षी गीत गाएंगे? नहीं, तब तो तुम उस नाव को जिसने तुम्हारी उस किनारे पर सहायता की थी ढोते फिरोगे। लेकिन तब यह दूसरा किनारा नष्ट हो गया है क्योंकि तुम अपने सिर पर नाव ढोते फिर रहे होओगे। दूसरे किनारे पर तुम नृत्य कैसे करोगे? उत्सव कैसे मनाओगे तुम? वह नाव एक सतत कारागृह बन जाएगी।

जब मैं तुमसे स्वयं पर श्रद्धा करने को कहता हूं, तो मैं बस यही कह रहा हूं कि मुझ पर जो एक विशिष्ट आबोहवा घट चुकी है, इसकी एक झलक पा लो। आओ, और इस आबोहवा को तुमको घेर लेने दो; मुझको अपने हृदय में स्पंदित होने दो; मुझको अपने चारों ओर धड़कने दो; अपने अस्तित्व के गहनतम तल में मुझे तरंगित होने दो; मुझे अपने भीतर प्रतिध्वनित होने दो। मैं यहां एक गीत गा रहा हूं इसको गूंजने दो ताकि तुम जान सको कि हां, गीत संभव है। बुद्ध विदा हो चुके हैं, जीसस भी यहां नहीं हैं; यह स्वाभाविक है। जीसस को सुन पाना तुम्हारे लिए संभव नहीं है। तुम बाइबिल पढ़ सकते हो; यह बस किसी ऐसी बात का शब्द-चित्र खींचती है जो कहीं किसी समय में घटित हुई थी, लेकिन तुम इस पर विश्वास नहीं कर सकते। यह बस कोई पुराण-कथा, एक कहानी हो सकती है। बुद्ध मात्र एक काव्यात्मक कल्पना हो सकते हैं, हो सकता है कि उनको कवियों ने रचा हो। कौन जाने? क्योंकि जीवन में तुम्हारा ऐसे व्यक्ति से आमना-सामना नहीं होता। जब तक कि तुम किसी धार्मिक व्यक्ति के संपर्क में नहीं आते, धर्म कहीं एक स्वप्न जैसा बना रहेगा। यह कभी एक वास्तविकता नहीं बनेगा। यदि तुम ऐसे व्यक्ति के संपर्क मे आते हो जिसने सत्य का स्वाद ले लिया है, जो एक भिन्न संसार में और एक भिन्न आयाम में जी चुका है, जिसके लिए परमात्मा घट चुका है, और जिसके लिए परमात्मा मात्र कोई सिद्धांत नहीं है, बल्कि श्वास-प्रश्वास की भांति एक यथार्थ है, तब उस पर श्रद्धा करो, उसमें समा जाओ। फिर हिचकिचाओ मत, फिर साहस करो। तब जरा निर्भीक हो जाओ। तब कायर मत बनो और द्वार के बाहर लुका-छिपी मत खेलते रहो, मंदिर में प्रवेश करो। निःसंदेह यह मंदिर तुम्हारे लिए आश्रय नहीं बनने जा रहा है। तुमको

अपना स्वयं का मंदिर निर्मित करना पड़ेगा—क्योंकि परमात्मा की उपासना केवल तभी की जा सकती है जब तुमने अपना स्वयं का मंदिर निर्मित कर लिया हो। उधार के मंदिर में परमात्मा की उपासना नहीं की जा सकती है। परमात्मा एक सृष्टा है और केवल सृजनात्मकता का सम्मान करता है। और अपना स्वयं का मंदिर निर्मित करना आधारभूत सृजनात्मकता है। नहीं, उधार के मंदिरों से काम नहीं चलने वाला है। लेकिन मंदिर का सृजन किस भांति किया जाए?

पहली बात, यह विश्वास कर पाना करीब-करीब असंभव है कि कभी मंदिरों का अस्तित्व था। जीसस का अस्तित्व संदेहास्पद बना हुआ है, बुद्ध एक पुराण-कथा की भांति दिखाई पड़ते हैं, इतिहास जैसे नहीं, कृष्ण तो और भी स्वप्नों के संसार में हैं। इतिहास में तुम जितना पीछे लौटते हो उतनी ही अधिक बातें धूमिल होकर पुराण-कथाओं में बदलती जाती हैं। यथार्थ पर कोई चिह्न शेष नहीं बचा।

जब मैं कहता हूं, मुझ पर श्रद्धा करो, तो मेरा अभिप्राय बस यही है : बाहर मत खड़े रहो। यदि तुम मेरे इतने निकट आ गए हो, तो थोड़ा और पास आ जाओ। यदि तुम आ गए हो, तो भीतर आ जाओ। फिर मेरी आबोहवा को तुम्हें घेर लेने दो। वह तुम्हारे लिए एक अस्तित्वगत अनुभव बन जाएगा। मेरी आंखों में देखते हुए, मेरे हृदय में प्रविष्ट होते हुए, तुम्हारे लिए जीसस में अश्रद्धा कर पाना असंभव हो जाएगा। तब तुम्हारे लिए यह कहना कि बुद्ध मात्र एक पुराण-कथा हैं, असंभब होगा, लेकिन फिर भी मैं यही कहे चला जाऊंगा कि यदि बुद्ध आते हैं, रास्ते पर तुम्हें मिल जाते हैं, उनको मार दो।

मेरे माध्यम से आओ, लेकिन वहां रुको मत। अनुभव ग्रहण करो और अपने रास्ते चले जाओ। यदि अनुभव पुनः स्मृतियों में खो जाए और मंद पड़ जाए, तो जब तक मैं यहां उपलब्ध हूं दुबारा मेरे पास आ जाओ। एक और डुबकी मार लो, लेकिन लगातार यह स्मरण रखो कि तुमको अपना स्वयं का कुछ निर्मित करना है। केवल तभी तुम उसके भीतर रह सकते हो। मैं अधिक से अधिक तुम्हारे सामान्य जीवन से अवकाश का एक समय बन सकता हूं, लेकिन मैं तुम्हारा जीवन नहीं बन सकता। अपना जीवन तुम्हें ही बदलना पड़ेगा।

अब, मन बहुत चालाक है। यदि मैं कहता हूं, मुझ पर श्रद्धा करो, तो मन को यह कठिन लगता है। किसी और व्यक्ति पर श्रद्धा करना बहुत अंहकार-नाशक है। यदि मैं कहूं बस स्वयं पर श्रद्धा करो, तो मन को बहुत अच्छा लगता है। लेकिन केवल अच्छा लगने से कुछ नहीं होता है। मैं तुमसे कहता हूं, अपने आप में श्रद्धा रखो। यदि यह संभव है तब मुझ पर श्रद्धा करने की कोई आवश्यकता नहीं है। यदि यह संभव न हो, तब पहले विकल्प के लिए प्रयास करो। मन सदा इसी खोज मे संलग्न रहता है कि किस भांति प्रत्येक वस्तु के माध्यम से अपने आप को और बलशाली बनाया जाए।

मैं तुमको एक कहानी सुनाऊंगा।

एक व्यक्ति किसी बड़े शहर में रहने लगा था, और करीब छह माह तक प्रत्येक रविवार को उसने अपने अनुकूल धार्मिक समुदाय पाने के लिए भिन्न-भिन्न चर्चों की धर्म-सभाओं में भागीदारी की। अंततः एक रविवार की सुबह बस वह चर्च में प्रविष्ट हो ही रहा था कि उसने श्रद्धालुओं को धर्मोपदेशक के साथ-साथ बोलते हुए सुना : हमने उन कामों को बिना किए छोड़ दिया है जो हमें करना चाहिए थे, और हम उन कामों को कर चुके हैं जो हमे नहीं करना चाहिए थे। वह अपने आप से फुसफुसाते हुए, अंततः मुझको मेरा ठिकाना मिल ही गया, राहत और संतोष की श्वास लेकर वहीं पर बैठ गया।

तुम बस किसी ऐसी चीज को पाने का प्रयास कर रहे हो जो तुम्हें बाधा न पहुंचाए। बल्कि इसके विपरीत यह तुम्हारे पुराने मन को सबल बनाए। यह तुमको जैसे तुम हो वैसे ही सशक्त करे। मन का सारा प्रयास यही है : अपने आप को तैयार करना। तुमको इसके बारे में मननशील होना पड़ेगा। जो कहा गया उसको नहीं, वरन जो यह सुनना चाहता है, मन की उसी को सुनने की प्रवृति है।

हैरी ने अपनी अधिक उम्र वाली कुरूप पत्नी से केवल उसके धन की खातिर विवाह किया था। निःसंदेह उसके पास इस धन को खर्च करने के अनेक ढंग थे। वह अफ्रीका के जंगलों में घूमने गया हुआ था। तभी दलदल में से एक बड़ा घड़ियाल प्रकट हुआ और उसने उसकी पत्नी को अपने जबड़ों मे दबोच लिया और खींच कर ले जाने लगा, हैरी का रोआं तक नहीं हिला। जल्दी करो! इसे शूट करो! इसे शूट करो! अभागी पत्नी चिल्लाई। हैरी ने कंधे उचकाए, प्रिय, मुझे ऐसा करके अच्छा लगता, लेकिन मेरे कैमरे में फिल्म नहीं है।

मन में, जो यह सुनना चाहता है, वही सुनने की प्रवृति होती है। ऐसा कभी मत सोचो कि तुम मुझको सुन रहे हो। तुम इसे अनेक ढंगों से बदलते चले जाते हो। जब कोई बात तुम्हारी खोपड़ी में प्रवेश करती है तो तुम इसे सीधे ही नहीं सुनते। पहले तुम इसको अपने खयालों के साथ मिश्रित कर देते हो, तुम यहां और वहां परिवर्तन कर देते हो। तुम कुछ बातों को छोड़ देते हो, कुछ बातें तुम इसमें जोड़ देते हो। निःसंदेह फिर यह धीरे-धीरे तुम्हारे अनुरूप होने लगता है और तुम अपने आपको समझा लेते हो कि यह वही है जो तुमसे कहा गया था।

लंदन की एक गली में आपाधापी के बीच एक आवारा चकरा कर गिर पड़ा और तुरंत ही उसके चारों ओर एक भीड़ एकत्रित हो गई।

बेचारे को थोड़ा सी व्हिस्की पिला दो, एक वृद्ध महिला ने कहा।

उसके ऊपर हवा करो, एक व्यक्ति बोला।

उसे थोड़ी सी व्हिस्की पिला दो, बूढी महिला पुनः बोली।

उसे अस्पताल ले जाओ, एक और आवाज आई।

उसे जरा सी व्हिस्की दे दो, बूढ़ी महिला ने दुबारा फिर से कहा।

यह बातचीत इसी तरह तब तक चलती रही जब तक वह उठ कर नहीं बैठ गया और चिल्लाया, क्या आप सब लोग चुप होकर उस बूढ़ी महिला की बात सुनेंगे।

उस समय भी जब तुम बेहोश हो, तुम उस बात को सुन सकते हो जिसको तुम सुनना चाहते थे; और जब तुम होश में हो उस समय भी तुम उस बात को नहीं सुन रहे हो जो तुमसे कही जा रही है।

एक भिखारी यहां मुझको सुनने आता है। उस भिखारी ने मुख्य सड़क पर एक आदमी से कहा : मुझको कॉफी के एक कप के लिए कुछ पैसे दे दो। उस आदमी ने कहा : लेकिन केवल दस मिनट पहले ही मैंने तुम्हें अठन्नी दी थी। उस भिखारी ने कहा : अरे, अतीत में जीना छोड़ भी दो। मैं लगातार तुमको अतीत में जीना छोड़ना सिखा रहा हूं–बिलकुल सही है उसकी बात।

स्मरण रखो, तुम्हारा मन लगातार तुम्हारे साथ चालाकियां खेल रहा है। विरोधाभास जरा भी नहीं है, विरोधाभास तुमने बना लिया है।

अब मैं प्रश्न का शेष भाग पढ़ूंगा–देखो जोर किस बात पर है।

'मेरे भीतर एक भाग है जो कहता है, यदि मैं अपने स्वयं के स्व में श्रद्धा करता हूं और अपने स्वयं के स्व का अनुसरण करता हूं, तो मैंने आपके समक्ष समर्पण कर दिया है और आपको हां कह दिया है।'

लेकिन यह केवल एक भाग है; और शेष भाग के बारे में क्या? यदि तुम इस भाग पर भरोसा करो, तो शेष मन कहेगा, तुम क्या कर रहे हो? इसी भांति संदेह उठ खड़ा होता है। यदि तुम प्रश्न के शेष भाग को सुनो, तो यह भाग संदेहों को निर्मित करता चला जाएगा। इसी प्रकार से मन गति करता है–सदा दुविधा में। यह अपने विरोध में अपने आप को विभाजित कर लेता है, और यह लुका-छिपी का खेल खेलता चला जाता है। इसलिए जो कुछ भी तुम करते हो, हताशा आती ही है–जो कुछ भी कर लो। लेकिन हताशा को अवश्य आना है। यदि तुम मुझ पर श्रद्धा करो तो तुम्हारे मन का एक भाग कहता चला जाएगा, तुम यह क्या कर रहे हो? मैं सदा से तुमसे कहता हूं, बस अपने ऊपर श्रद्धा करो। यदि तुम मुझ पर श्रद्धा न करो और स्वयं पर श्रद्धा करो, तो मन का दूसरा भाग लगातार हताश होता रहेगा। यह कहेगा, तुम यह क्या कर रहे हो? उन पर श्रद्धा करो। समर्पण कर दो। अब मन के दोहरेपन को देखो।

यदि तुम मन के इस सतत विभाजन को देख सको जो कभी भी पूर्ण निर्णय पर नहीं पहुच पाता, तो धीरे-धीरे तुम्हारे भीतर एक भिन्न प्रकार की चेतना उठ खड़ी होगी जो पूरी तरह से निर्णय कर सकती है। यह निर्णय मन का नहीं है। इसीलिए मैं कहता हैं कि समर्पण मन का कृत्य नहीं है। श्रद्धा मन से किया गया कृत्य नहीं है। मन श्रद्धा नहीं कर सकता। अश्रद्धा मन के लिए बहुत स्वाभाविक है, यह अंतःनिर्मित है। मन का अस्तित्व अश्रद्धा पर, संदेह पर निर्भर है' जब तुम अत्यधिक संदेह में होते हो तो तुमको अपने

भीतर अत्यधिक मननशीलता, हलचल दिखाई पड़ती है। मन अत्यधिक सक्रिय हो जाता है। लेकिन जब तुम श्रद्धा करते हो, तो मन के करने के लिए कुछ भी नहीं है। क्या तुमने कभी इसको देखा है? जब तुम कहते हो, नहीं, तो तुम अपनी चेतना के शांत सरोवर में एक पत्थर फेंक देते हो; लाखों तरंगें उठती हैं। जब तुम कहते हो, हां, तो तुम कोई पत्थर नहीं फेंक रहे हो, अधिक से अधिक तुम झील में एक फूल तैरा रहे हो। बिना किसी तरंग के फूल तैरता रहता है। यही कारण है कि लोगों को यह बहुत कठिन लगता है कि हां कहा जाए, और यह बहुत सरल लगता है कि न कह दिया जाए। न तो सदैव बिलकुल तैयार है। उससे पहले कि तुमने सुना हो न तैयार है।

मैं एक बार मुल्ला नसरुद्दीन के घर ठहरा हुआ था। मैंने सुना, पत्नी नसरुद्दीन से कह रही थी, नसरुद्दीन जरा बाहर जाकर देखो कि बच्चा क्या कर रहा है और उसको मना कर दो।

वह नहीं जानती कि बच्चा क्या कर रहा है : जरा बाहर जाकर देखो कि बच्चा क्या कर रहा है और उसको मना कर दो। चाहे वह जो कुछ भी क रहा हो, यह बात नहीं है; बल्कि रोक देना, नहीं कहना यही है असली बात। इनकार करना आसानी से आता है, यह अहंकार को बढ़ा देता है। अहंकार का पोषण 'न' पर होता है, मन का पोषण संदेह, शक, अश्रद्धा से होता है। तुम मन के द्वारा मुझ पर श्रद्धा नहीं कर सकते। तुमको मन का द्वैतवाद–सतत दुविधा, मन के भीतर लगातार चलता रहने वाला विवाद देख लेना पड़ेगा। मन का एक भाग लगातार विपक्ष की भांति कार्य कर रहा है।

मन कभी किसी निर्णय पर नहीं पहुंचता। मन में सदैव कुछ ऐसे भाग हैं जो असहमत होते हैं। वे अपने अवसर की प्रतीक्षा करते हैं, और वे तुमको हताश कर देंगे।

तब श्रद्धा क्या है? तुम श्रद्धा कैसे कर सकते हो? तुम्हें मन को समझना पड़ेगा। मन को और इसके भीतर के सतत दोहरेपन को समझ कर, इसके साक्षी बन कर तुम मन से भिन्न हो जाते हो। और उस भिन्नता में श्रद्धा का उदय होता है। और वह श्रद्धा तुम्हारे और मेरे मध्य कोई विभाजन नहीं जानती। वह श्रद्धा तुम्हारे और जीवन के मध्य कोई विभाजन नहीं जानती। यह श्रद्धा बस श्रद्धा है। यह किसी के प्रति श्रद्धा नहीं है, किसी को संबोधित श्रद्धा नहीं है--क्योंकि यदि तुम मुझ पर श्रद्धा करते हो तो तुंरत ही तुम किसी पर अश्रद्धा करोगे। जब कभी भी तुम किसी पर श्रद्धा करते हो, तुरंत ही दूसरे छोर पर तुम किसी और पर अश्रद्धा कर रहे होओगे। यदि तुम्हारा भरोसा कुरान में है, तो तुम बुद्ध में विश्वास नहीं कर सकते। यदि तुमको जीसस में श्रद्धा है, तो तुम बुद्ध में श्रद्धा नहीं रख सकते। किस प्रकार की श्रद्धा है यह? इसका जरा भी मूल्य नहीं है।

श्रद्धा किसी के प्रति नहीं होती। यह न तो जीसस के प्रति है, न बुद्ध के प्रति। यह बस श्रद्धा है। तुम बस श्रद्धा करते हो क्योंकि तुमको श्रद्धा रखना अच्छा लगता है। तुम तो श्रद्धा रखते हो और श्रद्धा रखने

का तुम इतना मजा लेते हो कि जब तुम धोखा खाते हो तब भी तुम मजा लेते हो। तुम मजा लेते हो कि तुम तब भी श्रद्धा कर सकते हो जब कि धोखा खाने की पूरी संभावना है, कि धोखा तुम्हारी श्रद्धा को नष्ट नहीं कर सकता, कि तुम्हारी श्रद्धा इतनी विराटतर है कि धोखा देने वाला तुमको विचलित नहीं कर सका। हो सकता है कि उसने तुम्हारा धन ले लिया हो, उसने तुम्हारी प्रतिष्ठा छीन ली हो, उसने तुमको पूरी तरह से लूट लिया हो, लेकिन तुम मजा लोगे। और तुम आत्यंतिक रूप से हर्षित और आनंदित अनुभव करोगे कि वह तुम्हारी श्रद्धा को खंडित न कर सका, अब भी तुम उस पर श्रद्धा रखते हो। और यदि वह पुनः लूटने आता है तो तुम तैयार हो, तुम अभी भी उस पर श्रद्धा करते हो। इसलिए उस व्यक्ति ने जिसने तुमको धोखा दिया है, तुमको भौतिक रूप से लूट लिया है, लेकिन आध्यात्मिक रूप से उसने तुमको समृद्ध कर दिया है।

लेकिन आमतौर पर क्या होता है? एक व्यक्ति तुम्हारे साथ धोखा करता है और सारी मानव-जाति की निंदा होती है। एक ईसाई तुमको धोखा देता है और सभी ईसाइयों की निंदा होती है। एक मुसलमान ने तुम्हारे साथ अच्छा व्यवहार नहीं किया था और मुसलमानों का पूरा समुदाय पापी हो जाता है। एक हिंदू तुम्हारे प्रति भला नहीं था, सभी हिंदू नाकारा हो जाते हैं। तुम बस प्रतीक्षा करो। बस एक आदमी ही पूरी मानवता के लिए अश्रद्धा उत्पन्न कर सकता है।

श्रद्धा का व्यक्ति श्रद्धा किए चला जाता है। चाहे उसकी श्रद्धा को कुछ भी हो जाए, एक बात कभी नहीं होती : वह कभी किसी को अपनी श्रद्धा खंडित करने की अनुमति नहीं देता। उसकी श्रद्धा बढ़ती चली जाती है। श्रद्धा परमात्मा है। लोगों ने तुमसे परमात्मा पर श्रद्धा करने का कहा हुआ है; मैं तुमसे कहता हूं, श्रद्धा परमात्मा है। परमात्मा के बारे में सभी कुछ भूल जाओ; बस श्रद्धा करो, और तुम जहां कहीं भी होओगे परमात्मा तुमको खोजता और तलाश करता हुआ आ जाएगा।

दूसरा प्रश्न : बुद्ध को क्या प्रेरित करता है?

यह प्रश्न असंगत है, क्योंकि बुद्ध केवल तभी बुद्ध बनता है जब सारी प्रेरणाएं विदा हो चुकी हैं, सारी वासनाएं तिरोहित हो चुकी हैं। एक बुद्ध केवल तभी बुद्ध होता है क्योंकि उसके करने के लिए कुछ भी नहीं है, चाहने के लिए कुछ भी नहीं, न कहीं जाना है और न ही कुछ उपलब्ध करना है। उपलब्ध करने वाला मन खो जाता है—तभी कोई बुद्ध बनता है। इसलिए अगर तुम पूछते हो : बुद्ध को क्या प्रेरित करता है? तब तुम एक असंगत प्रश्न पूछ रहे हो। उसे कुछ भी प्रेरित नहीं करता, इसीलिए तो वह बुद्ध है।

सिद्धार्थ गौतम को संबोधि घटित हुई। कहानी इस प्रकार है कि एक ब्राह्मण वहां से गुजर रहा था।

उसने इतना सुंदर व्यक्ति कभी नहीं देखा था। अपने वृक्ष के नीचे बैठे बुद्ध को किसी अपार्थिव आभा ने घेर रखा था, वे प्रदीप्त थे, वहां एक गहन शांति थी। ब्राह्मण आगे न बढ़ सका। यद्यपि वह शीघ्रता में था, उसे कहीं पहुंचना था, लेकिन बुद्ध के मौन ने उसे आकर्षित कर लिया। वह भूल गया कि वह कहां जा रहा था, अपनी कार्य करने की प्रेरणा को वह भूल गया। इस व्यक्ति के पास आकर जिसने प्रेरणा के पार की अवस्था उपलब्ध कर ली थी, वह उसकी भंवर के खिंचाव से आकर्षित कर लिया गया। मंत्रमुग्ध होकर वह वहीं ठहरा रहा।

कहानी कहती है कई घंटे बीत गए। फिर अचानक उसको होश आया कि वह क्या कर रहा था? तब अचानक उसको याद पड़ा कि वह कहीं जा रहा था, लेकिन कहां? फिर उसने पूछा, मैं कौन हूं?–जैसे कि पूरी पहचान, सारा अतीत कहीं खो गया था। वह कौन था इस बात को भी वह अपने संज्ञान में नहीं ला पाया। फिर उसने शांत बैठे हुए बुद्ध को पकड़ कर हिलाया और कहा : आपने मेरे साथ क्या कर दिया? मैं तो पूरी तरह से भूल गया हूं कि मैं कहां जा रहा था, और मैं कहां से आ रहा था, और मैं कौन हूं। अब मैं किससे पूछूं। कौन देगा इसका उत्तर? और देश के इस भूभाग में तो मैं एक अजनबी हूं। आप बता दें कि आपने क्या कर दिया है?

बुद्ध ने अपनी आंखें खोलीं और उन्होंने कहा : मैंने कुछ भी नहीं किया है। मैंने करना छोड़ दिया है। हो सकता है कि इसके कारण से, हो सकता है कि बस मेरे निकट होने से हो गया हो...तुम चिंता मत करो। तुम तेजी से मुझको छोड़ कर यहां से भाग जाओ।

उस व्यक्ति ने कहा : इससे पहले कि मैं यहां से चला जाऊं, एक बात मुझे पूछनी है; क्या आप भगवान हैं? वह एक विद्वान ब्राह्मण था, उसने सुन रखा था, उसने अपनी प्रतिदिन की पूजा-अर्चना में प्रतिदिन वेदों का पाठ किया था। उसने कृष्ण और राम के बारे में सुन रखा था, लेकिन ये सभी मात्र कहानियां थीं। पहली बार कोई व्यक्ति उसको दिखाई पड़ा था–यथार्थ, असली, पार्थिव और फिर भी दिव्य : क्या आप भगवान हैं?

बुद्ध ने कहा : नहीं।

उस व्यक्ति ने कहा : क्या आप कोई संत, कोई अर्हत हैं?–क्योंकि वह व्यक्ति कुछ-कुछ समझ गया। भारत में जैन लोग भगवान में विश्वास नहीं रखते, इसलिए जब कोई पूर्ण, परम सत्य को उपलब्ध कर लेता है, उसे अर्हत कहा जाता है; वह जो पहुंच गया है; संत, ऋषि। इसलिए पहले उसने पूछा, क्या आप भगवान हैं? उसने हिंदुओं की भाषावली में प्रश्न पूछा था और बुद्ध ने कहा, नहीं। तब उसने सोचा, हो सकता कि वे भारत की दूसरी परंपरा, श्रमणों की परंपरा से जो भगवान में विश्वास नहीं रखते संबंध रखते हों। उसने पूछा, क्या आप अर्हत, एक ऋषि, एक संत हैं? और बुद्ध ने कह दिया, नहीं। तब वह दिग्भ्रमित हो गया, क्योंकि केवल दो ही भाषाएं संभव थीं।

फिर उसने पूछा, तब आप कौन हैं?

बुद्ध ने कहाः मैं सजग हूं।

यह बात व्याकरण के अनुसार सही नहीं है, लेकिन सत्य है। उन्होंने कहाः मैं सजग हूं। उन्होंने बस उस क्षण में अपने अस्तित्व के गुणधर्म के बारे में बताया–'सजगता', न भगवान, न संत। क्योंकि जब तुम कहते हो 'भगवान' तो ऐसा प्रतीत होता है जैसे कि कुछ रुका हुआ है। जब तुम कहते हो 'संत' ऐसा लगता है कि कुछ पूर्ण, स्थायी है, वस्तु बन गया है। बुद्ध ने कहाः मैं सजग हूं। या और अधिक उत्तम अनुवादः उन्होंने कहा, मैं सजगता हूं–कोई तादात्म्य नहीं है, बस सजग रहने की एक गतिमान ऊर्जा है। सजगता में, ऐसी सजगता में कोई प्रेरणा नहीं होती; और यदि वहां कोई प्रेरणा हो तो वहां कोई सजगता नहीं है।

मैं तुमसे एक कहानी कहता हूं, एक बहुत सुंदर कहानी। इसे जितना संभव हो सके उतनी गहराई से सुनो।

एक महिला और उसका छोटा सा बच्चा समुंद्र की लहरों पर अठखेलियां कर रहे थे, और पानी का बहाव काफी तेज था। उसने अपने पुत्र की बांह मजबूती से पकड़ रखी थी और वे प्रसन्नतापूर्वक जलक्रीड़ा में संलग्न थे, कि अचानक पानी की एक विशाल भयानक तरंग उनके सामने प्रकट हुई। उन्होंने भयाक्रांत होकर उसको देखा, ज्वार की यह लहर उनके ठीक सामने ही ऊपर और ऊपर उठती चली गई, और उनके ऊपर छा गई। जब पानी वापस लौट गया तो वह छोटा बच्चा कहीं दिखाई नहीं पड़ा। शोकाकुल मां ने मेल्विन, मेल्विन तुम कहां हो? मेल्विन! चिल्लाते हुए पानी में हर तरफ उसको खोजा। जब यह स्पष्ट हो गया कि बच्चा खो गया है, उसे पानी सागर में बहा ले गया है, तब पुत्र के वियोग में व्याकुल मां ने अपनी आंखें आकाश की ओर उठाईं और प्रार्थना की, 'ओह, प्रिय और दयालु परम पिता, कृपया मुझ पर रहम कीजिए और मेरे प्यारे से बच्चे को वापस कर दीजिए। आपसे मैं आपके प्रति शाश्वत आभार का वादा करती हूं। मैं वादा करती हूं कि मैं अपने पति को पुनः कभी धोखा नहीं दूंगी; मैं अब अपने आयकर को जमा करने में दुबारा कभी धोखा नहीं करूंगी; मैं अपनी सास के प्रति दयालु रहूंगी; मैं सिगरेट पीना, और सारे व्यसन छोड़ दूंगी! सभी गलत शौक, बस केवल कृपा करके मेरा पक्ष लीजिए और मेरे पुत्र को लौटा दीजिए।'

बस तभी पानी की एक और दीवार प्रकट हुई और उसके सिर पर गिर पड़ी। जब पानी वापस लौट गया तो उसने अपने छोटे से बेटे को वहां पर खड़ा हुआ देखा। उसने उसको अपनी छाती से लगाया, उसको चूमा और अपने से चिपटा लिया। फिर उसने उसे एक क्षण को देखा और एक बार फिर अपनी निगाहें स्वर्ग की ओर उठा दीं। ऊपर की ओर देखते हुए उसने कहा, लेकिन उसने हैट लगा रखा था।

मन यही है, बच्चा वापस आ गया है, लेकिन हैट खो गया है। अब वह इसलिए प्रसन्न नहीं है कि बेटा लौट आया है, बल्कि अप्रसन्न है कि हैट खो गया था–फिर शिकायत।

क्या तुमने कभी देखा है कि तुम्हारे मन के भीतर यही हो रहा है या नहीं? सदा ऐसा ही हो रहा है। जीवन तुमको जो कुछ भी देता है उसके लिए तुम धन्यवाद नहीं देते। तुम बार-बार हैट के बारे में शिकायत कर रहे हो। तुम लगातार उसी को देखते जाते हो जो नहीं हुआ है, उसको नहीं देखते जो हो चुका है। तुम सदैव देखते हो और इच्छा करते हो और अपेक्षा करते हो, लेकिन तुम कभी आभारी नहीं होते। तुम्हारे लिए लाखों बातें घटित हो रही हैं, लेकिन तुम कभी आभारी नहीं होते। तुम सदैव चिड़चिड़ाहट और शिकायत से भरे रहते हो, और सदा ही तुम हताशा की अवस्था में रहते हो। यदि तुम स्वर्ग भी पहुंच जाओ तो यह मन तुमको वहां नहीं रहने देगा। जहां कहीं भी तुम हो तुम वहीं पर नरक निर्मित कर लोगे। कामना इतनी अधिक है कि एक कामना पूरी होती है इससे दस कामनाएं और उठ खड़ी होती हैं, और इनका अंत कभी नहीं होता।

कामना करते हुए किसी ने शांति की अवस्था को, निष्काम अवस्था को कभी उपलब्ध नहीं किया है। कामना को समझ कर, प्रेरणा को समझ कर व्यक्ति धीरे-धीरे सजग हो जाता है। व्यक्ति यह जान लेता है कि यदि तुम प्रेरणा को त्याग देते हो तो जीवन में कोई हताशा नहीं होती। फिर कुछ भी तुमको अप्रसन्न नहीं कर सकता। फिर प्रसन्नता स्वाभाविक होती है; यह बस तुम्हारे होने की शैली बन जाती है। फिर जो कुछ भी होता है, तुम प्रसन्न रहते हो। अभी तो चाहे जो कुछ भी होता हो, तुम अप्रसन्न बने रहते हो।

बुद्ध के पास कोई प्रेरणा नहीं होती, इसलिए वे प्रसन्न हैं। वे इतने प्रसन्न हैं कि यदि तुम उनसे पूछो, क्या आप प्रसन्न हैं? वे अपने कंधे झटक देंगे–क्योंकि जाना कैसे जाए? प्रसन्नता को केवल अप्रसन्नता की पृष्ठभूमि में जाना जा सकता है। वे अप्रसन्नता के अनुभव तक को भूल चुके हैं, इसलिए यदि तुम उनसे पूछो, क्या आप प्रसन्न हैं? तो वे चुप भी रह सकते हैं। हो सकता है कि वे कुछ भी न कहें। क्योंकि जब अप्रसन्नता विदा हो गई तो इसके साथ अनुभूतियों का दोहरापन भी समाप्त हो गया। इसी कारण से बुद्ध ने नहीं कहा कि परम अवस्था आनंद की है। नहीं, उन्होंने कहा, यह शांति की अवस्था है, लेकिन आनंद की नहीं।

हिंदू और बौद्धों के मध्य, पतंजलि और बुद्ध के मध्य यह एक अंतर है। यह आधारभूत अंतरों में से एक है। और निःसंदेह दोनों सही हैं; यदि तुम परम के बारे में जानते हो और जब तुम उसके बारे में कुछ कहते हो , तो बातें इसी भांति हो ही जाती हैं। इसलिए तुम जो कुछ भी कहते हो, यह भले ही कितना विरोधाभासी प्रतीत हो, यह सदैव सही होता है। पतंजलि कहते हैं कि यह आनंद की अवस्था है, क्योंकि सारी पीड़ा, पीड़ा की सारी संभावना मिट चुकी है। निःसंदेह वे सही हैं। बुद्ध कहते हैं, यह आनंद भी नहीं

है, क्योंकि कौन यह जानेगा और तुम कैसे जान लोगे कि यह आनंदपूर्ण है? जब सारी पीड़ा खो चुकी है, वहां कोई विरोधी अनुभूति नहीं है, इसको जानने का कोई उपाय नहीं है कि आनंद है, यदि रात्रि पूर्णतः मिट ही गई है तब तुम कैसे जान लोगे कि यह दिन है? यह दिन होगा, किंतु तुम कैसे जानोगे कि यह दिन है? बुद्ध भी सही हैं; यह आनंद होगा, लेकिन इसको आनंद नहीं कहा जा सकता, क्योंकि ऐसा कह कर तुम अप्रसन्नता को भीतर ले आते हो।

व्यक्ति तभी बुद्ध बनता है जब उसने प्रेरणा की संपूर्ण क्रियाविधि को समझ लिया है। प्रेरणा क्या है?–यह वर्तमान में अतृप्ति, वर्तमान में असहजता, और भविष्य में एक आशा है। प्रेरणा अभी और यहीं में अतृप्ति है, और कहीं भविष्य में परितृप्ति का स्वप्न है।

तुम एक छोटे से घर में रहते हो; इस छोटे से घर के साथ तुम अप्रसन्न हो, अभी और यहीं में अतृप्त हो, और तुम भविष्य में एक बड़े घर की आशा लगाते हो। भविष्य की जरूरत है; ठीक अभी बड़ा घर संभव नहीं है। इसको बनाने के लिए–धन कमाने में, हजारों काम करने में, घर को पूरा करने में समय की आवश्यकता पड़ेगी, तब बड़ा घर संभव हो सकेगा। इसलिए ठीक अभी तुम अतृप्ति में हो, लेकिन भविष्य में तुम्हारे पास परितृप्ति का एक स्वप्न है। तुम कठोर परिश्रम करते हो। तब कहीं जाकर एक दिन बड़ा घर संभव हो पाता है, लेकिन अचानक तुम देखते हो कि तुमको परितृप्ति जैसा कुछ भी नहीं घट रहा है। जिस क्षण बड़ा घर उपलब्ध हो जाता है तुम और बड़े घर के लिए सोचने लगते हो। तुम प्रेरणा के आदी हो चुके हो। अब तुम बिना प्रेरणा के नहीं जी सकते हो। पुनः बड़े घर में भी तुम अप्रसन्न हो। पुनः तुम आशा कर रहे हो किसी दिन किसी महल में, कहीं और मुझको खुशी मिल जाएगी–और इसी प्रकार से व्यक्ति अपने सारे जीवन को व्यर्थ किए चला जाता है।

प्रेरणा की क्रिया-व्यवस्था को समझो। यह तुमको भविष्य में एक स्वप्न देती है–और स्वप्न एक स्वप्न है–और यह वर्तमान से सारा आनंद ले लेती है। किसी अवास्तविक के लिए यह उसे नष्ट कर देती है जो वास्तविक है। एक बार तुम समझ जाओ, तुम प्रेरणा के माध्यम से जीना बंद कर देते हो। तब तुम बस बिना प्रेरणा के जीते हो।

प्रेरणा के बिना जीना क्या है, क्या है बिना प्रेरणा के जीना?–यहां और अभी में गहन परितृप्ति में जीना, और आने वाले कल की चिंता न करना।

जीसस कहते हैं, कल के बारे में मत सोचो। खेत में लगी लिली को देखो। राजा सोलोमन भी अपनी सारी श्रेष्ठता के साथ इतना सुंदर नहीं था। खेत में लिलियों को देखो; वे कल की चिंता में नहीं हैं। वे बस अभी और यहीं हैं। वे अभी और यहीं परमेश्वर के साथ हैं। उनका कोई भविष्य नहीं है; उनका कोई भूत नहीं है। उनके लिए यही क्षण सभी कुछ है।

वह मन जिसने प्रेरणा को त्याग दिया है, अब मन नहीं है। एक बार तुम प्रेरणा को छोड़ दो तुम शाश्वत यथार्थ के भाग बन जाते हो जो सदैव अभी, सदा यहीं है। और तब तुम परितृप्त हो। तुम्हारी इस परितृप्ति से और अधिक परितृप्ति का उदय होता है, परितृप्ति की बड़ी और बड़ी लहरें उठती हैं। तुम्हारी अतृप्ति से और-और अतृप्ति उत्पन्न होती है।

इसलिए देखो...इसी क्षण में तुम प्रेरणा के संसार में जा सकते हो, जिसमें तुम पहले से ही चल रहे हो–प्रतिस्पर्द्धा, बाजार, या तुम प्रेरणा के पार के संसार में जा सकते हो। हर कदम पर रास्ता दो भागों मे बंट जाता है। यदि तुम प्रेरणा को छोड़ देते हो, तुम इसी-क्षण में प्रसन्न होने का निर्णय लेते हो और तुम कहते हो, 'भविष्य को अपनी चिंता स्वयं कर लेने दो। अब मैं यहीं और अभी होऊंगा, और यही पर्याप्त है, और मैं अधिक कुछ नहीं मांगूंगा। मैं उसी का आनंद लूंगा जो मुझे पहले से ही दे दिया गया है। और तुमको पर्याप्त से अधिक पहले से ही दिया गया है।'

मैंने कभी ऐसे व्यक्ति को नहीं देखा जिसका जीवन समृद्ध न हो, लेकिन एक धनी व्यक्ति को पा लेना बहुत कठिन है–सभी लोग भिखारी हैं। और मैं तुमसे कहता हूं कि किसी को भिखारी होने की आवश्यकता नहीं है। जीवन ने तुमको पहले से ही इतनी समृद्धियां दी हुई हैं कि यदि तुम यह जान जाओ कि उनका आनंद कैसे लिया जाए तो तुम और अधिक की मांग नहीं करोगे। तुम कहोगे कि मैं तो इतनी समृद्धियों का आनंद नहीं ले पा रहा हूं। पहले से ही यह बहुत अधिक है। मैं इसको सम्हाल नहीं सकता। मेरे हाथ बहुत छोटे हैं, मेरा हृदय बहुत छोटा है। मैं इनको नहीं सम्हाल सकता! आपने मुझको इतना अधिक नृत्य, और इतना अधिक गीत और इतना अधिक आनंद दे दिया है। मैं और अधिक नहीं मांग सकता। इसी को उपयोग करके समाप्त कर पाना संभव नहीं है।

यहीं और अभी में जीना धार्मिक होना है। यहीं और अभी में जीना मन के बिना जीना है। यहीं और अभी जीना बुद्ध हो जाना है। यही है जो उन्होंने कहा था–मैं सजग हूं। क्योंकि देवता भी प्रेरित हो जाते हैं, वे भी स्त्रियों का पीछा कर रहे हैं–शायद श्रेष्ठ स्त्रियों का कुछ उच्च तल पर पीछा कर रहे हैं, लेकिन स्त्रियों का पीछा कर रहे हैं। वे एक-दूसरे के साथ प्रतिस्पर्धा कर रहे हैं।

इस बारे में हिंदू पुराणों मे वर्णित कथाएं आत्यंतिक रूप से सुंदर हैं। उन्होंने किसी बात का वर्णन करने में संकोच नहीं किया है। यदि तुम हिंदू पुराणों में लिखी हुई देवताओं की कहानियां सुनो तो तुम बहुत चकित हो जाओगे, वे करीब-करीब मानवीय हैं। वे वही सारी चीजें कर रहे हैं जो तुम कर रहे हो, शायद कुछ बेहतर ढंग से या शायद किसी उच्चतर तल पर, लेकिन उनके कृत्य तुम्हारी तरह हैं। उनके प्रमुख, प्रधान देवता का नाम इंद्र है। वह देवताओं का राजा है। और जैसे कि राजा लोग हमेशा होते हैं–वह सदा भयभीत रहता है–और उसका सिंहासन हमेशा डोलता रहता है, क्योंकि कोई न कोई

सदैव उसकी टांग खींच रहा होता है। तुम दिल्ली जा सकते हो और लोगों से पूछ सकते हो। जब भी तुम किसी सिंहासन पर बैठते हो, कोई तुमको नीचे खींच रहा होता है, वास्तव में तो अनेक लोग तुम्हारी टांगें खीच रहे होते हैं, क्योंकि वे भी उस सिंहासन पर आसीन होना चाहते हैं। इंद्र लगातार कांपता रहता है। मैं सोचता हूं कि अब तक तो यह कांपना उसकी आदत बन चुकी होगी। भले ही कोई उसकी टांगें खींच रहा हो या नहीं, उसको कांपते रहना चाहिए। शताब्दियों से वह कांपता रहा है। कहानियां कहती हैं कि पृथ्वी पर कोई तपस्वी, कोई संत जब कभी भी अस्तित्व के उच्चतर तलों को उपलब्ध करना आरंभ कर देता है, उसको भय लगने लगता है। उसका सिंहासन डोलने लगता है : कोई उसके साथ प्रतिस्पर्धा करने का प्रयास कर रहा है। कोई देवताओं का राजा बनने का प्रयास कर रहा है। तुरंत ही वह, बेचारे उस तपस्वी की तपस्या को नष्ट करने के लिए सुंदर अप्सराएं भेज देता है। वे उसके चारों ओर सुंदर कामुक नृत्य करती हैं, वे उस बेचारे तपस्वी को उसके मार्ग से भटका देती हैं। और तब इंद्र चैन की नींद सोता है : अब एक प्रतिद्वंदी नष्ट कर दिया गया है।

हिंदुओं के स्वर्ग में रास्ते हीरों से जड़े हुए हैं, और वृक्ष सोने के हैं, और पुष्प चांदी, रत्नों और जवाहरातों से बने हुए हैं—लेकिन संसार वैसा ही है। वहां स्त्रियां बहुत संदुर हैं—लेकिन वही संसार, वही वासना, वही इच्छा। हिंदू कहते हैं, जब उनके सत्कर्म समाप्त हो जाते हैं तब देवताओं तक को पृथ्वी पर पुनः जन्म लेना पड़ता है, जब वे अपने सत्कर्मों का, अपने पुण्यों का उपभोग कर चुके होते हैं तो उनको पृथ्वी पर आना पड़ता है।

यह शब्द 'पुण्य' बहुत अच्छा है। 'पूना' नगर का नाम पुण्य से आता है। इसका अर्थ है : सत्कर्मों का नगर। वे देवता उतने ही संसारी हैं जितना यह संसार। एक बार उनका पुण्य, उनका सत्कर्म समाप्त हो जाए तब उनको वापस लौटना पड़ता है। एक बार उन्होंने मजा ले लिया फिर उनको पुनः घिसटने के लिए पृथ्वी पर वापस लौटना पड़ता है।

बुद्ध कहते हैं, 'नहीं, मैं देवता नहीं हूं, क्योंकि मुझमें प्रेरणा नहीं है।' 'क्या आप कोई संत, अर्हत हैं?' बुद्ध कहते हैं, 'नहीं, क्योंकि संत में भी मोक्ष उपलब्ध करने की एक विशेष प्रेरणा होती है'—कि मोक्ष किस भांति पाया जाए, संसार से परे कैसे जाया जाए, इच्छा-शून्य किस भांति हुआ जाए। लेकिन फिर भी इच्छा तो है वहां पर। अब इच्छा-शून्य हो जाने की इच्छा है। प्रेरणारहित होने की प्रेरणा हो सकती है : प्रेरणारहित अवस्था किस प्रकार से उपलब्ध हो—यही प्रेरणा बन सकती है। लेकिन यह सभी कुछ वही है : तुम पुनः उसी जाल में फंस गए हो।

बुद्ध कहते हैं, 'नहीं, मैं सजग हूं।' सजगता में प्रेरणा नहीं उठती। इसलिए जब भी प्रेरणा उठती है इच्छा उठ खड़ी होती है। करो कुछ मत। सजग हो जाओ और तुम देखोगे कि इच्छा वापस लौट रही है,

मिट रही है, यह तिरोहित हो जाती है। जब सजगता का सूर्य उदित होता है इच्छाएं सुबह की ओस की बूंदों की भांति वाष्पित हो जाती हैं।

तीसरा प्रश्न : क्योंकि संबुद्ध व्यक्तियों के बच्चे नहीं होते हैं, और हम विक्षिप्त व्यक्तियों को आपके द्वारा संतान उत्पन्न करने के लिए अयोग्य घोषित कर दिया गया है, अतः बच्चे उत्पन्न करने का उचित समय कौन सा है?

संबुद्ध व्यक्तियों के बच्चे नहीं होते; विक्षिप्त व्यक्तियों के बच्चे नहीं होने चाहिए। ठीक उन दोनों के मध्य में मानसिक स्वास्थ्य की, अविक्षिप्तता की एक अवस्था होती है; जिसमें तुम न तो विक्षिप्त हो और न ही संबुद्ध, बस स्वस्थ हो। ठीक मध्य में हो–संतान उत्पन्न करने का, माता बनने का या पिता बनने का यही उचित समय है।

कठिनाई यही है, विक्षिप्त व्यक्तियों में अनेक बच्चे पैदा करने की प्रवृत्ति होती है। वस्तुतः पश्चिम में विक्षिप्तता अधिक है। लोगों के बहुत अधिक बच्चे नहीं होते हैं। विक्षिप्तता के इतना प्रभावी होने के कारणों में से यह एक कारण हो सकता है : बच्चों के साथ वह पुरानी संलग्नता अब न रही। पूर्व में लोग इतने विक्षिप्त नहीं हैं। वे विक्षिप्तता को सहन नहीं कर सकते, बच्चे पर्याप्त संख्या में हैं। एक संयुक्त परिवार में बहुत अधिक बच्चे होते हैं। तुम्हारे पास पागल हो पाने के लिए समय ही नहीं रहता–असंभव है। वे तुमको पागल होने ही न देंगे। तुम इतनी पगलाई अवस्था में रहते हो और इससे इतने लयबद्ध हो जाते हो कि तुम जान ही नहीं सकते कि तुम पागल हो। पश्चिम में संयुक्त परिवार मिट चुका है। बच्चे भी जिस ढंग से वे पूर्व में होते हैं, उस भांति नहीं होते। वहां अधिक से अधिक एक या दो बच्चे होते हैं। बहुत अंतराल बच जाता है। पुराना सारा उलझाव अब वहां नहीं रहा। लोग और-और समृद्ध, धनी होते जा रहे हैं, वहां कम से कम कार्य रह गया है और अधिक से अधिक विश्राम उपलब्ध हो रहा है, और वे नहीं जानते कि इस विश्राम के साथ क्या किया जाए। वे विक्षिप्त हो जाते हैं। जरा अपने बारे में सोचो, यदि तुम्हारे पास करने को कुछ न हो, न ही बच्चे हों जिनके लिए तुमको कुछ करना हो, तो क्या होगा?

एक बार मैंने मुल्ला नसरुद्दीन से पूछा, क्या तुम अभी तक उसी कंपनी के लिए काम कर रहे हो? उसने कहा : हां, वही कंपनी है : पत्नी और तेरह बच्चे!

तुम्हारे पास पालने के लिए एक परिवार है, सुबह से सांझ तक सारा जीवन कठोर परिश्रम करना है, तुम सांझ थके-हारे घर आते हो और सो जाते हो, और सुबह फिर तुमको इसी धंधे में लग जाना है, तो

तुमको विक्षिप्त होने का मौका कहां मिलेगा? तुमको मनोचिकित्सक के पास जाने का समय कब मिलेगा? पूरब में तो मनोचिकित्सक होते ही नहीं हैं। यहां पर बच्चे ही एकमात्र मनोचिकित्सक हैं।

विक्षिप्त लोगों में अपनी विक्षिप्तता के कारण अपने चारों ओर व्यवस्ता में उलझने का माहौल पैदा करने की मनोवृत्ति होती है। ऐसा होना तो नहीं चाहिए, क्योंकि ऐसा करके वे विक्षिप्तता का सामना करने से बच जाते हैं। उनको विक्षिप्तता के तथ्य का सामना करना चाहिए और उनको इसके पार जाना चाहिए।

संबुद्ध व्यक्ति को बच्चों की कोई आवश्यकता नहीं होती है। उसने अपने आपको परम जन्म दे दिया है। अब किसी और को जन्म देने की आवश्यकता नहीं रही। वह स्वयं अपने आप के लिए माता और पिता बन गया है। अपने स्वयं के लिए गर्भ बन चुका है वह, और उसका पुनर्जन्म हुआ है।

लेकिन इन दोनों के मध्य में, जब विक्षिप्तता वहां नहीं होती, तुम ध्यान करते हो, तुम थोड़े से सजग, बोधपूर्ण हो जाते हो। तुम्हारा जीवन बस अंधकार का नहीं रहता। यह प्रकाश उतना तीव्र नहीं है जैसा कि यह उस समय होता है जब कोई बुद्ध बन जाता है, लेकिन फिर भी मोमबत्ती की एक धीमी रोशनी उपलब्ध हो रही है। यही समय ठीक है–संक्रमण काल का समय, जब तुम बस सीमा-रेखा पर हो, संसार से बाहर निकल रहे हो, दूसरे संसार में जा रहे हो, बच्चे पैदा करने का यही उचित समय है, क्योंकि तब तुम अपनी सजगता का कुछ अंश अपने बच्चों को दे पाने में समर्थ हो जाओगे। अन्यथा उनको तुम भेंट के रूप में क्या दोगे? तुम उनको अपनी विक्षिप्तता दे दोगे।

मैंने सुना है, अठारह बच्चों को लेकर एक व्यक्ति पशु-प्रदर्शनी देखना गया। इस प्रदर्शनी में एक विशिष्ट बैल था, जिसकी कीमत आठ हजार रुपये थी। और उसको केवल देखने का शुल्क पांच रुपये था। इस व्यक्ति ने सोचा कि इस प्रकार तो उसको बहुत खर्च करना पड़ेगा। लेकिन उसके बच्चे उस बैल को देखना ही चाहते थे। अंततः वे कठघरे के प्रवेश-द्वार पर पहुंचे। वहां के सहायक ने पूछा : महोदय, क्या ये सभी बच्चे आपके हैं?

हां, ये सभी मेरे बच्चे हैं, उस व्यक्ति ने उत्तर दिया। क्यों?

सहायक ने उत्तर दिया : ठीक है, एक मिनट आप यहीं रुकें, मै बैल को बाहर ले आऊंगा ताकि वह आपको देख ले!

अठारह बच्चे!—बैल तक को ईर्ष्या हो जाएगी।

तुम अचेतन अवस्था में अपनी प्रतिकृतियों को जन्म दिए चले जाते हो। पहले विचार करो : क्या तुम इस अवस्था में हो कि यदि तुम किसी बच्चे को जन्म देते हो, तो क्या तुम संसार को कोई भेंट दे रहे होगे? क्या तुम संसार के लिए एक आशीष हो या एक अभिशाप हो? और अब विचार करो : क्या तुम एक बच्चे की माता या उसके पिता बनने के लिए तैयार हो? क्या तुम बिना शर्त प्रेम देने के लिए तैयार हो! क्योंकि

बच्चे तुम्हारे माध्यम से आते हैं लेकिन वे तुम्हारे नहीं हैं। उनको तुम अपना प्रेम दे सकते हो लेकिन तुमको उन पर अपने विचार नहीं थोपना चाहिए। तुमको अपने विक्षिप्त रंग-ढंग उन्हें नहीं देना चाहिए। क्या तुम अपने बच्चों को अपने विक्षिप्त रंग-ढंग नहीं देने के लिए तैयार हो? क्या तुम उनको उनके स्वयं के ढंग से खिलने दोगे? क्या उनको, उन जैसा हो पाने की, स्वतंत्रता दे दोगे? यदि तुम तैयार हो तो ठीक है यह, वरना प्रतीक्षा करो; तैयार हो जाओ।

मनुष्य के साथ संसार में सचेतन विकास प्रविष्ट हो चुका है। पशुओं की भांति मत बने रहो कि बस बेहोशी में प्रजनन चल रहा है। अब तैयार हो जाओ। इसके पूर्व कि तुम बच्चा पैदा करना चाहो, थोड़े और ध्यानपूर्ण हो जाओ, थोड़े और मौन और शांत हो जाओ। वह सारी विक्षिप्तता जो तुम अपने भीतर लिए हुए हो उससे छुटकारा पा लो। उस क्षण के लिए प्रतीक्षा करो जब तुम पूरी तरह से स्वच्छ हो, तभी बच्चे को जन्म दो। तब अपना जीवन बच्चे को दो, अपना प्रेम बच्चे को दो। तुम एक बेहतर संसार निर्मित करने में सहायता कर रहे होगे। वरना तुम बस संसार में भीड़ बढ़ा रहे होगे। यह भीड़ पहले से ही पगला देने वाली बन चुकी है। इस भीड़ को बढ़ाने की अब कोई आवश्यकता नहीं है। यदि तुम संसार को मनुष्य दे सको, कीड़े-मकोड़े नहीं जो सारी पृथ्वी पर रेंग रहे हैं और भीड़ बढ़ा रहे हैं, तो पहले तैयार हो जाओ।

मेरे लिए मां बनना एक महत अनुशासन है; पिता बनना एक महान तपश्चर्या है। वरना तुम ठीक अपने जैसा कोई या उससे भी बुरा अपने स्थान पर छोड़ जाओगे। तुम्हारी ओर से वह कोई अच्छा कृत्य नहीं होगा। संबुद्ध व्यक्तियों को किसी को जन्म देने की आवश्यकता नहीं है; विक्षिप्त लोगों को बच्चे नहीं करना चाहिए। ठीक इन दोनों के मध्य में वे लोग हैं जो बच्चे पैदा करने के उचित पात्र हैं।

अंतिम प्रश्न : आप कहते हैं, अपने सारे मुखौटे हटा दो और प्रमाणिक हो जाओ। मैं केवल सेक्स, प्रेम और रोमांस के बारे में सोचती हूं। इनके अतिरिक्त और कुछ जानती भी नहीं हूं। क्या मैं गलत रास्ते पर हूं?

मुझे सेक्स में, प्रेम में, रोमांस में कुछ भी गलत नहीं दिखाई पड़ता। तुम ठीक रास्ते पर हो। प्रेम उचित पथ है, और केवल प्रेम के जीवन को जीने के माध्यम से ही प्रार्थना उठती है—और किसी भांति नहीं। प्रेम के गहरे, मीठे और कड़वे, प्रसन्नतादायी और पीड़ादायक, ऊंचे और नीचे, स्वर्ग और नरक, अनुभवों के माध्यम से ही, केवल प्रेम के माध्यम से मिली पीड़ा और प्रसन्नता के गहन अनुभवों द्वारा ही व्यक्ति सजग हो पाता है। तुमको सजग बनाने के लिए उनकी आवश्यकता होती है।

पीड़ा की उतनी ही आवश्यकता है जितनी प्रसन्नता की है, क्योंकि दोनों कार्य करती हैं। और धीरे-धीरे प्रसन्नता और पीड़ा के मध्य में तुम रस्सी पर चलने वाले नट बन जाते हो। तुम संतुलन उपलब्ध कर लेते हो।

लेकिन सदियों से प्रेम की निंदा की गई है, काम की निंदा की गई है। इसलिए, निःसंदेह तुम्हारे मन में यह खयाल उठता है कि तुमको गलत रास्ते पर होना चाहिए। तुम बस प्राकृतिक हो। प्राकृतिक होना गलत रास्ते पर होना नहीं है। यदि तुम इस ढंग से विचार करती हो तो तुम निंदात्मक वृत्ति वाली हो जाती हो, और तब तुम गलत रास्ते पर होगी। तब तुम दमन करोगी, और तुम जो कुछ भी दमन करोगी वह तुम्हारे अचेतन में, तुम्हारे तलघर में छिप कर बैठा रहेगा, और फिर उस दमन से बहुत सी कुरूपता उठ खड़ी होती है।

मैं तुम्हें कुछ कहानियां सुनाता हूं।

एक बहुत धनी और विख्यात व्यक्ति लार्ड ड्यूसबरी के बारे में ऐसा कहा गया है : उस समय वह नब्बे वर्ष का था, और वह पार्क लेन के अपने आवास के भूतल पर खाड़ी की ओर खुलने वाली खिड़की के सामने बैठा हुआ, रविवार की प्रातःकाल भ्रमण करने वालों को देख रहा था। अचानक उसने एक आकर्षक, युवा, गौरवर्ण लड़की को पार्क में बच्चा-गाड़ी धकेलते हुए देखा। जल्दी करो जेम्स, वह बोला, मेरे दांत ले लाओ; मैं सीटी मारना चाहता हूं।

नब्बे साल की आयु! लेकिन होता है यह।

यह प्रश्न कृष्णप्रिया ने पूछा है।

याद रखो, यदि तुमने सीटी अभी नहीं बजाई तो किसी दिन जब तुम्हारे दांत भी गिर चुके होंगे और तुम किसी युवक को टहलते हुए देखोगी और चिल्लाओगी : जल्दी करो मेरे दांत ले आओ! कुरूप होगा यह। अभी इसी समय दांत ठीक-ठाक हैं, तुम सीटी बजा सकती हो। प्रत्येक कार्य को उसके समय पर ही किया जाना चाहिए। अन्यथा चीजें कुरूप हो जाती हैं।

एक बच्चा तितलियों के पीछे दौड़ रहा है, यह ठीक है, लेकिन चालीस वर्ष का कोई व्यक्ति यदि तितलियों के पीछे दौड़ रहा हो तो वह पागल प्रतीत होगा, युवा व्यक्तियों को थोड़ा सा मूर्ख होना अनिवार्य है। उसकी व्यक्ति अपेक्षा रखता है और उसे स्वीकार भी करता है। कुछ भी गलत नहीं है इसमें। इसको जीवन का आधार तथ्य होना चाहिए : किन्हीं समयों पर मूर्ख हो जाना, क्योंकि बुद्धिमत्ता अनेक मूर्खताओं के अनुभव से आया करती है। तुम अचानक बुद्धिमान नहीं हो जाते हो। तुमको चलना पड़ेगा, और भटकना पड़ेगा, और अनेक मूर्खतापूर्ण कार्य करने पड़ेंगे। और इन सभी मूर्खतापूर्ण या दूसरे ढंग के कृत्यों के द्वारा बुद्धिमत्ता का उदय होता है।

बुद्धिमत्ता एक सुगंध की भांति है, और मूर्खताओं के अनुभव खाद की तरह कार्य करते हैं। उनसे दुर्गंध उठती है, लेकिन उनसे सुंदर पुष्प आते हैं। इसलिए जीवन की खाद की उपेक्षा मत करो, वरना तुम बुद्धिमत्ता के पुष्पों से चूक जाओगे। और तुम एक इच्छा का एक ओर से दमन कर सकती हो, लेकिन तब यह दूसरी ओर से उठने लगती है। तुम जीवन को धोखा नहीं दे सकते।

मम्मी, उस छोटे विचित्र बच्चे ने कहा: स्कूल में बच्चे कहते रहते हैं कि मेरा सिर बहुत बड़ा है।

तुम्हारा सिर तो कोई खास बड़ा नहीं है, मां ने कहा। उन शैतान बच्चों के बारे में बस भूल जाओ और मेरे साथ बाजार चलो। मुझको दस पाउंड आलू, पांच पाउंड शलजम और दो गोभियां खरीदना है।

ठीक है, मम्मी। सब्जी रखने वाला थैला कहां है?

ओह, उसकी चिंता मत करो। बस अपनी टोपी का उपयोग कर लेना।

इसलिए इस रास्ते से या उस रास्ते से...एक बार और सोचो दस पाउंड आलू, पांच पाउंड शलजम और दो गोभियां–और बस अपनी टोपी प्रयोग कर लेना। तुम एक ओर से दमन कर सकती हो, यह दूसरी ओर से उभर कर आ जाता है। कभी किसी चीज का दमन मत करो। यदि काम वहां है तो इसके पहले कि बहुत देर हो जाए इसे स्वीकार करो। इसको हां कहो, इसमें उतर जाओ, इसे स्वीकार कर लो। यह परमात्मा की दी हुई चीज है। इसमें कोई गहरा कारण होना चाहिए। इसमें गहरा कारण है। कभी किसी ऐसे उत्तरदायित्व से बच कर मत भागो जो परमात्मा ने तुमको दिया हुआ है, वरना तुम विकसित न हो पाओगी। और अब इस शताब्दी में, इस बीसवीं शताब्दी में ऐसे प्रश्न पूछना बस निरी मूर्खता है।

यह छह वर्षीय बालक पहली बार चिड़िया घर देखने गया था, और जैसा कि होता है ढेर सारे हैरान करने वाले सवाल पूछे जा रहा था। पिताजी, हाथी के बच्चे कहां से आते हैं, उसने पूछा। फिर उसने अपनी बात को आगे बढ़ाते हुए कहा, और यदि अब आपने अपनी पुरानी जल-पक्षी वाली कहानी सुनाई तो मैं वास्तव में मान जाऊंगा कि आप निरे पागल हैं।

वे मूर्खतापूर्ण दिन विदा हो चुके हैं जब लोग जीवन-निषेधक विचारधाराओं, जीवन की निंदाओं के रूप में सोचा करते थे। फ्रायड के बाद मनुष्य ने काम-भावना को अधिक स्वाभाविक ढंग से स्वीकार कर लिया है। इस संसार में एक बड़ी क्रांति घटित हो चुकी है।

अब निंदात्मक रूप में विचार करना समकालीन होना नहीं है। अब कृष्णप्रिया का प्रश्न ठीक था, यदि उसने इसे पांच सौ वर्ष पहले पूछा होता, लेकिन अब? असंगत है यह। और वह भी मेरे आश्रम में?

प्रवचन - 19

कैवल्य

योग-सूत्र

विशेषदर्शिन आत्मभावभावनाविनिवृत्तिः।।25।।

जब व्यक्ति विशेष को देख लेता है, तो उसकी आत्मभाव की भावना मिट जाती है।

तदा विवेकनिम्नं कैवल्यप्राग्भारं चित्तम्।।26।।

तब विवेक उन्मुख चित्त कैवल्य की ओर आकर्षित हो जाता है।

तच्छिद्रेषु प्रत्ययान्तराणि संस्कारेभ्यः।।27।।

पूर्व के संस्कारों के बल के माध्यम से विवेक ज्ञान के अंतराल में अन्य प्रत्ययों, अवधारणाओं का उदय होता है। इनका निराकरण भी अन्य मनस्तापों की भांति किया जाना चाहिए।

हानमेषां क्लेशवदुक्तम्।।28।।

उन प्रत्ययों, अवधारणाओं से निवृत्त हो जाना क्लेशों से निवृत्ति के समान कहा गया है।

प्रसंख्यानेऽप्यकुसीदस्य सर्वथा विवेकख्यातेर्धर्ममेघः समाधिः।।29।।

वह जिसमें समाधि की सर्वोच्च अवस्थाओं के प्रति भी इच्छारहितता का सातत्य बना हुआ है और जो विवेक के चरम का प्रवर्तन करने में समर्थ है, उस अवस्था में प्रविष्ट हो जाता है जिसे धर्ममेघ समाधि कहा जाता है।

ततः क्लेशकर्मनिवृत्तिः।।30।।

तब क्लेशों एवं कर्मों से मुक्ति हो जाती है।

तदा सर्वावरणमलापेतस्य ज्ञानस्यानन्त्याज्ज्ञेयमल्पम्।।31।।

जब सभी मल रूप आवरण, विकृतियां और अशुद्धियां हट जाती हैं, तब वह सभी कुछ जो मन से जाना जा सकता है, समाधि से प्राप्त असीम ज्ञान की तुलना में अत्यल्प हो जाता है।

ततः कृतार्थानां परिणामक्रमसमाप्तिर्गुणानाम्।।32।।

अपने उद्देश्य को परिपूर्ण कर लिए जाने के कारण तीनों गुणों में परिवर्तन की प्रक्रिया समाप्त हो जाती है।

क्षणप्रतियोगी परिणामापरान्तनिर्ग्राह्यः क्रमः।।33।।

प्रतिक्षण घटने वाले परिवर्तनों के सातत्य की प्रक्रिया तीन गुणों के रूपांतरण के परम अंत पर घटित होती है—यही क्रम है।

पुरुषार्थशून्यानां गुणानां प्रतिप्रसवः कैवल्यं स्वरूपप्रतिष्ठा वा चितिशक्तिरिति।।34।।

कैवल्य समाधि की अवस्था है, जो पुरुषार्थ से शून्य हुए गुणों के अपने कारण में लीन होने पर उपलब्ध होती है। इस अवस्था में पुरुष अपने यथार्थ स्वरूप में, जो शुद्ध चेतना है, प्रतिष्ठित हो जाता है। समाप्त।

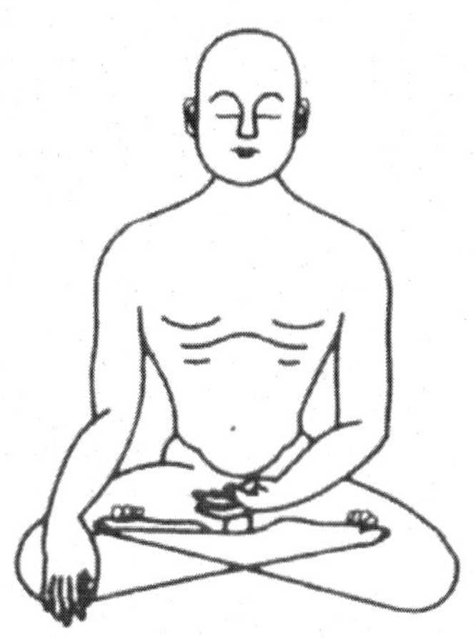

पहला सूत्रः

विशेषदर्शिन आत्मभावभावनाविनिवृत्तिः।

'जब व्यक्ति विशेष को देख लेता है, तो उसकी आत्मभाव की भावना मिट जाती है।'

बुद्ध ने चेतना की परम अवस्था को अनत्ता–स्व का न होना, अन-अस्तित्व कहा है। इसको समझाना बहुत कठिन है। बुद्ध ने कहाः छोड़ देने के लिए अंतिम इच्छा है–होने की इच्छा। लाखों इच्छाएं होती हैं। यह सारा संसार और कुछ नहीं बल्कि चाही गई चीजें हैं, लेकिन बुनियादी इच्छा है–होने की इच्छा। आधारभूत इच्छा है अपने अस्तित्व का सातत्य बने रहना, कायम रहना, बना रहना। मृत्यु सबसे बड़ा भय है; अंत में छोड़ने वाली इच्छा है–होने की इच्छा।

इस सूत्र में पतंजलि कहते हैंः जब तुम्हारी सजगता पूर्ण हो गई है, जब विवेक, भेद करने की क्षमता उपलब्ध कर ली गई है, जब तुम साक्षी हो चुके हो, चाहे कुछ भी घटित होता हो तुम्हारे भीतर या तुम्हारे बाहर तुम इसके शुद्ध साक्षी हो गए हो।...अब तुम कर्ता न रहे, तुम बस देख रहे हो; बाहर पक्षी गीत गा रहे हैं...तुम देखते हो, भीतर रक्त परिसंचरित हो रहा है...तुम देखते हो; भीतर विचार चल रहे हैं...तुम देखते हो–तुम कहीं भी तादात्म्य नहीं करते। तुम नहीं कहते, मैं शरीर हूं; तुम नहीं कहते, मैं मन हूं; तुम कुछ भी नहीं कहते। तुम किसी वस्तु से तादात्म्य किए बिना बस देखते चले जाते हो। तुम एक शुद्ध कर्ता बने रहते हो; तुमको बस एक ही बात स्मरण रहती है कि तुम द्रष्टा हो, साक्षी हो–जब यह साक्षित्व स्थापित हो जाता है, तब होने की इच्छा मिट जाती है।

और जिस पल होने की इच्छा मिट जाती है, मृत्यु भी मिट जाती है। मृत्यु का अस्तित्व है, क्योंकि तुम

बने रहना चाहते हो। मृत्यु का अस्तित्व है, क्योंकि तुम मरने को तैयार नहीं हो। मृत्यु का अस्तित्व है, क्योंकि तुम समग्र के विरोध में संघर्ष कर रहे हो। जिस क्षण तुम मरने को तैयार हो, मृत्यु अर्थहीन हो जाती है, अब यह संभव नहीं हो सकती है। जब तुम मरने को राजी हो, तो तुम मर कैसे सकते हो? मर जाने की, मिट जाने की उस तैयारी में ही मृत्यु की सारी संभावना का अतिक्रमण हो जाता है। धर्म का विरोधाभास यही है।

जीसस कहते हैं: 'यदि तुम अपने आप से आसक्त होने जा रहे हो, तो तुम अपने आप को खो दोगे। यदि तुम अपने आप को पाना चाहते हो, तो आसक्त मत होओ।' वे लोग जो होने का प्रयास करते हैं, विनष्ट हो जाते हैं। ऐसा नहीं है कि कोई तुमको नष्ट करने के लिए वहां है; होने का तुम्हारा प्रयास ही विनाशक है, क्योंकि जिस क्षण यह विचार उठता है, मुझको बने रहना चाहिए, तुम समग्र के विरोध में जा रहे हो। यह ऐसा है जैसे कि एक लहर सागर के विरोध में होने का प्रयास कर रही हो। अब यह प्रयास ही चिंता और पीड़ा निर्मित करने जा रहा है, और एक क्षण आएगा जब लहर को खो जाना पड़ेगा। लेकिन अभी, क्योंकि लहर सागर के विरुद्ध संघर्षरत थी, तो यह खो जाना मृत्यु जैसा प्रतीत होगा। यदि लहर तैयार थी, और लहर सजग थी, मैं सागर हूं और कुछ नहीं, तो बने रहने में क्या सार है? मैं सदा से थी और मैं सदा रहूंगी, क्योंकि सागर तो सदा वहां था और सदैव रहेगा। मैं लहर की भांति न रहूं–लहर वह रूप है जो मैंने इस समय लिया हुआ है; रूप मिट जाएगा, लेकिन मेरा तत्व नहीं मिटेगा। मैं इस लहर की भांति अस्तित्व में न रहूं; मेरा अस्तित्व किसी दूसरी लहर के रूप में बना रह सकता है, या हो सकता है कि मेरा अस्तित्व लहर के रूप में रहे ही न। मैं सागर की उन अतल गहराइयों में समा सकती हूं जहां कोई लहर ही नहीं उठती है...लेकिन अंतर्तम वास्तविकता बनी रहेगी, क्योंकि समग्र तुममें उतर आया है। तुम और कुछ नहीं बल्कि समग्र हो, समग्र की एक अभिव्यक्ति हो।

एक बार सजगता स्थायी हो जाए, पतंजलि कहते हैं, जब व्यक्ति ने इस विभेद को देख लिया है कि मैं न यह हूं न वह, जब व्यक्ति सजग हो गया है, और चाहे जो कुछ भी हो उसके साथ उसने तादात्म्य नहीं किया है, तब उसकी आत्मभाव की, स्व की भावना मिट जाती है। तब अंतिम इच्छा भी खो जाती है, और यह अंतिम इच्छा तुम्हारी आधारभूत है। इसलिए बुद्ध कहते हैं, 'तुम धन, संपदा, शक्ति, प्रतिष्ठा, सभी कुछ की चाहत छोड़ सकते हो–यह कुछ भी नहीं है। तुम संसार की चाहत छोड़ सकते हो–यह कुछ भी नहीं है–क्योंकि ये सभी द्वितीयक इच्छाएं हैं। मूलभूत इच्छा है, होना। इसलिए वे लोग जो संसार छोड़ देते हैं मुक्ति की अभिलाषा करना आरंभ कर देते हैं, लेकिन यह मुक्ति भी उनकी मुक्ति है। मोक्ष में वे मुक्त अवस्था में रहेंगे। उनकी इच्छा है कि वहां पीड़ा को नहीं होना चाहिए। वे परम आनंद में होंगे लेकिन वे होंगे। जोर इस बात पर है कि उनको वहां होना चाहिए।

इसी कारण से बुद्ध इस देश में जड़ें नहीं जमा सके, जो अपने आप को बहुत धार्मिक समझता है। इस पृथ्वी पर जन्मा सबसे धार्मिक व्यक्ति इस धार्मिक देश में जड़ें नहीं जमा सका। क्या हो गया? उन्होंने

कहा, उन्होंने होने की मूलभूत इच्छा को छोड़ने पर जोर दिया। उन्होंने कहा : अन-अस्तित्व हो जाओ। उन्होंने कहा। होओ मत। उन्होंने कहा : मुक्ति की मांग मत करो, क्योंकि यह स्वतंत्रता तुम्हारे लिए नहीं है। यह स्वतंत्रता तुमसे मुक्ति होने जा रही है, तुम्हारे लिए नहीं वरन तुमसे स्वतंत्रता।

मुक्ति है तुमसे मुक्ति। विभेद को देख लो : यह तुम्हारे लिए नहीं है; मुक्ति तुम्हारे लिए नहीं है। ऐसा नहीं है कि मुक्त होकर तुम रहोगे। मुक्त होकर तुम मिट जाओगे। बुद्ध ने कहा : केवल बंधन का आस्तित्व है। यह बात मैं तुमको समझाता हूं।

क्या तुम कभी स्वास्थ्य के संपर्क में आए हो? अनेक बार तुम स्वस्थ रहे होओगे, किंतु क्या तुम कह सकते हो कि स्वास्थ्य क्या है? केवल बीमारी का अस्तित्व होता है। स्वास्थ्य का अस्तित्व नहीं है; तुम नहीं बता सकते कि स्वास्थ्य कहां है। यदि तुमको सिरदर्द है तब तुम जान लेते हो कि यह वहां है, लेकिन क्या तुमने सिरदर्द की अनुपस्थिति को कभी जाना है? वस्तुतः यदि सिरदर्द न हो तो सिर खो जाता है। तुमको इसकी अनुभूति नहीं होती। यदि तुमको अपने सिर की अनुभूति सतत होती रहती है, इसका सीधा अर्थ है कि भीतर किसी विशेष प्रकार का तनाव, एक विशेष तनावग्रस्तता, एक दवाब होना चाहिए। वहां लगातार एक विशेष प्रकार का सिरदर्द बना रहना चाहिए। यदि तुम्हारा सारा शरीर स्वस्थ है, तो शरीर का अनुभव खो जाता है। तुम भूल जाते हो कि शरीर है। झेन में, जब ध्यान करने वाले कई वर्षों तक बैठा करते हैं, बस बैठे रहते हैं और कुछ नहीं करते, फिर एक ऐसा क्षण आता है जब वे भूल जाते हैं कि उनके पास शरीर भी है। यह उनकी पहली सतोरी है। ऐसा नहीं कि शरीर नहीं है; शरीर वहां है, लेकिन उसमें कोई तनाव नहीं है, तो उसका अनुभव कैसे हो? यदि मैं कुछ कहूं तो तुम मुझको सुन सकते हो, लेकिन यदि मैं चुप हूं तब तुम मुझे कैसे सुन सकते हो? मौन है–तुमसे कहने के लिए बहुत कुछ है–लेकिन मौन को सुना नहीं जा सकता। कभी-कभी जब तुम कहते हो, हां, मैं मौन को सुन सकता हूं, तब तुम किसी शोर को सुन रहे हो। हो सकता है कि यह अंधेरी रात का शोर हो, लेकिन फिर भी यह शोर है। यदि यह परिपूर्ण मौन हो तो तुम इसको सुन न पाओगे। जब तुम्हारा शरीर पूर्णतः स्वस्थ होता है, तुम्हें इसका अनुभव नहीं होता। यदि शरीर में कोई तनाव, कोई बीमारी, कोई रोग उठ खड़ा होता है, तब तुम शरीर को सुनना आरंभ कर देते हो। यदि सभी कुछ लयबद्धता में है और कोई दर्द, कोई पीड़ा नहीं है, तब अचानक तुम रिक्त हो। एक ना-कुछपन तुमको आच्छादित कर लेता है।

कैवल्य परम स्वास्थ्य है, समग्रता है, सारे घाव ठीक हो जाना है। जब सभी घाव ठीक हो गए हैं तो तुम कैसे बने रहोगे? तुम्हारा स्व और कुछ नहीं बल्कि तनावों का संचय है। यह स्व और कुछ नहीं बल्कि बीमारियों, रोगों की सारी विविधता है। यह स्व और कुछ नहीं है, अतृप्त इच्छाएं, हताश आशाएं, अपेक्षाएं, सपने–सभी टूट हुए, छिन्न-भिन्न। यह जिसको तुम स्व कहते हो और कुछ नहीं बल्कि संचित रुग्णता है। या इसको दूसरे ढंग से समझ लो : जब समस्वरता के क्षण होते हैं तब तुम भूल जाते हो कि तुम

हो। शायद बाद में तुम याद कर पाओ कि यह कितना सुंदर क्षण था। कितना आह्लादकारी था यह कितना आनंददायक था यह क्षण। लेकिन वास्तविक आह्लाद के क्षणों में, तुम वहां नहीं होते हो। तुमसे बड़ी किसी सत्ता ने तुम पर आधिपत्य कर लिया होता है, तुमसे श्रेष्ठ किसी शक्ति ने तुम पर स्वामित्व कर लिया होता है, तुमसे गहरी कोई चीज उभर आई है। तुम खो चुके हो। प्रेम के गहरे क्षणों में, प्रेम करने वाले विलीन हो जाते हैं। मौन के गहरे क्षणों में ध्यान करने वाले मिट जाते हैं। गायन, नृत्य, उत्सव के गहन क्षणों में उत्सव मनाने वाले खो जाते हैं। और यह तो अंतिम उत्सव है, परम उच्चतम शिखर–कैवल्य है।

पतंजलि कहते हैं : 'बने रहने की इच्छा भी खो जाती है। आत्मभाव की भावना भी मिट जाती है।' व्यक्ति इतना परितृप्त होता है, इतना आत्यंतिक रूप से परितृप्त हो जाता है कि वह होने के बारे में कभी सोचता तक नहीं है। किसलिए सोचेगा वह ?–तुम कल भी बने रहना चाहते हो क्योंकि आज अतृप्त हो। आने वाले कल की आवश्यकता है; अन्यथा तुम अतृप्त मर जाओगे। बीता हुआ कल एक गहन हताशा था; आज भी पुनः एक हताशा है; आने वाले कल की आवश्यकता है। एक हताश हो चुका मन भविष्य निर्मित करता है। हताश मन भविष्य से चिपक जाता है। हताश मन बना रहना चाहता है, क्योंकि यदि मृत्यु आ जाए तो कोई फूल नहीं खिला है। अभी तक कुछ भी नहीं हो पाया है, वहां केवल एक व्यर्थ की प्रतीक्षा रही है : 'मैं अभी कैसे मर सकता हूं ? मै तो अभी जीया तक नहीं हूं। यह अनजिया जीवन बने रहने की चाह उत्पन्न करता है।

लोग मृत्यु से इतना अधिक भयभीत हैं, ये वे ही लोग हैं जो जीए नहीं हैं। ये वे लोग हैं जो एक अर्थ में मरे ही हुए हैं। एक व्यक्ति जो जीया है और पूरी तरह से जीया है, मृत्यु के बारे में सोच-विचार नहीं करता। यदि यह आती है, अच्छा है, वह स्वागत करेगा। उसको भी जीएगा वह, वह उसका भी उत्सव मना लेगा। जीवन ऐसा आशीष, ऐसा वरदान रहा है कि वह मृत्यु को स्वीकार करने के लिए तैयार है। जीवन एक ऐसा अतिशय अनुभव रहा है कि व्यक्ति मृत्यु के अनुभव के लिए भी तैयार है। वह भयभीत नहीं है, क्योंकि आने वाले कल की आवश्यकता न रही; आज ही इतना अधिक तृप्तिदायी रहा है। वह खिल गया है, पुष्पित हो गया है, उसमें फल आ चुके हैं। अब आने वाले कल की इच्छा खो जाती है। कल की अभिलाषा सदैव भय के कारण होती है, भय है क्योंकि प्रेम अभी तक घटित ही नहीं हो पाया है। सदैव बने रहने की अभिलाषा बस यही प्रदर्शित करती है कि कहीं गहरे में तुम अपने आप को पूरी तरह से अर्थहीन अनुभव कर रहे हो। तुम किसी अर्थ की प्रतीक्षा में हो। एक बार वह अर्थ घटित हो जाए, तुम मरने के लिए तैयार हो–शांतिपूर्ण ढंग से, सुंदरता के साथ, आशीषमय होकर।

'कैवल्य' पतंजलि कहते हैं : 'घटता है, जब बने रहने की अंतिम इच्छा भी खो जाती है।' सारी समस्या यही है कि बना रहूं या नहीं। सारे जीवन भर हम यह और वह करने का प्रयास करते रहते हैं, और वह परम केवल तभी घट सकता है जब तुम नहीं होते हो।

'जब व्यक्ति विशेष को देख लेता है, तो उसकी आत्मभाव की भावना मिट जाती है।'

यह आत्म-भाव और कुछ नहीं बल्कि अहंकार का सर्वाधिक परिशुद्ध रूप है। यह तनाव, दवाब, खिंचाव का अंतिम शेषांश है। अभी भी तुम पूर्णतः खुले हुए नहीं हो, अभी भी कुछ बंद है। जब तुम पूरी तरह से खुले हुए हो, बस शिखर पर खड़े द्रष्टा, साक्षी हो, तब अंतिम इच्छा भी खो जाती है। इस इच्छा के खोने से जीवन में कुछ नितांत नया घटित हो जाता है। एक नया नियम कार्य करना आरंभ कर देता है।

गुरुत्वाकर्षण के नियम के बारे में तुमने सुना होगा; तुमने प्रसाद के नियम के बारे मे नहीं सुना होगा। गुरुत्वाकर्षण का नियम यह है कि प्रत्येक वस्तु नीचे की ओर गिरती है। प्रसाद का नियम यह है कि वस्तुएं ऊपर की ओर गिरना आरंभ कर देती हैं। और यह नियम होना ही चाहिए क्योंकि जीवन में प्रत्येक बात को उसके विपरीत द्वारा संतुलित कर दिया जाता है। विज्ञान ने गुरुत्वाकर्षण का नियम खोज लियाः बाग में बेंच पर बैठे न्यूटन ने एक सेब गिरते हुए देखा–यह हुआ हो या नहीं; यह बात नहीं है–लेकिन यह देख कर कि सेब नीचे गिर रहा था, उसके भीतर एक विचार उठाः वस्तुएं सदा नीचे की ओर ही क्यों गिरा करती हैं? और कुछ क्यों नहीं होता? पका हुआ फल ऊपर की ओर क्यों नहीं उछल जाता और आकाश में क्यों नहीं खो जाता है? इधर-उधर क्यों नहीं चला जाता? सदैव नीचे की ओर ही क्यों? उसने मनन और चिंतन आरंभ कर दिया, और तब उसने एक नियम की खोज की। वह एक बहुत आधारभूत नियम पर पहुंच गयाः यह कि पृथ्वी वस्तुओं को अपनी ओर खींच रही है। इसका एक गुरुत्वाकर्षण क्षेत्र है। चुंबक की भांति यह प्रत्येक वस्तु को नीचे की ओर खींचती है।

पतंजलि, बुद्ध, कृष्ण, क्राइस्ट–वे भी एक भिन्न आधारभूत नियम, गुरुत्वाकर्षण से उच्चतर नियम के प्रति सजग हो गए। उनको ज्ञात हुआ कि चेतना के भीतरी जीवन में एक ऐसा क्षण आता है जब चेतना ऊपर की ओर उठना आरंभ कर देती है–ठीक गुरुत्वाकर्षण की भांति। यदि सेब वृक्ष पर लटक रहा हो तो यह गिरता नहीं है। इसके नीचे न गिरने में वृक्ष इसकी सहायता करता है। जब फल वृक्ष को छोड़ देता है, तो यह नीचे गिर पड़ता है।

बिलकुल यही बात हैः यदि तुम अपने शरीर से आसक्त हो रहे हो तब तुम ऊपर की ओर नहीं गिरोगे; यदि तुम अपने मन से आसक्त हो रहे हो तब तुम ऊपर की ओर नहीं गिरोगे। यदि तुम आत्मभाव की भावना से आसक्त हो तो गुरुत्वाकर्षण के प्रभाव में रहोगे–क्योंकि शरीर गुरुत्वाकर्षण के प्रभाव क्षेत्र में है, और मन भी। मन सूक्ष्म शरीर है; शरीर स्थूल मन है। ये दोनों गुरुत्वाकर्षण के प्रभाव में हैं। और क्योंकि तुम उनसे आसक्त हो तो तुम गुरुत्वाकर्षण के प्रभाव में नहीं हो, बल्कि तुम किसी ऐसी वस्तु से आसक्त हो जो गुरुत्वाकर्षण के प्रभाव क्षेत्र में है। यह इस प्रकार से है जैसे कि तुम एक बड़ी चट्टान उठाए हुए हो और नदी में तैरने का प्रयास कर रहे हो, वह चट्टान तुमको नीचे खींच लेगी, यह तुमको तैरने नहीं देगी। यदि तुम चट्टान को छोड़ दो तब तुम सरलता से तैर पाओगे।

हम किसी ऐसी चीज से आसक्त हो रहे हैं : शरीर, मन, जो गुरुत्वाकर्षण के नियम के आधीन कार्य कर रहा है। पतंजलि कहते हैं : एक बार तुम जान गए कि तुम न देह हो और न ही मन, अचानक तुम ऊपर की ओर उठने लगते हो। आकाश में कहीं ऊंचाई पर स्थित कोई तुमको ऊपर खींच लेता है, इस नियम को 'प्रसाद' कहते हैं। तब परमात्मा तुमको ऊपर की ओर खींच लेता है। और इस प्रकार का नियम होना ही चाहिए, अन्यथा 'गुरुत्वाकर्षण' का अस्तित्व नहीं हो सकता। प्रकृति में यदि धनात्मक विद्युत का अस्तित्व है, तब ऋणात्मक विद्युत का भी अस्तित्व होना चाहिए। पुरुष का अस्तित्व है, तब स्त्री का अस्तित्व भी होना चाहिए। तर्क का अस्तित्व है, तब भाव का भी अस्तित्व होना चाहिए। रात्रि का अस्तित्व है, तब दिन का अस्तित्व भी होना चाहिए। जीवन का अस्तित्व है, तब मृत्यु का भी अस्तित्व होना चाहिए। प्रत्येक वस्तु को इसे संतुलित करने के लिए विपरीत की आवश्यकता होती है। अब विज्ञान एक नियम को जान चुका है : गुरुत्वाकर्षण। विज्ञान को अभी भी गुरुत्वाकर्षण बल का एक और आयाम--ऊपर की ओर गिरने का आयाम–देने के लिए एक पतंजलि की आवश्यता है। तभी जीवन पूर्ण हो जाता है।

तुम 'गुरुत्वाकर्षण' और 'प्रसाद' का मिलन स्थल हो। तुम्हारे भीतर प्रसाद और गुरुत्वाकर्षण एक-दूसरे को काट रहे हैं। तुम अपने भीतर पृथ्वी का कुछ लिए हो और कुछ आकाश का। तुम वह क्षितिज हो जहां पृथ्वी और आकाश मिल रहे हैं। यदि तुम पृथ्वी को बहुत अधिक पकड़ लेते हो, तो तुम पूरी तरह से भूल जाओगे कि तुम आकाश से, अनंत अंतरिक्ष से, उस पार से संबंधित हो। एक बार तुम अपने पार्थिव भाग की पकड़ छोड़ दो, अचानक तुम ऊपर उठने लगते हो।

'जब व्यक्ति विशेष को देख लेता है, तो उसकी आत्मभाव की भावना मिट जाती है।'

तदा विवेकनिम्नं कैवल्यप्राग्भारं चित्तम्।

'तब विवेक उन्मुख चित्त कैवल्य की ओर आकर्षित हो जाता है।'

एक नया गुरुत्वाकर्षण कार्य करना आरंभ कर देता है। मुक्ति और कुछ नहीं बल्कि प्रसाद के प्रवाह में प्रविष्ट हो जाना है। तुम अपने आप को मुक्त नहीं कर सकते, तुम केवल अवरोधों का त्याग कर सकते हो; मुक्ति तुमको घटित होती है। क्या तुमने चुंबक को देखा है? लोहे के छोटे-छोटे टुकड़े इसकी ओर खिंच जाते हैं। तुमको दिखाई पड़ सकता है कि वे छोटे-छोटे लोहे के टुकड़े चुंबक की ओर दौड़ रहे हैं, लेकिन अपनी आंखों से धोखा मत खाओ। वास्तव में वे दौड़ नहीं रहे हैं, चुंबक उनको खींच रहा है। सतह पर ऐसा प्रतीत होता है कि लोहे के छोट-छोटे टुकड़े चल रहे है, चुंबक की ओर जा रहे हैं। लेकिन ऐसा केवल सतह पर है। गहराई में कुछ ठीक विपरीत घटित हो रहा है, वे चुंबक की ओर नहीं जा रहे हैं, चुंबक उनको अपनी ओर खींच रहा है। वास्तव में यह चुंबक है जो उन तक पहुंचा है। चुंबकीय क्षेत्र के साथ इसने उनसे संपर्क किया है, उनको स्पर्श किया है, उनको खींच लिया है। यदि लोहे के ये छोटे-छोटे

कण मुक्त हैं, किसी से बंधे हुए नही हैं–चट्टान में फंसे हुए नहीं हैं–तभी चुंबक उनको खींच सकता है। यदि वे किसी चट्टान में फंसे हुए हों, तो चुंबक उनको खींचता चला जाएगा, लेकिन वे खिंच न पाएंगे, क्योंकि वे फंसे हुए हैं।

ठीक-ठीक यही घटित होता है, एक बार तुमको विवेक द्वारा बोध हो जाए कि तुम शरीर नहीं हो, तो तुम चट्टान से अब नहीं बंधे रह सकते, अब तुम पृथ्वी के साथ बंधन में नहीं हो। तुरंत ही परमात्मा का चुंबक कार्य करना आरंभ कर देता है। ऐसा नहीं है कि तुम परमात्मा तक पहुंचते हो। वास्तव में परमात्मा तुम तक पहले ही पहुंच चुका है। तुम उसके चुंबकीय क्षेत्र में हो, किंतु किसी से आसक्त हो। इस आसक्ति को त्याग दो और तुम धारा में हो। बुद्ध एक शब्द प्रयोग किया करते थे : स्रोतापन्न, धारा में प्रविष्ट हो जाना। वे कहा करते थे, एक बार तुम धारा में प्रविष्ट हो जाओ, फिर वह धारा तुमको महासागर में ले जाती है। तब तुमको कुछ करने की आवश्यकता नहीं है। एक मात्र बात है, धारा में कूद पड़ना। तुम किनारे पर बैठे हुए हो। धारा में प्रविष्ट हो जाओ और तब धारा शेष कार्य कर लेगी। यह इस प्रकार से है कि तुम एक ऊंचे भवन पर खड़े हो, एक ऊंचे भवन की छत पर खड़े हो, पृथ्वी से तीन सौ फीट या पांच सौ फीट ऊपर। तुम खड़े रहते हो, गुरुत्वाकर्षण तुम तक पहुंच गया है, लेकिन यह उस समय काम नहीं करेगा जब तक तुम छंलाग न लगाओ। एक बार तुम कूद जाओ, फिर तुमको कुछ करने की आवश्यकता नहीं है। बस छत से एक कदम आगे बढ़ाओ...बस पर्याप्त है; तुम्हारा कार्य समाप्त हो गया। अब गुरुत्वाकर्षण सारा कार्य कर लेगा। तुमको पूछने की आवश्यकता नहीं है, अब मुझको क्या करना चाहिए? तुमने पहला कदम उठा लिया है। पहला कदम ही अंतिम कदम है। कृष्णमूर्ति ने एक पुस्तक लिखी है : प्रथम और अंतिम मुक्ति। इसका अभिप्राय है : पहला कदम ही आखिरी कदम है–क्योंकि एक बार तुम धारा में आ जाओ, फिर शेष सभी कुछ धारा के द्वारा कर लिया जाएगा। तुम्हारी आवश्यकता नहीं है। केवल पहले कदम के लिए तुम्हारे साहस की आवश्यकता पड़ती है।

'तब विवेक उन्मुख चित्त कैवल्य की ओर आकर्षित हो जाता है।'

तुम धीरे-धीरे ऊपर की ओर उठने लगते हो। तुम्हारी जीवन-ऊर्जा ऊपर ही ओर, उर्ध्व दिशा में गतिमान होना आरंभ हो जाती है। और जब ऐसा घटित होता है तो यह अविश्वसनीय है, क्योंकि तुमने अभी तक जितने भी नियम जाने हैं यह उन सभी के विरोध में है। यह गुरुत्वाकर्षण नहीं, ऊर्ध्वाकर्षण है। तुम्हारे भीतर कुछ, बस ऊपर की ओर जाना आरंभ कर देता है, और इसमें कोई अवरोध नहीं है। इसके रास्ते में कोई बाधा नहीं देता। बस थोड़ी सी विश्रांति, थोड़ी सी अनासक्ति–पहला कदम और फिर स्वतः सहजतापूर्वक तुम्हारी चेतना और-और विवेकपूर्ण और-और सजग हो जाती है।

मैं तुमसे एक और बात कहना चाहता हूं, तुमने यह शब्द, यह कथन : 'दुष्चक्र' सुना होगा। हम एक नया शब्द गढ़ते हैं : पवित्र चक्र। दुष्चक्र में, एक बुरी बात किसी और बुरी बात पर ले जाती है। उदाहरण

के लिए, यदि तुम क्रोधित हो जाते हो, तो एक क्रोध तुमको और अधिक क्रोध में ले जाता है, और निःसंदेह अधिक क्रोध तुमको और अधिक क्रोध में ले जाएगा। अब तुम एक दुष्चक्र में हो। प्रत्येक क्रोध तुम्हारी क्रोध की प्रवृत्ति को और सशक्त बनाएगा तथा और क्रोध निर्मित करेगा, तथा यह और क्रोध इस आदत को और भी सबल बना देगा और यह जारी रहेगा। तुम एक दुष्चक्र में घूमते हो, यह सबल और सशक्त और बलवान होता चला जाता है।

चलो हम एक नया शब्द प्रयोग करते हैं : पवित्र चक्र। यदि तुम सजग हो जाते हो, जिसको पतंजलि विवेक, बोध कहते हैं; यदि तुम सजग हो जाते हो, तो वैराग्य। विवेक से वैराग्य निर्मित होता है। यदि तुम सजग हो जाते हो, तो अचानक तुम देखते हो कि अब तुम शरीर न रहे। ऐसा नहीं है कि तुमने देह को त्याग दिया है, तुम्हारी सजगता से ही शरीर से आसक्ति का त्याग हो जाता है। यदि तुम सजग हो जाते हो तो तुमको बोध हो जाता है कि ये विचार तुम नहीं हो। उस सजगता में ही उन विचारों का त्याग हो जाता है। तुमने उनको छोड़ना आरंभ कर दिया है। तुम उनको और अधिक ऊर्जा नहीं देते हो; तुम उनके साथ सहयोग नहीं करते। तुम्हारा सहयोग समाप्त हो चुका है, और वे तुम्हारी ऊर्जा के बिना जी नहीं सकते। वे तुम्हारी ऊर्जा पर जीते हैं, वे तुम्हारा शोषण करते हैं। उनके पास अपनी स्वयं की ऊर्जा नहीं है। प्रत्येक विचार जो तुम्हारे भीतर प्रविष्ट होता है तुम्हारी ऊर्जा में भागीदारी करता है। और क्योंकि तुम अपनी ऊर्जा देने को तैयार हो, यह वहां रहता है, यह अपना घर वहीं बना लेता है।

निःसंदेह, फिर उसके बच्चे आते हैं, और मित्र, और संबंधी, और यह चलता चला जाता है। एक बार तुम थोड़ा सा सजग हो जाओ, विवेक वैराग्य ले आता है, सजगता त्याग लेकर आती है। और त्याग तुमको और सजग होने में समर्थ बना देता है। और निःसंदेह, और सजगता और वैराग्य और त्याग लेकर आती है, और इसी प्रकार यह श्रृंखला चलती चली जाती है।

यही है जिसको मैं पवित्र चक्र कहता हूं : एक पवित्रता दूसरी की ओर ले जाती है, और प्रत्येक पवित्रता पुनः और अधिक पवित्रता के उदय के लिए आधार प्रदान करती है।

पतंजलि कहते हैं : यह अंतिम क्षण तक जारी रहता है, जिसे वे धर्ममेघ समाधि कहते हैं। इस पर हम लोग बाद में चर्चा करेंगे। वे इसे 'तुम पर बरसता हुआ पवित्रता का बादल' कहते हैं। यह पवित्र चक्र, वैराग्य की ओर ले जाता हुआ विवेक, और अधिक विवेक की ओर ले जाता वैराग्य, पुनः वैराग्य की और संभावनाएं उत्पन्न करता हुआ विवेक, और इसी भांति यह और-और आगे बढ़ता चला जाता है—पहुंच जाता है उस परम शिखर पर जब पवित्रता का बादल तुम पर बरसता है : धर्ममेघ समाधि।

'पूर्व के संस्कारों के बल के माध्यम से विवेक ज्ञान के अंतराल में अन्य प्रत्ययों, अवधारणाओं का उदय होता है।'

फिर भी, यद्यपि वहां अनेक अंतराल होंगे। इसलिए हतोत्साहित मत हो जाओ। भले ही तुम बहुत सजग हो चुके हो और किन्ही क्षणों मे तुम अचानक एक खिंचाव, प्रसाद का ऊर्ध्वमुखी खिंचाव अनुभव करते हो, और किन्ही क्षणों में तुम धारा में होते हो; पूरे सौंदर्य के साथ, बिना प्रयास के, प्रयास शून्यता में बहते हुए होते हो, और सभी कुछ सहजता से चल रहा है, गतिमान है, फिर भी वहां कुछ अंतराल होते हैं। अचानक तुम स्वयं को, बस पुरानी आदतों के कारण, किनारे पर खड़ा हुआ पाते हो। अनेक जन्मों से तुम किनारे पर जीते रहे हो। पुरानी आदत के कारण बार-बार अतीत तुम पर हावी ही जाएगा। इससे हतोत्साहित मत हो जाना। जिस क्षण तुम देखते हो कि तुम फिर से किनारे पर आ गए हो, पुनः धारा में उतर जाओ। इसके बारे में उदास मत होओ, क्योंकि यदि तुम उदास हो जाते हो तो तुम पुनः दुष्चक्र में फंस जाओगे। इसके बारे में उदास मत हो जाओ। अनेक बार खोजी बहुत निकट पहुंच जाता है, आर अनेक बार वह पथ से च्युत हो जाता है। चिंता करने की कोई आवश्यकता नहीं है, पुनः सजगता को ले आओ। अनेक बार यही होने जा रहा है; स्वाभाविक है यह। लाखों जन्मों से हम बेहोशी में जीते रहे हैं–यह स्वाभाविक ही है कि अनेक बार पुरानी आदत कार्य करना आरंभ कर देगी। मैं तुमको कुछ कहानियां सुनाता हूं।

एक बड़े होटल के स्वागत-कक्ष में अपनी सचिव के साथ पहुंचे हुए बॉस ने बड़े आत्म-विश्वास से श्रीमती एवं श्रीमान की भांति हस्ताक्षर कर दिए।

डबल बेड या दो अलग बेड वाला कमरा? क्लर्क ने जानना चाहा। वह अपनी सचिव की ओर मुड़ा और यूं ही पूछा, क्या डबल बेड उचित रहेगा प्रिये?

यस सर, उसने उत्तर दिया।

यस सर, पत्नी पति से कह रही है!–लेकिन बस सचिव होने की पुरानी, लगातार यस सर, यस सर, यस सर कहने की आदत। आदतें बहुत गहराई तक पहुंच जाती हैं, और वे तुम पर इस भांति कब्जा कर लेती हैं कि जब तक तुम बहुत, बहुत ही होशपूर्ण न हो तुम इस बात को पकड़ भी न पाओगे।

ऐसा हुआ, एक अध्यापिका ने क्रोधित होकर स्थानीय पुलिसचौकी में यह शिकायत करने के लिए फोन किया कि कुछ शरारती युवाओं ने उसके दरवाजे पर चाक से अंग्रेजी में गालियां लिख दी हैं। और मेरे लिए दुख की बात तो यह है कि उसने बात समाप्त करते हुए कहा, उन्होंने उनकी स्पेलिंग भी गलत लिखी है।

अध्यापिका बस एक अध्यापिका है। वह गालियों की शिकायत कर रही है, लेकिन मूलभूत शिकायत यह है कि उन लोगों ने उनकी स्पेलिंग तक गलत लिख रखी है। लगातार बच्चों की कापियों में स्पेलिंग ठीक करते रहना उसकी आदत है...

'पूर्व संस्कारों के बल के माध्यम से विवेक ज्ञान के अंतराल में, अन्य प्रत्ययों अवधारणाओं का उदय होता है।'

अनेक बार तुम वापस खींच लिए जाओगे, बार-बार, बार-बार ऐसा होगा। संघर्ष कठिन है, लेकिन असंभव नहीं है। यह कठिन है, यह बहुत मुश्किल है, लेकिन उदास मत हो जाओ, और हतोत्साहित मत हो जाओ। जब कभी भी तुम पुनः स्मरण करो, तो जो हो चुका है उसके बारे में चिंता मत करो। अपनी सजगता को पुनः स्थापित हो जाने दो, यही है सब कुछ। अपनी सजगता को बार-बार और बार-बार स्थापित करते रहना तुम्हारे अस्तित्व पर एक नया प्रभाव, पवित्रता की एक नई छाप निर्मित कर देगा। एक दिन यह उतनी ही स्वाभाविक हो जाएगी जितनी तुम्हारी दूसरी आदतें हैं।

'वह जिसमें समाधि की सर्वोच्च अवस्थाओं के प्रति भी इच्छारहितता का सातत्य बना हुआ है और जो विवेक के चरम का प्रवर्तन करने में समर्थ है, उस अवस्था में प्रविष्ट हो जाता है जिसे धर्ममेघ समाधि कहा जाता है।'

'वह जिसमें समाधि की सर्वोच्च अवस्थाओं के प्रति भी इच्छारहितता का सातत्य बना हुआ है...' पतंजलि इसको परावैराग्य : परम त्याग कहते हैं। तुमने संसार का त्याग कर दिया है, तुमने लोभ का त्याग कर दिया है, तुमने धन का त्याग कर दिया है, तुमने शक्ति का त्याग कर दिया है, तुमने अपने मन का भी त्याग कर दिया है, लेकिन अंतिम त्याग स्वयं मोक्ष का है, स्वयं कैवल्य का है, स्वयं निर्वाण का है। अब तुम मुक्ति के खयाल तक को छोड़ देते हो, क्योंकि वह भी एक इच्छा है। और इच्छा, चाहे उसकी विषय-वस्तु कुछ भी हो, एक जैसी होती है। तुम धन की इच्छा करते हो, मैं मोक्ष की इच्छा करता हूं। निःसंदेह मेरा उद्देश्य तुम्हारे उद्देश्य से श्रेष्ठ है, लेकिन फिर भी मेरी इच्छा वैसी ही है जैसी कि तुम्हारी इच्छा है। इच्छा कहती है, जैसा मैं हूं वैसा ही मैं परितृप्त नहीं हूं। और धन की आवश्यकता है; फिर मैं परितृप्त हो जाऊंगा। इच्छा का गुण वही है, इच्छा की समस्या वही है। समस्या यह है कि भविष्य की आवश्यकता होती है : जैसा मैं हूं यह पर्याप्त नहीं है; किसी और की आवश्यकता है। जो कुछ भी हो चुका है मुझे पर्याप्त नहीं है। अभी मुझे कुछ और भी घटित होना चाहिए, केवल तभी मैं प्रसन्न हो सकता हूं। इच्छा की प्रकृति यही है : तुमको और धन की आवश्यकता है, किसी को बड़े मकान की आवश्यकता है, कोई और अधिक शक्ति, राजसत्ता के बारे में सोचता है, कोई उत्तम पत्नी या उत्तम पति के बारे में सोचता है, कोई अधिक शिक्षा, अधिक ज्ञान के बारे में सोचता है, कोई और अधिक चमत्कारी शक्तियों के बारे में सोचता है, किंतु इससे कोई अंतर नहीं पड़ता है। इच्छा तो इच्छा है, और आवश्यकता इच्छारहितता की है।

अब विरोधाभास को देखो, यदि तुम पूरी तरह से इच्छा-शून्य हो और परम इच्छारहितता में हो; इसमें मोक्ष की इच्छा सम्मिलित है—तब एक क्षण आता है जब तुम मोक्ष की भी इच्छा नहीं करते, तुम परमात्मा की भी इच्छा नहीं करते। तुम बस इच्छा ही नहीं करते, तुम हो और कोई इच्छा नहीं है। यह इच्छारहितता की अवस्था है। मोक्ष इस अवस्था में घटित होता है। मोक्ष की, जैसी कि इसकी प्रकृति है, इच्छा नहीं की जा सकती, क्योंकि यह केवल इच्छा-शून्यता में आता है। मोक्ष को चाहा नहीं जा सकता। यह कोई लक्ष्य

नहीं बन सकता, क्योंकि यह केवल तभी घटित होता है जब सारे लक्ष्य खो चुके होते हैं। तुम परमात्मा को अपनी इच्छा का विषय नहीं बना सकते हो, क्योंकि इच्छा करता हुआ मन परमात्मा-विहीन रहता है। इच्छा करता हुआ मन अपवित्र रहता है, इच्छा करता हुआ मन सांसारिक बना रहता है। जब कोई भी इच्छा नहीं होती, परमात्मा तक की इच्छा नहीं होती, अचानक तुम पाते हो कि वह सदा से वहां है। तुम्हारी आंखें खुलती हैं और तुम उसको पहचान लेते हो।

इच्छाएं अवरोधों की भांति कार्य करती हैं। और अंतिम इच्छा, सर्वाधिक सूक्ष्म इच्छा है : मुक्त हो जाने की इच्छा, इच्छारहित हो जाने की इच्छा अंतिम सूक्ष्म इच्छा होती है।

'वह जिसमें समाधि की सर्वोच्च अवस्थाओं के प्रति भी इच्छारहितता का सातत्य बना हुआ है, और जो विवेक के चरम का प्रवर्तन करने में समर्थ है...'

निःसंदेह विवेक के चरम की आवश्यकता पड़ेगी। तुमको जागरूक होना पड़ेगा–इतना अधिक जागरूक कि सारे संताप से मुक्त हो जाने की, सारे बंधन से मुक्त हो जाने की जो बहुत, बहुत गहरी इच्छा है–यह इच्छा तक नहीं उठती है। तुम्हारी सजगता इतनी पूर्ण है कि तुम्हारे अस्तित्व का कोई छोटा सा कोना तक अंधकार में नहीं रहता। तुम प्रकाश से भरे हुए हो, सजगता से प्रदीप्त हो। यही कारण है कि जब भी बुद्ध से बार-बार पूछा गया, जो व्यक्ति संबुद्ध हो जाता है उसे क्या हो जाता है? वे चुप रहते हैं। वे कभी उत्तर नहीं देते हैं। बार-बार उनसे पूछा जाता है, आप उत्तर क्यों नहीं देते? वे कहते हैं, यदि मैं उत्तर देता हूं तो तुम उसके लिए इच्छा निर्मित कर लोगे और वह इच्छा एक अवरोध बन जाएगी। मुझको चुप रहने दो। मुझको मौन ही रहने दो, जिससे मैं तुमको इच्छा करने के लिए नया विषय न दे दूं। यदि मैं कहूं, यह सच्चिदानंद है, यह सत्य है, यह चैतन्य है, यह आनंद है, तो अचानक तुम्हारे भीतर एक इच्छा उठ खड़ी होगी। यदि मैं परमात्मा में लीन होने की आह्लादकारी अवस्था के बारे में बात करूं, अचानक तुम्हारा लोभ इसको पकड़ लेता है। अचानक तुम्हारे भीतर एक इच्छा उठने लगती है। तुम्हारा मन कहने लगता है, हां, तुमको इसकी खोज करना चाहिए, तुमको इसे पाना पड़ेगा, इसका अन्वेषण किया जाना चाहिए। चाहे कुछ भी मूल्य चुकाना पड़े तुमको आनंदित हो ही जाना है। बुद्ध कहते हैं, मैं इसके बारे में कुछ न कहूंगा, क्योंकि मैं जो कुछ भी कहता हूं तुम्हारा मन इस पर कूद पड़ेगा और इसमें से एक इच्छा बना लेगा, और यह कारण बन जाएगी, और तुम कभी इसे उपलब्ध नहीं कर पाओगे।

बुद्ध ने इस पर जोर दिया कि कोई मोक्ष नहीं है। उन्होंने बल देकर कहा कि जब व्यक्ति जाग जाता है तो वह बस मिट जाता है। वह इसी प्रकार से मिट जाता है जैसे कि तुम एक दीये पर फूंक मारते हो और प्रकाश मिट जाता है। इस शब्द 'निर्वाण' का बस यही अर्थ है : दीये को फूंक मार कर बुझा देना। फिर तुम नहीं पूछते कि ज्योति कहां चली गई, ज्योति को क्या हो गया है–यह बस खो जाती है, तिरोहित हो जाती है। बुद्ध ने जोर दिया कि कुछ भी शेष नहीं रहता; जब तुम संबुद्ध हो जाते हो तो सभी कुछ खो जाता है

जैसे कि दीये की लौ बुझा दी गई हो। क्यों?—यह कथन बहुत नकारात्मक प्रतीत होता है, लेकिन वे तुम्हें इच्छा के लिए कोई विषय वस्तु देना नहीं चाहते। फिर लोगों ने पूछना आरंभ कर दिया, फिर हम ऐसी अवस्था के लिए प्रयास ही क्यों करें? तब तो संसार में रहना ही बेहतर है। कम से कम हम हैं तो; पीड़ा में हैं—लेकिन कम से कम हैं तो; संताप में हैं—लेकिन हम हैं। और आपकी ना-कुछपन की अवस्था हमारे लिए कोई आकर्षण नहीं रखती है।

भारत में बौद्ध धर्म मिट गया; चीन में, बर्मा में, श्री लंका में, जापान में यह पुनः प्रकट हुआ। लेकिन यह अपनी शुद्धता मे पुनः कभी प्रकट नहीं हुआ, क्योंकि बौद्धों ने एक पाठ सीख लिया कि व्यक्ति इच्छा के माध्यम से जीता है। यदि वे जोर दें कि संबोधि के परे कुछ भी नहीं है और सभी कुछ मिट जाता है, तो लोग उनका अनुगमन नहीं करने वाले हैं। फिर प्रत्येक चीज वैसी ही रहेगी जैसी थी, केवल उनका धर्म खो जाएगा। अतः उन्होंने एक चालाकी सीख ली। और जापान में, चीन में, श्री लंका में उन्होंने भी संबोधि के बाद की मोहक अवस्थायों के बारे में बात करना आरंभ कर दिया। उन्होंने बुद्ध के साथ छल किया। शुद्धता खो दी गई तभी धर्म प्रसारित हो गया। बौद्ध धर्म संसार के महान धर्मों में से एक बन गया। उन्होंने मानव मन की राजनीति को सीख लिया। उन्होंने तुम्हारी इच्छा को पूरा कर दिया। उन्होंने कहा, हां, वहां आत्यंतिक सौंदर्य के देश हैं, बुद्ध-देश हैं, स्वर्ग-तुल्य देश हैं जहां शाश्वत आनंद की वर्षा होती है। उन्होंने विधायक भाषा में बोलना आरंभ कर दिया। फिर लोगों का लोभ जाग गया, इच्छा उठ खड़ी हुई। लोगों ने बौद्ध धर्म का अनुगमन करना आरंभ कर दिया, लेकिन बौद्ध धर्म ने अपना सौंदर्य खो दिया। इसका सौंदर्य इसका इसी बात पर बल देने से था कि यह तुम्हें इच्छा करने के लिए कोई विषय-वस्तु नहीं देता था।

पतंजलि ने परम सत्य के बारे में जो भी श्रेष्ठतम कहा जाना संभव था वह लिख दिया है, लेकिन उनके चारों ओर कोई धर्म नहीं खड़ा हुआ, उनके चारों ओर कोई स्थापित चर्च नहीं बना है। इतना महान शिक्षक, इतना महान सदगुरु, वास्तव में अनुयायियों के बिना रहा है। एक मंदिर तक उनको समर्पित नहीं किया गया है। क्या हो गया? उनके योग-सूत्र पढ़े जाते हैं, उन पर टीकाएं लिखी जाती हैं, लेकिन ईसाइयत, बौद्ध धर्म, जैन धर्म, हिंदू धर्म, इस्लाम जैसा कुछ भी पतंजलि के साथ अस्तित्व नहीं रखता है। क्यों? क्योंकि वे तुमको कोई आशा नहीं देते हैं। वे तुम्हारी इच्छा के लिए कोई सहायता नहीं देंगे।

'वह जिसमें समाधि की सर्वोच्च अवस्थाओं के प्रति भी इच्छारहितता का सातत्य बना हुआ है, और जो विवेक के चरम का प्रवर्तन करने में समर्थ है, उस अवस्था में प्रविष्ट हो जाता है जिसे धर्ममेघ समाधि कहा जाता है।'

धर्ममेघ समाधि, इस शब्द का समझ लेना चाहिए। बहुत जटिल है यह। और पतंजलि पर बहुत अधिक टीकाएं लिखी जा चुकी हैं, लेकिन ऐसा प्रतीत होता है कि वे असली बात से चूकते रहे हैं। धर्ममेघ

समाधि का अर्थ है : एक ऐसा क्षण आता है जब प्रत्येक इच्छा मिट चुकी है। जब स्व तक की चाह नहीं बचती, जब मृत्यु का भय नहीं रहता, तब तुम्हारे ऊपर पवित्रता की बरसात होती है–जैसे कि एक बादल तुम्हारे सिर के चारों ओर उमड़ आया है, और पवित्रता की, आशीष की एक महान वरदान की मनोहारी वर्षा तुम्हारे ऊपर होती है...लेकिन पतंजलि इसको 'बादल' क्यों कहते हैं? व्यक्ति को इसके भी पार जाना पड़ता है; अभी भी यह एक बादल है। पहले तुम्हारी आंखें पाप से भरी हुई थीं, अब तुम्हारी आंखे पुण्य से भर जाती हैं, किंतु तुम अब भी अंधे हो। पहले और कुछ नहीं बल्कि तुम पर पीड़ा बरस रही थी, बस एक नरक की बरसात तुम पर हो रही थी; अब तुम स्वर्ग में प्रविष्ट हो चुके हो और सभी कुछ पूर्णतः सुंदर है, शिकायत करने लायक कुछ है ही नहीं, लेकिन फिर भी यह एक बादल है। हो सकता है कि यह सफेद बादल हो, काला बादल न हो, लेकिन फिर भी यह बादल ही है–और व्यक्ति को इसके भी पार जाना पड़ता है। इसीलिए वे इसको बादल कहते हैं।

अंतिम अवरोध यही है, और निःसंदेह यह बहुत मनोहारी है, क्योंकि यह पुण्य का है। यह हीरों स जड़ी हुई सोने की जंजीर जैसा है। वे सामान्य जंजीरों की भांति नहीं हैं, वे बिलकुल आभूषण जैसी दिखाई पड़ती हैं। वे जंजीरों के स्थान पर आभूषणों जैसी अधिक हैं। व्यक्ति उनसे बंधना चाहेगा। स्वयं पर बरसती हुई परम आनंद की वर्षा, कभी न समाप्त होने वाला आह्लाद, कौन इसको पाना नहीं चाहेगा? इस परमानंद की अवस्था में कौन सदा के लिए रहना नहीं चाहेगा? लेकिन यह भी एक बादल है–श्वेत, मनोहर, लेकिन फिर भी असली आकाश इसके पीछे छिपा हुआ है।

उत्कर्ष के इस बिंदु से अब भी वापस गिर पड़ने की संभावना है। यदि तुम धर्ममेघ समाधि से बहुत आसक्त हो जाते हो, यदि तुम बहुत अधिक बंध जाते हो, तुम इसका बहुत अधिक मजा लेना आरंभ कर देते हो और तुम यह विभेद नहीं कर पाते कि 'मैं यह भी नहीं हूं' तो इस बात की संभावना है कि तुम वापस गिर पड़ोगे।

ईसाइयत, यहूदी धर्म, इस्लाम में केवल दो अवस्थाओं का अस्तित्व है : स्वर्ग और नरक। जिसको ईसाई लोग स्वर्ग कहते हैं उसी को पतंजलि धर्ममेघ समाधि कहते हैं। पश्चिम में कोई धर्म इससे परे नहीं गया है। भारत में हमारे पास तीन शब्द हैं : नरक, स्वर्ग और मोक्ष। नरक है परम पीड़ा, स्वर्ग है परम आनंद, मोक्ष दोनों के पार है : न नरक, न स्वर्ग। पश्चिम की भाषा में मोक्ष के समकक्ष एक भी शब्द नहीं है। ईसाइयत स्वर्ग, धर्ममेघ समाधि, पर रुक जाती है। इससे पार जाने की और चिंता अब कौन करता है? इतना मनोहर है यह। और तुम इतने लंबे समय से इतनी अधिक पीड़ा में रहे हो कि तुम वहां सदा और हमेशा के लिए रहना पसंद करोगे। किंतु पतंजलि कहते हैं : यदि तुम इससे आसक्त हो जाते हो, तो तुम सीढ़ी के आखिरी पायदान से फिसल जाते हो। तुम घर के बहुत निकट थे। बस एक कदम और, और

तुमको वह अवस्था उपलब्ध हो गई होती जहां से लौटना संभव नहीं है, लेकिन तुम फिसल गए। तुम बस घर पहुंच ही रहे थे और रास्ते से चूक गए। तुम बस द्वार पर ही थे–एक दस्तक और द्वार खुल गए होते–लेकिन तुमने पोर्च को ही महल समझ लिया और तुमने वहीं रहना आरंभ कर दिया, आज नहीं तो कल उस पोर्च को भी खो दोगे, क्योंकि पोर्च उनके लिए है जो महल में रहने जा रहे हैं। इसको आवास नहीं बनाया जा सकता है। यदि तुम इसको आवास बना लेते हो तो आज नहीं तो कल तुमको निकाल कर बाहर फेंक दिया जाएगा : तुम इसके पात्र नहीं हो। तुम उस भिखारी के समान हो जिसने किसी और के पोर्च में रहना आरंभ कर दिया है।

तुमको महल में प्रवेश करना ही पड़ेगा, तभी वह पोर्च तुम्हारे लिए उपलब्ध रहेगा। लेकिन यदि तुम पोर्च पर ही रुक जाते हो तब तुमसे पोर्च भी ले लिया जाएगा। और पोर्च बहुत सुंदर है और हमने उस जैसी कोई चीज कभी नहीं जानी है, इसलिए निश्चित रूप से हमें गलतफहमी हो जाती है–हम सोचते हैं कि महल आ गया है। हम सदैव पीड़ा, संताप, तनाव में जीते रहे हैं, और पोर्च भी, उस परम महल के निकट होना भी, परम सत्य के इतने निकट होना भी इतना मौन पूर्ण, इतना शांतिमय, इतना आनंददायी, इतना महान वरदान है कि तुम कल्पना भी नहीं कर सकते कि इससे श्रेष्ठ भी संभव है। तुम वहां रुक जाना पसंद करोगे।

पतंजलि कहते हैं : 'बोधपूर्ण बने रहो।' इसीलिए वे इसको बादल कहते हैं। यह तुमको अंधा कर सकता है; इसमें खो सकते हो तुम। यदि तुम इस बादल का अतिक्रमण कर सको–ततः कलेशकर्मनिवृत्तिः–तब कलेशों एवं कर्मों से मुक्ति हो जाती है।

यदि तुम धर्ममेघ समाधि का अतिक्रमण कर सको, यदि तुम इस स्वर्ग सी अवस्था का, जन्नत का अतिक्रमण कर सको, केवल तभी...क्लेशों एवं कर्मों से मुक्ति हो जाती है। अन्यथा तुम पुनः संसार में वापस गिर जाओगे। छोटे बच्चे सांप और सीढ़ी का खेल खेलते हैं, क्या तुमने इसे देखा है? सीढ़ियों से वे ऊपर उठते चले जाते हैं और सांपों के द्वारा वे वापस लौटते रहते हैं। यदि वे निन्यानबे के बाद सौ की गिनती पर पहुंच जाएं तो वे विजयी हो जाते हैं, उन्होंने खेल जीत लिया है। लेकिन निन्यानबे के खाने पर एक सांप है। यदि तुम निन्यानबे पर पहुंच जाते हो तभी अचानक तुम वापस संसार में वापस लौट आते हो।

धर्ममेघ समाधि निन्यानबेवां खाना है, लेकिन वहीं पर सांप है। इससे पहले कि सांप तुमको पकड़ ले तुमको सौवें खाने पर छलांग लगानी पड़ती है। केवल तभी वहां घर वापसी हो पाती है। तुम घर वापस आ गए हो, वर्तुल पूर्ण हो गया है।

'तब क्लेशों एवं कर्मों से मुक्ति हो जाती है।'

'जब सभी आवरण, विकृतियां और अशुद्धियां हट जाती हैं, तब वह सभी कुछ जो मन से जाना जा सकता है, समाधि से प्राप्त असीम ज्ञान की तुलना में अत्यल्प हो जाता है।'

अभी कुछ सूत्र पहले ही पतंजलि ने कहा था, कि मन अनंत ज्ञानवान है, मन अनंत ज्ञान अर्जित कर सकता है। अब वे कहते हैं कि वह जो मन से जाना जा सकता है, उस असीम ज्ञान की तुलना में अत्यल्प है जो समाधि से प्राप्त होता है।

जैसे-जैसे तुम उच्चतर की ओर बढ़ते हो प्रत्येक अवस्था उस पहली अवस्था से विराटतर होती.है जिसका तुमने अतिक्रमण कर लिया है। जब व्यक्ति अपनी ज्ञानेंद्रियों में खोया हुआ होता है तो उसका मन पंगु ढंग से कार्य करता है। जब व्यक्ति अपनी ज्ञानेंद्रियों में नहीं उलझा होता है और शरीर से आसक्त नहीं रहता तो उसका मन पूर्णतः स्वस्थ ढंग से कार्य करना आरंभ कर देता है। मन के लिए एक असीम समझ घटित हो जाती है, यह अनंतताओं को जानने में समर्थ हो जाता है। लेकिन यह भी उसकी तुलना में कुछ भी नहीं है जब मन को पूरी तरह छोड़ दिया जाता है और तुम मन के बिना कार्य करना आरंभ कर देते हो। अब किसी माध्यम की आवश्यकता नहीं रहती। सारे अवरोध खो जाते हैं, और तुम वास्तविकता के समक्ष होते हो। वहां पर मन भी एक मध्यस्थ की भांति, एक प्रतिनिधि की भांति नहीं होता। मध्य में कुछ भी नहीं है। तुम और यथार्थ एक हो। वह ज्ञान जो मन के माध्यम से आता है इस ज्ञान की तुलना में कुछ भी नहीं है जो समाधि के माध्यम से घटता है

'अपने उद्देश्य को परिपूर्ण कर लिए जाने के कारण तीनों गुणों में परिवर्तन की प्रक्रिया समाप्त हो जाती है।'

समाधिस्थ व्यक्ति के लिए सारा संसार रुक जाता है, क्योंकि अब संसार के जारी रहने की कोई आवश्यकता न रही। परम को उपलब्ध कर लिया गया है। संसार का अस्तित्व एक परिस्थिति की भांति होता है। संसार का अस्तित्व तुम्हारे विकास के लिए है। विद्यालय का अस्तित्व सीखने के लिए है। जब तुमने पाठ सीख लिया है तो विद्यालय तुम्हारे लिए किसी उपयोग का नहीं है, तुमने परीक्षा पास कर ली है। जब व्यक्ति संबुद्ध हो जाता है तो उसने संसार की परीक्षा को उत्तीर्ण कर लिया है। अब विद्यालय का उसके लिए कोई कार्य नहीं रह गया। अब वह विद्यालय को विस्मृत-कर सकता है और विद्यालय उसको भुला सकता है। वह विद्यालय के पार चला गया है, वह विकसित हो गया है। उस अवस्था की अब और आवश्यकता नहीं रही।

यह संसार एक परिस्थिति है : तुम्हारे लिए यह भटक जाने और वापस घर लौट आने की परिस्थिति है। यह खो जाने की और फिर वापस लौट आने की एक परिस्थिति है। यह परमात्मा को भूल जाने और उसको पुनः स्मरण कर लेने की एक परिस्थिति है।

लेकिन ऐसी परिस्थिति क्यों?—क्योंकि एक सूक्ष्म नियम है : यदि तुम परमात्मा को भूल न सको, तो तुम उसको याद नहीं कर सकते। यदि उसको भुला देने की कोई संभावना न हो, तो तुम कैसे याद रखोगे,

तुम याद क्यों करोगे? उसे जो सदैव उपलब्ध है सरलता से भुलाया जा सकता है। सागर में रहती हुई मछली कभी सागर को नहीं जान पाती, कभी सागर से उसका आमना-सामना नहीं होता। वह इसी में जीती है, उसका जन्म इसी में हुआ है, वह इसी में मर जाती है, लेकिन सागर को कभी जान नहीं पाती है। यदि वह सागर को जान पाती है तो यह केवल एक स्थिति में होता है: जब उसे सागर से बाहर निकाल लिया जाता है। तब अचानक वह सजग होती है कि यह सागर उसका जीवन था। जब मछली को तट पर, रेत में फेंक दिया जाता है, तभी वह जान पाती है कि सागर क्या है।

हमें परमात्मा के सागर से बाहर फेंक दिए जाने की आवश्यकता थी; उसको जानने का कोई दूसरा उपाय था भी नहीं। सजग होने के लिए यह संसार एक महत परिस्थिति है। संताप है वहां, पीड़ा है वहां, लेकिन यह सभी अर्थपूर्ण है। संसार में कुछ भी अर्थहीन नहीं है। दुख अर्थपूर्ण है; दुख इस प्रकार से है जैसे कि मछली तट पर, रेत में दुखी है, और सागर में जाने के सारे प्रयास कर रही है। अब यदि मछली सागर में वापस लौट जाती है तो यह जान लेगी। कुछ भी बदला नहीं है–सागर वही है, मछली भी वही है–लेकिन उनका संबंध आत्यंतिक रूप से बदल गया है। अब वह जान जाएगी, यह है सागर। अब वह जान लेगी कि सागर की वह कितनी आभारी है। उस दुख ने एक समझ निर्मित कर दी है। इसके पहले वह इसी सागर में थी, किंतु अब वही सागर वैसा ही न रहा, क्योंकि एक नई समझ, एक नई सजगता, एक नई प्रत्यभिज्ञा उत्पन्न हो गई है।

मनुष्य को परमात्मा से बाहर फेंके जाने की आवश्यकता है। संसार में फेंका जाना और कुछ नहीं वरन परमात्मा से बाहर फेंका जाना है। और यह करुणावश किया जाता है, समग्र की करुणा के कारण ही तुम्हें बाहर फेंका गया है, जिससे तुम वापस लौटने का रास्ता खोजने का प्रयास करो। प्रयास से, कठिन प्रयास से तुम पहुंच पाने में समर्थ हो पाओगे और तभी तुम समझोगे। तुमको अपने प्रयासों से इसका मूल्य चुकाना पड़ता है, वरना परमात्मा बहुत सस्ता हो जाएगा। और जब कोई चीज बहुत सस्ती होती है तो तुम उसका मजा नहीं ले सकते। वरना परमात्मा अत्यधिक सुस्पष्ट हो जाएगा। जब कोई वस्तु बहुत सरलता से उपलब्ध होती है तुम में उसको भूल जाने की प्रवृत्ति हो जाती है। अन्यथा परमात्मा तुमसे अत्यधिक निकट होता और उसको जान पाने के लिए कोई अंतराल भी नहीं होता। वह असली पीड़ा होगी, उसको न जान पाना। इस संसार की पीड़ा कोई पीड़ा नहीं हैं; यह एक छिपा हुआ वरदान है, क्योंकि इस पीड़ा के माध्यम से ही तुम...दिव्य सत्य के आमने-सामने देखने के, उसे पहचानने के परम आह्लाद को जान पाओगे।

'अपने उद्देश्य को परिपूर्ण कर लिए जाने के कारण तीनों गुणों में परिवर्तन की प्रक्रिया समाप्त हो जाती है।'

तीन गुणों सत्व, रजस, तमस का यह सारा संसार मिट जाता है। जब कोई संबुद्ध हो जाता है तो उसके लिए यह संसार समाप्त हो जाता है। अन्य सभी निःसंदेह स्वप्नलोक में विचरते रहते हैं। यदि तट

पर गर्म रेत में तपती धूप में अनेक मछलियां पीड़ा में हैं, और एक मछली प्रयास करती है, और फिर प्रयास करती है और सागर में छलांग लगा देती है, पुनः घर वापस लौट आती है, उसके लिए तपती धूप और जलती हुई रेत और सारी पीड़ा मिट गई है। यह अतीत का एक बुरा स्वप्न बन गया है, लेकिन अन्य मछलियों के लिए इस पीड़ा का अस्तित्व है।

जब कोई बुद्ध, पतंजलि जैसी मछली सागर में छलांग लगा देती है तो उसके लिए संसार खो जाता है। वे पुनः सागर के शीतल गर्भ में होते हैं। वे पुनः वापस लौट आए हैं, अनंत जीवन से संबंधित हो गए हैं वे। वे अब असंबद्ध न रहे; अब वे अजनबी नहीं रहे हैं : सजग हो गए हैं वे। वे एक नई समझ के साथ वापस लौट आए हैं : सजग, संबुद्ध होकर–लेकिन दूसरों के लिए संसार जारी रहता है।

पतंजलि के ये सूत्र और कुछ नहीं बल्कि उस मछली के संदेश हैं जो घर पहुंच चुकी है, और उन लोगों से, जो अभी भी किनारे पर हैं और पीड़ित हैं, कुछ कहने का और उन सभी के कूद आने को प्रेरित करने का प्रयास है। हो सकता है कि वे लोग सागर से अति निकट हैं, बस सीमा रेखा पर हैं, लेकिन वे नहीं जानते कि इस में किस भांति प्रविष्ट हुआ जाए। वे पर्याप्त प्रयास कर रहे हैं, या अपने प्रयास गलत दिशा में कर रहे हैं या बस पीड़ा में खो गए हैं और स्वीकार कर लिया है कि बस यही जीवन है, या इतने हताश हो चुके हैं, साहस खो चुके हैं कि कोई कोशिश ही नहीं कर रहे हैं। योग उस वास्तविकता तक पहंचने का प्रयास है जिससे हमारा संबंध टूट चुका है। पुनः जुड़ जाना ही योगी होना है। योग का अर्थ है : पुनः संबंध, पुनः एकीकरण, पुनः लीन हो जाना।

'प्रतिक्षण घटने वाले परिवर्तनों के सातत्य की प्रक्रिया तीन गुणों के रूपांतरण के परम अंत पर घटित होती है–यही क्रम है।'

इस छोटे से सूत्र में पतंजलि ने वह सभी कुछ कह दिया है जिसे आधुनिक भौतिक विज्ञान ने अब खोज लिया है। अभी तीस या चालीस वर्ष पूर्व तक इस सूत्र को समझा जाना असंभव रहा होता, क्योंकि इस छोटे से सूत्र में सारी क्वांटम फिजिक्स बीज रूप में उपस्थित है। और यह शुभ है, क्योंकि यह अंत से ठीक पहला सूत्र है। इसलिए पतंजलि भौतिक विज्ञान का सारा संसार इस अंत से ठीक पहले के सूत्र में समेट देते हैं, फिर परा भौतिक विज्ञान। यह आधारभूत भौतिक विज्ञान है। इस बीसवीं शताब्दी में भौतिक विज्ञान में जो श्रेष्ठतम अंतर्दृष्टि आई है–वह है क्वांटम का सिद्धांत।

मैक्स प्लैंक ने एक बहुत अविश्वसनीय बात की खोज की। उन्होंने खोजा कि जीवन एक सातत्य नहीं है; हर चीज असातत्य में है। समय का एक क्षण समय के दूसरे क्षण से अलग है, और समय के दो क्षणों के मध्य में एक अंतराल है। वे दोनों क्षण संबंधित नहीं हैं; वे असंबद्ध हैं। एक परमाणु दूसरे परमाणु से अलग है, और दो परमाणुओं के मध्य एक बड़ा अंतराल है। वे परस्पर जुड़े हुए नहीं हैं। यही है जिसको

वह क्वांटा कहता है, अलग, भिन्न परमाणु जो एक-दूसरे के साथ संयुक्त नहीं हैं, वे अनंत आकाश में तैर रहे हैं, लेकिन अलग-अलग–जैसे कि तुम एक पात्र से दूसरे पात्र में मटर के दाने पलटते हो और मटर के सभी दाने उसमें गिर जाते हैं अलग-अलग, भिन्न प्रकार से, या तुम एक पात्र से दूसरे पात्र में तेल उंड़ेलते हो, तेल एक सतत धारा के रूप में गिरता है।

अस्तित्व मटर के दाने की भांति है अलग-अलग। इसका उल्लेख पतंजलि क्यों करते हैं–क्योंकि वे कहते हैं, एक परमाणु, एक और परमाणु: ये दो भिन्न वस्तुएं हैं जिनसे संसार बना है। ठीक उनके मध्य में अंतराल है। यही है जिससे सारा संसार निर्मित है, परमात्मा। इसको अंतरिक्ष कहो, इसको ब्रह्म कहो, इसे पुरुष कहो या जो कुछ तुमको पसंद हो वह कह लो, संसार विभिन्न परमाणुओं से निर्मित है और समग्र अस्तित्व उनके मध्य के अंतराल से बना है।

अब भौतिकविद कहते हैं कि यदि हम सारे संसार को दबा दें और कणों के बीच के रिक्त स्थान को हटा दें, तो सभी नक्षत्र मंडल और सभी सूर्य बस छोटी सी गेंद में दब कर समा सकते हैं। केवल इतना ही पदार्थ है। शेष विश्व वास्तव में रिक्त स्थान है। पदार्थ तो बस यहां और वहां है, अत्यल्प है। यदि हम पृथ्वी को बहुत अधिक दबा दें, तो हम इसको माचिस की एक डिब्बी में रख सकते हैं। यदि सारा खाली स्थान बाहर कर दिया जाए तो अविश्वसनीय है यह बात! और यह भी, यदि हम इसे और दबाते जाएं तो और भी छोटी हो जाएगी। पतंजलि कहते हैं: फिर वह छोटी सी मात्रा भी खो जाएगी। अब भौतिकविद कहते हैं कि जब पदार्थ मिटता है तो यह ब्लैक होल, कृष्ण-विवर छोड़ जाता है।

प्रत्येक वस्तु ना-कुछपन से आती है, चारों ओर खेलती है, और फिर ना-कुछपन में समा जाती है। जैसे कि पदार्थ के पिंड हैं: पृथ्वी, सूर्य, सितारे, ठीक उनके समान ही खाली छेद हैं, कृष्ण-विवर हैं। ये कृष्ण-विवर ना-कुछपन का संघनित रूप हैं। यह केवल ना-कुछपन नहीं है; यह बहुत गतिशील है–ना-कुछपन का भंवर है। यदि कोई सितारा किसी कृष्ण-विवर, ब्लैक होल के निकट आ जाता है तो कृष्ण विवर इनको सोख लेगा। इसलिए यह बहुत गतिशील है, किंतु यह कुछ नहीं है–इसमें कोई पदार्थ नहीं है, बस पदार्थ की अनुपस्थिति है, मात्र शुद्ध रिक्तस्थान है, लेकिन अत्यधिक शक्तिशाली है। यह अपने भीतर किसी सितारे तक को सोख सकता है, और वह सितारा ना-कुछपन में खो जाएगा; यह ना-कुछपन में बदल दिया जाएगा। इसलिए यदि हम कोशिश करें तो अंततोगत्वा सारा पदार्थ खो जाएगा। यह परम शून्य से आता है, और पुनः यह परम शून्यता में लीन हो जाता है; शून्य से निकलता है और शून्यता में लौट जाता है।

'प्रतिक्षण घटने वाले परिवर्तनों के सातत्य की प्रक्रिया...महा छलांग की प्रक्रिया..तीन गुणों के रूपांतरण के परम अंत पर घटित होती है–यही क्रम है।'

अंतिम अवस्था पर योगी यही देखता है, जब सभी तीनों गुण कृष्ण-विवर में लीन हो रहे हैं, शून्यता में विलीन हो रहे हैं। इसी कारण से योगियों ने इस संसार को माया, एक जादू का खेल कहा है।

क्या तुमने कभी किसी जादूगर को सेकंडों में एक आम का वृक्ष उत्पन्न करते हुए देखा है, और फिर यह बढ़ता चला जाता है; और न केवल यही–कुछ ही क्षणों में इसमें आम भी निकल आते हैं...कुछ नहीं में से? बस भ्रामक है यह, वह भ्रम उत्पन्न कर देता है। हो सकता है कि वह तुम्हारे अवचेतन को गहन संदेश भेजता हो। बस गहन सम्मोहन की भांति है यह। एक खयाल निर्मित करता है वह, लेकिन वह अपने खयाल को अति गहनता से अपने मन में देखता है और वह इसको तुम्हारे अवचेतन पर इतनी गहराई से अंकित कर देता है कि तुम वही सब देखना आरंभ कर देते हो जो वह चाहता है कि तुम देखो। हो कुछ भी नहीं रहा है। वृक्ष वहां पर नहीं है, आम भी वहां नहीं है। और यह संभव है, बस महत कल्पना के द्वारा आम का वृक्ष निर्मित कर देना और आम का आ जाना। न केवल यह बल्कि वह एक आम तोड़ सकता है और इसको तुम्हें दे सकता है और तुम कहोगे, 'बहुत मीठा है।'

हिंदू संसार को माया, जादू का खेल कहते हैं। परमात्मा की कल्पना है यह। समग्र अस्तित्व स्वप्न देख रहा है, समग्र अस्तित्व प्रक्षेपण कर रहा है।

तुम एक चल-चित्र देखने जाते हो: एक बड़े पर्दे पर तुम एक महान कहानी को अभिनीत किया जाना देखते हो, और तुम देखते हो कि प्रत्येक घटना एक सातत्य में प्रतीत होती है। लेकिन ऐसा नहीं है, यदि फिल्म की रील को कुछ धीमा चला दिया जाए तो तुम देख लोगे कि प्रत्येक दृश्य असातत्य में हैं–कवांटा। एक चित्र चला जाता है दूसरा आता है, दूसरा चला जाता है एक और आ जाता है, लेकिन दो चित्रों के मध्य में एक अंतराल है। उस अंतराल में तुम असली पर्दे को देख सकते हो। जब चित्र-शृंखला बहुत तीव्र गति में हो तो उसमें गति का भ्रम उत्पन्न हो जाता है। निसंदेह चल-चित्र कोई चलता हुआ चित्र नहीं है, यह उतना ही स्थिर फोटोग्राफ है जितना कोई और फोटो होता है। गतिशीलता भ्रामक है, क्योंकि वे स्थिर फोटोग्राफ एक-दूसरे के पीछे बहुत तेजी से दौड़ रहे हैं, उनके मध्य का अंतराल बहुत छोटा है, जिससे कि तुम अंतराल नहीं देख सकते हो। इसलिए सभी कुछ ऐसा दिखाई पड़ता है जैसे कि यह सातत्य में है।

मैं अपना हाथ हिलाता हूं: इस हाथ को चल-चित्र में चलता हुआ दिखाने के लिए, हाथ की गति शीलता की प्रत्येक अवस्था के हजारों चित्र उतारने पड़ेंगे–इस बिंदु से इस बिंदु तक, इस बिंदु से इस बिंदु तक, इस बिंदु से इस बिंदु तक। हाथ की एक साधारण सी गति हजारों छोटे-छोटे स्थिर चित्रों में बंट जाएगी। फिर वे सभी चित्र तेजी से गति करेंगे: हाथ हिलता हुआ प्रतीत होगा। यह एक भ्रम है। गहरे में दो चित्रों के मध्य में पर्दा सफेद, रिक्त है।

पतंजलि कहते हैं: यह विश्व और कुछ नहीं वरन एक चल-चित्र है, एक प्रक्षेपण है। लेकिन यह समझ केवल तब उठती है जब व्यक्ति समझ के अंतिम सोपान को उपलब्ध कर लेता है। जब वह देखता

है कि सभी गुण ठहर गए हैं, कुछ भी चल नहीं रहा है, तभी अचानक वह इस बात के प्रति सजग हो जाता है कि यह सारी कहानी भ्रामक गति, तीव्र गति के द्वारा निर्मित की गई थी। यही है जो आधुनिक भौतिक विज्ञान के साथ घटित हो रहा है।

जब वे परमाणु पर पहुंचे, तो पहले उन्होंने कहा, अब यह परम है; इसको और अधिक विभाजित नहीं किया जा सकता है। फिर उन्होंने परमाणु को भी विभाजित कर दिया। फिर वे इलेक्ट्रॉनों पर पहुंचे, अब इसे और अधिक विभाजित नहीं किया जा सकता। अब उन्होंने उसको भी विभाजित कर दिया है। अब वे ना-कुछपन, शून्यता पर पहुंच गए हैं; अब वे नहीं जानते कि क्या मिल गया है। विभाजन, विभाजन, विभाजन और आधुनिक भौतिक विज्ञान में एक ऐसा बिंदु आ गया है जहां पदार्थ पूरी तरह से मिट गया है। आधुनिक भौतिक विज्ञान पदार्थ के माध्यम से पहुंच गया है, और पतंजलि तथा योगी लोग उसी बिंदु पर चेतना के माध्यम से पहुंच गए हैं। भौतिक विज्ञान इस अंतिम से पहले सूत्र तक पहुंच चुकी है। अंतिम से पहले के इस सूत्र तक वैज्ञानिक की समझ, पहुंच और गति संभव हो सकती है। अंतिम सूत्र वैज्ञानिक के लिए संभव नहीं है, क्योंकि अंतिम सूत्र तभी उपलब्ध किया जा सकता है जब तुम चेतना के माध्यम से जाओ, पदार्थ के माध्यम से नहीं, विषयों के माध्यम से नहीं, विषयी के माध्यम से सीधे ही जाओ।

पुरुषार्थशून्यानां गुणानां प्रतिप्रसवः कैवल्यं स्वरूपप्रतिष्ठा वा चितिशक्तिरिति।

'कैवल्य समाधि की अवस्था है, जो पुरुषार्थ से शून्य हुए गुणों के अपने कारण में लीन होने पर उपलब्ध होती है।'

'इस अवस्था में पुरुष अपने यथार्थ स्वरूप में, जो शुद्ध चेतना है, प्रतिष्ठित हो जाता है। समाप्त।'

कैवल्य समाधि की अवस्था है, जो तीनों गुणों के अपने कारण में लीन होने पर उपलब्ध होती है...जब संसार ठहर जाता है, जब प्रक्रिया, संसार का क्रम रुक जाता है, जब तुम समय के दो क्षणों के, पदार्थ के दो परमाणुओं के मध्य के आकाश को देख पाने में समर्थ हो जाते हो, और तुम आकाश में जा सकते हो और तुम देख सकते हो कि प्रत्येक वस्तु उसी आकाश से निकल कर आई है और आकाश में वापस लौट कर जा रही है; जब तुम इतने सजग हो गए हो कि अचानक भ्रामक संसार एक स्वप्न की भांति तिरोहित हो जाता है, तब कैवल्य। जब तुम एक शुद्ध चैतन्य–बिना किसी पहचान के, बिना किसी नाम के, रूप के छोड़ दिए जाते हो। तब शुद्ध का शुद्धतम हो तुम। तब तुम सर्वाधिक आधारभूत, परम अनिवार्य, परम अस्तित्व हो, और तुम इस शुद्धता, एकांत में स्थापित हो जाते हो।

पतंजलि कहते हैं: 'कैवल्य समाधि की अवस्था है, जो पुरुषार्थ से शून्य हुए गुणों के अपने कारण में लीन होने पर उपलब्ध होती है। इस अवस्था में पुरुष यथार्थ स्वरूप में प्रतिष्ठित हो जाता है।' तुम घर वापस आ गए हो। यात्रा लंबी, थका देने वाली, जटिल रही थी, लेकिन तुम घर वापस आ गए हो।

मछली सागर में, जो शुद्ध चेतना है, कूद गई है। पतंजलि इसके बारे में और कुछ नहीं कहते, क्योंकि और अधिक कहा भी नहीं जा सकता। और जब वे कहते हैं, 'इति, समाप्त।' उनका केवल यही अभिप्राय नहीं है कि यहां पर योग-सूत्रों का अंत हो गया है। वे कहते हैं, 'अभिव्यक्ति की सारी संभावना यहां पर समाप्त हो जाती है। परम सत्य के बारे में कुछ भी कहने की संभावना यहां पर समाप्त हो जाती है। इससे परे केवल अनुभव है। अभिव्यक्ति यहां पर समाप्त हो जाती है।' और इसके पार जा पाने में कोई भी सफल नहीं हो पाया है—कोई भी नहीं। मानवीय चेतना के सारे इतिहास में इसका एक भी अपवाद नहीं है। लोगों ने प्रयास किए हैं। बहुत थोड़े लोग ही वहां तक पहुंच पाए हैं जहां पतंजलि पहुंच गए हैं, लेकिन पतंजलि से परे कोई नहीं पहुंच सका है।

इसीलिए मैं कहता हूं कि वे आदि और अंत है। वे बहुत प्राथमिक से आरंभ करते हैं; किसी को भी उनसे बेहतर आंरभ नहीं मिल पाया है। वे बहुत प्राथमिक से आरंभ करते हैं और वे परम अंत पर पहुंच जाते हैं। जब वे कहते हैं, 'समाप्त।' वे बस यही कह रहे हैं कि अभिव्यक्ति समाप्त हो गई है, परिभाषा समाप्त हो गई; वर्णन समाप्त हो गया है। यदि तुम अभी तक वास्तव में उनके साथ चलते आए हो तो इसके बाद केवल अनुभव है। अब अस्तित्वगत का आरंभ होता है। व्यक्ति यह हो सकता है किंतु इसे कह नहीं सकता है। व्यक्ति इसमें जी सकता है, लेकिन व्यक्ति इसको परिभाषित नहीं कर सकता। शब्दों से सहायता न मिलेगी। इस बिंदु के पार सारी भाषा नपुंसक है। बस इतना ही कह कर कि व्यक्ति अपने सच्चे स्वभाव को उपलब्ध कर लेता है—पतंजलि रुक जाते हैं। लक्ष्य यही है : अपने स्वभाव को जानना और इसमें रहना—क्योंकि जब तक हम अपने स्वभावों तक नहीं पहुंचते, हम पीड़ा में रहेंगे। सारी पीड़ा संकेत देती है कि हम किसी न किसी प्रकार से अस्वाभाविकता पूर्वक जी रहे हैं। सारी पीड़ा बस इसी बात का लक्षण है कि किसी न किसी प्रकार से हमारा स्वभाव परितृप्त नहीं हो रहा है, कि किसी न किसी भांति हम अपनी वास्तविकता के साथ लय में नहीं हैं। यह पीड़ा तुम्हारी शत्रु नहीं है; यह बस एक लक्षण है। यह संकेत करती है। यह एक तापमापी, थर्मामीटर जैसी है; यह बस यह प्रदर्शित करती है कि तुम कहीं पर गलत हो। इसको ठीक कर लो, अपने आपको सही कर लो; स्वयं को लयबद्धता में ले आओ, वापस लौटो, स्वयं को लय में लाओ। जब प्रत्येक पीड़ा खो जाती है तो व्यक्ति अपने स्वभाव के साथ लय में होता है। इस स्वभाव को लाओत्सु ताओ कहता है, पतंजलि कैवल्य कहते हैं, महावीर मोक्ष कहते हैं, बुद्ध निर्वाण कहते हैं। लेकिन तुम इसको चाहे कुछ भी नाम दो—इसका न कोई नाम है और न कोई रूप—यह तुम्हारे भीतर है वर्तमान, ठीक इसी क्षण में। तुमने सागर को खो दिया था क्योंकि तुम अपने स्व से बाहर आ गए थे। तुम बाहर के संसार में बहुत अधिक दूर चले गए थे। भीतर की ओर चलो। इसको अपनी तीर्थयात्रा बन जाने दो—भीतर चलो।

ऐसा हुआ, एक सूफी रहस्यदर्शी बायजीद मक्का की तीर्थयात्रा पर जा रहा था। यह कठिन कार्य था। वह निर्धन था और वर्षों भीख मांग कर किसी तरह उसने यात्रा के खर्चों का इंतजाम किया था। अब वह बहुत खुश था। उसके पास मक्का जाने के लिए करीब-करीब पूरे रुपये हो गए थे, और तब उसने यात्रा की। जिस समय वह मक्का के बाहर पहुंचा, तो बस नगर के बाहर ही उसे एक फकीर, उसका सदगुरु मिल गया। वह वहां एक वृक्ष के नीचे बैठा हुआ था और उसने कहा : अरे मूर्ख, तुम कहां जा रहे हो? बायजीद ने उसकी तरफ देखा, उसने ऐसा तेजस्वी व्यक्तित्व कभी नहीं देखा था। वह उस व्यक्ति के निकट आया और उस फकीर ने कहा : तुम्हारे पास जो कुछ भी हो मुझको दे दो! तुम कहां जा रहे हो? वह बोला, मैं तीर्थयात्रा के लिए मक्का जा रहा हूं। उसने कहा : समाप्त। कोई आवश्यकता नहीं है; तुम बस मेरी उपासना कर लो। मेरे चारों ओर तुम जितनी बार चाहो उतनी बार गोल-गोल घूम सकते हो। तुम अपनी परिक्रमा, अपना चक्कर मेरे चारों ओर पूरा कर सकते हो। मैं मक्का हूं? और बायजीद उस व्यक्ति के चुंबकत्व से इतना ओत-प्रोत हो गया कि उसने अपना सारा धन दे दिया, उसने उसकी उपासना की। फिर उस बूढ़े आदमी ने कहा : अब घर लौट जाओ; और वह वापस घर लौट गया।

जब वह अपने नगर में गया, तो लोग एकत्रित हो गए और बोले, लगता है कि तुमको कुछ हो गया है। क्या वास्तव में इससे कुछ होता है, मक्का जाने से कुछ हो जाता है? तुम तेजस्वी, प्रकाश से इतने भरे हुए लग रहे हो। उसने कहा : यह मूर्खता भरी बातें मत करो! मुझको एक बूढ़ा आदमी मिल गया–उसने मेरी सारी तीर्थयात्रा की दिशा बदल दी। वह कहता है, घर जाओ, और तब से मैं घर जा रहा हूं, भीतर की ओर। मैं पहुंच गया हूं। मैं पहुंच गया हूं, मैं अपनी मक्का पहुंच चुका हूं।

बाहर की मक्का वास्तविक मक्का नहीं है। असली मक्का तुम्हारे भीतर है। तुम परमात्मा का मंदिर हो। तुम परम का आश्रय हो। इसलिए प्रश्न यह नहीं है कि सत्य को कहां पाया जाए, प्रश्न है, तुमने इसे खो कैसे दिया? प्रश्न यह नहीं है कि कहां जाना है; तुम पहले से ही वहां हो–जाना बंद करो।

सारे रास्ते छोड़ दो। सभी रास्ते आकांक्षाओं के, वासनाओं के विस्तार के, अभिलाषाओं के प्रक्षेपण के हैं–कहीं और जाना है, कहीं और जाना है, सदैव कहीं और, यहां कभी नहीं।

खोजी, सारे रास्ते छोड़ दो, क्योंकि सभी रास्ते वहां ले जाते हैं और वह यहां है।

पुरुषार्थशून्यानां गुणानां प्रतिप्रसवः कैवल्यं स्वरूपप्रतिष्ठा वा चितिशक्तिरिति।

प्रवचन - 20

मैं प्रेम के पक्ष में हूं

प्रश्न-सार

* प्रत्येक मनुष्य समस्याओं से भरा हुआ और अप्रसन्न क्यों है?

* मैं स्वप्न देखा करती हूं कि मैं उड़ रही हूं, क्या हो रहा है?

* आपके प्रवचनोपरांत उमंग, लेकिन दर्शन के बाद हताशा ऐसा क्यों?

* पूरब में एक से प्रेम संबंध, पश्चिम में अनेक से, प्रेम पर आपकी दृष्टि क्या है?

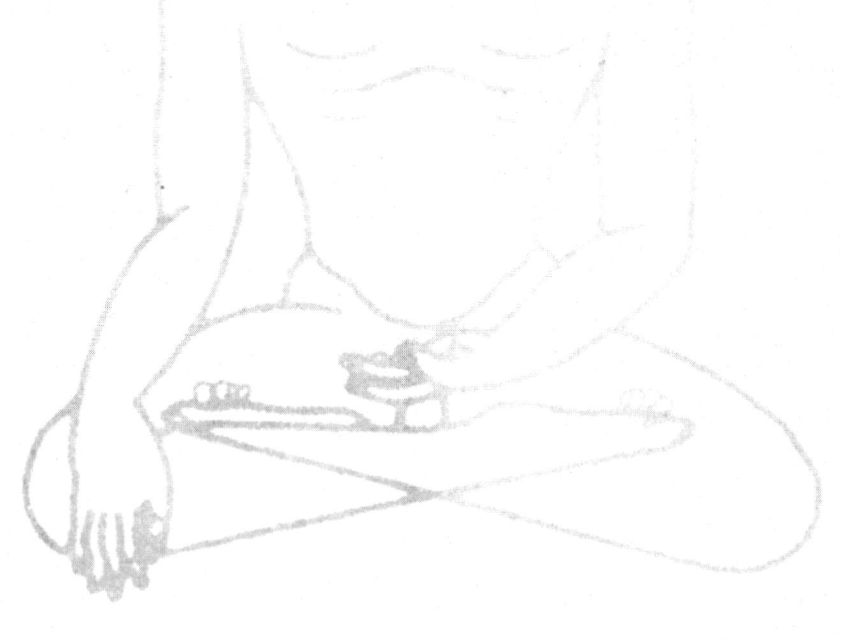

पहला प्रश्न : प्रत्येक मनुष्य समस्याओं से भरा हुआ और अप्रसन्न क्यों है?

पहली बात, क्योंकि मनुष्य आत्यंतिक रूप से प्रसन्न हो सकता है, इसकी संभावना है, इसीलिए उसकी अप्रसन्नता है। और अन्य कोई भी–कोई पशु, कोई पक्षी, कोई वृक्ष, कोई चट्टान, इतनी प्रसन्न नहीं हो सकती जितना प्रसन्न मनुष्य हो सकता है। यह संभावना, यह आत्यंतिक संभावना कि तुम प्रसन्न, शाश्वत रूप से प्रसन्न हो सकते हो, कि तुम आनंद के पर्वत के शिखर पर हो सकते हो, अप्रसन्नता निर्मित करती है। और जब तुम अपने चारों ओर देखते हो कि तुम बस एक घाटी में हो, एक अंधेरी घाटी और तुम शिखर के ऊपर हो सकते हो : यह तुलना, यह संभावना, और तुम्हारी वर्तमान की वास्तविकता, अप्रसन्नता का कारण है।

यदि तुम बुद्ध होने के लिए नहीं जन्मे होते, तो जरा सी भी अप्रसन्नता नहीं होती। इसीलिए जो व्यक्ति जितना ग्रहणशील होता है वह उतना ही अप्रसन्न है। व्यक्ति जितना संवेदनशील है उतना ही अप्रसन्न होता है। व्यक्ति जितना अधिक सजग है उतनी अधिक उदासी उसको अनुभव होती है, उतना ही वह इस संभावना को और इस विरोधाभास को कि कुछ हो नहीं रहा है और वह अटक गया है, अधिक अनुभव करता है।

मनुष्य अप्रसन्न है, क्योंकि मनुष्य आत्यंतिक रूप से प्रसन्न हो सकता है। और अप्रसन्नता बुरी बात नहीं है। यही वह प्रेरक तत्व है जो तुमको शिखर पर लेकर जाएगा। यदि तुम अप्रसन्न नहीं हो, तो तुम चलोगे ही नहीं। यदि तुम अपनी अंधेरी घाटी में अप्रसन्न नहीं हो, तो तुम ऊपर पर्वत पर आरोहण का कोई प्रयास क्यों करोगे? जब तक कि शिखर पर चमकता हुआ सूर्य एक चुनौती न बन जाए, जब तक कि

शिखर का होना ही वहां पहुंचने की दीवानगी भरी अभीप्सा ही न बन जाए, जब तक कि वह चरम संभावना तुमको खोज लेने और पा लेने के लिए न उकसा दे—जटिल होने जा रहा है यह मामला। वे लोग जो बहुत सजग, संवेदनशील नहीं हैं, बहुत अप्रसन्न नहीं हैं। क्या तुमने कभी किसी मूढ़ को अप्रसन्न देखा है? असंभव। एक मूढ़ अप्रसन्न नहीं हो सकता, क्योंकि वह उस संभावना के प्रति, जिसको वह अपने भीतर लिए हुए है, सजग नहीं है।

तुम इस बात के प्रति सजग हो कि तुम एक बीज हो और वृक्ष हो सकते हो। बस यहीं पर है यह। लक्ष्य बहुत दूर नहीं है, यही तुमको अप्रसन्न कर देता है। शुभ है यह संकेत। गहनता से अप्रसन्नता को अनुभव करना पहला कदम है। निश्चित है कि बुद्ध इस बात को तुमसे अधिक अनुभव करते हैं। इसीलिए उन्होंने घाटी का त्याग कर दिया और उन्होंने ऊपर की ओर चढ़ना आरंभ कर दिया। छोटी-छोटी बातें जो प्रतिदिन तुम्हारे सामने आ जाती हैं, उनके लिए बड़ी प्रेरणा बन गईं। एक व्यक्ति को रुग्ण देखना, एक वृद्ध व्यक्ति को उसकी लाठी टेक कर चलता हुआ देखना, एक शव को देख लेना उनके लिए पर्याप्त था, उसी रात उन्होंने अपना राजमहल त्याग दिया। वे उस अवस्था के प्रति सजग हो गए जहां वे थे : 'यही मेरे साथ होने जा रहा है। आज नहीं तो कल मैं भी रुग्ण, वृद्ध और मृत हो जाऊंगा, अतः यहां रहने में क्या सार है? इससे पूर्व कि यह अवसर मुझसे छीन लिया जाए मुझे कुछ ऐसा उपलब्ध कर लेना चाहिए जो शाश्वत है।' उनके भीतर शिखर पर पहुंचने की तीव्र अभिलाषा जाग्रत हो गई। उस शिखर को हम परमात्मा कहते हैं, उस शिखर को हम कैवल्य कहते हैं, उस शिखर को हम मोक्ष, निर्वाण कहते हैं; किंतु वह शिखर तुम्हारे भीतर एक बीज की भांति है। उसको प्रस्फुटित होना पड़ेगा। इसलिए अधिक संवेदनशील आत्मा वाले व्यक्तियों को अधिक दुख होता है। मूढ़ों को कोई दुख नहीं होता, मूर्खों को कोई पीड़ा नहीं होती। थोड़ा धन कमा कर, एक छोटा सा मकान बना कर वे अपने सामान्य जीवन में पहले से ही प्रसन्न हैं—पर्याप्त हैं उनकी उपलब्धियां। केवल वही उनकी कुल संभावना है।

यदि तुम सजग हो तो लक्ष्य यह नहीं हो सकता, यह नियति नहीं हो सकता, तब तुम्हारे अस्तित्व में तीक्ष्ण तलवार की भांति एक तीव्र संताप का प्रवेश हो जाएगा। यह तुम्हारे अस्तित्व को परम गहराई तक भेद डालेगा। तुम्हारे हृदय से एक दारुण आर्तनाद उठेगा और यह एक नये जीवन का, जीवन की एक नई शैली का, जीवन के एक नये आधार का प्रारंभ होगा।

इसलिए जो पहली बात मैं कहना चाहता हूं वह यह है, अप्रसन्न अनुभव करना आनंदपूर्ण है; अप्रसन्न अनुभव करना एक वरदान है। ऐसा अनुभव न करना मंदमति होना है।

दूसरी बात, मनुष्य पीड़ा में रहते हैं; क्योंकि वे अपने लिए पीड़ा निर्मित किए चले जाते हैं।

इसलिए पहली बात : इसे समझ लो। अप्रसन्न होना शुभ है, किंतु मैं यह नहीं कह रहा हूं कि तुमको

अपनी अप्रसन्नता को और-और निर्मित करते चले जाना चाहिए। मैं कह रहा हूं, यह शुभ है, क्योंकि यह तुमको इसके पार जाने के लिए उकसाती है। लेकिन इसके पार चले जाओ, वरना यह शुभ नहीं है।

लोग अपनी पीड़ा की रूप-रेखा निर्मित किए चले जाते हैं। इसका एक कारण है; मन परिवर्तन का विरोध करता है। मन बहुत रूढ़िवादी है। यह पुराने रास्ते पर चलते रहना चाहता है, क्योंकि पुराना पथ जाना-पहचाना है। यदि तुम हिंदू जन्मे हो, तुम हिंदू ही मरोगे। यदि तुम ईसाई जन्मे हो, तुम ईसाई ही मरोगे। बदलते नहीं हैं लोग। एक विशिष्ट विचारधारा तुम्हारे भीतर इस भांति अंकित है कि तुम इसको परिवर्तित करने से भयभीत हो जाते हो। तुम इसकी पकड़ का अनुभव करते हो, क्योंकि इसके साथ तुम्हारी जान-पहचान है। कौन जाने नया शायद उतना अच्छा न हो जितना पुराना है।' और पुराना जाना हुआ है; तुम इससे भलीभांति परिचित हो। हो सकता है कि यह पीड़ापूर्ण हो, लेकिन कम से कम उससे परिचय तो है। प्रत्येक कदम पर, जीवन के प्रत्येक क्षण में तुम कुछ न कुछ निर्णय लेते रहते हो, भले ही तुम इसे जान पाओ या नहीं। निर्णय से तुम्हारा हर क्षण आमना-सामना होता रहता है–पुराने रास्ते का, जिस पर तुम अभी तक चलते रहे हो, अनुगमन करना है, या नये का चुनाव करना है। प्रत्येक कदम पर सड़क दो भागों में बंट जाती है। और लोग दो प्रकार के होते हैं। वे जो भलीभांति चला हुआ रास्ता चुन लेते हैं; निःसंदेह वे एक वर्तुल में घूमते रहते हैं। वे जाने हुए को चुन लेते हैं, और जाना हुआ एक वर्तुल है। वे इसको पहले से ही जान चुके हैं। वे अपना भविष्य ठीक वैसा चुन लेते हैं जैसा उनका अतीत रहा था। वे एक वर्तुल में चलते हैं। वे अपने अतीत को अपना भविष्य बनाए चले जाते हैं। कोई विकास नहीं होता है। वे बस पुनरुक्ति कर रहे हैं, वे रोबोट जैसे, स्वचालित यंत्र हैं।

फिर दूसरे प्रकार का व्यक्ति है, सजग प्रकार का, जो कि सदैव नये को चुनने के प्रति सतर्क रहता है। हो सकता है कि नया और पीड़ा पैदा कर दे, हो सकता है कि नया भटका दे, लेकिन कम से कम यह नया तो है। यह अतीत की एक पुनरुक्ति मात्र नहीं होगी। नये में सीखने की, विकास की, तुम्हारी संभावना को साकार हो पाने की, संभावना होती है।

इसलिए स्मरण रखो, जब कभी भी चुनाव करना हो, अनजाने पथ को चुन लो। लेकिन तुमको ठीक इसका उलटा सिखाया गया है। तुमको सदैव जाने हुए का चुनाव करना सिखाया गया है। तुम्हें बहुत चालाक और होशियार होना सिखाया गया है। निःसंदेह जाने हुए के साथ सुविधाएं हैं। पहली सुविधा यह है कि जाने हुए के साथ तुम अचेतन बने रह सकते हो। वहां पर चेतन होने की कोई आवश्यकता नहीं है। यदि तुम उसी रास्ते पर चल रहे हो, तब तुम करीब-करीब सोए हुए, निद्रागामी की भांति चल सकते हो। यदि तुम अपने स्वयं के घर वापस आ रहे हो और प्रतिदिन तुम उसी रास्ते से आया करते हो, तब तुमको सजग होने की आवश्यकता नहीं है; तुम मात्र अचेतन होकर आ सकते हो। जब दाएं मुड़ने का समय

आता है तुम मुड़ जाते हो; किसी प्रकार की सजगता रखने की कोई आवश्यकता नहीं है। इसीलिए लोग पुराने रास्तों का अनुगमन करना पसंद करते हैं, सजग होने की कोई आवश्यकता नहीं है। और सजगता उपलब्ध किए जाने वाली कठिनतम चीजों में से एक है। जब भी तुम एक नई दिशा में जा रहे हो, तो तुम को प्रत्येक कदम पर सजग होना पड़ेगा।

नये का चुनाव करो। यह तुमको सजगता प्रदान करेगा, सुविधापूर्ण नहीं होने जा रहा है यह। विकास कभी सुविधापूर्ण नहीं होता, विकास कष्टप्रद होता है। पीड़ा के माध्यम से विकास होता है। तुम अग्नि से होकर गुजरते हो, किंतु केवल तभी तुम खरा सोना बनते हो। फिर वह सभी कुछ जो स्वर्ण नहीं है जल जाता है, भस्मीभूत हो जाता है। केवल शुद्धतम तुम्हारे भीतर बचा रहता है। तुमको पुराने का अनुगमन करना सिखाया गया है, क्योंकि पुराने रास्ते पर तुम कम गलतियां कर रहे होगे। लेकिन तुम आधारभूत गलती कर लोगे, और आधारभूत गलती यह होगी कि विकास केवल तभी होता है जब तुम नये के लिए, नई गलतियां करने की संभावना के साथ, उपलब्ध रहते हो। निःसंदेह पुरानी गलतियों को बार-बार दोहराने की काई आवश्कता नहीं है, बल्कि नई गलतियों को करने का साहस और क्षमता जुटाओ–क्योंकि प्रत्येक नई गलती एक सीख बन जाती है, सीखने की एक परिस्थिति बन जाती है। प्रत्येक बार जब तुम भटकते हो तुमको वापस घर लौटने का रास्ता खोजना पड़ता है। और यह जाना और आना, यह लगातार भूल जाना और याद करना, तुम्हारे अस्तित्व के भीतर एक समग्रता निर्मित कर देता है।

सदैव नये का चुनाव करो; भले ही यह पुराने से बुरा प्रतीत होता हो। मैं कहता हूं, सदैव नये का चुनाव करो। यह असुविधाजनक लगता है–नये का चुनाव करो। यह असहज है, असुरक्षित है–नये का चुनाव करो। यह कोई नये का प्रश्न नहीं है, यह तुमको अधिक सजग होने को अवसर देने के लिए है। तुमको लक्ष्य के रूप में दक्षता सिखाई गई है। यह लक्ष्य नहीं है। सजगता है लक्ष्य। दक्षता तुमसे बार-बार पुराने रास्ते का अनुगमन करवाती है, क्योंकि पुराने रास्ते पर तुम अधिक दक्ष होगे। तुम सभी मोड़ और घुमाव जान लोगे। तुमने इस पर इतने वर्षों से या शायद इतने जन्मों से यात्रा की हुई है कि तुम और-और दक्ष हो जाओगे। लेकिन दक्षता नहीं है लक्ष्य। दक्षता यांत्रिकता के लिए लक्ष्य है। यंत्र को दक्ष होना चाहिए, लेकिन मनुष्य को?–मनुष्य कोई यंत्र नहीं है। मनुष्य को अधिक सजग होना चाहिए, और यदि इस सजगता से दक्षता आ जाती है, शुभ है, सुंदर है यह। यदि यह दक्षता सजगता की कीमत पर आती है, तो तुम जीवन के विरोध में बड़ा पाप कर रहे हो, और तब तुम अप्रसन्न बने रहोगे। और यह अप्रसन्नता जीवन की एक शैली बन जाएगी। तुम बस एक दुष्चक्र में घूमते रहोगे। एक अप्रसन्नता तुमको दूसरी अप्रसन्नता में ले जाएगी और इसी भांति यह सिलसिला चलता चला जाएगा।

सजगता की विषयवस्तु के रूप में अप्रसन्नता एक वरदान है, लेकिन जीवन की एक शैली के रूप में

अप्रसन्नता अभिशाप है। इसको अपने जीवन का रंग-ढंग मत बना लो। मैं देखता हूं कि अनेक लोगों ने इसे अपने जीवन का ढंग बना रखा है। वे जीवन का कोई दूसरा ढंग जानते ही नहीं हैं। यदि तुम उनसे कहो तो भी वे नहीं सुनेंगे। वे पूछते चले जाएंगे कि वे अप्रसन्न क्यों हैं, लेकिन वे यह नहीं सुनेंगे कि वे स्वयं ही प्रतिक्षण अपनी अप्रसन्नता निर्मित कर रहे हैं। कर्म के सिद्धांत का यही अर्थ है।

कर्म का सिद्धांत कहता है कि तुम्हारे साथ जो कुछ भी घटित हो रहा है वह तुम्हारा किया-धरा है। कहीं किसी अचेतन तल पर तुम इसको निर्मित कर रहे हो–क्योंकि तुम्हारे साथ बाहर से कुछ भी नहीं घटता। प्रत्येक चीज भीतर से उभर कर आती है। यदि तुम उदास हो, तो अपने अंतर्तम अस्तित्व में कहीं न कहीं तुम ही इसको निर्मित कर रहे होगे। वहीं से आती है यह। अपनी आत्मा के भीतर कहीं न कहीं तुम ही इसको निर्मित कर रहे होगे। यदि तुम पीड़ा में हो, तो निरीक्षण करो, अपनी पीड़ा पर ध्यान दो, तुम इसे किस भांति निर्मित कर लेते हो, ध्यान लगाओ। तुम सदैव पूछा करते हो, 'पीड़ा के लिए कौन उत्तरदायी है?' तुम्हारे अतिरिक्त और कोई उत्तरदायी नहीं है। यदि तुम पति हो तो तुम्हारा मन कहे चला जाता है कि तुम्हारी पत्नी तुम्हारी पीड़ा निर्मित कर रही है। यदि तुम पत्नी हो तो तुम्हारा पति तुम्हारी पीड़ा निर्मित कर रहा है। यदि तुम निर्धन हो तो धनवान तुम्हारी पीड़ा निर्मित कर रहा है। यह मन सदा किसी और पर उत्तरदायित्व थोपे चला जाता है।

इसे बहुत आधारभूत समझ बन जाना चाहिए कि तुम्हारे अतिरिक्त कोई अन्य उत्तरदायी नहीं है। एक बार तुम इसको समझ लो, चीजें बदलना आरंभ हो जाती हैं। यदि तुम अपनी पीड़ा निर्मित कर रहे हो और तुम इसको प्रेम करते हो तब इसे निर्मित करते रहो। फिर इससे कोई समस्या मत खड़ी करो। तुम्हारे मामले में हस्तक्षेप करना किसी का काम नहीं है। यदि तुम उदास होना चाहते हो, तुमको उदास होने से प्रेम है, तो पूरी तरह से उदास हो जाओ। लेकिन यदि तुम उदास होना नहीं चाहते हो, तब कोई आवश्यकता नहीं है–इसको निर्मित मत करो। निरीक्षण करो कि तुम किस भांति अपनी पीड़ा निर्मित करते हो, उसका ढांचा किस तरह का है?–तुमने अपने भीतर किस प्रकार से इसे तैयार कर लिया है? लोग लगातार अपनी भाव-दशाएं निर्मित कर रहे हैं। तुम दूसरों पर उत्तरदायित्व थोपते चले जाते हो; फिर तुम कभी नहीं बदलोगे। फिर तुम पीड़ा में बने रहोगे, क्योंकि तुम कर ही क्या सकते हो? यदि दूसरे पीड़ा निर्मित कर रहे हैं, तो तुम क्या कर सकते हो? जब तक कि दूसरे न बदल जाएं तुम्हारे हाथ में कुछ नहीं है। दूसरों पर उत्तरदायित्व थोप कर तुम एक गुलाम बन जाते हो। उत्तरदायित्व को अपने स्वयं के हाथों में ले लो।

कुछ दिन पूर्व एक संन्यासिनी ने मुझको बताया कि उसका पति सदैव उसके लिए समस्याएं उत्पन्न करता रहा है। और जब उसने अपनी कहानी सुनाई, तो ऊपर से ऐसा ही प्रतीत होता कि निःसंदेह उसका पति उत्तरदायी है। अपने पति से उसके आठ बच्चे हैं, और फिर एक अन्य स्त्री से उसके पति के तीन और

बच्चे हैं, और अपनी सचिव से एक बच्चा है। अपने संपर्क में आने वाली हर स्त्री से वह सदैव चाहत का खेल खेला करता था। निःसंदेह इस बेचारी स्त्री से हर किसी को सहानुभूति हो जाएगी, उसने कितनी अधिक पीड़ा भोगी है, और यह सब चल रहा है। पति कोई बहुत अधिक कमा भी नहीं रहा है। यह स्त्री उसकी पत्नी कमाती है और उसको इन बच्चों का भी, जिनको उसने अन्य महिला द्वारा जन्माया है, व्यय वहन करना पड़ता है। निःसंदेह वह बहुत पीड़ा में है, लेकिन कौन उत्तरदायी है? मैंने उससे कहा : यदि तुम वास्तव में पीड़ा में हो तो तुम्हें इस आदमी के साथ रहना क्यों जारी रखना चाहिए? छोड़ दो। तुम्हें बहुत पहले ही छोड़ देना चाहिए था। संबंध जारी रखने की कोई आवश्यकता नहीं है। और वह समझ गई, जो एक दुर्लभ घटना है–बहुत बाद में, बहुत देर से समझी, लेकिन फिर भी अधिक देर नहीं हुई। अब भी उसका जीवन शेष है। अब यदि वह जोर देती है कि वह इस आदमी के साथ रहना पसंद करेगी तो वह अपनी स्वयं की पीड़ा पर जोर दे रही है। तब वह पीड़ा में जाने का मजा ले रही है। तब वह पति की निंदा करने का मजा ले रही है, तब वह हर किसी से सहानुभूति प्राप्त करने का मजा ले रही है। और निःसंदेह वह जिस किसी के भी संपर्क में आएगी वे उस बेचारी महिला के प्रति सहानुभूति व्यक्त करेंगे।

कभी सहानुभूति मत मांगो। समझ की मांग करो, लेकिन सहानुभूति कभी मत मांगो। वरना सहानुभूति इतनी अच्छी लग सकती है कि तुम पीड़ा में बने रहना पसंद करोगे। तब पीड़ा में तुम्हारा निवेश हो जाता है। यदि तुम पीड़ा में नहीं रहे तो लोग तुमसे सहानुभूति नहीं रखेंगे। क्या तुमने कभी निरीक्षण किया है?–प्रसन्न व्यक्ति के साथ कोई सहानुभूति नहीं रखता। यह कुछ नितांत असंगत बात है। लोगों को प्रसन्न व्यक्ति के साथ सहानुभूति रखना चाहिए, लेकिन उससे कोई सहानुभूति नहीं रखता। वास्तव में तो लोग प्रसन्न व्यक्ति के प्रति शत्रुता अनुभव करते हैं। वस्तुतः प्रसन्न हो जाना बहुत खतरनाक है। प्रसन्न होकर और अपनी प्रसन्नता को अभिव्यक्त करके तुम अपने आपको एक बहुत बड़े खतरे में डाल रहे हो–प्रत्येक व्यक्ति तुम्हारा शत्रु हो जाएगा, क्योंकि प्रत्येक को अनुभव होगा, 'तुम प्रसन्न कैसे हो गए, मैं अप्रसन्न क्यों हो गया? असंभव, इसकी अनुमति नहीं दी जा सकती है। बस बहुत हो चुका।'

ऐसे समाज में जो अप्रसन्न और पीड़ित व्यक्तियों से मिल कर बना है, प्रसन्न व्यक्ति एक अजनबी है। इसीलिए हमने सुकरात को विष दे दिया, हमने जीसस को मार डाला, हमने मंसूर को सूली दे दी। हम कभी भी प्रसन्न व्यक्तियों के साथ सहजता से नहीं रह पाए। किसी भांति उन्होंने हमारे अहंकारों को अत्यधिक ठेस लगा दी। लोगों ने जीसस को सूली पर चढ़ा दिया; जब वे जीवित थे, तब उन्होंने उनको मार डाला। वे बहुत कम उम्र के थे, केवल तैंतीस वर्ष की आयु थी। अभी तक उन्होंने पूरा जीवन देखा भी नहीं था। वे अपना जीवन बस आरंभ ही कर रहे थे, बस एक कली खिल ही रही थी और लोगों ने उनको मार डाला, क्योंकि वे असहनीय हो गए थे। इतने प्रसन्न?–प्रत्येक व्यक्ति आहत था। उन्होंने इस आदमी

की हत्या कर दी। और फिर उन्होंने उनकी पूजा करना आरंभ कर दिया। जरा देखो—अब वे दो हजार वर्षों से उनकी पूजा करते आ रहे हैं, सूली पर चढ़ा कर जीसस की पूजा हो रही है। लेकिन सूली पर चढ़े हुए जीसस के साथ तुम सहानुभुति कर सकते हो, प्रसन्न जीसस के साथ तुम शत्रुता अनुभव करते हो।

वही यहां पर हो रहा है। मैं एक प्रसन्न व्यक्ति हूं। यदि तुम चाहते हो कि मैं पूजा जाऊं, तो तुमको मुझे सूली पर चढ़ाने की व्यवस्था करनी पड़ेगी। दूसरा कोई उपाय है ही नहीं। फिर वे लोग जो मेरे विरोध में हैं, मेरे अनुयायी बन जाएंगे। लेकिन पहले उन्हें मुझको सूली पर चढ़ा हुआ देखना पड़ेगा, इसके पहले वे अनुयायी नहीं बन सकेंगे। किसी प्रसन्न व्यक्ति की कभी किसी ने पूजा नहीं की है। पहले प्रसन्न व्यक्ति को नष्ट करना पड़ता है। निःसंदेह तब उसकी व्यवस्था की जा सकती है। अब तुम जीसस के साथ सहानुभूति कर सकते हो। जब कभी भी तुम जीसस की ओर देखते हो तुम्हारी आंखों से आंसू निकलना आरंभ हो जाते हैं, बेचारे जीसस, उन्होंने कितने दुख उठाए। नृत्य करते हुए क्राइस्ट उपद्रव उत्पन्न करते हैं।

स्वीडन में एक व्यक्ति जीसस पर एक फिल्म 'जीसस दि मैन' बनाने का प्रयास कर रहा है। दस वर्षों से वह कोशिंश कर रहा है। लेकिन हजारों बाधाएं हैं। सरकार अनुमति नहीं देगी। जीसस दि मैन? नहीं। क्योंकि जीसस दि मैन का अर्थ होगा कि यह व्यक्ति मेरी मेग्दलीन के साथ प्रेम में पड़ गया होगा, और यह आदमी फिल्म के माध्यम से इस बात को सार्वजनिक प्रदर्शन कर देगा। जीसस ने स्त्रियों से प्रेम किया था। स्वाभाविक है यह, कुछ भी गलत नहीं है इसमें। वे एक प्रसन्न व्यक्ति थे; कभी-कभी वे शराब से प्रेम करते थे। वे उस प्रकार के व्यक्ति थे जो उत्सव मना सकता है। अब जीसस एक व्यक्ति की भांति खतरनाक हैं। और यह आदमी जीसस दि मैन, परमेश्वर का बेटा नहीं, बल्कि आदमी का बेटा, पर एक फिल्म बनाना चाहता है। यह उपद्रव पैदा करने वाला कार्य बन जाएगा। और यदि वह किसी कहानी पर काम करना आरंभ कर देता है तो उसको मेरी के किसी अनैतिक प्रेम संबंध को भी प्रस्तुत करना पड़ेगा, क्योंकि कोई कुंआरी स्त्री जन्म नहीं दे सकती। जीसस जोसफ के पुत्र नहीं थे; यह बात तो निश्चित है। लेकिन उनको किसी का पुत्र तो होना पड़ेगा। सरकार विरोध में है, चर्च विरोध में है। तुम यह सिद्ध करने का प्रयास कर रहे हो कि जीसस अवैध संतान हैं! असंभव! फिल्म की अनुमति नहीं दी जा सकती है। और जीसस एक वेश्या मेरी मेग्दलीन के साथ प्रेम करते हुए?—और निश्चित है कि वे प्रेम करते थे। वे एक प्रसन्न व्यक्ति थे। प्रसन्न व्यक्ति के चारों ओर बस प्रेम घटित हो जाता है। उन्होंने जीवन का मजा लिया। यह जीवन परमात्मा का दिया हुआ प्रसाद है, व्यक्ति को इसका मजा लेना चाहिए। प्रत्येक धार्मिक व्यक्ति उत्सव मनाने वाला व्यक्ति होता है।

फिर उन्होंने इस व्यक्ति जीसस को मार डाला, उनको सूली पर चढ़ा दिया, और उसके बाद से वे उनकी पूजा करते चले आ रहे हैं। अब उनको व्यवस्थित किया जा सकता है; वे तुम्हारे भीतर काफी कुछ

सहानुभूति उत्पन्न करते हैं। सूली पर लटके हुए जीसस बोधिवृक्ष के नीचे बैठे बुद्ध से कहीं अधिक आकर्षक हैं। सूली पर चढ़े हुए जीसस अपनी बांसुरी बजाते हुए कृष्ण से अधिक आकर्षक हैं। जीसस विश्वव्यापी धर्म बन गए। कृष्ण?—उनकी चिंता कौन करता है? हिंदू तक उनके चारों ओर नृत्य करती हुई सोलह हजार नारियों के बारे में अपराध-बोध अनुभव करते हैं—असंभव, यह बस एक पौराणिक आख्यान है। हिंदू कहते हैं, यह एक सुंदर काव्य है; और वे इसकी व्याख्याएं किए चले जाते हैं। वे कहते हैं, ये सोलह हजार नारियां वास्तविक स्त्रियां नहीं थीं, ये सोलह हजार नाड़ियां, तंत्रिकाओं का जाल, मनुष्य के शरीर के भीतर की सोलह हजार तंत्रिकाएं हैं। यह मानव शरीर की प्रतीकात्मक व्याख्या है। कृष्ण आत्मा हैं और सोलह हजार तंत्रिकाएं आत्मा के चारों ओर नाचती हुई गोपियां हैं। फिर सभी कुछ ठीक है। लेकिन यदि वे असली स्त्रियां हैं, तब कठिन है यह मामला, इसे स्वीकार करना बहुत कठिन है।

भारत के एक और धर्म जैनियों ने कृष्ण को इन सोलह हजार स्त्रियों के कारण नरक में डाल रखा है। जैन-पुराणों में वे कहते हैं, कृष्ण सातवें अंतिम नरक में हैं...और वे शीघ्र बाहर भी नहीं आने वाले हैं। वे उस समय तक वहां रहेंगे जब तक कि यह सारी सृष्टि नष्ट नहीं हो जाती है। वे उसी समय बाहर आएंगे जब अगली सृष्टि का आरंभ हो जाएगा; अभी लाखों वर्ष प्रतीक्षा करना होगी। उन्होंने बहुत बड़ा पाप किया है, और बहुत बड़ा पाप है—क्योंकि वे उत्सव मना रहे थे। पाप बड़ा है—क्योंकि वे नृत्य कर रहे थे।

महावीर अधिक स्वीकार योग्य हैं; बुद्ध अभी भी अधिक स्वीकार योग्य हैं। कृष्ण अपने धर्म को छोड़ देने वाले एक ऐसे व्यक्ति प्रतीत होते हैं जिन्होंने गंभीर लोगों का भरोसा तोड़ दिया है। वे गैर-गंभीर, प्रसन्न थे—न उदास, न लंबा चेहरा—हंसते हुए, नृत्य करते हुए। और सच्चा रास्ता यही है। मैं तुमसे कहना चाहूंगा, परमात्मा की ओर जाते हुए अपने रास्ते पर नृत्य करते हुए जाओ, परमात्मा की ओर जाने वाले अपने रास्ते पर हंसते हुए जाओ। गंभीर चेहरों के साथ मत जाओ। उस प्रकार के लोगों से परमात्मा पहले से ही काफी ऊब चुका है।

सहानुभूति एक बड़ा निवेश है और उसको केवल तभी जारी रखा जा सकता है जब कि तुम सहानुभूति प्राप्त करते चले जाओ, केवल तभी जब तुम परेशानी में बने रहो। इसलिए यदि एक परेशानी समाप्त हो जाती है तो तुम दूसरी बना लेते हो; यदि एक बीमारी तुमको छोड़ देती है तुम दूसरी निर्मित कर लेते हो। निरीक्षण करो इसका—तुम अपने साथ बहुत खतरनाक खेल खेल रहे हो। यही कारण है कि लोग परेशानी में हैं और अप्रसन्न हैं। वरना कोई आवश्यकता नहीं है।

अपनी सारी ऊर्जा को प्रसन्न होने में अर्पित कर दो, और दूसरों के बारे में चिंता मत करो। तुम्हारी प्रसन्नता तुम्हारी नियति है; इसमें हस्तक्षेप करने का हक किसी को नहीं है। लेकिन समाज हस्तक्षेप किए चला जाता है : यह एक दुष्चक्र है। तुम्हारा जन्म हुआ, और निःसंदेह तुम्हारा जन्म एक ऐसे समाज में हुआ

जो पहले से ही वहां था, यह विक्षिप्त लोगों का, ऐसे लोगों का समाज है जो सभी परेशान और अप्रसन्न हैं। तुम्हारे माता-पिता, तुम्हारा परिवार, तुम्हारा समाज, तुम्हारा देश सभी तुम्हारी प्रतीक्षा में हैं। एक छोटे बच्चे का जन्म हुआ है, सारा समाज उस पर कूद पड़ता है, उसको सभ्य बनाने लगता है, सुसंस्कृत बनाने लगता है। यह इस प्रकार से है जैसे कि किसी बच्चे का जन्म पागलखाने में हुआ हो और सारे पागल उसे सिखाने लगें। निःसंदेह उनको सहायता करनी पड़ती है–बच्चा इतना छोटा है और संसार के बारे में कुछ भी नहीं जानता है। जो कुछ भी वे जानते हैं वे सिखा देंगे। उनके माता-पिता ने और दूसरे विक्षिप्त लोगों ने उन पर जो कुछ थोप दिया था, वे उसी को बच्चे पर थोप देंगे। क्या तुमने देखा है कि जब कभी कोई बच्चा खिलखिलाने और हंसने लगता है तो तुम्हारे भीतर कुछ असहज हो जाता है? तुरंत ही तुम उसको बता देना चाहते हो, इस हंसी इत्यादि को बंद करो और अपना लालीपॉप चूसो! अचानक तुम्हारे भीतर से कोई कहता है, बंद करो! जब कोई बच्चा खिलखिलाना आरंभ करता है, तो तुम्हें ईर्ष्या का अनुभव होता है या किसी और भाव का? तुम एक बच्चे को, बस उसके भर पूर मजे के लिए यहां और वहां दौड़ लगाने और उछल-कूद की अनुमति नहीं दे सकते।

मैंने दो अमरीकन स्त्रियों, दो ईसाई साध्वियों के बारे में सुना है। वे एक पुराने चर्च को देखने के लिए इटली गई थीं। अमरीकन यात्री! चर्च में उन्होंने एक इतालवी महिला को प्रार्थना करते हुए और उसके चार या पांच बच्चों को चर्च के भीतर दौड़ते हुए और खूब शोरगुल करते हुए और पूरी तरह भूल कर कि यह चर्च है, प्रसन्न होते हुए देखा। उन दोनों अमरीकी महिलाओं को यह सहन नहीं हो सकाः बस बहुत हो चुका। यह चर्च की पवित्रता को भंग करना है। वे उस स्त्री, उनकी मां, के पास चली गईं और उससे कहा, ये बच्चें तुम्हारे हैं? यह चर्च है और यहां पर कुछ अनुशासन बना कर रखना पड़ता है! इनको नियंत्रण में रखा जाना चाहिए। उस महिला ने प्रार्थनापूर्ण आखों से अत्यधिक प्रसन्नतापूर्वक आनंद के आंसू बहाते हुए उनको देखा और बोली, यह उनके पिता का घर है, क्या वे यहां खेल नहीं सकते? किंतु ऐसा दृष्टिकोण दुर्लभ है, बहुत दुर्लभ है।

मनुष्य-जाति पर विक्षिप्त लोगों का वर्चस्व रहा है–राजनेता, पुरोहित, वे विक्षिप्त हैं, क्योंकि महत्वाकांक्षा एक तरह का पागलपन है–और वे अपना ढंग थोपते चले जाते हैं। जब किसी बच्चे का जन्म होता है तो वह ऊर्जा का एक उद्वेलन–आनंद, प्रसन्नता, हर्ष, प्रमुदिता का अंतहीन स्रोत–और कुछ नहीं बल्कि उल्लास और प्रफुल्लता से भरा हुआ होता है। तुम उस पर नियंत्रण करना आरंभ कर देते हो, तुम उसके पर कतरना आरंभ कर देते हो, तुम उसकी काट-छांट करने लगते हो। तुम कहते हो, 'हंसने के कुछ उचित समय हुआ करते हैं।' हंसने के लिए उचित समय?–इसका अभिप्राय हुआः जीवित रहने के लिए उचित समय? तुम इसी बात को कह रहे हो, जीवित रहने के लिए उचित समय–तुमको चौबीसों घंटे

जीवित नहीं रहना चाहिए। रोने के लिए भी उचित समय हुआ करते हैं। किंतु जब किसी बच्चे को हंसने जैसा लगता हो तो उसको क्या करना चाहिए? उसको नियंत्रण करना पड़ेगा, और जब तुम अपनी हंसी पर काबू पा लेते हो तो यह तुम्हारे भीतर कसैली और खट्टी हो जाती है। वह ऊर्जा जो बाहर जा रही थी भीतर रोक ली जाती है। ऊर्जा को वापस रोक कर तुम अपने भीतर कहीं अवरुद्ध हो जाते हो। बच्चा बाहर जाना, चारों और दौड़ लगाना, उछलना-कूदना और नृत्य करना चाहता है लेकिन अब उसको रोक दिया गया है। उसकी ऊर्जा अतिरेक में प्रवाहित होने के लिए तैयार है, लेकिन धीरे-धीरे वह केवल एक बात सीख लेता है—अपनी ऊर्जा के प्रवाह को रोक देना। इसी कारण से संसार में इतने अधिक अवरुद्ध व्यक्तित्व वाले, इतने तनावग्रस्त, सतत नियंत्रण करने वाले लोग हैं। वे रो नहीं सकते, पुरुष पर आंसू अच्छे नहीं लगते। वे हंस नहीं सकते, हंसी बहुत असभ्यतापूर्ण प्रतीत होती है। जीवन का इनकार कर दिया गया है, मृत्यु की पूजा की जाती है। तुम चाहोगे कि बच्चा बूढ़े आदमी की भांति व्यवहार करे, और बूढ़े लोग अपने मुर्दा दृष्टिकोणों को नई पीढ़ी पर थोपना आरंभ कर देते हैं।

मैंने नब्बे वर्ष की एक बूढ़ी महिला, एक जागीरदारिन, के बारे में सुना है, जिसके पास कई एकड़ के बगीचे के बीच में बना बहुत बड़ा मकान था। एक दिन वह अपनी संपत्ति की देखभाल हेतु बाहर निकली, बहुत विशाल क्षेत्रफल में विस्तृत थी यह। तालाब के ठीक उस ओर, जंगल के पीछे उसने एक युवा जोड़े को प्रेमालाप में संलग्न देखा। उसने ड्राइवर से पूछा, ये लोग यहां पर क्या कर रहे हैं?—नब्बे वर्ष की उम्र थी उसकी, शायद वह भूल गई हो...ये लोग यहां पर क्या कर रहे हैं? ड्राइवर को सच बताना पड़ गया। बहुत नम्रतापूर्वक उसने कहा, वे युवा लोग हैं। वे सहवास कर रहे हैं। वह बूढ़ी स्त्री अत्यधिक क्रोधित हो उठी और उसने कहा, इस तरह का काम क्या संसार में अभी भी चल रहा है?

जब तुम बूढ़े हो जाते हो, तो क्या तुम सोचते हो कि सारा संसार बूढ़ा हो गया है? जब तुम मर रहे हो, क्या तुम सोचते हो कि सारा संसार मर रहा है? संसार अपने आप को फिर से नया, अपने आप को पुनः नवीनीकृत करता चला जाता है। इसीलिए यह बूढ़े लोगों को दूर ले जाता है और छोटे बच्चे संसार को वापस कर देता है। यह बूढ़े लोगों को छोटे बच्चों में बदल देता है।

अस्तित्व पृथ्वी की जनसंख्या में नये लोगों को सम्मिलित किए चला जाता है—जब कभी यह देखता है कि एक व्यक्ति पूरी तरह से अवरुद्ध हो चुका है—अब वहां न कोई प्रवाह है, न कोई रस है, और यह व्यक्ति बस सिकुड़ रहा है और अनावश्यक रूप से पृथ्वी पर एक बोझ हुआ जा रहा है—तब जीवन उससे वापस ले लिया जाता है। वह व्यक्ति नष्ट हो जाता है, अस्तित्व में वापस चला जाता है। मिट्टी मिट्टी में मिल जाती है, आकाश आकाश में समा जाता है, वायु वायु से मिल जाती है, अग्नि अग्नि में, जल जल में मिल जाता है। फिर उस मिट्टी में से, उस जल और अग्नि में से एक नये बच्चे का जन्म हो जाता है—

प्रवाहमान, युवा, ताजगी भरा, पुनः जीने और नृत्य करने को तैयार। ठीक उसी भांति जैसे वृक्ष पर पुष्प आते हैं, ठीक उसी प्रकार से जैसे कि वृक्ष पुष्पित होता है, यह पृथ्वी बच्चे निर्मित करती है, नये बच्चों का सृजन करती चली जाती है।

यदि तुम वास्तव में प्रसन्न रहना चाहते हो तो तुमको युवा, जीवंत, रोने, हंसने, सभी आयामों के लिए उपलब्ध, प्रत्येक दिशा में प्रवाहित, प्रवाहमान रहना पड़ेगा। तभी तुम प्रसन्न बने रहोगे। लेकिन याद रखो, तुमको कोई सहानुभूति नहीं मिलेगी। लोग तुमको पत्थर मार सकते हैं, लेकिन यह मूल्य है। लोग सोच सकते हैं कि तुम अधार्मिक हो, वे तुम्हारी निंदा कर सकते हैं, वे तुमको गालियां दे सकते हैं, किंतु इसके बारे में चिंता मत करो। इसका जरा भी महत्व नहीं है। वह एक मात्र चीज जिसका महत्व है–वह है तुम्हारी प्रसन्नता।

और तुमको अनेक चीजों को अनकिया भी करना पड़ेगा, केवल तभी तुम प्रसन्न हो सकते हो। समाज के द्वारा जो कुछ भी किया जा चुका है उसको अनकिया करना पड़ता है। जहां कहीं पर तुम अटके हो–तुम हंसने जा रहे हो और तुम्हारे पिता ने तुमको क्रोध से देखा और कहा, रुक जाओ–तुमको पुनः वहीं से आरंभ करना पड़ेगा। अपने पिता से कह दो, कृपया शांत रहिए, अब मैं पुनः हंसने जा रहा हूं। तुम्हारे सिर के भीतर कहीं पर अब भी तुम्हारे पिता तुमको पकड़े हुए हैं : रुक जाओ! क्या तुमने कभी देखा है? यदि तुम गहराई से ध्यान करते हो तो तुम अपने भीतर अपने माता-पिता की आवाज सुन लोगे। तुम रोने वाले थे और मां ने तुमको रोक दिया, और निःसंदेह तुम असहाय थे और जीवित रह पाने के लिए तुमको समझौते करने पड़ते थे। और कोई दूसरा उपाय था भी नहीं। तुमको इन लोगों पर निर्भर रहना पड़ता था, और उनकी अपनी शर्तें थीं, वरना तुमको उन्होंने दूध नहीं दिया होता, उन्होंने तुमको भोजन नहीं दिया होता, उन्होंने तुमको कोई सहारा नहीं दिया होता। और एक छोटा बच्चा बिना किसी सहारे के कैसे जी सकता है? उसको समझौता करना पड़ता है। वह कहता है, ठीक है। बस जीवित रहने के लिए जो कुछ भी आप कहते हैं मैं वही करूंगा। इसलिए धीरे-धीरे वह नकली बन जाता है। धीरे-धीरे वह अपने स्वयं के विरोध में चला जाता है। वह हंसना चाहता था लेकिन पिता अनुमति नहीं दे रहे थे, इसलिए उसने मुंह बंद रखा। धीरे-धीरे वह ढोंगी, पाखंडी हो जाता है।

और पाखंडी कभी प्रसन्न नहीं हो सकता, अपनी जीवन-ऊर्जा के प्रति सच्चा होना प्रसन्नता है। सच्चे होने के कृत्य का परिणाम है–प्रसन्नता। प्रसन्नता कहीं और नहीं है कि तुम जाओ और इसको खरीद लो। प्रसन्नता कहीं और तुम्हारी प्रतीक्षा नहीं कर रही है कि तुमको रास्ता खोजना पड़ेगा और उस तक पहुंचना पड़ेगा। नहीं, प्रसन्नता सच्चे, प्रमाणिक होने के कृत्य का फल है। तब कभी तुम सच्चे हो, तुम प्रसन्न हो। जब कभी तुम सच्चे नहीं हो, तुम अप्रसन्न हो।

और मैं तुमसे नहीं कहूंगा कि यदि तुम सच्चे नहीं हो तो तुम अपने आगामी जीवन में अप्रसन्न होओगे। नहीं, यह सब बकवास है। यदि तुम सच्चे नहीं हो, तो ठीक इसी समय तुम अप्रसन्न हो। निरीक्षण करो–जब कभी भी तुम सच्चे नहीं होते हो, तुमको असहजता, अप्रसन्नता अनुभव होती है, क्योंकि ऊर्जा प्रवाहित नहीं हो रही है। ऊर्जा नदी जैसी नहीं है; यह अवरुद्ध, मृत, जमी हुई है। और तुम प्रवाहित होना पसंद करोगे। जीवन एक प्रवाह है; मृत्यु है जमी हुई अवस्था। अप्रसन्नता आती है क्योंकि तुम्हारे अनेक भाग जमे हुए हैं। उनको कभी कार्यरत नहीं होने दिया गया है और धीरे-धीरे तुमने उनको नियंत्रित करने की तरकीब सीख ली है। अब तुम यह भी भूल चुके हो कि तुम किसी चीज को नियंत्रित कर रहे हो। तुम शरीर में अपनी जड़ों को खो चुके हो। अपने शरीर के सत्य में स्थित अपनी जड़ों को खो चुके हो।

लोग भूतों की भांति जी रहे हैं; यही कारण है कि वे पीड़ा में हैं। जब मैं तुम्हारे भीतर झांकता हूं तो मुश्किल से ही मेरा किसी जीवित व्यक्ति से मिलना हो पाता है। लोग भूतों की, प्रेतात्माओं की भांति हो गए हैं। तुम अपने शरीर में नहीं हो; तुम अपने सिर के चारों ओर एक भूत की तरह मंडरा रहे हो, जैसे सिर के चारों ओर कोई गुब्बारा बंधा हुआ हो। एक छोटा सा धागा तुमको शरीर से जोड़े हुए है। यह धागा तुमको जीवित रखता है, कुल इतना है मामला, लेकिन यह जीवन आनंदपूर्ण नहीं है। तुमको चेतन होना पड़ेगा, तुमको ध्यान करना पड़ेगा, और तुमको सभी नियंत्रण छोड़ देने पड़ेंगे, तुम्हें सीखे को अनसीखा, किए हुए को अनकिया करना पड़ेगा और फिर पहली बार तुम पुनः प्रवाहमान हो जाओगे।

निःसंदेह, अनुशासन की आवश्यकता है, लेकिन नियंत्रण की भांति नहीं, बल्कि सजगता की भांति। नियंत्रित अनुशासन मुर्दा करने वाली घटना है। जब तुम सजग, बोधपूर्ण होते हो, तो उस सजगता से एक अनुशासन सरलता से आ जाता है–ऐसा नहीं है कि तुमने उसको थोप दिया है, ऐसा नहीं है कि तुमने इसकी योजना बनाई है। नहीं, पल-पल तुम्हारी सजगता यह निर्णय करती है कि किस भांति प्रतिसंवेदन किया जाए। और एक सजग व्यक्ति इस प्रकार से प्रतिसंवेदन करता है कि वह प्रसन्न बना रहता है, और वह दूसरों के लिए अप्रसन्नता निर्मित नहीं करता है।

यही सब कुछ तो धर्म है : प्रसन्न बने रहो, और किसी व्यक्ति के लिए अप्रसन्न हो जाने के लिए कोई परिस्थिति मत निर्मित करो। यदि तुम सहायता कर सको, तो दूसरों को प्रसन्न करो। यदि तुम ऐसा नहीं कर सकते, तो कम से कम अपने आप को प्रसन्न कर लो।

दूसरा प्रश्न : मैं स्वप्न देखा करती हूं कि मैं उड़ रही हूं, क्या हो रहा है?

जी.के. चेस्टरटन ने कहा है : फरिश्ते उड़ते हैं, क्योंकि वे अपने आप को हलके ढंग से लिया करते हैं। तुम्हें यही हो रहा होगा, अवश्य ही तुम फरिश्ता बनने जा रही हो। होने दो इसको। तुम्हें जितना हलकापन अनुभव होता है, जितनी प्रसन्नता तुमको अनुभव होती है, गुरुत्वाकर्षण बल का खिंचाव उतना ही कम हो जाता है। गुरुत्वाकर्षण बल तुम्हें कब्र बना देता है। भारीपन पाप है। भारी होने का अभिप्राय केवल इतना ही है कि तुम अनजीए अनुभवों, अधूरे अनुभवों से भरे हुए हो; कि तुम बहुत अनकिए कृत्यों, कचरे से भरे हुए हो। तुम किसी स्त्री से प्रेम करना चाहते थे, लेकिन यह कठिन था, क्योंकि महात्मा गांधी इसके विरोध में हैं। यह मुश्किल है, क्योंकि विवेकानंद इसके विरोध मे हैं। यह कठिन है, क्योंकि सारे महान ऋषि और महात्मा ब्रह्मचर्य, काम दमन की शिक्षा दिए चले जाते हैं। तुम प्रेम करना चाहते थे, लेकिन सभी साधु-संत इसके विरोध में थे, अतः तुमने किसी भी प्रकार से स्वयं को नियंत्रण में कर लिया। अब यह तुम पर एक कबाड़ की भांति लदा हुआ है। यदि तुम मुझसे पूछो तो मैं कहूंगा कि तुमको प्रेम कर लेना चाहिए था। अब भी कुछ खो नहीं गया है, तुमको प्रेम करना चाहिए, इसे पूरा कर लो। मैं जानता हूं कि मुनि और महात्मा सही हैं, लेकिन मैं यह नहीं कहता कि तुम गलत हो।

और इस विरोधाभास को मैं तुम्हें समझाता हूं। मुनि और महात्मागण सही हैं, किंतु यह समझ उनको तब उपलब्ध हुई जब उन्होंने खूब प्रेम कर लिया, उसके बाद उपलब्ध हुई जब वे जी लिए, जब उन्होंने वह सभी कुछ समझ लिया ज़ो प्रेम में निहित है। तब वे इस समझ पर पहुंचे हैं और ब्रह्मचर्य फलित हुआ है। यह प्रेम के विरोध में नहीं है, यह माध्यम प्रेम ही है जिससे ब्रह्मचर्य फलित होता है। अब तुम पुस्तकों को, शास्त्रों को पढ़ रहे हो, और शास्त्रों के द्वारा तुमको इस प्रकार के खयाल मिलते रहते हैं। ये खयाल तुमको पंगु कर देते हैं। अपने आप में वे खयाल गलत नहीं हैं, किंतु तुम पुस्तकों से उनको ग्रहण कर लेते हो, और वे ऋषिगण उन पर अपने स्वयं के जीवन के माध्यम से पहुंचे हैं। जरा इतिहास में, प्राचीन पुराणों में वापस लौटो और अपने ऋषियों को देखो, उन्होंने पर्याप्त प्रेम किया है, वे जी भर कर जीए हैं, उन्होंने सबलता और सघनता के साथ मानवीय जीवन को आत्यंतिक रूप से जीया है। और फिर धीरे-धीरे वे इस समझ पर पहुंचे हैं।

यह केवल जीवन ही है जो समझ लेकर आता है। तुम क्रोधित होना चाहते थे, किंतु सभी शास्त्र इसके विरोध में हैं, इसलिए तुमने क्रोध कभी न होने दिया। अब वह क्रोध इकट्ठा होता चला जाता है–परत दर परत–और तुम उस बोझ को ढोते फिर रहे हो, इसके नीचे करीब-करीब दबे जा रहे हो। यही कारण है कि तुम इतना भारीपन महसूस करते हो। इसे बाहर फेंको, छोड़ दो इसे! किसी खाली कमरे में चले जाओ

और क्रोधित हो जाओ, और वास्तव में क्रोधित हो जाओ–तकिए को पीटो, और दीवालों पर क्रोधित हो जाओ, और दीवालों से बातें करो और उन बातों को कहो जिनको तुम सदैव कहना चाहते थे किंतु तुम कह नहीं पाए थे। उत्तेजना में आ जाओ, क्रोधाविष्ट हो जाओ और तुम एक सुंदर अनुभव पर पहुंचोगे। इस विस्फोट के बाद, इस तूफान के बाद, एक मौन तुम पर आएगा, एक मौन तुम पर व्याप्त हो जाएगा, एक ऐसा मौन जिसको तुमने पहले कभी नहीं जाना था, जो तुम्हें निर्भार कर देता है। अचानक तुम हलका अनुभव करते हो।

यह प्रश्न विद्या ने पूछा है। मैं देख सकता हूं कि वह हलकापन अनुभव कर रही है। इसमें और गहरी जाओ, जिससे न केवल स्वप्नों में बल्कि तुम वास्तव में उड़ सको।

यदि तुम अपने अतीत को नहीं ढो रहे हो, तो तुम्हारे पास ऐसा हलकापन होगा–पंख की भांति हलकापन। तुम जीओगे, लेकिन तुम पृथ्वी को स्पर्श नहीं करोगे। तुम जीते हो, लेकिन तुम पृथ्वी पर कदमों के कोई निशान नहीं छोड़ते हो। तुम जीते हो, किंतु तुमसे किसी को एक खरोंच तक नहीं लगती, और तुम्हारा जीवन एक प्रसाद से घिरा हुआ होता है, तुम्हारा अस्तित्व एक आभा, एक दीप्ति होता है। केवल ऐसा नहीं है कि तुम हलके हो जाओगे, बल्कि जो भी तुम्हारे संपर्क में आएगा वह अचानक किसी बहुत सुंदर, बहुत प्रसादपूर्ण अनुभूति से भर जाएगा। तुम्हारे चारों ओर पुष्पों की वर्षा होगी, और तुममें एक ऐसी सुगंध होगी जो इस पृथ्वी की नहीं होगी। लेकिन यह केवल तब अनुभव होता है जब तुम निर्भार हो जाते हो।

इस निर्भार होने को महावीर ने निर्जरा कहा है–सभी कुछ छोड़ देना। लेकिन छोड़ा कैसे जाए? तुम्हें सिखाया गया है–क्रोधित मत होओ। मैं भी तुम्हें क्रोधित न होना सिखाता हूं, लेकिन मैं तुमसे क्रोध न करने को नहीं कहता हूं। मैं कहता हूं, क्रोधित होओ। किसी के प्रति, किसी पर क्रोध करने की कोई आवश्यकता नहीं है, उससे जटिलता उत्पन्न होती है। बस शून्यता में क्रोधित हो जाओ। नदी के किनारे पर चले जाओ, जहां पर कोई नहीं हो, और बस क्रोधित हो जाओ, और तुम जो कुछ भी करना चाहो कर लो। क्रोध का जम कर रेचन करने के बाद तुम रेत पर गिर पड़ोगे, और तुम देखोगे कि तुम उड़ रहे हो। एक पल के लिए अतीत खो गया है।

और प्रत्येक भावना के साथ यही किया जाना चाहिए। धीरे-धीरे तुम यह अनुभव करोगे कि यदि तुम क्रोधित होने का प्रयास करो तो तुम भावनाओं की एक शृंखला से होकर गुजरोगे। पहले तुम क्रोधित होओगे, फिर अचानक तुम चीखना-चिल्लाना आरंभ कर दोगे, शून्यता में से आएगा यह सब। क्रोध निकल गया, शांत हो गया–तुम्हारे अस्तित्व की एक और परत, उदासी का एक और बोझ छू लिया गया है। प्रत्येक क्रोध के पीछे उदासी होती है, क्योंकि जब कभी भी तुम अपने क्रोध को रोकते हो तुम उदास

हो जाते हो। इसलिए क्रोध की प्रत्येक परत के बाद उदासी की एक परत होती है। जब क्रोध निकल जाता है, तो तुम उदासी अनुभव करोगे, इस उदासी को निकाल फेंको–तुम रोना, सुबकना आरंभ कर दोगे। रोओ, सुबको, आंसुओं को बहने दो। उनमें कुछ गलत नहीं है। संसार की सर्वाधिक सुंदर चीजों में से एक हैं आंसू, इतने विश्रांतिदायक, इतने शांतिदायी। और जब आंसू जा चुके हैं, अचानक तुम एक और भावना को देखोगे, तुम्हारे भीतर कहीं गहराई में फैलती हुई एक मुस्कुराहट, क्योंकि जब उदासी निकल जाती है, व्यक्ति एक बहुत स्निग्ध, कोमल, नाजुक, प्रसन्नता का अनुभव करने लगता है। यह आएगी, यह उभरेगी और यह तुम्हारे सारे अस्तित्व पर परिव्याप्त हो जाएगी। और तब तुम देखोगे कि पहली बार तुम हंस रहे हो–पेट की हंसी–स्वामी सरदार गुरदयाल सिंह की भांति एक पेट की हंसी। उनसे सीख लो। वे इस आश्रम में हमारे ज़ोरबा दि ग्रीक हैं। उनसे सीखो कि हंसा कैसे जाए।

जब तक तुम्हारे पेट से तरंगें न उठें तुम हंस नहीं रहे हो। लोग सिर से हंसते है; उनको पेट से हंसना चाहिए। उदासी की निर्जरा हो जाने के बाद तुम हंसी को, करीब-करीब पगला देने वाली हंसी, एक विक्षिप्त सी हंसी को उठता हुआ देखोगे। तुम ऐसे हो जाते हो जैसे कि तुम आविष्ट हो गए हो और तुम जोर से हंसते हो। और जब यह हंसी विदा हो चुकी है तुम हलका, निर्भार, उड़ता हुआ अनुभव करोगे। पहले यह तुम्हारे स्वप्नों में प्रकट होगा। और धीरे-धीरे तुम्हारी जागी हुई अवस्था में भी तुम अनुभव करोगे कि तुम अब चल नहीं रहे हो–तुम उड़ रहे हो।

हां, चेस्टरटन सही कहता है: फरिश्ते उड़ते हैं, क्योंकि वे अपने आप को हलके ढंग से लेते हैं।

स्वयं को हलके ढंग से लो।

अहंकार स्वयं को बहुत गंभीरता से लेता है। अब एक समस्या है; धर्म में अहंकारी लोग अत्यधिक उत्सुक हो जाते हैं। और वास्तव में वे धार्मिक हो पाने के लिए करीब-करीब असमर्थ हैं। केवल वे लोग जो गैर-गंभीर हैं धार्मिक हो सकते हैं, लेकिन वे धर्म में कोई बहुत अधिक उत्सुक नहीं होते। इसलिए एक विरोधाभास, एक समस्या संसार में बनी रहती है। गंभीर लोग, रुग्ण लोग, उदास लोग–अपने सिरों में अटके हुए, आशंकित लोग, वे धर्म में बहुत उत्सुक हो जाते हैं, क्योंकि धर्म उनके अहंकार के लिए सबसे बड़ा लक्ष्य दे देता है। वे दूसरे संसार का कुछ कर रहे हैं, और सारा संसार बस इसी संसार का कार्य कर रहा है–वे भौतिकवादी हैं, निंदनीय हैं। प्रत्येक व्यक्ति नरक जा रहा है; केवल ये धार्मिक लोग स्वर्ग जा रहे हैं। अपने अंहकारों में वे लोग बहुत-बहुत ताकतवर अनुभव करते हैं। किंतु ये वे ही लोग हैं जो धार्मिक नहीं हो सकते हैं। ये वे ही लोग हैं जिन्होने विश्व के सभी धर्मों को नष्ट कर डाला है।

जब भी किसी बुद्ध का उदय होता है, ये लोग एकत्रित होना आंरभ कर देते हैं। जब वह जीवित होता है वह उनको शक्तिशाली होने की अनुमति नहीं देता। लेकिन जब वह विदा हो जाता है, धीरे-धीरे ये

गंभीर लोग गैर-गंभीर लोगों के साथ चालाकी करना आरंभ कर देते हैं। इसी प्रकार से सारे धर्म संगठित हो जाते हैं और सारे धर्म मृत हो जाते हैं। जब बुद्धपुरुष यहां होता है वह अपनी मुस्कुराहट बिखेरता रहता है और वह लोगों की सहायता करता रहता है।

इसलिए अनेक बार मैंने यह कहानी कही है, कि बुद्ध एक दिन अपने हाथ में एक फूल लेकर आते हैं और चुपचाप बैठ जाते हैं। कई मिनट बीत गए, फिर कोई घंटा भर हो गया और प्रत्येक व्यक्ति असहज, चिंतित, परेशान है; वे बोल क्यों नहीं रहे हैं? पहले कभी उन्होंने ऐसा नहीं किया था? और वे लगातार फूल को ही देखते रहे जैसे कि वे उन हजारों लोगों को भूल चुके हों जो उनको सुनने के लिए एकत्रित हुए थे। और फिर एक शिष्य महाकश्यप ने हंसना आरंभ कर दिया, पेट की हंसी। उस शांत मौन में उसकी हंसी फैल जाती है। बुद्ध उसकी ओर देखते हैं। उस शांत मौन में उसकी हंसी फैल जाती है। बुद्ध उसकी ओर देखते हैं और उसको निकट बुलाते हैं, फूल उसको दे देते हैं और कहते हैं : जो कुछ मैं शब्दों से कह सकता हूं मैंने तुमसे कह दिया है, और जो कुछ मैं शब्दों से नहीं कह सकता हूं, उसको मैं महाकश्यप को प्रदान करता हूं–हंसते हुए महाकश्यप को। अपनी विरासत बुद्ध ने हंसी को प्रदान कर दी है? लेकिन महाकश्यप खो जाता है। वे गंभीर लोग जो समझ नहीं पाते चालाकी कर लेते हैं। जब बुद्ध विदा हो जाते हैं, महाकश्यप के बारे में कोई कुछ भी नहीं सुनता है। लेकिन महाकश्यप को क्या हुआ जिसको बुद्ध ने सबसे गुप्त संदेश दिया। वह संदेश जिसको शब्दों द्वारा नहीं दिया जा सकता, वह जिसको केवल मौन और हंसी में लिया और दिया जा सकता है, वह संदेश जिसको केवल आत्यंतिक मौन द्वारा आत्यंतिक हंसी को ही दिया जा सकता है? महाकश्यप को क्या हो गया? बौद्ध शास्त्रों में कुछ भी उल्लेख नहीं है–केवल यही एक मात्र कथा है, बस बात खत्म। जब बुद्ध विदा हो गए महाकश्यप को भुला दिया गया; फिर गंभीर लंबे चेहरे वालों ने संगठन बनाना आरंभ कर दिया। हंसी को कौन सुनेगा? और महाकश्यप वापस लौट कर आएगा, क्यों चिंता करना?–ये गंभीर लोग इतना अधिक लड़-झगड़ रहे थे कि वह व्यक्ति जो हंसी को प्रेम करता है प्रतियोगियों की इस पागल भीड़ से बाहर निकल आएगा। बुद्ध संघ बुद्ध के समुदाय का अधिष्ठाता कौन होने जा रहा है?–और राजनीति और संघर्ष, और मतदान और सभी कुछ का प्रवेश हो जाता है। महाकश्यप बस खो जाता है। उसकी मृत्यु कहां हुई–कोई नहीं जानता। बुद्ध के वास्तविक उत्तराधिकारी को कोई नहीं जानता। कई शताब्दियां, लगभग छह शताब्दियां व्यतीत हो गईं, फिर एक अन्य व्यक्ति बोधिधर्म चीन पहुंचता है। पुनः महाकश्यप का नाम सुना जाता है, क्योंकि बोधिधर्म कहता है, मैं संगठित बौद्धधर्म का अनुयायी नहीं हूं। मैंने अपना संदेश सदगुरुओं की सीधी शृंखला से लिया है। यह शृंखला बुद्ध के द्वारा महाकश्यप को फूल देने से आरंभ हुई थी और मैं छठवां हूं। बीच के अन्य चार कौन थे?–लेकिन यह एक गुप्त बात हो गई है। जब विक्षिप्त लोग

अत्यधिक महत्वाकांक्षी हो जाते हैं और राजनीति ताकतवर हो जाती है तो हंसी छिप जाती है। यह एक व्यक्तिगत, अंतरंग संबंध बन जाती है। महाकश्यप ने चुपचाप अपना संदेश किसी को दे दिया होगा और फिर उसने किसी और को दे दिया होगा और इसी प्रकार से किसी ने बोधिधर्म को दिया होगा।

बोधिधर्म चीन किसलिए गया था? झेन बौद्ध लोग शताब्दियों से पूछते रहे हैं, क्यों? यह बोधिधर्म चीन क्यों गया था? मैं जानता हूं, उसका कारण है। चीनी लोग भारतीयों से अधिक प्रसन्न, जीवन और छोटी-छोटी चीजों से अधिक आनंदित, अधिक बहुरंगी अभिरुचियों वाले हैं। यही कारण होना चाहिए कि क्यों बोधिधर्म ने इतनी लंबी यात्रा की, उन लोगों को खोजने और पाने के लिए जो उसके साथ हंस सकें, और जो लोग गंभीर नहीं थे, न ही महान विद्वान और दर्शनशास्त्री और यह और वह थे, उसने सारा हिमालय पार किया। नहीं, चीन ने वैसे महान दर्शनशास्त्री उत्पन्न नहीं किए जैसे भारत ने। उसने लाओत्सु और च्वांगत्सु जैसे कुछ महान रहस्यदर्शी निर्मित किए, लेकिन वे सभी हंसते हुए बुद्ध थे। बोधिधर्म की चीन की ओर जाने की खोज को उन लोगों की खोज होना चाहिए जो गैर-गंभीर, हलके थे।

यहां पर मेरा पूरा प्रयास तुमको गैर-गंभीर, हंसता हआ, हलका बना देने का है। मेरे पास लोग, खास तौर से भारतीय, शिकायत करने आते हैं कि आप किस प्रकार के संन्यासी निर्मित कर रहे हैं? वे संन्यासी जैसे नहीं दिखाई पड़ते। संन्यासी को गंभीर व्यक्ति, लगभग मुर्दा, एक लाश की भांति होना चाहिए। ये लोग हंसते हैं और नृत्य करते हैं और एक-दूसरे का आलिंगन करते हैं। अविश्वसनीय है यह! संन्यासी यह कर रहे हैं? और मैं उनसे कहता हूं, और कौन? और कौन यह यह कर सकता है?–केवल संन्यासी लोग ही हंस सकते हैं।

इसलिए विद्या, बहुत अच्छा–हंसो, आनंदित होओ, और-और हलकी हो जाओ।

तीसरा प्रश्न : आपका प्रत्येक प्रवचन जीवन में एक नया गुण लेकर आता है। कभी-कभी मैं आपकी उपस्थिति से ओत-प्रोत होकर बाहर निकलती हूं, तो कभी-कभी दिग्भ्रमित और इसके साथ ही समृद्ध, नई होकर बाहर आती हूं। मैं जीवन के द्वारा प्रेम किया जाना और प्रेमपूर्ण अनुभव करती हूं। कभी सबसे मधुर दर्शन के बाद भी मैं गहराई से हताशा अनुभव करती हूं। क्या आप इसके बारे में कुछ कहेंगे?

यह प्रश्न प्रपत्ति ने पूछा है।

हां, मैं जानता हूं कि यह घटित होता है। इसको घटित होना ही है। यह गहन रूप से विचारणीय है; मैं चाहता हूं कि यह इसी प्रकार से घटित हो। जब तुम सुबह के प्रवचन में मुझको सुन रही होती हो तो मैं तुमसे व्यक्तिगत रूप से बात नहीं कर रहा होता हूं। मैं किसी व्यक्ति से व्यक्तिगत रूप से बात नहीं कर

रहा हूं। मैं किसी विशेष व्यक्ति से बात नहीं कर रहा हूं, मैं बस बोल रहा हूं। निःसंदेह इसमें तुम सम्मिलित नहीं हो, तुम मात्र एक श्रोता हो। यदि मैं तुम्हारे सिरों पर प्रहार करता हूं तो भी सदैव तुम यही सोच लेती हो कि यह दूसरों के लिए है, तुम सदैव बहाने खोज सकती हो : ओशो इसको दूसरों के लिए कर रहे हैं, और अच्छे ढंग से कर रहे हैं। तुम सदैव अपने आप को बाहर रख सकती हो। लेकिन प्रपत्ति, संध्या के समय जब तुम दर्शन में आती हो तो मैं विशेष रूप से तुमसे ही बात कर रहा होता हूं। तब मैं तुम पर चोट करता हूं और तुम इससे बच नहीं सकती। और मुझे पता है कि तुमको कई चोटों की आवश्यकता है, क्योंकि तुमको जगाने का कोई और उपाय नहीं है। जगाने वाले अलार्म को झकझोरने वाला और कठोर होना पड़ता है, और जिस समय तुम सोए रहना पसंद करोगी, अलार्म तुमको बाधा पहुंचाता है। वास्तव में, ठीक उन्हीं पलों में जब तुम असल में सोना चाहते थे, अचानक अलार्म बज उठता है।

जब कभी मैं तुम्हारे मन में निद्रा का कोई अंश देखता हूं, मुझको तुम्हारे ऊपर जोर से प्रहार करना पड़ता है। और निःसंदेह, दर्शन में तुम मेरा सामना कर रही होती हो, यह एक मुठभेड़ है, और तुम हताश अनुभव करती हो। यदि तुम समझ जाओ तो तुम परितृप्त अनुभव करोगी हताश नहीं, यदि तुम समझ जाओ तो तुम देख लोगी कि मैं क्यों तुम पर इतनी कठोरता से प्रहार करता हूं। मैं तुम्हारा शत्रु नहीं हूं। यह करुणा के कारण होना चाहिए कि मैं तुम पर इतना जोर से प्रहार करता हूं। यदि तुम मुझको समझ सको तो तुम आभारी होगी कि मैंने तुम्हारे ऊपर चोट करने की चिंता की।

मैं तुमको कुछ कहानियां सुनाता हूं :

एक व्यक्ति एक बड़े स्टोर में गया और दैनिक उपयोग की कुछ वस्तुएं खरीदीं। जब वह भुगतान काउंटर खड़ा था तो उसने स्टोर सहायक के पैर पर लात मार दी। फिर उसने क्षमायाचना की, महोदय, मुझको अपनी इस हरकत पर बेहद शर्म और खेद है। यह मेरी एक गलत आदत है।

तो आप इसके बारे में किसी चिकित्सक से संपर्क क्यों नहीं करते? स्टोर सहायक ने पूछा।

अगली बार वह जल्दी ही स्टोर में सामान खरीदने आया। इस बार ऐसा कुछ नहीं हुआ।

मुझको लगता है कि आप ठीक हो गए हैं, सहायक ने कहा, क्या आप मनोचिकित्सक के पास गए थे?

मैं गया था, उस व्यक्ति ने कहा।

उन्होंने आपको किस भांति ठीक किया? सहायक ने पूछा।

हुआ यह, उस व्यक्ति ने कहा, जब मैंने उसके पैर पर लात मारी तो उसने वापस मुझे लात मार दी– और बहुत जोर से मारी।

इसलिए याद रखो, जब तुम मेरे पास आती हो, यदि तुम मुझको चोट पहुंचाओ, तो मैं तुम पर बहुत

जोर से प्रहार करने वाला हूं। और कभी-कभी तो यदि तुम प्रहार न करो तो भी मैं प्रहार कर देता हूं। तुम्हारे अहंकार को खंडित करना पड़ता है, इसी कारण हताशा होती है। यह हताशा अहंकार की है, यह हताशा तुम्हारी नहीं है। मैं तुम्हारे अहंकार को अनुमति नहीं देता, मैं इसे किसी भी तरह का दृश्य या अदृश्य सहारा नहीं देता। लेकिन सुबह के प्रवचन में यह बहुत सरल है। जो भी प्रहार मैं करता हूं वह दूसरों के लिए होता है, और जो कुछ भी तुमको अच्छा लगता है तुम्हारे लिए होता है, तुम चुनाव कर सकती हो। लेकिन संध्या दर्शन में नहीं।

तुमको मैं एक कहानी और सुनाता हूं।

स्त्री : क्या तुम मुझको अपने पूरे हृदय और आत्मा से प्रेम करते हो?

पुरुष : ओह, हां।

स्त्री : क्या तुम सोचते हो कि मैं संसार में सबसे सुंदर स्त्री हूं?

पुरुष : हां।

स्त्री : क्या तुम सोचते हो कि मेरे होंठ गुलाब की पंखुड़ियों जैसे हैं, मेरी आंखें झील जैसी हैं, मेरे बाल रेशम जैसे हैं।

पुरुष : हां।

स्त्री : ओह, तुम कितनी प्यारी बातें करते हो।

सुबह के प्रवचन में, यह बहुत सरल है; तुम जिस पर विश्वास करना चाहो कि मैं तुमसे कह रहा हूं, विश्वास कर सकती हो। लेकिन संध्या के दर्शन में यह असंभव है।

लेकिन, स्मरण रखो कि तुम्हारी सहायता करने के लिए मैं तुम पर कठोर प्रहार करता हूं। यह प्रेम और करुणा के कारण है। जब कोई अजनबी मेरे पास आता है, मैं उस पर दर्शन तक में कोई प्रहार नहीं करता हूं। वास्तव में मैं कोई संबंध निर्मित नहीं करता हूं, क्योंकि मेरी ओर से किया गया संबंध बिजली के झटके जैसा होने जा रहा है। केवल संन्यासियों के साथ मैं और कठोर हूं, और जब मैं देखता हूं कि तुम्हारी क्षमता महत्तर है तो मैं कठोर हो जाता हूं। प्रपत्ति में महत क्षमता है। वह सुंदरतापूर्ण ढंग से विकसित और पुष्पित हो सकती है, और बहुत कम समय में यह हो सकता है, लेकिन उसको बहुत अधिक काट-छांट की आवश्यकता है। इससे पीड़ा होती है। याद रखो, जब कभी पीड़ा हो, सदैव निरीक्षण करो...और तुम देखोगी कि यह अहंकार है जिसको पीड़ा होती है, तुम नहीं हो। अहंकार को गिरा कर, अहंकार को काट-छांट कर, एक दिन तुम, तुम उससे, बादल से बाहर निकल आओगी। और तब तुम मेरे प्रेम को और मेरी करुणा को समझोगी, इससे पहले नहीं।

मुझसे लोग पूछते हैं, 'यदि हम संन्यासी नहीं हैं, तो क्या आप हमारी सहायता नही करेंगे?' मैं

सहायता करने के लिए तैयार हूं, किंतु तुम्हारे लिए यह सहायता ले पाना कठिन होगा। एक बार तुम संन्यासी हो जाओ, तुम मेरा भाग बन जाते हो। फिर जो कुछ भी मैं करना चाहूं कर सकता हूं, और तब मैं तुम्हारी अनुमति लेने की फिकर भी नहीं करता, अब उसकी आवश्यकता न रही। एक बार तुम संन्यासी बन गए, तो तुमने मुझको सारी अनुमति दे दी है, तुमने मुझको पूरा अधिकार दे दिया है। जब तुम संन्यास लेते हो तो तुम मुझको अपना हृदय दिखा कर सहमति दे रहे हो। तुम कह रहे हो : 'अब मैं यहां हूं जो कुछ आप करना चाहें कर लें।' और निःसंदेह मुझको अनेक ऐसे भाग काटने पड़ते हैं जो गलती से तुम्हारे साथ जुड़ गए हैं। यह करीब-करीब एक शल्य-क्रिया होने जा रही है। अनेक चीजों को हटाना, निष्क्रिय करना पड़ता है। अनेक चीजों को तुम्हारे साथ जोड़ना पड़ता है। तुम्हारी ऊर्जा को नये रास्तों पर जाने के लिए व्यवस्थित करना पड़ता है; यह गलत दिशाओं में गति कर रही है। इसलिए यह लगभग विध्वंस करने और फिर पुनः निर्माण करने जैसा है। यह करीब-करीब एक उपद्रव होने जा रहा है। किंतु स्मरण रखो, कि नृत्य करते हुए सितारों का जन्म उपद्रव में से ही होता है; दूसरा कोई रास्ता नहीं है।

अंतिम प्रश्न : पूरब में इस बात पर बल दिया जाता है कि व्यक्ति को प्रेम-संबंध में एक व्यक्ति एक ही व्यक्ति के साथ बने रहना चाहिए। पश्चिम में अब लोग एक संबंध से दूसरे संबंध में चले जाते हैं। आप किसके पक्ष में हैं?

मैं प्रेम के पक्ष में हूं।

मुझको तुम्हारे लिए यह बात स्पष्ट करने दो : प्रेम के प्रति ईमानदार रहो और साथियों की चिंता मत करो। भले ही साथी एक हो या अनेक साथी हों, प्रश्न यह नहीं है। प्रश्न यह है कि क्या तुम प्रेम के प्रति ईमानदार हो? यदि तुम किसी स्त्री या पुरुष के साथ रहते हो और उसको प्रेम नहीं करते हो, तो तुम पाप में जीते हो। यदि तुम्हारा किसी से विवाह हुआ है और तुम उस व्यक्ति को प्रेम नहीं करते हो, और फिर भी तुम उसके साथ जीए चले जाते हो, उस स्त्री या पुरुष के साथ प्रेम करते रहते हो, तो तुम प्रेम के विरोध में एक पाप कर रहे हो...और प्रेम परमात्मा है।

तुम सामाजिक औपचारिकताओं, सुविधाओं, सहूलियतों के लिए प्रेम के विपरीत निर्णय ले रहे हो। यह उतना ही अनुचित है जितना कि तुम जाकर किसी स्त्री के साथ बलात्कार कर लो जिससे तुम्हारा कोई प्रेम नहीं है। तुम किसी स्त्री के साथ बलात्कार करते हो, तो यह एक अपराध है—क्योंकि तुम उस स्त्री से प्रेम नहीं करते और वह स्त्री तुमको प्रेम नहीं करती। लेकिन, यदि तुम किसी स्त्री के साथ रहते हो और तुम उसको प्रेम नहीं करते, तब भी ऐसा ही होता है। तब एक बलात्कार है यह, निःसंदेह यह सामाजिक रूप से स्वीकृत है किंतु यह बलात्कार है—और तुम प्रेम के देवता के विपरीत जा रहे हो।

इसलिए जैसे कि पूरब में लोगों ने अपने संपूर्ण जीवन के लिए एक साथी के साथ रहने का निर्णय ले लिया है, इसमें कुछ भी गलत नहीं है। यदि तुम प्रेम के प्रति सच्चे बने रहते हो तो एक व्यक्ति के साथ रहते रहना सुंदरतम बात है, क्योंकि घनिष्ठता विकसित होती है। लेकिन निन्यानबे प्रतिशत संभावनाएं तो यही हैं कि वहां कोई प्रेम नहीं होता, केवल तुम साथ-साथ रहते हो। और साथ-साथ रहने से एक प्रकार का संबंध विकसित हो जाता है, जो कि केवल साथ-साथ रहने से बन गया है, प्रेम के कारण नहीं बना है। और इसे प्रेम समझने की गलती मत करना। किंतु यदि ऐसा संभव हो जाए, यदि तुम एक व्यक्ति को प्रेम करो और उसके साथ पूरा जीवन रहते हो, तो एक गहरी घनिष्ठता विकसित होगी, और प्रेम तुम्हारे लिए गहनतर और गहनतर रहस्योदघाटन करेगा। यदि तुम अक्सर अपने जीवन-साथी को बदलते रहो तो यह संभव नहीं है। यह इस प्रकार से है जैसे कि तुम किसी वृक्ष को उखाड़ कर उसका स्थान बदल दो, कुछ समय बाद पुनः बदल दो, तब यह कभी अपनी जड़ों को कहीं जमा नहीं सकता। जड़ें जमाने के लिए वृक्ष को एक स्थान पर बने रहने की आवश्यकता है, तब यह गहराई में जाता है; तब यह और शक्तिशाली हो जाता है। घनिष्ठता अच्छी बात है, और एक प्रतिबद्धता में बने रहना सुंदर है, किंतु आधारभूत आवश्यकता है–प्रेम। यदि वृक्ष को ऐसे स्थान पर लगा दिया जाए जहां पर केवल चट्टानें हैं और वे वृक्ष को मारे डाल रही हैं, तब वृक्ष को हटा देना ही बेहतर है। तब यह आग्रह मत करो कि उसको एक ही स्थान पर बने रहना चाहिए। जीवन के प्रति सच्चे बने रहो, वृक्ष को हटा दो, क्योंकि अब यह मामला जीवन के विपरीत जा रहा है।

पश्चिम में लोग बदल रहे हैं–बहुत से संबंध। प्रेम की दोनों उपायों से हत्या होती है। पूरब में इसको मार डाला गया है, क्योंकि लोग परिवर्तन से भयभीत हैं; पश्चिम में इसकी हत्या की गई, क्योंकि लोग एक साथी के साथ लंबे समय तक रहने से भयभीत हैं, भयग्रस्त हैं, क्योंकि यह एक प्रतिबद्धता बन जाता है। इसलिए इससे पहले कि यह एक प्रतिबद्धता बन जाए, बदल डालो। इस प्रकार तुम मुक्त और स्वतंत्र बने रहते हो और एक खास प्रकार की आवारगी बढ़ने लगती है। और स्वतंत्रता के नाम पर प्रेम को करीब-करीब कुचल दिया गया है, मौत के मुहाने पर खड़ा है प्रेम। प्रेम को दोनों उपायों से क्षति पहुंची है: पूरब में लोग सुरक्षा, सुविधा तथा औपचारिकता से आसक्त हैं; पश्चिम में वे अपने अहंकार की स्वतंत्रता, अप्रतिबद्धता से आसक्त हैं–लेकिन प्रेम को दोनों उपायों के कारण क्षति पहुंच रही है।

मैं प्रेम के पक्ष में हूं। न मैं पूर्वीय हूं और न पाश्चात्य, और मैं इस बात की जरा भी चिंता नहीं करता कि तुम किस समाज के हो। मैं किसी समाज का नहीं हूं। मैं प्रेम के पक्ष में हूं। सदैव स्मरण रखो, यदि यह प्रेम का संबंध है, तो शुभ है।

जब तक प्रेम जारी है, उसमें बने रहो, और जितना संभव हो सके उतनी गहराई से प्रतिबद्ध रहो।

जितनी समग्रता से संभव हो सके इसमें रहो, संबंध में डूब जाओ। तब प्रेम तुमको रूपांतरित कर पाने में समर्थ हो जाएगा। किंतु यदि प्रेम नहीं है, तो परिवर्तन कर देना बेहतर है। किंतु तब बदलाहट को अपनी लत मत बन जाने दो, इसको एक आदत मत बनाओ। इसको एक यांत्रिक आदत मत बनने दो कि प्रत्येक दो या तीन वर्ष बाद परिवर्तन करना ही है, जैसे कि व्यक्ति को प्रत्येक दो या तीन वर्ष के बाद या प्रत्येक वर्ष के बाद अपनी कार को बदलना पड़ता है। एक नया मॉडल बाजार में आ गया है, अब क्या किया जाए?–तुमको अपनी कार बदलना ही पड़ेगी। अचानक तुम्हारी भेंट किसी नई स्त्री से हो जाती है। उसमें कोई खास अंतर नहीं है। स्त्री वैसे ही एक स्त्री है जैसे कि पुरुष एक पुरुष है। अंतर तो गौण हैं, क्योंकि यह प्रश्न ऊर्जा का है। स्त्रैण ऊर्जा तो स्त्रैण ऊर्जा ही है। प्रत्येक स्त्री में सारी स्त्रियों का प्रतिनिधित्व है, और प्रत्येक पुरुष में सभी पुरुषों का प्रतिनिधित्व है। अंतर बहुत सतही हैं : नाक थोड़ी सी लंबी है या यह कुछ लंबी नहीं है; बाल सुनहरे हैं या काले–छोटे-छोटे अंतर, बस ऊपरी सतह के। गहराई में प्रश्न स्त्रैण ऊर्जा या पुरुष ऊर्जा का है। इसलिए यदि प्रेम है तो उससे आबद्ध रहो। इसको विकसित होने का एक अवसर दो। किंतु यदि यह नहीं है, तो इसके पहले कि तुम प्रेमविहीन संबंध के आदी हो जाओ, परिवर्तन कर लो।

पश्चात्ताप-कक्ष, कंफेशनल बाक्स में एक युवा विवाहिता ने पादरी से गर्भ-निरोधक गोलियों के प्रयोग के बारे में पूछा। तुमको उनका उपयोग नहीं करना चाहिए, पादरी ने कहा। वे परमेश्वर के नियम के प्रतिकूल हैं। एक गिलास पानी पी लो।

गोली खाने से पहले या उसके बाद, विवाहिता ने पूछा।

उसके स्थान पर! पादरी ने उत्तर दिया।

तुम मुझसे पूछते हो कि पूर्वीय ढंग का अनुगमन किया जाए या पश्चिमी ढंग का?

किसी का भी नहीं; तुम दिव्य ढंग का अनुगमन करो। और दिव्य ढंग क्या है?–प्रेम के प्रति ईमानदार बने रहो। यदि प्रेम है, तो प्रत्येक बात की अनुमति है। यदि प्रेम नहीं है, तो किसी बात की अनुमति नहीं है। यदि तुम अपनी पत्नी से प्रेम नहीं करते, तो उसको मत छुओ, क्योंकि यह अनाधिकार चेष्टा है। यदि तुम किसी स्त्री को प्रेम नहीं करते, तो उसके साथ सोओ मत; यह प्रेम के नियमों के प्रतिकूल जाना है, और वही परम नियम है। केवल तब जब तुम प्रेम करते हो, प्रत्येक बात की अनुमति है।

किसी ने हिप्पो के अगस्तीन से पूछा, 'मैं एक नितांत अनपढ़ आदमी हूं, और मैं धर्म, विज्ञान की महान पुस्तकें और धर्मशास्त्र नहीं पढ़ सकता हूं। आप मुझे बस एक छोटा सा संदेश दे दीजिए। मैं बहुत मूर्ख हूं और मेरी याददाश्त भी अच्छी नहीं है, इसलिए कृपया मुझे कोई सार की बात बता दीजिए जिससे मैं उसे याद रख सकूं और उसका अनुपालन कर सकूं।' अगस्तीन एक बड़े दर्शनशास्त्री, महान संत थे,

और उन्होंने बड़े-बड़े उपदेश दिए थे, लेकिन किसी ने उनसे बस सारांश के लिए नहीं पूछा था। उन्होंने अपनी आंखें बंद कर लीं और यह कहा गया है कि वे घंटों ध्यानमग्न रहे। और उस व्यक्ति ने कहा, यदि आपने उत्तर खोज लिया है, तो कृपया मुझको बता दीजिए जिससे मैं वापस लौट जाऊं, क्योंकि मैं घंटों से प्रतीक्षा कर रहा हूं। अगस्तीन ने कहा : मैं सिवाय इसके और कुछ नहीं खोज सका हूं : प्रेम करो और फिर तुमको हर बात की अनुमति दी जाती है–बस प्रेम।

जीसस कहते हैं : परमात्मा प्रेम है। मैं तुमसे कहना चाहूंगा कि प्रेम परमात्मा है। परमात्मा के बारे में सब कुछ भूल जाओ; प्रेम पर्याप्त है। प्रेम के साथ चल पाने का पर्याप्त साहस बनाए रहो। और किसी बात की चिंता मत लो। यदि तुम प्रेम का खयाल कर लेते हो, तो तुम्हारे लिए सभी कुछ संभव हो जाएगा।

पहली बात, किसी स्त्री या पुरुष के साथ जिससे तुमको प्रेम नहीं है, मत जाओ। किसी सनक के चलते मत जाओ, किसी वासना के कारण मत जाओ। खोजो, क्या किसी व्यक्ति के साथ प्रतिबद्ध रहने की आकांक्षा तुममें जाग चुकी है। क्या गहरा संबंध बनाने के लिए तुम पर्याप्त रूप से परिपक्व हो? क्योंकि यह संबंध तुम्हारे सारे जीवन को बदलने जा रहा है। और जब तुम संबंध बनाओ तो इसको पूरी सच्चाई से बनाओ। अपनी प्रेयसी या अपने प्रेमी से कुछ भी मत छिपाओ–ईमानदार बनो। उन सभी झूठे चेहरों को गिरा दो, जिनको पहनना तुम सीख चुके हो। सभी मुखौटे हटा दो। सच्चे हो जाओ। अपना पूरा हृदय खोल दो; नग्न हो जाओ। दो प्रेम करने वालों के बीच में कोई रहस्य नहीं होना चाहिए, वरना प्रेम नहीं है। सारे भेद खोल दो। यह राजनीति है; रहस्य रखना राजनीति है। प्रेम में ऐसा नहीं होना चाहिए। तुमको कुछ भी छिपाना नहीं चाहिए। जो कुछ भी तुम्हारे हृदय में उठता है उसे तुम्हारी प्रेयसी के लिए स्पष्ट रूप से पारदर्शी होना चाहिए। तुमको एक-दूसरे के प्रति दो पारदर्शी अस्तित्व बन जाना चाहिए। धीरे-धीरे तुम्हें दिखाई पड़ेगा कि तुम एक उच्चतर एकत्व की ओर विकसित हो रहे हो।

बाहर की स्त्री से मिल कर, उससे सच्चाई से मिल कर, उसको प्रेम करते हुए, उसके अस्तित्व के प्रति स्वयं की प्रतिबद्धता जारी रखते हुए, उसमें विलीन होते हुए, उसमें पिघल कर, धीरे-धीरे तुम उस स्त्री से मिलना आरंभ कर दोगे जो तुम्हारे भीतर है, तुम उस पुरुष से मिलना आरंभ कर दोगी जो तुम्हारे भीतर है। बाहर की स्त्री भीतर की स्त्री की ओर जाने का एक मार्ग भर है; और बाहर का पुरुष भी भीतर के पुरुष की ओर जाने का बस एक रास्ता है। वास्तविक चरम सुख तुम्हारे भीतर घटित होता है, जब तुम्हारे भीतर का पुरुष और स्त्री मिल जाते हैं। हिंदू धर्म के अर्धनारीश्वर प्रतीक का यही अर्थ है। तुमने शिव को अवश्य देखा होगा : आधे पुरुष, आधी स्त्री। प्रत्येक पुरुष आधा पुरुष है, आधा स्त्री है; प्रत्येक स्त्री आधी स्त्री है, आधी पुरुष है। ऐसा होना ही है, क्योंकि तुम्हारा आधा अस्तित्व तुम्हारे पिता से आता है और आधा अस्तित्व तुम्हारी मां से आता है। तुम दोनों हो। एक भीतरी चरम आनंद, एक आंतरिक

मिलन, एक आंतरिक संयोग की आवश्यकता है। लेकिन उस भीतरी संयोग तक पहुंचने के लिए तुमको बाहर की स्त्री खोजनी पड़ेगी जो भीतरी स्त्री को प्रतिसंवेदित करती हो, जो तुम्हारे आंतरिक अस्तित्व को स्पंदित करती हो। और तब तुम्हारी आंतरिक स्त्री जो गहरी नींद में सो रही है, जाग जाती है। बाहर की स्त्री के माध्यम से तुम्हारा भीतर की स्त्री के साथ सम्मिलन हो जाएगा; और यही सब भीतर के पुरुष के लिए भी होता है।

इसलिए यदि संबंध लंबे समय के लिए चलता है, तो यह बेहतर होगा; क्योंकि आंतरिक स्त्री को जागने के लिए समय चाहिए। जैसा कि पश्चिम में हो रहा है—छूकर भाग जाने वाले संबंध—आंतरिक स्त्री को समय ही नहीं मिलता, आंतरिक पुरुष को समय ही नहीं मिलता कि उठे और जाग जाए। जब तक भीतर कुछ करवट लेता है बाहर की स्त्री जा चुकी होती है...फिर कोई और स्त्री दूसरे प्रकार की तरंगें लिए हुए, अन्य प्रकार का परिवेश लिए हुए आ जाती है। और निःसंदेह यदि तुम अपनी स्त्री और अपने पुरुष को बदलते चले जाओ, तो तुम विक्षिप्त हो जाओगे; क्योंकि तुम्हारे अस्तित्व में इतनी प्रकार की चीजें, इतनी प्रकार की ध्वनियां, कंपनों की इतनी सारी विविधताएं प्रविष्ट हो जाएंगी कि तुम अपनी आंतरिक स्त्री को खोज पाने के स्थान पर उलझ जाओगे। यह कठिन होगा। और संभावना यह है कि तुम्हें परिवर्तन की लत पड़ जाएगी। तुम बदलाहट का मजा लेना आरंभ कर दोगे। तब तुम खो जाओगे।

बाहर की स्त्री भीतर की स्त्री की ओर जाने का रास्ता भर है, और बाहर का पुरुष भीतर के पुरुष की ओर जाने का मार्ग है। और तुम्हारे भीतर परम योग, रहस्यमय-मिलन, यूनिओ मिस्टिका घटित हो जाता है। और जब यह घटित हो जाता है तब तुम सारी स्त्रियों और सारे पुरुषों से मुक्त हो जाते हो। तब तुम पुरुष और स्त्रीपन से मुक्त हो। तब अचानक तुम दोनों के पार चले जाते हो; फिर तुम दोनों में से कुछ भी नहीं रहते।

यही है अतिक्रमण। यही ब्रह्मचर्य है। तब पुनः तुम अपने शुद्ध कुंआरेपन को उपलब्ध कर लेते हो, तुम्हारा मौलिक स्वभाव तुमको पुनः मिल जाता है। पतंजलि की भाषावली में यही कैवल्य है।

ओशो- एक परिचय

सत्य की व्यक्तिगत खोज से लेकर ज्वलंत सामाजिक व राजनैतिक प्रश्नों पर ओशो की दृष्टि उनको हर श्रेणी से अलग अपनी कोटि आप बना देती है। वे आंतरिक रूपांतरण के विज्ञान में क्रांतिकारी देशना के पर्याय हैं और ध्यान की ऐसी विधियों के प्रस्तोता हैं जो आज के गतिशील जीवन को ध्यान में रख कर बनाई गई हैं।

अनूठे ओशो सक्रिय ध्यान इस तरह बनाए गए हैं कि शरीर और मन में इकट्ठे तनावों का रेचन हो सके, जिससे सहज स्थिरता आए व ध्यान की विचार रहित दशा का अनुभव हो।

ओशो की देशना एक नये मनुष्य के जन्म के लिए है, जिसे उन्होंने 'ज़ोरबा दि बुद्धा' कहा है- जिसके पैर जमीन पर हों, मगर जिसके हाथ सितारों को छू सकें। ओशो के हर आयाम में एक धारा की तरह बहता हुआ वह जीवन-दर्शन है जो पूर्व की समयातीत प्रज्ञा और पश्चिम के विज्ञान और तकनीक की उच्चतम संभावनाओं को समाहित करता है। ओशो के दर्शन को यदि समझा जाए और अपने जीवन में उतारा जाए तो मनुष्य-जाति में एक क्रांति की संभावना है।

ओशो की पुस्तकें लिखी हुई नहीं हैं बल्कि पैंतीस साल से भी अधिक समय तक उनके द्वारा दिए गए तात्कालिक प्रवचनों की रिकार्डिंग से अभिलिखित हैं।

लंदन के 'संडे टाइम्स' ने ओशो को 'बीसवीं सदी के एक हजार निर्माताओं' में से एक बताया है और भारत के 'संडे मिड-डे' ने उन्हें गांधी, नेहरू और बुद्ध के साथ उन दस लोगों में रखा है, जिन्होंने भारत का भाग्य बदल दिया।

ओशो इंटरनेशनल मेडिटेशन रिजॉर्ट

ओशो मेडिटेशन रिजॉर्ट का निर्माण इसलिए किया गया ताकि लोग जीने की नई कला का सीधा अनुभव ले सकें- अधिक होशपूर्वक होकर, हास्य और आराम के साथ। यह भारत के मुंबई शहर से सौ मील दक्षिण पूर्व में पूना के कोरेगांव पार्क में वृक्षों से परिपूर्ण चालीस एकड़ आवासीय क्षेत्र में स्थित है। रिजॉर्ट सौ से अधिक देशों से हर साल आने वाले हजारों लोगों के लिए अलग-अलग तरह के कार्यक्रम प्रस्तुत करता है। नवनिर्मित ओशो गेस्ट हाउस परिसर में लोगों के लिए आवास की सुविधा उपलब्ध है।

मेडिटेशन रिजॉर्ट में मल्टीवर्सिटी कार्यक्रम प्रसिद्ध झेन उद्यान, ओशो तीर्थ से सटे पिरामिड परिसर में संचालित होते हैं। ये कार्यक्रम व्यक्तिगत रूपांतरण के लिए व लोगों को जीने की एक नई कला सिखाने के उद्देश्य से तैयार किए गए हैं- एक जाग्रत अवस्था जिसे वे दैनिक जीवन में उतार सकते हैं। आत्म-खोज सत्र, सैशन, कोर्स और अन्य ध्यान प्रक्रियाएं पूरे साल चलती हैं। शरीर को स्वस्थ रखने के लिए एक खूबसूरत व्यवस्था का प्रावधान है जिसमें झेन प्रक्रिया के साथ खेल और मनोरंजन का अनुभव लिया जा सकता है।

मुख्य ध्यान सभागार में सुबह छह बजे से रात ग्यारह बजे तक प्रतिदिन सक्रिय व अक्रिय ध्यान विधियां होती हैं, जिसमें रोज संध्या-सभा ध्यान भी शामिल है। रात को रिजॉर्ट का बहुसांस्कृतिक जीवन खिल उठता है- मित्रों के संग खुले आकाश के नीचे भोजन-स्थल और अक्सर संगीत व नृत्य के साथ। रिजॉर्ट की साफ व शुद्ध पीने के पानी की अपनी व्यवस्था है और यहां परोसे गए भोजन में रिजॉर्ट के अपने फार्म हाउस में उगाई गई सब्जियों का प्रयोग होता है।

मेडिटेशन रिजॉर्ट का ऑन लाइन टूर, साथ ही यात्रा और कार्यक्रमों की जानकारी www.osho.com से प्राप्त की जा सकती है। यह अलग-अलग भाषाओं में विस्तार में दी गई वेबसाइट है, जिसमें हैं- ऑन लाइन ओशो टाइम्स पत्रिका, ऑडियो व वीडियो वेबकास्टिंग, ऑडियों बुक क्लब, ओशो प्रवचनों के संपूर्ण अंग्रेजी व हिंदी अभिलेख और ओशो के वीडियो, ऑडियो व पुस्तकों की संपूर्ण सूची। साथ ही हैं ओशो द्वारा विकसित किए गए सक्रिय ध्यानों की जानकारी जो ज्यादातर वीडियो प्रदर्शन के साथ है।

मेडिटेशन रिजॉर्ट में सहभागी होने व अधिक विस्तृत जानकारी के लिए संपर्क करें:

ओशो इंटरनेशनल मेडिटेशन रिजॉर्ट
17 कोरेगांव पार्क, पुणे -411001, महाराष्ट्र
फोन: 020-66019999 फैक्स: 020-66019990
e-mail-resortnfo@osho.net
website- www.osho.com

ओशो का हिन्दी साहित्य

उपनिषद

सर्वसार उपनिषद
कैवल्य उपनिषद
अध्यात्म उपनिषद
कठोपनिषद
ईशावास्य उपनिषद
निर्वाण उपनिषद
आत्म-पूजा उपनिषद
केनोपनिषद
मेरा स्वर्णिम भारत (विविध उपनिषद-सूत्र)

कृष्ण

गीता-दर्शन (आठ भागों में अठारह अध्याय)
कृष्ण-स्मृति

महावीर

महावीर-वाणी (दो भागों में)
जिन-सूत्र (दो भागों में)
महावीर या महाविनाश
महावीरः मेरी दृष्टि में
ज्यों की त्यों धरि दीन्हीं चदरिया

बुद्ध

एस धम्मो सनंतनो (बारह भागों में)

अष्टावक्र

अष्टावक्र महागीता (छह भागों में)
हंसा तो मोती चुगैं (लाल)

लाओत्से

ताओ उपनिषद (छह भागों में)

कबीर

सुनो भई साधो
कहै कबीर दीवाना
कहै कबीर मैं पूरा पाया
न कानों सुना न आंखों देखा (कबीर व फरीद)

अन्य रहस्यदर्शी

अथातो भक्ति जिज्ञासा (शांडिल्य)
भक्ति-सूत्र (नारद)
शिव-सूत्र (शिव)
भजगोविन्दम् मूढ़मते (आदिशंकराचार्य)
एक ओंकार सतनाम (नानक)
जगत तरैया भोर की (दयाबाई)
बिन घन परत फुहार (सहजोबाई)
पद घुंघरू बांध (मीरा)
नहीं सांझ नहीं भोर (चरणदास)
संतो, मगन भया मन मेरा (रज्जब)
कहै वाजिद पुकार (वाजिद)
मरौ हे जोगी मरौ (गोरख)
सहज-योग (सरहपा-तिलोपा)
सहज-योग (सरहपा-तिलोपा)
बिरहिनी मंदिर दियना बार (यारी)
प्रेम-रंग-रस ओढ़ चदरिया (दूलन)
दरिया कहै सब्द निरबाना
(दरियादास बिहारवाले)
ज्यूं मछली बिन नीर

गुरु-परताप साध की संगति (भीखा)
मन ही पूजा मन ही धूप (रैदास)
झरत दसहुं दिस मोती (गुलाल)
नाम सुमिर मन बावरे (जगजीवन)
अरी, मैं तो नाम के रंग छकी (जगजीवन)
कानों सुनी सो झूठ सब (दरिया)
अमी झरत बिगसत कंवल (दरिया)
हरि बोलौ हरि बोल (सुंदरदास)
ज्योति से ज्योति जले (सुंदरदास)
जस पनिहार धरे सिर गागर (धरमदास)
का सोवै दिन रैन (धरमदास)
सबै सयाने एक मत (दादू)
पिव पिव लगी प्यास (दादू)
अजहूं चेत गंवार (पलटू)
सपना यह संसार (पलटू)
काहे होत अधीर (पलटू)
कन थोरे कांकर घने (मलूकदास)
रामदुवारे जो मरे (मलूकदास)
जरथुस्त्रः नाचता-गाता मसीहा (जरथुस्त्र)

प्रश्नोत्तर

नहिं राम बिन ठांव
प्रेम-पंथ ऐसो कठिन
उत्सव आमार जाति, आनंद आमार गोत्र
मृत्योर्मा अमृतं गमय
प्रीतम छवि नैनन बसी
रहिमन धागा प्रेम का
उड़ियो पंख पसार
सुमिरन मेरा हरि करैं
पिय को खोजन मैं चली
साहेब मिल साहेब भये
जो बोलैं तो हरिकथा
बहुरि न ऐसा दांव
दीपक बारा नाम का
अनहद में बिसराम
लगन महूरत झूठ सब
सहज आसिकी नाहिं
पीवत रामरस लगी खुमारी
रामनाम जान्यो नहीं
सांच सांच सो सांच
आपुई गई हिराय
बहुतेरे हैं घाट
कोंपलें फिर फूट आईं
फिर पत्तों की पांजेब बजी
फिर अमरित की बूंद पड़ी
क्या सोवै तू बावरी
चला हंसा उस देस
कहा कहूं उस देस की
पंथ प्रेम को अटपटो
माटी कहै कुम्हार सूं
मैं धार्मिकता सिखाता हूं, धर्म नहीं

तंत्र

संभोग से समाधि की ओर
तंत्र-सूत्र (पांच भागों में)

योग

पतंजलिः योग-सूत्र (पांच भागों में)
योगः नये आयाम

झेन, सूफी और उपनिषद की कहानियां

बिन बाती बिन तेल
सहज समाधि भली
दीया तले अंधेरा

बोध-कथा

ज्यूं था त्यूं ठहराया

विचार-पत्र

क्रांति-बीज

पथ के प्रदीप

पत्र-संकलन

अंतर्वीणा

प्रेम की झील में अनुग्रह के फूल

ढाई आखर प्रेम का

पद घुंघरू बांध

प्रेम के फूल

प्रेम के स्वर

पाथेय

अंतरंग वार्ताएं

संबोधि के क्षण

प्रेम नदी के तीरा

सहज मिले अविनाशी

उपासना के क्षण

साधना-शिविर

साधना-पथ

मैं मृत्यु सिखाता हूं

जिन खोजा तिन पाइयां

समाधि के सप्त द्वार (ब्लावट्स्की)

साधना-सूत्र (मेबिल कॉलिन्स)

ध्यान-सूत्र

जीवन ही है प्रभु

असंभव क्रांति

रोम-रोम रस पीजिए

ध्यान, साधना

ध्यान विज्ञान

मिट्टी के दीये

हसिबा, खेलिबा, धरिबा ध्यानम्

समाधि कमल

साक्षी की साधना

धर्म साधना के सूत्र

मैं कौन हूं

समाधि के द्वार पर

अपने माहिं टटोल

ध्यान दर्शन

तृषा गई एक बूंद से

ध्यान के कमल

जीवन संगीत

जो घर बारे आपना

प्रेम दर्शन

राष्ट्रीय और सामाजिक समस्याएं

देख कबीरा रोया

स्वर्ण पाखी था जो कभी और

अब है भिखारी जगत् का

शिक्षा में क्रांति

नये समाज की खोज

नये भारत की खोज

नये भारत का जन्म

नारी और क्रांति

शिक्षा और धर्म

भारत का भविष्य

विविध

अमृत-कण

मैं कहता आंखन देखी

एक एक कदम

जीवन क्रांति के सूत्र

जीवन रहस्य

ध्यानयोग: प्रथम और अंतिम मुक्ति
नेति-नेति
चेति सकै तो चेति
प्रभु मंदिर के द्वार पर
तमसो मा ज्योतिर्गमय
प्रेम है द्वार प्रभु का
अंतर की खोज
अमृत की दिशा
अमृत वर्षा
अमृत द्वार
चित चकमक लागे नाहिं
एक नया द्वार
प्रेम गंगा
समुंद समाना बुंद में
सत्य की प्यास
शून्य समाधि
करुणा और क्रांति
विज्ञान, धर्म और कला
शून्य के पार
व्यस्त जीवन में ईश्वर की खोज
अज्ञात की ओर
धर्म और आनंद
जीवन-दर्शन
जीवन की खोज
क्या ईश्वर मर गया है
नानक दुखिया सब संसार
नये मनुष्य का धर्म
धर्म की यात्रा
स्वयं की सत्ता
सुख और शांति
अनंत की पुकार

ओशो के ऑडियो-वीडियो प्रवचन एवं साहित्य के संबंध में
समस्त जानकारी हेतु संपर्क सूत्र:
साधना फाउंडेशन, 17 कोरेगांव पार्क, पुणे -411001
फोन: 020-66019999 फैक्स: 020-66019990
e-mail-distrib@osho.net
Website- http://www.osho.com